上册

袁家峰

袁 军◎著

团结出版社

© 团结出版社，2025 年

图书在版编目（CIP）数据

袁家岭／袁军著． －－北京：团结出版社，2025.
5． — ISBN 978 - 7 -5234 -1683 -9

Ⅰ．I247．5

中国国家版本馆 CIP 数据核字第 2025FU2238 号

责任编辑：郑晓霓
封面设计：墨·鱼

出　　版：团结出版社
　　　　　（北京市东城区东皇城根南街 84 号　邮编：100006）
电　　话：（010）65228880　65244790
网　　址：http：//www.tjpress.com
E-mail：zb65244790@ vip.163.com
经　　销：全国新华书店
印　　装：北京荣泰印刷有限公司

开　　本：170mm ×240mm　16 开
印　　张：42.75　　　　　　　　字　数：910 千字
版　　次：2025 年 5 月 第 1 版　　印　次：2025 年 5 月 第 1 次印刷

书　　号：978 -7 -5234 -1683 -9
定　　价：168.00 元（上下册）
　　　　　（版权所属，盗版必究）

楔 子

经过数小时的激烈交火，龙都大厦内的枪声逐渐沉寂，但外界的紧张气氛却愈发浓烈。特警队伍如铜墙铁壁般将大厦围得水泄不通，洪警官亲临现场指挥，目光如炬。他拿起高音喇叭，声音洪亮而坚定："里面的人听着，你们已经被重重包围，请你们放下武器，停止抵抗，这是你们唯一的出路！负隅顽抗，只会让你们的下场更加悲惨。配合警方，才有机会减轻罪责。我们警力充足，装备精良，你们没有逃脱的可能。为了你们自己，也为了你们的家人，请你们做出明智的选择！"寂静片刻后，洪警官猛地一挥手，特警部队如潮水般涌入大厦。

然而，就在此时，大厦顶层突然枪声大作，警方到达后也遭遇到了猛烈的火力阻击，一时不敢轻举妄动。洪警官在电话里面得知现场情况：袁炜已将龙霸天牢牢控制。顿时，他心中却涌起前所未有的危机感。他知道，一旦龙霸天有个闪失，无数悬而未决的案件将石沉大海，无数受害者将失去伸张正义的机会，甚至更多的犯罪分子将逍遥法外。

眼见就要到狙击手准备射击的时间，洪警官急呼："慢！慢！慢……"

"是，洪警官！"警员应声道。

"我记得你说过，袁炜的老家袁家岭有人来了，是不是？在现场没有？把他们带来！"

"是，洪警官！"

不久后，袁明生和袁俊杰被带来。洪警官跟他们简短交代之后，亲自护送他们至顶楼到袁炜附近，随后通过喇叭向袁炜喊话："袁炜，你的老家袁家岭来人了，请你配合他们，这是你唯一的出路。为了你和你家人的未来，请你相信我们警方！"

袁炜被喇叭声震惊，他不敢相信自己的耳朵。正当他准备仔细再次聆听时，一个熟悉的声音传来："袁炜，炜伢仔……是我，嗯俊杰哥！还有嗯明生哥……"

听到这声来自袁家岭口音的呼唤，袁炜的泪水如决堤般涌出，他嘶吼着："俊杰哥！明生哥！……"

"袁炜，嗯冷静点！我俚这次来，就是来接嗯回切咯。袁家岭咯人都在等着嗯回切呢。"袁俊杰温和地劝说着。

然而，此时龙霸天察觉到局势不利，试图挣脱袁炜的控制。袁炜察觉后，猛地用枪柄重击了龙霸天的头部一下，怒喝："老实的！"龙霸天瞬间噤声。

"嗯俚真咯来哒？我……我……我还有脸回切吗？我还能回袁家岭吗？我……"袁炜泣不成声。

"当然可以回切！炜伢仔！只要嗯配合警方，一切都是有希望的！"袁俊杰坚定地说。

正当袁炜陷入深深的自责与挣扎中……此时的龙霸天则已趁机挣脱束缚，试图去抢夺袁炜手上的枪支。在他刚刚得手之时，袁炜眼疾手快，一把抱住龙霸天冲向楼梯口，越过栏杆，向下纵身一跃……

"砰砰砰……"

"不要管我！……"

袁炜的嘶吼声与龙霸天的枪声交织在空中回荡……

他们从数十层的高楼直坠而下，重重地砸在一楼大厅中央，鲜血瞬间染红了地面……

目 录

第一集

每逢年关每聚首　几家欢喜几家愁

腊月初八的这天早上，忽然一声大响打破了袁家岭的宁静，声音是从袁美庭家里传出来的。响声过后，马上又传来了一阵哭闹声，只听见袁美庭的老婆吴凤仙坐在地上一边哭一边用手在地上使劲捶着："禾得了哟，禾得了哟，我的咯天呢，这怎么得了哟？现在都要过年了，还出了个咯样的事，禾得了，禾得了哟？"

很快，赤脚医生袁美庭的屋里就热闹起来，人们仿佛一下子从天上掉下来似的，男女老少都在互相交头接耳，相互喃咕着：

"凤仙，出么里事了？"

"哭么里？凤仙！"

"出么里事了？凤仙。"

"唔……"

……

"人道世间逢，酸甜岂久公？无宁何处有，缘业为谁梦！"一个叫花子在边上自言自语……这时，有人向他摆了摆手，示意让他快点离开……

大家急忙都搭把手把吴凤仙从地上扶到椅子上坐好，然后听着她一把鼻涕一把眼泪地告诉大家，原来袁美庭的大儿子袁文生，昨天晚上离家出走了。

大家急忙都搭把手把吴凤仙从地上扶到椅子上坐好，然后听着她一把鼻涕一把眼泪地告诉大家，原来袁美庭的大儿子袁文生，昨天晚上离家出走了。今天早上吴凤仙和袁美庭在大儿子文生的房间里的桌子上发现一封信，他在信中告诉家人他走了，他不会回来了，叫家里的人不要去找他，让他到外面自生自灭，并原谅他的不孝。

此前袁美庭已然发觉大儿子袁文生的情绪有些反常，但没想到他会一走了之。袁文生从小性格温厚，很少和父母顶嘴。初中毕业后外出打工。后来处了一个对象，经过一年多交往，两人感情很好，对方家庭也认可了文生。

前三天，也就是腊月初五，袁文生将相处两年的女朋友小邢带回家过年，想多住些天。可是袁美庭经过这两天观察后认为这个姑娘花钱大手大脚，而她的家境并不太好，认为他们俩在一起不合适。昨天，袁美庭找到文生想把这事跟他说清楚，可是他找了半天也没有找到，后来通过BP机找到了文生，并打电话过去。在电话里袁美庭就说反对他们两人交往，并要求他们尽快分手。可是不巧的是那天打电话时，通话内容被人家姑娘听到了，儿子和女朋友顿时就产生了矛盾。

事后，吴凤仙很自责，怪自己没有制止住袁美庭，才酿成了大错。看到文生的信后，她马上就头一晕，倒在地上，手上拿着去盛甜酒的玻璃瓶掉在地上摔了个粉碎，所幸的是没有被玻璃碴伤到。袁美庭气得坐在一旁一根接一根地抽着烟，骂道："走就走，咯咯哈醒仔，让他走，走了就莫回来，这该子太哈了，找个好吃懒做的婆娘，有么里用？"

吴凤仙在一旁号啕大哭："嗯这个杀千刀的，嗯有么里不满意咯？文生冇读多少书，找个媳妇不容易，只要他们两个人好，嗯管那么多搞么里嘛？再话，嗯有么里意见，嗯不晓得过完年了再话呀？文生一年上头难得回几次屋里，俗话说过得年好，划得船好嘛！嗯就是不听啰，咯个屋里禾得了哟，我切死了算哒！"

了解情况后，左邻右舍们都劝吴凤仙："不要急，文生会回来的，马上就要过年了，他能去哪里呢？文生这伢仔忠厚老实，等过几天，他想通了，他就回来的！"

经过大家的劝解，吴凤仙的情绪慢慢稳定了下来，屋里的气氛平和了很多后，边上的人就慢慢地散了。

只有叫花子飞飞在屋前的地坪里念着唱着：

啊呀……／嘞……／世上亲人怎么讲嘞！／亲字又是怎么写嘞！／亲字要你怎么做嘞／亲还是不亲怎么说嘞！／啊呀……／嘞……／亲不亲是作什么嘞／亲不亲是为什么嘞！／亲不亲人都是谁嘞／谁才是你最亲的人嘞……

这时的袁家岭随着夜色的降临渐渐地安静下来，房屋里的灯光像星星一样一颗一颗地亮起来。

在山峦叠翠，河流密布的江南，藏匿着这个名叫袁家岭的小村庄。它宛如一个恬静的孩子，安睡在大山的怀抱里，远离尘器。这个面积不足一平方公里之地，居住着数十户袁姓人家。那山、那人、那房屋、那田园完美地融合在一起，俨然就是一幅浓墨淡彩总相宜的水墨画，散发出质朴和素雅的气息！而那条蜿蜒的小河，从村庄中穿过，如白龙般穿梭于群山之间，将这如画的景色勾勒出来。

近观之下，这个地方更是别有一番风味。这里的居民过着与世无争的生活，田间劳作、挑担行走、晒谷、炊烟袅袅，一切都是那么自然和谐。水牛的叫声、公鸡的打鸣，仿佛都在诉说着这里古老又神秘的故事。如果你突然造访，可能会惊扰树上的小鸟，它们会发出阵阵鸣叫，或成群结队地飞向天空。其实，这并非它们在愤怒，而是对陌生客人的欢迎。

村边的那条柏油马路并不宽阔平坦，但它却是通往外界的唯一通道。偶尔传来的汽车喇叭声，打破了这里的宁静。马路上的任何声响都牵动着这个宁静的世界里所有的希望和梦想！那是谁家的孩子回来了？还是亲戚来访？车上装的是什么？这一切都引发了村民们的好奇与猜测。他们依靠马路带来的信息，去认识和了解这个多彩的世界。现在，在每年的农闲时节，总有那么几个人会自告奋勇地修补这条路，原来它可没有被这么优待过。马路两旁都种了多棵排列并不整齐的柳树和樟树，路边就是一片连着一片的庄稼地了，它们与山上的树林一起跟着季节变换着颜色。村头的那个代销店，它像哨兵一样监视着村里人的进进出出，以及公路上来来往往的车辆……

　　冬季悄然而至，凛冽的寒风夹着雪花把山村、原野等一切都变成了白色，仿佛在告诉人们一年又快要过去了，马上就要过年了。这时的大人们比平时还要忙碌，也许是事情太多了，那么冷的天气也有人在水田里或者山谷中劳作。年迈的老人则在家里围着火塘烤着火、聊着天，那些调皮捣蛋的小孩子们三个一群五个一伙，在无忧无虑地玩着雪花、摇着火罐、喘着热气、大声唱着童谣：

　　　　胖子胖/打麻将/输哒钱/不还账//左一棒/右一棒/打得胖子不敢犟//大嘴巴/吃四方/骑高马/打洋枪。枪一响/马一仰/大嘴吓得尿裤裆……//新年到/真漂亮/大红灯笼挂墙上//穿新衣/戴新帽/小朋友们哈哈笑//贴对联/放鞭炮/噼里啪啦吓一跳//包饺子/蒸年糕/全家团圆乐逍遥//玩龙灯/踩高跷/锣鼓喧天好热闹……

　　在一年中，虽然有端午节、中秋节等几个节日，但要说最热闹的当数春节了，而农村的春节更是热闹。每家每户几乎整个腊月都在为过年做着准备，磨豆腐、打糍粑、炒花生瓜子、腌腊鱼腊肉，忙得不亦乐乎。春节前，各家各户都要大扫除一次，要把屋子收拾得整齐干净。虽然家具已有些陈旧，但是，经这么一打扫，感觉像住进新房子一样。小孩子们一起床就要念叨一下："今天到了腊月初几了？"

　　终于，等来了除夕这天，过年对孩子们来说是最开心的事情了，俗话说"大人们望种田，小孩子望过年"，这一天不仅可以穿新衣服，吃到好吃的，还有长辈们给的压岁钱。贴好红彤彤的春联，祭祀祖先后，一家人就开始吃起丰盛美味的年饭了。吃年饭时，除了互相敬酒、夹菜之外，家长们一边总结着一家人这一年来的丰收和成绩，一边计划着明年的事情。

　　"三十晚上的火，月半晚上的灯！"大年三十晚上，每家每户都会把自己家的火烧得旺旺的，以期明年人旺财旺！大家除了烤火聊天和玩牌以外，还看《春晚》，几乎每户人家都在看。电视里播放唱歌节目时，整个村庄似乎在演奏大合唱，随便你走到哪里都能听见电视里的声音。特别是演到小品、相声时，每家每户传出来的笑声响彻整个乡村。到了晚上十二点钟，在这个世界进入新年的第一秒，黑夜几乎变成了白天，阵阵烟花鞭炮声响彻乡下原本安静的云霄，大家都在预祝自己以及家人在新的一年里快乐、平安、进步……

　　到了大年初一，家家户户都会早早地起床去开"财门"。一大早，处处是放开门炮的声音，在整个村庄此起彼伏地响着。在这一天，大人和小孩都要早早地起床，穿新衣、戴新帽，家里还要放鞭炮，据说这一天谁家鞭炮声持续时间越长，这一年就会越红火的。吃完早饭后，晚辈就要给长辈拜年了，如果看见哪户人家的大门没有打开的话，也许是户主没有准备妥当或者是其他原因，这时是不能推门进去的。来了拜年的人，家里人必须递烟、泡茶，要给小孩子糖果或者其他的零食，他们接到糖果装入袋子后又欢天喜地地去往另一家……

整个村里的人都在互相串门、走动，路上"新年快乐""恭喜发财"等祝福声不绝于耳……

袁明生、袁俊杰、袁炜他们三个人也在给长辈拜年的路上相会了。他们三个人从小一起长大，随着年龄的增长也各奔东西，只有过年时才能聚到一起，所以他们这一天都无比开心，有着说不完的话。拜完年后，袁炜把袁明生和袁俊杰拉去他家玩，刚进门，袁炜的妈妈张四嫂连忙起身泡茶，招呼着他们："俊杰、明生，来来来，你们快坐，坐到火桌这里来烤火！"

"好，嗯那嘎自己忙。"他们应着。

这时候，袁炜的爸爸袁望春拿出烟向他们递过来："来来来！恰根烟！"

"嗯恰烟，恩那嘎自嘎恰，我俚哈嗯恰烟咯！"他们对他说。

"好！嗯恰烟的好！"袁望春收回了递过去的烟后接着说，"在外面没有学坏样，那就好，嘿！一年冇见，明生咋长这么高了！俊伢仔我是长期的看见，还是老样子哦！"

袁炜说："爸，嗯冇看到呢，俊杰哥去年这不长胖了，你看咯手臂。"说完他拉了拉袁俊杰的胳膊。

袁望春连忙说："是的是的，俊伢仔也长胖了。"由于孩子们都不抽烟，袁望春把烟认认真真地放回烟盒里，说："嗯里坐哈，嗯里年轻人讲话放肆些，我去他大伯家坐一下！"

说完推开门出去了，房子里只剩下他们三个人了。

袁俊杰喝了一口茶，说："袁炜，嗯百是切学木匠了吗？嗯的手艺学得么里样哒？听到哇那行挣钱！"

袁炜说："赚钱？一天到晚累死人！我早就没有去学哒呢！学会后工资也没有多少，我那个师傅赚钱主要还是开厂赚的钱，但是那样的话，还是要些本钱呢！我哪里有呢？只有明生就好，工作不用愁，毕业就可以上班，轻轻松松的还工资高，还是读书好哟！"

袁明生说："现在读书不容易，看上去很轻松的样子，真的很辛苦，我长期做作业做到通宵，嗯里看不到呢，看起来是没么里事，其实呀，我好操心的，好累呢！嗯里嗯晓的，我有时候真想回家和嗯里一起种田，过着百想事咯生活嘞！"

"嗯还是拉倒吧！"袁俊杰笑了笑说，"我跟嗯斟吧？明生！"然后接着说，"咯样跟嗯哇吧，嗯到屋里种田，不说别的，只怕嗯连堂客都找不到。袁炜，嗯哇是吧？"说完他们都哈哈笑起来。

袁炜接着说："是咯，前两天，我听见媒婆说现在的女伢仔里开口就是讲条件，房子车子的不能少一样，听说乡里的楼房也还少了，还得城里有房子那才恰香，嗯里话我里这一般的人家哪里奈得何？不打单身才怪嘞！"

袁俊杰说："袁炜，去年媒婆不是给嗯也介绍对象了吗？"

袁炜支支吾吾，有点不好意思地说："冇呢，冇呢，还冇呢！嗯看我里屋里西跨撕烂，茅厕都怕进切的，谁上门喔?"

看见他有些不好意思的样子，于是袁俊杰对着袁明生说:"明生，你银又嬲怪，只怕学校里喜欢嗯咯女同学多呢，早谈好了吧?"

袁明生笑了笑说:"我冇，冇呢!"

这时袁炜碰了碰袁明生，说:"明生哥，你哥哥文生过年回来吗?"

"唉!"袁明生叹了一口气说，"没有呢，电话都没有一个，不知道他是怎么搞的，也不知道他去哪里了。"

"只怕是文生哥跟那个女的在一起，怕嗯里伢话他，只是不想回家过年而已吧?"袁炜说。

袁明生说:"不知道哦!禾里过年都百回家呢?以往年年都回来咯嘛!……"

他们沉默了……

袁炜看见他们有些悲伤的样子，这大过年的怎么行呢，于是他话锋一转，说:"女朋友嘛!有么里了不起的呢，冇的哒再找嘛!是吧?天涯何处无芳草，何必单恋一枝花!歌都是这样唱的，他未必没有听过?他怎么就不知道呢?"

"嘻……"袁俊杰笑着说:"就你皮!"

说完他们三个人哈哈大笑起来。

袁明生用手戳了一下袁俊杰，说:"俊哥，听说嗯的同学吴勇兵谈了一个女朋友，还快要结婚了，是真吗?"

袁俊杰说:"是的，你知道吴勇兵他才18岁呢!听到话明年正月接咯嘞!"

"哇!18岁可以结婚?好卵谈!"袁炜一脸的疑惑。

"我冇嬲白，听到话是那个女的要结婚的急呢，还不是看到吴勇兵家条件好，怕他变心，催着他们结婚呢!"

"……"

这时，空气好像凝固了一般，他们三个人都没有说话，吴勇兵的事提醒着他们已不再年轻。他们似乎不约而同地感觉到了变化。当他们都还是一群孩童的时候，玩乐是同伴在一起最重要的事情，也是最开心的事情。他们在这种开心幸福的场景中待到现在。其实他们也有所感觉，只是今天还不肯接受而已:如果其中的一个朋友开始谈恋爱了，他开始大把大把的时间用在另一个人身上，不再出来跟你一起去玩，不再在乎朋友们一起的聚会。如果你依然是单身，你会明白原来已经和许多年前的味道大不相同了，那种失落的感觉也许还夹带着嫉妒，让你愤愤不平而又无可奈何!

咚咚咚……

几声急促的敲门声，顿时打破了这里的安静，随之推门进来的是袁炜的姐姐袁红梅。心直口快的袁红梅使房子里顿时热闹了起来，她手上提着一个袋子，从里面掏出一堆小吃，说:"来来来……嗯里都来尝尝，我亲手做的南瓜饼、棉花糖……尝尝看，味道要的波?尝尝看，好恰不?"

袁俊杰和袁明生随手抓起一个塞到嘴里。

"好恰!好好恰!"袁明生急忙说。

"红梅姐，你的手艺越来越好了！"袁俊杰跟着说

袁炜笑着说："姐，好吃，我就不吃了吧？"

袁红梅听过后，嘴巴一撇，有点生气的样子，说："嗯恰？禾里啦？一点面子都不把！太百晓得港话了，恰服哒是吧？伢妈没在屋里的时候，我百给你做了，看你恰什么？饿死你？"

"好……好……我恰！好恰好傻恰，到穴位！"袁炜连忙说，"姐，今日就不要乱说哈！过年呢……"

他们顿时都大笑起来！

气氛越来越好了，他们都感觉轻松很多了，讲话也是越来随便了，平时需要胆子大一点才能说出的话此时也就会没什么顾忌而脱口而出了。

袁红梅说："明生和俊杰嗯哩哈谈爱了吗？女朋友都找好了吧？过年来了吗？"

"还没有呢！"他们连忙回答。

袁红梅满脸迷惑："百会吧，明生嗯屋里条件又好？梅姨还没帮你哇媒？"

"还有一年书读呢，我想读完书了……再……再说我哥又出了咯个事！"

"……"

袁俊杰接过话题说："红梅姐，听到哇去年嗯不是找了个男朋友的吗？处得怎么样，过年来不来呀？"

袁炜也过来凑热闹，说："初几来呀？我禾里嗯晓的？"

袁明生说："那就好，来了的话我们也来看看新姐夫，顺便给嗯把把关！"

袁红梅的脸上顿时就红了，急忙说："还冇搞好呢，我俚性格不合，哇不到一起去，没戏。爱情急不来的，得看缘分！"突然，她似乎感觉很不好意思，于是故意大声起来："哎！禾里哇来哇切又哇到我咯身上来了，嗯俚好像跟那咯老人家一样。啰里八唆！"说完，她嘴巴一撇，装作有点生气了，说完就起身站起来，打开门，"砰"的一声关上后，出去了。

这时，袁炜连忙解释说："百管她，百管她，她就咯个德性，谁哇她都百信，谁哇她都百听！银又长的嗯索丽，哪个男人会喜欢她啰！"

袁俊杰和袁明生说："没事，我们没事，嗯木哇她，也许她有意中人了，我俚哈话她也不好，我们不会讲话，你看，大过年的，却惹得嗯里红梅姐生气，真咯百好意思！"

"冇事！冇事的！"

一会儿后，他们就起身各自回家了。

大年初六的这天一大早，袁炜的妈妈张四嫂一打开堂屋大门，就看见一个人向她家走来，因为早晨的雾气有点大，她看不清是谁，她揉了揉眼睛，站在那儿猜着，好像是个女人，她到底是谁？这时那个人说话了："四嫂子，四嫂子……"

张四嫂整了整衣服，说："是我，是我哟！嗯那噶是……"

"哦！我是梅姨，嗯起床了，那就好！那就好！哎哟！我怕嗯没有起那么早，我是在屋里淘好米煮好早饭了才来的呢！"

随着声音越来越大，人影也是越来越清晰，张四嫂定睛一看，说："原来是嗯啰！梅姨，禾哩来咯早哟！咯早嗯就起床了，有么里急事找我啦？"

"好事！好事哟！"

走到离张四嫂不远的地方了，梅姨上气不接下气地说："去年腊月我和嗯在方家坝里的老表家里做客，嗯不记得哒？方会计的外甥熊刚嗯是看到了啦，哎哟！真是个好后生仔哟，还有找女朋友，我跟他说了嗯里屋里红梅，后来呀，他也同意哒！话是今年正月最好是对个面，让他们相互看看！这不！昨天方老表打电话给我说熊刚今天来他家做客，话是熊刚很忙，过两天就要去香洲工作哒，本来呢我是昨日就要告诉嗯的，我却忘记哒，昨天晚上起夜才想起来，是说啰！有件事没做啰，嗯看我这记性，弄得我昨夜下半夜就没睡了……"

张四嫂摆好一把椅子，示意梅姨坐下，说："哦！这样的，好哦！嗯那噶先坐坐坐！红梅在屋里困呢，等她起床了我跟她哇哈！"

"好嘞！好嘞！还早着呢！"梅姨说。

张四嫂急忙去泡茶了，她泡了一杯茶，放下开水瓶后，正要端给梅姨时，忽然，她想到了什么，于是她又重新拿起一个茶杯，还从茶桌的底下找到芝麻和豆子。

坐在椅子上的梅姨说："熊刚家经营着一家小养猪场，一年收入倒是有个几万，在农村这也算富裕人家了，这孩子一米七大个，除了黑点倒也还算标致，红梅看见了保证喜欢！"

张四嫂泡了一杯有芝麻豆子的糖茶递给梅媒婆，说："谢谢梅嫂子，看把你费心的，只要他们成了，嗯那嘎的媒钱不会少的，另外皮鞋我也给你买双好的哈！"

梅姨喝了一口茶，说："哎哟，不要这样说，随便啦！随便啦！你要红梅准备准备，打扮打扮，只要他们搞得成就好，不要管我，不要管我，搞好再说，搞好再说！"

张四嫂说："是的！是的！等下起来哒我就告诉她！"

"好的！"突然，梅姨一只手拍了一下大腿说，"咦！我的饭还在火轰呢，我要快一点回去看看！嗯那噶先忙着，我走哒！我走哒！"

说完，她拔腿就跑。

袁望春家境一般，虽然是种田，但是两口子勤快，二十多亩田、三十多亩地都没有空着，俗话说"只有懒人没有懒土"，一年的收入也是吃喝不愁。农闲时节袁望春还出门干点零活，张四嫂在家也养了鸡养了猪，家里不差哪一样，倒也算小康家庭。

袁红梅身材高挑，虽然是农村娃倒还生得白净，伢妈看得娇，她基本上没有做什么农活，虽然模样不是那么俊俏，但也可以说是眉清目秀，有标准的大眼睛、双眼皮、樱桃小口，也算个漂亮姑娘。她今年二十三岁了，这个岁数在农村已经算是剩女了。农村人普遍学历低，思想观念是早生孩子早享福，很多人都没有到法定年龄就结婚了。袁红梅之前订过一次亲，但是因为那个男的出去打工后，他们的联系越来越少，所以这门亲事自然也就散了。红梅的父母已经很着急了，只要碰到媒婆梅姨就托付人家给红梅找个婆家，因为岁数越大提亲的对象就越差，左邻右舍都看着呢，感觉面子上也挂不住，所以挺着急的。但是身为女方也不好主动找别人提亲，袁望春常常在家愁得闷闷不乐地抽烟喝酒，就是担心她的事。

袁红梅天天看到爸妈这样也有点愧疚，只能出门打工，她知道自己家里的经济条件，在外面尽量省吃俭用攒点钱寄回来贴补家用，前些年还常常回家，现在自己单着，她感觉周围的人都在用异样的眼光看待她，那一双双眼睛好像都戴着有色眼镜，看得她浑身上下都不自在，所以最近两年她几乎没怎么回来。袁红梅个性比较要强，也许是她小时候得的一场肾炎改变了她的性格。

那时候虽然家里条件不好，可她是袁望春和张四嫂的第一个孩子，她也是爷爷奶奶的第一个孙，家里上上下下对她格外疼爱。她六岁的时候得了急性肾炎，医生说她这个病很危险，怕保不住。所以一家人生怕她没了，几乎是她要什么就给她买什么，尽量满足她，什么事情都由着她的性子来。谁知道她长大以后还是这样的性格，一点都没有改变，让一般的人不容易理解。

上午十点钟的时候，张四嫂在房间里接到电话，是梅媒婆打来的，说是熊刚他们来了，已经到了方会计家了，要她做好准备，等一下就到她家里。张四嫂挂了电话就告诉了袁红梅，袁红梅内心非常忐忑，表面有一些不自在。这时，全家人都紧张而又兴奋起来。

一会儿后，袁炜对张四嫂说："嗯妈，我有事出去哒！"

"什么事？嗯俚姐姐等一下就要抵面哒，嗯也来看看啦！"张四嫂说。

"我有么俚好看咯啰！随她！她同意就好咯，嗯俚话同意就可以啦！"袁炜不耐烦地说完就出门了。

按当地农村的风俗习惯，结婚流程就是先见面，再定亲，然后就是结婚生子。对面的意思就是两个相亲的对象的第一次见面，一般都是媒人带着男方上女方家里来，让双方都看一下，如果双方感觉可以就算是同意，接下来就是定亲。定亲就是两个人的婚姻就这样定了下来，男女双方开始来往了。男方还得给女方彩礼，女方再去男方家一趟后，这门亲事就算定了。最后就是大摆酒席的结婚仪式了。对面其实男女双方只有很少的时间说话，基本上就是对对眼缘，看看外表，毕竟外面的人都等着俩人的意见呢，所以有一种被围观的感觉，看到边上的人说这说那，指指点点的，男女双方都有些不好意思。但是也没办法，条件也是这样，风俗也是这样，大家都是这样，千百年来都是这样。

随着几声"嘀嘀嘀嘀"响起，一辆小轿车在袁望春的屋前的地坪停下来了，梅姨下了车，接着熊刚也下了车，他一下车就掏出荷包里的烟，见到男人就递上烟，并礼貌地说："嗯那噶恰根烟！"袁红梅父母一看这熊刚仪表堂堂，还知道他自己在外地上班收入高，对这男孩子真是越看越喜欢。张四嫂急忙偷偷摸摸去里屋，装着凶巴巴样子对袁红梅说："这个伢仔可不错，模样好看，收入还不错，家庭条件也好，以后你嫁过去不愁吃不愁穿，不要错过了哈！这次必须拍板，不许再挑三拣四了，嗯听到冇？"张四嫂狠狠地说完，还故意瞪了红梅一眼。

随即，袁红梅也回了他妈一个白眼，说："好啦！好啦！知道啦！啰哩八唆！"

熊刚今年也二十五岁了，家里面父母急得像热锅上的蚂蚁一样，可是熊刚自己不急，年年到年底才回家待几天，过完年后，正月初几就赶紧出门上班去了。而且熊刚这孩子还有一个心事，就是对和他同村的一个叫易芳的女孩子念念不忘，那是他的小学同学，他们两小无猜，奈何人家考了一个大专院校去了大城市上学。没办法，两人在这价值观上就格格不入了，最后不得不散了。

所以他立志要多挣钱，不再让别人小瞧自己。这几年在外边他除了工作，还做钟点工什么的，只要能挣钱就什么都做，常常累得不行。由于还没结婚，也就没个人照应。去年年底，他爸妈死活让他必须早点回家相亲，还托付了几个媒婆。相了几个后，熊刚觉得没有合适的，还不耐烦地说："今天看了袁红梅，这里如果不行就再也不看了，明天就去香洲上班去算了。"

熊刚跟袁红梅的父母寒暄了一会，梅姨就带他来到里屋，这是红梅的房间，梅媒婆嘱咐他们单独聊一聊后，就出去了，顺手把门关了。熊刚一抬头看到一个身材高挑的小姑娘，头转向窗户看着，黑色的头发很浓密，估计是她感觉不好意思，很久也没有说话，于是，他咳嗽了一声，说："看什么呢？外面有什么好看的，让我也看看。"

袁红梅脸一红，赶紧镇定下来，说："没看什么，我只是随便看看而已。"

她从上到下打量起熊刚来：这个人五官倒是生得端正，皮肤有点黑，身高还真挺高。这时候熊刚也在打量红梅：看她眼睛还是蛮大的，鼻子也挺高，嘴巴也挺小，还是挺标致的。熊刚的心安定了一些，毕竟他知道这次无论如何也得定亲了，只要看着顺眼就行了，今天见面之前就是这样想的，看来今天运气不错，能找个这样的也还算可以。

熊刚缓缓地走过去坐下来，他率先打破了沉默，哼了一声后，对红梅说："听说你没有在屋里，你焉里上班？"

"我在香洲一家电子厂上班，你呢？"袁红梅问。

熊刚的眼睛盯着她，说："你在香洲？我也在香洲。"他见她没有回话，于是自己又说了一句，"我搞厨师。"

袁红梅突然有点心跳加速，结结巴巴地说："那、那应该很辛苦吧？"

熊刚正了一下身子，说："不辛苦，习惯了。"

"哦！"

俩人又一阵沉默，袁红梅心里有点打退堂鼓了，她感觉这个人好冷漠，看来他应该对自己没有什么好感。她有点小失落，但又迅速调整了一下心情，毕竟初次见面也谈不上有什么感情。她起身走到桌子边，倒了一杯水，放在熊刚面前，说："喝杯热水吧，天气好冷呢！"

熊刚回了一句"谢谢"就没说话了，其实他也不想冷场，实在不知道说什么，也没有什么特别想问的，来之前都了解过了，估计袁红梅也是慢热的人，自然也是没多话说，俩人又随便说了几句后，袁红梅就推开门出去了。

这样子就算是对面结束了，接下来就开始商量答应不答应对方的事了。见红梅出来了，梅媒婆赶紧过去把走在后面的熊刚喊到一旁，问熊刚："看了怎么样？什么想法？"熊刚略微低下头，想了一下同龄的人在村里都抱小孩了，自己还挑这选那什么……看着这个女孩长得也不错，就是性子冷一些，也没什么别的，身高也是跟他很般配，尤其他看着袁红梅的背影，让他想起易芳跟她一模一样的，于是他笑着说："要的，梅姨，我没有问题，你去女方那边问问吧，如果他们同意的话，咱们就定下吧！"

"好的好的！"梅媒婆拍手叫好，高兴地说："好的！好的！没问题！没问题！你等一下，我去那边看看！"

看来又能撮合一对了，梅媒婆的心里比啥都开心，她赶紧屁颠屁颠地问女方的消息去了。

这边袁红梅刚出来，张四嫂就把她拉进另一个里屋关上门，扭过脸去就问她怎么样。袁红梅低着头，她想着这怎么说呢，人长得还可以，条件也不错，就是她自己觉得男方不是很热情，一副无所谓的样子，似乎不太中意她，而且她感觉这个男人一看就特别有主见，以后怕是不好相处，但是，她看着母亲张四嫂期待得那眼珠子好像都要掉出来的模样，再看到她额头上好多根白头发，她点了点头，小声说："嗯妈，我看还行，我同意，不知道人家看不看得上我呢？"

张四嫂立马眉开眼笑地说："好！好！嗯喜欢就行，我闺女还有别人看不上的时候啊！好好好……"

张四嫂说完就要开门出去，正好梅姨在外面敲门，她一进来就迫不及待地告诉张四嫂熊刚看中了红梅，特别喜欢红梅，她说得天花乱坠，好像熊刚非她不娶一样。张四嫂听在心里乐得都合不拢嘴了，不断地说着："那就好！那就好啊！"袁红梅听在耳朵里倒是觉得有些奇怪：这个男生还真是猜不透，我跟他在一起的时候，他的举动也没有梅姨说的那么夸张吧！也没有看出他有那么喜欢我啊！难道他……

红梅和熊刚都到了该成家的年纪了，在农村本来这种风俗对男女双方的终身大事就很认真，基本都是奉行的父母之命媒妁之言，对面之前所有的条件都比对过了，对面的时候只要两人相互看得入眼，就算天作之合，至于以后的婚姻生活那就看造化了。想到这里袁红梅的眼神都暗淡了，耳朵里听着父母跟梅媒婆商量什么时候来定亲，什么时候走婆家，心里已经一点一点地沉下去了，自己这个岁数定了亲后基本上过不了多久就该提结婚的事了。她低下头，心里有一种莫名的紧张感袭来，她不停劝自己，只要父母开心就好，他看着也挺帅的，不知道性格是不是合得来，好不好相处……分别时，他们互相记下了对方的电话号码，相约保持联系，一年后举行婚礼。

随着春节假期结束，村里的人都准备出门了，上班的上班，打工的打工，上学的上学，都走得差不多了，村子里也慢慢地安静下来，每家每户都已经在田地里开始新的一年的春耕。

过完正月，太阳一天比一天明媚，一切在春风的吹拂下渐渐变得明亮而又温暖起来。

这天，在村里的公路上，袁俊杰正骑着一辆自行车从镇上回来，后面坐他爸爸袁青山。袁俊杰自去年初中毕业后，就一直在家待着，袁青山年纪大了，加之他嗯妈侯大娘几年前由高血压导致瘫痪在床，穿衣吃食都不能自理，得靠袁青山照顾着。这两年病情侯大娘似乎好转了一些，不仅可以一个人穿衣吃饭了，还能做些煮饭洗碗之类的事了。

也许是家里事情太多了，她实在看不过去，拼着命来做，每次累到气喘吁吁时就找来椅子坐一下，或者上床去躺一下，不然就会头晕倒在地上。所有看见的人都要她不要做，这太危险了，可她就是不听，只是念叨着："能帮他们爷爷崽崽在屋里面做点事就算点事，帮他们减轻点负担就好！"

其实俊杰这孩子读书成绩还不错，中考成绩离考上师范学校分数线就差那么几分，没办法，他爸爸袁青山句句话都是有钱，又不肯去求亲戚靠朋友，反正就是拉不下那张老脸。不过俊杰也知道自己家的情况，他也没说什么，老老实实在家里待着，跟着他爸袁青山水里一脚泥里一脚，上山下岭，种田种地，毫无怨言。

袁俊杰今天蹬着自行车真有劲，一眨眼就到了他家屋前。

"嗯妈，我回来了。"他一进屋，自行车还没停稳就喊道。

侯大娘在房里的床上听见了，说："俊伢仔，你回来了，嗯里伢老子呢，回来了吗？"

袁俊杰停好单车后，走在进桃屋就回他妈妈说："嗯妈，我里哈回来哒，我在路上碰到了伢老子，我们一起回来哒！"

"好！那就好。"

侯大娘说："俊伢仔，梅姨带你切对面的呢，切了么？怎么的？看到那个女伢仔么？"

袁俊杰说："还没有呢，梅姨说要我明天切，那个女伢仔今天有事切哒！我明天切！"

"哦！好的！"侯大娘说，"饭煮好了，你们炒个菜就可以吃饭了！"俊杰说："晓得，伢老子厨房里在炒菜呢，一会儿就好了，嗯也来吃饭吧！"

侯大娘说："好，我就起来。"

晚上，袁俊杰睡在床上想：梅姨昨天说得好好的，怎么今天上午就去了邻村呢？

他的内心一直都是忐忑不安的，不管怎么样，想起明天就要去见那个女孩子，心情总是甜蜜蜜的，那种愉悦的心情无与伦比，期望爱情的时刻，一切都是那么美好，充满了想象！在这寂寞难耐的日子里，毫不夸张地讲，此刻，就算眼前是个陷阱，他也敢往里跳。现在他父母年事已高，可以说又是家徒四壁，他已经做好了打算，就算那个女孩子长得再丑，家里再穷，他也能接受，这时，"喔喔喔……"一阵公鸡的打鸣声传来，天就要亮了，"啊！"俊杰打了一个哈欠后，睡着了。

早上，袁青山一家人吃完了早饭，袁俊杰就去洗碗。

袁青山在边上说："你去见面时对谁都要有礼貌。"

袁俊杰应着："晓得咯，晓得咯！"

一会儿后，他骑着自行车去梅姨家去了。梅姨对他说那个对面的女孩子今天也忙，还要个把小时才能来，要他在村边上的那个小卖部等一下，就到那里对个面就可以了。于是，袁俊杰就早早地来到那个小卖部，他想着自己又没有钱去买点东西，进去等人觉得有点不好意思。他不想麻烦别人，于是站在离那个小卖部不远的地方等着那个女孩的出现，快两个小时了，袁俊杰也没看到梅姨和那个女孩，是不是由于自己的疏忽大意没有看见？他就走到小商店里问了一下老板有没有女孩子来过。只听见商店里的老板说："噢！俊杰啊，梅姨早就打电话到店里说了，要我跟嗯话一声，那个女孩子不同意，她不来了，嗯不要等她哒，嗯回去吧……"

第二集

明生俊彦心同道　远近贤才志共途

"哦……"袁俊杰回了一声。他愣在小卖部的门口，很久没有动弹，他不相信刚才听到的话，怎么会这样呢？不是说得好好的吗？他不相信自己的耳朵，他把先前梅姨说的话一句一句重新念叨了一遍，他一边往回走一边思索着。他想去梅姨的家里去问个究竟，不是说好了吗？这到底是怎么回事？但他走到岔路口，在去梅姨家的路上走了几步后，忽然停了下来，又转身向通往自己的家的那条路上走去。

袁俊杰骑着自行车回家，快要到家的时候，天突然下起雨来。刚开始雨不大，几分钟后便是蚕豆大的雨滴，没几分钟身上就被雨淋得湿漉漉的，一回到家里，他还没换下被雨水打湿的衣服，就喊："嗯妈！"

侯大娘看见他急湿的衣服，就说："嗯回来啦！哎哟！采得急湿的，快去换衣服，禾里不打一把伞呢？"

"冇事的！"

"俊伢仔，禾里咯？那个女伢仔怎么样？"

袁俊杰说："那个女伢仔没有来，肯定是不同意啰，那就算了吧！"

听到俊杰说的话后，侯大娘嗯了一声，然后"咳咳"了两下，她顿时就掉下泪来，不知道说什么才好，她没有回答俊杰，只是假装咳嗽了一下，当作是对他的回应。怕被人看到她的泪眼，她急忙从椅子上起身，离开这里。

春天的雨多是蒙蒙细雨，那雨滴比针尖还细，星星点点，温和地洒在脸上，带着刚发芽的柳树的气息，连绵的春雨夹着寒意，轻轻地打在袁俊杰的脸上，与他泪水汇成一条条水渠，倾泻在他的每一寸肌肤直逼他的胸膛。这场雨像一桶冰冷刺骨的水把他刺醒在残酷的现实面前，原来对爱情的憧憬是如此单纯、美妙的他，现在却是那么无助和迷茫！他瞬间觉得以自己现在这个样子、这个条件，根本就不配拥有爱情，这也不怪那个女孩子不愿意来。一个什么都没有的男人又有哪个女人喜欢呢？这一切，还是等到他做出点改变之后再说吧。

在农村，勤劳的人们几乎没有什么间休息，只有遇到下雨的时候，他们才肯停下田里的劳作，趁着难得的闲暇，好好休息休息，也可以做些好吃的犒劳一下自己和家人。下午，雨一直下个不停，侯大娘看着袁青山在家里没事，她考虑到俊杰的心情不太好，于是，她对袁青山说："嗯俚伢老子！下午没事吧？趁着下雨，嗯切调点糯米粉，我里三个人做点东西吃下，好吧？"

袁青山说："要的，我来做！"

与物质丰富的城市比较而言，农村物质匮乏，给人与世隔绝的感觉，村里的人们都没什么条件，更别说钱了，就算有了钱也没有人舍得进小商店花，何况小卖部也没有多少东西可卖，农村的人本来就没有买零食吃的习惯，而且小商店里的东西还不便宜（其实价格都不高，只是因为手中没有钱才觉得贵）。要说最实惠最美味的，就是他们就地取材用糯米做的汤圆、煎饼、麻团，这些东西制作也简单，一般人都会做，家里都有，是一家人在一起的时候常做的点心小吃。当然，还有自己田地里种植的莲藕、高笋等，这些都是属于他们自有的美味。

俗话说，"没有女人的家不叫家"。自从侯大娘病了之后，袁青山就屋里屋外都靠自己了，虽然两个孩子都已经长大了，就只有小儿子俊杰没有成家立业了，但是这屋里没有一个女人帮衬，就什么都会马虎起来。女儿袁新兰早已出嫁了，俗话说"嫁出去的女，泼出去的水"，袁新兰的家庭条件不怎么好，想要多帮帮娘家她也是手长衫袖短，只能是想想，没有什么办法！

家庭里面没个女人真的不行，自从侯大娘病了，袁青山就进进出出一个人，什么东西也没有个人收捡，屋里屋外一团乱麻，大的方面不说，就算是到家里面找个小东西，也会让他找遍天地还是找不到。这个糯米粉明明过年时吃了的，今天怎么就找不到了呢？放到哪里去了呢？袁青山在屋里翻箱倒柜。

等到袁青山把糯米粉找到了，这时侯大娘已经往炉子生好了火。袁青山洗好锅，往碗里放入糯米粉和适量水，边加水边搅拌均匀，用手揉捏紧致，然后把葱切成葱花，把粉团后分成几块，每一块做一个饼，每个饼上撒上葱花，在上面抹点油，再用手反复碾压，撒上盐后再多次揉捏，在碾板上压成饼的形状。往锅内倒油加热，把饼放入锅中，煎至两面金黄色和饼身变硬就可以出锅吃了。

知道袁俊杰喜欢吃甜食，侯大娘嘱咐袁青山做几个不放葱不放盐的，放糖的给俊伢仔吃。他们在厨屋里一边做着吃的一边聊着，不经意间，侯大娘聊起了她小时候在娘家的点点滴滴，袁俊杰听得有滋有味的，当侯大娘聊到与袁俊杰他伢老子的爱情时，袁青山有点不好意思，他若无其事地忙别的去了，装作没听到。袁俊杰则却坐在边上听得津津有味，他催促着侯大娘说给他听。原来，袁青山小时候家里很穷，加之兄弟姐妹又多，没有粮食养活他们了，作为家里的老大，袁青山一点点大的时候就跟着他父亲走南闯北，讨饭、拾破烂、货连担、买泡米糕，样样都做过，在十八岁的那年，在他的姨妈的介绍下，袁青山就认识了侯大娘，那时侯大娘家境是富裕多了，有地有田，家里房屋上上下下几栋，在当地是个名副其实的富裕家庭，俗话说"一家养女百家求"，上侯家提亲的媒婆是络绎不绝，甚至用踏破门槛来形容都不为过，可是侯家就只有这么个女儿，她父亲母亲是看了东家看西家的，最后还是一个也没有相中。

后来，在袁青山的姨妈的三寸不烂之舌下，侯家父母还是同意了，不过提了一个要求，就是要袁青山去他家里做上门女婿。他们要袁青山认真考虑考虑。

当时，袁青山表面上是没有反对，也没有接受。他回去后觉得侯家要他做上门女婿是看到他家穷，看不起他，这让他很失望，他准备不答应这门亲事。他回家后跟家里人说明了侯家的要求，谁知父母亲却说家里反正有三兄弟，他一个人入赘侯家做上门女婿也没有关系，在这食不果腹的年代，侯家家境殷实对他袁家也是个好事，不论侯家会不会照顾他们袁家，不管怎样，袁青山有了一口饱饭吃了，再说只要他好就行，只要他自己同意就行。在这种环境和形势之下，不久，袁青山他的内心开始动摇了。在封建思想浓厚的农村社会上，做上门女婿是一件伤自尊，没有面子非常丢人的事情。也许是袁青山被生活所迫，也许是他想到家徒四壁的家境，也许是看到父母的白发和弟弟妹妹们饥饿的惨状，他最终同意了这门亲事。

然而，定亲后的第二年，为响应毛主席的号召，袁青山参军去了部队。

生活在富裕的家庭的侯大娘，心地善良，聪明能干，不仅会穿针引线还会犁田种地，屋里屋外的事真的是样样精通。她父亲有"积钱积谷不如积德，买田买地不如买书"的思想，在她八岁的那年，父亲侯海棠送给村里的教书先生五担稻谷让她得以去念书了。俗话说："有田不耕仓库虚，有书不读子孙愚！家无读书子，官从何处来！"她的母亲说可惜她是个女孩身，多少有点儿重男轻女的思想，不然，她父亲还会让她读更多的书。不过，父亲还是让她连续读了五年的书，直到有一年夏天，她身上长了很多的疮毒而不得不辍学，什么《增广》《幼学》等她都能倒背如流，直到现在，她讲话还是字字珠玑，引经据典，很有感染力和说服力。左邻右舍的有个什么问题或是矛盾的，都愿意问问她的意见和建议。俗话说："嫁鸡随鸡，嫁狗随狗！一马不行百马忧！"和袁青山成亲后，侯大娘看袁家太穷，自己娘家还是宽裕不少，于是，她时不时地背着娘家人带上一些食物去接济袁家。

常言道："在家从父，出嫁从夫。"从此，她的心就时刻惦记着袁家岭，只要有空侯大娘就去袁家岭看看能不能帮助袁家做些什么，每次去不是带上一些两个老人的衣物，就是给袁青山的弟弟妹妹们带些吃的东西，

"自从袁青山找到了侯大娘，袁家的日子也是好过了不少咯！"对于三十多年前袁青山的母亲说的这句话，侯大娘至今记忆犹新。侯大娘不是一个嫌贫爱富的人。俗话说："会选的选儿郎，不会选的选家当。"她坚定地相信"夫妻同心，其利断金"，只要两人一条心，黄土也能变成金。就凭袁青山当年会捉泥鳅黄鳝，也饿不死她，她也愿意和他结婚。岁月不饶人啊，一晃三十多年过去了，虽然他们现在生活平平淡淡，但是他们觉得非常幸福。侯大娘滔滔不绝地讲述着，袁俊杰认认真真地听着，袁青山坐在一旁没说话，默默地修理着渔网……

讲到后来，袁青山复员回家后来到了侯家生活，侯大娘看到她村里的有些侯姓人对袁青山这个外来的人并不待见，看见袁青山在侯家生活得委屈，没多少尊严，

考虑到袁青山的处境，侯大娘也感到很难受。俗话说："痴人畏妇，贤女敬夫。"看到自己的丈夫被别人欺负，于是一天，她一气之下，顶撞了父母，毅然地背起早就准备好的衣服拉着袁青山回到袁家岭生活。后来，侯家父母去袁家岭接他们回去，几次都没有同意……

俗话说："池塘积水可防旱，田土深耕足养家。"袁青山小时候就向他父亲学会了撒网捕鱼的手艺，他们两个人回到袁家岭种田种地，一有空袁青山就出去捕鱼，捉黄鳝，做副业挣钱。他和侯大娘结婚后，侯大娘成了他的得力助手，也帮着他做些田间地头的零活，就这样，袁青山和侯大娘生育了两个儿女。俗话说："黄金未为贵，安乐值钱多；不求金玉重重贵，但愿儿孙个个贤。"穷人有穷人的快乐，富人有富人的烦恼，她只盼望着一家人平平安安就好，一家人生活得其乐融融就行。孩子们也都勤快本分，现在的一切，她满意，她知足。

侯大娘说，袁青山也是一个老实忠厚的人，他没有辜负自己，自从她嫁到袁家岭，袁青山就勤劳朴实，干活认真，对她也好，别的都不讲，只凭这些年来她躺在床上，袁青山任劳任怨地服侍她，她就感激不尽了。俗话说："父母恩深终有别，夫妻义重也分离。"天下没有不散的宴席，侯大娘说："总有一天我是要走的，何况自己现在还是咯个样子，只是，现在来说我对不起袁青山和孩子们，拖了他们的后腿，嘴巴一张要吃要喝的，又不能做什么事了，也不能减轻一点家里的负担，让他们伢伢仔仔那么劳累，真的是很过意不去！"其实，能和袁青山时时刻刻在一起，她就快乐，这就是幸福。人老了，更加懂得互相珍惜。

侯大娘说，每次看到有些年轻人，舍不得吃一点点亏，硬要对方听自己的，争强好胜，只有等他们老了，才懂得不管夫唱妇随还是妇唱夫随，甭管谁唱谁随，只要是为了这个家而付出，为了这个家而奔波，谁有能力一些就听谁的多一点，这有什么不好的呢？只要是一心一意在为这个家，就行了嘛！如果这样相守相依白头到老，那是多么荣耀和幸福啊！人老了，不图别的，只要能天天在一起，看着慢慢变老，这也是一种幸福啊！少是夫妻老是伴！俗话说一日夫妻，百世姻缘。百年修得同船渡，千年才修得共枕眠。在这个充满诱惑的时代，在这个物欲横流的时代，没有几个人认同这种前世修来的缘分，特别是年轻人这种话语对他们来说简直就是迂腐旧论，而袁俊杰听得入神，他目不转睛地看着侯大娘，他觉得他嗯妈在他的心中突然变得高大起来。

这天下午，袁俊杰的姐姐袁新兰来了，她单车上就挂着一只鸡，单车后大包小包的好几个，真的是，左手一只鸡，右手一只鸭。她将单车一停，就直奔侯大娘的卧室，喊道："嗯妈，嗯妈！我回来哒！"

听到外面的声音了，侯大娘在床上，一边准备起床，一边回应："哦，是兰伢仔回来了，看嗯每天忙的，今日禾里有空来了的呢？"

"没事，只是回来看看嗯哩！"袁新兰一边说着一边放下带来的东西，把买给母亲的零食放到房间里面床边上的柜子上面，说，"嗯还好啦？"

"好哦！好哦！还是现样子哦！"

姐姐袁新兰和姐夫王强林在婆家种着十几亩的田地，每天都很忙，但是她的生活有滋有味儿的，让每个了解她的人，都感觉她很幸福。其实幸福不是你拥有了一切，而是你要有寻找幸福的想法和能力。他们结婚了几年了，不知道什么原因，大姐结婚后几年一直都没有生小孩，姐夫王强林也没有怪她，两人一门心思想多赚点钱，把条件搞好再说。他们承包了邻村的几十亩的荒山荒地，距离镇上很远，几乎每天都住在山上，好像是过着与世隔绝的日子，每天他们日出而作，日落而息。用他们自嘲的话来说："吃的是山鸡野菜，喝的是甘甜的泉水，听着百鸟争鸣，风景如画尽收眼底。"他们过的简直就是神仙生活。

袁俊杰去过几次，那地方虽然偏远但是也不寂寞，还有他们自己喂养的百只的鸡陪伴，几只公鸡时不时还会开一场演唱会，一头又一头老黄牛出来高歌猛进，通俗、美声，高低不断，歌声嘹亮响彻云霄，几百只鸭、鹅拍翅称赞，还有很多山鸡、野兔，各种动物和咱人类都是好朋友。这时小狗也不示弱，争着出来表演，好像还有一些腼腆，学着狮子滚绣球，让几只小花猫看直了眼，逗得姐姐笑声不断。生活的艰辛和坎坷瞬间就消失得一干二净！

俊杰很羡慕姐姐的田园生活，他们的生活没有竞争，没有尔虞我诈，心里却开朗乐观，笑容灿烂。回家看看，感觉他们仍是少年。在当今社会，不知有多少文人墨客、达官贵人，想要过上这种田园生活，找回曾经的自己。

可是自从姐姐生了一个女孩之后，她和姐夫的关系就变得越来越糟糕了，这是让父母一直以来担心的原因。

侯大娘说："来就来，还买什么东西，下次不要再买了，来一次买一次的，浪费钱，听到了吗？"

袁新兰说："听到了，听到了。"

袁青山问女儿："嗯和木林还好吧？没闹什么矛盾吧？"

袁新兰说："没有呢，禾俚咯？我一回来你们就怀疑这怀疑那的。"

"嗯里伢老子还不是怕嗯里闹意见。"侯大娘在一旁解释，"没有就好，没有就好！贫穷并不可怕，最重要的是一家和和气气的，和气生财嘛。俗话说：'两人一般心，有钱能买金，一人一般心，有钱难买针。'只要嗯里相处好，其他的慢慢地就都会好起来的。"

袁新兰说："知道啦，知道啦。木林很勤快，只要有点空闲，他就回家帮我做饭呢！何况我那里有那么多的事情，他不勤快行吗？爸妈，嗯们就不要操我的心了，嗯俚多操心操心俊杰吧，他还要找女朋友，要钱呢！我们这个屋，哎，到处漏的，是不是该重新做一个呢？"

侯大娘说："重新做？说起来容易，哪里来钱呢？都是要钱买的呀！"

袁新兰看着正在一旁吃着她买来的零食的袁俊杰，说："俊杰，最近怎么样？在做些什么呢？今年有什么计划吗？"

袁俊杰说："姐，做什么都得有本钱，嗯看我屋里又冇得钱，嗯里也是不富裕，可以说是借也借不到，再说借来的钱压力大，我想自己今年多承包些田种，先多多少少弄一点本钱到手上，嗯看咯样可以吗？"

袁新兰说："可是可以哦，只是，你吃得消吗？嗯妈伢老子他们都咯样老了，他俚也帮不了嗯多少忙，嗯想好了吗？"

"冇事，姐，我不怕，我恰得消。"袁俊杰说。

袁青山听了吓了一跳，说："包多少？俊伢仔，这可不是闹着玩的，田地可是一承包就是一年的，不允许半途而废的，种庄稼得看时节的，它不等人，要播种时就得播种，要收割时就得收割，不能耽误了时节，嗯可要想清楚了。"

袁俊杰斩钉截铁地说："嗯那嘎就放心吧，嗯帮我先承包十亩田试试，我保证把它整得漂漂亮亮，我保证我就是做牛做马也不会让田地空着、荒着！"

看到袁俊杰的这句表态，袁青山只得回了一句："好吧！"

知子莫若父，其实袁青山心里知道，俊杰这个孩子还是值得信赖，不是那种不靠谱的伢仔，基本上说到哪儿能做到哪儿，他也知道俊伢仔为什么现在这么发狠了，还不是这个家屋漏锅破的，这都怪自己无能，连房屋都没有一间好的，在他的手上也没有家产给俊伢仔，别人的孩子爸爸妈妈年轻，帮起子女们一肚子的劲，可惜他老了，已是一年不如一年……为了这个破房子，为了这个可怜的孩子，不……他不老，他还只有六十来岁，此时此刻，他突然全身发热，不知从哪里来了一股莫大力量，让他瞬间就决定好了，他要与俊杰一起拼搏，并肩战斗。"责任田如果承包下来后，马上就要育种育苗……任务一点都不轻松，承包的十亩加上我们自己本来就有六亩，总共有十六亩多的水田，那么多的事情都是要一手一脚做好的，真的不是那么容易完成。"袁青山说完咬咬牙，他扎起袖子，他要为这个家再努力一次，他要为俊伢仔再拼一次。

听到儿子要承包这么多的水田，侯大娘听着就心痛，担心地说："俊伢仔，你不要承包这么多，先包一半吧，先包五亩哈，明年再包十亩，嗯呀老子也上了年纪，我又不能帮上忙，那就真的要全靠嗯一个人啦，听到了吗？"

袁俊杰说："冇事，嗯妈，我忙得过来，嗯那嘎不用担心。"

袁新兰也给弟弟加油，说："嗯妈，不要怕，我一有时间就过来帮俊伢仔的，嗯就不要担心了。再说俊杰也大了，要开始挣钱了，他原来跟我说要搞养猪场，我看，他承包水田还要好一些，最起码稳当一点。你看现在国家政策好，粮食的价格还是不错的，我觉得这比搞生猪养殖好很多！"

侯大娘说："是咯，这孩子自从过完年，就在家里挖空心思想办法挣钱，哎，你看我们又老了，又不能够帮他什么，我里俊伢仔造孽呢！"说完眼睛就红了起来。

袁新兰安慰侯大娘："没事的，嗯妈！穷人家的孩子早当家，我里屋里穷，让他早点出去闯一下也好！"

侯大娘说："哎！莫怨自己穷，穷要穷得干净，莫羡他人富，富要富得清高！俗话说：'人比人，气死人！别人骑马我骑驴，仔细思量我不如，等我回头看，还有挑脚汉。'"

"嗯妈，嗯不是又话过'穷则思变，差则思勤'，还有'人是英雄钱是胆，好汉无钱是病人'嘛！不赚钱是绝对不行的啊。现在世界太平，这个社会是个最公平的社会，先造点孽后享福啊！早懂事对自己还好一些，越早成熟对自己干事业越有优势。嗯看，同样一件事情，开始时是不是做的人很少，当大家都发现很挣钱的时候就会有很多的人去做，当那么多人都在做的时候，还能挣多少钱呢？是吧？"

袁青山说："是的，是的，还是兰伢仔分析得对，嗯里娘放心，我就是拼了老命也帮俊伢仔把田种好，嗯放心吧！"

"冇得事哦！嗯妈！"

侯大娘这才放心地点了点头，说："好吧，好吧！反正嗯里伢仔现在都不听我的哒……"

再说袁明生过完年就上学去了，春暖花开的季节，学校里也是姹紫嫣红，在学校他与周芳是同班同学。周芳是班长，袁明生是学习委员，经常在一起配合工作，接触的机会自然就多些。周芳的学习成绩非常好，入学时是他们班级的第一名，当上班长后也没有影响到她的学习，每学期的成绩依然是数一数二，老师和同学们都很喜欢她。

周芳是那种很少言寡语的女孩，她有她的生活方式，她不计较别人怎么看她。四月快来临的时候，她在离学校不远的那个山坡上放风筝，凝望向天空，阳光照在她的脸上，她抬起手，挡在眼前，风筝在空中着，她背靠在一棵大树坐下。那一年，周芳二十岁，走在开满鲜花的校园里，青春的气息使花儿在她身边都失去了它的颜色、它的美丽。本该是爱情绽放的季节，周芳却不给任何人机会，也不给她自己机会。

在师范三年级上学期开学不久，他们班级利用星期天组织开展学雷锋送温暖活动。袁明生动员几个团员青年，也得到了班长周芳的支持和响应，他们一起来到学校一位离休的老校长家中进行义务劳动。帮助老校长家打扫卫生，擦玻璃，扫院子，洗衣服，干零活，里里外外忙乎了一上午。

袁明生动嘴不动手，指挥同学们干活。周芳却不同，主动给老校长家洗起了衣服。

袁明生说："班长大人，不用你伸手，你在这儿坐镇就行了。"

周芳也很风趣地说："不行！我班级里的一员啊，再说，我是班长，你还得听我的呢！"

听到这里，同学们起哄说道：

"哎哟！真的是男女搭配干活不累啊！学习委员"

"看看我们的班干部，配合得多好，真让人羡慕！"

"真是我们的好榜样！"

…… 也许就是通过这次活动，袁明生发现他喜欢上了周芳，没过几天，他怀着忐忑不安的心情，试探着给周芳写了封信，吐露出他的心声，表达了他对周芳的爱意。

两天后，袁明生接到了周芳的回信。令他没有想到的是周芳拒绝了他，还说在校期间还不想谈这事，怕影响学业。她还说，学校也三令五申，禁止学生在校期谈恋爱，我们学生干部不能带头违反校规。她也谈到对袁明生有好感，对他的印象很好，说袁明生品学兼优，希望他把精力放在学习上。如果有缘，等到毕业时再考虑这事。袁明生看完信后，自卑的他觉得自己是个农村人，是自己配不上周芳，他也就慢慢地把注意力集中在学习上。

斗转星移，袁家岭迎来了高温笼罩的夏天。这一天太阳格外火辣，虽然时间到了下午四点多了，但太阳还是那么火辣，它恋恋不舍地关照着自己的每一寸土地，甚至不放过每一块石头，石头像燃烧过的一样，任何带水分的东西落在上面都会发出声响，然后消失得无影无踪。田地里到处都是收割庄稼的村民忙碌的身影，耳边也时时传来一阵阵打谷子的声音，他们个个满头大汗，也许是天气太炎热的缘故，他们在路上碰面也来不及寒暄几句，匆匆地赶着自己的路。

袁望春一家也在田间忙碌，他把所有的希望都寄托在他儿子袁炜的身上，还好，这孩子也是很努力，白天做事晚上还抓鳝鱼、泥鳅等，从没闲着。每年农忙时节，女儿袁红梅也从香洲回来帮忙。小女儿袁红霞虽然只有十来岁，但家里的活样样都是做得有条有理的，做饭、洗衣服、割草喂猪，田里地里忙里忙外的，没听到她有半句怨言。

俗话说"只有懒人没有懒土"，袁望春一家人的生活也慢慢地有了起色，一年比一年好了起来。有了盼头，袁望春也来了精神，他放下扁担，回到了打谷机旁边一边忙着一边说："今年收成还可以，这样下去要不了几年，我里就能把那老房子修缮修缮，如果炜伢仔听话，还挣点钱，我们就起个楼房。"

袁红梅说："是的！伢老子，那个房子是要修一下了，特别是那个厨屋，一到下雨天就是外面下大雨里面下小雨的，每次煮饭，我都是打着伞烧火呢！"

"望春伯，嗯里那个房子确实要修一下哒。"说话的是袁明生的爸爸袁美庭，他正路过这里，听到袁望春的话后，说，"炜伢仔这孩子干活勤快，一年挣不少钱咧。"

袁望春说："哦，是嗯里美庭叔，嗯那嘎见笑了，这炜伢仔挣不到多少钱，这孩子没读多少书，造孽，你看我年纪大了，他妈又身体不好，还难着呢！"

袁美庭说："望春伯！不难不难，炜伢仔大了就好了啦。过几年，等到他娶媳妇了，嗯那嘎就等着享福吧！"

袁望春说："他娶老婆？呵呵！八字还没一撇呢，丈母娘都不知道在哪里，嗯里屋里明生娶老婆还差不多，明生书读得多，亲戚好，肯帮忙，我们家炜伢仔可没这条件。我有么里享福哦？"

袁美庭笑了笑，摇着头走了，一路上，一边摇头一边自言自语地说："都是嗯那嘎说得好，他没有那么傲，没有那么傲哦！"

其实袁美庭也很纠结，他的孩子袁明生马上就要大学毕业了，成绩时好时坏，不知道能不能找到好工作。这些年，他家里经济状况也不是很好，最让他担心的是大儿子袁文生，想起他就睡不着觉。自从去年腊月出走之后就没有一个消息，他警也报了，报纸上的寻人启事也登了，一直到现在还没有半点消息。孩子们的姑姑家虽在城里，条件好，可她边上还有姑爷，再说开口去求别人，也被别人看不起，对于他们这些农村人来说，不到万不得已，打死他也不愿意开这个口的。哎，真的是家家有本难念的经……

袁美庭回到家里吃完午饭的时候喝了一杯酒，然后乘着酒醉倒在竹床上睡着了，突然一阵雷声大作，老婆吴凤仙急忙把袁美庭从竹床上扯起来，袁美庭梦还没有醒就爬了起来，分不清东南西北地往外面跑去。

屋外的地坪里晒了好多的谷子呢。前几天打了谷子，昨晚电视的天气预报说今天是晴天出大太阳，她决定把它们全部都搬出来晒了。哎哟！真的是天有不测风云，说是晴天却下雨呢！这可把吴凤仙和袁美庭急坏了，他们一边念叨着一边快脚快手地收着谷子，这满满的一地坪谷子怎么能一下子收得完呢？

正在发愁的时候，他们看到炜伢仔提着一只水桶走过他家屋前，吴凤仙急忙喊："炜伢仔，你去哪里？有空没？"

袁炜听着有人在喊他，扭头一看，说："哦！吴婶娘，我有空，怎么啦？嗯那噶有事啦？"

吴凤仙满头大汗地说："你看，这天不就要下雨了，这一地坪的谷子，我和你美庭叔怎么收得完，你能不能帮帮忙？"

"哦！是的！是的！要得！我就来！"还没等吴凤仙把话说完，袁炜就放下了水桶，动手帮起忙来。

这时袁炜看见他爸爸袁望春在前面的路上，他连忙大喊，要他爸爸也快来帮忙，就这样，袁望春也加入他们抢收谷子的队伍。有话说："人少好吃，人多好做。"袁美庭的谷子一会儿就收完了，刚收完，雨就下了起来。吴凤仙说："望春伯，你们来得真是时候，真的谢谢你们两伢仔啦，你们两伢仔就到我家吃晚饭哈，我这就去煮饭！"

"不了！下次吧！"袁望春说，"我得去一趟地里看看，你们忙，我先去了哈。"说完他站到门外面，看看天，雨正下着呢，袁美庭连忙在门口角落里找了一把伞，撑开后递给他。吴凤仙对袁炜说："炜伢仔，你没事就在这里坐，在我这里吃晚饭哈。"

袁炜说："不了，婶！今晚我有事，梅姨要到我家里去。"

吴凤仙高兴地说："哦！要的要的！好事！梅姨给你做介绍了，那就好，是的，都这么大了，是要找对象哒嘞！"

"如果再不找个对象结婚，就真的等着打光棍儿了啰！"袁望春说了一句后，走向雨中。

是啊，现在的农村婚姻形势越来越严峻，重男轻女、男尊女卑等劣质的传统思想观念作祟，导致现在男女比例严重失调。袁家岭隔壁的方家坝都有十多个婆不上的，都是二三十岁的年轻人，看着都是不呆不傻的精明小伙子，可就是找不着媳妇儿。

其实袁望春已经好久不说袁炜了，这些年，他仿佛已经对袁炜彻底失望。袁炜有时候觉得烦躁不安，大声地责备他的伢老子和娘老子，说他俩管得太多了，能找到媳妇就找，不能找到就不找，怕什么呢？大不了单身嘛！再说这婚姻不是想要就要的，这得看缘分，不是着急就能着来的，再说缘分来了也得有条件，说得天花乱坠也没用。他知道的事实是，他没有挣到钱，当然也就没有娶上媳妇。现在眼看都已经二十五六岁了，在农村来说，同年龄的小伙儿取上媳妇生下的小孩儿都几岁了。眼看他的同学、发小都结婚了，他也不是不着急，不是不想找，可是他着急也没用啊。

在无数个失眠的夜里，他的心苦苦煎熬。因为婚姻的事，他让父母操碎了心。伢娘也因为给他娶媳妇，这十年来没少和媒人打交道，给人家说了数不清的好听话。平常媒人有事没事来家里转转。有时吃饭，有时要烟，像是他家里有没娶上媳妇的人就欠她们什么的一样。

张四嫂正在家里做饭，后屋的堂嫂走进来说："四伯伯，听说昨天梅姨把方书记儿子的媒说好了，你知道吗？"

"哦。"

看见张四嫂没有说话，她接着说："咦！那个梅姨怎么这么久没看到她？原来倒是常来你家的嘛，不是吃饭就是要烟。现在炜伢仔还是个单身的，却没了消息。你说气不气人，真的是！"

张四嫂一边烧着火一边说："没有呢，梅姨上午来一趟我屋里，说是要袁炜明天去邻村看看。她说她帮炜伢仔物色好了一个女朋友！"

堂嫂顿时眉开眼笑："好，好，好。跟梅媒婆说了这么久了，还没找好，这个媒婆只怕是要退休了哟！"说完她们两个人哈哈哈哈大笑起来。其实梅媒婆的年龄已有小八十了，是个职业媒人。在农村媒人早成为一个职业了，尤其前几年非常盛行。年龄大的老婆婆，没事又喜欢操心，身体还能跑的，都给人说媒。有烟有酒有饭吃不说，说成一个媒给好几百块呢。好像还有一个收费标准，三十岁以下的人，男方五百元女方三百元，都还得另买一双皮鞋，如果是三十岁以上的那就贵多了，好像是要一千元起步了。

可这两年纵使给的钱再多，媒人也是心有余而力不足。因为女孩实在太少了。二十一二的小伙子都开始和离婚的女人相亲了。听说有的女孩一天都相亲十好几个。离婚的甚至比大姑娘相得还多，成得还特快。这个媒人带着男孩刚出女孩家门，下个媒人就又带着另一个男孩进女孩院门了，这俨然成了农村相亲的一大奇特现象。孩子们的婚姻大事，在父母眼里就是这样得靠着这些上了年纪没事干的所谓专业说媒的媒人来掌控。在农村里，谁家要是摊上二三十岁还没结婚的儿子，那可就是真的摊上大事儿了。父母愁起来能愁得觉睡不好，饭吃不香，说起来还丢人没脸面。

光阴似箭，日月如梭，眼看上半年就要过完了，还是没有媒人来，袁炜明显可以感到父母非常着急。虽然自己曾经也是豪情万丈，那种大丈夫何患无妻的魄力，一直在灵魂深处回荡，但是这些年里随着年龄的增长，父母的着急让他也慢慢失去了自我，这些年相了应该也有几个，最后都是不了了之。现在是越来越难，越来越看不到希望。在父母的无奈叹息中，他感到了极度的愧疚，甚至愤怒。曾经袁炜也是个有理想有坚持的人，可如今娶不上媳妇的耻辱像一团火一样，在故乡的小路上或者在异乡的高楼里燃烧着，他常常嘲笑自己：我活着简直成了一个笑话。

袁炜回到家里吃完晚饭后，梅姨就来了。她告诉袁炜明天上午跟她去一趟邻村，给他介绍一个女朋友。梅姨还说那个女孩子不看家庭条件，很明事理，家里人也大气，一定没什么问题，临走时交代他：明天发挥好一点，只要你们搞得好，她不要他家媒钱和皮鞋了，只要他们相好了就成。

第二天，张四嫂把袁炜拉到镜子前要他好好收拾收拾。袁望春忙着去小商店买烟。一切准备妥当后，他带着买好的礼物出发。他一到梅姨家里，连忙把烟递了过去，梅姨接下烟后，沉默了一会儿，说："炜伢仔，你不知道啊？现在相亲都是开车骑摩托的，你没有就租一个也行，我和嗯走路去还是不好吧。还有，相亲时都是抽十来块的金白沙烟。嗯这两块钱一包的相思鸟都拿不出手了。"

袁炜说："好吧，我去换一下！"

梅姨说："只怕没时间了，给你说的这家是一个比你大两岁的女孩子，一天好多个小伙子去相亲的，你得抓紧时间。"

袁炜说："那我们赶紧去她家吧。"梅姨摇了摇头道："这样去不行。嗯得回去骑辆摩托车，就算自己没有，借也得借一辆去。"袁炜顿了顿，说："好，您等一下吧，我这就回去借车，我再过来接您吧。"

袁炜想起第一次去相亲的时候，穿得不好，在吃饭时，又讲礼行，一怕失礼，二怕吃多了失态，所以就只吃一小碗饭。他心里想，穿好了怕别人说，农村人故意穿这么好干吗？看样子花钱大手大脚的，多吃点饭，又怕别人说他好胀得，吃那么多会不会挣钱，不会是好吃懒做吧！

可是袁炜走后，女方就议论说："那个人吃不得，是不是有毛病？我们农村人就是要吃得才做得事，穿得又不怎么样，只怕是家里蛮穷。"第二天女方就回了梅姨的话，说女方没看上他。

这次，他想要吸取了那一次的教训，他穿上了他认为最新最好的衣服，在吃饭时吃了一碗又一碗，又是大热天，满脸汗水的，他还把那件新外套脱了下来挂在墙上，袁炜心想：这下女方应该不会嫌弃我没劳动力了，总不会嫌我穿得不好了吧！

谁知道在那个女孩子的屋里相完亲，梅姨领着他回家了，他在半路上问梅姨女方觉得他怎么样，有没有答应。

梅姨告诉他，女方要再考虑考虑，商量商量，完后再回复她。

不过，梅姨又接着跟他说："相亲这事急不得，得慢慢来，反正是东方不亮亮西方嘛！"

刚开始，梅媒姨看他还年轻，他娘张四嫂对她也好，所以她非常积极地帮他介绍对象，可经历了这么多次，现在她已不是那么热心了。

一路上袁炜默不作声，梅媒婆不断地安慰他："不要紧，这次没看上，下次再来，有的是机会，不过还是要多挣点钱啰，有钱才好办事啊……"梅姨一会儿信心百倍，一会儿漫不经心，袁炜已经感觉到了自己的尴尬，他开始怀疑人生了：要说长相，也不算差，年龄也不大，为什么谈个对象就这么难？

第二天，袁炜才知道那个女孩没有同意这门亲事，说是不乐意，认为他有些傻，一副宝里宝气的样子。

袁炜知道这个消息后，异常平静，他什么也没有说，直接走向自己那间昏暗的房间。

袁炜的心久久不能平静，晚上他躺在床上辗转难眠，梅媒婆的那句"多挣点钱，多挣点钱，多挣点钱……"一直在耳边响起。是啊，都是因为自己没钱！他想他是时候去挣钱了，多赚钱，还必须挣大钱！

第三集
踏破铁鞋寻方处　得来全不费功夫

袁明生知道自己出生于农村，周芳的家庭条件比他好很多，不过，从周芳对他的语言和行动来说，他感觉到周芳没有这种嫌贫爱富的思想，反而当自己面对别的同学对他的坏笑话和冷攻击时，周芳是积极地维护他的尊严和权利，袁明生对她充满了感激。为了在周芳面前有所表现，他开始更加努力地学习，他明白只有通过自己的努力，才能改变自己的命运，也才能配得上周芳。他的勤奋和刻苦在同学中传为佳话，他的成绩也一路飙升，成了班级里的佼佼者。

在这个过程中，袁明生并没有忘记周芳。他把她的信珍藏起来，每当感到疲惫或失落时，就会拿出来看一看，给自己加油打气。他也会在心里默默地为她祈祷，希望她也能一切顺利。

时间过得很快，转眼间就到了期中考试了。袁明生的成绩非常优异，他感到自己终于有了一些成就，也觉得自己配得上周芳了。

于是，他鼓起勇气给周芳写了一封信，表达了自己的感情。他说："我一直都记得你对我的鼓励和期望，是你让我有了勇气和动力去努力。现在，我已经有了一些成就，我想告诉你，我仍然喜欢你，希望能和你一起走未来的路。"

周芳收到信后非常感动，她也一直都没有忘记袁明生。她觉得袁明生是一个有才华、有抱负、有责任感的人，值得她去珍惜和托付。于是，她回信给袁明生，表达了自己的心意："我也一直都没有忘记你，你的努力和成就让我感到非常骄傲和欣慰。我也喜欢你，愿意和你一起走未来的路。"

一天，周芳在公园的长椅上独自看书，阳光透过树叶的缝隙洒在她身上，形成斑驳的光影。这时，袁明生拿着一束花藏在身后，想给她一个惊喜。他慢慢地走到了周芳的后面，递出花束，说："嘿！喜欢吗？"

周芳被这突如其来的情形惊到，看到是袁明生，还有送给自己的鲜花，于是又露出了笑容说："喜欢！"

他们一起散步，一起看电影，一起分享生活的点滴。袁明生的乐观和幽默给周芳带来了许多欢笑和温暖，而周芳的坚强和善良也深深打动了袁明生。他们彼此吸引，渐渐产生了深厚的感情。

在学校里，他们一起吃饭，一起上学，是所有人眼中的金童玉女。袁明生一直默默地守护着周芳，而周芳也对袁明生有着深深的依赖。然而，这份看似美好的感情，却因为周芳的疾病而蒙上了一层阴影。

周芳患有一种罕见的遗传病，虽然不影响日常生活，但却无法根治，且随时都有恶化的可能。她的父母因此一直反对她与袁明生走得太近，担心有一天她会因为这个病而离开这个世界，让袁明生承受无法言喻的痛苦。

袁明生不知道这一切，他只是觉得周芳最近越来越疏远他了。他尝试了各种方法去接近她，去关心她，但周芳总是以各种理由拒绝他。袁明生心中充满了困惑，他不知道自己做错了什么，为什么周芳会这样对他。

直到有一天，一位同学忍不住告诉了袁明生关于周芳的一切，他们悲痛地叹息着老天对周芳的不公。周芳拥有一双明亮的眼睛和一颗热爱生活的心，然而，命运不公，她患了一种罕见的慢性病，需要长期的药物治疗和精心的照顾。尽管身体不佳，她却从不向命运低头，坚强地面对每一天，用微笑和勇气感染着身边的人。听了之后，袁明生心中五味杂陈，他既心疼周芳的遭遇，又痛恨自己的无能为力。他知道周芳是为了保护他才故意疏远他的，但他却无法接受这个事实。

袁明生决定去找周芳，他要告诉她，无论发生什么，他都会陪在她身边，一起面对未来的所有困难。然而，当他站在周芳家门口时，他却犹豫了。他害怕自己的出现会让周芳更加痛苦，他害怕自己无法承受看到她病发时的无助和绝望。

最终，袁明生还是没有勇气敲开那扇门。他转身离开了，但他并没有放弃。他每天都会默默地关注着周芳，通过她的朋友了解她的情况。他知道周芳一直在坚持治疗疾病，努力让自己变得更加强大。他也知道，周芳的心中依然有着对他的思念和期待。

袁明生决定用自己的方式守护周芳，他努力学习医学知识，希望能够找到治疗周芳的疾病的方法。他用自己的零花钱买了很多医学书籍和资料，每天课余时间都泡在图书馆里研究。他还通过网络联系了一些医学专家，向他们请教和咨询。

时间过得很快，转眼间就到了高三的最后一个学期。袁明生的努力并没有白费，他找到了一种可能有效的治疗方法。他迫不及待地找到周芳，告诉她这个好消息。周芳听到后非常激动，但她也知道这个治疗方法还需要很多实验和验证才能确定是否有效。她担心这只是袁明生为了安慰她而编出来的谎言。

袁明生看出了她的疑虑，他坚定地看着她，说："周芳，我没有骗你。这是真的！我已经咨询过很多专家了，他们都认为这个方法值得一试。我愿意陪你一起去做这个实验，一起面对可能的风险和困难。我只希望你能相信我，相信我们可以一起战胜这个疾病。"

周芳看着袁明生认真的眼神和坚定的表情，心中涌起一股暖流。她知道袁明生说的是真的，他真的在为她努力寻找治疗方法。她也知道袁明生对她的爱从未改变过，即使面对这样的困境也从未放弃过。周芳感动得泪流满面，她紧紧地抱住袁明生，低声地说："谢谢你，明生。谢谢你一直在我身边守护着我。"

从那以后，袁明生和周芳一起开始了漫长的治疗过程。他们经历了无数次的失败和挫折，但他们从未放弃过希望。袁明生也在这个过程中成长了许多，他变得更加坚强和成熟。他知道无论未来会遇到什么困难和挑战，只要他和周芳在一起就能够共同面对、共同战胜。他们相互支持、相互鼓励，一起走过了那段艰难的时光。

最终，在医生的帮助和自己的努力下，周芳的病情还是因没有得到有效的控制而恶化……

在江南水乡的大部分地方，每年秋收后的两三个月都是兴修农田进行水利建设的时候，与往年不同的是，今年因遭遇了洪水的侵袭，所以开工得比往年要早一些，人们早早地把河堤加固，盼望明年能有一个好的收成。这时，新墙河的河堤上人声鼎沸，锄头、扁担、簸箕在一起演奏出一首经典的乐曲，有些人还干脆脱掉了上衣，光着膀子，吆喝起了号子，这边唱来那边和，工地上好不热闹。

袁俊杰和他伢袁青山也在挑堤的工地上，按照村组长分配划拨的任务干着，父子俩一个锄土，一个挑土，轮流替换着，父子俩的头发都是不长不短的头发，不知道是早晨在路上染上的雾气还是他们身体里冒出的热气，把他们的头发发端染成了白色，活像一个带冰花的刺猬穿梭在人群之中。

袁俊杰是个干事认真、吃得了苦的孩子，怪不得他妈妈侯大娘说只要是他会做的事情，他都做得又快又好。很快，他们父子的任务就完成过半了，袁青山放下手上的扁担，支起衫袖在额头上拭了一下汗："俊伢仔，我们歇一歇吧！"说完他从兜里掏出一根火柴和烟，"啪"的一声点燃了那支火炬牌香烟。

俊杰放下锄头，说："伢老子，我想、我想出去学门手艺，嗯话要得不？"

正在吸烟的袁青山愣了一下，烟递到了嘴边停了下来，他转过头去看着袁俊杰说："怎么了呢？就到屋里不好吗？出门难，出门就难呢！"

"屋里好是好，就是挣不到什么钱。"袁俊杰坐在锄头上，低着头，右手拨弄着一颗石头说。

袁青山沉默了，他内心在挣扎着，是呀！他又何尝不知道到屋里冇钱赚呢？一没有企业二没有工厂的，上哪里去赚钱呢？屋里什么都好，就是没什么钱用，这上半年承包的十几亩田，辛苦了半年，做点事，吃点亏就不算也行，但是打的那一万多斤谷子卖不了多少钱，这谷子的价格只有几毛钱一斤，除去承包费和上交国家的，还有那些买碳铵、尿素的钱后，就所剩无几了。看样子这种田还是赚不了钱啊！嗨！孩子们小的时候不需要多少钱用，可大了就不同了，各种各样的开支都要用钱，在硬邦邦的现实面前，他显得那么苍白无力！

袁青山沉浸在思考之中，他一动不动的，手上的烟燃烧了一大截，差一点就要烫到手了。"伢老子呢！看嗯的烟！"

袁青山愣了一下，他回过神来，看了一下手上的烟，随手把烟头扔了。

"我不怕吃苦，嗯是知道的，我只是想农闲的时候出去做事挣钱，顺便出去闯一闯！"

"闯一闯……好！"袁青山看着袁俊杰说，"不过，嗯想学哪门手艺呢？想好了吗？"

"还冇呢，反正看哪行手艺挣钱就哪行。"

袁俊杰说完，将目光转向忙忙碌碌的工地。

他看见乡亲们都在忘我地工作着，汗水把他们那些补了又补的衣服和裤子浇得湿透透的，像皮肤一样紧紧地贴着他们的身体，有些人也许是觉得凉快一点就没有脱掉，有些人把它们脱下来后，生怕工地上的灰尘弄脏它们，仔仔细细地叠好包好，走到离工地不远的地方，认认真真地晾放在干净的青草上。

袁俊杰看了一下他里伢袁青山，袁青山的脸瘦得让他心痛，母亲的哭泣让他疯狂，顿时，一股强烈的勇气从他的内心冒出来，他挡不了，压不住：他要改变父母的生活，他要改变屋里的一切！一定要……绝对要……至少，至少要改变他自己，他已经想了很多天了，自从今年初中毕业之后，他就没睡过好觉，高中还上不上？如果读高中的话那就还得读几年大学，等他出去工作不知道是何年何月，关键是谁来供应他这些年的开支呢？

想到他读完这个初中的不容易，望着家徒四壁的老屋，六十多岁的父亲，病在床上的母亲，他把高中录取通知书点燃在厕所里，当着所有人说他没有考上——这个结果是多么正确，尽管母亲在床上怪他没有用功，尽管父亲知道后什么都没说，只是当所有人向他问起他的考试成绩，他轻描淡写地回答时，没有人知道他内心是多么挣扎与痛苦！特别是他不能面对那些同学拿着录取通知书在他面前眉飞色舞的样子，他会飞快找个借口回家，把门关上后，痛哭流涕。

对于怎么改变现状这个问题，袁俊杰可以说是从未间断过思考，除了去学手艺，似乎再也没有其他的路径了。出嫁了的姐姐条件也是一般，也是在家务农，再说其他的亲戚朋友们也都是普普通通的庄稼人，其实，就算是他家有"皇亲国戚"，他也知道以父亲袁青山那死要面子活受罪的性格，是不会去求他们的，他的那个"人不求人一样大，水不求水一般平"的思想实在是太根深蒂固了，耳濡目染之下，他也是固执得就像茅坑里的石头一样又臭又硬。

突然，袁青山又点燃了一支烟，他猛吸了一口，不情愿地说："听说你嗯妈的远房姑爹的一个女婿在城里搞电焊挣了很多钱，发了大财。不知道是真是假，他在乡下的时候可穷了！现在……"他"啊"了一声，吐了一口痰在地上接着说，"回去后跟你妈商量商量，要你妈问问，看他还要不要带徒弟。"

俊杰听后高兴地说："好！"说完就站起来，拿起锄头继续干起来。

中午快到十二点钟的时候，工地上的人们都要下工回家吃饭了，袁青山父子回到家里后还得做菜，饭是侯大娘拖着病殃殃的身体用椅子一步一步挪来挪去地煮好的，菜就实在做不了，每每她看到他们父子俩在外做事而她却帮不了忙而深感抱歉和难过，以至她无论如何也得在家里帮他们把饭煮好，几次从床上摔到地上的教训都没能够让她停止，哪怕是用扫把簸箕搞一下卫生对她来说也得拼尽全力。没有人知道她为什么要这样做，如果非得回答你，她就会说不为别的，就为了她的心里好受一些。

"嗯妈！我们回来了！"俊杰一进桃屋，他没看见侯大娘就喊道，"嗯妈！"他走到父母的卧室也没有看见娘老子。

"俊伢仔，我在咯里！"侯大娘在厨屋回应着。

"嗯里嗯妈在厨屋里！"袁青山怕他没听到，就喊了一句。

"哦！"俊杰回了一声，急忙跑去厨屋。

"肚子饿了吧！饭熟了，就等嗯里回来炒菜了。"侯大娘一边照看着火塘里面的火一边说，"锅已经洗干净了。"

"好！"俊杰回应着侯大娘的时候，袁青山端着洗好了的白菜来了，他递给俊杰后就去帮侯大娘把灶塘的柴引燃。

俊杰一面炒菜一面对侯大娘说："嗯妈，听说嗯有个姑爹的一个女婿在城里搞装修，是的吗？我想去学学手艺，你看可以吗？"

"学手艺？好是好，不知道他还要不要人。"

"嗯切问一问不就知道了！"

"是的，问问就知道了，只是这些天和嗯姑爹没有个联系。"

"你要伢老子去他家里问问就知道啦！"

袁青山听到这里，急忙站起来说："我没空！我这一向都没有空。快点吃吧！吃完饭好上工！快！"

袁青山说完就去摆桌子准备吃饭去了。

看着袁青山急匆匆的反映，侯大娘对俊杰说："你看你爸的德行，我有什么办法呢？可惜我走不动，我走得动还用他去，我马上就可以去帮你问问！"

"没事！慢慢来吧！"俊杰说，"嗯妈，姑爹那个女婿是不是真的挣了钱？"

"是听说挣了不少钱！听你嗯姑爹说，逢年过节送人礼物都要一头猪呢！"

"哦！他是做哪一行的呢？具体做什么的呢？"

"具体做什么我也不知道，听你姑爹说是画画玻璃搞搞装饰！"

"吃饭啰！吃饭了再说好不？"袁青山有点不耐烦了，他把饭锅提去了桃屋，侯大娘和俊杰没说什么了，去桃屋吃饭去了。饭桌上，侯大娘看见袁青山没说一句话，为了转变一下气氛，她对俊杰说："俊伢仔，怎么想着要出去学手艺呢？在家里种田半年辛苦半年闲的，农闲的时候跟你伢搞点副业也好啦！你出去了你伢又没帮手了，再说嗯一个人在外很苦的，也让我和嗯里伢多担心啊！"

袁俊杰嘴里塞满了饭，他边吃边说："没事，我不怕吃苦！"他又转过来给袁青山说，"嗯里放心，农忙时节我会回来帮嗯里的！"

"我冇事，家里的事我一个人做得来，只是双抢的时候你来帮两天就可以了！"（双抢是指南方夏季的时候出现的早稻要收割，晚稻要插秧的情况，这时就比任何农时都要忙碌，所以需要抢进抢出，俗称"双抢"。）

"好，那还不容易！大不了到时候我就请几天假啦！"俊杰兴致勃勃地说。

"不要高兴得太早！人家还不一定要你呢！"袁青山一脸严肃的样子，漫不经心地说。

侯大娘接着说："原来我和他里的关系都是很好的，只是我病了后冇怎么来往了，应该是没问题的吧。只要俊伢仔他真的想学，我想姑爹一定会帮忙的！"

"就算嗯去学了，嗯能保证你就能挣得到钱？不要把它想得天转地动，赚钱没那么容易的！"

"俗话说'欺老莫欺少，欺少心不明'。别人能挣到钱，我里俊伢仔未必就赚不到钱，他又不傻。俗话说'少壮不努力，老大徒伤悲'，趁他年轻，让他去学学也好，艺不占身嘛！"

"能不能学会还不知道呢，再说在家里也不太差。"

"出去闯一闯也好，老待在家里挖泥拌土的能有么里出息？"

"只有懒人，没有懒土！在家里只要人勤快什么都会有！"

"嗯一世也不懒，那嗯都有些什么呢？这个屋外下大雨，屋内下小雨的破屋？出门没一件好衣好裤，六月间连个电风扇都舍不得买！做得不是喊这里痛就是那里痛，哦，美医师给嗯开的药方在咯里，你拿切他哇治疗肩周炎药要注意不要抓错，当归，川芎，没药，木瓜，独活，地龙，寄参，党参，加皮，天麻，伸筋，七叶莲，穿山甲，还得注意休息！嗨！嗯看我里农村人哪来时间切休息！"

袁青山吃完饭了，他受不了侯大娘的讽刺，把碗筷重重地放在桌子上，丢下了一句："我什么买不起啊？我一个人吃了穿了？我可从来就没有顾我自己，还不是花在嗯俚咯身哄，还不是为了这个家！"他气呼呼地去工地了。

"看！嗯里伢就是这个脾性，说不得，我又没有怪他！俊伢仔，俗话说：'欲求生富贵，须下死功夫！'成功从来都不是那么简单容易的。"

"嗯妈，你放心，我会认真学的！"

"嗨！还是读书好呢！"侯大娘叹了一口气说，"嗯看嗯里美庭叔屋里的明伢仔考上了师范学校，吃国家粮了！俗话说：'欲昌和顺须为善，要振家声在读书！枯木逢春犹再发，人无两度再少年！'只有明伢仔傲哟！嗯看他认真读书还不是后来就好啊，他以后都不用操心哒！嗯这伢仔的命就造孽哟！"

"命好，有什么办法呢！俗话说'叫命不过，跑雨不赢'！"俊杰停了一下说，"不过，我们初三的班主任彭老师说，条条大道通北京，处处有路到长安，成功的路不只有读书这条路！"

"孩子啊！话虽是这么讲，对于我们农村人来说，只有读书才是最好的出路啊！

其他的路辛苦哈恰亏呢！"

"嗯妈！没事，我不怕苦，不怕！"

"嗨！万般皆是命，半点不由人啊！"

"嗯……"

俊杰一吃完饭，侯大娘就吩咐他快跟上他伢去工地，家里的事她来做。俊杰一边答应着侯大娘一边快速地把碗筷都捡起来送到厨屋里，还三下五除二地把那些重一点的锅啊盆啊都收起来，嘱咐陈大娘在家里要注意安全后，他三步做两步地跨着去工地了。

这些天袁炜也是跟他里伢袁望春在河边挑堤，白天累得腰都伸不直，晚上简直是抓床都抓不到。这天晚上，袁炜吃完晚饭早早地就洗脚上床了，可是躺在床上，他就是睡不着觉，除了蚊子的嗡嗡声之外，梅姨的那句"要多赚点钱"就一直在他的耳边回荡。

他现在知道只有挣好多好多的钱才能解决他所有的问题，才能平复他那颗愤愤不平的心，才能够实现他心中的一切梦想，才能够把这糟糕的现实推翻重来，可是他怎么能挣得到呢，就靠他在家里种田种地？或者抓黄鳝泥鳅？不行，绝对不行，他得想个办法才行，他把房门打开看了一下，他看见家里的人都睡了，就悄悄地溜了出去。

外面静悄悄的，整个村庄只有几户人家的灯还亮着，公路旁的那个小商店的灯也还亮着。村里的夏夜，隔着浓浓的水汽，暗香浮动。蛙声虫吟，四下回荡，隐隐约约地随暮色爬进窗户，爬进溽热中疲惫了一天的村庄。此时，月光映照着萤火，隔着树梢漏下月光，疏疏如残雪。这时，村子像一幅水墨画，黑得通透，白得透明，就这样界限分明地横亘在群山起伏的山坳里。

在这闷热的夜里，那些睡不着觉的人，不开电灯在地坪里乘凉，有的女人点着蜡烛、煤油灯，这好歹有点亮，对女人们来说，黑灯瞎火的，她们还是有些心慌。男人们则卸下锄头、农具，褪掉满是泥土的褂子，洗完了澡，袒胸露乳，搬弄一把竹制靠背椅，跷起二郎腿，摇着一把大蒲扇。一边不停地驱赶着嗡嗡作响的蚊虫，一边散漫地摇着扇子，那散漫的样子像一尊弥勒佛，又像是旧社会里的地主老财……

袁炜一个人在小路上闲逛着，他无聊得很，突然想去买包烟抽一下，他看见大人们无聊的时候抽着烟，那个样子有那么一点潇洒又好像还能寻到一些灵感一样，说干就干，他绕过几条有人乘凉的小路，来到公路上，在离小商店不远的地方，他看见前面草堆里有什么东西一样，他急忙捡起地上的一块石头，大叫一声："谁？出来！"

"有人……是我！是我哦！"

只听见一个女人的声音传来。袁炜走近一看，竟然是个姑娘，她蹲在那里猛地一回头，把他吓一跳。原来她是袁炜的初中同学孙丽。怎么这么巧！他们阴差阳错地在这个路旁边相遇了，他们两人都不相信这是真的，相互看过几遍确认后才明白过来，才开始讲话。

"孙丽，你怎么在这里？"袁炜惊叫起来。

"是的，你是？你禾里认得我咯？"那个姑娘一边说一边走近袁炜，"哦！嗯是袁炜，袁炜！"

"是的，孙丽！嗯禾里在咯里？嗯在咯里做么里？"

"冇事，冇事！我在躲一个人啰！"

"躲人？躲谁？"

"他走哒，走哒，冇事哒！"

"哦！那就好！"

"走，袁炜，我里去那个商店买点东西恰一下吧？"

"好，走！哦！刚才嗯是躲谁？"

"不问哒啰，我下次告诉嗯，走走走！我里买东西恰切。"说完孙丽伸出双手拉着袁炜往前走去。

这个孙丽是袁家岭邻村的姑娘，家里的情况袁炜早有耳闻，她里伢的名字叫孙细麻，外号孙麻子，她娘许三花在当地可有名了。许三花身材高挑，模样长得水灵，双腿修长匀称，身材丰满，皮肤光洁，富有弹性，让人看了很舒服，尤其那圆鼓鼓的胸部和紧绷绷的翘臀，让村里村外的小伙和好色的已婚男人们一个个丢了魂似的。

许三花不守妇道，经常和别的男人勾搭成奸，有次被孙麻子捉住了现行。当时孙麻子气得想杀人，从大门后随手操起一根扁担冲进房间，野男人光着屁股从孙丽娘的身上跳下来，从孙麻子的手上夺过扁担，向孙麻子的后背就是几下，孙麻子摇摇晃晃像狗吃屎一样趴到地上，要不是孙丽娘阻止，孙麻子险些吃大亏。

那个野男人撂下扁担大摇大摆扬长而去。没办法，孙麻子个小力弱，不是那个野男人的对手，这倒好，没打倒别人，自己却受到了极大的侮辱和伤害。这种情况，对任何一个男人自尊心的打击都是致命的，一生都会抬不起头。孙麻子也是个有血性的男人，想想就觉得自己真窝囊，没脸面再在村子里待下去，一气之下，和他那个混账老婆离了婚，只身跑到香洲打工去了。

孙丽娘事后非常后悔，决心不再和那野男人来往，只一门心思抚养孙丽和那个比孙丽小八岁的弟弟长大成人。孙丽现在已经二十二岁了，因为她长得漂亮，附近几个村里的小伙和那些个好色的已婚男人都想入非非，一个个偷偷地在心里想着她不知多少回了。可顾忌她娘名声不好，没一个正经人家敢上门提亲，正经娶她做老婆。袁炜比孙丽大两岁，读书时他们两个人成绩实在是不如人意，初中毕业前都留过两级，初中时在一个班，坐一张桌子。每次老师布置作业，孙丽不会做题目时，就找袁炜来抄袭，其实袁炜也是抄的别人的，他们的爸爸妈妈都知道他们不是块读书的料，袁炜初中毕业后一直在家种田，孙丽初中还没有毕业就没有上学了，一直在外南洋打工。

快到小商店的路上，袁炜说："找个位置坐坐吧，我肚子不饿，不想恰东西！"

孙丽停下脚步，说："那好吧！"说完她指着不远处的一棵树说，"走，我里去那树下坐坐吧！"

于是，他们转过头来向那棵树走去。

坐定后，孙丽说："刚才，你是准备去哪里呀？"

袁炜说："我刚才睡不着觉，所以就出来走走。"

"哦！睡不着，想什么呢？"

袁炜说："没想什么呢！呃！嗯什么时候回来的呢？你还是在南洋那边吧？有几年没见过你了呢，你真是越长越漂亮了！"

"别臭我了，你呢，怎么样？"孙丽一边说一边掏出一包烟，她抽出两根，递给袁炜一根，顺手把另一根放到自己的嘴里，手里的火机响了一下，瞬间嘴里的烟就点燃了。

其实袁炜接着孙丽的烟的时候，他停顿了一下，她怎么会抽烟呢？但他的手还是不由自主地伸了出来把烟接着，自己原本正准备去买烟呢，等到孙丽把火递过来，袁炜情不自禁地把烟放嘴巴上凑过去。

世界上最恐怖的东西是什么呢？答案也许有很多，不过时间肯定是其中之一，岁月真的是一把杀猪刀，它明明是一点一点地流逝，却能把事物变得面目全非。而我们则曝晒在时光下，任凭时光打磨，岁月侵蚀，我们随着时间一点一点地变了，甚至变得让我们自己都不认识自己。

袁炜清晰地记得小学升初中前几天，他和孙丽疯狂地写着同学录，互相祝福着对方，想把友谊留在一本同学录里，想在这本花里胡哨的小册子定格他们的友情。就算在同一个村子很方便见面，也得在上面留下希望和祝福！然而，那本同学录还是不知道被冷落在哪个角落里，或许初中时曾经一起非主流过的他们，早就不再那么非主流了，已经不再听老一辈明星的情歌，不再穿那些过时的衣服，不再理那种幼稚发型。

现在袁炜觉得，曾经的自己的形象实在是差得不行，但是那时的他确实是这么真实而美好，现在回想起来他还觉得那时候的他特别酷。毕业季的时候，喊着的友谊天长地久，抱着一起哭着，舍不得分开，再后来就在各自的奔波中走散于人群，再次见面寒暄问候之后，很有默契地沉默了。在肚子里搜刮了半天还是没找到共同的话题，于是他们就这么尴尬着，曾经无话不谈的朋友变得无话可谈。

这时，孙丽下意识看看自己手上的手表，然后摸了摸自己的肚子，说："今天晚上我没有吃晚饭，肚子饿得呱呱叫了，要不去你也陪我去喝点酒？"

"这么晚了，去哪里喝酒？"

"我屋里。"

袁炜急忙摇摇头，说："我可不敢，你母亲大人在那里，我可没这熊胆。"

孙丽笑起来了，说："你也怕我妈，原来的你在学校里不是天不怕地不怕的吗？上不了展板的家伙！"她拉了一下袁炜，"走吧，我妈今天没在家，她去我舅舅家做客去了，要明天下午才回来呢。"

他们在路上，话匣子打开后，你一句我一句的，回到孙丽的家里时，已经是晚上十一点多了。刚走到孙丽家门口时，她家那条黑狗从门口石阶上跳下来，向前走了两步，看了看，袁炜顿时吓出了一身冷汗，还好它认得是袁炜，就冲着他低沉地汪汪了两声，然后住了嘴，算是对给它吃喝的主人尽了点看家护院的责任。袁炜急忙跟紧在孙丽的身后。孙丽进屋后就把大门闩了，直接去厨房。袁炜知道孙丽肯定饿得着急了，他轻手轻脚地快速朝孙丽家的厨房走去，心里既激动又害怕，心突突地跳着，仿佛要从心腔中蹦出来。

一个人烧火，一个人煮饭炒菜，一会儿工夫他们就准备好了饭菜。

孙丽问袁炜："喝点酒不？"

"你要喝酒？"袁炜问。

"是的，喝酒，怎么啦？你不喝酒？"袁炜看了她一眼，心想你一个女孩子喝得了，我还不行？于是说，"好吧，随便你，你喝什么我就喝什么。"

孙丽看了一下厨房的柜子，她拿出来一瓶没有开封的二锅头。袁炜有点诧异地看了看，说："孙丽，这是白酒，你喝得？"

孙丽笑了一下，她把酒递给袁炜，说："你来把它打开，没事，今天我舍命陪君子，只要开心，我们不醉不归。"

有道是："酒逢知己饮，诗向会人吟！"袁炜与孙丽你一杯我一杯地喝起来，一边喝着酒一边谈论着人生，谈论着爱情，谈论着金钱，谈论着社会……袁炜把他这几年在家里的努力和委屈，走入社会后的认识和憧憬，竹筒倒豆子般地倒给了孙丽。孙丽也把这些年在外漂泊的生活，无处安放的灵魂，打拼成功的喜悦，无助的痛苦，点点滴滴都说了出来，似乎每一次碰杯都是他们的心碰在一起，提醒自己抓住机会，不吐不快，把那些藏在心里的话，管它该不该说，借着酒劲，统统都说出来。

酒过几巡后，孙丽已经有了醉意，她歪坐在椅子上。袁炜走到她身边，看到她脸上有未干的泪痕，关切地问："怎么了这是？想起了什么呢？"

孙丽看了他一眼，又哭起来："我好难受。"

袁炜赶紧拿起桌子上的纸巾递给她，但她根本不接，只是哭。袁炜只好一手轻轻拍着她的肩头，一手给她擦眼泪，说："别哭了，到底怎么回事啊？"

孙丽顺势一下靠在了袁炜肩上，哭出了声。袁炜本能地往后退了退，但她没意识到，头跟着他的肩往后靠。袁炜犹豫了一下，他轻轻揽住她的肩，心里既慌张又兴奋。他伸出手在孙丽的背上拍了拍，孙丽哭了好大会儿，才抬起头，泪眼婆娑地看着袁炜，说："袁炜，你还喜欢我吗？"

袁炜愣了一下，脱口而出："喜欢……"

那晚他们聊了很多，原来孙丽在香洲的KTV上班，收入还可以。她家里条件困难，她自从辍学了就去香洲打工。因为没有学历也没有能力找了好久也找不到工作，身无分文的时候她在桥下面睡了十几天，逼不得已才干这行。袁炜顿时感觉后悔刚才做的一切，想不到孙丽是如此"肮脏"，那种嫌弃的感觉驱使他很久没有说一句话。当孙丽一直讲述着自己在香洲很节俭，从没在自己身上乱花一分钱，有了钱就存起来寄回来给她妈妈，但是看到这两年她妈妈变得越来越大手大脚地花钱，她就不怎么给她妈妈了，她就自己存了起来，她还要嫁人，虽然她知道她家的背景不是很光彩，但她还是想把自己风风光光地嫁出去。

孙丽一直拿着袁炜的手诉说着，几次三番提醒袁炜要理解她，原谅她。

袁炜听着她的遭遇，渐渐地对孙丽的过去深感同情，他觉得孙丽这个人好成熟，还挺孝顺的，对她也慢慢有了一些好感和佩服。他对孙丽说，以后她别去 KTV 上班了，找份正经的工作，他们一起去深州努力几年，随后就回来结婚，以后他养她。他的这些话，孙丽听了心里可高兴了，她再一次把袁炜紧紧地抱在怀里。第二天天还没亮，孙丽就把袁炜喊醒，要他起床回家，先不要让别人知道了，等忙完手上的事情他们就一起去香洲。

第四集

面朝黄土背朝天　共赴征途历苦艰

在这个世界上时间应该算是最公平的了，每个人的一年都是三百六十五天，每个人的一天都是二十四小时，然而在某些人看来，时间又是那么不公正，你看，同样的时间让不同的人有好有坏，有福有灾。有些人在一年中挣得盆满钵满而有些人什么都没有得到，甚至还亏本，不如以前。常常听人说，如果是去年的话他今年又会如何如何，如果明年的话他又会如何如何，到底有没有如果呢？如何究竟会如何呢？

老人们常说："依得人算，哪来穷汉！"

其实，这个世界上唯一不变的就是变化！随机应变，千变万化。穷则思变，变化无穷嘛，这些几千年传承的经典，也许是时间久远让我们感觉陌生，真正有智慧的人不仅走好脚下的路，还会抬头看清远处的方向，以及学习前人的经验和教训，磨刀不误砍柴工嘛！前事不忘，后事之师！无一不在指导着我们前行。

进入了冬天，一年就快要过完了，天气也变得越来越冷，寒风之中的袁家岭也格外萧瑟冷清。公路上很久都不会看见人影，偶然看到几个过路的人，东倒西歪地走着，好像被北风绑架了一样，手插口袋里，跌跌撞撞的样子似乎被判了无期徒刑，任凭它的摆布。

袁俊杰扛着锄头出门了，他要去菜园里弄几厢菜地出来，明天他爸袁青山要种一点白菜。在路上，他看到袁明生的爸爸袁美庭。

"美庭叔！嗯那嘎在忙！"袁俊杰上前打招呼。

"哦！是俊伢仔！"袁美庭转过身看了一眼俊杰。

"美庭叔，嗯里明生么里时候回来呀？只怕是快要放假哒吧！"

"是咯，明伢仔昨天晚上打电话来了，说是这个星期五放假，星期五应该会回来吧。"

"哦！好的，时间过得好快，一晃近半年没看见过他呢！"

"是的呢！俊伢仔，嗯哼上次话哇嗯流鼻血，我给嗯开了一个药单，你去捡点药试一试吧！"说完把一张写着治疗鼻血药方的单子递给袁俊杰，上面写着：生地，丹皮，玄参，麦冬，黄芩，枝子，茅根，甘草，牛膝，双皮。

"谢谢嗯那嘎！"袁俊杰接着药单，急忙说。

"谢么里！哦，是的，嗯里恩妈还好吧？昨天听你伢说侯大娘上吐下泻的，两天没起床哒！"

"是咯，昨天我妈肚子痛得厉害，我伢买了药丸子给她吃了，今天好了些，谢谢美庭叔挂牵！"

"最好是去大医院看看，我开的药也没有什么效果，这样三天一小病五天一大痛的，怎么受得了哟！"

"是咯是咯……"

袁美庭边走边摇着头，叹了口气，走向自己的地里。

袁俊杰家的菜地在靠近他家的自留地里的坎上，一边是水田一边是菜园，袁俊杰在菜地里用锄头翻土、除草，然后平整好，看着被他整理出来的这一厢一厢整整齐齐的菜地，它们被他侍弄前不是杂草丛生吗？他站在那里一动不动的，一副若有所思的样子，完全忘了自己还置于冰冷的北风之中。

他眼下的处境跟这侍弄之前菜地又有什么分别呢？

他的希望与菜地的希望是一样一样的，不去整理是没结果的。他好像看到了一朵朵花儿苗儿在等待着太阳和雨露，一开始它们没什么变化，它们的叶子却明显地枯萎，渐渐地变成了黄色，他给它浇了浇水，又松了松土。又过了一会儿，他似乎看看它们已经完全恢复到绿油油的状态了，开始苗壮成长起来了，而且，他仿佛还看到枝头结了很多的果实呢！

是啊，如果它们没有那颗顽强的心，没有那对生命的信念，没有那追求理想的欲望，它们也许会死去，也许会奄奄一息。所以，只要有万分之一的希望，坚持自己的梦想，就能像花儿那样顽强地活下去！一定就会花儿遍地，希望满园。

突然，袁俊杰连续打了几个很响的喷嚏："阿嚏！阿——嚏！糟了，快回去穿衣服"

他回到冰冷的现实中，明显地感觉到凉意，他催促着自己快回去。

不出所料，当天晚上袁俊杰就病了，晚饭也没吃。侯大娘说他因为穿少了衣服而感冒，这寒冬腊月的，又不是没有衣服裤子的，硬是在屋里进进出出只穿着两件衣服，不冻凉才怪呢！要他在晚上多盖点被子，明天早上起来就会好的。

袁俊杰自己怎么会不知道呢，他是在菜园里整菜地感冒的，虽然身处在北风中，但是只要运动，就会有暖流贯穿整个身体，何况整地是一种运动量很大的劳动，干几下就让他大汗淋漓。肯定是在他休息，愣在那里思考的时候着了凉，当他脱下衣服的那一刻，感冒就上了他的身体。

"为么里不多穿一点衣服呢？风流不用着衣多？"袁青山则在一旁讥讽，"穿一点点衣服，显小伙子不？哦！还不是感冒了！"

当然，袁青山说的都是气话，他怪俊杰没有好好地穿衣服。但对于这种文化程度低的农村老人来说，没有什么比这更直接更容易表达他的意思了，虽然这并不是他的那个意思，但他还是不折不扣地表达了他不该表达的意思，其实他从不考虑所表达的意思是不是他真正想要表达的意思。如果是一个与他不熟悉的人听到，肯定会误会他那个意思，当然，他不是那个意思。

袁俊杰对这种方式早就习以为常了，就算是他妈侯大娘也是常常被他伢袁青山噎得半天说出来话来。外人就不同了，侯大娘常常说，不能够用正确的方式表达自己的内心，当然就容易引起误会，谁也不是谁肚子里的蛔虫，谁知道谁的前世今生，来龙去脉呢。袁青山就是被这种表达方式弄得裹足不前的，以至于与很多的机会擦肩而过。

按照侯大娘说的，当晚袁俊杰加了一床厚厚的棉被，还把衣服都压在身上，他想好好地睡一觉，希望醒来就会好的。这腊时腊月的，好多事情都等着他去做呢！他摸了一下额头，有点热，然后弓着身子把床边上的一杯水一饮而尽。

他感觉头有点晕，当他合上眼的那一刻，他就进入了梦乡。

他正带着衣服呀什么的站在公路旁等着去城里的汽车呢，他的心和汽车一样跑得飞快，一会儿就进城了。哇！城里的房子都是楼房，马路是那么整洁宽阔，沿路的店铺都是那么热闹，路上行人的衣着都是那么高级，他们的家里肯定有电视和洗衣机，不像乡下那样洗衣服都在池塘里，每天晚上还有电视看，那电视机好贵，他听说要花几百块钱，哦！是的，一定还有一台电风扇，没电风扇怎么行？这六月间的，没电风扇看电视可看不安稳，蚊子太多了，到了晚上就更厉害了，哎呀！好痛……

"吣……"袁俊杰醒了过来，他侧着翻了一个身，棉被怎么这么重？原来不是只有两场梦！他数了一下，怎么变成了三场了啦？他睡眼蒙眬地看着窗户外面，意识到天就要亮了。他纳闷了一下，刚才他未必是在做梦吧！这个梦真的是好美妙啊！怎么这么快就醒了呢？他一副意犹未尽的样子，好想再次回到梦里去。接着，又思索他为什么做到这样的梦。

以前做的梦都是，过年的时候跟着他妈侯大娘上街吃包子呀，买新衣服的事情。有一次，袁俊杰喜欢上了一件小棉袄，而侯大娘看了看衣服上的标价，太贵了，这明显超出了她的承受能力，就说贵了一点，给他买其他的吧。说完就要带着他到其他的地方看看，可是俊杰犟脾气、不懂事，扯着侯大娘的衣角，一屁股坐在地上，侯大娘好说歹说，他硬是不走，后来边上随即围拢过来好多人，你一句我一句地为小俊杰说着话，说："这小伢仔真作逆，一件小伢仔的衣服能要好多钱嘛！这么哭的也不给他买，不知道是不是他亲娘？真小气！"这让他嗯妈丢尽了脸面，为了他，最终侯大娘还是咬咬牙把那件衣服给他买回来了。俊杰长大后才知道，那一件衣服导致了他爹和娘那年过年没买一件新衣。

真是日有所思夜有所梦。坐在床边，袁俊杰摸了摸自己的额头，说了声："哦！好了，不烧了！"

突然觉得全身湿漉漉的，他接着摸了摸身体，呀！被子也是湿漉漉的。他赶紧起床。"俊伢仔！嗯好点了吗？"侯大娘在床上听到了袁俊杰的房间传来了声音，就问道。

"好哒！好哒！"

"嗯妈，昨晚你帮我又盖了一床被子吧？"

"是咯，说了要嗯多盖两床被子，我看到嗯少盖了一床就又盖了一床被子。"

"好重哦！压得我都动弹不得，一晚没翻身呢！衣服和裤子都汗湿哒。"

"好哒就好！快把湿衣服都换了，快！"

"我换衣服哒"

"好哒就好！好哒就好！不然咯哇，嗯又要美医师开药了。"

"好了就去看牛。"袁青山在桃屋里接着侯大娘的话说，"今天我要去田里挖糍米，正好我没空去看牛，俊伢仔，就切看牛，你听到么？"

"好，我听到了。"袁俊杰一边刷牙洗脸一边回应着他爸。

袁俊杰吃完早饭就牵着牛出门了，他披着霞光，站在田埂上，早晨的太阳将整个天空染红，眼前是一波又一波雾气涌来，将路边的花草滋润得饱满而娇艳欲滴。这冬天的太阳是多么美妙啊！它照射到哪里都是充满希望的，连牛儿也感受到了温暖和美好，它不停地吃着草，那两只大耳朵似乎在打听春天的消息，还有那根粗壮有力的尾巴在不停地左摇右摆，仿佛在告诉别人，此刻它是多么幸福和快乐！

袁俊杰牵着牛慢慢地向他自己家的田坎边走去。他远远地就看见袁青山蹲在田里劳作，等到他走近的时候，袁青山也没有发现他牵着牛站在他的身后面，他那饱经风霜的脸上，布满了深深的皱纹，新墙河的河堤是他的脊梁，田土是他的伴侣，深深的犁沟印着岁月的痕迹，他的汗水一年又一年地炙烫了这片土地。清晰的薄雾，清晨的露珠，伴随鸟儿轻快的鸣叫，袁青山抡起锄头略过小草，一锄一锄地寻找着他的劳动成果——那些被他养大的糍米好像在跟他浑浊的眼睛玩捉迷藏似的，以致他挖了那么久才挖出这么点，为了明天早上能去镇上卖，还得多挖一点才行，但是挖的时候还是要特别小心一点，尽量不要让耙头碰到，一碰糍米就破了，破了就不好卖了，只能自己吃。只怕没有人相信，长这么大了，还真没有吃过几次又大又冇破的糍米了，"遍身罗绮者，不是养蚕人"，这时，袁俊杰想起小时候读过的这首诗。

这时，袁青山手上的露珠反射着阳光，粘在脸上的泥巴格外耀眼。

干裂、粗糙得像老松树皮一样的手掌，将锄头把磨得格外光滑，甚至可以当作镜子来使用，瘦得干枯的身子似乎即将被微风吹倒——每次都是锄头把像一根拐棍一样把他支撑住。就这样弯腰在田间就像年迈的老牛，虽然已经没有什么力气再向前，但他只要找到一个小小的糙米立马就会精神抖擞、干劲十足！

实在累得不行，袁青山就坐在田埂上歇歇气，点燃一根没有过滤嘴的火炬牌或者香陵山牌香烟，巴拉巴拉，抽得津津有味，享受这烈日的炙烤和微微凉风，再喝上几口自己泡的茶水，几多美味。赤脚踩在泥土里，似乎他的脚不怕地上的石头，不怕水里的冰冷，也是，农民们的脚早就和土地融合在一体了，他们是多么多么熟悉，不知道有多少泥土钻进了他们的头发里，手指甲中，嘴巴里，血肉里，不管怎么都洗不干净。他常常说他死了也要埋在他的田土里。

趁着袁青山坐在田埂上休息，袁俊杰便拿起锄头挖糙米，生活虽然贫苦，岁月也会犒劳不辞劳苦、积极向上的人，望着被彩霞染红的天空和箩筐里的糙米，父子俩露出一丝简单的笑意。迎面飘来了泥土的芬芳，明天，肯定是个好天气。

袁美庭一到家门口，他老婆吴凤仙就迎上来了。

"他爹，你回来了。"吴凤仙说道，"吃饭吧。"

"好的。"袁望春回答。

吴凤仙说："我明明看到你在后屋里的，刚才你到哪里去了呢？"

袁美庭说："我去了一趟田里。"他说完就到厨房里洗手去了。

吴凤仙连忙摆着桌子，端来饭菜。这时，她从门缝里看见隔壁的王寡妇也刚刚回来了，她愣了一下，好像想起了什么，她还没等袁美庭进厨屋就在外面嚷嚷："袁美庭，你过来，你说，你到底去哪儿了？"

"我没去哪里，公路旁的那块田不是在放水吗？我就是去田里看了一下水。"袁美庭一边说一边坐到饭桌旁。

吴凤仙一看到王寡妇就气不打一处来："嗯话看，你到底干吗去了？我去喊嗯吃饭，到处找都没看到嗯，嗯话实话，嗯到底去哪里了？"

一听到吴凤仙这样问，袁美庭心里就烦。让吴凤仙耿耿于怀的，还是上个星期的事，隔壁王寡妇在田里晒稻草，突然雷声大作，马上就要下起雨来，袁美庭正好路过那里，王寡妇没办法只能求他帮忙，他二话没说就急忙帮王寡妇把田里的稻草捆起来，用扁担挑到王寡妇家里，其实袁美庭弄完之后，茶也没喝，就回自己的家了。

吴凤仙反正就是不信他们两个人，反正就说他们有问题，只要袁美庭单独一个人出门，她就想跟着，有些时候不能一起出门，她就会莫名地担心和忧虑。

不曾拥有，何谈失去，隔壁村的老赵头的事成为她心里挥之不去的阴影，吴凤仙不是担心袁美庭而是担心王寡妇一举一动的心思和用意，生怕袁美庭变成第二个老赵头。虽然袁美庭没有自己想象的那么好，但是她还是生怕失去这并不完美的幸福。为一个人揪心的感觉真的不好受，但是这份牵挂却无法逃脱，每当她看见袁美庭和王寡妇在一起，她的心里像有十五只水桶打水——七上八下的，久久不能平静。当世界在变化，当时间在变化，不变的仍然是那份坚守在家的心，爱一个人、爱一个家都是那么不容易，她瞪着圆圆的眼睛，眼睛珠子差一点儿就要掉出来，像一头要吃人的狮子的模样，恶狠狠地对袁美庭说："那就好！你要知趣一点，不要跟那个货在一起，如果让我晓得哒啰，嗯不死也得脱层皮……"

"晓得哒！晓得哒！哦！"

"晓得哒就好！"

"恰饭哒啦……"

吴凤仙这才收起自己的气势，端起饭碗，往嘴巴里扒了一口饭后说："明生打电话来了，问我原来他姑妈送我的那支西洋参还在不在。这都是几年前的事儿了，早就不知道吃了还是送人了，不知道这孩子要这个搞什么，最近总觉得这孩子怪怪的！"

"那东西可贵了，他禾里想起要那咯东西啰？那是谁病了还是要送人情啰？嗯冇问他？"

"我问了，他说没事就挂了电话！"

"要用的话就去买一根啦！"

"买一根？嗯以为蛮便宜啊？"

"……"

"哦！上个月，他找我要过一个治疗头痛的药方，嗨！不知道这个家伙在干什么，怎么老要药方呢？是不是谁病了，还是……"

"嗯冇乱开药方吧，嗯问他是谁么？"

"问了他哦！冇乱开哦！药方怎么行？我就开的一般的药咯，用白菊、白芷、僵虫、蒺藜子、白术、葱白、白附子、葛根、没药。我跟他交代清楚了，以下为注意事项：

"风寒重用：白芷和葱白。

风热重用：白菊、葛根、黄芪。

肝阳上亢：就不要白附子，重用白芍、僵蚕、蒺藜子，并酌情增加夏枯球、牡蛎。

淤血重用：白芷、僵蚕、没药、桃仁、红花、郁金。

气虚：白术、黄芪、党参、首乌。

血虚：白芍、首乌、枣仁、熟土、枸杞。

肾虚：重用补肾药。

痰湿重用：白芥子。

头痛缓解后宜用：枸菊四物汤。

又，治疗偏头痛用：白芷、石决明、荆子、天麻、牛膝、白菊、僵虫、全虫、蜈蚣、益母草。"

"不晓得咯伢仔在搞么子鬼！"

"咯是几个月前的事了！"

"……"

问母亲要西洋参是因为，袁明生听父亲说过，西洋参对周芳的病有好处，他突然想到自己家里好像有，才打电话回家的，得知没有后，他向母亲多要了几百元的生活费，再东借西挪凑了一千多块钱买了一根西洋参送给周芳。周芳看到袁明生这样不顾一切，内心过意不去，她清楚自己的身体状况，她不想拖累袁明生，也不想让他承受可能失去爱人的痛苦。因此，在一天晚上，她告诉袁明生关于自己的一切，她不值得他的爱，她希望袁明生能找到一个更健康、更快乐的女孩。

袁明生被周芳的话深深感动，他明白她的苦衷和无奈。

这时，为了改变一下气氛，他要周芳背对着自己，然后把自己写好的诗全部拿了出来，说："芳，你看这个！"

周芳一愣，疑惑地问："这是什么？"

"你看嘛！"她接过明生手上的纸，一张一张看了起来：

藏爱

情深似海长，爱意绕心房。
月下花前誓，风中雨里藏。

长相守

情深难自宣，爱意溢心田。
月下花前影，风中柳下缘。
相思如梦境，眷恋似云烟。
但愿长相守，白头共婵娟。

爱芳一生

爱河深处两相思，情比金坚誓不移。
月下花前同醉酒，天涯海角共吟诗。
心交不语胜千语，意合无求胜万词。
但愿此生常相伴，白头偕老永不离。

看着看着，周芳的眼泪像断了线的珠子，一点一滴地滴在纸上，用颤抖的声音说："明生，这是你写的吗？是你写给我的吗？"

"是的，是我写的，不写给你给谁啊！"

"什么时候写的？我怎么不知道呢？"

"我才写，怕写不好，不敢让你看见。"

"唔……唔……"

"你怎么啦？周芳！"

"我对不起你……明生……我不配你这么爱我……唔……明生……我对不起你……"

"没有……，周芳，你别这么说……"

"是我拖累你了！明生……"

"别哭！芳！你没有，没有，你别这么说……"

袁明生坚信真爱能够超越一切障碍。他继续陪伴在周芳身边，给予她关心和支持，希望通过自己的努力，让周芳感受到爱的力量，让上天给予他们奇迹。

时间一天天过去，周芳的病情继续恶化。她的脸色变得苍白，身体也越来越虚弱。袁明生看在眼里，痛在心里。他不再提及爱情的话题，而是默默地守护在她身边，为她做饭、洗衣，照顾生活起居。他用行动告诉周芳，无论她遇到什么困难，他都会在她身边，与她共渡难关。

周芳感受到了袁明生的真心和付出，她的内心充满了感激。她明白，袁明生的爱不是轻易能够拒绝的。但她仍然担心自己的病情会成为他的负担，影响他的未来。因此，她决定在生命的最后时刻，为袁明生做点什么。

她充分发挥自己的绘画才华，创作了一幅画。画中，她将自己和袁明生画在一起，手牵手走在阳光下的公园里。画中的他们笑容灿烂，仿佛没有任何烦恼和忧愁，边上是袁明生写给她的诗：

良缘

情深似海意绵长，爱恋缠绵入梦乡。
月下相逢情缱绻，花前共笑语飞扬。
两心相印同甘苦，一世情缘共暖凉。
愿得此生长相守，白头偕老永安康。

这幅画寄托了周芳对袁明生的祝福和期望，她希望他能够拥有一个美好的未来，找到真正属于他的幸福。

在生命的最后时刻，周芳将这幅画交给了袁明生。她告诉明生，虽然她不能陪伴在他身边，但她的爱会永远陪伴着他。她希望他能够勇敢地面对未来，找到属于自己的幸福。

袁明生接过画，泪水模糊了双眼。他紧紧抱住周芳，感激她为他做的一切。他明白，周芳的爱是他生命中最宝贵的财富，他将永远珍藏在心中。

在周芳离世后，袁明生将那幅周芳画的画挂在了他的房间里。每当他看到这幅画时，他都会想周芳的笑容和温暖的话语。他知道，周芳的爱将永远陪伴着他，成为他前进的动力和勇气。

自从周芳去世后，袁明生就在学校里面无精打采，像是一棵失去了水分的树，日渐枯萎。他和她从高中开始就是同班同学，这些年来，他们共同谱写了一曲只属于他们的青春乐章。

周芳是袁明生心中的白月光，她的笑，她的泪，她的一举一动，都牵动着他的心。他们之间的关系，从未言明，却又心知肚明。然而，残酷的现实像一道晴天霹雳，狠狠地劈在了袁明生的心上，让他几乎无法承受。周芳的离世，让袁明生的世界瞬间失去了色彩。他整日沉默寡言，仿佛失去了灵魂。他试图用学习来麻痹自己，却发现无论怎么努力，周芳的影子始终挥之不去。

一天，袁明生独自一人来到了他们曾经共同学习过的教室。教室里空无一人，只有他们曾经的回忆在四处游荡。他坐在他们曾经一起坐过的位置上，看着黑板上他们一起写过的字迹，心中涌起一股难以言喻的悲伤。

就在这时，他忽然听到了一个熟悉的声音，轻柔而又温暖，仿佛是从遥远的天际传来："明生，你还好吗？"

袁明生猛地回头，只见教室里空无一人。"你写的《醉爱》你还记得吗？'爱意浓浓似酒晕，情深义重似无魂。相思入梦频回首，眷恋成诗总断魂……'"

他愣住了，心中莫名地激动。这是周芳的声音，他确信无疑。他环顾四周，试图找到声音的来源，却一无所获。

"周芳，是你吗？"他喃喃自语，心中充满了期待。

"是我，明生。"那个声音再次响起，温柔而又清晰，"我一直都在你身边，只是你看不见我而已。"

袁明生热泪盈眶，他知道这不是幻觉，这是周芳在和他说话。他激动地站起身，四处张望："周芳，你在哪里？我要见你！"

"我就在这里，明生。"那个声音轻轻地说道，"你闭上眼睛，用心感受我。"

袁明生闭上眼睛，深深地呼吸了一口气。他仿佛感受到了周芳的气息，那种熟悉而又温暖的气息，让他心中欣慰。他仿佛看到了周芳的笑容，那种温柔而又灿烂的笑容，让他心中充满了希望。

"周芳，我好想你。"他哽咽着说道，"你为什么要离开我？我真的好难过。"

"明生，别难过。"那个声音轻轻地安慰着他，"我虽然离开了这个世界，但我的心一直都在你身边。你要好好生活下去，为了我，也为了你自己。"

袁明生默默地听着周芳的话，心中充满了感动。他知道周芳是在鼓励他走出阴影重新面对生活。他深深地吸了一口气，睁开眼睛，坚定地说道："周芳，我会好好生活下去的。我会努力学习实现自己的梦想，也会一直怀念你。"

"好的，好的，我盼望着你实现梦想的那天啊！明生！再见！再见！再见……"

"再见！不！周芳！周芳……"

袁明生大哭起来。

他一个人呆呆地站在教室里面哭。

他醒悟了一下，不由自主地坐在地板上，又开始哭了起来。

从那天起，袁明生振作起来。他不再沉浸在悲伤之中，而是将周芳的爱化作自己前进的动力。他努力学习，积极参加各种活动，让自己的生活充满了色彩。他知道周芳一直在他身边默默地支持着他，所以他不能让她失望。

时间一天天过去，袁明生逐渐走出了阴霾。他变得更加自信更加坚定，他知道他要为了周芳而活下去，为了他们的梦想而活下去。

而那个空教室也成了袁明生和周芳之间的秘密基地。每当他感到孤独或迷茫时，他就会来到那里，静静地坐着感受周芳的存在。那个声音，那个气息，那些回忆，都让他感到无比的温暖。

多年后袁明生终于实现了自己的梦想，成了一名优秀的人民教师。他站在颁奖台上手捧奖杯，心中充满了感慨。他知道这一切都离不开周芳的鼓励和支持。他深深地鞠了一躬，向那个一直在他身边默默支持他的人致敬。

"周芳，谢谢你一直都在我身边。"他轻声说道，眼中闪烁着泪花。

而那个空教室依然静静地见证着袁明生和周芳之间的爱情故事。每当他想起读书、学校、同学、学习等字眼时，都会听到一个温柔的声音在轻轻地诉说着他与周芳的爱情故事。

袁望春的家里最近似乎有些奇怪，一直有个自称是袁炜的同学的女孩来串门。那个女孩进出的手脚都是飞快的，等到他想看个仔细时就溜得无影无踪。这天，他在屋里看到袁炜无所事事的样子，他就进入一看，只有袁炜一个人在屋里。袁望春好不容易找个机会，就问袁炜："炜伢仔，你的屋里那个进进出出的女伢仔是谁？念里的？"

"那个是我咯同学，方家坝咯！"

"方家坝咯？她里伢喊么里名字咯？"

"姓孙，她里伢外号喊孙麻子咯！"

"孙麻子？孙麻子的女儿和嗯是同学？禾里原来就冇听到话过呢？难怪怎么老往我家里跑！"

袁炜说："我们是同学，只是找着耍一下而已。"

袁望春说："耍一下也不行，有其娘必有其女，嗯不晓得她娘的德行，差得很，我都没脸去说了，嗯离她远一点。听到没有？"

袁炜说："好，听到了，我晓得哒"

袁望春说："那就好，记得哈，话起就丑！"

听到袁炜"嗯啦"了一声后，袁望春才走了出去。

这天晚上，孙丽又到了袁炜屋里去耍，刚走到他屋里的时候，她看见袁望春在地坪里忙些什么，于是就喊了一声："望春伯，嗯那嘎在亦里忙么里？！"

袁望春听到后，转身看了一眼她，没有应她，转身就走了。孙丽顿时心里不免有点儿紧张。这时袁炜在屋里看到她，急忙跑出来对她说："没事！"孙丽就被他拉着进了屋。当袁炜一把推开桃屋门时，只见桃屋有好多人，有男有女，有老有少，孙丽忍不住想道：今天来得真不是时候，他屋里有咯么多人啊！

此刻，她只能硬着头皮跟袁炜进入了。

在袁炜的带领下，孙丽依次见过了爷爷、奶奶。一见完，孙丽觉得他们有几个人不是很高兴的样子，于是就说她有事，要回去。袁炜只好把她送出了屋。

看到孙丽回去了之后，袁炜也觉得有点无趣，他回家后就直接回到自己的房间，"当"的一声关上房门。躺在床上的袁炜不断地听到桃屋里传来说话声，感觉有点意思，孙麻子不是孙丽的伢老子吗，他顿时来了精神，他把房门轻轻地推开了一点，然后把耳朵贴在门缝听着。

袁炜听到他们说来说去都是那些事，经过他们一说，旧闻成了新闻，俗话说"好事不出门，坏事传千里"，看来这事不光传千里，还要传千年。

怪不得初中一毕业就冇看到过孙丽，自己比孙丽大两岁，读书时自己成绩不好留了两级，所以才与孙丽读到了一个班级里，他们两个人成绩实在是差，初中毕业前又都留过一级，他们还做过同桌。每次老师布置作业，孙丽不会做题目时，就找袁炜来抄，其实袁炜也是抄的别人。他们的爸爸妈妈都知道他们不是块读书的料。袁炜初中毕业后一直在家种田，孙丽初中还没有毕业就没有上学了，去了香洲打工。

知道了这些情况后，袁炜思考着：看来，在袁家岭和孙丽结婚有蛮大的困难，但是凭自己的条件的话，这个堂客还真的不一定能找得到。他陷入了深深的痛苦之中，他想着一切有可能的办法来改变他屋里人对孙丽的形象。

这天在厨屋里烧火的时候，他就问他娘："嗯妈，问嗯一个事。"

"么里事咯？"张四嫂说。

"未必别人家的伢老子犯哒法，咯他屋里咯仔也会犯法啰？"

张四嫂说："当然啰！话也不能咯样港咯！"

"那嗯里又要为么里话孙丽她跟她娘就硬会是一样呢？"

"哈醒仔，咯就不同哒啦，你不晓得她娘的名声？冇得脸话的，臭哒名呢！"

"冇得脸话的，臭哒名，禾里她有冇犯法？"

"法是冇犯，但是冇脸见人啦！"

"别人犯哒法都可以重新做人，为么里要滴里对她里呢，嗯不觉得咯太不公平哒吗？"

"……"

"再话孙丽，咯娘是娘，仔是仔！怎么能硬会是一个样呢？怎么能一刀切呢？她又冇做么里坏事，嗯里禾里要滴里看到她呢？"

"……"

张四嫂的嘴巴动了动，但是一直没有说出声音，好像想要说些什么却又说不出口，便只顾自己忙自己的事情。

这天吃了中饭，孙丽的娘看着家里没什么事情的，就跟孙丽说要带着她弟弟去外婆家一趟，说是有什么事要办。

她要孙丽一同去，孙丽不想去，她说她要出去耍，她娘丢下了一句"随你"之后，一手拉着她弟弟就出了门。

一会儿后，孙丽又来到袁炜的屋里，本来她是不好意思来的，但是这两天来一直都没有看见袁炜的影子，于是就想到他屋里来看看他到底在干啥。在地坪里，她没有看见一个人影，怎么没有看见一个人呢？人都到哪里去了呢？

当她心里正纳闷的时候，袁炜从屋里面走了过来，说："孙丽，你来了，进来啦！"

"哦！没事，我不进来！"

"来！来！来嘛……"袁炜把她强拉了进来。

进来后孙丽才发现，他们一家人都在厨屋里弄饭吃，她说："婶婶！嗯那嘎禾里现在还冇恰饭啦？"

"哦！是小丽哒！"张四嫂笑了一下说，"快！坐！嗯坐！我里恰哒饭，炜伢仔他细嗲和舅妈来哒，她里冇恰饭呢！"

"哦！细嗲来哒！嗯那嘎蛮健旺咯！"

孙丽看到坐在边上的一个婌馳，于是跟她打招呼。

婌馳的耳朵不好，她看到孙丽跟她说了话，只是她没有听清说的是什么，但是她又不好意思说她没有听到，于是她说："是咯！我里从李家庄来的！"

张四嫂急忙走近婌馳的身边，把耳朵贴到她耳边大声地说："她哇嗯那嘎健旺哦！"

婌馳听到了，急忙说："哦！哦！嗯健旺哦！嗯健旺哦！"接着她对张四嫂说，"咯个伢仔蛮懂礼形！咯个伢仔是谁俚？……"婌馳问张四嫂，"炜伢仔的同学哦？"

"炜伢仔的朋友！哦！好好好！……"婌馳笑着对孙丽说。

张四嫂急忙说："同学，同学哦！"

不知道听见没有，只见她转过身对着孙丽，说："炜伢仔的朋友！哦！好哦！！"

孙丽连忙点了点头，表示回应。

张四嫂也不好再说了。

看她们都在忙着，孙丽不想自个儿闲着，便鼓足勇气说道："婶婶，我来帮嗯烧火行吧？"说完就走到柴湾里捡起柴往灶台递了进去。

张四嫂听见了愣了一下，还冇吱声，就看见孙丽麻利地往灶台里添柴，她看了看边上的人后，笑了一下，随即把自己的围裙解下来递给孙丽说："行，好孩子，你来帮我烧！"

婌馳看到了这一切，高兴地笑着说："好！好！炜伢仔找了一个好媳妇哦！"

孙丽惊讶地看到婌馳的眼内全是兴奋的光芒，此刻，她似乎看见其他人眼内也全是这种光芒，这种光芒胜过万丈阳光，几乎瞬间烘干了她那内心的潮湿！

袁炜更是兴奋地跑了过来，对孙丽说："我来帮嗯吧……"

"我一个人烧火有哒，嗯切帮嗯俚嗯妈吧！"

张四嫂笑咪咪地说："炜伢仔，嗯还是帮我切挑点猪油来吧！

"好好好！我切挑点猪油，哦嗯妈，猪油在念里？"

"是吧，你不知道猪油放在哪里。"袁炜抢着说："你告诉我不就我知道了！"

"还是我切吧！嗯切摆桌子吧，嗯里细嗲饿哒呃！"

"好，我切摆桌子切……"

看到张四嫂蛮高兴的样子，袁炜就说："嗯妈！等把田地里的活忙完了，我就和孙丽一起去香洲，打几年工挣点钱再回来。"

张四嫂说："你要去香洲？那么途遥路远的，不知道你爸爸让你去不。上次嗯不是切过一次吗？还不是冇赚到钱，还在外挨冻受饿的，等你爸爸回来再商量吧！"

孙丽急忙说："婶婶嗯那嘎放心，这几年我一直在那里，我对那边比较熟，您就放心吧！"

袁炜在一旁插话，说："男人不出去闯闯怎么行？天天在家里修地球有什么出息呢？"

看见袁炜认真得要生气的样子，大家笑了笑，都没有作声。

突然一阵婴儿的哭声从细爹边上的摇窝内传来，嫉驰急忙起身把椅子拖到摇窝边上坐下，用手一边摇着摇窝一边唱着：

　　困告告／困告告／我里乖乖困告告／／困哒告告长胖胖／困哒告告长高高……／／嗯妈唧唧／嗯妈唧唧／有娘的伢仔穿花衣／冇娘的伢仔流眼泪……／／米贵秧／米贵秧／有钱么讨后来娘／自己娘杀鸡留鸡把／后来娘杀鸡留鸡肠……

这天吃晚饭的时候，张四嫂把这伢仔要去香洲打工的事说给袁望春听了，袁望春自然是反对的，他不让炜伢仔在外面跑，原因一呢，怕他吃亏，俗话说出门难，真的是出门就难。上次他去香洲打工饿得半死不说，还差点回不来了，这才多久，现在就忘记哒？在屋里虽然没什么钱用，但是一家人在一起平平淡淡的，慢慢来嘛，不要一心想着发财，命里有时终须有，命里无时莫强求，该你的迟早会有，人生在世不就图个安稳，这样不好吗？二呢，怕他上当，这外面的世界好是好，好人也是有，但是坏人也有，上次不是在香洲被骗了吗，难道还不够吗？三呢，就是怕他不听话，不搞好事，误入歧途，这是最主要的，那个同学孙丽，他不知道她在香洲做什么，如果她和她娘是一样的人品，那也不是搞好事的料。再说香洲离屋里途遥路远，举目无亲，如果有什么三长两短，那他们只能眼睁睁地看着，不能帮上一点的忙。

张四嫂一听，觉得袁青山说的也有理，于是她也不同意袁炜去香洲了。

由于父母亲的反对，袁炜怕自己去不了香洲。这天晚上，他就偷偷地准备着自己的衣服，怕惊醒父亲，又走不了。早上五点，天刚蒙蒙亮，他就起床悄悄地溜出了家门。当然，这时间是跟他娘事先说好的。这仔大不由娘，张四嫂也是没办法，只能随他吧。袁炜怕他娘为他担心，只让她娘知道。天快亮了，袁炜和孙丽走向马路，为了不让同村的人知道，他们还故意走到袁家岭的前一站等待着去往县城的汽车。当他们走了几里路到前一车站的时候，天也亮了，因为怕走漏风声，当路上的行人走来时或者冒着烟的手扶拖拉机"突突，突突"从村外驶来的时候，他们都会把头转过去，一种羞辱感让他无地自容，也有一种重获新生的豪情，在他的胸中熊熊燃烧起来。

如果可以，他再也不回来种田了，再也不做农民了。这次他一定要好好挣点钱回来，让他们刮目相看。想到再过不久早起的父母就会发现他已经离开家，他们露出失望和叹息的神情，他的眼睛一阵发热。他忽然意识到，原来真正实现了那个长久压在心底的愿望时，并非全是喜悦。他对未来更多的是茫然和不确定。

但每次的失败，又是因为他终归只是个农民。每个跟他相亲的女孩子，都看不上他，还好孙丽的出现让他看到了一点希望。但是，他思考着如果他还是在袁家岭混下去，自己也不一定把握得住孙丽，也许很快就会离他而去，于是，他暗暗发誓，他这次去香洲不混出个人样，就决不回袁家岭。

袁炜和孙丽到了县城后，去火车站买好了去香洲的车票。在火车上，看到袁炜昏昏欲睡的样子，孙丽让他先睡，她得看着行李。袁炜依靠着车窗就睡着了，他梦起了他去年第一次去香洲的情景，那次火车是在第二天下午五点到的香洲。他穿着一身自认为最酷的行头，在汹涌的人潮中穿梭。一出香洲火车站，他就看见高楼大厦、车水马龙，让他目不暇接，身边不时有打扮入时的美女经过。她们行色匆匆，目光绝对不会在他的身上停留片刻。看见自己脚上穿的那双几元买的胶鞋，他不好意思地在地上摩擦两下后，心想，还是挣钱要紧，昂首挺胸地向前方走去。

于是，他就天天去一些工厂的大门口看有没有贴招工启事，看了几天的招工启事之后，在一个较为僻静的地段找到一家主要生产电子设备的工厂。第二天他就被安排在没有任何技术含量的包装组上班了。

对于男人来说，都喜欢有很多女孩子的工厂，尽管这个班组几乎全是男工，可一想到一个月能有两千多块的收入，他还是很满意的。一没有技术，二没有学历的他，有的只是力气。他不怕吃苦，班组里但凡有费力的活，他总是抢在最前面。

很快，他就在班组站稳了脚跟。边上也有一些姑娘、媳妇爱和他说话。别看他长得人高马大，那些岁数大点的女人开起玩笑来，常常能臊得他一脸通红。看到他一脸红，她们也就闹得越发起劲。尽管一个班次八小时，而且自始至终都得站着操作，可袁炜的心情是愉悦的。于是，日子也就过得飞快。

一个多月后，他领到了第一笔工资，他第一真正意义上体味着钞票揣在兜里的滋味，他的心里感到了从未有过的踏实和安全，他的脸上露出了笑容。这时，火车刹了一下车，袁炜的头往前面晃了一下，他急忙说："掉了，掉了……钱！我的……"

孙丽感到莫名其妙，说："什么掉了？你话咯么里？钱掉了!?"

袁炜直起脖子看了一遍前后左右，擦了擦眼睛说："冇哦！冇哦！刚才做了一个梦而已。"

"做梦都梦见钱了?"

"嘻嘻!" 袁炜苦笑了一下!

"我要困哒!"

"好，嗯困啦! 我看到!"

对于袁炜去香洲，袁望春知道后也没有说什么，他知道仔大了不好管，只是叹了口气之后责备张四嫂，说："要去也要过年之后再去，嗯不晓得要过年哒?" 张四嫂知道他还是挂牵自己的伢仔，说："有什么办法呢，伢仔这么大了，拦也是拦不住，只能让他去了，要过年了，跟他说是说了，他说没有钱拿什么过年? 也许，香洲那边过年还好找事做一些，嗨! 就让他去吧，这都是命，希望菩萨保佑他。" 说完，张四嫂双手合十放在胸前，念着阿弥陀佛。

第五集
年猪糯糍辞旧岁　瑞龙祥狮拜新年

腊月二十的这天晚上，袁美庭的家里好不热闹，原来是袁明生回来了，他妈妈吴凤仙可高兴了，她已经半年没有看见儿子了。儿子说今天回家，她特别兴奋，早上天没亮就起床了去街上买菜，回来的时候她在路上碰到了袁青山，她突然想起来了一件事，急忙喊住他："青山伯，嗯那嘎也上街?"

"哦! 是吴婶婶，是咯，我上街买点菠菜种子，今天是什么会头? 你买了这么多的菜!"

"没会头! 没会头! 今天明生回来，这不就上街来了!"

"明生要回来，哦! 是的，快过年啦!"

"青山伯，你俊伢仔在屋里么? 在屋里就要他晚上来我屋里吃饭吧! 嗯那嘎也要来哈!"

"哎哟! 难得你们看得起我里，谢谢嗯里啦! 我里就到家里吃饭吧! 不麻烦你们了。"

"麻烦什么? 不麻烦，添个人不就只添一双筷子! 再说明生回来了，他们几个也是一年难得一见啊! 嗯俚哈要来哈!"

"好吧! 好吧! 我话一下! 嗯俚实在是太实心哒!"

下午，袁明生一回家，袁美庭的隔壁邻居都来蹭热闹。

晚饭时分，袁美庭的屋里静了下来，来了几个叔叔伯伯，一阵寒暄之后，袁明生就只看到了袁俊杰，他就跑去厨房问他嗯妈吴凤仙："嗯妈，袁炜呢，他在屋里吗? 怎么没有来?" 吴凤仙掌着锅铲说："袁炜没在家，他去香洲去了，你还不知道啊?"

"他去香洲了？我不知道哦！不是快过年了嘛，怎么不过年了去呢？"

"我问了张四嫂，她说腊月间正是好找工作的时候哦！"

"现在这个时候，工厂应该放假了，哪还会还招工？都腊月二十了！"

袁明生嘀咕着，这半年没有看见袁炜，一回来就想和他们玩啦，他有好多好多的话要说啊！他们三个人从小就是形影不离的，一起上学、游泳、捉鱼、挖泥鳅，如同穿一条裤子长大的一样，虽然不是亲兄弟却胜似亲兄弟。现在他们长大了，不得不为自己的目标和梦想而分道扬镳，匆匆忙忙地奔走在各自的路上。

这也没什么好奇怪的，俗话说："树大分权，人大分家。"真的是天下没有不散的宴席啊！想到小时候过年就意味着有新衣服穿，有好吃的吃，放鞭炮啦，走亲戚啦，这些都是他梦寐以求的事情，而现在过年，他觉得他与他爸爸妈妈一样是个大人了，应该要讲究自己的穿着和打扮，当然最重要的是挣钱。原来过年过的是团聚，而现在谈论最多的是钱，话里话外都是相互比较，隐隐约约感觉有点儿变相的显摆和虚假的阔气。

快要吃饭的时候，还是没见到袁望春来。

袁美庭带点责备的语气对吴凤仙说："他里嗯妈，怎么还不见望春伯来呢，嗯喊了没有？"

"喊哒喊哒，今天上午就跟四嫂子说了，当时望春伯没在家，怎么还没来呢？这天气饭菜冷得快呢，明伢仔，你去看看吧，看看望春伯怎么还不来。"

"好！"袁明生应了一声，正要出门的时候，桃屋的大门被推开了，袁望春与明生撞了一个满怀。明生一下就看出是望春伯，急忙说："望春伯！"

"哟！这是？"袁望春站住定睛一看。明生急忙说："我是明生！"

这时，望春伯就说："明生！明生回来哒！好好好……"

"是的，望春伯伯！嗯那嘎快坐，我正要去喊嗯呢！"

"嗨，怎么好意思哦！常常在你屋里吃的喝的，你们看得起我袁望春，我又没什么好东西送给嗯里呢！"

"快莫咯样子说。"袁美庭急忙拉着袁望春坐下，"就是吃个饭嘛！有什么客气的呢！来，喝酒！"

"我里哈等嗯一阵哒咯！"袁青山说。

"嘎式，嘎式恰吧？菜都快温落哒！"吴凤仙招呼大家道。

"是咯，是咯，菜都快温落哒！快点嘎式恰……"袁美庭举起酒杯与大家碰了一下。

"好酒，好酒！"袁望春喝了一口，酒还在嘴里面就说道，"医师还是医师，这酒都不同，硬是好喝一点。"

"呃！望春哥，酒还是一样的酒，我和嗯一样在代销店买的，不同的就是我放了药罢了，嗯那嘎要径酒的方子不？"

"要！当然要！多少钱？我给钱嗯！"

"呃，要么里钱啰！嗯那嘎咯就见外哒，只要嗯里要我就哇给嗯里听。酒药材料：当归、熟地、枸杞、木瓜、鸡血藤、独活、川芎。如果是头疼，加天麻、枣皮、黄芪。如果气血虚弱，加白参、红参、党参、鹿茸、阿胶、龟板。如果有伤痛，加田三七、没药、红花。如果神经损伤，加全虫、蜈蚣、海马、白花药。如果肾虚，加肉苁蓉、锁阳、杜仲、摇竹肖、仙茅。如果是四肢疼痛，加麻黄、桂枝、石南藤。如果是小关节疼，加秦黄、蚂蚁。如果是膝关节疼，加寻骨风、防己、忍冬藤。如果是游走性风湿，加白附子。如果是脊柱疼痛就加南蛇藤。"

"哦！嗯那嘎咯样哇我里记不住，对于这些药材，我里是一窍不通，还是要用笔写出来才行！"

"要的，要的，我恰饭哒把它都写下来！来来来！我里先喝酒、喝酒……"

"来……"

"喝酒……"

"明伢仔，来，嗯把这碗饭菜送到青山伯屋里去，把侯大娘家恰！"吴凤仙端着一只盛好了饭和菜的碗，递给明生说。

"哎哟！吴婶婶，莫太故细！嗯里侯大娘屋里有现饭现菜哦。"袁青山不好意思地说。

"要的，要的！侯大娘也难得搞！"

"好，好！"听到他娘的吩咐后，明生急忙站起来端起碗就往俊杰屋里走去。

"美庭叔！明日有空吗？"袁青山口里压着一口酒，"我里明天动年猪，麻烦你帮帮忙呀！"

"要得咧！要得咧！"袁美庭急忙答应道。

"要是炜哥在就好了！他力大！"俊杰在一旁说了一句。

袁望春说："炜伢仔去香洲了，今年过年不回来了。"

"望春叔，炜伢仔有在屋里嗯那嘎也要来呢！"袁青山说。

"好是好，只是我跟李家庄的东家话好哒咯明日帮他做一日小工，如果不去的话还是不好意思，咯几天前就话好哒咯！"袁望春说。

"好啊！明日嗯那嘎就去做一日，我里那就后天动年猪吧！"袁俊杰跟他伢袁青山说，"伢老子，后天动年猪可以吧？望春叔在咯话我里帮忙的人又多一个啦，再说，也热闹一些啦。"

"好是好，只是今天下午我跟杀猪的王师傅说了明天呢！"袁青山说，"要不我晚上再去跟王师傅说说？"

"好。"

接下来的一阵阵酒杯碰在一起的声音，在寒冷的冬夜格外清脆悦耳，让人倍感温暖。

袁青山杀年猪的这天，怕弄醒侯大娘，他一大早就悄悄地起床了，劈柴、烧水，有好多好多的事情要做呢。他想要侯大娘晚一点起床，多休息休息，这些天自己也是够累的，平时还轻松一点，这快过年了，衣服啊，被子啊，都得拿出来洗洗和晒晒，吃的穿的什么都得准备准备。虽然说家里面条件不怎么好，但也得不让自己家的孩子欠别人家的嘴，磨豆腐、烫粉皮什么都得做点。原来侯大娘好的时候能分担大部分，可是现在都得由他一个人来做，累得他腰都快直不起来了。

袁青山在厨房里小心翼翼地忙碌着，他轻手轻脚的样子像猫一样可爱，生怕弄出一点点小动静把侯大娘惊醒。其实睡在床上的侯大娘，早就听到了厨房的声响——这并不是袁青山弄的，起惯了早床的侯大娘每天早上醒来的时间都是一样，久而久之这生物钟在不知不觉中就形成了，多年来一直都没有改变过。

袁俊杰在床上也醒了，动年猪也是一件让人非常高兴的事情，甚至还有点小激动呢，这不，父亲一起床他也就醒了，他知道每年动年猪都有很多的事情要做，当他听到父亲在厨房忙碌的声音，他也起床了。

听到他里伢仔在屋里忙前忙后的，侯大娘是无论如何也睡不着，能帮点就算点，能做点就做点，她慢慢穿好衣服，起床帮着张罗起来。

一会儿后，杀猪的王师傅来了，他一停下自行车就安排袁青山准备大盆小盆、开水冷水。他走到猪栏里看了看猪，用棍子把躺在地上的猪赶起来在他面前走了几步，他便自言自语道："好，壮实！"说完胸有成竹地走出猪栏。这时袁美庭和明生，还有袁望春都来了。

王师傅忙起来了，吩咐着他们准备着各自的事情。

一切准备就绪之后，王师傅在要放猪血的盆里放了一点盐，边上放好一把又长又白的杀猪刀，等到袁望春把猪从猪栏里赶到了门口的时候，王师傅用一个大铁钩子以迅雷不及掩耳之势把猪的嘴巴钩住，随着袁青山、袁美庭他们一拥而上，年猪没叫上几声就被按在屠凳上，只见王屠夫手起刀落，眨眼之间就把猪放了血，鲜红的猪血像箭一样射向放了盐的冷水盆里。等猪不再动弹了，王屠夫把猪的四只脚割了一个口子，用一根铁棍在年猪的各方各部位插了插，还拍打了几下，然后把嘴巴憋住的气用力向年猪脚上的口子吹去。

随着王屠夫给年猪的四只脚吹气，年猪的体内充满了气体，像一只充满气的气球一样，似乎快要爆炸，王屠夫说越鼓越好，鼓起来才好刮猪的毛呢。他在用几壶开水烫了年猪的全身后，就吩咐着大家一起动手刮毛了。人多力量大，一会工夫年猪的毛就被刮得干干净净，年猪变得白白胖胖的，好漂亮。王屠夫把它摆好姿势，还在它的头上戴上一朵大红花后，吩咐着袁青山放一挂鞭炮——预示着明年袁青山家六畜兴旺、吉祥如意。

放完鞭炮后，王屠夫就把年猪放在屠凳上开膛切肉了，接下来他就得听侯大娘的指挥了：哪块肉腌腊肉，哪块肉做新鲜肉，猪头猪脚剁多大，要多少肉做礼物，都有谁谁谁要送情……侯大娘不停地计划着，有不能决定的地方，她不时问一下袁青山。等年猪切完之后，这杀年猪就算是完满结束了。这时，侯大娘和袁俊杰也做好了中饭，侯大娘吩咐俊杰去喊吴凤仙和张四嫂来吃杀猪饭。俊杰喊她们了，她们都说自己忙就要俊杰回去，不要太客气哒，俊杰只能回去。

在大门口，他看到飞飞拿着一个破碗，挂着一根拐杖，不时地摇动着手上的碗，一边自言自语地念着：爹不亲嘞！娘也不亲！爹的筋骨恩，与你不能伴一生娘的血肉情还是不可永相存/爹不亲嘞！娘也不亲！儿不亲嘞！女也不亲！儿子养成人/成家立业忘了恩/女儿结了婚/一袋一袋婆家拎/儿不亲嘞！女也不亲……

他看着觉得有些恼火，于是就对他说："嗯念叨的是么俚家伙啊？我里还冇恰饭呢，嗯到别的地方去吧。"说完就做出要赶他走的样子。

这一切，被侯大娘看到了，她急忙喊："俊伢仔！嗯在搞么俚啊，嗯冇打他啦？"

"冇，嗯妈，我冇打他，他在咯俚嫌死咯银！"

"冇事，嗯切，嗯切盛碗饭夹点菜把他！"

"……"

看到袁俊杰有点不情愿，侯大娘于是再一次说道："去啦，他也是银啦，也要恰饭啦，我里都少恰一口不就可以哒嘛！去啦。"

"哦。"

袁俊杰应了一声就去盛饭去了。

这时，大人们也都上了饭桌。等他们一起吃完饭后，侯大娘要袁青山送给袁美庭和袁望春各一碗早就准备的礼物，碗里装着猪血和一点猪肝和精肉。他们不肯要，袁青山和侯大娘说："有什么不好意思呢，嗯里也是这样对我里咯，都随便点啦！"

袁美庭和袁望春这才接着。

袁望春刚走几步，似乎想起了一件事，他停下来，说："嗯看我这记性！又差一点忘了！明日下午我里打糍粑，嗯里要来呢！俊伢仔还有明伢仔都来帮我打糍粑哈！"

"好，要的！望春叔！"

"要的，要的！望春叔！"

第二天，袁俊杰和袁明生他们如约而至。他们走进袁望春家大门，扑面而来的就是糯米散发出来的清香，仿佛能闻到糍粑的香气。走进家门，他看到袁望春已经准备好了工具和材料，正笑盈盈地等着他们呢。

接过张四嫂泡递过来的茶，有些烫，他们就把茶放到一边后默契地开始了制作糍粑。只见大人们帮扶着选上好的糯米，将糯米洗得干干净净，然后放入大木桶中，加上适量的水，放在火上蒸。

蒸的过程中，两人坐在灶台旁，一边聊天一边等待。他们谈论着村里的趣事，谈论着各自的梦想。随着糯米的香气四溢，他们的心情也变得越来越激动。突然，"哇"的一声小孩儿的哭声从隔壁的房里转来，大家都停止了说话。

"哎哟！是我的小外甥醒了。"张四嫂急忙丢下手上的东西，向房间走去。

"嗯忙嗯咯，没事咯，人多了，热闹呢，把他吵醒了！我切摇一摇就困着咯。"说完娭毑先一步推门进来了。

这时，大家都听到娭毑一边摇着摇窝一边唱着："麻雀在墙眼里坐呀骂那个打牌的，骂那个赌博的，先卖田后卖屋，卖得婆娘伢仔哭。

"读书郎，读书郎，背着书包上学堂，出门的时候，只看到月亮，回来的时候，冇看到太阳。

"斑鸠咕咕，油煎豆腐，牙恰哒做工夫，崽望着打饿肚，崽呃崽呃嗯莫哭，嗯里牙的咯楼上，还有几担秕子谷。

"不放油，不放糖，米汤泡饭喷喷香。冇得鱼，冇得肉，哦里外外米汤泡饭胖嘟嘟……"

由于娭毑的声音很大，外面的人也听得到，有几个小孩子听得了，大声地笑了起来。

张四嫂说："这孩子不知道为什么，这几天恰么里拉么里！"

"张嫂子，咯是消化不良啊，多久了啊？"

"昨天就是咯样咯！"

"你去药铺里捡点淮药、扁豆、鸡内金、焦术、陈皮、湘曲、芡实，三副中药调理就可以了。一日三次服用，治疗小儿消化不良很好咯。"

"好的咯，多谢嗯里美庭叔。"

"谢么里！"

一会儿后，糯米蒸煮好了。大人们将蒸熟的糯米倒入石臼中，袁明生、袁俊杰他们就齐上阵，每个人一根木杵（锄头把），开始在石臼捣。这是一个需要力气的活，两人轮流上阵，捣一阵后就得把糯米翻过来，这时候糯米的温度很高，要准备一块湿毛巾给手降降温。袁俊杰不敢相信自己的眼睛，他看着袁青山平时笨拙的双手，在这时却是那么敏捷和灵活。尽管他们每个人都被汗水浸湿了衣服，但他们的脸上却洋溢着满足的微笑。

将捣好的糍粑放在案板上，袁明生和袁俊杰开始用手揉搓，使其变得更加细腻。然后，把糍粑平整地放在干净的地方，也可以将糍粑分成小块，用印模印出漂亮的图案。每一个糍粑都是他们心血的结晶，也代表他们对美好生活的向往。

经过一番努力，终于做好了糍粑。袁明生和袁俊杰一起坐在院子里，品尝着这份美味的传统食物。糍粑软糯香甜，口感醇厚，吃上几口仿佛能品尝到岁月的味道和家族的情感。两人边吃边聊，谈论着家族的历史、糍粑的传统以及彼此的生活。

有几个小孩子看到娭毑来了，于是问："娭毑，嗯唱咯好好耍咯！"

"伢仔，嗯要学吧啰？"娭毑问

"……"小孩子们笑着没有出声，只是点了点头。

"好吧，伢仔我还唱一扎嗯听哈，看嗯记得住不？"

"好！"小孩子们回答道。

"上堤坡，下堤坡，脚脚踩哒野鸡窝，野鸡窝里一窝蛋，提起回克老舅娘看，舅娘出麻子，接我恰茄子，茄子冒开花，接我吃南瓜，南瓜冒长蒂，接我克看戏，戏冒搭台，接我做鞋，鞋冒做起，接我冲米，米冒冲熟，接我煮粥，粥冒煮化，跑起回哒一顿家伙……

""娭毑，娭毑！太长哒，我里记百住，嗯那嘎哇容易点咯嘛！……"一个小孩子说。

"长哒，好！旧社会，真万恶，要我包细脚，痛得打滚哭，走又走不动，丑又丑死我，唱歌不像唱歌，跳舞不像跳舞，边上银，笑呵呵，一口一句，你好丑，你好丑……咯记的到吧？"

"……"孩子们不说话，只是哈哈大笑着。

"大人物，小八路，跟着婆婆捡菱角，说哒百要打赤脚，打赤脚，捡菱角，棘痛了脚脚，哎哎哟……哎哟……哎哟……"

"嘻嘻嘻……"小孩子们听到笑了起来。

"记到么？记到心里切哒么？"

这时，小孩子们一哄而散。

大人们都坐在堂屋里休息，袁青山向后辈们讲述了自己年轻时的故事和打糍粑的经历，袁明生则向袁俊杰分享了他在城市的生活和见闻。袁青山和袁明生、袁俊杰虽然出生在不同的时代，但在这一刻，他们仿佛穿越了代际的鸿沟，心灵得到了沟通和交融。

打好的糍粑被晾干后就要切成一块一块，每当有客人来访，他们就会拿出自己打的糍粑来招待。这不仅仅是一种食物，更是他们的一种情感寄托，一种对家乡、对亲人的深深眷恋。

每当腊月来临之际，他们都会不约而同地回到家乡，与亲人一起动手打糍粑。这不仅是一种传统的延续，更是一种情感的传承。在大人们的影响下，袁明生他们也开始对打糍粑产生了兴趣。袁青山于是教他们如何选糯米、如何蒸煮、如何捣捣、如何揉搓。他们希望通过这种方式，将这一传统传承下去，让更多的人了解并喜爱上打糍粑。

而每当腊月，村里的人们都会聚在一起，一起动手打糍粑。他们的笑声、谈话声、捣杵声交织在一起，形成一首动听的乐曲。这乐曲中，既有袁明生和袁俊杰的声音，也有新一代年轻人的声音。他们共同构成了这个村庄的精神面貌，共同传承着这份独特的文化。

每年的这个时候，袁家岭都会热闹非凡，都会弥漫着糯米和糍粑的香气，因为那是家人一起打糍粑的日子。在这个特殊的时节，不同辈分的袁氏族人都会聚在一起，共同制作、品尝和分享这份美味的传统食物。他们围坐在石臼旁，边捣边聊，分享着彼此的故事和见闻。糍粑的香气弥漫在空气中，也弥漫在每个人的心中。

这是人们对美好生活的向往和追求，也是他们对传统文化的热爱和传承。在这里，糍粑的记忆如同一首悠扬的歌谣，永远传唱着人们对家乡的眷恋和感恩之情。在这个快节奏、现代化的社会中，人们通过打糍粑这一传统活动，不仅加深了彼此之间的感情和联系，更传承了家族的文化和传统。他们相信，只要心中有爱、有传承，家族的纽带就会永远延续下去。而糍粑的美味，也将成为家国永恒的记忆和象征。

"小孩小孩你莫馋，过了腊八就是年……"

随着年的临近，不时传来小孩子们放的东一声西一声的爆竹声。

他们真的不怕冷呵！在北风中滚铁环，在雪花里转火罐，难怪老人们说"小孩子怕么里冷？丢到水里吱吱作响"。

俗话讲："小孩子望过年，大人望种田。"小孩子们都在掰着手指头盼过年呢！每天早上起床就得问一声大人今天二十几了。有的小孩盼望心切，偷偷把墙上日历上过年的那天打个圆圈做个记号——这样的话他心中更加有数，好像离过年更近了一步。

大人们会告诉小孩子："二十一，不要急；二十二，起鱼儿；二十三，做衣衫；二十四，过小年；二十五，磨豆腐；二十六，洗腊肉；二十七，杀线鸡；二十八，剃头发；二十九，打烧酒；三十晚上熬一宿，明年什么都会有！"特别是要小孩子们注意安全，过年了才能吃好玩好，还有就是要注意不能乱说话，那些带"死"等字的脏话和坏话是不吉利的，绝对不能说！

"二十一，不要急"，意思就是到了农历腊月二十一，江南的农村普遍有了年味，人们决定放下地里的农活和外面的副业等，开始筹办过年的一些物品。为了过一个吉祥如意的好年，大家都要有一个周全的计划，然后从容不迫地一件一件地办理，并不急躁。"二十二，起鱼儿"，就是说从这一天起，家家户户开始把自己家的鱼塘里的水抽干，没有鱼塘的人家也就要买鱼了，过年少不得鱼呢，特别是吃年饭要用祭神鱼，寓意着年年有余，每个人都得吃上几口，当然，来人来客的酒席上鱼也是不能少的。

"二十三，做衣衫"，就是说腊月二十三是给全家人做新衣服的日子，这天得请裁缝师傅到家里来，把全家老老少少每一个人的身高比例衣袖裤裆都量个仔仔细细，要么家里备好布料请裁缝师傅在家做，要么把钱给裁缝师傅让他量好尺寸做好后，再用内面装着炭火的熨斗熨得笔直后送来。有的家庭条件差，大人自己就不做了，省出钱给孩子们做。实在没钱的人家就会拿着大人的衣服给小孩子改成一件"新衣服"。俗话说："一年一度，一年一新！"孩子们是无论如何都要做身新衣裳的。

"二十四，过小年"，意思是这一天家家户户得置办上包括三牲（猪、鸡、鱼）大菜的满满一桌菜。晚上，全家人按长幼次序坐在桌子上慢慢享用。所有的灯火都燃起，把屋内外照得通明；小孩子在屋坪上玩烟花、放鞭炮。小年的规模和规格略小于大年三十晚上。"二十五，磨豆腐"：在江南，豆腐是仅次于肉、鸡、鱼等荤菜的大菜，前后十多天天天大肉大鱼不切实际，豆腐是最好的代用品。因此，需要准备很多豆腐食用。腊月二十五这一天专门把豆腐做好，其实磨豆腐需要提前几天浸好豆子，让它充分发涨，那样磨出来的豆腐才又白又好吃。

"二十六，洗腊肉"：腊肉是用新鲜猪肉经过多个环节的加工制作而成的，腌制、烟熏等每一道工序都要注意很多细节，才能做出上等的腊肉来。江南过年，几乎无腊肉不成宴，而且腊肉可以做出很多个菜碗，腊猪脚、腊排骨等是款待客人的最高标准。在过年的每个日子里，每家每户餐桌上的腊肉都大受欢迎。"二十七，杀线鸡"：腊月二十七这一天，人们都会早晨一起床就把鸡笼里的线鸡抓住，杀好了过年备用。条件好点的人家就会多杀几只鸡来给亲戚朋友送礼。

"二十八，剃头发"：这一天，江南的男女老少一定会去理发。这样做是为了新年有个新面貌、新气象，剃掉过去一年的晦气，来年走好运。年轻的小伙子这天剃头发则是为了春节相亲时给人精神饱满的第一印象。"二十九，打烧酒"：过年喝酒，越喝越有。在江南过年吃饭几乎都是无酒不欢，即便你不会喝酒东家也会给你倒上一杯甜酒，说："甜酒和你喝的饮料一样，这种可以了吧！"说完哈哈大笑，让你不得不接受。据说喝酒会带来滚滚财运。俗话说："有菜冇菜，怪酒不怪菜；酒席酒席，无酒不成席。"

三十过大年，终于到了过年的日子. 到这一天为止，已经准备好一切过年的物资，也有了过年的欢喜心情。从这一天起，以往的不愉快、不如意一荡而去。而且，人们对事物的看法也比平时更开明，彼此笑脸相迎，愉快相处。吃年饭有早年饭、中年饭和晚年饭之分。相传旧社会的时候，这一天所有的地主家里的长工短工都会放假，雇主家早早地请他们吃完早年饭后，还得备着年礼给他们带回家，他们回家的路途有长有短，所以看到屋时间再和自己的婆娘伢仔吃中年饭或者是晚年饭。于是，伢仔看家里的大人什么时候能回家，什么时候方便就吃什么年饭，不论是吃早、中还是晚年饭都是美满和团圆的意思。不过，随着社会的不断发展和进步，也许是为了方便一些，大部分地区基本上都改成了中午吃年饭。

此时此刻，整个袁家岭都沉浸于一种浓浓的祥和的氛围之中，仿佛连空气都充满着甜甜的味道，欢乐在每一个爆竹声中弥漫开来……

大年三十一大早，父母会喊着今天一定要早点起床，说是这天起得早那么这一年就会起得早。当然，小孩子的新衣服一定放在床边上——不然昨晚他怎么睡得着呢！不过今天早上起床，大人们还是不让他们穿上——吃年饭的时候怕他把新衣服弄脏。过年的重头戏，还是吃年饭。年饭桌上的菜一定是双数，常常是十道菜，寓意十全十美。除了猪肉、鸡、鱼等硬菜，还得吃几筷子豆腐和青菜，寓意在新的一年清清白白做人，明明白白做事。

年饭开始前，先往桃屋大门口的两旁贴上红彤彤的对联，然后摆一张桌子到门口，上面放着一碗肉、一碗鱼、一碗饭，还有酒和茶，然后放一挂鞭炮，请祖先或者已故的长辈亲人们先来吃年饭，寄托对亲人的思念，祈请先人保佑家人健康平安。敬完先人，就把菜和饭端到桃屋的饭桌上，全家人方可入席就餐，关上大门后就开始吃年饭了。大人会用草纸在小孩子的嘴上抹一下。因为小孩子们常常在不经意间说一些犯忌讳的话，用草纸抹后，小孩子的话就如同放屁，无论说什么，都是不作数的。吃年饭还有很多的规矩：吃饭的时候，筷子是不能插在饭里的；添饭，不能问"还要饭吗"，吃完了，不能说"不吃了"，应说"吃饱了"。等到全家所有的人都吃完年饭了，大人就会准备一挂鞭炮把大门打开了放，寓意是开财门。大年初一的早晨打开大门也叫开财门，也是一定要放鞭炮的。

当袁家岭所有的人家吃完年饭之后，接下来那就是一个最激动人心的时刻，玩龙灯、舞狮子的锣声和鼓声阵阵袭来，每一个人听到都会心潮澎湃。整个袁家岭热闹起来，大人和小孩子都向玩龙舞狮的地方去奔去。玩龙舞狮的队伍会去每家每户的堂屋里走一圈，去到地坪里舞几下，然后就站着听领头人的赞词。唱赞词的人在不同的人家会唱不一样的赞词。在一般的人家就会唱着：

金龙闪闪喜气迎／特来庆贺贺新春／一贺新春二拜年／恭贺老板过了热闹年／屋里的电器是样样全／每年的收入是上万元／贺寿者寿比南山高北走斗／贺富者富如东海水长流／又贺读书学生们／考试门门得满分／积极入团又入党／不久就要当领导／是我金龙耍过身／子子孙孙万年春

如果人家是做的新房子就唱着：

狮子进门喜气扬／特来庆贺贺华堂／搭被党的政策好／一心一意奔小康／新建楼房高百尺／手可摘星辰啦／建房正逢黄正日／上梁又遇紫微星／日进东南西北四方客／时招春夏秋冬四季财／一年四季／万事大吉／大吉大利／顺顺序序／建的华堂放光明／子子孙孙落太平

如果知道这户人家特别有钱，就唱着：

狮子进门喜气盈／特来庆贺贵户门／贵户门真客气呀／进门就是烟一拎／今年财运真是行／村里致富是头几名／生意做得是有蛮大／明年就要买大哥大／大老板啦／发大财啊／左脚踩金右脚踩银／胜过前朝赵公明／日进千箱宝／时招万里财／明年更比今年行／恭贺老报发财又发银／今日龙灯耍过身／吉祥如意万年春

除此之外，还有贺老师、贺铺子、贺军属、贺姐夫等，反正是看到东家什么情况就唱与之合适的赞词，赞词的每一句都配着乐声，唱赞完后锣鼓声都会同时响起，一路都不停歇，屋主人会按照自己的条件给玩龙舞狮的一个红包，然后他们就会去下一家。

初一一大早，路上都是络绎不绝的拜年队伍，此起彼伏的祝福之声，这也是新年的一道独特景观。即使就是长眠地下的先人们，也不由自主地在"享受"着这样的礼遇——给他们拜年，并放一挂鞭炮！

特别好玩的是那些小孩子去每家每户的拜年，人们用糕点或糖果填满了他们手中的袋子，拜年的点心越多越高级说明人家越大方。

阖家团圆应该是过年的主题，每家每户都有亲戚请吃饭的时候，亲戚多了怎么办呢？一天也只能去走一家亲戚，还得分清主次，所以就有了"初一崽，初二郎，初三初四走四方"的风俗习惯。过年前，儿女们都会千里迢迢从四面八方赶回家中，大家围坐在火塘边，聊聊别后的挂念，畅谈事业的成功，交流生活的心得，休整疲惫的身心。亲人团聚，大家拉近了距离，愉悦了身心，密切了亲情、友情和爱情。

正月初五这天早上，袁家岭村子中央的那块大地坪上，人声鼎沸，原来是村支书袁长龙领着一群人在那里搭戏台，准备唱上几出花鼓戏，为新年增添几分喜庆与热闹。真的是人多力量大，大过年的，在大家的喜笑颜开中，一天时间里，偌大的一座色彩斑斓的戏台不知不觉就搭好了，只等着上演着一年一度的新春大戏。村民们穿着节日的盛装，脸上洋溢着幸福的笑容，从四面八方汇聚而来，连平日里难得一见的远亲近邻也特地赶了回来，共同庆祝这喜庆的日子。

第二天初六破晓，家家户户便忙碌起来，袅袅炊烟中夹杂着欢声笑语，大人们忙着准备看戏的零嘴儿，小孩子们则兴奋地穿着新衣，在村头巷尾追逐嬉戏，期待着戏台上即将上演的精彩。

戏台上红绸布幔随风轻扬，两旁挂着对联，上联书"锣鼓声声传喜讯"，下联是"戏文曲曲贺新春"，横批"欢度佳节"。台上已摆好各式道具，后台则是演员们紧张准备的身影，他们或描眉画眼，或整理戏服，每个人都沉浸在即将登台的喜悦与紧张之中。

随着第一声铜锣响起，村民们纷纷从四面八方汇聚而来，有的搬着小板凳，有的牵着孩子的手，还有的搀扶着老人，大家脸上洋溢着节日的幸福与期待。大地坪上瞬间被挤得水泄不通，但那份热闹与和谐却让人心生温暖。

第一出戏是村民们最喜爱的《刘海砍樵》，台上的男演员唱得多情而又热烈，女演员唱得响亮而又妩媚，将男女之间的爱情，夫妻两人双宿双飞、夫唱妇随的美好生活演绎得淋漓尽致。

> 女：我这里将海哥好有一比呀！/男：胡大姐！/女：哎！/男：我的妻呀！/女：啊！/男：你把我比作什么人啰！/女：我把你比牛郎不差毫分哪！/男：那我就比不上啰！/女：你比他还有多啰！/男：胡大姐你是我的妻呀啰！/女：刘海哥你是我的夫哇！/男：胡大姐你随着我来走啰呵！/女：海哥哥你带路往前行哪！/男：走啰呵！/女：行啰呵！/男：走啰！/女：行哪！/合：得儿来得儿来得儿来哎哎哎！/男：我这里将大姐也有一比呀！/女：刘海哥！/男：哎！/女：我的夫！/男：啊！/女：你把我比作什么人哪！/男：我把你比织女不差毫分哪！/女：那我就比不上啊！/男：我看你硬严像着她啰！/女：刘海哥你是我的夫哇！/男：胡大姐你是我的妻啰！/女：海哥哥你带路往前走啰呵……

台下观众时而屏息凝神，时而掌声雷动，尤其是当两个演员在高潮部分高唱"哎"时，他们两个人用手弯起来形成一个"心"，引得全场沸腾，孩子们更是兴奋地拍手叫好。

唱的第二出戏是《蔡九打铜锣》：

> 打锣打到林家溪／三老倌找我报消息／林十娘今天清早起／放出来鸭子又放鸡／我正要找她去讲理／林十娘她迎面笑眯眯／／霸蛮要我歇口子气／一把拖我进她屋里／她一口一声蔡九哥哎／我们是亲戚哒／你舅妈是我表嫂的叔伯姨／今天碰巧是我的生日／一杯寿酒是硬要吃的／／满伢仔呃你快到街上去打酒／桂妹子呀／你就到笼里去捉鸡／／我正要起身讲点客气／只见她一个箭步上了阶基／我连喊她几声都不理／把我晾在堂屋里／／林十娘平日蛮小气／今天她这样大方硬有问题……

蔡九哥唱着幽默诙谐的调调，让这艺术鉴赏也添上几分轻松愉快。这出戏简直就是一场相声小品，不时逗得观众大笑不止，演员们个个都是表情包大赛的隐藏冠军，那表情变化之快，比翻书还让人目不暇接。尤其是那位主角，演起戏来，情绪切换自如，上一秒还是深情款款的模样，下一秒就能秒变段子手，逗得台下观众前俯后仰，生怕笑出腹肌来。

剧情呢，就像是坐过山车，忽上忽下，惊喜连连。你以为这是部悲剧，正准备抹眼泪呢，结果突然来个神转折，让人哭笑不得，直呼编剧大人您真是脑洞大开，让人防不胜防。

至于舞台效果，白天还是没有感觉到，但是到了晚上，那就没得说，灯光、音效、布景，每一个细节都透露着他们的专业敬业精神。特别是那场在雨里的戏，明明天空爽朗，台上却能下起"人工降雨"，让观众们纷纷感叹："现在的技术真的高级，弄的这雨，比天气预报还准！"

戏台旁，小摊小贩们也不失时机地摆起了摊位，热气腾腾的糖葫芦、香脆可口的瓜子，还有自家手工制作的糕点，吸引着孩子们和年轻人的目光。大家边吃边看，享受着这份难得的闲暇与欢聚时光。戏台前，一排排竹椅早已被占满，孩子们兴奋地挤在大人腿间，或是骑在父亲的肩头，瞪大眼睛，生怕错过任何一个精彩瞬间。戏台上，锣鼓声震耳欲聋，二胡、笛子等传统乐器音色交织成悠扬的曲调，引领着剧情的起伏跌宕。台上演员们身着华丽的戏服，头戴精美的头饰，一颦一笑、一举一动都透露出深厚的戏曲功底，将《补锅》《三婿拜寿》等经典剧目演绎得活灵活现，引来台下观众发出阵阵掌声和喝彩。

台下的村民们或聚在一起讨论剧情，或品尝着自家带来的小吃，还有的老人则趁着这难得的闲暇时光，给孙子孙女们讲述着过去的故事。还有的年轻人在一起说说笑笑地谈着恋爱呢……台上的精彩演绎，让所有的人在欢笑与感动中度过了一个难忘的夜晚。

随着时间的推移，戏台上的表演也愈发精彩。村民们或站或坐，或笑或叹，彼此间的距离在这一刻被无限拉近。这不仅仅是一场戏曲的盛宴，更是袁家岭人情感交流的纽带，是传承与发扬乡村文化的重要时刻。

夜深了，花鼓戏也演完了，戏台上的灯光渐渐暗了下来，村民们意犹未尽，纷纷表示明天还要继续来看。在欢声笑语中，那份对美好生活的向往与追求，在每个人的心中生根发芽，成为袁家岭村新的一年里最温暖的开始。

在这片充满乡土气息的大地上，戏曲不仅是文化的传承，更是连接过去与现在，男人与女人，老人与孩子的情感纽带。戏台上的演出虽接近尾声，但那份热闹与欢乐却久久不散去。村民们依依不舍地离开，心中却已种下了新一年的希望与梦想。这一天，因为这一场戏，袁家岭变得更加温馨、更加让人难忘。而这样的传统习俗，不仅让乡村的文化生活更加丰富多彩，还让中华传统文明在代代相传中焕发出新的生机与活力。当然，这一切还会在未来的岁月里，持续滋养着这片土地上的每一个人。

袁青山每回看戏都是坐在最前排，手里握着从家里带来的热茶，眼神里满是怀念。年轻时，他也是部队里的戏班的一员，如今虽已年迈，但那份对戏曲的热爱却从未减退。他回家后给侯大娘讲看戏的事情，说台上的演员的嗓子是如何厉害，动作是如何如何专业，还给侯大娘讲述这些花鼓戏背后的历史与文化。

可是，侯大娘说了一句："有什么好看的啦，一年演几回，年年唱的都是现的……"

"嗯咯婆娘，当然都是现的啦，哪里有那么多的新戏呢？嗯以为是喝蛋汤哦！冇那么容易呢……"

侯大娘"嗯"了一声。袁青山突然一拍大腿，说："好，我来给嗯来段新鲜的……"

"劝千岁杀时休出口，老臣与主说从头。刘备本是靖王的后，靖帝玄孙一脉留。他有个二弟汉寿亭侯，青龙偃月神鬼皆愁；白马坡前斩颜良延津诛文丑，在古城曾斩过老蔡阳的头。他三弟翼德威风有，丈八蛇矛惯取咽喉；鞭打督邮他气冲牛斗，虎牢关前战温侯；当阳桥前一声吼，喝断了桥梁水倒流。他四弟子龙常山将，盖世英雄冠九州；长坂坡救阿斗，杀得曹兵个个愁。这一班虎将哪个有？还有诸葛用计谋……"

只见袁青山一口气唱得不得脱息，侯大娘赶忙叫他打住："嗯唱的是么子东西，气都吸不过来，快莫唱哒，算哒，莫哈到别银哒……"

袁青山这才停了下来，洗脚睡觉去了。

也许，浓浓的年味就是在这孩子们漫长的期盼与大人们繁复的准备中显现出来。日复一日，年复一年，人们忙碌了一年，经历的事情就像春夏秋冬的天气一样，有阳光明媚风和日丽的早晨，当然就有风雨交加电闪雷鸣的夜晚，一路走来是多么不容易。这个时候才想起老祖宗为什么叫春节作年关——一年的关卡！是啊，在这关卡上，是何其危险啊，对于日子难过的家庭来说，甚至可以用可怕来形容。而对于日子好过的家庭来说，也是一个非常重要的挑战，小心才能驶得万年船啊！俗话说"人无远虑，必有近忧"，现在的好与不好都是暂时的，就像后脑壳的头发一样，只能摸得着，不能看得着，谁又能预料到未来的日子呢？

其实我们生活在这个世界上，除了生与死，还有什么事情算得上大事呢？

人争一口气，马争一口草，人死不如赖活着啊！活着真是好呀，活着你才可以看着这风起云涌的世界，活着你就能感受这多姿多彩的生活。活着也是何等幸运啊！俗话说："八十岁的公公打堤篙，一日不死要柴烧。"活着不光要获得一些必要的生产生活材料，还有待人接物、做事处世等，这些方面在生活当中也占很重要的一部分。

经历了一年四季，人们暂得空闲，整理一年的收成，将自己的劳动成果化为享受物的时候，该是何等自豪与幸福呀！过年也就成了人们犒劳自己或者感谢别人的时候，当然那些在清苦的生活中望眼欲穿的孩子，看到这日积日厚的年货，自然也是更加幸福和快乐了。

所谓"痛，并快乐着"，也许这就是生活的全部。在城市里的人们不用经历农村发生的点点滴滴，他们走到商场就有衣服买，走进酒店就有饭吃，但是农村这些身体力行的传统和工序，自己一手一脚地去做的话，得到的不仅仅是原汁原味的食物，更有我们老祖宗留下的智慧和故事，让我们感受到劳动是一种思考，一种快乐，一种收获！

经历的是过程，享受的是成果，收获的是经验，留下的是记忆，沉淀的是文化。此时的袁家岭沉浸在幸福的海洋里。

第六集
俊杰长阳入梦幻　明生龙山逢知音

快乐的日子总是那么短暂，年还没有过完，俊杰就向他里伢老子提出要去拜师学艺的事。袁青山没有作声，显然他又得要去求人了，这种求人的事他都是能推掉就推掉的，没办法的是侯大娘去不了，他也扛不住娘仔俩的软磨硬泡，终于在正月初八的这他带上了两瓶酒，提了一点水果，就去了姑爹家里了。

侯大娘告诉袁俊杰："俗话说：'家财万贯不如一技在身。'村里的这些泥匠木匠，或多或少是一个手工业者。身上有技术有手艺，不管世事怎么样变化，他们都会找到自己的工作养得活自己。毕竟，在任何社会任何地方只要有一点点技能，就永远不会挨饿受冻。农村人不图什么大富大贵，只求一生的温饱和平安就够了。现在俊杰年轻而充满活力，正是他出去学手艺的时候，有机会一定得认真学，绝不能三心二意，最后都会从你做的事情上看出你到底有没有用心、用功，有没有学到手艺。"

整个一下午，侯大娘和俊杰等待着袁青山回来。黄昏时分快吃晚饭的时候，袁青山才提着两个塑料袋子回到家里，一进门还没有落座，侯大娘就问他："怎么这么晚才回来哦？俊伢仔学艺的事俄里咯？"

"让我喝点水吧？"袁青山口渴难耐。袁俊杰急忙去帮他倒茶。

"我恰了晚饭之后来的！姑爹硬要把我留下来吃晚饭再走哦！"袁青山把俊杰递来的茶喝完，又接着把袋子递给陈大娘说，"给，这是他里带给你的芝麻酥！"

"哎！姑爹就是这样顾细哟！"

"下午姑爹随即就打了电话给他侄女婿郑老板，说好哒！说是只要俊伢仔听话就可以，明天就可以去。"

"是怎么学的？要多少进师钱？"

"说了，郑老板说亲里亲戚的，进师钱不要算了，只要每个月带50斤大米就可以了。"

"好啰！好啰！我是说了姑爹是个非常好的人，只要他帮得到就一定会帮忙的，咯就好！"

听到这里，俊杰早就高兴坏了，他忍不住说："嗯妈，我么时候去？"

侯大娘转过头来看着袁青山说："你问嗯里伢啦！俊伢什么里时候去？你有什么事情么？"

袁青山正在房间里脱衣服——出门做客的时候一般都是穿好一点的衣服，所谓好一点的衣服就是没有补丁的衣服，一回家了就得换上平时在家里穿的打了补丁或者有些脏的衣服，只有穿着这些衣服他才觉得做事放肆，才不担心弄坏衣服而又得花钱了。

袁青山在房里不耐烦地说："我没得事，田里的庄稼的事还没说起，俊伢仔想去就让他去吧。"接着又来了一句，"他在屋里也得吃饭，早点去也好，总要帮他里做点事。"

"地址和电话号码都在这张纸上了，给你。"袁青山走出房间对袁俊杰说。

"好！"俊杰接着纸条说，"屋里有米吗？还得准备米呢！"

侯大娘说："有呢，米缸里还有米，50斤应该有。"

就这样，话还在口里，袁俊杰就起身去房间收拾换洗的衣服鞋子等那些需要带上的东西。

明天就要进城去了！袁俊杰的心里这个声音一直在欢呼。哦，等等，去长阳的车都是什么时候出发啊？搞不好错过了时间的话就去不了，还有，车票要多少钱呢？他都不知道，咋办呢？

"有了！"袁俊杰拍了一下自己的脑袋，他想到，去路边的代销点一问不就知道了。说走就走，他跟母亲打了个招呼，说出去一趟后就来到代销点。"亮叔，嗯那咯在屋里么？"

"在屋里，嗯进来啊！"

推开门，袁俊杰看见着老板袁天亮清瘦的脸庞上，一双深邃的眼睛望着他，仿佛能洞悉世间的一切秘密，眼角的皱纹如同岁月刻下的神秘符号，说了一句："嗯要买么里？"

“我不买么里，亮叔！”

“哦！”

说完他低着头忙着自己的事情，只见在他的身旁摆放着一张简单的木桌，桌上铺着一块暗红色的绒布，几枚古旧的铜钱和一本泛黄的线装书散落其间。他手中握着一把桃木质地的算盘，手指轻轻拨弄着算珠，发出清脆的声响。时不时地一边看着书，一边伸出手指头来回地掐指算着什么东西。

“亮叔！我想问一下嗯那噶去长阳的车什么时候来，还有得要多少钱呢？”

见有人前来求问，他总是先微微眯起双眼，仔细端详着对方的面容，而后缓缓开口，声音低沉而沙哑，带着一种难以言喻的沧桑感。“长阳?！去长阳的，这一般是上午很早，六七点的样子。钱的话，大概是三块钱。我很少去，今年我还没去过一次呢。”

一直以来，他说话，总是让人在似懂非懂。“诶！亮叔嗯那葛看的是么里书？”

“哦！书，我看的是《易经》。”

“《易经》？”

只见亮叔神情凝重，仿佛肩负着揭示命运真相的重大使命。

“《易经》是么里书？”

“就是算命的书！”

“算命的书！”

袁俊杰看到他的每一个表情、每一个动作，都透着一股神秘莫测的气息，让人难以捉摸却又忍不住想要探寻。自己却又不想打扰他，转身就回家了。

晚上，侯大娘叮嘱他在外一定要照顾好自己，好好学手艺，多听师傅的话。第二天早上，他爸爸袁青山送他上车，又捧出自己缝制的布鞋，塞到袁俊杰的包袱里。打明天起，他就要离开这个生活了十八个年头的袁家岭了，这个生他养他的故乡，从村子的东头到西头，那熟悉的一草一木此时此刻似乎都在跟他告别一样在他的脑海中一次次浮现，他是多么留恋啊！他走以后，这里的一丝一毫的改变都看不见了，哦！又有什么舍不得的呢？在这里一不能体现自己的价值，二不能实现自己的梦想。故乡似乎是每一个怀揣着梦想的人必须要离开的地方，又是每一个远在他乡的游子朝思暮想的地方。

就要去长阳市区了，长阳可是一个大的城市呢，车水马龙，高楼大厦，热闹得很呢。俊杰想到自打小时候去过两次，就好多年都没有去过，想起来就激动得不得了。睡在床上的俊杰久久不能平静，东想西想：他爸袁青山听姑爹说的事情，一幕幕城市风景，一件件他从未见过的事情，让他的心情在乡村最后一个暗夜里，变得无比美好起来。他想到他明天就会住在楼房里，那该多好啊，不怕风不怕雨的，袁家岭的屋太可怕了，大一点的风都有危险。记得前两年有一次发大风，袁青山担心屋被风吹倒，急忙把所有的窗户门都打开，说是为了分散风集中吹在墙面上的压力，打开窗户风就能从窗户中走掉一部分，这样房屋就会安全一些。慌乱之中袁青山的手被窗户上掉下来的玻璃划了一道好长的口子，流了好多的血。每次起大风他就会想到这件事，一直到现在都感觉后怕。

可是，住在长阳的楼房里好是好，家里怎么办呢？他里伢嗯妈还住在屋里呢，不行，这个老屋一定要拆了重新做过，再说找媳妇没有成功，这屋破成这样也是原因之一。不过，这些都是要用钱的，这有什么问题呢，明天就要开始去挣钱啦！等挣钱了，他的楼房要按村里最时髦的那栋别墅式样做，哦！不！还得改一下，他那个屋的后面有点儿矮，好像不太好看，他要做高一些，高一点更有气势，哦！还有，那屋外的瓷片的颜色也要换成红色的，黄色的瓷片不好看，房屋前面还得栽点花才好……

不知道到了凌晨几点他才睡着觉。

第二天的早上，天刚蒙蒙亮袁俊杰就起了床。袁青山和侯大娘早就醒了，他们只是没有起床，怕吵醒袁俊杰，听到袁俊杰起床了的响动，他们也跟着起了床。一推开门，侯大娘说："俊伢仔，东西都带好么？"

"带好哒！嗯妈！"袁俊杰说。

"带好哒就好！我和嗯伢切弄早饭嗯恰！"

"嗯恰哒吧！"

"嗯恰？嗯恰禾里要的？要恰饭，空肠饿肚禾里要的？"

这时，袁青山早就去了厨屋。

一会儿，饭熟了，袁俊杰在厨屋端起碗就吃。

"俊伢仔，出门在外要谨言慎行，好言难得，恶语易施！正所谓'病从口入，祸从口出'，还有，嗯也不要跟着别人，特别是不怀好意的人，人云亦云，接屁打屁，去逗灾惹祸！俗话说'耳听为虚，眼见为实！是非终日有，不听自然无'，管住自己的嘴巴的同时，也不要听别人的谎言而上当受骗！"

"我晓得！"袁俊杰不耐烦地回道。

"记得把米带好！"袁青山说了一句。

"好！我晓得！"

"还是我来拿吧，嗯拿别的东西吧。"袁青山说完就去拿米。

带着简单的行李和两件换洗的衣服还有一双胶鞋，袁俊杰来到在公路边上的小商店旁的站台等待着去长阳的汽车。哇！真的是不去不知道，一去吓一跳！站台木棚子里挤满了人，俊杰纳闷了，今天才正月初九，为什么这么多人就出门了？都是大包小包的，好像有很多人是出去打工的。有一个人看见俊杰来了，急忙跑出来喊："俊杰，这么早你搭车去哪里呀？"

袁俊杰定睛一看，原来是隔壁村里的同学姜军，就说："哦！我去长阳！"

"去长阳走亲戚的吧？"

"不是，我是去学艺噢！"

"学艺？学什么艺呀？"

"我也不知道呢！"袁俊杰一副为难的样子。

"哈哈哈……"姜军笑了出声来，"怎么搞的？你去学艺，你怎么学什么艺都不知道哇!"

俊杰急忙说:"好像是划玻璃什么的。"

"划玻璃就是在玻璃上像屠夫切肉一样划一道,你不知道吗?"

"还要学?"

俊杰一脸通红,站在原地不再答话。

他看到姜军本来是很高兴的,毕竟碰到了一个熟人,路上也会有话讲,正想跟姜军一起聊聊同学们的事儿,自从初中毕业之后他们就没有看到过。不过,让他意料不到的是,姜军还是在学校的时候的那种样子,争强好胜的性格一点都没有改变,仗着自己家里有钱就在学校里拉帮结派的,同学们都叫他"将军","将军,没有人敢将他一军!"好不威风,一般同学都不敢跟他斗,俊杰也是好歹不说,大家都是保持着井水不犯河水,那种距离感在俊杰的心里面随着毕业后各奔东西,早已消失得无影无踪。而今天和姜军的对话又让他想起在学校的时候,使他不得不重新拾起原来的铠甲来保护自己,为了离姜军远一点,他站到站台的后面。

一会儿后,随着一阵"滴滴"声响起,去长阳的汽车来了,袁俊杰的心激动起来,他看见上车的人多,怕坐不上去就争着抢着往里面挤。当他看见边上的人都是乡里乡亲的,还有的是妇女和小孩,他觉得不好意思,就放缓了脚步,等到他上车时却发现他是最后一个上车的!哪里还有位置坐呢。他就靠着自己的行李站着。在汽车关门的那一刻,袁青山将几张攥得皱巴巴的钱从车窗扔给袁俊杰,让他去长阳后买那需要用的东西,一次又一次地嘱咐他不要乱花钱。那一瞬间,俊杰在车里流泪了,感觉自己长大了。他推开车窗玻璃,一只手伸出车外向父亲招了招手,那一刻他流下了眼泪,他下定决心一定要混出个样子给父亲看看。

从来没有走出过家乡的俊杰,这是他长大之后第一次来到长阳城区,记得他还是小孩子只有几岁的时候,他爸爸袁青山带着他到岳阳卖过酸芋头荷——把芋头上面长的茎剥下来后放进缸里发酵而成的酸菜。他听袁青山说,这菜除了带点酸酸的味道其实没有什么营养,但城里的人爱吃——也许是他们大鱼大肉吃厌了,换换口味觉得挺好吃的。每次在家做酸芋荷的时候,袁青山都是那么小心翼翼,再小的一根掉地上他都要捡起洗干净后放入缸里,眼睛里充满了遗憾和希望。直到现在,袁俊杰都不知道袁青山为什么这么虔诚,而他在菜市场称给顾客时却完全是两码事,每次称好后还得抓一点放到顾客的袋子里。印象最深的是,有一次有个顾客不相信袁青山称的重量,他称完后不要袁青山再放了,他要去别家的称一下看看袁青山有没有少秤——他怀疑袁青山本来就少了称才在后面抓一点给他。袁青山没办法,只能等他称了再说,最后那个顾客到市场管理部门提供的公平秤上称重后才发现是他误会袁青山了,不好意思的他又多买了几斤芋荷走了。

还有一次袁青山怕第二天一大早汽车晚点而耽误他早上卖芋荷的时间,于是,他带着俊杰当晚就搭晚班车去了长阳。可是到了长阳后,发现晚上去菜市场又没有人卖菜,他们去哪里呢?在长阳城里举目无亲的,住旅馆又要钱,怎么办呢?最后袁青山带着俊杰在大桥下面的一个棚子里面的木台上睡着了,还好,那时天热,不然，这样不感冒才怪。两个人累得不行，到处都是蚊子"嗡嗡嗡嗡……"的声音，咬得全身上下到处是包。他们也顾不了那么多，一下就都睡着了。

不好的是，当他们睡得正香的时候，一阵吵闹声把他们吵醒，原来是环卫部门扫地的人扫到这里来了，他们的东西占了位置，影响了环卫工人的打扫。环卫工人们满腹牢骚地说着，要袁青山起来把东西移开，好让他们做事。袁青山于是急忙喊醒俊杰，这时俊杰走路东倒西歪的样子，没走几步就被地上的石头绊了一跤，俊杰当时想哭却没有哭出来，因为他来之前就答应了他伢要听话的，不然下次他里伢就不会带他来长阳。袁青山知道他还没有完全醒透，就搞了一点冷水给俊杰洗了一个冷水脸，然后领着半梦半醒的俊杰挑着担子往菜市场走去。那时俊杰就起了侯大娘时常说起那句："有福之人住街角，无福之人乡里落。"那些住在街上的人真是有福啊，一天到晚穿着干干净净的，什么都不用做，需要什么就去买。他顿时觉得要是他住在城里该有多好呀，他是城里的人就好了。后来，他又想不是城里人如果有房子在城里也可以啊，他长大后要挣很多很多的钱，然后买很多很多的房子，再也不用住到桥下面了，再也没有人天还没有亮就吵醒他了。

袁俊杰坐在摇摇晃晃的汽车上做着梦，耳边传来那首脍炙人口的歌曲《勇敢去闯》：

> 梦想之路/哪好走/处处碰壁/心不休/遇到挫折/不低头/勇敢面对/乐无忧/旁人笑我/太疯狂/不知困难/有几桩/心中信念/未曾忘/努力拼搏/有希望/梦想前方/充满光芒/向着目标/展翅翱翔/永不放弃/是我的信仰/乘风破浪/勇敢去闯/让梦想起航/追梦路上/跌跌撞撞/努力绽放/谁不受伤/梦想之火/燃烧在胸膛/胜利在望/勇敢去闯/迎着风的方向……

袁明生过完年也得去实习了，虽然不是正式工作，但是他一样信心满满，激情满怀。他所任教的龙山小学是省级贫困县的一所小学，坐落在西部山区，学校与村子隔着十几里的山路。学校规模不大，在这里读书的孩子都是本村的，一至五年级，每个年级一个班，两个班占用一间教室，教室都是土坯房。教室中间是教师的办公室，一座四间青砖灰瓦房。学校里原有五位教职工，其中只有校长是公办教师，一位负责卫生的老人，一位食堂阿姨，其余两位一男一女教师，都是四五十岁的临时代课教师，有的是本村，有的来自邻村，他们就是初中毕业或高中毕业后，在村里没什么事做，就被安排到学校来教课，拿一点点微薄的工资。

不久前，龙山小学来了一位外地的女教师，二十来岁，扎着两条麻花辫，圆脸，面皮白净，因为是教师，有文化，无论气质形象，还是言语谈吐，跟村里很多没上过学的女孩子比起来，给人的感觉明显不一样。这位女教师似山窝窝里飞出的金凤凰，而今稀奇的是这只金凤凰又飞进了山窝窝里。由于感到特别古怪，边上的人纷纷投来异样的眼光。人们议论纷纷，这姑娘漂漂亮亮的怎么没有去城市工作，而是到他们这种鸟都不愿意拉屎的地方来呢？在他们眼里看来，这姑娘真的好傻！

她为什么这么傻呢？好奇心驱使着他们想方设法地接近着这个稀奇古怪的老师以探个究竟。

原来，新来的女教师姓毛名丹，来自本县的一个偏远农村，是一位刚刚毕业的公办教师。她自愿放弃城市里优越的生活工作条件，自告奋勇来这里支援贫困地区。因为家离得远，平时就住在学校单身宿舍里。在这个年代，山村小学条件差，这位新来的毛老师不怕生活艰苦，工作很认真，边上的每个人都感觉她很喜欢这份工作并且很乐意接受这里的一切。毛老师平时白天上课，晚上学生不上晚自习，本村或邻村的代课老师都回家了，她自己一个人带上被褥在办公室里备课、批改学生的作业，常常加班加点工作到凌晨两三点，而后就在办公室的椅子上铺着被褥睡觉。

这天中午学校食堂开饭的时候，袁明生看到她只是要了一点点饭菜，于是端着饭向毛老师走去，在她吃饭的桌子对面坐了下来，见毛老师看了一下他，就说："毛老师，今天怎么吃得这么少呢？是不是胃口有点不好呀？"

"没有，没有！只是早上吃多了一点！"毛老师笑了笑说。

"吃多了点，那你早上肯定是吃了特好吃的东西，不然，你也不会吃这么多，是吧？"袁明生笑眯眯地说，"既然你现在只能吃一点点，那就得吃点好的，是不？不然肚子容易饿的！"

说完，袁明生就把自己的一道红烧排骨放在毛老师的前面。

毛老师顿时觉得不好意思，说："这怎么行呢？我肚子不饿，你吃，你多吃一点！"

"正是因为你肚子不饿才吃点好的嘛，怎么啦？有什么不好意思，都是自己人！"

"扑哧！"毛老师突然一笑，差点儿喷出饭来。

"哦！我说错了？俗话说关上门就是一家人，把那个校门关上，我们总可以说是自己人吧。还有，我是说，我是说，你下次有好吃的早点给我尝尝！哈哈哈……"说完，明生也笑了起来。

"好！"毛老师笑着说。

自从那次之后，明生隔三岔五吃过晚饭就到学校办公室去一趟，赶巧毛老师正在办公室里伏案备课或批阅作业，就打个招呼。毛老师问他来做什么，他说白天学生交上来的作业没看完，加班给学生批阅一下作业，第二天早晨要发下去。开始的一段时间，他们打过招呼之后就各忙各的，说的话都不多。

后来，星期一到星期五，袁明生晚上去学校的次数越来越多，一来二去，跟毛老师越来越熟，两个人交流的话题也越来越多。时间久了，两个人都知道对方还没有对象，虽然没有过多的言语交流，但也都知道彼此在暗暗考察自己，思量着对方将来是否可以成为自己的伴侣。那时候谈恋爱，没有大胆的表白，除了一般的交流，两个人谁也不谈关于找对象的话题，只是礼貌性地互相打个招呼。有时候，袁明生从家里带些好吃的给毛老师，毛老师推让不要，袁明生说是自己家里的，自己是农村人，这样土特产多，毛老师才收下，谈到她大老远到这里来教书，一个人在外很不容易。袁明生就说，在这偏僻的山村里，生活很不方便，有什么需要帮忙的尽管说，这些话搁在一般人身上没有什么，但毛老师听了却感到很温暖。多次来来回回之后，见袁明生是诚心诚意的，毛老师也就不再推辞，选择性地接受一些。

男大当婚女大当嫁，一对单身青年男女，相处久了，彼此熟悉了，很自然就会渐渐产生好感。袁明生和毛老师就是这样，白天在同事们面前不能表现出来，但到了晚上，办公室里只有他们两个人的时候，一边备课、批阅作业，一边谈论很多话题。

在后来的接触中，袁明生知道毛丹在研究生毕业以后，进入一所大学担任英语专业的老师。后来看到家乡的贫困山区的孩子得不到良好的教育，她就向学校申请调回自己的故乡，以她自己的方式为家乡的教育贡献力量。毛老师有着南方女孩的苗条身材和清秀的面容，加上她性格开朗，在学校的人缘很好，很快就与学生们打成一片了。

每次在办公室备课，毛老师总发现有一双柔和的眼睛盯着自己，那张青春洋溢的脸上写满了对她的倾慕。当他们的目光相接之后，两人却不约而同地回避着对方。

有一天下课之后，袁明生走到毛老师面前，怯怯地说："毛老师，您英语真棒，我想在课余时间跟您学习英语口语，可以吗？"说完，他紧张地盯着毛老师。

毛老师看到他很真诚，于是爽朗一笑，说："好啊，随时欢迎你来找我。"

两天后，毛老师正在宿舍看书，袁明生敲门进来了，两人用英语对话，毛老师发现袁明生词汇量很丰富，语法掌握也很扎实，就是口语实在一般，就帮他一一纠正发音。到了吃晚饭的时候，袁明生就和毛老师一起去食堂打饭，在其他的老师的眼里，这些都是他们恋爱的一部分。

有一个来自邻村的学生叫王华，他的父亲早逝，他和母亲相依为命。王华一直在贫困线上挣扎，每个月的生活费不超过 100 元，但是他的学习成绩却非常好，这让毛老师很敬佩他，对他多了几分同情。

毛老师开始变着法子帮助王华，并小心翼翼维护着他的自尊心。每个月她都会给王华一些餐票，说自己吃不完，都浪费了。王华推辞说不要，她就假装生气要扔掉，王华这才收下。

到了双休日，毛老师把自己妈妈做的好吃的带给他吃，还把亲戚小孩过时了不穿的衣服送给他。王华这孩子性格很好，他知道老师并不是轻视他，而是真心实意想帮他，就心存感激地接受了。

在内心深处，王华把毛老师当成了亲人，开始改口叫毛老师"阿姨"。

过年过节，毛老师就会在路上的童装店给他买一身衣服。这让王华感觉到很幸福、很温暖，在一次班会上，他哭了。他说这个世界上除了他的妈妈就是毛老师对他最好了。

有一次，毛老师得知王华风湿病犯了，没有钱治病，硬挺着在家干活，就以学校的名义寄去 500 元钱，后来，母亲到学校询问时他才知道。学校负责人和王华找到毛丹，王华哽咽着说："毛老师，你对我太好了，我、我这辈子都不会忘了你。"

毛丹笑着说："我是你的老师呀，帮助学生是应该的啦！"

学校对毛丹的行为表示了表扬和鼓励。

随着与毛丹日益亲近，袁明生的心思渐渐发生了变化，他对毛丹有一种隐隐约约的说不出的感情，她的一颦一笑都令他着迷，牵扯着他的神经。

袁明生知道自己可能是爱上这位美丽的老师了。他此时无法说出口，但是，他又有一种无论如何也要说的冲动。在这天夜里，明生在床上辗转难眠，于是他干脆披着衣服起床，坐在课桌前，一个字一个字地写着：

> 我是一只小小鸟／在你经过的路旁／一只小小鸟／落在一根树枝上／为你欢呼鼓掌／歌声嘹亮／舞姿美妙／可是你来了／一声不吭／走得像箭一样／小鸟的心空荡荡／树枝前思后想／对它说我让你依靠／难道不香／小鸟有所感想／它奋力伸开翅膀……

写完之后，明生对着诗又读了两遍，好像写得还可以，起个什么题目呢？就用它的第一句话"我是一只小小鸟"吧，可是，他该怎么交给她呢？

刚好过两天是毛丹的生日，明生用刚发的工资给毛丹买了一个生日蛋糕和一束玫瑰花，来到她的宿舍，把那首诗夹在花束里送给她："毛丹，生日快乐！"

毛丹看到明生手中的玫瑰花，脸当场就红了，不好意思地说："谢谢！又让你花钱了！"

袁明生红着脸，说："没事，拿着！"

毛丹此时也不便多问，她也红着脸，慢慢地接着玫瑰花。

明生半天才鼓起勇气说："毛丹！我，我爱你！"

毛丹简直不敢相信自己的耳朵，她惊喜地说："啊！哦！让我考虑考虑一下行吗？明生！"

"好的，我等着你！"

"不过，明生，爱情是很严肃的事情，你认真思考过了吗？"

"我是认真的，我不是开玩笑的。"

"嗯！"毛丹看着明生，高兴地点了点头。

毛丹看着手上的花，突然发现了里面有一张纸片，顺手拿出来一看，原来是一首诗，她惊喜地问明生："咦！这是什么？诗！你写的？"

"嗯！"明生微笑着说，"你回宿舍再看吧！"

"好，我回去再看吧！"毛丹眨着眼睛看着明生说，"你会写诗，从什么时候你就开始写诗的？"

"从昨天晚上！昨天晚上开始，我就会写诗了！哈哈！"

"骗人？"

"没有骗你！"

"那为什么要写诗呢？"

"想着你睡不着，就写一诗给你喽！"

"我喜欢有才的人！"

"如果你喜欢，我天天给你写！"

"好啦！难道你不上课？"

"只怕我没有心思上课了！"

"那可不行，上班的时候得认真工作啊！"

"开玩笑的！我知道的！"

"你不要那么急，我会把我们的事情告诉我爸妈的，到时候我再告诉你哈！"

"好的！什么时候？"

"看！你又急了！"

"好好好！我等着！"

这时，毛丹看了一下表，说："时间也不早了，明天还有早自习呢！我要回去了！"

"好吧！"明生不舍地看着毛丹离去。

毛丹怕明生是一时冲动，而她自己可以肯定是爱他的，不然为什么对他这么好呢！回到宿舍，她迫不及待地打开那张纸片，她看完一遍之后，接着又看了一遍，心里情不自禁地"哇"的一声："好，好惊喜！"这一晚，她与明生一样彻夜难眠，她思考着一个重大而现实的问题，袁明生的家庭也在农村，可是她的爸爸妈妈会同意他们的婚事吗？其实，她的爸爸是城里的一个领导干部，妈妈也是城里的一个单位职工，家庭条件是没有什么说的，但是爸爸妈妈一直都说要她找个条件好的男朋友，不知道他们对明生会不会同意。当然，明生这个人眉清目秀的，一表人才，人绝对没有问题，不过他的家庭条件就……有点麻烦了，还有，如果明生知道她本来的情况了，他又会做何感想，他会同意吗，他不会认为我欺骗他了吧？俗话说"人往高处走，水往低处流"，到时候要自己的爸爸走走关系，把明生和自己往城里面调一调，不就万事大吉了吗？不然……

第七集

俊杰受诬陷罗网　明生位卑毛父防

上回说到袁俊杰经过一个多小时的颠簸，不知不觉间，汽车就进入了长阳城里的汽车站。袁俊杰下车后还来不及打电话给郑师傅，他早已被大街上琳琅满目的商品弄得眼花缭乱。那此起彼伏的叫卖声不绝于耳。在汽车站的门口，他闻到了不远处的一个买烤饼的路边摊传来扑鼻的香味，他终于忍不住，提着行李向那边走去，刚走几步迎面就碰上了一位戴礼帽的男人。

戴礼帽的男人一脸的兴奋，他的一双眼睛炯炯有神，他伸出一只手示意他停下，另一只手从兜里拿出一沓钱来，说："小伙子！农村来的吧？机会难得，你看，我才来几分钟，只玩了几下就赢了这么多，来来来……不要错过了这个好机会啊！你也来玩一下，赢点钱吧！"

戴礼帽的男人说完就用手指向路边的一个角落，说："就在这里！"

"是的是的，我今天也运气不错，赢了一千多了！"边上的一个中年妇女笑嘻嘻地告诉袁俊杰。

"我也赢了几百块了！"后面的一个小青年搭上中年妇女的话，"走走走……我们还去赢点！"

一开始俊杰是半信半疑的，当他听到边上几个人都说赢了钱，他的脚不由自主地跟着他们朝角落里走去。

袁俊杰看见有一群人围着打牌。一人坐庄，几个人争先抢后地把钱放在红、黄、蓝三种颜色的扑克牌上，要下注的话就把钱放到你猜会中的颜色的牌上，猜中了就赢钱，牌上面多少钱你就赢多少钱。这时，一个30多岁的男子靠了过来，非要让袁俊杰帮他猜牌，说只是试试，输了又不用给钱。袁俊杰开始不答应，可男子一直纠缠不休，无奈之下，袁俊杰只好替他猜了一次。结果还真猜中了，那个男子十分激动，不停地说他运气很好，猜得很准，要是押钱肯定能赢钱。

袁俊杰被纠缠得没有办法，加上的确很容易猜中，他心动了，于是，他就掏出10元钱买了一张红色牌，果然他猜中了，他赢了10元。他边上的人都跟他说下一盘押多点就赢得多些。第二盘，袁俊杰就掏出一张50元的钱押在一张红牌上面，结果"意外"地输了。袁俊杰心里纳闷，明明是一张红牌，怎么就变成了一张黄牌呢？

男子还是不死心地让他押钱，说什么"一定可以将50元钱赢回来"。几分钟的时间就输掉了50元，俊杰不想玩了。就在他准备走出去时，一个40多岁的女子突然加入"搭花牌"，一押就是200元钱，而且赢了。

有了这个"例子"，男子更是卖力地"游说"，让袁俊杰意外的是，那个赢钱的女子也来"游说"。在多人的话语"围攻"下，袁俊杰稀里糊涂地又押了两次，每次50元，身上的现金全都输了。男子见袁俊杰身上现金输光了，又要他去借钱来赶本："一次就连本带利赢回来。"举目无亲的俊杰能向谁借呢？输红眼的俊杰一遍又一遍地摸索着自己的兜里，还把装有衣服的袋子翻了个底朝天，还是没找到一毛钱。看到袁俊杰彻底输光了，有个男人用脚踢了踢那袋米，要俊杰卖给他，袁俊杰连忙摇头说不买。那几个人又问了几次后，俊杰还是死活不肯卖，看见不能得逞，那几个人就分散走了，立即消失得无影无踪……此刻，只有袁俊杰一个人目瞪口呆地站在那里，看着来来往往的行人和车辆，突然他觉得天旋地转，晕倒在墙角。

等他醒过来的时候，依稀看到很多人对着他指指点点，嘴巴里不时地说着："这个孩子不晓得是哪里来的？怎么病成这样了？"

"看样子是乡下来的，好作孽哦。"

"不要动他，有些病发了以后不能动，不然更危险！"

"谁有电话？帮忙打个电话给医院吧！"

"只怕还要告诉派出所。"

"……"

"没事。"袁俊杰向周围的人摇摇头，突然他想起来了他好像掉了什么东西，哦！米！米呢？他焦急地前看后看，左看右看，还是没有看到。正在这时，他发现原来他自己屁股正坐在米上，他舒了一口长气，嘴里说着："没事！没事！"

"孩子，你这是怎么了？"

"你病发了还是？"

旁边的人看见袁俊杰醒来了，就走上前询问。

"没事，我搭车的钱掉了。"袁俊杰红着脸说，"没事！"

对于一个大男人来说，被骗是个丢脸的事情，甚至比被偷被抢更丢脸。

"肯定是被扒手扒了。"

"哎！这该天杀的扒手！"

"扒了多少钱去了？"

"刚才这里有一伙玩花牌的，你没有被骗吧？"

"哎！其实他们几个都是一伙的，带笼子的呢！"

"怎么不报警？"

"没用的，他们有人望风，一看见有人警察来就跑了。"

"快报警！"

"算了，算了，不是被扒走的，我的钱是掉了，不知道钱掉哪里去了。"袁俊杰再一次强调了一下，他慢慢地坐了起来，收拾行李准备走。

一个大爷说："孩子，你没钱怎么回去？"

袁俊杰停顿了一下，说："我走路去。"

"走路去？你家在哪里呢？"有人问。

"我是来走亲戚的，哦，能麻烦你们帮我看看这是哪里吗？"袁俊杰好像忘记了一件事情，他一边说一边把行李放在地上，在衣服里面的口袋里翻着。一会儿后他掏出来一张纸条，上面写着，某某街多少栋多少号，电话号码也写在上面。一个男人拿过纸条看了一眼，说："这是幸福街，不远，把这条路走完再往右拐个弯就到了！"

"你不知道怎么走，可以打个电话给你亲戚，要他来接你呀。"一个女人说。

"好的，好的！谢谢！"袁俊杰背起行李袋一边回着话一边起身就要走，"不必了，不必了，我自己走吧，谢谢啊！谢谢各位了！"说完就往那个男人指的方向走去。

袁俊杰走在陌生的街道上，此时他对街边繁华的风景已经没有一点兴趣了，身无分文的他又举目无亲，面对这个花花绿绿的城市，来来往往呼啸而过的汽车，熙熙攘攘的人流，似乎只有他才是与这个世界格格不入的人，只有他才是异类。望着这全新的一切，袁俊杰的内心不知道是一种什么样的滋味，又好像什么滋味都有。这不是他梦寐已久的地方吗？但是他想起了刚才被骗的过程，他想起了母亲在今天早上出门前的嘱咐，自己把它当作耳边风，真的是一句都没有听进心里去啊！他的内心感到莫名的失落和惆怅。人来人往的街道上全都是陌生的脸孔，一个人都不认识，他裹紧身上穿的那件旧棉袄，该何去何从呢？他开始有点想家了。

　　他转念一想，在家里又有什么希望呢？他的希望不是就在这个陌生的城市吗？没有退路了，这里就这里吧，自己的希望就交给这个陌生的地方吧，听任命运的安排吧。不然又能怎么样呢，难道又要回到袁家岭去吗？在那个水田间菜地里讨生活吗？继续毫无意义地生活吗？还是那么舍不得离开那个没有希望没有梦想的地方吗？嗯，不行，我要爱上这个地方，这个地方是我实现梦想的地方，我还得长期在这里生活呢！实现我的梦想就靠这里了！顿时，他觉得自己来了劲，他站了起来，背起米，拔腿就跑。

　　等到袁俊杰按照纸条上写的门牌号码，沿途小心谨慎地询问了几个老人或者小孩，找到郑师傅的门面时，已经是下午一点多了。郑师傅急忙卸下他肩膀上的米，说他们刚才吃完了午饭。郑师傅还说他们都在等他吃饭，袁俊杰身上又没有 BP 机、手机什么的，又不能打个电话问。他们才吃完午饭，饭菜还热着呢，他指着边上一个胖胖的男孩子告诉袁俊杰他叫"超婆"后，便吩咐师娘去厨房热饭给俊杰吃，自己去做事去了。

　　袁俊杰吃完饭了，就去看郑师傅做事了。师娘跟他说初来乍到的，要他熟悉一下地方环境。他开始打量着这个崭新的地方，郑师傅的这个门面位于比较热闹的马路边上，共计三间房，门面那间房最大，是做事的地方，中间就是师傅师娘睡觉的卧室，最后那间是厨房，厨房的角落里隔出了一个仅仅蹲得下一个人的厕所。

　　郑师傅正在带着超婆做事，只见超婆把一根根长长的钢筋按照纸上面的尺寸切好，然后郑师傅把钢筋一根根焊接成防盗门和防盗网。电机的切割声和钢铁燃烧的声音交织在一起，让袁俊杰感觉这些钢铁和机器好像是在跟他打招呼一样，他感到十分新鲜和兴奋！这个门面就是一个制造的工厂，霎时间，这些原本让他觉得陌生的东西变得没有距离，好像是曾经从来没有打过交道的朋友，从今天起变得那么熟悉了，甚至亲切起来。

　　第二天早上吃完早饭，郑师傅就带着超婆和俊杰开始做事了，从来没有接触过电焊的袁俊杰，看到两块钢板被一条焊缝"咬"在一起的效果时，感到特别好奇。除了那道焊接时发出来的白光让他的眼睛感到不适外，他觉得这项技术对他来说应该没有什么困难，当郑师傅把焊接好的东西进行打磨，上漆时，他看到那些原本是两个个体的金属经过电流燃烧之后变成了一个整体，连接的地方还没有一点痕迹，他的心里暗暗赞叹科学的神奇，从此他就迷上电焊。

在休息时间，袁俊杰也试着拿起焊枪往那块接地线的铁板上戳戳，学习学习焊接。俗话说“看花容易绣花难”，这看似简单的动作，袁俊杰开始操作起来真的很困难，他手上的焊枪常常与地铁粘在一起，都是郑师傅和超婆帮他松开的，要不然的话就会出现非常危险的现象——当焊枪上的焊条与地铁粘在一起之后，焊条上会产生强大的电流，焊条因瞬间产生的高温而变得通红，一切接近的东西都会有被烫伤的危险，甚至焊机也可能被烧掉，连整个房子里面的电线都会短路起火。知道这些情况后，袁俊杰一段时间没有试焊，郑师傅也要他先多看看再试焊。

店里生意不错，郑师傅带着超婆和袁俊杰做事，师娘不是在卧室里带孩子，就是去菜场买菜做饭吃。郑师傅的孩子只有四岁，虽然很淘气但也很少到做事的地方来，除了危险，再就是会阻碍超婆他们做事。每次郑师傅出门去量尺寸，超婆就接过郑师傅的焊枪干活，袁俊杰只是在一旁看着，帮着超婆递东递西的，没事就坐在边上的小凳子上看着超婆焊。

几天过去了，袁俊杰似乎也不怎么想家。这时坐在电话机旁边的郑师傅提醒他：“袁俊杰，嗯来了几天哒，嗯打电话给嗯里嗯妈伢么?”

“哦，冇啊，冇事啦!”

“事是冇事，只是打个电话给屋里也好，怕他里老人家欠起嗯。”

“难得麻烦，屋里又冇得电话机!”

“冇事，今日又蒽忙，嗯来打。”

“好啦，我就切打啦!”

袁俊杰拨通了电话：“长龙叔，我是袁俊杰，麻烦嗯那嘎喊一下我里伢老子接电话好吧?”

“哦，是俊伢仔，好啦，我就切喊，我先挂哒哈!”

“好，嗯那嘎，我等一下打过切!”

一会儿后，袁俊杰再次拨通了袁家岭的电话。

“喂!”袁俊杰听到了是父亲袁青山的声音，他的眼睛忽然就红起来，鼻子马上也酸了，一种伤心的情绪袭向他的内心深处，他哽咽起来，听到电话里“喂”了多次后，他才说出话来，“伢老子，嗯和嗯妈还好吧?”

“好哦，好哦!嗯在唧里还好不啦?”

“我在咯里好哦!”

“好就好，嗯里嗯妈就是欠起嗯，一怕嗯冻凉二怕嗯恰亏。”

“冇事，我晓得咯!”

“伢仔，在唧里只顾勤快点，人嘛!气力切哒又来咯，莫怕好之哒人哈!”

“我晓得!”

“多听郑师傅咯话!古时候说‘徒弟徒弟三年奴隶’，不恰亏禾里学的艺到呢，听到么?”

“好给我晓得!”

……

这天晚上，睡在床上的袁俊杰的眼睛不由自主地流眼泪，而且是不停地流，眼睛里总感觉有沙粒似的。这是怎么回事呢？袁俊杰和超婆睡觉之前还看了两集电视剧呢，现在怎么这么痛呢？感觉到眼睛越来越肿了，而且不停地流泪水，还有鼻涕也是狂流啊，可真的是辗转反侧啊，不时坐起来用手擦眼泪。俊杰想睁开眼睛都睁不开，很是难受，就下床摸着墙跌跌撞撞来到洗手间，摸到手巾又慢慢摸到水龙头，用冷水把毛巾打湿透，贴在眼睛上，感觉很舒服，毛巾没水了又打湿再贴在脸上。由于是初春的晚上，天气好冷，俊杰就又摸着墙慢慢回到床上，躺下没多久感觉眼睛还是不停地流泪水，鼻子流鼻涕，又摸不到纸巾，就只好用衣服来擦泪水和鼻涕。

折折腾腾过了好久，最后实在受不了，袁俊杰就喊超婆，超婆在同一个房间睡，只是各睡各的床。袁俊杰跟他说自己白天烧电焊，现在眼睛肿痛，睁不开了，要他到冰箱里弄些冰，再把毛巾打湿透贴在自己眼睛上。超婆就弄冰去了，过了一会，把冰放在湿毛巾里贴在他眼睛上。袁俊杰试图睁开眼睛，可还是不行，越想睁开就越流泪。这时俊杰心想，以后还得烧电焊为业，想着明天还要做事，明天早上眼睛睁不开了那该怎么办啊？

令袁俊杰意外的是，郑师傅也醒了，他拿了一瓶滴眼睛的眼药水滴在他的眼睛上，当时的镇痛效果非常好，可是过了两个小时好像没有什么效了，痛得在床上翻来覆去的。郑师傅说他自己的眼睛也痛过，但是没有像袁俊杰疼得这样厉害。超婆在边上也说未必有这么痛，好像袁俊杰的痛是假的，他们不相信俊杰有那么痛一样。

这时在郑师傅店里看电视的娱驰说，妇女喂孩子吃的奶对这个有效。师娘听说了后，她说她知道谁家有个正在带孩子的妇女有奶。她急忙端着一个碗出去了，一会儿就端着奶回来了，郑师傅把奶抹到俊杰眼睛里后，袁俊杰说没效还是痛。郑师傅要他以后少焊一些，说："焊接时发出的弧光特别强烈，刚开始学的人都是这样过来的，一般第二天会恢复，痛个几次就不痛了。长期做电焊工的人都知道，烧电焊容易伤眼睛，在焊的时候要避免光射到你的眼睛，如果你的眼睛反应这么大的话，你得自己考虑考虑能不能从事这个工作。"

袁俊杰听完郑师傅的话，心一惊，这不会是郑师傅不要他做学徒了吧？这可怎么办？才出来就要回去，不，不行，出来了就得干点什么事情，就这样回去多丢人，不，拼命都不能够回去。他急忙跟郑师傅说："没事，郑师傅，我能忍着，没事的，下次就一定没有这样痛了。郑师傅，你帮我再把那个冷毛巾拿来吧，我觉得那个冷毛巾效果好很多！"

"好的！"郑师傅急忙去拿毛巾。

当毛巾一盖在眼睛上，袁俊杰就说："好，这样好多了！郑师傅你们去睡吧！我没事了！你们都去睡吧！"

那天晚上袁俊杰一夜没睡，流了一夜的眼泪，他永远都不会忘记，他的眼睛真的是让他痛不欲生，那种痛苦能用什么来形容呢？用肝肠寸断、撕心裂肺来形容都不为过啊！袁俊杰不知道是什么时候睡着的，当他醒来的时候已是第二天早上了，他没看见超婆，嘿！眼睛不痛了，好了！眼睛不痛了！袁俊杰急忙穿好衣服起床。

袁明生和毛丹在接下来的几个月，感情迅速升温，他们开始有了除了同事关系之外的进一步发展。俗话说"天底下没有不透风的墙"，终于有一天，毛丹的父亲给她打电话来了，让她在这个星期天回一趟家，说毛丹已经很久没有回家了，这次无论如何都要回家一趟。当毛丹问他有什么事的时候，他爸爸妈妈说有事，有很重要的事，说是在电话里说不清楚，只能等她回了再说。毛丹只得答应，从她爸爸妈妈的口气来判断，她已经有了一丝不安，是不是他们对她和明生的恋爱有所觉察？

这个星期天，毛丹跟明生说回家看看，明生送她到路边搭车。毛丹怀着忐忑的心情跟明生告别后搭上去县城的客车。

是啊，好久没回家看了，毛丹到了县城就去了一家超市，给爸爸买了两瓶他最爱喝的酒，给妈妈买了件她喜欢的衣服，然后高高兴兴地向家里走去。刚到小区门口，保安李叔叔急忙跑出来说："哟！这是毛处长的千金吧！"

毛丹笑着说："是的！李叔叔！"

"有好些日子没看见你了呢，在干吗呢？"

"在教书呢！李叔叔！"

"教书？教书好啊，在哪里教书啊？"

"在龙山小学，龙山镇那边。"

"龙山镇？太远了吧！难怪这么久没有见到你呢！调回来吧，这还不简单，要你爸爸把你调到县里来嘛！"

"哦！李叔叔，我爸妈在家吗？"

"前个把小时我看见你妈妈了，你妈妈应该在家的。"

"好的，谢谢李叔叔！"

"不用谢！谢什么？傻孩子！"

毛丹走到自己家的楼下，在楼梯间放下手上的东西歇了一下，紧接着又把东西提起，直接登上三楼后，按响了门铃。

"谁呀？"里面传来了妈妈的声音。

"妈！是我！"

"啊！真的是你，丹丹！"

"妈！"

"丹丹！"妈妈一开门就大声喊了出来，母女俩几乎同时都流出眼泪来，就在楼梯间，她们就紧紧地拥抱在一起，很久也不松开。

"快！快进屋！"

"嗯！妈！爸爸呢？"

"你坐，他等一下就会回来的，饭已经熟了，我去炒菜。"

"好，妈！我来帮你！"

"不用，你休息吧，菜都准备好了，妈妈很快就做好了。"

"我来帮帮你嘛！妈！我想跟你说一下话！"

"好吧好吧！哦！来！丹丹，听你爸说，你谈恋爱了？"

"爸爸是怎么知道的呢？"毛丹觉得很奇怪。

"你爸爸跟你的那个学校的校长很熟，是他告诉他的，不过……"突然，妈妈放下手上的菜，走到毛丹的前面降低了声音跟毛丹说，"不要说是我说的，你就装作什么都不知道，听到没有？"

"好！妈，爸爸都知道了些什么呢？"

"你爸爸什么都知道了。我问你，那个男孩子是不是农村的？"

"是的，农村的孩子又怎么啦？"毛丹不耐烦地回答。

"农村的孩子你爸爸不可能同意的，毛丹，你不知道吗？"

"妈！但是他真的很优秀呀，我也很爱他呀！"

"我问你，你是不是真的爱上他了，非他不嫁的那种？"

"非他不嫁！"

"好吧！你记住喽！如果你爸爸问你的话，你绝对不要这样说，听到了吗？"

"怎么了？妈！"

"嗨！这样说你爸爸肯定是不会答应你们在一起的！"

"那我要怎么说嘛？"

"你就说，那孩子虽然是农村的，但是条件很好呀！家里住的楼房，就他一个儿子，他爸爸妈妈都有钱，就可以了，听到了吗？"

"那好吧！"

"叮咚……叮咚……"门铃响起了。

毛丹说了一句："爸爸回来了吧！"

说完急忙去开门，果然，她一打开门就看见了爸爸："爸爸！"

"呃！丹丹！回来了！"毛丹也走上前给爸爸一个拥抱！

这时，妈妈在厨房里喊道："饭菜都好啦！吃饭了！"

"来了！来了！"

"回来了多久？"

"才到一会儿呢！"

"好！我们先吃饭！"

"嗯！"

毛丹和爸爸一边说着一边向厨房走去。

饭桌上，毛丹和爸爸妈妈吃饭的时候除了互相夹菜，其他的什么也没有说。吃完饭后，爸爸坐在沙发上，就喊毛丹挨着他坐坐，顺便问了一些在学校的生活和工作情况后，就说："你现在就是吃苦的时候，俗话说'吃得苦中苦，方为人上人'，等你到那个学校上满三年班，我就找关系把你调到城里来，到时候那就好了嘛！所以，你一定要坚持住、忍住，知道吗？"

"好的！爸爸！我知道！"毛丹不假思索地回答。

"知道？我问你，你是不是跟一个来自农村的男老师恋爱了？我不是早就跟你说了嘛，男朋友不能随随便便地找一个，是不是？要找也得找个条件好的，我和你妈就你一个女儿，我可不想看到你嫁到乡下去受苦啊！你原来不是答应我的嘛，只有两年多，只有两年的时间就完了嘛！你难道不为自己的前途着想一下吗？你不为自己也得为我为你妈着想一下呀，我们说得好好的，你怎么又要这么做呢？"

"爸爸！他的条件其实也不错！"毛丹说，"他家住楼房，也就他一个宝贝儿子，爸爸妈妈做生意，你的女儿嫁去了不会受苦的！"

"你可拉倒吧！我还不知道他家的条件，什么一个宝贝儿子，他不是还有一个哥哥吗？都是农村务农的，除了田地以外，家里头没有什么值钱的，他爸爸妈妈做生意？做什么生意？做泥巴生意吗？"

"……"毛丹无语了。父亲的话让她惊愕不已，她愣在那里，他是怎么知道袁明生的情况的？而且还知道得这么多。一会儿后，她理了理嗓子，说："爸爸，我是真的很爱他，他也非常爱我，我觉得这就够了！"

"这就够了，你想过你以后的生活吗？你们两个人的生活，你们有了孩子后的生活，还有，我和你妈的生活……"

"她爸，孩子还小，慢慢就会知道的……"母亲卢萍打圆场说。

"我不管，现在我俩同居生活在一起了，他答应过要娶我过门，还带我去见了他的家人，我觉得男友家里虽然很穷，但很有人情味，这些我都看在眼里，记在心里。"毛丹在一旁反驳道。

"爱情就是他爱你，你爱他吗？你们还年轻，还不懂得真正的爱情。爱情不是单纯的爱来爱去，而是需要很多条件的。你们学校的课本上不是就有'物质文明是精神文明的基础'吗？再说，他们乡下人不是说'贫贱夫妻百事哀'吗？这些都是一样的道理，难道你们都不知道吗？光爱有个屁用，能当饭吃，当衣穿，当钱花？现实一点吧！"

"爸爸，我们会努力的。我想只要我们一起努力，虽然暂时困难一点，但后面一定会越来越好的！"

"丹丹，努力奋斗就能成功？努力奋斗只是有可能成功，实际上大部分甚至是百分之九十以上的人都不会成功，不是吗？那些在地里干活的农民，在工厂上班的工人，他们不努力吗？他们都能成功吗？丹丹，我知道现在你们是信誓旦旦，难舍难分，告诉你吧，等你们新鲜感一过，柴米油盐等一大堆家庭琐事就会让你们后悔莫及的。现在还不晚，听我的话赶紧跟现在的男朋友分手吧，再等两年吧，等你调回城里，条件好的男孩子多得很，到时候随便你挑！"

"俗话说'莫欺少年穷'，他们家现在条件不好，并不代表未来一直都会这样。他之所以能够吸引我，是因为对我好，还有责任心和上进心，否则的话，我也不会看上他。哦！爸爸，明生他还会写诗呢！"

"条件好起来是有这个可能的，可是你想过没有？那一切都不是那么简单的，都要吃很多的苦，要付出很多的努力和代价的。你是我的唯一的孩子，丹丹，我不想让你去受苦受累，你明白吗？什么？写诗？写诗有个屁用，能挣到钱？都是一些骗你的把戏，你也信？你真是中毒太深了。这样吧，我现在就要你妈妈立马委托那些亲戚和朋友给你物色物色男朋友。"说完毛爸爸把毛妈妈喊了过来。

毛爸爸正准备说的时候，毛丹气嘟嘟地说："不听，我就是不听！"说完就往自己的房间走去，"砰"的一声把房门关上了，接着又是"咔嚓"一声把门锁锁上了。

毛爸爸也生气了，他站到毛丹的门口大声说："你必须跟那个姓袁的断绝关系，否则的话，我就不认你这个女儿了。你自己看着办吧！"

这时，房间里传出几声："不认就不认！"

"不认就不认！"

毛妈妈急忙跑了过来，一边把老伴给拉走一边说："走啦！看你把孩子逼的！慢慢说吧！好不容易回来一趟呢！"

"就是你！看吧！就是被你宠坏的，太不听话了！"

两个人一起走到了沙发。坐下后，毛妈妈端起一杯茶递给毛爸爸，说："来！喝杯茶！"

"太不听话了！"毛爸爸一边接着茶一边说："你再也不要依着她了，这可是终身大事呀！你真的不能随她了！"

"好！好！我知道了，晚上就让孩子休息吧！明天、明天我再问问，我小心一点问问她吧！"

毛爸爸说："前几天不是有哪个姑姑、姨妈想给丹丹介绍男朋友吗？现在就给她介绍一个对象吧，转移一下注意力，好让她跟那个学校的男教师断了吧。"

"是的，前几天，她的大姨妈跟我说，她想给丹丹介绍对象，说是工商局上班的一个男孩子，爸爸妈妈都有工作单位，条件没得说，长得也是一表人才，年龄与丹丹也是差不多的，可被我推辞了。"

毛妈妈喝了一口茶说。

"什么？推辞？你推辞干吗？"毛爸爸把手往边上的桌子一拍说，"让他们见个面也好啊！怎么就推辞了呢？"

"还不是你说的，你说先让丹丹去上两年班，然后就把她调到城里，再给她找男朋友啦！"

"哎哟！有好的也不要错过啦！"

毛爸爸气得不行，说："好吧！你打电话问问大姨，现在就打！"

"现在都晚上十点多钟了，他们怕是睡觉了，明天吧，明天打吧！"

"好吧！好吧！"

"不早了，咱们也去睡吧！"

"走吧！"毛爸爸说完后，"嗨"的一声叹了一口气，向卧室走去。

第八集

身心劳累习手艺　世路崎岖失营生

　　袁俊杰一洗刷完了就向郑师傅做事的地方走去。师娘在卧室的门口看见袁俊杰了就喊住他："俊杰，你眼睛好哒么？还痛不？"

　　"好了，师娘！"袁俊杰接着说，"不痛了！我去郑师傅那里做事去！"

　　"你还没有吃早饭呢！吃饭了再去吧，面条煮好了，在锅里，我们都吃了，碗在碗柜里面，你去吃吧！"师娘一边说着一边喂着孩子郑龙龙吃面条。

　　"好！"袁俊杰答应之后就向厨房走去。

　　面积并不小的厨房里感觉一点都不宽敞，那个靠近卧室的角落里放着一个比较大的木橱柜，上面摆满了大大小小的碗和盘子等器具，排列得很拥挤，筷子则被放在筷子笼里，单独挂在柜上右边的木板上。袁俊杰拿了碗和筷子后走向灶台，只见厨房设计有6块玻璃的木制窗户上只有5块玻璃了，其中一块被安装了排气扇，那个液化气灶在窗户的下面，灶上的锅里的面条早就煮熟了，上面飘着热气，那热气和穿透窗户的阳光交织在一起，看起来好像彩虹一样绚烂多彩。袁俊杰眯了一会儿，他还看不得这些强光，眼睛也自然地躲开了。

　　他盛了一碗面条放在厨房中间的桌子，他又眯了一会儿眼睛，顺手拿了一把椅子坐下来吃起面条来。由于眼睛怕光，袁俊杰把视线移向光线较暗的角落，虽然来这里几天了，他还没有好好看看这里呢。当然，有师傅师娘在时，他不可能那么放肆地东张西往。他不敢，没见过什么世面的他胆子也没有这么大。现在他难得一个人在厨房——这真是一个放松放松一下自己的好机会。咦！那个灶台下面的瓶瓶罐罐怎么这么多？好像都是空的。

　　还有边上的那个烤火炉，现在应该正是使用的时候，却从没看到他们用过。

　　碗柜下面的角落里都放着塑料袋子，袋子都装得鼓鼓的，不知道是什么东西。突然传来"吱……吱……"几声，他看见一只老鼠从角落跑了出来，也许是它感觉厨房里面没有人就出来溜达溜达，当它看见袁俊杰，好像并不害怕，眼睛一动不动地看了一阵后，用嘴巴左闻闻、右闻闻的，一会儿坐一会站，有点不想走的意思。袁俊杰感觉好奇怪，这城市里的东西真的是与农村的东西不一样，连老鼠都是这样胆大。他把脚抬起来用力往地面踩了一下，并且大声地"嘿"了一声，这才把老鼠吓走。

　　吃完了面条，袁俊杰放下碗筷起身就要出去时，停了一下，他突然想起他嗯妈说要他勤快一点，讨人喜欢一点的话来。于是，他把自己的碗筷拿到洗碗盆那里洗干净了放到碗柜里，还把灶台上放的郑师傅和超婆吃了的碗洗干净，然后向郑师傅做事的地方走去。外面烧焊的嗞嗞声，切割机的吱吱声，汽车的喇叭声，各种各样的声音交织在一起。郑师傅说的话袁俊杰必须走近郑师傅才听得清楚，切割齿前飞溅的火花和焊接时射出来的白光，一次又一次地让袁俊杰闭上眼睛。

第二天晚上，店里好像不需要急着交货，郑师傅就要超婆他们提前休息了。超婆和袁俊杰就洗了手后往他们睡觉的房间走去。虽然袁俊杰来了几天了，他和超婆还没说上几句话呢。这两个同样都是来自农村的孩子都是那么腼腆。当超婆关上房门之后，他才感觉安全了。袁俊杰觉得好奇怪，他认真地打量着超婆：他长着大大的、圆圆的脑袋，看上去十分可爱，他有一双明亮的眼睛，看什么东西都很专注，虽然他比袁俊杰大两岁，身体却比袁俊杰稍矮一点，走起路来风风火火的，除了帮着师傅做事，有空还帮师娘摆座椅吃饭、洗碗、打扫卫生，甚至还给龙龙刮屁股，好像整天就他最忙似的。

也许是累了的缘故，这天晚上吃过晚饭后，超婆和袁俊杰没有看电视，他们早早地就躺在床上，袁俊杰问超婆："超婆，你为什么学电焊？"

超婆说："我还不是跟你一样，在农村没什么出息，出来学门手艺！"

"我觉得好累，你说说吧，学这行到底行不行？"袁俊杰半信半疑地问。

超婆在床上翻了一个身，对着袁俊杰说："你知道我们昨天安装的那套防盗网卖了多少钱吗？三四千块钱呢！看着师傅数着大把大把的钱，谁不心动呢？你可别看不起这行呀，这可是大生意呢，我想好了，我明年出师了也要开个门面，自己挣钱！"

"哦……咦，我脸上怎么这么多脏东西？"袁俊杰用手往脸上抓了几下，每抓一下指甲里都有很多的脏东西。

"这是你脸上的死皮，昨天点焊烧的。"超婆笑了笑说，"免费的换肤霜！"说完哈哈大笑。

"那几个防盗网三四千，真挣钱！你明年就出师？"俊杰兴奋地说，"你学了几年呢？"

"我学了一年多了，郑师傅说要学三年，其实我觉得我已经学得差不多了！"

"吹牛！"

"你现在都会做了？"

"学会了电焊，还可以做哪些事情呢？"

"郑师傅赚了多少钱了？"

"开个郑师傅这样的店子要多少钱呀？"

"……"

超婆讲到电焊对城市的房屋装修的重要性，那些电焊的防盗门防盗网，以及现代建筑的一些工程项目，几乎都不能缺它。

那拔地而起的拦江大坝、那延绵上千公里的输变电线路、那百米高的高楼大厦、那穿越海底的跨海隧道，哪一个离得开电焊？超婆的描述吸引了俊杰，他听得热血澎湃，他感觉到自己可以像一个英雄一样，如果自己会电焊的话，他也可以焊那些钢铁框架，可以支撑起那些高楼大厦，支撑起那些隧道桥梁。

袁俊杰静静躺在床上，城市的夜晚一点也不安静，他倾听着隔壁传来的播放电视剧的声音，听着外面马路上车辆行驶的声音，还有那不远处传过来的火车的汽笛声，那声音是那么清脆，那么悦耳，仿佛孩提时妈妈的牢骚、爸爸的叮嘱，仿佛记忆深处村口的那条泥泞小路，每当雨后走在上面发出的"咯吱咯吱"的声音。

繁星悬挂在老屋的天上，闪闪发光，那若隐若现的天际仿佛形成一个巨大的怀抱，向仰望它的人迎面扑来，这个拥抱温暖而让人沉醉。其实所谓的梦想，也大抵如此，可以给人温暖，可以给人力量。袁俊杰是万千投身于城市中的普通一员，他怀揣梦想，但是谁又没有梦想呢？袁俊杰思考着，他一定要把手艺学好，工作要精益求精。他想让自己的水平更进一步，他想让自己的工作更加经受得住检验，每时每刻都告诉自己，要不断地学习，不断地努力，才能对得起自己当初的选择。

梦想不是那么容易实现的，离不开坚持和守候！青春的意义在于奋斗，通过不停的奋斗，让自己不断掌握高超的工作技能，实现自己的价值，同时，通过自己的奋斗，让自己的家人过上更好的生活，这本身就是生活的意义啊！此刻，袁俊杰脸上洋溢着幸福的笑容，他希望在不远的将来，看到自己成功。那晚，他睡得格外香甜。

由于超婆年长袁俊杰两岁，又是他师兄，故自从袁俊杰来了之后，更多的小事情都自然而然地落到他的头上。这天吃晚饭，超婆和袁俊杰刚端起碗，饭还口里，只听见师娘就发问："今天中午，是谁洗的碗？"

超婆没有出声，袁俊杰连忙说："是我，师娘！"他不知道师娘为啥这样问，他一脸茫然地看着师娘。

"是你，俊婆，中午我里吃的那个肉炒辣椒到哪里去了？"师娘带着责备的语气问。

"哦！"他收回对着师娘的视线，像一个犯了错误的人，把头低下去说，"那个肉炒辣椒我倒掉了。"

"倒了？"师娘的声音明显透着不高兴。

袁俊杰红着脸，慢慢地一小口一小口地吃着光饭，说："我看见只有一点点了……"

"一点点？那一点点可以下两碗饭呢！你不知道啊？"

袁俊杰半天没出声。

"你以为挣钱这么容易？"

"这街上什么都得买，什么都得要钱，能省多少算多少，你问问你郑师傅，他没挣钱的时候饭得没得吃呢？"

郑师傅一边吃着饭一边说："是啊，挣得钱到不怕你吃肉，挣钱不到不怕你喝粥。"

"记得我没钱的那段日子，生意不好，买菜的钱都没有，连油都舍不得放，炒菜都是拿一根筷子挑点油光一下锅呢！"

"……"

从这以后，袁俊杰每次吃饭的时候都会有意无意地看看郑师傅还有师娘，比如说看他吃了几碗饭，挟了什么菜，有没有把饭菜弄地上，有没有浪费等等。因为他觉得总有一双眼睛在他的背后盯着他，让他吃饭的时候浑身都不自在，他必须加快速度吃饭，快些逃离这个不安的饭桌。这几乎成了一个习惯，一直到现在，袁俊杰无论在哪里吃饭都是第一个放下碗筷。

袁俊杰当然对这些斤斤计较的细节感到不解，他觉得城市里的生活如果是这样的话，真的还不如农村人的生活呢，他在农村的时候也没有这样子穷过，他对郑师傅的话半信半疑，怎么这些城市里的人越是有钱越这样小气呢？他说他过的是那样苦的生活，怎么可能呢？但是，他看见他们说得那样认真，应该不会是假的，嗨！这城里人真的是猜不透呢！难道我也要像郑师傅那样小气吗？

哦！不，不是小气，而是节约！节约！

在店里面，袁俊杰了解到郑师傅对超婆的和他的学艺要求是一样的。俗话说："徒弟徒弟，三年奴隶。"当学徒是没有工钱的，第一年还得自己带米来吃，只有等到第二年能帮他干些活时，才会每月有100元生活费。超婆说他逢年过节都要给郑师傅送礼物。袁俊杰把这些都暗暗地记在心里。从此以后，他就成了郑师傅的一名学徒工，每天天刚亮就去做事，每晚七八点钟才拖着疲惫的身子回到床上。

袁俊杰并没有叫苦叫累，甚至还装出一副干劲十足的样子。

一天晚上，郑师傅为了赶工期，他和超婆在门面上加班做着事。忽然，对面的马路上发生了一件事情，吵架声响起。袁俊杰往外看去，只见一女一男在吵架，年轻女子坐在出租车上，男子骑自行车，不知道这两人咋的就惹上了。女子气势甚焰，和她同坐车的一个女子拦住她，不让她打人，想不到她挣脱了车上的女人，推开门，跳下车，向那个骑自行车的男人踢了一脚，那个骑自行车的男人被激怒了，他把自行车的站脚立了起来，装作要教训那女人的样子。女子发疯了似的，还想打人，嘴里骂着脏话。这时车上那个女人下了车，把那个女人拦住，那女人不停地与自行车男争吵着，围观的人越来越多。这时有人拨打了报警电话，边上的人议论纷纷，大多数的人都指责女子，但是女子还是不断想要打人。自行车男一巴掌打了女子脸上，连她的手机都掉地上了。女子一副气急败坏的样子，不断地打着电话叫帮手过来。围观的人纷纷让男子快走，不然那女人的帮手来了怕他会吃亏。骑自行车的男人说不怕。

一会儿后就听到了警笛的声音，来了一辆警车。围观者一边倒地指责女子太嚣张，但是一老妇指责男子不对，打了女人一巴掌，她帮着女子，最后当警察要老妇一起到警局作证的时候，她却死活不肯上车了。女子被警察拉上车后一度从警车上逃了下来，最后也被抓回去了。

袁俊杰看得入迷，他自言自语地说："这城里的女人脾气怎么这么大？"

同样知道整个过程的超婆说："你还不知道啊，这两个女人浓妆艳抹的，一看就是鸡婆。"

"鸡婆?"他听说过鸡婆的意思,就是那些只要给钱就陪男人睡觉的女人。说到底还不是为了挣钱,但是为了挣钱哪个不是和和气气的样子?何况她还是个年轻的女人呢。"胆子也太大了吧!"袁俊杰嘴里嘀咕着。

超婆接着说:"还不是有人撑腰。你不知道?这些鸡婆的后面有很多躁子(流子),他们都是专门打架的,可下得重手呢,就在你来郑师傅这里的前几天,有一个鸡婆坐的士,说是的士司机问她多要了几块钱,她打电话叫了一群躁子来了,那群躁子把那个司机从车上拖出来打个半死,最后扬长而去。"

"没有人劝架吗?"

"劝架?谁敢?旁边一堆的人看着,但没有一个人劝。你不知道,你去劝架躁子会连你一起打。看到那个骑自行车的男人吗?他今晚运气好,警察来得快,不然的话那就惨啰!"

"明显是年轻女子打人在先,是她不对。想想看,对着一个男人骂粗口还动手打人,这是多大的挑衅,无论发生了啥事。"

"急什么,明天你问问师娘不就知道了。"

"她怎么会知道?"

"她怎么会不知道?方圆几里几乎没有她什么不熟悉的,你不是看见她第一时间就过来看热闹了吗?"

"……"

快晚上十一点的时候,郑师傅过来说收工,今晚不做了,没有做完的事情明天再做袁俊杰和超婆就停了下来,把那些材料放在一起,把那些还插在电源插座上的电动工具都拔出来后放进工具箱里,还有那些放在外面做样品的防盗门和窗也得搬进来。收拾完了,俊杰把卷闸门拉下来的时候,看见那个在马路上闹事的女人,他愣了一下,她怎么这么快就出来了呢?

他感到很好奇,就多看了几下,只见那个女人边走边笑,旁边还有两个年轻貌美的女子和几个年轻的瘦瘦的男人,他们都穿单薄的黑色的衣服,全身上下都穿得紧绷,一脸凶狠的表情。他们的嘴巴上都叼着一支香烟,还有一个女的也是,他们风风火火地从他的前面走过,经过几个门面后转向左边的小巷子里。

第二天早上,袁俊杰听到他师娘跟隔壁超市的邓老板娘在门口聊天的内容,原来昨天晚上打骑自行车的男人的那个女人,就是这排门面后开"旅社"的"鸡婆",那个骑自行车的男人骑车路过这里时,正好被这个女人坐的的士挡住了,他好像是骂了一句,还把他的单车铃摇得贼响,那个女人生气了,下车就骂,后来他们去派出所,警察看见他们都没什么伤,又没有大的矛盾,做了一个简单的笔录后,就让他们回家了。

袁俊杰一边听着师娘她们的聊天一边心不在焉地焊着防盗门,从表面来看八竿子打不着的两人,一个骑单车的与一个坐出租车里的,到了路上咋会惹上了呢?从女子说普通话来看,应该不是本地人,还用满嘴粗话打电话叫人来打架,估计也不是什么正常上班族,从打扮看,只怕是那些在不正经的场所上班的。都是出来混的，咋能这么大脾气呢？要打要杀的，在这个人潮人海的地方，还能得逞？

长阳城里的治安还算好，每隔一段时间就会有警察开着警车在路上来来去去，她们难道一点都不怕？

再说说这个想帮女子的老妇，在警察未要她去警局作证的时候，她义愤填膺，尽管那些围观者都指责女子不对，她却声音洪亮还很坚定的地说是那个骑单车的男人不对，但是一要她上车去警局作证，她却立马逃之夭夭。

"哎哟……"一声惨叫响起。

"咚"的一声，袁俊杰右手拿的焊枪掉在地上，超婆急忙跑了过来，他看见俊杰的手被刚刚焊好的地角钢烫到了，那焊好的是五厘米宽的角钢，可想而知那温度真的很高，顿时袁俊杰的手掌上变得红通通的。他跑到厨房打开水龙头把烫伤的地方一遍一遍用水淋着。

"出什么事了？"师娘也走过来问。

超婆说："俊婆被烫到了。"

"怎么烫到的？"

"不知道……"

"俊婆，没事吧？咯个伢仔做事怎么这么不注意？"师娘向厨房走去。

"没事。"俊杰忍着疼痛，把伤口放到嘴边轻轻地吹着，过一会儿又用自来水淋湿

一下。

"哎呀！额里烫得这么严重？快去医院看看吧。"师娘也是一时不知所措。

袁俊杰一口一个"没事"。师娘要他在厨房的椅子上坐着歇歇，他刚坐上椅子，手掌就痛得不行，嘴巴"呼哧……呼哧……"地呼着粗气，连忙站了起来。痛得坐不住，还是站着舒服一点。

师娘急忙打电话给郑师傅。超婆看到师娘打电话去了，他快步走到前面做事的地方，急忙拿起焊枪。

一会儿郑师傅骑着摩托车回来了，一进门就问超婆："俊婆在哪里？"

超婆停下手上的活，若无其事地用手指了指里面的厨房。郑师傅看了袁俊杰的手掌后说："怎么这么不小心呢？痛吧？"

袁俊杰说："不痛……"

"不痛？烫伤是最痛的呢！"

"……"

"走，去对面药店看看。"郑师傅拉了俊杰一下。

对面药店的老板看了俊杰的伤后，建议他尽快去医院治疗，但一想到耽误工作，俊杰怎么也不肯去大医院，郑师傅也没能拗过他，最后药店老板只是在伤口上涂了些膏药和止疼药，做了简单的局部包扎。之后，俊杰又和郑师傅回到门面上了。

俊杰知道郑师傅他们把钱看得重，如果自己花多了钱，他们肯定是不愿意的不

高兴的，让他们不愉快你在这里能过开心吗？

何况就是这样简简单单的包扎也花了大几十块钱，还有，自己受了伤就做不了事了，他怎么能就坐在这里吃喝呢？想到这里，袁俊杰觉得浑身都不自在，他像一个犯了错误的人被警察抓住了后正在等待法庭宣判一样忐忑不安。

终于，在晚上吃晚饭的时候，郑师傅对袁俊杰说，他的手烫伤了，这一下子也不得好，干脆放袁俊杰几天的假，正好这几天都不忙，没什么事情做，让他回袁家岭休息几天，在乡下也好养伤。袁俊杰满口答应着，这正是他所盼望的，自从他来郑师傅这儿学艺也有几个月了，一直还没有回去过呢。

晚上袁俊杰睡在床上，他想他妈他爹，他想袁家岭那一张张熟悉的面孔，不知道袁炜有没有在家，他现在在干吗，袁明生在学校里有没有放假，他有没有回过家，哦！还有去年他养的那只小狗，他出来学艺时它还只有一点点大，不知道现在多大了，应该长大点了吧！此刻他已将手掌上的伤痛忘得一干二净，想起马上就要回家，他的心情是多么激动，这种回家的感觉真的是太好了，他还是第一次感受到，还有什么比回家更快乐更幸福的呢！

他远远就看到他家的屋顶上炊烟缭绕，这个时候，他嗯妈侯大娘肯定正在家里煮饭呢，他爸爸袁青山肯定还在外面做事，不管在田里还是在地里，他只有听到家里的人喊他吃饭了，他才回家吃饭。但是，他出来学艺以后谁会去喊他爸爸回家吃饭呢？他妈妈侯大娘又走不得路，不知道现在是怎么搞的，哦！他想起来了，有一次他有事去姐姐家里，也是没有人喊他爸爸回家吃饭，爸爸看到别人都回家了，田地里没有一个人了，才会回家的，当时爸爸看见墙上的钟表已经显示下午 1 点钟了。

对了，现在应该是春天了啦！袁家岭的山坡上肯定有很多的小朋友在草地里玩耍，捉蝴蝶，追着蝴蝶跑，在草地里打滚，笑着，玩着游戏，你追我赶，谁也不让谁，玩累了，就躺在草地里，顿时草地里充满了欢声笑语，抬头看看天空，你会发现小鸟跟我们一样开心，自由地飞翔着、叫着，好像在说："小朋友！你的家乡好美呀！"他自己小时候也是这样玩得不亦乐乎，天黑了，小伙伴们才依依不舍地离开，回到自己的家里，等着新的一天到来。

那一望无边的田野啊！每当春回大地的时候，他便会兴奋地在田埂上跑来跑去，时不时摘下几朵不知名的野花。油菜花金灿灿的，远远望去，像一片金色的海洋。几只蝴蝶飞过，他急忙去追赶，钻入菜花丛中。头上、脸上、手上沾满黄色的花粉，整个人也变得香香的！

老屋门前那条清澈见底的小溪啊！一到炎热的夏天，就成了伙伴们玩乐的地方，成群结队的鱼在这里游来游去，来这里洗衣服的女孩子都能看见鱼在水里打转转，那鱼可不比城市里菜市场买的鱼，他师娘做的鱼一点都不鲜，汤没有一点甜味。小溪里捞的鱼就是不放什么香料，随随便便放点盐蒸熟，那端出来的样子就会令人满口生津！

正在这时，袁炜和明生跑到他家里来了，说是靠近公路边上的土坑里面有鱼，而且现在只有一点点水了，很好下手捉鱼了，真的是机会难得。他们三人在那只有齐膝深的水里大战了一下午，黄昏时分，每个人都捉了大几斤鱼。回家的路上，袁俊杰想起上次他们在新墙河里捉鱼时，袁炜不是还欠他一条鲤鱼吗？那次袁炜一条鱼都没有抓到，他找自己借了一条鱼，说是一条鱼都没有抓到怪不好意思的，就借一条鱼拿回家，当他向袁炜说要还一条鱼给自己的时候，袁炜却不承认了，说早就还给他了。他这是撒谎，他从来都没有还给自己，俊杰跟袁炜理论起来，袁炜也不甘示弱，说反正就是还给他了，俊杰不断地说没有，没有，没有……

迷迷糊糊中，超婆把俊杰摇醒，问他："你做的什么梦？什么没有？"

袁俊杰坐起身，揉了揉眼睛，说："梦？鱼！捉鱼！"

"鱼呢？到哪里去了？"超婆接着问，问完哈哈大笑起来！

"哎！做了一个扯皮的梦！"

"在哪里扯皮？"

"乡里！"

"还没有到家里就做梦了，你还没有回去呢！"超婆说完又笑了几下，"睡觉吧！"

"……"

第二天早上，袁俊杰吃完了早点，带着郑师傅给他的一百元钱，向汽车站走去，经过两个十字路口他就到了汽车站，搭上了去袁家岭的汽车。经过几个月的城里生活，俊杰对这个城市慢慢熟悉起来，哪里有商场，哪里有饭店，电影院在哪里，汽车站在哪里等，现在他已经清清楚楚明明白白的了，而袁家岭在他的眼里却越来越模糊不清了，袁家岭的山、袁家岭的水、袁家岭的人，都是什么样子呢？是不是与他一样都有了些新的变化了呢？

来到香洲后，孙丽马上就找到了原来上班的地方上起班来，而对于一没有文凭二没有技术的袁炜来说，来到这个陌生的城市，除了陌生还是陌生，这里的繁华和喧嚣与他无关，虽然他本就不属于这里，但是他是多么需要在这里生根发芽呀，他要在这里好好赚钱来改变命运，他要在这里常长期地生活下去呢，哦！最好是买房子、买小车，这些梦想在袁家岭是无法实现的，然而，现在他来到香洲后才知道，无论在哪里，钱可都不是那么容易挣的。

现在他连工资稍微高一点点的工作都找不到，他使尽浑身解数来融入也毫无办法，他去找了几天的工作，一无所获，能做的只有杂工、搬运工、清洁工，而这些工作又累又脏的，工资还低到尘埃里了。他此时才发现自己是多么渺小和微不足道，他后悔自己没有多读点书，后悔在学校的时候没有努力，其实他的学习成绩还是不错的，因为太贪玩而和那些不爱学习又调皮捣蛋的同学玩得不亦乐乎，成绩一落千丈，导致荒废学业而不得不退学。

没有办法，既然来了，无论如何也要在这里待下去。后来，在几个老乡的帮助和介绍之下，终于在一家玩具厂找到一份工作；虽然工资不高，袁炜还是迫于现实积极地投入工作了。在工厂的机器轰鸣声中，工人们忙碌地穿梭在厂房之间。在这座工厂里，袁炜作为一名普通的生产线工人，主要负责包装方面的工作，他沉默寡言，积极肯干，很快就得到了上级的认可和称赞。

工厂里，每个车间都有一个小团队，团队之间竞争激烈，时常因为一些小事发生摩擦。袁炜所在的包装部里，有一个叫李明的同事，性格懦弱，总是成为其他团队欺负的对象。每当看到李明受欺辱，袁炜的心里就像被刀割一样难受。

有一天下班后，李明又被调配部的几个人无端嘲笑和挑衅。袁炜再也看不下去，他走过去，挡在了李明的面前。

"你们凭什么这么欺负他？"袁炜的声音虽然不高，却非常坚定。

那些挑衅的工人没想到平时默不作声的袁炜会站出来，一时间愣住了。

"袁炜，你少管闲事，这里不是你能插手的地方。"一个领头的工人不屑地说。

袁炜没有退缩，他直视着那个领头的工人，说："欺负弱小并不是什么值得炫耀的事情，如果你们有能耐，就去欺负外面的人，而不是在自己的厂里面欺负同事，这样算不了什么英雄好汉！"

这番话让在场的工人都愣住了，他们没想到袁炜会如此直接地反驳他们。李明也惊讶地看着袁炜，眼中闪过一丝感激。

突然，一只拳头向袁炜袭来。幸好，他看到了。

他赶紧往旁边一闪，躲过了这一拳。他看清了，出拳的是调配部的刘正。

刘正是李明的同事，也是他的竞争对手。他们两个人同时进入公司，工作能力相当，业绩也经常不相上下，所以刘正一直把他视为眼中钉、肉中刺，必欲除之而后快。

袁炜不想和刘正发生冲突，他觉得这样只会影响自己的工作情绪。他也没想到，刘正竟然会在背后偷袭他。

"你为什么打我？"袁炜质问刘正。

"我打你怎么了？你以为你是什么东西？才来几天就这样冇大冇小！"刘正不屑一顾地说。

"你没什么理由就这样打我，我会找领导评理的。"袁炜说着，就往领导办公室走去。

"你去吧，你去吧，看看领导是信你还是信我。"刘正不屑地笑了笑，然后转身就走了。

袁炜来到领导办公室，把刚才发生的事情告诉了领导。领导听完后，皱了皱眉头，说："刘正，他怎么可能会打你呢？你们之间有什么矛盾吗？"

"我们之间没有什么矛盾，我就是不知道他为什么会突然打我。"袁炜有些无奈地说。

"这样吧，我先找刘正了解一下情况，如果真的是他的错，我一定会公正处理的。"领导说着，就拿起电话，准备叫刘正过来。

"不用了，领导，我相信您会公正处理的。"袁炜说着，就准备离开领导办公室。

他走出领导办公室的时候，正好碰到了刘正。刘正看着他，冷冷地笑了笑，说："你以为你告了我一状，就能把我怎么样吗？你等着瞧吧。"

袁炜没有理会刘正的话，他径直回到了自己的车间。他知道，和刘正这样的人斗，是没有任何意义的。他只想做好自己的工作，用自己的行动来证明自己的价值。

从那以后，工厂里的不公平现象渐渐消失了。他主动帮助那些受欺负的同事，他的行为逐渐赢得了工人们的尊重和支持。

但是，事情并没有像袁炜想象的那样简单。在接下来的日子里，刘正开始处处针对他，把他的工作搞得一团糟。袁炜很生气，但他也知道，如果自己和刘正发生冲突，只会让自己更加被动。所以，他选择了忍耐。

然而，忍耐并不代表软弱。袁炜更加努力地工作，他用自己的实力和业绩来回应刘正的挑衅。刘正看到袁炜的业绩超过了自己，非常不甘心。他开始采取更加极端的手段来对付袁炜，甚至不惜违反公司的规定，恶意打压袁炜。

袁炜知道，再这样下去，自己会更加被动。他决定采取行动，找领导反映刘正的行为。领导听了袁炜的反映后，表示非常重视，立即开始调查刘正的行为。

这时刘正邀上几个同事写匿名信投诉袁炜，说他在工厂里搞一些捕风捉影的事情。工厂里的领导接到这样小报告后，渐渐不喜欢袁炜这样的"刺头"。他们认为袁炜的行为破坏了工厂的和谐氛围，影响了生产效率。于是，他们开始找袁炜谈话，意思就是要他自动离开工厂，袁炜极力反抗，他明确地对领导们说，自己光明磊落，从没做过对不起工厂和其他工人的事情。

几天之后，领导再次找他谈话，说工厂领导层对袁炜的为了同事见义勇为，在工厂顾全大局的方面表示了赞赏和肯定，认为他是一个有能力、有素质的优秀员工。看在他在工厂表现优秀和工作积极的份上，对他的那些投诉他们都不追究了，他们最终商定，希望袁炜能和和气气地离开，只要袁炜答应离厂，除了他应得的所有工资和奖金之外，工厂还给予袁炜一个月的工资作为补偿，让他有充足的时间去找新的工作。

事已至此，袁炜又能说什么呢？如果他强行要留下来的话，那又有什么意义呢？他知道自己的处境，他有什么选择呢？他一边听着领导的讲话，一边点了点头，伤心地眨了眨眼睛，抿了抿嘴巴，努力地说出了一句"好吧"后，默默地去收拾自己的物品。

无缘无故被厂里辞退，是个不小的打击。袁炜站在厂门口，手里捏着那份简短的辞职通知书，心里五味杂陈。他在这个厂里工作了二十多天，从一个新手学徒成长为车间里的技术工人，付出了无数的汗水和心血。可如今，这一切都成了泡影。

他走出厂门，看着熟悉的街道和人群，突然感到一种前所未有的迷茫。家里的希望、自己的生活费用……这些压力像山一样压在他的肩上，让他喘不过气来。他拿出手机，翻了翻自己的荷包，这根本不足以支撑几天。

才工作不久就被厂里辞退，孙丽感觉没什么，她对袁炜说，反正工作有的是，在香洲有那么多的工厂，找个工作不是随随便便的事。可是，这事对于袁炜自己来说是一个不折不扣的打击。袁炜深吸了一口气，他只能努力地将自己拉回现实生活中，努力平复自己的情绪。他知道，现在最重要的是找到一份新的工作，来支撑起这里高昂的消费。他开始到处投递简历，寻找合适的工作机会。然而，现实却比他想象的要残酷得多。许多公司在招聘时都明确要求有丰富的工作经验，而他，虽然技术过硬，但因为年龄和学历的限制，往往在第一轮筛选中就被淘汰了。

在经历了一次次的面试失败后，袁炜开始怀疑自己的能力和价值。他不知道自己到底做错了什么，为什么会落得如此下场。但他并没有放弃，他知道自己必须坚持下去，为了家人，为了自己。

这天晚上，袁炜拖着疲惫的身体回到出租屋里。今天他特别沮丧，所以无心煮饭做菜，自从来了香洲这些天，孙丽就只顾着自己上班，把这些女人们做的事情都摔给他做。他接受不了，但是来了这个出门就要钱的地方，没钱就意味着寸步难行，孙丽不上班怎么行呢？孙丽上班也是非常辛苦，天天上班下班都是两头黑——看不到太阳。在他看来，跟住在袁家岭的父亲没有什么两样，没办法，他也拌蛮做着这些不愿做的事，希望自己快些找到工作而脱离苦海。现在看来，他的希望似乎已完全无法实现，他躺在床上抽着闷烟。

这时"吱呀"一声，门被孙丽推开，屋里黑漆漆的，她随便说了一句："咦！怎么搞的，咯个家伙还没有回家吗？"

孙丽坐到门的边上，扳下电灯开关，看见袁炜躺在床上抽烟，没好气地说："你怎么不开灯呢？坐黑眼牢？"

"搞饭吃了么？"她向厨房奔去，揭开锅一看，都是空空的，于是对着袁炜数落，"懒得要死，饭也不搞，天天在屋里吃干饭、摇干船，这样下去，谁负担得起？我可没钱天天像养个小白脸一样把你供着。"

孙丽一边不停地说着一边去煮饭。

听到孙丽对他的数落，袁炜什么也没有说，一味地抽着烟，等到孙丽说得不想说话的时候，他说了一句："我决定还是回袁家岭去，坐今天晚上九点半的火车。"

孙丽猛然间一听，不敢相信自己的耳朵，她走到床边上说："你说，回去？"

"是的，回去！"袁炜斩钉截铁地说。

"不啦！还是先不回去，不是才来个把月嘛！"

孙丽看到袁炜说得那么认真，她突然自我反省起来，觉得是自己什么地方没有做好，她接着对袁炜说："我只是说了让你帮下我的忙啦！现在你不是没有上班嘛，你就帮我做做，等你上班了，没时间了，这些家务事还不是由我做啦！你说是吧？"

"我没有怪你！"袁炜说完又点燃了一根烟。

"没有怪我？那你又为什么要回去呢？"孙丽一脸的不解。袁炜没有作声，她就自己把饭菜都弄好之后，走到袁炜的旁边说："走，吃饭去！"

"不吃！"

"为什么不吃呢？还说不是生我的气，这分明就是嘛。"她摆出一副生气的样子来。

"好好好！我吃饭！"袁炜从床上爬起来。

袁炜一边吃饭一边说着自己的难处，说自己找了好久也找不到想做的工作，孙丽的工资都贴在他们俩的开支上，这样还不如让他回去，在村里种点田地，一来可以节省孙丽的开支，她可以睡在厂里面的女寝室而不需要另外租房子；二来他父亲袁望春年纪大了，他回去后，家里农忙时也不需要请别人帮忙，孙丽的妈妈也有几亩田没有帮手，这么一合计，反正他袁炜在这里挣不到钱，还不如回去。

听到袁炜说得头头是道，孙丽也觉得他说的也对，于是也同意了袁炜回家，晚上九点钟的时候，孙丽陪着袁炜赶到了火车站。在孙丽的心里，她多么希望袁炜留下来呀，她甚至说过只要袁炜不回去，他就是没有工作也可以，她不节余一分钱都行，只要袁炜在她身边就好，其他的她都不在乎，这就是爱呀！也许，只有在分开的时候才感觉到自己是那么深爱着对方呀，就好比我们拥有的时候无谓，而只有在失去的时候才懂得珍惜。但是，她知道袁炜是个犟脾气的人，他说回去还是会执意回去，她也拉他不住，看着执着的袁炜，她也无话可说。

话说袁炜回来得真是时候，这个时候正是"双抢"期间，所以袁家岭所有的人正在忙得热火朝天呢，他的父亲袁望春正在愁这事呢！请人吧，家里没钱，不请人吧，眼看就要过了季节，这过了季节就会影响收成。这不巧了，正在他着急的时候，袁炜背着个袋子回来了。袁望春看到了，又惊又喜地说："禾里搞的？禾里又回来哒？"

"没事做，不回来禾里搞嘛？那里的东西贵得不得了，开支太大了！"袁炜无奈地说。

"话哒木切啦！嗯就是白听啦！"袁望春在边上幸灾乐祸地说。

"回来了好！回来了好啊！"袁炜的母亲说，"你伢老了，真的是一年不如一年呢，他正拿这田没办法呢！"

"炜伢仔！同我去一趟田里吧，田里还有一些草没有搞完呢！"袁望春急忙说。

"嗨！坐了一个晚上的火车，硬座呢，洽亏死哒！"袁炜说，"我现在是又饿又困呢！"

"好吧，他爸爸，你就让他先休息一下吃饭去吧！"张四嫂看了看天色说，"今天也不早了，让孩子明天再去吧！"

"好吧！"袁望春说完就向田里走去。

在家里忙了两天后，袁炜想起孙丽家里的事来。孙丽的娘也是一个人在家，家里也没有男劳动力，几亩田都是靠她娘一个人拼出来的。这天晚上，他拨通了孙丽妈妈的电话，说好了第二天，他就去她家，帮她把田里的事情弄完。就这样，袁炜不是在自己家里就是在孙丽家里做事，自从他回家了似乎一天都没有空着，他累得腰都快伸不直了，大呼洽亏，太洽亏哒！

第九集

俊杰治伤持素愿　袁炜返梓享流年

在城市里生活就会有一种莫名的优越感，坐在客车上的袁俊杰此刻感觉自己就是城里人了，他看着车里的人时，不知道为什么觉得自己高大起来，是他在城里面看到的一切让他大开了眼界，还是他在这几个月的城里的生活增长了不少见识？他有点飘飘然了，不！他突然想起他也是袁家岭其中的一员呢，自己还是一个农民呢，再怎么样，他也改变不了他是农民的儿子的事实吧！——怎么才进城几天就骄傲起来了，飘起来了呢？不要忘乎所以呀！年轻人——这个声音在他的耳边不停地响起。

玻璃窗外美丽的风景也没有抓住俊杰急迫回家的心，走走停停间，汽车到了袁家岭的站台，他一跨下汽车，映入眼帘的是蔚蓝的天空、绿油油的稻田，连他呼吸到的空气都是这样新鲜，他真想向这个熟悉的地方大喊一声：我回来了！

此时的袁家岭青山环抱，空气清新，天空一碧如洗，仿佛无边无际的蓝绸缎，空中偶尔飘过几朵白云，是绸缎上刚绣上去的花朵。几只麻雀悠闲地低飞着，好像正欣赏大自然无穷无尽的美。城市里的高楼大厦、雾霾、大烟囱里冒出的滚滚黑烟在这里统统消失得无影无踪。在这里，你可以尽情地享受清新、纯净的空气。

走在田间小路上，只听见一片清脆的蛙声，好像它们正在进行唱歌比赛。

眼前的绿色稻田，如同波浪一样覆盖在大地上，蔚为壮观。袁俊杰隐隐约约地看到有几个人在田间劳作，这时他才想起来，他忘记了给他爸爸妈妈买点礼物什么的，他急着向公路旁的代销点走去。"亮叔，我买点这个。"在小商店的柜台前，俊杰指着柜台上的沙琪玛和火炬牌香烟说。

正在里面的亮叔走了过来，他把眼镜摘下来一点，眨了眨眼睛，说："哟！这是青山伯屋里的俊伢仔吧？"

"是咯。"袁俊杰接着说，"嗯那嘎帮我买点这个和那个"袁俊杰又指着那香烟。

"好！嗯不是去城里学艺了吗？怎么今天回来了？"

"是的，回来休息几天。"

"呃！俊伢仔，你的手是怎么搞的？好吓人的呢！"

"没事，烫的。"

"学的是什么艺呢？这么危险？"

"电焊。"

"这么危险不要搞了，跟我搞这个吧，既轻松还赚钱！"

"么里事啊，亮叔！"

"来来来……嗯来看看这个，看嗯喜欢不！"

"么里！"

"嗯进来一看就知道咯！"

无奈之下，袁俊杰就跟着他来到里屋，只见他拿出一本书，一边翻开一边说："很容易的，只要嗯背上几段就可以哒！"

"看不懂。"

"刚开始我也是看不懂，看几遍就知道，这是排四柱法——

每个柱子有两个字，四个柱子就是八个字，所以就叫八字。排年柱：照生年花甲两个字，应注意从正月立春时算起，至第二年立春前一个时辰止。

排月柱：照万年历或历书查，还有照年上起月法。每甲己年正月起丙寅，乙庚年正月起丙戊寅，丙辛起庚寅，丁壬起壬寅，戊癸起甲寅。

排日柱：照万年历或农历查日主是。

排时柱：照日主起时，每天是从子时起至亥时止。

如甲己日，子时生起甲子；乙庚日，子时生起丙子。丙辛起戊子，丁壬起庚子，戊癸起壬子，如果丑时起癸丑，到亥时止，就起癸亥。

定时辰的标准，全国统一标准是：晚上十一点一分至一点是子时，就算第二天了。直至九点一分至上半夜十一点为亥时，就是一天结束。照古书和实际，湖南地方应推温半点多才对。

排四柱举例说明：

如一九三八年老戊寅正月初五戌时生

四柱是：

年：就是照生年花甲两个字

戊寅年柱

月：就是照年上起月法、戊癸起

甲寅月柱

日：就是照戊寅年正月初五的日主

丁卯日柱

时：就是照起时法、丁壬起庚子算至戌时 庚戌时柱

如果头一个时辰酉时生，四柱就不同了。因为初五的酉时，还没有立春，还只能算头腊月丁丑年管，所以年变丁丑，月变癸丑，日主仍是丁卯，时变己酉了。这就是因一时之别，把年、月、时改变的道理。

又如老己卯，十二月二十八辰时生，正确的四柱是：

年庚辰、月戊寅、日戊辰、时丙辰。为什么把己卯年变为庚辰年，又把腊月改为正月的戊寅呢？因为腊月二十八的辰时，已经立春了，所以年应是庚辰，月应是正月的戊寅了。戊寅的日柱，丙辰的时柱，仍然不变。"

"袁老板，袁老板！买东西哟。"

"人呢？袁老板！"

听了亮叔滔滔不绝地讲得入迷之时，外面来了顾客，袁俊杰随声应了一句："来了！"便走了出来，

亮叔也停了下来，去一边招呼顾客，一边对袁俊杰说："以后搞电焊，那要小心一点哦！"

"是的，谢谢嗯那嘎！"

由于左手受了伤，所以就只能右手拿东西了，袁俊杰买了两样东西就马不停蹄地往家走去。还没有走到家门口，远远看见妈妈依偎在门口，等待着他回家。袁俊杰的眼睛顿时湿润了，他连忙大喊起来："嗯妈！嗯妈！我回来啦！"他边跑边喊，不一会儿，就扑入老人家的怀里，只见侯大娘皱巴巴的脸上乐开了花，泪水夺眶而出，她边摸着俊杰的头边说道："俊伢仔！你回来了！累坏了吧，快进屋！饿了吧，我来煮饭！"

袁俊杰来到屋内，仔细地打量了侯大娘一番，他发现虽然只有几个月不见，他嗯妈已经老了很多，皮肤很黑，头发也是白了好多，还乱糟糟的，就连衣服也是皱巴巴的，有的地方还破了，身上都沾满了泥土，好像刚刚摔了一跤似的。他忙问："这是怎么回事？"

侯大娘说："没事，刚才椅子没有扶稳，摔了一下，没事！"说完她拂了几下头发。

侯大娘说，自从他去城里学艺之后，那些田地只能靠他爸爸袁青山一个人耕作了，不光是这样，袁青山看到隔壁邻居有几块自留地荒了，觉得挺可惜的，他也把它们种上了，说是那地紧挨着自己的地，方便侍弄，袁青山把它们全部种上了铁树，到时候扎成铁扫把卖掉。

袁俊杰听得心里很不是滋味，自己去长阳学艺之后家里的事情就是偏瘫的母亲拖脚拐手做的，田地里的事情也都是父亲一手一脚地弄的，他没有在屋里伢娘真的很辛苦，也瞬间明白了为何他们会老了这么多。想到这里，他紧紧地抱住侯大娘，侯大娘用她粗糙的手抚摸着俊杰的头，说道："俊伢仔！饿了吧！我煮饭去！"

袁俊杰急忙起身，说："不，您坐着，我来做。"紧接着，"哎哟"一声。

袁俊杰痛苦地叫了出来，他煮饭的时候似乎忘记了左手受伤了，不小心碰到了左手了。

"怎么了？俊伢仔？"侯大娘大吃一惊。

"没事，手烫伤了一点！"

"快来给我看看！"

一看到袁俊杰受伤的手，侯大娘眼泪就掉下来了，不停地说："哟！怎么烫成这样了，好痛哦！去医院看医生了没有？"

"看了，看了，没事！"

"禾里搞咯？"

"做事搞的。"

"你要仔细一点啦！伢仔！十指连心啊！不晓得有多痛呢！"

"没事，以后我会注意的！"

夏天到了，稻子成熟了。公路两旁，一大片金黄的稻谷在阳光的照射下闪着点点亮光，就像一片金色的海洋。微风拂过，起起伏伏的禾稻就像金色的波浪，一望无际的田野里铺满了金子。望着稻田里金灿灿的稻谷，袁俊杰心里可高兴了，今年承包的责任田将会大获丰收，这几天他抑制不住他激动的心情，每天很早就起床了，天黑了还在外面，天天累得腰酸背痛的，他也想偷一下懒，可是他爹袁青山会肯吗？只要看到袁俊杰坐着，袁青山就会念念叨叨，当然，俊杰也知道他爹自己也没有休息，这都是自己要承包这么多田的，这可不能怪别人。"最近气温较高，要及时给秧苗揭膜，免得秧苗被高温烤死了。"袁青山一面看着秧苗，一面对袁俊杰说。

袁青山与稻相伴，年年岁岁，早已深谙其道。他打着赤脚，快步穿行于田埂上。暴雨刚过，田埂泥泞不堪，人稍有不慎就可能跌倒，可袁青山却走得又快又稳，去田里时，他总会带上一根棍子。他往田里一比试，秧苗生长的快慢、叶片的长短、植株的高矮便一目了然。他还拨动着秧苗，看其茎干粗细、绿叶质地。

与水稻打了几十年交道，袁青山是懂稻田的。而这份懂，源于儿时的"饿怕了"。旧社会山河破碎，民生凋敝，物资匮乏而导致的饥饿，给出生于二十世纪三十年代的袁青山留下了深深的记忆。新中国成立后，农村主要种植一季水稻，亩产量很低，还时常接不上趟，他们不得不到处借粮维持生计。新中国成立前就更不用说了，每天辛辛苦苦的却连饭都吃不饱，忙碌了一年到头来都是给地主做的，不但给地主当牛做马，还常常受地主家欺负。有一次，袁青山的头上被地主家的小儿子用石头砸出了一个眼，流了好多的血，袁青山一想到这些心酸的往事，眼泪就情不自禁地流了下来。小时候的袁青山看着绿油油的田野、金灿灿的稻谷都会由衷地感叹道："田地真的是无价之宝啊！如果我们穷人都有一份就好了，就再也不会挨饿了！再也不求别人了！"

正是这句话，让后来分到田地的袁青山倍感珍惜，他下定决心：一定要把自己的责任田种好。盛夏季节酷暑难耐，40℃高温是常有的事，人站在田里就像待在蒸笼中一样。一般在七八月，农民既要收割水稻又要种下秧苗，所以说这期间是"双抢"的季节，这正是一年中最热的时候，也是农村最忙的时候。袁青山下一次田，往往一待就是几个小时，衣服被汗水浸湿后，可直接拧出水来。他每天在田里忙得不亦乐乎，从早晨出家门后，中午晚上没人喊他吃饭的话，他根本不知道到了什么时候，天不黑他是不会回家的。

袁俊杰承包了这么多的田，也牵动着他的姐姐的担心，袁新兰都是今天在婆家忙，明天上娘家忙，她爸袁青山这么大的年纪了，平时种个几亩田还是没什么压力，以往没有像今年这样劳累。袁俊杰看在眼里，心里面深深地感觉对不住他们，他自己也就咬紧牙关，紧跟着他爸没日没夜地干。经过他们十几天的早出晚归，承包的水田要开始放水犁田插秧了，却遇上了干旱时节。村民们为了自家的稻田能有水浇灌禾苗，那是想尽了办法，打破了脑袋，也要搞点水引入自家的土地里。那时候，各家各户靠着这几亩几分地养活全家，更重要的是还要交公粮。压力还是很大的。

俗话说："一日春工十日粮，十日春工半年粮。偷懒人没吃，勤俭粮满仓！"为了这一亩三分地的禾苗能长成稻子，结出丰收的硕果，袁青山和俊杰不分昼夜，轮流在田埂上来回巡逻放水。稍有一点风吹草动，就会引起口舌争吵。严重一点的，锄头和扁担等家伙什都亮出来了，这个时候这一家人和那一家人比的就是个气势，谁家里男劳力多，气势上就稳赢啊，这个放水的优先权自然就是他家的了。这也许就是中国几千年来传统思想上一定要生个男孩子传宗接代的根源吧。几千年来，具有农耕文化的华夏，田地是安身立命之本，当然，田地还得有人继承啊。

在没有急红眼的时候，争得引水权，是妇女之间的口舌之争。

有些要强的妇女会动手，打得满身泥巴。如果是急红眼了，那就是一场战斗了，全家动员齐上阵，一场械斗那是免不了的。男人之间的较量由此展开，不打个你死我活哪是不罢休的，甚至还要闹到村委、派出所、镇政府来解决这个事情。村委会干部和镇上的干部一到干旱时节都会下乡安抚村民调节矛盾。天旱时节没有收成，亲兄弟也有可能为了那几亩水田的浇灌而急眼。

村委为了解决这个放水的矛盾，招呼各家各户来村委开会解决。后来实行时间制，几户人家为一组，把24小时划分好，以小组为单位抽签，按时间放水浇灌田地。这才解决一直以来每年都存在的问题。

饭熟了袁俊杰才去田里喊他爸爸吃饭，与原来不一样的是，今天袁青山一听到是袁俊杰在喊他吃饭，一秒钟也没有耽搁，马上洗了手就往家里走。回到家里后，他问了问袁俊杰受伤的手，问了问学艺的情况后就没说什么了，吃完饭就去田里了，他惦记着他的泥巴，惦记着那未做完的事情。

袁望春和张四嫂听说袁俊杰回来了，晚上吃过晚饭就来袁青山家里坐。正好袁俊杰要去他家找袁炜，看他回来了没有，他刚出门就碰了个正着，袁俊杰急忙说："望春叔！嗯那嘎都来了！"

"是的！听说你回来了，我和他里嗯妈特地过来看看你！"袁望春笑眯眯地说。

"咦，你的手怎么啦？怎么弄伤了哦？"张四嫂看到袁俊杰的左手包扎着，一脸惊讶地问他。

"哦！做事时不小心搞到的，没事，没事！"

"严重不严重？没伤着骨头吧？"

"不严重，只是烫着皮了。"

看见袁望春夫妇俩在门口说话，侯大娘连忙喊着："嗯里望春叔、四嫂子来哒，都进来坐！"

"好嘞！侯大娘。"

这时，袁望春看见前面来了两个人，说："只怕是他里美庭伯来哒！"

"他里禾里晓得咯？"袁青山说。

"我话咯!"袁望春说,"今日在地里干活的时候,碰到了美庭伯,他问起来了,我就话咯!"

这时,袁美庭和吴凤仙到了跟前,说:"听到话袁俊杰的手搞吧哒,禾里搞咯嘛?不严重吧?"

"哎!嗯俚两个老人家又晓得哒,夜哒还来看他。"

"夜里没事,所以来看看俊伢仔啦!"

"俊伢仔,看看嗯咯手。"

"哟,霍成咯咯样子哒,晓得好痛哦!"

"是咯!霍到了格外的痛啊,包扎伤口了,恰消炎的药么?"

"恰哒!恰哒消炎药!美医师!"

"恰哒就好,大便通畅吧?"

"哦,就是大便干结,拉不出来。"

"好久哒?"

"我长期有咯个问题!有时候还拉出血。"

"我开个单子,嗯去捡点药喝了,喝了就会好的!嗯切拿纸和笔来。"

"好咯!"

"治疗习惯性便秘呢,你记着用当归、麻仁、郁李仁、泻叶。偏火加生地、玄参,一次煎五副恰,保证就会好转!"

"如果有了痔疮,就用生地、当归、地丁、槐花、黄连、花粉,内服。外用就用甘草、升麻、赤芍、枳壳、黄芩、荆芥,九里光、仙鹤草洗之。"

"好呢,谢谢美医师!"

"谢么里!"

"哎!真是人在家中坐,祸从天上落!"

"真的是好危险的啊!"

袁青山去厨房拿了几把椅子向桃屋走来,给他们一人一把椅子。袁望春刚一落座就说:"青山伯,侯大娘!依我来说,俊伢仔搞这个电焊的事真是太危险了,得学其他的手艺才好!"

袁青山从兜里掏出一盒烟,递给袁望春一根,沉默了一会儿后说:"是啊!嗯看才学就出了个咯样的事。"说完就摇了摇头。"除了学这咯,还有么里门路呢?学其他的手艺也可以啦!"袁美庭说。

张四嫂在一旁说:"慢慢再找吧,危险的事情不要做,俗话说:'变了蚯蚓还怕没有土钻!'"

"就是,做什么都得安全第一啊,危险的事情还是不做为好啊。"吴凤仙说。

"哦!美医师,我正好有个问题问一下嗯那嘎,我里炜伢仔哇长期晚上冒冷汗,嗯那嘎帮忙开个方子吧?"

"冒冷汗就是盗汗,治疗盗汗就得用炙黄芪、炙甘草、炙志肉、桂元肉、党参、白术、酸枣仁、柏子仁、当归、茯神、龙骨、牡蛎。"

"哦，咯煎几幅药，要恰几天呢？"

"先恰个五天，差不多五天一疗程，如果好转了就停下来，不明显的话，过几天又恰。"

"好咯！"

侯大娘给每个人泡了一杯茶，俊杰的手不方便就没有端，侯大娘喊袁青山去端茶，袁望春接过茶，吹了几下后，轻轻地喝了一口，说："青山伯，俊杰学艺的事你要认真考虑一下呀！嗯弟媳的同门兄弟去年不就出了事嘛。"

他指了指张四嫂说："你张斌老弟。"

"哦！是的！"张四嫂说："你看我这记性，差点忘记了，我同门兄弟张斌的老婆去年不是在长阳出了事，手都搞断了哟！"

袁望春说："那张斌夫妇俩真吃得亏，家里本就没有什么收入，所以不得不来到离家挣钱。"

"两口子一年都回来不了几次。去年下半年，张斌的老婆在一家饭馆里工作的时候发生了意外，她的整个手掌都被绞进绞肉机里面，手已经是血淋淋的了，手部的白骨都已经露出来了，边上的同事见到这样的场面马上开车把她送到市人民医院急诊。"

"医生首先拿纱布给她包裹起来，先止住流血。听说她并没有大声地哀号，剧烈的疼痛让她脸色苍白，嘴巴在不停地打着哆嗦，对医生的唯一请求就是能把手接好。这个年龄的她上有老下有小的，保住手才能在今后的日子里继续工作，她才能继续挣钱，她的生活才会顺利进行下去。"

"当医生看到她那只断手时，心头还是一震。因为医生原本以为她整只手是被绞下来，但是出乎他们意料的是，她那只绞下来的残手是被分成几段了，除此之外，她胳膊上残缺的手，骨头已经不是完整的切面，也被机器绞碎很多。"

"当医生看到她的手已经被绞碎到这样的程度，觉得接上去已经是不可能的事了，说这个手肯定是保不住了，以后只能安装假肢了，如果强行把手接起来，这个手术也百分百会失败，在愈合的过程中也有感染的风险。"

"听到医生这样讲，张斌夫妇的内心崩溃了，因为没有手以后，他老婆就说一个废人。他的内心不再像之前那样平静，他乞求着医生给他老婆的手接起来，说着说着就跪倒在地上，哎哟……话起来真的是作孽！"

"后来是怎么处理的呢？"袁青山喝了一口茶问。

"后来饭馆好像赔了几千块，了事后夫妇俩回来了，一直待在家里，到现在屋里的事情都做不了多少哒！"

"俊伢仔！看来你以后做事得格外小心，注意安全哈！"侯大娘担心地说。

袁俊杰回了一句："好，我晓得！"

"俊伢仔！你们做好了的防盗网还得要安装吧？那么高是怎么上去的呢？"袁青山一脸的迷惑。

袁俊杰说："还不就是站在屋顶上，用绳子一下一下地拉上去的呀。"

"那好危险哦！站在屋顶上，一不小心掉下去了，那禾得了哦？"吴凤仙说，"伢也，我是上去不得，恐高，我连看都看不得，一看就头晕目眩！"

"没事，我们搞惯了就没问题！"袁俊杰说，"年纪轻没事，年纪大了的话是有点不适合！只搞得一个年轻哦！"

袁青山一边抽着烟一边若有所思地倾听着这一切，他咳嗽了一下，说："俊伢仔，你美庭伯和望春叔都是关心你，至于学不学你得自己想清楚，咱们农村人虽然没什么钱，但是生命还是最宝贵的，不会珍惜的那才是傻子。至于挣钱，谁都不容易，要让别人口袋里的钱放到你的口袋里来，你就得付出代价，咱们农村人没多少本事，那就得靠汗水，'君子爱财，取之有道'，那些偷鸡摸狗得来的不义之财用起来都不踏实，你绝对不能碰。再说，累点苦点不要紧，年轻不要怕吃亏，气力去了又会回来的，我和你娘也老了，你也这么大了，也得自己学会拿主意。"

袁青山说完后，好一阵没有人说话。

俊杰坐在椅子上低着头，好像在思索着什么。侯大娘看见大家都不说话了，她想去拿开水瓶来给他们加热水，就奋力地起了身，说："是的，事是这样说，但是人还得讲个信用，答应了人家的事还是要做到的。当初俊杰可没有说一个不字，俗话说：'一日为师，终身为父。'人家郑师傅是真的帮了大忙呢！说亲里亲戚的就不要我的进师钱了，时间上只要俊伢仔学两年，别人在他那里学艺都是三年，还得要几百块的进师钱呢，许人一事，千金不移！我们总不能看到有点困难就退缩不干了吧？再说这做气力活的，小伤小痛也是正常的啊！平时俊伢仔多注意就是了，总不能才做几个月就打退堂鼓吧！再说了，要说危险的话，走个路都有危险啦，路上有石头，还有车，还有下水道，那得靠自己去注意啦，这三百六十五行哪一行没有什么危险呢？可以说没有哪一行是稳稳当当的，还有，不管做什么事情都要坚持到底，不能半途而废呀！"

"俊伢仔，你还想搞不？"袁青山吸了一口烟对俊杰说。

"我还学，不去学还能干啥呢？"袁俊杰低着头说。

袁望春说："学也好，只是多注意安全，听嗯说做你们那行生意的门店也不少，做那事的人不也是很多很多嘛！他们不都是好好的嘛，小心注意就行了！"

看到大家一直在讨论这个严肃的话题，侯大娘就转了另一个话题："嗯里四嫂嫂，你家炜伢仔听说去香洲了吧，还好不？"

"他哇是好，前几天他还寄了五百块钱给我，说是他们又换了一个更好的工作了！"张四嫂高兴地说，"说是比以前的工资高几倍呢！"

"反正电话里面都说好，谁晓得呢！孩子们的事就让他们自己去闯吧，崽大爷难做啊！"袁望春说完拿出自己的烟，抽出一根给袁青山。

"是啊！管也管不住！"

"我是拦都拦不住呢！随他吧，我跟他交了底，只要他在外面不搞坏事就行！"

"是的，搞着那张嘴巴也行！"

"在屋里还不是找你要！"

"炜伢仔机灵，脑瓜子转得快，会有出息的呢！"

"你们说得好！"

"……"

昏暗的灯光下，袁青山的桃屋里大家你一句话我一句话地聊着，快晚上十点钟的时候，袁望春和张四嫂起身要回去休息，袁俊杰一打开桃屋的门，外面就传来悦耳的蛙鸣，在乡村的夜晚演奏着一首恬静而又和谐的田园牧歌。袁俊杰已很长时间没有听到这种亲切的乡村音乐了，一阵清风徐徐吹来，惬意极了。

俗话说："种田种田，半年辛苦半年闲。"袁炜回袁家岭后，大概十几天的时间，田地里也慢慢没有什么事情了，他闲着没事就拿着孙丽寄给他的钱去镇上买了一辆摩托车，天天在袁家岭的那条大路上威风凛凛地飙来飙去，后来他嫌不够拉风，去了镇上把那摩托车的排气管给换了，那声音比汽车的声音还要大好多，他好像生怕别人不知道他有摩托车一样，这样一来他进进出出的动静就更大了，老远就能听到他的摩托车的声音。

一天，在袁家岭的那条大路上，侯大娘听见袁炜的摩托车的声音了。她想起来有什么事情要告诉一下他爸爸袁望春，看见袁炜来了就干脆让他带个信去。她向袁炜招了招手，袁炜看见后，一下子就停在侯大娘面前，说："侯大娘，您喊我？有什么事呢？"

侯大娘说："炜伢仔！你现在是回去不？"

"是回去呀，您有么里事啰？"

"咦！炜伢仔嗯咯耳朵上带的是么里哟？"侯大娘看见袁炜的耳朵上戴了一个很大的耳环！她奇怪着，不由自主地叫了起来。

"是耳环啰！您没有看见过啊？"袁炜不屑地说。

"女伢仔戴耳环还差不多，男伢仔戴耳环还真没看过呢！"

"没见过？外面的大城市里多着呢！"袁炜不服气地说着。

"禾里隔！禾里只有一只耳环呢？那只耳朵没有呢？不是一戴就是两只耳朵都有吗？"

"哎呀！您到底有什么事嘛，再不说我就要走了！"袁炜装作不耐烦的样子说。

"这个是你青山伯从镇上带给你爸爸的，你帮忙拿回去吧！"说完她指着门角落里的一个袋子给袁炜看。

"好！"袁炜拿起一那个袋子就向屋外走去，跨上摩托车就走了。

"这孩子！"侯大娘看着袁炜去的身影摇了摇头。

袁炜的变化，村民们都看在眼里，茶余饭后，一些好事者在一起七嘴八舌地议论：

"听说么，炜伢仔那个老婆在外面赚了好多钱啰！"

"是的，自己没有一卵用，还不就只有靠堂客嘞！"

"炜伢仔不是说他老婆在香洲上班吗？怎么会那么赚钱呢？"

"上班？哪个厂里上班有那么高的工资哦？"

"做生意哦！人肉生意！"

"人肉生意？是什么生意？"

"这还用问，你们还不知道吗？我都怕丑说的！"

"有什么不好意思的呢，她做起来都不怕，你说起来还怕？"

"哎哟！就是卖淫嫖娟哦！"

这时，边上有人向这里所有的人做手势，张四嫂走了进来，屋里顿时鸦雀无声，只有她的老弟媳妇起身跟她打招呼："哟！嫂子来了，坐，坐，坐！"

这时，边上的人有几个觉得有点不好意思，就散去了。张四嫂也感觉到气氛有些尴尬，于是说："不坐，我有事呢！你们坐，你们坐！"说完就急急忙忙地往外面走去。

这天夜里，袁炜闲着没事，骑着摩托车去了一趟镇上，回来的时候，他买了几斤苹果和香蕉直接去了袁俊杰的家里，停好摩托车后，他一进门就看见侯大娘坐在堂屋，说："侯伯伯，嗯那嘎座，俊哥呢？俊哥在屋里吗？"

"是炜伢仔啊！俊伢仔在屋里哦！"

"在屋里！好！"

这时袁俊杰在房里听到了外面的声音，推门出来就说："袁炜来哒！嗯看咯，嗯又提着东西来哒，我好得差不多了，不要嗯的东西哒！"

"哎哟！又不是蛮好的东西，一点点水果而已。"

"快进来坐。"

"好！"

两个人坐在一起后，袁俊杰就聊他在长阳看到的点点滴滴。

他之前从未离开过家乡，对长阳这座城市的生活既充满好奇又有些许的不安。但他知道，自己想要的生活不在袁家岭，而是在长阳更广阔的天地里。去了长阳，他心中充满了对未来的憧憬和期待。

虽然在郑师傅那里学艺，工作辛苦，薪水也没有，但他却非常珍惜这个机会。他努力学习电焊知识，提升自己的技能水平，每天都在为了快速学艺而努力。

在工作中，袁俊杰说他遇到了很多困难和挫折。有时候，他会因被他人无情地嘲笑和鄙视而感到自卑和厌恶；有时候，他会因为熟人的冷漠和拒绝而感到失落和沮丧。但他知道，这些都是成长之路上必然会有的经历，他必须坚持下去。在长阳的生活中，袁俊杰也认识了一些朋友。他们来自不同的地方，有着不同的背景和故事。他们一起分享着彼此的经历和感受，相互支持和鼓励。这些朋友让袁俊杰感到温暖和安慰，也让他更加坚定了自己留在长阳的决心。

在这个过程中，袁俊杰也经历了蜕变和成长。长阳毕竟是城市，在长阳他学会了如何与人相处，如何面对困难和挫折，如何珍惜眼前的幸福。他开始明白，生活不是一帆风顺的，但只要坚持下去，就一定能够迎来美好的明天。

当然，除了工作，袁俊杰也开始逐渐适应长阳的生活。他喜欢在清晨的时候去公园散步，呼吸着新鲜的空气，看着晨练的人们，感受着这座城市的活力。他也喜欢在晚上的时候去街上逛逛，欣赏着城市的夜景。他要熟悉这里的一切，包括道路、车站、码头、单位，等等。他发誓一定要在长阳这个地方生根发芽结果开花。

在长阳的日子里，袁俊杰也遇到了爱情，但是，他不想过早地接受，他怕再次受伤，还是等到水到渠成吧！

袁炜对袁俊杰讲述着在香洲的情况。香洲，这座祖国南方的大都市，以其独特的魅力和活力吸引着无数人的目光。袁炜来过几次，走在繁华的街道上，高楼大厦林立，车水马龙，人们的步伐匆匆，仿佛都在为了生活而奔波。

袁炜租住在市中心的一栋五层楼的一间小私房里。每天早上，他都会被窗外熙熙攘攘的人流声唤醒。有一天，袁炜在公交车上遇到了一个老人。老人看上去有些疲惫，手里提着一大袋东西，显然是刚从市场回来。袁炜主动站起来给老人让座，老人感激地看了他一眼，两人开始聊起了天。老人告诉他，他是香洲的原住民，见证了这座城市从一个小镇发展成为如今的大都市。他见证了香洲的变迁，也见证了人们的生活变化。他说，香洲是一个包容性很强的城市，吸引了来自四面八方的人。在这里，人们可以找到属于自己的机会和梦想。

在工作中，他遇到了许多不平事。有些同事表面上热情洋溢，暗地里与人勾心斗角。他把自己在玩具厂被辞退的过程一一地告诉了俊杰。袁俊杰也感受到了职场的酸甜苦辣，这让他更加珍惜自己的工作和生活。

在香洲的这座大都市里，袁炜找不到属于自己的位置和价值。每当夜幕降临，袁炜都会站在窗前，眺望着这座城市的夜景。霓虹闪烁，灯火辉煌，整个城市仿佛变成了一个巨大的舞台。他想着自己在这个舞台上能不能扮演一种角色，哪怕是一种角色也能够让他在香洲过得很好。

袁炜跟袁俊杰说，孙丽是一个温柔善良的女孩。他们在一次偶然的机会中相遇，从此产生了深厚的感情。虽然她的家庭条件并不好，但是她给了袁炜很多支持和鼓励，让他更加努力，在生活中更加乐观。他们一起经历了许多困难和挫折，但他们的爱情却越来越坚定。

他非常想努力工作，为了让自己和孙丽有一个更好的未来。两个人聊到孩提时期的他俩还有袁明生，他们会天天晚上光着脚疯跑、欢叫、捉迷藏、玩打仗。在整个村子里东躲西藏的，累了困了，便围着会讲故事的大人听讲英雄好汉的故事。清风从地里田间吹来，蛙声一浪一浪涌起，像是从东边的鱼塘里响起，又像是从西边的小溪里传来，时远时近，时而洪亮时而低沉，时而稀疏时而密集，特别有节奏和韵律，听起来比一切音乐作品都更真实更有韵味。

袁俊杰记得，有的时候，大一点的孩子故意捉弄人而讲一些鬼故事，吓得胆小的孩子怕回只有几步路就可以到的家。现在想来，他不由自主地微笑着——他曾经也是那个听鬼故事而害怕回家的那个人呢！蛙鸣阵阵，庄稼拔节，空气清新，人们沉醉在淳朴的乡村美好的时光里。夜深人静的时候，外面起了露气，身上觉得有了凉意。

袁俊杰送别袁炜后进屋关上大门，洗完手脚后在床上听着蛙声酣然入了梦乡。

袁俊杰难得回一次家，加之袁青山看到他的手还受了伤，所以也没有安排俊杰做什么事情，只要他在家里待好好休息，好好养伤。这天上午，闲着无聊，俊杰出门去找同伴玩，可是袁炜和明生没有在家里，只得作罢。

　　也许是乡下的空气质量好，食物也是纯天然的，也许是袁俊杰本身就是这里土生土长的人，更加适合这里的环境和生活，不到一个星期，手掌完全恢复原样了。这天下午，郑师傅打电话来了，问袁俊杰的手好些了吗，什么时候去做事。袁俊杰在电话里说手好得差不多了，他明天就去做事。

　　第二天去城里的时候，袁青山要送他。袁俊杰说他去过一趟了，不需要送了。袁青山还提了五十斤米，说是袁俊杰手受伤了，郑师傅用了钱不说，还另外给钱袁俊杰，又耽误了这么些天没有做事，真有点过意不去，对不起郑师傅，就让袁俊杰带点米去，这样他的心里好受，觉得踏实一些。

　　一大早，袁俊杰跟家里人告别后背着五十斤大米，向公路边的小商店走去，"嘀嘀嘀嘀"，几声熟悉的客车的喇叭声响起，俊杰用手擦了擦眼睛，摇了摇头，整了整肩上的挎包，咬了咬牙，提起地上的米袋向站台走去。

　　通往城里的班车从远处驶来，稳稳地停在站台前，袁俊杰登上车，随着客车的行驶，袁家岭越来越远，最后变成一个黑点，在他视野里消失。

　　看到袁俊杰的手还没有完全好，郑师傅还让他休息两天再做事。

　　坐在店里的袁俊杰看着郑师傅做事，心里越来越难受了，不能再坐了，他得做事了，他用右手在左手的伤口上轻轻地捏着，哎！不痛了，随即他又用了一点力气捏了一下，哟，还是有点痛呢！不行，得做事了，坐在这里不做事怎么行呢？师娘这两天嘴巴里尽是一些含沙射影的闲话吗？做什么事的时候总是把东西弄得咚咚响，与她平时的做法完全不同啊。他知道这里是容不下吃闲饭的人的，他要开始做事了，必须做了。

　　第二天早上，袁俊杰二话没说，跑到超婆面前，加入他们做起事情来，郑师傅一面做事一面问袁俊杰的手怎么样，手还痛不痛。他说，手也不痛了，他想慢慢地做点事情，兴许手还好得快一些。吃午饭的时候，师娘显得特别高兴，还特意给他煎了两个荷包蛋。郑师傅说受伤的手不要用太多的力气，还要等痊愈后再使劲，随即便吩咐超婆洗碗。

　　平凡的生活里，日子不紧不慢地过着。不知不觉间，袁俊杰在这里学艺已经是第二年了，随着超婆的出师，袁俊杰成为了半个大师傅，店里面的事情基本上都能够做了，只是在一些关键的地方还得郑师傅亲自来做。袁俊杰每个月都能得到两百块的零花钱了，这些钱俊杰都存起来，他还想盘下门面呢！每次当他听到超婆的生意很好的时候，袁俊杰就流露出羡慕的目光，他不断地盘算着自己什么时候能出师，出师了就去开门面挣钱，哦！那还得要本钱呢，大概得需要多少钱呢？他得问问超婆，还有就是，他从现在开始就得努力存钱，将来需要多少钱他还不知道呢！

　　天有不测风云，在袁家岭水稻收割和晚稻的插秧终于快要结束的时候，迎来了最强的降雨，随之而来的是城市内涝，农村小溪大河顿时满满都是水，地势低洼的田地都浸成一滩平洋，加之附近水库泄洪，袁家岭所处的区域成了一片泽国，地势较高一点的地方成为孤岛，有的房屋里面积水最深处近2米。该村断水、断电、断路，五百余名村民被困，情况危急。

"哐哐哐……所有的人都快起床！赶紧往山上跑！"

"哐哐哐……河堤快要垮掉了，快点起床啊！哐哐哐……"

清晨五点钟，在袁家岭的公路上，村支书袁长龙一边敲着锣一边大喊："要与时间、洪水赛跑！力争疏散所有居民，水位上升很快，我们村严重进水，去田里的路上，水已经漫过膝盖了！受多日暴雨影响，河水水位持续上涨，洪水已远超水文站警戒水位，大家抓紧时间啊！"袁支书拿着铜锣，继续挨家挨户地喊着，由于村子里的建筑多为20世纪80年代的老旧房屋，村民中也有行动不便的老年人，情况紧急，必须马上安排撤离。来不及多想，村支书沿路大声呼喊，阵阵洪亮的铜锣声响彻布满阴霾的天空。

慌乱之中，袁青山把侯大娘背到山上安顿好，然后马不停蹄地赶回家去抢救粮食以及一些重要的家什，眼看着洪水渐渐地往上涨，袁青山找了几根大竹子，把它们用钉子钉在一起，然后用绳子绑紧，这样就做了一个竹排。他曾对袁俊杰说，这是以防万一，如果大水来了，只要他们抱着竹排就不会沉没。袁青山看着这发生的一切，他今年所有的付出和努力都白费了，曾经以为只要耕耘就有收获，现在才发现在自然灾害面前人们是那么渺小，毫无抵抗力。他的眼泪哗哗地止不住，像溃堤的洪水一样流下来。

人们还在激战着。不时传来某某大堤已倒，某某垸已出现缺口的消息，那天夜里的雨真大，一个劲地下，一刻都没有停息。也不知过了多久，袁青山睡得正熟，"哐哐哐"的锣声忽然由远而近，一声接一声，万分急促地响起来，随着锣声还有个破锣嗓子扯开了大喊："快起床，快起床，大堤倒了，撤！快撤！快往大山上撤！"锣声、叫声一下子惊醒了他，睁眼一看窗外已蒙蒙亮，原来已是清晨。雨还是一如既往地大，屋顶上像有千军万马奔腾。

洪水过后，袁青山这天一大早就去田地里看看情况，只见道路已经冲成了沟渠，田间的禾苗都不见踪影。

第十集

明生尽力兴教育　毛丹常恐负相思

第二天早上，毛妈妈做好了早点，就如喊丹丹起床吃。丹丹赖在床上，说："你们先吃，我等下再吃！"

"早点起床啦，丹丹！不早了啦！快起床来吃吧！"妈妈在门外说。

"说了你们先吃啦。"

"冷了就不好吃了啦，丹丹！"

"冷了，我就不吃了。"

"这孩子！"

毛妈妈摇摇头，无可奈何地走向餐厅。毛爸爸看见毛妈妈喊了丹丹半天，她也没有起床，气得吃完早餐就出了门。

毛妈妈吃过早餐后，把家里收拾干净整洁，在客厅里等待着丹丹起床，忽然，她好像想起来了什么，走到电话机旁，拨了几个号码后，把话筒放在耳边：

"喂！大姨吧？"

"给你说，丹丹昨天回来了！"

"现在，现在不行，她还在睡觉，还没有起床呢！"

"你原来不是说给丹丹介绍在工商局上班的那个男孩子吗？现在我想跟她说一下，你看？"

"好的好的！我有空，丹丹也有空！好的好的！你先问问，我等你电话吧！"

说完，毛妈妈挂了电话，坐在沙发上等着大姨的电话。

一会儿后，电话"叮铃"响了起来，毛妈妈急忙拿起电话，小心翼翼地说："喂！大姨呀！"

"哦！出差了。这样呀！没事，明天就明天！明天没问题！"

"好的好的！是啊！这孩子大了，要找个婆家，条件好就行，其实只要他们两个人过得好就行！"

"父母好不会拖孩子的后腿呀，是的是的！工商局也是好单位，孩子有出息就更好啦！好的好的！明天再联系！好的！挂啦！"

毛妈妈心满意足地挂了电话。

这时，丹丹房间的门"砰"的一声打开了，只见丹丹急急忙忙向厕所跑去，等到她出厕所的时候，毛妈妈急忙说："丹丹，你起床了，我来给你热饭。"

"好！你去热饭吧！哦！妈妈！我吃了就要去学校了！学校还有很多事情等着做呢！"

"什么？吃完早饭就走？我还答应了你大姨的事呢！"

"大姨的事？大姨有什么事呀？"

"大姨给你介绍对象呀！丹丹！大姨有个玩得很好的朋友的孩子在……"

"妈！"妈妈的话还没有说完，丹丹就打断了她的话，"我不是有男朋友了吗？"

"哎哟！丹丹，你爸爸硬是不同意你那个农村的男朋友，这可怎么办呢？所以，妈妈想给你再找一个。"

"我自己找的，为什么他就不同意呢？他为啥嫌弃别人是农村人呢？我爷爷不也是农村人吗，你又为什么要嫁给我爸爸呢？"

"哎哟！你都翻旧账翻到你爷爷奶奶的头上去了。你爸爸也说了，不是看不起农村人，只要明生在这城里买一套房子和一辆小车就同意你们在一起，他能做到吗?"

"一套房子和一辆小车,你以为喝蛋汤这么简单吗,我们才出学校工作,哪里有那么多的钱啊?"

"丹丹,你爸爸还不是为你好,怕你嫁过去受苦啊!"

"我可不管!"丹丹嘟起嘴巴说,"我吃完饭就走!要去你自己去!"

面对执着的毛丹,毛妈妈没有一点办法,俗话说"崽大不由娘",丹丹小的时候,毛妈妈基本上都是随孩子的意愿,只要她喜欢,不管什么东西,就是再贵也得给她买,不管什么事情,就是再麻烦她也愿意去做。现在的毛妈妈对于长大的孩子,已经无能为力了,真的只能眼睁睁地看着丹丹毫无顾忌地做自己。她知道,丹丹养成现在的性格和脾气,她是有责任的,自己自然没少受毛爸爸的批评和指责。如果丹丹今天去学校了,毛爸爸回来后对她又是一顿责备。

不过,丹丹毕竟是她身上掉下的肉,她想着,不管怎样,只要自己的孩子喜欢,她就愿意,她就开心。于是,她拿起丹丹的手说:"孩子,你要看清楚他的人!不要只图外表,华而不实的就绝对不能要啊!只要他勤勤恳恳、踏踏实实地工作和生活,你就会慢慢变好的,俗话说'会选的选儿郎,不会选的选家当',家里条件不好,你们一开始就比较苦,你要做好吃苦的准备呀!我相信只要你们共同努力,日子会越来越好的!"毛妈妈说完就完掉下泪来。

毛丹此时也是红着双眼,说:"好的,我、我知道了!谢谢妈!"说完,她们母女都抱在一起号啕大哭起来。

一会儿后,毛妈妈把丹丹的眼泪擦干,说:"你看,还哭成这样,我们应该高兴才是呀!"

"嗯嗯!"丹丹连忙点了点头。

"哦!差点忘记了,前几天知道你要回来,我就准备了一坛子的菜,还有一些腊鱼腊肉,你拿去改善一下伙食啊!"

"我不要!妈,就留着你们自己吃吧!你和爸爸在家里吃饭也吃好一点啊!不要老是牵挂我,我还年轻,我没事的!"

"傻孩子!年轻也要注意自己的身体,毛主席都说了,身体是革命的本钱呀!你们以后的路长着呢,没有一个好的身体怎么行呢?拿着!"

"那好吧!"

就这样,丹丹和妈妈都是两只手拎着大包小包地出门了。母女俩坐了一辆公交车,大概二十多分钟就到了去乡下的汽车站。毛妈妈把丹丹送上车,她看见车上的人多,话说起来不大方便,于是就站在车上陪着丹丹。母女俩虽然没有讲话,但是此时她们的心情是一样的,她们知道几分钟后,她们又得分别,这一别又是一年半载才能相见呢,现在唯有不停地看着彼此,也许多看一下就能在往后的日子少想起她一些,这样还不够,她们要把对方看得清清楚楚、明明白白,也许这样就可以把她永久地留在身边。

毛妈妈久久不愿离去,直到驾驶员对她说:"下去吧!我要开车了!"毛妈妈这才回过神来，说："哦！好！我下去！"

她转过头来再看看丹丹，说："我下去了，你要注意安全哈！"

"嗯！妈妈！你也要注意安全！"

毛丹还没有说完，就看不见妈妈了，她急忙站起身向车的后窗望去，只见妈妈下车后就站在那里看着她，丹丹的眼泪顿时流出来了，随着汽车离她越来越远，妈妈的身影也渐渐地模糊，直至消失。

毛妈妈回到家里，就看到了毛爸爸坐在沙发上看电视。没有看见女儿的毛爸爸就问她："你们没有在一起，丹丹人呢？"

"回学校了，说是学校还有事，早点回去好一些！"

"回学校了，你看这个家伙，招呼都不打一个就走了，你看，这还是人吗？"

"算了吧！我想孩子也许是真的有事吧，早点回去准备一下也好！"

"你就是这样护着她，直到今天你还这样护着她！如果有一天，她走投无路了，我看你还怎么护着她！"

"……"

毛妈妈在一旁默不作声地做着家务，任由毛爸爸唠叨自己。

回到学校后，发毛丹现袁明生没有回学校，这是她预料之中的事情，他们相约各自回家探亲两天，到家里住两个晚上，今天才住了一天呢。突然，她反问自己：为什么就提前回学校呢，为什么不陪陪爸爸妈妈呢？当然，爸爸说的那些让她听起来很不舒服甚至觉得有点奇怪的话都是为了她好，这一点她是深信不疑的，但是他们不知道，他们的女儿是如此深爱着明生，他们不知道，他们的宝贝女儿如果没有明生的话，真的不知道怎么生活啊！原谅我吧！爸爸妈妈……你们不知道呢！我的心里眼里都是明生，白天晚上都是明生，我真的离不开明生啊！

没有明生，毛丹真的不太适应。白天还好，跟学校的老师或者学生们打打招呼，批改一下学生的作业，准备下一堂课的内容，这些都是打发时间的最好的方式。晚上就不行了，毛丹一个人躺在床上，她仔细想起了她和明生的点点滴滴，想起他们在一起的甜蜜的时刻，她露出了灿烂的笑容，那笑容能让她忘记所有的伤痛，燃起熊熊的希望之火，连黑夜都不黑，她能够不开电灯就能拿到想要的东西或者去任何地方。

突然，她想起了有一次她和明生闹意见时的情景，那真是太让她失望了，那天明生生气的样子真的好丑，好难看！是不是明生不爱自己了？他为什么不顾及自己的心情？他原来都不是这样的呀！如果下次他们又遇到矛盾了怎么办？她真的不知道怎么面对明生，怎么说、怎么做了，在明生不开心或者生气的时候，她几乎毫无抵抗力，做什么事情都会变得毫无头绪。直到现在，她似乎还心有余悸，她害怕明生的态度重演，她到底该怎么办呢？

不过这样也好，趁袁明生不在，她也该好好地思考一下自己的爱情和人生了。晚上，毛丹在床上辗转反侧，难以入眠，想到自己的父母觉得明生配不上自己，也许这是暂时的，时间久了可能会同意，哪个爸爸妈妈不爱自己的孩子呢？其实她同明生相处还没有一年，虽然在吵吵闹闹中发现他有很多缺点，但是也及时沟通了，他改了很多，工作上也不是懒人，努力勤奋，只是工资不是特别高，但还是能生活，自己的父亲只会在物质层面衡量明生，然而他们不知明生还是一个很有理想很有抱负的人，他有着一些特别的闪光点，比如他的朴素、勤劳，这些在一般的男人身上都是没有的，好吧，如果这些都是因为他的贫穷，那他那种对诗和远方的追求就是他与众不同的标志了，这是明生与她见过的其他男孩子最大的差别。

然而自己的父亲还没有接纳明生，她的心里暗暗地自责。本来很早的时候她就要带着明生回家见她的爸爸妈妈，可惜直到现在都没有实现。对于明生的父母，她更感觉惭愧！明生的父母都对她挺好的，很迁就他们，虽然只去过两次，但是每次看到明生的父母为他们的付出，她觉得这些不是用钱就能买到的。为什么同样是为人父母，可自己家里人认为自己跟了明生以后会后悔，日子会过得非常苦，生了孩子更困难，要自己现实些，甚至都不允许带他来自己家，怕给他们丢脸，还说让自己彻底跟他断了，一直强制性不让自己跟他来往。亲戚说给自己介绍了个条件好的，如此等等，这一切都让毛丹觉得自己对不起男朋友。因为这事跟父亲争吵了，自己也不想跟父母对着干，也不想丢了自己想要的感情。一下子想到与明生的快乐时光，一下子又想到与明生的难过时刻，一下子又想象明天见到明生的样子，就这样整个晚上，毛丹就在这种复杂而忐忑的心情中度过。

第二天上午十点钟的时候，毛丹被"咚"的一声开门的声音惊醒，在这半梦半醒之间，毛丹觉得门被人撬开了一样，于是，她在床上惊魂未定地大声喊道："谁！谁进来了？谁呀？"

"是我！怎么？你这么早就回来了?!"

毛丹一听，这不是就是明生的声音嘛，于是"哦"了一声，倒在床上继续睡觉。

明生走到卧室来，看见毛丹还在床上睡觉，便问道："你怎么还在睡觉啊？你什么时候回学校的呢？"

毛丹在被窝里面没有说话，不知道她是睡着了还是怎么的。

明生看她没有作声，估计她又睡着了，于是明生也没有多问，就走出了房间，去把刚刚从袁家岭带来的那些菜呀等东西拿出来，把它们一一收纳好，接着就把毛丹换下来的衣服用水浸泡好后，拿着扫把把各个房间都打扫干净了。这时，毛丹才在床上揉了揉眼睛，掀开被子，穿上衣服走了出来。突然，她发现自己的衣服不见了，于是就大叫："明生，明生！我的衣服呢？我的衣服到哪里去了？"

明生急忙跑到卧室来，说："我看见你的衣服有点脏了，就拿出去洗去了。你换一件吧！"

"喂！我的衣服你怎么就随随便便地拿出洗呢？那我穿什么呢？"毛丹在床上大发雷霆，指责明生没有跟她打招呼就把她的衣服拿去洗了。毛丹满腔的怒火似乎在此刻找到了发泄的出口一样，那些曾经的不满和抱怨被她疯狂地发泄。

站在卧室里的明生什么也没有说，他看见毛丹发了脾气，于是，他默默地向外面走去，拿着杯子倒上一半杯冷开水后又拿起开水瓶倒了一点在杯子里后，他自己先轻轻地喝了一口，然后向卧室走去，把杯子递给毛丹说："好吧！你先喝口水吧！喝口水再说吧！"

毛丹傻傻地望着明生，她不敢相信眼前的这个男人刚才被她痛骂了一顿，现在他还没有一点反应，居然还给她递过来一杯水，还若无其事地要她喝掉。

"放毒了吧！好！我来喝！"毛丹说完端起杯子，把水一饮而尽。

"放毒？"明生不解地问道，"我为什么要放毒呢？毛丹！为什么你要这么想呢？"

"我刚才骂你！你没有生气！"

"生气？没有呀！"

"我骂了你嘛！"

"你骂我？我没关系呀！"

"你为什么这么傻呢？"毛丹倒吸了一口气说，"木头一样的呆子！"

"哎！这话就不能说了，毛丹！我真的是个傻子吗？"明生此时正襟危坐地跟她说，"我不是一个傻子，毛丹，你骂我、指责我都没有关系，你不知道这是为什么吗？好吧，我就来仔仔细细地跟你谈谈吧，我不跟你计较不是因为我不知道你的态度，不要认为我傻或者是蠢，而是因为我爱着你，深爱着你，也许你没有深爱过我，你知道吗？对于一个深爱着对方的人来说，对方的所有的缺点都是自己喜欢的，俗话说'情人眼里出西施'嘛！在我的眼里，在我的世界里，你就是唯一的女人，唯一的美丽，唯一的漂亮，唯一的幸福，唯一的快乐！你几乎就是我的一切，对于你，我又怎么会忍心指责你、伤害你呢？我真的做不到，毛丹！"

"哇……"毛丹大哭起来。

明生急忙上前把她抱在怀里，说："丹，别哭！你一哭我也会哭的呢！"

"呜……"毛丹一边擦眼泪一边说，"好！"

毛丹发现明生的眼眶里早已泪光闪闪，她又"哇"的一声开始哭了起来。她再一次把明生搂在怀里，说："明生，我们结婚吧！"

明生没有出声，只是点了点头。

毛丹接着说："明生，我真的离不开你，不要离开我好吗？"

明生也点了点头！他用手拭去毛丹眼里的泪水。

原来，随着时间的推移，毛丹渐渐发现了袁明生内心的世界，特别是当她看到他收藏着周芳的画后，也感受到了他对周芳的深深思念。画上的诗是明生写的，是的，她才想起来，明生不是教过学生们写诗嘛，他还没有写一首给我呢。然而，当她看到这幅画的时候，一种莫名的心酸袭来，她开始对袁明生产生了伤感，也想让袁明生对自己的感情像对周芳一样浓烈。然而，经过她的几次试探，她真真切切地感受到袁明生是同样地爱着自己，而袁明生也感受到了毛丹的温暖和关爱，于是，他开始重新振作起来，尝试去走出过去的阴影。他们一起经历了许多美好的时光，也一起面对了许多困难和挑战。他们的感情逐渐升温，毛丹深深地爱上了袁明生，她愿意跟他一起走过人生的每一个阶段。袁明生也表示从现在开始，如果有时间就写诗给她。他们开始了一段美好的恋情，彼此相互扶持、相互关爱。袁明生也渐渐地从失去周芳的阴影中走了出来，重新找回了生活的意义和价值。

他们的爱情之路并不平坦，他们也经历了许多磨难和考验。但是，他们始终相信彼此，愿意为对方付出一切。他们一起经历了许多风雨，也一起见证了彼此的成长和变化。

有一次，他们一起去了河边，手牵手地走在草地上。风轻轻吹过，带来了清新自然的气息。袁明生看着毛丹的侧脸，感受着她的温暖和关爱，心中充满了感激和幸福。

"你知道吗？"毛丹突然开口说道，"我一直觉得周芳很幸运，能够拥有你这么深情的爱。"

袁明生沉默了一会儿，然后说道："也许是吧。我也觉得自己很幸运，能够遇到你，重新开始一段美好的恋情。"

毛丹笑了笑，紧紧握住了袁明生的手。他们一起看着河边的落日，享受着这美好的时刻。随着时间的推移，袁明生和毛丹的感情越来越深厚。他们一起经历了人生的起起伏伏，也一起分享了彼此的喜怒哀乐。他们的爱情也变得越来越成熟和稳定，成了彼此生命中最重要的一部分。

每当袁明生想起周芳时，他心中仍然会涌起一种难以言喻的悲痛。

青玉案·情深缘浅

东风又绿江南岸，柳絮飞、情深缱绻。回首当年初见处，眼波流转，笑颜如面，缘定三生愿。奈何世事多变迁，情深缘浅成空叹。只愿君心似我心，岁岁年年，朝朝暮暮，不负相思恋。

写完这首词，袁明生感觉如释重负，他知道自己已经走出了失去周芳的阴影，重新找到了生活的意义和价值。他也明白，爱情并不是生命的全部，但它却是生命中最美好的一部分。他和毛丹要一起走过了许多路，也一起经历了许多风雨。他们的爱情却始终如一，坚定而执着。

他们相信彼此的爱情，也相信未来的美好。在他们的心中，爱情从未结束，它只是在不断地延续着。他写了一首《蝶恋花·情深》送给毛丹。

爱意绵绵如碧水，情深似海，难舍难离。月下花前同笑语，心交不语胜千言。相思几度人憔悴，梦回时分，泪湿青衫。愿得此生长相守，不离不弃到天边。

他完全相信，他和毛丹会一直相爱下去，直到永远，永远……

　　从此，明生的内心开始产生从未有过的焦虑和不安，虽然他答应了毛丹结婚的事情，但是其实这是他不想做的事情，当然他不是不喜欢毛丹，而是他知道这也就意味着他要张罗着结婚的事情了。结婚是好事情，他也愿意，可是，这得花多少钱呀，这钱从哪里来呢？对于刚走出校门不久的他来说，这无疑就是一个天文数字。但是，他不答应也是不行的呀，他不能背负着不仁不义、没有道德不负责任的名声！

　　可是，这用钱咋办呢？其实，明生感觉自己作为老师是那么高尚和令人崇敬了。现在任教的学校所在的县，以前是全国贫困县，工资水平不高。加上自己出身于农村，经济状况可想而知。在这样的经济状况下，因为没有成家，并不怕出现任何急需用钱的意外。其实，任何的意外可能都是他无法承受的。还好，这几年家里还算顺利。明生感觉到了生活的疲惫和压迫，为了多挣点钱，想过辞职，另谋生路，可家里的老爸老妈都不同意。他爸爸袁美庭说："俗话说'万般皆下品，唯有读书高'，为人师表，是一个很多人都梦寐以求的职业，怎么可以就这样随随便便地丢了呢？"

　　后来，他还做了一个培训机构的兼职老师，收入略有增加，虽然政府明令禁止教师兼职做别的事情，但生活所迫，不得不这样挣些外快。这些额外的收入给他们的生活也确实减轻了不少压力，然而，就算再省吃俭用，明生和毛丹两个人的工资加起来一年下来也不算多，离毛丹他的爸爸说的在县城买房、买车的要求还相差万里。毛丹也知道这结婚的事情不能太着急，只能慢慢地来。于是，他们俩在一起一边快快乐乐地生活，一边脚踏实地地工作，梦想着等他们把积攒够了就成家。

　　袁明生刚刚参加工作的第一年就做了班主任。那时他一心想做个优秀班主任，这是他梦寐以求的事情，然而，一次事件后，袁明生感觉到把这个工作做好，并不是那么容易。袁明生班与其他班学生搞篮球比赛，一个学生被撞伤，送去了医院。他先去垫付了医药费，然后打电话给学生家长。没想到原本客客气气的家长在听到这件事后语气瞬间变了，几乎是怒吼着要求学校负全责。当时袁明生以为家长不愿付医药费，后来他才明白，家长是在推脱责任。这件事让袁明生很伤心。也是通过这件事，他明白了，在乡村，家庭和学校是分离的。学生家长常年在外务工，加之文化水平不高，你不能指望学生有良好的家庭教育，学生家长能够配合学校开展教育已经算是不错。家庭教育的缺位，让老师们意识到，教育这些孩子是一回事，帮助家长学会配合学校教育又是一回事。

　　袁明生感觉到传统的师道尊严在慢慢失去，而老师的角色已然扩大，老师不仅要教育学生，还要教育家长，要在这种双重教育的要求下重新建立角色，树立权威。要达到此目的，有两条路径：征服学生，影响家长。这一切必须从新学期的"第一次"做起，黑板报的第一次布置、课堂上的第一次教学、班级活动第一次开展、与家长见面的第一次谈话……所有的"第一次"，袁明生都精心策划，并施于无痕。在他看来，虽然学生去哪个班级学习是命运的安排，但学生会感受到你教师的努力和用心，家长们也体会教师的水平和教养。

袁明生深知，每个学生心中必须有一个优秀的榜样，必须让他们相信榜样的力量是无穷的。当学生心中拥有一个自己的榜样的时候，他的目标、他的行动都会向心中那个榜样靠拢，甚至在生活中无时无刻不向他学习，他们也会试着像榜样一样走上他们曾经走过的路，希望有朝一日能够取得他们取得的成就。袁明生觉得这真是一个人成长的开始，于是，他在自己的班级的墙上张贴了鲁迅、孔子、贝多芬、华罗庚、莎士比亚、詹天佑等中外著名人物的肖像画。还有一些励志的话也写在上面，比如："时间是就像海绵里的水，只要挤总是有的！""三人行，必有我师！""择其善者而从之，其不善者而改之！""耕耘就有收获，努力就有希望！""天才是99%的汗水加1%的灵感！""父母给你姓名，自己打造品牌。"

这些励志的话很普通，但加上洪亮的声音和坚定眼神，能够一下子征服学生，这就够了。俗话说："一寸光阴一寸金 寸金难买寸光阴。"必须让孩子们从小就养成良好的时间观念和学习习惯。小学的基础知识非常重要，在学习的同时，那些良好的学习习惯和学习方法也会让孩子们在以后的学习中得到锻炼和提高。

对于学生来说，袁明生无疑是深具感染力的。在班级里，权威来自老师内在的精气神。一旦这种内在的精气神消失，外在的权威也将随之消失。凭着这股精气神，他的班级很少出纰漏。全班的整体成绩也在稳定上升。

他对家长的"招数"是逐一突破。除了召开的集体家长会，此后的家长会，袁明生让每一个学生的家长单独来办公室开，每人至少一个小时，每学期召开四次。这种家长会极其耗费时间和精力，一天只能排上两个，要想完成一次全班学生的家长会，可能花上几个月。毛丹认为袁明生太累，付出太多。袁明生倒觉得，若不是因为对老师这份职业真正的爱，又如何能将生命的热烈与丰盛，为学生竭力付出。

结合自己这两年实施的教学的实际体会，袁明生常常问自己：教育是什么？教育标准是什么？似乎没有人说得清楚。大部分学生都是被动地学习，没有几个学生主动学习，所以学校老师能够做的，主要是灌输，就是让学生紧紧咬住考试的规则、阅卷者的喜好与心理，机械、硬性、僵化地去完成学习。如果把学生看成是教育的一个"产品"，那么学校不过是工业社会中的一个"工厂"，学生在学校的学习，就是一个经过一条长长的流水线的生产过程。

烦躁的时候，袁明生也产生了逃离学校的想法。他想跟着朋友去做买卖，当然，自己不适合，自己也不甘心就这样放弃了做教师的梦想。做好教师这个职业，他觉得首先要塑造自己的形象和人格，其次要让学生保持学习的热忱和信心！

"感恩"是袁明生人格教育的关键词。他坚信那句话——"家庭里孝义为先，天地间诗书最贵"，他在班级里号召所有的学生学习中华民族的传统文化诗词对联，并且自己带头创作，每个星期都要与学生们一起谈谈创作的体会和感想。

学生们也不负他的期望，下面是部分学生的作品：

新时代画卷

文/罗再平

时代风云卷巨澜，高歌猛进谱新篇。
龙腾虎跃开新局，凤翥鸾翔展大观。
万里江山如画美，千秋伟业似花繁。
人民共筑中国梦，唱响神州万里天。

时代唱响

文/李应元

时代风华正此时，长歌响彻九天池。
龙腾盛世开新宇，凤舞神州展大旗。
万里江山添锦绣，千秋伟业谱华诗。
民心向党同征梦，共绘宏图展耀姿。

花样年华

文/汪军

花开又落春归处，云卷还舒意自愉。
岁月匆匆如梦逝，人生漫漫似烟徂。
今朝紧握休虚度，此刻当珍莫敢蹰。
七彩人生多美妙，且行且惜岁时殊。

七律·巴陵胜景

文/湛淑蓉

岳阳楼上望江流，浩渺烟波泛小舟。
云影徘徊天际远，风声缱绻水边幽。
楼台笋峙连苍宇，草木葳蕤映眼眸。
胜境如诗堪醉客，且抛尘念共悠游。

美在岳阳

文/杨振迪

楼头把酒思红日，洞庭高悬照九州。
岳阳迢迢星耀闪，人间美景胜仙洲。

秋梦

文/周旺

秋来风雨急，花落满庭凄。
独坐空长叹，愁云绕梦迷。

莲蓬

文/汪雄

碧水清波点弄虾，莲心苦处有医家。
污泥不染身如玉，只待秋风送晚霞。

咏梅

文/江海永

雪压寒枝独自开，暗香浮动月徘徊。
不争春色三分艳，只把清芬入梦来。

巴陵美景

文/李琼

日出东方照古烽，金鳞闪烁跃波中。
渔舟唱晚归帆影，雁阵惊寒过长空。

美丽岳阳

文/邓志健

岳阳楼上望江流，碧水青山映眼眸。
云卷云舒天际远，风来风去浪中悠。
洞庭湖畔千帆过，君岛山间万木稠。
美景如诗心纸醉，不辞长作此间游。

还有李志坚、赵宏、刘必达、周淑媛、廖新满、侯伟鹏、宋宇、李雄辉、袁诚、刘阳明、李梅芳、晏玉林等的诗也写的很好。当然，一个人再优秀，如果不懂得感恩，那么对他来说，所有的知识，所有的成就，所有的贡献都是毫无意义的。所以，每当假日或节日来临之际，都是袁明生进行感恩教育的首选。他鼓励学生去思考表达感恩的方式，让学生做一个方案，然后就去执行。在他班上任课的老师，在其生日当天会收到他们班学生的礼物。礼物虽小，但温馨，师生相处会更融洽。如果老师不带领学生思考，像生日、节日这样的时间点，在当下没有人在乎。就是要利用这些微小的时机对学生进行教育，帮助他们思考、判断，培养他们与他人对话、协作的能力，提升他们的社会责任感和公民素质。

除了感恩，袁明生认为，让学生保有对学习的热忱，比灌输知识更重要。作为语文教师，袁明生觉得，一则是现在的教材编写存在问题，比如诗歌在教育中的位置，从起初的入门之根本，退到现在锦上添花的点缀；一则是老师的教学存在问题，比如同样教语文的其他老师，只要学生记住古诗词里的含义，丝毫重视文字的韵味。这无异于将中文翻译成中文，瞎折腾。

袁明生喜欢朗读，学生们跟着朗读，教室里被朗朗的读书声充盈的时候，大家都高兴，忘乎所以，别无他想，只是沉浸在古人留给我们的大美之中。尤其是教到古诗词，四言诗重复回旋，五言句变化节奏。诗歌不再是假艺术之名对生命的消耗、攫取和损毁，而成为一种对于生命的安慰和疗救。

老师其实很难真正地对所有的学生一一关照，很难做到视生如子。但每每遇到学生有什么事情，袁明生总在心里不断地提醒自己：请记住学生，记住他们关心的事。每个人只有自己受到了重视，才会慢慢地变得重视别人，好学者如禾如稻，不好学者如薁如草！小的好处不说，大到国家利益，都离不开人才精英、社会栋梁。

袁明生也不能特立独行，每年的升学考试这个唯一的指挥棒不变，升学成绩就压在每一所学校的领导身上。学校为了这个结果，自然也是使出浑身解数，城里的学校挖县里的尖子生，县里的学校挖乡里的尖子生。袁明生就亲眼看见学校里许多尖子生和骨干教师，都被城里的重点学校挖走了。老师的流动性增大，教学的不稳定性增加，已经成为基础教育的一个路人皆知但都不会说出来的隐患。

有机会去更好的学校、更大的平台，对于刚毕业的年轻老师而言，无疑是一种诱惑。袁明生就这样眼睁睁看着许多人离开，但他坚信，仍有一些人像他一样愿意抛开世俗的虚荣心和生活的实利心，做些久远而有意义的事情。让他更加感动的是，教学同样优异的毛丹与他一样，对学校里的一切有着深厚的情感和热烈的愿望。

收入明显地增长、子女接受更优质的教育、个人发展平台的扩大，就是离开这里的绝对益处。经济、家庭、成长这三个因素都在干扰着他们，毛丹已经明显地感受到了她爸爸的意图，但是，她放不下明生，没有明生，她得到那些又有什么意义呢！

这年暑假，袁明生又教完一届毕业生。抛开学校里的嘈杂声后，他得以坐下来，想写点教育心得什么的。

袁明生翻看自己过去记录的教学日记，宛如珠玑一般叮当作响。他意识到，在这里教书的几年里，那些惶恐、诱惑，都迫使他成长。虽然一个人、一群人的想法和力量太渺小，什么也改变不了，但这些情绪是如此诚实、真切、不可消灭。他只有把他的学生培养好才是真正意义所在，其他的对他来说都是小事而已。他不再关注任何人的动态和评论，他得想尽一切办法调动学生的兴趣和积极性。而熟视无睹的人们看了，也会觉得疼痛。这种疼痛让明生的文字变得更深沉了，增添了新的信心，也反映了一种新的成熟。

这天，他似乎在网络上找到了读书"能治百病"的"处方"，便急忙用粉笔写在学校的黑板报上面。

长得太矮怎么办？读书。万般皆下品，唯有读书高。买不起房怎么办？读书。书中自有黄金屋。长得丑怎么办？读书。腹有诗书气自华！

内卷太厉害怎么办？读书。读书破万卷。不爱运动怎么办？读书。读万卷书，如同行万里路。单身怎么办？读书。书中自有颜如玉。想上天怎么办？读书。书籍是人类进步的阶梯。

不想读书怎么办？找君子谈话。听君一席话，胜读十年书。

第十一集
俊杰爱情多挫败　英才事业屡迎风

袁俊杰得知袁家岭发了大水，忙完手头紧要的事情后，他就跟郑师傅请假回了袁家岭。站在田头的小堤上，看到很多田埂被拉开口子，庄稼连同泥土被山洪卷走。即便是没有冲垮的田地，庄稼也被雨水打趴下。袁青山对他说，自家的屋没有倒就是万幸的了，还有北面山上的两分菜地，也是他们的命根子，平时一年的油盐花销，全靠卖这地里的菜来维持。还好，由于山地排水畅通，虽然地里也冲出了大大小小的水沟，但总算还留下一点的蔬菜。袁青山叹了声气，老天好歹还给咱留点活路，收拾收拾，去镇上多少还能换点米回来。

袁俊杰的父亲袁青山年轻的时候在空军部队当了几年警卫兵，复员之后，被分配在粮食部门，说来也怪，吃国家粮应该是轻轻松松的，可是他的身体就不知怎么的，不是这里疼就是那里痛。后来，他硬是要回家种田，回农村后，天天不是在田里就是在地里干活，从来没有闲着。嘿！那些不是腰疼就是腿痛的病都好了，从不说哪里痛了，好像他天生就是到农村干活的料。侯大娘一提起这事，就说袁青山就是这样的八字，一生的劳碌命。

袁青山自己他说认命了。你看原来多好的工作，就是因为自己小时候家里穷没有读过书——认得的几个字是在部队的夜校上学到的，所以工作起来就很吃力，虽没有做什么繁重的体力劳动，但是所有的事情都会让他很操心，他受不了。他愿意在农村种田，没办法，一年四季不是在水里就是在泥里，热天里汗流浃背，湿几身衣服都无所谓，冷天里手脚干裂得出血，他自己拿着胶布绑住就可以。

袁俊杰现在也是身强力壮、虎背熊腰的。俗话说："不用鱼，不用肉，米汤泡饭壮露露。"在农村，有饭吃就不错了，哪里在乎菜不菜的。煮饭的时候多放些水，开锅了把锅里的米汤倒出来后吃饭的时候泡饭吃，一般的农村孩子，就着这碗米汤也能吃下两三碗米饭。侯大娘身体好的时候，虽然家里并不富裕，但是一日三餐的油盐菜素从没少过，所以一家人都长得胖嘟嘟的，健健康康的。老两口一年四季就在菜园子里忙乎，但是，他们还是用最原始的种法，没有大棚，也没有反季节的技术，而且种的都是本地品种，所以价钱一直上不去。

老了自然不能出去打工了，又没有别的挣钱门路，种菜也算是他们没有办法的办法。他们在地边盖起了一间小房子，也好有个遮阳、避雨的地方。乡里人心善，或许上天和村民们都可怜他们，夜里，他们的菜园子没人看管，也从来没有丢过。白天，甚至还有人偷偷地帮忙把水给浇了，袁青山连人影都没有看到。原来山道虽不怎么好走，但是拉个三轮车，来来去去，也方便很多。这下不行了，山道被冲垮，就连去往镇上的道路也被冲得坑坑洼洼，很多地方干脆被拦腰截断。侯大娘在家里有些发愁，这地里的菜怎么才可以拿到镇上卖掉呢？袁青山说，没什么大不了的，那些年他什么力气没出过，小时候就跟着俊杰他爷爷去长阳，贩泡米糕，卖芋荷，都是天没亮就出发，担着挑子走几十里的山路也没见把人压坏。

袁青山对侯大娘说："把能卖的菜都摘了，我明天就担着挑子去镇上卖。"

第二天天不亮，袁青山就起来了，打着手电筒去山上把红薯、黄瓜、豆角、高笋等担回家，到家里再修整一下，把那些挖坏的或者看相不蛮好的分出来留给自己吃，把那些好看一点的装到箩筐挑着去镇上卖。还没吃午饭，袁青山就回来了，一身的泥巴，卷起裤腿，腿上划出几道血口，看样子他只怕不止摔了一跤。然而，袁青山的脸上却是满满的喜悦。进了屋，一边放下扁担，一边对陈大娘讲，不能停，吃过饭赶紧去把地里的菜全摘了，明天他还要去镇上卖。他告诉陈大娘，这下要发财了，他高兴得手舞足蹈。

"原来几毛钱一斤的黄瓜，现在都卖到五块了，西红柿也涨到十块一斤了。"

"关键是还没有多少卖家，都没有多少货。我一放下挑子，人们就围上来了，也不讲价钱了，说多少钱就给多少钱。"

"平时几毛钱一斤的菜，镇上那些人又是选又是拧的，小气得很！"

"看，这人啊，谁都有低头的时候。"

袁青山说个没完。

侯大娘问袁青山："镇上现在啥样子？"

"都上电视了，那些做生意的，商铺都被水淹了，看着让人心疼。"袁青山说，"水虽然退了，街道上却都不成样子了，到处都是深深的淤泥。"

"垃圾成堆，苍蝇乱飞，听说还冲走了几个人，天灾无情啊。不过人家就是受点损失也比咱日子好过，都是有钱人，哪像咱，没灾没难的日子都过不下去！"

侯大娘沉默着，不再说话。下午，袁青山又去山上把菜摘了，一点一点地背回来，整理好放在家里，等着明天一早担着去卖。侯大娘像是有什么心事，一直不怎么说话。晚上，躺在床上，她翻来翻去睡不着觉。袁青山问她："你在想啥呢，老婆子？今天赚到了钱，你不高兴啊？我回来到现在，咋就不见你说话？"一阵后，侯大娘慢慢地说："你觉得咱们这样做合适不？这点菜，虽然也说不上是发国难财，但是，这么大的灾难，有些人命都没了，你卖这样高的价算不算出卖良心？"

袁青山倒不这样认为。在他看来，一点蔬菜，就是涨点价钱，谁也都买得起。再说现在市场上没有多少菜可买，他们把菜送过去，就算是支援了。十几里的山路，肩膀都磨出了血疱，脚丫子硌出了血口子，这谁看得见？一年到头，他们能赚几个钱？孩子在家里忙里忙外的也赚不到多少钱。今年承包的田，天气不好，粮食打了水漂，那些买农药化肥的钱都没搞到。现在外头借着钱，他们要是攒点钱，还能帮帮自己的孩子啊！再说，侯大娘身体不好，一身的毛病，平日里药也没断，不赚钱谁给你药吃？这家都过成啥样子了，还想怎多干吗啊！

"哎……俗话说：'积德与儿孙，要广行方便。人到公门正好修，留些阴德在后头！'"侯大娘深深地叹了口气，"明天你担着挑子去。价格不要收高了，便宜一点吧！咱捐不了钱，就这点蔬菜，也算是为受灾的人尽点心意吧！"

袁青山说："我不同意！咱都是快六十岁的人了，这辈子就要完了，这干的啥事啊！自己都顾不了，还去顾别人？丢人不丢人！"侯大娘说："老头子啊，你也别难过，我知道都是我没本事，是我连累了你，让你跟着我受了一辈子的罪。可是，咱不能忘一个理儿，咱是国家的一分子，国家有了灾难，咱不能站在一边看，还说风凉话。灾难凝聚人心，越是这个时候，咱们国家的人，心越该拧在一起。其实，就咱这点东西，也没人往眼里看。但是咱的心意也不能没有，是吧？听我一次吧！别想着这点小钱了。你看，电视里的人说这里捐了多少、那里捐了多少的，明天你担着挑子去，让大家也吃上咱的便宜蔬菜。"

袁青山不再说什么。第二天，侯大娘早早地把饭做好。袁青山吃过饭，他对侯大娘说："卖那么便宜，还不如送给他们算了！"

"好啊！我举双手同意，就怕你不肯啦！"侯大娘高兴地说。

"什么肯不肯，前面卖了高价，送一回也没什么啦！"

"好啊！好啊！你去吧！"

"嗯嗯！"

袁青山挑上两筐满满的蔬菜就往镇上走，一路上他想着其实他早就想过要慰问慰问那些抗洪抢险的人民子弟兵和帮助他们挺过难关的朋友。想着想着，他觉得今天特别有意义，他的脚今天特别有劲。

下午五点多钟的时候，袁俊杰把今天要做完的事情都做完了，他端了一把椅子坐在门面的门口休息，他入迷地看着路上熙熙攘攘的人群和来来往往的车辆。这时，师娘走过来，跟他说有个住在对面的阿姨要给他介绍个女朋友，说是在超市上班，问俊杰要不要去看看。袁俊杰觉得有些不好意思，他只是点了点头然后笑了笑。虽然到了这个年龄段，但是袁俊杰觉得还是算了吧，他的条件太差了，原来在乡下相亲那么多次都没有成功。所以，他对师娘说的也不抱什么希望，只是出于礼貌而表达了对别人的感谢。

听者无心，说者有意。第二天的晚上，住在对面的任阿姨吃完晚饭就跑到郑师傅家来了，看见了袁俊杰就说起那个女孩子的情况。那个女孩子叫易铃，年龄与袁俊杰差不多，初中毕业后去了一家大型超市上班，做的是收银员，朝九晚五，每周有一天休息，工资也还算可以。家里也是农村的，如果他们两个人在一起谈得好的话，在不出意外的情况下，他们会走进婚姻的殿堂。

至于袁俊杰的家庭情况，任阿姨早就告诉她了，她家里人说不需要男方家里条件太好，只要男孩子勤快、懂事就好。任阿姨说她就是看到袁俊杰懂事和勤快才介绍他的，她觉得他们两个人在一起很般配，真的很好，如果得成功的话绝对是一对好夫妻。她告诉袁俊杰易铃在哪里上班，易铃的电话号码等，让他有空了就去看看她，说是要他们先谈，谈好以后，再由她来出面提亲，最后，她嘱咐袁俊杰一些事情就回家了。

偏偏这两天都很忙，袁俊杰本想去易铃上班的那个超市看看她到底长什么样，他好奇着呢，这是他头一回听见有女孩子不在乎他家里的条件，只要男孩听话，她什么都愿意。他的内心深处早就在想，城里的人好像与乡下人还是有点不同，俗话说"有福之人住街角，无福之人乡里落"，这城里人的一些想法和做法还是比乡下人开明。

第三天下午，郑师傅店铺里的事情不那么忙了，袁俊杰趁着郑师傅要他去街上买些配件的机会，偷偷地溜进易铃上班的超市。他担心自己的衣服脏，于是站在超市的门口，小声地问了超市的保安，才知道那个长相甜美、长头发、大眼睛，文文静静地在那个收银的柜台旁忙碌着的，就是易铃。

也许是生怕易铃发现他，袁俊杰看了她一眼就走了。

当任阿姨再次来到郑师傅的门面的时候，只是说："袁俊杰是个忠厚老实的人，而易铃也是个文静人，两人在一起就像两盏灯一样，彼此照耀着对方。两个人齐心协力地做个生意，以后的日子真的会越来越好呢！"

任阿姨曾问他："袁俊杰，你对易铃满意吗？"

他笑笑，没说"满意"，也没说"不满意"。也许他的微笑就算是他的答案。

任阿姨感到非常高兴，她好像看到袁俊杰对易铃很满意的样子，她的心别提有多么高兴了。

"俊杰，你也这么大了，有什么想法就说出来，没有什么不好意思的嘛！有时间多陪陪易铃，这样你们才会互相了解，感情才会稳定地发展，易铃是个好女孩。"任阿姨笑着对袁俊杰说。

"好的！"他答应着任阿姨。

机会来了。这天店里面没事，袁俊杰也得知易铃休息，他们约好了出去玩。一路上俊杰总感觉易铃像一块木头一样，他问一句她就回答一句，从不主动说一点事情，表明一下自己的观点和想法。中午时分，正在吃饭的袁俊杰想打破了这平静的气氛。

"好吃吗？"他看着给易铃点的辣椒炒肉问她。

"好吃。"她笑着说，右手拿着筷子，左手拿着勺子，认认真真地吃着饭。

从影院出来，袁俊杰问她："这电影好看吗？"

"好看。"她说，一双手还拿着没吃完的爆米花。

"那你喜欢什么呢？"袁俊杰又问她。

"你喜欢什么，我就喜欢什么。"她笑着说。

说实话，袁俊杰都不知道自己喜欢什么，他带她出来玩，是想让她高兴。她倒好，什么都不挑剔。袁俊杰总感觉，自己像领着一个孩子，给她买块糖，她就会跳着脚、拍着手，高高兴兴。

当然，这么说易铃有点过了，她不过对俊杰无欲无求罢了。但她并不傻，两人一起出去吃饭、看电影等，都是袁俊杰买单。有时，易铃也抢着买单，她说袁俊杰现在还没有多少工资，等他做生意的时候再买。

两个人就这样规规矩矩地在一起吃吃喝喝，玩了一天，他们也从来没有拉过手，他们就好像两个朋友一样友好地相处，完全没有男女朋友谈恋爱那种卿卿我我的感觉。

回来后，袁俊杰把和易铃的相处情况告诉了任阿姨。她大笑一声，对俊杰说："袁俊杰呀，易铃就是这样的性格，她做什么事情都很认真，等你和她熟悉了，也就习惯了。"

可真的是这样吗？

和易铃交往的时间越久，袁俊杰越感觉到不是任阿姨所说的那样。易铃的家虽然在农村，但是她爸爸妈妈说了，也得要求未来的女婿在城里有一套房子，这个要求就像一个炸雷一样让他从梦幻中清醒过来。他看惯这些人的要求，这能怪谁呢？是他自己忘了对自己的承诺，不挣到钱就不要找女朋友，要知道，没有事业什么都会成为空谈，爱情是这么美好，要想拥有就必须好好努力，只有这样才能够得到自己想要的生活，以后就不要东想西想了。

就这样，他们相处了几天以后，彼此的感情慢慢地淡了下来。易铃父母知道袁俊杰家的情况后，说啥也不同意，尽管任阿姨说女方长相还可以，男方也不错，他们都是出身农村，父母都是普普通通的农民，但相对比起女方优越的家境，男方的家寒酸得不成样子。加上袁俊杰也是知难而退，那次见面后，他们两人都是心知肚明，像井水与河水不相犯一样平静地告别。

难过一段时间后，袁俊杰安慰自己一定要振作起来，不能再让别人看不起，不能这么萎靡下去，让旁人看笑话，至于怎么样翻身，改变自己的命运，他的心里早就滋生的一个想法——决定像郑师傅一样开一家门店。这是他走进郑师傅家学艺的目的，现在是时候实现他的梦想了。

不知不觉间，袁俊杰在这里学艺已经有两年了。他也觉得大部分的事情自己都能单独完成了，于是他开始趁他出去安装的时候留意门面出租的地方，暗暗地选着门面，准备开店。这时候，他手里的现金不多，能看上的房子租不起，能租起的房子地理位置不好环境太差。他跑来跑去还是没有定下心来，恰巧有一间门面在一个小生活区的边上，因为经营不善向房东退租，刚刚在门口张贴了一张出租启事，价格还算便宜，袁俊杰没加思索，马上就拨打了上面的电话号码。

经过几次和郑师傅以及边上的人商量和再三考虑，袁俊杰最终盘下了这个面积只有十几平方米的小铺面。

与房东签好租房协议，交了钱后，看到店铺离郑师傅住的地方很远，骑自行车要半个小时，开店的时候正好是冬天，寒风凛冽，袁俊杰干脆就把自己在郑师傅家里的生活用品都搬过来了。是的，要做大事就要搬出来，这不就是他梦寐以求的事情吗？他激动的心情让他住进门面头两天晚上都没有睡好。是啊！要出人头地，改变自己的命运，实现自己的梦想，这一切都得靠这个门面，这是门面对于他的全部意义，对！他还得继续努力奋斗，想方设法把门面的生意做好，如果生意不好又何谈成功呢？

接下来就是买焊机等电动工具和做招牌等店里开业的事情了。除了自己在郑师傅那里存下的一点点工资积蓄，他再也没有什么地方来钱了，经过几天的花销，袁俊杰的口袋里面已经所剩无几了。

这时，袁青山得知在城里的儿子要开店子，而城里的房子租金不低，就决定卖掉乡下耕田的牛，尽全力支援儿子一把。当袁青山用一根扁担挑着米和青菜，带着卖牛款找到袁俊杰的店子时，袁俊杰激动得说不出话来。父亲一进店就迫不及待地把用报纸包着的三千块钱拿出来，递给他说："俊伢仔，听话你开店子没钱了，我和嗯里恩妈在屋里觉都睡不着，家里其他的东西也不值钱，想来想去只得把那条耕田的水牛买了，价格还好，卖了两千多块钱呢！加上你妈平时节省下的几百块钱，共凑齐这三千块钱就给你送来了，来，拿着吧！"

袁俊杰正要去接钱，但是他把伸去拿钱的手又缩了回来——这几乎就是父亲所有的财产啊，那条水牛没有了，以后家里的田地耕种都成了问题。他内心充满愧疚，他的眼睛早已经湿润，他赶紧装作若无其事的样子，说："好，等一下！嗯那嘎先坐，我去给你泡一盅茶！"

"好。"袁青山一边应着，递钱的那只手还是伸着没缩回来，"俊伢仔！你先把钱拿着。"

袁俊杰说："爸爸，你怎么把水牛卖了呢？以后怎么耕田呢？"

袁青山找了把椅子坐下，把钱放在边上的桌子上，接着袁俊杰端过来的茶，说："没事，以后要耕田我就去找人家换工，还可以帮别人看牛来换着牛用一用的。你放心，认认真真地做生意，家里都不用你操心。嗨！现在做生意的人多，不知道你能不能挣到钱喽！"

"应该是没问题的，爸爸，你看这个地方，这个门面的后面住了很多的人，右边还是一个很大的小区。"袁俊杰停了一下，他指了指对面的马路说，"对面也有一些单位，我觉得这个地方不错，应该有生意。"

"好的！你说可以就可以，我不会看，生意好就好！"袁青山喝了一口茶，然后站了起来，再次拿起那包着钱的报纸，递给袁俊杰，"你把钱拿着，不要掉了。"

袁俊杰这才一双手接着钱，说："好吧！嗯妈在家里还好吧？"

"好，好哦，她就是担心你呢，说你单枪匹马的一个人做生意，不容易。要我嘱咐你，一定要注意安全！"袁青山又喝了一口茶，"你妈常常在别人面前夸你呢，说你胆子大，一个人就敢开门面了，好多比你大的孩子都不敢。她就是怕你嘴边无毛，办事不牢，担心你太年轻，别人要嗯做了事不把钱嗯呢！"袁青山说完微微地笑了笑。

"怕什么，只要把别人的事情做好了，别人满意了不就给钱你了，给钱你了，你还怕什么呢！"袁俊杰斩钉截铁地说。

"你说的是，把事做好就是硬道理。不过，你一定要记得，不要跟别人闹矛盾！"袁青山担心地说，"你看你，一个人在城里，举目无亲的，真的是没有一个人能帮你呢。在咯里要注意和隔壁左右搞好关系，出门也好有个照应。"

"好，我晓得了。"袁俊杰站了起来，"爸爸，你就在店里坐一坐，快十二点钟了，我去菜市场买点菜回来做饭吃。"

"不用去了，你看，我不是带了菜来了吗？"

"不急，不急，生意好不啦？"

"有一点生意，刚开始嘛！还是慢慢来嘛！"

"刚开始也是咯，不过，做生意还是做人咯，把人做好了生意自然而然就会好起来的哈！"

"好，我晓得！"

"嗯里嗯妈常话，责人之心责己，恕己之心恕人。守口如瓶，防意如城。宁可人负我，切莫我负人。再三须谨慎，第一莫欺心！就是说，要嗯多注意自己的言行，不管是对别人还是对自己，都不要做违背良心的事情。"

"我晓得！"

"晓得就好！"

袁青山走到他放蛇皮袋的位置，一边解着扁担上的绳子一边说："米在这个袋子里面，你拿锅来装米吧！"

"哦，好！"袁俊杰应了一声后就找锅去了。

袁青山一边解绳子一边说："哎！正是千里送鹅毛，礼轻情谊重！这米在咯街上买不了多少钱，要是嗯里赚钱咯话，咯又值不了几个钱哦，嗯里嗯妈硬是要我多带一些，只是我实在拿不动了啊！"

"咯多，不有哒，走哒哦！"

原来家里多是母亲做主，也许是因为母亲读的书多一些吧，也许是因为倔强的父亲深深地爱着母亲，父亲遇到什么事情都先问问母亲的意见和建议，然后再做决定。而现在母亲病了，父亲是家里的顶梁柱，什么事情都由他说了算。

母亲原本想做的事情，却被他一口回绝了，他似乎尝到了说做就做和一手遮天的快乐。

母亲病了以后，除了做做家务事，其他事情都不管了，管也管不了。不过，父亲的事事关心，也让袁俊杰筋疲力尽，只要是袁俊杰要做的事情，父亲都尽量不要让母亲知道，用他自己的话说就是不让母亲操心。有时候，这让袁俊杰觉得父亲更像一个母亲。看到父亲在不停地洗锅、淘米、选菜，他感到现在的父亲温柔又体贴，细心又可爱——他完全变了一个模样。要知道，在自己小的时候，父亲对他一点都不关心，常常一问三不知，还闹过连自己孩子多大了都不知道的笑话呢。

袁青山一边说着一边走去了厨房。这是一间袁俊杰用三夹板和小木方钉起来的，也许是没有钉平稳，只要有东西挨到就会发出"嘣嘣"的声音来，固定在门面的最里面，隔出了一个一米见方的空间，除了放得下一个自己用木板做的切菜的案板外，里面还放了一个烧煤的炉子，放这两样东西后，厨房就只能一个人进进出出了。这几天俊杰挺忙的，为了省时省事，一个人也省得烧煤做饭，他就在外面吃油条米粉或者包子馒头充饥，还没有开火呢。看到爸爸在里面张罗着午饭，在厨房里面把那三夹板钉的隔墙弄得"嘣嘣"响，袁俊杰才想起来煤炉还没有燃好呢。他急忙往里面放些木材，用火柴点燃后，放了一盒藕煤进去，顿时，门面像发了大火一样，里面浓烟滚滚，他赶紧把煤炉提到店外面去了。

"怎么搞的呢？就这两只碗，连一张桌子都没有。"袁青山在厨房里自言自语，"早知道这些东西都没有，我就从家里带些来呀！你也没在电话里面说说。"

"就到外面的工作台上吃吧，我还来不及去买呢！"袁俊杰说完就出去了。

袁青山急忙喊住他："算了，你就买几只碗吃饭吧！其他的就不买，家里有呢，不要浪费钱了，我下次从乡下给你带过来吧！"

"好是好，只是大东西不好上车哦。"

"大东西就放到客车的顶上，冇问题的，我见过客车的顶上放过很多的东西呢，再说那衣柜和书桌也不是很大。"

父子俩的午饭特别简单，却吃得有滋有味。父亲袁青山跟袁俊杰说，他母亲侯大娘要他在外注意安全，注意提防小偷，俗话说："身稳嘴稳，处处好安生。"管好自己的一言一行。还说"君子爱财 取之有道；钱财如粪土，仁义值千金"，不要为了钱而去做一些不仁不义的事情。也不要轻易相信陌生人，俗话说："画皮画虎难画骨，知人知面不知心。"与人交往时，要小心，别上当受骗。

袁俊杰似乎从来都没有如此地感到父亲浓浓的爱意，他也从来没有看到父亲以母亲一样的口吻和他说话。父亲似乎突然变了模样，他仔细地看着父亲，不高的个子，一张布满皱纹的脸，一对深邃的眼睛和一双摸上去粗糙的大手，加上挑过担子的肩膀，这些构成了一幅冲击力十分强烈的画面，萦绕在他脑海里，久久不能散去。事实上，他与父亲的交流不算多。甚至，在某些时候他还有些讨厌父亲。在袁俊杰很小的时候，因为调皮，袁青山常常对他说，如果他不听话的话，就要把他送给别人。也不知道是真是假，反正在袁俊杰的内心深处，还是很计较父亲的这些行为。

其实袁俊杰是家里最小的孩子，一直也是受宠最多的。直到现在，袁俊杰才理解父亲。

袁青山在店里店外都仔仔细细地观看着，像是在欣赏自己的作品一样打量着这里的一切，不时地自言自语，说现在的社会越来越好了，什么东西都先进起来，什么工具他都觉得很古怪，有很多事情他都不懂，看到一些东西觉得奇怪也问袁俊杰。但是，他怕问多了烦人，没一会儿，他就跟袁俊杰说他要回去了。他担心着俊杰他妈妈一个人在家里呢，他还担心着猪栏里的猪，还有他每天都要看几遍的田和地。父亲说没来不知道，一来他吓一跳，袁俊杰这样有一顿没一顿的也不行。他问袁俊杰是不是也可以找个徒弟来学学手艺，这样还能帮衬帮衬，还可以招呼一下店子，不然他一出门，店内也没有一个人看着，不光接不到生意，而且店里面的东西没人看管。俊杰在边上点头答应着。

出发前，父亲又对他千叮万嘱：记得按时吃饭，不要熬夜，冷了要多穿衣服，热了就要换衣服，没衣服穿就买新衣服。生意不要急，万事开头难！相信自己能行的，要自信大方，不要畏手畏脚。虽然他知道父亲是出于好心，但是对于年轻的俊杰来说真的很啰唆、很烦。自己又不是三岁小孩了，还这样嘱咐！要知道，在父亲的眼里，孩子再大也是一个孩子。看到父亲站在门面前的路口不停地唠叨，袁俊杰让他放心地回去吧，父亲才恋恋不舍地离开。他看到父亲走几步就往回看一下，逐渐消失在人海中。

袁俊杰的门面在无声无息中已经开业了个把月，也许是因为他的门面是新开的，旁边的住户还不是很了解或是别的什么原因，尽管他天天守在店里，但是生意还是一点都不好。初次创业的袁俊杰压力山大，整天没心思吃喝，还常常听到在门窗行业里不断曝出某家卖门窗的店打算转让了，某家门窗店准备关店的消息。

袁俊杰不太在意，做生意有挣自然也就有亏。当听到一个从业十年的门窗同行正在转让出租，内心还是感到特别惆怅，好像也是向他敲响警钟。少了一位同行的朋友，有一种兔死狐悲的苍凉，也许哪一天，那个转行的人就是他自己。

做防盗门窗的生意看似赚钱，外界的人或许不大相信，但是这个行业里的人无不叫苦。

首先，养活一个门窗店很不容易。房租、工具、进货，进了大几千块钱的货放在店里，看上去只有一点点。

其次，一个技术娴熟的焊工起码需要两至三年时间的磨炼，钻研技术，积累经验。把一个店做大就更难了，需要不断积累客户。因为前期客户信任度低，生意少，是赚不到什么钱的，很多加入这一行业的人因为一段时间难以维持而又退出这一行业，开店一年半载就关门的大有人在，只有很少一部分能够坚持下来。

再次，防盗门窗行业因为搞的人多了，竞争激烈，早已进入了微利时代。虽然不知什么原因转让，但是赚钱少、经营困难却是事实。由于门窗行业入行门槛低，甚至有刚接触门窗行业一个月就想自立门户的人，鱼龙混杂，行业内竞争加剧，这就出现了有的门窗店恶意低价拉拢生意的行为。恶性低价竞争导致这个行业利润越来越低，在房租上涨、人工费用上涨、消费上涨的同时，对门窗人来讲，无异于雪上加霜。

从次，"顾客就是上帝"，这本来是商家的服务口号，却常常被顾客挂在嘴边，被理解成少花钱，甚至不花钱，还要多的服务的理由。什么你这儿贵了，哪里哪里卖得便宜，这也免费那也免费；还有什么下次一起算，我帮你多宣传宣传，多带几个客户就行了。顾客想方设法少花钱，甚至不给钱。店家又能怎么样？大多只能忍气吞声，忍受一肚子的辛酸。

最后，焊门窗是一项又苦又累的工作，没有节假日，没有固定作息时间，为了交货，有时候天不亮就得醒，夜里还要加班。做好的门窗安装起来也是一个很大的问题，也就是安全问题，有很多房子楼层很高，那安装起来就会相当危险，有些胆小的房东看都怕看。还有，顾客一个电话说有问题了，就得上门检查。我们之所以还要从事这项工作，也是为了养家糊口，就想多付出劳动多赚一些钱，也只有足够的收入和利润才是维持正常经营的保障，才能更好更长久地服务于广大买门窗装房子的用户。

可是，又有谁会理解你的想法呢？谁会来怜悯这个行业，怜悯你？

好久好久都没有接到生意了，为了排解心中的苦闷，袁俊杰出门散心。他漫不经心地走在大街上，心里想着未来的人生之路该怎么走，到底哪条路才是最适合自己的。想着想着，被一个骑着电动车的人打断了思路，那人说帮忙投个票，就可以领取一份奖。他出于好心，帮忙投完票后发现自己中奖了，中了一部 BP 机，紧接着他被领进一家店子，稀里糊涂地签了合约，花了一千多块钱买了一部 BP 机。

袁俊杰又在大街上漫不经心地走着，像是丢了魂似的。本来，他想把这部免费的 BP 机放到乡下的屋里，每次打电话找父母都是那么麻烦，都得先打电话给袁家岭的村支书袁长龙的家里，再由村支书家里的人喊他爸爸接电话，有时候村支书家里没有人，有时候他爸爸又没在家里，常常电话要打几次才接得到。父母的家里一没有电话二没有 BP 机，手机是想都不要想，那时候手机要上万元一个呢，整个长阳市都没有多少台手机。谁知，他又一次上当受骗了。他既气愤又懊悔。这下子父亲更加不可能原谅自己了，这些钱还是父亲卖掉了耕牛的钱呢！自己真是个废物。这下好了，生活还没有着落，又白白损失了一千多块钱。

袁俊杰走了好久好久。突然间，下起了毛毛细雨，他不理会，仍然在大街上走着。这时候，腰间的 BP 机响了起来，他看了一下，是袁家岭打来的。他先是一愣，父亲打电话来做什么？大概是问自己需要什么东西吧。要是让父亲知道自己白白没了一千多块钱，那后果不堪设想。这样想着，他索性不回电话，估计也就是要他在外注意安全，按时吃饭啊等鸡毛蒜皮的事情。

可是，BP 机刚停一会儿，又接着响了。有什么急事吗？他不耐烦地去电话亭拨通了电话，却发现听见的不是父亲的声音，正当他想问个究竟的时候，村支书焦急不安地对他说，他爸爸袁青山现在正在县人民医院抢救，接着村支书断断续续说了一段话，这话犹如晴天霹雳，震得他胸口发痛，脑袋一片空白。

父亲病危，因为遭遇车祸正在医院抢救。

袁俊杰怎么也想不到那辆天天往返于同一条路上的客车，突然就翻车了。开车的司机都十分老练，怎么可能发生车祸？那是什么原因引发车祸的？是自己害惨了父亲，要是他不要什么桌子椅子就好了，父亲也不会因此而出事故了。车翻到这么陡的坡下去了，现在还不知道父亲是死是活呢！

过去他不是想要摆脱对父亲的依赖吗？现在终于实现了。然而，他怎么也高兴不起来。想到以后再也没有父亲可以依赖，他才明白被父亲爱是多么珍贵的幸福的啊！他是多么后悔当初啊！他想起父亲说过，身为家里的长子，父亲毅然决然地扛起了家里的重担。而自幼娇生惯养的自己，能不能像父亲一样，担起家里的重担呢？今后的生活又该怎么办？店里的生意也不好。袁俊杰心中乱作一团麻，再回想起父亲往日的点点滴滴，不禁悲从中来，号啕大哭。这时候的毛毛细雨变成了倾盆大雨，和着泪水一起顺着他的脸颊滚落而下，让人分不清他脸上流淌的究竟是雨水还是泪水。

这真是祸不单行，由于母亲早年生病，家里找亲戚朋友借钱，可是还远远不够医药费。刚开始，母亲还能勉强下床，但由于缺少医药费，没得到更好的治疗，病情日益严重。现在还得为父亲凑钱治病，交警说了责任在客车运营公司，客车买是买了保险，但是现阶段都得受伤的乘客自己出钱治疗，等到结案之后才能赔付给他们。这一时半会的能到哪里去找这么多钱来呢？

袁俊杰曾经觉得自己是这世上最幸福的人——可爱的姐姐，慈祥的母亲，勤劳的父亲。虽然生活上不算富裕，但一家人其乐融融。他曾经也不相信意外会与自己碰个满怀。袁俊杰抑制不住情绪，攥紧了拳头捶打着自己的腿，这场意外让他连气都喘不过来了。现在父亲躺在病床上，母亲在乡下的老屋里，他还有什么心思去开店挣钱呢？

心力交瘁的袁俊杰心挂两头，幸亏有姐姐在医院里照顾父亲，可他已无心经营他的门店了。由于房租以及水电等每月的费用实在太多，除了生意的成本、店面的租金、经营的费用之后，所剩无几。之后和房东几次商量降低租金未果，实在支撑不下去，小店仅营业三个月就不得不关门了。

第十二集

无奈东窗霉运至　可叹窄屋祸端临

这天，袁炜与他父亲为了一点鸡毛蒜皮的事闹了起来。"你真的是坐一屁股的屎，不知屎臭呢！"袁望春指着袁炜的鼻子骂道，"袁家岭的人都知道你的婆娘不是干好事挣的钱，你不知道啊！你不要脸，我和嗯恩妈还要脸啦！"

"我知道哦！是的啦！是你的儿子没有卵用啦！"袁炜反驳说。

"你不要脸，我们还要脸啦。你妈妈出门都不好意思了哦！"

"好啦，好啦，你就不要羞辱他啦！"张四嫂在厨屋听见他们爷俩争得不可开交，生怕他们闹出什么事来，急忙跑过来说，"他还只是一个孩子，慢慢来嘛！你急什么呢？"

"我急什么？你看他多大了，二十几岁的人了，还是这样不知道天高地厚，天天云里雾里的，猪狗不如的家伙！"

"我知道你是看我不惯，看我挣不到钱，在屋里我是待不下去了，我早就不想待了。好吧！我走，我现在就走，你给我看好了，我踏出这个门，我就不回来！"

"炜伢仔！你不要走，你不要走！"张四嫂急忙上前拦着他说，"你不要生气，你爸爸说的都是气话哈！"

"知道，妈！这几天我也想过，我在屋里一没什么事做，二靠孙丽给点钱用，每天就是吃喝玩乐，无所事事，我也心烦。俗话说男儿志在四方，世上本来就有很多的路，不出去闯一闯怎么能找到自己的路呢？妈！你不要担心，你和爸爸好生在家吧，我收拾一下东西就去香洲了！"

袁炜说完就向他的房间走去。

袁望春大声地说："走就走，他不是走了几次哒吗？还不是回来了，说不定今天去明天回。有种就去混点名堂再回来，你有多大的能耐，我看着！没有卵用的东西！"说完把什么一甩就出门了。桃屋里只留下张四嫂在那里"呜呜"地哭泣着。

袁炜被他伢袁望春气得够呛，于是，他当夜出发了，搭上南下的火车，望着玻璃窗外的山、水、树木、房子，都是那样一股脑地被列车重重地甩在身后，此时前进的火车似乎是这样的无情无义啊！袁炜联想到自己，以后啊，自己也得像这火车一样为了自己的目标冲刺，做一个无情无义的人！不再顾及一切，没有一点成绩谁都不会给他面子，更被说尊严，就连自己的父亲都看不起自己！他看着玻璃窗外，伤心地流下泪来。自己此次是第二次南下了，如果他再一无所获的话，就只会沦为笑柄了。何况，现在的他在袁家岭已无立足之地，又有何颜面再回去呢？但是，袁家岭是他的故乡，那里有爹有妈有他的家，他能不回来吗，他能彻彻底底地与袁家岭断绝关系吗？

显然，这是不可能的。俗话说叶落归根，无论怎样，袁家岭都是他的故乡，是他最终的归宿。不过，不干出一番事业，他是无颜回去啊。此时的他就像是这趟飞速的火车，为了自己的目标，不管是山、水，还是树木、房子，对他来说都已不重要。俗话说：人无面树无皮，做一个无所作为、酒囊饭袋的人，又有什么意义呢？为了自己的目标和梦想，他得放弃面子，俗话说"舍得一生剐，皇帝老头也可拉下马"。突然，他的心里冒出一个念头：为了成功，他愿意付出一切，甚至是生命。这时，火车上广播开始播放那首《勇敢去闯》：

梦想之路／哪好走／处处碰壁／心不休／遇到挫折／不低头／勇敢面对／乐无忧／旁人笑我／太疯狂／不知困难／有几桩／心中信念／未曾忘／努力拼搏／有希望／梦想前方／充满光芒／向着目标／展翅翱翔／永不放弃／是我的信仰／乘风破浪／勇敢去闯／让梦想起航／追梦路上／跌跌撞撞／努力绽放／谁不受伤／

梦想之火/燃烧在胸膛/胜利在望/勇敢去闯/迎着风的方向……

第二天下午，袁炜到了香洲，他下了火车，来到孙丽的厂门口，只见大门紧闭，一问保安，才知道厂子关门的原因，原来由于厂里的订单越来越少，现在是上一天休一天的工作状态，看来是自己疏忽了，早打个电话给孙丽不就好了吗？于是，他急忙找了一个电话亭，跑进去拨通了孙丽的电话，在电话里，孙丽责备他为什么不提前告诉她，她现在有事，要他等一下，就来厂门口接他。

袁炜在马路边上足足等了两个小时，才等来了孙丽。只见孙丽风尘仆仆赶过来，说："怎么招呼都不打就来了呢？快，快点走吧，我把你送到房子里后，还有事呢！快！"

"好！"袁炜一边拿起行李一边说，"还不是出来找事做啦，屋里头又没事，还无聊得不行！"

"工作不好找哦！"

"你放心！这次就是再苦再累的活我也会做的！"

"好吧！"孙丽苦笑了一下。

"你在忙什么呢？厂里今天不是放假了吗？"袁炜问。

"是的，今天是放假哦！放假了要找点事做嘛，总不能坐在屋里啦！"

"哦！是的！你在做什么呢？"

"走，先回去，回去再说吧！"

"哦。"

袁炜跟着孙丽进了一个居民点后，不知道转了几条巷，拐了几个弯后，孙丽带他来到一栋房子的一楼。孙丽开门后把袁炜领了进去，说："你先休息一下，我没有下班呢，还要个把小时才回来哈！"

"好！"

袁炜看着孙丽走后，才把东西慢慢地放下，打量了一下这只有一间房的出租屋，除了一些简单的家具之外，没有什么电器之类的东西了。

到了该吃晚饭的时候，袁炜出门买了一点菜，做好了晚饭。孙丽不一会儿就回家了，吃完晚饭，他问孙丽自从他回袁家岭之后，过得怎么样，现在是做什么事情。孙丽回答他说，自从他走后，她就搬回了厂里面的宿舍住了，可是好景不长，从上个月起，厂里面的效益不好，不知道出于什么原因，厂里没有接到订单，所以厂里就只能做做停停的，刚开始厂里还提供一日三餐，后来干脆就不提供吃了，只可以住了。

人总不能饿肚子，后来她就出去找工作，找了几天也没有找到合适的事情做。后来在，看到一张招人启事，联系到了一个家政公司，他们招钟点工，她一想，也好，做事情按小时算也不错，还自由，有时间就做没时间就不做。今天她就去帮人搞卫生，所以很忙，大概做了4个小时吧，报酬是两百块钱。她觉得做家政服务员其实也蛮好的。不过，最近听说厂里来了一批订单，不知道是真是假。

说完自己的情况，孙丽话锋一转："听说你在屋里蛮不老实，是吧？你做的那些事儿别人可都告诉我了，是不是真的？到底是怎么回事？"袁炜急忙上前一把抱住孙丽，说："你不要听别人的，好不？你要相信我呀！"

"我是相信你啦，不然，我寄钱给你干吗？可是，别人都在说你不压斋！"

"我问你，你是相信别人说的还是相信我说的？如果你相信别人，我就不说了！"

"好吧！我相信你，你说吧。"

"说来话长，我刚回去的时候不正是双抢嘛，所以就很忙，我也没时间去想你。后来忙完了才发现，我一个人在家里待着，特别想你。你知道吗？我好无聊，于是就进了几次舞厅，就被人说闲话，不是说我这就说我那。我有什么办法，还不是想你惹的祸！"

"真的还是假的？你不要骗我。"

"骗你的是……"

孙丽急忙用手捂住袁炜的嘴巴！

袁炜急忙把她抱在怀里，亲着她的额头、眼睛、鼻子、嘴巴……

第二天，袁炜早早地起床，吃完早餐之后就去人才市场找事做去了。晚上回来的时候，他还买了几样好菜，晚餐得庆祝一下。他告诉孙丽，他找到了一份工作，是仓库管理员，下星期一就上班。孙丽说今天真的是好事成双，她也有一个好消息：一个姓王的老板要她天天晚上去做两个小时的家政服务，工资开出了每天两百块钱，离他们住的地方还不远，真的是好事成双啦！

大概是两个星期后的一天，孙丽去王老板家里做家政，五个多小时后才回家。她怕被袁炜发现什么，一回到出租屋里，就忙着收拾屋里的卫生，对袁炜都不敢直视，生怕他发现她今天所经历的一切。而她凌乱的头发和颓废的表情还是让袁炜有所觉察，在她经过袁炜身边的时候，袁炜一把拉住孙丽，问："孙丽，今天怎么这么难看呢？"

"哦，没有吧"孙丽紧张起来，她摸了几下自己的脸后，支支吾吾地说，"难看？我去照照镜子！"

孙丽紧张地向房间里的镜子走去，袁炜也跟着走去，这次他明显感觉孙丽与平时截然不同。他走进房间，看见孙丽在镜子前流下泪水，他顿时感觉出了问题，急忙上前问道："怎么哭了呢？到底出了什么事？"

看见袁炜来了，孙丽紧忙擦了两下眼泪，说："没事，没事！"

"不要再骗我了，孙丽，我知道你一定发生了什么事情。"

这时，孙丽站起来，她抱着袁炜的肩膀，哭着说："我，我，我对不起你啊。"

"没事的，说吧，到底发生了什么事？"

"王老头，他欺负我了……"

"啊！是那个老不死的家伙？"袁炜不相信自己的耳朵，他再一次向孙丽质问，

"那个王老头？"

孙丽背着袁炜点了点头。

"妈的！他怕是活得不耐烦了吧？"说完就把房门一摔，冲了出去。

这是已是晚七时许，王老汉听见有人敲门，便开门问："你找谁？"门外，一名高个平头男子用普通话问："这是王老板家吗？"

"是啊！你是？"

"哦！孙丽是在你这里做家政的吧？"

"是啊！"

"我是来找她说点事的。"

"她早就回去了！"

"没事，跟你说也是一样的。"

确认后，王老板把门打开了。袁炜二话不说，进屋后就一拳把刚才开门的王老汉打倒在地，随后一边使劲用脚踹一边骂道："你老不死的家伙，告诉你吧，我是她老公！你还老牛吃嫩草，你想死是吧？老子今天就送你上西天！"打得王老汉告饶才匆匆离去。

倒地的王老汉脸色惨白，浑身发抖，直冒冷汗。他知道这个打他的人是孙丽派来的或者是她请来的，他爬到电话机旁报警并打了120急救电话。

袁炜把王老汉打了一顿之后，仓皇而逃。想起他心爱的人被别人糟蹋，他的心里很不是滋味，他憎恨这个浑浊的世界，这个金钱至上的社会，他憎恨无能的自己，是自己的无能导致孙丽被别人伤害，如果自己能挣到钱，自己最爱的人也不至于被欺辱。他越想越觉得自己无用，甚至没有勇气面对现实中的一切。在路上跟跟跄跄地走着，他的内心深处的阴影如同夜色一样黑暗。他不想回家，不想面对孙丽，此时此刻，他觉得不是孙丽对不是自己，而是自己对不起孙丽，是自己的无能为力而造成的这一切。

经过一家饭馆的时候，袁炜感到有些口渴，他便走了进去，坐在一张桌子前，自己拿起杯子倒起茶来，当他把茶递到嘴边的时候，店里的服务员走过来说："你好！先生，你想吃点什么呢？"说完就向他递上菜单。

袁炜喝了一杯茶后，说："给我来一份辣椒炒肉，一瓶白酒，一碟花生米！"

一会儿后，服务员上了酒和菜，袁炜就一个人自斟自饮起来。

袁炜一直喝到了晚上九点多，饭馆里吃饭的人都离开了，只留下喝醉的他还坐在那里。这时候，服务员走过来说："先生，请问你吃完了吧？"

袁炜抬起头，用那双红红的眼睛看了看服务员后，点了几下头，意思是吃完了。

"请你买单后离开，好吗？"

袁炜又点了点头。

"先生，我们要打烊了！"

袁炜再次点了点头，他开始把手伸向兜里，不过，任凭他掏完衣服还是裤子，他都没掏出一元钱来。

服务员站在他面前看见他磨磨蹭蹭半天，也没有拿出一毛钱，于是说："没钱，怎么还好意思下馆子？"

袁炜听后，脸似乎更加红了，他口吃地说："没钱？你一个菜一瓶酒要这么多钱？黑……真黑！这是你们的价格过高！钱……钱没带够，现在老子要赊……账。"

袁炜的声音有点大，老板娘听后就走了过来，对袁炜说："你点菜的时候菜单上不是都标有价格吗？你如果钱不够，可以叫你的朋友过来帮忙付一下钱。不好意思，我们从来都不赊账的！"

"没……钱……不赊……也得赊。"袁炜说完话，一股浓浓的酒气向她们扑来。

眼看着时间已经不早了，老板娘着急打烊，就催促他赶紧付款，说："不要在这里耍脾气，休想在老娘的店里吃霸王餐！"

借着酒劲，袁炜指着老板娘的鼻子说："霸王餐？耍脾气？你算老几？老子今天就耍脾气，吃霸王餐，怎么啦？"

老板娘不甘示弱，就对他说："凭你这斤两，还吃霸王餐，也不撒泡尿照照镜子，别磨蹭了，再不付款就要打电话报警了。"

听到要报警，袁炜情绪突然激动起来，借着酒劲拿起桌上的酒瓶狠狠地砸向老板娘的头部。顿时，老板娘头上流着血，倒在地上。老板见状赶紧上前拉住袁炜，袁炜以为这个人也是来打他，也用桌上的菜碗向那个老板砸过去，于是，他们打在一起，现场一片混乱。

民警到场后，袁炜还未醒酒，仍然嚣张耍横，拒不配合调查。民警只好将其带至警车上，要受伤的老板和老板娘去医院检查和治疗后，上了警车往派出所开去。

在派出所里，袁炜慢慢地清醒过来，他知道，所有的事情都是自己一手造成的，一切都完了。他急忙从裤子口袋掏出来 BP 机，一看，没电了，他急忙请求一个看押他的民警借他的充电器用一下，那个民警从办公室的抽屉里拿出充电器给他的充好电后说："你赶快联系你的家人到派出所来配合我们的工作。"

袁炜说："我是来打工的，没有家人在这里。"

那个民警说："没有家人的话，亲戚和朋友也可以的，你不可能没有一个亲戚和朋友吧？"

"我才来十几天，朋友也没有。"袁炜小声说。

这时，派出所的副所长有事情推门进来，找该办案民警商量，当他听到袁炜的情况后，对照刚刚接到王老板报警的案子，发现这个刚刚抓获男人的与犯罪嫌疑人有很多相似之处，于是他立即对王老板的案子进行重新勘查。经过对现场遗留线索以及视频图像比对，民警发现嫌疑人的外貌特征与刚刚到案的袁炜极其相似，办案民警立即对袁炜某展开审讯。

在强大的审讯攻势及证据面前，袁炜交代了在王老板家里打人砸物的犯罪事实，至此，今天发生在该辖区的两件案子都成功告破。民警告诉袁炜，王老板被送往医院抢救后，医生表示，其体内大出血，脾脏破裂，必须切除。现在他得拿钱出来支付医院的医药费和补偿受害者的所有损失，以得到受害者的和解和原谅。不然，袁炜就会被受害者以故意伤害他人罪、损坏私人财产罪起诉他，那样的话就会坐牢，少则三年多则六年。

袁炜说："打餐馆的老板娘是我的错，好吧，我承认，那里损坏的东西我也应该赔。可是王老板呢，你们不知道吗？你们不去调查调查我为什么打他吗？他强奸了我老婆！他强奸了我老婆啊！他不该打吗？他还要我赔？赔什么？赔钱？那我又找谁赔？谁赔我？谁赔我？不赔我，餐馆老板娘我也不赔！"

案发后，袁炜非但没有认识到自己的错误，反而再三强调是餐馆的问题，觉得自己委屈，不断回避自己醉酒闹事后犯下的错误。他还理直气壮地说："我这种脾气冲的人，喝醉以后犯错是无法控制的，不会因为这次处理重一些以后就不再犯。王老板是罪有应得，之后只要他出来了，就会见一次打一次！"

袁炜在派出所待了两天，做了无数次笔录，其实这时他的心里已经很慌了。那时民警也对他说，他这个情况说不定几个月就放了，就算判，顶多也就几个月（后来想想都是宽慰人的话）。那时，袁炜天真地相信了他，签了字，做完了体检就被送进了看守所。到了看守所已经是下午五点多，经过几道门，他被带到了香洲市第二看守所，交给了值班警察，入所的时候在大门口也签字，看到了放风时间，以为和电视上看到的一样，所有人都会去到一个广场里散步或自由活动。但是，实际上并不是如此。值班警察把几个人分配到不同的号子，他们跟着他往前走，号子里面的人听到有动静，都趴着每个窗户直愣愣往外看。走到8号门的时候，管教干部打开了第一道门，所有人都会用看小羔羊的眼神看着你，一进去就会有人问你，因为什么罪进来的，哪里人之类的话。

这时候只听管教在小窗口吩咐号头检查衣服，有纽扣、拉链之类铁质的东西，都必须扔掉，最后只剩下一条三角裤。所有人齐刷刷地看着你，真的是让人无地自容。

有的眼镜被摘了下来，为什么不让戴眼镜？因为眼镜是金属框的，怕犯人掰断了在里面自残。

无论是冬天还是夏天，号头都会给你一个"见面礼"，让你抱头蹲在地上，把一桶冷水从头浇到尾，让你清晰地认识到自己来到了什么地方，挫挫每个新来的人的锐气。如果你有丝毫的反抗，就会遭到无情的毒打。

头两天晚上，袁炜怎么也睡不着，他好奇为什么有两个人也不睡觉，在那里站着。原来就是怕有人会自杀或者伤害他人等一些突发情况，里面的床铺就是那种大通铺，一个大平面，上面睡十二三个人，监室里号头的位置很大，还有一个被关了快四年的人，相当于老二，其他人都睡得很挤，下面的地板上也睡了很多人，两块瓷砖大小的位置要睡三四个人。记得关押人数最多的时候是7月份，一个号房里关了二十七八人，每个人都得侧着睡。袁炜第一晚睡在厕所旁边，最新进去的人睡在最差的位置，四个人睡一床被子，只能勉强躺下，双脚没有地方放，只能放在床板上，这样可以勉强地入睡。袁炜感觉睡了没多久就被人叫起来了。天还没有亮，睡在地上的人要先起来叠被子，叠成军队的那种豆腐块，叠好之后要放到墙壁上的洞里，每个角都要拂得平平整整。

之后就等待值班管教开第一道门，然后洗漱，洗漱完了七点左右就会有人来送餐，早上吃的就是一碗稀饭、一个鸡蛋。袁炜一个人吃了一份后，对那个狱警说没吃饱，那个狱警对他就是一警棍，说："没吃饱？没吃饱？这就是你吃饱了的原因！"

每天8点多钟开始，就是提审犯罪嫌疑人、开庭的时间。这时候楼道里就会有人喊："5号张某某开庭！""6号陆某某提审！"，等等。叫到开庭的，就会脱下囚服，换上自己准备好的衣服，很精神地去开庭。等他们走后不一会儿，换班的民警就开始点名了，楼道里会有人先喊"点名"。听到口令后，大家会迅速放下手中的活，在床沿跟地上两排坐好，等待点名。

等民警走到自己号子门口，把门打开，管纪律的会喊："起立，报数！"大家"1，2，3……"依次往下报。报完数，号头会说：报告干部，应到多少人，实到多少人，一人开庭，一人提审之类的。民警确认人数无误后，接着去下一个号子点名。这时候不可以乱动，还需要继续坐着，只有等民警点完名，返回途中走到窗口，管纪律的喊"放松"，这时候你才可以回到自己的位置。最后来的犯人打扫卫生，这是号子里面的规矩。袁炜把床板和地板都按照狱霸的要求，刷很多遍，还需要擦干水分。擦地的两个人，要先把抹布洗干净、挤干，叠成长条状，然后蹲着身子用手把整个号子的地面擦两遍，有些位置不好擦，或者擦不干净，那就得用自己的牙刷来擦，擦的时候要用力，姿势要规范，搞卫生也要抓紧时间。

中午11点就是放饭时间，两个塑料小盆，一个装饭，一个装白菜豆泡肉片汤，说是肉片，其实都是淋巴肉，用汤泡饭的话，会吃得快一点。新来的中午没有午觉睡，要值班，晚上也要值班，一天要值两个班。到了下午两点半的时候，简单地扫个地就可以了，之后就可以自由活动。四点左右就是锻炼时间，每个人都需要绕圈跑。在看守所里的那段时间，进去没多久的一些犯人的父母就会给他寄钱寄衣服等。在那里最需要的就是家里人写信、寄钱、寄衣服，还有偷偷地寄烟的，如果被发现了就会被没收。不过，还是有几个有关系的能够收到烟，收到家里的东西。收到的人会觉得很开心，觉得自己没有被放弃，还是有人惦记。

然而，这一切，袁炜只能眼睁睁地看着。

第十三集
明生初会岳家父　毛丹孕时表真心

这天上午，毛丹发现自己身体出现了一些异常反应，上课上着就好想呕吐，等到下课了，她就回到宿舍休息一下，并试着呕吐，但是又呕吐不出来任何东西。她躺在床上想着，自己最近食欲不振，例假也没有来，于是就去附近药店买了验孕纸，上厕所的时候一测，还真是怀孕了，测试纸上显示的是两条红杠，这个消息让毛丹真的是喜忧参半，喜的是她有了和明生爱的结晶，忧的是她父亲知道这个消息后的反应大概率就是大发雷霆。此时的她，心情真的很复杂，不管怎样，她得把这个消息告诉明生。

"什么！有了孩子！"袁明生听到消息很高兴，急忙放下手头上的事情，向毛丹走来，笑着说，"好的！好的！让我来摸一摸宝贝！"

"轻一点！"毛丹说。

"我知道！"明生一边说一边摸了摸毛丹的肚皮，摸了几下后又俯下身子把耳朵放在肚子上听了听。

"傻瓜！还早着呢！"毛丹笑着说。

"好！好！我马上就要有儿子了。"

"好啊！你也是一个重男轻女的家伙！"说完，毛丹用一个手指轻轻地戳了一下明生的头。

"哦！没有，没有啊！"明生才反应过来，"我又不是老人家，难道还有重男轻女的思想？我喜欢女孩呢，男孩太调皮了，是吧？"

毛丹没有作声，只是对他撇了一下嘴巴，微笑了一下后，哼出一声，表示她不相信。

随着肚子越来越大，大概是一个月后，毛丹怀着忐忑的心情，鼓起勇气给妈妈打了电话。为什么说要鼓起勇气？因为害怕失望，害怕得不到他们的支持和理解。当然，妈妈还是支持她的，主要是她爸爸反对。她一次次拿起电话又放下电话，一次又一次话到了嘴边却又没有说出来。终于，她决定在这个学期结束的时候，带上明生去一趟自己的家里，也不电话通知家里，她现在已经顾不上那么多了，就干脆给他们来个先斩后奏吧，这也是没有办法的办法吧！两年来，她觉得自己对不起明生，本来早就要带他回家见见父母的，都是因为自己固执的父亲，也许是她自己也没有勇气吧，然而，这次，她决定豁出去了。

暑假的一天，毛丹和袁明生坐上了去县城的客车。明生把平时攒下的好烟和好酒都带上了，他要好好孝敬自己的老丈人呢。毛丹在车上一直踌躇不安，这次回家连妈妈的招呼都没打。明生也不知道她的父母并不知道他们今天回家。不过，事已至此，她也只能硬着头皮往家里走去。

到了家里的楼下，她和明生停了下来。他们今天回家都没有通知家里一声呢，爸爸会不会在家，会不会因生气而闹得不开心呢？妈妈倒还好，她相信妈妈会支持和理解她的。于是，犹豫了好久的毛丹，终于决定上楼。她今天必须跟父母说了。若不是肚子眼见就要大起来，她倒打算继续住在外面，瞒着爸妈。

"叮咚，叮咚"，随着门铃响起，门也"哐当"一下被打开，"爸爸！"一看见爸爸，毛丹就急忙喊道。

"丹丹，丹丹回来了！"爸爸也是一脸的高兴。随即另在一个声音响起："叔叔好！"

毛爸爸这才发现外面还有人，于是，他把防盗门开到最大，看见明生后说："这是？"

"这是我男朋友明生！"

"毛叔叔，您好！"明生趁机又喊了一声。

毛爸爸顿时没有了笑容，说了一句"好"后就往屋里走去。

毛丹领着明生进屋后，明生看见毛爸爸在卧室里摆弄着一张桌子，于是他想去帮忙，他正往卧室里走去，看看有没有可以帮得上忙的。刚到门口还没进去，他就被出声制止，毛爸爸不让他进去，说里面没什么能让他做的，进去还会弄脏他卧室的地板。如果说进屋的时候有点冷漠的话，那么现在毛爸爸就有点刻薄了。他显然是针对我的，明生深深地吸一口气，正要转起离开时，毛妈妈从厨房里出来，惊叫起来："哟！丹丹！你们都来了！怎么招呼都不打一个呢？我好准备准备啊！"

"我想给你一个惊喜嘛！"丹丹笑了笑。

"这是袁明生！"丹丹向妈妈介绍。

她又向明生说："这是我妈妈！"

明生急忙喊："阿姨好！"

"好！好！丹丹的男朋友吧？好！坐！快坐！我就去泡茶！"

"我去做饭，你们先坐！"

妈妈激动得不得了，讲话都结巴起来，在家里忙来忙去的。

毛丹把明生领到客厅的沙发上坐下来。这时，毛爸爸对明生说："小伙子贵姓呀？"

"免贵，我姓袁！"明生说。

"哦！家里是种田的吧！"毛爸爸接着问。

毛丹听到爸爸的话觉得有点奇怪，于是她急忙说："爸爸！"

毛爸爸瞟了她一眼，意思是你别管。

"是的！是种田的！"袁明生说。

听到明生回答之后，毛爸爸又说："小袁，什么时候打算到城里来买房子呀？"

"爸爸！"丹丹听了感觉不舒服，她喊父亲。

毛爸爸还是瞟了她一眼。

"买房？暂时还没有这么多的钱。"袁明生说，过了一会儿，他又谦逊地说，"家里送我读书已经花了不少的钱，现在是无能为力了，所以我买房得靠自己。我想经过我和毛丹的共同努力，我们一定能在不久的将来到城里买一套属于我们自己的房子，叔叔您放心，一定会实现的！"

怕明生没有把话说好，明生说话的时候，毛丹一直用脚踢明生，要他注意一点，不要乱说话。但是，明生认为自己没有说错话，也不顾毛丹的提醒而对毛爸爸侃侃而谈。

"放心？我们就是对丹丹放心不下呀！小袁，毛丹跟你说了我们对你的要求没有？你们的自由恋爱，我们是同意的。只是你得在城里有房子以后才能够和丹丹结婚，这是我们最低的要求，你能做得到吗？"

"爸爸！你说什么呢？"毛丹打断了她爸爸的话，她接着说，"这些我还没有跟明生说呢！我都不急，你急什么呢？"

"哎哟！在吵什么呢？饭熟了，吃饭了！"毛妈妈走到他们的沙发后面说，"丹丹，来帮忙端菜！"

"好！"丹丹急忙答应着，然后拉起明生的手，把明生也从沙发上拉了起来，"走，帮我端菜去！"

"好！"明生说。

吃饭的时候，毛妈妈解下围裙出来招呼着毛丹他们吃饭。毛爸爸走到餐厅淡淡说了句："你们吃吧，我没有胃口，我不吃了，先去睡一会！"

说完他就转身去了卧室。丹丹说："爸爸！今天我们是头次吃饭呢。"毛爸爸头也没回："你们吃吧！"然后就闪身进了房间，

弄得毛妈妈有点尴尬，不知道怎么办。毛丹急忙解围说："没事，爸爸累了就让他睡一下吧。爸爸已经把明生当自己人才这么随便，我们先吃饭吧。"

毛妈妈和毛丹怕明生不放肆，一个劲地往明生碗里夹菜，这反而让明生觉得自己有点不好意思，他们都是匆匆忙忙地把饭吃完了。

在沙发与毛丹聊天的毛妈妈问她："丹丹，你们相处了多久了呀？"

"不久，就一年多！"

"一年多了！还不久？"

"一年多久吗？"毛丹有点不相信她妈妈的话，接着说，"有的同学都谈了几年了呢！"

"谈恋爱几年了还不结婚？那可不行！女孩子真的不能等太久的，那样只有女人吃亏的！"

"我知道！"

"小袁呀，如果你们结婚的话，你们家那边都是出多少彩礼的？"

明生说："哦，彩礼，这个我不是很清楚，一般是一万块钱吧。"

"你们在一起这么久了，要结婚就赶紧结吧，传出去我们家很没面子，彩礼我

这边也无所谓多少，只是没买新房子，你们到哪里结婚呢？"

"这个我们还没有想好呢！"

"如果没有地方的话，就到我们学校结婚吧。"毛丹说。

"到学校里结婚？"毛爸爸在他们沙发的后面大声喊道，他们三个人不约而同地转过头来看着毛爸爸，只见他接着说，"丹丹，你就到学校的宿舍里结婚？我就你一个孩子！你想我和你妈妈的感受没有？丹丹，如果你这样子一意孤行的话，我就当没有你这个女儿，我们毛家的面子真的是被你丢得干干净净了，你不要脸，我和你妈妈还要脸啦！"

"我哪有不要脸啦！在学校宿舍里结婚就是不要脸吗？"

"好啦好啦！不要争啦！这只是商量吗？"

"没有商量的余地，我不同意！坚决不同意！"

"我不管！"毛丹努力忍着眼泪，把头转了过去。

看见他们父女俩闹得不可开交，毛妈妈说："小袁，房子的话，你家里能不能出个首付，先买套商品房用来结婚。我们家也不要彩礼什么的，至于贷款嘛，你们两口子慢慢还也可以的，你认为呢？"

"好！阿姨！我和毛丹商量商量吧！"

"好，如此的话，就是最好不过的事情啊！"

"付个首付也得要十几万，我哪来那么多的钱呢？"毛丹撇了撇嘴说。

"慢慢来嘛！慢慢来嘛！"明生劝毛丹。

"小袁，今天我就跟你明说了吧，我们的毛丹，过两年就会调到城里来的，她去龙山小学是去镀金的。到时候，我会动用一切关系把她调来城里的。所以，这两年她只是暂时在那里上班。当然，我不是嫌弃你穷，我只有一个女儿，你是知道的，我们做父亲母亲的不想她一辈子吃苦受累。我们的祖祖辈辈都是农村人，我不会再让我们的下一代重回到粒粒皆辛苦的过去，你能明白我的意思吗？"

"叔叔，我明白您的意思。我的爸爸妈妈都是农村人，他们确实过着粒粒皆辛苦的生活。可是，我们从不欠别人任何人情，也不欠任何人的钱，我们有尊严地生活着。也许我们这样贫穷的家庭让你们城里人看不起，但是，我们也有自己的做人的原则，我们也有自己的尊严和面子。如果您觉得您的女儿嫁给我会让您颜面扫地，我会好好地考虑我和毛丹的爱情。不过，我还是想告诉您，我也深爱着毛丹！不管位置怎么样变化，也无论时间如何流逝，我无怨无悔，此心可照日月！"

"说得真好听！"毛爸爸毛丹说，"我差一点就被他的诗歌洗脑了！你呢？看样子中毒很深了。"说完，他向卧室走去，完后"砰"的一声把门关上。

原本是要在家里住一晚的，但是看样子是住不了了，毛丹过了一会儿就提出回学校，明生也只能按照毛丹的计划来，虽然毛妈妈真心实意地挽留，但他们还是踏上了回龙山小学的客车。

这天，毛丹在厨房一边做饭一边跟明生说道："明生，我们这孩子要还是不要？现在不能再等了，要是被同事们知道，我和你没结婚就怀了孩子，那我怎么见人？"

明生来到厨房说："我跟我爸妈说了，他们说这两天就来看我们呢！到时再看怎么安排吧！"

"他们怎么说？"

"我父母怎么说？他们可不像你的父母，你是知道的啦！嗯！有什么了不起的！"

"呃！我不允许你这样说我的爸爸妈妈！"

"我没说什么呀！是吧？"明生装作很委屈的样子，摆了摆手。

"这个星期天我还是回去一趟吧，现在我只能跟他们明说了。"

"明说什么？"

"我有孩子的事啦！"

"你还没有跟他们说吗？"

"是啊！我也不好意思嘛！现在必须得告诉他们了！"

"我还以为你爸爸妈妈早就知道了呢！"

"现在是生米煮成熟饭了，看他们怎么办！"

"不要再那样动不动就发脾气了，那样只会让他们担心的！"

"我知道的！"

这日，明生的妈妈打电话给他，说是这个周日她会和明生的爸爸一起来龙山小学看看已经怀孕的儿媳妇，说是准备了一些家里的土鸡和土鸡蛋，还有一些菜园里面的新鲜蔬菜。当明生问他的父亲忙不忙时，母亲告诉他，他的爸爸袁美庭天天在做事，有几个病人需要照顾。明生想着如果他们来龙山小学的话，也会耽误父亲，于是，他对母亲说，干脆就让他和毛丹回一趟袁家岭吧，也省得他们老人家在路上颠簸。母亲在电话里沉思了片刻后，同意了明生的主意，并说同时把你叔叔舅舅喊一起热闹热闹。明生高兴地说几声好。

周日，在去往袁家岭的路上，毛丹说要买些礼物送明生的父母。明生说不需要，都是自己人，没有必要花钱。后来毛丹还是去一家商店买了他父亲爱喝的老酒，来到明生家，家里好多人，大概把明生的七大姨八大姑都叫一起了。看见明生和毛丹来了，他们急忙出门迎了上来："明生来哒！"

"丹丹也来哒！"

"吴大姐，你的儿媳妇也来哒！"

"儿媳妇是叫丹丹吧？"

"哟！你们看，丹丹还知道他爸喜欢喝酒，还买了酒来哒！"

"是啊！这个儿媳妇真的不错，小小年纪就有孝心！"

陈大娘笑得合不拢嘴，急忙招呼着她坐下："有了好处呢！要慢一点，慢一点呀！"

"有了好处？哟！陈大娘，那得恭喜你呀！你要做奶奶哒！"

"好好好！托你们的福呢！"

"丹丹！快进屋里坐！"

“慢点！慢点！”

“好三点！”

“好三点！”

毛丹在这些亲戚的帮扶和拥簇之下进了桃屋，刚坐下，明生的七姑八姨们你一句我一句地与毛丹聊着：

“是什么时候怀上的呀？你妈妈也不说，我也好拿几个鸡蛋给你补补身体呀！”

“怀孕多长时间了？那些重的体力活可不能干了哈！一定要注意呀！”

“身体有没有什么反应呢？如果太难受了就得去找老医生看一下呀！”

“你们两个人都要知道，住的房子里面一不能钉钉子，二不能换门换窗呀！”

“我听说有了身孕了，电热毯也不能够睡，不知道有没有这回事？”

“哎哟！俗话说宁愿信其有不愿信其无，多注意一点总没有坏处啦！”

她们的那一句句的关心令毛丹深感自己被宠爱，她感觉无比幸福。她跟她们说不用担心，之前吃了将近一个月的安胎的中药，现在没有什么反应了，胎儿也发育正常，自己的胃口和食量都很好。尽管毛丹自己说得毫无压力，为了她的平安分娩，他们还是有各种各样的理由让她必须注意和重视起来。

“准生证办理了没有？”不知道是谁的一句话打断了谈话，乱哄哄的房间突然变得安静起来。

“还没有打结婚证呢！”毛丹回答她们。

“那什么时候办呢？好像是没有结婚证就办不到准生证吧？”随即就有人问她。

“什么是好像呢！就是办不到！”

“我和明生过几天就要打结婚证哒！”

“好好好！打了结婚证就得接客哒！”

“要的！要的！俗话说‘男大当婚，女大当嫁’，长大了也终究要成家的！”

“接客的时候，可要选个好日子，到时候我们都要早点来热闹热闹呀！”

“肯定！肯定的啦！”

“只是，我爸爸……”毛丹的话还没有说完就被从厨房里走来的陈大娘的话所打断，“丹丹，吃饭哒！走，你们都吃饭去！”

“好，好，好，我们洽饭切！”

她们走到厨房里面，被眼前满满的一桌菜所感动。明生的妈妈一个人在厨房忙碌了一早晨，一直忙到现在才做出这么丰盛的饭菜。

这么丰盛的接待，让毛丹有点受宠若惊，心里十分高兴。吃饭的时候，明生问为什么没有看到父亲，母亲说他去工地做事去了，本来昨天就请了假的，知道明生今天回来，他也好久没有见到明生了，想看看儿子，也想自己休息休息，可是昨天晚上又接到了工地上的电话，说是今天有事情必须要完成，所以他爸爸也必须去，不然就不能够完成任务，没办法，今天一早，他爸爸只好又去工地做事了。

下午三点多钟的时候，明生说要回学校了。吴凤仙又忙碌起来，她把早就准备好了的黑母鸡、鸡蛋、蔬菜、干菜都大包小包地提了出来。看到妈妈忙个不停，明生就上前去帮忙，他对母亲说，他准备与毛丹打结婚证的事情。吴凤仙当时就把他数落了一通，说人家姑娘的肚子里都有你的孩子了，我们怎么不同意结婚呢？这样对得起人家吗？孩子都几个月了，还得快一些才好呢！

明生问他爸爸袁美庭的意见，母亲说他也是同意的，他们感到难过的是，他们没有太多的钱给明生，家里大部分都要孩子们自己挣。明生说："你们不要难过，我这几年读的书花了家里不少的钱，怎么还有脸要家里出钱呢？自己也存了一点钱，虽然不多，但是他和毛丹省吃俭用，应该没有问题的。"母亲问他毛丹的父母怎么个要求。明生说下次再说吧，时间不早了，他得去搭车了，不然回学校太晚了不好，于是，明生和毛丹告别了吴凤仙。

随着自己的肚子越来越大，毛丹意识到如果不快点去家里拿出户口本办理结婚证的话，孩子的准生证就无法办理。于是，她跟明生商量，在这个周日，他们必须去一趟家里，把她的户口本拿来，然后抓紧时间把结婚证办了。

周日这天，毛丹和明生到了县城，明生因为办学校的事情而去了另外一个地方，毛丹就一个人回到家，找爸妈商量，说是爸妈，其实他们家就他老爸做主。毛丹见到坐在沙发上的父亲，怯懦地说道：

"爸，我要结婚了。"

"结婚？"

听到"结婚"两字，毛丹的爸爸像触电似的从沙发上蹦了起来吼道："你要跟那个穷小子结婚？你是不是有毛病啊？"

"我不管！"

"你不管是吧？好啊，你告诉我做什么？要钱？门儿都没有！"

"不要钱，就是，我结婚跟你说一下！"

"说一下，什么意思？我是不同意的，不是早给你说了吗？让你离那个姓袁的远一点，结婚我坚决不同意，我们家丢不起那个脸。"

毛丹的父亲是单位的领导，平时都是说一不二的，大男子主义比较严重，对于毛丹在龙山小学恋爱的事，一直持反对态度。

毛丹看到脾气爆炸了的父亲，害怕了，但又想到自己一天天大起来的肚子，她硬着头皮道：

"我怀了他的孩子！"

"什么？怀了孩子？你这个不争气的家伙，这怎么得了呢？你妈呢？让你妈来看看，来看看她把你惯成什么样了，你来看看啦！"

"我来了，我来了！怎么啦？"毛妈妈听到毛爸爸喊她，就急忙跑过来。

"你看这个不争气的家伙，这怎么得了呢？她怀孕了！"

"什么？怀孕了？"毛妈妈问毛丹。

"嗯！"

听到毛丹承认的时候，他收起了瞪得像铜铃般的眼睛，沉思了一下，说：

"这小子高啊！来了个先斩后奏，你以为这样我就会同意你们的婚事吗？我绝对不会!"

"多久了?"妈妈问她。

"几个月了!"

"妈妈,我的户口本呢?你把它给我一下,我要用!"

"你要户口本干吗?打结婚证啦?你这就跟他打结婚证?你真的是想好了嫁给他?告诉你,户口本我是不会给你的。"

"爸爸,你就答应我这一次好吗?"毛丹哭了起来,"从小到大,都是你说了算,让我做一次主都不行呀!难道你们不知道婚姻法保护结婚自由吗?"

"看样子你已经中毒不浅,好吧,既然木已成舟,还有我什么事呢?随便你们吧!我管不了了!"说完他走向卧室,"砰"的一声关上门。

望着爸爸绝情而去,现实果然没有让她意外,她再一次见证了自己父亲的那种高高在上的姿态。看来跟爸爸商量,基本上没法说好这个事,多么熟悉又令人讨厌至极的话,这种话毛丹的耳朵已经听了无数次了,她真想问问她到底是她爸爸的什么人,是女儿还是陌路人?

怎么每次有事跟他说,都是没法说?就是这对她来说最重要而又最美好的事情,也没法说明白,没法说下去。此时此刻,毛丹的心里太憋屈太难受了,原来从始至终自己都是家里的一个棋子,从小爸爸要她往东她就不能往西,要她学什么她就学什么,完全没有理由,如果非要找个理由,他就有一万个理由,就是把"为你好"说一万遍!处于领导地位的爸爸丝毫不容她反驳,妈妈也只是他忠实的下属,对他也是言听计从。

第十四集
俊杰父子情深厚　慧姝情侣爱棉柔

为了早些回去照顾父亲和母亲,袁俊杰把店里剩下的材料便宜变卖了,最后就只剩下一些工具和家什了,他找了一辆三轮车把它们都拉到了郑师傅家里。这些工具很重要,绝对不能搞丢了,他还得做生意的呢,他得靠它们东山再起呢,现在他得快一点处理完店子的事情,再去县城医院照顾他父亲袁青山。

那是一个天气阴沉的下午,乌云无情地填满整片天空,不露一丝缝隙。在去医院的路上就下起雨来,袁俊杰没有时间也没有心思拿一把雨伞,他急急忙忙地向医院赶去,从医院的大门口一直到里面的走廊都是令人不安的寂静。这时,袁俊杰看到的医院是安静的,没有平日里熙熙攘攘的人群,好像出了大事件。他感到格外危险和心慌,有时寂静里传来的声音很大很吵,因为他在认真查看着这些病房门上的号码,而他又很难把内心的声音赶出去。他抑制不住躁动的心情,他的嘴巴说着:

"316床，316床，这是316床啦！"他急迫地一边敲门一边透过病房门上的那块玻璃往里面瞄。

"你是谁？我不认识你，你找谁？"门突然被打开，里面有个阿姨犹豫着，在门口轻轻地对他说。

"哦！对不起，走错了，我找我爸，就是前两天乡里客车翻了的病人。"袁俊杰不好意思地对她说。

"翻车的病人？哦！我知道，听说他们全部被安排在三楼治疗。"

"好的，谢谢你了，这是316房吗？"袁俊杰转过头去，再一次看了看那贴在房门上的号码，很是怀疑地说着。

"这是二楼的3房16号床，你要找的只怕是三楼的16号房吧？"那个开门的阿姨把门打开后，走到走廊里四围望了望，然后说。

"哦！三楼16号房，只怕是我搞错了，谢谢您了！谢谢！"袁俊杰急忙往楼上跑去。

袁俊杰一跑到三楼，就看见他姐姐站在病房门口。"姐！"听到了袁俊杰喊他，她急忙转过身，迎上来："俊杰，你来哒！爸爸还没有醒过来呢！"只见大姐的双手握在一起，眼睛红红的。有点乱的头发有几根掉到她的脸上，她一说话，头发也跟着头移动了一下，脸上都是泪水的痕迹，看到她悲伤与操劳的样子，袁俊杰忍不住又问："现在怎么样了？"

"你进去看看吧"大姐轻轻地说，"还没有醒过来呢。"还没有说完，她的眼泪又流下来了。

此时袁俊杰的眼泪也是夺眶而出。他向病床看去，病房里静得吓人。刚走进去，就看到了躺在病床上的父亲。他紧闭着双眼，眉头也锁着，鼻子上插着吸氧的管子，手上也插满了输液管。皮肤不再是小麦色，而是蜡黄。平时瘦瘦的父亲这时显得更瘦了，他缩躺在医院的病床上，几乎看不到他的手和脚。袁俊杰只能用手摸到父亲那骨瘦如柴的手，握着父亲的手，他也没有反应，躺在那儿，房间是格外平静，父亲是病态的平静，连空气也变得平静，姐弟俩也是无助的平静，平静得可怕。姐弟流着眼泪坐在袁青山的病床边，平静地等待着上天的恩赐能够降临到这个伤心欲绝的家庭。

虽然袁青山没有醒过来，但他的药水一直都没有间断过，从来来往往的医生和护士口中了解到，病人的苏醒是有期限的，如果他父亲袁青山过几个小时还不醒过来的话就会出现大的意外，会非常危险。知道这个情况后，袁俊杰和大姐两个人轮班给袁青山的手和脚抚摸着，一边摸着父亲那骨瘦如柴的手，想到父亲的艰辛和不易，姐弟一起泪流满面，哭得一塌糊涂。

也许是苦人有天助，也许是姐弟俩的哭声感动了上天，这时袁青山突然醒了过来，他微微睁开了一下眼睛，又闭上了。姐弟俩看到后，喜出望外，凑到父亲身边，抑制着颤抖的声音激动地说："爸爸，您醒来啦！"

袁青山张了张嘴，眼睛没有睁开，似乎用力地要讲些什么。

"快！快！快去喊医生来！"袁俊杰猛然想起了，他飞快地起身离开喊医生去了。

当他和医生一起凑近时，袁青山用轻到几乎听不到的声音说："俊伢仔！生意要的吧？"

袁俊杰听到后，又惊又喜，他哭笑不得，还好父亲一直都是闭着眼睛，没有看到袁俊杰的面部表情。袁俊杰正要实话实说，旁边的大姐急忙上前拉了他一下，还把嘴巴放在俊杰的耳朵上，咕隆咕隆一阵后，袁俊杰点了点头，然后把嘴巴凑近袁青山说："生意蛮好，还请了一个师傅做事呢！"袁青山一动不动，好像还在等着他说话，袁俊杰就接着说："我和姐姐都在这里，细姐在嗯妈那里住，我的生意越来越好，有钱了，您不担心钱，放心养病！"

袁青山听到后，他的头动了几下，似乎是对袁俊杰的回应：那就好！那就好！

父母就是这样，努力用自己并不强壮的臂膀为儿女撑起一片天空，不愿让儿女受到一点委屈，宁愿自己吃亏也不让子女受罪，生怕自己的麻烦加重子女的负担，哪怕是在生死关头。袁俊杰各种情感涌上心头，却说不出一个字。他刚才说给父亲的话，都是假的，这些假话过去他从来都没有说过，今天，如果不是大姐的提醒，他会像竹筒倒豆子一样真实地回答父亲的问题，然而，这又有什么意义呢，那样不就加重了父亲的压力和痛苦吗？对病重中的父亲是一点都没有好处，还好大姐提醒他。不过，这在袁俊杰的心里面种下了一颗一定要成功的种子，在他的心里面，这颗种子无比重要，为了药费，为了父亲，为了自己……

有太多太多的"为了"，这些"为了"在他的心里胜过一切，甚至他的生命。

在医生的指导下，袁俊杰喂了几温口水给父亲。袁青山眼睛渐渐地睁开了，他慢慢地看了一下周围后又闭上眼睛，说："车上的桌子还在这里吧？不要弄丢了。"

想到躺在病床上的父亲还在担心着放在客车上面送给他店里用的桌椅，俊杰的泪又流下来了。袁青山的眼睛突然睁开了，他看见这孩子哭得像个泪人。

袁青山轻声地说："俊伢仔！哭什么？"父亲微笑着，他用手碰了一下俊杰的手说："我不是还是好好的吗？不要哭啊。"俊杰却分明看到了父亲眼角的泪水，他急忙去擦了擦父亲的泪水。父亲说："俊伢仔，你不要给自己太大的压力，生意的事慢慢来，一定要注意安全呀！我很欣赏你做事雷厉风行的魄力，你是我的骄傲！"

父亲不善言辞，虽然他们常年生活在一起，但是父亲今天的话语，他以往都没有听到过。

姐姐说，父亲受伤住院前，也和母亲在电话里提到他开店的事，父亲唠叨几句："好是好，就怕不安全呢。"

"希望俊伢仔不要给自己太大的压力。"

"都怪我们做大人的没用噢！"

"我里也只能看着，却帮不上半点忙！"

"这个倔强的孩子，希望菩萨保佑！"

像是商量，更像是安慰。听多了，便忽视了这话的分量。但此时，他的心却像刀割般痛。姐姐说的一字一句，都重重地撞击在他心底最柔软的地方，他一时竟不知如何回应，只是重重地点头，任凭泪水流淌。他看见父亲微笑着看着他，他的脸上暗淡无光，还有那深深的皱纹都反复提示他：父亲老了，父亲病了。但他的笑，他的抚摸，他的眼神却一次次让自己感受到父爱。

袁俊杰清晰地记得，就在他读小学的时候，与父亲为了一点小事发生争执而离家出走。十来岁的他，狂妄自大，总觉得自己已经是大人了，总不想按长辈的意愿去做，总想和长辈对着干。因此，他和父亲的关系紧张了不少，他常常与父亲发生争吵。有几次，父亲已经从房间里拿出了棍子，在他面前举得高高的，但父亲终究下不去手，把举得高高的棍子慢慢地放了下来。

有一次争吵让他再也无法忍受这个家。他迫切地想要逃离这里，逃离他的父亲。那天，他独自一人来到小山脚下。傍晚时分，乌云密布，几乎遮住了整个天空。雨下起来了，一滴一滴地打在柳树的枝条上，还有他的肩膀上。这时，他开始想家了，想他温馨的生活，想陪在母亲身边。回家后俊杰看到父亲像一个做错事的孩子一样泪汪汪地看着他，让他感觉无比愧疚和自责，都是自己不懂事，让本就年迈的父母伤心难过。

此刻，袁俊杰拉着父亲的手，看着他入睡，如同小时候父亲守着他入睡一样。顿时，袁俊杰信心满满，内心在暗暗加油：爸爸你放心吧！以后的事情我一定好好干，别担心我，前行的路上，有你们的爱，再大的压力我也不怕！

还好，袁青山在这次事故中没有生命危险，只是受了伤。在医院治疗期间，袁青山整天都在唉声叹气，嚷嚷着要回老家。在医院里面待了一个星期后，他不顾身上的伤还没有愈合，就带着还贴着纱布的伤口回到了袁家岭。

得知袁青山出院回来了，袁美庭和袁望春当天晚上就买了些水果来看望："山大哥，山大哥！好了蛮多了吧！"

"是咯，好了蛮多！嗯里哈来哒！"

"是咯，我里来看看山大哥！"

"哎！山大哥咯痛心份哦！听到话那辆出事的车，开车咯是个老司机，禾里出哒事咯啦？"

"哎，天有不测风云，人有旦夕福祸，是他咯命啰！"侯大娘说。

"还好，还好，冇出大事就好！"

"还好，只是伤哒点手脚！"

"美庭叔，望春叔，吴婶婶，张婶婶嗯那葛哈来哒！"袁俊杰给他们打招呼！

"俊伢仔，嗯快切泡茶！"侯大娘急忙吩咐。

"好嘞！"

"俊伢仔，嗯回来照顾嗯里伢，嗯咯店子禾里搞咯呢？"

"店子？店子冇搞哒哟！"

"店子禾里冇搞哒哒咯？生意好不啦？"

"生意也蕙好，主要是我里出哒咯事，所以就冇搞哒！"

"是咯，是咯，嗯里伢出哒咯咯事，嗯还禾里搞下切嘛！"

"哎，只要银好，俗话说：'留得五湖明月在，不愁无处下金钩！'"

"是咯，是咯！不急，不急！"

"只有嗯里明生好，告书，铁饭碗呐！"侯大娘说。

"好哦！明生他话当老师也亦恰亏哦！侯伯伯，嗯那嘎长期话咯儿孙自有儿孙福，莫为儿孙作马牛！随他里去吧！"

"是咯，俗话说条条蛇扰人，慢慢来吧！"

"现在只怕还不习惯，等他习惯哒就好哒咯！"张四嫂说。

"嗯里炜伢仔呢？冇出切啦？"袁青山躺在床上问。

"青山伯！炜伢仔出切哒，哎，咯伢仔不嬲塞哦！"袁望春说着叹气起来。

"禾里咯，咯伢仔听话咯啦？"

"听到话在香洲搞哒坏事，被抓起来哒！"

"么里，被抓起来哒！？嗯里切看他么啦？"

"看，谁切看，咯遥涂路远的，我里又一眼蒙生，冇人切哦！"张四嫂说。

"哎！咯禾里要的哦！"

"哎！有茶有酒多兄弟，急难何曾见一人！都是一些酒肉朋友，不要也好啊。"

"蒽听，反正就是蒽听，冇办法哦！"

"让他自生自灭吧！"

"哎！莫怨天来莫怨人，五行八字命生成！咯哈是他自己找咯，怪不得别人！"

"咯家伙，真的是百年成之不足，一旦败之有余！明知山有虎 偏向虎山行！香洲那咯地方嗯怕又有蛮好？话哒莫切莫切，话蒽听啦！随他在即里沉也好，浮也好……"袁望春气愤地说。

"嗯那嘎莫怪他，一哈是咯些狐朋狗友带坏咯，现在外边不嬲哉的年轻人又多？"吴凤仙说。

"是咯，俗话说行要好伴，坐要好凳！再要他莫跟咯样咯不三不四咯银要咯。"侯大娘说。

"话蒽听啦！嗯要他话得听就好哒哟！"张四嫂叹道。

"随他，咯哈是他自作自受咯，犯了错误就要接受惩罚，我里切看也只是能看一哈，有么里用！"

……

袁青山经过两个月静养，慢慢能够下床，能够下地干活了。随着父亲的好转，加之又过了农忙季节，袁俊杰在家能做的事情越来越少了，尽管母亲在边上劝他不要过于性急，命里有时终须有，命里无时莫强求。但是，他愈来愈感觉到人最大的危险就是无聊和无所事事。接下来没有什么事情的时间里，袁俊杰空虚得快窒息了，在这毫无希望的日子里，他觉得一切都是这样毫无意义。对于这么空闲的日子，袁俊杰反而不习惯了。

正好，第二天上午，郑师傅打电话来了，说是他接了一个活，事情比较多，要很久才能做完，为问他能不能帮忙弄一下，郑师傅还是按天给他发工资。袁俊杰正愁着没事做呢，在电话里就答应郑师傅了，明天早上就去帮忙。

现实的生活让袁俊杰在社会上寻找着自己的位置，在与社会一次次的交手中，了解这个社会，也进一步地了解自己。了解社会的法则，了解自己的能与不能。在原本的人生道路上受了挫折以后，只要不放弃，就一定会东山再起。也许对袁俊杰来说，成功的唯一出路就是去做生意，可是，现在对于刚刚经历初次失败的他来说，要想从头再来，就必须准备本钱，俗话说"穷得没屁打"，是啊！打个屁都要本呢。现在他的目的就是挣钱，等他挣足了本钱，才有成功的机会，才有成功的可能。

第二天一大早，袁俊杰就搭车进城了，为了讨得师娘的喜欢，还带去了他伢袁青山种的黄瓜、豆角、茄子等，装了满满的一蛇皮袋子。一到店里，他就跟着郑师傅做起事来。袁俊杰得知郑师傅这次接的业务大部分是玻璃，他在一旁认真地看着，他感觉到很好奇，只见郑师傅拿着一把划玻璃的刀子，转尺在玻璃上量好以后，用一把一米长的木尺比好后，只见郑师傅用手中的玻璃刀挨着木尺"吱"的一声划下，然后拖到桌子的边缘，把玻璃往下轻轻地一折，玻璃就沿着玻璃刀划下的痕迹"嘣"的一声断裂了。

郑师傅说刚开始俊杰就做他的下手，熟悉熟悉玻璃的特性和找到使用玻璃刀时的感觉，先学学看看，过两天再划玻璃。兴趣是最好的老师，他对这个能划玻璃的玻璃刀好奇不已，郑师傅告诉他，这玻璃刀很昂贵，它是用金刚石制成的。他越来越觉得这个刀子很神奇，俗话说"艺不占身"，学门新的手艺总没有坏处，甚至，他以后还得靠它挣大钱呢。于是，只要他有空闲就捡起地上的废玻璃，在郑师傅的指导下用木尺按好不动，用玻璃刀子划，蘸上煤油，刀子在玻璃上走，发出"吱吱"的声音，划了几次之后，听声音也就知道这块玻璃划得好不好了。煤油渗到玻璃划痕里，玻璃的断口就有了清晰的切面，把玻璃轻轻一掰，"当"的一声，很清脆的声响，玻璃就被切割出来。划玻璃的时候，郑师傅说最好不要中断，因为一中断，刀走出来的痕迹也可能会断线，这一断线，可能把整块玻璃划浪费掉。袁俊杰试了很多遍，终于找到了规律。所以，划玻璃，都是一划到底、一气呵成。

郑师傅的手艺还是精一些。每次都是整整齐齐的，几乎没有浪费一块玻璃，所以，一旦有业务，主要还是由郑师傅来划。

有时候，玻璃尺寸小，或者郑师傅心血来潮，会把米尺交给俊杰，说"这个你来吧"。俊杰就很紧张，略一定神，也差不多一气呵成地跑它一刀子。有时候，他也能划好，划好了，"当"的一声，掰出来的玻璃整整齐齐，心里就特满意，特有成就感。有时候，却将玻璃划坏，玻璃掰出来的线走样了，他特别心疼浪费掉的钱财。每当俊杰把玻璃划坏了的时候，自己先是愧疚地摇头，师娘就会站着不动，一声不吭地看着，顿时就会露出难看的脸色。郑师傅却总是一笑，伸手拿过俊杰的木尺，说："没事！还是让我来吧！"

经过一个多月的时间，郑师傅的业务完满地结束了，俊杰对玻璃也有了一个新的认识。郑师傅看到俊杰是一个吃苦耐劳的孩子，就在一天夜里跟袁俊杰说："俊伢仔，我这个业务做完了的话，你接下来怎么打算呢？"

袁俊杰说："师傅！我还是想开店子。"

"你不是刚刚亏了吗？还想开啊？"

"是的，师傅。我算了一下，我上次搞的那个门面没有亏。"袁俊杰苦笑了一下！

"要得，开店子也好！俗话说'要得发，先打塌'，经验是一点一点积累的，你准备什么时候开店子呢？"

"师傅，不瞒您说，我现在还缺钱，上次开店不成功的原因之一，我觉得还是店里没有货，如果店里有货的话，客户能看得到材料，他们就能明明白白地消费，毫无后顾之忧。！"

"你说的是，你也学会了划玻璃，我相信你又多了一点成功的机会。"

"这一切都得谢谢郑师傅！"

"这样吧，这段时间我也很忙，要不，你就留下来帮我做两个月事，我还是按月给你工资，到那时，你开店的本钱就会差不多了，主要是再过两个月就是旺季，到时候你开店的胜算也大一些，你看怎么样？"郑师傅诚恳地说，

袁俊杰对于这突然的好意，不知所措。郑师傅正等着他的回答，他连忙说："好的！好的！师傅，我听您的安排！"

两个月后，袁俊杰在一个学校的边上租了一个十几个平方米的小店面，他几乎是做了破釜沉舟的打算，他押上了所有，他不光经营原来的防盗门窗的生意，还将增加配划玻璃等他最新学到的手艺，对于店里的各个环节都深思熟虑之后才做的决定，大有不成功便成仁的感觉，连店子的名字他都起了好几个，如"兴隆""旺发""满堂红""鸿盛达""新艺高"等，到最后他却起了一个"源泉装饰部"的名字，他说这个名字好一些，低调又不失优雅，希望这个店子能给予他源源不断的生意和取之不尽的财富。他太渴望成功了，真的，他已经做好了拼命的准备。

还得找个徒弟，这个配划玻璃生意一个人是很难做好的。因为，整版的玻璃要两个人才抬得上桌。恰好袁家岭的袁经那个时候也是二十多岁，比袁俊杰小两岁。他也是在原先的道路上看不到未来，也在探索着新的生活。

袁经不懂装饰这一行，只知道，这个店在学校的另一头，原本只有一家，俊杰的店虽然小，实力也不够，好歹也是第二家。建议袁经做这一行的亲戚们都说这行挣钱，他们也许是听到别人这样说才跟着说的。袁俊杰可是亲眼看着郑师傅每次结账的时候都是数着大把大把的红票子，他做梦都想着自己有一天也像郑师傅那样大把大把地数着钞票。

袁俊杰把钱凑到一起，也有五千多，因为上次开店的时候就购买了那些必须要用的电动工具，所以现在也不需要再购买了，这样也能够节省不少钱，除了一部分留作流动资金之外，他用一部分进了钢材等材料，还进了一三轮车玻璃来，有海水兰的，也有白玻璃。海水兰玻璃的有好的和差的两种，差的玻璃上面有点气泡。白

玻璃也是这样。

就这样，袁俊杰的店子就悄然开业了，货也进了，自然就要努力把生意做好。袁俊杰鼓起了巨大的勇气和信心。

有一次，袁俊杰没在，一个顾客进店来配划一块玻璃，进门就说："划一块玻璃，要划圆，因为安装油烟机是需要圆孔的，一般也就十六厘米的直径。你能划好吗?"

袁经大声说："没有问题!"谈好价格后，他拿起玻璃刀子，尝试了好多次，但没有成功。

正当客户要走的时候，袁俊杰回来了，他知道客户的需求后，微微一笑，拿起来划玻璃的圆规，固定住圆心，调整好尺寸，在刀头上蘸上煤油，"吱吱"有声地一旋，旋出一个圆来。然后轻轻地在圆上敲打，当然是在反面敲，将玻璃沿着这个圆敲出了切痕。又在圆中用小玻璃刀子划上横横竖竖的好多道线，又在反面敲。敲着敲着，打着打着，就将玻璃渣子一颗颗打了下来。

袁俊杰的技术娴熟，看得袁经羡慕得很。

客户走后，袁经也不服输，又在废玻璃上试了几次，还是没有划好，最后，也只好作罢了。

开店的头几天，都是没有生意的。第一次接到单子，还是在开业好几天以后。那天，一个微胖的中年人找到俊杰，要他帮他换玻璃。他带着袁俊杰七拐八拐，来到一座老房子里，打开门，指着老式窗子的一块烂玻璃说："就是这一块了!"袁俊杰心里有些失望，但是，这毕竟这是开张啊。于是，袁俊杰二话不说，就上去量尺寸。

他现在还清晰地记得当时量尺寸的情形。袁俊杰一手拉开钢卷尺报数字，一手摊开本子做记录。一横一竖两个尺寸，生怕记错。他将尺寸写完以后，他还是不放心，又拿起钢卷尺核对了一下。中年人要他报一个价。他不敢报太高，怕把客户吓走，就想了想，说："二十块钱!"

客户答应后，他回去划好玻璃，买好钉子，由于这块玻璃不好安装，袁俊杰给他装了两个小时。安装完之后，对方很高兴地给了他二十元钱，他说了好多声谢谢，又高高兴兴地回去了。

毕竟这里离家乡袁家岭不远，袁俊杰跟一些顾客唠嗑，常常唠到他们老家都是一个地方，有时候老乡也关照一下他的生意，加上他开业时还在门面挂了一条开业酬宾的活动横幅，慢慢地，生意多了起来。刚创业那会儿是真苦，生怕没有生意，好不容易有了生意，又担心制作不好而失去了客户，所以袁俊杰常常瞒着家人加班加点地制作防盗窗，几乎没睡过觉。当时，他和袁经常常搞得腰酸腿疼。那时候，他们毕竟年轻，不管白天怎么累，晚上好好地睡一觉醒来后，他们依然干劲十足，没有一点疲惫，第二天接着干。

生意这玩意真的是太不好琢磨了，有时候一天让袁俊杰接几个单，有时候又几天都没有接一个单。没有生意的时候，袁俊杰担心这生意三天打鱼两天晒网的，生怕挣不到钱又得关门，干了一段时间发现光会干活儿不行，还得有人跑业务。于是，俊杰白天没事的时候跑业务，安装防盗窗，晚上加班制作。

随着生意越来越好，他们俩更加忙碌了，晚上12点之前几乎没有睡过觉。接的好多活儿都是挨着他的门面附近的，远点的地方他骑着单车来回跑。每天早上5点多就开始起床，安装完才往店里走，有时候一直忙到晚上10点多才往家回。一般他们接到订单后都是赶在一天时间里做好，哪怕是加班到半夜一两点也得干完活儿，因为第二天他们就要上门去安装，"不敢耽误啊，有时候活儿多就找村里人会做的帮几天的忙，一起来干，干一天给人家开一天的工资"。

为了省钱，袁俊杰一般在外面安装的时候，中午不吃饭，就到一般的包子店买两个包子或馒头充饥，也有好心的东家和业主给他点外卖或喊他吃饭，一般都是晚上到家后再吃饭。

干活仔细的话就会赢来好口碑，老客户也会主动介绍新客户，袁俊杰不光负责跑业务，还要上门量尺寸，还得负责制作和安装防盗窗。袁经没上过几年学，之前也没有接触过测量。"我学了一个月才能看懂这把尺。"袁经开玩笑说，刚开始他根本分不清楚厘米和毫米，因此错了好几次。觉得自己学会后，袁经第一次上门量尺寸的时候，全部量错了，做好的防盗窗也作废了。之后，都是袁俊杰去量尺寸的，量的时候袁经在旁边认真地看着，看得多了也就看出了门道，慢慢也成了量门窗尺寸的行家里手。

为了拓展业务，袁俊杰中午也舍不得休息，知道哪个小区交房了，装修的人多，就挨家挨户去发名片。经过这几个月的奋斗，他们已经有了稳定的客户。袁俊杰虽然不爱说话，但干活儿仔细，口碑不错，很多老客户主动介绍新客户。

由于所量的尺寸较多，加之每家每户的尺寸都是不同的，袁俊杰就买了一个笔记本做记录，这上面记得清清楚楚，哪家要做多大的防盗窗、什么样式等信息都有。记得到去一位客户家量尺寸时，看见一位大爷找人修改售货架，袁俊杰看见了直接帮他修改了，他硬是给他钱，他没有收。让他感到意外的是，这位大爷第二天送来两箱小面包。

"你看这些好友都是原来的客户，现在都成了我的朋友，他们的朋友需要装防盗窗，他们都会推荐我。"袁俊杰的手机上记录着创业以来所积累的客户，正是有了这些暖心朋友，他们的路才越走越宽。

一天上午，店里来了两个女人，在交谈中得知，她们中的年龄大的那个女人是老板，年龄小的是一个员工，年龄大的女人姓赵，年龄小点的姓方。经过了解，赵老板其实也是袁俊杰的同乡。赵老板说，除了要做一些镜框，还有其他很多东西要做，如果他能做的话，可以到他们店里去量量尺寸，还说，她的店里也可以向袁俊杰提供打字的服务。

其实，袁俊杰的店里也可以去接这种业务。这时袁俊杰也刚好有一个横幅要做，横幅要打字，除此之外，刻字、招牌、灯箱、丝印等都要用上打字和复印。于是，袁俊杰说明天就去赵老板的店里量尺寸和打一些字。

第二天上午，袁俊杰到了赵老板的店里的时候，赵老板没在店里，只有那个员工小方在店里。小方说她都知道要做的事情，说完就和袁俊杰谈起要做的尺寸和数量，还有其他的材质的要求等等。忙着忙着，赵老板回来了，她对袁俊说："不急不急，慢慢来，俊杰，就到这里吃饭哈，今天中午有菜。"

　　袁俊杰说："不了，谢谢赵老板，我还得回去店里呢！"

　　赵老板有点急了："去店里干吗，你那个徒弟不在店里面吗？一餐饭不去没事的！"

　　他有点不好意思地说："这初来乍到的，我也没带点东西来，不好意思麻烦你们呢！"

　　"这有什么不好意思的呢？来，你过来一下！"赵老板一边说一边向他使眼色，要他过去一点，离赵老板近一点再说。

　　这时小方正在电脑前全神贯注地打着字，赵老板把嘴巴放在袁俊杰的耳朵旁说："我们去那边说一下话吧！"

　　他们走了几步，赵老板说："小袁，有没有结婚啊？你成家了吗？有没有女朋友？"

　　袁俊杰轻轻地笑了一下，说："还没有呢！"

　　赵老板异常兴奋起来，她瞄了一下那个正在打字的小方，说："这个女孩怎么样？她叫方丽，她的年龄与你差不多，性格也好，又老实又勤快！"

　　袁俊杰只能点头微笑着。

　　赵老板说："你们自己谈吧，多了解了解。哦！我店里那些要做的东西的尺寸呀什么的，你都知道了吗？"

　　袁俊杰说："还没有呢！"

　　随即，赵老板就跟小方打了招呼，要她配合袁俊杰把没有弄清的问题弄清楚，她回家里做饭去了。小方应了一声后，又转过来嘱咐袁俊杰一定要到她这里吃饭了再回去，得到袁俊的同意后，赵老板才转身离开。

　　中午在赵老板的家里吃饭，确实是些不习惯，这些城里人用的东西跟他这个乡里人都不一样，其他的不说，就那个吃饭的碗，端在手里，一点点大，袁俊杰几乎一口可以吃一碗，他不知道如何是好。好吧！那就多吃点菜吧，但是对于这个乡下人来说，光吃菜也吃不惯，好在小方看出了他的尴尬，她跑到厨房里拿了一个大一点的碗，盛好饭后递给袁俊杰。他笑了笑，不好意思地接过。

　　饭后，袁俊杰打完字就回去了。第二天，那个小方又跑到袁俊杰的店里来，说要他划个玻璃。第三天，小方又跑来说急着要那个卡片，还有其他的一些事情，提醒袁俊杰注意一下。

　　通过这些鸡毛蒜皮的小事，袁俊杰明显地感觉小方很担心自己。这时，已是中午时分了，看到他们忙这忙那的，小方提出中午她想给袁俊杰他们做饭吃。他习惯性地说了一声好后，小方就不见了。一会儿后，袁俊杰才看见小方从菜市场买了菜回来，在厨房里做饭呢。小方很熟练地动起手来，袁俊杰第一次吃到一个女人为他所做的饭菜，吃时他感到无比幸福和快乐。

这时，袁俊杰在店里坐立不安，当他真的在乎一个人，不管多么微不足道的小细节，也变得重要起来。因为爱，所以在乎，因为重要，所以爱。爱情就是这样，没什么道理可讲，你最想给的，却不是他想要的；纵然你有万千优点，他只贪恋另一人的缺点。在袁俊杰的眼里，小方就是一个完美的女人，他能有什么要求呢？有一个女人喜欢他就不错了，现在他还在担心，若是小方知道了他的家里的情况，她还会这样爱她吗？

这是一个他自己都不想去面对的问题，何况别人呢！不过这些事情都是他无法改变的，如果可以重新选择，谁都愿意自己出自豪门，所以袁俊杰那种发自内心的强烈的自卑感油然而生。他面对对小方的示好显得那么被动，这些消极的想法导致他们交往近一个月以来，没有什么进展。

这时，门面旁边开了一家面馆，面馆里的厨师小许比袁俊杰大几岁，袁俊杰的店里时不时有个女孩子出现的情况小许都看在眼里。这天小许闲着没事，他跑到袁俊杰的店里玩，一进店看见了袁俊杰就嚷嚷着："老板娘呢？今天怎么就没看见老板娘呢？"

袁俊杰不好意思地笑起来，说："没有老板娘呢！"

小许说："袁俊杰，这就是你的不对了。送上门的老婆你不要，这是为什么啊？你嫌她不漂亮还是？"

"不是，不是！"他急忙说。

"怎么？还没有追到吗？"小许细声细气地说。

"嗯！"袁俊杰点了点头。

"嗨！"小许皱了一下眉头说，"这个女孩你还没有搞定？"

接着，小许像带学生一样说给袁俊杰听，见到女孩子就要热情地打招呼，他当场告诉袁俊杰三个方针：一、坚持；二、不要脸；三、坚持不要脸。说得袁俊杰满脸通红。

第十五集

金玉良缘初涉历　人生喜事正逢时

袁俊杰在心里默默地给自己加油，经过这些天观察，他发现方丽是真正喜欢他的。在交往中，袁俊杰得知小方是一个在这里打工的外地人，她的家在离长阳不远的一个县城的郊区农村，她家里有三姊妹，上面有两个哥哥，她最小，因为家里面条件也不好，所以三姊妹都出门打工，只有她离家近一点，她还常常回家看看，两个哥哥只有过年的时候才会回家一趟。她的爸爸妈妈虽然没有种田，但是一年四季都是没有闲着，除了家里的十几亩橘园，一有空就在外做工或者帮工以增加收入。她的家乡以盛产柑橘而闻名，曾经吸引了很多罐头食品加工企业的驻。

听小方说，她小小年纪就去那些厂里做事。那时候不懂得保护自己，那些橘子皮的汁对人的皮肤有刺激作用，导致现在她的脸上的皮肤越来越敏感。在一起的时候，袁俊杰觉得小方的生活也不容易，他们都是命苦的人。他感到自己的责任很重大，他发誓一定要好好挣钱，他要改变小方的命运，他要改变生活。

转眼之间已是冬天。这天，为了赶货，袁俊杰请了两个师傅加班加点地焊着。小方下班后也立刻赶到他的店里面帮忙。袁俊杰看见小方也来加油了，他更加干劲十足，站起身，一声令下，和两个师傅一起动起来。只见他们切的切，焊的焊，好不热闹，不到两个小时，就完成了大半的任务。小方在边上看着，啧啧称奇，感叹不断。

不久后的一天，赵老板为了交一个客户的货需要加班，消息传到了袁俊杰的耳朵里了，自然，他也来店里帮忙了，结果做到第二天凌晨三点才收工。一冷一热，再加上夜里吹风，袁俊杰感冒了。洗完脸和脚后，他直接无力地倒在沙发上，小方还以为他只是累了。她摸了一下俊杰的额头，发现他发烧了。于是，她将感冒药给俊杰喝下后，又费了九牛二虎之力他扶回床上休息。小方自己也打算就在店里过夜算了，不知道睡到什么时候，她听到了俊杰要喝水的声音。趴在床沿的小方本来睡眠就浅，听到动静就立刻醒转过来，想要起身帮他倒水。由于双腿蜷缩着睡，血脉不畅，两腿麻了。她刚站起来，身体就不听使唤就直直地栽了下去。还好没压到袁俊杰，但是床垫的弹动让睡梦中的俊杰惊了一下，他睁开了眼睛，眼神迷离，一副神志不清的样子。

小方刚刚张开嘴想要解释，袁俊杰就伸出手摸上她的脸颊。

他的手好温暖，触感温柔细腻。她僵住了，大气都不敢喘，眼睛瞪得大大的，看着半梦半醒的他。俊杰抬手将被子盖在小方身上，随即疲惫地闭上眼睛，沉重的鼻息打在她的脸颊上。半晌没有动静，真的又睡着了。

心脏砰砰乱跳的小方，脑袋里一片空白，又惊又喜。她轻轻地翻了个身子，想要仔细看看袁俊杰到底睡着没。

她一动，却发现自己动不了，俊杰的一只脚压在她的小腿肚上。袁俊杰本能地翻了个身，把小方重新压在身下。小方此时就像是被逮住的盗贼一样，立刻一动不动，僵直得像个木偶。袁俊杰的手再次将她环抱入怀。

她尝试挣脱，但俊杰的力气似乎更大了，容不得她动弹，就像任性的小朋友，拽着玩具不放手一样。他与她的脸只相距不到两厘米，俊杰依旧闭着眼，一脸难受的样子，并一下一下地向小方喘着热气。她被这热气传染着，直至全身。突然，俊杰哼唧了一声，然后用火热的嘴唇贴在方丽的嘴上。她急忙紧闭起双眼，感受着袁俊杰带着她去经历这场期待已久而又需要不顾一切地旅行。

第二天，袁俊杰醒来的时候，浑身酸痛，他发现方丽早就起床了。等他穿戴好了之后，方丽就买了早点回来了。他急忙上前把方丽抱住，一派负荆请罪的模样，哑着嗓子说："方丽，对不起。"方丽害羞地闭上了眼睛，转过头去，不好意思地说："下去吃早点吧。"

"咦！我们昨晚垫的被单呢？"

"还不是弄脏了，放在那里了！"方丽用手指了一下旁边的椅子。

"哦！"袁俊杰看见了那被单上有几块血迹，他惊诧了一下，"怎么搞的？"

"怎么啦？你还不知道啊？"方丽嘟着嘴，不好意思的埋怨着。袁俊杰觉得有点莫名其妙，突然之间又好像明白了什么。

"哦……不好意思啊！"

"昨晚，昨晚，是你先主动的！"方丽佯装满腹委屈，一副快要哭出来的样子。

"我知道，我会对你负责的。"袁俊杰站起来，抖了抖自己的衣服，一脸的正经样子。

"以后，你就是我袁俊杰的女朋友啦。"他拉着小方的手，郑重其事地宣布。

见方丽娇羞地点下了头，他亲了亲她的鼻尖，说："宝贝，走，我们吃早饭去。"

"嗯！"

跟方丽确定了关系之后，袁俊杰就回了一趟袁家岭。他那天下了车，路过代销店的时候，亮叔看到了他，喊住他说："俊伢仔，嗯回来哒！嗯还在搞电焊呀?!"

"是咯！亮叔！"

"恰得消不？"

"冇事！我恰得消！"

"嗯哇有时间哒学一下四柱的呢，学哒么？"

"还冇呢！冇时间啰！"

"冇时间!？嗯来啰，我贴嗯写了几句顺口溜，嗯记住就好了，慢慢来哈！"

"我不要，亮叔！我冇时间看。"

"冇时间就不看，有时间哒看嘛！"他不由分说地把一张纸条塞进袁俊杰的裤兜里。

袁俊杰回家后把自己和方丽的爱情告诉了父母亲。得知方丽的情况后，父亲没有说什么，只是母亲说，方丽离长阳有点远，又是隔河渡水的，俗话说"隔山容易隔水难"，除了这点不好之外，其他的都没有什么问题。袁俊杰在电话里信誓旦旦地说，他们相处得非常愉快、融洽、和睦、幸福。母亲说："夫妻相和好，琴瑟与笙簧"。只要你们愿意，做父母的都没什么可说的了，只是这都是你们自己的选择，万一婚后不那么幸福的话，就不要怪罪别人。俗话说'成家犹如针挑土，败家犹如浪洗沙'，一个家捧好确实不易，得嗯里两个人齐心协力。一年之计在于春，一日之计在于晨，一家之计在于和，一生之计在于勤。两个人都要勤快一点，把生意认认真真地做好。还有，在外做生意都要花钱，不要动不动就大手大脚地花钱。俗话说'常将有日思无日，莫把无时当有时'，过日子都要细细磨磨的。"

晚上洗澡的时候，袁俊杰感觉裤兜里有东西，掏出来一看，原来是亮叔塞的纸条，出于好奇，他看了一眼，只见上面写着：

算命

无五行生克不成，无神煞化解不明。

无子平算命不灵，无运气行也不行。

砂法何知歌

何知人家富了富，丁臂重重来抱顾。

何知人家贫了贫，下关空缺下抱坟。

何知人家财道宽，下砂收尽水流源。

何知人家小房兴，左宫过右是真情。

何知人家长房兴，右宫包过左砂形。

何知人家主少亡，天嗣失陷龙气伤。

何知入家眼不开，明堂一见有石堆。

何知人家出寡妇，案山明堂一掌坡。

何知人家出寡妇，虎山头上一枪拖。

何知人家出寡妇，案山朝处有深窝。

何知人家守空房，对面明堂两口塘。

何知女子早夭折，白虎衔刀杀左侧。

何如此坟绝人丁，半边在路半边坟

水若淋头割脚形，可断绝冢第一名。

何知人家自吊亡，白虎颈上路行长。

何知人家常啼哭，面前有个鬼神屋。

何知人家受孤凄，明堂水泻似簸箕，

何知人家病萎靡，元辰泄气在两基。

洗完澡后，袁俊杰问母亲："嗯妈，那个代销店的亮叔怎么越来越迷信了呢？"

"禾里咯？"母亲问他。

"他还要我跟他学算命！"

"不晓得是真的还是假的，听别人说，他被菩萨扑上身了。"有一次去县城，一路上，阳光明媚，天气好得很，别人都没有拿伞，只他手上还带有两把雨伞，别人就说："今天天气这么好，嗯禾里还带着雨伞，还带两把？"

"呃！今天有雨，有大雨呢！嗯里也要带把雨伞为好啊！"

"嗯就别胡说八道了，这天气好好的，会下雨？"

"是的，没毛病，大晴天儿的一会儿就得下雨。"

大家抬头看看天空，今儿个阳光明媚，心想：这么好的天气还会下雨？他这是不是有毛病啊？

别人都摇摇头走了。

谁知，下午他们回来的时候，突然雷声大作，不一会儿乌云密布，下起大雨来。

那几个没有准备雨伞的人，一脸的疑惑，他们对这离奇诡异的事情感到惊奇不已。上午还死活不信的，现在还要跑到袁天亮那里借伞，于是他们就问袁天亮："你怎么知道的？什么时候？你还有了这本事？"袁天亮笑了笑，没有作答。

于是，一个人就笑着说："我里以后就百喊嗯袁老板哒！边上一个说喊么里呢？"

袁天亮："不！袁天罡！袁半仙……"袁俊杰母亲说："他从此就开始帮别人看卦算命看风水等，听说还有蛮准的！"

袁俊杰说："哦，嗯禾里晓得的？"

"我上次去他那里问车的时候，他就要我学，他还说给我看了相，说是命是什么命，运是什么运……不说了，我不要相信那些话！"

"是的，不相信就好，俗话说'命由己造，运由自作'，一切都得靠自己去创造和争取啊……"

第二天，袁俊杰回到长阳。他们白天做着自己的事情，晚上方丽就在俊杰的店里睡觉，随着店里的生意越来越好，他渐渐地觉得方丽真的可以不用去赵老板的店里上班了。很多时候，袁俊杰忙得连饭都没吃上，可是袁经不乐意了：做的事忙不赢不说，到了吃饭的时候还没得饭吃。虽然他的嘴上不说，但是一到了吃饭的时候，袁经总是借这借那的东跑西跑或者找着借口休息。那天晚上八点钟，方丽在赵老板的店里吃了晚饭后回到了袁俊杰的店里，她看见袁俊杰一个人在那里焊着，就说："吃饭没有？怎么一个人在这里焊呢？袁经去哪儿了？"

"还没有吃呢！张老板这防盗网的要得急，他等着搬新家呢！"袁俊杰一边做着事一边说，他甚至没有时间正眼瞧瞧小方。"袁经？"他以为袁经一直都在身边做事，他转过来转过去，看完之后说，"只怕是去了厕所里吧。"

说完就大声喊了几声："袁经，袁经！"

果然，袁经在厕所里面回应："在这里，在厕所里！来哒！"

方丽见状，就去了厨房给他们弄饭吃。吃饭时，袁俊杰就跟小方说："跟你商量一件事？"

方丽忙问他："什么事？你说。"

"你看店里面忙得不可开交，你能不能辞了你在赵老板那边的工作？"

袁俊杰一边吃饭一边说，这句话被他压在心底很久了，在农村长大的他，习惯了男耕女织的生活方式，他对这种夫妻俩各走各的道路，各忙各的工作感到疲惫和不安。但是，他想到若方丽辞了赵老板那边的工作，赵老板是不是也会怪他呢？赵老板可有恩于他呀！同里同乡的不说，小方也是她介绍认识的，她还在生意上帮了他袁俊杰不少的忙。这与过河拆桥有什么不同呢？

方丽听了袁俊杰的话后，"哦"了一声，她没有回答他的话，半天没反应过来，一会儿后说："现在她的店里也很忙，我怎么好意思开口呢！"

接下来，他们三人各吃各的饭。一阵后，袁经打破了僵局，他吃完饭就点燃了一根烟，猛吸了一口后就说："这有什么不好意思的？人不为己，天诛地灭。现在你们才是一家人了，你自己有事，哪里还顾得上别人？相信赵老板会理解的！"

袁俊杰说："话虽这么说，但还是觉得现在不合适，毕竟赵老板有恩于我们。"

袁经说："赵老板另请高明就可以嘛！没有你，她未必就得关门歇业。"

方丽说："还没有那么绝对，不过，现在请人很难，不说别的，就算有了人，在一个新的环境里适应不同的工作模式都需要一段时间。何况现在店里的事情很多，还不能够出一点点差错，不然会影响工作进度和信誉。"

袁经听过她说的话后，把碗和筷子往桌子上一扔，对袁俊杰说："今晚还加班吗？我的同学在某某地方等我去玩呢！"

看见他无心做事，袁俊杰就跟他说："你去玩吧，早点回来睡觉。"

袁经应了一声就出门了。

方丽说："现在也不早了，累了吧？今晚你也早一点收工吧！"

袁俊杰说："还早呢，做一点算一点吧，明天早一点去安装。没办法，张老板要得急呢。"说完就去做事了。

饭桌旁就只剩方丽在思索着什么。

几天后，趁着一次休息的机会，方丽对正在喝茶的赵老板说："赵姐，我有一个事，憋在心里几天了，真的不好意思开口。"

赵老板觉得很奇怪，急忙说："有什么事你就说吧，有什么不好意思的呢？说吧！"

方丽把头转到一边，支支吾吾地说："赵老板，我想辞职。"

"什么？辞职？"赵老板的声音很大，她觉得不可思议，干咳了两下嗓子，然后平静地望着方丽，"辞职了你去干什么呢？在这里做得不开心吗？"

"不不不……"方丽急忙解释说，"赵老板您是好人，你们一家都对我很好！"

"好就好啦！你为啥不干了呢？"

面对赵老板的一连串问话，方丽不知道从何说起，说是袁俊杰那边忙吧，她又担心赵老板责怪自己，赵老板原本是担心她没男朋友，可是现在她有了男朋友却把她放一边，还要离开她，赵老板这不是搬起石头砸自己的脚吗？！

赵老板再一次对小方说："干得好好的，干吗要辞职呢？是工资待遇低了，还是找到了新的工作？"

"不是的！"方丽低着头不好意思地说。

"那是为啥呢？最近我们正在考虑调薪水，我很看好你，你都做了这么久了，我们也不想换个新人，你还是留下来吧，我给你加工资！"

方丽被赵老板说得很不好意思，没想到赵老板这么看重自己，在这里干了这么多年，也不是没有感情的，就不好意思开口说话了。

"小方，你在我这里干了几年了，辞职之后还要重新找工作，正所谓做生不如做熟，我们真的似亲姊妹一样。"赵老板整了整眼镜说。

一时半会儿，方丽却不知道如何是好，经过赵老板一阵劝说，感动的方丽就当场答应还是先留下来做着。第二天，赵老板给了方丽1000块奖金，说她这些年来在她店里辛苦了，同时还给方丽介绍了一个女孩，说是给她带来了一个助手小王，让她不要太辛苦，以后有什么事让小王干就好，小王有什么不懂的也教一下她。

方丽明白，赵老板对自己这么好，自然是有所求的，这不就是明摆着要她带徒弟吗？这明摆着要她接她的位置啊！好吧，这也不能怪她，是自己说不想干了，别人做些准备也没错。只是，她觉得赵老板不需要嘴上说得好好的，什么要她一直干下去、什么加工资，背地里却另做打算，早就为她的辞职做好了准备。

后来，方丽在赵老板的店里越做越不开心，不过在业务上，她也是尽心尽力地教小王。就这样过了一个多月，小王已经能够全面接手她的工作了，这天晚上，她写了一篇辞职信：

赵姐：您好！

对不起！真的不好意思，经过慎重考虑，我决定辞去你店里的工作。首先，我很感谢您，在我刚刚来到这个陌生城市的时候，举目无亲，没有工作，是您收留了我，让我来到您店里工作，并在我身无分文的时候预付我一个月工资，让我在生活上感受到了关怀。我知道在别的地方工作都是需要交押金的，直到现在我想起当时的情景，我都很感动。

两年多来，赵姐您和您的家人对我的信任、宽容、理解、帮助和关照，时刻感动着我，并且也将终生难忘。在此，我向您及您的家人真诚地道一声"谢谢你们"。还有，您给我介绍了我的男朋友袁俊杰，也许我一万句谢谢还不够表达我内心的谢意。说到袁俊杰，他的坚毅、从容、自信、忍辱负重、任劳任怨的性格和习惯对我的一生影响至深。

他兢兢业业、热情奔放、乐观开朗、敢作敢为、勇于担当、仗义执言、与人为善、敬业精神……我觉得袁俊杰的身上有许多的优秀品质，这也许是因为我们正处于热恋阶段。但是，只要用心去品，就会发现。判断一个人，我永远只相信自己的眼睛和自己的心。我想在此告诉你我真实的辞职目的——我要陪伴袁俊杰，我要为他洗衣做饭、打扫卫生、管理店子，甚至量尺寸、划玻璃，做我能做的一切。赵姐，也许你不知道，每当我看到袁俊杰忙得连饭都没吃，我的心真的好难受。希望你能够理解……这也许是爱情吧。我只知道现在他是我的全部，他就是我的方向，他在哪里我就应该出现在哪里，如果我没在哪里，那我就在去他那里的路上。

在我即将离开的时候，作为您曾经的员工，也作为一个朋友，我希望您的生意越来越好，您和您的家人将来一定会更好。

方丽　某年某月某日

赵老板看到那封信后，当天就给她结清了工资。赵老板自方丽辞职后，就没有去过袁俊杰的店里。方丽也知道对于她的辞职，赵姐是有些生气的，不过这又能有什么办法呢？对于这个事，她也是无能为力。

袁俊杰和方丽两人刚在一起的时候，天天从早到晚都想腻歪在一起，分开半小时电话可以打几次，短信也要发几条。袁俊杰去哪里都要第一时间向方丽报备，做什么事情也要第一时间让她知道。晚上睡觉的时候，两个人都是拥抱而眠。袁俊杰把方丽抱在怀里，撒娇说："方丽，如果我死了你也一定要幸福！"

"怎么会这样呢？我才不要你死呢！"

方丽轻轻地用手按住他的嘴巴，喃喃地说。

"我是开玩笑的啦！"他们觉得自己是世上最幸福的人，这份爱已深到骨子里，他很心疼她，连过马路都要牵着方丽的手，生怕身边的这个弱小的女孩受到什么伤害。而方丽也是那么爱袁俊杰，每天早上都亲自跑去买早点，生怕他没有吃饱。

有一次，两个人去商场逛街，方丽手上拿着衣服和奶茶，走着走着她的鞋带松开了，俊杰看她手上有东西，于是弯腰帮她系鞋带。此时，方丽也看到俊杰的头发上有脏东西，于是她拿出纸巾把它擦拭干净。这是一张多么幸福的图画啊！

当然，甜蜜的恋爱是需要男女之间调配的，袁俊杰会偶尔给女朋友制造一点小惊喜，给她买喜欢的零食和水果。后来，方丽也给俊杰制造他意想不到的惊喜。有回报的爱，就是最甜的爱。是啊！难怪就有了那句"只羡鸳鸯不羡仙"啊。

这天，在长阳市打工的方丽，没有和家里打一声招呼，就突然回到老家。面对突然归来的女儿，方丽的母亲惊喜之余，也有些担心："这不逢年不过节的，你咋回来了？"方丽撒娇地拥着母亲："我想你了，回来看望你老人家，不行啊！"

知女莫若母，母亲催着女儿："一定是有事，有事儿快说，我这把老骨头，也经不起你这一惊一乍的。"方丽这才跟母亲说，她谈了个对象，是长阳乡下的人。而且，她已经怀孕了。这次回来，就是想和家里商量一下，把婚事办了，因为眼看着肚子就要遮不住了。

母亲问："有了多久了？"

方丽说："已经怀孕三个多月了，我也不知道怎么办才好。"

"这该怎么办呢？我还是去找算命先生给你算个命吧！"

父亲在边上抽着烟一声不响的样子，仿佛他家的菜地被猪拱了一样，他突然意识到了什么，说："算个什么命，你尽信那事。方丽，我问你，他在城里有房子没有？"

方丽说："没有，农村的房子也是一个土砖房。"

父亲没有吱声了。母亲接着问："他家里有几姊妹呢，他排行第几？"

"他最小，前面有个姐姐。"

"他的老家离城区有多远？"

"只有两个小时的车程！"

"我看这孩子现在不能要，"父亲站了起来说，"我也不是反对你们在一起，只是在长阳你们连一个挂袋子的地方都没有，结婚成家后拖儿带女的更加不好搞事业了。我觉得你们现在真的要发狠挣钱，孩子嘛，你们还年轻得很，以后还会有的。"

母亲也接着父亲的话说："是的，按你父亲说的做，先挣点钱。你看，城区的房子也没有，我们这里离市区这么远，走个亲戚还得转几趟车，还赶不上中午饭。"

"只要你们齐心协力，一心一意挣钱，几年后买套房子，应该不会太难。再说，到时候你们买到偏僻一点的地方也行。"

"是的，你们成家前先把房子置好，其他的事也就容易多了。至于彩礼什么的我们都不要，爸爸妈妈只要你们过得好就行。"

"是的，我们是支持你的。以后要的是钱用，不当家不知柴米贵，成家有了孩子以后，你才会知道一个家要增加多少开支，希望你们发狠挣钱。"

"那孩子怎么办?"方丽伤心地摸了摸肚子，看着她妈妈。

"怎么办? 把孩子流掉，你到长阳了就找家医院，只要能做人流的诊所也行，看看哪里便宜点!"

"好吧!"方丽红红眼眶早就热泪盈眶，在眼泪掉下来的前一秒，她急忙跑向自己的房间，"砰"的一声关上门。

其实方丽这次是跟俊杰发生争吵了，趁他出门安装的时候偷着回去的。俊杰真的从来没有想过，方丽竟然是以这样的方式离开。那晚回到家时，他像往常一样，买了她最爱吃的鸭脖子和凉菜，打算为前几天吵架的事情，好好地跟她道个歉。

可是，万万没想到的是，回到店里的时候，发现方丽竟然把她在家里的所有衣服和日常用品全部拿走了，就像她从来没有来过这里一样。刚想给方丽的家里打电话，却发现了她留在餐桌上的一封信。他读完之后，放下了手里的电话，他知道这一次方丽是彻底地离开了。

方丽信中说，袁俊杰给不了她想要的幸福和未来，再继续下去只会耽误彼此的时间，她年纪也不小了，她需要的是一个能让她后半辈子有依靠的男人，很显然，那个男人不是他。所以，这次她彻底想清楚了，要跟他分手，叫他不要去找她，她会把他们之间所有的联系方式，都删得干干净净。

读完信后，俊杰痛哭流涕，他真的没有想过，他们在一起两年时间了，她竟然可以这么决绝地跟他分手，甚至连一个正式的告别都不肯给他。他想不通也想不明白，她到底是怎么了? 他真的不甘心，就这么轻易地放弃这段感情。他一定要找到她，当面向她问清楚，就是死也要死个明白。

俊杰试着联系一切可能知道方丽下落的人，包括她老家的同学、朋友。可是，他们都不知道方丽去哪里了。这时候，袁俊杰什么事情都不想去做，饭也不想吃，觉也睡不着，晚上躺在床上翻来覆去地想着方丽到底去哪里了。这时正是晚上十点钟，正当他准备去车站、码头寻找方丽的时候，刚走到门口，却发现外面下起了暴雨。袁俊杰只能作罢，翻看着他跟方丽之前的照片发呆，照片上的她，笑得那么开心、那么幸福，仿佛这些美好的回忆，就发生在昨天，他胡思乱想起来。

当我认识你时，我就跟你讲了我的一切，你的反应让我吃惊，你安慰我，同情我，我以为你会永远永远地对我好。

算了吧！谁让我娘瘫了呢？谁让自己这么贫穷呢？我只有拼命去赚钱了。

是啊！我的瘫子娘给你丢脸了！方丽，不错，我也没有面子，你知道我有多么自卑吗？自从我娘病了以后，我都不敢跟人玩，上学也不敢跟人交谈，尤其不敢跟女孩子讲一句话，连亲戚都不敢，为什么！？

还不是因为我有一个瘫子娘，我为什么这么低人一等？

总是有人欺负我，我有什么办法？我不想去面对那些人，我只能忍受着，在袁家岭我也只是跟袁明生，袁炜他们玩得多些，跟其他人都没有什么来往. 我发誓，我一定要走出去，去外面闯出一番天地来。

是的，方丽，我爱钱，你不知道吗？只有钱才能改变我。

你的离开，难道是，难道是因为我有一个瘫痪的娘吗？

因为我有一个年迈的父亲？

因为我学着别人藏过几次私房钱？

因为我本身就是一个农村人？

还是因为这个只肯做事的我呢？

还有，我知道你怀疑我藏私房钱，为什么？方丽，你为什么总是不相信我呢？

我为自己感到悲哀啊！

我的生活是沉重的！我的心情是伤痛的！谁能知道，很多次，我都想结束我的生命。

当我想起自己的以前和未来，眼泪就会不听使唤地流出来。啊……我可怜的孩子！哭吧……难道爱就在这愤怒、谩骂、打架中度过吗？

我只有叹息自己的命运了，我是多么脆弱和无助，没有你在身边，总是不能入睡！多么希望你能可怜可怜我啊！我不想这样过下去啊，真的不想了。

方丽回来吧，不要这样对我好不好，不要再这样伤害我好不好？如果非要我来承担后果，我想问一句，为什么？我为你付出了那么多，却从来都没有唤起你的同情和感激。

我至今还不知道夫唱妇随的意思，家庭和睦是怎么缔造的，幸福生活是如何追求，甜蜜的爱情是怎么有的……

可是如今，我却连她在哪里都不知道，今天我唯一的希望也破灭了。自己对父母都是报喜不报忧的，一想到这里，袁俊杰的眼泪又不由自主地流了下来。虽然他想极力压制住自己的情绪，可是他还是控制不住自己的情绪。是啊，他就是这么一个没用的男人，为了方丽，他没有什么不可以的他真的太爱她了，而她，现在却连人影都找不到。

第十六集

本分守己度艰境　无辜蒙冤入恶群

一天，大约十点多的时候，有狱警叫袁炜的名字，他说是提审。没想到在第36天的时候，袁炜被提审，也就是被正式逮捕了，那个时候他才明白，出去无望了。

37天之内必须下逮捕令，要不就放人。所有的法律流程都是有时间限制的，必须在规定时间内出去。他见过最晚第37天晚上9点放人的，那人当时就特别紧张，害怕走不了。在看守所第一个阶段就是37天，如果出不去，那短期内就出不去了。

到了三个月的时候，案件终于从公安走到了检察院，很多人会在这个时候被释放，属于检察院不起诉。无疑，袁炜又不在名单里，一张又一张的换押单仿佛在说"你出不去了，你出不去了"，换押单一般是人民检察院退回补充侦查，递次移送交接的。而换押单的有效期是一个月，如果换押单到期了，要么再来一张新的换押单，要么就被取保候审。

在看守所的日子里，每天过得也很忙碌，里面的人也都是形形色色的，有因为杀人进去的，有因为贩毒进去的，也有因为电信诈骗进去的，也有因为非法经营进去的，小偷小摸的也不在少数，里面的人都是抱团的，三五成群，你总要和一伙人在一起，否则你就是那个落单的，迟早会被人欺负。

在那里，你不听狱霸的命令就会挨打。袁炜看到几个在外面说一不二的硬汉，在号子里也得乖乖地听狱霸的指挥。到了九月底，快到中秋了，那时候就流传不用再做工了，那就意味着，再也不用干活了。到了中秋的时候，还可以多买一点零食，像猪蹄鸡腿这些，平时买都是有份额限制的，过节的时候限制就没有那么紧了，中秋当天加餐，一人可以分到一个鸡腿，那是进去几个月来唯一吃到的一次荤菜，真的很香。

过了中秋没多久就是国庆，本以为国庆也可以轻松点，没想到监狱里要进行检查，从早上8点就开始打坐，一直打坐到晚上9点多，中午只有吃饭的时候休息了下，那一天简直可以被称为最痛苦的一天，那一天下来，整个人的腿都要断了。

又过了两个月，快要过年了，由于袁炜之前认罪认罚，所以后来也来了量刑书。量刑就是指法院给犯罪嫌疑人一个刑期区间，一般坐牢的时间，不会超过刑期最久的时间，所以很多人在知道自己量刑多久的时候也就有了盼头，可以倒数这日子了。离过年越来越近，袁炜第一次在看守所里过年，当时新换了一个狱长，新狱长对他们的要求很高，规矩也很多。但是，这个狱长也给所有人换了食谱，基本上每周会吃两次鸡腿、三次骨头汤，还有鸡翅什么的，每天都有新鲜的肉类，吃得比以前好太多。每个人也都很感谢这个狱长，过年的时候还有面条吃，感觉这就是不一般的幸福了。

过年的时候，从年三十到初八，一直都是放假状态，狱友们每天都是打牌，看电视，写信，也不用那么早起床，7点才开始铺床。快乐的日子总是短暂的，很快更严厉的规矩来了，由于不用做工了，现在每天就是打坐，打坐时在押人员要一排排坐整齐，姿势也要端正，腰背要挺直，双手放在膝盖上，双眼直视前方，所有人保持安静，不得讲话，也不得随意扭动身子，不得闭眼（防止有人睡觉）。简单点说，就是相当于打坐和军队里面的标准坐姿。每天如此，下午会开启电视，看电视的时候也会如此。

记得有一天，监区武警查房，一开始袁炜脑子里没有概念，查房是什么意思，难道是再次核实每个人的身份吗？原来查房是武警带着器械搜查违禁品和铁丝等尖锐物品，其中也包括违禁品，例如笔之类的。每个人都想尽办法藏起来，有些人藏在垃圾桶里，有些人藏在墙上的贴牌里，还有些人干脆用袋子包好藏在浸泡的衣服里，要知道如果被发现，不仅受处分还会被打。听到隔壁的开门声，袁炜他们都提前站好，等待检查，心跳的频率是平时的2倍以上。5分钟过后，一群武警进入袁炜他们的监室，挨个检查，被子和鞋子翻了个遍，大声呵斥"谁私藏违禁品，不要存在侥幸心理，主动交代"等话语，没有一个人敢说话，煎熬的5分钟过去，大家都松了一口气，感觉都很幸运。

待的时间久了，袁炜感觉自己像学了法律似的，见的案子多了，也能猜测出一些案子的轻重程度了。

在里面真的好难熬，袁炜常常会畅想在外面的日子，想着出来后去哪里玩，去哪里吃东西。袁炜和狱里面的人一起聊天，因为都是从未见过的陌生人，很多人会放下戒备心，说出深藏的秘密。曾经有一个参与电信诈骗的人跟袁炜说，他背着他老婆在外面和别人约会，也有看着清秀漂亮的女孩子，嘴上说自己未婚未育，实际上已经是几个人的小三了……而且她居然还是个8岁孩子的妈了，所以啊，在香洲，很多时候别人说话听听就好，除了你自己叫什么名字，其他什么底也都别如实说，你也别信太多。

过了年之后，监狱里就进行大整改，规矩很多，多到每个人的神经都很紧张。整改后会有值班巡警巡查，整天都需要坐板，坐板也需要端正身子，不能讲话，下午的娱乐时间也取消了，也是坐板，下午也会开启电视，看的都是武侠剧或者跟法律相关的电视剧。也许是太久没有见到女性了，看到电视上时髦的女性，狱友们会尖叫，会欢呼，似乎是宣泄，是一种对无奈生活的控诉。

在进看守所一年又一个月的时候，袁炜终于等到了自己开庭的日子，他提早了半小时起来，给自己也换了一身新衣服，感觉就像参加一个重要的会议一样。袁炜整理好一切，把传票放在兜里，静静地等着管教来带他出去。监室里的狱友们也过来拍马屁似的给他打气，都说好运会伴随着他的。袁炜有种上刑场的感觉，心里忐忑极了，不知道前方有什么在等着他。

管教叫了袁炜的名字，把他带了出去，告诉他法警已经在外面等他了。路上管教也不断地给他勇气，说了很多安慰鼓励的话语。袁炜被法警带上了法院的车子，路上他看着两旁的街道，看着熟悉的广告牌，看着熟悉的商店，心里说不出是什么感觉。下了车，法警把袁炜带进了一个小厅，让他等候着。他的心一直扑通扑通地跳，看着这陌生的地方，以前从来没有想过会到这里来，犹如做梦一般。以前是看电视里的法院开庭犯人被审判，现在他怎么会也站在这里？

　　检察院经过审查认为，袁炜在公共场所持凶器随意殴打他人，致两人轻微伤，情节恶劣，其行为已触犯《中华人民共和国刑法》第二百九十三条第一款第一项的规定，于是检察院以袁炜涉嫌寻衅滋事罪向法院提起公诉，鉴于袁炜所犯两罪，并且本次犯罪属于累犯，经过审判，法院最终判决他有期徒刑六个月。

　　到了时间后，他被带进了法院的被告席上，法院里有股不言而喻的庄严，法官威严地坐在那里，他不由自主地毕恭毕敬，连说话的声音都有些颤抖。在一系列的流程结束后，公诉人最终宣读了量刑为六个月，法院最后合议庭合议后择日宣判。他悬着的心终于降了下来，被法警带回去的时候，袁炜心情很好，感觉呼吸的空气都是甜的，觉得离自由近在咫尺了。回到看守所，管教带袁炜进去时关心地问他开庭结果，他开心得像个孩子一样说："我快要出去了，我快要回家了！"连管教都为他高兴。

　　回到监室里，袁炜兴奋得一遍又一遍地说着他的量刑结果。他恨不得通知全世界他有多么高兴，监室里的几个要好的都为他高兴。

　　有一个头发是红色的年轻人，大家叫他红毛，袁炜跟他睡在上下铺，他们很近，所以常常在一起吃饭聊天的。得知袁炜还有一个月就刑满释放的时候只，红毛把所有的东西整理出来分给了袁炜，袁炜感动得流泪了。他知道红毛为他能出去而高兴，也对他有万般的不舍。袁炜的情绪非常复杂。

　　由于马上就要出去了，袁炜在一些方面也就没有那么在意在最后竟然因为犯了一个错，被管教罚了，要连续值班一周，每天都是三个班。对于别人来说，肯定会受不了，但是袁炜莫名地硬气，硬是挺了下来。最后那天，铁门开了，管教直接让袁炜脱了囚服，换一套再出去。袁炜说没有准备其他的衣服，就穿那身睡衣出去吧，管教没有说什么。

　　反正都要出去了，穿什么也就无所谓了，监室里老老小小都用羡慕的眼神看着她，那种眼神他永远不会忘记。他抱着被子走进仓库的时候，想起15个月前他抱着被子进来时的样子，现在他终于脱掉了那件囚服，虽然只是薄薄一件马夹，但是却把他和外面的世界隔开了那么久，脱掉的时候感觉卸下了千金重担，有一种难以言表的轻松。他整理好自己的东西，从仓库走到前台，经过所有的监狱，看见好多人都紧紧地把头靠在铁门上和他挥手告别，此时此刻，他感觉每一步都走得无比轻松，又无比心酸。

　　走出监狱，阳光明媚，外面的一切都是多么美好啊，连空气都是甜甜的味道！袁炜抬了一下头看天上的太阳，太阳是多么温暖啊，不过，又是那么刺眼，他眯了一下眼睛又走向边上的阴影地带。

去哪里呢？袁炜不想去找孙丽，他不想让孙丽看不起自己，他要做真真正正的人，他要找一份正经的工作，保安也行，现在他没有那种好高骛远、一夜暴富的想法了，只要是正规的工作，先做吧，慢慢来吧。他相信自己，只要自己走正道，只要自己努力肯干，总有出头的一天。不过，现在摆在眼前的问题是，他该去哪儿呢？晚上他住的地方都没有着落呢。

这时，他突然想起他的一个狱友强仔来。前两天在监狱的时候，强仔知道他要出狱的消息，告诉他，如果他出狱后碰到什么困难就去找他的一个朋友祥哥，他说他朋友一定会帮他的。这时，他的思想挣扎一下，他想到如果那个朋友不是正经的人，那又该怎么办呢，难道跟着他走歪门邪道吗？不过，我只是去他那里借个地方住，等我度过了现在这个难关，我就……肚子不停地咕咕叫了起来，饥肠辘辘的他似乎别无他法了，于是他朝边上的一个电话亭走去。

按照强仔给的电话号码打去，接电话的是一个中年男人，一口的广东话，当他听到袁炜说的普通话后，急忙改为普通话跟他交流。在电话里，袁炜叫出强仔后，那个人说话就突然热情起来，说什么不要客气，强仔他们都叫他祥哥，要袁炜也叫他祥哥，以后都是一家人，有什么困难尽管说，他都可以帮忙的。当袁炜说他没有地方住的时候，祥哥说没有问题，就要他到某某某地方来，他就在那里，那里有地方住，吃饭什么的没有一点问题。当袁炜说他就去时，祥哥高兴地说欢迎，自己马上就开车去接他。

祥哥开车接上袁炜后，把他带到一套房子里的二楼。这时正是中午吃饭的时候，餐厅里有几个衣服奇特、发型怪异的男人围着餐桌吃饭，他们见祥哥来了，急忙打招呼："祥哥！过嚟饮酒！"

"祥哥！嚟嚟嚟！……坐我呢度！"

"祥哥！"

祥哥用手跟他们打了一下招呼后说："来来来！我先给大家介绍一个新来的兄弟，他叫袁炜！"他一说完，就暗示袁炜跟他们打招呼。

"我是袁炜，请大家多多关照！多多关照！"

"好好好！"

"炜仔。"

"炜仔。"

大家热闹了一下，祥哥这时端来了两杯酒，他递给袁炜一杯，说："阿炜是强仔介绍的，不会粤语，慢慢来嘛！我来介绍一下，这是虎哥！"说完一个胸前纹着老虎的人跟他用酒杯打了一个照面。

"这是疤哥！"一个脸上有刀疤的人跟袁炜点了一下头。

"这是刘哥！"一个穿花衬衫的男人对袁炜笑了一下。这时，疤哥说："刘哥唔系姓刘嘅，刘系流氓嘅流乜！"说完就听见大家一起"哈哈哈"大笑起来。

祥哥指着对面坐着的几个年轻一点的人说："那个是胖子，还有，他旁边的是麻雀……"

"嚟，坐嘢！"

"嚟，饮酒！"

袁炜坐在他们中间，端起了酒杯。

第二天晚上，祥哥说来了事情，带着虎哥、疤哥他们六人准备出门时，刘哥跟祥哥说："祥哥，点解唔叫埋炜仔呀？带埋袁炜都可以畀佢开下眼界吖嘛，系咪呀？"

祥哥于是回头跟袁炜说："想不想跟着我们出去玩玩？"

袁炜觉得自己一个人在屋里没有什么意思，看到他们都出去了，也想出去玩一下，于是说："好呀！"

疤哥在一旁说着风凉话："怕就别去啦！到时候可别吓出尿来！"

袁炜连忙说："不怕！不就是打个架嘛，什么阵势老子没有见识过！"

"嘿！呢条友仔仲真系睇唔出！"疤哥笑了笑说。

"行啦！行啦！兄弟们一齐，佢老母热闹！"虎哥说。

祥哥望了一眼袁炜，说："好啦！带埋佢！"

于是，他们一起下楼。刘哥去车库开着一辆面包车出来，他们七个人一起迅速钻进面包车后向市区开去。

在祥哥的指挥下，面包车进入一个小区后，在一栋楼下停了下来。他们上了三楼后，敲开了防盗门，门开了，一个女人战战兢兢地站在那里，虎哥用力把门一推开就恶狠狠地说："唔好喺度扮嘢！讲，廖总喺边度？快啲讲！"

"好好好……"女人语无伦次地说，"佢……佢冇喺度，我哋……我哋好早就离婚咗……呜呜……"突然，她好像想起来什么，急忙说，"我有离婚证明，我去拿畀你睇！我即刻拿畀你睇！"

女人跑到里面的房间，拿来一个红色的本本递给虎哥，虎哥随手一指，要她递给祥哥看，她战战兢兢地把那个离婚证递到祥哥的面前说："你睇下，我哋早就离婚咗，债务同我冇任何关系喇……"祥哥看了一下说："唔好唔老实，我知道你哋呢个系假离婚。"他把那个本子往地上一摔，瞪着眼睛露出牙齿威胁她说："快啲讲！佢依家喺边度？不然有你好受！"

"呜呜呜……我真系唔知佢喺边度？真系唔知呀……"女人坐在地上哭着。

"唔知道？系咩！""祥哥说了一句后，他的头向虎哥歪了一下，虎哥似乎心领神会，他飞起一脚就把桌子上的电视机扫在地上，摔个粉碎。

疤哥也举起手边的椅子往厨房玻璃门砸去，顿时"砰砰"的玻璃破碎的声音吓得坐在墙角的女人浑身发抖，闭着眼睛大哭，用双手蒙住自己的耳朵。刘哥也在那里一边砸一边说着："唔畀钱就走系咪呀？我要你走！我让你走！睇你走去边度？仆街！除非你死咗！……"每说一句，刘哥就使劲砸一下房间里面的东西。

袁炜看见麻雀跑进了厨房，将锅碗瓢盆这些不值钱的东西砸了。这时这里的所有人中就只有袁炜没有动手了，袁炜看见祥哥看了一眼他，袁炜突然意识到自己该做点什么，他也跟着麻雀跑，拿起角落里的暖水瓶举过头顶后把它重重地摔在地上。

这时只见虎哥操了一把菜刀要砍那女人，祥哥呵退了他。他们将屋子弄得一片狼藉，那女人仍旧蜷缩在角落，吓得不敢动弹。祥哥说了一句："走！"于是他们就撤了。

接下来的几天，他们一伙人吃香的喝辣的，整天都是无所事事的，住在这个装修豪华的房子里面。听他们说，到了月底他们每个人还有奖金，具体多少谁也不知道，反正每个人都有，每个人的数额是不同的，好像一切都得看表现，表现一般的，最少也是一万元一个月，至于表现好的话那就更多。袁炜听得心花怒放。

他庆幸自己在监狱里面交了一个狱友强仔，俗话说"滴水之恩当涌泉相报"，是的，等他出来的时候，他一定要好好感谢他！多亏了他的引荐，才有他美好的今天，现在他真的好感谢他呀！

不过，袁炜有时候觉得这些人做的不是什么好事，他们好像就是在自己在乡下袁家岭看到的一些社会上的混混，靠帮别人讨账混碗饭吃而已，只要不干那种伤天害理的事情就没什么大不了的事。至于那些欠钱的人，是该还账啦！俗话说"欠债还钱天经地义"嘛！你也怪不得别人闹呀！要不你就不找别人借钱，是吧！谁的钱都是来之不易的！要说那些欠钱不还的人，怎么对他都不为过，真的是"死了才能不欠"——活该！

有一次，袁炜趁着只有麻雀一个人，跟他套近乎，以便能够了解一些自己不知道的情况。于是，他递给麻雀一包烟后，问他这个月能拿多少钱，老家是哪里的？等等。

原来，麻雀本名叫张麻宝，今年十八岁，也是内地人，六岁被拐卖，十六岁的时候，也就是前两年，回到老家找他的亲生父母时得知他的父亲已过世，母亲在香洲打工，于是他就转这里寻找他母亲。到了这里后，没有生活费，做过保安、餐厅后厨，一边做一边寻找母亲，一直都是渺无音讯，后来送外卖。有一次因为惹了麻烦，一个财大气粗的美女顾客怪他送慢了，骂他还动手打他，当时他一个贫穷的送外卖员又有什么资格跟她动手呢，就算打得她赢，把她打伤了，但是要他出医药费，他拿什么出？

他当时就想：哎！自己穷得叮当响的，就让她打几下吧！让她打几下消消气就没事了吧！反正他也杠得住，可是那个没有人性的女人，看见他没事，说他怕是吃了铁，转身拿起边上的一只啤酒瓶就砸在他的头上，顿时头上的血从他的头发、额头上流了下来，他站在那里像一个傻子一样用手摸了摸脸和头，还愣愣地看着那个女人，谁知那个恶毒的女人又开始拿起一个啤酒瓶向他砸来。

突然，"啪…"的一声响后，麻雀听到啤酒瓶在地上开了花，他觉得很意外，不知道发生了什么，只见几个男人围着那个恶毒的女人，其中一个人对那个女人说："靓女！你好靓啊，好似仙女下凡噉。可唔可以赏面同我去饮杯嘢呀？"说完他伸出一只手准备去摸那个女人的脸蛋。

"呸！臭流氓！"那个女人骂了一句就急忙跑开了。

"呸！臭……流……氓！"其中一个人嗲声嗲气地说。

顿时，其他的人都哈哈大笑起来。

这时，麻雀意识到自己是他们给救下的，于是他跪在他们面前说，谢谢他们救了他。其中一个人对他说："没事，如果以后在这个地方有人欺辱你的话，你打电话给我！"随即他递了一张名片给他，然后他们吹着口哨，扬长而去。

不幸的是，后来他又受到几次欺辱，但是当他准备按照名片上的电话号码打电话的时候，那些欺辱他的人早就逃之夭夭，没办法，他就只好向他们道歉，并表示希望他们能收留自己，自己因为个头小，很容易被人欺辱，只要能够跟着他们，他做牛做马都愿意。这时，一个人对刘哥说，把他喊去帮他们搞搞卫生也行，于是，他接着问麻雀搞卫生有没有问题，麻雀说可以，就这样，麻雀就加入了他们，自此他再也没被人欺辱过，现在只有他欺辱别人的份。这一带的人都认识他，有些人甚至见了他就怕，就躲得远远的，他也就一直跟着刘哥做到现在。

直到去年，他才知道这是一个以祥哥为首的收账团伙，他们的后台老板好像叫龙老板，他从来都没有见过，听说那个龙老板很有钱，他们的工资都是他发的，生意做得很大，什么夜总会、娱乐城都是他开的。只有祥哥见过龙老板，他们这里都是祥哥说了算，他们最好还是老实点，如果有谁不听话让他知道了，那不死也得脱层皮。

袁炜问麻雀："如果那个廖老板的钱没收回来怎么办？"

麻雀说："怎么办？办法多的是！"

"人都跑了，还能怎么样呢？祥哥会不会生气？"袁炜说。

"袁炜，这个收不回账的话，其实龙老板一点都不急，即便收不回来也没什么，这种事常常发生，其实已经赚了，不算欠下的一百多万，在廖总身上已经赚得的利润已有好几十万了。娱乐城有秘密设备，牌也有问题，也就是说，三爷他们出了老千。廖老板输钱是定数！反正他也是很有钱，没钱，龙老板也不会看上他！"

过了一会儿，麻雀又说："你不知道，真正急的是祥哥，如果钱讨不到，祥哥他就有很大的压力，龙老板会看不起他的，久而久之，祥哥就没什么价值，龙老板就不会用他了，对于一个没有用的人，你应该知道后果啦！"

麻雀最后说要保密，他告诉给袁炜的这些都是机密，袁炜觉得很好奇，但麻雀忽然不说了，他像黑帮老大的那样摆摆手："你们还是别知道了，有些事你们知道得越少越安全。"

虎哥是赌场的负责人，开赌场的老板都不轻易露面，虎哥下面的所有马仔都没见过老板，马仔们有什么事情都是直接和虎哥说，袁炜有什么事情都是和大亮说。

又过了几天，已是这个月的月底，只见祥哥拎着一个大箱子，一进门就说："兄弟！嘿嘿嘿……发花红啦！"

这时虎哥、刘哥都围了过去，只见祥哥一边喊着名字一边递给他们一沓沓的钱。接过钱后，他们都是喜笑颜开地说着："多谢祥哥！多谢祥哥！"

"唔该祥哥！唔该祥哥！！"

"炜仔！炜仔！"祥哥喊了两遍，还是没有看到袁炜，边上的人都寻找着袁炜，发现袁炜没在。

"炜仔呢?! 去咗边度呀?"

正在大家都觉得很奇怪的时候，

"喺房间里面"！麻雀急忙说。

"将佢叫嚟!!"祥哥说。

麻雀急忙走到房间把袁炜薅了过来，看到了袁炜，祥哥说："做乜呀！唔高兴！呢啲系你嘅"！他拿着一摞钱递给袁炜说。只见袁炜愣了一下，好久没有接。

祥哥说："做乜？两万呀！嫌少呀？"

"不不不!"袁炜急忙说。

"咁系点解啊？呀!"祥哥笑了起来！

"哈哈哈!"这时大家也笑了起来。

"我没有功劳，不能要这么多钱!"顿时，现场变得鸦雀无声。

"喏！呢先至系我哋嘅好兄弟!"祥哥此时有些感动地说，"睇见未呀！呢啲先至系你哋要做到嘅!"他指着虎哥、刘哥等人又说，"听到袁炜讲嘅话未呀，冇功劳就唔配攞咁多钱，系咪呀？"

"喺呀!"

"喺呀!"

"喺呀!"

祥哥拍了两下袁炜的肩膀，说了一句："好好搞!"

第十七集

迫不得已做人流　牵肠刮肚受苦愁

话说方丽走了两天后，音讯全无。袁俊杰觉得真的奇怪了，这么一个大活人，还能凭空消失？

这天晚上，方丽的好朋友姗姗突然给他打电话，告诉他小方现在回了老家，要他不要着急，过几天就会回来的。

听完，袁俊杰就感觉有些奇怪，前几天跟她妈妈通话，怎么没有告诉他方丽回去了呢？于是，他又给方丽的老家打电话，刚好接通后听声音，接电话的正是方丽。在电话那头，方丽把她怀孕的事跟他说了。在电话机前，袁俊杰愣住了，他一直以来都觉得方丽是负气离家出走的，此时此刻，他感到自己错怪了她，惭愧不已，对方丽说是他不对，只顾着自己做事，对她没有仔细关心，以后一定对她好，希望她早一点回来，在以后的日子里，不管发生什么事情都要冷静一下，两人一起面对，因为他再也不会遇到第二个方丽，他就是喜欢着方丽，不管以后怎样，他都会一直爱方丽。

电话里，方丽跟他说了明天就回来，她还会带蔬菜等一些东西回来，她要他到时候去轮船码头接她，方丽说得差不多了，为了节省长途电话费就挂了电话。

刚挂完电话，俊杰回到店里还没有落座，他母亲侯大娘就打来了电话，在电话里侯大娘无非就是问他生意怎么样，他跟方丽处的好不好，等等。这些问题每次见面和打电话都是要问的，俊杰每次都是说好，生意好，跟方丽也处得好。每次侯大娘都是口里念叨着："那就好！那就好！"然后心满意足地挂掉了电话。

想着明天就要见到方丽，晚上袁俊杰在床上翻来覆去的，不知道什么时候才睡着觉。第二天上午，他匆匆处理了一些事情后，搭上了 24 路公交车，赶去方丽坐船来的轮船码头。他从来没有出过远门，出学校后学艺什么的一直都是在本市区，这个轮船码头袁俊杰还一次都没有来过。

下了公交车，袁俊杰还不知道码头的具体位置，问过两个路人，他才找到码头的大门口，站在码头的石头上面，他感觉豁然开朗，视野开阔，长江那青青的浪，蓝蓝的天，放眼望去，无边无际，洞庭湖像海一样辽阔而深远，微风拂来，波光粼粼。站在岸边，看着这波澜壮阔的景象，他的胸怀也跟着宽广起来，苦闷的心情也随之解开。

那些停在岸边的船五颜六色，它们就像是公共汽车一样整齐划一地等候乘客的光临，等到规定时间或者等到所有的位置坐满后，船就会"嘟"的一声离开码头，里向目的地驶去。如果遇到了暴风雨的袭击，最能保障它安全的便是港湾。

而港湾只能是船儿暂时歇息之所，风平浪静之后，船儿便头也不回地驶去。在人生的旅途中，我们也不正是充当了船儿、港湾、目的地这三个角色吗？那一幢建筑犹如一个港湾，每一个孤独的人便是一只漂泊的船，既然注定只能作为一个港湾，那么对于你的到来和离去，我不会太在意。

当我们长大成人之后，也就是要离开港湾的时候，太阳要落山，谁能留得住？鸟儿要迁徙，谁能拦得住？相应地，船继续要航行，港湾是留不住它的。走就走吧，我不会拦你。送一束花，献上虔诚的祝福，愿你一路顺风，尽早抵达码头，卸下心灵的重担。

"嘟嘟"的几声船笛声，打乱了袁俊杰的思绪，他回过神，看到有一艘船就要靠岸。他定睛一看，只见牌子上写的是"江州—长阳"，没错，果然是丽坐的船，他急忙向停船的位置走去。

船还没有停稳的时候，有些乘客耐不住了，就跑到甲板上透透气，吹吹风。等到船停稳了以后，乘客才陆陆续续地向码头走来。袁俊杰打量着每一个从船上下来的人，仔细地搜索着方丽的身影，几分钟后，他看到她两只手都拿着大袋子从船上向他走来，也许是袋子里面的东西很重，每走两步她就停下来休息。一阵湖风吹来，吹乱了她的头发，几根被水汽打湿过的头发，不时遮挡住她的视线，被她用手拂起又垂下去又拂起。她显然是累了，停下脚步，翘首凝望着自己，俊杰急忙向她招手。

这时，她也看到了袁俊杰，在人群之中伸出手提示俊杰：她在这里！俊杰连忙跑了过去，帮她提起地上的袋子，说："累了吧！走吧，上岸了我们休息一下，去吃个饭，吃饭了就会有劲。"

方丽说："不啦！到外面吃饭好贵的！"

"没事的啦！又没有天天在外吃，偶尔潇洒一下吧！"

"店里生意怎么样？"

"生意还好啦！不过，就是不想做事！"

"钱都不想要了？咋的啦？"

袁俊杰瞟了一眼小方，说："还不是因为你没在身边嘛！"

"咦，"她不好意思地说，"我有这么重要？其实我可以一个人去店里的，你真的不需要抽出空来，不管怎样，还是得挣点钱才行！"

"我知道！"

"这是我从江州带回来的蔬菜和腌菜，家那边这些东西不值钱，而长阳这边什么都得买，还特别贵，能省一点是一点吧！"

"谢谢你爸爸妈妈！是的，节约点好，还有好多地方需要钱用哦！"俊杰也提不起了，他把袋子放地上说，"你怎么不跟我打个招呼就回老家呢？我找你找得好苦呀！"

"有些女人家的事你们男人不知道的。"方丽也停下了脚步，"我想看看我在你心里的位置怎么样。再说，只回去了几天嘛！这里说话不方便，我们先走吧！"

"嗯！好！"袁俊杰背起了两个袋子。当他们走到大马路上的时候，俊杰停了下来，他指着边上的一个饭店说："你累了吧！我们进去歇一会儿，吃个饭再回去吧。"

方丽停了下来，往四周看了几下，指着不远的一个公交车站说："你搭的 24 路公交车是在那里下的吧？"

"是的，怎么啦！"

"我现在还不饿，你饿了吗？"

"我不饿。"

"来，你尝尝这个。"方丽说完就蹲了下来，把一个蛇皮袋内的一个尼龙袋子打开，取出一个鸡蛋递给袁俊杰，"你先吃个鸡蛋垫垫肚子，这个是我妈大清早煮的土鸡蛋，还是热的呢！"

"哦！好的，你也吃一个。"

"好，你先吃！"小方看见袁俊杰的手有点儿脏就说，"我来帮你扒吧。"她一边扒着鸡蛋一边说，"你看看 BP 机，现在是什么时候了？"

袁俊杰看了一眼 BP 机，说："现在是中午 11 点 45 分。"

"要不我们回去做饭吃吧！反正回去最多一个小时，袋子里还有腌菜，饭一熟就可以吃了。"

"好吧。"袁俊杰接过方丽剥好了的鸡蛋吃了起来。

路上他们相互搀扶着，背着几个大袋子，搭上了24路公交车。

一到店里，袁经就告诉袁俊杰，谁谁找他有事，谁谁的防盗网要得急，要他加快安装，还有谁谁要货来店里催了几次。听到有这么多的事情，袁俊杰随即就展开了工作，方丽也是一到店里就忙前忙后，那天，直到吃晚饭的时候，袁俊杰他们才停下来。袁经端着饭碗说："师娘，你老家离这里那么远，你怎么不打个招呼就走了呢？袁俊杰这几天连魂都丢了，有时候我连饭都没得吃呢！"

袁经一直都是一个比较多嘴的人，与他人之间的对话，算不上言简意赅，可也算不上滔滔不绝，反正是喜欢你数落我，我数落你，说话就像打电话，问一句答一句。可事实上，这么多年俊杰与袁经都习惯了彼此，若换作某天，突然长篇大论，反倒不自在了。

"真的还是假的？"方丽装作若无其事的样子，一边吃饭一边说，"没饭吃，你不知道自己煮啊？"

餐桌上，俊杰说道："前天中午你就说来的，怎么今天才回家呢？"

方丽答道："前天夜里，梦到你在店里受罪，又怕你吃不好。你又舍不得买，找你办事的人也多，我就想带点菜来给你吃，看到你们埋怨我的样子，那还不如不来呢！"

"咦！那没有！没有呢！"袁经急了，忙说，"师娘，你可不要乱想哦！师傅对你可是真心的啊！"

袁俊杰无心地呛了一句，听到袁经帮他开脱，脸上微微泛红，他用筷子指了指桌子上的饭菜，说："吃饭！吃饭！试试这道辣椒炒肉怎么样，是我做的，你们都评论评论！"

说完，俊杰一个劲地往方丽碗里夹菜，边夹边说："这都是你最爱吃的，你怎么不吃？"

方丽的用手轻抚着肚子说："我不喜欢吃油腻的东西。"

"噢，我忘记了，你曾告诉过我，你对油腻的东西反胃。"

袁经坐在他们身边，看了一下他们又吃了两口饭后，又停下看着俊杰，不一会儿，又端起碗吃几口，又停下，说："师傅，你的辣椒炒肉我可以提个小建议吗？"

"当然！可以。"方丽毫不犹豫地说。

"你的辣椒炒肉能不能别搞成辣椒'找'肉？"

方丽在边上笑了一下！

"你嫌肉少是吧？有肉就不错了，别看着天天都在忙的，钱是挣了，但是俗话说'船上挣钱船上用'，不省吃俭用的话，就别想着余钱，年头忙到年尾，如果两手空空的话，有意思吗？有意思吗？有意思吗？"俊杰慌乱中连说了三个"有意思吗"，他的脸涨得通红。

袁经被袁俊杰这番言论震惊，他没有说一句话，匆匆地吃完饭，放下了碗，说是今晚他要去和一个同学去玩，就出门了。

饭后，俊杰和方丽到店子对面的一个学校的操场上散步。一会儿后，突然起风了，还很急，方丽却迎着风，任风吹乱了她所有的头发，似乎心里有事。

袁俊杰觉得方丽有一些异常，在操场上驻足，回首，望着她说："告诉我好吗？无论怎样，也不管什么，好吗？"

一会儿后方丽还是没有说话，突然他看到方丽的眼角有泪，他有一种不祥的预感，他接着说："我们的事，你是怎么跟你爸妈说的？"袁俊杰没有听到方丽回答的声音，只看见方丽的眼泪像断了线的珠子一样一颗一颗重重地打在他的手上。"知道我为什么不辞而别吗？俊杰！"流着泪的方丽看着袁俊杰，"我妈妈病了，病得不轻呢。我都不敢告诉你，我怕你觉得我又会因为回去看她而花钱，你吝啬钱我不怪你，毕竟你挣的都是辛苦钱，你的钱来之不易，我都不敢花你的钱呢。我只是去看看他们而已，你知道吗？俊杰！"

袁俊杰沉默不语了。

"父母亲都是吃过苦的人，回忆从前，不觉泪流满面，读书的时候，我常常以学习紧张为借口，连几分钟的话都没有。每次放学，又不能相拥，便平静地说了一句：'回来了。'然后匆匆地走在她前面，好让自己看不到她渐渐老去的脸和那慢慢变白的秀发。"

方丽回去的前一天夜里，母亲在她的梦中哭泣，自己也泪水打湿了枕巾，梦中见到了很多年未见到的奶奶，呵，奶奶，那个小时候带着她寸步不离的奶奶啊，一手带大她的奶奶啊，我想你了！奶奶，你在那边还好吧？曾经的快乐与幸福，在山里，在水里，在云里，在风里，在梦里飘摇着……

"在我的世界里，在我的故事里，我没有奢望，我妈妈只是想我了吧，她只要我快回来，不要哀伤，不要别的，她只要我快回来！她想我了！袁俊杰！"

"我知道，我理解！"

良久后，袁俊杰又说："我们的事你说了没有？"

"说是说了！"方丽轻轻地说，"我们还要经受很多次的考验呢！袁俊杰，你准备好了吗？"说完她认真地看着俊杰。

"我知道，我会好好努力赚钱的，请你相信我，好吗？"

"我相信你，可是……"方丽停顿了一下后接着说，"可是有些钱马上就要用，有些东西现在就得要，有些事情明天就要做，你知道我的意思吗？袁俊杰！"

袁俊杰沉默不语了。

"好的，孩子先不要，过两天还是找个医院打胎吧。只能这样了！"方丽再一次流下了眼泪。

"不！"袁俊杰感到他的心好痛好痛，"不，方丽，你不是相信我吗，要不了多久，真的，你什么都会拥有，你什么都会拥有的！"

"现实一点吧，袁俊杰！"方丽抹了一下眼泪，"如果你要我把孩子生下来就得有个自己的房子才行，你总不能让我在这个巴掌大的店里生孩子带孩子吧？这店子是工作的地方，玻璃等各种各样的危险物品到处都是，这与带小孩生活的地方是决然不同的，难道你还不知道吗？"

"……"袁俊杰沉默不语了。

"再说，你爸妈的年龄也大了，小孩交给他们带着也是不可能的。"方丽握着俊杰的手说，"宝宝，我们还会有的，只要我们努力奋斗，我们就可以给我们的宝宝带来好的生活环境。还有，我们结婚总不可能去到乡下吧，我那边的亲戚到长阳来要大半天，到了长阳还得去你那乡下的家里，谁也吃不消的，我爸妈及亲戚们都上了年纪，他们受不了这旅途劳顿的。俊杰，这次回去，我也是跟我爸妈交个底，等我们在长阳扎了根，有了房子，他们就同意我们的婚事！"说完，她偎依在俊杰的怀里。

袁俊杰把方丽搂在怀里，说："好吧！我听你的！"

"哦，不早了，今天天气有点冷，我们回去吧！"

"好的！"

怕方丽感冒，俊杰把外套脱下来给方丽披上。

袁俊杰躺在阁楼上，看着方丽在下面忙这忙那的，灯没有开，电视荧幕是微弱的蓝光，洒满了方丽俊俏的脸庞，还有满头的秀发。忽然间他想，一年有365天，如果天天晚上都能这么看着她过日子，那该是多么幸福的事啊！

第二天，袁俊杰和方丽就到附近的医院咨询了一下，看能否用药物堕胎，他们不想做人流手术，手术不仅花钱，还让身体受疼和吃亏。医生要他们先去买缩宫素，服下后，方丽肚子突然很痛，痛得头上冷汗直冒。于是，方丽去了厕所，希望那个东西快点掉下来，真的好痛，她开始憎恨那个在她身体里面的东西了。她一次又一次地去厕所，不过，好像没有掉下来，她没有仔细看。于是，他们去找医生。医生说，药力不够，得加药，于是方丽一共吃下了六颗药。方丽遵医嘱，在楼梯上跳上跳下，人们以很奇怪的眼神看着她，她心里想：看吧，反正我是病人，我也无所谓了。只是，方丽在心里不停地祈祷着：孩子，你快点下来吧，不要折磨你妈妈了。痛还是痛，血也流下来了，越来越多，方丽去了几次厕所，还是没看见什么掉下来。于是，他们只能回家了。

虽然医生说一定要好好休息，要补充营养，要开心，不要生气，但是方丽依然暗自伤心。袁俊杰傻傻地看着她。

方丽说："以后怎么办，我们以后不会再有孩子了怎么办？还有，到底什么候能有孩子？"这时，方丽又想起她的孩子，她轻轻地摸了摸自己的肚子，忽然，莫名地哭了起来。"是我没用，因为我无能，孩子！哦，我不配叫你。别人甚至不认为你是生命，可是我不会忘记你的，真的对不起，孩子。"方丽喃喃地念叨。

这天，袁俊杰在外安装的时候，接到了父亲的电话，说了一些其他的事情之后，袁俊杰就说了方丽马上就要去做人流的消息。这时，父亲把话筒递给了母亲，母亲接过电话说："么里？嗯话么里？小方要做人流手术？"

"是咯。"

"有了好处为么里不生下来呢？"

"还不是现在不适合嘛！"

"哈醒仔，人生一世，如白驹过隙啊！只有你的孩子才是真正属于你的啊，孩子是上天赐给你的礼物啊！嗯禾里说不要就不要了呢？"

"嗯妈，不是我不要，是方丽不要哦！"

"她禾里不要啰？"

"他里屋里话咯不要，还不是看我里在长阳冇房子。"

"哎！良田万顷，日食三升，大厦千间，夜眠八尺！钱是慢慢赚的嘛！孩子才是无价之宝啊！"

俊杰没有讲话，他在电话里听到父亲说："他们年轻人晓得么里！禾里晓得咯些咯大道理，番赚钱吧，冇钱么里事都做不好哟！"

母亲反驳他说："有儿穷不久，无子富不长！没有人要再多的钱财又有何用，我里侯家不是典型的例子吗？"

"时代变了啊，你那种重男轻女的思想不行了啊！"

"嗯搞错了吧，我可蔼是重男轻女啊，我是话要孩子，男孩女孩都喜欢啊，有人才有世界，没有人赚了钱又有什么意思啊！"

"嗯不要急嘛！他们还年轻，会有的。随他们去吧。"

"哎！仔大不由娘！只能随他去吧！万事不由人计较，一生都是命安排啊！哎！"

说完就挂了电话。

后来，医师告诉他们，肚子里的孩子4个月的话，用药物是打不下来的，他们这样的情况就必须做人流手术，人流手术都是越早越好，胎儿越大越不容易拿掉。看样子这事宜早不宜迟，袁俊杰和方丽商量好了第二天就去其他的街区问一问做人流手术的费用等一些情况。

问过几家医院和诊所后，为了节省费用，他们决定在火车站附近的一家私人诊所做人流手术。这家私人诊所的人流手术都是套餐来的，相比那些大的医院，还是便宜很多，顾客也很多。他们选的是最便宜的900元的套餐（包括B超、消炎、手术等全部费用）。在医生的指导下，小方当天就住在诊所里照B超和消炎等。躺在床上，她感慨万千，不知不觉中，肚子里的种子已经成长为一个生命，但是，她和袁俊杰不能接受上天的这份礼物，因为他们没有福气拥有这个天使。天使还是要回到它应该待的地方。干瘪的种子是注定不能开花结果，对不起了，宝贝。

这家诊所里的人真的多，袁俊杰在接诊室、B超室、划价处、检验处之间穿梭。方丽暗想：还好有他陪在我身边。轮到她的时候，一个护士小姐大声吆喝："谁是方丽？"

袁俊杰急忙举起手说："是我！在这里！"

"进来！"护士小姐把门推开。

他们进门后，在一个医生的桌子面前坐了下来。

医生问："几个月了?"

这时候,一会儿有病人要医生给她看看她的药该怎么吃,一会儿又有病人问他去验血的地方怎么走。在这小小的房间里,短时间内人进人出的,小方看着都觉得头晕,她没有回答。袁俊杰急忙告诉医生:"4个月了,医生!"

医生说:"怎么搞的?怀孕了不要?"

方丽说:"不要。"

"结婚了没有?"

"没有!"

"没有?"医生一听到就重复了一遍,用鄙视的语气说,"多少岁了?"

"22。"

"要什么流?"

"我想药流,但是怕流不干净。"

"孩子这么大了怎么能药流?必须做手术人流。"

"手术怕疼!"

"不疼,打麻药的!"医生看了一下排在外面的病人,不耐烦地接着说,"痛了你才会记得一辈子!"

袁俊杰和方丽听了互相看了一下对方,无语。

医生抬起头用一种奇怪的眼神看了她一眼。她并不把它理解为厌恶。她已经23岁了,年纪没有诊所里面其他的那些女人岁数大。在这栋房子的1楼和4楼间穿梭,方丽看到她从来没有看到的景况:来这里的有年龄小的女孩,她看上去真的只有初中学生那么大,做手术的时候,还是一个人,身边并没有什么人帮忙;也有年龄大的妇女,她们的脸色是那么惨白,都家人搀扶着走来走去,好像是刚被医生从死神手中拉回来一样。方丽看到这些,觉得有些害怕。

直到第三天,方丽跨进了手术室,她的背开始发凉,不知道在前面等待自己的是什么。昨晚,她吃了医生开的三片药,说是软化子宫的,今早九点半做了个术前清洗,然后就到了手术室。医生先让他们签了几个文件,然后给小方吃了一小片白色的药,然后他们就坐在手术室外的椅子上开始了漫长的等待。做手术的人可不少,等啊等,等到了十一点半方丽才进了手术室。医生说她的血管太细了,护士扎了半天都没扎进去,弄了好久,终于扎进去了。医生说打麻药了,一秒两秒就没有感觉了,之后方丽醒来就被推出了手术室。只见她的脸惨白惨白的,俊杰心疼地问她:"疼吧?"她说:"我坐在手术室里面。医生还没来,我就开始胡思乱想。在我中止我的胡思乱想时,医生也来了。我小心翼翼地问自己该怎么办。医生淡淡地说,把这三颗药吃了,然后在观察室待一个小时,痛的话就躺在床上。和我一起的还有三个人,大家都痛得一塌糊涂,有个人还吐了,但是医生说吐了会减药效。开始时,医生说先吃6颗黄色的药。"方丽吃完后过了一段时间,开始恶心、肚子痛。打完麻醉药之后,手术全程没有一点感觉,出来后就打了消炎针,然后喝了一碗小米粥,又去做了个暖宫治疗。为了节省精力,他们打完消炎的针,当天晚上就回到了店里。

晚上，开始流血了，方丽很害怕。也许是麻醉药物失效的原因，疼痛折磨着她。第二天，虽然肚子还是有点疼，但是相比之前好了很多。做完人流手术都是一个星期后去检查的，因为一直都没有流血，怕是手术做失败了。经过医院复查，没有发现凝块，医生说手术很成功，不用再担心了。

从怀孕到人流再到现在，方丽整个人都有点抑郁，内心也是跌宕起伏，一有点小问题也会很难过。俊杰就在一旁劝她："要好好地向前看，不要总担心眼前发生的事情，一切都会好起来的，好好爱自己，不吃冰冷的，多喝热水，多泡脚，多吃豆子，多保暖，因为我们永远是父母心中的宝贝。"

袁俊杰抱紧方丽说："你也是我的宝贝呢！你知道吧？！"

"嗯嗯。"

第十八集
做生意全心投入　贴广告意外负伤

回到家里还没几天，赚钱的迫切心情让还没有完全恢复的方丽马上投入了店里的生意中。俗话说"夫妻同心，其利断金"，这句话在袁俊杰夫妇身上得到了很好诠释。袁俊杰在店里主要负责制作安装等，方丽主要负责管理、洽谈业务等，经过他们二人的精心经营，目前，店里的生意的发展越来越好。

俊杰的门面面积不足十个平方米的，里面有一张划玻璃的桌台、一部电话。初期只有三个人，所以袁俊杰、袁经二人既是业务员、制作员，又是安装工，每日在各个角色间不断地切换，十几个小时的工作强度对袁俊杰来说已是家常便饭。

除了高强度的工作，安全管理、规范流程、业务提升等一系列问题也摆在了袁俊杰面前。在他们的用心经营下，业务量不断增加。俊杰在经营的过程中也发现了新的商机。

俊杰考虑到他的防盗门和防盗网的销售对象大部分是有新房子需要装修入住的群众，为了吸纳更多的生意，他们商量好了之后去广告公司打印了一千份这样的广告：

> 好消息！长阳市源泉装饰工程部为了扩展业务，特在本小区诚招体验用户，共提供10套防盗门和防盗网做样版，仅收取一半的费用，为期两年，期满后即付清余款。名额有限，先到先得！
>
> 　　　　　　　　　　　　　　　　　　　　联系人：袁俊杰　方丽

他们在门面方圆一公里范围内的新建小区的走廊、过道、梯级等张贴好广告。刚开始的时候，去的是一个有熟人的小区。俊杰买了两包烟，给熟人们抽抽烟，他们也就没说什么，在那个小区还算顺利。通常一个小区要贴几天，因为店里还有事要做，总不能为了贴广告而耽误事情不做吧，如果白天没时间，他们两个人就晚上去贴。

　　有一天下午，袁俊杰闲着没事，他数了一下剩下的广告单，还有几十张没有贴呢。他想了一下已经贴了的小区，突然想起还有一个小区，他好像没有一个认识的熟人，所以一直没有去贴。他想把剩下的广告贴了，他跟方丽打了招呼后就骑着单车出发了，一到那个小区大门口，他看到人们进出时没有保安询问和登记，顿时觉得今日运气不错，舒了一口气，推着自行车就往里面走。谁知，才贴了几张广告，就被小区里面的一个保安拦住了。

　　"干什么的呢？"保安大喝一声。

　　俊杰急忙说："您好！"掏出烟来递给保安。

　　保安把手一摆，说："不抽。"一副不好说话的样子，往俊杰的身上看了看，"你是哪里的人？在这里干什么？"

　　"我，我就是附近的，就只，就只看一下……"俊杰紧张的得结巴起来。

　　"不要乱涂乱画和贴广告！"

　　"好，好的！"

　　"那你手上的是什么？"保安指着他手上提的袋子问。

　　"书、书纸！"

　　"打开看看！"

　　"就是一些书纸，一些书纸。"俊杰磨磨叽叽。

　　"拿出来看看，快点！"

　　没办法，他只得打开袋子，几十张广告单露了出来。

　　"走，快出去，这里不能贴。"

　　"我贴到不显眼的地方，可以吗？"

　　"也不行，快走，再不走，我把你的东西都没收了！"

　　"好，就走！"

　　俊杰拿着袋子，跨上自行车一溜烟儿就跑了。

　　回到家后，方丽也知道了他今天贴广告失败的事情，她也知道那个小区比一般的小区要大很多，而且都是新建的楼房，她似乎看到了已经到嘴巴的肥肉就要飞走了。她向俊杰提议：既然白天有人看管，那我们晚上去贴吧！袁俊杰也觉得可行，那些房子装修好的只有几户，现在还没有住多少人，保安肯定不会值晚班，夜深一点再去贴，能贴一张广告算一张广告，有时候只要有一张广告发挥作用就可以了。

　　说干就干，当天晚上十点钟左右，他们两人拿广告袋骑着自行车，悄悄地来到那个小区门口，把直行车停在一处没有灯光的角落里，然后提着一个袋子向大门口走去。只见大门半开着，四周万籁俱寂，寒风呼呼地刮着，他们两人不约而同地打了一个寒战，暗暗祈祷："菩萨保佑！"果然没有人看守！他们手牵着手，走进了小区。突然，远处传来一阵狗叫声。方丽全身颤抖，两只手都抓住俊杰，把嘴凑到他的耳朵边说："难道没把保安惹来，倒把小偷招来了吗？"

"没事，不怕！"俊杰把方丽的手捏得更紧，"有我呢！"

他们来到一栋楼房旁，抬头一看，只见楼房里面只有一两户亮着灯，还有几栋没有一盏灯亮呢，"咦！真的没有多少人入住！"

"快，快贴广告吧！"俊杰说完就行动起来，从袋子里面拿出广告单。

"好！"

方丽帮忙着把这些广告单的反面涂上厚厚的糨糊。

这时候有一个保安跑到监控室，目不转睛地盯着屏幕："咦？奇怪，怎么没有人影呢？"一会儿后又平静下来了，可是，他又听到一阵狗叫声。他想打电话给派出所，可又想：如果不是小偷，惊动了派出所，派出所的民警不会说他无聊吗？如果是小偷，该怎么办呢？左思右想，最后决定去探个究竟。

漆黑的夜晚真是静得令人毛骨悚然，保安拿着手电筒边走边不断地为自己鼓劲："别，别害怕，坚持就是胜利！"东照照西瞧瞧，突然，前面窜出一个影子，他吓得浑身发抖，不知该前进还是后退。他壮了壮胆子，又向前走去。啊，原来是一只猫啊！真是虚惊一场。

还好保安没有发现他们，袁俊杰也怕保安明天白天发现后会撕掉，所以他每一张都贴在不是那么很明显的地方，在那个专门给小区业主提供广告的信息服务栏里贴了三张，一看袋子里只有几张广告单了，这时候，那边的狗叫声又传来。方丽也说："回去算了，不能太搞晚了，明天还得做事呢！"俊杰说："好的！"他们就收拾好东西，趁着夜色溜了出来，骑上自行车就回来了。

第二天下午，袁俊杰正在店里焊防盗网，突然腰间的 BP 机"滴滴滴"地响了起来，他一看，是一个陌生的电话号码，可能有人找他谈业务。他随即就跑到隔壁的超市里回电话，一接通电话，那边就传来一个男人的声音："你是袁俊杰吧，我是翡翠小区里的业主。"

俊杰一听可高兴了，翡翠小区不就是昨天晚上他和方丽偷偷地去贴广告的小区吗？来生意了！他急忙说："是的！是的！您贵姓？住哪一栋？"

"我姓黄，翡翠小区 3 栋 702 号房，我想找你做防盗网，你能来一下吗？"

"可以！可以！我马上就来。"

"好的，我就在小区门口等你！"

"好的，我马上到！"

正在这时，店里来了一个老顾客，进门就喊："小袁，忙不赢啦！"

他一看，原来是给他介绍了很多业务的王老板，急忙上去招呼："王老板来了！快！请坐！"他急忙从裤兜里掏出烟盒来，抽了一根烟递给王老板说，"王老板！抽烟！"

"蛮忙的吧！忙就好噢！忙就好噢！"

"这都得感谢王老板你看得起我俊杰，感谢你关照我的生意，还到处帮我介绍业务！"

王老板笑了笑，说："哪里哪里！都是因为你的手艺好，做的东西精致，价格公道啊，小伙子！"

"小方，这孩子真不错！"王老板说完拍了拍他说，"小袁啊！我的玻璃门窗需要你马上安装，我订了 5 点钟半的火车票，就要去北方出差，得个把月才能够回来，现在快 3 点钟了，得抓紧时间啦！你看，我电话都没有打，直接到你店里来了！"

"哦！是这样的！"袁俊杰想了一下后就说，"您出差去了，这么久都不能回来，玻璃门窗我也没地方放呢。我马上就喊人骑三轮车过来装货，然后去您那里安装！好吧？"

"好的，好的！"王老板满意地说，"那我就先回去准备准备！"

俊杰说："好的！您好走！"他又从裤兜里掏出烟盒抽出一根递给王老板。

王老板接过烟就走了。袁俊杰想起刚才打电话要去翡翠小区谈生意的事。他随即跟方丽说："那翡翠小区的事怎么办？姓黄的业主正在等着我呢！"

方丽在关键时刻也不含糊，毫不犹豫地说："我去吧，我去翡翠小区看看，你放心去给王老板安装门窗玻璃吧！"

"该不会是昨晚我们贴的广告惹祸了吧？"

"不会的，我们又没有犯法。""那个人打电话给你是怎么说的？"

"那个人姓黄，住 3 栋 702，他说要做防盗网等，要我去跟他谈一谈价格，他说就在小区的门口等我，他并没有说别的。"

"好，没事，我去看看，你就放心吧！"

"滴滴滴"，这时候喊来装货的三轮车来了，"有事打电话给我！"俊杰说完就指挥三轮车师傅装货去了。方丽也赶紧过去帮忙，送俊杰去安装。方丽就拿起本子和笔装到袋子里，推出自行车，向翡翠小区骑去。

在小区门口，方丽找了半天也没有发现有人等她，她忘记了要黄老板的电话号码，她又不认识黄老板。没办法，她把单车停好后准备去门卫处问一问保安，她一进门就听见里面传来几个男人的声音："太晚了，没有看到！"

"以后还得严加看管！"

"白天好像来过！"

"没事，还会来的！"

"太不像话了！"

"请问一下保安师傅，谁认识黄老板啊？"方丽小心翼翼地问道。

"黄老板！你找他有什么事？你是他的什么人？"

"我是给他做防盗窗户的师傅，他跟我说好了在大门口等我的！"

"黄老板在这里！"有一名保安笑着说。

这时一个穿保安衣服的人站起来，说："你是袁俊杰的什么人？"

"我是他老婆。"

"袁俊杰的老婆？他人呢？"

"我老公有事忙去了，所以我先过来看看。"

这时，方丽看见这几个保安在商量着什么事情，她着急地说："哪一位是黄老板啊？"

"我来问你，那个贴在电梯里面的广告是你贴的吧？"一个保安站起来严肃地对她说。

方丽霎时脸红了起来，支支吾吾地说："不知道，不是我贴的！"

"不是你贴的？这广告单上不是你老公袁俊杰的电话号码吗？"说完，他把桌子的抽屉里拉开，拿出一张从墙上撕下来的广告单给方丽看。

"这个难道不是你贴的？"

面对这张广告单，方丽不知道说什么好，愣在那里。

"快去把广告都给我撕了，不然，把你送去派出所！"

方丽被这个保安说的话给吓到了，她急忙说："好吧……我明天有空了就来撕，好吧？"

"有空？明天？不行，你得现在去撕！"

"我还有事呢，店里没有一个人，我必须回去！"

这时一个保安把进出保安亭唯一的门给关上了，背靠着门，不让方丽出去。这时方丽急了，她一边伸手去推那个靠着门的保安一边说："你让开，我得回去，我的店里没有一个人，你走开……"

那个保安觉得一个女人推他让他很难堪，让他很没有面子，他骂了一句："别推我好不？"

这时候，方丽认为是这个保安先挡着她出门，是他有错在先，所以她理直气壮地回了一句："你挡着我的路干吗？你还骂人，不要脸！"

"你说谁不要脸？"那个保安冲过来，一把抓着方丽的衣服上的衣领骂道。

方丽也不示弱，放下手上的袋子，一双手抓住保安的衣服对骂起来，就这样他们两个人越闹越厉害，你抓我我也抓你，你推我我也推你。在他们的推搡中，方丽被推倒在地上，身上有几处红红的地方，那个保安的衣服也被扯破了。这时，旁边的两个保安也过来了，不知道是帮助那个保安，还是真的出于好心劝架，把他们分开，反正一直没有把他们真正分开，看热闹的人越来越多，大家齐心协力才把他们给劝开来。

不知道是谁报了110，等警察一到，要做了一个简单的笔录时，大家七嘴八舌地议论着，有说方丽不是的，也有说保安不是的，警察一时间也弄不清楚谁对谁错。他们把方丽和那个保安都带上警车，说是去派出所再说。在派出所里，那个保安打了电话给家人，当警察要方丽打电话通知家人时，方丽说不打电话，他老公袁俊杰没时间，正忙着呢。她跟警察说，她的手和脚都疼，希望警察送她去医院检查检查，在她的再三要求下，警察同意了，方丽就去医院了。

再说回袁俊杰，安装完了黄老板的窗户玻璃后，回到店里却没有看见方丽。他在店里就纳闷了，为什么小方到现在还没有回来呢？他感觉也许出了什么大的事情，因为他到现在也没有接到方丽的电话，可是，他又觉得要是遇到了大问题，小方不至于电话都没给他打一个。他在店里越想越担心，什么都顾不上了，他想起了翡翠小区，突然疯了一般向荟翡翠小区跑去。

袁俊杰在翡翠小区的门卫室那里了解到，因为在小区的电梯里私自张贴小广告，方丽被小区的物业保安抓了，她不听劝阻与保安发生了肢体冲突，两人被警察带到了派出所，事后方丽觉得身体不适，去医院就医，反过来起诉保安要求赔偿。门卫室的人认为，方丽张贴小广告破坏公共环境，本身就有过错，同时，并无确切证据证实保安对其存在暴力拖拽的行为。方丽自称是自由职业者，负责装修工程的宣传工作。小区保安说晚上有人到翡翠小区，在楼栋电梯内张贴家装宣传广告，小区物业保安胡师傅在查看小区监控视频时，发现此事。胡师傅通知其他保安一同前往楼栋电梯内进行查看，但是当时并没有发现人，仅仅发现了一些已经张贴好了的广告单。第二天，胡师傅冒充一个看了广告单的客户并与他取得了联系，才把贴该广告的老板骗来。

骗来方丽以后，在要求她将张贴的广告处理的过程中，保安胡师傅要求方丽撕掉小广告，方丽不听劝阻，还与胡师傅发生了拉扯。方丽感觉左上肢不适前往医院就诊，初步诊断结果为左上肢软组织损伤，挂号费、检查费、医药费共 380 元。方丽认为，电梯里面本来就已经贴有其他广告，是脏乱的环境，自己将广告贴在电梯保护层上，已尽到了注意义务，没有规定说在电梯内不能张贴小广告，物业公司保安在翡翠小区的门卫室里粗暴地对自己实施抓、拖、拽等暴力行为，她被无故羞辱，受到惊吓，而且手臂、胳膊多处受伤。

这天，袁俊杰有事就回了一趟袁家岭，他买了一些水果，一进门就看见母亲躺在床上，没有看见父亲。得知他回来了，侯大娘急忙起床，说："俊伢仔，今日禾里会来哒咯？"

"冇事，不是好久冇会来哒嘛？回来看看嗯里！"

"有么里看数，还不是老样子。"

"嗯妈，宜是嗯喜欢恰的芝麻饼。"

"好，生意还好吧？嗯和方丽还好吧？"

"好哦，我带了菜，我切做饭去吧，哦！伢老子呢？去田里哒？"

"他切田里了！好，我里切煮饭切！"

到了厨屋里，袁俊杰把米淘好后，侯大娘就坐在灶膛旁开始烧火了，接着，俊杰就洗菜切菜。

一会儿后，只听见堂屋里传来一阵熟悉的声响，袁青山走到厨屋里，一看，说道："俊伢仔回来哒！"

"是咯，等一下饭菜就都熟哒咯！"

"好嘞！"

"嗯一个银来咯？小方冇来？"

"她在看店子，店里还有点事情！"

"店里有事，今日禾里来哒咯？"

"冇么里事，冇么里事！"

"看嗯一句有事一句冇事，不晓得到底有冇事？"

"俊伢仔，嗯有事就话，自己的伢娘有么里话不得的啊？"

"真咯冇事哦！菜都熟哒，走，恰饭切！恰饭在话！"

"俊伢仔，嗯在外一定要注意安全。"侯大娘似乎感到不安，她一边吃饭一边说。

"我晓得！"袁俊杰一边嘴巴里嚼着饭一边说。

"在外面不要惹祸啊，逢人且说三分话，未可全抛一片心！俗话说'闲事少管，无事早归'，嗯知道嗯咯伢娘都是咯样子，是吧，如果弄出咯么里事来，我里就只能看起嗯咯，冇能里帮嗯一点点咯啦！"

"我晓得！"

"贪他一斗米，失却半年粮，争他一脚琢，反失一肘羊。人穷志短，马瘦毛长！我里穷要穷得有志气，不该你的就千万不能要咯。"

"我晓得！"

"做生意就得以诚信为本啊，收了别人多少钱就要给别人办多少事，不能为了多赚点钱而降低质量，让别人觉得你不值得信任，人无信不立！没有得到别人的信任就自然失去生意。再说，得到了别人的冤枉也没有好下场。俗话说：'为人莫做亏心事，半夜敲门不吃惊！'咱们身正不怕影斜！行得正坐得稳，不怕任何牛鬼蛇神！"

"我晓得哦！"袁俊杰说完之后，放下筷子说，"前几天，我和方丽在外面贴广告，与别人发生了争执。"

"禾里搞的？"袁青山随即问道。

"就是在一个小区里面贴广告，里面的保安不让贴，所以发生了一些冲突。"

"不让贴就不贴啊，去别的地方贴可以吧？"侯大娘说。

"可以是可以，只是事已经发生。"

"没伤到银啦？"

"蛮伤还是冇！"

"禾里咯，小方搞伤哒？伤得么样了？"

"冇事！"

"人冇事就好！去医院检查一下冇？"

"去了，冇么里事！"

"嗯咯伢仔，反正是冇事，反正是冇事，有么里事嗯就话，我里一起来想想主意，俗话说'三个臭皮匠赛过诸葛亮'，小方现在禾里搞咯？"

"真的冇事，我里准备起诉小区物业！"

"起诉？嗯咯伢仔，嗯看，这事不是越闹越大了嘛！官有公法，民有私约。俗话说：'衙门八字开，有理无钱莫进来。'我里一冇钱二冇权，禾里搞的他里赢啰！"

"咯又不是旧社会，怕么里？"

"伢仔，自古以来就是民不和官斗！错误是绝对不能犯的哈！人心似铁，官法如炉！犯的错误都是要嗯自己去承担后果的啊！"

"那就切任由别人欺负喽？"

"呃！怕么里呢？人恶人怕天不怕，人善人欺天不欺。善恶到头终有报，只争来早与来迟。"

"这个社会就是人善被人欺，马善被人骑！嗯妈！"

"善事可作，恶事莫为，善有善报，恶有恶报，不是不报，日子未到！"

"有句话说：'杀人放火吃饱饭，阿弥陀佛饿死人。'禾里咯？"

"哈醒仔，不要听别人胡说八道！顺天者昌 逆天者亡。欺人是祸，饶人是福。只要嗯里自己冇事就算哒哈，饶人不是痴汉，痴汉不会饶人！再说他犯了法自然有天眼昭昭，报应甚速咯！"

"好哒，不争哒，还是先看看法院禾里话？"袁青山说。

"好啦！好啦！只要银好就好！"

"是咯！"

……

方丽就受伤一事正式起诉翡翠小区物业管理公司至长阳市人民法院，要求保安胡师傅及其所在物业公司向自己赔礼道歉，赔偿医疗费 380 元及误工费 600 元。保安胡师傅说，那天下午四时，通过监控录像，发现她在电梯里贴小广告，他们三个保安马上一起来到了现场，正好把她"抓现行"。因为方丽不愿意撕掉小广告，非要报警，才拉了她的袖子。具体情形可由其他保安和小区居民作证。

翡翠小区居民赵女士今年 5 月才入住，她说，虽然刚入住不久，但是家门口每天都有人来贴小广告，让人头疼。至于方丽在保安室受伤的事，赵女士说，如果方丽是在保安室受的伤，就得由保安室里的人责任，如果真有这么回事，那么保安打人也是不应该的，你们几个男人怎么围着一个女人打呢？于情于理都不应该嘛！真正受伤的话，那得要他们出钱！

再说，物业公司的这种行为是为居民解忧，属于正常管理行为。"我们这儿是个新小区，去年下半年才交房，很多住户还在装修。"物业公司张经理说，经常有人来贴小广告，保安胡师傅有责任心，敢管事、能管事，他对工作负责的态度值得学习。

长阳市司法局对物业公司明确指出，方丽违规张贴小广告，物业公司保安履行职责无过错。同时，方丽有证据证实其当天受伤，产生的医疗费用与本案有直接关系，所以方丽要求物业公司及其保安支付律师费、医疗费也有事实与法律依据。

法院经审理查明，方丽提交了证据并能证实保安胡师傅对其存在暴力拖拽的行为。本案系因袁俊杰在小区电梯内张贴小广告而引发，根据《民法典》第八条、第九条，"从事民事活动，应当有利于节约资源，保护生态环境"的规定，袁俊杰在电梯内张贴小广告系对公共环境的破坏，不符合维护社会公共秩序和善良风俗的基本要求。而保安胡师傅作为小区保安，对方丽的不当行为进行劝阻，系履行工作职责的行为，不过在劝阻、处理过程中采取不当措施，以致方丽受伤的事实发生。翡翠小区门卫室的监控录像显示，胡师傅作为小区保安在履行工作职责时超出了必要的限度或存在过错。故一审支持了方丽的全部诉讼请求。

保安胡师傅在法庭上表示，自己只是对方丽的语言和动作进行了正当防卫，其过程也不存在过错，所以他不服法院的一审判决，并在两个月后向长阳市中级人民法院提出复审。长阳中院认为，方丽作为成年人在公共场所张贴小广告系破坏公共环境的不当行为，但是引起本次纠纷的直接原因，是保安胡师傅与其他两名保安在翡翠小区的门卫室与方丽拉扯致其受伤，证据确凿。虽然方丽其本人有过错，但是其过错的危害性不足以与其伤害性成正比，同时，方丽的检查报告能证实其身体上的实际损伤与本案有因果关系。

最终，二审驳回保安胡师傅的上诉，维持原判。承办法官表示：民事主体的人身权利、财产权利及其他合法权益受法律保护，任何组织或者个人不得侵犯。但是，民事权利的行使是有边界的，民事主体不得滥用民事权利损害国家利益、社会公共利益或者他人合法权益。违背公序良俗、损害国家利益、社会公共利益或者他人合法权益的民事行为法律上无效，并应当承担相应的法律责任。

虽然袁俊杰他们赢得了这场官司，但是他们并没有因此而感到高兴，他们也在反思自己的错误，毕竟自己不能以错误的方式打广告。如今楼道里面和外面，只要有点空的位置，都被大大小小的广告给占领了，让人看起来确实很不舒服，这些大大小小、五颜六色的"牛皮癣"真的是给这个城市的文明卫生带来负面影响。他的门面的马路对面的围墙上也写着："城市是我家，文明靠大家。"

袁俊杰也意识到，他们这些从农村来的乡巴佬也要爱惜这个城市，说不定以后他们会在这个城市买房子，永远地住下来。哦！不，不是说不定，而是一定，一定要在这个城市里买房，在这座城市里永久地生活下去。以后，他们也要像自己的家一样爱这座城市，这里的人就好像是袁家岭的隔壁邻居一样，只有关系融洽，才能真正地融入这个城市，真正地成为这个城市的合格的一员。如果在这里买房，我们又不能融入这里的生活，又有什么意义呢？袁俊杰想：从今往后，我们要做一些改变，不能为了眼前利益而牺牲未来的发展，不能为五斗米折腰，也不要为了挣钱而得罪别人。一句话总结：搞好关系，团结一切！方丽听后不停地点头，她被深深地触动。

袁俊杰他们的广告虽然没有贴了，但是他们的生意也是应接不暇，做了一单又来一单，安装工期都排到了几个月后了。经过他们夫妻俩的共同努力，生意越来越红火。袁俊杰凭借着自身的朴实、诚信的经营理念，赢得了新老客户的一致认可和信任。

他从一开始的跑外做业务，到后来请业务员加入，后来增加了包括电焊工和安装工在内的一起共7人，一起创业。小方负责业务，有时碰上老客户多让点利。生意得到了稳固发展，俊杰也是不忘初心，主动承担社会责任，为附近的小区居民做一些力所能及的事，受到群众欢迎。

只有诚信经营，才能赢得尊敬。在经营上，他们想客户之所想，尽力让客户满意。有一次，有个客户过来要买锁，说原先的锁开起来不顺溜。袁俊杰对客户说："我去给你看看，能修就给你修修，不用花钱，实在修不好，你再花钱换新的，可以吧？"客户一听，有点不相信，就无所谓地说："那你试试吧。"他捎着材料和其他工具，去到客户家看了看，注了一些机械油，把螺丝松开再紧上就好了。客户一看锁好用了，非要付钱给他。袁俊杰说："不用，我只是跑跑腿，没用啥材料，不要费用。"客户感激万分。一天，有位老人来店里订了一套防盗门。袁俊杰去他家量尺寸时发现了问题，他的防盗门只是锁体出了点儿问题，他就直接跟老人说："拿个锁体给您换上就好用了，花几十块钱就能解决的事儿，绝不叫您花冤枉钱。"老人高兴地说，以后只要有门窗方面的需求，一定找小袁。

从古至今，很多商人都把诚信作为自己的经营信条，要把生意做强做大，不但要勤劳，还要坚持诚信经营的理念，要严把进货关和安装关。从人品上可以看商品好坏，商家要为消费者提供货真价实的放心产品。只有始终诚恳地为客户服务，从内心把客户当亲人，才能与顾客建立良好的关系。只要客户有需求，随时服务到家。还要热心公益、奉献社会，用实际行动赢得社会认可。一切以客户的利益着想，做一个诚信本分的生意人。服务于社会，也是商家赢得市场竞争主动权的重要法宝。

生意越来越好，自然挣钱也就越来越多。这不，这天晚上，袁俊杰和方丽两个人躺在床上久久没入睡，方丽先开口了："俊杰，你看我们有了一些钱了，是不是可以去买个房子？"

袁俊杰想了想，说："是啊！明天你去看看房子吧，看看你喜欢住到哪里，价格怎么样，需要多少钱。"

"好！"方丽偎依在俊杰的怀里撒娇说，"你不知道吧？"

他不知道方丽说的是什么，以为自己没有听到就问："你说的我不知道是什么呢？"

第十九集
毛家户口生纷扰　情侣真心结夙缘

看着毛丹爸爸去了房间，妈妈走过来说："丹丹，你先回去吧。"

说完，她回头看了一眼毛爸爸的房间，又把嘴巴放在丹丹的耳朵旁边说："你先回去，户口本我慢慢想办法，你放心，我有办法。"

"你有办法？"毛丹不相信自己的耳朵，她看了一下妈妈，"你有什么办法？"

"你不用管，我拿到了再告诉你！"

妈妈说完做了一个偷的动作。

"好吧！"毛丹苦笑了一下，"妈，那我就回学校了啊！"

"好！路上注意安全！"

"我知道！"

"明生呢？他没有来吗？"

"来了！他有点事，去别的地方了，我们说好了，我到汽车站等他。"

"好的！一定要好好休息啊！不能累着自己的，记得啊！"

"妈，我知道！哦，如果户口本拿到了，你怎么给我呢？"

"嘘！"妈妈提醒她不要说话，并做了一个去外面的动作。于是，母女两人一起下了楼，母亲对她说："等我拿到了再说吧！"

"好，你拿到了，我再来拿！"

"你少到外面跑来跑去的！你的肚子越来越大了，到处跑是很危险的！"

"那就要明生来拿吧！"

"好，要不放到那辆去龙山小学的汽车上，让司机带给你吧！"

"也可以，到时候我要明生去司机那里拿！"

"这样也好！"

母女俩就此别过后，毛丹去了汽车站，与在那里等她的明生一起回了龙山小学。

话说卢萍回家后，看见毛平安已经从房间里出来了，坐在沙发上看电视，他看见她回来了就发脾气，说："看吧！这就是你教的好女儿啦！大人都要被她活活气死去！"

"俗话说'崽大不由娘'，孩子大了，我们就随她去吧？"

"随她？"毛平安更生气了，他指着毛妈妈，"就是你这种随她的态度惯坏了她，你醒醒吧！你这不是对她好，而是害她呀！她年纪轻轻的哪知道什么世事，不管我说什么，你们反正就是反对，你不要把户口本给她，只要她不办理结婚登记，我们就还有机会。她会后悔的！你等着看吧！"

"好吧！我知道了！"卢萍回应说。她知道自己丈夫是一个急性子，一下子不会平静下来的，面对他的唠唠叨叨，她也似乎早已习惯，为了不引起他的怀疑，她只能一边稳住毛平安一边想办法拿到户口本。几次她趁着他上厕所或者是去外面的时候翻找户口本，不知道为啥毛平安都在她还没有找到之前就回家了，让她不得不停止寻找。

这天下午，趁着毛平安在沙发上看电视看累了，睡着了，她小心翼翼地钻出屋门，又看了看他，没有问题，睡得很熟，就趁现在！她往屋里扫视了一圈，把衣柜门打开，证件什么的平时就放在那儿，用手拉开抽屉，轻轻地掏出里面的公文包，心里忐忑不安，觉得还是不放心，一会儿回头看一看，一会回头看一看，由于紧张，双手轻轻地颤抖，半个小时过去了，她都没有找到户口簿。她心里一直嘀咕着，难道他把户口本藏起来了？老头子真的是太狡猾了，可必须找到的欲望战胜了恐惧，她再仔细找了一遍，还是没有找到。

退出房间后，她还是心神不宁，一会儿想着到底被他藏在哪里呢，一会儿又想要是找不到她该怎么办呢。就在她想得不得了的时候，在沙发上的老头子醒了，向她走来："孩她妈！你在干吗呢？怎么在那儿愣神啊？"

突然的一句话把她吓了一大跳，卢萍急忙站起来说："没……没什么，我只是想一件事，好像厨房里面的碗筷还没有洗呢。"

说完，她把自己的衣服扎了扎，向厨房走去。

经过了这几次的失败，卢萍百思不得其解，老头子到底把它藏在哪里呢？她几乎翻过了所有他原来藏过的地方，但是还是一无所获。

这天，邻居张大婶带着她三岁的孙子来卢萍家串门，那个孙子特别调皮，弄疼了手也从不哭泣，走到那里就调皮到那里，他的奶奶害怕带他出去玩。这不，说好了到毛奶奶家玩的话就不要调皮，当时还是答应得好好的，一会儿后就自己一个人在客厅中玩起了捉迷藏的游戏。张大婶看见他一个人又说又笑的，也没有太在意他，只顾着与卢萍一起聊天。只见小朋友很快地跑到客厅柜式空调后面躲了起来，张奶大婶假装没有看见孙子，在客厅"仔细"地寻找孙子，

正当她在沙发后面假装翻找的时候，她孙子却自己从空调后面笑嘻嘻地走了出来，只见他手里拿着一沓百元钞票，并且交给了张大婶，张大婶吓了一跳，说："毛奶奶，你看这个家伙把你家的钱给掏出来了！"

卢萍看到的时候先是一愣，说："哟！这是在哪里找到的呢！？"她迅速地跑向前，接过那一沓百元钞票，放在手上看了又看，一边又一遍地说："这是在哪里找到的呢?！"

看见张大婶孙子用手指了指空调，她急忙跑到空调的后面，伸出了另一只手摸了摸，果然，摸出了一个尼龙袋子，她打开一看，就是那个她日思夜想的户口簿。

张大婶一而再而三地道歉后，就离开了毛家。

真的是"踏破铁鞋无觅处，得来全不费功夫"，卢萍惊喜过后，给毛丹打了一

个电话，把拿到了户口薄的消息告诉了她。她们当即就决定马上把它送到去往龙山的汽车上，还得抓紧时间，不然等她爸爸知道了的话，就不好办了。挂了电话，卢萍就把刚才的钱放好，然后出门了。她急急忙忙地往汽车站方向赶去，正在她走到离她住的小区不远的地方，突然她的神经紧张了起来，原来她看见毛平安正从对面向她走了过来。

"你这是去哪里？"毛平安见面就问她。

"哦！哦！我去、去买菜！"卢萍害怕得连话都说不利索了，于是她急忙转移话题，"你怎么这么早就回来了呢？你不是、不是去单位了吗？"

"我是去了单位，今天刚好没有什么事情，所以就提前了一点回家了！"

"好，好，你先回家，我去去就回！"

"好！咦，你今天怎么说话结结巴巴的，有什么事吗？"

"没有，没有，没有，我能有什么事？"

"反正也下班了，要不我们一起去买菜吧！我也顺便帮你提一提！"

"不用，不用！我又不会买很多，我提得起的，你先回去吧！回去吧！"

"那，那好吧，我先回去了！"毛平安看着老婆怪怪的样子，觉得不对劲，他来不及多想，说完就回家去了。

卢萍赶到汽车站的时候，正好赶上最后那趟去龙山的客车，她跟司机交代清楚后，买了一些菜，就急急忙忙地往家里赶。回到家里，卢萍像平常一样做好饭菜，然后招呼毛平安吃饭、睡觉。躺在床上，她想到毛平安藏私房钱就久久不能入睡，她想起自己跟着他这么一辈子，什么苦没有吃，什么累没有受！好不容易一路走来到现在，他却背着她偷偷地藏私房钱，她觉得他从来都没有真心爱过她。

她跟女儿打电话的时候想说给她听，可是话到了嘴边又没有说出口。是啊，现如今，女儿也有了家庭，她应该相信自己的老公才对，不然，没有信任的婚姻又能维持多久呢！突然，她觉得虽然自己有种被毛平安欺骗的感觉，但是她能够与他共同生活了这么多年，对她来说就已经足够了，对于毛平安来说，她其实没有什么奢求，不说相濡以沫，不说同心同德，只要两个人和和气气、平平淡淡地相守一生，一起到老，她就已经满足。于是，她当即决定，这些私房钱她先不拿出来，这钱也许是他通过不正当手段得来的，如果是那样的话……不行，这钱不能要，这是怎么回事，老毛这不是在犯糊涂吗？这一辈子清清白白的，到老了还干这样的事，这是明摆着让自己晚节不保啊！不行，这钱得交给有关部门，要不，还是等到他自己知道后，看他怎么说吧！一切都在慢慢地进行着，明生和毛丹高高兴兴地办了结婚登记。当明生把这个消息告诉他父母的时候，他们自然是高兴的，他们都衷心地祝福他们，不过他们很快就知道了毛丹的爸爸对着他们结婚的反对。他们在高兴之余，也感受到一种压力，一种无形的压力，而他们又无能为力。这些问题不是他们能解决的，此刻，他们除了祝福之外还能做些什么呢？

得知丹丹的结婚的消息，卢萍也是又惊又喜，她还没有想好把这个消息如何告诉毛平安，当然，她也知道，毛平安知道这个事情是必然的，只是迟早而已。不过，现在，毛平安藏私房钱的把柄还捏在她手里，她现在似乎比以往任何时候都有力量，面对毛平安，她已经不再像老鼠见了猫一样害怕了。而且，自从发现了他的私房钱，自己似乎变得越来越胆大了，有时候面对威严的毛平安，她也敢于发声甚至争论起来，这在以往任何时候，她都是不敢做的，她现在似乎在他面前彻底地站了起来。然而，就在第二天的晚上，卢萍在厨房里做晚饭时，毛平安突然过来对她轻轻地说："问你个事？"

"什么事？你说啦！"卢萍正在忙着呢。

"户口本呢？"

卢萍停下手头上的事情，看了他一眼，说："你放哪里了？我怎么会知道呢？"

"别装了！你还不知道？"

"我真的不知道！"卢萍底气十足地说。

"好吧！我知道我对不起你！我认错，我认错还不行吗？"

"认错，我都不知道你从什么时候开始的呢？这可是个大问题呀！"

"我知道，我知道！我检讨自己！"

"拿出来吧！"

"拿出来？你过来！"

卢萍从厨房走了过来，生气地坐在沙发上，愤怒地看着他，说："老头子，我问你，你为什么要藏私房钱，为什么藏这么多钱？以前叫你给我点钱买菜你都不肯，你是从什么时候开始藏私房钱的？最重要的是，这钱是从哪儿来的？"

"这……"毛爸爸从来没有这么蔫过，无奈之下，坐到沙发上，"老婆子！男人嘛！不都藏一点，以备不时之需。"

"不时之需？好一个不时之需！你是个怕老婆的人？如果你是一个怕老婆的人的话，那还差不多，而事实却是恰恰相反，你在家里是说一不二的，还用得着藏私房钱吗？"

"是的，是的！我是鬼迷心窍，不知道怎么搞的！"

"你还没有回答完我的问题！"

"是的，是的，这钱是韦局长放在我这儿的。平时我也不缺钱呀，是吧，我为啥要藏私房钱呢？是吧！平时我从来没有藏过，老婆子！你相信我啦！"

"韦局长给你的？你给他办了什么事？"

"没办什么事。"

"没事他会给你钱？"

"他的一个亲戚不是要进我们单位嘛，他要我帮帮忙！"

"这个钱你也要！帮忙？！还不是要你开后门、担责任！你不知道这是违法犯罪的事吗？你快点把钱还给他，我们再穷也不用这不干净的钱，我现在就给你，听见了没有？马上还给他！"

"好，好，好！还给他，还给他！"

卢萍起身走向卧室，把一个袋子递给毛平安，说："事不宜迟，你现在就送去。"

"好！里面没有动吧？还是这个数吧？"

"谁动？我才不稀罕这些钱！"

"好，哦！还有东西呢？"毛平安发现袋子里面的户口本没有了。

"户口本？"毛妈妈理直气壮地说，"我拿了，已经给丹丹了！"

"你已经给丹丹了？哎哟！老婆子，你支持他们结婚，你是不是晕了头？我们丹丹要相貌有相貌，要文化有文化，什么人不好嫁？非得嫁到农村去？"

"老头子，算了吧！谁叫咱们闺女喜欢呢！"

"不行，绝对不行！你同意那是你的事，我是不会同意的！"

"不同意？你又能怎样？只怕他们结婚证都打了！"

"打了结婚证？打了结婚证，我也不同意，那小子把我们丹丹骗得团团转，我没有点头呢，那小子真的是坏，我反正就是不喜欢他，丹丹一定会后悔的，他们结婚不告诉我，我也不想去参加婚礼，我也不想再搭理他们俩！我看他们嘚瑟到什么时候！"

"丹丹是你的孩子呀！她结婚难道你不参加？"

"你以为我是跟你在开玩笑？我现在这个样子像开玩笑吗？"

说完，毛平安丢下了一句："我出去了！"拿着钱袋推开防盗门后，"砰"的一声，把卢萍一个人关在房里。卢萍看到毛平安把那一万元钱还给韦局长后，从此再也没有向他提起过这个事情，莫非，毛平安根本就没有把钱给韦局长？那钱如果给了韦局长的话，他怎么就不知道明显少了这么多呢？卢萍自责不已，当初把这九万块都给他就好了，为什么只给他一万呢，省得麻烦啊，弄得现在自己不知道如何是好！如果实在没有办法的话，还是自己把这钱给韦局长送去吧！不管老毛有没有把那一万元钱还给他，反正自己是绝对不会要这钱的，但是，什么时候给韦局长送去呢？卢萍盘算着……

再说，袁明生和毛丹办理了结婚登记后，这接客选日子的事就被提上了日程，在征求女方家长的意见时，毛平安理都不理，卢萍说他们家没啥特定的习俗，就随大流吧，都随了毛丹吧，主要是他们都在上班，要操心的事情特别多。从他们说要结婚开始，就一直在商量着一大堆事情，也为这些事情烦心不少，简单一点也可以，这样也不铺张浪费，只要他们两个人好好地过日子就行了。

后来毛丹仔细地问了她妈妈，礼金方面，其实她也跟她家人说过，因为明生家没多少钱了，到时候办婚礼还是需要借钱筹办的，希望不要花费太多。其实这个是明生跟毛丹说的，他说以他们家这种情况，看看3万块礼金行不行。礼金的问题，他跟毛丹说了很多次，说他们家没钱了，不过他没有跟家人说过礼金问题，还说他们家是由他做主的。毛家人呢，要的礼金最少是5万块，说是够摆酒就行。最终谈这件事情的时候，毛妈妈很爽快就答应了。明生到头来都不知道是她家是怎么商量的，就这么爽快，一句话没多说就答应了，跟之前说要少点礼金的感觉好像不一样，也罢，这样也少了不少压力。

毛丹说，结婚前除了礼金，还有各种小杂事。比如说，要给她姑伯叔每人送一块猪肉，大伯舅舅要给个猪脚。还要请爸妈两边的亲戚吃饭，另外毛爸那边的亲戚，无论大人小孩每个人要给个红包，毛妈妈这边呢，就给一些未婚的和小孩子红包就行。

　　对毛丹来说，其他的事情上都可以节省，就这婚纱照是必须拍的。

　　其实，在没有当老师之前，毛丹无数次幻想过自己拍婚纱照的场景：她穿着白色婚纱，和自己的另一半站在蔚蓝色的大海前，海风将她的头纱吹起来，特别漂亮；又或者是她牵着新郎的手，甜蜜地站在紫色的薰衣草花田里……直到今天，拍婚纱照的日子真的来了，而她之前从没想到的场景是，她要在自己工作的龙山小学，在人生的重要时刻，带着自己心爱的学生们一起拍婚纱照。这是多么美好又幸福的事情呀！

　　拍婚纱照的事情，毛丹的一名同学听说了，她被吓一跳，说："你疯了吧，婚纱照都去风景好看的地方拍，龙山有什么好风景啊？到那山旮旯里拍什么？""我的学校、我的学生们就是最好看的风景啊！他们笑起来可灿烂了！"毛丹理直气壮地回答。

　　拍照当天，天气很冷，没有太阳。袁明生和毛丹起了个大早，简简单单地化了一下妆。婚纱是他们前一天从朋友那里借来的，也没有请专业的摄影师，而是让她的同学帮忙拍照片，然后让城里的摄影师挑几张好看的修整一下，洗出来，裱起来，挂起来就可以了。拍婚纱照的时候，她还特意带着孩子们以一堵墙为背景，拍了一张照片。这是她最喜欢的一张，她说她要把这张照片放大，挂在新家的客厅墙面上。这一切看起来都有点随意，可是毛丹认为，"形式上随意，心思上郑重就行了"。

　　记得刚来龙山小学的时候，她被安排住在一间小房子里。晚上睡觉的时候，有虫子爬进过她的脖子。窗子是透风的，冬天湿冷的风从窗子往屋子里灌。学校也没有洗澡的地方，这里的条件太差，离城区太远，周末也不方便回家，特别是一周才能洗一次澡……

　　那段时间，毛丹想过离开，可是，当她看到学校的老校长，头发花白了，还一直守在这里，心里就想：这么多人都能坚守，我为什么不能呢？

　　有一天，她在下课回宿舍的路上，突然注意到学校围墙上的一句话："振兴民族的希望在教育。"那堵墙很破旧了，红色的漆字歪歪斜斜地印在上面，就好像孩子们用稚嫩和并不标准的普通话对她说："老师，我们想上学，我们要好好学习，考到外面去。"她一下鼻子发酸，她想为孩子们做些事情。她跟自己说，"要留下来"。其实，自己毕业的时候，本来有留在城区教书的机会，可是她选择到农村教书，毕竟这里更需要老师。当然，还有她心爱的人也在这里。

　　毛平安在丹丹结婚这天早早地就出门了，不知道去向，卢萍也是无可奈何，她只能硬着头皮一个人和几个亲戚搭上去龙山的客车。婚礼的庆典和酒席就安排在龙山小学的礼堂里面，只摆了几张桌子，等到客人差不多都来了，袁明生在台上致词："各位亲朋好友，大家上午好。今天我和毛丹喜结良缘的大喜日子。首先，我要向今天到场的所有来宾表示感谢，感谢毛家的亲人们来到龙山小学为我们这一对新人送上祝福。特别要感谢我的亲家，感谢你们把养育多年的宝贝女儿嫁给我，从此以后，我们两家合为一家，携手同心在一起。还要感谢我的父母，是他们的勤劳和汗水帮助着我们建起幸福小家。今天，我们在龙山小学略备薄酒，聊表真心，若有怠慢之处，还请大家多多包涵，同时，我写了一首诗献给我的爱妻毛丹：

我爱你

过了春夏又是秋冬/你的笑容/灿烂依旧/什么需要/什么要求/只要挥挥手/什么你都懂/人生路上有你加油/我心不忧/热情不休/一起哭过/一起笑过/前方漫漫路/一起风雨中/爱我/爱我/爱我从不敷衍/爱我心甘情愿/爱我不顾一切/爱我整个世界/爱你/爱你/爱你从没忘记/爱你从未放弃/爱你在我心底/爱你一年四季/爱我/爱你/我爱你

毛丹的妈妈被这样真挚的感情所感动，此时此刻，她代表毛家上台去讲几句话，她说："各位亲人和朋友，大家好！我是毛丹的妈妈，我有几句心里话要嘱托这两个孩子。丹丹、明生，从今天开始，你们就算真正长大了。结婚代表着肩上多了一份责任，从今以后，不论是顺境逆境，你们都要相互包容，相互扶持。你们健康、平安、快乐才是我们做父母最大的心愿，祝你们相亲相爱，白头偕老。最后，我要代表全家，衷心祝愿所有来宾天天开心快乐，幸福安康。向所有为婚礼忙碌的家人和朋友们说一声谢谢！"

雷鸣般的掌声在龙山小学上空回荡。

第二十集

方丽购房无头绪　俊杰解困有良谋

方丽的脸上露出一抹红晕，她轻轻地说："我好像又有了！"

袁俊杰还没有反应过来，不知道到底是什么意思，正准备问的时候，方丽看了他这个样子，于是打了俊杰一下，然后摸了摸自己的肚子，笑了起来。

俊杰这才明白，他也跟着笑了，他轻轻地摸了摸方丽的肚子，高兴地连说了几句："好的，好的……多久了啊，怎么我没有发现啊？"

方丽笑了一下就走开了。

第二天，方丽一吃过早饭就出发去看房子了。其实，她昨天晚上她都没有睡好呢！想起就要拥有自己的房子，她别提有多么高兴了，她在城里买房子的梦想终于可以实现了，想起来就带劲。她匆匆地收拾好店里，就迫不及待地出发了。她正准备着去站台搭公交车，可是一寻思，这房子不能买得离店子太远，太远了可不方便啊，这天天都要来店里做生意，来来回回，远了就太折腾了，不行，想到这里，方丽就改变了方向，她朝最近的一个楼盘走去。

这个楼盘处于清盘阶段，房子基本卖得差不多了，所以价钱比较便宜，均价在六千元左右，她想选80多平方米的户型，只有两个选择，一个是在13楼，另一个是在17楼，户型还不错，楼层也还可以接受，但是中间有消防连廊，交房时间在明年的9月。由于实在不喜欢中间的消防连廊，她最终放弃了这个楼盘。

接着方丽又去了第二个楼盘，这个楼盘是本地大型开发商开发的，交房时间在今年10月，这点对于她有很大的吸引力。由于快要交房，也算是现房，所以它的价钱比较贵，较上一个楼盘一平方米贵了一千块钱左右，但是在户型、楼层方面有很多的选择，这点也是她比较满意的。经过实地查看，这楼盘属于南北通透的大H户型，没有消防连廊，楼层也是方丽喜欢的，所以在售楼处经过简单的沟通、砍价之后，她向售楼小姐说，明天把家人带来看看，决定后就付定金。

这时候已经不早了，该回去做饭了。方丽回去就把这房子的情况告诉俊杰。可是，他听后劝方丽冷静一下，不要冲动购买，毕竟买房子是件大事。但是，方丽是那种有什么东西一旦看上，就一定要拿下的人，常常冲动地买下一些东西，还没有回到家里就后悔了，后果有可能是价钱买贵了，或者是东西买下后实际上没有什么用。买房子可不是一个小事情，不像买衣服鞋子那样随便，这个东西买下后，可能是你一生一世都要住的，还是得谨慎一点。

其实，方丽的内心深处是多么幸福和甜蜜啊！她多么想冲动一次，把她向往已久的理想变成现实。不管怎样，她在这个陌生的城市终于有了一个可以安身立命的地方！从此，在这个陌生的城市，她有一个家了，她是多么渴望啊。

几天后，他们要买房的消息也不径而走。这天，隔壁门面的韩老板向俊杰说，现在是买房的好时机，他身边的朋友陆续开始看房买房，国际上虽然爆发了东南亚经济危机，但是让人吃惊的是，国内的房价几乎所有城市的房价竟然还在涨。

俊杰说起方丽在看房时，那些售楼部的小姐常常逼问她放定金的事。韩老板说，定金是要交的，只是你们得充分考虑后才给，不然的话就麻烦了。他有一个好朋友在深圳买房子的时候，一冲动付了20万元的定金。回来后仔细算算，公寓只能贷10年，首付有一部分也要贷款，再加上月供，每月要付三万多。等反应过来就不想买了，不买的话，由于签了合同，20万元的定金就没得退了。后来他的朋友和售楼部的销售协商，这个房子继续卖，如果有人接手了，就从20万元里退一部分给他。真的是不能冲动，买房是大事，首付和月供，以及家庭是否能够承担，都需要充分地考虑清楚。这真的是教训。看来，买房子还真的是一门学问，一点都不能大意。方丽现在觉得自己有点小幸运，还好当初没有那么快买那个房子。

也许是受身边朋友的影响，袁俊杰和方丽也开始关注长阳的房子。毕竟买房子相对于把钱存在银行来说还是保值的。端午节假期最后一天，他们看了两个的新楼盘，一个是精装修，预计 8 月开盘，明年 6 月交房，位置相对来说有点偏，学位也一般，相对价位也便宜些，差不多 4 千块每平方米。方丽当时还觉得挺好的，都想交 5 万元的诚意金了，还好袁俊杰很冷静。事后也证明他是对的。

这天中午吃饭时，方丽突然接到一个电话。话筒传来的是清脆的女孩声音，她说："8 月 8 号，星期日，是天龙房地产公司的看房日，这天，天龙公司开展现场参观楼盘的活动。届时所有要买房子的人都可以到天龙世纪城广场集中，集体免费乘豪华旅游大巴车前往天龙的一个楼盘天龙家园，希望你能够参加。"方丽不大明白是什么意思，可还是答应了他们的邀请。

俊杰问她："是谁打来的电话，说什么呢？"方丽说："是一个看房团，星期天到天龙公司的楼盘天龙家园去看房！"

"开什么玩笑，她怎么知道你要买房呀？你不会把我们要买房的事搞得路人皆知吧！？"

"我也不知道，她怎么有我的电话号码呢？"方丽接着说，"只怕是我去那些售楼部询问的时候，他们都留了我的电话号码的缘故。没事的啦！再说这又不花钱，来回都是免费乘车，中午还有包餐，不要自己花一分钱，就算是到外面旅游也没有这么便宜的事。"

"哪有天上掉馅饼的？这说不定是骗子。"

"没事，这事我听隔壁的韩老板说过，这是房产公司做广告，把人拉去参观他们的房子，那些需要买房子的人如果满意就会买啦！当然，他们也不需要个个都看中，只要十个人中有一个人买，他们就算很成功的了！"方丽歇了一下说，"再说，我们都是这么大的人了，骗子的话是能听出来的，以前听别人说过看房这件事。应该不是骗子，我就当是一次体验，看看他们的房子的环境和布局。"

方丽听到别人都卖了好几次房，可自己以往想都没想过，这一次就算是画饼充饥、望梅止渴，也要去玩一会儿，看势头不对就跑。话虽然是这样说，可她自己也有些胆虚。晚上，她就把今天发生的事告诉了在老家的妈妈，妈妈也说这是骗子，希望她不要去。一番话说得方丽发晕，可她还是想去看一看，答应人家去了，不能说话不算数啊。

第二天，店里来了一个顾客，经过交流之后得知，这位顾客也是才买的新房子，刚刚装修好。方丽就和他说起了房产开发公司搞活动的事。那位顾客说："没关系，有的房产公司每个星期都会组织这样和那样的看房团呀！不过他们吃的只是盒饭，不会给你喝酒摆宴席的。"方丽说："我也不指望吃喝什么的，只是想去看一下房子而已。"顾客跟她说："那你放心地去吧，没问题的！最好是有个人陪你去。你自己去时注意安全，散散心也好，随便玩玩吧。"一番话说得方丽放心了，决定第二天去看房去。

第二天早上，方丽骑着单车准备到世纪城广场，乘大巴去看房。等到小方到达那里的时候，已经是上午 9：20，车上已经坐满了人。方丽找个空位子坐下。她身边坐着一个领队的人，主动和她攀谈，并拿出笔写在了本子上，问了她是什么职业，住址在哪里，在哪个单位上班，等等。9：50车子出发了，车上的广播说着今天的行程安排，然后喇叭里宣传该房地产公司的经营服务概况，以及长阳房地产近年来的发展变化和未来发展前景，目的是让今天来的参观团抓住机遇，还说投资项目的前景十分乐观，不能错过机会。

方丽猜想，肯定有许多嘉宾和我是同样的心情，只是随便看看，不会冲动买的。尽管工作人员费尽心机，可专心听的人并不多。11点30分，客车到达了目的地，广播里传来："现在已到了天龙公司开发的楼盘，大家按照工作人员的要求，佩戴着嘉宾胸牌，走进展览大厅。"大厅里坐满了各地来的人，气氛很是热闹，工作人员安排前来参观的人看宣传视频，还介绍长阳的楼市和住宅区人口聚集概况，提醒人们抓住商机，不要观望了。接着，工作人员带领嘉宾细看展墙的楼层和摊位的分布情况，反复鼓励嘉宾早下决心。

工作人员说得很辛苦，可还是没有人签约，只有部分嘉宾拿了"房屋计算单"，上面写了多种价格，很少有人想把它弄懂，只是随意看一看。12点30分左右，工作人员才带嘉宾去吃盒饭。吃过饭，领队的说接下来自由活动。大约3点左右，车子就回到了出发地，方丽就骑着电动车回到店里。

晚上，方丽回想起今天的一天旅行，心里有点高兴，她跟俊杰说，自己已经是二十几岁的人了，可从来没有看房、买房，这一次竟然随看房团坐着从来没有坐过的大巴车去看房。那个大巴好大呀！能装下上百的人，还特别长，特别高，坐在上面的座位，上去就像是在上二楼一样，座位两边都是有护手的，可以躺，可以睡，自己小时候坐过别人家的拖拉机，后来长大了小轿车坐是坐过，不过也只有那么一两回。她想想，自己一生如果能拥有一辆属于自己的汽车，那该有多好啊！不过她提醒自己，还是醒醒吧！现在自己连房子都没有呢，还汽车！

其实，俊杰也有着一样梦想，平时上街看到楼房林立，就不由得生出，大厦千万间，可惜无我容身处的感慨，想到原来跟他爸爸袁青山在桥下面过夜，他暗暗发誓，他要发奋挣钱，到时候他要买不止一套房子，甚至二套，三套，四套……

接着，方丽又去看了附近的楼盘，那里的房子已经卖了一半多了，精装修，99平的三房和110平的四房，装修真的是很不错。边上还有一所小学。她让销售算了一下，共要50多万元（开盘优惠2万元），首付一半的钱后，分期20年，月供要一千多块。他们当时兴致勃勃地让销售算了两个不同楼层的价钱。销售说必须付首付款。这一下子把他们拉回了现实，二十几万元得东拼西凑，最后还差几万呢，于是他们头也不回地走了。

又过了一天，方丽发现，仅仅是在了解房价的过程中，她已经明显感受到了买房带来的压力，人也焦虑起来了。

她跟俊杰说："这还没有买呢，我压力就这么大了，真的买了，我肯定一睁眼就要想着怎么挣钱还这么多的月供。真的冷静下来后，我不赞成我们现在买这么好的房子，不希望影响目前的生活质量。为了高级享受，就要给自己很多的压力，榨干自己，使劲工作，那不是我想要的生活。"

袁俊杰表示赞同。他们又不是那些有单位或者有固定工作的人，并不是每月都有工资拿，旱涝保收的。我们这些做生意的人，现在生意做得还好，可谁也不能保证以后的生意怎么样，这以后的事就像是后脑壳的头发一样——只能摸得到而看不到。假如没有钱，如果月供断供，银行就会以你失去信用为由，让你从房子里搬出来，把房子卖给他人来偿还银行贷款，那时候真的就会进退两难。

再说，等有了孩子，孩子读小学了，每天至少要有一个小时陪伴他，不知道可不可以做到。重要的是，作为父母，他们只能量力而行，这样才能让身心都是愉悦的状态，这样的状态对于养育孩子来说是至关重要的。如果因为钱的问题大人们很焦虑，那么孩子不知不觉也会受影响的。在城市有公立学校，给予孩子更多的陪伴和爱，让孩子身心健康地成长，才是做父母的初衷嘛！

两口子思来想去，还是决定这房子不买了，原因有三：一是手上的钱不多，这买房的钱，一个首付就得几十万；二是就算付了首付，还得担心每月按规定还银行的贷款，那是一天都不能耽误的事儿，弄不好房子收回去了还得赔钱；三就是等等看，看偏僻一点的房子会不会便宜一点，地产大王李嘉诚不是说"地段，地段，还是地段"吗？俊杰坚信，地段差一点点肯定会便宜很多，所以，还是等等吧。

日子回归到了平静。这天，一个顾客在店里划了几块玻璃，在交流中得知，他是袁俊杰的老乡，真是"美不美，乡中水；亲不亲，故乡人"。碰见了老乡，他们两个人的话就格外多了起来，俗话说"老乡见老乡，两眼泪汪汪"，这次的老乡相见，不仅没有"泪汪汪"，还让袁俊杰高兴得喜出望外。原来，经过交流，发现老乡就住在离他店子不远的地方，那儿属于城中村。老乡说他家的房子有几栋，还要很多玻璃门窗呢，这些房子都是自己买来砖、瓦和水泥等，再请砖瓦匠做的。说到房子，俊杰就更加来劲，他做梦都想要房子呢，今天事不多，于是跟他闲聊了起来。

晚上，袁俊杰把今天遇到老乡的事跟她说了，那个老乡是如何如何多土地，又是如何如何多房子，其实那地段也不错，说得方丽也是一脸羡慕。两个人在一起感叹，社会上有的人真的是太多钱了，条件太好了，而像他这样的人在这世上什么都没有。不过，这又能有什么办法呢？这个世界本来就不是公平的，虽说"条条大路通罗马，处处有路到北京"，但是有人一生下来就在罗马，一生下来就在北京，而你呢，你出生在农民的家里，这能一样吗？不过，羡慕之余，也不能听天由命，他们只要合法挣钱，凭汗水，凭智慧，他们的付出和回报就应当得到人们的认可和尊重！

袁俊杰有了一个好的主意，他跟方丽说，如果能够到老乡那个地方买块土地也行，有了土地不就可以建房子嘛！方丽想了一下，也说可以，这样还便宜一点，再说那个老乡做的地方离店里也不是很远，走路过去也就几分钟的时间。说干就干，俊杰说过几天正好去那个地方有事，他顺便去问问看。

这天天晚上，袁俊杰想起来他有些日子没有向袁家岭打电话了，自从给家里面安装了电话后，他好像就打了一个电话过去。给家里面安装了电话就方便多了，不用再打几次给书记家，还要麻烦别人去喊人，那样真的费劲。现在一想，那时他老是想着打电话回去，可是现在，电话装到自己屋里了，打的电话却少了很多。想到这些，他随即拨通了电话。

接到袁俊杰的电话，袁青山和侯大娘非常高兴，他们轮流着接过话筒向俊杰问这问那的，那种家里装电话带来的方便让他们兴奋不已。在电话的最后，袁俊杰说了一句："爸，如果城里有土地买的话，买个地基，你们看可以不？"

袁青山说："地基？城里的地基得多贵呀！还是来乡里建房子吧。"

"不啦！方丽不同意的！"

"嗯要他小心，俊伢仔年轻，要他多加注意，凡事要好，须问三老！什么事情不能说风就是雨！"

"我晓得！"

"那你有这么多钱吗？"

"买地的钱还是有吧！我想先买一块地再说，慢慢来嘛！"

"先买块地！那也要得，有了钱再做房子也行！"

"是的，只能一步一步来。再说，买小区房又很贵，还得办按揭贷款，首付也不少，看样子还是自己建房子划得来！"

"其实到乡下做个房子也好，城里有什么好？反正我不喜欢城里，吵吵闹闹、乌烟瘴气的，袁家岭比城里好多了！"

"乡里不也是有房子嘛！城里有套房子也好，方丽的老家离这里又远，再说以后有了小孩子，到城里读书也方便多了！"

"要是要得，只是我里蒽晓得嗯那里的行情，近水知鱼性，近山识鸟音！嗯在当地多了解了解！会说的说都市，不会说说屋里，俗话说：'有福之人住街角，无福之人乡里落！'好是好！只是怕要不少的钱，嗯有咯多钱么！"

"嗯妈，钱是有一点，还不是想法找咯熟银帮帮忙，能少就少点嘛！"

"是的，是的，要是要得，要得……咦！我听说过有一个老表在你开店子的地方住，听说还是村里面的一个领导，不知道找找他能不能便宜点？"

"哦，什么老表呢！具体地址在哪里呢？有没有电话？说给我听听！"

"我只是做客的时候听说过，他具体在哪里我也不知道。"这时候电话里传来侯大娘的声音："蒽晓得嗯就去问一下不就知道了！"袁青山接着说："好，我明天去问一下，问好了就打电话告诉你！"

"好……"袁俊杰挂了电话。

等了几天，还是没有父亲的音讯，袁俊杰于是又打电话给他。第二天，袁青山就去了一趟老表的老家，把他老表赵立新的地址和电话写在一张纸条上，一回到袁家岭就打电话告诉俊杰。挂了电话，袁俊杰仔细思考这个地址，这个地方不是与他那个老乡的地方一模一样吗？太好了，他正要找在这个地方的熟人，他感到很高兴，他准备找个合适的机会，去拜访一下这个表叔。

这天下午，袁俊杰早早地就收了工，他先按照纸条上的电话号码打了过去，"嘟……"，电话是通了，只是一直没有人接，等了一会儿，他再次拨通了表叔的电话，这次电话响了好久才接通。袁俊杰向表叔介绍自己是袁青山的孩子后，赵立新才反应过来。于是，袁俊杰把他要买块地的事情跟他说了，表叔顿时就来了劲，说没问题，他是这个村的领导，他和他爸爸袁青山可是无话不谈的好老表，他要袁俊杰放心，这个事就包在他身上。

袁俊杰在电话里感动得一塌糊涂，他庆幸自己的运气好，他找到了一个好亲戚，这房子的事应该是没有什么问题了。他兴奋地把这一切都告诉了方丽，方丽跟他说，他答应了的这事，得趁热打铁，越早越好，以免发生其他的变数。袁俊杰也是一个说干就干，行动力超强的人。当天晚上，他就在隔壁的烟酒店买了一条上好的烟和一对酒，向表叔家里走去。袁俊杰一路走到表叔住的附近后就不知道怎么走了，他一想到表叔是这里的领导，应该没有人不认识，于是他准备向路人问路。这时，一个路边玩耍的小女孩问他找谁，让袁俊杰感到意外的是，这个小女孩知道他表叔家的位置。

"咚咚咚……"，在表叔的家门前敲了几下，门突然打开了，一个中年女人问袁俊杰："你找谁?"

袁俊杰急忙说："阿姨好! 我是袁青山的儿子袁俊杰!"

"哦! 青山哥的孩子，你进来吧，你表叔在客厅里。"她用手把门一拉开就进屋了，一副漫不经心的样子，"拖鞋在边上!"

"好的! 好的!"袁俊杰进门后，看见表叔家里富丽堂皇，装修得豪华气派。他蹑手蹑脚地把拖鞋换上，然后提着烟酒向客厅走去。

"表叔……"袁俊杰一进客厅就喊起来。

"坐。"赵表叔看见他来了就说，"你先坐，我有点事!"表叔吩咐开门的表婶："去泡杯茶啦! 这是你表婶!"他顺便向袁俊杰介绍了一下。

"表婶好!"他急忙打招呼!

"好!"表婶起身泡茶去了。袁俊杰坐在沙发上，欣赏着这房间里面的一切:咦! 前面的电视机可真大，我到现在都没有看到过这么大的电视机呢! 那顶上的吊灯也好大，它的内面由很多很多的小灯组成，像一串葡萄一样挂在表叔的客厅，客厅四周的灯像牛的眼睛一样圆。还有沙发，自己的屁股应该是坐在弹簧上吧，怎么感觉自己悬空了一样坐在空气中呢?

"来! 喝茶!"表婶这是第二次喊了。她看见有点儿发愣的袁俊杰后，笑了笑:"还得等一下，你表叔忙完就来!"

"好的! 好的! 没得事! 没得事!"袁俊杰有点紧张，他端起杯子就喝，"哎哟，好烫!"袁俊杰被烫了一下，猛地站起来，连忙说:"没得事! 没得事!"

"没事就好! 慢慢喝!"表婶说。

"好! 好!"

就这样，他一边喝着茶一边欣赏表叔的房子，不知道他喝了多少杯茶，直到他觉得有些睡意了，他也没有看到表叔来。

突然，表叔来了，一副急急忙忙的样子，一来就向袁俊杰解释，最近村里面出了一个大的事情，非得要今天晚上去解决，这不，没办法，搞到现在才搞完。他客气地说："来就来嘛，还买什么礼物！有什么事？"当他听袁俊杰讲完后，表叔说这事他今天下午在电话里说了，买个地基没问题，只是袁俊杰买的老乡的那个地基太贵了，位置也不好，如果袁俊杰相信表叔，表叔明天就带着他去看一个地方，保证比袁俊杰老乡的地基位置要好，还要便宜。

表叔的每一句话袁俊杰都认认真真地听着，当他听到买了地基之后也不一定建得起房子时，他有点急了。他内心深处不停地盘算着，这地基买了而不能造房子，这是什么原因呢？如果这地基不能造房子，那买了这个地基又有什么用呢？听到表叔的解释后，他知道了，有了地基，如果村里乡里没有同意，没有批准，也是不能造房子的。这造房子得把建设局、规划局等政府部门的手续办齐全了才行。袁俊杰被表叔的一番话说得五体投地，他连忙谢谢表叔，表示全部听表叔的。离开表叔的时候，他们约定过两天表叔有空了，就打电话给他，去看表叔说的那个地基。

第二十一集

喜得贵子阖家欢　城乡旧俗婆媳烦

毛丹的肚子越来越大，很快就到了预产期。这天，卢萍和毛丹在电话里说："孩子，你要注意多休息哦！在学校里一定不能劳累过度，预产期是什么时候呢？应该是快了吧，要多去医院看看啊！"

"我知道，妈！听说你的关节炎又犯了，你自己也要注意保暖呀！"

"没事，老病而已，没事的！丹丹，你准备到哪里分娩呀？"

"我看，就到龙山卫生所吧，这里离学校近，明生也方便照顾。"

"龙山卫生所？这怎么行？他们的卫生条件和医疗水平都是非常有限的，其他的不说，生孩子真的是个非常危险的事情，我不放心呢！"

"没事，没事，这个龙山卫生所我和明生去看过，这里虽然比不上城市里的大医院，但是一般的生孩子的条件还是有的，你不要担心！"

"你的预产期到底还有多久？"

"还有三天！"

"好，宝宝的衣服我都准备好了！"

"谢谢妈！"

"谢什么？傻孩子！"

"妈！爸爸呢？身体还好吧？还在忙吗？"

"他呀！你知道的，天天早出晚归的，没事，他身体比我好多了。孩子，你爸爸常常跟我说起你，问我你的一些情况，其实他很担心你呢，虽然对你有些地方做得有点过分，但是我知道这些都是表面上的，他的内心深处还是惦记着你的！"

"妈！我知道！"

"知道就好！"

"妈，我有点事，我先挂了！"

"好的！你去忙吧！"

晚上，挺着大肚子的毛丹还在为袁明生准备晚饭，现在正是学期末，明生因为学校的老师有限而兼任两个班的班主任。为什么这么拼呢，两口子早就商量好了，他们要趁年轻努力拼搏，等他们赚到了钱，不说出人头地，为了孩子也得去城里买一套属于自己的房子，让那些看不起他们的人看看，他们的爱情是人间最真的爱，他们的选择是最好的选择。

袁明生兼任两个班的班主任，一来可以为更多的学生提供学习上的帮助，二来他也可以拿双份的工资。毛丹也是全力支持他，虽然自己请了产假，但在家里也不闲着，支持着明生上班和在处理家里的一切家务。按说，临近预产期的孕妇是不能做任何体力劳动的，然而，毛丹看着明生早出晚归的，于心不忍呀，她不知不觉地把自己投入到了明生紧张的生活和工作中去了。

"叮铃……"

家里的电话响了三遍，毛丹才去接："喂！"

"丹丹！"是她妈妈打过来的。

"我是丹丹，怎么啦？妈妈！"

"丹丹，我和你爸爸商量了，你到龙山卫生所生孩子绝对不行，非常危险，这件事你得听我的，丹丹，你听见了没有？"

"我听见了，妈！"

"明生呢？你要明生接电话！"

"明生？明生还没有回家！"

"什么？现在几点了，他还没有回家？"

"现在快八点钟了，等一下他就回来了。"

"八点钟还没有回家？晚饭呢？你吃晚饭了吗？"

"还没有呢，不过，我都做好了，马上就可以吃了！"

"你还没有吃晚饭？你做的晚饭？"

"是的，怎么啦？"

"我的天呀！丹丹，现在的你真的是不能做这些家务活了，老头子！这怎么得了哟！"母亲在电话那头跟父亲说了起来。

"什么？都到这个时候了还在做饭做家务？她不怕万一有什么闪失？"

"这是什么话？马上就要生孩子了，晚上八点钟都不回来，明生这个家伙到底在外干些什么？"

"龙山卫生所，那是什么地方？一个乡村卫生所，那里能生孩子吗？如果出现了难产或者什么意外，谁来负责？他明生负责，他拿什么负责？"

"不行，绝对不行，马上，你马上跟她说，明天我派车去把她接来，要不直接送去医院，她不舍得花钱，我来出钱！"

"丹丹，丹丹！"卢萍接着说话了。

"妈！我在呢！"

"丹丹，你还是来长阳生孩子吧，在卫生所生产确实是太危险了。我和你爸真的是睡觉都睡不着了，好吗？你看明生也忙，你来长阳住院后，我就向单位请假照顾你，明生也可以忙他的工作，我照顾他也放心是吧？还有，你爸爸也说了，你不要担心花钱，你住院的钱我们出，你看可以吗？"

"妈，让我跟明生商量一下吧。"

"商量一下？"电话里传来了爸爸的声音，"商量？还要商量吗？这有什么好商量的，我们出钱还不行吗？告诉她，明天一早，我派车去接她。"妈妈说："让她跟明生说一下吧！""丹丹，你晚上跟明生说一下吧，哈！明天你爹派车去接你。"

"妈！好，我跟明生说一下，看他同意不同意。"

"放心吧，孩子！明生会同意的！他也一定会和我们一样，为了你的安全和健康而同意的！"

"好的，谢谢妈妈！"

"好的，晚上早点休息！挂了！"

"嗯！"

明生回家后，毛丹跟他提起了明天她爸爸要派车来接她去城里医院生孩子的事情。明生听后也觉得可以，这样的话，丹丹也有人照顾，他自己也不会耽误上课，至于他的吃饭等一些生活上的问题，他表示没问题，他会自己克服困难的，大不了随便吃点，衣服穿脏一点，没关系的，只要毛丹好就行了。他这一生有毛丹的支持和鼓励，再苦再累也愿意，只是，他的母亲正在农忙，因为不能照顾毛丹而心里很过意不去，希望毛丹不要放在心上，能够原谅他们，希望毛丹相信他们袁家的每一个人都是爱她的，希望明天毛丹去医院后一切都是顺顺利利的。按说他明天也应该陪着她去医院，不过，毛丹也知道，明生此时也是身不由己，实在是走不开啊。于是，两人商量，明生暂时就不去医院，还是好好地上课，如果有需要，她妈妈再给他打电话，到时候明生再去医院。总之，所有的人都盼望她平平安安地把孩子生下来，毛丹用双手抱着明生说："好是好！但是，不知道你没有在身边，我能不能睡着。"

第二天上午，一辆黑色的小轿车驶入龙山小学，在学校的宿舍门口停了下来，司机下车后，帮毛丹把所有需要的东西都搬上车。毛丹小心翼翼地坐在后排座椅上，车子急急忙忙地往长阳跑去。

住进医院的第二天晚上，毛丹刚吃完晚饭就感觉自己的肚子有点疼，突然，下体流出了些尿液。她感觉不对，于是，她急忙告诉妈妈。毛妈妈说只怕是羊水破了，马上要生了，她急忙把医生叫来。医生及时检查后，马上就安排毛丹进产房生孩子了。就这样，毛丹的家人也来不及通知一声明生，产房里就传来了一阵哭声，宣告孩子已经平安地出生了。

得到母子平安的消息，袁明生也急忙把这个消息告诉自己的母亲。张四嫂当即就在电话里说："那太好了，太好了！明生，我们马上就动身去看丹丹！我去你那里还是你来我这里呢？我们一起去呀，对了！我还要捉两只母鸡去给丹丹补补身体，还有……"

"妈！今天我还有课要上了呢！要不明天吧？"

"明天？不行不行！孩子，丹丹在住院，多需要人照顾呀！"

"没事！她妈妈在那里呢！"

"她妈妈在那里，也需要人帮忙，不是还有一个孩子吗？这大人和小孩都要照顾的，很忙的。再说，她妈妈也不能代替你！"

"好吧，我问问有没有人帮我代一下课。"

明生刚挂了电话，还未离开，电话又响了起来。他提起电话，是丈母娘打过来的："明生，你忙不忙？丹丹要你来的时候给她带些长袖的衣服过来！"

"好的！妈！今天下午只有两节课！"

"有两节课？给孩子们上课要紧。要不你就明天来吧！"

"明天？我想今天下午去，丹丹和孩子都好吧？"

"都好！都好！丹丹刚睡着了，你的儿子好乖呢，吃了就睡，醒了也不哭闹，这不，他正睁着眼睛到处看呢！"

"好的，谢谢您老人家的照顾！"

"傻孩子！谢什么？我又不是外人！不用客气！"

"要的呢！哦！我妈妈也要来医院看丹丹，明天我和她一起来吧！"

"也好，明天你和她一起来好一些！"

"好的，麻烦您跟丹丹说一下！"

"好的，等她醒了，我跟她说！"

"好的！我挂了！"

……

第二天，袁明生和母亲带着丹丹要穿的衣服、土鸡、土鸡蛋，早早地就来到长阳市人民医院，对躺在床上的丹丹问长问短，要她好好地坐月子，注意保暖和营养，不然的话，身体以后会越来越差的，看到摇窝里面的孙子，更是笑得合不拢嘴，生怕弄醒了他，一边摇着摇窝一边自言自语："这孩子长得真好，白白胖胖的，这小嘴像他妈妈，这额头真像他爸爸……"

"亲家母！真的是不好意思，让您在这里忙了累了！家里实在是太忙了，鸡呀，猪呀，都要喂，还有一个，他爸爸也要服侍，所以我今天才来。您在这里累着了吧？让我来照顾丹丹几天，您回家休息休息吧！"

"没事的，亲家母，我没有累着，我看着这个小外孙就高兴，恭喜您老人家得了个好孙孙！"

"是的！是的！也恭喜您得了一个好外孙！"

"妈！"原来是丹丹醒了。

"丹丹！"

"丹丹！"

这时两个妈回应着，急忙迎了上去，看见自己的婆婆来了，丹丹还是客气地说着话，不一会儿，也许是身体的原因，她又要躺着休息。也许是与自己的妈妈在一起，丹丹还是放肆一些，拿东拿西的她都是喊自己的妈妈去做。

有时候婆婆在边上没事干，一听到丹丹说需要什么或者是要干什么，就马上行动，可她没有听懂丹丹的意思而常常出错。也难怪，丹丹一般都是说的普通话，婆婆一辈子生活在乡下，都是说的乡下话，搞错是难免的。于是，丹丹就对明生说，婆婆在家里有事，没时间就不用照顾她了，干脆还是让婆婆回乡下吧，这里还是让她妈妈来照顾吧。明生也知道自己的母亲在乡下生活惯了，不光是语言不适应，与丹丹的生活方式也不太相同。他知道自己的母亲不适应在城里的生活，他了解自己的母亲，为了儿子儿媳，她没有办法推辞，无论怎样她都会去做，哪怕是委屈自己，她也会在所不辞。于是，他答应了丹丹，在医院的走廊里，袁明生跟母亲说了这一切。首先，他母亲是不同意的，说："这样怎么行呢？婆婆照顾儿媳是天经地义的事儿，我怎么能这么一天也没有照顾就回去了呢？"在明生的一再劝说之下，下午她和明生告别了丹丹和她妈妈，搭上了回袁家岭的客车。在车上，母亲跟明生说："为什么没有看见丹丹她爸爸呢？"明生说："她爸爸很忙的，白天几乎从来没有看见在家里过。"

幸福的日子总是过得很快，有了孩子之后的生活似乎比原来两个人的生活更加丰富多彩。几个月后，因为明生和丹丹两个人都要上课，丹丹的妈妈就不得不暂停了自己的工作，来到了龙山小学帮助他们带外孙，一家人在龙山小学快乐地生活着。不知不觉，明生和丹丹的儿子已经一岁了，丹丹的妈妈也觉得有些累了，这时恰好马上就要放暑假了，于是，这天丹丹妈妈收拾行李后，一遍又一遍地叮嘱丹丹怎样照顾好自己，照顾好孩子，什么东西或者什么地方需要注意的，等到去城里的客车来了，她还没有说完。

放暑假后，明生和丹丹也有大把的时间带孩子。在这期间，他们带着孩子到袁家岭和城里各住了两天，孩子好像有一点认生，就是对不熟悉的地方不适应，容易哭闹，睡不好觉。于是，他们很快就回到龙山的学校里来了，到了9月1日的时候，明生和丹丹又得开始忙碌起来，毛丹的妈妈本来是想来带外孙的，可是她爸爸却说自己一个人在家很不方便，不同意她妈妈长期住在龙山带外孙，再说她还有公公婆婆的，就让他们袁家想办法吧。于是，当明生把这个事情告诉他母亲之后，张四嫂第二天就来到了龙山小学。

每天早上6点多钟，张四嫂就得起床给明生丹丹他们做早餐。他们吃完早餐之后就去上课了，张四嫂就开始照顾孩子，喂牛奶，换尿布，洗洗刷刷的，一天到晚忙个不停，不过，再忙也是开心的！谁叫她服侍的都是自己的儿子儿媳和孙子，又没有服侍一个外人，她有什么怨言呢？

这天上午，丹丹发现自己忘记拿备课本了，于是她回到家里，刚拿钥匙开了门，脚才踏进门口，嘴里就发出了一声惊呼："咦！快打住！"

她急忙跑过去，一把打掉婆婆想喂进孩子嘴里的饭勺，说："妈，我说了多少次了，不要把饭自己用嘴巴试了之后再喂给孩子。大人嘴巴里全是细菌，那有多脏啊！"

丹丹盯着地板上被自己打掉的饭，感觉有无数的细菌在上面爬，仿佛下一秒就会爬到自己嘴里。

她觉得太恶心了，要不是自己反应快，打掉了饭，现在这勺饭就在儿子口中了。想到在自己回来之前，儿子不知道吃了多少勺这样的饭，丹丹就犯恶心，鸡皮疙瘩都起来了。

丹丹的动作太快，张四嫂还没有反应过来。等她反应过来，她生气地对丹丹说："你这是干什么呢？孩子这么小，烫着了怎么办？再说，牙齿都还没长好，我不嚼碎他怎么吃？以前他里伢小时候还不都是这样带的，也有看见出什么问题啊！"

"哎哟！现在怎么还跟明生小时候对比呢？你这样搞有多脏你不知道吗？"

"脏？我天天刷牙，能有多脏？吃了还不是好好的！"

毛丹见婆婆一副油盐不进的样子，心里的火蹭蹭往上蹿。但是，她不能发火，不然，张四嫂走了就没人给她带孩子了。

毛丹深吸一口气，用尽可能平和的声音给张四嫂解释，言明嚼碎喂饭的坏处。张四嫂却仍然是一副要我带孩子就得听我的态度。毛丹气得不行，只好跟她说定，以后只许喂牛奶，喂饭就等她自己回来了喂。她想着，既然改变不了，那能减少就减少吧，谁让自己有求于她呢！

晚上，毛丹躺在床上，翻来覆去睡不着。上午那一幕一次次在她脑海里播放，闹得她恶心。嚼碎了给孩子喂饭，张四嫂已经不是第一次了，跟她沟通过很多次，但都没有改。毛丹想不通，没有文化的老太太做这样的事真的很可怕！于是，她把这些都告诉了明生，要明生好好地跟他妈妈说说。

第二天早上，毛丹还在睡觉，明生把她的被子一把掀开后说道："还睡什么睡，赶紧起来，你昨晚做什么了？我妈哭了一晚上，现在闹着要走呢。"

毛丹还迷迷糊糊的，但"哭了一晚上""闹着要走"这几个字，一下吓跑了方丽的睡意。她一翻身坐起来，连声问怎么了，跑到客厅一看，只见张四嫂双眼红肿，满脸憔悴地坐在沙上。

毛丹小心翼翼地蹭过去，问："妈！您这是怎么了？"

张四嫂带着哭腔说："我知道我老了，不爱卫生了，你嫌弃我给你带孩子带得不好，我也确实带不动了。我今天就收拾东西回袁家岭，孩子你们自己带吧。"

毛丹赔着笑脸说自己没有这个意思。

虽然自己确确实实嫌弃，但毛丹还是觉得自己错了。她和明生都要上班，哪里有时间带孩子啊！指望明生一个人养家，也不现实，工资不多就不说了，关键的是孩子还小，奶粉钱一项都要花掉一大半工资，自己的妈妈在上班，又隔那么远，没有一点办法。

现在还真的只有婆婆张四嫂能帮他们。不管毛丹和明生怎么道歉、怎么挽留，张四嫂铁了心要走。最后没办法，拗不过婆婆，明生只能把婆婆送上了回袁家岭的汽车。他们两口子以为，张四嫂只是被伤了心，回家待几天，后面他们再去哄哄，婆婆就会回来继续帮忙带孩子的。

半个月后，当他们提着大包小包的礼物，回袁家岭接张四嫂去龙山小学的时候，张四嫂不但不愿意回来，还说家里没人照看，还有他爸爸袁美庭没有人做饭吃，故而不能去龙山学校了。

毛丹放下身段，各种道歉，并一再保证，以后婆婆想怎么带孩子都可以，她绝不再说三道四，给婆婆足够的自主权。两口子口水都说干了，婆婆都不为所动。没人带孩子，又没钱给孩子请保姆。毛丹和明生商量，让明生辞了两个班的班主任，只上两个班的语文课，那就有时间带孩子了。没想到明生把眼睛一瞪，说道："是你把我妈气走了，才没人带孩子的。当初你要是不作怪，哪里会有这回事？更何况哪有大男人回家带孩子，让老婆上班的道理，要辞职你辞，我养你们两母子。"

毛丹也觉得在这件事上自己确实理亏，如果自己不那么激动的话，婆婆就不会走。万般无奈下，她只得辞职回家带孩子了。全职带孩子的日子并不好过，家里突然少了一份工资，开销却一分没少，日子开始变得捉襟见肘。

最让毛丹难受的是，袁明生现在一个人赚钱养家，压力太大，便把一切都怪在了她头上。毛丹心里委屈，却有口难言。以前自己底气十足，明生哪里敢在自己面前这样不听使唤！

两个月后的一天，袁明生和毛丹带着孩子回袁家岭去参加婚礼。几个亲戚坐一桌。席间，有个亲戚拿出给孩子准备的吃食，把饭吃进嘴里，嚼碎以后吐在勺子里，打算喂给孩子，毛丹把一切看在眼里。她没想到，不止自己的婆婆这样带孩子，他们家亲戚也这样。看来乡下人带孩子都是这样的做法。只是毛丹看不下去，她正准备出言阻止，却看见张四嫂比她更快，说："你怎么能这样喂孩子？大人嘴巴里多脏啊。你这样喂孩子，等于在给孩子喂细菌，孩子容易生病的。"一说完，那个亲戚被婆婆说得面红耳赤，急忙停止。

毛丹一脸吃惊地看着婆婆，她为什么要阻止？当初她不也是这样喂孩子的吗？她这是明摆着讽刺我啊！当时她也不好意思质问，只好装作没有听见的样子。

每逢袁家岭有人接客，村里就会变得特别热闹，小孩子也乘这个机会聚在一起玩打画，下成山棋，玩棍炮，跳橡皮筋，女孩子们一边跳一边唱："梭呀梭，咙咚梭，张太太，李婆婆，庙里打鼓吹唢啰，河里洋船唱海歌，一网网个鱼脑壳。

"一螺穷二螺富，三螺四螺开当铺，五螺六螺打豆腐，七螺八螺纺棉布。九螺十箕，骑马上阶基。

"月亮粑粑跟我走，走到南山打背篓。背篓破，摘菱角，菱角尖，尖上天。天好高，打把刀，刀又快，好切菜。菜好苦，磨豆腐，豆腐烂，蒸钵饭。饭有熟，煮碗粥，粥不香，熬米汤。米汤多，一炉锅。"这时，不知是哪个调皮的男孩子听到女孩子们唱得欢，于是和几个男孩子嬉皮笑脸地接着唱道："癞子壳，扁担剁，剁出血来我有药。么里药？膏药。么里膏？鸡蛋糕。

"么里鸡？公鸡。么里公？老公公。么里老？豆腐脑。么里豆？豌豆。么里豌？台湾。么里台？戏台。么里戏？花鼓戏。么里花？石榴花。么里石？蒋介石。么里蒋？你里嗯妈偷咯和尚。"唱完大家都哈哈大笑起来……

毛丹觉得很好玩，自己小时候从来没有这样开心过，正在那儿看着，突然肚子有点不舒服，她把孩子扔给明生，就赶紧往厕所跑。刚刚在厕所里蹲好，就听到厨房里进来人了，乡下的厨房和厕所都是连在一起的，声音都听得清楚，原来是婆婆张四嫂和一个亲戚。两人之前应该是一直在聊天，来到厨房里烧火取暖的，两个人讲话也没有停止，只听到那个亲戚说："嗯那嘎今天话的那些喂孩子的事确实是不能咯样子喂咯，禾里原来我里都是这样喂的啊！"

张四嫂回答："我也是慢慢学过来的啊。"

那个亲戚又开口了："听说，你跟明生的妹仔闹翻就是因为这事，是的吧？"

婆婆压低了声音说："是的，那时候也是不知道哦。你看，他里伢在外面做事了回来没人做饭恰，这不是一个办法嘛！还有，他里伢和文生也是没人照看，明生又求着我去照顾小孩，我又不能分身，是吧！我不好明着偏帮那一边，毕竟以后老了我也要靠他们的。你不晓得，明生的那个老婆好懒，早晨起来就什么都不干，吃了早饭丢了碗筷就出了门，中午也是，晚上都是八九点才到屋，有时不晓得是什么时候回来的，没有办法，她还说我嚼饭喂孩子不行，我就故意嚼饭喂孩子，她越不让我做什么，我越要做什么。再说，农村带孩子不都是这样做的嘛，又没有看见一个有事的，是吧？后来我借着和她发生矛盾的机会走了。这件事我谁都没说，你可不能到处去说啊。"

张四嫂的话让毛丹震惊得回不了神。难怪自己几次告诉她不要再这样做，她反正就是不听，还是我行我素！原来是故意这样跟自己过不去，挖了坑等着自己跳呢。

毛丹越想越气，虽然说两碗水很难端平，婆婆对于媳妇不可能一视同仁。但婆婆为了一方如此算计，也确实让人寒心。

毛丹决定还击，凭什么自己背着气走她的罪名，而她安安心心为大儿子出钱出力，以后老了，却还是要靠他们养？终于，她忍不住心中的怒火，瞬间打开厕所门跑了出来。她的脸涨得通红，双眼喷火，仿佛要将所有的不满和愤怒都倾泻出来。

"妈，您怎么能这么说我？我哪个地方得罪你了？你说！"毛丹的声音颤抖着，她的双手紧握成拳，似乎在努力控制自己的情绪。

张四嫂先是一惊，想不到自己刚才讲的话竟然被她听到了，于是急忙说："没有，没有，丹丹，丹丹，我没有说你什么坏话呀！"

"没有？难道是我听错了，我的耳朵有问题？"

"算了，算了，丹丹！你妈妈没有说你什么，你就算了吧！"这时，那个亲戚急忙劝说道。

"敢做不敢当！一大把年纪的人了，要脸不？还这样背后嚼我舌根，还好意思？"

张四嫂被这句话给激怒了，她毫不示弱地瞪了毛丹一眼，冷哼一声，说："我说的有错吗？你看看你，整天就在外面，回家后就知道睡觉，家里的事情一点都不操心。我儿子娶你进门，是希望你能帮他分担家务，照顾孩子，而不是请了个祖宗回来供着。"

毛丹被婆婆的话激怒了，她大声反驳道："妈，我每天都在上班，基本上没有时间休息，回家后要照顾孩子、做家务，我还要你做什么，我还要不要工作？您怎么能说我不操心家里的事情呢？再说了，我也是人，上班已经够累的了，我也需要休息。您不能总是用老一套的观念来要求我。"

婆婆听了毛丹的话，脸色更加难看了。她用手指着毛丹，气愤地说道："你这是在狡辩！你看看你自己，穿得花枝招展的，整天打扮得像个小妖精一样。你以为我儿子看上你什么了？我告诉你，我儿子要是知道你的真面目，早就跟你离婚了！"

毛丹被婆婆的话彻底激怒了，她猛地推开门，冲了出去。她心中充满了委屈和愤怒，她不明白为什么婆婆总是这么看自己不顺眼。她决定去找丈夫谈谈，让他评评理。这时，正好袁明生在找毛丹，在吃饭的地方没有找到，就跑到自己的屋里看看，还没到屋，在外面他就听到毛丹的声音，他赶紧跑进来，与正要出门的毛丹碰个正着。毛丹抬头一看，原来是袁明生，她本来是要跟他好好说说的，看见这是在他们袁家屋里，估计自己也占不了什么便宜，于是，用眼睛瞪了一下袁明生就急匆匆地往外面跑去，任凭明生抱着孩子在后面追着她。

在小卖部边上，毛丹停了下来。她看见明生跑得上气不接下气的样子，把头歪到一边，任凭明生喊她都不答应。孩子嚷着要她抱，她才抱着孩子。明生只能无趣地站在一旁，他们在小卖部前等回龙山的汽车。

因为这次在袁家岭的事，毛丹两天都没有跟袁明生讲话。

一天，她出门买菜回来的时候，发现明生正在和谁打电话，于是，她蹑手蹑脚地走近，发现袁明生的表情严肃，似乎正在讨论什么重要的事情。毛丹心中一紧，她悄悄地靠近，想要听听他们在说什么。

她听到的好像是丈夫和婆婆在密谋如何将她赶出家门。毛丹的心瞬间沉到了谷底，她感到一阵寒意袭来。她不敢相信自己的耳朵，但她清楚地听到了他们的对话。

"妈，您真的决定了吗？"丈夫的声音有些犹豫。

"……"

"她其实很好的啊！"

"……"

"不会的，怎么会呢？"

"……"

"未必，是这样的！"

"……"

"嗯那嘎误会了啦！"

"……"

"没有那么坏吧!?"

"……"

"好，我记住了！"

毛丹感到一阵眩晕，她快要站不稳了。她怎么也没想到，自己的丈夫和婆婆竟然会联合起来对付她。她感到自己的心被撕裂般疼痛，她不知道该如何面对这一切。

她默默地回到自己的房间，关上门。她的眼泪不受控制地流下来，她感到自己像是被世界抛弃了一样。她不知道自己该如何应对这个突如其来的打击，她感到自己的世界彻底崩塌了。她躺在床上哭了起来。

这时，明生知道毛丹和回家了，他挂了电话就来到卧室，看见卧室门被反锁了，他边敲门边喊："毛丹！毛丹！你开门！你开门！"

听到里面毛丹的哭声后，袁明生更加抓狂，他不断地安慰她："毛丹，为什么哭呢？是不是哪里难受呢？还是哪里不舒服啊？毛丹。"

"不要这样假惺惺的，好不好！"

"我哪里假了嘛！毛丹！为什么这样子嘛，我都搞不清你到底是为什么哭啊！"

"你自己说的、做的，你不知道啊？"

"我说了什么、做了什么让你不高兴啊？"

"你自己说了什么、做了什么还要我告诉你!？"

"但是，你不告诉我说了什么、做了什么，我怎么知道自己说了什么、做了什么呢？"

"好吧！我问你？你刚才是不是跟你妈打电话？"

"是啊，怎么啦？"

"那就对了！"

"又怎么对了呢？我跟我妈打电话又怎么对了呢？哦！不，我都被你搞糊涂了，我是说，我跟我妈打电话，怎么错了呢？"

"你没有错！是我错了！"

"不要这样好不好！毛丹，我爱你！你相信我好不好？毛丹！"

"你妈说了我什么坏话？"

"我妈没有说你坏话啊。"

"没有？看你跟她唯唯诺诺的样子，还没有说我？谁信？"

"好吧！你说我妈说你，你说说看，她会说你些什么？你说说看。"

"我还不知道吗？她肯定说我懒惰、任性、不懂事，只会给你们家带来麻烦啦！"

"好吧！还有什么呢？"

"还有，就是这个女人根本不适合待在你们袁家。你们必须想办法让我离开，她要把我们拆散她才高兴呢。"

"毛丹，你不要乱想，好不好？"

"我乱想？她就是这样的人！你不知道吗？"

"好吧，既然说到这里了，我就说一下上次在袁家岭的那个事，我妈也是你妈，是吧？不管怎么样，你也要尊重她。她是老人，年轻人怎么能跟老人计较呢，是吧？"

"她是老人，我就要让她，让她到我头上拉屎拉尿？"

"我不是这个意思。"

"老人？老人就应该有老人的样子，不想带孩子就明说，何必做成这个样子。她是火不落在自己脚上不觉得疼，她的日子倒是活得滋润，哪里能理解你的水深火热！"

"嗨！娇生惯养的也是……"袁明生自己轻声地叹了一口气。

没想到被毛丹听见了，"砰"的一声，毛丹用拳头锤了一下门，大声说："谁娇生惯养？谁娇生惯养？娇生惯养的怎么啦？又不是你娇生惯养的，你还说我爸妈来了！"

袁明生在门外被吓了一跳，说："没有没有，你不要生气，没有说你爸妈的意思！"

"还说我娇生惯养，你不娇生惯养，那是她没有本事啦！我生的孩子，他又不是姓毛，他是姓袁，她没有义务带孩子？"

"你知道的嘛！我妈不是不带，只是我爸还有我哥都是这个样子，这些情况你是知道的，是吧？"

"既然这样，就明说嘛，背后说别人，还做这些把戏，没有意思！她这样做很不地道，年轻人现在正在打拼，老人肯定要不遗余力地支持啊。我看你以后怎么办，袁明生！"

袁明生感觉自己和毛丹处不来，也不适合一起带孩子。

"哎哟！她们都是乡下婆婆姥姥的，没见过世面，聚到一起了，还不是瞎聊乱说的，你就不跟她们计较了嘛！再说，你也当场就谴责了她们嘛，算了吧！毕竟她们都是长辈，等下次回袁家岭了，我再去跟我妈道歉，没事的！"

"道歉？道歉不可能，如果你一定要去道歉，那我们就离婚。我爸妈早就要我跟你分手呢！跟她们道歉？做梦！"

袁明生听到离婚二字立马蔫了。他害怕离婚，就是因为害怕失去了毛丹，他们之间还有儿子袁承明呢，他怎么会离婚呢？就是打死他也不会离婚的！

这时，毛丹推开门出来了，她看着袁明生这个样子，笑自己当初怎么会看上这样的男人，以前不觉得他有多差，自从辞职后，她才发现这个男人没有担当，遇事只会抱怨，却没有想过改变。

第二十二集

沾亲带故购土地　生人陌地建家园

　　这天下午，袁俊杰跟表叔赵立新约好去看地基。表叔一路人上跟他拉了拉家常，一副很关心的样子，除了问他爸袁青山在家是否安康，还问袁俊杰的生意怎么样。经过房屋比较密集的地方，他们来到附近的一座小山包上，表叔停了下来，他指着这个小山包对袁俊杰说："你看，这里怎么样？这座小山都是我的呢。"

　　袁俊杰说："哦！都是您的！那可以做几个地基呢！"

　　"原来还要大一些呢！"表叔又指着他的小山包的围墙边上的一栋楼房说，"看！那栋房子也是买的我的地基，他也是乡下的人，与你爸袁青山也是老表！"

　　"哦！也是我们乡下那边的人？"

　　"是的，如果你选这里了，不也是多了一个熟人多了一份照应。"

　　"是的，是的！只是，表叔，这个地基上都长了草，还不平整，这怎么造房子呢？"

　　"这你都不知道！"表叔笑了一下，"你喊几个人把它挖平不就行了！就是把高的地方的土移到低的地方。"

　　"哦！我知道了！表叔您的这个地基要多少钱呢？"

　　"钱好说！"表叔又指了指围墙边上的那栋楼房，"那栋房子也是买的我的地基，他给的是1万元。不过，我和你爸袁青山是老表嘛，你就给我个5千块钱吧！"

　　"好的！谢谢表叔的帮助！我回去考虑一下再跟您联系吧！"

　　"好的！不过，你要快一点做决定，现在我们这里的地基很俏，要的人也很多，昨天我带了几班人来看呢！"

　　"好的！我这两天回您消息。表叔，这山上还有什么路可以上来吗？刚刚上来的这条小路，我觉得太陡了。"

　　"那还不容易，等你们都来住了，几家几户凑点钱来，想怎么修就怎么修！"

　　"哦！也是！"

　　"还有，"表叔一边说一边向山上爬去，到了山的最高处后，指着围墙对袁俊杰说："你来看，五里东路，就是顺着这围墙走的，都规划了好几年了，一直没有修呢，所以，房子建到这里，还有征收的希望啦！到时候你挣一笔大的，你有了钱想住哪里不就住哪里吗？"

　　"好的！好的！谢谢表叔，我回去之后好好考虑考虑！"又看了一下后，袁俊杰就和表叔分别了。晚上，袁俊杰把下午看地的情况跟方丽说了一下，他想征求一下方丽的意见。她说对这个地基的事不懂，她要袁俊杰想怎么搞就怎么搞。本来袁俊杰是想要方丽出出主意的，谁知她把担子都推给了自己，那没有办法，就自己好好想想吧！想来想去，袁俊杰还是想买表叔的地基，他把小方喊到面前坐下，对她说，选择表叔的这块地，原因有四：

1. 预算较低。他们总的预算也就是两三万块钱，这已经是他们所有的钱了，要不就是借钱，这有人借还好，可是袁俊杰知道还真没有一个地方能借，他们的亲戚朋友们都没钱，能找谁借呢？

2. 位置方便。虽然不在繁华地段，但是步行十几分钟就能到店里，离大马路也比较近，所以去搭公交车也很方便，只是出门需要走上一截小路，但是想想，走点路算什么，原来在乡下到哪里去不都是走路？有了脚走路不就是常事吗？多走些路还能锻炼身体，有益于健康呢！

3. 风景优美。相对于市内的住宅小区，地基那儿有更多的绿化面积，那有一片小树林，下面还有一条小溪和池塘，可以说是鸟语花香，空气清新，晚上还能看到满天繁星。再说，离闹市远一点也好，空气都要清新一些。

4. 未来规划。袁俊杰本来想去买那个老乡的地基，但是那里贵，表叔的地基虽然比那个老乡的地基更偏远，但是表叔的地基还是有被政府征收的希望，说不定几年或者几十年后会被征收，即便以后有什么问题了，把房子卖掉也行，这些私房买卖也不要很多的契税，所以价格也低一些，也好脱手一些。

袁俊杰说了这么多的理由，方丽听后连连点头，他们当场就决定明天去把表叔的地基买下。对于袁俊杰这个急性子来说，已经决定了的事情是从来不能耽搁过。这不，这天晚上他就在床上翻来覆去睡不着觉，方丽也是一样，想到明天就要去买地基，买了地基接着就会造房子了，这样看，他们要不了多久就会有房子了！这真真是一个激动人心的消息，是的，我明天就要打电话给爸爸妈妈。他们俩兴奋得一夜没睡。

第二天，袁俊杰就打电话给表叔，说他要买他的地基，在电话里他跟表叔说好了，今天晚上去表叔家里付钱。晚上去的时候，他带上钱走在路上，他觉得好像还缺了些什么东西，他停了一下，想起来了，他急忙去烟酒店买了一条烟和一对酒，然后向表叔家走去。

表叔早早地就在家等着呢，袁俊杰一敲门，表叔就出来开门了，他急忙把烟酒递给表叔，表叔也客气了很多，说："来就来了嘛！还买什么烟啦酒的，上次的还没有吃完呢！"

"要的！要的！"这是第二次来表叔家了，他也熟悉了一点点。袁俊杰从裤兜里掏出一沓钱来，递给表叔，说："表叔，我这次把买您的地基的五千元钱带来了，你数一数。"

"好！好！要的！要的！"表叔接着钱，顺手又递给表婶说："你收着，这是袁俊杰买地基的五千元钱，我要写个条子给他，你去拿个纸和笔来。"

"好，好！"表婶高高兴兴接过钱就去了房间，一会儿后拿着纸和笔出来递给表叔，袁俊杰看见表叔把纸放在客厅的茶几上，用笔写着：

收 条

今收到袁俊杰购买赵立新的地基款五千元整（5000 元）

收款人：赵立新

某年某月某日

写完之后，表叔又看了一遍后就交给袁俊杰，说："来！俊杰，这是给你的收条，你把它收好！"

接着表叔的收条，袁俊杰说："表叔，我什么时候可以开始挖地基啊？"

"随便你什么时候挖，你按照上次我指给你看的，你的房子要与那个围墙边上的房子的朝向一样，并排做。还有，房子中间得留个三米宽的路，后面的地基也要做房子，要有路走呢！"表叔补充说，"你的房子与边上的房子一样进深十米，长也就搞个十米左右，一共搞百多个平方就可以了！"

"好的，一百多个平方有了！"袁俊杰答应了表叔后就回去了。

袁俊杰到店里后就着手张罗着挖地基的事，方丽家里那么远，也就别指望她父母能帮上忙。他打了一个电话给袁家岭，袁青山在电话那头高兴得不得了，说："好的，好的，地基好办！我带几个人去挖就行了嘛！"

侯大娘接过电话说："俊伢仔，咯做屋的大事嗯咯喊好就搞好大？"

"是咯，嗯妈！买好哒！"

"咯快？那里邻居都好啵！家道不和邻里欺，邻里不和说是非！处得邻里好，犹如捡个宝！"

"邻居还冇看见银，冇事，我里又蒽是蛮不好话事咯银！"

"好，天时不如地利，地利不如人和！地理位置都选好哒还是禾里咯？"

"咯里的地基俏得很啊，冇得选的，再说乱搞乱发财！"

"好啦，就怕嗯嘴边无毛，办事不牢哦！"

"嗯那嘎放心咯！"

"选好哒，只挖的哒！"

"你来挖，你怎么吃得消哦？"

"没事，我还能行。再说，我会还喊几个人去的，又不只有我一个干，你放心，没问题！"

"好，那你看什么时候来，住哪里呢？我好安排安排！"

"好，我就喊上你青云叔、望春叔和美庭叔就可以啦！几天就挖好了啦！只住几天！"

"好的，来的时候注意安全！"

第二天一早，袁俊杰起床后打开卷闸门，袁青山带着袁青云、袁望春、袁美庭三人，拿着簸箕、扁担和锄头来了，还没有进店里落座，就嚷嚷着要去地基那里看看，说是要抓紧时间。袁俊杰知道勤劳的他们是生怕耽误工时，在袁家岭的时候就是吃苦在前，享受在后，凡是有事都是先做事，做完事再搞其他的事情，在店里来不及喝完一杯茶，他们就催着袁俊杰带他们向地基走去。

在表叔的小山包上，袁青山要袁俊杰用树枝把他买下来的地盘东南西北都做个记号，袁望春和袁美庭就忙着把工地上的残余树枝全部清理干净。俊杰根据前天与表叔定下的界线放好线，按照尺寸确定了房屋的具体位置。等到望春叔他们把地基上的树和花花草草都清理干净之后，俊杰指着这清理出来的地基说："这一百多个平方米的面积，乍一看还真不大！"袁青山说："你懂什么？俗话说屋不占基地，就是这个意思，做房屋的地基看上去不大，等到把房屋做好了，那就觉得大了！"

"哈哈！"袁俊杰听了笑了起来。

这时袁美庭说："俊伢仔，看嗯年纪轻轻就在长阳做屋，确实很不错，真是有蛮傲啊！"

"冇呢，嗯那嘎明生才傲呢！"袁俊杰说。"他里明生也蛮傲咯，嗯也有蛮傲，咯咯年纪就在长阳街上做屋，不说嗯里咯些伢仔里，就是我里大人也不那么容易啊！"袁望春说

"古人话英雄出少年，确实是咯！"袁青云说，"嗯里屋里也只怕要重新做过，炜伢仔也咯大哒！""

"做是要做咯，只是冇钱啰，记得少年骑竹马，看看又是白头翁哒！我咯年纪哒嗯话还冇么里啦，嗯那嘎话啦！"

"嗯那嘎又冇老，还年轻啰！"

"还蔥老？三十不豪，四十不富，五十将艾寻死路哒！"

"话不定炜伢仔赚到哒呢，是吧？"

"咯个花生子，靠他？咯有蛮难！"

"呃！长江后浪推前浪，世上新人换旧人。咯就望春叔，欺老就莫欺少！"

"是咯，是咯，我里哈是凡人不可貌相 海水不可斗量！咯年轻人来日方长，也话不定有大的出息啊！"

"谢谢嗯那嘎里抬爱，看得起，美庭伯里明生还差不多，我里炜伢仔咯冇台傲哦！"

"明生咯伢仔也有出息，书又读得多，以后话不定搞个官当哦！"袁青山说。

"嗯那嘎里话得好！"袁美庭笑了起来，"蔥扯卵谈哒，做事哦！"

"是咯，是咯，古人话，手上摇撸，口里讲古！"

"不管以后怎样，现在来说，还是俊伢仔厉害一点啊！"

"冇呢，冇么，把嗯那嘎里恰亏哒约……"袁俊杰说完，去帮他们挖地基了。

经过袁青山他们在现场察看，计划将地基最高的部分挖出的泥土用簸箕运到最底的地方，地基这样就平了，另一部分泥土留置旁边空地，以后砌好地基、完成了隐蔽工程，还要用来回填。方案出来了，他们四个人就开始干起来，上土的上土，担的担……这阵势与当年在新墙河边上担堤一样……

袁俊杰看到这一切，第一次拥有了自己的领土，他突然感慨万千。

这山上尽是石头，袁俊杰说能挖多深就算多深吧。袁青山知道房屋地基的重要性，随便谁要建一幢高楼大厦的，都要挖很深很深的地基。他以前还是孩子的时候，在农村，只看到人家盖楼房，挖地差不多一米左右。由此他想到了平常教育孩子的一句话：学习要打好基础，只有基础打得扎实，才能应对学习上的各种困难。

打好地基，房子才牢固，不怕风吹雨打，甚至还有一定的抗震效果。看来，房子不是一天建成的，成功也不是一天就可以达到的。人生如同一栋正在建设的高楼，现在也许正处于基础施工阶段，只要丰富自己，打好基础，就能承载更高的人生！

经过袁青山他们四个人一个星期的施工，房屋地基已经完工了，看着自己的房屋地基被他爸爸袁青山整得平平整整，房间也安排得明明白白，就等着在他挖好的地基脚上起砖了。袁俊杰当场就表示要给他们发工资，谁知，袁望春他们说不要，俊杰做房子这么好的事情他们不帮忙怎么行呢！至于其他的工钱就以后再说，袁俊杰拗不过他们，只能作罢。袁青山和他望春叔还有美庭叔、青云叔当天下午就回袁家岭了。

地基处理好了，下一步就是找一个建筑队建房子了。袁青山回袁家岭的时候也帮他出了一个主意，那就是像挖地基一样到袁家岭喊几个泥工师傅来做，但是袁俊杰后来一想，认为去袁家岭喊师傅是可以，可他们又不会不要钱或者要很少的钱。这让他很是尴尬，他觉得不能麻烦自己的乡亲了，再说，请乡亲们来做房子，他也得派人来做饭给他们吃。对于一个开店子的人来说，时间真的不能耽搁，有事没事都得在店里面待着，不然，有顾客来了，你店里没人就不行。

不过，这些好像都不是主要的，袁俊杰听赵立新表叔说过，请建房施工队最好请这当地或者附近的人，他们对这里的地形和人都很熟悉，俗话说"做屋如造船"，造房子难免会遇到各种困难和麻烦。如果你差个什么工具的，他们挨得近也就方便快捷多了，或者缺人搬东西抬东西，他们都认识这里附近的人，也就容易多了，所以他请这个地基附近的人做就是最好不过了。

经问询比较后，袁俊杰找了邻村的建筑包工头沈老板，以包工不包料的方式进场施工。为了安全起见，袁俊杰还是和沈老板签了一个建房协议：

甲方：袁俊杰
乙方：沈小华
　　经甲、乙双方协议，甲方将位于长阳楼区丰石村的房屋建筑工程以总承包的方式（包工）承包给乙方施工，包工款按每平方米壹佰贰拾元计算其实际施工面积，双方在自愿、平等的环境和条件下达成如下合同：
　　1. 安全责任：自乙方进场施工起到竣工验收，必须保证自己以及所有喊的施工人员的安全，若发生施工事故，则由乙方承担其全部责任，甲方不承担任何责任。

2. 施工内容：乙方给甲方的房屋必须施工的项目内容具体为做墙部分，包括做墙，墙内外的粉饰，墙上开门窗洞子以及粉饰，屋顶部分制模，墙从水泥后的地面水平向上 3 米后盖预制水泥板，预制板上起 2 米高的尖后用树和木板盖瓦，只围边做一尺高防水用，房屋地面为水平后水泥硬化。

3. 付款方式，乙方进场施工几天后，甲方须向乙方预付肆仟元预付款给乙方，等所有施工完成后按实际施工的面积乘上价格计算总计施工款。

4. 注意事项：甲方在施工期间，必须保证乙方施工的材料，不得耽误乙方施工，同样，乙方在施工进行中应注意自己的施工人员的言行，不得与邻居或第三方发生矛盾或事故等，若发生事故，甲方不承担任何责任，乙方不得损坏浪费甲方的材料和财产。

5. 此合同一式两份，甲乙双方各执一份，签字生效，任何一方不得违约，否则，违约方必须向守约方赔偿因违反本合同而造成的所有损失赔偿金。双方合同具有同等法律效力。

甲方：袁俊杰

乙方：沈小华

1998 年 10 月 2 日

因为袁俊杰的地基与大点的马路距离还有两三百米，所以建房的材料都不能一次性到工地，在材料的运输上，他与沈师傅说好了，另外加了两千五百元钱给沈师傅，由他负责运输。

头几天运材料进场，也许是人进进出出的缘故，狭窄的道路一下子显得敞亮多了。材料一到齐后就开始做砖了，两三天新屋的地基就建起来了，新房子在一砖一瓦中，慢慢有了新的高度。没几天工夫，在建筑工人的辛苦付出下，新房垒到平口的位置了，下一步将上预制板。

这天，工地上突然来了几个人，其中两个人身上穿着制服，他们一来就喊住这些做房子的师傅，要他们拿建房的手续出来看看，如若没有建房手续就不要做了，必须先停工，等办好了手续再说，不然他们就会把墙推倒。袁俊杰感到好突然，他一点都没有预料到会有这样的事，他急忙打电话给赵立新表叔："工程被政府叫停了，这是怎么回事呢？"

表叔在电话那头说，没有事，他会把他们摆平的，叫袁俊杰放心，这几个人是要搞点烟去抽了一下。袁俊杰虽然着急万分，但也只好让做房子的师傅先停下来，问这些穿制服的人，这到底是什么原因。有个穿制服的人告诉他，原来他购买的这块地为林地，按照法律规定，林地必须用于林业发展和生态建设，不得擅自改变用途。

袁俊杰一下就傻了，他想这钱岂不是白花了？房子也建不成了，心里懊恼万分，怪自己没有多找几个人帮忙看看。看到他很紧张的样子，那个穿制服的人听了他的情况，就安慰他说："你也不必这样难过，你不是买的你表叔的土地吗？你找你表叔不就可以了，没什么大问题的！"他吩咐袁俊杰，今天必须先停下来，等他表叔把问题解决了再动工。

没办法，工地上停工了，袁俊杰回到店里等待着表叔的消息。在这心上心下的两天里，袁俊杰了解到近年国家大力推动宅基地确权，保障村民利益，如果想在家乡建房，得先了解土地的性质，土地所有权分为国有土地所有权和集体土地所有权，表叔的这块土地属于集体土地，要在这里建房，可以在购买宅基地或土地后，通过报建后进行建房。

但宅基地的购买需要满足的一个条件，就是转让双方必须是同一个集体组织的成员，也就是得有本地的户口才行。

所谓"居者有其屋，耕者有其田"，房屋土地作为我们一生中较为重要的资产，了解它还是很有必要的，了解房屋土地的性质，了解房屋土地的转让程序，了解房屋土地的使用期限。虽然我们不能决定最终会拥有怎样的住所，或是豪华，或是朴素，不管怎样，我们都要尽自己的能力去拥有，但要记住，底线就是不能做违法的行为。

第三天晚上，袁俊杰接到了表叔的电话。表叔说袁俊杰那个地基是没有办理建房手续的，经过他出面找关系后，现在只要五千元钱就可以办手续了，把手续一办就不会有人来找麻烦了，他也可以安安稳稳地建房子了。表叔说，这几天他都在为了他的地基的事跑上跑下的，还好，他的熟人多，朋友们也都给面子，所以这事就只要袁俊杰交五千块钱，如果没有他，这个地基的事没有个一万两万都不一定能够办下来。

听了表叔的一番话，袁俊杰感激涕零，他当场表示，明天就凑齐五千元钱后交给表叔，谢谢表叔的帮助。第二天，表叔收到钱后又给袁俊杰打了一张收条，拿着这张条子，他好像是拿着一张护身符一样，小心翼翼地把它揣兜里，千恩万谢后朝沈小华的家奔去，他要沈小华快些开工，不然他买的那些水泥都得报废，还有那些建房用的工具也怕丢失，如果真的遗失了的话，都是要赔的。可是，等他风风火火地赶到沈小华家时，他却没有在家。

这时，袁俊杰也没有心思回店里了，他一直蹲在沈小华的门边上等着，房子都已经停工一个多星期了，现在好不容易搞好了手续，为了避免更多的损失，就得找沈小华快些开工。正在他着急地等待的时候，沈小华的老婆来了，他急忙迎上前去打招呼："沈嫂子，你回来了！我在这里等了好久了呢，沈师傅呢？"

"哦！我其实只是出去了一下下呢，你就来了，沈师傅做事去了啦！他怎么能坐屋里等着你的手续呢？开支大得很呢！"

"哦！在哪里做事？我打电话给他也打不通！"

"只怕是没电了吧！他的那个破手机早就要丢了，哦！小袁，你那个房子怎么搞的啦？都停了这么久了，我里喊了几个乡里的师傅来了，却坐在家里，我们都是要开工资给他们的呢！"

"搞好了！搞好了！明天你就要沈师傅开工吧！"

"开工好，只是停工的这些天你还是得补偿一下吧！他们都是在乡下就说好了多少钱一天的，从来的那天算，你得加钱才行！"

"沈嫂子，我都是跟沈师傅签了合同的，怎么能说加钱就加钱呢？"

"你看，我们也是没办法嘛！"

"沈师傅这个包工的价格真的不低，我们也没有说什么，给烟，吃饭，打红包，我们可没有少哪一样，不能看着我们好说话就这样搞吧！"

"好啦！你等沈师傅回来，看他怎么说吧！"

"沈师傅什么时候能回来！？"

"我不知道呢！"

"那我就晚上来吧！"

"要的。"

晚上袁俊杰和方丽早早地吃完晚饭，就向沈小华家奔去。沈小华正在家里，他看见袁俊杰两个人来了，急忙上前打招呼："小袁来了，哦！正要找你呢！"

"沈师傅，我的房子么里时候开工哦？再不开工水泥都没有用了！"

"开工没问题！你的建房手续办好了没有？"

"办好了，办好了！今天办好了，我这不来找你嘛！"

"好的，那明天就开工！"沈小华的话音还没落，他老婆跑过来就说："开工是可以，只是耽误的这些天怎么算？小袁，这个停工的原因是你没办手续吧？这造成的损失你得承担呢！"沈小华急忙拉了拉老婆，说："算了！"可是他老婆还是脱口而出："怎么算了！我不就亏大了吗？我又没有说错，谁的原因谁就得承担责任！"

"沈嫂子，这耽误工的事情我也是没办法哦！我没有做过房子，这办手续的事我表叔也没有跟我说，我也不是故意的！"

方丽看到他老婆参与进来了，也接着说："那我们不管，我们是签了合同的，这耽误几天就要补钱，我们又没有发财，凭什么这也要钱那也要钱！"袁俊杰听了这话觉得有点伤和气，于是他扯了扯方丽的衣服，示意她少说两句。

见这两边说话的火药味越来越浓，沈师傅把袁俊杰拉到一边，说："小袁，这误工的事，以后再说吧，你还是补一点点，好吧？明天就给你开工做事，其他的都不说了。"

袁俊杰想了想，说："沈师傅，你和我是好说话，但是你老婆那态度真的是一点人情味都没有，这好歹也给了你一个业务吧，多少还是有钱赚啊！"

"我知道，你不要听她的，你放心，我明天就开工，明天就开工！"

"好的好的，明天开工就好，再不开工东西都会浪费呢！"

"是的，你先回去，你把你老婆带走，其他的明天我们去工地上说！"

"好。"

第二天，工地上忙得热火朝天，沈师傅说他又接了一个做房子的活，他得加快速度，所以今天，他增加了几个人，建房到了关键的节点——上预制板，这预制板真的好重，几个人才抬得动，必须动用吊车等重型机械，盖房工人也增加了人手。这些工人都是附近村庄的村民，他们基本上是在农活淡季出来干点盖房之类的活儿，以补贴家用。袁俊杰私下了解到，这些师傅们，尤其是小工，负责和泥、搬砖、运料之类的粗活，收入也就是几十元一天，大工则负责垒砖抹墙之类的技术活，比小工多个二十块钱。

他们一天的劳动强度是很大的，劳动时间也挺长，往往是天亮后不久就进场施工了，中午短暂休息后，又干到天黑才收工。虽然劳动看起来是辛苦的，可他们依然是开心乐观的，他们时常相互之间开着玩笑，彼此谈论着今年干了多少天的建筑活，又收入了多少，脸上洋溢着满足的笑容。

老早师傅们就对袁俊杰说，上梁日要看个好日子，打打牙祭。袁俊家真的打心眼里感激他们，这些农民师傅们是能干的，朴实的他们做事踏踏实实，袁俊杰很是感激。上梁这天，家里摆了几桌宴席。请了建房的农民师傅们吃个饭，还给了他们每人一包烟。

三天后沈小华就把房子全部做完了，这天下午5点多钟的时候，袁俊杰跟他说："沈师傅，今天就全部完工啦！辛苦你了，今天都这么晚了，银行也下了班，明天我把工资给你哈！"

"好的，明天给我没关系！哦！我把这张结算单给你，总共是……"

"我来看看。咦！沈师傅，上次停了几天的工，你算了我3600元钱，这也太多了吧！"

"不多呢！我们四个人坐在屋里七天没做事，你算一算，我自己只算了两天呢，我请的杨师傅他们三个人，你也知道都是我从乡下请来的，请的时候都是说好了从来的那天算起，不管天晴还是下雨，工资照发。俊杰，我也不容易呢，你算算，他们工资比城里的师傅低一点，但是这来去的车费，住我家里的七七八八的生活费用等，都不是一笔小数目呢！"

"这我可不管，沈师傅，我答应给你加一点误工费，但是你这也太多了，这可大大地超出了我承受的范围啦！"

"好吧！你自己计算一下，看看加多少钱，明天我们再谈！"

"好吧。"

就这样，袁俊杰和沈小华回到了各自的家里后，把今天计算工资的情况在家里一说，顿时家里边就吵起来了。

方丽当场就说，这个钱她一分也不想出，这都怪袁俊杰当初答应了给沈师傅加钱，她气呼呼地说这是他做的好事，搞得现在还要加这么多钱。

那边沈小华的老婆也是在家里大声嚷嚷："这加钱的事早就说好了的，这又不是我要他的钱，这好啦！只要杨师傅他们不要钱，我也就可以不要，如果杨师傅他们要多少，他小袁就得出多少。"

一连几天，袁俊杰和沈师傅都没有见面，他们就只通了几次电话，在电话里也是围绕着这建房工资的事扯不清楚，两个人经过几次通话，还是没有就这个问题达成一致的意见。袁俊杰建议他和沈小华一起去乡司法所，看司法所能不能调解一下。

在乡政府二楼的司法调解室，司法所的副所长听完他们所说的矛盾后，他把合同法的一些内容讲给他们听：如果工程延误是由甲方业主造成的，那么此时施工的乙方不需要承担责任。如果工程延误主要是由乙方造成，乙方也应该承担相应的责任。对于袁俊杰与沈小华的合同来说，合同上并没有写明停工的约定。

还有，沈小华也就是一个人陈述他人的诉求，这也是一个值得怀疑的地方，杨师傅等三人完全可以向袁俊杰当面商量其停工要补偿的事情。还有施工中，业主与施工方要充分合作，所以是相互影响的，要是因为业主没及时补足材料，而施工方也不及时提醒，那施工方也算是违约了，因此，不能免除责任。实际中，通常就是因为施工方能够确定延期责任主要在业主，就不按实际情况确定违约责任，这就使得业主的损失较大。因此，业主发现施工方对延期违约也有责任，但是却不认，损失较大的，建议找一个擅长解决合同纠纷的律师处理。是业主自身原因导致延期的，想要施工方为此承担责任，一般是不可能的，毕竟不是他们的责任，但是施工公司是否需要担责，还应视具体情况认定。

在司法所里扯了一上午，袁俊杰和沈小华也没有搞清楚他们到底应该怎么做。司法所的意见就是，如果他们都坚持自己的意见就得上法庭打官司才行。最后，那个副所长劝他们各退一步，把问题解决了算了。袁俊杰要开店子，好多事情都等着他去做，沈小华也是有几处地方在开工，这耽误一天就是一天的钱。他们商量好了，副所长要袁俊杰在沈师傅要求3800元的情况下，出一半钱1800元，他们在司法所签订了处理协议后，这事就算了。

第二十三集

闭眼横心投名状　孤身踏地觅金枝

"有啲人喺背后话钱少咗！"祥哥接着又恶狠狠地说，"你得先问下你自己到底做咗乜？你配唔配？"

"喺呀。"

"喺呀。"

"喺呀。"

"炜仔，拿着！"祥哥把手里的那摞钱再一次递给袁炜，"只要你努力，钱有的是，争取下次多拿点啦！"

"好的！谢谢祥哥！"

说完他接着祥哥递过来的钱。

袁炜一边吃着饭一边想着，他才来这儿，又什么都没有做，到这里的时间还没有一个月，怎么祥哥发了这么多钱给他呢？如果他以后多听祥哥的话一点，再卖力一点，到时候岂不是发得更多？多多少他无法知道，但是，他看到虎哥得了十万，刘哥得了八万，麻雀最少，不过也有四万块，他知道这里的钱来得容易，所以也给得容易，一句话就是要卖力。他一定要瞅准时机，立次大功，大捞一笔。

这上万一月的工资在乡下那可真的是天文数字，也许有些人一生一世都不挣不了一万元钱，真是不敢想象！如果这样下去，要不了一两年，他就可以在袁家岭建房子、买车了。这年头，在乡下没钱连狗都不愿意理你。此时，袁炜感觉自己的好运来了，他翻身的机会到了，他一定要抓住这个机会做一翻事业，让袁家岭那些原来看他不起的人好生看看，他袁炜也是一个顶天立地的男子汉。

吃完晚饭，袁炜上了一趟厕所，虎哥和刘哥他们早就不知去向了，屋里就只有麻雀在那里看电视，袁炜问："哎！虎哥、刘哥他们人呢？怎么一个都没看到呢？"

"呵！你不知道啊？今天不是发了钱吗？"麻雀一边说一边看着电视："他们有了钱还会老老实实地待在屋里？"

这天晚上，祥哥带袁炜他们五个人去办事，一路上，祥哥介绍了这家情况：欠债者张照，个子不高，戴着眼镜，无业，却好赌，常去龙都娱乐城，鉴于他父亲在海城市做着正经生意，也有几处房产，家里有些家底儿，便收了他赌，输了身上几千块钱，要借高利贷，三爷就给借了，80版（借款分70、80和90版，80版就是这天晚上块给八千，还的时候还一万，两千的利息，超过十天，利息翻倍）。当时张照输了六万，今天去讨回八万，包含收账费。

敲开门，张照在家，虎哥就直接问："张照，钱搞掂咗未啊？"

只见张照蹲在地上看了一眼他爸，不说话。

此时他爸愤怒地地怪这怪那，满脸通红，突然他指着祥哥骂："呢班友仔仲敢嗦要钱，你哋呃我个仔去赌博，呢啲系违法嘅事，仲敢放贵利，快啲扯，唔系我就报警喇。"

这时，刘哥站出来，他态度极好，满脸堆着笑地对张照的父亲说："报警？阿叔，你唔好嬲，唔系我哋呃佢赌，系佢自己自愿嘅，借钱都系佢求我哋借嘅，真系唔关我哋事。"

这时，他父亲觉得对方软了一些，于是他梗了梗脖子说："钱系冇嘅，命就有一条，你哋想点办呀？"

虎哥笑着说："阿叔，噉就净系可以挑咗佢条筋喇，唔系我返去交唔到差，就算挑咗，钱都仲要还，拖一日有一日嘅价。你要谂清楚啲呀！到时候唔好怪我哋冇通知你呀！"

张照的父亲以为他们在吓唬他，摆出一副死猪不怕开水烫的样子，摆摆手说：""挑啦挑啦，我睇你敢，仲有冇王法呀？"

虎哥说："好啦，噉就唔客气喇！"

他还没有说完，就从后腰出掏出一把小刀，几步蹿到张照身边，拽了他的腿，在脚踝处割了一刀，又拽了另一条腿，割了一刀。

顿时，张照尖厉的叫声往众人耳朵里钻，张照的父亲气得当场大骂："你哋呢班畜生，冇天理啦，日日都喺度害人！""

说完，他向电话机旁跑去，这时距离他最近的袁炜和麻雀突然出手把他给按住了，当他们正在犹豫，不知道怎么办的时候，虎哥发话了："教训一下佢哋！""

这时袁炜还不知道怎么办才好，他看了一眼麻雀，只见麻雀好像心领神会一样递给他一把刀子，说："砍掉他的一只手！"

袁炜听到要砍他的手后，顿时觉得后背发凉，也许是条件反射作用，他回答得很快："好！"

袁炜看着张照父亲的手，看了看自己手上的刀，心想：砍下那双血淋淋的手意味着什么呢？是伤害、血债、罪恶呀！他又于心何忍呢？但是，只要他的刀砍下去，他钱不就来了吗？他不是一直在等待这个立功的机会吗？再说，祥哥不是一直说要他们听话，如果他不砍下去，他还算是一个听话的马仔吗？他清楚地知道不听话的后果是什么。不过，此刻，他已经顾不了这么多了，想到不听话的后果，想到祥哥拿着的那一叠叠钞票，他用力掰开张照父亲的一个手指，闭上眼睛，用力地砍了下去。

顿时，张照父亲痛得嗷嗷直叫，不断骂道："畜生，你哋呢班畜生！"

麻雀这时给他扇了几巴掌，他才停止叫喊。

这时，虎哥对袁炜点了两下头，表示对他的投名状很满意，然后走到蹲在地上痛得厉害的张照父亲，笑了一下，依然态度良好地说："阿叔，今次系脚筋，仲要加一只手指，三日之后我哋再嚟，如果你哋钱未准备好，就卸佢一条腿。哦！对了，今日系八万，三日之后我哋嚟，你要准备十万，少一分都唔得，记住喇！我哋走！"

这时，他们走在前面，麻雀走在最后，他看见袁炜好像没有听到祥哥说走的样子，于是，他转身拉了袁炜一下，说："走啦。"

"哦！"此时的袁炜才回过神来，他的腿像灌了铅一样，迈不动步，麻雀用手拉一下他才走了出来。

一回到住的屋里面，祥哥很开心地拍了两下袁炜的胳膊，说："不错，阿炜，今天的表现非常不错呀！"

接着虎哥也说："呢条友仔越嚟越睇唔出，够爷们！"

这时疤哥也过来凑热闹说："睇！炜哥做嘢都好干净利落嘅！系咪呀？麻仔？"说完他望了一眼麻雀。

麻雀装作若无其事的样子，说："只怕你还差好远！"

"乜野？你再讲一遍！"疤哥生气地说，那个样子好像是要打起来了。

"大家收口啦，都系自己人，少讲两句啦！"虎哥说话了。

于是，大家散了，各忙各的去了。

三天后，他们再去讨钱，张照抖抖索索地递给祥哥一个塑料袋，祥哥翻开一看，整整十万块，一分不少，他们随即就走了。

　　那次以后，虎哥、刘哥他们开始对袁炜刮目相看，与他平起平坐地在那一带的社会上混迹街头。袁炜很有混社会的潜质，慢慢变得心狠手辣，勇猛无比。

　　有一次，在与当地的另一伙势力抢地盘，发生火拼。擒贼先擒王，年轻气盛的袁炜将对方的老大砍成重伤，对方的马仔见老大受伤，落荒而逃。真的是一战成名，此后，袁炜名气越来越大。

　　有不少马仔和小弟都想投靠他。其中有一个胖子一直死死地缠着袁炜，说他已经身无分文走投无路了，非要袁炜收他为小弟，天天在袁炜住的地方或者路上跟他，每次到最后就下跪，一直不起。这惹得袁炜心烦，对胖子的这些套近乎的招数甚是厌恶，后来有一次，看在胖子长期坚持的分上，他就蹲下来向胖子问个清楚。经过几次的交流，袁炜得知胖子是他同乡，胖子的村子与袁家岭的距离只有几公里远，这才让袁炜网开一面，把胖子收为小弟。

　　从此，袁炜就带着麻雀和胖子一起吃吃喝喝，有什么事情祥哥吩咐一下就行了！甚至小点的事情就不惊动袁炜，都是虎哥他们去办，只有大一点的事情才把袁炜喊去商量着怎么办。

　　于是，袁炜就整日游手好闲，去的地方除了茶馆就是酒店。有一天晚上，他和胖子、麻雀酒足饭饱之后，想到夜店去散散酒气。于是，胖子就带他们到了一家新开业的"龙都夜总会"去唱K，这个场子也是祥哥看管的，他们准备嗨一下。就在他去前台点酒的时候，突然，袁炜手里的酒杯就这么硬生生地掉了下去，那个坐台的小姐不是别人，正是他那温柔贤惠，对他不离不弃的好老婆孙丽。他顿时想去喊她，可孙丽转过身离去了，她没有发现自己，袁炜心想这样也好，暗中看看她在这里做些什么。

　　夜幕降临，霓虹灯下的都市显得异常繁华。林浩站在熙熙攘攘的人群中，望着眼前这个充满诱惑又略显冷漠的城市，心中不禁泛起一丝迷茫。

　　从小镇来到大城市求学，林浩原本怀揣着满腔热血和憧憬。然而现实的残酷却远超出了他的预料。学业上的压力、生活的艰辛以及人际关系的复杂，让他逐渐感受到了成长的代价。为了减轻家里的经济负担，林浩尝试着找兼职工作，却发现在这座城市里，想要立足并非易事。

　　一天晚上，走在回家的路上，林浩偶然看到了一家酒吧的招聘启事。犹豫再三，他还是走了进去。酒吧里的灯光昏暗，音乐震耳欲聋，空气中弥漫着酒精和香水混合的气味。这与他以往所熟悉的环境截然不同，但他还是鼓起勇气向吧台走去。

　　在那里，他遇到了阿飞，一个看似潇洒不羁的年轻人。阿飞在酒吧里工作了一段时间，对林浩投来友善的目光。"小伙子，你是新来的？"阿飞问道。

　　林浩点了点头："我想找个兼职的工作。"

　　阿飞若有所思地看着他："这一行可不是谁都能适应的，你得想清楚。"

林浩心里一紧，但他还是坚定地说："我需要这份工作。"

接下来的日子里，林浩开始在酒吧工作，努力适应这个与他以往经历截然不同的环境。在这个过程中，他结识了各种各样的人，听到了各种纷繁复杂的故事。他开始意识到，每个人的生活都不是一帆风顺的，每个人都有自己的无奈。

与此同时，他也开始反思自己的选择和未来。他不再满足于仅仅为了生存而工作，而是开始寻找自己真正热爱的事情。他在工作中观察人们的一举一动，思考自己的成长之路。渐渐地，他发现自己在与人交往中变得更加成熟和理智，也学会在复杂的社会环境中保持自己的原则。

自从与袁炜分开住后，孙丽就时常一个人在家里待着，不是看看电视就是在家里睡睡懒觉，整天都是无所事事的，感觉自己有点不舒服。对于一个习惯劳动的女人来说，这样的豪华生活对她来说就是受罪一样难熬。她习惯了在工厂的日子，或者是在夜总会上班的时光，她觉得不管怎么样，她总得有一个事混着，日子一天天过得飞快，而现在，她就像一只小鸟一样被袁炜关在笼子里面，几乎透不出气来。

这天，她终于鼓起勇气，向袁炜说出了一切，袁炜说做点事情也好，只是到其他的地方做事的话，他有很多顾虑，毕竟他做的事情不是平常的事情，一来怕孙丽的进进出出和与外界的沟通联系对他带来影响；二来对孙丽的安全也是一个很大的隐患，要知道，干他这行得罪人多，一不小心就会被发现，后果不堪设想，所以孙丽的事得从长计议。

孙丽对袁炜说，她也要努力赚钱，然后回老家给父母盖一栋二层小楼，让他们过上好日子，如果经济允许的话，她还想在城里买一套属于他们两人的房子。虽然袁炜的工资蛮高，然而光那点工资，每个月还要寄回老家贴补家用，两人省吃俭用，好像也要几年才能实现目标。她似乎等不了了，他们从乡下出来已经是三年了呢，除手上的这点钱，真的是不着风雨啊！

其实，袁炜何尝不是这样想的呢！他不是不知道那些家庭条件差的人家结婚了都没有用呢，好多媳妇因为老公挣钱不到而离开，俗话说"贫贱夫妻百事哀"，在魔幻的大都市里生活久了，那些灯红酒绿的生活，那些穷奢极侈的诱惑，难免会让很多年轻人迷失自我，走着走着就忘了当年的海誓山盟，多年以后，也就连话都不想说，不得不分道扬镳。

第二天，跟祥哥在一起的时候，袁炜听祥哥说，凤凰夜总会三哥现在正好需要一个记账的经理，找了好久都没有找到。这时，袁炜就把孙丽想做事的想法跟祥哥说了，祥哥一听，"嘿！"他笑了一下说，"这不正好吗，你老婆长得漂亮，又值得信任，我想三哥一定会同意的。"袁炜急忙说："谢谢祥哥，希望祥哥帮忙引见引见。"祥哥马上就把手机拿出来了，他一听，电话打给坤哥了，袁炜知道这个坤哥是龙老板的副手，也是祥哥和三爷的上级，一般说的话就是代表龙老板说的话。祥哥挂了电话后就跟袁炜说："坤哥同意了，要你老婆明天去上班！"袁炜感激涕零地连忙说："谢谢祥哥！谢谢祥哥！"

后来袁炜才知道，原来是刘哥看上了孙丽，而使了这一个计谋。

第二天，孙丽在袁炜的带领下直接开车到凤凰夜总会，三爷急忙跑过来迎接，忙着吩咐下人说："哎哟！今日系乜风把炜老弟送到我呢度嚟！快请坐，倒茶！"

"三爷！您客气了！都是一家人啦！"袁炜说，"坤哥找我带了一个人来给你打个下手！"

他把孙丽拉了出来，说："姓孙！孙小姐！"

"好好好！"三爷看了一眼孙丽，伸出手跟她握手，"欢迎欢迎！欢迎孙小姐！"

"走啦！"袁炜说完就把手一挥，麻雀和胖子一起跟着他走了。

话说孙丽本身就在夜总会工作过，对这里的工作流程也是熟门熟路，孙丽的体形、容貌、声音、举止，一如既往，且日臻完美，散发出成熟女性的魅力。虽然她原来没有当领导，但是她熟悉其他岗位的要求和标准，要不了几天，孙丽就把凤凰夜总会打理得井井有条，生意更是蒸蒸日上，

可是客人们都不知道孙小姐是一个有老公的人，而她的老公又在这同一个公司，她本人内心是非常传统的，她把自己和丈夫的爱情生活和彼此的忠诚看得高于一切，她待人热情似火，诚诚恳恳，但从不轻浮，卖弄风骚。许多与她相处的男人，都不由自主要提高自己，使自己端庄、高雅，富有情趣。

有一次，一位富有的老板以交朋友的方式邀请孙丽陪酒，在交谈中，这位老板暗示着自己的家产和婚姻状况，并不时地炫耀自己的才情，把他的欲望和热情制成子弹，一发发射出给孙丽，不过这些对于孙丽来说也只是小菜一碟，她从容应对，没有腼腆，没有惊喜，没有愤怒，更没有某种巴不得心态。当她把该回答的话说完毕，微笑着起身告辞，说："谢谢王老板对我的支持和关注，不好意思！我有一个幸福美满的家庭，希望你在我这里玩得开心，告辞！"那位王老板识趣地走了。

事后，这位老板对三爷说："那个孙小姐不错，没想到夜总会也有出淤泥而不染的女子，我以为在这种环境里的女人基本上都是拜金女，我很敬佩她的人格魅力与高贵的气质。"

孙丽的优秀表现，自然得到了三爷和坤哥的一致好评。三爷曾私下对坤哥说："假如孙小姐哪天不来上班，至少三分之一的顾客会丢失。"

事实上，任何丈夫都不可能对从事夜总会工作这种职业的妻子百分之百放心，袁炜也是常常警告和叮嘱孙丽，不要做违反原则和背叛自己的事情，否则就不要怪他不客气。孙丽说自己知道，在这个公司里，袁炜的地位和分量都比她重要，她孙丽还是吃的袁炜的饭呢，怎么会背叛他呢。袁炜说她有自知之明就好。

不过，有几次袁炜吩咐麻雀偷偷跑到夜总会窥望过，每次都看到孙丽规规矩矩、认认真真地在那里工作，从此袁炜也就不再那么担心了。而孙丽的收入也的确可观，几乎与他的工资不相上下了，有一个月好像比他还要多，看着这银行账号上的余额，袁炜的心情无比激动，这两个人挣钱就是快呀，这样下去，要不了一年半载，他就成了百万富翁了呀！想想都觉得不可思议，想当初，我袁炜是一文不名。

第二十四集

袁家岭喜迎新妇　乌篷船智救乡姑

房子造好了，接下来就是装修了，可袁俊杰现在有点头痛，因为手上没有多少钱了。自己店里有玻璃、窗户，但是像地面砖、瓷片、门、灯、涂料等都要到别处买，现在没钱就只好停下来。其实，他想把装修搞完，就算马虎一点也可以，可方丽的肚子一天一天大了起来，他得想办法挣钱。

还好，店里的生意比较稳定，短短几个月后，袁俊杰就挣了一点钱，他开始装修了。因为钱少，所以材料都是买便宜的，方丽也没有挑剔，没过多久，房子就简简单单地装修完了。

房子搞好了，他们谈论着结婚的事情，与袁俊杰不同的是，每次谈到结婚，方丽的内心是那么复杂，她感觉快乐幸福的背后还有一种莫名的伤感，她又退缩了。过去的每一个失眠的夜晚，都在她脑海里浮现，越来越清晰，她就要结婚了，他真的是她能终生托付的人吗她带着时而肯定时而怀疑的心情闭上眼睛，她的脑海里浮现了在老家奶奶带着她玩耍的日子，父亲此起彼伏的呼噜声，母亲疼痛的呻吟声……这些都是她想忘记的，可是每次在她做决定的时候，不知不觉又回想起这些不堪的往事来。

她像一个得了病的姑娘，每当太阳升起时，无比渴望健康，无比渴望成功，渴望她的身体如新升的太阳那般舒展，渴望自己有朝一日能实现了她的梦想。可是，她现在并不是很舒服，随着肚子一天天变大，她从头到脚都不舒服，肚子里的孩子像皇帝一样侵占了她的身体，占据了她的一切，为了肚子里的孩子，她觉得她的梦想都得改变，结婚似乎是她马上要做的事情。

"还没有办准生证呢！"这样早上，袁俊杰好像想起来什么，他叫醒方丽："听说生孩子必须有准生证，不然医院都不允许接生呢！"

"准生证？我们结婚证都没有办呢！"

"哦！是的，得先办结婚证！这事得抓紧，我看看今天是星期几。"

"……"

"今天星期三，要不我们今天去办结婚证吧？"

"今天？今天不行吧，今天不是要去安装王老板的窗户吗？不能耽误了今天的事情！"

"没事，王老板的窗户明天安装也行，没关系的！"

"怎么没关系呢？答应好的事情，再说，这证今天办与明天办不都是一样吗？"

"好吧，那就明天去！"

方丽内心是五味杂陈的，说实话，她似乎没有太欢喜。

第二天，他们把单车停在一条巷子里，袁俊杰拉着方丽的手像风一样，穿过了马路，上到了民政局三楼，才发现此民政局并不是颁发结婚证的地方。袁俊杰从玻璃窗户里看到工作人员在给他比划方向，袁俊杰似乎还没有弄懂什么。这时方丽比他先明白那个美女所要表达的意思，她向袁俊杰指了指玻璃上的"离婚"两，字袁俊杰顿时明白了。

她拉着袁俊杰进了结婚登记处。不大不小的空间里，有几对年轻人在排队领结婚证。轮到他们了，方丽拿出来打包好的槟榔和喜糖，轻轻放在给新人办理结婚登记的那个大姐的桌上，说："姐！谢谢你！来吃喜糖！"

"好的好的，恭喜你们！"

"谢谢姐！"

她看起来是个温文尔雅的女人，也该叫她阿姨，但那刻方丽的嘴巴甜得只能称呼姐了。看得出她与年轻人之间的沟通较多，她手擎着身份证，大眼睛在袁俊杰和方丽身上扫来扫去，然后慢悠悠地说道："哟！过去这么多年了，现在看起来还是有点像的哈！"

"是的！是的！"他们努力地迎合，"都这么久了，还是有点像的！"

她在电脑上对照信息，再一次确认照片："是你们本人吧？"

"是的，是本人的。"袁俊杰干脆重新摆了一下姿势，让她看个清楚。

很快，听见她说："来，给你，这是你们的结婚证，恭喜，恭喜啊！"

他们说："谢谢姐！谢谢姐！"

袁俊杰对她习惯性地说："再见！"

她说："再见？"然后迅速改口，"应该是再也不见！"

"再也不见！"袁俊杰霎那间脸红了，他愣了一下，知道说错话了，急忙说，"是的，是的，应该是再也不见！"

"哈哈哈……"

他们都很开心地笑了。

走出婚姻登记处门口，对着初升的太阳，袁俊杰看了看这两个红色的本本。突然觉得很神圣、很庄严，他对方丽说，更加确定要照顾她一辈子，从那一刻开始，他要做一辈子保护她的人。方丽看了看那些路过的人，说："让别人看见了会让人笑话的！"

"笑就笑嘛！今天开心！让他们笑吧！"

"这么开心？"

袁俊杰拿着小红本本，举得高高地说："你今天不高兴吗？看看曾经的你，一副嘚瑟的样子，还不是让我拿下了！"

方丽笑了笑，竟无言以对，愣在冷空气中，她怀疑是不是自己帮他把自己给卖了，故意生气地说："都怪你运气好啦！"

随着方丽的肚子越来越大，他们的婚事也被摆上了日程，经过两人的商量，为了不影响店子生意，结婚的日子就选在今年的腊月十二日，他们就通知各自的家里，结婚这么大的事情得提前准备呢！

儿子的婚事是一个天大的事情，这不，袁青山和侯大娘商量来商量去，到最后，他们一致认为，结婚得按老家的规矩办，还是要在袁家岭办事儿，村里办事三句话离不了吃饭，城里饭店里请客，客气是客气，就是太贵，还不如从酒店请了厨师来家里摆桌，从头天就开始，连摆三天。这两三天人来人往的，好不热闹，家族里的亲戚也陆陆续续地从外地赶来，奔赴这一家族盛事。

结婚日的前几天，袁俊杰家里就热闹起来，主要还是负责吃饭的厨房忙碌一些，平时吃饭的厨房小了，得另外腾出一处空地来建灶安锅做饭菜，门口早早地就贴了一张红纸，上面写着总负责人、采买、主厨、下手、伙夫等。还有一些来帮忙的妇女，就用红纸剪一些喜字和一些结婚用的鸳鸯戏水呀早生贵子等图案，贴在门上或者窗户上，它们与红彤彤的对联一起，把本来不起眼的房子变得漂亮起来。

俗话说"人逢喜事精神爽"，到时，袁家岭的人都会来道喜，送恭贺：

"青山伯！恭喜嗯那嘎哦！恭喜嗯那嘎接媳妇哒哦！"

"侯大娘！恭喜嗯那嘎哦！恭喜嗯那嘎接媳妇哒哦！"

"恭喜嗯那嘎乐哒意，青山伯！"

"恭喜嗯那嘎接媳妇，侯大娘！"

"好好好！快来坐，快来坐！喝茶！"

"好好好！快来坐，快来坐！喝茶！"

"嗯那葛再好哒，媳妇也接哒，听到话屋也做哒啦！"

"是咯是咯！托嗯那嘎一些老人家的福，哦！"

"嗯那嘎俊伢仔好傲，年纪轻轻还在长阳做哒屋，确实是有蛮傲哦！"

"是咯嗯那嘎，贫居闹市无人识 富在深山有远亲！还不晓得后来是禾里咯！"

"呃！有福之人住街角，无富之人乡里落！以后，话蒽定他有大发展呢！"

"是咯是咯，咯也是托嗯那嘎咯福哦！"

"冇呢！俊伢仔有咯傲！"

"见官莫向前，做客莫落后！恰饭咯时候早点来哈。"

"好嘞！好嘞！"

"嗯那嘎忙……"

此时的袁青山和侯大娘喜笑颜开，心里甜蜜蜜的，不是递烟就是泡糖茶来招待前来送恭贺的人。

由于方丽娘家离这里很远，怕是连中午饭都赶不上，所以方丽就没有安排婚车去老家接，就安排她爸妈和哥哥以及姑姑和姨妈等，提前一天就到长阳来，在他们的新房子里面住下，这样他们也不会那么劳累，休息一天，明天再去袁家岭举参加婚礼。

第二天，袁俊杰和方丽，还有方丽的爸妈等亲戚，就搭上了去袁家岭的汽车。下车时，他们都戴上了胸花，离俊杰的家还有很远，接亲的鞭炮就响起来了。新郎袁俊杰这边负责接待的亲戚迎上前去，给小方家的每一个亲戚分发红包、香烟等。这时，村里的小孩子们也围了上来看热闹，这也是给大家分发喜糖的时候。只见袁青山从里屋里拿出一袋糖来，在大门口对着小孩子们大声喊："抢喜糖喽！抢喜糖喽！"只见孩子们蜂拥而至。

噼噼啪啪的鞭炮声响起来，看样子要开始吃饭了，赶来吃饭的人也越来越多了，许多人都围在铺满红色尼龙桌布的大圆桌前，寻找自己吃饭的位置，只有新娘的亲戚们在房子里面入座，其他的亲戚都坐在屋外的红帐篷里面。各种各样的饼干和糖果被摆在桌子上，五颜六色的气球和彩带悬挂在房顶上，周围都充满喜气。

婚宴正式开始的时候，新郎和新娘在袁青山的带领下一桌桌去给宾客们敬酒。袁青山说这都改革开放了，那些一拜天地二拜高堂夫妻对拜的成亲仪式就省了，今天只办好一件事，那就是大家把酒喝好，把饭吃饱。

这时大席上来了，餐桌上摆满了鸡、鱼、蛋、肉，各种美味一应俱全，惹得大家直流口水，许多饭菜甚至比城市大饭店里的还精致呢。一盘盘时令的瓜果蔬菜都上桌了，西瓜、葡萄、西红柿、黄瓜、豆角、青椒……真没想到，如今农村变化那么大，再也不像过去，回老家就吃那简单的几样了。一上桌，大人们还斯文得像个绅士，小孩子们早就狼吞虎咽了，吃得肚皮滚圆，嘴角流油。刚放下筷子，又去分大礼包。每张桌子上都有一个大礼物包，每人都得到了个小礼包。小礼物包里面包着喜糖和牛奶等。

袁俊杰在外已有好几年了，虽然也时不时地回到袁家岭，但是他很少去参加吃酒席这样的大型活动，每次遇到去做客的时候，不是没时间就是要他爸袁青山去，这次一桌桌地敬酒，让他见到了很多许久未见的人，还有一些小时候的玩伴，也情不自禁地多聊了几句。

"俊哥！"袁明生老远就向袁俊杰招手，大声地喊起来，"俊哥！今天是你和嫂子大喜的日子，你得不醉不归啊！"

"好的，好的！谢谢你！明生"

"今日嗯里是要多喝点，酒逢知己饮，诗向会人吟！嗯里也是难得的在一起咯啊！"

"是咯，是咯！"

"再说遇饮酒时须饮酒，得高歌处且高歌！俊杰，嗯今日喝到么里时候喝？是吧？"

"是咯，是咯，今日不醉不归啊哈哈……"

"哦！俊哥，袁炜跟嗯打电话么，他跟我话嗯结婚他是实在想回来咯，只是手上太忙不能回来参加嗯咯婚礼哦。"

"打了，打了，冇事，我里兄弟之间冇事，就不要太客气哒咯，等他有空哒回来哒我里再聚哈！"

"好勒！好嘞！咯是他托我送咯人情，嗯收一哈！"袁明生递上一个红包说。

"算哒，算哒，他冇来我就莫收他咯人情吧！"

"蒽呢，咯禾里要的约，蒽收他的人情，只怕他还会怪我咧！嗯还是收了好一些，咯样我也完成了任务哈。"

"好吧，好吧，谢谢啦！"

"谢什么呀！应该的嘛！俊哥，还认得他吗？就是李家明。"听到有人在喊自己的名字，李家明站了起来，他腼腆地微笑着，那黝黑的皮肤把他那只有二十多点的年龄在遮掩起来，笑容也是那么胆怯，轻轻地说了一句："俊杰！恭喜你呀！"

"谢谢你！李家明！"

"算上他，袁俊杰这里一共六个人，都是男性，小学毕业之后，已经 11 年过去，我们班有四位女生已经嫁为人妇，更有两位已经有了二胎，男生和女生们的交集也逐渐变少。"不经意间，袁俊杰看见在座的六名男性里，有一位年长者，他急忙上前敬上一杯，说："您是我同学的父亲，谢谢您的光临。"

张环游的嘴巴凑在袁俊杰的耳边告诉他："这位同学 Q，小学的时候脾气就相对古怪一点，初中去了镇上的中学，在一次校园霸凌中被殴打致死，动手的人中，有我另外的小学同学，他们七年之后才从少管所出来。Q 的父母之后又要了一个小女儿，Q 的哥哥不久后也结了婚生了孩子，在餐桌边，两个小孩看起来差不多大。这位叔叔和我们坐在一起有些不习惯，也不太和大家搭话，只是一直问孩子要不要吃什么。

"另外四个人里，两个还在上学，他们上高中的时候觉得上学实在没出路，于是出去打工，一年之后又回到了学校，高中复读一年上了专科，之后又考了专升本。等过完年之后，也要出去找工作。另外两个，一个是姑姑的孩子，职校学了酒店管理之后就出来工作，陆续在酒店大堂做过服务生，去过富士康，在北京送过外卖，现在跟我一个哥哥在某建筑国企工作。此前我见他的时候，他都是一头看不见眼睛的长发，这次终于剪短了，他说广西太热。

"另一个男生一直以来都胖胖的，这次也瘦了一些，他在离家更近的一个工地，可以经常回家转转，但据他说，现在全家人都在外面，家里也没有人。"

这一桌开了一些啤酒，大家都多少喝了点，婚宴之后，要上班的两个人马上就走了。

第二桌是他哥——也就是新郎的初中同学，村里的青年人差不多都出去工作了，因此这一桌也没几个人，所以俊杰哥哥才来陪桌。哥哥要比俊杰大两届，他上五年级的时候，俊杰正是三年级，大家在村子里上小学的时候，正是最崇尚力量的时候，年龄与力量成正比，因此五年级的人就站在校园权力的顶峰。那时候的他们带头打台球，去网吧、打架，低年级的男生只能跟着玩他们剩下的。一直到初高中，他们几个打架的消息都在流传，再见面就到了现在。

桌上几位差不多都结了婚，有两个还带了孩子过来。其中一个是小学时候一起玩的大哥，他听了也没说什么，转头给坐在后面的孩子夹了一个鸡腿。俊杰他哥一直在筹备婚礼庆典的事情，没有在这一桌坐多久，大家默默地吃饭，等着待会儿喝酒，也许能活跃一下气氛。

吃完这一桌，袁俊杰到外面巷子里盛饭，遇到了同上小学的女生，小时候她以好看和泼辣著称，常常仗着男生不敢动手而欺负男生，俊杰也常受欺侮。当时他们总是咒她以后嫁不出去，后来她竟成了他们一班中最早结婚的。俊杰听爸妈说，她的父亲前些年因为贩毒被抓了起来，父母也因此离婚。袁俊杰遇到她的时候，她怀里抱着孩子，穿着依旧很时尚，就问她："这么久没见，孩子都这么大了呀？"

她笑笑说："这已经是二宝了呢，现在你在外面混得好啊，恭喜你呀！"

"混好什么？混口饭吃吧！谢谢你！"

"贪心！这样子已经很不错了！"说完就抱着孩子进了家门。

后来听人说，她现在和老公在镇上开了一家大盘鸡店，生意也还可以，有一段时间他们在村民的微信群里卖囤积的食材。也许是因为做生意，也许是因为做了母亲，她现在脾气也好了很多。

吃完晚饭后，袁俊杰和方丽及家人们坐上了去长阳的汽车，本来结婚的当天晚上是要闹一闹洞房的，小时候他在袁家岭也跟着大人们一起去闹过洞房，闹洞房就是搞一些恶作剧戏弄新娘子，参加人员不分年龄、不论辈分，想着法子和新郎新娘逗乐：猜谜语、喝交杯酒、讨喜糖、唱情歌、咬苹果……怪招百出，令新郎新娘防不胜防。这些热闹的方式在过去封建社会，为了增进夫妻双方的沟通和感情，也许是旧时的人都没有现代的人开放，哪有现在还没有结婚就睡在一起的呢！旧时男女之间没有结婚，连手都不能碰。

袁俊杰也不知道现在的袁家岭还闹不闹洞房，反正他今晚也没有在袁家岭住，洞房是闹不了的。在车上，他看着袁家岭离他越来越远，今天的婚礼真的简单而又快乐。虽然没有酒店里豪华和气派，但是在故乡的亲切感和幸福感是任何地方都不能比拟的。在这里所接收到的来自邻里乡亲们的祝福是那么朴素和真诚，让他一次又一次地感动，这些都是他以后奋进的动力啊！此时此刻，袁俊杰才感悟到所有的离开都是漂泊，家乡才是心灵的港湾，故乡才是每个人的最终归宿。

幸福的日子总是那么短暂，不知不觉已到了腊月了。方丽觉得在婆家与丈夫家人一起过年虽是幸福，但是不自在，毕竟刚结婚对这个家还有点陌生。再说，他们结婚因为一些事情，她娘家那边没有请客，所以，她与袁俊杰商量着今年过年就去她娘家里过，袁俊杰也表示同意。

可是，计划赶不上变化，在腊月二十七这天，袁俊杰突然接到了父亲从袁家岭打来的电话。在电话里，袁青山问他什么时候回袁家岭过年，他把他们去方丽娘家过年的计划告诉他了。袁青山生气了，说："你们都不懂事，这结婚后的头一个年哪有不到男方家里过的道理呢？以后过年再去小方娘家就无所谓啦！再说，这初一崽，初二郎的，三十初一还是得在自己家里过嘛！"没办法，他只得先答应袁青山，说再跟方丽商量商量。

刚开始，方丽不听俊杰的解释，反正是要回自己家里过年，经过几次沟通还是不同意。袁俊杰无可奈何，他打了一个电话给岳父家里，方丽的父亲是一个非常近人情的人，当他听到为了过年的事，这两口子闹得不可开交的时候，他急忙要方丽接电话。在电话里，方丽被她父亲说了一顿，她一边听着电话一边用眼睛狠狠地瞪了袁俊杰一眼，满口答应了父亲，今年就到袁家岭过年。

出于一些原因，还有一些账没有收回来，所以本来是要提前去袁家岭的，最后搞到大年二十八上午才去。有钱没钱，回家过年，儿子儿媳回家过年，父母都是高兴的。其实，他们只要看见自己的孩子都会欢喜，为母则刚，为父则强，无论何时何地，孩子才是父母心中的最重要的。

快乐的日子总是一闪而过，初二他们俩就要一起回娘家。电话那头方丽全家人早已在家高兴地等他俩过去。大年初二这天，有 20 摄氏度，真是难得的好天气。他们一早就去小商店门口的站台搭上去长阳的客车，到了长阳之后还得去轮船码头坐船。

路上的天气是好，可是湖面上就不同了，那些停在湖边的船只啊，买票的地方啊，湖边上还是看得清晰一点，远处就大不相同了，稍微远一点的地方就是雾茫茫的一片，看不清任何东西。经过询问，那个卖船票的人说，这样的大雾天气太危险了，船都不能开，必须等到雾散得差不多的时候才能开船。

没办法，方丽唉声叹气，感觉扫兴，这是一件无可奈何的事情，他们只能在边上等着太阳把雾驱散。俗话说"等人易久"，等待都是漫长的，他们或坐着，或站着，不时地向湖面上看一阵，向天空上看一下，焦急地等待着雾的散去，好不容易等到 11 点钟，洞庭湖湖面上的雾才散去，客船上的汽笛才开始长鸣，一声一声地呼唤着坐船的乘客快快登船。

袁俊杰站在船上，哇！湖面上的景色真美啊！那如烟的白雾在湖面缭绕，如临仙境一般，那湖面上的轮船在太阳的光辉之下变得五颜六色，耳边传来一阵一阵的汽笛声，这一切简直是太迷人了！看，一只只海鸥掠过湖面，大大小小的船在湖上行驶，一座座岛屿耸立在湖面上，清晰地展现在眼前，这一切与海洋几乎没什么区别。

他们坐的船是客船，上船后，这些风景对初次坐船的袁俊杰来说真的是非常新鲜，而方丽来来回回地已经走了好多次了，这些景色见多了，她见俊杰对风景很感兴趣，就说："我们去顶窗看看吧。"他们从下面的船舱走到楼上的顶舱，楼梯可真是陡啊，袁俊杰屏住呼吸，大气也不敢喘，一步一步慢慢地走，下面就是大海一样，万一失足就会跌进湖里，真是刺激啊！

站在船舱口，迎面吹来的湖风是凉凉的，轻轻地拂过袁俊杰的脸颊，他顿时感到湿湿的，咸咸的。再望向远处，湖面一望无际，白帆点点，渔民们正划着轻快的小船归来。袁俊杰仿佛看到渔民们正把一筐筐湖鲜搬下船，脸上挂着甜蜜的笑容。码头呈现着一派丰收的画面。

怕袁俊杰着凉，方丽要他到下面的客舱里来。在客舱里面，坐了两百多个人，里面还有商店，什么都有。在那个商店门口，有一个人拿着健力宝易拉罐，猛地一拉，在拉环被拉开的一瞬间，汽水飞溅而出。坐在旁边的一男人的噌的一下站了起来："往哪儿溅呢！看着点儿啊！"他一边嚷嚷，一边拍打着西装衣袖责问那个开健力宝的男子，"这怎么搞?"

"啊! 大哥对不起啊!"农民工哈着腰，半天才说了这么一句道歉。

"我、我……"农民工伸出右手，想用袖子帮西装男擦拭。西装男躲开了。

农民工将手中开了一半的健力宝继续打开，放到嘴边品尝了一口。

"咦?"农民工的目光停留在了左手食指上。

"大哥，这上面写着什么?"农民工把拉环递到了西装男眼前。

西装男眼前一亮:"哟，兄弟，你中奖啦，五万!"

"五万? 上哪儿领啊?"

"广州啊，这不写着吗?"西装男指了指易拉罐。

"广州? 俺没有去过，这咋办啊?"

"兄弟，这样，我这儿有五千，你把奖卖给我!"

农民工显得很犹豫:"你这可不对啊!"

这时候，左边伸过来一只带着金表的大手，搭在农民工的肩膀上，中间隔着一个红衣妇女。金表男操着唐山口音继续说:"他中的可是五万，你给五千? 你那叫蒙人! 兄弟，我给你一万块，中不中?"

"可这写着五万，这、这……"

"下船，我这就给你取钱去。我带着卡，两万!"西装男着急了。

"我……我……就要现钱。"

"我带了!"金表男从兜里掏出钱来，对隔在中间的妇女说:"我这里带着五千，没带那么多，大姐啊，咱俩凑凑。花一万块把那个奖买过来，对完了奖咱俩对半分! 你看成吗?"

那个妇女说:"让我想想。"

袁俊杰马上就意识到了问题的严重性，他急忙跑去船长办公室，敲门进去后，有个人问他:"你有什么事?"

他进入后连忙把门关好，对船长说:"我看到了一群骗子在船上行骗，希望船长能去管一下!"

那个穿制服的人听到后却无动于衷地说:"这有什么大惊小怪的，这又不关我的事，你也别管啊!"

"这发生在你的船上，你不管可不行，出了问题你可要担责任的!"袁俊杰理直气壮地说，"我同学可是律师，现在我们之间的谈话都已经录音，现在我如实告知这是一起诈骗，你们船上的工作人员有监督和管理船上人员的责任和义务! 请你们履行你们的职责!"

袁俊杰一说完，穿制服的那两个人感觉会有大麻烦，于是急忙跑过来，他握着袁俊杰的手说:"好的! 好的! 你反映的问题我们已经知道了，我们这就去处理，这就去!"

袁俊杰点了点头，跟着他们向客舱走去。

在那个妇女要掏钱给那个戴表男的时候，袁俊杰和管理人员到了。

"你们这是干什么?"那个人莫名其妙,他看了看领导。

"这里不准搞这个事!"

"听到了没有?"领导向那个人使了使眼色。

"走走走!"

"听到没有?"

"再不散,就报警了。"

那个骗子只得收手,起身准备离开,他不相信自己的耳朵,一边走一边看着领导。

周围看热闹的乘客都盯着那个女的,那几个骗子急忙起身离开。这时,方丽走到那名妇女面前,在她的耳朵边说了几句,妇女恍然大悟,她感动得一塌糊涂,对管理人员说:"谢谢你们啊!如果你们再晚来一步,骗子就成功了,我的血汗钱就打水漂了!"说完"呜呜"地哭了起来。

那几个领导也没有说什么就走开了。

一会儿后,船到岸了,袁俊杰不相信自己的耳朵,收拾行李时说了一句:"时间过得很快,我们就要下船了。"方丽说:"快!你看了表没?"

他一看 BP 机,笑了起来:"哇!都六点钟了,这么晚了!"

第二十五集

离乡背井育儿女　油米柴盐添危机

下了船后,还得坐二十多分钟的摩托车才能到方丽娘家,等他们到家的时候,已经是乌漆墨黑了,她的爸爸妈妈、哥哥嫂嫂们都在等他们吃饭呢,桌子上面的菜都凉了,爸爸妈妈急忙去厨房把菜都重新热了一遍。

袁俊杰沉浸在幸福中。在到方丽家的第二天晚上,亲戚朋友们吃完晚饭后就准备打麻将,打了几把后,袁俊杰身上的几十块钱给输个精光。当他去睡觉的房间拿那装在裤兜里的钱的时候,发现里面放的几百块钱都不见了,他急忙找到方丽问:"谁把我那裤兜里面的钱拿走了呢?"

"我拿走了,都买东西了。算了吧,我们就不打牌了吧。"

"再打一下吧,你看,都是亲戚呢!肥水不流外人田,你再给我几十元钱,好吧?"

"你去打,反正我没钱了!"方丽说完转身离开。

袁俊杰越想越气,俗话说"过得年好就行得船好",这大过年的,跟亲戚朋友们打打小牌有什么关系呢?他觉得自己毫无尊严毫无价值可言,自己在她面前还算是一个人吗?十元钱她都不愿意给,想不到方丽会这样做,不顾及他的感受,当时的他伤心又气愤。

为什么她会这么做？是她父母教唆的吗？是他家的贫穷让她担心？还是对他的不信任？此刻贫穷伤了他自尊，伤了他的心。袁俊杰要强的性格使他与方丽发生冷战。

虽然在她娘家发生冷战，但是袁俊杰得到了她家人的理解，他们纷纷责备方丽，说是她的错，与此同时也对袁俊杰表示支持和理解。于是，方丽当着大家的面，高调地拿出五百元给袁俊杰，说："好啦！好啦！我给五百元给你打牌行了吧？"

袁俊杰却没有拿，也不说话。

方丽满脸歉意地说："对不起，我没有别的意思，只是不想让你乱花钱。你看，大哥大嫂责备过我，你给他们一个面子吧！"

袁俊杰这才作罢，他接过钱，说："好吧！这还差不多！"

一会儿方丽去厨房了，她大嫂对俊杰说："方丽是个好女人呀，她与俊杰真心相爱结了婚，她会把这个家看得很重，丈夫和这个家就是女人的全部，你们要相互帮助和理解啊！"

"嗯嗯！"

其实什么都不需要说，他心里也明白方丽的意思。她有着对家的渴望，希望自己那宽宽的肩膀能让她依靠终生，希望他们的家能超越过去，不再过被别人看不起的日子，她一定要出人头地。袁俊杰听了大嫂的话后，似懂非懂地点了点头。

这天下午，几个和方丽玩得最好的女同学听说她回家了，她们相邀一起来到她家里，她们在房间里有说有笑的，只有他一个男人，袁俊杰突然觉得有点不好意思。他借故离开时，在门口听到了一段对话，她的同学问她："姐夫叫什么名字？方姐也不告诉我们一下！"

方丽说："有什么好介绍的呢？袁俊杰！"

"方姐，说说你们是怎么认识的。"

"方姐，姐夫是城里的吧？"

"方姐，姐夫家里条件不错吧？"

"……"

方丽有一阵子没有说话，这时她的同学们也屏住了呼吸。袁俊杰觉得有点奇怪，他想去听听，突然方丽说了一句："他是岳阳乡下的。"

再也听不下去了，他生气地向外走去。

方丽的那一句"他是乡下的"，不断地在他的耳边响起。是啊！一个乡下的人，一个低人一等的乡下人，有什么好的呢！谁会在乎一个乡巴佬呢！再说乡巴佬被人看不起，袁俊杰觉得也很正常，但是，这句话是方丽说出来的，自己的丈夫是一个乡下人，她觉得很没面子，很丢她的脸，方丽说这句话的时候，袁俊杰明显地感受她不屑的眼神和歧视的语气。

然而，面对别人的鄙视，袁俊杰除了隐忍还能做什么呢？在他的心里，那种莫名的心酸已经转化为自己内心深处对奋斗的力量及成功的信仰。他平静地看待着这一切。第二天，他们一起看望了方丽的爷爷、奶奶、叔叔、姥姥。吃了午饭带着父母亲的叮咛，带着温暖的亲情，他俩一起回长阳的家了。

正月初八了，袁俊杰他们又得开店营业了，这个时候的方丽怀孕了快 5 个月了，不管店里有事没事，她也兢兢业业地做饭看店，快 8 个月的时候，袁俊杰要她就在家自己照顾着自己，店里面做饭的什么事他自己都能解决的，从此袁俊杰早出晚归，每次回家就给方丽带些需要的东西，方丽也是很体贴他，每天晚餐都是早早地准备好，在家里等待着他的回来。

一个多月后，方丽的母亲听说她的预产期就在这两天，就一只手提着两只黑母鸡一只手挎着一篮子鸡蛋，坐上了来长阳的轮船。方丽的母亲不认识字，怕她走失，这天袁俊杰早早地就去轮船码头接岳母，方丽在家里焦急等待着他们，等下午一点多钟的时候，他才领着岳母进屋。她望着母亲，眼眶一热滚下两颗很烫的泪。母亲急忙上前安慰她："傻孩子！哭什么呢？你应该高兴才是！"

"妈……"也许是很久没有看见娘的缘故，也许是她就要做母亲了而懂得做娘的不易和艰辛，方丽忍不住掉下泪来。

"你就要生了，袁俊杰又没得空，我得来照顾你和孩子呀！"

方丽急忙点点头。

岳母说完就去擦拭小方眼角的泪水。

"妈……"方丽好像有事要说。

"怎么啦？你说，妈听着呢。"

"妈，我想回娘家去生，袁俊杰一个人在这里忙前忙后，有时候自己的饭还不能够吃，加上我就更麻烦了，我也知道你不能待太久，我知道爸爸也在外面忙，什么都得你去照顾，好吗？"

"这样的话，是好一些，好吧，今天晚上我打个电话给你爸爸，跟他商量一下吧！"

"好！"方丽点了点头。

方丽的父亲是一个沉默寡言的人，什么事情都是听她妈妈的。晚上，岳母打电话给岳父，在电话里岳母只说了几句话，岳父就同意了，袁俊杰也知道这个电话只是一个过场的样子而已，其实家里都是她妈妈说了算数。

当晚，袁俊杰他们商量好了，趁方丽还没有"发动"，还是提前去为好，决定明天早上就去江州。晚上，方丽躺在床上说："你马上就要升级做爸爸了，孩子的名字叫什么，你想好了吗？"

"怎么没有想好呢！我还准备了两个呢！"

"两个？"

"是的，一个男孩的名字，一个女孩的名字！"

她笑了笑："难以相信这个在我肚子里待了八个半月的小家伙，就要来到人间。"她轻轻地摸了摸自己的肚皮，"你希望是男孩还是女孩？"

袁俊杰说："男孩，不过女孩也一样！"

"男孩？好啊！你这个重男轻女的家伙！"她故意生起气来，揪住俊杰的耳朵说，"喜欢男孩，那你为什么又说一样的呢？嗯？说！"

"好好好……我说，现在的政策是头胎是男孩，就不允许生第二胎了，如果头胎是女孩就可以生第二胎嘛！"

"你还想生啊！那我可就遭罪了！"

"不会的，我会努力的，我会让你过得舒舒服服的啊！"

"还有，你看，以前我的子宫就是它的世界，现在我们的世界重合在了一起，它变成了和我们一样独立的个体。从此，我不再仅仅为我一个人负责，我还要对另外一条我孕育的生命负责，想想这真是一种神圣的使命。"她一边摸着肚子一边说。

"是啊！这是上苍赐给我们最好的礼物啊！"袁俊杰也摸了摸她的肚子。

第二天一大早，袁俊杰他们和岳母一起去轮船码头。这天下午，他们也顾不上路上的舟车劳顿，一下船就去了当地中医院接受检查，由于她担心不同地方的医院的检查和治疗有可能会不同，方丽就认认真真地把原来她在长阳的医院做的检查和治疗的详细情况都告诉这个医院的医生，在孕期的时候一直准备顺产，虽然知道顺产一定很痛，但具体怎么个痛法也要亲身体会过才知道。

医生对照他们在长阳市医院做的 B 超，再结合了方丽的骨盆条件，给了她两个建议，一是可以试着自己顺产，但是转剖的可能性很高；一是直接选择剖宫产。这时方丽的爸爸、哥哥、姑姑也来了，家人商量下来，最终决定为了让方丽少吃苦头，在要生的关键时刻还是选择直接剖宫产，并和医生确定了手术时间，进行剖宫产的准备。

医院里也得有家属陪同，姑姑、姨妈们也是争着要来照顾她，看见她们兴高采烈地拿着大包小包来了医院看自己，方丽的内心深处很是感激，有一股莫名其妙的情绪就是，为什么她们兴高采烈的，她们可不知道她是多么难受啊！因为怀孕的关系，最后几周总有反应，担心高位破水之类的，还特地买了羊水护垫和试纸，结果都是虚惊一场。

想着自己是剖宫产，比顺产恢复时间长，也知道袁俊杰一个人既要照顾她又是新手奶爸，得要给他一个好的睡眠环境。于是，在预约病房的时候，方丽就问了一下边上的护士，有没有单人间。她非常庆幸自己订了单人间，环境舒适，有独立的卫生间，袁俊杰还有沙发可以睡。在办理完一系列手续后，方丽就入住了单人间。当天晚上，护士要求做胎监，让方丽自己数胎动，测量心跳、血压，抽血，麻醉师过来告知风险，还让方丽再做一次 B 超。忙忙碌碌，时间很快就过去了。

晚上九点左右，方丽突然感觉肚子疼，喊来医生检查后，医生要求马上进行手术。袁俊杰把方丽送去了手术室，然后就在门外等着。

过了大概二三十分钟，就听到"哇"的几声。

袁俊杰知道他的宝宝出生了。医生宣布出生时间 10：15，是个小男孩。大家都在说"这个宝宝好胖呀"。上了秤，4 千克多，主任医生还再三确认，把孩子交给了袁俊杰和护士。!

把宝宝从新生儿科领出来后，方丽就开始喂奶，方丽恢复也挺快的，边上的人都说她像顺产的，不像剖宫产的，恢复神速，走路也很利索。她觉得这和主刀医生的精湛技术也有关系，这里的产科医生真的是经验丰富，让她少受了罪，在内心深处非常感激。

孩子是生了，孩子的户口上到哪里呢？袁俊杰就把照顾方丽的事全部都托付给岳母一家人了，他急急忙忙地赶去长阳，一来上户口，二来向家里人报喜，还得回袁家岭商量一下接客的事情。袁俊杰的户口所在地是长阳，所以孩子的户口还是很方便办。再说办户口好像也规定了时间，孩子一生下来得一个星期之内上户口，否则就上不了。

第二天，袁俊杰拿着结婚证和准生证在民政局、派出所、妇幼保健院这三个地方跑来跑去，整整一整天时间才把儿子袁垣的户口办好。第三天，他就去了袁家岭，袁青山和侯大娘听到自己得了一个孙子，当场就高兴得不得了，说："好的！好的！得接客！得接客！"

袁俊杰说："过年之前才接完客，现在又要接客，这只怕不好意思吧？"

"没事的！没事的！这生了孩子，得了孙子，葱接客那么里时候才接客呢？喜三朝，那是天经地义的事！"袁青山说。

"喜三朝，没事！接得！接得！"侯大娘也说，"喜三朝酒是不行的，方丽还在医院里呢！还得等一个星期才出院，出院了还得在家休息，等伤口愈合之后才能做酒。我里接客，总不能让她躺在床上吧，要不就做满月酒吧！"

袁青山高兴地说："好的，先把日子定下来，再去下请帖、打电话！"他们思前想后，决定等袁垣满月的那天接满月酒。

等他们热热闹闹地接过客之后，或许是他们生孩子耽误了太多经营店子的时间的缘故，也或许是袁俊杰说这个装饰行业随着当地大型建材市场的开发，一些需要装修的客户被吸引到品种齐全而又规模经营的建材市场去了，店子里面的生意是越来越差，真的是有高潮就有低谷，什么事物都有一个周期，袁俊杰的店子的生意大不如前了，现在，店子的生意就淡了下来，甚至可以用门可罗雀来形容了。经过没有任何意义的坚守之后，他们只能放弃了，在一个阴天的下午，袁俊杰把他经营了四年的装饰店转让给了一个开干洗店的女人。

关了店子，回到了家里，刚开始还是觉得很轻松，可是在家里坐吃山空的情况，让他们渐渐地感受到生活所带来的烦恼，那就是开店挣来的老本已经是所剩无几了，他们两个大人还好说，可是袁垣还在吃奶粉呢，再苦也不能苦孩子吧！方丽对现在的生活越来越没有信心了，为了给袁垣挣点奶粉钱，为了减轻生活的压力，加上那时店子的附近刚开了一个公司，并大量招收工人，她便执意要去那里上班。

在她的执意坚持之下，袁俊杰只好同意，就在去上班的前几天，她突然又不想去了，不愿意离开这充满希望的家。她对家有着他人无法理解的感情，家里除了那台结婚时买的电视机，就没什么值钱的了，可她觉得家里每一处都充满着生机，到处都是希望。她打电话回娘家，母亲知道她的心意后对她说："傻孩子，只要你们彼此相爱，心心相印，无论你们做什么事情，也无论你们离家有多远，都会时刻惦记着对方，这样就会时刻拥有自己幸福的家，家里的一切都是你的。"母亲的话没有那么响亮，却是那么实在。听后懂了话中之意，方丽的心既明亮又温暖，不再犹豫。

过了两天，方丽就上班去。袁俊杰就在外找一些零工做。这时方丽生袁垣还不到三个月，身体还有些虚弱，每天要工作十二个小时，有时工作的时间还要长。她有点累，有点坚持不住。每次都是踏着夜路回家。有一次天色已晚，方丽刚好下班，因明天天不亮就要上班，他俩到厂外的一个大桥边坐下来，看着桥下的流水不问世事般轻松愉快地流着，望着那一座座高楼，千家万户窗里透出的灯光是那么温馨。方丽依偎着袁俊杰的肩膀上，望着那温馨的灯光，感觉整个人沉浸在家的温暖里，无奈明天还要早起上班，俊杰把有点睡意的她送回厂里，然后，自己回家了。

望着俊杰离去的身影，方丽有点心酸。好不容易等到休息的时候，老天不作美下起大雨来，不过，雨下得再大她也要回家，与在厂外等她的袁俊杰穿上雨衣，骑着自行车飞奔在大雨中。好多天没有回家，不知家中有没有变样，心中有着回家的热情，在大雨中行走也不觉得冷。在回家的路上，看见一个工厂门口有几个人打着雨伞卖菜。他们买了几斤黄瓜、豆角和豆腐。到家了，拿出钥匙开门，熟悉的一切依然让他们觉得温馨。换下被淋湿的衣服，在灯光下炒了豆角、豆腐，他们津津有味地吃着饭，谁也没有多说话，却感觉好温暖好幸福。

第二天，方丽感冒了，连续两天发高烧，只好请假挂了几天吊瓶，好了一些后又上班去了。今生难忘这次雨中回家的情景。也许这样的生活有点累，方丽与袁俊杰有着同样的心愿，所有的一切都是为了有个安稳的家。

俗话说："贫穷夫妻百事哀。"婚姻中，没有钱不仅生活会很难，而且两人之间的感情也很难维系。想象一下，如果你和老公参加完同学聚会后，对比同龄人，会不会不自觉地对枕边人抱有更大的期望？当你看到某同学从前各方面条件都比你差，可如今却拎着比你好的包，开着比你好的车，而你却还背着廉价的袋子，跟着老公租房搭公交，你的心理一定会有变化。当期望一直得不到实现，埋怨也许就变成了婚姻中隐藏的一颗地雷。

有钱的婚姻不一定没有矛盾，但没钱的婚姻一定会矛盾重重。现在袁俊杰方丽的生活状态就是这样，随着孩子的出生，家庭开支增加了很多，不说为了生活得更好一点，就是维持一般家庭的生活水平，也有巨大的经济压力。这让方丽焦虑不已，可袁俊杰却认为实在没必要焦虑，穷人自有穷人的活法。

他们开始为了鸡毛蒜皮的事情，隔三天一小吵，隔五天一大吵。

为了躲避方丽的唠叨，袁俊杰开始回家，要不就是找零工做事，要不就是去问问一般的工厂是不是招人，最后钱没赚到，反而耽误了大把的时间，家里的老本眼看就要被吃光，让方丽根本看不到希望。

再说，从小吃了很多苦的袁俊杰，仍改不了抠门的习惯。生活中他不仅一分钱不给方丽花，还说她大手大脚，处处限制她花钱。光是因为谁花钱、花多花少的事儿，这些年两人没少拌嘴。

日子是越过越糟糕，离婚这个原来从不提起的字眼，如今却常被他们挂在口头，方丽觉得袁俊杰就连离婚也在算计，怎样能花最少的钱解决最大的事，这些年跟他在一起都白过了，从来没一起去过什么地方，也没送过自己什么礼物，这段婚姻除了让她见识到了一个男人能有多抠门以外，还让她感觉自己不配得到爱。似乎，在外人看来，她的生活很值得羡慕，却不知道她受了多大的精神折磨。

而压死骆驼的最后一根稻草，是她花五十多块钱买的一件衣服。袁俊杰大发雷霆，并借此机会数落她不会过日子，斥责她不顾家里还欠着债，自己还大手大脚地花钱，心里根本就没有这个家。

这样寒酸的生活方丽过够了，也绝望了，冷静了一周后，她向袁俊杰提出了离婚。没有物质条件的婚姻生活，能让一个对婚姻充满期待的女孩变成一个整日唠叨的怨妇，也能让一个脾气温和的男人变得暴躁消极，甚至开始想些歪门邪道。这一切，不仅源于婚姻中的"没钱"，更源于一颗不愿为婚姻承担责任的心。

每一段婚姻都始于爱和希望，但步入婚姻后才慢慢发现爱太浅薄，希望太渺小。婚姻生活中，不经历金钱的考验，谁又会明白什么才是"贫贱夫妻百事哀"？说到底，物质上无法满足的婚姻，很难再去谈及情爱，如果连饭都吃不上，谁还有心情去顾及所谓的爱情呢？

第二十六集

风言风语遍楼宇　世态炎凉断旧缘

而这时，毛丹的父亲毛平安似乎通过毛丹的精神面貌猜中了她的生活状态，他们的婚姻也在经历暴风骤雨。

一天，他打电话给毛丹，跟她说，如果她过得不好、不快乐就回家，不要继续上班了。孩子的话，她妈妈可以帮忙带，她的工作也不要太在意，他会去找找他的那些同学和朋友，他有几个老同学都是县城几个小学的校长，他去求一下他们的话，安排一个位置应该是没有什么问题的，且薪资待遇比以前还高了一大截。

他没事还会帮着接送一下孩子。女人要学会把一切都看得透透的，男人啊，也是世故的。说到底，女人还是得有挣钱的本事，有钱有本事时，才不会委曲求全地依靠男人。

这个星期天，明生回了一趟袁家岭后，回来打开门一看，在房里没有看见丹丹和孩子，床上和衣柜里都有翻动的痕迹，一张放在厨房餐桌上的纸上写着字，他读完之后，顿时觉得眼前一黑，"扑通"一声坐在椅子上，头"咚"的一声磕在桌面上，眼泪情不自禁地流了下来。

袁明生：

昨晚我用了一晚上的时间，来回忆我们之间的点点滴滴，如果当初没有认识你，是不是就没有后面的故事了？明知爱上你会痛，可还是爱了，谢谢你的出现，让我爱过、痛过、快乐过，我对你的感情就到此为止吧！爱你是真的，原谅我的出现给你带来了困扰，现在我放过你，也放过我自己！我花了无数个夜晚，说服我自己离开。不要说我变了，也不要说你变了。任何一种离开都需要勇气！

我对你的好，你珍惜过吗？我对你的付出，你在意过吗？我的心酸，你理解过吗？我的委屈，你心疼过吗？你永远都不知道，一个整天为你胡思乱想的人有多爱你。我承认我不是最好的，但我也肯定，世人万千，你再难遇到我。虽然对你难以释怀，但我不再对你有任何期待了。放不下一个入了心的人，只能承受万箭穿心的痛苦！却留下了一生的回忆，别人走不进来，我也走不出去。我渐渐地明白了，很多东西是可遇而不可求的，不属于自己的，何必拼了命地去在乎，你在乎什么，什么就会折磨你，期待你是我心痛的根源，好吧，算了吧！希望你永远记得你对孩子的承诺！

毛丹

袁明生看完毛丹的信，眼泪不停地往下掉，他知道毛丹的出走意味着什么。自己的命运为何如此这般不堪呢？他是父亲的未来和希望呀，可是现在，他是那么苍白无力啊！他想象着，如果父亲知道自己离婚了，他受得了这么大的打击吗？

父亲袁美庭是一个苦命的男人，爷爷就走得早，是奶奶独自一人把他拉扯长大的。父亲真真切切地知道没有文化的苦啊！他凭借自己的努力考上了大学。当时村里还没一个考上大学的，他无疑是整个村子的骄傲，也让父亲一直引以为傲。之后去了大学读书，而父亲则卖命地为儿子挣学费，就希望儿子有一个好的未来。

一晃四年过去，自己大学毕业了。踏入了社会，跟众多大学生一样寻求着自己理想的工作。可是工作和生活都是那么不如意，可他不敢把这一切告诉父亲，他怕被父亲笑话，更怕被村里人笑话。所以，之后一直骗父亲，说自己在外面工作得很好，生活也很幸福。为了让父亲放心，自己每个月还会寄钱给父亲，不过这钱都是自己省吃俭用来的。

可是，和毛丹相恋容易，相处却很难。毛丹的父母不同意自己的女儿嫁给这么一个的穷小伙，所以时不时地给明生压力。

袁明生一个人在学校里工作，饿了去食堂吃饭，空虚的时候有点想念毛丹和孩子，无聊寂寞的时候，一个人在家里发呆。

这天晚上，明生下了课后，又回到了家里，他自己也知道，长期这样下去只怕会生病啊！于是，他去龙山镇上逛逛，也好散散心。他想找一家快餐店吃个晚饭，一个人在家里真的是好无聊，食堂做的饭菜真的是太难吃了，自己又不愿意动手，于是他就到龙山镇上看看。不经意间，他走进一家名叫"实惠酒家"的饭店，这时一个年龄三十来岁的女人过来，她身材颀长，珠圆玉润，富态的脸盘上长有一双笑眯眯的眼，方正的下巴上的一颗富贵痣格外醒目。她跟他打招呼："老板，没有吃饭吧？想吃点什么呢？"

听口音，袁明生觉得她不是当地人，于是用普通话说："是的，没有吃饭，来个辣椒炒肉吧，哦，还来瓶啤酒！"

"好的！你稍等！"

袁明生找了一个靠墙的位置坐了下来。不一会儿，菜上了，明生就开始吃了起来，喝着喝着，明生似乎想起了什么，突然伤感起来，他的眼泪不知不觉间掉在酒杯里，被他一饮而尽，一瓶酒喝完后，又喊道："老板，拿酒来！再来一瓶啤酒！"

那个女老板把这一切看在眼里，给他喝吧，看样子他也差不多醉了，不给他喝吧，怕他伤心，于是说："来了，老板，我来给你加个菜，然后陪你喝一口，行吗？"

不知道明生听没听到，反正他没有作声。女老板端着一碗菜过来了，"啪"的一声坐在明生的对面后，他才抹了抹眼泪，说："来，我们干一杯！"

"来！干一杯！"

然后，他们两人一起一饮而尽！

"老板贵姓?"女老板问明生。

"我姓袁，你呢？"

"你姓袁？那太好了，我也姓袁！今天我们互相认识真的是缘分呀！"

"你也姓袁？那可拉倒吧！怎么会有这么巧，姓袁的又不多，很少的！"

"你认为我骗了你？我去拿身份证给你看！"说完，她就要起身离开。

"没有说你骗了我，我只是觉得这也太巧了吧！"

"我也觉得巧，不过，这大千世界无奇不有的，这也没什么好奇怪的！"

"是的，哦，我听你口音，你不是本地人吧？你是哪里人呢？"

"我是四川人，来这里有两年了！"

"哦！你也是够厉害的，一个外地姑娘在这个偏僻的地方开店，做得风生水起，不错，不错哦！"明生对她竖起大拇指。

于是，他们在举目无亲的镇上，对彼此深感亲切。几杯酒下肚，他们就到了掏心掏肺、无话不说的程度。

原来，这个店是有一间厨房、一间客厅的小饭店，是由老板娘一个人打理的。她中午卖盒饭，晚上卖小酒小菜。她的一个女儿已经在龙山小学上一年级了。明生怕影响自己在学校的工作，他并没有说明自己就是龙山小学的老师。

自从毛丹回了娘家，袁明生就觉得生活索然无味，对生活失去兴趣，一个人除了上点课，回到家里就是睡觉，一变得颓废起来，看不到前途和希望。

这天晚上，他又去了实惠酒店吃饭，看见老板娘正在独自一人吃饭。他准备转去别的地方时，老板娘看到他了，她连忙站起来对他说："这么晚才来吃饭？我正要吃完了关门呢。不过还好，我刚刚坐下喝了一杯酒，菜还没来得及吃。反正你不是外人，桌上就这两个小菜，委屈一下，咱凑合一顿吧，不收你的钱。"

袁明生说："你是做生意的，不收钱我也过意不去啊！"

她带着嗔怪的口吻说："没事没事！你想那么多干吗？客气就显得生分了。"她一边说一边把他按坐在饭桌前的凳子上。

明生笑着说："恭敬不如从命，那就听从你的吩咐吧。"

袁明生话题一转，又说道："没看出来你有这么大的酒量。"

"看你说的，世上哪有不会喝酒的人？开饭店的人喝酒更不是什么稀罕事。闲着的时候，喝点酒排解忧愁。这个你不懂吗？"

"你生意兴隆，女儿长得像水仙花儿一样，乐还乐不过来呢，哪有什么忧愁？"

"我没有忧愁吗？你可真会说话。"她一边说，一边斟满一杯酒递到明生的手上，命令似地说："干掉！"

明生吓得连忙推辞："不行，不行。我不会喝酒，吃点饭就可以了。"

突然，她假装生气的样子，提高了声音说："不喝酒你就走吧，我这里没饭。哼，你也真是的，牵着不走倒退走。是不是嫌弃酒菜不好啊？想要好的话，你就不要到这里来啦。"

她说话像连珠炮，一时噎得明生喘不过气。他无可奈何地端起了酒杯，叹了一口气，说："不怎么开心，喝酒，心里就不是个滋味。"

"怎么？不开心？有什么事情？说来给我听听。"

袁明生放下酒杯，心情沉重地说："说来话长，夫妻之间的事，还是算了吧。"

"居家过日子，夫妻之间应互相包容，相互信任，各自给对方留有一定的自由空间。不能相互猜疑，不能彼此严防死守。家和万事兴，一家人和睦相处，什么样的日子都能过好，什么样的境遇都会觉得幸福。"

说话间，袁明生扫了老板娘一眼，发现她的眼睛里流下了晶莹的泪珠。他骇然道："老板娘，我没哭，你怎么哭了？"

她擦了擦眼泪，沉痛地说："你的话使我想起了那些不堪回首的往事，我才忍不住流下眼泪的。"

"哦，在饭店里，为什么见不到你的老公？"

"我与他早就离婚了。"

"哦，这样的，不好意思。"

"没事！都怪我倒霉，瞎眼找了一个畜生，在我心里，他已经死了。"

原来，她和老公在老家的乡镇上开了一家饭店，因她带小孩帮不上忙，店里就聘请了两个女服务员。时间久了，她老公与其中的一个女服务员好上了。有一天，女服务员竟然闹到家里来，哭哭喊喊地跪在她面前，恳求她与老公离婚，并说她太爱她老公了，离开他一天也活不成。如果不把老公让给她的话，她就一头撞死在她的家里。在这种情况下，她不得不答应与老公离婚。离婚后，她带着两个女儿来到了现在的这个地方。好在苦熬了几年时间，女儿都长大了，她才算松了一口气。

俗话说"知音说话知音听"，或许是因为遇到了知音，那天晚上，袁明生喝了很多酒，他一回到自己的宿舍就匆匆地呕了一大堆。

从那以后，每逢去龙山镇，他都会故意多走一段路，从小饭店门前经过，并借机往店里面看一眼，看看店里没有顾客。每每看见老板娘对他莞尔一笑，或是满面春风地向他点头示意，他的心便抑制不住地怦怦跳。可有的时候，因老板娘忙于生意，或专心地想着事，没能及时与他打招呼，他则会感觉非常不安和沮丧。为什么不搭理他？是不是觉得自己有点讨厌？他常被这些莫名的疑问折磨得喘不过气来。

又是一个周末，风雨飘摇的晚上，该去什么地方吃饭呢？猛然换个地方不太好吧。老板娘一直心胸坦荡地对待我，为什么要远离人家呢？从情理到良心上都说不过去啊。明生神情麻木地再一次踏进了她的小饭店。

店里空落落的。如同上次一样，老板娘仍然在桌子上摆了两个小菜和一瓶白酒，仍然让明生陪她一起喝。

三两杯酒喝下肚，她开始絮絮叨叨地说："前段时间你上下班都从饭店门前经过，差不多每天都能看上你一眼，像是形成了条件反射，一到那个时间点，我就会自觉或不自觉地往门外看。可是，这几天没见着你过来，心里感觉怪怪的。你为什么没过来呀？是不是有什么事？"

明生坦诚地，又像是请罪般地说："这几天不好意思从你门前经过，是因为发生了一桩意想不到的、令我难以启齿的怪事。"

当得知明生在饭店门前遭遇老太太奚落，以及他极度矛盾的想法后，她心情沉重地说："不用再说了，我什么都明白。社会就是这样的，你管他呢！反正心里无冷病，不怕刮冷风。别人爱咋说就咋说，由他去。"

她含情脉脉地看了明生一眼，接着说："人与人之间相处真的很难。世上的人都像在演戏，表面上你好我好大家好。找一个真正能说心里话，又心无杂念的人，是一件很困难的事。

"我小区隔壁的邻居，我们相处十几年了，相互见面，和他打个招呼，他总是点头哈腰地说：'你好，你好。'正儿八经地问他一些事情，他也是"你好，你好"地回敬你。一副道貌岸然、皮笑肉不笑的做派，烦死人了。你说，他有什么了不起的过人之处？为什么不把别人放在眼里？

"一提起男女相处，马上就有人想到两者关系不正常。男的会被说成移情别恋，女的则会被人称作小三。平时打个招呼，就像做贼似的，要东瞅瞅，西看看。特别像我这样'门前是非多'的女人，更是难以与人相处。甚至有人见了我都躲得远远的，唯恐避之而不及。

"曾经有一次，饭店厨房的电灯不亮了，情急之下，我请对面五金店的老板过来看看。他帮我检查了一下线路，把接触不良的地方重新接上。我想给他点钱作为酬劳，他死活不肯要。过了些时日，他家的小孩到我店里玩，我割了一块牛肉，让小孩子带回去给他爸爸喝酒。结果，五金店老板又把牛肉送了回来，并说我做点小生意不容易，邻里邻居的，举手之劳的事，不要太较真。

"因为五金店老板送牛肉时，我与他推搡的动作被人发现了，他们就借此恶语中伤，说我与五金店老板有说不清道不明的关系。甚至五金店老板的女人还有鼻子有眼地来找我理论一番。从那以后，我与五金店老板不敢再说一句话。你说这是什么事儿？

"我以前从来都不喝酒，只因历经数不尽的心酸事，我每天晚上要用喝酒来麻醉神经。不然的话，就会心烦意乱，整个夜晚都难以入睡。一个女人独自喝酒会被人笑话，但这是没办法的事，我顾不了那么多。"

"明生哥，你是我人生中遇见的最好的人，我虽然不能嫁给你，也不可能和你做那些见不得人的事，但是，若把我看作你的知己，我今生也就知足了。不是借酒说话，我心里确实是这样想的。"

此时，她柔和的目光，正扫向明生的脸。突然间，袁明生浑身燥热，是知己，还是亲情？那感觉让他无法自持。

几天后，毛丹打电话告诉袁明生，她这两天会来龙山一趟。

袁明生把这事告诉了老板娘，她兴奋地说："这是好事啊，她来了就好嘛！"

袁明生看见她说着说着眼角红了，声音也哽咽起来。

这天中午，毛丹急匆匆地跑到学校里面，看到明生后说："袁明生，你跟我说清楚，今天我是来拿孩子的衣服的，我问你，我没有在的这些日子，你是在家里睡的吗？"

"在呀！我不在家里睡在哪里睡呢？"

"有人说，你晚上基本上都没有回过家，还有人看见你老在镇上的一个酒店和一个女人吃饭。你和别的女人偷偷摸摸的，算什么男人？今天你就光明正大地说出来吧。"

"……"

"你说呀，不说了吧？看来，看来他们说的话都是真的！"

"不是的。"

"呜呜呜……"

袁明生有口难辩："你不要听那些流言蜚语！我一个人在屋里，去她那里只是吃个饭而已！"

"你不要狡辩了，我早就听别人讲了。是啊，吃个饭而已，你看她给你提供了多少方便。好吧！我要替你谢谢去她是不是？"

"你要相信我，毛丹，我们一家人还是和原来一样和和美美地相处下去，你不离开我，我不离开你，好吗？"

"还要我当什么？你不是有老板娘吗？我去看过她呢，什么货色，妖里妖气的，看一眼就够了。你呀，也只能龌龊到这等地步了。"

"我一来到这里，邻居们就说你跟那个女的关系不正常，让我把你看紧点。看起来，人家说得没错，你们就是不太正经。听你这样说，看来是真的了，算了吧，袁明生!"

"没想到你是一个不可理喻的人,坦诚布公地说话就是冤枉人?邻居的话你能当真?老板娘要是与我关系暧昧的话,她可以去当面对质吗?"

"对质?你不怕丑?我还怕丑嘞!"

自从毛丹跟他吵了以后,为了避嫌,袁明生也不再去实惠饭店吃饭了,就算绕路,他也不再从她饭店门前经过。

这样的日子持续了好长时间,袁明生对老板娘近期生活上发生了什么变故,一无所知。这天晚上,夜深人静的时候,袁明生收到了一条信息,一看原来是那个老板娘发来的:"你好!我不在龙山了,饭店我已经转让出去了,谢谢你对我的生意的关照,有时间来四川的话,跟我联系,希望你以后过得很好。再见!"

他回信说:"好的,回老家了就好!好好生活啊,人生的路很漫长,我真心希望你有个好归宿。再见。"

后来,在毛丹爸爸的压力之下,毛丹与明生办理了离婚手续,为了毛丹,还因为袁承明幼小,他选择了净身出户,把所有的财产都交给毛丹。临走时,袁明生塞给她一张纸,说:"这是我爸给你妈妈开的。"

毛丹一看,上面写着:"治疗乳腺增生:柴胡、桃仁、红花、川芎、留行子、皂刺、海藻、夏枯球,气滞加郁金、川楝子,血瘀加元胡、丹参,去柴胡。气血两虚加炙黄芪、党参、熟地、白芍。"

"给我妈妈开的药方?"

"是的,妈妈不是老有这个毛病嘛,不管怎么样,试一试嘛,没用的话就算了!"

"明生,谢谢你!"

"不谢,谢什么呢,不是还有承明嘛!"

"嗯。"

"承明以后就靠你了,我会努力的,你也会看到的!"

"我爱你,明生!呜呜呜……"毛丹大哭起来。

袁明生抱着她说:"没事,丹,俗话说有情人终成眷属,如果有缘,我们还会在一起的!"

"嗯!"

这夜,袁明生又失眠了,现在自己一无所有了。但袁明生却感觉自己失去的不是某些财物,而是这些年来的经历和回忆,还有他与毛丹的爱情。在床上他久久不能入睡,他披上衣服起床,坐到桌子上,拿起笔写着《山坡羊·情深缘浅》:

桃花笑春风,情意正融融。奈何缘浅如浮萍,聚散匆匆。情深似海难相拥,梦断相思痛。痛,月下空;痛,忆中重。

他一边写一边流泪,写完后,仰天长叹。此时此刻,他担心的不是自己,而是他父亲、母亲,如果他们知道自己的现状,可以想象一下,他们该是多么痛苦和难过啊。

父母都是辛勤劳动的农民，为了他的成长，付出了无数的心血。而自己从小就聪明伶俐，成绩优异，一直是父母的骄傲。父母对他的期望很高，希望他能够考上一个好大学，将来有个稳定的工作。后来自己也考上理想的大学，再到他与毛丹的结婚，父母亲把他当成家里最大的骄傲和自豪。

现在，他是多么想回一趟袁家岭啊，不，不，不……如果他们知道了这些，一定会感到非常失望和担忧，认为自己已经走上了歧途。再说，自己看到父母担心的眼神，心里也会非常难受。他知道自己不仅让自己失望了，还让父母为他操碎了心。他决定要改变自己，重新找回失去的自己，然后再去袁家岭。

想着，想着，袁明生不知不觉间进入了梦乡：一天吃过晚饭后，他在自己屋前的地坪里乘凉，那个讨饭的飞飞走过来跟他说："打发点啰！打发点啰！"

袁明生说："嗯看这是么讥时候哒？晚饭早就吃完哒啦，没有了，要他切别人家里看看。"

可是，那个飞飞硬是不走，一直说："打发点啰！打发点啰！

看样子非要他盛一碗饭给他，袁明生似乎有一些生气，他拿起边上的扫帚就打了他一下，说："嗯走吧，如果嗯再不走，我就还会打嗯咯！"

飞飞怕被打，顿时坐到地上，号啕大哭起来。

这时，父亲袁美庭看见了，他急忙走了过来，大声地责备他道："嗯冇打他啦？"

袁明生急忙说："冇，我只是拿着扫帚打了一下而已！"

父亲问清楚了原因后，跟飞飞说："莫哭，嗯莫哭啊！冇的饭哒，我切装米给嗯啊！"说完，急忙走进屋里，一会儿后，只见他拿了一布袋米，递给飞飞，说："实在是冇的饭哒，我把点米给嗯好吧！嗯就回切煮饭恰哈！"

"……"

飞飞接过米袋，咕噜咕噜地一边说着一边走了。

然后，父亲对袁明生说，不论他人的社会地位、财富状况或其他外部条件如何，也不论是乞丐或任何处于困境中的任何人，同样具有尊严和权利。看不起他们，不仅是对他们个人尊严的侵犯，更反映出一种狭隘和缺乏同情心的态度。每个人都有可能在生活中遇到困难和挑战，因此，我们应该以同理心去理解和帮助他们，而不是嘲笑或贬低。此外，财富和地位并不是衡量一个人价值的唯一标准。一个人的品格、行为、智慧和善良等内在品质同样重要。我们应该学会尊重每个人，不论他们的外在条件如何。

听了父亲的话，袁明生不由地回想起了飞飞的家世来。

在袁家岭对面山上，有一个富家子弟。他生于锦绣堆中，自幼便过着锦衣玉食、无忧无虑的生活。父亲是当地富甲一方的商贾，母亲则是名门闺秀，才貌双全。传说他是在飞机上所生，故取名飞飞，一出生父母大喜，话说满月酒摆了两百多桌，附近所有的人，不管是熟人生人，就连路过的陌生人也被热情地拉来，好酒好菜地招待一番。在这样的家庭中长大，飞飞自然是天之骄子，受尽宠爱。

飞飞自幼聪明伶俐，不仅学识渊博，而且天赋异禀，能文能武，被誉为天才少年。飞家因他而更加兴旺，成为当地最显赫的家族。

然而，好景不长。飞飞十五岁那年，家族遭遇了一场突如其来的变故。一场突如其来的大火，将飞飞家的宅院烧得片瓦不留。火势蔓延之快，连官府派出的救火队也束手无策。在这场灾难中，飞飞的所有的亲人不幸丧生，家中的财产也化为灰烬。

一夜之间，飞飞从天堂跌入了地狱。他失去了所有的亲人和财富，失去了曾经拥有的一切。在经历了无数次的挫折和磨难后，飞飞终于身无分文，流浪街头，沦为了一名乞丐。他穿着破旧的衣裳，在街头巷尾乞讨度日。然而，他的傲骨并未被磨灭，他始终坚信自己能够重振家族雄风。

尽管生活艰难，但飞飞并未放弃对生活的希望。他梦想着有一天能重新拥有原来的一切。他坚信，只要自己努力，总有一天能够重振家业。然而，命运并不眷顾他。在流浪的日子里，飞飞遭受了无数的白眼和嘲讽。他的自尊心受到了极大的打击，但他依然坚持着自己的信念。

有一天，飞飞在乞讨时，偶然间来到了一座荒山。山中云雾缭绕，仙气飘飘。飞飞感到一阵莫名的吸引力，不由自主地走进了山中。在山的深处，他遇到了一位仙风道骨的老者。老者见到飞飞，眼中闪过一丝惊讶之色，随后便微笑着向他走来。

老者告诉飞飞，他名叫白云子。他看出飞飞虽然身处困境，但心中依然保持着一份坚韧和善良。因此，他决定传授飞飞仙术，助他重振家业。在白云子的指导下，飞飞开始了艰苦的修炼之旅。他每天起早贪黑地练习仙术，不畏艰难，不怕困苦。他的毅力让白云子深感欣慰，也让他更加坚定了帮助飞飞的决心。

经过数年的努力，飞飞终于掌握了白云子传授的仙术。他能够御风飞行、呼风唤雨、点石成金。他的能力越来越强，但他并未忘记自己的初心——重振家业。飞飞运用所学的仙术，开始了重振家业的计划。他先是利用点石成金之术，变出了无数的金银财宝。然后，他利用这些财富，重新建立了家族的产业。他的聪明才智和过人的能力，让他很快就在商界崭露头角。

飞飞的家业越做越大，他成了当地最有名的富商。然而，他并没有因此而变得骄傲自满。他始终保持着一颗谦逊的心，对待每一个人都恭敬有礼。他的善举和仁慈，赢得了人们的尊敬和爱戴。

随着时间的推移，飞飞的修为日益精进。他的仙法修为越来越高，渐渐地，他能够驾驭天地之力，掌握生死轮回。他的名声也开始在江湖上传开，人们都知道了一个名叫飞飞的乞丐，竟然是一位仙人。

随着修为的提升，飞飞的气质也发生了翻天覆地的变化。他不再是那个落魄的乞丐，而是一位风度翩翩、气质非凡的仙人。他的言行举止中，透露出一种超凡脱俗的韵味，令人不敢小觑。

飞飞在人间行走时，常常会遇到一些自命不凡的修士和权贵。他们看不起飞飞的出身，认为他只是一个低贱的乞丐，不配与他们为伍。然而，飞飞却从不与他们争辩，只是淡淡一笑，用他不凡的智慧和见识，让那些人自惭形秽。

有一次，一位自诩为"天下第一剑"的修士找上了飞飞，要与他比剑。飞飞并不想与人争斗，但那人却咄咄逼人，非要与他一较高下。无奈之下，飞飞只好答应。

比剑之日，飞飞身着青衫，手持一柄看似普通的木剑。而那修士则身披锦衣，手握一柄寒光闪闪的宝剑。两人交手之际，飞飞只是轻轻一挥木剑，便轻松地将那修士的宝剑击飞。修士大惊失色，不敢相信自己的眼睛。飞飞却只是微微一笑，说道："剑不在利，而在心。心中有剑，则万物皆可为剑。"

此言一出，众人皆惊。他们这才明白，飞飞虽然出身低微，但他的修为和见识却远非一般人所能及。自此以后，再无人敢小觑飞飞，他的名声也在人间传扬开来。

有一次，一个贪婪的商人得知了飞飞身上有一件宝物，便想方设法抢夺。他派出了一批高手前来围攻飞飞，逼他交出宝物。然而，这些高手在飞飞面前却如同蝼蚁一般不堪一击。飞飞只是轻轻一挥手，便将他们全部击倒。

商人见状大惊失色，连忙跪地求饶。飞飞却只是淡淡一笑，说道："你可知我为何能轻易击败你的手下？"商人摇头表示不知。飞飞继续说道："因为我不是你想象中的那个普通的修士或乞丐。我是飞家的嫡子飞飞，是逍遥散人的弟子。我身上的宝物和修为都非你所能想象。你若是再敢来找我麻烦，我便不会手下留情了。"

商人听后惊恐万分，连忙磕头谢罪，然后灰溜溜地离开了。从此以后，再也没有人惹飞飞的麻烦，他却在风光无限之时，做出了一个令人震惊的决定——退出修仙界，恢复原来的身份。

飞飞之所以做出这样的决定，是因为他深知修仙之路的艰辛和危险。他看到了太多的修仙者因为追求更高的境界而迷失了自我，甚至走上了邪路。他不希望自己也成为这样的人。

同时，飞飞也意识到，修仙并不是他生命的全部。他还是留恋凡间的风土人情和人间烟火，体验这人间的美好才是他生命中最重要的事情。他希望能够回到人间，与平凡的人们共度余生。

于是，飞飞在众人惊讶的目光中，宣布了自己退出修仙界的决定。他将自己的法宝和秘籍都留给了朋友和弟子们，然后带着一身的修为和感悟，悄然离开了修仙界。

回到原来的身份后，飞飞过上了平凡而简单的生活。他成了一个普通的乞丐，每天唱着：

> 啊呀……/嘞……/世上亲人怎么讲嘞！/亲字又是怎么写嘞！/亲字要你怎么做嘞！/亲还是不亲怎么说嘞！//啊呀…/嘞……/亲不亲是为什么嘞！/亲不亲是做什么嘞！/亲不亲人都是谁嘞！/谁才是你最亲的人

嘞……

哪里热闹他就去哪儿，不管谁家的红白喜事他都会去，讨点饭吃。

突然，飞飞看到了明生，飞飞对他说："嗯是袁明生，嗯是袁明生，嗯打哒我，嗯打哒我。"

飞飞一边说一边向他跑来。

袁明生吓了一跳，说："冇！我冇打嗯！我冇打嗯啰。"

说完撒腿就跑。

这时，袁明生满头大汗，醒了过来，嘴巴还在说着梦话："我冇打嗯，我冇打嗯，我冇……"

他睁开眼睛，往四周看了看，原来是自己做了一个梦，这个梦有点奇怪，怎么梦见飞飞了呢？一个到处讨饭，拜干娘的叫花子。不过，未必飞飞真如他梦里的那般厉害，他不相信，怎么会呢？这是一个实实在在的梦啊！不过，反过来想，在成长的道路上，想要有点出息，有点成就，谁都得经历挫折和磨难。我们不能放弃自己，而要勇敢地面对困难、迎接挑战。他要用自己的努力和坚持证明自己的价值，赢得家人的理解和支持。

在这个充满挑战和机遇的时代里，只要自己想，就没有什么能够阻挡！无论遇到什么困难和挫折，只要自己坚定信念、勇往直前，就一定能够迎来属于自己的春天。是的，俗话说行行出状元，干一行就得爱一行。明天我要更加认真地学习，努力地去工作。

第二十七集

方丽施暴终知悔　俊杰诉庭弃旧姻

无聊的日子里，生活也是过得一塌糊涂。袁俊杰这时也迷上了麻将，在家里只能待一上午，每天下午是雷打不动地去打麻将，有时晚上也彻夜不归。方丽说了也不听，总嫌在他耳边唠唠叨叨，久而久之，方丽的心里也很烦，你天天玩牌，自己却在外做事，谁的心里能平衡呢！

有一次，袁俊杰出去打牌了，方丽打电话问他几时回家。他说晚一点就回，她却说："不行，你必须马上回来。"这不是方丽第一次打电话催袁俊杰回家了，她还掀过几回桌子呢。不过这一次，他不想再丢面子了，于是，对她敷衍了几句又开始打了起来，但没想到，方丽来了，而且又一次掀了牌桌。袁俊杰气坏了，举起手就要打她，但是被朋友们拦住了。经过朋友们的劝说，虽然最后他还是跟她回去了，但他们一回到家就开始了争吵。

第二天晚上，袁俊杰回家吃晚饭，进屋后他发现家里没有一个人，方丽和孩子不知道去哪里了。他急忙打电话给她，可是她的手机已经关机，考虑到是刚刚没看到她，也不好贸然打电话给她爸妈，他试着先找找看。

他不想像上次那样到处去找，闹得满城风雨。他急忙向方丽的手机连发了几条问候她的短信，又怕拿不准度，怕一直发消息她会烦，但又忍不住。成年人的世界里"没有痛快答应就是拒绝"这个道理他不是不明白，"不回复就没必要继续发消息"的道理他也懂，但是这一切都无法让他停止。

回想起小方说的"如果你真的喜欢我，你就不该放下那个理由去做那些明明我自己也知道不该去做的事"，袁俊杰的短信写得乱七八糟，也许是着急的缘故，他的思维有没有逻辑和欠缺理智，比如发消息跟她说："我知道你没那么喜欢我，但能不能回到我身边来？"这句话逻辑就有问题，我知道你没那么喜欢我，却还要求你回到我身边来。

"我这么喜欢你，我允许自己一时三刻走不出来，允许自己现在吃不下饭，允许自己夜里反复难眠，允许自己在做每一件事的时候会难过得下一秒就要掉出眼泪来……"

"我曾经沉浸在黑暗里太久，是你把我拉出来，告诉我会有光，然后我开始喜欢光明。见过光明的黑暗会更黑暗，难道是我怕黑的缘故吗？不是！不是别的，而且我是真的离不开你……"

"我记得之前我想用一个合适的措辞表达于千万人之中终于等到你，想来想去想到的那句话，斯人若彩虹，遇上方知有。我本来以为你是我的彩虹，现在才知道原来只是给我下了一场大雨……"

"方丽，给我点时间好吗，能稍微陪一下我走过这段日子吗？我们会好起来的，相信我，我没办法自己一个人过这段灰暗的日子，因为开始太美好了，让我有点放不下……"

"其实，我一开始就知道美好的事物不会太持久。所以，其实也不算太意外，但难过也真的不可避免。"

"太难了，我没办法自己走出来，你知道的……我生病了（不是想要你同情，只是我真的觉得我撑不住了）。我已经两天没怎么睡觉了，白天居然也不困。假装开心地把我的精力耗光了但又没办法睡觉。当然，如果不行也可以……我是真的不想你为难，也不想自己太难堪。"

这天夜里，几天来一直没有音讯的方丽突然给他发来一条短信："袁俊杰，我觉得我们之间真的不适合，为了我们的未来，我们离婚吧！"一切都被方丽的一条短信给击得粉碎，他半天都没有出声，愣在原地，他有什么可说的呢！这样的结局，他无法接受，他舍不得啊！

自从今年以来，袁俊杰与方丽每次都是因为一些鸡毛蒜皮的小事儿吵架，而且都是吵得很凶的那种。方丽说袁俊杰看起来斯斯文文的，但发怒的时候特别可怕，就是个斯文败类，他每次发脾气，不仅骂她骂得六亲不认，还摔烂了家里不少东西。他还曾经把她打到瘫在地上起不来，她的脸颊和眼角肿了，头皮软组织挫伤。

事后他威胁她，不允许她告诉别人是他打的，只能说是自己洗澡不小心摔倒的。方丽当时难受极了，那种感觉就是恐惧、无助。开始时，在客厅的沙发上，两个人你一言我一语地对着干，随着他们的声音越来越大，方丽气急了，开始摔杯子、碗等，反正是拿到什么就摔什么，袁俊杰看着这么好好的东西就这样浪费好可惜，他在气头上动手，对方丽就是一个耳光，这时的方丽也不想忍气吞声，她哪肯罢休，抓住俊杰的衣领与他扭打起来，也许是他们看见袁垣外面的客厅里看电视，当着他的面不好，两个人随即就互相推搡着进了卧室，卧室门"砰"的一声被关上了，袁垣当时只有两三岁，他哪里有心思看电视，看见他爸爸妈妈这样子，他也吓到哭了。

突然，方丽把卧室门拉开了，冲了出来，大声喊道："我杀了你！我杀了你！……"接着冲入厨房拿起菜刀向卧室走去，紧接着，卧室里传来袁俊杰凄惨的叫声："杀人啦！救命啊！"袁垣吓得号啕大哭，听到砸东西和争吵的声音的邻居以为，又是袁俊杰和方丽发生了争吵，他们都没有在意，因为袁俊杰、小方他们经常发生这样的事情，他们已经习以为常了。当他们听到有人喊救命的时候，才觉得这次与以往不同，估计发生了什么大的事情，这才敲开他家的门。

原来，方丽拿起菜刀在俊杰的脚上砍了一刀，导致他的右脚脚板被砍出一道长约十厘米的口子，正在流血，床和床上的被子，还有地板上面，地板上的菜刀，墙壁等，到处是血。这时候，邻居说："还是先报警吧，报警了再送你去医院吧！"

袁俊杰在床上"哎哟，哎哟"地喊着，当他听到邻居要先报警就急了"不要报警！报警了袁垣一个人在家怎么办呢？还是先去医院吧！"

邻居看着袁俊杰的血越流越多，情况紧急，就急忙背着袁俊杰向医院跑去，可是夜已深，路上的出租车辆已经很少了，等了很久，邻居才拦下一张出租车把他送到医院实施缝合手术。

医生在《诊断书》上潦草地写着：1. 创伤性损伤，处理意见是"住院治疗"。该医院在1月22日的专科处理中写明：脚板底部可见一处8到10厘米的皮肤开裂伤，深及筋膜层。从照片可以看出，两处伤口深入骨头，不仅开放性失血过多，更有两根筋键损伤。

这场争吵的起因特别可笑，凌晨三点，袁俊杰由于"生理需求"，拉着方丽要她配合他，因为感觉自己有点累，方丽就直接用手推开了他。

但没想到袁俊杰恼羞成怒了，要方丽睡到床的那一端，方丽不愿意，于是，他抓住方丽的双脚开始拖，不知道怎的头碰到了墙上，当时方丽感觉头晕目眩，眼前一黑，瘫倒在床上。方丽反应过来后，非常气愤，她立即起床，去厨房拿刀。

随即，房间里的袁俊杰躺在床上，大喊："救命啊，哎哟！杀人啦！"

在医院正在接受治疗的袁俊杰，想起昨晚家里发生的那一幕，仍然心有余悸。两人在客厅里看电视的时候闹矛盾，方丽拿起那个圆形的茶海就要砸，碗、筷子、盆……反正见到什么就砸什么，柜门玻璃、房间木门、地板瓷砖……都没有幸免！……

袁俊杰和方丽结婚几年了，受到如此严重的伤害，还是第一次。自从结婚后，她就成了一名全职太太，专心在家照顾孩子，有时间就看看店子，虽然之前也有过不愉快，但仅仅停留在了口角层面。而今天的大打出手，真的出乎他意料。

袁俊杰的伤口深可见骨，总共缝了12针。

那么，他们夫妻之间为何会有如此严重的冲突呢？方丽为何要下如此狠手呢？

方丽拿刀砍人之后，不知道是她害怕报复还是本来就不想回家，她一直带着袁垣在娘家住着，住在那里也不打紧，只是她家里的人却是一个个心里不是滋味，虽然他们也都知道是方丽的错，但毕竟是他们方家的人，现在让她回长阳，他们也觉得不安全，怎么办呢？一时想不出办法的他们还是让方丽在家里住着，慢慢想办法。

大概过了十几天，他们料到袁俊杰的伤好得差不多了，这天，方丽的爸爸、妈妈、哥哥、姑姑等带着方丽和礼物来到了长阳，一来看看袁俊杰，二来送方丽回来，让方丽当着他们的面，给俊杰及他爸妈赔礼道歉。毕竟还是一家人，方丽必须亲自去赔礼道歉，希望能得到他及他家里人的原谅。

第二天中午时分，方丽和娘家人就提着大包小包的礼品来到了袁家，出于礼貌，袁俊杰他们就早早地出门迎接他们。进了堂屋，方丽见到袁俊杰就鼻涕一把泪一把地求他原谅自己，跟自己回家。

袁俊杰见方丽这样，所有的怒火都烟消云散了，她刚想把她扶起来，袁俊杰母亲侯大娘在边上一把把他拉开了，对着方丽就是劈头盖脸地痛骂："你方丽嫁到我们袁家，这几年多以来，你扪心自问，他是怎么对你的？夫妻俩吵架是正常的事，可你却经常对他动手，一开始只是推一下，踢一脚，可是她呢，居然拿刀，真的是越来越过分。俗话说：'国清才子贵，家富小儿娇。'我家虽穷，俊杰可是穷人家养骄子！孩子可是从小看得比里都起，都是被我和他伢老子宠在手心里长大的。现在你嫁到了我们家，怎么就被你这样肆意地践踏、欺负了？"

方丽赶紧对公公婆婆道歉加发誓，说："以后绝对不再对俊杰动手了，再动手自己就是畜生，如果说了半句假话，我就遭天打雷劈的报应！"

侯大娘说："不要跟我扯这些有的没的，好听的话谁不会说？你看看俊伢仔脚上的伤，这是一个爱他的女人能下得去手的吗？俗话说：'强中更有强中手，恶人终受恶人磨。忠厚自有忠厚报，豪强一定受官刑。'冇把嗯送去政府就是好的咯……"接着一片沉寂，没有一个人说话。

一会儿后，方丽的母亲说："亲家母，是咯，我里咯伢仔是不嬲斋，让嗯那嘎超心哒，我里想看在孙子袁垣的分上，还是让他里和好为好啊！"

"亲家母，好是好！俗话说：'宁拆十座庙，不拆一庄婚。'我也愿意他里和和气气的，你看，袁俊杰总是心软，总想着原谅方丽。可方丽从来不好好珍惜他，反而是一再地伤害和践踏他。这婚姻是靠夫妻双方共同经营的，某一方做得再好也冇用啊，亲家母，我告诉你，今天我不会要他回家的，除非我死了。"

听到这话，方丽的脸色有些难看了，她尴尬地说："妈，你怎么能这么说呢？我就是因为真心爱着袁俊杰才来找他，想让他原谅我的。俊杰，你就跟我回去吧，袁垣昨天晚上一宿没睡好觉，都在喊着要爸爸呢。"

一听到孩子找爸爸，俊杰的心又软了几分，可话还没说出口，就被自己母亲一眼瞪了回去："你现在打什么主意，别以为我不知道！你来找他，求他跟你回家，根本不是因为你爱他，想和他好好过日子，完全是因为孩子不能没有爸爸，对不对？你就是想找他回去，给你养孩子的。"

侯大娘接着说："俊杰早就和我说过，那个孩子虽然是你们一点一点带起来的，但是现在不喜欢跟你玩，只喜欢跟他玩，如今也只跟他亲不跟你亲。袁俊杰不在家，孩子把你折腾坏了吧，所以今天就迫不及待地上门来，求他跟你回去了，你到底把他当什么了？当你的老公吗？听说你们在一起很少同房，你一个女人连自己的义务都不尽，要你干吗？不喜欢就说呀！何必委屈自己呢？你不是一个陪俊杰到老的人，你只是想要一个帮你赚钱养孩子的人，一个免费的长工，给钱你花的挣钱机器人。"

听着母亲的一番话，袁俊杰的心也慢慢冷静了下来，他开始回想起和方丽结婚后的每一天，这个女人的确对自己再也不复最开始的温柔了。

最后，袁俊杰说："还是先不跟方丽回去了，孩子还是方丽自己照顾几天吧，等我考虑清楚到底还要不要继续和你过，到时候再说吧。"

母亲的话说到了袁俊杰的心坎里，其实他心里很清楚，方丽对他没有多少感情了，要不是为了这孩子，她可能早就准备和他离婚了。

另一方面，也是因为自己和她之间还有感情，所以他会一再心软，即使被家暴很多次也选择了原谅。可是，现在他对于方丽其实没有所谓的爱了。

一个人如果真的爱你，他是不会舍得让你受到任何伤害的，更加不会舍得伤害你。在他对你动手的那一刻，你们就已经回不到当初了，再多的原谅和忍让，都无法让感情保持最开始的模样了。

所以，很多人都说，家暴只分零次和无数次，当第一次家暴时选择了原谅，家暴一定还会有第二次、第三次。既然如此，还不如从一开始就掉头离开，不要给他再多的机会，放弃无谓的期盼，因为到最后会发现你的忍让，他不但不珍惜，还会更加变本加厉地去伤害你，伤害你们之间仅剩的感情。

去法院的前一天，袁俊杰是很纠结的，毕竟是和自己生活多年的人啊。他到附近找了一个安静的地方思考了一下午，回来后对父母说："我们这样像陌生人一样，不如离婚算了吧。"

袁青山说："离，马上离！我还是那句话，必须离，孩子！为了你的安全，只是苦了袁垣，但是没有办法，离了吧！袁垣会长大的，长大了就好了！"

说完，袁青山老泪横流。

第二天，袁俊杰就去了民政局，一路上都是气鼓鼓的，他郑重地递上离婚诉讼书 离婚诉讼的事实及理由是，原告和被告婚后因地域的不同和文化的差异，两个人在生活中不断发生矛盾和分歧，以及因性格不合和家庭关系不和而多次发生冲突和争执，特别是最近的一次，被告方丽拿菜刀砍伤原告袁俊杰而导致双方感情破裂，无法修复。现请求人民法院依法解除双方的婚姻关系，并将小孩判由原告抚养，同时依法平均分割共同财产。

在袁俊杰起诉方丽后的第二个星期，他们都接到了法院要他们举证质证的通知，对这方面一窍不通的袁俊杰也没有钱请律师，想到自己遭遇的种种磨难都是真真切切的事实，于是，自己有空了，就边写边想，一字一句地写着：

法官：你好。我是原告袁俊杰，我多么希望你们关注一下我这个不幸的人。被告方丽对别人说，我是个忠厚的人、老实的人、勤快的人，不想跟我离婚，可是有谁知道她口中说得那么好的我，这些年来受到多少伤痛？我的骨子里一直很"传统"，我把自己的人生价值依附在家庭和睦、不断进步之上，我愿意牺牲自己的感情、家庭的地位，来挽救我们的平静。我一方面忍受着喜怒无常的她对我的折磨，一方面在外面汗流浃背地做事，还要在外人面前强颜欢笑，掩饰家丑。

她长期对我说，自从跟我结婚，她就是一个死了没埋的人了，她的心早到别的男人那里。尽管她也同意离婚，但为了让孩子有个完整的家，我还是想着她年纪大点就会好的。可是，她那未知结果的过程，实在是太漫长了。我想，那时我被折磨成什么模样谁也说不清楚。每次走到法院楼前，我就停住了脚步，腿不由自主地走开，我想我内心不希望离婚——离婚对传统的我来说是极大的挫败，所以在我们出现矛盾时，我仍然去工作，去做饭，去洗衣服。她生气后，对儿子袁垣的事是不闻不管、不问不答的。每次吵架后，家里的门被砍了洞，地板被打破了，电视机被砸坏了。无奈之下，我决心讨个说法，我不懂法律是怎样解释的，但我想，打人致伤总该有个说法吧。我只有通过法律的途径，追究她打我的责任，保护我的合法权益。旁人说："夫妻打架是常有的事。"有的人劝我忍耐，忍耐，再忍耐。我想，如果一个人只有到了受重伤，完全失去自尊自信的时候，才得到法律救助，那么他的幸福还能剩下多少呢？

我想请求法院判令她赔偿我的精神损害。因为她欺骗了我的感情，我爱她甚至到了疯狂的地步，我在别人家里做事，别人给我一个苹果，我都带回来给她吃。不爱我就不要跟我结婚。为什么要这样害我呢?，我想，每个人都会想象得到和一个不爱自己的人生活了八年是何等的伤痛、何等的伤害。这八年来，她心里一直装着别的男人，气我，虐待我，折磨我。去年，我在医院查出有气胸病（有透视片为证），所以我请求法院判令她赔偿我的精神损害。我还请求法院判令她赔偿我的伤残损失。因为我的脚自从被她砍伤以来，一到阴雨天就痛，而且走路时间长点也痛。附上在医院里的诊断报告和当时的图片证据。

大概十几天后，在法官的主持下，袁俊杰和方丽就双方离婚案达成了民事调解：

一、原告袁俊杰要求离婚，被告方丽表示同意。

二、子女抚养：婚生子袁垣由原告抚养，被告方丽应支付的抚养费从第三项中的财产分割款中抵付。

三、财产分割：婚后所有共同财产均归原告袁俊杰所有，被告方丽应得的财产分割款抵付小孩袁垣的抚养费（包括生活费、教育费、医疗费）。案件受理费 50 元，其他费用 1000 元，合计 1050 元，原告自愿承担。

双方当事人一致同意本协议，自双方在签名或按手印后生效。

袁俊杰看到她流泪了，但他正在气头上，没有说什么就走了。

外面下雨了，走过漫长的街道，雨滴打在他过往的伤口上，寒风再一次划破着他早已伤痕累累的脸，疼，钻心地疼，他想在古道的驿站避雨，哪怕就停一秒，但他还得继续走下去，他不得不任由风雨继续敲打他的心灵。因为彼此牵挂的灵魂又化作逝过的流星消失天际，不再留恋天空的美好，但足以泯灭星辰的时光却继续无情地蠕动，蚕食着无辜的情思。

它们似乎在跟他说，放下杂念，放下那片叶子，无须在意。但这句话恰恰成了他与它们那巨大而又荒谬的沟壑，他甚至幻想过放下身段去祈求天地，哪怕用他一世的才情，哪怕放弃他一生的孤傲，哪怕他的意识在天地间灰飞烟灭！今日天空的泪水来得突然，弄得他的心灵茫然，把酒醉看窗外雨，天外星辰没了你。不经意间，他想起了一句有名的诗："抽刀断水水更流，举杯消愁愁更愁。"或许只有这酒，还懂得他那幼稚而又成熟的想法吧。

两人刚在一起的时候，视彼此为心尖尖上的肉，捧在手上怕摔了，含在嘴里怕化了。

天天从早到晚都想腻歪在一起，电话可以一天打 N 次，短信可以一天发 N 条。他去哪里都会第一时间报备，她去哪里也要第一时间让他知道。可是，新鲜感一过，一方就陷入了恐慌中：自己早上发的短信，她为什么中午才回？他晚上打电话，她怎么总不接？每天他都不知道她去了哪里，和什么人在一起。

久而久之，一方还在继续热情，另一方却开始冷"。热情的那一方觉得你变了，冷淡的那一方又觉得你太烦了。

两人大吵一架后，原本就脆弱的感情，一下就碎了。你难过又自责，不停地问自己："以前我们可粘了，为什么她就变了心？"其实，不是她变了心，也不是她不爱你了，而是她回到了自己感觉最舒服的距离，而自己也会找到舒适的理由，只是有那么一点后知后觉而已。他们没有将离婚的消息告诉任何人，而且相约，暂时不向亲朋好友说他们离婚了。

第二十八集

爹怜伢爱没娘仔　床前桌后贤良书

离婚后，袁俊杰一个人带着孩子不方便，于是就把父母接到了自己住的房子里。每当看到袁垣，父亲袁青山就说起袁垣的妈妈就是个这么倔强、狠心的女人。母亲侯大娘说过去的事情只能算了，人生似鸟同林宿，大限来时各自飞！生活会教训她的，一定会让她吃苦头的，时间能证明一切。

袁俊杰没理会，当作没有听到一样。谁知道他心里的痛呢？方丽有没有吃到苦头，他不知道，自己却是实实在在地吃到生活给的苦头了。

"俊伢仔，下次去袁家岭咯时候，嗯去找天亮叔算一下看看吧。"

"算什么？算命？"

"全村的人都说代销店的袁天亮能够测阴阳、卜吉凶，我想嗯也去问问看，么里时候转运啊？"

"那都是假的，嗯冇该也相信？"

"我哇嗯听啰！上屋里的王媳妇咯耳环丢了，她也想问一问他，她问袁天亮：'袁老板，哦！不，袁半仙，我来是想问你一下，我那对金耳环掉了快半个月了，就是找不到，嗯看能不能给我算算它到底在哪儿？我还能不能找到？'

"袁天亮答应后，他口中念念有词，嘀咕了几句，瞬间便就算出来了，说：'能找到！能找到！'

"'能找到？那就太好了，那它在哪里呀？'

"袁天亮闭着眼睛说：'就在，就在嗯屋里的卧室或者厨房里。'

"'卧室或者厨房里？没有没有，我去找了好几遍了，都没有找到啊？'

"'嗯再去找找嘛！仔细找找，保证就在那里！'

"'好的，我再去找找看！'

"后来，没过几天，王媳妇果然就在自己的床脚内边找到了，嗯看神不神？"

"这有什么好神的，还不是王媳妇冇认真切找，认真找的话禾里会找不到呢？"

"哦！还有一次，这次是真的蛮厉害的，刘婶驰的孙子出门捕鱼，那天天亮就出去了，本来说好回来吃中饭的，但是到了下午两三点钟都还没看见人影。刘婶驰到处打听，问一起去的同伴，一起去的同伴都回来了，到处找她孙子也没有找到，心里急呀，她就找袁天亮，袁天亮用手掐指算了算，说：'不要急，不要急，孩子晚饭前一定会回来！'

"刘婶驰说：'这个不是开玩笑，如果找不到的话，得马上报警，不能耽误时间报警。'这时袁天亮表现得一脸轻松，说：'您放心，您孩子在吃晚饭前一定会回来的，经过掐算，不会出错。'刘娭驰半信半疑地回去了。

"要知道，这个时候袁天亮说错了话，就会出事的。别说到时候刘娭驰说他瞎说，耽误了报警时间出事了，别人也会指着他的鼻子骂的。你猜后来怎么着？刘娭驰回去以后在家里焦急地等待着，大概过了两个多小时，她孙子背着一个袋，身上到处是泥巴，一进门就说：'我回来了。'看见孙子回家，刘娭驰很高兴，问：'怎么现在才回来？不是说好了中午回家吃饭的吗？'她孙子说：'还不是因为那里有很多鱼，还不就是在那里多捉了几下。你看，有这么多鱼。'这个时候刘娭驰悬着的心终于落地了。从此以后，大家都叫袁半仙喽！"

袁俊杰说："其实这也没什么，那王媳妇耳环掉了，肯定掉在了家里嘛，她一个家庭妇女能到哪里去了？天天在家里转，是吧？还有那个刘娭驰的孙子，他上午出去了，下午回来是正常的啊，急什么呢？说好的上午回来吃午饭，但是，有时候做着忘记了时间，还不就晚上回来吃晚饭了，晚一点回来，这有什么急的呢？"

"但是，你这样天天一个人静静，做点什么事也不好，做也没个人帮。再说，垣垣也很小，需要照顾。我和你爹又年纪大了，能照顾到你什么时候呢？要不再看看垣垣的妈妈现在怎样了，如果她还是一个人的话就……"

"不说了，我要出去了。"

袁俊杰觉得方丽虽然算不上一个贤妻，但是她毕竟还是孩子袁垣的妈妈，加之这么多年同床共枕的夫妻生活，自己还是很想念她。刚离婚的时候，他很不适应，甚至离婚后几个月，袁俊杰的生活也没有回归正常，改变的只是母亲侯大娘给他煮饭吃，家里再也没有女主人和孩子的笑声。下班回到家，家里冷清清的，没有一点暖意。

离婚后，他的日子过得并不好，不知道什么原因，他感觉总是倒霉。常言道："国乱思良将，家贫思贤妻。"他还在想着方丽？不，不，不……他压着自己内心说的话，正苦苦的煎熬着自己，难道这就是自己的人生吗？难道就是这样下去一辈子吗！不，不，不……

好吧！就算要这样一辈子下去，我也坚持下去，看命运能把我怎样。常言道："宝剑锋从磨砺出，梅花香自苦寒来。"再说国外也有一句谚语："上帝为你关上一扇门就必会打开一扇窗！"我倒要看看，这世界未必就不关照我一点，上帝未必就不保佑我一回。

不过，经过这几天的思考，袁俊杰觉得人生一世，如果不去用文字记录下来，就会发现这一切要不了多久就会忘得一干二净。

说干就干，他找到一支笔后，一个字一个字地写着：

为何

在白天里/在黑夜里/你的身影依然清晰/你的眼睛/你的声音/如同春
天般的美丽/和我如影相随//想起回忆/我们一起/走过的那些日子里/点点

滴滴/斗转星移/像天上璀璨的星星/与你相隔万里//为何/为何不懂此情/
为何如此绝意/为何我们还有爱/我们还有情/却不能在一起//为何/为何还
要哭泣/为何还要想你/为何每天的眼里/每夜的梦里/永远有一个你

　　袁垣年纪还小，对于父母的离婚，他现在似乎还没有感觉到有什么不同，他生
活中明显的改变是没有妈妈了。袁垣的胆子越来越小了。有时候，袁俊杰看着孩子
的背影默默流泪，他拿着袁垣的手不舍松开，他真的不知道该怎么办才好，但是这
一切他又能怎么办呢？难道是自己错了吗？但是，方丽的恶语相向真的让他实在无
法忍受啊！真的是鱼和熊掌不可兼得！他妈妈在的话，我就要处在水深火热之中，
为了自己的生活，却要夺去孩子的母爱，哎！这世界到底要他怎样做呢？
　　为了孩子，袁俊杰唯有拼了命地赚钱，以此来弥补袁垣的遗憾了。他开始行动
了，去大街上贴广告的地方看看有没有合适的工作，也去询问原来与自己一起做过
事情的朋友有没有事做，赚的每一分钱都给孩子留着，期望着哪一天孩子能够有所
出息，对他有所理解。可是，孩子一天天长大，慢慢忘记了他的妈妈，而她永远只
能远远地看着，甚至连亲手给孩子做一顿饭都不行。他恨方丽这个傻女人，这个狠
心的女人，他有时候也恨自己，他觉得自己也是一个傻男人，狠心的男人。可是，
真的没有办法，谁让他们就这样在冥冥之中早已注定要有这么一段姻缘呢。
　　"爸爸不要！妈妈救我，妈妈……"
　　"垣垣醒醒，垣垣，你怎么了？"
　　垣垣蓦地睁开眼，看见奶奶侯大娘皱纹纵横的脸正伏在他眼前。
　　"怎么，又做噩梦了？"奶奶眉头紧蹙，一脸担忧。
　　袁垣眼神空洞地瞪着天花板，梦境再次回旋在脑海："我梦到爸爸打我了……"
他厌恶地摆摆头，神色旋即恢复正常，"没事，奶奶，几点了？"
　　"早饭已经好了，伢仔，我又冇喊嗯起床，看嗯，急得一头汗。"侯大娘心疼地
伸手为袁垣擦汗。
　　袁垣一激灵从床上坐起，双手乱抓衣服："糟了，老师说要早一点到学校，学
校要举行升旗仪式！"
　　"好吧！快来吃了吧，吃了早点就去啦，不然你爸爸真的要打嗯咯啦。"奶奶一
面说，一面转身去厨房盛饭。
　　"不吃东西了，奶奶！我怕迟到了。"
　　"又不吃早餐，我会告诉你爸爸的。"袁青山在边上强调。
　　"好吧。"
　　袁垣迅速穿上外套，跳下床，眨眼间已经坐在桌边，呼噜呼噜地开始喝粥。
　　侯大娘瞥了她一眼："现在才七点半钟，没问题吧？"
　　"什么？"袁垣头也没抬，被热粥烫得直嘬嘴，"七点半钟了？"
　　"你平时不都是这个时候上学的吗？"
　　"平时是平时，今天不同啦！"袁垣大咧咧的，腮帮还鼓着，拿了一块馒头就站

起身准备出门。

"那你还这么猴急猴急的，注意，别摔跤……"

"没事的！"一眨眼，袁垣已经蹿出门外不了见了。

下午三点多钟的时候，正在外面做事的袁俊杰的电话响了，他一看，是袁垣的班主任杨老师打来的，他听到了一个坏消息，袁垣的鼻子受伤了，正在流血，要他快去。袁俊杰当时脑袋里嗡嗡的，愣在原地，他来不及问杨老师是什么原因，没有想什么，直接就停下来，向老板交代一声就坐摩托车向袁垣的学校走去。一到学校门口，看见杨老师和袁垣就在学校门口等他，袁垣的脸上、衣领上、袖子上都沾满了鲜血，吓死人了，他当场就流下了眼泪，问杨老师这是怎么回事。

杨老师告诉袁俊杰："事情是这样的：刚才上体育课的时候，袁垣正在和几个同学打气球，突然同学们发现袁垣的嘴巴在流血，脸发黄，腿上发紫，脸上露出痛苦的神情，眼睛里还闪着泪光。同学们一人一边牵着他的胳膊，慢慢地扶着他去找老师，体育老师不知道发生了什么事情，以为是同学们打架引起的，他责问是哪个同学们搞的，袁垣被吓得直发抖，他说不是同学们搞的，是他的嘴巴出的血。"

同学都没想到他们就这么玩着玩着，就闯出祸来。杨老师双手握着，放到了自己的胸前，试图平复自己的心跳。杨老师蹲下一看，袁垣的嘴巴还流着血呢。她对袁俊杰说："快去医院看看吧。"

"好的，杨老师！"

"哦！"杨老师突然想到了什么，她对前面的一个小男孩说，"王强，麻烦你把袁垣的书包拿来，好吗？"

那个小孩听到了急忙向教室奔去。

"谢谢老师！我带袁垣去医院了！"与杨老师打过招呼后，袁俊杰就带着袁垣离开了学校。

到底是去市医院还是去路边的诊所呢，这是一个现实的问题！袁俊杰摸了摸自己的口袋，他带着袁垣穿过几条马路，向一家牙科诊所走去。诊所医生看到袁垣的脸上和衣服上到处都是血迹，急忙招呼他坐在诊治台上，打开探照灯。

"原来是一颗牙齿掉了！"医生一边给袁垣冲洗口腔，一边问旁边的袁俊杰，"多大了？应该到换乳牙的时候了吧？"

袁俊杰说："才七八岁呀！"

"是的，这是小孩的第一阶段换乳牙，到十一二岁的时候还得换一次！"

"哦！这样的，吓死我了！"

"吃几颗药吧，消消炎就没事！"

"好的，谢谢医生！"说完就想掏钱给医生，"多少钱？"

"给二十块钱算了！"

袁俊杰给钱后，就背着书包带着袁垣回家了。

这天，袁俊杰去帮承包工地的钱老板做事，一大早就坐在路边的门面前吃早点，对面的公交车经过一个路口，边上围了一堆人，司机停车后下来查看，看见男子倒地但没受伤就说了句："一点都不懂交规，没长眼睛一样，乡下人！"

这时，边上的一个中年汉听罢就下车和他理论："乡下人也是人，这么说不好！"

然后，这两人就开始吵起来了，接着两人还打了起来，一方被打得嘴巴流血，另一方被打得鼻青脸肿，最后两人被警察带走了。

不过"乡下人"这个词语从此被袁俊杰彻底地记住了，他思考着以后会有越来越多的乡下人进入城市赚钱、打拼、发展。可是，不正是有了这些乡下人，城市才变得这样热闹、这样繁华吗？没有这些乡下人，那些建筑工地、蔬菜市场几乎都得停顿，仅靠城里的人，能够正常生活吗？城市能够正常运转吗？袁俊杰看着看着，他突然不想看了，往回走去。虽然他是一个名副其实的乡下人，但他深信自己在不久的将来会完完全全地成为一名城里人，他是这样想的，而且他也是这样做的。当然，这还不够，他还没有在这个城市扎根呢！虽然他有一个"挂袋子的地方"，但他觉得自己还是没有完全融入这个城市的社会生活中。他的脸上霎时因为温度升高而变得红扑扑。想得再多，在现实面前又有什么用呢！他叹了一口气后，急急忙忙赶到工地上，拿到他今天的工作内容单，他坐在切割机前，看了一眼纸上的尺寸，用卷尺量了一下钢材，眼睛一闭，按响了切割机。

忽然，袁俊杰听见"嘭"的一声，一块切割片突然破裂，残片猛烈地飞向了四面八方，好在袁俊杰在本能下偏了一下头部，那截锋利的锯片才没有飞到头部，但是其中一块直冲墙上后，直接反跳在他的脚上，顿时，袁俊杰疼得"哎哟，哎哟"地叫。

一起做事的万师傅快步奔到跟前，看见袁俊杰左脚上的鞋子被切割片切开了一个很长的口子，鲜血正从里面冒出来呢。他当即便亮开了高嗓门："李老板，快来！袁俊杰的脚弄伤了，快送他去医院！"

"谁弄伤脚了？"听到喊叫，李老板没有出现，但同事们都围了上来，你一句我一句地指导着袁俊杰，先坐下，再慢慢地把左脚的鞋脱了。只见袁俊杰的大脚趾头被切割片切得很深很深，就靠一点下面的皮肉连着，简直就要完全断裂，伤口血涌如注。

万师傅忙抓起根细绳，在受伤的脚趾处的上方，三下两下帮他勒紧系紧，随后吩咐工友快去喊车送袁俊杰去医院。

这时，只听见"滴滴"几声，工友们急忙去拦车，车门打开了，先探出的是一颗圆圆的脑袋，一看就是李老板。他一看这些工人没有做事，还围在一块，就问："你们这是干啥？"

万师傅说："李老板，袁师傅的脚趾断了！"

"断了？我看看！"

李老板这才下车，瞥了眼袁俊杰满是血的脚趾，不紧不慢地质问道："怎么搞的？你也太不小心了吧？"

"我、我也不知道咋回事。"袁俊杰强忍着锥心的疼痛，用手用力地捏住那只受伤的脚，支支吾吾地说，"李老板，你看，你看……"

"看啥看？少啰唆，上车。"李老板没好气地回道。

袁俊杰上了车，李老板便在司机的耳朵边嘀咕几句，估计是吩咐他去哪里哪里，然后，李老板转身就去了工地。

司机踩下油门，一路疾奔。车开了一阵后，万师傅看见车子路过了市人民医院却没有停而是继续往前跑去，他觉得有些不对劲，迟疑地问道："司机师傅，我们到了市人民医院，你咋跑过了？"司机没吭声，继续前行。约莫十几分钟后，车子在一家小型医院前停下来。万师傅和袁俊杰这才恍然大悟：去大医院，挂个号消下毒至少也要千儿八百块，而来这儿，绝对省钱。

他们把袁俊杰扶下车，袁俊杰很快被送进了处置室。司机从包里掏出来二千多块钱塞到袁俊杰的兜里，说这是李老板给他的，要他不要来做事了。这时，医生取出酒精，非常熟练地清洗伤口，拍片子。医生盯着片子瞅了半天，极为肯定地下了结论："大脚趾骨断了，需要做再植手术，去交押金吧。""交……多少？"医生的话还没有说完，袁俊杰就问他。

"先交3000元！"

"3000？"袁俊杰不敢相信自己的耳朵，"3000？"

自己兜里只有2000块钱，还是李老板司机塞给他的，怎么办？

万师傅知道这个情况，也是左右为难，说："袁师傅，人家要3000，怎么办？"

"我们走吧！算了！"袁俊杰一咬牙，起身就要走，"太黑了，比乌鸦还黑。走，咱们换医院！"话音未落，医生的冷哼便撞入了耳鼓："舍不得花钱，来医院干啥？哼，市医院少说也要三万，治个感冒都要三两千，不信你们就去试试！"

为了赶时间，万师傅一出诊所就要喊的士，袁俊杰却说这里人少车少，坚持走到人多的地方去坐，万师傅也明白了他这是想为了少花几块钱，无奈，万师傅和袁俊杰多走了几步才打到车，后来，他们跑了两家医院，他才知道医生并未说谎，没个万八千甭想治疗。

"这医院真的是来不得啊！万儿八千，够我辛辛苦苦挣半年的了！"万师傅用巴掌重重拍了下脑门，蹲坐在地。在计无所出的当儿，他问袁俊杰在长阳还有亲戚和朋友没有。

这时，袁俊杰想到了袁明生，随即拨通了袁明生的电话。袁明生闻讯后匆匆赶来，听闻李老板就给了两千块看病钱，当场气炸了，气冲冲地用自己的手机拨响了李老板电话："李老板，袁俊杰断的是脚趾，他是一个人，不是白菜、豆角、萝卜头，你总不能比黄世仁还狠吧？"

出人意料的是，李老板冷冷一笑，反问："袁明生，你胡咧咧啥呢？我也知道你懂点法律，如果你要跟我讲法律，我可不认识袁俊杰，谁是袁俊杰？长啥样？我工地的考勤册上有这个人吗？你还是先去看看吧！"

"你，你……"袁明生没了词。李老板明摆着是在耍无赖。也难怪人家连耍无赖的底气都这么足，经过了解，袁俊杰当初进入工地，是经过一个熟人介绍的，他们压根就没跟李老板签用工合同，更别说办理上岗证和工伤保险了。一旦遭遇工伤，只能自认倒霉，而因伤因病延误工期，还会被扣掉血汗钱。

"咋了，怎么不说话了？袁明生我奉劝你少出风头，不然，我让你吃不了兜着走！"李老板的语气里含满了嘲讽。袁明生想到袁俊杰他们身为撇家舍业的农民工，属于典型的弱势群体，可这李老板也在狡猾了吧！这口窝囊气也不能随随便便咽下。袁明生强硬地回道："李老板，我刚才问了我的律师同学，根据法律规定，就算你们没签合同，也构成了事实雇佣关系。你用人的事实清清楚楚。袁俊杰已在你的工地干了这么久，这可是真实存在的，事实容不得你耍赖，工友们都能给他作证。还有，你那个工地我去过一次，我看得一清二楚，工地的木料棚就裸露在外面，作业的机械连防护设施都没有，打碎的锯片就是从里面飞出来伤到人的。单凭这一点，你也脱不了干系！"

"袁明生，你还是算了吧，你同学是律师？不要以为认识一个律师就觉得好了不起！"万师傅瞅瞅袁明生，倍感无奈，他正准备发声，被袁明生示意不要作声，说："你去打听打听，在长阳律师界，我同学鲁志斌的大名谁不知道，打官司从来没有输过，要不你可以试一下，还有，我也清楚眼下各个工地正值抢进度的关键时候，如果相关部门介入检查，责令停工整改，你的麻烦可就大了！你掂量掂量一下后果吧！"扔下这句狠话后就挂了电话。

万师傅听了，好奇地说："你是怎么知道的呢？前几天确实有穿制服的人来过！"袁明生压低声音说："我知道什么呢，只有两三个月就得过年了，随便哪个工地都会赶时间的，我这是在吓唬他。你放心，一般来说，李老板与其花钱应付难缠的检查团，倒不如花费几个小钱来平息事端！搞不好还会惹上官司，那就太不划算了，等等吧，他会来给我们送钱来的。"

果不其然，半小时不到，李老板和那个司机开车到医院，狠狠瞪了袁明生一眼，接着瞄向袁俊杰："说吧，你想讹我多少？"

"李老板，我、我没想讹你。"袁俊杰说，"你看着给，够接上脚趾就成，我不多要你的，我还在你那里做事呢，还要你多多关照……"

可话未说完，李老板已掏出厚厚一沓钱出来，说："啥也别说了，你的脚子的医疗费和你的工资都在这里，总共一万块。你看要得不？不过，多一分钱我也没有了，你看着办吧，如果要的话，钱马上给你，你得写一个证明，以后你的脚趾的任何问题与我无关。"

"好的，好的。"袁俊杰一边忙着答应，一边看了看袁明生。

"你们看，这样行不行？"李老板转过身，对袁明生说，"要不还是上法院吧，法院说给多少就给多少？"

"一万块钱？"袁明生没有回答李老板，他对着袁俊杰说，"一万块钱怎么够了？"

"够了！够了！"袁俊杰急忙说。

"那好吧！"袁明生无奈地说。

于是，司机递过来一张纸，袁俊杰写了一份保证书给李老板。

李老板看了一遍确认无误后，对袁俊杰说："从明天起，你不用回工地，哪儿凉快哪儿待着吧！"瞪了一眼袁明生就走了。

袁俊杰此时也明白了，李老板的言外之意再简单不过：少跟我提良心、道义，你被解雇了！脚趾受伤的事也了结了！

看见钱到手，万师傅和袁明生扯起他就往外走，说："走走走！快点去医院吧！"

此时的袁俊杰听着李老板的话，正感觉到事情的严重性，自己把工作搞丢了，这以后怎么办呢？愣在那里一动不动，他似乎忘记自己受伤了，说："去哪里？"

"去找医生啦！"万师傅抬起他的手说。

袁俊杰这才反应过来，"哎哟！"呻吟了一声后说："这脚趾已断了几个钟头了，现在没有流血了！"

袁明生说："没有流血了怎么了？这不还得由医生说呀！快走吧！去医院！"

袁俊杰蹲在地上，小心翼翼地把受伤的脚趾看了看，他咬咬牙，说："走！回家，没事了！回家吧！"

"什么？回家？"

"什么？不去医院了？"袁明生和万师傅都尖叫起来。

袁俊杰的做法让他们无法接受，袁明生流着眼泪质问他："为什么？脚子不要了？为什么？"

袁明生一声比一声大的声音让时间都凝固起来。

也许大家都明白了这一切，也许他们并没有明白这一切，一会儿后，万师傅说："袁俊杰，你疼晕头了吧？怎么不想要脚趾了呢？"

袁俊杰擦了擦眼泪，微微地笑了一下，说："算了吧，你看不是已经消毒包扎了嘛！再说，用去了这几千块钱，脚趾还不一定保得住啊，穿上袜子就看不出来缺了脚趾，要那么好看干吗呢！"

"你不去医院当然不知道行不行啦，如果能接好的话，那该多好！你不就没有缺陷了吗？"袁明生生气地说。

"我怕钱花了，脚趾又接不好。再说，就算接好了，还不是有一圈的疤痕，一样丑，其实一个脚趾没有也不碍事，没有谁看得到的，穿着袜子呢！走，我们回去吧！"

说着说着，袁俊杰的脸上竟挂满了笑意，全然不见半丝痛色。

他想到了这几千块钱对他来说，真的是一个非常好的事情，他甚至很感谢今天发生这样的事故，很乐意自己的脚趾换来了这一笔"巨款"，他太需要钱了，年迈的父母、幼小的袁垣都在等着他赚钱回去呢！这下可好了，不久就要过年了，今年他要多买一些年货，不能像以前一样买那么一点吃的东西，还有，去年给父母看好的那两双鞋子他现在还记得，本来是要买来的，只怪那个营业员太厉害了，一分钱都不给他少，所以没有买成，今年就不同了，我要买两双比那鞋还要好看的，哦！

还有袁垣，看着别的同学学这学那的，只有几岁的袁垣只是不说，其实他什么都知道，他知道爸爸没有钱，他从未要求袁俊杰为他报班学什么，常常找袁俊只要买本子和笔的钱，零花钱从来没有说过，因为他知道自己说了也是白说。一想到袁垣，袁俊杰就会掉下来泪来，就觉得是自己的无能，让袁垣在他的身边受苦，他对不起袁垣，也对不起父母，难道他袁俊杰此生就这样了吗？不，不会的！有人说过，上帝把你的门关上了就一定会为你打开一扇窗。为了父母，为了儿子，别说是缺了一根脚趾，就算舍弃十根，袁俊杰也心甘情愿。

没有办法，这脚伤了，连站着都费劲，需要很长的时间才能养好，在家里休息养伤的这段时间，袁俊杰思考了很多，他是一个多么苦命的人呵！这右脚被方丽砍伤，左脚又被切片割伤，这难道是老天不让他走路不成？他今生可没有做什么坏事！难道是前世作孽了？他想来想去还是想不通，想来想去他越来越头痛。头痛了就得静下心来休息，这时，他只有静下来才看能清自己的生活，发现自己的错误，思考自己的人生。

这天，他睡醒了之后，正准备下床，突然，他看到对面柜子上的一本书《李嘉诚传》被风吹到了地上，袁俊杰不禁一喜，这本书不是买了几年了吗？自从买后就一直没有看上一页，李嘉诚不是香港的超级富豪吗？自己不是想挣钱吗？那看看他的书准没错！于是，他急忙起床捡起书就看起来。在书中，袁俊杰看到香港首富李嘉诚是中国人的骄傲，也是我们学习的榜样。他怀着无比敬佩的心情，看完了这本书。

李嘉诚出生在潮州的一个书香门第，从小饱读圣贤之书，深受中国传统思想影响。在他成长的过程中，经历过战争、贫穷、逃难、饥饿等种种磨难，他由此养成不怕困难的坚毅性格。他抓住香港的良好发展机遇，终于站稳脚跟，白手兴家，一手创立长江实业集团，该集团立足香港，产业遍布全世界，而他也成为香港首富。书中提到，李嘉诚能有今天的成就，得益于他自小喜好读书的好习惯。他小的时候就是一个书迷，整天都到家里的藏书阁楼里看书，每次吃饭的时候，都要他爷爷到阁楼那儿去找他。袁俊杰看到这里，更加来了精神，他现在不是正在看书吗？看来，他原来买下这本书真的没错，当然，今天他读这本书也就更对了，是啊，不学习怎么会有进步呢？

一连几天，如枯木逢甘霖，袁俊杰对这本书爱不释手，书中说，李嘉诚不怕困难、勤劳勇敢、不怕吃苦的性格也是他后来成功必不可少的原因。在他从商过程中，不知经历过多少困难和风浪，但他从不退缩，勇敢面对，得以顺利度过。李嘉诚在十四岁的时候已经在茶楼打工，在每天工作十四五个小时的情况下，仍然坚持在工作之余学习英语，这种好学精神令袁俊杰敬佩。当然最令人敬佩的是他一心慈善，回报社会，到目前为止，他捐款超过50亿港元，这为他赢得了全世界亿万人的尊敬和爱戴。

十几天后，袁俊杰的脚趾也好了，他也看完了李嘉诚的故事，他感触很深，觉得自己应该学习李嘉诚好学的精神，同时在生活中也要培养自己不怕困难、勤劳勇敢、不怕吃苦的精神。李嘉诚曾经说：只要勤奋，肯去求知，肯去创新，对自己节俭，对别人慷慨，对朋友讲义气，再加上自己的努力，迟早会有所成就，生活无忧。袁俊杰认为，这本书里说到的内容，其实一般的人都知道，也都了解，但是没有多少人能做到。看来，还是毛主席说的对：学习在于应用！你学的东西再多，你不去利用它，哪又有什么意义呢？他把他现阶段觉得最有用的几句话用笔和纸抄了下来：

"克勤克俭，不求奢华。"

"培养独特的观察能力，有胆识也要有谋略。"

"别人如果放弃，你就要出手。"

"要时刻考虑合作伙伴的利益。"

如此等等。

特别是这一句话，他抄了几遍，并背了下来："当你面临选择做还是不做的时候，如果成功了你会得到很多的回报，如果失败了你又不会损失很多，而且你能承受得起失败的话，你就必须去做，还得马上去做，因为，在今天与明天之间还有一段很长的距离，趁你还有时间还有机会的时候，把它牢牢把握住！"

在李嘉诚的那些创业过程中，他还说遭点磨难，是为了磨砺我们的意志，陶冶我们的情操，丰富我们的阅历。而让袁俊杰印象最深的是，在他的公司中，经营范围包括服装、船舶、冶金、建筑、金融、房地产等行业，收益最多的是房地产开发。后来，袁俊杰发现，不光是李嘉诚，还有香港富商霍英东等都是靠房地产起家发展的。袁俊杰忽然想起他现在住的这个房子，如果有一天真的征收了的话，那不就有钱了吗？

袁俊杰又反过来想了想，征收是可以，但是得等到何年何月呢？征收你的房子不就是跟买你的房子一样的嘛！他把这个住的房子卖给别人不是一样的吗？不，不，自己只有那么一套房子，怎么能把它给卖掉呢？卖掉了房子自己住哪里呢？要不……只有自己有了多套房子以后，他再去卖掉一套两套房子的话，这样就没有任何问题了。可是，这房子从哪里来呢？袁俊杰造自己现在住的房子的时候，其实没有花多少钱，除了一点工人工资，那些砖、瓦的只要不搞现浇、钢筋梁、水泥柱那么复杂，简简单单地做的话还真不算贵，可是，如果你去买这房子，那可贵了。他算了一下，这市场价格是造价的 5 倍以上。袁俊杰似乎找到了机会，他精神百倍，笑呵呵地向客厅走去。

第二十九集

相夫教子贤良母　抱恨归西淑德魂

每次进屋或者出门，袁俊杰都会看到父母亲的白发多了，脸上的皱纹也稠密起来，这些白发和皱纹都见证了父亲和母亲为子女们付出的一切艰辛。母亲对他是极其慈爱的。虽然侯大娘生他时年事已高，袁俊杰是最小的孩子，但母亲常说，他是穷人家养骄仔，宁愿苦自己也不让孩子饿着、冻着，更别说受一点点外人的委屈。

现在，母亲对孙子袁垣也是百依百顺，袁青山对孙子还是比较严格一些。这不，袁垣三年级有一次数学单元测验，考得不怎么理想。回到家，一声不响地听着袁俊杰的训斥。趴在写字桌前改错的袁垣听着他爸爸说的那些责备的话，一直在眼圈里打转的泪花最终还是掉到了试卷上，把试卷上的答题都弄得一团糟。这时，袁俊杰生气了，对着袁垣就是一巴掌。

"哇……"袁垣顿时大哭起来，袁俊杰还不停地责骂袁垣。

突然，侯大娘推门而入，看到袁垣满脸都是眼泪，急忙帮袁垣出气，对袁俊杰的手臂拍了一下，骂道："你这个剁脑壳的，谁要你打他的，俗话说：'有儿穷不久，无子富不长。'嗯就这一个孩子，还不好好带着，还下这么重的手！"她帮袁垣抚去眼角的泪珠，问他："爸爸打在哪里？还疼吗？"

"哇……"看到奶奶护着自己，本来不敢大哭的袁垣大胆地哭了出来，侯大娘一边忙着帮他抹眼泪一边说："再看你下次还打不打，我可没有好的给嗯就是的！"

看着母亲这样护着袁垣，袁俊杰顺手拿起了试卷，叹了口气，说："妈，你看看他的试卷，都成卫生纸了，明天去学校怎么交差哦！"声音似乎在发抖。母亲安慰俊杰说道："我知道他没有考好，谁不想考好？他只有这么点大，俗话说：'养兵千日 用兵一时'，哪里有嗯咯样急的呢！下次考好就行了嘛！他娘又没在身边。"母亲转过身去，从兜里掏出手巾抹眼泪。

然后，她又对着袁垣说："嗯也是的，读书不能太贪玩啊，伢仔耶！以后得好好学，认真点，读书须用意，一字值千金！这次考得的确不怎么样，但是嗯好好总结总结，看你下一次的了。俗话说：'万般皆下品，唯有读书高。''家无读书子，官从何处来？'只有学习好，长大了才会有个好的工作。嗯看嗯里俚爸爸，天天在外卖劳力，汗流浃背的，辛辛苦苦还只能挣点生活费，如果学习好，读的书多，那就不一样了，坐在空调房里上班，工资还很高，记住了吗？"

"记住了！呜……"

"俗话说：'十年寒窗无人问，一举成名天下知；一举首登龙虎榜，十年身到凤凰池！'其实嗯认真恰亏也是初中和高中几年咯时间，读出来哒不就一生一世都好了么!"

袁垣一边伸手去擦眼泪,一边用力点头:"我记住了,奶奶,我一定会努力的,我保证在下一次考试中考好!"

"保证?你拿什么保证?"袁俊杰一脸的不相信,他盯着袁垣,看他怎么说。

侯大娘拉着袁垣的手,把他牵到客厅去了,一边走一边说:"伢仔耶,话要说到做到哦!俗话说:'养子不教如养驴,养女不教如养猪!有田不耕仓库虚,有书不读子孙愚!'伢仔,不读书是真咯蔥行咯,嗯要认真读书!走,我里就从现在开始。走,袁垣,我里到客厅里写作业去。"

后来,袁垣在奶奶的引导下,天天一放学回家第一件事就是写作业,写完了之后交给奶奶检查,奶奶检查有几个标准,第一是态度端正,第二是字迹要工整,第三是反复验算。果真,期中考试中袁垣成绩又上去了。袁俊杰简直不敢相信,母亲侯大娘还是用的原来教自己的老方法来教孙子,竟然还这么有效,看来还是老方法有效。后来,看着儿子期末考试的卷子,袁俊杰满意地笑了。

现在,袁俊杰想到,只有努力挣钱才能够报答父母亲对自己无限的爱啊!他们是这样纯朴,他们所有的希望和所有的精神都集中在自己孩子的身上。父母给了我们生命,在我们的成长过程中给了我们许多许多。我们无法用语言来表达对父母亲的感激之情。父母亲给了自己无微不至的关怀。他们像一棵大树一样为我遮风挡雨,也像一盏灯给我指明方向。

袁俊杰不禁想起了他小时候上小学的往事。那天,袁俊杰刚放了学,天空便下起了小雨。雨越下越大,他开始担心起来,因为他没有带雨伞,随着一阵铃响,他背起书包,冒雨奔到学校门口的房檐下,等待家长来接。同学们差不多都走光了,他的心凉了半截,鼻尖也开始发酸了。正当他想哭时,在昏黄的灯光中,看到离校门不远处有一个熟悉的身影,呀!是母亲!他高兴得蹦着向她挥手,母亲过来了。她的手被冻得通红,裤腿上沾了许多泥巴。

这年五月的一天下午,袁俊杰正在外面做事,忽然听到手机响了,他一看,是家里打来的。他爸爸袁青山在电话里喊:"俊伢仔,快回来啊!嗯俚恩妈生病哒!"

接到老爸的电话,他就担心发生什么可怕的事情,以前发生过可怕的事情有翻车、进强盗、做噩梦,这些不是都跨过去了吗?怕什么呢?然而,这次遇到的是最糟糕的情况,母亲病了,需要到医院去。

从父亲的口气中,他似乎听出了一丝紧张和不安,袁俊杰的心一下子紧张了起来。他马上停下工来,跟老板打了招呼之后,打了一辆出租车,向家奔去。他想:妈妈呀,你可别出事了!路上,尽管出租车司机一路顺风,但是袁俊杰还是觉得司机开得太慢了。他跟司机说,把车开快点,他妈妈病了,很危险。

等他赶到家里时,侯大娘已经躺在床上,袁青山含着眼泪说:"俊伢仔!你娘她已经不能够说话了!"

袁俊杰顿时就哭出来了,大声说:"快去医院啦!爸,快!"

"我打了120,等一下应该就到了!"父亲说。

只见母亲紧闭着眼睛，脸上露出痛苦的表情。他们都知道，母亲是一个很扮得蛮的人，一点点痛她是从不吭声的，只有实在受不了的时候，她才显露出来。

这时120打电话来了，说找不到位置，袁俊杰急忙擦干眼泪，跑出去接他们到家里来。在医生和护士的指导下，把侯大娘抬到担架上，袁青山也在后面拿着毛巾、脸盆等日常用品向救护车跑去。

侯大娘住院了，经过医生两天的抢救，还是没有醒过来，也许她知道自己的病情，也许她不在乎自己的病情，自从她来医院之后就没有进食，身边的每一个人都在跟着难过。

第五天的晚上，侯大娘突然醒来，一家人仿佛都看到了希望。袁青山把嘴巴放到她的耳朵边上说："老婆子，你醒了，醒了就好！"

侯大娘没有睁开眼睛，嘴巴轻轻地动了一下，说："这……是……哪……里？"

"医院里，没事的，我们在医院里啊！"袁青山说。

"医院？"侯大娘急忙说："我要回去……"

第二天，侯大娘就对袁青山说，她真的要回去，她不治了，她难受呢，她回到袁家岭也许还会多活几天，她想回袁家岭去。看着侯大娘痛苦地哀求，袁青山哭了。侯大娘也许知道自己的时日不多了，担心花钱，到时候人财两空。其实，医生跟袁青山他们说了，现在所有的治疗方案均是保守的，目的就是尽量延缓几天而已，侯大娘的身体已经不能够注射药物了。

这天早上，雾气蒙蒙，整个长阳市笼罩在阴霾中。医院住院部静得出奇，没有一丝声音，这个沉默的世界里只有袁俊杰的母亲侯大娘没有沉默，她在床上一遍又一遍地念叨着："什么时候动身？你爸爸呢？我要回袁家岭啊。怎么还不动身啊？说好了今天去袁家岭的，你们怎么就不听一次我的呢？"

当她听到袁青山说袁俊杰去办出院手续了，侯大娘才停下念叨，接着就是不停地呻吟。

袁青山通知弟弟袁青云他们就要回袁家岭后，要袁俊杰租了一辆出租车，把侯大娘放在车上，带上剩下的东西，向袁家岭驶去。

袁青云接到电话就把袁青山的房子全部清理干净了。侯大娘要回家的消息，袁家岭的人都知道了，他们在路旁伤心地等待着，等他们一到就围上来帮忙，抬的抬人，搬的搬东西。侯大娘躺在床上，看着前来帮忙的乡亲们，她似乎心情舒畅了不少，不过，所有的人的心情都是沉重的，这是一种回光返照的现象。

这天晚上十一点多的时候，袁俊杰最怕的事情终于还是发生了，侯大娘在床上说了一声"垣"之后，就吸不到气了。

袁青山哭着喊醒袁俊杰："俊伢仔，嗯里娘走了！"

袁俊杰想到自己以后再也见不到母亲，"哇"的一声就大哭起来。他的心是多么伤痛，多么惶恐。姐姐瞬间崩溃了，大声哭了起来。他们多想再抱一抱娘，再喊她一声妈。侯大娘神色安详，眼睛闭合。父亲在母亲身旁坐了着，一个老人家拿起他准备好的一挂鞭炮，在地坪的前面点燃了，意味着侯大娘的灵魂已经架鹤西去了。听到鞭炮的声音后，袁家岭的人们知道，一定是侯大娘去世了。乡亲们每家每户安排一个大人来袁青山家里商量事情了。在乡下，人一旦倒地（死去），其家族中的长辈及亲属和村组干部等得到死者家里商量着安葬的事情，接着就要在逝者身体凉之前，尽快把寿衣寿鞋穿好，不然等身体冷了的话就穿不好了。

当天晚上，家族中的长辈及亲属和村组干部，还有一些邻居，和从邻村赶来的袁天亮，商量着安葬侯大娘的事情。摆在袁青山面前的是侯大娘的后事安排，到底是厚葬还是薄葬？怎么去理解"厚"和"薄"，在场的人制定了两套方案，一"厚"一"薄"，让袁青山选择。最后征得袁青山的同意，决定一切从简，不办隆重的丧事，"薄"葬陈大娘，这也是侯大娘的遗愿，不请多客，不大摆酒席，她生是袁家岭的人，死也是袁家岭的鬼，她不想埋葬远了，就把她埋在袁家岭的土地下，她离不开这生活了五十多年的地方，她要在这里看着她的子子孙孙呢。

按照当地习俗，孝家要将死者停放几天，请几个和尚和道士敲锣打鼓，为死者超度亡灵，请总管帮办做事弄饭，请隔壁邻居装烟奉茶，还要燃放鞭炮，放上哀乐，摆上酒席，亲朋好友带上人情、送上花圈前来吊唁，闹闹热热地把亡灵送走，这叫厚葬。粗略地计算，厚葬开销比薄葬多几万元，主要用于炮火、香烟、花圈、酒席、红包及和尚道士的工资等。袁青山只是一个平民，一没当官二没发财，亲戚朋友都没有多少，最多可收几千元的人情，而且全部用于开销，还要欠下别人的人情。但是，侯大娘去世，袁青山心里还是挺难受的，毕竟夫妻一直都是恩恩爱爱的，他很感谢侯大娘自始至终的陪伴，自从嫁给他之后却没有享过一天的福，没有吃过好的，也没有穿件好的，他觉得自己对不起她。她娘家侯家也是忠厚善良的人家，从没有要求他什么，还照顾他。侯大娘的葬礼如果办得太寒酸的话，他觉得过意不去的，自己的内心不好受，他会觉得愧对自己，愧对侯大娘，愧对侯家，愧对孩子们。

袁青山对主事的说，还得请和尚道士，鞭炮烟酒的该买的都得买，该做的都得做，还是要热热闹闹地把侯大娘安葬，只是说和尚道士少请两个，客也少请一点儿，酒席的什么都安排少一点，但是送葬的程序一点都不能少。

把办事的日子给确定了下来，出殡定在第四天，一切事情都商量妥当了后，其他的人都散了，都到凌晨三点钟了，他们还得睡一觉呢，明天还得早起，明天有很多事情等着他呢。袁青山坐在侯大娘的身边，看着她的尸体，悲从中来。他去查看她整个人，除了生机已失，她面色慈祥，干净柔和。

等到他检查到侯大娘左手手臂的时候，他忽然发现有几处瘀青，十分心疼，用手来回揉搓说："你怎么这里有伤呢，是走的时候难受吗？哎！其实挺好的，虽然走得匆忙，但你看到了孩子们这两年的改变，我们这辈子也值得了，走得快也是福气啊。难得受磨啊！"他来回搓着，搓到四五遍的时候，瘀色完全消失了，变得白净。他看见这幕，泪就下来了。他知道她还没走远。

袁俊杰当晚做了一个梦，他梦见母亲舍不得他，她来到他梦中，缓缓地嘱托了两句："孩子，我要走了，永远地走了。你们要好好地活着。你要把袁垣带好啊！

记得啊!"说完,她就从俊杰的梦中走了,这时他就醒了。他发现自己的脸上都是眼泪,是啊,母亲去世前都念着袁垣的名字啊!

如今,母亲已离去,留下的是深深的思念。回忆如潮水般涌来,心间泛起无尽的波澜。他仿佛还能听到母亲的声音,感受到母亲温柔的抚摸。曾经的那些美好时光,成为自己心中最珍贵的宝藏。母亲的爱永在心中,自己会将这份爱传递下去。让回忆化为力量,继续前行,不负母亲的期望。他爬起床,找到了一个本子和笔写了一首诗给母亲:

忆母亲

母亲/您的目光/像天使般慈祥/陪伴着我的成长/即使再多彷徨/我也不会为此而/惊恐万状//母亲/您的怀抱/如安稳的海港/把我紧紧地拥抱/任凭风急浪高/我的幸福和快乐/一如既往//母亲/您的善良/如同明灯一样/指引前进的方向/尽管岁月漫长/我依然铭记您的/英勇顽强//母亲/您的教导/像天上的太阳/一样灿烂和慈祥/无论地老天荒/给予我们温暖的/万丈阳光

袁俊杰记得母亲的微笑,如春风般和煦。回忆里,她忙碌的身影,为家付出,毫无怨言。那温暖的怀抱,是他永远的港湾。而如今这一切都成为过去,不再拥有了,母亲的爱在他眼里,心里,脑海里,睡梦里……

母亲啊,你是我生命的源泉,我将永远怀念你的温柔与慈爱。

在岁月的长河中,母亲的身影永不褪色。母亲的爱,将永远陪伴着我,直到永远,永远……

此时,望着窗外,天已经蒙蒙亮了,他听到了村里来帮忙的几个人的声音,他的眼泪又一次流了下来。

袁俊杰急忙穿衣起床,在堂屋,他看着母亲平坦坦地躺在门板上,穿着他最不愿见的衣服。他真的接受不了,曾经活跃的母亲现在竟然僵僵地躺在他的面前。往日很稠密很柔美的头发,现在稀疏得很。他揭开盖在母亲脸上的那块黑布,看见母亲的额头凸得高高的,鼻梁也是耸耸的,嘴唇却不是紧闭的,还露出了四颗牙齿。眼皮薄得很,还微微张开着,锁着的眉头和苍白的面容告诉所有心疼她的人她这一生所受的痛苦,还有那些病痛对她无情的折磨,此时的袁俊杰哭得昏了过去。

旁边的老人把黑布给母亲盖好,嘱咐袁俊杰不要再看了,对谁都不好,他才哭着离开。

第二天上午,和尚和道士来了,支起锣鼓就开始演奏起来。屋里屋外开始忙忙碌碌,一切安排妥当之后,还有很多仪式。依照民间习俗,有道场法事,有佛家超度,儿孙披麻戴孝,几天几夜,不眠不休。这时,屋前地坪开始搭建办事的雨棚,这种雨棚要搭很大,因为有很多事情都在里面办,还有一个原因就是怕下雨,如果下雨就麻烦了，什么都做不了，这雨棚几乎把房屋前面的地坪全部覆盖了，雨棚的架子上面绑着一个高音喇叭，开始播放着伤感的音乐。听闻侯大娘去世的消息，村民乡亲们都会来吊唁，也有很多好事者会过来凑热闹。顿时，屋前屋后人声鼎沸，为首的道士安排这一切的先后顺序，家人还有直系亲戚都得穿上办葬礼的白衣，作为孝子的袁俊杰还得胸前加一块麻布，头上戴上一个竹子匝成的架子。

在旁边的一个角落里，袁天亮熟练地用竹子和白纸及糨糊和毛笔等材料制作灵屋、汽车、彩电、冰箱、电扇等，他说这些东西都是死者去天堂要用的东西，等死者埋葬后，就得和她在世时穿过的衣服一起一件件地投入火中烧给她。

请的乐队也来了，她们都是女人，清一色的蓝色正装，手持洋号，当她们整整齐齐地排列好后，指挥手中的棒一扬，乐队立马就奏起了《妈妈再爱我一次》。这时，叫花子飞飞也过来凑热闹，他一边跳着一边唱着：

> 夫不亲嘞！妻也不亲！/丈夫爱美人/忘了夫妻结发恩/妻子找情人/回到家里闹离婚/夫不亲嘞！妻也不亲！//姊不亲嘞！妹也不亲！/兄弟把家分/以后各人顾各人/姐妹有婚姻/家家有本难念经/姊不亲嘞！妹也不亲！

等他跳到角落里的时候，袁天亮觉得他有点碍手碍脚，便对他说："走开点嘛！没看到我忙得要死？"

飞飞急忙走向别处。

葬礼的第一个仪式应该就是报丧了，报丧就是用写信、写请帖的方式把有人逝世的消息告诉亲友和村人，即使已经知道消息的亲友家，也要照例过去报丧送请帖以示敬意。

在墙边靠近窗户的位置，放着一张大桌子，袁天亮用毛笔在白色的纸上写着一副副挽联，马上就要贴在门口。

> 上联：七旬岁月　梦断魂销　高风亮节传佳话
> 下联：四月清明　花垂泪落　尚德流芳念故人
> 横批：当大事

雨棚门头的对联写着：

> 上联：菊残霜冷秋风泣，侯门之痛失良媛
> 下联：月落星沉夜未央，袁府哀伤悼内贤
> 横批：德范长存

还有一个重要的工作就是写请帖，请帖上面的称呼呀什么的一个字都不能够写错，听人说，这请帖写错了字，请的人不但不会来还会有意见，闹得都不开心。写

请帖的时候，袁青山就一直坐在桌子旁，陪在先生的身边，他随时回答着袁天亮提出的问题。

请帖写好后，这报丧送请帖的事情也不能够马虎，不同的地方有不同的报丧方式，在江南地区，按照旧规矩，到娘家或者是重要的人那里报丧送请帖，得先放一小挂鞭炮，这叫作"报丧炮"，然后跪着把死者死亡的原因等一些情况简单地告诉给亲友，然后将请帖送给亲友。也有地方报丧俗规非常严格，丧家如果死的是男人，必须由房族侄子到亲戚家报丧，死的如果是女人，必须由儿子、女儿给外婆家报丧。当外婆家里派人来奔丧，走到村头的时候，孝男孝女必须跪在村边路口哭迎，哭着述说丧亲的悲痛，哭谢奔丧亲人的一路辛劳，并且给每人递上一条白布，这叫作"孝布"。报丧不仅是一种形式上的礼仪，更是一种和亲属家人一起分担悲痛的做法。

到了办事（坐夜）的那天，灵堂内道士写满了镇宅符字：钦奉杨公祖师、九曜七星、六丁六甲、乾坤良巽、七政四余、极明长庚、南北二斗，四山大吉。

销宅符咒：弟子今日踩中堂，某山某向念金刚，手捧列符堂中立，东西南北与中央，东方极明高照主，西方长庚福寿昌，南北二斗魁罡照，九曜七星辅华堂，七政四余来伴佑，六丁六甲坐中堂，八卦之中乾坤定，二十四山大吉祥，手举斧头关镇宅，八打灵符显神光，一打灾消福到，二打财官两旺，三打三元及第，四打四季生财，五打五子登科，六打六合同春，七打七星高照，八打发阅无疆。符关华堂主，子孙代代昌，恭喜贺喜，大发才旺。

这天晚上，孝子们都不能睡觉，因为明天早上就要埋葬逝者，所以这夜的法事很多。到了将近傍晚时分，这法事就开始了。他们敲打着锣儿镲儿，拖着长长的声音坐着唱一会儿经，然后站着唱一会儿，再到院子里唱着转一圈儿，然后又回到堂屋里坐下来接着唱。唱累了也可以休息，喝会儿茶，和客人们谈会儿天。

法事的高潮在深夜，叫"跑城"。帮忙的众人吃过晚饭散去后，他们就做"跑城"前的准备了，先用白石灰在院子里撒一个大大"卍"字形，再把外面围起来，顶上画成屋顶状，还撒了"铁围城"三个字，在分辨出八个方位后，一一插上蜡烛和烧纸，在正中间的那个方位插上蜡烛和纸后，还放了一个碗。然后，六个人拿上他们的乐器和法器就在里面慢慢地转着圈唱着经，孝子们有的抱着牌位，有的举着幡或捧着香跟在他们身后，照着他们的步伐走着。他们或疾或缓地绕着"围城"里所画的图线走着各种步伐。

突然，他们手上的锣儿镲儿敲得急促起来，他们也在"围城"里随着乐器敲打的节奏快速地做着一些复杂动作，还有两个领头人面对面互舞。根据他们脚下那闪躲腾挪的步法和姿态，可以判断这是一种很古老的舞蹈。随着他们手里的锣儿镲儿敲打得更加急促，他们的脚下的速度和躯体舞动的幅度也越来越快，越来越大。这时后面的孝子为了跟上他们的步伐，也急促地跑着，以至于手里举的幡和头顶上拖着的白孝帕子都飘了起来。

终于，他们放慢了敲打的节奏，步伐也跟着慢下来。然后又在"围城"里转着，轮流唱着关于八个方向的经文。其间还有一个类似于戏曲里插科打诨的人可能为了调节气氛，唱了一个逗趣的歌谣。这时"跑城"就已接近尾声了。他们继续唱，转一圈后就会把一个方位的纸烧掉，烛熄灭，直到八个方位的纸都烧完，烛都熄完，再把中间的碗扣起来用法杖杵烂，把纸和烛熄灭掉，这"跑城"的部分就算结束了。这时也基本上天亮了。

第二天就是逝者入土为安了，所有的亲人都要跪在即将出葬的棺材前，道士一边往他们的身上撒着米，一边念念有词：

> 伏以远崇孔孟，近召朱程，德同天地，道冠古今。
> 今日是袁母侯老孺人安葬之期。斯时也天开黄道，地辟佳城，临丧遣奠，敢告万民。吉神随枢护照，邪煞不敢乱行，登山涉水，履险如平，牛眠卜吉，万古佳城。
> 子孙发阅多高贵。长发其祥万年春，起！
> 又，伏以劝亡魂，劝亡魂，欢欢喜喜出门庭，高山还是千年屋，人间原是歇凉亭。现往牛眠卜吉，不过数里之程，登山涉水，稳坐车轮，八大金刚相拥护，永无烦恼与忧心，从今永享千年福，子子孙孙万代兴。起！
> 堂起棺，伏以日吉时良。子孙跪拜送送高堂，亡人辞祖离堂去，吉星高照大吉昌。
> 又，伏以日吉时良，亡人辞祖离堂，牛眠卜吉，平安无殃。

然后，孝子扶着棺，由八大金刚抬着棺材向造好的墓穴奔去，一路上鞭炮齐鸣，亲人们哭声震天，需要把亲友送来的花圈、纸货等一系列需要烧掉的东西抬出去，放在墓穴上烧掉。到了墓穴后，八大金刚休息一下，所有的送葬亲人跪在地上，道士做最后的告别仪式：伏以天开黄道，地辟佳城，恭维袁母侯老孺人，安葬某山某向，斯时也，灵枢已入龙门，邪杀一律藏身。

初年祸福天时验，岁久方知地理灵。

赞子孙：心孝地灵，发阅大成，丁财两旺，随葬随兴，内外都发，男女齐名，地发数百载，富贵万年春。

赞女婿、孙女婿：丁财大旺，福降满门，耕者豪富，读者成名。务工者蒸蒸日上，为官者指日高升，孝子孝婿起，赞文字字灵。

然后就是泥工师傅封龙门了。这时所有的人都要脱去白衣，填土，立碑，祭拜，基本上就结束了。

然后，按原路返回。这样就基本上结束了葬礼。在整个过程中，消耗的时间可能达到15天之久，甚至可能需要20天左右。在这么长的时间里，孝家不能做任何事情，需要应付来祭奠的人，应付他们的吃住等。

祭奠先人，无可厚非，举行祭奠仪式也很有必要。然而，很多陋习在农村地区根深蒂固，需要更改比较困难。丧事大操大办耗时、耗力、耗钱，前后需要花费上十万元，一般贫困家庭根本无法承担相应的费用。

俗话说："一人难如百人意。"有人在背地里说袁青山小气吝啬，与众不同，格外搞一套。

袁青山说，也许他这样的安排会引来非议，但他还是坚持这样做，不管别人怎样说。这样做就差不多了，再过的话就是无端的浪费，人情，鞭炮，装烟，酒席，墓碑，开支林林总总，讲排场的人都是虚假的。真正的孝子，一切都是脚踏实地的。俗话说："有多大的腿就穿多大的裤。"有的人生前不孝，死了哭啼；有的人在亲人病重期间不探望，死了假悲哀；有的人在亲人生前有想吃的就是不买，死了假叩头装严肃；有的人本来就不孝，亲人死了大办特办丧事，目的是想发死人财。现在的丧事越办越俗，办丧事完全是为了给活人看，死人走了活人受罪，搞得乌烟瘴气，不堪忍受。人死了搞再多的形式也是给后人看，给外人看，这样很累，很不值得。薄葬就是更好的厚葬，人死灯灭，连人都走了还有什么意思热闹呢？其实人死了火化是最环保、最绿色、最经济的好办法，不占土地，不用棺木，生不带来死去的，回归自然，有什么不好呢？

第三十集
规章制度难施罚　　灾祸频繁失禄粮

"黄浩！黄浩！"

在课堂上，袁明生发现一个学生伏在桌子上睡觉，他大声地喊道。见黄浩还没有醒，坐在他边上的同学急忙推了推他，轻声地说："老师叫你了！"

"嗯哼……"黄浩像在自己家里睡觉一样。

袁明生忍无可忍，他走到黄浩的前面，用戒尺"啪"的一声打在他的课桌上。

"什么？什么？"黄浩这才吓得从梦中惊醒。

"黄浩，站起来！"袁明生大声喝道。

听到老师的声音后，黄浩猛地睁开眼睛，发现袁老师就在面前，急忙站了起来，说："袁老师……"

"黄浩，你昨晚干什么去了？"

"老师，我……"黄浩擦了擦眼睛。

"近段时间以来，你多次上课睡觉，你现在马上回去，叫你的家长来学校一趟！不然的话，我只能把你的课停了！"

"哦！"黄浩说了一声后，擦了擦眼睛，拿着书包走出了教室。

奇怪的是，袁明生等着黄浩叫他家长来，结果等了两天也没有等来，连黄浩都没有来学校。正当打下课铃的时候，校长走过来说有事找他，于是他们一起来到了校长办公室，一进去，校长就关上门说："你是怎么搞的，你们班的黄浩，你怎么停了他的课？"

"哦，校长，黄浩这个孩子，天天上课睡觉，屡教不改。"

"这样，袁老师，下次，我来跟他说说！"

"真的是太不认真了，在学校混阳寿哦。"

"没关系啦！这都是这么大的人了，随他吧！"

"如果是这样的话，恕我直言，还不如让他回去算了，不要耽误了别人！"

"不行！你为什么要他回去？黄浩是你的学生，你怎能随便让他回去呢！"

"我只是要他回去喊他家长来。"

"好吧，多跟他家长沟通交流也是很好的方式。"

"好的，校长！"

两个星期过去了，黄浩变本加厉，一直都是迟到早退，不交作业，上课不听讲，带领着几个不听话的同学一起玩游戏，有时候闹得老师都上不了课了。

袁明生大发雷霆，直接让黄浩回去，叫他家长来学校，并交代他家长不来学校他就不要来了。

结果等了一天，两天，三天……一个星期后，黄浩也没有来学校，这件事被教数学的方老师告诉了校长。校长知道后立刻向袁明生的办公室走去，门是关着的，校长生气地把门一脚踹开，一进去，就质问："袁明生，你是怎么搞的，你把黄浩开除了？"

正在备课的袁明生被吓了一跳，看到校长招呼都不打，就过来兴师问罪，心中很不快，于是，漫不经心地说："开除了！"

听到袁明生这样说，校长更加生气，他大吼："袁明生，你好大的胆子，你随随便便开除学生，学校是你开的吗？你有这个权力吗？"

"我没有开除他，我只是停了他的课！"

"我不允许你停他的课，你听到我说的话没有？"校长发怒说。

"不惩罚他，以后我怎么管理学生？他不读书不要紧，不要影响别人！真的是一粒老鼠屎坏了一锅汤啊！每日课堂上黄浩不是昏昏欲睡，就是打扰别人，这样不仅耽误了他自己，还耽误了别人，如果他家长不重视不配合学校，他就是在放纵自己的孩子，这样的话，让他回去也是一个明智的选择。"袁明生也理直气壮地说。

这时，校长平静下来了，说："我知道，你批评提醒后仍然死性不改，就随便他吧，让他回家反省，让他家长教育。"

"校长，这样说吧，不管你和他的家长是什么关系，也不管你怎么对待我，我只是告诉你，黄浩是我班里的学生，我是班主任，我有权停他的课，至于你想怎么样，随便你！"袁明生说完就开门走了。

第二天，校长带着黄浩走进了袁明生的班级，黄浩招呼也不打，就坐在教室里。

袁明生无可奈何，仰天长叹。一个学生的家长如此不负责任，教师再敬业，他的孩子也是不学无术啊。

这不仅是他黄浩一个人的事，长此以往，校风可想而知，每个班级里都有几个不学的，有的学生睡觉老师叫都叫不起来。对于这类学生，老师们已经达成共识：听话的就管管，让他学会儿；不听话的，只要他不影响别人听课，爱干吗干吗，睡觉、画画或做别的都行，只要不说话，不影响别人就可以。然而，有的不懂事的学生就爱在课堂上搞恶作剧，比如突然打断老师讲课，用镜子反光照黑板、出怪声等。甚至有的学生和老师顶嘴，对老师说脏话……所有这些，让老师疲于应付，消磨着老师的敬业感，打击着老师教学的积极性。

此后，在学校教学，袁明生感受到教师的成就感和光荣感已经荡然无存，他只能把教师作为挣钱谋生的工作而已。袁明生第一次感到无比的失望。

转眼间又到了星期五了，好久没有回袁家岭了啊，袁明生觉得自己有些想家了，而且越来越浓烈。借着星期天的机会，他终于回到了久别的故乡。夏日的傍晚，微风带着一丝丝凉意，吹过稻田，泛起层层金黄的涟漪。道路两旁的稻田，送来阵阵稻香。袁明生拖着行李箱，走在熟悉又陌生的乡间小路上，心中涌起一股难以言表的情感。他离开这片土地虽然只有几个月，但再次踏上这片土地，就感觉回到了母亲的怀抱那样熟悉而又美好，顿时就会觉得所有的辛苦和痛苦都烟消云散，都变得那么微不足道。

他加快了脚步，朝着家的方向走去。远远地，他看到了那座熟悉的土坯房，房前的枣树依旧挺拔，父亲袁美庭坐在地坪里，手中拿着一把破了几处的蒲扇，轻轻地摇晃着。

"爸，我回来了。"袁明生走上前，轻声地打招呼。

袁美庭抬起头，眼中闪过一丝惊喜，随即又恢复了平静："回来啦，明生。怎么晚上回来呢？累了吧？先坐下歇歇。"

袁明生坐在父亲身边，感受着这久违的家的温馨。夕阳洒在父亲的脸上，他看到了父亲那苍老而坚定的脸庞，心中不禁涌起一股莫名的感动。

没有看见母亲吴凤仙，明生问父亲："嗯妈呢？"

"在屋里，在屋里呢！"

听到母亲在屋里，袁明生急忙往屋里走去，一边走一边喊："嗯妈！嗯妈！"

"呃！呃！明伢仔，嗯禾里雅哒回来哒咯？"

"明天是星期天，冇事，我就回来哒呢！"

"好！好！嗯还冇恰饭吧？我切弄饭嗯恰哈！"

"好！"

袁明生环顾四周，一切都没有变，只是更加陈旧了些。他心中涌起一股莫名的酸楚，这些年，他只顾着自己在外面打拼，却忽略了家中的父母。他暗暗发誓，以后一定多陪陪父母，尽尽孝道。

吃完饭，袁明生洗了一个澡，他端了一把椅子坐在地坪里乘凉。母亲就给他一边洗衣服一边说："禾里毛丹和孩子都冇来？嗯里到底是禾里搞的？"

"冇事，嗯妈，她雅好久冇回切哒，她切长阳哒，嗯就木操我咯心喽！"

"哦，好啦！咯成家哒就不能各走各咯，要两个银一起走咯，嗯听到么？"

"好！好！好！我听到哒！"

母亲这才没有作声，叹了口气后，接着做着自己的事情。

好一会儿后，父亲问他："在学校还好不？"

"好！只是……"话说到了嘴边，他突然不想说了。

"只是么里？"

"冇么里……冇么里哦！"

常言道："知儿莫过父。"袁美庭知道自己的儿子的性格，那肯定遇到了一些不顺的事情，才这样吞吞吐吐地说话。他肯定是在学校的工作上有麻烦，于是，趁着一起乘凉的机会，就跟他说："我来讲一个我以前从来没有讲过的故事给你听吧。"

"好啊，好啊！"袁明生怕父母亲对他查根问底，让他们自己说话的话，自己不就好了嘛！于是，他装作开心地答应父亲。

"明生啊，你知道吗？我年轻的时候，曾经梦想当一名赤脚医生。"袁美庭的声音中带着一丝自豪和怀念。

"赤脚医生？嗯不是早就实现了吗？那有什么好稀奇的呢？"袁明生好奇地问道。

"确实不稀奇。你知道什么叫赤脚医生吗？赤脚医生就是那些在乡村没有固定诊所，没有正式编制，但却在乡间四处奔走，为乡亲们治病的医生。有时候，做大夫的人在田地里干活，有人病了的话，就会鞋子都不穿打着赤脚去给病人看病，所以人们就叫这种大夫为赤脚医生。"袁美庭解释道："那时候，看着身边很多人因为一点小病而痛不欲生，甚至离开了人世。这些都是因为什么呢？还不是我们农村的医疗条件很差，乡亲们看病难、看病贵。赤脚医生就是为了解决这个问题而存在的。

"所以，我就自告奋勇地去乡政府报名参加赤脚医生的培训和学习。经过两年的努力，我从培训班结业了，当上了赤脚医生。我背着卫生院发的画着红色十字架的木制白色小药箱，里面放的是结业时分配的基本的医药器材，药品有阿司匹林、黄霉素、黄安消炎片、土霉素等日常用药。外用药有红药水、紫药水、碘酒、酒精和药棉胶布、棉签等，也有少量的青霉素、链霉素、庆大霉素针剂。器械有一台血压器、听诊器、两支体温表，10ml 和 20ml 注射器各一支。另外还有一本中医必读的《汤头歌诀》。赤脚医生就是一边生产一边学习，只有学习好了本领才能真正地为人民服务！"

他回忆起自己当赤脚医生的岁月，眼中闪烁着光芒。他告诉儿子，那时候的他，每天都要背着药箱，走村串户，为乡亲们看病。无论是刮风下雨，还是酷暑严寒，他都从未间断过。他用自己的医术和爱心，治愈了无数乡亲的疾病，赢得了大家的尊敬和爱戴。

那是一个物资匮乏的年代，但人们的精神世界却异常丰富。自己当时还是一个年轻小伙子，怀揣着对医学的热爱，成了袁家岭里的一名赤脚医生。从那以后，袁美庭觉得自己就成了村里的守护神。他不仅要治疗村民们的常见病、多发病，还要处理各种突发事件。有时他需要在半夜里爬起来，为产妇接生；有时他需要翻山越岭，为伤员包扎伤口。他的脚步从未停歇，他的心中只有对乡亲们的深深牵挂。

袁美庭记得自己第一次出诊的情景：那是一个寒冷的冬夜，村里的王大娘突然发起了高烧。我背着药箱，踏着厚厚的积雪，深一脚浅一脚地往王大娘家赶。当我赶到时，王大娘已经烧得迷迷糊糊了。我赶紧拿出听诊器，经过诊断，王大娘应该是呼吸道感染，他们问我怎么办，我说要消炎。由于走得急，忘了带消炎药片，我要快速跑回去拿，他却说："还拿什么，我屋里就有。"我说："你屋里有，你快给她吃啊。"等我看他拿来的药时，笑了起来，拿的是什么消炎药？他拿的是工业用盐（当时农村吃的都是大颗粒盐），我说："这盐怎么行？你干什么？""你说要消（盐）炎呀。"我哭笑不得，我说："消炎的炎是炎症的炎，不是吃的盐的盐。何况，你这盐是工业用的，连吃都不行哦，还治病……"

袁美庭赶紧给她量体温、开药、打针。经过一夜的忙碌，王大娘的病情终于稳定了下来。

"你看，这些都是没有知识的后果，好多农村人的孩子没有钱上学，这些孩子都是我们国家我们社会将来的主人啊，如果他们都像旧社会的人那样没有文化、没有知识，怎么行呢？所以，国家说再穷不能穷教育，再苦也不能苦孩子！"他叮嘱明生，"你要以认认真真的态度去踏踏实实地工作，我们的国家和社会的进步都离不开教育啊。"

"我知道了，父亲！"

袁美庭讲述着自己的经历，脸上洋溢着自豪和满足。他说："那时候虽然条件艰苦，但我们却过得充实而有意义。我每治好一个病人，就感到无比幸福和满足。"

袁明生听着父亲的话，心中涌起一股暖流。他想象着父亲年轻时在田间地头奔波的身影，想象着他在乡亲们中间忙碌的情景。他感受到了父亲那份对医学事业的执着和热爱，也感受到了他对乡亲们的深厚感情。

"爸，你真是太伟大了。"袁明生由衷地说道。

袁美庭摆摆手，笑着说："哪里有什么伟大不伟大的。我只是做了我应该做的事情而已。"

"伢老子！嗯那嘎哇，假如我学医师的话，我学得会吧？"

"么里？嗯要学医师？"

"嗯是咯！我是说假如，我只是问一下。"

"哦！医师，还不是要多读书，如果不读书又怎么能做个好医师呢？虽然在农村遇到很多病都是靠中草药解决的，但是真正来了大病重症的话，我们这些赤脚医师就用不上喽！得有医术高超的专家教授才行！是吧？像前墩的王嫂患尿痛病，我教她采些蛤蟆叶煎水当茶饮，几天便痊愈了，或者破铜钱治疟疾等小单方，不花钱治大病。在大病重病面前搞这些都不行的，起不了作用，得去大医院看病才行！"

"是的！假如跟嗯学的话，难不难啊？"

"跟我学不难，只是学点医师的皮毛，学不到真正能治病救人的本领，还是要去卫校、医科大学。"

"有一年，村里有个人被蛇咬了脚，这是种有毒的蛇，嗯当即在田埂边采了些半枝莲和板蓝根，用嘴嚼后敷在被蛇咬伤处，因为敷药及时，两天便痊愈了。我觉得这些方子对于我里农村人来说是最重要的，如果拖延了时间，这人就危险了，如果是去城里看医生，耽误了时间的话，说不定就死了。"

"那倒是！当然，如果嗯知道一些中药的配方和使用方法的话，对于那些患慢性疾病的病人也是很好的，比如嗯记住一些中药的配方歌诀。"

归脾汤加仙鹤草治疗内出血歌诀

归脾汤用术参芪/归草茯神远志随/酸枣木香龙眼肉/征肿健忘俱可却/
肠风崩病总能医

琥珀羊帝散加味治疗结石症

琥珀羊帝散地黄/苓葵玉竹木香通/王不当行滑石梢/桦珀冲尺合之良/
下焦湿热小便疼/化石止血威名扬/二金并合治胆通/全身结石此方攻

"我听过嗯那嘎哇过，同样是一种病，体质不一样，药也有不同的！"

"当然，人有男女，病有凉性和热性，还有位置的区别等。"比如治疗咳嗽歌诀：

右方肺脉有力沉/咳嗽痰中化血脓/喉咙肿痛并气急/药用清肺泻火灵/
百合固精和地黄/去参贝母吉更茬/麦冬白芍当归配/咳嗽痰红肺全良

"嗯就知道治疗咳嗽的药方，主方有：陈皮、桑皮、桔梗、张天罐、尖贝、罗汉果、衣娄子、杏仁、甘草。如果是支气管扩张就加：桑皮、全皮、白芍、白芨、百合、百部、五味子。如果是外邪犯肺就加：桑叶、菊花。如果是痰火润肺就加：川贝、黄芩。如果是肺部化火就加：合欢皮、丹皮。如果是肾精不足就加：枣皮、枸杞。如果是咯血反反复复发作就得加：黄芩、黄芪、太子参。"

"这么多注意事项啊，听起来好像很难！"

"伢仔！难也不难，只要嗯用心去做，难什么呢？古人说：'世上无难事 只怕有心人。'"

"是的！"

夜深了，袁明生和父亲依然坐在院子里聊天。他们谈着过去的事情，也谈着现在和未来。袁明生告诉父亲自己在外地的工作和生活情况，父亲则告诉他村里的一些变化和发展。

"现在村里在党的政策扶持下，发生了很多变化。"袁美庭说，"比如前面的大路修得很好走了，原来可是晴天一身灰，雨天一身泥的，还有上交国家的税费都免了。大家的生活都越来越好了。"

袁明生点点头，说："是啊，我也看到了。这里始终是我们的根。我们希望国家越来越富强，这样我们也就越来越好啊！"

袁美庭点点头，感慨地说："是啊，根是不能忘的。无论走到哪里，都不能忘了自己的根。还是感谢毛主席、共产党，现在是真的好啊，要是国民党当政，那就惨喽！国家富强是好事，但是，我们也不能总是去靠国家，国家的人口多，哪能人人照顾到呢，是吧？我们要靠自己，自力更生，去英勇顽强地工作和奋斗。我里袁家岭也是一个样，富强祖国，振兴农村，袁家岭的未来和希望就看一代又一代的后生来创造啊。"

夜色渐渐深了，袁明生和父亲还在聊着天。他们的话题从过去延伸到未来，从个人谈到社会。袁明生听着父亲的讲述，感受到了父亲对生活的热爱和对未来的信心，深感敬佩。

"伢老子，嗯那嘎觉得我里咯一代人应该怎么做？"袁明生突然问道。

袁美庭沉思了一会儿，说："我觉得嗯里这一代人应该珍惜现在的生活条件和社会环境，努力学习、努力工作，为国家为社会作出自己应有的贡献。同时，嗯里也不能忘记自己的根和传统文化价值观。"

袁明生点点头，说："我明白了。我会努力的。"

夜深人静，袁明生躺在床上久久不能入睡。他回想着父亲的话和自己的经历，心中充满了感慨和动力。他明白自己肩上的责任和使命，也知道自己应该如何去努力和奋斗。月光透过窗户洒在床上，袁明生闭上眼睛，进入了梦乡。他梦见自己成了一名优秀的人民教师，在学术领域取得了卓越的成就；他梦见自己回到了袁家岭，在袁家岭小学的教室里，站在讲台前向孩子们讲解着书本上的知识；他梦见自己和父亲接到了县人民政府要对他们所做的工作和贡献给予的嘉奖的通知……

第二天清晨，袁明生早早起床，他跟随父亲一起走访乡亲，了解村里的变化和发展；他跟随父亲一起出诊，学习医学知识；他还参加了村里的文化活动和志愿服务活动……在袁家岭的日子，袁明生感受到了家的温暖和亲情的力量。他更加珍惜与父亲相处的时光，也更加坚定了自己的人生目标和追求。

时间过得真快，一眨眼就在袁家岭过完了两天。星期天下午，袁明生依依不舍地告别了父母亲。他带着满满的收获和感动回到了龙山小学。他要比刚开始那样更加努力地学习和工作，为自己，也为了龙山的孩子们的梦想和未来而奋斗。

回到龙山小学，袁明生更加积极、主动地投入工作。

然而，袁明生去镇上跟女人吃饭的事情不胫而走，甚至连学生都知道他晚上会去实惠餐馆吃饭，一时间谣言纷纷。

"他哦，不嬲塞，真不嬲塞哦！"

"怪不得毛老师要离婚。"

"看起来是斯斯文文的，袁老师他家里的条件又不好……"

"袁老师？不要这样喊了，他不配当老师。"

"哎哟！你们知道吗，他和那个餐馆的女老板相好有几年了。"

"真的看不出来，好不要脸啊！"

袁明生身处舆论风暴中心，遭受外界种种非议和责难。学校方面害怕事态扩大无法收场，校长由此召开了小范围会议，校长说：

尊敬的各位老师、员工们：

大家好！

今天的会议就是一个议题，我想和大家强调一个非常重要的问题，那就是在工作中、生活中，我们必须避免"捕风捉影""人云亦云"的行为。

我们作为教育工作者，还算是有点知识水平和能力素质的人吧，对于那些虚幻、无根据的猜测和推测，我们就要管住自己的嘴巴。要知道，在我们的工作和学习中，这种态度和行为可能会带来严重的后果。如果我们不能基于事实和证据来做出判断，而是仅凭道听途说或者主观臆断来行事，那么我们可能会陷入误区，甚至给学校带来不必要的麻烦和损失。

作为教育工作者，我们肩负着培养下一代的重任。我们的言行举止都可能会对学生产生深远的影响。因此，我们必须时刻保持清醒的头脑，用严谨的态度来对待每一项工作。

具体来说，我要求你们做到以下几点：

1. 基于事实做出判断：在处理问题和做出决策时，我们应该以事实为依据，避免被一些无根据的谣言和传闻所干扰。

2. 尊重他人：在与人沟通和交流时，我们应该尊重对方的意见和观点，不要随意揣测和诋毁他人。

3. 保持客观：在面对问题和挑战时，我们应该保持客观的态度，不要因个人情感而偏袒或歧视任何一方。

4. 勇于承担责任：如果我们在工作中犯了错误或者出现了失误，我们应该勇于承认并承担责任，而不是试图逃避或者推卸责任。

我相信，只要我们每个人都能够做到这一点，我们的学校就会变得更加和谐、稳定和进步。让我们共同努力，为学校的发展贡献自己的力量！

谢谢大家！

在校长讲完时，老师们都你望着我我望着你，心知肚明，他们都把目光投向袁明生，只有袁明生觉得不好意思。这时，校长，急忙敲了敲桌子。

大家知道这是什么意思，急忙收回目光，转向校长，校长说完后不一会儿，就要求袁明生留下来，其他人散会。

"校长！"袁明生说。

"你先坐，我去给你倒杯茶！"

"不了！校长！"

校长像没有听见一样，他将倒好的茶递给袁明生，说："袁明生，你工作中态度认真，对于教师这份职业，也是很有敬业精神，对待学生也是一丝不苟。这些我都看在眼里了。"

"谢谢校长！"

"袁明生，你应该知道今天的会议是为了你开的。我既要他们管住自己的嘴，也要你注意自己的一言一行，特别是作风问题。"

"校长，难道您也不相信我？"

"袁明生，我不是不相信你，常言道：'一人道虚，千人道实。'你注意个人形象的塑造，以更好地为学生树立榜样。你要知道，当所有的人都说你怎么怎么样的时候，我一个人说的谁信？好吧，你想想，就算我说了，那又有什么用？！"

"校长，我是清白的。"

"我知道，你是一个正经的人，不是那种七搞八搞的人，但是，就算你是清白的，你又几张嘴巴呢？遵守职业规范，维护学校的声誉和利益，是学校所有的教职员工的职责？老话说：'行要好伴，坐要好凳。'你要时时刻刻注意自己的一言一行。人言可畏啊！流言多了，就算是跳进黄河也洗不清。"

"好的，我知道了，校长！"

在青春洋溢的校园里，袁明生和方老师曾是众人羡慕的黄金搭档。袁明生是个年轻有为的语文老师，他的文字如涓涓细流，滋润着学生们的心田。而方老师，则是数学教学的佼佼者，以其独特的教学风格和深厚的专业知识赢得了学生们的喜爱。

两人的合作始于一次偶然的机会。当时，学校为了丰富课程内容，决定开展跨学科教学活动。袁明生和方老师因为各自在学科领域的突出表现，被选为首批试点教师。起初，两人对彼此都有些许的陌生和戒备，但随着时间的推移，他们渐渐发现彼此在教学理念和方法上的契合。

随着两人了解加深，他们之间的关系也变得更加紧密和融洽。他们开始合作并共同探索跨学科教学的更多可能性。他们互相学习和借鉴，努力提高自己的教学水平。

经过一段时间的努力，他们的跨学科教学项目取得了显著的成果。学生们在跨学科的学习中不仅掌握了更多的知识和技能，还培养了更加全面和多元的思维方式。学校也对他们的成果给予了高度评价和认可。

然而，随着合作的深入，两人之间的竞争也愈发激烈。袁明生的语文课以其深厚的文学底蕴和独特的解读方式，吸引了众多文学爱好者的目光。而方老师的数学课总是座无虚席，学生们对他的崇拜之情溢于言表。在学校的各项评比和竞赛中，两人都希望能够拔得头筹。袁明生凭借着对文学的独特见解和深厚的文字功底，在文学类比赛中屡获殊荣；而方老师则凭借着在数学领域的深厚造诣，屡次获得教学竞赛的冠军。

　　然而，在荣誉和掌声的背后，方老师的心中却渐渐滋生出一股难以名状的嫉妒。他开始觉得，袁明生的成功似乎掩盖了他的光芒，让他在学校的地位变得岌岌可危。于是，他开始在背后偷偷谋划，希望能够找到一种方法，让袁明生身败名裂。

　　方老师开始利用自己的职务之便，收集关于袁明生的各种信息。他发现，袁明生曾经在一次学术会议上，因为观点过于激进而引发了一些争议。于是，他开始四处散布谣言，称袁明生在教学上存在严重问题，对待学生不能做到一视同仁，常常是厚此薄彼，甚至暗示他跟某些学生的家长走得太近，有着不可告人的不正当的关系。

　　谣言的传播速度总是惊人的。很快，关于袁明生的各种负面消息就在校园里传得沸沸扬扬。

　　"你们都听说了吗？袁老师，跟一个同学的妈妈谈了一晚上的话……"

　　"嘻嘻嘻……"

　　"我早就知道了！只有你还蒙在鼓里。"

　　"我说了吧，他就是一个很下流的人。"

　　"我还听说袁老师，还去过……"

　　"去过什么？你说啦！这里又没有别人！"

　　"是啊，怕什么，又没有冤枉他。"

　　"去过那个同学的家里。"

　　"咦！真不要脸！"

　　"要什么脸，他早就是这样七搞八搞的人。"

　　"他不是有老婆吗？"

　　"老婆是有，只是长期没在一起。"

　　"难怪……"

　　这些人这么急切地跟自己撇清关系，划清界限，真是令人齿冷心寒不已。袁明生现在的处境就是在一众幸灾乐祸者眼里的落水狗，很多人巴不得对他落井下石，痛打一番，咬牙切齿诅咒让他堕入深渊，永世不得翻身。

　　袁明生心想：你们骂我衣冠禽兽斯文败类也好，说我败坏师德枉为人师也罢，这些站在道德高地上对我的攻击谩骂，反而让我不以为然，暗自好笑。你们只要求我修身自好，品行高尚，为人师表，作风正派。但是，这些对于我来讲，就如同戴着面具来配合演戏一样，在白天清醒的时候能够尽职尽责地扮演好自己的角色，但是夜幕降临或者醉酒夜深孤枕难眠之际，总是要卸掉伪装，让我的本来面目出来透透气。

　　面对这样的情况和挑战，袁明生内心是钢铁般坚定，俗话说："为人不做亏心事，半夜敲门心不惊。"他没有做什么对不起他人的事，别人说什么那是别人的事，对那些流言蜚语，他是充耳不闻。直到学生们开始对他的教学产生怀疑，家长们也纷纷找到学校要求解释，袁明生感到前所未有的压力，他试图解释和澄清，但谣言已经像滚雪球一样越滚越大。

面对这样的局面，袁明生心力交瘁。他不知道自己该如何应对这些无中生有的指责和攻击。他开始怀疑自己是否真的做错了什么，是否真的不配站在这个讲台上。

就在袁明生陷入绝望之际，一件事情的发生改变了局面。一位曾经参与过那次学术会议的老教授站出来为袁明生辩护。他详细讲述了那次会议的情况，并指出袁明生的观点虽然激进但并非无的放矢。他还透露说，袁明生在会议后曾主动找到他请教和讨论，表现出了极高的学术素养和敬业精神。

老教授的澄清和证明，对于方老师来说，却是一次沉重的打击。他意识到自己的嫉妒和阴谋不仅伤害了袁明生，而且让自己陷入了深深的自责和懊悔之中。他开始反思自己的行为，思考自己为什么会变得如此狭隘和自私。

经过一番深刻的反思后，方老师决定向袁明生道歉并寻求他的原谅。他坦诚地承认了自己的错误，并表示愿意为此付出代价。袁明生虽然心中有些痛楚，但他还是选择了原谅和宽容。他认为每个人都有犯错的时候，重要的是能够认识到错误并努力去改正它。

校长知道了这一切后，对袁明生表示充分的肯定和崇高的敬意。

然而，关于袁明生作风方面的谣言始终未能消散。学生们开始重新审视对袁明生的评价，学校一次又一次地开会，强调不会容忍任何形式的诽谤和攻击。

然而，袁明生的心情再也平复不下来，他意识到自己的形象已经被糟蹋得不堪入目了，原来那种只要自己坚持原则、努力工作就一定能够赢得大家的尊重和信任的思想渐渐崩塌。

当然，所有的风波终究会要风平浪静，袁明生想了一夜之后，他非常感谢校长的支持和信任，于是，他写好了一封辞职信放在校长办公室，然后离开了龙山小学。

从今往后，袁明生只能另谋生路。也许我们自己喜欢的东西本来就不适合自己，要知如此，何必当初呢？可是，这个世界上本来就没有如果。也许这世界的一切都是因为喜欢而让自己变得卑微。或许脱掉面具的他能回归自己本真，塞翁失马焉知非福，如此甚好。不过，这一切都对不起自己的父亲袁美庭，为了自己读书，父亲每日起早贪黑，省吃俭用，就是希望自己日后能奋发有为，父亲把所有的希望都寄托他的身上，梦想着有一天他能够出人头地，光宗耀祖，然而，现在……

直到现在，父亲也是能省则省，从不多用一分钱。前一阵全县的赤脚医生体检，说他患有严重的冠心病，就算是按时吃药，他却不想再花钱，反正他已经老了，人嘛，总有要走的一天。

其实这两年明生没有给他买过衣服了，甚至都不清楚他穿衣服的尺码。明生长年在外面，每次从老家一走就是一年，也只有过年时才能回去待上短暂的几天。平时甚至连电话都很少打，几乎一两个月才打一次，每次通话也不到三五分钟，父亲总是说你们在外面都很忙，他在家里一切都很好。

以前明生总是劝父亲少种一点地，但父亲总是说，自己现在还能动。自己多做一点就不会给儿女增添经济负担了。

父亲勤劳节俭一生，从未开过口向他们要过任何东西。如今老成这样了，还在拼命地干活。他把毕生的积蓄都给了他的另一个儿子，他也跟明生说过，天下儿子向父亲借钱都是猫借老鼠，哪有还的道理？但是，他却从没犹豫过，他说自己的儿子有了困难，也不能眼睁睁地看着，只能尽力而为。

上二年级时，明生就开始寄宿，一周回家一次。上初中开始，半月回家一次，上中专时，半年回家一次，毕业后，去了千里之外的南方打工，两三年回家一次。

都说养儿防老，两个儿子长年在外，只有过年才见上一面。

是的，"养儿防老，积谷防饥"，可这话用在明生的身上简直就是莫大的笑话。袁明生为父亲的辛劳和孤单感到苍凉，更为自己的无能深感悲哀。而自己不仅家庭破裂，连工作都辞了，他有何颜面面对他们呢？

第三十一集
衣锦荣归桑梓地　扬眉傲展伟雄姿

不知不觉间已经到了这年的腊月了，村里又开始变得热闹起来，大人们又得为过年准备这准备那的，忙得不亦乐乎。有些平时不调皮的小孩子这时也会调皮淘气起来，他们用那些零散的鞭炮东放一个，西放一个，有的还趁大人正忙着自己的事情，没有注意，就偷偷地放一个到大人们的身边，大人们往往被突如其来的响声所惊吓到，不过，回过神后，大人们都会会心一笑，然后说："你这个调皮捣蛋的家伙，你是讨打吗？"或者对他们说："不要到我这里玩，没看见我有事吗？你们到那边放去吧！"然后，孩子们笑着一哄而散。

腊月十八这天下午，袁望春的家里突然热闹起来，在他家的地坪前，大家围着什么东西一边看着一边用手指指指点点，他们在看什么稀物呢？袁美庭仔细地观察着，也想去看个究竟，透过人群不的空隙，他看到了一台崭新的汽车，这辆汽车还真漂亮呢！三角形的大灯，好像是在前面打头阵的前锋，它前面的两个进气格栅像两个放大了的猪肾一样，看上去特别漂亮，等他走近一看，好家伙！一辆好漂亮的车！

这车的四个大得有点吓人的轮子就像它的四只脚一样，想象一下，如果它飞奔起来，能跑得多快？再看看车顶，一个大大的天窗安在那里，一束阳光照射进来，会让坐在里面的人心中感到温暖。走到车后，圆圆的大灯吸引了他，它们好像是守在后面的警卫官。车子的里面的座椅也都是真皮的，看上去那座椅是那么柔软，就像是量身定制的一样，看着就让人感受很高级，肯定很舒适。

原来，袁炜开着一辆全新的宝马 X8 回来过年了，袁美庭发出"哇"的一声，他摸了摸车身上的油漆，自言自语："这车好贵的吧？这油漆能当镜子一样照人呢！"

边上的袁炜看见袁美庭来了，急忙走过来一边递上烟一边说："伯伯，您来了，您抽烟！屋里坐！"

"一百多万呢！美爹！"边上一个后生说。

"要一百多万呢？炜伢仔！"袁美庭一边抽烟一边说，"不错，不错！还是炜伢仔傲一些，真是架上碗儿轮流转，媳妇自有做婆时！你看我们明生，搞到现在也没有搞出个什么名堂喔！"

看见他们在一起说话，边上的人也上来凑热闹。

"炜伢仔，你做什么生意呀？这么挣钱？"

"呵！袁炜这小子不错吧！我早就看出他长大了有出息！"

"袁总，明年能带带我们去不？一起发财去！"

"还是我们望春有福气，出了一个有出息的伢仔！"

"真是，口说不如身逢，耳闻不如目见！炜伢仔，你那里明年还要人不？我儿子也可以跟你去给你帮忙啊。"

"炜伢仔真厉害！士别三日 刮目相待，如今已大老板当起。"

袁炜给乡亲们递烟，忙得不亦乐乎。人多嘴杂，他们的问话，有的听到了，有的没听到，他东一句西一句地回答着他们提出的各种各样的问题。

顿时，袁炜发财了的消息传遍了袁家岭，袁家岭因袁炜的到来而轰动了。随着夜色的降临，人们也慢慢地散了。

晚上十点多钟的时候，袁望春和张四嫂他们一家还在厨房的火塘边烤火，趁着没有其他人在场，他问袁炜伟："炜伢仔，你说实话，你的这些钱是怎么挣来的？这可不是一个小数目，这么多钱啊！你老实说！"

"我不是跟你说了吗？我做生意挣来的！那边生意好做些，知道不？"袁炜脱口而出。

"不要骗我，你说，你做的是什么生意？什么生意这么赚钱？"

"哎哟！爸爸！那边是沿海，挣钱的生意多呢！"

"你倒是说呀，你做什么生意，这么挣钱？"袁望春追问着他

"麻将馆！"袁炜有些生气地说，"你该知道了吧？"

"麻将馆？不信！麻将馆哪有这么挣钱？"

"不信？你问孙丽！"

"爸！"孙丽接着说，"那里的牌打得大呢！"

"打得大有什么用？"袁望春说，"你们也打？"

"爸！你不知道哟！打得大，我们抽到的水也多啦！这你难道也不晓得?"

"孩子他爸！"张四嫂看着他们要起争执，急忙拦着袁望春说，"他们在那么远的地方挣钱，你又哪里晓得哦！随他们吧！只要没有犯法就行啦！"

"我就是怕他们犯法了！哪里挣钱有这么快的？正正当当地挣钱就好啦！俗话说：'君子爱财，取之有道。'不要为了钱铤而走险，去挣不该挣的钱，去挣那些没良心的钱！你明白吗?"

"孩子们都这么大了，他会晓得的啦！"

张四嫂对袁望春说完，又转过身来对袁炜和孙丽说："伢仔耶！你里也要牢记，你们在外一定要做好事，不要搞那些歪门邪道，我和你爸爸都是这么大的年纪哒，一有钱二有力，如果你有什么问题或者是麻烦，我们只能眼睁睁地看着，不要到那时候后悔哦！"

"好哦！我晓得！我晓得的！"袁炜说。

"晓得就好！炜伢仔，你看看表看，时间也不早了吧?"

"嗯妈，快十二点钟了！"

"这么晚了，你们去困觉吧，我和你爸爸也要困哒！"

"好，我里困去哒！"

躺在床上，袁炜翻来覆去睡不着觉，他娘的话还在他的耳朵里一遍又一遍地回响，那些话就像是一个法官说给他听的一样，而此时此刻他就像是一个罪犯一样听着心惊胆战。是啊！他确确实实是一个罪犯，他的手上沾满了鲜血呢，然而，此时的他已经无有选择了，难道是上天硬要他走上这条道,? 他也是误打误撞走上的呀！再说，如果他不狠心，他不出手，别人对他也不会有一丝的仁慈和怜悯啊！在那个时候，他又有什么选择呢？他没有选择啊！他无奈地叹了口气。

孙丽睡得很香，袁炜怕把她弄醒，小心翼翼地翻了一个身。这次他想到了他年迈的父母，想到自己做的事情都是在他们眼里丧尽天良的事情，自己也知道终有一天会被法律严惩，不过，现在的他不是那么在乎，反正自己做也做了，在乎又有什么用呢？俗话说："一人做事一人当。"做了的事，自己大大方方承认，该怎样惩罚就怎样惩罚！可是，他没有想过，如果他有个三长两短，他自己倒是无所谓，但是他的爸爸、妈妈呢？他们可是从此就无依无靠了呀，他们怎么办？他想着想着，不知不觉间睡着了。

第二天，袁炜得知家里还没有准备什么年货，他当即就说马上去一趟县城，去看看有什么年货，买些回来。说走就走，袁炜拉着孙丽开着宝马车向县城驶去，走在县城的街道上，这些熟悉而又陌生的地方对此时的袁炜来说，已经没有丝毫的压力，没错，压力这个词对于原来袁炜来说，是一种不知道如何形容的感觉，那种可望不可即的感觉让他觉得这里的一切都是那么美好而又与他无关。当然，这是因为他当时没有钱只能看看而已。那时候，他看了一下后还得快点走，不然，老板会有过来说你买不起就别看，他的脸瞬间红得发烫。

不过现在，这里的一切对他而言，真的没有丝毫的压力，这里跟香洲简直是无法比，一个在天上一个在地上，在香洲他什么没有见识过呢？这个区区的县城，在他的眼里变得渺小起来，这里的一切对于现在的他来说算不了什么。为啥这么说呢？很简单，现在他兜里的钞票几乎能买下这里的所有东西，那些曾经看起来贵得离谱的年货，还有那些他买不起的衣服，现在他不费吹灰之力就可以得到。不过，不知道为什么，他现在却没有了购买的欲望了，这些东西他在香洲都拥有过，

每年的春节期间，菜市场都被挤得水泄不通，而在那些海鲜等高档食品的档口，人似乎就少一些，这些东西平时就不便宜，到了春节就更贵得离谱，自然就没有多少人愿意购买。袁炜走过去，大包小包地买上一大堆。其实，在沿海城市时，他们两人平常也比较喜欢吃海鲜，所以今天他就买了很多，一来自己喜欢吃，二来也让自己的亲人们解解馋，三来让村里人都来看看，这菜可不一般，甚至有的人一辈子都没有吃过呢。

突然，他好像想到了什么，对孙丽说："买！选贵的买！选最好的买！看上什么就买什么！"

他看见路边的一个金店，就和孙丽去了金店，选了一条大金链戴在颈上，这些金器孙丽在香洲早就有了，看到袁炜买了大金链子，心里有些不平衡，就买了一条项链和两个耳环，说是送给他妈妈。袁炜一听，说他妈张四嫂一生从来没有戴过这些金器呢，今天不就正好嘛，于是袁炜也买了两样金器给张四嫂。

他们给袁望春、张四嫂还有孙丽的娘和弟弟等买了名牌的衣服、大手镯和零食，这些花费在前几年，袁炜简直是无法想象的。这次是他报复式的消费，是啊！现在他翻身了，当然要让别人知道他袁炜也不是孬种，他今天终于扬眉吐气了一回，他得让袁家岭的人瞧瞧，让他们重新认识一下他袁炜。另一方面，现在很多村里人有相互攀比的心理，自己发达了总得要好好地包装一下，这样才可以让别人对自己刮目相看，他父母亲才会觉得有面子，才受人尊敬。

随着"嘀嘀"几声，在袁望春家火塘边烤火的邻居们就躁动起来："只怕是袁炜回来了！"

"炜伢仔切演里哒？"

"他切县城买年货切哒！"

"车好，连喇叭都响很多！"

"走，我们去看看都买了些什么好东西呀！"

"走走！"

张四嫂跑了出来，紧随其后的是吴凤仙等几个隔壁邻居，他们一看见是炜伢仔从车上下来，就争先恐后地说："是炜伢仔！"

"是炜伢仔！回来了！"

袁炜将车刚开到了屋前的地坪上，坐在副驾上的孙丽就迫不及待地解安全带。旁边的袁炜看得心里暖暖的，今儿的媳妇那么兴奋呢，往常一听要回他家便推三阻四，恨不得不下车，生怕高跟鞋蹭上半点尘土，今天却像要飞扑下去一样。

车一停下，孙丽便冲下了车，手里拎着一个礼盒，小高跟走在门前的石灰地上

发出咔咔的声音。她边跨过大门边喊着："妈，你看，我们给你买了什么。"

袁炜跟他们一一打了个招呼后，掏出香烟给在场的男性一人分一支香烟，只见飞飞也在人群中，唱着歌：

> 金钱亲也不一定亲/人活一世情最真/虽说你有千百万我的哥们呀/死后你也带不走半分文……

袁炜也递给他一支烟，飞飞直直地望着了袁炜一阵后，突然"扑哧"一笑，走开了。

于是，袁炜就走向车的尾厢，拿出一袋新买的糖，抓了一把快步地走向飞飞，飞飞认真地看了看。接着，袁炜还走到那些女人和小孩子们面前一人发了一大把，他们顿时惊叫不已："哟！这是什么糖呀！我还没有吃过呢！"

"炜伢仔发财了！人也大方哒！老话说：'人无横财不富，马无夜草不肥。'咯肯定是大生意！"

"咯肯定是大生意，不然，禾里搞得咯多钱到！"

"哎哟！发财了就是不同啦！"

"炜伢仔买了一车的年货呢！"

"炜伢仔，你都买了些么里好东西呀？"

"没买多少，就买了一些菜和一些东西！"袁炜笑了笑说。

"听嗯里嗯妈说，你帮她买了金器啦？"

"你有没有买呀？"

"买么？"

"买了！买了！"袁炜被逼到这个地步了，他只得承认下来。

"看看嘛！"

"看看嘛！"

"让我们农村婆子也开开眼界嘛！"

袁炜看了一下张四嫂，他的意思就是问一下她同不同意给她们看。

俗话说"知儿莫过母"，张四嫂明白袁炜的意思，她笑着说："看就看吧！都是几个熟人！随便看！"

张四嫂用半湿的手拢了一下头发，在身上的围裙上一抹，便小心翼翼地接过来礼盒。看到镯子的一刹那，笑得脸上的褶子都开了花，嘴里说："哎呀，花这个钱作么里，太贵了！"

"不贵！妈！试一试！"孙丽一边说一边往张四嫂的手腕上带。孙丽看到婆婆的样子，心里一边很开心，一边却又忍不住泛酸。那镯子戴在婆婆粗糙黝黑的手腕上，怎么看都像是假的，而且跟婆婆的粗布衣裳也不搭。

张四嫂想起原来袁望春想给自己买个手镯，当时她心里第一反应就是反对，继而又觉得委屈。那时是没有钱啊，挣钱也很难，一个当家主事的大人谁会去买这么个奢侈品戴在身上？那时，她觉得那些东西戴着自己的身上就是一个累赘，做事的时候还会影响自己，还不如不要。所以，一听袁望春说起这事，她就心头有点火大，说这钱再多也禁不住这样的浪费呀，况且自己从小家庭条件很一般，过惯了节俭的日子。虽说现在是不愁吃穿了，但也不要虚荣。

俗话说："马行无力皆因瘦，人不风流只为贫。"只是，张四嫂每每看到邻居吴婶子的身上戴的金器，说话的时候尾巴都翘天上去了，那些金器在阳光下熠熠发光的样子，可把周围人给羡慕坏了。这时，她心理就很不平衡，那些东西戴在身上看起来还是很好看的，觉得这些金子银子就是摆给人看的，不是吗？一个农村的女人穿金戴银的，为的是什么呢？还不是为了比较，为了比别人更好看，显出自己更有钱。有一次，她和吴婶子去镇上买东西，她问了几次，那个卖主才跟她说话，他对吴婶子可是一句接一句的，硬是没有落下一句，现在她才明白，"人靠衣装马靠鞍"，还不是因为那卖主见吴婶子穿金戴银的，有钱一些喽！真是三十年河东，三十年河西啊！这回，自己也要使劲显摆下，自己朴素了一辈子，但还是有那个福分！比丈夫的体贴，比儿子的出息，比……这回临到自己的头上了，也不能输了吧。况且咱家现在过得也不差，自己凭啥矮人一头，是吧？我里炜伢仔买这些金的东西来孝敬自己是对的，是应该的。

看到婆婆戴上手镯美滋滋的样子，孙丽热络地抓起婆婆的手左看看右看看，夸赞道："哎呀，妈戴着可真好看，可比他们戴得好看多了，还显得年轻多了。"

张四嫂也不好再说什么，她只是笑了笑，觉得自己的样子很别扭，但她心里暗暗地想：可惜那个吴婶子没来，她没有看到，下次一定要让吴婶子看看，她有的我也有了，甚至我的比她的还要好看得多呢。

"炜伢仔！那些袋子里都装着什么东西呀？"

"菜！都是装的菜呢，大嫂！"

"哟！你都是买的什么菜呢？还不快把它们解开吗？"

"是的，快解开，不然就会闷坏的！"

大嫂大婶们急忙去解开装着菜的袋子，她们拿来一看，顿时傻了眼，说："咦！这些都是什么东西，我还从来没有看见过呢。"

"婶婶！那些是海鲜！"

"海鲜！我还真的没有吃过呢！"

"何止是没吃过，我都没有看见过呢！来来来，快让我看看！"

"这个虾子好大好吓人哦，简直是我们这里的虾子的十倍大！"

"那些鱼好索利，好漂亮，真的是五颜六色，我们这里可没有这么索利的鱼哦！"

"咦！你里来看这鱼，好古怪，身体像黄鳝一样长，尾巴又像鲶鱼的一样！"

"你们都来看看，这个鱼叫什么，真吓人呢！"张大婶指着一条鱼大叫。

"哎哟！这个螺公就是大啊！比起我们这里的螺公，那真的是一个在天上，一个在地上！"

"张大婶，你说错了吧？应该是一个在塘里一个在海里！"

"哈哈哈！"

"炜伢仔，现在海鲜价格蛮贵吧？"

"不贵！不贵！"袁炜答道。

"不贵？多少钱一斤啊？"

"婶婶，一百三十块钱一斤！"

"一百三十块钱一斤，还不贵？"

"哎哟！张大婶，有钱什么都不贵，没钱什么都贵！"

"确实！这么贵的菜，我看只有你们屋里恰得起哦！"

腊月二十五这天，袁炜知道袁俊杰和袁明生都回家了，作为儿时的玩伴，他们三人有着千丝万缕的联系，平时只能相互打打电话联系，袁炜早就跟他们打好招呼，请他们今天晚上都到家里吃晚饭。上午袁炜一家人张罗着，下午早早地就准备得差不多了。

自从他们长大后，离开了袁家岭去外面工作或者打工，几乎就只有过年期间才能看到彼此，甚至有时候过年也没有见面，彼此之间成了"最熟悉的陌生人"。原来他们可是每天一起上学、放学，一起捉泥鳅，抓黄鳝……那时他们之间的情谊是多么纯洁无瑕，根本就不知道世间还有"尔虞我诈"这四个字。

袁俊杰和袁明生一来到就被招呼进了房间。他们一看，桃屋里的桌子上摆放着各种各样水果和小吃，袁俊杰和袁明生都被这场景震撼了。他们知道袁炜这些年在外面混得好，现在看来确实是如此啊。

这里没有别人，就只有他们熟悉的袁炜他们一家人，他姐姐袁红梅一家人也来了。袁红梅站在大门边，看着她的孩子无忧无虑地玩耍着。最小的那个孩子也一岁多了，知道逗了。小孩很可爱，四下打量着满屋子的人，一直笑着。让所有的人觉得，只有他们才是最快乐的。

孩子们的父亲熊刚怕他们在边上跑来跑去会摔坏东西，跟他们说不要顽皮，小心摔跤。那个大一点的孩子看了一眼桌子，似乎明白了，于是，他小心翼翼地在桌子上抓了一把零食后，带着小的孩子到外面玩去了。

袁俊杰他们看到孩子们确实可爱，笑着跟熊刚说："姐夫这几年在忙什么呢？"

熊刚苦笑着说："我里在长阳市里打点工哦，混点生活，冇的么里发计嘛！比不得嗯里哦！"

"冇呢，冇呢！我里伢是在讨饭一样咯，钱都是一样呢，冇那么好挣哦！"

"是咯，是咯！天下乌鸦一般黑呀！"

"这些年的变化真的好大，如果是在大街上碰见，恐怕不认得，就连袁红梅也多年未见，换个地方也百分百认出不出来啊，小娃仔也长得好看，都叫么里名字呀？"

"哦！大咯喊熊文，小咯叫熊武！"

"蛮好，蛮好！嗯里熊家文武双全哒！"

"哈哈……"

大家都在有一句没一句地聊着，都是无关紧要的家常。

记得小时候，家里每每有大事，长辈都被安排坐在上位。只有上位的人安排好了，其他的人才依次坐下。这次袁炜说的是，喊明生和俊杰的长辈们都来吃饭，谁知他们一个也没有来，说是孩子们都大了，一起吃饭怕他们不放肆，还是不来为好，再说，他们的孩子们去了就可以了，大人就不要再客气了。袁炜招呼他们随意，不要客气，于是，大家随便坐着，自成一桌。也许是他们长大了的缘故，随便找个位子就坐下来。等所有的桌子都坐满后，袁炜开始倒酒了。

袁红梅的小女儿看见有这么多好吃的，格外开心，这也说爱吃，那也说爱吃，眼看着碗装不尽就要掉落了，熊刚说了她几句后，小女儿就"呜呜呜"地哭了起来。袁红梅有点不好意思，一边假装骂熊刚一边安抚着孩子，让他们夹好菜后到另一张小桌子上。

窗外的月光洒在餐桌上，映照出他们几个人脸上洋溢的喜悦与期待。这是一个特殊的夜晚，是他们久违的团圆时刻。

袁望春也是，自从袁炜去了深香洲，这个家就很少有这么齐全的时候。张四嫂一边忙着给大家夹菜，一边眼里含着泪水，她知道这个家为了这一刻付出了多少努力。

袁炜端起酒杯，站了起来，清了清嗓子，对袁明生、袁俊杰说："这些年，为了工作，为了生活，我们兄弟聚少离多。但无论走到哪里，这个家是我永远的牵挂。今晚，让我们为了团聚，为了未来，干杯！"

"干杯！"

"干杯！"

常言道："人贫不语，水平不流。"此刻的袁明生和袁俊杰，似乎没有什么发言权，虽然原来他们形影不离，但是几年不见，与袁炜也难免有些生疏，除了喝酒吃菜就是配合袁炜的一言一行。

话音刚落，几个酒杯轻轻相撞，发出清脆悦耳的声音。他们一起喝下了这杯酒，也喝下了彼此心中的期待和祝福。

接下来的晚餐，充满了欢声笑语。袁炜给大家讲述了他在外地的种种经历，袁红梅虽然插不上话，但她用她那纯真无邪的笑容，给这个家增添了一份特别的温暖。

酒过了三巡，在酒精的作用下，他们似乎放下了所有的顾虑和压力。

"嚟嚟嚟，班兄弟，呢杯酒，我哋敬过去。"袁炜端起酒杯说。

"袁炜，嗯港咯么里？我里听葱懂！"

"哈哈哈……"

"哦，是咯，是咯，我话错哒，话错哒！我在学广东话，葱小心港出来哒！"

"是咯，嗯切广东几年哒，是应该学会咯！"

"是咯，冇办法，他里哈是港那话，我不也要学下！"

"嗯刚才港咯话蛮好听咯！"

"好听，我是嗯愿意听，刚听咯时候我听半天都冇听懂，只听到他里唧唧哇哇的一大堆，烦死了，后来才开始听懂，再跟着他里学。"

"现在应该都会港哒吧？"

"差不多吧，基本上哈会港哒！"

"在嗯成哒名副其实咯广佬哒！"

"哈哈哈……"

"来……我里一起敬我里小时候，好吧？"袁炜端起酒杯说。

他的话语带着几分感慨，仿佛回到了那个青春热血的年代。每个人喝完后，都放下了筷子，端起酒杯，眼里闪烁着对过去的怀念。

过去的他们不仅是校园里的同学，更是在袁家岭一起玩的伙伴。那时候，他们一起玩耍，一起为了梦想而努力。虽然日子清苦，但他们的心中充满了对未来的期待和对生活的热情。那些年的笑声和泪水，都成了他们最宝贵的回忆。

"现在，我们都在各自的岗位上奋斗，有了自己的家庭和事业。"袁炜继续说道，他的目光透露出对现在的满足和自豪。的确，他们中的每一个人，都在社会中找到了自己的位置，成了家庭的顶梁柱，为社会的发展贡献着自己的力量。

"但是，未来还有很长的路要走。"袁炜的语气变得坚定起来，"我们要继续前行，无论遇到什么困难和挑战，都要坚持下去。因为，我们不光是我们自己，还有一家人在等着我们啊。"

随着他的话音落下，大家纷纷碰杯，一口饮尽了杯中的酒。那一刻，他们仿佛又回到了那个充满梦想和激情的年纪，心中充满了对未来的期待和信心。

酒过三巡，菜过五味。大家开始聊起了各自的近况和未来的规划。虽然每个人的生活轨迹不同，但那份对兄弟的深情和对生活的热爱却从未改变。他们知道，无论未来会面临怎样的挑战和机遇，他们都会携手前行，共同创造更加美好的未来。

真是光阴似箭，日月如梭，小时是兄弟，长大各乡里。如今，兄弟们各奔东西，好不容易聚在一起，桌子上摆满了各式菜肴，其中很多是他们平日里难得一见的珍馐美味。袁炜作为今晚的东道主，微笑着开始为每个人倒上顶级的红酒，那色泽深邃如宝石，散发着诱人的香气。

"来，俊哥，明哥，今晚我们不谈工作，不谈压力，只谈兄弟情义和这满桌的美食佳酿。"袁炜举杯提议，脸上洋溢着自豪和满足。

确实，今晚的聚会非同一般。自从他们这群发小各自走上不同的人生道路，能够像这样齐聚一堂很是难得。

"哈哈，袁炜，你这次可真是破费了啊，这酒得不少钱吧？"袁俊杰打趣道。

"哈哈，钱嘛，不过是个数字。重要的是我们这么多年的情谊，能在一起分享这些，才是无价之宝啊。"袁炜大方地笑着，毫不在意地挥了挥手。

"俗话说：'官清书吏瘦，神灵庙主肥。'袁炜，嗯的那咯公司蛮有钱吧？"

"当然，当然，何止是一个公司，那是一个集团，大集团！"

"赚了钱就是不一样啊！袁炜，来来来……我们敬你一杯，谢谢你这么看得起兄弟们。"

兄弟们好不容易在一起，桌子上满了菜，很多都是他们没有吃过的珍馐美味。袁炜，曾经的穷小子，如今西装笔挺，风度翩翩，开始倒酒了。他手中的酒瓶，不再是过去那种廉价的地方酒，而是价值不菲的进口红酒。

他轻轻地将酒倒入杯中，那殷红的液体在玻璃杯中旋转，映照着每个人的脸庞。他的眼神中，充满了自信和骄傲，仿佛在说："看，我们不再穷困潦倒了。"

"来，兄弟们，为了我们的今天，干杯！"袁炜高举酒杯，声音洪亮。

其他人也纷纷举杯，他们的眼中，有对过去的怀念，有对现在的满足，也有对未来的期待。他们中的许多人，过去都曾为了生活而奔波劳碌，为了几毛钱而斤斤计较。

"袁炜，想不到你小子现在这么出息了，真是让我们刮目相看啊。"袁明生笑着说。

"是啊，想当年我们还在袁家岭挖泥巴，现在都能坐在这里吃这等大餐了。"袁俊杰感慨道。

袁炜微微一笑，说："这都是我们努力的结果，我们虽然出身贫寒，但我们从未放弃过梦想。现在，我们可以扬眉吐气了，但我们也不能忘记过去，忘记那些曾经帮助过我们的人。只是，只是外面就是外面，相识满天下，知心能几人！"

他的话引起了大家的共鸣，他们纷纷点头表示赞同。这一刻，他们不再只是兄弟，更是共同奋斗过的战友。他们用自己的双手，改变了自己的命运，也改变了家人的生活。他们用自己的努力，证明了只要有梦想，只要肯努力，就一定能够实现自己的目标。

大家回忆起过去的点点滴滴，那些艰难的日子，那些甜蜜的瞬间，都成了他们心中最宝贵的财富。他们互相鼓励着，互相祝福着，仿佛这一刻，时间已经停止，只剩下他们这群兄弟和这满桌的美食。他们知道，这一刻的欢聚，是他们共同努力的结果，也是他们未来继续前行的动力。

第三十二集

初识宅屋优资产　再看居所乐事烦

办完母亲的丧事，袁俊杰还未从痛苦中走出来，便收拾行李和父亲袁青山、孩子袁垣一起回到了城市里他唯一的去处。晚上12点多了，躺在床上的他痛定思痛，一切都得重新开始，他再一次翻看放在床头柜上的《李嘉诚传》，他在黑暗中用手摸到电灯的开关，打开灯后如饥似渴地看了起来。他一边看书一边结合着自己的实际情况，有一个同学买房的事让他印象最深。那同学叫廖磊，一开始买的是两居室，当时确实手里没有太多的资金，只能先买个两居室，想着如果以后有需求，再换个三居室。刚开始只有一胎的时候，两居室虽然挤了一点，但是完全可以满足他们一家的生活，就没想着要换，后来二胎出来了，不换不行了，总不能让两个小孩子共用一个房间吧。

后来，廖磊就决定换房了，但又怕上当受骗，不敢随意出手，再加上那个时候，第二个孩子刚出生，可以跟着他们大人睡，就把这个事搁置了。前年的时候看到合适的房子了，如果说把他们原先的房子卖了，再加上自己的存款，可能还要再贷款十几万。那个时候廖磊就纠结了，心想：两个孩子教育上的压力也不小，要不就等老二大一点，他们再换。可是，他们这样等了一两年后，房子更加供不应求，都得排队，一些好户型早就已经内定了，普通人通宵也摇不到号。

没办法，廖磊也去试了一下，结果楼盘摇号就给他摇上了，当时他还觉得自己挺幸运的，可轮到他选的时候，他看中的户型基本没有了。置业顾问就让他等等，看看有没有人退出来，如果想买就赶紧下手，退房的可能性不大。他当时就不信，结果别说退房了，连个渣都不剩。没办法，他只能再去看第二家、第三家⋯⋯

差不多又等了半年吧，他才等来了第二次摇中号。他记得特别清楚，当时是一个个地把人喊上台去选房子，他摇的号靠后，所以等他上台的时候，好户型都没了。家里人劝他再看看，可是他怕上次的事情再重复，咬牙选了一套马马虎虎的房子。

袁俊杰思考着，房子这么贵，却还是有这么多的人争先恐后地抢着要，如果像他这样的房子挂出去卖的话，结果会怎样？别人肯定会觉得位置不好，还有交通不便利，环境不满意等，还有什么呢？他想，应该没有了。不过，这些问题算什么呢？买这样的房子为的就是两个字——"便宜"。俗话说："十个便宜九个矮。"如果便宜，谁又不会动心呢？何况这城边的村空气也不错，出门只是多走几步路嘛！对！还有一个大大的希望，像这样紧挨着城市的地方，很容易被政府征收修路或者被开发商征收了开发商品房。

嘿！袁俊杰拍了一下大腿，他想起来了，去年，不是有一个姓兰的老板找过他吗？兰老板说便宜买给两套房子给他，只要他按照这两套房子的钱给他所开发的房都安装防盗门、防盗网、玻璃窗就行。当时的他半信半疑，兰老板的房子只怕是卖不出去了吧？他才不要呢！可是现在想来，他真的是个蠢货，如果得了兰老板的房子，不也是钱吗？卖出去的话不也是钱来了吗？看看现在的房子是什么价，随便哪儿的房子现在的价格都翻了番呢！回想起来，袁俊杰顿时觉得自己好傻，当初是因为他没有眼光而错过了那个大好的机会。

近年来，袁俊杰清清楚楚地看见很多胆子比较大的人在这靠近城市的乡镇上卖地建房，他们干得热火朝天。这些胆子大一点的人就乘机多造房子，几个月下来一栋十几套房子就被抢购一空，老板转眼之间又到另一个地方买地建房，从开始的没有钱，一下子转变成有钱人了。好车、好房等一切都拥有了。

可以是可以，但是这做什么都得要钱啊！俗话说得好，打个屁也得要本。本钱从哪里来呢？他觉得这才是一个真真正正的难题。为了弄清这些问题，袁俊杰第二天就去打探一下信息，经过他的明察暗访，这些建房的老板是如何拥有第一桶金的呢？答案很简单：一、胆大；二、借钱；三、拉购房客户先交预付款；四、外包给劳务工程队，先垫资，完工验收后再支付钱；五、里欠外欠，借沙借水泥钢筋借劳动力，先把楼盖起卖出后再还账；如此等等。

第二天一大早，袁青山就敲着袁俊杰的门，要他出来吃早点。袁俊杰还没有睡好，他正烦父亲吵醒他，可是他又有什么办法呢？也许是父亲年龄大了，常常晚上睡得晚，早上也醒得很早，这不一大早就把他的卧室门敲得咚咚响。他有什么办法呢？醒了之后在床上翻来覆去的睡又不能睡，他干脆起来算了，一起床就发现外面在滴答滴答地下雨。

糟了！今天他答应老板去做事的，这样的天气怎么能在外面焊电焊呢？也就只得在家休息了。

吃完早饭，袁俊杰就打着一把伞出去买菜。他刚走出门不远，看到住在离他不远处的石家组的鲁组长。一直以来，在袁俊杰住的这个石家组，他作为一个外来人，觉得与他们本组的人比起来有那么一点低人一等的感觉，何况这次碰到的又是这石家组的鲁组长呢。他只顾着自己走路，假装自己没有看见鲁组长，突然他的耳朵传来了一声："袁俊杰！"他的头条件反射般的向声音传来的方向转了过去，没有听错吧？好像是鲁组长在喊他，直到鲁组长第二次喊他，他才确定，他急忙迎上去，说："鲁组长，您叫我有事吗？"

"袁俊杰，有个事情想问一下你，你还有亲戚或者朋友要地基吗？我有几处地基，如果你有熟人要的话，我便宜卖，保证便宜！"

袁俊杰听后将信将疑地说："便宜，在哪里啊？有多便宜呢？"

这时，鲁组长拍着胸脯说："这么说吧，保证比你表叔的地基便宜！这行了吧？"

"哦！好的，有人要的话，我跟您联系吧！"

"好的，我的电话号码是……"

袁俊杰把自己的电话号码告诉鲁组长后就要离去。

突然，他转身喊了一声："鲁组长！"

鲁组长还没有走远，他听见后就应了一声："怎么了？"

他跑上前去说："鲁组长，您今天有时间吗？我想起来了，正好有一个老表要买地基，如果您现在有时间就带我先去看一下，过两天我老表来了，我就知道您的地基在哪儿了，到时候就不麻烦您带我们去了，我直接带他去看就可以！"

"哦！这样的，好啊！今天下雨，我也没有事，现在就带你去看看吧！"

"好的！好的！"就这样，袁俊杰就跟在鲁组长的后面。一会儿后，鲁组长带着他走到了一处老房子前面，跟他说："小袁，这个地基怎么样？你看得中吗？"

袁俊杰看了看，说："鲁组长，这是谁家的老屋？如果要造房子的话，还得先拆了才行啊！"

"这是我的老屋，没关系，我来拆，你只看这位置行不行。"鲁组长带着他围着他的老屋一面看一面说。

"鲁组长，这面积只怕不大，总共有多少平方呢？"他看一下这老屋的长和宽。

"百把个平方应该有吧！"鲁组长说完就用自己走路的脚步数来测量一下老屋的长度和宽度，嘴巴里不停念着累计的数字"一、二、三、四……"。

这时候，袁俊杰也闲着没事，他也用手试着量了量老屋的泥砖的长度，再数着那面墙所用的泥砖的数量。

他们两个人经过合计，老屋的面积满打满算还不到一百个平方，袁俊杰流露出失望的表情，他对鲁组长说："鲁组长，您看这面积小了点，只怕老表看不上，嫌这里面积太小了！"

"面积小？面积不是问题！小袁，你跟你老表说啊，这老屋的东边可以多做出一米。"他指着东边的地坪对他说，"这个地坪也是我的，做过来一点我也不会说，是吧！没关系的！"

"南边也没问题！"鲁组长走到老屋南边的小路上对他说，"这条小路没有几个人走，你看就只有他们两户人家走走。"袁俊杰顺着鲁组长说的方向看去，确实，这南边的小路去向两户人家。袁俊杰正在思考着，这路可不能封掉，哪怕只有一户人家也不能封。这时，鲁组长看出了他的心思，急忙说："我不是要封路呢！路不封，我的意思是走的人少，你可以占一点，让它窄一点也没有关系啦！"

说完鲁组长又走到老屋的西面，他看见袁俊杰还在南边那里看，就喊了起来："小袁，你过来一下！"袁俊杰应了一声就走了过去，只见鲁组长指着老屋西边的阳沟说："这个地方原来是我的，你看……"鲁组长用脚跺了跺脚下的土地，愤恨地说，"听我祖辈讲，我站的这片土地都是我家里的，这户人家没什么良心，看，都给他们霸去了！他霸去了又有什么用，还不是空在这里、荒在这里！你造房子到二楼的时候，伸根米把长的梁出来，不又增加了几个平方，没问题喽！有问题我负责！"

袁俊杰听后点了点头，站在那里看着老屋的北边，这老屋的北边与另外一栋房子只有不到一米的距离，这可真是没有一点办法了。鲁组长看了一眼也没有说什么了。他看得差不多了，他也觉得这房子不是那么理想，于是对鲁组长说："鲁组长，没有别的，这个位置好还是好，只是我觉得这个地方小了一点。"

"小袁，其实这老屋的面积不小呢！俗话说：'屋不占基地。'这老屋看起来是小点，但是当你去造的时候，可以说是一点都不小的，这样吧，我只要五千块钱，五千块钱包括手续等费用，保证能造起来，行吗？"看到鲁组长这么认真的样子，袁俊杰也不好意思拒绝："好吧！我把我老表带来看，看他怎么说。"

袁俊杰说完，又在老屋的前后左右看一下，然后对鲁组长说："鲁组长，您还有地基没有？我怕我老表看不中，您不是说有几处地基的吗？"

"看不中？觉得小了一点是吧？"鲁队长说了之后，半天没有作声。他再一次看了看老屋后，对袁俊杰说："这样吧，如果你硬是觉得这里小了的话，我现在就带你去看另一个地方，那里真的是有海大的世界，可以说造两三栋房子没有一点问题，只是，你要的话就得全部要，我不一个地基一个地基地买，行不行？你看还不看？"

袁俊杰听他这么一说也有点心动，他想既然来了，看一看又有何妨呢？鲁组长又没有硬要他买下，这买不买的谁知道呢？先去看看再说吧！于是，他对鲁组长说他想去看看。

于是，袁俊杰又跟在鲁组长的后面，向另一处地方走去。他们大概走了十几分钟，鲁组长带着他来到了一座山上。袁俊杰上来后一看，嘿！这里虽然是山上，但是地基还是用挖机平整过的。这时，鲁组长指着地基最边处的一栋房子说："那栋房子的老板姓韩，韩老板也是买的我的地基，这里没有别的，一个字——大，你买了以后，房子想怎么做就怎么做，不关别人的事。你看，这地基东面抵韩老板的房子，南边抵这陡坎，西边抵那条路，那条路是去后面菜园的路，是公共的路，随便你留，只要能过人就行，北边抵挖机挖的坎，这边界清清楚楚的，没有一点麻烦！"

鲁组长一边走路一边带着袁俊杰介绍地基的边界。他听后也觉得不错，他对鲁组长说："这个地方好是好，面积只怕只能做两栋房子。"说完也像鲁组长用脚步丈量他老屋的样子，一步一步地丈量着地基的长和宽。这时鲁组长说："不用丈量了，考虑到你们造房子时前后左右必须要的阳沟和滴水，我就只算两栋房子的地基钱，这总可以了吧？"

"要得！做两个地基的话是没有问题。"袁俊杰问鲁组长："这里要多少钱？"

"这里一起都卖给你的话，就算一万五千块钱吧！小袁，这可是我卖给你的价格，我一个亲戚上个月问我，我都是说的两万块钱，一分都不能少啊！"鲁队长说得认认真真，他接着说，"你自己造过房子，你自己最清楚花了多少钱，是吧？你表叔与我也是熟人，常常在一起开会吃饭的，我的地基你放心，你买后就开始造房子，没有一点问题的！哦……"鲁队长忽然想起了什么，他喊上袁俊杰跟他到那挖机挖的陡坎的高处去看看。他站在那陡坎最高的位置，用手指了指东边，又指了指西边，说："看！这就是长阳市的青年路，这边是东，那边是西，正是从这里经过，这里百份百会被征收，保证要不了三五年，这里就会被征收了。"

"好！谢谢鲁组长！等我老表来了，我就带他来看看！"袁俊杰和鲁组长在地基上说了半天后，鲁组长一老表，就说："哦！时间过得真快，都要吃中饭了。"于是两人就分开，各自回家了。

到家后，袁俊杰觉得他遇到了难题，鲁组长的地基其实都可以，那个面积小一点的老屋花的钱少一些，压力自然也小一些，还有一个优势就是买下后不用急于动手造房子，反正地基上有老屋，可以等他有了钱以后拆了老屋再造，还有一个好处是，老屋在那里，属于旧房改造，拆旧屋做新屋，这在办理建房手续方面是有很多优势的。不过，他又反过来想了想，如果要把鲁组长那山上的地基买下来的话，没有这么多钱，如果有钱的话，房子就能造大些，如果征收的话……

想来想去，袁俊杰又想到了地理位置，他想到了李嘉诚说过，对房地产来说，地理位置是第一要考虑的。石家组是典型的一个城边村，没有购物广场，也没有人声鼎沸的蔬菜市场，这里的道路不宽，社区陈旧，楼房低矮，像极了二十世纪八九十年代的农村。

也许是树木较多和地势较高的原因，感觉盛夏的石家组比城区要低几摄氏度。城区常常三十多度的高温，根本出不了门。但石家组这里，小路两边种着茂密的枫树，走在路上，就感觉到凉意和舒适。在石家组的中心位置，有一口池塘，每天一早，总能看见一些村妇洗衣服，一阵阵女人的笑声在池塘边跟着波浪荡漾，远远望去真的就是一幅美丽动人的画卷。

隔壁邻居的孩子们早上都是一起去上学的，这家早饭吃得早些，就等那家的小孩吃完早饭后一起去学校，他们美好的一天就从路上的说笑开始了。其实，这里也有很多户人家是从别处搬过来的，孩子们也不觉得有什么，都是一起学习一起玩耍。这里过年过节的时候与袁家岭的风俗习惯都是一样的，只是口音有一点不同而已。不过，袁俊杰觉得没有一点障碍。

这些看来寻常的事，却诉说着石家组生活的美好和祥和，袁俊杰从自己在这里住了几年的经历来看，觉得这里几乎与他的故乡袁家岭一样。他不知道为什么会喜欢这里，为什么会留恋这里。这里给了他一种说不出的美好，说不出来的祥和。他想，石家组已经成为了他生命中一段抹不去的回忆，又或者说石家组已经成为他记忆中一道最美的风景。

袁俊杰经过左思右想，下了一个决定，把鲁组长的老屋买下。于是，他马上就打电话给鲁组长，如果鲁组长下午有空的话，他想下午就把买卖合同给签了。鲁组长说下午有空，让他下午三点左右到他家里签合同。

这次签合同时，袁俊杰就长了一个心眼，把这个地基的建房手续都写上去了，就是说这个地基和建房的手续什么的费用一起是五千元整。鲁队长全部负责，他袁俊杰把房子建起来，这些内容都在合同里都清清楚楚地写出来了。他认认真真地看完后，觉得没有什么问题，就签了字，把五千元钱付给鲁队长后，拿着地基转让协议高高兴兴地回家去了。

人逢喜事精神爽，买下地基后，袁俊杰的精神面貌焕然一新。在他看来，拥有一处地基与拥有一套房子几乎没有什么区别，有了地基之后建套房子还不容易呀！有钱的话，还可以建两层，甚至三层呢！这真的是太好了，想当初，他跟着袁青山进城里卖菜的时候住在大街上，天还没亮就被人赶走，此时此刻，他感觉有一股力量在催促着他，他要造房子，多造房子，越多越好，只有有了足够的房子，他才有足够的安全感。没有房子，他觉得自己与一只在外游荡的动物没有分别。而只有一套房子还不够，他觉得也没有多少安全感觉，毕竟这么重要的东西不多备几份怎么行呢！

几天后，袁俊杰买了地基的事情，袁青山也知道了，他跟袁俊杰说，买地基的事情好是好，他只是担心俊杰没有这个钱。不过，他告诉他爹，买那个地基只用了五千元钱，除了这钱，他还有几千块钱呢！他想先把那个地基做一层，把基脚等都做好一点，以后再加层也没有问题，只是现在他按预算的话，好像还差一点钱。听后，袁青山说这造房子是大事，造屋如造船！哪个人办大事的时候不是差这差那的！差一点点钱不算什么。再说，又有那个人办大事之前是什么都准备得妥妥贴贴的，做之前什么东西都准备得好好的，那就不叫大事！

这时，家里的电话响了起来，袁青山去接电话，完了，袁俊杰问谁打来的，袁青山一脸不高兴地说，是袁俊杰的叔叔袁青云打来的。袁俊杰问他为什么这样子，到底出了什么事。袁青山说，袁青云与邻居袁松因为造房子闹得不可开交，他明天得去一趟袁家岭。

袁青山一到袁家岭就去自己的屋里，因为袁青云的屋与他的屋不在一起，也许是他们怕妯娌之间不好相处，所以故意把房子建得还有一段距离。为了节省时间，袁青山随便看了一下，随手把门给关上了，径直去了袁青云的屋里。一到袁青云家里，袁松正站在他家的地坪里，看见他来了，他也向袁青云屋里走来。

"青山伯回来了！"袁松打着招呼，一边说话一边把手伸向兜里，掏出香烟来，"青山伯！您抽烟！"

"好！"袁青山接过香烟。

"来了多久？刚到还是？"袁松一边说一边急忙把火柴掏出来，抽出一根在火柴盒上划燃后递到袁青山的嘴巴旁。

袁青山把手上的烟放在嘴巴上，顺着袁松递过来的火抽了两下，说："刚到！刚到哦！"

然后，袁松又抽出一根递给袁青云，谁知他讨了一个没趣，袁青云没有接他的烟，把头转向另一边，走了几步。

原来是袁俊杰的叔叔袁青云与他隔壁的袁松一家闹起来了，昨天差一点点就打了起来，幸好边上有人劝架，不然后果不堪设想。袁青山不知道到底发生了什么情况。袁松说："今年上半年的时候，我在家造房子，袁青云当时在广东打工，没有在家，建房子的时候，不小心多占了袁青云家一米，直到房子快建好的时候才发现。青云啊，不好意思，房子都建好了也没法拆了，你看能不能这样，就是我给你一万块钱，就当是买你家的那块地了。"

袁青云听后生气地说："建房子这么大的事，不小心？占了我家一米的地方，还说是不小心，这怎么可能是不小心嘛，谁家建房子的时候不会测量规划呀，这不明摆着强买强卖嘛，这也太欺负人了，我肯定不会同意呀。"

袁松正要说什么，还没有说出口。袁青云歇了一口气又接着说："我家地基面积已经够小的了，再说了，我还准备赚两年钱，然后回村建一栋二层小别墅呢，本来面积就不够，你这下占了我家一米的地，你说我这别墅还咋建啊？我家还是两个儿子，两个儿子结婚生子的时候，人一多还不够住呢。你也知道，最近新政策出台了，农村最高只可以建两层半的房子。就那么大的地基，建两层半的房子，本来就不太够，你再占了我家一米的地基，这下建好房子岂不是显得更小了嘛，而且你家就一个儿子，也用不着建那么大的房子啊，所以我是不同意卖地基的。"

这时，袁松有一点着急了，他说："青云，你看我建都建好了，你不能让我拆了重建吧，你建房子不就多一米嘛，也不可能多出一个房间啊，要不这样，我出两万，两万买你一米的地基，怎么样？价钱好商量嘛，再说咱们都是邻居，抬头不见低头见的，平时有啥事我也会帮衬下你，这次就算我不对，太大意了，建房子的时候不小心占了你一米的地基，你放心，我可以给你两万块钱买你地基嘛，到时候我房子造完了再请你吃饭，这次就当给我一个面子，好吧？"

袁青山夹在他们中间也不知道怎么说，这边是自己的亲兄弟，那边也是从小玩到大的伙伴，得罪哪个他都不愿意，于是说："俗话说：'亲愿亲好，邻愿邻安。'远亲不如近邻，闹翻了对谁也不好。你们先坐下来，有话好好说，毕竟都是邻居一场，想想看有什么好的办法！"

袁青云急忙说："这地基可是祖上留下来的，怎么可以卖呢？还说这次是不小心占我一米地基，上次占我家农田的时候也是这样说的，我家农田在他家农田上面，结果我发现我家农田面积越来越少，原来是你借着除草的理由在铲我家农田，一年几公分十几公分的，这么多年下来也至少有一米的距离了，上次看在是邻居的分上，而且我经常在外也不种田，所以我也没说什么。"

不料袁松越来越过分了，这次竟然占了袁青云家一米的地基，要是农田就算了，地基可不行，而且这次袁青云要是再妥协的话，那下次袁松只会更过分。他跟袁松说："袁松你平常以铲草的名义占用我家农田，我也就不说什么了，但是地基不行，那是祖上留下来的地基，而且以后也是我要拿来养老的地方，怎么可能会卖给你？趁着现在你还没有装修赶紧拆了，这样还能把损失降到最低。你也别再劝我了，别说我不答应，就算我答应，我媳妇也不会答应。"

袁松小声狡辩说："青云，我哪有占你农田？你不要乱说！"话还没说完，袁青云就大声说："谭松，要不要我们拿尺子重新丈量一下？当着青山哥的面，现在就去！"

这下袁松结巴了，连忙摆摆手，说："算了！算了！我不跟你扯那个事了！"

他立刻转移话题，说："青云，我都建好了，要是再拆了重建实在是可惜，要是你对价钱不满意，咱们可以谈嘛。"

袁青云不依不饶地说："袁松，这不是钱不钱的问题，我的地基是不可能卖的，而且就算我答应，媳妇也不会答应，你还是赶紧拆了吧！"

袁松蹲在原地，默不吭声地抽着烟。一会儿后，他跟袁青山打了一个招呼就往自己的房子的方向走了。

袁青山回长阳后，他把在袁家岭遇到的这些情况说给袁俊杰听了。俗话说："说者无心，听者有意。"袁俊杰听后，他突然想到自己在鲁组长那里买的地基，现在想来，他觉得那个地基很不靠谱，那个地基除了北边没有什么问题之外，估计东、南、西边都有麻烦。袁俊杰表面上看是在听着袁青山的话，其实他的内心却在为鲁组长的地基上纠结着。袁青山看见他听着的样子心不在焉的，就问他："俊伢仔！你在想什么？你在听吗？"

见他没有回答，袁青山用手推了推他，袁俊杰这才醒了过来，说："爸！这造房子多一点少一点有什么大的影响，没必要闹成这样子吧？"

袁青山说："你这个伢仔，你还小，你知道什么？这房屋地基都是祖宗们留下来的，不是大一点小一点的事情，俗话说寸土必争，土地是我们农民赖以生存的基础，还有，这不仅仅是几个平方的土地的缘故，这关乎两家人在社会上的生活和地位。"

第三十三集
防不胜防高利债　望且难望广厦春

袁俊杰听后，就觉得鲁组长的地基有问题了，而且问题很复杂，他觉得这个地基还得从长计议。于是，接下来这么些天，他思索着鲁组长的地基，不知如何是好，焦虑到晚上也睡不好觉。这天夜里，他不知道是喝多了茶还是其他的缘故，频繁地上厕所，闹到晚上两三点钟了还毫无睡意，那个地基的事又浮上心头。他认真一想，这事其实真的很简单，他就只有两个选择：

一是买下，鲁队长负责处理建房中遇到的一切问题，他只负责造屋。反正合同上白纸黑字写得明明白白，这也容不得他要赖。

二是把那地基给退了，不过，退的话肯定有困难，这白纸黑字的，如果鲁组长不同意退，那怎么办？

他忽然想起鲁队长还有一个地基，如果跟他换一下，也许会同意。不过那个地基可比这个地基贵多了，他哪里来这么多的钱呢？可是，他反过来一想：为什么买下地基后就非得做房子呢？他买那块地基的钱还是有的啊，只是买下后就没有钱造房子。那些搞房地产的小老板都是把地基弄好后再去找人集资造房子的。

这时候，一个大胆的想法在袁俊杰的脑海里浮现，那个大地基先买下再说吧，他也想走走那些大老板的道路。李嘉诚说过，如果没有什么大的问题，就要大胆地尝试，房地产可大部分富豪的支柱产业。还有那句古人常说的"燕雀安知鸿鹄之志"，这句话他一直都谨记在心。生活中没有人想做燕雀，都想做鸿鹄。燕雀的目光何止是短浅，简直可以用"目光如豆"来形容。它们之间的区别全在于有没有远见。

古往今来，人们都说"人要往远处看"，这是人们总结出来的经验。没有长远的目光，只关注眼前，那么人就会被各种条件限制住，也就去无法站上较高的位置考虑问题，自然也不会看到更远的风景了。

袁俊杰思来想去，觉得人无远虑，必有近忧。长远的计划往往更容易让人获得成功。如果你善于观察生活，你会发现生活中的成功人士都眼光长远且独到的。在他的印象中，那个原来找他合作的兰老板不就是最好的例子吗？现在他还在后悔当初没有跟他好好合作呢，兰老板一直影响着他。兰老板当时用巨款买下了一块空地。当时他的所作所为让很多人看不懂。现如今回想一下，他的眼光超前，原先那块地被他买下后，现在挣了不知道多少钱啦！

听兰老板说，他出生于长阳的贫困山区，己家庭的生活条件比较差。小时候他就养成了做长远计划的习惯，不管是大事还是小事，他都会提前精心计划一番。有了精心的计划后，他的生活和工作都非常顺利。或许是从小吃了比较多的苦，他决心要努力做一个有钱人。他拼命工作，为的就是能多赚一点钱。

在一次偶然的机会下，他接触到了水果生意。当人们的生活水平不断提高，水果这在原来难得一见的东西，现在却进入了千家万户，他开始张罗着做着水果的生意。因为从小就计划着各种事情，所以在生意的方面，他表现出了惊人的天赋。有付出就有回报。经过几年的发展，他积累了一定的财富，人生逐渐改变。当初他来长阳的时候，城市还处在发展初期，现在，城市变得繁华了，街道上也变得热闹了。经济在一天一天变好，哪怕是是农村地区也一步一步换了样貌。

随着城市发展加快，房地产行业逐渐产生了，这个行业需要投入的资金太大，所以一般都是大型企业或者房产公司垄断长阳的房地产市场。一般的生意人怕风险大，都不敢做投资房地产的第一人。因为没有人敢尝试，土地的价格也就那样。但是凡事都有例外，在这个时候，具有长远眼光的人就能发挥出真本事了。兰老板作为一个非常有战略眼光的人，在前几年看好长阳的房地产事业，并且决定拿下城中村的那块地。

最初，那块地是以两万元的价格买来的，之所以价格比较低，主要是因为当时的城中村地基便宜。但是兰老板知道，房地产行业的利润是可观的，只是很多人都不敢尝试。

成功之路总是坎坷不平，有很多人想看你失败的样子，有很多人想看你落魄的样子。没有办法，兰老板一步一步探索着，他在买下的空地上建造了一个小区。虽然很少有人看好，但是他还是坚信自己的选择。随着小区的建设完工，他更加坚定了自己的想法，他觉得自己走这一步没有错。成为第一个吃螃蟹的人后，很快他就有了自己的房地产公司，如今混得风生水起。

他用时间证明了自己的判断是对的，他看准了未来的发展方向，看准了之后的行业发展。敢出高价拍下土地，就说明他不是普通人。

如果是自己，行吗？面对一群否定你的人，你还会一直坚持吗？袁俊杰不断地问自己。现如今，更多的人是在随大流，根本不会自己思考。现如今的兰老板不会再被人质疑，人们更多地崇拜他。毫不夸张地说，他达到的高度，很多人都达不到，这是为什么呢？其实很简单，就是眼光的问题。很多人的眼光短浅，只会考虑到近期，很少有大计划大目标。

现如今，别说是眼光了，很多人都是在混日子，过一天是一天。其实，我们也应该向兰老板学习，应该大胆尝试并且做一个长远的计划。

有些人不敢尝试的原因是怕失败，一旦害怕，我们将一事无成。克服恐惧的最好办法就是直接面对，逃避永远解决不了问题。兰老板能够用巨资买下一块别人都不看好的地皮，为什么现如今我们不能敢于尝试呢？

想要做一个成功人士，必须学着做一个眼光独到的人。在现如今的社会，眼光决定着一个人的发展。有了计划就去执行，别怕任何困难，只有不断解决困难，你的眼光最终才会得到证实。一个人能否成功，取决于你对生活的态度和有没有长远的打算。国家现如今越来越强大，社会发展越来越好，为何我们还不抓紧大步向前走呢？积极实现自己的价值，这是每个人都应该做的。

下决心是一件很困难的事情，经过了这么多的思考，袁俊杰决定买下鲁组长的那块大地基，鲁组长也很爽快，当即就同意了他的意见，说："是嘛！我当时就要你买那个大的地基，海大的世界，随便你怎么做嘛！"

"是的是的！只是我没有那么多钱！买下这块大的地基，只怕就没有钱造房子了！"他无可奈何地说。

"慢慢来嘛！急什么呢？有了地基，你随时都可以造房子呀！"鲁组长劝他。

"好吧！您看能不能少一点，我确实拿不出这么多钱来。"袁俊杰摆出一副好为难的样子。

"这已经是最便宜的了，小袁，我买给别人，那就绝对不会是这个价啦！"鲁组长一听袁俊杰说贵了，他一脸的不高兴。

袁俊杰急忙说："鲁组长，我不是说您的地基贵，而且我一下子拿不出来这么多的钱，如果能够少一点的话，我就去亲戚家借一下看看。"他笑了一下接着说，"我是想一次性把这地基款都给你算了，我不喜欢欠着别人的钱，别人说声要我还钱，我都觉得是一件丢脸的事。"

鲁组长没有吭声，他在地基上踱着步，心里默默地盘算着：这可咋办呢？现在我可是急着要钱呢，哎！都怪我那个化生崽！赌博输了那么多钱，不急着要钱，谁愿意这么便宜买给你呢！俗话说"多得不如少得，少得不如现得。"万一他不要了咋办？这地基买卖可不是一个小交易，不是想卖出去就能卖出去的，过了这个村没这个店，如果他不想要了，不知道何年何月才能卖出去。

"好的！小袁，看在我们住得近，你表叔和我都是兄弟的分上，我再给你便宜两千块钱吧！"鲁组长说完之后急忙补充说："得一次性付清。说实话，我也是急着要钱用呢，不然也不会这么便宜卖掉！"

"好的，那就是一万三千元，然后减你那个老屋的五千元，等于是还得给您八千元是吧？鲁组长！"袁俊杰把账算了一下，对鲁组长说。

鲁组长计算了一遍后说："是的！是的！你还给我八千块钱就是了！"

说完，两个人就去鲁组长的家里把这个地基的买卖合同给签了。袁俊杰就去自己家里把那张老屋的地基的买卖合同拿给鲁队长作废处理。签下这个地基的买卖合同后，他感觉一点都不轻松，完全没有上次签合同那么高兴。

他感觉最多的是压力和责任。买下这地基后，他没有钱去造房子，这几天望着那块地基而发愁，这可咋办呢？

现在得马上找到合作伙伴才行，这时间不等人啊！还有，袁俊杰了解到，这个地基现在买是买到手了，但是这土地是国家所有，不管是企业征收还是国家征收，只有地面上有附着物才能得到补尝。还有就是，这地基买了，你不造屋的话，时间过久了，鲁队长在合同上写的承诺能不能有效做到，谁也不能保证了，到那时，如果屋不能造起的话就更麻烦了，还有可能引起很多问题。为了避免夜长梦多，他必须快些找到合作开发的人。

几天后，听说袁俊杰买了块地皮，他的一个熟人廖昌彬找到他，说自己正需要房子，他可以先把几万块钱给袁俊杰，等他房子造好以后再把一套房子给他就是了，袁俊杰当场就表示同意，可是等了十几天，还是没有看到廖昌彬拿出钱来，这廖昌彬不开玩笑的吧，这人真的是善变啊！这天晚上，廖昌彬来到了袁俊杰的家里，俊杰喜出望外，内心反感自己当初的判断。其实，原来他与廖昌彬有过接触，廖昌彬为人不错，不会说话不算数的。

这时，廖昌彬慢慢腾腾地坐稳后，说他也知道建房子出售确实很赚钱，他也正好需要用钱，等袁俊杰开工的时候自己就拿出 5 万元给他，算是入股。不过，他正在投资一个项目，现在就要上交 2 万元的押金，他还差 5000 元钱，要袁俊杰先挪5000 元钱给他，等袁俊杰工地开工的时候，他一起给他。袁俊杰当时想都没有想，急忙从银行里取出仅剩下的 5000 块钱给廖昌彬.

到了约定还款的时间，那个自称有房又有两辆车的建房合伙人廖昌彬却不见踪影。过了几天，廖昌彬出现了，不过这次来不是还钱的，他又要袁俊杰借钱给他。袁俊杰实在没有钱了，知道了这一切的廖昌彬只得作罢，走的时候，信誓旦旦地告诉袁俊杰，让他等着他的钱，要不了多久袁俊杰就会拿钱的。

十几天后，到了约定的时间，袁俊杰多次向廖昌彬打电话，他每次都说再等等。再后来，和廖昌彬失去了联系。有一天，袁俊杰去他住的那个地方问一下，有一个人告诉他，这个房子根本就不是廖昌彬的，这下袁俊杰更着急了。几天后，听到有人说廖昌彬到广东去了，再后来打听到廖昌彬犯合同诈骗罪，判处有期徒刑 6年。袁俊杰听到这个消息后，当场就晕倒在地上。

事已至此，袁俊杰要去哪里找合作的伙伴呢？他找了一些亲戚朋友，贴了合伙广告，但是都是石沉大海，没有一点回音。正当他愁眉苦脸的时候，他在路上碰到了兰老板，他介绍了一个叫张大良的老板给袁俊杰认识。兰老板说，这个张大良有房有车，也有开发房子的经验，与这样的人合伙建房应该靠谱。

"造房子好啊，肯定能赚钱。"这年八月的一天，当袁俊杰说要在石家组开发房屋，但是手头的资金不够时，他异常地兴奋，希望能和袁俊杰合伙建房。张大良兴致勃勃地说："要多少？袁俊杰，你说个数，我准备准备！"

袁俊杰当时想了想：不会又是一个骗子吧？他无所谓地说："大概十万来块

钱吧！"

"没问题！明天，明天吧，我打电话给你！"

"好的！好的！谢谢！"

第二天上午，袁俊杰在家里果然接到了张大良的电话。袁青山看见他接完电话后有着重重的心事一样，就问他："刚才谁打电话来呀？什么事呢？"

袁俊杰说："张大良的电话，他说这十万元钱是要息钱的，他的意思就是，要我把这里住的房子做抵押，他来贷款给我。"

袁青山纳闷了："你不是说你和他合伙的嘛，为什么要抵押又要息钱呢？"

"是的，刚开始就是这样说的，今天他说他没有时间参与，要我自己造房子，说什么保证挣钱，他只要一点点息钱，还说什么是看在我认识兰老板的分上，他还是愿意相信我，不然他也不会同意放钱给我。"

袁青山问他："到底是几分的息？"

"一分的息。"袁俊杰说，"爸，你觉得这一分的息钱高不高呀？"

"一分的息的话，一万块钱一个月就是一百块钱，十万的话就是一千块钱一个月。"

"十万块钱的息钱，一千元一个月！"他说了几遍，"好！一千就一千，一年也就一万二，怕什么呢？不怕！"

"没有别的，只怕房子造好以后卖不出去哦！如果房子能快一点卖出去就好了，就可以快些还掉那些息钱！"

"是的！到时候再看嘛！如果实在不行就便宜点卖嘛！俗话说：'没有卖不出去的货，只有卖不出货的人。'不怕！"

"能不能再等等看？"袁青山掏出一根烟抽了起来，"应该找得到要房子的人的，慢慢来嘛，急什么呢？"

袁俊杰说："正所谓：'莫道君行早，更有早行人。'我这种模式别人做了好几年了。不是我急，是这个地基急呢！这个社会瞬息万变，放久了就会夜长梦多，我怕会出现其他的变数呢！"他停了一下说，"再说，有人借钱给你是好事，一般人谁会借钱给你呢？给点息钱也是应该的嘛！"

"'人而无信 不知其可也'，嗯要问一下边上的人，看他值不值得信任，俗话说：'莫信直中直，须防仁不仁。'不要再上当受骗啦。"

"我会注意的！"

"还有，口说无凭，立字为证。与别人做买卖得有白纸黑字的证据，不能让别人有机可乘，也不能亏了自己，'易涨易退山溪水，易返易复小人心'，现在社会上这样的小人很多，嗯要多多注意和防备！"

袁青山没有讲话了，袁俊杰喝了一口水后，就拨通了张大良的电话。

贷到款后，就得抓紧着手建房子了。建房子首先得找一个建筑施工队，找谁呢？袁俊杰还是选择了上次帮他建房子的沈小华，看到沈小华的时候，袁俊杰感觉，经过这几年的摸爬滚打，沈小华比原来成熟老练了很多。他说这几年他在哪里哪里做了多少多少栋房子，说起话来也是有根有据的，还说遇到了什么什么难题，他都是如何如何解决的。在袁俊杰面前，他一次又一次地拍着胸脯向他保证，一定按时按要求，保质保量完成任务。

说干就干，什么时候都不含糊。看见沈小华信誓旦旦的样子，袁俊杰就带着他去了石家组的工地，当天下午就和沈小华签订了建房协议，当场就对房子的结构和施工布置进行了沟通。沈小华当场就表示，明天他就开始施工。袁俊杰今天下午就开始采购材料，安排部署好了之后，两个人就各自回家了。

第二天，工地上人头攒动，沈小华带着十几个人在紧张地忙碌着，有的在清理草皮，有的在放墙脚线，有的在和水泥、沙，有的在转运砖等。按照袁俊杰和沈小华的规划，这个地基分两套房子建设，总建筑面积为480平方米，每一套是120平方米，计划是做两层共4套房子。从这天开始，袁俊杰几乎吃住都是在工地上。前两天，地基基础都处理得很好。第三天开始做墙的时候，他在床上被沈小华的电话吵醒，因为昨晚睡得太晚，他迷迷糊糊地接通电话，瞬间睡意全无，猛地坐了起来，穿上鞋子，衣服都没穿好就往外面跑去。

原来，地基上出事了。他赶到一看，只见地基的一边准备做墙的基脚被人用抽头给挖坏了，沈小华站在那里口口声声骂道："他妈的！有什么问题就明说，卑鄙的小人行为！这样偷偷摸摸的算什么男子汉，做什么男人呢！"

他当时就想去找找熟悉的领导，但是转念一想，还是先自己试试能不能解决，俗话说："使口不如亲为，求人不如求己。"求别人不光要花钱，别人帮了忙就欠了别人一个人情，那是要还的啊！

"这是谁搞的呢？"袁俊杰看后不停地问道，"这是谁搞的呢？鲁组长不是说基脚在这个地方吗？我一没有占别人的位置，二又没有占别人的便宜，这是干什么？"

这个时候，隔壁的邻居杨大爷说，凌晨一两点钟的时候，有两个人经过他屋边时说："这个屋做得也真无聊，连路都没有了，挖了算了，不知天高地厚的家伙。"

"您抽烟！"袁俊杰急忙掏出香烟，递给杨大爷一根，"有什么事情可以商量嘛！没有必要暗着害别个，是吧？"

接着，他又递给沈小华一根，说："做事都不容易呀！你看，做得好好的，给人挖了，还不得做工啦！"

杨大爷吸了一口烟，说："小袁，这条路通向那边的菜园，那个菜园是八贵的，只怕是八贵搞的。小袁，你去说的时候，就不要说是我说的呀！"

"好的，我知道！您放心，我不会说的！"他说完就去找八贵了。他要沈小华就在工地上继续施工，他会去解决这个问题的。这个地基与他现在住的房子还有一定的距离，对于这个地基边上的人，他还不熟悉，他也不知道八贵住在哪里。

他问了几个人才找到八贵的家里去。这时候，只见八贵的老婆，他老婆说八贵白天在外面做事，晚上才能回来。没办法，他就跟八贵的老婆说，今天晚上他再到他家里来，就那条去菜园的路，跟他商量商量。

晚上，袁俊杰买了一条烟和两瓶酒到八贵的家里去。到了家门口，他一敲门，开门的正是八贵。其实他们也算相识，毕竟袁俊杰也那里住了几年，他们也打过招呼，只是说不知道对方的名字而已。见了袁俊杰，八贵急忙说："我老婆说做房子的晚上要来哦，原来是你啊，哎呦！你那个墙脚下的路实在是太窄啦！我里去菜园的路都被你占了。你看，这么窄的路，我们怎么能过得去呢？如果我挑点肥料什么的，走都走不过去，你不知道吗？你去看了没有？"

袁俊杰说："哦！是的，我看了，没问题，没问题，我把它加宽一点吧。其实，我买的时候，鲁组长也说需要留条小路，能过路就行。我也是确实是没考虑周全，如果担个担子什么的，就不能顺顺当当过去，确实不方便。这样吧，我把路留宽一点吧！"

八贵说："我每天都在外面做事，每天很晚才回来，所有昨天晚上看到你下的屋脚，就拿锄头把它给挖了，小袁你不要生气呀！我八贵你还不了解，我说话做事是直来直去的，一是一，二是二。再说你造房子是好事啊，你住来后，我们就是邻居了，我们的菜园就在你的房子后面，你想吃什么你自己进去搞就是了，我们去种菜什么的，不也方便多啦。"

"是的。"

"滴滴滴"，袁俊杰的手机响了，他接通电话随便说了几句就挂了，然后起身把刚才买的东西递给八贵，说："邻居，初次见面，不知道你喜欢吃点什么，刚才在来的路上带了点烟和酒，往后我们都住在一起了，还得靠你们这些老住户多多关照啊！"

八贵接着烟酒，说："是的，是的，都是隔壁邻居，来就来嘛！还买什么东西呢！"

"应该的，应该的！"袁俊杰说完看了一下手机，"时间也不早了，你们早点休息吧，我就不打扰了！"

八贵说："好的，好的！你好走啦！"俊杰就回去了。

也许是原来就合作过一次，这次和沈小华合作的比往次更顺利，所以这一次造房子的速度也比较快。不知不觉已经十来天了，房子已经做了差不多一半了。这天，袁俊杰在外面买水泥买沙子的时候，手机突然响了，又电话来了，是沈小华打来的，沈小华说规划局的人来了，贴了一个通知，让他们暂停了，说你得办规划手续，不然的话，规划局会把这做好了的墙推倒。

听到发生这样的事，袁俊杰丢下了手头上的事情，马上往工地上赶，到了工地上的时候，他没有看到一个规划局的人，只看见窗户洞子上有一张《建设用地暂停的通知书》。沈小华告诉他，这是区里的规划局来时留下来给他的，说你还没办什么手续，也就是说想搞一点钱用，要打点打点领导的意思。

袁俊杰说："这个钱我们都出来了，鲁组长承诺的，他保证我能造起来，我已经出钱了。"他急忙打电话给鲁组长，他一遍一遍地拨着，这个时候鲁组长的电话竟然打不通了，怎么回事呢？袁俊杰急得跳起来，这不是明摆着上当受骗了吗？

快！快去他家里看看！他突然想起来了，他急忙向鲁组长的家里走去。袁俊杰急急忙忙跑到鲁组长家里，只见大门关着，他敲门敲了半天，还是没人应，他向窗户望了一眼里面，咦！里面的东西都到哪里去了呢？怎么什么东西也没有了？这是怎么回事呢？袁俊杰感到震惊，他转过头去，看见鲁组长房子隔壁的一个邻居在地坪前修理簸箕，他赶紧跑过去问："你好！老人家！请问一下，鲁组长家里怎么没人呢？他们家的人到哪里去了呀？"

那个老人家看了一眼袁俊杰后，一边修着簸箕一边说："你是谁呀？哦！你还不知道吗？鲁组长，他早就消失了，听说是买码亏了很多钱，现在找人都找不到了。前一个月有几个人也在找他，都找不到人了，不知道哪里去了，你还不知道吗？"

袁俊杰顿时觉得天都要塌了，这种上当受骗的感觉让他无地自容，这个世界，真是的，太害人了，骗子无处不在啊，自己怎么那么容易上当受骗呢？这个社会还有信用可言吗？这可怎么办呀？他一路上胡思乱想，急急忙忙又往工地上跑去，跑到工地上后，他仔细查看着规划局下达的那个通知书，上面的内容是："经查，你户在未经规划局许可的集体土地上违法建设，现在请你立即停工，补办一切手续，如果违反本通知，一切后果由你承担！"上面盖着长阳市规划局的红印章。

袁俊杰无奈地坐在地上，不知道怎么办。沈小华走了过来，说："哦！忘了跟你说了，规划局的那几个人走的时候，在通知的反面写了电话号码，说是要你打这个电话号码跟他们联系！"

袁俊杰把那张通知书反过来一看，果然有一个电话号码。这个时候，沈小华就说："小袁，你还是去找找关系吧。现在这个套路就是，办手续的话就是要收钱，我在外面造的房子很多，房东都知道，规划局不打点打点是行不通的，就是说要你请客吃饭啦什么的，你自己也造了一次屋了，应该懂了！"

袁俊杰听了后说："你说说是简单，你说的无非就是请个客的事情，但是我现在没什么钱了，你是知道的啦！我造这房子都是借来的钱，现在房子造不造得完都不好说呢！"

"我知道你没什么钱，可是这也是没办法的事啊，你不请客，不打点打点他们，他们是不会让你做的嘛！那你又有什么办法呢？"沈小华无可奈何地说。

"好吧！你让我再想想！"他看了一下手机上的时间，现在是下午五点多钟了，差不多就要收工了。沈小华跟他说："时间也不早了，我走啦，你要快点处理好，不然的话又得误工了，你也知道，我们这么十几个人，耽误一天的话，损失也不少，是吧？上次只是一两个人就算了，现在是十几人，我可承担不起啊。你知道，我也是希望你快点把这个问题好好地解决了。你今天晚上跟他们联系吧，不就是多花点钱嘛，还能有什么办法呢？对你造房子这样的大事来说，能用钱解决的问题都不是大问题，你好好想想吧！"

袁俊杰坐在那里看着通知发呆，沈小华的话还有耳边回响，不能再想了，再想就到晚上了，就只能回家睡觉去了。他恨啊，他恨鲁组长，他恨规划局，恨有了地却不能造房子的那些条条框框，他把通知翻过来翻过去，他看了通知单背面有一个电话号码，好吧！该来的都来吧，想怎么样就怎么样吧！

他按照上面电话打了过去，通了，话筒传来的是一个男人声音，袁俊杰忙说："喂！你好你好！你是规划局的王局长吧？哦！王局长你好！我是石家组这边建房子的，您今天下午过来了，下了停工通知书，我姓袁！"

"你就是袁俊杰吧！我们规划局的人今天下午去看了你正在造的房子，你胆子不小呢，那么大的面积呀，你什么手续没办，你不知道吗？"王局长在电话那头说。

他急忙道歉说："王局长，是的是的！您不知道，我这是有苦难言，关于这个地基，您应该也知道些情况，当时买的是鲁组长的地基，买之前他说什么手续都办好了，不料他现在是连人影都找不到。"

"难道你还不知道吗？他早就不是组长了，就算他是个组长他也办不了手续啊。我问你，他有没有把手续给你啊？"袁俊杰说："他在合同上面写得清清楚楚的，他包办所有的手续啊。"

"你受骗了啊，小袁！鲁组长亏得一塌糊涂，现在哪里找得到他人呢，你造房子的手续得办，不办好手续的话，你就别想造了！"

"哎呀！王局长您行行好！我也是上当受骗啊，我本来就没什么钱啊！我是农村里面的人，想建房子自己住一下。要不，今天晚上我请您吃个饭好吗？我很感谢您今天下午没有推墙，请您吃个饭行吗？王局长！"

"吃饭就算了，今天晚上也不行，没时间。"

"那您什么时候有时间呢？"

接着，王局长就挂断了电话。

袁俊杰脑子里面有嗡嗡的声音回响，这可咋办呀？约王局长吃饭他说没有时间，哪他想怎么办呢？这个问题还得找他解决呢，他说没时间，他不就是不想解决他的问题了吗？问题不解决，他的房子就不能造了。此时的袁俊杰急得像热锅上的蚂蚁，在工地上团团转。

不行！还得找王局长，这个问题还得找他解决。他想起王局长跟他讲话时，有一种关心他的感觉，从王局长的语气中，他似乎看到了希望，如果搬出自己的表叔，也许……他抱着再试一试的态度拨通了王局长的电话。

"王局长！您好！我是刚才打电话给您的小袁，我表叔说我这事还得靠您帮忙解决，今天晚上您如果没时间的话，晚一点我去您家里拜访，反正在电话里我们也说得不太清楚，当着您的面，把我这房子的事情仔仔细细向您汇报汇报，好吗？"

王局长"嗯"了一下。

"王局长，我的这个房子的事情等不起！这十几个工人等着，怎么办？我都是要出工资的！王局长您行行好，我表叔也是说您是个很好的人，王局长您住在哪个地方？我晚上去您家拜访一下！您放心，我不会打扰很久的，我就只给你汇报一下情况。"

"嗯……"王局长说："那就这样吧，我现在在外面，你晚一点来我家里吧，我住在樟树村最里面那栋，如果你找不到过来了，就打电话给我吧！"

"好的好的！谢谢王局长，太感谢您了！"袁俊杰一个劲地谢谢，还没说完就听见"嘟嘟"几声，王局长挂了电话。

晚上九点多钟，他带着2000块钱的红包，还买了两条上等的香烟，还有两瓶高级酒，按照王局长说的地址跑到樟树村来了。他分析自己不能太早去，去看王局长的人肯定比较多，在晚上十点左右的时候找他最好。他走到王局长的那个房子边上，打电话给王局长。王局长看见他了，在楼上跟他打招呼呢。他急忙爬上楼去。王局长把门打开了要他进来，袁俊杰轻轻地换上拖鞋后，战战兢兢如履薄冰地跟着王局长一起向客厅走去。

"你看你，来就来嘛，买什么烟呢！"王局长一转身看见袁俊杰还站着，就说，"还站着干吗？坐坐！小袁，听口音你不是本地人吧，老家是哪里的啊？"

"我是乡下的，新墙您熟悉不？"

"新墙，怎么不熟呢，我和你表叔是一个地方的！"

"是的！我表叔说您人很好，肯帮忙。"

"小袁，既然都是屋里人，我就实话实说，你那个房子正处在规划建设的青年路的红线上面，你知道吗？这个红线就是谁批盖谁下岗，那是掉饭勺子的事，你知道后果了吧？我还没有看到有胆子这样做造房子的人，那个帮你做事的沈小华他是知道的，他在你表叔的那个队里面，也不能说是你表叔说了作数，所以我还是给你面子了，不然的话，后果很严重的，你知道吗？我们的那个车上装着几个十磅重的铁锤，你那个楼上的预制板经得起几锤？到时候，你的损失多大，你应该知道啦！"

"是的，是的，是的，谢谢，谢谢，谢谢王局长。你看，我们都是老乡呢，希望您多多关照！"袁俊杰一边说着一边从兜里掏出一个红包塞到王局长的口袋里，王局长急忙假装推迟："不要客气，不要客气嘛！"他顺便接住后，从烟盒里抽出一根来，向袁俊杰递过去，接着说："看在我们是老乡的分上，我才说，你这个房子说实在的，现在查得很严。啊！这样吧，你快点完工，不然的话，我都帮不上忙了。要是边上那些眼红你的邻居打个小报告，那我们这边也为难。就是说，你得快点完工，不然的话，被其他的人盯上了，你又得花钱了。"

"是的！是的！还望王局长您帮忙，不瞒您说，这房子除了买鲁组长的地基的钱外，其他的钱都是我贷款贷来的，搞得这个样子，我也没办法，我还做两天，用完那几车的砖就算了，能做多少就做多少！"袁俊杰央求着。

"做成这个样子就蛮不错了！你知道吗？你那个地方处在青年路的红线上，管得比较严，既然跟你是老乡，我就跟你说一下，万一以后又有人来了，你就不要急，就说手续都在办理中，上次我去你工地的时候，那个帮你做事的沈小华我也见过，他说某某某是你的表叔，所有我才没有动锤子，你回去后，就说你正在办手续！对任何人都这样说。"

"好的，沈小华跟我说了，这个乡这个村都归您管理，还不是您说了算，所以今天晚上我来跟您汇报汇报一下工作情况。俗话说：'将相顶头堪走马，公侯肚里好撑船。'嗯那嘎作为我里父母官还是肯定会为我里着想，会为我里港话的啦……"

他声音大了一些，他似乎找到了一些力量，这些力量就是表扬别人，抬举别人，羡慕别人，后来他想到还有关爱别人，帮助别人的同时，他自己也会感到自己充满力量、充满希望。

"那也确实是，如果你今天晚上不来的话，明天就会把你的屋推平，损失有多大，你应该知道吧。看在同是老乡的分上，我才跟你说抓紧一点让泥工加加班，搞快点完工算了，不能再做太多了啊。其实，我这次答应你，让你继续做，这话你不能告诉别人，你不知道呢！我这就是犯法呢！我是大法不犯小法常犯了，谁敢犯大法呢？我出了问题，你们也会遭殃，是吧？"

袁俊杰连忙说："好的！好的！我会尽快完工的，谢谢王局长，您的关照我今生今世都会记得你的好意！"

"不要这么说，你尽快完工就是在帮我的忙！"

"好的好的！我知道了！"

就这样，袁俊杰回去了。在回去的路上，他就打电话给沈小华，说："这边问题已经解决了，明天就可以开工，而且要加快施工速度，不然的话，麻烦就会很多，麻烦你跟那些泥工说说，加点班，从明天起就加，我再出点加班费。"

第二天一大早，袁俊杰就来到了工地上，为了抢时间，他也是豁出去了，自己又是和水泥，又是搬砖，反正是有什么事就做什么事。下午，沈小华也说服了那些泥工师傅，说好了晚上加班加点地干到十二点钟。

第三天晚上，王局长打来电话，当时袁俊杰心内一惊：不会又出什么问题吧？他慌慌张张地接通了电话，王局长在电话那头说："小袁啊，你的房子造得怎么样了？"

"王局长！您好！我房子这两三天差不多就完工了，谢谢你的关照啊！"

"哦！那就好！有个事我跟你说过啦！规划局这边安排好了，你也知道的，你的事我一个人说了也不是很算数，局里又不是我一个人开的，所以，还有些人，你最好也请个客。至于他们，我跟他们说了，我说你是我的老乡，希望他们关照你一下。我就是说，今天晚上你请他们吃个饭啊，在一起沟通沟通啊，这样你就更加安全一些，是吧？"

只要听到造房子没有问题，袁俊杰就什么都愿意，他想都没想就说："好好好！您安排吧，您看是到哪个地方好啊，您安排好了打电话给我，我就来！"

"好的！好的！"王局长愉快地挂了电话。

下午五点的时候，袁俊杰早早来到了按王局长约好的地方——一个高档的酒店。袁俊杰进去后无所适从，他分不清东南西北，他似乎与这个高档的地方格格不入，生怕自己的脏衣服弄脏了这个高档的地方，当服务生把他带到王局长定的房间时，他看见餐单上写了很多名贵的菜，他内心忐忑不安，这得要花多少钱呀？

一会儿，王局长带着一班人进来了，他们与袁俊杰打了一个招呼后就坐下来了。在酒席上，袁俊杰频频敬酒，什么毛局长啊，李主任啦，杨部长啦，在场的人他都敬了一遍。中途，他假装上厕所，去买了单，然后悄悄地对喝得酩酊大醉的王局长说他有事得先走了，要王局长把酒喝好。

第三十四集

文生回乡多受难　同学倡言学法条

此时正是阳春三月，正在路上走着的袁明生接到父亲的电话，说是派出所打电话来了，他的哥哥袁文生有了消息，要他抓紧时间到派出所所说的地点去一下。

挂了电话，袁明生的心里五味杂陈，不知道是喜还是忧，经过多年的找寻，他们对他哥哥的消息似乎都麻木了。以往在得到哥哥的消息后，在们去现场时，等待他们的都是一场空欢喜，不是名字和籍贯对不上，就是相貌和口音都不相同，与他们家没有一点关系，而这一切让他们格外痛苦，好像伤口被一次又一次地剥开。

是啊，这么多年来，父亲只要听说认人的消息都会去看看，特别是报纸或者电线杆上张贴的寻人启事，他都是认认真真地、一字不漏地看，特别是电视上的寻尸启事，他们是想看又不敢看，他们总是战战兢兢，口里不停地念叨着："哎！作孽哟！"

这么多年，奶奶感到痛苦万分，只要一提起袁明生的哥哥袁文生，她的眼泪就会掉下来，以至于她在临死之前都在念叨袁明生的哥哥，叮嘱明生的父亲不要放弃文生，一定将他找到。

袁明生清楚地记得，自从哥哥离家出走之后，母亲常常以泪洗面。几乎每年农闲的时候，父亲和母亲都会去外地找寻哥哥，附近的农村，本长阳市区，远点的省城，千里之外的香洲都留下了他们的足迹，所到之处不是张贴寻人启事就是去派出所打探消息，直到花掉了他们身上所有的盘缠。有几次因为钱不够了，就在当地打工来维持生活，赚取路费。每次出去的时候都是满怀希望，回来的时候却是万分失落。每当有人问起文生的消息，父亲袁美庭就是一种今朝有酒今朝醉，明日愁来明日忧的样子，消极和悲观的情绪弥漫着整个房间，俗话讲："父子亲而家不退，兄弟亲而家不分。"现在，不说亲不亲的，他是连哥哥文生都几年没有看到了，自己连工作都丢了，正好，自己有的是时间，袁明生顿时来了精神。

第二天早上，袁明生按照派出所提供的地址，坐上了去省城的火车。在省城的一个派出所里，一见面，袁明生就认出这就是自己走失多年的哥哥袁文生，顿时两兄弟相抱痛哭。

原来，上个星期三，该派出所接到报警，称在垃圾车附近发现一名可疑男子。民警接到报警后立即出警，到达现场后，发现该中年男子衣着破旧，目光呆滞，向他询问情况也不说话。经过询问附近村民，民警了解到该男子没有住所，经常在附近以捡拾垃圾为食。此时刚刚进入春季，天气仍然十分寒冷，民警担心男子在外游荡会有危险，遂与附近的三和养老院沟通，将该男子暂时收养。

刚入住时，男子精神状态一直不好，表达不出自己的身份信息，民警无法替他寻找亲人。经过几个月的悉心照料，男子终于能表达出自己的姓袁。掌握了这些信息，民警通过一一比对确认了男子身份，经过连续几天的不懈努力，民警终于发现该男子与袁美庭在派出所登记的失踪人员袁文生相貌上十分相似，看到希望的民警立即与长阳当地的公安机关联系，经当地公安机关核查，确认该男子确实为当地走失近十年的失踪人袁明生。

袁明生后来通过哥哥的讲述，才知道他去了香洲打工，后来发现自己病了，就想回长阳，可是在火车上发烧，迷迷糊糊地就在省城下了车，跟随着人流来到了一个偏僻的地方。有一家石灰厂的老板，看他神志不清，就哄骗他来自己的工厂打工。没想到一留就是九年。

袁文生在那里做苦力，只要工作稍有怠慢就会遭到老板的虐待。为了能够讨到一口饭吃，不得不忍受侮辱与殴打。

今年三月，一场车祸让袁文生逃离了黑心老板的魔掌。当时他在路边遭遇车祸，受了重伤，被送进医院。

黑心的石灰厂老板不敢出现，医院只能联系当地派出所，幸运的是，他还找到了自己的家人。

后来，袁明生从哥哥袁文生的口中得知，自从在火车发烧之后，他就不记得家乡的名字，连自己的姓氏名字都忘记了。

"嗯妈！你快点出来。"这天一早，当民警和袁明生将袁文生带到袁家岭袁美庭家门口时大声呼喊，"你来看看是哪个来了！"

"真这不就是我的文生吗，这么多年你跑到哪里去了？"袁美庭夫妇走出大门，瞪着眼睛看着袁文生，一个劲地哭着说。吴凤仙的眼泪在眼眶里直打转，她说："你多年前就出去了，你知不知道？这些年我们一直都在惦记着你。"

随后他们一家人紧紧相拥在一起。周边的老邻居老街坊也纷纷围了上来，都感动得热泪盈眶，共同见证着阔别多年的亲人重聚的喜悦。

"文生出去的时候还是一个小伙，一晃都十年了啊！"一位白发苍苍的老人感动得老泪纵横："谁不心疼自己的娃娃？这么多年在外面受苦了！"

袁美庭夫妇俩将现场的群众招呼进屋，顺着墙壁坐了一圈，一边抹泪一边给袁文生逐一介绍，喜悦溢满整个房间。

"我哥哥出去十多年了，一点音讯都没得，我们都以为他不在了。"与哥哥团聚后的袁明生激动地说，"哪个晓得，那天民警同志打来电话，第二天就把他送到家门口，我太高兴了！"

袁文生说那个黑心老板是外地人，他租下一栋建筑，改装成了石灰厂，平时也看不到人员进出，所以就不容易被发现。

警方说他们责令那个厂子把袁文生的全部工资都结清了。老板涉嫌强迫劳动罪，已经被刑事拘留了。至于那个石灰厂的智障人员是怎么过来的，他们都表达不清楚。这件事还在调查之中。考虑到石灰厂老板侵犯的是弱势群体，在量刑上会从重判。

一想到黑心的老板残害弱势人群，袁明生的心里就会久久不能平复，他觉得自己真的是没用啊，在这些不公面前显得那么无力，他能做什么呢？？他什么都不能做，况且现在还没有工作，哎！如果、如果自己是一个懂法律的人，那就好了。"对了！"明生叫出声来，他的同学鲁志斌不就是一名律师吗？听说他在长阳市混得风生水起，不知道能不能跟他学习学习，反正自己也是失业了，在家里没事可做，如果能跟他一样做一名律师就好了。他发誓一定要为弱势群体讨回公道，一定要让那些黑心的老板付出惨痛的代价。不知道鲁志斌现在还念不念同学旧情，原来明生与他关系可好了，他们不仅是同班同学，还是同寝室的，在学校里的时候，他们形影不离。

毕竟他们离开学校这么多年了，现在的自己一没有什么条件，还丢了工作，自己想起来都觉得丢人，怎么好意思去求他呢？明生叹了一口气后，他又反过来想，俗话讲："求官不到秀才在。"如果他不帮忙也没有什么，人嘛，不都有自己的难处？看来，自己还得问一问，假如他能帮上忙呢！

一连几天，明生就在家里想着这事，他先是打了几个同学的电话，当他问到鲁志斌的电话号码的时候，从一个同学那里得知，下个星期天他们班上几个同学会搞一个聚会，到时候鲁志斌也会来，他希望袁明生也去参加。明生说，他们都是事业成功人士，自己还是一个失败之人，怎么好意思去与他们聚会呢？谁知那位同学说："袁明生你太见外了，我们都是同学，又不是社会上的势利小人！再说，我们还很年轻，每一个人都是未来可期，你不要想多了，你只管来就是！"

在同学的一再邀约下，他还是接受了邀请。

不久，袁明生接到一份烫金封面的同学会邀请函，邀请与会者携同配偶共同赴会。还有一项他没想到的是，请帖上还有一项重要安排：要他代表原来的班级的全体同学做聚会发言。

他的心不由得一阵狂跳，看来这次同学会是非去不可了。

想当年，自己不仅是班长，还是学习委员，在学校社团里也是学生会的干部，不仅作文写得好，还会写诗。在学校里，不管是老师还是同学们，对他那是相当喜欢和崇拜的！可是现在，他不仅婚姻失败，而且失业了。这让他们知道的话，不就是一个笑话，他有何面目见他们啊！

但是，如果不去，他又怎么联系鲁志斌呢？如果同学会都不去，鲁志斌肯定会认为自己对他没有什么同学情谊，自然也就不可能全心全意地帮助自己。看来他还是得去。和他们有十来年没见了，一想到要在阔别已久的同学面前发言，袁明生就异常激动。他用了一天时间，把自己关在房间写发言稿。

同学会按时召开了，在长阳市的一个大酒店，灯光璀璨，人声喧闹，四十多名同学除了三四名出于特殊原因没来外，其余三十八位都到了。他们从四面八方赶来，参加这个值得纪念的聚会。

多年未见，真的是河东河西，同学中除了几个在家务农之外，其他都混得风生水起。有的现在是公司老板，有的当老师，有的当了副区长，有的当了税务局局长，还有的不是开店开厂，就是个体户老板。看来他们非富即贵啊，可是自己……

腰包最鼓的要数那个当年成绩平平的刘正阳，他做的是建材生意，据说他在北京、上海、深圳都拥有自己的住所。和那些开私家车、穿名牌的同学比，袁明生的确寒酸，但同学间没变的情谊让他亢奋。他与同学们一起谈笑着。

不过，最让他意外的是，同学中没一个人带着老婆或老公来。正当他在纳闷时，几个女同学开始唱歌了。

袁明生的发言被一阵阵笑浪吞没，最后只赢得了零星的掌声。

发言完了，袁明生就在人群中寻找鲁志斌。鲁志斌是他在初一的时候认识的，与自己同班同桌。每逢周末的时候，他们经常邀请对方到自己家去玩。他的父母也是普通农民，后读初三的时候，他们还同睡在一个寝室，一个睡上铺一个睡下铺。

这时，同学会的组织者彭中华（原班上的组织委员）开始发言了，他说道："各位同学，大家上午好。首先，我要重点介绍的是王大发同学，我们同学能够再次相聚，全靠王大发同学的热情帮助和周到的安排！感谢王大发同学，王大发同学已经是连锁酒店的大老板了。我们现在吃饭的这个酒店也是他的分店，同学们，你们吃好、喝好，费用王总全包了。让我们再次谢谢王大发同学。"

话音未落，就响起了雷鸣般的掌声。

看到大家兴奋的样子，彭中华两手向下压了压，示意同学们安静下来。"还有李勇同学，他是这次活动的倡议者和组织者，为我们班这次聚会费了不少心思。"又是一阵掌声响起。

接着，彭中华脸色顿时变得凝重起来，他一字一顿地说道："今天缺席了一个人，就是张新琴同学，她患了白血病，家里已经负债累累。目前已经找到骨髓匹配的供体，却因医药费短缺正在医院受着煎熬。"

同学们开始你一言我一语地交谈起来。这时，有一个同学站起身对大家说道："同学们，今天我们就帮帮她吧，捐一些钱。希望明年的今天，我们相聚时，一个都不少，你们说好不好？"

袁明生一看，嘿！那不是鲁志斌吗？

鲁志斌刚说完，大家纷纷说是，然后开始解囊相助。钱交给谁呢？大家就推举彭中华，于是，他用笔仔细地记着每一笔的金额，捐款结束后，彭中华一总计，好家伙，有一万多元，仅王大发同学一个人就捐助了五千元，许多同学说回去尽量为张新琴同学想办法拉捐款。看着这些同学，明生思绪万千，俗话说："亲不亲故乡人。"是啊，在长阳如果能碰到一个老家附近的人，会感到非常开心和荣幸。遇上这些一起长大的同学就更加荣幸了，如果能帮上什么忙，那就真的是感激不尽啊。

这些端着酒杯穿梭在人群中的同学，不停地开怀大笑。袁明生真的好想再回到那个纯真的学生时代，重温儿时的快乐。同学的慷慨解囊，正是印证了他们的有情有义。他们聚在一起，谈生活，谈理想，谈家庭，谈天说地，谈论得最多的是他们走出社会之后发生的趣事。

同学们在一起喝酒，酒后话自然多了起来。所谓："有钱道真语，无钱语不真！不信但看庭中酒，杯杯先劝有钱人。"袁明生坐在鲁志斌的边上，看见他们几个混得好的同学，给他们敬酒的人一拨又一拨。一有空当，袁明生就咨询他："鲁律师，请教你一个问题。"

"明生，你就不叫我律师了吧，这是同学会呢，这里没有区长、部长、主任、老师、老板，好不？"鲁志斌假装生气地说。

"好好好，志斌！"

"好的，你说你有什么事？"

"我想向你请教一下法律方面的问题。"

"哦！你遇到什么事情了？你说说看！"

"没有遇到什么事情，我只是想了解一下，假如有人跟我动手，我怎么做才能不违法？"

"首先，为了避免伤害，还是走开为好，然后报警。"

"那要是我还手呢？"

"还手你就容易违法。"

"他打我，我不能打他？"

"也不是不可以，比如正当防卫……"

"他打我我打他，这不就是互殴吗？"

"要看到什么程度，有没有构成人身伤害，若是情节比较轻，警察一般会定互殴。"

"假如是情节很轻的那种，我跑不了怎么办？我不能等着挨打啊。"

"如果你有躲闪忍让的意图，对方还追上来打你，这是持续侵犯，你反击，就不算互殴。"

"哦！那我要是不想白挨打，他第一次打我时，也就是在侵犯过程中，我可以立马还手吗？"

"不行，那也算互殴，若你是格挡，那就不算。不过，如果你没有攻击，而是制服对方，那也没问题。有个说法叫扭送公安机关嘛，就是这个意思。"

"这不合理，他第一次打我是侵犯正在进行时，我反抗也叫互殴？"

"对，一般来说，警方是这样判的。"

"那动手的程度呢，比如说咱俩吵架了，我一边说话，一边用手指头戳着你，不疼不痒的，这算动手不？"

"只要上手就算。但具体操作要看双方的认可程度，比如说，你跟对方说话，对方在跟别人说话，你把他拉过来让他听你说话，双方都不认为这是动手，那就不算。当然还要看警方的判断，比如对方一看你拉他，顺势躺地上了，这就是要赖冤枉人了。"

"那我要是戳了你一下，说着话我又戳你一下，算持续伤害吧？这时候你还击，算不算互殴？"

"这算持续伤害，还击不算互殴。当然也要看事情的连续性，比如昨天你戳我一下，事情过去了。今天我们又吵起来，你又戳我，那就不能算连续侵害了。"

"也就是说有时间跨度。"

"不是时间跨度，我只是夸张了一下，意思就是看前一个行为是否已经结束。"

"如果我连续轻轻戳你两下，你回给我一拳，这怎么算？"

"那就要看这一拳的程度了，要是一拳把你鼻梁打断了，这就是轻伤级别，属于故意伤害。"

"也就是说反击要对等。"

"差不多是这么个意思。"

"那怎么把握？很难啊！"

"所以，不要还手。"

"我感觉不合理，这样把人的血性都压制没了。"

"没办法，现行法律就是这样，你不能自己给自己找事吧？"

"张律，如果我现在追着打了你好几下，你还手，不算违法，那要是这个时候来人把我们劝开了，你趁我跟别人说话的时候给我一拳，这算违法吗？"

"算，因为这时候你已经停止侵害了，我打你肯定违法。"

"哎哟！在聊什么呢？这么嗨！"同学张端着酒杯走过来。

"哦，没聊什么，好不容易碰到了我们的大律师，聊一下法律方面的问题啊，是吧？"

"是的，是的！难得遇到我们的大律师啊！"

"没有，没有，有时间你们来我律师事务所玩！"

"哦！我们的学习委员也是大忙人，听说你在学校快当副校长啦？"

"没有，没有，愧不敢当啊！"

"呃！这是大家有目共睹的呀，是不是？"

"误会，误会！实不相瞒！我已经出来了！"

"出来了？你不教书了吗？"

"不会吧？"

"是的，我不教书了。"

"怎么搞的？明生！"

"说来话长啊！算了，没事！现在我是无所事事，无门无路啊！"

"没有门路？这是什么问题？来我公司吧，明生，我公司正要招人呢！"

"是啊，有我们这些同学，你还害怕没有事做？你们说是吧！"

"就是！"

"谢谢同学们的支持和关心！我现在正在思考着做哪一行。"

"好，看你决定做什么吧，只要我们同学能帮上忙就尽管说啊！"

"我哥袁文生不是回家了嘛，他在外面遭遇了很多的欺负和不公，现在我哥整个人变了，原来在家里面什么都知道做的，现在几乎什么都忘记了，什么都不会做了，得我爸爸手把手教他，都怪那个黑心的老板！如果我懂法律就好了，我就可以拿起法律武器保护自己和家人。我对法律有兴趣，每个人在工作和生活中会遇到很多这样那样的法律问题。所以，我刚才跟鲁志斌聊了一些法律方面的问题。只是，对于法律，我是个门外汉，只怕太难了啊！"

"明生，你想学法律，那还不简单？你找志斌啦！是不是？志斌！"

"是的！明生，你有这个想法很好，如果你决定学，以你学习能力，进步很快的啦，你肯定很适合啦！是不是？帮助同学，我义不容辞啊！"

"好的，谢谢同学们关心，谢谢志斌的支持！非常感谢大家！"

"来来来，干杯！"

"我们的大律师鲁志斌，还有大老师袁明生，来来来，我们喝一杯，我们碰一下！"

"不敢当！谢谢我们张总！"

"来来来……"

袁明生临走时，鲁志斌邀请他去律师事务所坐一下，并给了他地址和联系方式。

第二天，袁明生找到了鑫源律师事务所，他打了电话给鲁志斌后，来到了他的办公室。

"最近，我失业了。"

"失业了？你不教书了吗？"鲁志斌不相信自己的耳朵，他睁大眼睛说，"什么时候的事？"

"大概两个月前。"

"为什么突然就不教书了呢？当老师不是你原来的目标和梦想吗？"

"是啊，不过，现在变了。"袁明生叹了一口气说。

"这样"，鲁志斌接着说，"如果不想做也没有必要勉强，那你接下来有什么打算？"

"现在还不知道呢！"袁明生苦笑了一下，"看到你们都过得挺好的，我不知道自己到底适合做什么啊！"

"你昨天跟我聊了好多法律方面的问题，我猜，你是对律师这个行业有点兴趣？"

"是的，志斌，我想了解了解。"

"可以，明生，律师好啊。"鲁志斌似乎来了精神，他兴奋不已地跟明生坐得更近了一些，"明生，只要你想做，我相信你能做好的。明生，你就听我的吧，当一名律师，我会好好支持你的！律师方面的事情，你都不要怕！"

"志斌，难得对同学情深义重，俗话说'滴水之恩当涌泉相报'，我袁明生今生今世感激不尽。"

"言重了，明生！"

"如果可以的话，我想在律师行业里干一番事业！"

"好的，明生，就凭你这句话，我当竭尽全力，让我们一起干一番事业！"
这时他们的手紧紧地握在一起。

边上的音乐响了起来，唱是《追梦人》：

前方的路／漫长曲折／也曾碰壁过／伤痛算什么／心中火焰／却未熄灭过／勇敢面对／绝不退缩／风雨笑我／太过天真／不知浅和深／却要向前奔／心中有光／就不会沉沦／相信自己／梦想成真／一路追／不怕累／梦就在前方／奋力飞／哪怕有／雨和泪／坚持到底／那样……／才最美／不停歇／不后退／再苦再累也／无所谓／坚持到／最后一刻／竭尽全力／永远……／不后悔……

第三十五集

谈旧谈新谈宏志　　豪车豪宅豪婚衣

袁俊杰放下酒杯，说："袁炜，还记得小时候我们喜欢捉迷藏吗？"

"记得！怎么不记得呢？"袁炜来了兴致，接着说，"真的是没有藏不到，只有想不到。那天我里是在么银里屋里的？"

"龙爹屋里！"袁明生说。

"是的是的！龙爹屋里，不知道谁灵光乍现，说我们躲恰恰来吧，其他的银没有任何异议，一致同意。说开始就开始，几个小伙伴一下就窜进了龙爹屋里里。一下子就冒见了！"

"哈哈哈……"

"后来，我里玩得乐此不疲。游戏结束，我们就头也不回地回家了。是谁还在龙爹屋里哒咯？"

"是我！呵呵呵……"

"嗯禾里还在龙爹屋里躲着呢，我里都会去哒！呵呵呵……"

"我躲到龙爹屋里的楼上去了，我禾里晓得嗯里一下都跑了！呵呵呵……"

"俊杰，嗯后来躲了好久下来的呢？我回去了后才听到话的！"

"我躲在楼上，也不晓得躲了好久，只听见龙爹在屋里喊了几遍，我也应了几遍，只是他在屋里跑来跑去，找来找去，硬是不晓得我在楼上。再后来我恩妈来了，她一听，这个家伙只怕躲到楼上去哒！这才找到我！"

"哈哈哈！"

"来来来，喝酒！"袁炜端起酒杯说。

"来来来！"

"干杯！"

吃了几口菜后，袁炜递给他们各一支烟，袁明生不抽，他没有接，袁俊杰接过烟，袁炜把火机递到他的嘴边，帮他点燃后说："小时候最喜欢玩的游戏也对大人们造成很多麻烦。我里读五年级还是六年级的时候，在放学的路上打老鼠，嗯里还记得吗？"

"呵呵呵，记得，放学路上那些草堆的下面全是老鼠，我里三人快速地把稻草扔开后，一拥而上，看谁打死的老鼠最多。那个时候看多了打仗的电影，像《上甘岭》啥的。这个游戏让我们感觉自己像战士消灭敌人那样，那些稻田里的草堆就像敌人的碉堡一般，里面全是敌人，直到最后，将所有的敌人消灭了，我里才离开！呵呵呵……"

"只是那最后的那一次，我们都大意了，一个草堆的老鼠也没有打，还被一个大人抓到了，后果可想而知。我里回来后，被爸爸狠狠地教训了一顿。"

"也怪不得别人说，摞得好好的草堆，被我里搞得四处都是，不光是稀散的，下雨了的话就更麻烦了！"

袁明生对袁俊杰说："小时候，恩晓得吧？有一次我觉得你好嬲怪的！"

袁俊杰半信半疑地问："么里事？"

"我家屋边不是紧挨着一片果园吗？那时候果园都会被围起来，但这怎么可能挡住水果对我们的诱惑呢？每到水果成熟的季节，我里都会团结一致地去果园偷一些吃。将篱笆弄开，一个放哨，其他人摘。这个过程可刺激了，当然，我们盗亦有道，不会去破坏果树的。那时候反正果园里有啥，我们就能吃到啥，橘子、梨、桃，到现在对这种事情还是很怀念，就像孙悟空进蟠桃园的感觉。"

"我想起来了！哈哈哈……"袁炜笑着说，"明生哥，是那天晚上吧？"

"是的！"明生笑着点了点头。

袁炜接着说："那天我里正爬上橘子树，突然外面来了人，我里被吓个半死，这时恩是禾里话的吧？恩话我里就躲到树上，只要不出声，一动也不动，他就不会找到我里，于是，我里照恩的做了，果然，那个人查看了半天，也没有找到人，最后，自言自语：'人呢？好像有人的啊啦！'没发现我里，就灰溜溜地走了。"

"哈哈哈！"

"是的！是的！"

"俊哥的胆子真的大！呵呵！"

"想起来觉得挺好玩的！"

"来来来，喝酒！！"袁炜端起酒杯说。

"来来来！"

"干杯！"

夜色渐渐深了，但大家的兴致却丝毫未减。

"俊杰，听说你现在在写诗，是个文艺青年哒？"袁明生问袁俊杰。

"没有！没有！没有哦！！"

"呃！怎么不好意思了呢？这是好事啊！是吧？"袁明生对着袁炜说。

袁炜接着说："俊哥，你会写诗？真的吗？你可没有读多少书啊！"

"没有，没有，没有呢，搞着要的呢！"

"不错，有几首诗是写得比较好，有几首我觉得还是存在着一些不足，需要在用词方面多推敲几下，再多思考、多打磨，就会更完美一些！"

"哇！俊哥！嗯真厉害！"

"明生，我哪能跟你比呢！你才是我里袁家岭的秀才啊！"

"冇呢，冇呢，常言道'兴趣是最好的老师'，嗯喜欢就是好的，作品嘛可以慢慢地提高嘛。不过，有几首真的写得很好，比如《老屋》《母亲》等几首，写得很好，我也很喜欢！"

"谢谢！谢谢嗯里咯表扬！"

"来来来，喝酒！为俊哥写的诗干一杯！"袁炜端起酒杯提议。

"来来来！"

"来来来！"

袁俊杰端起酒杯喝了一口后，指着桌子上的牛排、大连鲍、大龙虾、帝王蟹等，对袁炜说："袁炜，兄弟你弄的这些个海鲜，我平生都没有吃过呢，来来来，我们干一杯，谢谢你的盛情款待！"

"是的，是的！真的是太破费了啊！来来来，干杯！"袁明生端起酒杯说。

"没事，没事，比起在香洲，这算啥呀？不算什么，来来来，喝酒！"袁炜端起酒杯，一饮而尽。

喝完酒，袁俊杰放下酒杯说："真是人生得意须尽欢啊！此时此刻，你有什么感想呢？说说你对人生的感悟和体会吧。"

"对人生的感悟？"袁炜说完，停了一下，他打开烟盒，给每个人递上一根，他把自己嘴巴上的烟点燃后，接着说，"我觉得人生就像冒险一样，新鲜又刺激，不断挑战自我，不顾一切地拼搏，才能寻求到自己满意的生活！"袁炜激情满满地说。

听到袁炜的话，袁明生皱了皱眉，思考着反驳的话语。他想起了父亲常对他说的那句话："人还是要老实、忠厚、本分。"但在这个追求个性和自由的时代，这样的话似乎显得过于保守。

但是，不吐不快，他说："其实，人生就像一场长跑，不在于瞬间的速度，而在于持久的耐力。忠实、良善并不意味着平庸和落后，反而是内心的坚定和从容。"

袁俊杰眼睛一亮，迫不及待地问："明生，现在不管白猫还是黑猫，只要能赚钱就行啊！那你说，在这个快速变化的社会里，我们如何保持信义、忠实、良善呢？"

袁明生说："其实很简单。首先，要对自己诚实。不要为了追求表面的光鲜而失去内心的真实。其次，要对他人忠厚、真诚。俗话说'忍一时风平浪静，退一步海阔天空'，在与人交往中，也要以善为乐，为恶难逃。一豪之恶，劝人莫作，一豪至善，与人方便，以诚待人，以信取胜。"

袁俊杰点了点头，表示赞同。他们开始理解，在这个充满诱惑和挑战的社会中，保持一颗老实、忠厚的心是多么重要。

　　这时袁炜说："明生哥，你说的是。不过，我不完全同意你的观点，这个世界上有信义、良善吗？当然有，只是现如今我发现，恪守诺言，遵守社会公德的人已经很少很少了，反正我没有碰到几个。俗话说：'生死有命，富贵在天；杀人放火吃饱饭，阿弥陀佛饿死人。'我所见识的是一个处处奉行丛林法则的社会，遇到的都是一些他妈的唯利是图、见利忘义的家伙，更别说什么信义、道德了。善恶随人作，祸福自己招！为了生存，我也是终日胆战心惊，对于这些不仁不义的人，还用跟他们谈仁义？说不定你吃亏了还不知道怎么回事呢！不然，谁又愿意踏着血迹来到高处，成功的阶梯都是尸体堆砌而成的啊！哎！高处不胜寒啊！"

　　然而，袁俊杰却没有说话，时间在不知不觉中流逝，屋里的灯光也渐渐暗淡下来。袁明生接着说："也是，来如风雨去似微尘，黄河尚有澄清日，岂可人无得运时？再说成功的方法有很多，但是重要的是要有耐心和毅力。人生不是一蹴而就的，需要我们一步一个脚印地去走。这样才能在风雨变幻的世界中找到自己的方向。只有这样，才能在漫长的人生旅途中走得更远、更稳。"

　　袁俊杰看见袁炜不说话，只是一味地喝酒，于是微笑着问："袁炜，你看起来心事重重，你有那么多的烦恼吗？"

　　袁炜叹了口气，说："人生一世，草生一秋！我一直在思考人生的意义和价值，但却始终找不到答案。"

　　袁俊杰听后，轻轻地点了点头："这有什么难的啊，人生的意义并不是一成不变的，它随着我们的成长和经历而不断变化。但无论如何，我们都应该保持一颗平静、淡泊的心。宁可正而不足，不可邪而有余！我现在活着的意义就是赚钱，没钱寸步难行啊！是吧？"

　　"赚钱是要赚钱，但是我们还是不能丢了自己的良知和道德吧！"袁明生接着说，"君子爱财取之有道，不是自己的就不要去强求。其实，经过我们不懈的努力和奋斗，如果是最终归于平淡的生活，我觉得也挺好的。"

　　袁炜有些不解："平淡？难道我们不应该追求成功和幸福吗？"

　　袁俊杰微笑着摇了摇头："路不铲不平，事不为不成，人不权不善，钟不敲不鸣！追求成功和幸福当然重要，除了需要我们一步一步地去走，关键在于用何种方式去追求。如果我们执着于结果，就会忽略了过程中的美好和成长。只有放下执念，用心去感受每一个当下，我们才能真正领略到人生的真谛。"

　　袁炜听后默然，许久才说："不，不，不，我不会忘记那天被人拒绝的感觉！我不会忘记我穿在脚上的鞋子因为母亲说没有钱而被别人脱下的时候！我不会忘记父亲为了钱打着赤脚在冰冷的泥地里给别人做工的场景！我不会忘记……"

　　"过去了，这些都过去了。"

　　"是的，看开点吧，都过去了！"

　　"是啊！都过去了！但是一直都难以忘记这些。现代生活的节奏和压力，你们都是知道的，时刻都在考验一个人的意志和耐心，生活的繁重、社交的复杂、未来的不确定性……这一切都让我们感到力不从心。在这重重的压力之下，谁还会考虑成功的方式呢？俗话说'逮得着老鼠就是好猫'，只要能赚到钱，谁还管得了那么多？"

"万事劝人休满枚，举头三尺有神明！人还是要本分一点，该自己的终究还是会到来。"袁明生举起酒杯，目光坚定。

袁炜笑了笑，抿了一口酒，不以为然地说："我不完全认同你这个观点，明生哥。人善被人欺，马善被人骑！有时候，太执着于忠厚老实，反而会让我们失去更多。其实，应当顺应自然，随遇而安。有些事情，不是努力就能办得到的。"

袁明生皱了皱眉，放下酒杯，认真地说："你说的有道理，但是，我觉得人生还是要有信仰、有坚持。如果每个人都像你一样随遇而安，那世界岂不乱套了？"

袁炜耸了耸肩，轻轻地笑了笑："哥，世界本来就是多元的，每个人都有自己的生活方式和信仰。内心的平和与自由，不是放纵和懒散。我们不必将自己的信念强加给别人，也不必要求别人接受我们的想法。"

"也是！"袁明生一笑而过。

袁俊杰缓缓地说："人生需要淡泊名利，用心去感受每一个当下。这样才能真正体验到生活的美好和意义。合理可做，小利莫争！收恩深处宜先退，得意浓时便可休！无论遇到多大的收获和胜利、困难和挑战，都要保持内心的平静和坚定。只有这样，你的人生之路才能越走越宽广。"

袁炜笑了笑，摇摇头，放下酒杯，说："明生哥，你太老实了。现在这个社会，老实和忠厚可不一定能换来你想要的生活。路逢险处须回避，事到头来不自由！"

袁明生不解地看着袁炜："那你觉得应该怎么过？"

袁炜沉默了一会儿，然后说："我觉得应该学会改变自己。只要是有利于自己，就不要在乎什么手段。你看那些成功人士，哪个不是靠巧取豪夺才取得今天的地位？"

袁明生皱起了眉头："可是，那样做真的对吗？诚信和正直都不要了吗？"

袁炜不以为然地笑了笑："明生哥，你太天真了。在这个现实的社会里，巧取豪夺才是通往成功的捷径。过度的老实和忠厚，往往会让人处于被动。那些书上的理论在现实中根本行不通。"

"明生，你的观念太过传统和保守了。"袁俊杰放下酒杯，眉头微皱，带着些许挑衅的语气说，"现代社会竞争这么激烈，老实忠厚的人往往吃亏。老话说：'礼仪生于富贵，盗骗出于贫穷。'你看那些成功的商人，哪个不是头脑灵活，敢于冒险？其实他们都是因为敢打敢闯，才闯出一番天地。"

袁明生听了俊杰的话，并没有生气，而是平静地笑了笑："俊杰，你的观点我也理解。但我讲究的信义、仁德，处世方式不是呆板不变的。忠厚不是傻气，而是对人对事的一种态度。有话说：'贼是小人，智过君子，君子固穷，小人穷斯滥矣。'人生中，有时候确实需要冒险和变通，但不论是拥有还是失去，这些都离不开内心的正直和诚信。"

袁俊杰听了明生的话，沉默了一会儿，自言自语地说："是的，老子说'厚德载物'，只有有了多多益善的品德，才能载得起那些钱财啊。"他也开始反思自己的观点。

"明生，你说得对。"袁俊杰抬起头，"我明白了，你并不是要我们墨守成规，而是要我们在变化中保持内心的正直和诚信。这样，无论外界如何变化，我们都能找到属于自己的道路。"

两人相视而笑，酒杯轻轻相碰。这一刻，儒家思想与道家思想在对话中得到了和谐的融合。袁明生和袁炜都明白，无论是哪种思想，最终的目的都是让人们在生活中找到平衡和幸福。一个人的成功不仅在于获得了多少物质财富，更在于在面对生活的挑战时保持自己的初心和信念。

他抬起头望向星空，心中充满了对未来的期待和信心。他知道，无论未来会遇到多少困难和挑战，只要坚持自己的信念和原则，就一定能够走向成功和幸福。

袁炜微笑着继续前行在夜色中。他知道未来的道路还很长，但他已经做好了准备去面对一切挑战和困难。因为他知道只要坚持自己的信念和原则就一定能够成功。

袁明生没有说话，人生还是要老实做人，厚道做事。这是他一生的信仰，在他看来，诚信、正直、仁爱，这些品质如同明灯，照亮人生的道路，让人在纷繁复杂的世界中保持清醒和坚定。

随着对话的深入，两人的观点在碰撞中逐渐融合。袁明生开始理解袁炜的随遇而安并不是消极避世，而是一种内心的平和与智慧；而袁炜也意识到，袁明生的忠厚老实并不是固执己见，而是一种对生活认真和负责的态度。

"其实，我们之间的思想并不是完全对立的。"袁炜若有所思地说，"你讲究仁爱和责任，我强调自然和个人。如果我们能把两者结合起来，既保持对生活的热爱和执着，又懂得顺应自然、随遇而安，那或许才是真正的人生智慧。"

袁明生点了点头，表示认同："你说得对，炜。或许我们应该学会在坚持和放下之间找到平衡，既要追求自己的梦想，也要懂得接受现实的安排。这样，我们才能真正地成长和进步。"

袁炜笑了笑，回应道："儒兄，你太过执着于礼数了。人生在世，何必拘泥于形式？道家讲究的是与自然合一，顺应天性，何必强求人人有礼？"

明生摇了摇头，认真地说："道兄，你误解了儒家的意思。儒家并非强求人们拘泥于形式，而是希望人们有仁爱之心，行为有礼仪之度。这样，社会才能和谐稳定。"

袁炜耸了耸肩，不以为然地说："和谐稳定未必就是好的。有时候，我们需要打破常规，追求自由和个性。道家讲究无为而治，不是让我们被动地适应社会，而是要我们主动地去改变世界。"

两人边走边谈，不时争论几句。他们的话题从公园的花草树木，到社会的种种现象，再到人生的意义和价值。

明生坚持认为，儒家文化注重人文关怀和社会责任，能够引导人们走向正道。而袁炜则认为，道家文化强调个性自由和内心平静，能够让人们更加真实地面对自己。

围绕这两种思想，袁家兄弟爆发了激烈的讨论。袁明生认为，人应该通过自身的努力和修养，达到道德上的完美。而袁炜则认为，人应该顺应命运的安排，不强求、不执着。

然而，在现实生活中，这两种思想并非水火不容。相反，它们在很多时候是相互补充的。袁明生的老实和忠厚，让他在人际关系中赢得了信任和尊重。而袁炜的顺应自然，则让他在面对挫折和困难时，能够保持一种超然的态度，不轻易被现实所击败。随着时间的推移，袁家兄弟逐渐意识到，人生并非只有一种固定的模式，而是需要根据不同的情境和需要，灵活运用不同的思想和智慧。只有这样，才能在复杂多变的世界中，找到属于自己的一片天地。

随着夜色渐深，两人的对话也渐渐落下帷幕。他们并没有达成共识，但却在思想的碰撞中增进了对彼此的理解和尊重。他们知道，无论选择哪种生活方式，最重要的是保持内心的平和真诚，不忘初心，方得始终。

从那天起，袁明生和袁炜的关系变得更加亲密和融洽。他们不再争论他们的观点哪个更好，而是开始尝试将两种思想融合在一起，共同面对生活的挑战和机遇。他们一起努力工作，追求梦想，同时也享受生活，珍惜当下。

正月初八、初九，是袁望春家接春客的日子，这年的春客宴也是相当丰盛，袁炜的七大姑八大姨吃得满嘴流油，个个都说为儿子挣的钱，原来是为自己。这时，他的一个姨妈说："炜伢仔，恩赚了钱，恩禾里百把恩的屋重新再做个啦？"

"是个，是个，这个屋太旧达，重新做个吧！"

"是要重新做个呢！恩里嗯妈还不晓得活好久，让他也享受一下吧！"

"是个，是个，一世银冒享过个福！"

"要的！做屋，过完这个年就做，选好的做！"

袁炜当场宣布，今年过完节就马上住新房子，把他的家全部翻修，做成小洋房，按最豪华的标准做。顿时，各位亲戚朋友连声叫好。

元宵节后，袁炜就去了香洲，留下钱给他爸，嘱咐他爸一定要把房子做好。

袁望春就在家里张罗着做新屋，常言道："有钱能使鬼推磨，有钱也能请得伢担担。"不管办什么事，只要有钱，就是一个字：快！这年八月，他家的房子就竣工了。

许多人特意过来，只为见一下这房子的真颜。这房子更像是一座城堡，城堡里有精致奢华的装修，让每一个参观的人啧啧称奇。

"炜伢仔真的厉害呢！"

"这房子花了几十万呀？"

"几十万？花了差不多两百万呢！"

"两百万?!"

"望春叔,您老人家就好了,住这么索利的房子,您老人家好福气呀!"

"原来在屋里的时候,还真没有看出来,这个炜伢仔的法码有这么大!"

"是的,真的是人不可以貌相,看不出炜伢仔这么会挣钱呀!"

"俗话说欺老勿欺少,原来他在屋里的时候,常常看见你不是打就是骂的。我说了,这儿孙自有儿孙福,这不就出息了嘛!"

"……"

是啊!在外混好了,那也必须得回老家光宗耀祖,这点,连至高的权圣都不例外。中国人绝对有这个共识。在家乡人面前,看着那一张张熟悉的面孔,袁望春的内心喜悦、得意、陶醉,还有难以掩饰的自豪和骄傲。虽然是地地道道的农村人,但看见边上的人过得比自己好,多多少少还是有点仇富心理,不想自己比别人寒酸,如果有人生活条件优越,就感觉别人骑在自己头上,于是便"嫉富如仇"了。

建了房子,就要修一修路。在农村,人心爱攀比,就说建房,为了赢得面子,盖个房子要相互比较,你家盖房装修花了 30 万,我家就得盖得比你好,花 50 万、70 万,哪怕是负债累累,也要暗地里较劲。这天晚上,袁望春就打电话给袁炜,说房子做好了,但是这屋前屋后都没有用水泥硬化,一到下雨的时候,泥浆遍地,进出都困难,更别说是大的货物运输了。袁望春话还没有说完,电话那边的袁炜就说有事,修路没有问题,他出钱就是了,说完就挂了电话。

房子做好后,孙丽说袁炜欠她一个结婚仪式,他必须补上。

腊月初八这天,袁家岭热闹非凡,大路两旁都是旌旗飘扬,锣鼓喧天。原来是袁炜与孙丽的结婚和他们家的新屋建成举行的庆典。

富丽堂皇的新房前后左右的路都是用厚厚的水泥铺成,那些亲戚朋友送来写满祝福的条幅,横幅挂满了新房,挂不完的还挂到道路两旁的树上去了。

新房矗立在一片郁郁葱葱的绿树中,它仿佛是一座精致的宫殿,高大的树木环绕着它,为这座新房增添了一抹自然的静谧与神秘色彩。

新房的外观以白色为主,搭配着金色的装饰线条,显得既典雅又高贵。墙壁上雕刻着复杂而精细的图案,每一处都展现着工匠们的精湛技艺和无尽的心血。金色的屋顶在阳光下熠熠生辉,给人一种庄严而尊贵的感觉。门廊宽阔而宏伟,两侧竖立着高大的石柱,上面雕刻着复杂的图案。门廊上方是精致的阳台,上面摆放着一些鲜艳的花卉和绿植,为新房增添了生机和活力。整个新房的外部装饰充满了浓厚的艺术气息,仿佛是一座永恒的建筑艺术品。在阳光的照耀下,它散发出迷人的光芒,吸引着无数人的目光。远处的山峦、近处的树木,以及新房本身,构成了一幅美丽而壮观的画卷。

房间内充满了淡淡的香气,让人感到舒适和放松。走进宽敞明亮的客厅,首先映入眼帘的是一套豪华的沙发,上面覆盖着柔软的绒毛和精美的靠背,让人一坐下就不想离开。沙发前是一张精美的茶几,上面摆放着一些高档的杂志和装饰品。墙壁上挂着几幅昂贵的艺术品,彰显着主人的品味和气质。新房的卧室同样令人惊叹。床铺宽敞舒适，上面铺着柔软的床单和华丽的被罩，让人感到无比舒适和温馨。床头柜上摆放着精致的装饰品和台灯，为房间增添了一份浪漫情调。窗户旁是一张宽敞的书桌，上面摆放着一些书籍和文具，让人感到宁静和安逸。

五彩的灯光照亮了整个大厅，迷人的玫瑰花散发着香味，最光彩夺目的就数爱心框了。爱心框是粉红色的，上面镶着一圈漂亮的花边儿，是心形的。爱心框下面有一块红地毯，这将是新郎新娘一起走过的地方。外面地坪上的锣鼓队和花鼓戏团队组织到位，只等着开场的指示。

大厅里的主题墙上挂着新郎和新娘的照片，真温馨，真浪漫！过了一会儿，人都来全了，有的人在聊天，有的人一句话也不说，像个木头人一样，一动也不动。突然，一阵刺耳的声音响了起来，把大家都吓了一跳，还以为地震了呢！原来，新郎新娘就要登场了，大家立马响起了热烈的掌声。就在这时，大厅的灯突然熄灭了，只有一盏最亮的灯照在舞台上。激动人心的时候到了，只见新娘挽着新郎的胳膊，带着甜蜜的微笑走入了婚礼的殿堂。他们站到了舞台上，先用火点燃了他们爱的火花。

主持人接着叫一对新人倒香槟酒，再一饮而尽，代表了他们纯真的爱情。这些事做完以后就该互戴戒指了，只见那戒指银光闪闪，耀眼极了。舞台下面一些未婚少女都对新娘羡慕不已，眼珠子都快掉下来了。最后，新郎给了新娘一个温暖的拥抱。随着优美的音乐，大家动起了筷子，开怀畅饮起来。

结婚仪式终于结束了，接下来，大家就被安排入席。酒席之上，各种美食应有尽有。精致的菜肴如同艺术品般摆放着，色香味俱佳，让人垂涎欲滴。

首先映入眼帘的是一道道色香味俱全的冷盘，它们色彩缤纷，造型别致。鲜嫩的刺身、爽口的凉拌菜、香辣的卤味……每一道都散发着诱人的香气。

紧接着是热气腾腾的主菜，香气扑鼻的红烧肉、鲜嫩多汁的烤鱼、口感丰富的海鲜拼盘……每一道菜都让人垂涎欲滴，忍不住想要品尝一番。

此外，还有各种精致的点心和甜品，它们或甜或咸，或酥或软，让人回味无穷。香气四溢的蛋糕、口感独特的冰淇淋、精致小巧的月饼……每一道都让人忍不住想要多吃一些。

还有各式各样的酒水供宾客们选择——红酒、白酒、啤酒、果汁……每一种酒水都与美食相得益彰，让人在品尝美食的同时，也能享受到酒水的醇香。整个酒席之上，美食与美酒相得益彰，让人感受到无尽的幸福和满足。叫花子飞飞自然不会错过这个机会，只见他手舞足蹈，高唱着：

亲不亲嘞！友也不亲！/亲戚富才奔/不富谁来登你门/朋友吃喝行/无酒无肉无音讯/亲不亲嘞！友也不亲！//名不亲嘞！利也不亲！/名气似雷声/轰隆过后谁领情/利益似金银/死后不带半分文/名不亲嘞！利也不亲！

边上的人怕他唱得不吉利，给他一碗饭、一碗菜后就把他赶到其他地方吃去了。

无论是亲朋好友还是宾客们，都啧啧称奇，他们从未吃过这么丰盛的宴席。

第三十六集
青山难阻闯危隘　法纪不容寻活门

回到家里，袁俊杰气愤的心情久久不能平静，除了上次送的红包及烟酒，加上今天又花了两千八百元，总共加起来已经有大几千了。花这些钱他虽然不是那么心甘情愿，但是他也无可奈何，房子做了一半就烂尾的大有人在，那些送了人情到最后也没有做成的人就更不值了，想到这里，他有一点小庆幸，他为王局长花费了这么多，他能不帮忙吗？只要王局长肯帮忙，他的房子就没有问题了，只要他放心了，那些花掉的钱还有什么不值得的呢！

果然，一连几天工地上没有看到任何人来阻工，经过几天的施工，袁俊杰房子基本上顺顺利利完工了。但是，在这短短几个月的时间里，袁俊杰除了借了张大良的十万元钱，还花去了全部的积蓄，变成了一个负债累累的穷光蛋。

可是，生活中哪一样能够离得开钱呢？吃喝拉撒都要钱。虽然说金钱不是万能的，但是没有钱是万万不能的。没有钱的袁俊杰已经是"压力山大"了，他感受到在城市里生活中钱的重要性。当每天要吃要喝的问题摆在他眼前时，他几乎可以为了钱去做任何事情——当然那些违法的事情他是绝对不会去做的。

在一个社会里，你的经济能力决定了你的社交能力，听起来是如此赤裸裸。不过，我们没有丝毫办法去改变。如何去赚钱似乎成了我们不断去考虑的问题，我们相信了金钱的能力，我们把所有的美好都建立在金钱上。金钱似乎成了生命中最美丽的装饰，我们一点点地赚钱，一点点地幻想着生活。如今在城市里，如果你身无分文，就仿佛没有立锥之地一样，街道上的人向你投来异样的目光。你不知道自己有何用处，就仿佛被所有人抛弃一样。

袁俊杰开始到处打着零工，他一天也不敢停歇，除了他和袁青山的生活费用，就是袁垣上学的一些花费，其实这些都还是小的问题，最大花费其实就是他借的张大良的十万元的钱，原来这十万元钱其实是二分的息钱，当他父亲袁青山问他多少时，他没有说实话，他能说实话吗？他一说实话袁青山是绝对不会让他借的。他如果没有张大良的那一笔钱的话，那房子是绝对造不了的，何况鲁组长原来是一个到处欠债的人，他的地基如果长时间的空置的话，一点都不安全。

其实这十万元钱，每个月两千元的息钱都不是蛮大的问题，真正的大问题是他的房子做好以后，几个月内都无人问津，他甚至开出了市场价格的一半，可还是没能成功地卖出一套。看房子的人不是说这里的地理位置不好，就是说房子没有房产证。袁俊杰在内心深处是鄙视这些人的，觉得这些人的目光真的是太短浅了，自己跟他们说了这些房子在青年路规划范围，以后是绝对会被征收的，难道他们就不考虑这房子以后被征收而带来的红利吗？算了吧，有些事情就算再好，也不一定有人与你感同身受。

他现在能够卖掉一套房子，起码能还张大良一部分的钱，他的压力就会减轻很多。然而，祸不单行，在袁俊杰最艰难的时刻，张大良打来电话向他要钱，他要袁俊杰在他们约定的期限内（半年）把本金和利息都还清，不然，他会按照合同上的条款——超过半年的期限——提高一分利息和扣押他的财产。

很快，与张大良的合同到期了，袁俊杰的财产只有房子了，每天面对着这帮讨债的人，他觉得天都要塌了，他除了痛恨那个陷害自己的人，还能怪谁呢？这一切不都是自找的吗？他开始反省自己的人生。这个时候，袁俊杰天天面对着各种的冷嘲热讽，有来自亲戚朋友的怀疑，有来自合作伙伴的不断否定拆台，这种人生的崩塌被高利贷放货者张大良无穷放大。袁俊杰被张大良控制了。世界上最大的悲哀就是，设计好的目标没有按照既定程序实现。本来你情我愿的需求交换，在一方的需求发生变化的时候，这个平衡就会消失。人的自身价值观念不经历磨砺，难以形成正确的价值观。这个时候，你永远想不到友情究竟会有多脆弱，你更想不到"人不为己，天诛地灭"这句话的威力。我们的生活中不乏道德模范，也不缺小人。

这年冬天，张大良要走头无路的袁俊杰抵押给他两套房子。他不同意，张大良叫来几个小弟一起把袁俊杰给带走了。车一直开到长阳城外的小镇才停下来，张大良和他的几个小弟不断地威胁袁俊杰，让他签下房屋转让的协议。时间一分钟一分钟地过去了，正在这个时候，袁俊杰的手机响了，是袁明生打来的，一声、两声、三声……袁俊杰接了，张大良在旁边听得清清楚楚。袁明生说，他知道袁俊杰现在被贷款逼得走投无路，这么久才接电话，还有他原来不是这样的语气，他肯定是遭到了胁迫，他确定袁俊杰不安全，已经报警了。

张大良也不想把事闹大，毕竟袁俊杰还是有财产的，只是一时半刻不能变现而已，于是他们垂头丧气地把他放回来了。袁俊杰回家之后，袁明生生气地说："你这有事了，怎么也不说一下？你家里还有上有老下有小的，那些人都是什么人啊？你跟他们去了，指不定会有什么事呢，你跟我说一下，万一有个什么大事，我还能为你报警求助呢。"袁俊杰感到心里暖呼呼的，对明生感激至极。当袁明生知道袁俊杰已经很难维持下去的时候，他借了一笔钱替袁俊杰还了高利贷，但是这十万可不是一个小数目。

袁青山知道这些情况后，对着袁俊杰就是一场劈头盖脸的大骂，特别是听到袁俊杰欺骗他借的钱原来是三分利息时，袁青山几乎当场被气晕了。等到他冷静下来之后，他什么也没有说，只是一边收拾自己的衣服一边对他说："你好好地把孩子带好，我去乡下住几天，那些欠的钱该还的就要还给人家，我对你没有其他任何的要求，只有一个要求，就是希望你把袁垣带好。"此刻，他感到父亲从未有过如此的淡定与从容，他几乎能从中感受到危险甚至可怕。

袁望春一大早就看见袁青山坐在村头的那座摇摇欲坠的破石桥上，下面是湍急的河流。他一动不动，看上去是一副生无可恋的样子。袁望春吓得一激灵，这石桥下可有不少亡魂，人命关天的事他不能不管，大声冲袁青山喊道："青山伯，青山伯！别冲动，有话好说！回村里大家一块儿解决！"

袁青山失声痛哭："望春叔，这事儿解决不了！我已经走投无路了，你说我都是年过花甲的人了，现在又发生了这种事儿，我还有什么盼头？那个不肖子，脑子被驴踢了！"他说着敲打了一下石桥。"青山伯！"看着不断掉落的石子，袁望春咽了咽口水，焦急地说道，"你要说出来，我们一起商量，总能想到办法啊！"

袁望春生怕他摔下去，于是赶紧回村找来了一些年轻力壮的小伙子，趁他不注意，硬生生将他扛到了路边。众人纷纷指责他用生命开玩笑，有人想活还活不成呢，偏偏他还不珍惜！况且现在是全世界闹疫情的时候，说不定什么时候就没了，好死不如赖活着，只有活着才有希望。

经过了解才知道，袁俊杰在外被人骗了，欠下了高利贷，一共十多万，这对于一个农村人来说不是一笔小数目，而且袁青山的孙子袁垣上学的学费都是借的，哪里还有钱还贷？借贷时，还写了家里的座机号码，袁青山每天都被追债的电话和短信吓得半死。他一个农村人，根本不懂那么多绕绕弯弯，只知道不还就得进监狱去，无奈他只能回到袁家岭，在屋里一时想不开，就坐到石桥上冷静一下，冷静着冷静着就想往下跳。

袁望春和村民们查看了袁青山手机里的短信，果然都是催款的恐吓威胁短信，内容不堪入目。袁望春实在忍不住，明明写着年利率没超过规定，但算下来数目根本不对，早就超额了，袁望春是读过一些书的，他知道这种行为是违法的，于是劝袁青山："别怕，我们明天去报警！还有，我们现在回去让全村人一起陪你去打官司，要求正常偿还！"

全村人费了很大功夫，终于给老汉袁青山争取到只需要还不到8万的数目，一下子减少了几万，袁青山的心情轻松多了。村里很多人都受过袁青山的恩惠，大家商量一下，每户借给老汉一万，帮他解燃眉之急。

隔日，袁望春带着一张卡交给了袁青山，被他拒绝了，他说："我帮他们不是为了回报的，为了回报我就不会帮了，这些钱你拿走吧，近年来，大家都不容易，我还不一定什么时候能还！每户一万，在我们庄稼人眼里，都不是一笔小钱。"

袁望春说："那你先将我这一万拿走，我没有拖家带口，不用花那么多，先将近月的都还上吧。"袁青山在他苦口婆心的劝导下，终于接受了他的好意，之后袁青山便离开村子去了城里，他要袁俊杰尽快把房子给便宜买了，好还乡亲们的钱。

袁青山去到枫树村，看见袁俊杰在烈日下搬砖，汗水沿着脸颊流下，也没有擦，整个人晒得比以前更黑，脸上还有一些晒伤的痕迹，皮肤越发粗糙，头发又长又脏，像是老了几岁。他于心不忍，估计袁俊杰是没事做，他只能上工地，可他怎么受得了这样高强度的工作？真是造孽呀！这时，袁俊杰也看见了袁青山，他顿时就红了眼眶，看了好一会儿，他才走过来说："你怎么来了？"

"孩子，我们去把钱还给那个人吧，多亏了袁家岭的乡亲们，他们总共凑了这八万元来给你。"袁青山用颤抖的手把钱递给袁俊杰。

真是拆了东墙补西墙。还完了高利贷，袁青山父子又得面对从袁家岭借钱的事。对于袁俊杰来说，他感觉身上的担子轻多了，可这担子在他爹袁青山的心里却比任何时候都重，从来就不敢欠帐的袁青山，又要重新担起这个家庭的重担。不行，得想办法还乡亲的钱，乡亲们的钱来之不易，他得快些还给他们才行，不然，他这张老脸怎么还好意思出现在袁家岭呢！他随即就和袁俊杰商量着卖房子的事情。

他们商量好了卖掉两套房子来还债。这房子做起来是多么艰难，谁也舍不得卖，但是，不得不卖，因为在当下，没有别的办法。所以，袁俊杰说服自己，不要再做无谓的反复，搞清目的，坚定地去做就行了。他卖房的目的就是还债，方式就是低价快速脱手。

袁俊杰说："可以选择中介——好的合作伙伴有助于快速成交，把房子挂到了小区周边的三个中介平台，一个是链家（大品牌，客户资源多），一个是本土的小中介（地头熟，老客户客情好），还有一个是小区物业自营的中介（近水楼台先得月）。"

但是，袁青山说："中介好是好，就是费用多，最好不用找中介，自己卖更省钱。"

袁俊杰说："想要在短时间内快速成交，势必要有大量客户来看房。而且，这些客户的真实性，需要有人帮我甄别。即便房子成交了，后续还有一系列手续，我自认没有精力去亲力亲为，还是要相信专业房产中介公司。"

袁俊杰认为最好是选择和中介合作。他愿意支付合理的费用，毕竟，中介无利可图，何谈服务？这些费用都是目的达到后才收取的，也没有什么压力。

果然，把房子挂了几个中介的平台后，就可以在屋里坐等着中介的消息。一连好多天都没看到一点消息，袁俊杰看似没有事的样子，可是袁青山却急得团团转，他不停地催促袁俊杰想想办法。可是，袁俊杰也没有什么办法，除了等客户上门他还能做什么呢？

过了不久，中介终于带人来看房，袁俊杰以为中介的经纪人把房屋的所有信息都跟客户沟通到位了。但现实情况是，他们对标的房子并不了解。经纪人带客户走马观花匆匆看房，一点点成交的可能都没有。在袁俊杰看来，每一次和客户见面的机会都弥足珍贵。经纪人只是带客户走马观花地看一下户型，并没有任何营销的互动，那就是浪费了宝贵的机会。

袁俊杰不愿意被动等待，在和中介沟通后，开启了自荐式卖房之路。他坚信，没有谁比他更懂自己的房子。自己当初看上这个地段的心态，就是此刻买家的心态。自己可以讲述这个房子里任何一个角落的故事，给客户呈现以后的生活场景。无需技巧，真诚就够了。事实证明，非常有效果。

接触几个有意向的买家后，袁俊杰发现还是有人愿意买的，都会大刀阔斧地砍房价，房产证他们说就无所谓，但是他们还的价格低于房子的造价。有的是外地人，愿意接受房价却担心不能够办理房产证，没有房产证他们都觉得没有安全感。这两种情况都让袁俊杰左右为难，为了快速地售出去，他豁出去了，他改变了策略——保证办理房产证，出证后交清余款。他觉得不能够达到客户的需求就不可能达成交易。

经过几天的接触和了解，袁俊杰感觉最有可能买下他的房子的是一位叫邓斌的中年人。他自称是乡下人，才离婚不久，长期在城里打工，之前一直租房子住，为了把小孩带到城里，得有一个稳定的地方住下来。他们原来就住在离这里不远的一个片区，步行大约20分钟。还有就是父母年龄大了，邓斌打算从老家把父母接过来住在附近，便于相互照应。

邓斌付了大部分房款，接下来就是去办理房产证了。这天早上八点多钟，袁俊杰和邓斌早早地就来到房地产管理局的门口。他们来到柜台前咨询，办理房产证的人查看完他们的所有的资料和证件后，告诉他们，邓斌的户口所在地不是和袁俊杰在一起的，根据有关规定，不能办理房产过户的手续。当时，袁俊杰的心里就凉了半截，怎么办呢？袁俊杰再三询问办证大厅的工作人员，得知他的房子属于小产权房，在集体土地上的房屋就只能转让给集体土地上的本村本组的成员，而不能转让给本集体土地之外的人，所有只有将邓斌的户口迁至袁俊杰的房屋所在地才能够办理。

来之前高高兴兴的袁俊杰，现在是垂头丧气的样子，想到快要到手的几万块钱就要要落空，他的心情非常低落。他不甘心，对邓斌说："你放心！我去想办法，如果三天之内还是不能够给你办理房产证，我就退还你交给我的5万元买房的押金。"邓斌只得同意，其实邓斌也想买下这套房子，对于他来说，这房子装修得好好的，总共才几万块钱，到哪里去找？他看了很久房子，才决定放的押金。房子除了地理位置不怎么样之外，其他都还好，进进出出就是多几分钟的时间嘛！有什么问题呢？他完全可以接受。

回到家里，袁俊杰左思右想，如果邓斌买不成的话，他的房子也许就买不出去了，咋办呢？突然，一个大胆又危险的想法在他的脑海里浮现：只要能够证明邓斌有本地的户口不就行了嘛！话虽如此，但是怎么去证明呢？他想到了自己原来帮别人做过刻印章的生意，刻一个假的本村组的印章盖上不就成了？但是，袁俊杰也知道，这是一个犯法的行为。他想起了王局长的话，他说他是大法不犯小法常犯。这刻个假的印章应该不是犯什么大法吧！这一没抢二没有偷，就算犯了一个小法的话，应该不会把我怎么样吧！为了渡过现在的难关，他豁出去了。

刻印章得有原样，他回家后第一时间就找到盖有章树村石家组印章的证明和单据，他拿了一个印得清晰一点的，把它拿到刻印章的地方，按照上面的内容刻了一个新的印章，然后在另外一家打字复印店伪造一份同意接受邓斌落户的证明书，再盖上刚才刻的印章对文件进行"证明"，袁俊杰看了看这张新出炉的"证明"笑了，这回卖房的事一定可以万无一失了吧！

随后，他打电话给邓斌，说证明已经办理好了，要他准备好明天一起去房产局办证。第二天，不出所料，房屋产权登记、更名、签订房屋买卖合同、付款等事宜一路绿灯，很快便顺利办妥。袁俊杰也顺利地还了贷款，他终于可以舒一口气了，但是，这笔钱除去他要还的钱就所剩无几了。袁青山自然对这一切都不知情，他在第一时间就拿着袁俊杰卖房的钱高高兴兴地去袁家岭还账去了。

然而，纸终究包不住火，樟树村社区土地管理所的工作人员很快发现了袁俊杰的私自刻章行径，随即打电话给他，要他到社区办公室来核实。袁俊杰怀着忐忑不安的心情来到社区办公室，他站在办公室的门外不敢敲门，久久地徘徊着，他心在滴血，只想呐喊一句：不得了啊！求求你了！求求你放过我！

"你是谁？干什么的？"突然办公室的门开了，出来了一个戴眼镜的人。

"我……我是……"袁俊杰支支吾吾半天。

"哦，你是不是袁俊杰啊？"那个人取下眼镜问道。

"我……是……"

"我好像在哪里看见过你，你好大的胆子，袁俊杰！"那个人把眼镜戴好后认真真地说，"你知道你干了什么吗？私刻公章，这是犯罪行为，你知道吗？"他用手在桌子上拍了一下。

袁俊杰吓得哭了起来，他一边站在那里抹着眼泪，一边支支吾吾的，不知道说了些什么，也许是他的行为让那个办公室的人感到尴尬或者难堪，那戴眼镜的人急忙拿几张卫生纸递给袁俊杰，指着旁边的一把椅子说："你先坐下！坐下再说！"然后走到抽屉里面拿出一个杯子，从制水机倒了一杯水递给他说，"不是我吓你，袁俊杰，要不是我们社区领导看在你是我们社区的人的分上，加之你平时也没有犯下什么错误，你这事才没有往大里搞，我们还是愿意平息这件事情，不然的话，就得送你去坐牢！"

袁俊杰听到他好像没什么事了，他忐忑的心情才慢慢地平静下来，一句接一句地说："谢谢！谢谢领导！谢谢领导！"

"你知道吧，第二天，房产局就打电话给我来核实邓斌的户口迁移问题，我当时真的脑子里没有一点关于邓斌的消息，这个名字我都没有听说过，我问是谁卖的房子，房产局的人说是你袁俊杰，我才知道一点点情况！"

"谢谢您，黄所长！您是黄所长吧？"

"我姓杨。"

"哦！谢谢杨所长！"

"我不是所长！"

"哦！杨主任，您不知道我的情况，我真的是没办法了。"

"没有办法？没有办法就要去做违法的事情？"

"不不不……下次打死我也不做了！"想起这件事，袁俊杰深感惭愧，"我想对您说，对不起，我不会再做那些违法犯罪的事了，我在这里请求您的原谅，希望您能原谅我！"

"算你运气好，上次你不是在石家组的白杨山上造了房子吗，规划局的王局长跟我说了一下你的事，不然我对你一点印象都没有！"

"是的，是的！还得谢谢王局长，你们的好意我终生难忘！"

"这次就算了，不追究你的责任了，下次就得好好做人做事，不然，社区是不会放过你的！你回去吧！"

"好的！好好做人，好好做事！谢谢杨主任！"袁俊杰走出社区的大门，他擦了擦额头上的汗珠，虚惊一场。

晚上，袁青山从袁家岭也回来了，怕父亲担心，今天在社区的事情他只字未提。只听见袁青山说他弟弟袁青云与隔壁邻居的地基的事情。原来，袁青云回老家的时候，并没有看见袁松把他房子拆了重建，反而还装修好了，这下把袁青云惹恼了，他老婆也是很气愤，连忙上前去找袁松理论。袁松也自知理亏，拉着袁青云手说："青云啊，一路长途跋涉累了吧，先坐先坐。"说着就要老婆招呼他们一家吃饭，但是袁青云这次丝毫不给他面子，根本不打算妥协，甩开他，冷冷地说："我已经劝过你拆了重建了，没想到袁松你还直接装修了，想生米煮成饭是吧？如果你不拆除，就法院见！"

没想到袁松还是冥顽不灵，他以为袁青云会顾及邻居关系，不会去法院起诉他，可这次袁青云也再妥协，在七天后他就向法院提交了材料，起诉袁松。

结果就是，袁青云胜诉了，毕竟本来就是袁松的错。法院判袁松限期拆除违建的地基。回到家后，气得脸红脖子粗的袁松老婆跑到袁青云家门口大骂，各种脏话恶心话都骂出来了，不仅如此，还拿了一把锄头装模作样，想打架，把自己家小孩吓得哇哇大哭，袁松看见自己的老婆成了一个十恶不赦的泼妇，连忙拦住了她，或许是顾及最后一点邻居情分，袁青云把大门关了，带领家人一起出去了。

从此以后，袁青云家和袁松家仿佛是仇人一般，见面也不说话，只是冷冷地看着对方。反正他们过完年就要出远门，打工的打工，上班的上班，只是过年在一起。可这事对两家人来说，看见对方都闹心，总之这次谁也没占到便宜，谁也没过个好年，反而还多了一个仇人似的邻居。俗话说："邻居处得好，犹如捡了一个宝。"这句话真的没错！

在父亲袁青山跟他讲述袁家岭发生的事情的时候，袁俊杰感到新的危机又要来临，虽然他还掉了所有的欠款，但是现在他的兜里的钱就仅仅够两个月的生活费用，他又得重新规划着自己脚下的道路，他该怎么办？何去何从呢？现在的他只是比前两年多了两套房子，其他的几乎什么都没有，那两套房子如果不能够变现，就是泥土一般，一没有人租，二没有人卖，现在除了打点零工他还能怎么办？这零工是有一天没一天的，常常十天半月没事干，刚开始还好，这无聊的日子多了，那就是一个字：烦！

俗话说："一寸光阴一寸金，寸金难买寸光阴。"时间如此珍贵，无所事事地虚度光阴是极其危险的，简直是在慢性自杀。有人认为，一个人虚度光阴，是在浪费生命，但当一个人真真正正地意识到这一点，这也是一个人改变的机会来临了。

如果一个人一天到晚看电视广告，拿着遥控器从一个频道换到另一个频道，只能说他无聊。他可以在晴朗的夏日里游泳、钓鱼，也可以躺在小船上，任风、水推动它，在湖面随意漂荡，这也是无所事事。也就有机会享受生命，享受生活的美好，自由的快乐。当一个人无所事事时，他的心是安静的，思想也像被洗涤过一般，变得干净、通畅。这时，他与他的内心是很接近的，他与他的灵魂在亲切地交谈，他能陶醉于那些简单的事。

无所事事，给我们匆忙的生命留下空白，使时间的列车停下一小会儿，给我们喘息的机会。当身心得到充分休息后，就像给汽车的轮胎充了气，它就能转得更快更平稳了。灵感，来自于一个轻松活跃的大脑。从另一方面来说，无所事事是人类的理想。从个人来说，年轻时努力工作，为了赚足够的钱，买房子、车等，等到有一天，积攒够兑换自由的钱时，他又有了新的烦恼。就好比，一个想出去旅游的人，他先去挣钱，等挣到足够的钱时，他已经没有了旅游的热情了。

在人生的路上，需要不断奋力向前，可也需要偶尔停下来，闻一闻路边的小花的淡香，摸一摸松树粗糙的树皮，给旅途中增加趣味。这也是一种力量的蓄积，最后升华成为境界和归宿。此事又何尝不好呢！再美好的事，如果总是重复着去做的话，谁都会感到厌倦。

我们都生活在这个现实的社会里，金钱、感情，两者孰轻孰重？年轻的时候，我们幼稚不懂事，总是把爱情看得太重，以为真爱无敌，有了爱就可以立于不败之地，其实有爱真的不算什么，时间会摧残它，现实会侵蚀它，没有谁的爱能像最初那般纯粹。爱需要很多东西来支撑，并不是有情饮水饱，那是不现实的，也是不理智的，也会让两个人痛苦。爱，原本是简单的，可是要爱存留却需要很多的付出和努力。

两个人在一起，如果是学生，没有自己的经济基础，一切靠父母，不开心的事往往很容易解决，产生的矛盾也多半是你爱我有几分或者你不爱我我难受，没有生存压力的人没有资格去说一辈子，因为你不知道社会的残酷，因为你不知道两个人在一起除了感情还需要柴米油盐酱醋茶，因为你不知道爱情总有一天会变亲情，变成一种习惯了彼此的习惯。爱情是美好的，可是真的没有想象中那么美好，你确定你可以陪他或者她过一辈子吗？

情人节也许没有玫瑰花，因为太贵了；也许没有一个你们的房子，因为你们买不起；也许有很多你原本在父母宠爱下没做过的家务；也许你会在菜市场变成当初你最鄙视的大妈，为了几毛钱斤斤计较……你真的能够确定，背负上生存的压力后，能像现在一样无忧无虑地爱着他或她吗？两个人每天奔波忙碌，只为了生存，下班了，依偎在一起，满心疲倦，话也许不会那么多，因为累了。生活也许不会那么好，因为你长大了不能靠父母了。烦恼也许变得更多了，因为你们也想结婚也想有房有车。请真心地问问自己，没钱，我们还能爱多久？没钱，我们是不是还要继续坚持？爱情和面包都很重要，两者原本就是相辅相成的，有钱当然皆大欢喜，没钱也要坚持下去，自己选择的路就跪着和他或她走下去，自己做出的承诺就做到，累的时候，也请记得停下脚步，和心爱的他或她紧紧拥抱。

　　金秋十月，天气逐渐转凉了，这天晚上，袁俊杰把他目前的状态和自己的计划跟袁青山好好地说了一番。父亲也知道他现在的处境，一个三十出头的人还是得拼搏一下，不为别的，就为了成一个家也要得嘛！俗话说："男子无妻家无主。"这一个家庭没有女人怎么行呢？何况还有一个孩子，他袁青山已是七十多岁的人了，还能活多久呢？这个家只有袁俊杰找个女人才能好，他也就可以安心了，不然，看到他形单影只、拖儿带崽的，他死不瞑目呢！

　　袁俊杰想到要卖掉一套房子去做生意，令他没有想到的是，袁青山举双手赞成，他说："要得！要得！挣钱要紧！挣钱了你好找个人啦！你看我也老了，随时都可能走呢！谁来照顾袁垣呢？把房子卖了，还怕没房子住呀？这住天不行，住地可到处都是！大厦千间，夜宿八尺！卖房换点本钱后去做生意吧！找个女人后，好生把袁垣带好啊！"

一个现实派的励志故事
一部农村版的百科家书
一代追梦人的奋斗史诗

袁家峪

袁 军◎著

团结出版社

第三十七集

众里寻她千百度　天涯遇君几回眸

一样东西，就算有很多人看，很多人动心，如果没有人做第一个尝试者，往往就没有人愿意去买。只要有了第一个尝试者，其他的人往往会蜂拥而至，争先恐后地抢着买。袁俊杰的房子也是这样，当邓斌成功购买后，那些原来看过房子的人又纷至沓来，特别是听到袁俊杰说就只有一套了的时候，那些要买的人几乎是缠着他，袁俊杰电话都接不完，没别的，就想要他便宜一点，再便宜一点。袁俊杰真正感到现在他的房子不愁卖，他也不想像卖给邓斌那样，生怕没有人要，就把它顶在伞尖上卖！

卖房只是一个决定，后续的一系列事情，就由不得他来安排了，它会打乱你所有的安排。无论是袁俊杰睡觉的时候、吃饭的时候，还是上厕所的时候，他的手机铃声总是响起："袁总，我们约个时间看一下你的房子吧？"

"房东，你的房价可以再降一点吗？"

"袁总，什么时候看房方便？"……

同时，那些做中介的人也不想错失这个房子，而他也无法拒绝每一个有可能卖掉房子的机会。只得陪着一拨又一拨的看房客。

有看了两分钟立马走人的，有一走进来就嫌房子太破旧的，有看了房嫌弃房子采光不好的，还有提出一个低到离谱的价格让你难以接受的。看房子的客人中，有年长的、年少的，还有给孩子读书准备迁户口的年轻爸妈。看房客很多，来了一拨又一拨，但真真正正心仪这套房的却并不多。其实，房子是需要保养的，再装修一下，肯定还会得到更多人的喜欢。一轮又一轮的看房客，几乎把这房子的缺点给全部总结了一遍。最终成交的是一对年轻的夫妻，他们也是从农村来到长阳的，觉得其他的小区房子太贵，所以就选择了袁俊杰的房子。

签订房子转让合同后，袁俊杰心里感觉怪怪的，本以为卖房那段时间的纠结与无奈，在卖掉房子之后会消散，自己会变得很轻松。但其实最后交钱的那天，他一点也不开心，甚至晚上久久无法入眠。最后交钥匙前，他对袁青山说："房子我卖了，你还要不要去看看？"父亲向他摆摆手，说："卖了就卖了吧，不看了。不是还有一套吗？"后来就是无声的沉默，他想，父亲也一定是在回忆过往的片段吧，毕竟他也在那里生活了几年呢！

那天，袁俊杰早早地去房子那儿看了又看，将柜子一次次地打开，又一次次地关上。在柜子的抽屉里，还找到一双手掌大小的鞋子，那是袁垣小时候穿的，他把它塞进了包包带回家。这，也许是和房子的最后告别吧。三把钥匙交到买家手里，离开房子，回头时眼泪已经浸湿了眼眶。

三十而立，但如今，三十多了的袁俊杰几乎连平常人的正常的生活都没有，他谈何"而立"呢！听说，人们的寿命越来越长，生理环境、心理环境也发生了巨大变化，社会学家和心理学家们提出了"六十而立"的新概念。就是说一个人进入花甲之年，他的思想和认知并非完全停顿下来，还会精神矍铄，浑身充满干劲。可是，这些只是对老年而言，他刚过三十岁，不可能就过上老年人的生活吧？那和等死又有什么区别呢？

经过半个世纪，祖国那些曾经荒芜的土地上，如今百花争奇斗艳，楼房越修越高，道路笔直宽广。历史的使命感、时代的危机感，使袁俊杰的心微微颤抖：他的青春将与这火热的时代紧紧地连在一起，是的，一定是的！"创业"，是一个多么沉重的字眼，虽然他无法体会第一次创业历经的艰辛和磨难，但是有机会在"二次创业"过程中，奉献自己的青春，和这个伟大的时代一起腾飞，书写自己人生的辉煌篇章。

房子卖掉了，自然就有了创业的资金，接下来，就是选择创业项目了。这天，在饭桌上，袁青山问袁俊杰："俊伢仔！你做什么生意呢？你想好没有？"

"还能做什么生意呢？只能做防盗门和防盗网。这年头，做什么的都多，竞争激烈，不做自己的本行不行，到时候亏都不知道亏哪里去了！"

"是的啊，你现在是三十多岁的人了，这上有老下有小的，真的是只能吃补药不能吃泻药啊，少挣一点都行，就是不能够亏啊！"

"知道，我还是打算做本行，这行虽然挣不了大钱，但是维持一家人的生活还是不成问题的。只是现在店面不好找，价格也贵，不知道能不能找到合适的店面哦！"

"这还不简单，没事你就去找嘛！多花点时间就会找到的，要找个好地段，这做生意位置很重要，而且房屋不能太贵，贵了压力就大了！"

"说是这样说，哪有这么好的事呢？想要羊羔长得好又要羊羔不吃草这样的事是不大可能的，你不知道呢，做我们这一行，不需要太好的位置，只要不是太偏僻就行！"

"你自己看着办吧，我也老了。"

几天了，袁俊杰还是没有找到合适的店面。这天闲着无聊，他在路边一家报摊买了一份报纸，躲在边上看了起来，除了吸引他的国际新闻，他还对本地发生的新闻事件特别感兴趣。突然，中缝的一则征婚启事吸引了他：某女：年轻漂亮，文雅大方，短婚未育，觅年龄相当，身高1.7米以上，洒脱开朗，有稳定工作的男子为侣。电话号码：1234567。

袁俊杰把这条征婚启事看完后，又看了看其他的征婚启事，不过，他马上又回到这条启事告上，重新看了一遍，他觉得这个女人蛮适合他的，于是他从兜里掏出手机，把上面的联系电话号码记了下来。他又继续浏览着报纸上的内容，此时的他哪里还有心思看报纸呢？他早就想知道这个电话号码到底是不是真的，要不打个电话试一试吧？反正现在他也是无聊，打了电话耍一下也无妨呀！

于是，袁俊杰拨打电话，很快电话就接通了。"你好！谁呀？"一个女人清脆的声音传来。

他赶忙说："你好！我是看到你在报纸征婚启事上的电话才打来的！"

"哦！征婚，好的，可以介绍一下你自己吗？"

"当然可以，我姓袁，31岁，离异，带着一个9岁的男孩，住樟树村石家组。"

"哦，这样！你做什么工作的呢？"

"暂时没有工作，正在找生意做呢！想问一下，你想找个什么样的人？有哪些要求呢？"

"我？我这个人没要求！其实，拖儿带女的也行，只要条件好、谈得来就行！看来你不行，还是算了吧！"

"哦！不瞒你说，我也想找个条件好的，我的房子多着呢！三套，夸张一点说，坐在家都有饭吃。"

"三套房子？在石家组吗？我的房子可在南湖公园这边，你那边太偏了！"

"偏好呀！你不知道吧？你的房子只怕还没有我的值钱，我那里偏是偏了点，但是会被征收啊！"

"征收？什么时候征收？只怕要等到猴年马月呢！"

"那就不知道……"

"拜拜！"

"拜拜！"

挂了电话后，袁俊杰觉得特别来劲，虽然没有什么希望，但是他也算是跟一个女人聊了一会儿天呀，自己天天见到的几乎都是男人，跟一个女人讲一下话也感觉不错，心想，如果有机会，他还想打个电话聊聊，不管怎样，就当是调一下口味吧。不过，言归正传，他得努力去找点子呢，这几天了店子的事还没有一个影子呢！他一看手机上的时间，不早了，要吃晚饭了，该回去了。

晚上，躺在被窝里面的袁俊杰回忆起今天发生的事，他对在街道上打的那个电话记忆犹新，反正闲着也是闲着，不如再打个电话去聊一下吧？不！袁俊杰想，这大晚上的，说不定别人在家里休息呢！两个人不可能在一起，三更半夜还打人家电话，这不是自讨没趣吗？于是，他又把手机放回去，那怎么办呢？嘿！发信息吧！发个信息给她看看，她看见了就看见了，反正又不会影响别人，再说，信息嘛，她想回就回，不想回就不回。还有，这个信息她也许会看到，也许没有看到。反正，无所谓，就是一个信息而已，也不会有什么麻烦。

"睡了吧！（微笑）"袁俊杰发了三个字加一个微笑的表情。他目不转睛地盯着手机屏幕，等待着对方的回信，一分钟过去了，五分钟过去了，十分钟过去了，十五分钟过去了，二十五分钟过去了……袁俊杰的眼睛累了，手也发麻了，她只怕是不会回信了。袁俊杰有一点生气地把手机放到了枕头底下，无可奈何地闭着眼睛，躺在床上长长舒了一口气。

不知道过了多久，袁俊杰把枕头底下的手机翻出来一看，手机屏幕上有一条消息未看。他迫不期待地点开，原来是她的回信，也是三个字："没有睡。"

袁俊杰顿时来了精神，他接着回信："这么晚了怎么还没有睡呢？"

这次，她回得很快："睡不着，你不也没睡吗？"

"想什么呢？睡不着？"

"想钱！（大笑）"

"钱想不来，得挣来。"

"挣来也得先想挣才行呀！"

"那是，你的朋友找到了吗？"

"哪有这么容易找到？看样子你找到了喽？"

"没有！你以为还年轻哦，我没那么容易被爱情感动，经历了一些事情，对于相爱这事儿，多少存了一点疑心！"

"确实，如今经常听到很多情侣自信满满地说，我们在一起很高兴，却很少听他们说彼此真的很合适。"

"两个人在一起的时候卿卿我我的，都是因为新鲜刺激，等到过了一段时间之后，就会为了各种各样的生活琐事而烦恼，甚至闹得鸡飞狗跳！"

"是的，不久前，遇到一个大学同学，他曾与我的室友爱得轰轰烈烈、死去活来，毕业后，他们却分手了。分手原因是两人在一起不合适。他如今的太太是一个小职员，典型的贤妻良母。他功成名就，她则甘愿做配角。我的确无法想象，我那位室友如今同样是功成名就的女强人，能够为了一个男人而放弃自己的追求。"

"在爱情中，惺惺相惜最重要，而婚姻考验的是兼容性。两个同样高品质的零件，不在一台机器上时，彼此倾慕，放到一台机器上运转，往往你磕了我，我碰了你。"

"还有一个重要的东西就去钱，俗话说：'贫贱夫妻百事哀。'这夫妻关系再好，如果没有钱的话，也会滋生出很多的问题。喂！忘记问你了，你是做什么的？"

"我现在在家里待业，正在寻找商机。"

"找商机？吹牛！你有这个钱吗？"

"房子都卖了，怎么没钱？"

"你不是等征收的吗？怎么卖了呢？"

"就只卖了一套而已，没事，还有呢！"

"你那房子能卖多少钱？哪个地段？"

"卖不了多少钱，但是我想去闯一闯，毕竟现在也等不起了，年龄大了，再过几年就真的办不动了，年龄大了胆子越来越小，现在我都不敢做其他的行当，还得做自己熟悉的事才有把握！"

"好的，你是一个有魄力的人，我欣赏你，希望你马到成功！"

"好的！谢谢你！"

"哦，你贵姓呢？"

"我姓袁叫俊杰，你呢？"

"我叫王靖。"

"哦！王靖，你是做什么的呀？"

"我……明天告诉你吧，今天不早了，睡吧！"

"好的！88！"

"88！"

第二天，袁俊杰还是一早就起床了，安排好袁垣的生活后就要去街上找门面了。正要出门，袁青山喊住袁俊杰，对他说："你这样天天出去找可不是个事，要不，先想办法找事做，再想着以后怎样做生意。"

袁俊杰走到门口又退了回来："不行哦！爸，你不知道，时间等不得呢！"

"有什么等不得的呢？你还不是天天在外面跑着，事也没有做，上次看见你接电话，说要你去做事，你也没去！"

"我知道的，你就不要操心了！"袁俊杰说完就走了。

袁俊杰在一个小区里面看门面，看见一个卖服装的门面转让，他进门了解后发现，老板由于没有做服装生意的经验，也不知道门面租金也比较贵，转了两次，也没转成功，看别人的生意也不怎么好，他就没有再去。他想，如果把这个店盘下来做服装，他也没有多少把握，经过仔细考虑，他还是放弃了。

下午，袁俊杰在他比较熟悉的地方转了好久，还是没有找到合适的位置。他突然想起来，做建材这行，只怕还得去建材市场找门面，毕竟，这个行业聚拢也是一种发展趋势。说走就走，转身就向公交车站走去，他仔细地看了看站台上的线路牌，然后搭上了去建材市场的公共汽车。

十几分钟后，他来到了一个建材市场，他对这里其实并不陌生，这些卖板材的。划玻璃的。铝材的。卖油漆的……都有他认得的熟人，只是这个市场的生意好像还不是很好，这些进进出出的口子，或者是马路两旁的店面，人气比较旺盛一点，其他店面则没有看见几个人走动。

之后，袁俊杰到靠近马路的街道看了一则门面转让的广告，经过问询，租金有点贵。正在这时，袁青山打电话来了，他对袁俊杰说，他叔叔袁青云听说他在外面找门面，就说在保利街上有一个做着鞋子生意的熟人，她隔壁就有个门面一直空着，是她女婿的老表的房子，租金肯定不贵。听说那老板很好说话，想做什么，权且做着，赚了钱年底给房租也行。袁青山的意思是，挨着亲戚做生意，不管怎么都有个照应，而且离自己家也近，走路也就七八分钟，回家也方便，他要袁俊杰考虑考虑。

袁俊杰当场就表示不行，袁青山替他着急，生气地挂了电话。他继续在建材市场寻找着，他发现这个市场里面虽然没有多少人，但是张贴门面转让的却很少，这些能说明什么呢？还不是亏本的人少，随便做什么生意，如果老挣不到钱，长期亏本的话，能撑多久呢？袁俊杰深知建材这个行业，虽然不是那种一年不开张，开张吃一年的店子，但是这行还是利润比较高的，一个月做两单大一点点的生意，基本上就能盖得住所有的开支。

前面好的地方门槛太高，他是搞不了的，里面的门面便宜是便宜一点，但是没有几个是要转让的，那几个转让的门面袁俊杰也打了电话，不是要很多转让费就是要加租金，还有的地理位置太差了，袁俊杰看到下午四点多的时候，累得筋疲力尽了，只好搭上回家的公共汽车。

晚上，袁俊杰刚躺在床上，王靖就发来了信息："睡了没？在忙什么呢？"

他喜出望外，回信息道："还没有睡呢！你呢？"

"我不是在发信息给你吗？"

"我是说，你在干什么？（微笑）"

"跟谁发信息呢？除了我还有谁！我曾经认得一个臭男人，一次可以跟几个女人聊……"

"（微笑）这么厉害！我可没有这么差劲！"

"那是，你们男人都是这样子的，女人越多越好喽！男人都是用下半身考虑的动物！"

"那也不应该是所有男人吧，难道就为了上床吗？有什么意思呢？"

"看来你还真是与众不同哦，没有爱情的婚姻是有风险的，然而，如果觉得只有爱情就可以结婚，恐怕风险更大。"

"婚姻嘛，爱不爱还在其次，关键是合适不合适。对大人们来说，适合不适合就是考虑终身大事时的态度。她没有说爱，而说合适，不是因为爱这个字眼她说不出口，而是经历了漫长婚姻生活的人，看重的不再是爱，而是合适。"

"合适也不是那么简单的，两个人除了要有共同的人生观和价值观外，还得有共同的思想和行为，当然，如果有共同的理想，就是绝配！"

"你说得好是好，只是这个世界上又有几个完美相配又爱得死去活来的恋人呢？老一辈的爱情故事一般都是先磨合到'合适'，再谈论婚姻。所谓合适，代表的是一种比较舒适的状态。两人在性格上能够容忍、互补。不合乎常理的爱情最美丽，合乎常理的婚姻才最长久。婚姻都会严重磨损爱情，爱的升华也好，亲情的建立也好，总之，跟爱情没什么关系。"

"这样的结果，你不喜欢吗？"

"何止喜欢，简直就是梦想！"

"说点别的，你今天忙些什么呢？干什么去了？"

"我今天找了一天的门面，没找好，好的位置租金太高，位置不好的又不理想，总的来说，就是没搞好。"

"找门面得慢慢来，上回我公司的一个客户把门面委托给我帮他出租，你猜怎么着？后来我给他租出去了，我挣了一万多！"

"厉害！教教我呗！"

"说来我也是运气好，你在租门面的时候，一定要记得把房东老板弄清楚，你知道吧，有很多转让的人不是房东老板，还有的房东老板不同意租户转让，不然，到后面就会吃亏上当的！"

"知道，我一直都是租门面做生意的，什么大风大浪没见过？"

"看来你还是一只洞庭湖里的老麻雀。"

"（微笑）（微笑）"

"不说了，不早了！88"

"88"

第二天起床，袁俊杰又得出门找门面了。由于袁俊杰天天出门都没有什么结果，袁青山望着他，都有点不舒服。在他的眼里，找个门面不是轻而易举的事嘛！还需要这样天天都在外面？他也招呼都没打，袁青山正要跟他说点什么，袁俊杰却装做没看到的样子，一声不吭地出去了。

袁俊杰知道父亲着急，可是这又有什么办法呢？他也想快一点把店子找好呀！这找店子是要花钱的，还不是一个小数目呢，动不动就是几万块钱，怎么能随随便便地找个就行呢，弄不好亏了怎么办？

在公交车站台，他再一次登上了去建材市场的公共汽车，他着急的心情从他坐在车上的样子就能够看出。他坐在最里面的那个座位上，那个位置靠近玻璃窗，他一坐下来，一双眼睛就盯着外面看着——看路边的门面有没有关着的，或者开着但是旁边贴着门面转让广告的。汽车停了一次又一次，过了一站又一站，这时汽车上的播音响了："下一站，太阳桥建材市场。"

马上就到建材市场了，袁俊杰心里有数，他要下车了。突然，他发现路边有三个门面是关着门的，旁边还贴着门面出租广告，他顿时兴奋起来。这时车一停，他急忙跳下车，向那个门面跑去。他了解后得知，这三间门面都是一个老板的，租的话，得三间一起租，不能只租一间。袁俊杰这就犯难了，一起租下来吧，租金自己承受不了，他不需要这么大的面积，何必呢？租一间就蛮好的，可是老板说不租一间，怎么办呢？

袁俊杰在这个门面的前面踱来踱去，不知如何是好。他站在这里打量这个门面的位置，哇！真的不错！真的是个好地方，门面前面是一条宽敞的马路，对面是一个很大的生活区，关键是靠近建材市场，就是它了！就是它了！袁俊杰在心里默默决定着。可是，老板不租一间，让他在原地纠结不已。

突然，在他的旁边有两男一女在一起商量着什么，只见他们走到那个贴着门面出租的广告那里，其中一个男人拨打了广告上的电话。一会儿后，袁俊杰看见他们脸上流露出失望的表情，于是他上前询问了那个打电话的男人："你好！请问一下，你是要租门面吧？"

那个男人看了一眼袁俊杰，说："是啊！怎么啦？"

"哦！你放心，我没有别的意思，我也想租门面呢！这个门面我问了，房东老板说要三间一起租呢，你们是一起要租吗？"

"不，我们不需要这么大的！你也要租门面呢？"

"是的，你来之前我就打电话给那个老板了，我想你们肯定也是来租门面的。"

"你是做什么生意的？"那个男人递给袁俊杰一根烟。

袁俊杰双手谢绝，说："谢谢！我不抽烟的，我是做防盗网的，你们呢？"

"我们是做窗帘的，我也问了，老板也是说要一起租，其实我们只要一个门面就够了！"

"我也是，我也只要一个门面就够了。"袁俊杰说，"可是，还剩一个门面这么办呢？"袁俊杰想了想，他对那个男人说："这样吧，我们先合伙把这三间门面租下来，然后我们把剩下的那一间租出去，你看行吗？那一间门面应该是不愁租不出去的，租出去了租金反正我们一人一半，你看可以吗？我觉得可以，你看这个位置多好啊！"

那个男人跟其他两个人咕噜咕噜地在一起商量着，一会儿后，他向袁俊杰走来，说："这样你看行不，这个门面都有两层嘛。我们只要上面一层，你就要下面一层，你把你两个门面的二楼租给我们，我就不用出那么多的租金了，你看这样行不行？"

袁俊杰没想到他会出这样子的办法，但是他随即一想，他也没有租两个门面，只算是租了一个半的门面，再说，他做防盗网也需要大一点的场地，做起事来也方便很多，于是他当即决定就这么办。他们再次打电话要房东老板马上过来签订租房协议。

租下门面后，袁俊杰是喜忧参半。他内心有点担心，他知道谨慎沉着的心态很重要，胜券在握但在最后一刻失败的情况，他见过很多很多。当然，对于他成功找到合适的门面，签下合同，他还是很高兴。他突然感觉浑身都充满无比强劲的力量，甚至他说话的声音都大了一些。真的是人逢喜事精神爽，他在回去的路上买了一点好菜，他想回去与父亲和孩子庆祝一下。

饭桌上，袁青山知道了这个消息，自然也很高兴，不过，马上他又担心起来，门面是找到了，只是能不能赚到钱呢？中午，他还特别喝了一口小酒，袁垣也是兴奋起来，不知道小小年纪的他是因为父亲找到门面而高兴，还是为今天晚上丰盛的晚餐而开心！总之，快乐真的会传染，今夜，他们度过一个快乐且充满希望的夜晚。

吃完了晚饭，袁俊杰迫不及待地把这个好消息告诉王靖："忙什么呢？吃饭没有？"

很快王靖就回信了："怎么啦？今天怎么这么早就吃饭啦？"

"你猜猜看。"

"有什么好事就说嘛！我懒得猜呢！"

"门面找好了，签了协议呢！"

"恭喜恭喜！找的门面在哪里呢？"

"在八字门，挨着建材市场的。"

"好的，祝你成功，我好像有一个同事是住在那里的！"

"好啊！有时间的话，就可以到这边来玩啦！"

"好的！谢谢！哦！等一下，我要去一趟楼下！"

"好的!"

十几分钟后,王靖又发来了信息:"袁俊杰,昨天你说的合适,怎么样才觉得是合适的呢?"

袁俊杰想了一下,过了几分钟,说:"这个问题有点难,我个人认为,所谓合适,代表的是一种比较舒适的状态吧,两人在性格上能够容忍、互补。"

过了一会儿,王靖也没有回信息。袁俊杰就接着发信息:"也许是不合乎常理的爱情最美丽,合乎常理的婚姻才最长久。婚姻是爱情的坟墓这种说法,我觉得不是正确的,爱的结晶也好,亲情的建立也好,总之跟婚姻都有很多关系,你不能只恋爱而不结婚吧?"

又过了十几分钟,王靖还是没有回信,袁俊杰感觉自己可能说错了什么,他想了一下,又发信息说:"我们都是成年人了,恋爱的时候,那些让我们欲仙欲死的时刻虽然让人刻骨铭心,但是真正与我们相伴一生一世的人也许是那个忧郁的人、浪漫的人、多情的人、超酷的人,不管是谁,应该都是先恋爱,然后结婚生子,这个过程也许平淡无味,但是这才是平凡而又不平凡的生活。"

袁俊杰的信息刚刚发出去,王靖就回信了:"如果有人对你说:'我觉得你们在一起不合适。'那该怎么办呢?"

袁俊杰思考一下,回复说:"如果有人说:'我觉得你们在一起不合适'的话,我认为,如果是亲戚朋友如此评价你们的关系时,绝对不要一笑置之。不妨想想,你们究竟哪儿不合适,是可以克服的还是很难克服的,是旁人的错觉还是果有其事。俗话说,热恋中的人几乎都是零智商,女人是感性动物,理智越少越快乐,谈一辈子恋爱更快乐,问题是:你能跟谁谈一辈子恋爱呢?男人一般都是理性动物,关键时刻还是会毫不犹豫地做出选择!你认为呢?"

"是的,你说得很好,我好像在听课!"

"(微笑)(微笑)"

"我好好学习学习!不早了,明天你肯定会有很多的事情,你先睡吧!"

"好的!88!"

"88!"

挂了电话,袁俊杰知道拖儿带仔的自己有几斤几两,他陷入了深深的沉思中,虽然自己也想过就这样庸庸碌碌地生活下去算了,但是他不甘平庸,他还有袁桓呢,他一定到做个顶天立地的人,一定要为自己,为袁垣去再拼一回!想到这里,他一骨碌坐了起来,写上《岂曰无衣》:

岂曰无衣/与我一起/有我/就有你/虽不华美/但能暖体/安逸//岂曰无衣/与我同行/有风/就有雨/独辟蹊径/一路轰烈/何惧//岂曰无衣/与我锦鲤/有情/就有义/乾坤未定/你我皆有/奇迹

他写完了,一遍又一遍地读着,想着,修改着……

第三十八集

千恩万谢鲁志斌　三头两面毛平安

袁明生开始在鲁志斌的指导下，自学法律，他立志要成为一名合格的律师，为那些不懂法的人服务。于是，袁明生每天从早到晚就捧着鲁志斌给他的那本《中华人民共和国婚姻法》，不是读着就是写着，有几次，被路过的人听到了，暗讽他说："这真是老爹爹学郎中——诊鬼！"袁明生听到了不以为然，内心想：他们不就是说我学晚了嘛！真是小人之见，鲁迅先生不是说过了吗？做什么事情只要马上开始就不会晚，何况我认字知书，还有同学的鼎力支持，只要努力就一定能学成归来，做一名优秀的律师。果然，不出几个月，他已经把《婚姻法》背滚瓜烂熟了。为了丰富袁明生的法律知识，鲁志斌要求他看看其他的法律书籍。为了省钱，袁明生在当地的旧书市场上论斤购买了《有效辩护三步法——法官视角成功辩护之道》《刑法》《刑事诉讼法》《刑事侦查学》，如获至宝，仔细研读。

为了维持生计，袁明生每天早早地去建筑工地做小工，所谓的小工就是帮助泥瓦匠师傅做些零工，例如搬砖、挑砂、和水泥，反正就是见事就事，做大工的下手，袁明生干完活，只要有空闲，就坐下来看书。所以，干活的场所几乎都成了他的课堂。好多时候，老板看见他一有点休息的时间就看书，觉得有点对不起他给的休息时间，于是就大声吆喝一下："大家都抓紧时间休息啦！会休息的人才会工作啊！"

袁明生的一些工友看着却说："他这样郎不郎秀不秀的有什么用？"（说"郎中不是郎中，秀才不是秀才"的意思）燕雀焉知鸿鹄之志！袁明生也懒得回他们的话，默默地把书收好后去做事了。出乎意料的是，那个老板不知道是出于同情还是什么原因，常常多给他几十元钱，还对他说觉得他将来会有出息，还说些其他一些鼓励的话。袁明生听了之后丈二和尚摸不着头脑，于是，他就干脆白天不再在工地上看书了，放工后就早早地回家后在房间里认认真真、如饥似渴地学习着。

小工这个行当不好干，不仅累得很，还挣得很少，每个月只有一千多元进账，拿着这些钱，他却舍不得花，心里在盘算着该买哪些学习资料。为了司法考试，几年来他买的复习资料装满几大箱。他每天学习八个小时以上，为的就是能够通过司法考试。

袁明生做过老师，学习能力自然是一流的，只是一些法律条款，需要死记硬背，要记住还是很费心力的。这年冬天，袁明生代理了人生中第一起案件：袁家岭有一个人在外地遭遇一起工伤事故，听说他在学法律，就托人找到他。袁明生查找相关的法律条文后，主动联系用人单位，对应受伤者的诉求，为其到劳动部门努力争取，最后顺利地获得了赔偿，赔偿的金额远远超过受伤者的心理价位。经历此事后，袁家岭的每一个人都说他不错，说他懂法律就是厉害，为他们农民提供高级的法律服务，还不时感叹，如果袁家岭多几个像明生一样有知识的人，那该多好呀！

袁明生很高兴，这毕竟体现了自己作为法律相关人员的价值，他见识到了乡亲们对知识的渴望和追求，他们又何尝不知道知识是最强大的生产力呢！毛主席说过："没有学问，如在暗沟里走路，摸索不着，那会苦煞人。"这正是他们所欠缺、所需求的呀！袁明生更加坚定了通过司法考试获得律师资格证的想法。他在自学一年后，共计报了五次名，进了四次考场，最后以338分惊险过关，终于在第二年通过了国家司法考试取得了合格证书，获得了律师执业证书，完成了自己的梦想的第一步——拿到法律服务执照。

正在会议室处理问题的鲁志斌的电话响了，他一看是袁明生打来的，先停下工作，说："抱歉，我先接个电话，"接着一边向自己的办公室走去一边说："明生！"

"什么？你考试合格了？好好好……那就好！"

"恭喜你，同学，恭喜你正式成为一名律师，好的，真的是太好了，我们又可以形影不离、同舟共济了！"

"请客，那是必须的！我请你！我请你！晚上我们一起吃晚饭，就在老地方红树湾！怎么样？"

"好的！不见不散！！"

"啪"的一声，鲁志斌挂了电话后，袁明生百感交集，他庆幸自己交了一个好同学，在电话了除了道谢，还是道谢！是啊，他确实得感谢这个同学，在他走头无路的时候给他指明方向，还有，还有成为律师后，他还得有他的支持和帮助啊，最起码能得到他的对工作的指导也是非常不错的啊！

下午五点钟未到，袁明生就来到红树湾茶楼，找了一个曾经和鲁志斌吃过饭的包间坐了下来，点了一杯绿茶后，静静等待着鲁志斌的到来。

袁明生喝了两口茶后，想起前妻毛丹离婚之前就老在自己的面前表达对鲁志斌的工作和生活的羡慕。自从第一次拜访鲁志斌家回来后，就滔滔不绝地说起他家的事情，听得起他的耳朵都起茧子了。不过，有一点毛丹说得没错，人家的日子过得确实挺好的。

鲁志斌结婚时什么都没有，还是贷款买的房子，房子不大，七十多平方米，夫妻两人在那里住了几年。鲁志斌成了律师后，他家就开始有钱了，买了现在的新房子。家里装饰得跟皇宫似的，美轮美奂，一看就不是普通人家。

"咚咚！"正在胡思乱想的袁明生被敲门声惊醒，随即鲁志斌推开门进来了，说："明生，恭喜你啊！考过了就好！考过了就好！"

袁明生急忙站起来，说："是的！是的，这一切都得谢谢你呢！都是你的功劳呀！"

"诶！同学之间就得互相帮助嘛，你就不要那么客气了嘛！点菜，点菜没有？"

"还没有呢！你还没有来。"

"来，随便点。"鲁志斌把菜单递给袁明生。

于是，他们两个人你一杯我一杯地喝着，你一句我一句地聊起了自己的过往经历，直到喝到东倒西歪。

鲁志斌原来也不是法律系毕业的。出了学校后，干过不少非专业的工作，为了生活吃过不少苦，但是想当律师的愿望一直都没有改变。经过四年的拼搏，终于考过了司法考试，然后在一家法律事务所上班。熬到了一定的资历后，经办的案子已经很多，加上又认识了很多的律师，人脉资源就相当丰富了，有案子大家相互介绍，用不了几年就混得风生水起，赚得盆满钵满的。

鲁志斌想起自己曾经参加司法考试，这个考试确实不容易通过，但这个考试可以提高业务水平，提高法律知识。另外，法律条文每过几年就有一些改变，必须与时俱进、重新学习。同时，参加司法考试也是面子上的需要，上过法律系，干了一辈子律师，却连个司法考试也考不过，未免好说不好听。司法考试确实很难，袁明生连续考了四次才考下来。前面几次都是差一分或者二分就能过关。差这么一点，就要重考，让人好生郁闷。所以说，袁明生考试过关，他有多么高兴，鲁志斌内心是知道的，他知道明生是一个正直和又善良的人，他做律师绝对会有一个光明而又美好的未来。

鲁志斌说，希望袁明生能加入他的鑫源律师事务所，他以他老婆李娜为例，这几年因为有了两个小孩需要照顾，妻子李娜不能全力以赴地扑在工作上，只能接一些小案子，不能接收破产之类的案子。所以在同事中，她的收入算是比较低的。破产的案子之所以称为大案子，是因为程序烦琐，细节挺多，往往需要处理半月以上，这期间，经常忙得不能回家，当然了，挣得也多。因为时间不充分，这样的案子她都让给其他同事了。她只是处理一些民事纠纷、网络诈骗之类的案子。即便这样，她一个月也有两万多块钱的收入。

谈起自己在律所里的收入，鲁志斌没有说出具体有多少，只是说每月的收入超过了六位数，家中的开销都是自己掏钱。去年他们一家花销近五十万，仅仅女儿上辅导班就花了七万多。至于他自己就更不用说了，与他一起的合伙人黎南辰前几年开了个公司，别说挣钱，亏光了七位数后，走投无路，于是拿着仅剩的一点钱与鲁志斌一起开了这个鑫源律师事务所，当年他就收回了成本，现在他是一天到晚喝喝咖啡，打打高尔夫，日子过好不惬意。

明生也有所耳闻，鲁志斌的大儿子刚两岁时，家中给小孩买了很多玩具，其中有个滑梯，据说花了不少钱。自己的孩子去他家玩，玩得不亦乐乎，不愿回家。有钱人家的日子确实好。鲁志斌夫妻俩因为经常在外，需要请个保姆，现在保姆要求的工资都很高，从外面请不放心，就雇李娜自家大姐帮忙照看着，毕竟外人不如自家人，他俩一月给她姐10000块钱的工资。李娜她姐是个农村妇女，没有学历，如果去别处上班，不一定能挣到3000元。

袁明生当即表示很开心加入鲁志斌的鑫源律师事务所。鲁志斌与明生举杯畅饮，并要求明生明天就去律师事务所报到，并正式上班。两人一看表，已经到了茶楼打烊时间了，于是喝得酩酊大醉的两人一起互相扶持着走出红树湾。

第二天早上，袁明生精心打扮了一番，然后来到了鲁志斌的律所所在地洪富大厦。在楼层导图里，看见鑫源律师事务所在28楼，于是他走到电梯口，轻轻地按下上升键，到28楼后，袁明生刚出电梯门，就被鲁志斌看见。鲁志斌急忙放下手头的事情，向袁明生招了招手，示意向他走去，然后用手拍了两下，说："大家停一下，今天我们鑫源律师事务所将增加了一位新成员，大家都来认识一下吧！"

这时律师事务所的律师从四面八方涌到鲁志斌的周围，坐下听鲁志斌说。"这位新成员叫袁明生，大家欢迎！"

顿时，现场响起了热烈的掌声。

袁明生激动得不知所措，结结巴巴地说："谢谢大家！请大家多多关照！希望与大家一起共同努力，让我们鑫源律师事务所的工作业绩再上新台阶！"

刚开始，鲁志斌让袁明生接的都是一些小案子，他认为要从中积累经验，这样才能有底气接大案子。袁明生用笔记本详细记录下案子的每一个细节，平时不断地充电学习，除此以外，他每周还要去社区做法律服务，处理得最多的就是家庭纠纷、邻里矛盾。他想早一点成为出庭律师，甚至是律师事务所的合伙人，这不仅仅意味着他的薪资待遇的提高，还有他自己的业务能力的提升，更主要的是，他的价值和能力的体现。他，在等待着机会的到来。

与此同时，毛丹的人生正在经历坎坷。人生总有苦难，王子和公主也不例外。毛丹虽然回到了父亲母亲的身边，但生活会教育每一个人，谁都不会落下。此时的毛丹，走到了自己人生的岔路口。当时，她并没有认识到自己的错误，只是觉得袁明生不理解自己，不陪伴自己，生活很无聊。所以他才会背叛自己，但现在想来，那真的是毛丹犯下的一大错误。离婚后，她过得非常苦，除了严重的自我厌恶之外，她还要面对生活的一切。

刚离婚的那段时间，她感到异常孤独和迷茫，好像失去了人生的方向。她整个人变得毫无生气，不再热爱生活，也不知道该做什么。毛丹在离婚后，回到长阳市跟父母生活。那时她觉得，回到自己的家里后，能够找到一些自我满足和救赎。

刚开始的时候，她为过去的错误而自责。后来，逐渐地尝试着说服自己，要走出阴影，就得先承认自己所犯的错误，也要学会原谅自己。过了差不多一年的时间，她感觉自己比刚离婚的那段时期好很多了。以前，她常常觉得自己无所适从，时不时会做错一些事情，有时候在路上走着走着，就不知道该往哪里去。但现在她有了自己的想法、自己的生活方式，也找到了自己的乐趣。现在的她，不再是那个彷徨的人，而是一个积极向上、充满希望的人。

毛丹的爸爸为了让她尽快摆脱离姻的阴影，就给她介绍了一个优质的男朋友小肖。他们见面后就约好了晚上到小肖的家里吃晚饭，毛丹也欣然地同意了。到了小肖的家里，毛丹才知道小肖的家里来了好多的亲戚和朋友，她受到了他们的热烈欢迎和热情款待。饭菜上桌后，小肖的父亲让他妈妈给大家斟满酒。

"砰"的一声，小肖的妈妈斟酒时不小心碰到了桌上的水杯，掉在地上，碎了一地。

"你眼睛瞎了吗？这么个小事干不好，你还能干啥？真是个吃白饭的！"小肖的父亲像教育学生般地吼了出来，奇怪的是，全场的亲戚，包括小肖，没有给小肖妈妈说一句好话。

小肖的妈妈没有说什么，拿起了拖把默默地打扫。出现这么个小插曲，原本很高兴的气氛一下子降到了低谷，饭桌上也没其他人说话，就小肖的父亲像没事人似的自言自语，说了好多。

酒饭过后，聊了好多，聊的是什么，毛丹一句也记不清了，满脑子是小肖妈妈那卑微的身影。在小肖送她回家的路上，毛丹按捺不住自己心中的疑问，问道："小肖，刚才你父亲当着那么多人骂你妈妈时，你为什么不帮你妈解解围？"

小肖脱口而出："几十年都是这样，我妈一个农村妇女，又不会挣钱，连个小事儿都做不好，被说两句咋了？"

毛丹听到这话从小肖嘴里蹦出来，惊呆了，僵在原地不动，瞪大眼睛看着小肖，他身为一个儿子竟然这样评价自己妈妈，这时的小肖在毛丹眼里已不是从前的小肖了。他的父亲能这样对待自己的妈妈，自己的终生怎敢托付给他？

从此，毛丹是大门不出，二门不迈。毛父毛母也是无计可施，不管他们怎么劝说，毛丹反正就是一只耳朵进一只耳朵出。这离了婚的女人也是要嫁人的啦，这样拖下去的话怎么行？年龄越来越大了，后果可想而知。很多儿女不体谅父母，以为爱情婚姻是个人的事。其实这直接关系到父母的心情及晚年的生活。

父母是过来人，他们深知一个人长期单身，老了会面临种种困难。作为父母，谁不希望儿女幸福？只要儿女不结婚，他们就觉得自己的人生任务没有完成，内心就不会安宁。

作为儿女，要体会父母的心情，对他们多一份体谅。其实老人对儿女要求并不高，只要儿女按部就班地结婚生孩子，能过上正常人的生活，他们就很知足。婚姻没有想象的那么可怕，年轻人不要有恐婚心理，现在不承担责任，老年就不会有幸福和天伦之乐。归根到底，作为儿女，一辈子不结婚不生宝宝，是一种自私的行为，既是对自己不负责任，也是对父母的不负责任。了解到毛丹的这些思想，毛平安和卢萍只能发出一声叹息。

冬日的黄昏，细雪飘舞在空中，落在屋顶上，形成薄薄一层白色覆盖物。毛丹站在窗边，容颜有些疲惫，但仍然散发着坚定与柔美。她注视远方雪景时，回忆起过去的生活片段，袁明生的身影在她的脑海里浮现，她流露出难以言喻的苦涩，她似乎有话要说，她向袁明生抓去，却碰到了冰冷的玻璃。于是，她退到房间里，重重地倒在床上后，眼泪夺眶而出。

那是曾经幸福而温暖、充满希望与梦想的日子。然而，命运变幻无常，她不得不面对现实并接受残酷的事实。她突然想起袁明生写的诗歌来，是啊，此刻自己的内心真的好难受，为什么不把此时的心情记录下来呢？

袁明生曾经告诉过她，遇到不能够释怀的时刻，就用诗歌把它记录下来吧，那样做不仅心情会好很多，对自己的人生来说也是一段美好的回忆啊。

这一年来，对于袁明生，她从责怪到释怀，她知道他们的婚姻越来越糟糕，也有部分原因源于自己，在过去的日子里，经受的肉体与精神折磨都给她留下了深深伤害。然而，她也偷偷地了解到袁明生重新找回自我、积极面对困境，她为此感到愧疚和欣慰。

很多时候，一种不应该有的错觉常常纠缠着她：有一天她和袁明生又幸福而快乐地生活在一起了。

这时，无论哪一个男性朋友悄然走进她生命中，她都是不能接受的。她尝试着与袁明生取得联系，果然，袁明生也是在心里对她念念不忘。过往的那一切，他们似乎都已经忘得一干二净。袁明生了解她的过去，给予安慰和陪伴，并帮助她逐步接受过去并迈向未来。这些袁明生给予的勇气与希望，让毛丹开始重新认识自己，并相信再次拥有幸福可能性。经历了种种波折后，毛丹重拾信心，在新生活中充满勇气地面对困难和挫折。虽然外面寒风刺骨，天色阴沉，但内心已渐渐获得力量，让她能够积极应对生活变故。即使经历了离婚这样的人生重创，仍然可以获得力量并重新开始。

一个念头在脑海浮现，她得努力去赚钱，袁承明还小，他还需要用很多钱呢，小学，中学，大学……而且为了孩子有好的学习环境，她想让承明上私立学校，她要为他做好充足的准备，这一切都是需要用钱的。

活着，就要心中有盼头，毛丹从不觉得自己没本事，好歹自己读过大学，当过老师，也算是知识分子。而在离婚后，她却犯了难，不仅要工作，还要照顾孩子，日子过得很艰辛，可她硬生生挺了来。但是，带着孩子又能做什么事情？一不能做生意，二不能去上班，但是，她总不能天天待在家里吧？俗话说："坐吃山空。"自己那么一点积蓄，要不了多久就会用得干干净净，虽然母亲时不时给她钱，但是这可不是长久之计。

毛丹经过几天的思考，决定在儿子下个月上学后，便开始创业。干什么呢？做生意吧！她不知道自己能做什么生意！上班吧，也不现实，母亲也不能一天到晚带着小承明，那么她能做什么呢？毛丹思考着，自己做什么好像都不行，但是她又是那么不甘心。为了这事，这几天她愁得吃不好、睡不好。

一天，家里来了一个亲戚。毛丹妈妈在客厅里跟这亲戚聊天的时候，毛丹听到妈妈问那个亲戚的孩子在做什么，那个亲戚说在家里开网店，天天在家里待着，还特赚钱。她来了干劲，于是推开房门，跟那个亲戚打了招呼后，挨着妈妈坐下，听她们说话。

她们聊着聊着停顿了一下的时候，她插话了："黄姨，听说你的女儿在家里开网店。"

黄姨说："是啊，天天大门不出，二门不迈的，烦死了！"

"赚钱就好！烦什么呢？"

"赚钱是赚钱，就是太忙了，嗨！你不知道啊！有时候忙得饭都吃不上，还要我送到她电脑桌前!"

"生意好就行,她在卖什么东西呢?"

"哦!卖什么我就不知道了,我也没有问过!"

"黄姨,您让您女儿也教教我吧,我闲在家里无聊,我也想开个网店赚钱!"

"孩子,你不是在教书吗?怎么不教书了?"

毛丹妈妈卢萍听黄姨说的话后,急忙说:"她还在教书,只是想着赚钱!"

"哎!我说毛姐子,你家条件这么好,根本不缺钱用,怎么还想着开网店,那能赚多少钱?你们家老毛随随便便走个关系,轻轻松松弄个工程,不就有大把大把的钱呀!"黄姨突然觉得自己说错话了,她停下来了,用手装模作样地打了两下自己的嘴巴,"你看我这张嘴!说着说着就不听使唤,喜欢乱说!"

卢萍无奈之下只好说:"没事,没事!她爸爸不喜欢求人,也老了,快退休了,还折腾什么呢!没办法,孩子也不想她爸爸求人,自己赚点钱也好,俗话说'娘有伢有不如自己有',你看我,丈夫有,我也要伸一只手呢!"

"那是,那是!"

"再说,我闺女离婚了,还带着一个孩子……"

"什么?小丹离婚了?好好的怎么离婚呢?那个后生不是老师吗,怎么回事呢?"

"哎!他们年轻人的事情,我们也弄不清!"

"孩子多大了呢?小丹带着呀?"

"只有几岁,还要好多钱用哦!"

"这样啊,那好吧,我把我女儿的电话号码给你吧,你跟她联系。我回去了跟她说,她会帮助你的。"

"好的,谢谢姨!"

"谢什么!孩子,不用谢!"

毛丹了解到很多人通过网络开店,她一下被吸引住了。在互联网上,她可以通过屏幕跟外界交流沟通,而免去了线下对话的尴尬,这不正是她所期待的吗?

第二天,毛丹就跟黄姨的女儿王雨联系上了,王雨知道她的实际情况后告诉她,在一些二三线城市,很多人知道网络购物,但还不知道怎么操作,这是一个等待开发的市场,开店的思路肯定没有错。王雨自信而乐观,她认为相比线下开店,网店涉及的资金少,但面对的消费者更多。开网店的大都是和毛丹一样的单亲妈妈,因为有孩子需要照顾,因此单亲妈妈们只能做一些没有时间和地点限制的工作,开网店就是最好的选择。王雨要她一有空就到她家里来看看,学习学习经营网店的一些基础知识。经过大半年的时间,毛丹在完全掌握网店的流程和技巧之后,她的网店在王雨的支持和鼓励下开张了。

现在,毛丹的淘宝网店已经开张近半年了。在经营中,和王雨不断地交流,她封闭的心渐渐敞开了。虽然目前生意清淡,毛丹却信心满满,她说:"开网店贵在坚持,一般有半年左右的预热期,运作成熟后才能招来顾客,我相信日子会越来越好的。"

毛丹一开始在本地寻找货源，和王雨反复商量后，两人决定选择服装行业。虽然在淘宝上销售服装的商家非常多，但是服装的刚性需求是显而易见的，而且门槛不高，技术含量相对低。但是，服装的范围太广泛了，在淘宝目前的市场状况下，能迅速立足并建立自己信誉度的方法就是借助品牌。

寻找品牌成为毛丹不得不面临的一个难题。许多经销商都不愿意把东西批发给她，因为担心网络销售会给线下店造成影响。终于，有一家名牌的经销商勉强愿意让她代销部分产品。

她非常高兴，为了不压货，先把商品照片展示在网上，如有人购买，就去拿货。靠着这样节省成本的无仓储销售，毛丹的网店有了一单、两单、三单……订单渐渐多了起来。直到每天都有稳定的订单，面对这样的成绩，毛丹知道自己已经找到实现梦想的道路。

想要在众多店铺中脱颖而出，又不想花钱推广，店铺设计就得花心思。没有设计基础，毛丹就自学了 PS 技术和网页设计，不定期更换店铺的设计。在产品设置和选择上，两个人也有自己的主意：挑精品并对其二次加工，提高利润率。在服务及店铺活动上，花了很多小心思，很快就有了效果。只花了两年时间，她们的网店"雅艺尚品"就从"一颗心"的菜鸟，发展到有两个"蓝冠"的金牌卖家。

生意太忙，电脑旁的桌子上打好了一摞厚厚的快递单。时间已接近 10 点，毛丹对了对订货单，准备去进货。急急忙忙洗漱一番，收拾完毕，毛丹就骑上三轮车出门进货。出门前看似柔柔弱弱的小姑娘，出门后就成了骑着三轮车奔走在各家店铺之间的女汉子。在六家店铺中转转拣拣，拿完货回来已经 11 点多，顾不上吃饭，就开始思考着店铺上新的问题。见毛丹累得满头大汗，卢萍看着很心疼，让她去休息一下。毛丹嘴上答应着，喝了一口水后却忙着打包去了。直到下午 1 点多，毛丹才回家做饭，吃完饭又继续打包，剪掉毛边、除灰、装箱、粘胶带、贴快递单……

到了下午 4 点发快递的时间，毛丹又得骑三轮车去发快递了，她用三轮车运了三次，才将这批货全部寄出。送完最后一批货，回家时已接近晚上 7 点钟。收拾完当天剪落的毛边、胶带和包装纸，一直到晚上 9 点多，才吃上晚饭。紧接着，毛丹又坐在了电脑前。

第三十九集

生意兴隆红胜火　前程似锦喜迎春

这一晚，袁俊杰睡得很香，当然，这得益于拥有希望。这一次，袁俊杰不仅有一个事业发展的希望，还有一个希望——爱情，真的是双喜临门。不过，在他看来，王靖这个女人虽然只见过一面，但是从她谈吐和举止来看，他觉得是她一个比较靠谱的人。王靖对他来说，也许只是希望，至于能不能追求成功，谁知道呢？而对于那个刚刚签了合同的门面，袁俊杰则是胸有成竹，胜券在握。

第二天，袁俊杰很早就醒了。而他的父亲袁青山昨天晚上也在为他找好门面而兴奋不已，躺在床上翻来覆去睡不着觉。他在想，以后的日子，如果袁俊杰店子里面的生意很好的话，那他还有什么时间管袁垣呢？还有，如果店子里的生意不好，咋办呀？如果这次袁俊杰因生意不好又关门，他只怕会走投无路了。他自己还好，都这么大的人了，可是袁垣呢？他只有这么点大，他怎么办？袁青山不敢继续往下想了，不知道他什么时候才睡着，反正，今天天没亮就他起床了。他要在孩子和孙子还没有起床的时候就去菜市场买些早点回来，只有亲眼看着孩子和孙子吃饱喝足，他才会满意地让他们出门。

盘下店面后，就得抓紧时间营业，这店面每天都要房租的，早一天营业就早一天才有收入。好在袁俊杰做的这行也不需要什么条件，只要生活配套设施齐全就可以了。第一件事当然就是做招牌，他认为迟几天开张营业问题不大，而把招牌早早地挂起来就很重要，不管怎样，这个招牌对店面来说就是一种广告嘛！早一点广而告知，只有好处没有坏处。

这时，他想起来原来在郑师傅店里学艺的时候，看到有一些广东人做生意与其他的人不一样。那些广东人开店面时，不到正式开张营业的时候是不会让别人知道他的招牌内容的。只有在他们正式营业的时候，他们才去揭开遮住招牌上的字的红纱，这样做给人一种神秘的感觉。袁俊杰对广东人生意人的这种做法很好奇，久久不能忘怀。每当看到有些门店还没有营业，招牌被红布遮住的时候，他就猜想这个店的老板一定是广东人。

把招牌做起来了后，店子外面就没有其他需要装修的地方了。袁俊杰就忙着搞店子里面的事情。两个门面的内部面积还是比较大的，原来租的门面面积小，这次他觉得门面还是大一点的好，无论是放材料还是搞加工，场地大一点就方便很多，只是租金贵了一些，哎！不提租金了，他自己安慰自己："租金怕什么呢？多做两单生意不就来了吗？怕什么呢？怕没有生意才是，有生意什么都不怕！俗话说'有生意不怕你天天吃肉，没生意不怕你天天喝粥'，再便宜的房租，没有生意一样混不下去。"

为了早一点营业，袁俊杰加班加点。这个门面是房东才建成的，袁俊杰是这门面的第一任租户，所以，店里什么地面、墙面，还有厨房等，都需要做规划。这些对他来说并不太难，难的是厕所，这三个门面连在一起时是有厕所的，但是只有一个厕所，等到他把另外一个门面隔开的时候，那个唯一的厕所就被隔开了，导致袁俊杰的这两个门面没有厕所。没有厕所就自己做，有什么难的呢？毛主席说过"自己动手丰衣足食"。他喊来一个泥工师傅把便池安装好，没有墙就用三夹板代替，没有门就用木方钉起，没有床就找几口砖摞起后再放上木板。

经过紧锣密鼓的张罗，三天后，一个功能齐全、有模有样的店子，在这条热闹的街道上悄悄地开张了。坐在店里的袁俊杰心情复杂，他多么盼望生意的到来呀。其实，昨天就有一个人问，因为他还有很多东西没有准备好而没有谈成。今天，他磨拳擦掌，他发誓如果今天有客户来，他一定要把生意谈成，开个张嘛！对于做生意的人来说，开个头彩很重要。

开业这天，袁俊杰早早地来到了店里。石家组离八字门的店子太远了，他得抓紧时间，尽快搬到店子里面住才好，这来来回回地跑不仅耽误时间还折腾得够呛。他把从路上买来的菜放在了桌子上后，耐心地坐在椅子上，等待客人的到来。

刚坐下，就有一个客人上门来了，他问询了一下价格和质量。袁俊杰向他详细地介绍一番，经过讨价还价，最后那客人说："算了算了，我再看看吧。"

这好不容易上门的客户，走了实在是可惜，为了在最后关头拉回客户，袁俊杰一把拉住他的衣服，说："老板，您等一下，这样吧，今天我就开个张就按你的价做吧！就算跟你交个朋友，您看可以吗？"

那个客户见袁俊杰答应了他的要求，就转过身来说："好的，那就这么定了，你帮我做吧！这以后啊，只要有这方面的需求，我就找你啊。"

袁俊杰递给他一根烟，说："好的好的！谢谢你啦！今天开个张！您先付两百元钱的定金吧，给您安装完了您再付清余款！"

那个客户接着烟，从兜里掏出火机把烟点燃后，吸了一口，说："可以，不过你还得保质保量完成哦！"说完从上衣口袋里拿出钱包，抽了两张百元大钞递给他。

袁俊杰高兴地接着他递过来的钱，说："当然当然，您放心，一定让您满意！"

急忙写了一张收据给他，拿到收据之后，客户满意地离开了。

谈生意其实很刺激，谈成功的话就会很有成就感，心里美滋滋的，没谈成则会觉得可惜，为什么没谈成呢？问题出在哪里？常常自己责怪自己，也许是因为自己对这项业务不熟悉，也许是因为自己哪一句话没说对，也许是因为哪一处介绍没有到位，又或者是因为自己在某些方面存在不足，又或者是因为采取了不当的行为。

正当在袁俊杰开心的时候，又有一位客人上门来了。这名女顾客盯着店里的一张防盗门仔细观察。袁俊杰心里想：她这么喜欢我的这张门，肯定会买下来的，即便我抬高点价钱，她肯定也会买，这样我不就可以赚到很多钱了嘛！果然，她开口问价钱，袁俊杰故意抬高了价钱："一千五百元钱，要买就买，这款只有几樘的库存了！"她没有出声，不急不慢地看着。

"这张防盗门的质量上好，而且是最新款，你再看这材料的厚度，真正的牢固耐用呀！不买就亏了哟！"看到客户没有说话，袁俊杰急忙上前向她介绍。

"嗯，这门贵不贵？"这位身着时髦的小姐问他。袁俊杰先是上下打量了一番，心想：这位美女身上穿着的衣服高档大气，肯定是有钱人。于是，他脱口而出："这张防盗门一千多块，真的不贵！质量有保证！店里便宜的门也有，只怕你看不上。"

袁俊杰向她指了指那些便宜一点的门。

"啊？算了算了，这么贵，我不想买这么好的呢！"那位小姐扭头就走。袁俊杰急忙喊住她：“别走呀！那边不是有便宜一点的吗？来看看吧！”那个女人头也不回地走了。看着她出门去了，无奈之下，他只好继续等待着。生意没做好，还得强颜欢笑，都怪自己太贪心，他现在是哑巴吃黄莲——有苦说不出啊……。

过了一会儿，两个看起来好像是夫妻的人走过来了。他们进门后先挑了一会儿材料，接着询问道：“这防盗网多少钱一平方米？”有了上次的经验，袁俊杰十分小心地回答：“你需要多厚的材料呢？这材料不同，价格也是不同的。”大嫂想了一会儿，说道：“好一点的吧，我们要做好一点的，但是又不能太贵。”

“好的，我知道了，就是要性价比高的，质量好还不贵的！我推荐你这一样，0.8厘米厚，是304材质，质量第一好，永不生锈！”袁俊杰再也不想错过这次买卖，先在心里思量了一会，然后认认真真地向客户介绍。他以为这次胜券在握，毕竟多种选择就会多种机会。这时，那个男人说话了：“要那么好的干吗？一般的不就行了吗？”

“老板你放心，不贵不贵！”袁俊杰掏出香烟递给他后接着说，“我给你优惠一点，保证做到好而不贵，搞一次装修不容易呀，一次性到位多好呢！来来来，我来给你算一下，给你一个最低的价格，在保证质量的前提下，价格也保证你满意！”袁俊杰热情地向这夫妻俩推介。袁俊杰根据这些年的经验，这次来的两个客户都要搞定，不然随便哪一个人不满意的话，这单生意都会泡汤，只有当他们两人都觉得可以，生意才会做成功。

袁俊杰经过仔细的计算后，给了他们一个最优惠的价格，果然，他们夫妻俩一合计，同意了袁俊杰给他们的材料和价格，决定将他们家的防盗网全部包给袁俊杰制作和安装。于是，那个女顾客爽快地掏出了钱包，付了一千五百元的定金。袁俊杰高兴极了，心里想，今天运气还不错！

傍晚时分，袁俊杰高高兴兴地回家去了。在路上，袁俊杰计划着明天得把被子、换洗的衣服等都拿到店里来。生意比他想象的还要好，他得抓紧时间挣钱呢！俗话说：“好的开始就是成功的一半。”看来他已经成功了一半，不过，他知道，也不要被好的势头影响而骄傲和大意，他得更加努力，更加珍惜这来之不易的机会。在公交车站上，袁俊杰一次次压抑着自己内心的兴奋情绪，对自己一遍又一遍地提醒和警戒。

自从袁俊杰开店后，他与王靖的联系似乎少了很多，也许是忙得不可开交的缘故，也许这其中还有对于事业和爱情，他把事业放第一位的原因。要知道，原来的袁俊杰几乎将爱情视为一切，其重要性甚至胜于生命。然而，他除了在爱情中碰得头破血流，他还剩下什么呢？也许每个人都是这样成熟的，但是，这种成熟的代价真的是太大了，甚至是可怕的，他宁可不要。但是，生活就是生活，它由不得你，一切都在随着时间自然而然地慢慢流逝着，发展着，也改变着……

吃完晚饭后，他想到了王靖，于是打开了手机。“哎呀，不好！”他叫出声来，王靖昨天晚上发信息给他了，他因为没有看到所以现在还没有回王靖的信息呢。袁俊杰担心，这么久没有回王靖的消息，她会不会生气呢？他的心里仿佛有十五个吊

桶打水 ——七上八下！他慌慌忙忙地编辑着信息："对不起！真的不好意思，没有回你的消息，昨天晚上很早睡了……"

他发完信息后就默默地等待着王靖的回信。他心里有数，王靖不可能那么快就回他的信息的，这次她回信息就不错了，有可能她生气了就不回他的消息了，焦急有什么用呢？谁让自己那么久不回她的信息呢？正在他想着这事的时候，王靖回信息了，袁俊杰高兴起来，心里美滋滋，他没有看错人，这个王靖人还行，不是一个斤斤计较的人。他急切看王靖的信息："没事，忙就好啦！我怕你发达了不理我呢！怎么了，袁老板，还没有睡呢？"

"没有睡，还早呢，你呢，忙什么呢？还有，不要叫我袁老板啦，我只是一个做事的人而已，谈不上老板啦！"

"今天我们公司加班，还在忙着呢！开了店子你就是老板啦！哦！对了，你店子开张了没有，生意还好不？"

"前两天都在搞装修，今天才正式开张，生意还行，今天开了两个单。"

"哇！开了两张单！一张单多少钱呢？"

"几千块钱。""哟！老板发财了！"

"没有没有！不要这样说嘛！"

"没事的啦！挣钱就好。其实，我一直以来的愿望就是开个店，要不把你店里的收款码换成我的收款码，然后我躺在家里收钱？"

袁俊杰开了一个玩笑，说："好啊！你看上我的店子就直说嘛，来吧！把你的收款码给我，打印好后拿胶带贴到店里面，以后钱就转给你。"

"真的假的？我开玩笑的！！你妈妈会不会打死你啊?!"

"我妈妈不在了呢！我爸爸还在!"

"哦！这样，不好意思啊！"

"没事！哦！问一下你，上班怎么样，工资还行吧？"

"哎哟！别提工资了，反正就是吃不饱饿不死的，没办法，只能这样了！不像你，开店当老板，钱途不可估量呀！"

"没有啦！其实我压力很大的，你看每个月有几千块钱的房屋租金，还有其他的费税，开支很大的。"

"是的！都不容易，不过，有压力才有动力，自己做生意还是比我打工有着更多的机会。"

"你也想做生意？要不咱俩合伙做吧？"

"哈，你想得美！"

"不好吗？你可以躺在家收钱啊，多好呀！你把收款语音提醒打开了，我在店里做事，钱到了你告诉我一声就行！哈哈哈……"

"好是好！我好像在做梦一样，我终于走上了致富之路！"

"那你用力掐一下自己，看到底是不是做梦，哈哈哈！（微笑）"

"好啦好啦！玩够了。不过，话说回来，你得庆祝一下吧！袁老板！"

"是的！庆祝庆祝！看你什么时候有空，我请你吃大餐！"

"逗你玩的，笨蛋！我现在在减肥呢，每一餐都不能多吃啊！"

"减肥也得吃饭呀！只是少吃一点嘛！也没有关系啦！"

"这么真心？"

"我是认真的哦！"

"这一阵都没有时间。"

"那就等你有时间再约吧！"

"好的，谢谢你啦！哦！都十点多了，不早了，你休息吧！"

"好的，88！"

"88！"

有了事业上的目标，再加上有了对爱情的追求，袁俊杰似乎比任何时候都要轻松和愉悦，所以很快就入睡了，这一晚，他睡得特别香，比任何时候都香。第二天早上醒来，他一身轻松的样子，人也精神焕发了。他知道，如今的他已经完全改变了往日的模样，这些都是希望给他带来的变化。他要感谢上苍对他的恩赐，不，他得先感谢自己，主要还是因为自己的付出、自己的努力、自己的勇敢、自己的魄力，这一路都是自己亲自一步一步走来的，那些苦与乐只有自己知道，怎么感谢自己呢？哦！算了吧！这才刚刚开始呢！不要刚刚尝到甜头就忘乎所以了，成功得靠一往无前的拼搏，一如既往的努力啊！

在店里，袁俊杰一直忙碌，上厕所的时候他才有空看一下手机，当然，他这是关心王靖有没有给他发消息。现在他最缺的是什么呢？当然是一个女人了。这店子里接生意、谈业务、进材料，还有安排制作、负责安装，甚至买菜、煮饭、洗碗、扫地都是他一个人。在生意越来越好的同时，他也是越来越累，有时候他累得坐在椅子上不知不觉就睡着了。

经过几天的信息联系，袁俊杰和王靖的交往逐渐加深，他们开始了第一次约会。为了容易找到对方，他们就约定在一个比较大的超市的大门口见面。时间差不多到了，他就在大门口站着，这时，天空下起了小雨。为了躲雨，他就想站到了大门的里面一些，突然一个熟悉的声音传来："你是袁俊杰？"

超市人来人往的，袁俊杰还不知道声音是哪儿传来的，他条件反射地回答："是的！"这时候，一个气质高雅的女人站在他的后面，见他转过身来，说："我是王靖。"

袁俊杰正要说话，王靖就说："我们去里面看看，走吧！"说完就自己先向超市里面走去。

袁俊杰见王靖走了，他也急急忙忙地跟在王靖的后面。因为王靖走得太快，他生怕没有跟上，几乎跑了起来。跟上王靖后，她似乎也感觉到自己走得太快了就放缓了脚步，袁俊杰这才与王靖同步。几分钟后，王靖说超市里面没有好看的，他们还是去外面走走吧。他点点头说好后，他们又向超市的出口走去。

去哪里呢？这是一个大问题，也是一个严肃的问题。这关系到提出的人的思想和心理，自然也关系着兜里的人民币。他们都是成熟的人，已不是第一次恋爱，他们都知道刚开始接触没有必要大手大脚地花冤枉钱，这样反而让对方觉得你这个人不太实在。谈恋爱嘛，最终还是要结婚过日子的，会持家的都懂得生活是要细水长流的。当然，社会上也有一些人以恋爱为幌子，到处骗吃骗喝，更有甚者某些饭店和酒馆的托儿，以恋爱的名义带人来店里消费后分到高额的利润。所以，真正恋爱的人不会一开始就去那些高消费的场所，而且等他们两人都觉得有可能发展下去，才去中档价位的地方吃吃饭或者唱唱歌。

"我们还是去公园走走吧！"出了超市，王靖对袁俊杰说。

"好啊！"王靖的话声刚落，袁俊杰就回应。刚开始的约会，站着谈，比坐着谈好，而行着谈比站着谈好些，双方不会冷场，也更自然些。再说了，随着步伐移动，路边的风景也不断变换，那是很赏心悦目的。即使无话可谈，也可趁机谈谈路边的野花。那么，约会时，该谈什么好呢？

"你有几姊妹呀？"看见王靖走了一段路，还是没有讲话，于是袁俊杰就问。

"我有一个弟弟、一个妹妹，我是老大，你呢？"王靖一边走一边说。

"我有一个姐姐、一个哥哥，我也是最小呢！"

话题如何打开，至关重要。第一次约会，如果像行政人员调查户口一样，追问对方的十八代祖宗，那不仅是无礼的，而且十分愚蠢。所以，"尊重"这两字必须一直记在心头，好让不信口开河。尊重隐私，又能坦诚相待，这分寸必须掌握好。有人情味，又不能太呆板，这当中要有一个"度"。

接下来，谈点什么呢？袁俊杰此时觉得在手机上还好说一些，在面对面的时候他反而有点不知所措，不知道说什么才好。他想现在已经了解了家庭，工作的话，他们早就通过手机信息了解了，那接下来就了解彼此的性格和爱好吧。于是，他说："王靖，平时下班了，你最喜欢干些什么呢？有些什么爱好呢？"

王靖微笑了一下，说："我啊，爱好很多呢，听歌、唱歌都喜欢！"

"跳舞呢？"王靖一说完，袁俊杰又问。

"跳舞只是会跳，不蛮喜欢跳，你呢？你喜欢跳舞吧？"

"不呢，我会一点点，我还是比较喜欢唱歌！"

此时，他们感觉跳舞是一个不是那么令人喜欢的话题，一提到跳舞，一般都会比较谨慎地对待，也许在他们心里，跳舞有什么好，他们也不知道。当然，如果什么都往坏处想的话，你总能找到证据来验证你观点。

为了活跃气氛，袁俊杰变得大胆起来，他直接问王靖："王靖，能聊一下你恋过几次爱吗？"

王靖被这突如其来的问题吓了一下，顿时有了一些惊慌的感觉，说："你呢？你先说，你告诉我了我再告诉你。"

"我离婚了嘛，我就谈了两次，这就是第二次！"

"骗人，你只谈了两次，我不信！"

"我告诉你了，你也得告诉我呀！"

"你说的不算，你没有讲真话！"

"讲起谈爱的事，我想起了一件很有意思的事情。"

"什么事情呢？说说看！"

"好，那事发生在我上初中的时候。"

"哇！你初中的时候就谈恋爱了？"

"我说的是班上的一个男同学，说的不是我！"

"好好好！不是你，你说你说！"

"这个男同学成绩不错，喜欢他的女同学的成绩不理想，有一次，那名女同学要抄他的作业，男同学早已对她有意思，故意把一封情书夹在答案里，谁知这位女同学依样画葫芦，不管三七二十一就照抄起来，抄到一半才发现文字不对劲，一看，原来是一封写给自己的表示仰慕已久的信。哈哈哈！"袁俊杰情不自禁地笑了起来。

王靖也微笑着。

就这样，第一次约会，他们走了很长一段路。这时，王靖说："我累了！"袁俊杰蹲了下来，笑着说："我背你！"

王靖赶紧摆着手："不成不成！"急忙走开了。

其实，他也只是试一下王靖是不是一个随便的女人。他这时也是很累了，当时一是出于礼貌，二是开个玩笑，让她明白，自己不仅会"心动"，而且会"行动"。走得差不多了，他对王靖说："我们吃夜宵去吧？"

"不了，谢谢，我在减肥，一般晚上我是不吃饭的呢！"王靖急忙说，"哦！不早了，我要上班，你也要做生意，我们先回去吧！"

袁俊杰看了看手机，说："好吧！我送你吧！"

"不用，我坐车回去，再联系吧！"

"好的，再联系！"

"拜拜。"

"拜拜。"

就这样，袁俊杰白天在店里做生意，晚上一有空，他就与王靖约会，日子过得有滋有味。这晚，袁俊杰邀王靖去一家茶楼吃饭。刚坐下，在王靖的手不知该放在何处的时候，袁俊杰建议说："来，我看看你的手相吧！"王靖迟疑了一会儿，还是把手给袁俊杰。他说："这么冷的手。"

她笑了。

袁俊杰说："天气冷了，下次在什么地方见面？你就不要走路了，坐的士来吧，或者我到时候去接你。"

王靖说："没事，我可以早点出发啦！"袁俊杰说。"不行，我可以早到，你可以迟到。"

王靖听了"噗哧"一笑。

约会时，王靖打扮得漂漂亮亮，自然大方。王靖没有穿那些太露的衣服。其实，从穿着来看女人也能看出很多问题。袁俊杰自己穿得很随便，家里几乎没有新衣服，对于穿着，他一点都不在意。前妻常常说他是一个不修边幅的人，其实，在袁俊杰的内心，他是一个做事的人，对于做事的人来说，他觉得没有必要穿上好的衣服。他认为穿上好衣服容易产生紧张心理，并时时在意自己的服饰，工作中就很容易分心。

等到他们吃完饭走出茶楼，外面下起雨来。这种下雨的天气也有它的好处，王靖是个多愁善感的女孩，下雨天很容易触动她那颗敏感的心，若是天空下雨了，你再稍加努力地催泪一下，她一定会感动的，而一个人感动了，还有什么事不好解决呢？到约会现场的时候，袁俊杰衣服都湿了，因为他没有带伞。她看见袁俊杰春风满面地走来，轻轻地说："怎么不带伞？看你都淋成这样了！"

袁俊杰则答复："男子汉大丈夫为了爱，还怕这一点风雨？"她听了很高兴。其实，他此时还有一个目的：趁机与她合用一把伞，与她肩并肩地在雨中漫步，这种感性的接触，温馨又可爱。袁俊杰提议去 KTV 包厢里坐坐，这里离茶楼有一点点的距离。为了给王靖留下深刻印象，袁俊杰提议他们走路过去。王靖当即表示赞同。一路上，袁俊杰碰到王靖的手，就趁机把她的手握在自己手里，为了分散王靖的注意力，他问王靖前面是第几根电线杆，于是，他们一边走一边小心地数着电线杆。不知不觉间就到了。

KTV 里面光线适当，激情高昂，袁俊杰点上些示爱的歌，如《一路上有你》《我爱你》等，爱情的感觉就慢慢强烈起来。王靖也唱了《亲密爱人》《往事只能回味》等，借着唱歌表达感情。袁俊杰一把抓住王靖的手，放在自己的胸口，说："王靖，你看，我的心跳好厉害！"这动人的一幕，令袁俊杰情不自禁地说："今晚，让我们吻别吧！"并适时地做出了要给她一个吻的动作，王靖似乎也明白了，她慢慢地闭上了眼睛，任凭电视屏幕上播放着下一曲《我爱你》：

过了春夏/又是秋冬/你的笑容/灿烂依旧/什么需要/什么要求/只要挥挥手/什么你都懂//人生路上/有你加油/我心不忧/热情不休/一起哭过/一起笑过/前方漫漫路/一起风雨中//爱你/爱你/爱你从不敷衍/爱你心甘情愿/爱你整个世界/爱你不顾一切/爱你/爱你/爱你从没忘记/爱你从未放弃/爱你一年四季/爱你在我心底//我/爱/你/我爱你……

第四十集

有仇当报逞勇士　叱咤风云闹香洲

话说正月十五这天，袁炜接了一个电话，他一看是坤哥打来的，急忙走进边上的房间，关上门后在里面待了好一阵才开门走出来。晚上，他跟他父母亲说，香洲那边有事，他明天得回去，他把早就准备好的二十万块钱的存折交到袁望春的手里，并叮嘱他去银行取钱的时候，一定要喊上两个人陪同才行，那样更安全一些。第二天早上，袁炜开着那台宝马车，告别了家里的亲人们，就和孙丽上路了。

一天夜里，袁炜在家准备去睡觉，在客厅看见麻雀一个人在看电视，就问麻雀："麻雀，胖子呢？他去哪里了？"

"哦，炜哥，不知道啊。胖子吃完晚饭就出去了，还没有回来呢！"

"你去找找吧，他这么晚了也该回家了，不会出什么事吧？"

"好，好，我这就去找找！"

说完，麻雀就准备出门，他刚去推开门就跟正进门的胖子撞了个满怀。胖子的模样吓了他们一跳，他的左胳膊脱臼了，悬空吊着，脸肿得像猪尿泡一样，身上伤痕累累。

看见胖子身上的伤，麻雀吓得赶紧说："胖子，你怎么啦？"麻雀一边上前扶住胖子一边说："炜哥，胖子回来了！炜哥，炜哥，胖子出事了，你快过来！"

"什么事？"

袁炜说完就走来，看见胖子这个样子也大吃一惊，他急忙扒了胖子的衣服查看，只见他的腰上、背上、前胸都是瘀青，还有很多血迹。

"谁干的？妈的！"他一看胖子伤得很重，气愤地说，"胖子，这是谁干的？"

"炜哥！我，我，我没看清楚……"胖子呻吟着说，"好像是，虎……"

"嗨！他妈的！"袁炜重重地叹了一口气。

"妈的！胖子，我去为你报仇！"说完，麻雀径自走向里屋，从床底抽出一把长刀，要去找人替胖子报仇。

"站住！"袁炜夺过他的刀，扔在了地上："你不知道吗？你这样去不是去送死吗？他们有多少人？你打得过吗！傻瓜，这个仇我们一定要报，只是要从长计议，不能硬拼。"

说完他命令麻雀背起胖子去医院。……

在医院里，胖子被医生救了，住了将近一个月才基本恢复。

在医院里，胖子跟袁炜说，他的真名叫王小熊，广西人，今年 27 岁，读书不行，所以很早就来香洲打工。后来，一没找到工作，二没挣到钱，在他快没钱吃饭的时候，在网络上碰到一个名字叫"带货"的 QQ 群，抱着试一试的心理加了群。进群后，很快就有人找他私聊，问愿不愿意赚快钱。他问对方怎么赚钱，对方告诉他吞点东西就行。当时他想，吞点东西就能赚钱，那肯定是有危险的，所以就没有理。

可是三个月过去了，他依旧缺钱，又想起了那个 QQ 群。于是，在一天晚上，在网吧里通过 QQ 和那个人联系，可没想到的是，自己的人生从这一刻开始彻底改变了。

对方问他是不是确定要做，他说确定后，对方就给他订了一张飞往西双版纳的机票。在对方的指挥下，他到了西双版纳的一个边境汽车站，然后徒步走过国境，偷渡到缅甸境内，被一辆摩托车接到当地的一家宾馆里，他的身份证和手机都被收走了。

在那间宾馆里，还有两个三十几岁的人，胖子觉得他们应该也是跟他做一样的事。但是之前老板曾交代过，彼此之间不许交谈，所以就没敢说话。三天后，终于有人带着一个黑色皮包来找他们，皮包里装着包装好的毒品，全是黄色圆柱状物体。在得知要带的"货"是毒品海洛因的时候，胖子后悔了。他知道海洛因碰不得，帮着运也是重罪，被警察抓到了是要蹲监狱的。

可是那个老板很凶，胖子说不愿意做了，他就狠狠扇了胖子两个耳光，扇得他耳朵嗡嗡直响。老板还从包里掏出一把砍刀，威胁他既然已经知道货物是海洛因，就别想安全走出去，随后拿出手机录像，让胖子照着他的话说。

胖子一手拿着毒品，一手拿着自己的身份证，按照那个老板的要求对镜头说："这是海洛因，是我的，我要把它带回国内去。"胖子原本只是想赚点快钱，却没想到走了一条不归路。

随后，那个老板当着他的面数了一下，一共是50颗。胖子就着水吞，一边吞一边数着数量，吞了有三四个小时吧，吞到第45颗的时候，实在吞不下去了，那个老板就没再让他吞了。

根据那个老板的要求，胖子又按照来时的路线，回西双版纳机场坐上了去香洲的飞机，下午，在出站查验身份时，胖子被警方抓了。

毒品在胖子的体内，一旦泄露有可能致命，警方第一时间将胖子带到医院进行检查。CT扫描的结果显示，胖子体内布满了密密麻麻的圆柱状固体，就像一粒粒的蚕蛹。在香洲市公安局，胖子分四次排出了毒品，毛重285克。后来他在上厕所的时候，打开厕所门，从厕所外的下水道管子爬下才逃走。幸运的是，他在身无分文的时候遇到了袁炜。

袁炜问他为什么受伤。胖子沉默了一会儿后，用手指了指门和窗户。袁炜知道他是怕别人听到的意思，于是起身把门和窗户都关上了。胖子就开始说了。

原来，胖子出事的那天晚上，他看见了虎哥正在一个包厢里面跟几个陌生人聊天，有个陌生人拿出一小袋像面粉一样的东西让虎哥尝尝，那个样子就像是吸毒。胖子自己见识过这东西，顿时，他明白了虎哥正在做毒品的生意。这是祥哥一直以来明令禁止的，要求手下谁碰都不能碰。他下了一跳，急忙跑了，在走廊里被虎哥一个的马仔看到。后来，在回家的路上，胖子就遭到几个蒙面人的袭击，其中一个蒙面人对他说，不要把今天看到的东西告诉任何人，不然，会让他很快地从地球上消失。

听了这些，麻雀气得不行，当时就要冲出去宰了那个王八蛋，但是被袁炜拉住，他说："跟你说了多少遍了啊，不要鲁莽，这仇是肯定要报的，但是没那么容易，弄不好会死人的，你动动脑子好不好？"。袁炜吩咐麻雀，要他暗中观察虎哥的一举一动，有什么事情随时给他打电话。

没过多久，经过麻雀尾随观察虎哥的一举一动，袁炜弄得清清楚楚了。

原来虎哥拉了一帮兄弟想自立门户，自己开了一家酒吧，没想到的是，开业的那天，祥哥也来捧场了，虎哥承诺，将收回来的账二八分成。酒吧开了一年多，钱是挣得不少，账面上有三十几万块的样子，除了酒水收入、赌博时的台费，还有收账得到的分成，但欠账也大，一半以上是空账，很多道上的兄弟都来喝酒记账。这些人要么是赌徒，要么是瘾君子，我们方言里叫这种人"烂鬼"，都是过了今天没明天的人，欠着欠着也就赖了。酒吧在资金链断裂的情况下渐渐入不敷出了。

为了增加收入，虎哥的一个小弟疤仔说，有一个东南亚的老板正在物色一个当地的合作经销商人，说这是个大生意，而且稳赚不赔，要有一定经济实力或者有一定的地方势力，他想只要虎哥想做，其他人都不是对手，到那时，虎哥就不再为钱发愁。虎哥对他一顿臭骂，说他是不是忘记了公司的规矩了，这事如果让祥哥知道了，非杀了他不可。虎哥要他从此不再提起这事。但是，过了一会儿后，虎哥看了看身边没有人，只有疤仔在，于是，就对疤仔做了一个手势，意思就是要他声音小一点说话，他问疤仔："你说的那个人在哪里？"

胖子康复后不久，袁炜在自己的赌场里抓到了一个想赖账的人。那个人不知道这儿是袁炜的场子，他口出狂言和脏话连篇，仗着虎哥的势力还不停地打骂管理人员。麻雀把这些告诉袁炜。袁炜一听，顿生一计，说："虎哥的人上次不是打了胖子吗？"

麻雀说："是的，是的！"

"去，把胖子叫来，就说他报仇的机会来了！"说完，他就带着麻雀和几个马仔向赌场走去。

看见那个家伙还在撒野，麻雀的手一挥，几个打手走上去，抓住他就是一顿乱揍，打得他"哎哟哎哟"地乱叫，跪在地上打滚求饶。麻雀告诉他："打个电话给你老大，要他来取，不然你休想离开这里！"

那个家伙只得服从，只见他战战兢兢地从地上爬起来，哆哆嗦嗦地打电话向虎哥说着他的事情。

一会儿，虎哥到了，看到了袁炜把他的手下打了一顿，他没好气地说："阿炜，你个胆真系越嚟越大啦！我嘅人你都竟敢郁？"

"虎哥！唔好喺我面前讲'敢'字，难道你唔知呢度系咩地方咩？"袁炜把眼睛一瞪，眉毛一抬，严肃地说，"我尊重你才叫你一声虎哥，你唔好唔知好歹呀！"

袁炜的话音刚落，马仔们就拿刀拿枪地与对方对垒起来。

在这千钧一发之际，眼看形势不是一般的危险，虎哥感觉自己占不到便宜，急忙喝住自己的马仔，说："收埋佢，收埋佢，做乜啊，做乜啊？冇见到都系自己人咩？"

虎哥那边的人急忙把家伙收了回来。

袁炜看见对方收了，他也挥了一下手，马仔们也收起了家伙。

"阿炜！"虎哥点燃了一根烟，"我嘅人就交畀我管啦！畀我个面啦！点呀？"

"畀你一个面？好乜。"袁炜伸了一下脖子，"不过，虎哥，你冇畀过我面呀？"

"你讲，我边度冇畀你面？"

"唔好扮懵啦！"袁炜指着胖子说，"你唔会咁快就唔记得咗噃？你嘅手下打伤咗我嘅人，呢笔账应该点计？"

"系我嘅人做嘅？"老虎转过身来对他的马仔们说，"系边个做嘅？"在他充满了杀气的眼神下，马仔都吓得直哆嗦，面面相觑，你望着我我也望着你。

"讲啦！"

"自己企出嚟！快啲！"

此时，一个马仔突然站出来，然后"扑通"一声跪在地上哭着求饶："虎哥，系我，系我呀，我都唔知系肥仔呀！虎哥，求下你！求下你放过我！""去！你去求炜哥，只要炜哥饶咗你，你先至有活嘅机会！"虎哥慢慢地说。

那个马仔急忙跪在地上向袁炜的方向快速地移去，跪在他的面前说："炜哥，你饶咗我啦！我抵死，我抵死，求下你，饶咗我啦！"

"饶咗你？得，但系我点向班兄弟交代呀？"袁炜说。

这时，胖子站出来说："等我劏咗佢！"说完，准备要抽出刀来。

那个马仔又吓得急忙跪着移向虎哥，哭着说："虎哥，虎哥，求下你！求下你！救我，救我吖！"

"阿炜！"毕竟是自己的兄弟，虎哥还是要保护他的马仔，他把自己的帽子拿在手上假装看了看，然后戴上，把边上一位兄弟的砍刀拿在手里玩了玩："阿炜！你就直接啲讲啦，要佢只手，定系要佢只脚，定系要佢条命？"

看着虎哥这么说，袁炜也口气好了一点地说："虎哥！换咗其他人，你知后果嘅，但系，佢系你嘅兄弟，我点会要佢条命呀？"

谁知，袁炜的话音刚落，只见虎哥手里的刀在那个马仔面前寒光一闪了，随即，听见"哎哟"一声凄惨的声音传来，那个马仔的一只手臂被虎哥砍掉在地上。顿时，那个马仔疼得在地上打滚，嗷嗷直叫。

"阿炜！点呀？呢啲应该还清咗吧？"

"……"

看见这些，袁炜没有作声，有点愕然，他想不到虎哥是如此心恨手辣。虎哥把手一挥，说："抬走呀！"

他的马仔们纷纷上前，抬起地上的马仔向外面撤去。

这时，袁炜的马仔想要阻止他们走掉，他们看了一眼袁炜，得到的回应是袁炜摆了摆手，他的意思是算了，让他们走吧。袁炜知道老虎在招收手下马仔时用高额的金钱和美女作为诱饵，因而很多地痞、流氓、混混都愿意投奔他，但是虎哥并不是来者不拒，而是有他自己的用人标准：第一，听话；第二，必须听话；第三，严格遵守第一条和第二条。

袁炜曾经亲眼看见，虎哥的手下马仔阿清没有按照事先计划去踩点，结果他对阿清说了一句话："你走吧。"因为这句话阿清吓得直哆嗦，这话其实是他们自己的行话，意思就是说"你去死吧"，于是"懂规矩"的阿清立马下跪，请求虎哥给自己留条活路，见他不为所动，阿清挥起菜刀把自己的一个手趾头剁了下来，虎哥才勉强同意阿清留下。所以，袁炜也不愿意自己的兄弟跟他硬拼。

不过，虎哥也见识了阿炜的厉害，从此，虎哥对袁炜越来越尊敬和格外地小心翼翼。袁炜也装着自己不知道虎哥的这一切，他自己明白，现在虎哥似乎也知道了自己逮着了他的尾巴了，他这个涉毒的后果袁炜是清楚的，只要走漏了半点风声，不光祥哥和龙老板不放过他，而且公安部门也会上门。他自己的赌场如果被警方端了，一般就是罚罚款，大不了不做了，后果没那么严重。现在自己也装着几个赌场的股份，只要他们不惹自己，一切都相安无事，现在没有必要闹翻脸。

还是挣钱要紧，对于胃口越来越大的袁炜来说，坤哥给的那些钱和那几个赌场的收入，他几乎没放在眼里。可看见虎哥的生意做得红红火火，他开始心生嫉妒，开始琢磨自己能否也像虎哥那样开辟出一条财路来。

这时，坤哥说龙老板对阿炜的工作能力很是满意，很快，他就成了坤哥最得力的助手之一。从那时候起，坤哥将所有收账的业务交给"炜仔队"的兄弟去做，他们就不用天天去看场子了，只要有什么呆账和麻烦就由他们去解决。而麻雀和胖子也越来越得到袁炜的重视。袁炜高兴时会给他们递烟抽，他们就跟打了鸡血一样兴奋，工作起来更加卖力。

有一次，袁炜一伙人去收一笔账，欠款人于老板早就离开了香洲，家里就一个女人在，经过了解，她还不是他的老婆，房子也是租来的。袁炜很生气，麻雀和胖子打砸了一阵，抓住那个女人就是一顿乱揍。袁炜喝住了他们，他不想打女人坏了自己的声名，便要那个女人带他们去了于老板的两个饭店，去时才发现已经关了门。胖子找来石块，几下砸掉了锁子，一伙人冲了进去。他们翻箱倒柜找，发现贵重物品都没了。他们又去了于老板的金店，也是一样，东西都没有了，只有几个店员在打扫卫生，说老板昨天刚走，走的时候还拿光了金链子和手表，欠他们几个月工资也没结呢。

怎么办呢？于老板的这个账只怕是要不回了。袁炜向祥哥说清楚了情况，祥哥说："阿炜，龙都集团花咗咁多钱供养住你哋，你哋就系一句冇办法？你有冇谂过？有办法公司要你哋做乜？"说完，他拍了一下袁炜的肩膀。

袁炜愣在原地，他点了一根烟，用力地抽了几下后，看着祥哥开着车走了。

回到家里，袁炜躺在床上，反复想着祥哥说的话。

第二天，他吩咐麻雀和胖子去打听于老板的去向，不管他在哪里，都必须找到，找不到他们就不要回来了！

功夫不负有心人，麻雀终于在澳门发现了于老板，他急忙打电话给袁炜。袁炜在电话那头要他把老板的家庭地址还有他家庭人员常去的地方以及于老板经常去的地方都给摸清楚，然后通知他。

这天，袁炜来到了澳门，他们一伙五人开着一辆面包车，在一所小学门口停下了。一会儿就放学了，他让麻雀去接了于老板的儿子，骗他说他爸爸在一个地方等他，在酒店里找了个房间把他安顿好，然后打电话到于老板的家里。电话是于老板的父亲接的，在电话里，老爷子得知儿子欠了一屁股债跑路了，并不以为然，但当他得知孙子被绑票后才紧张起来，表示愿意出钱赎孙子。他央求袁炜善待他的孙子，他会在五个小时之内，把他儿子所欠的一百五十万连本带息还给袁炜。

于老板的父亲看重孙子，五个小时内兑现了承诺，袁炜首战"告捷"。

龙老板知道后，在一次一起吃饭的时候，他对袁炜大加赞赏，说："睇下！你哋睇下人家阿炜，将件事做得几靓，你哋都同我学下啲，知唔知道呀？"

这时，虎哥和辉哥都点头哈腰，表示知道了，一定向阿炜学习。随即，祥哥带头端起酒杯站了起来对袁炜说："阿炜！依家你可系龙老板嘅大红人啦！嚟嚟嚟！我哋敬你一杯！"

"嚟嚟嚟！我哋敬你一杯！"

"唔敢当，唔敢当！呢啲都系喺龙老板嘅带领之下，我哋兄弟先至有机会有所成就，都系龙老板带人有方，我哋应该先敬龙老板先至系！"

"啱啱啱。"

"系系系。"

"嚟嚟，我哋嚟敬龙老板一杯，祝龙老板身体健康，财源广进！"

"好好好，难得阿炜识大体，有担当，真系后生可畏呀！前途无量呀！我哋干杯！"

"干杯！"

"干杯"

尝到了甜头的袁炜，感觉这样收账很容易，几乎不费吹灰之力，他似乎找到了最快捷、最容易赚大钱的途径。因为，家属通常为了被绑票者的安危，都不敢将事情张扬，宁可私下给赎金，只求肉票安然获释。只是他们收上来的钱都得上交给公司，虽然有工资有奖励，但是与他们收到的钱相比不值一提，所以他们内心大有不甘。

这时，麻雀在赌场里发现了一个有钱的大佬吴老板，这人花钱如流水，拥有多家金融公司、多个商场超市、酒店和其他产业。平时花天酒地，拈花惹草，赌博入迷，出入以奔驰代步，娶妻纳妾，享尽齐人之福。

吴老板的原配给他生育了三个子女，小三则有两个孩子。他好赌也爱出风头，经常带着小三出门应酬，尤好出入香港红灯区和澳门的葡京娱乐城。

有一天，袁炜看到麻雀和胖子在为了工资和奖金而大发牢骚，于是把他们喊过来，关上门说，"我有个主意，不知道你们有没有兴趣？"

"什么主意？炜哥？"他们不约而同地说。

"想不想多赚一点？"

"当然！炜哥！"

"当然！炜哥！"

"想多赚一点，就得玩大一点！"

"什么意思呀？炜哥，你就直说了吧，这里没有外人，是吧？"

"我们自己做单！"袁炜叮嘱他们小声一点后说。

"自己做单？"

"自己做！"

"好！好啊！炜哥！我们早就想单干了！是吧，胖子？"

"是的，炜哥！你看我们出生入死的，就得到这点钱，太少了吧。他们还说已经不少了，我们这是拿命换啊！"

"炜哥，你说怎么搞，我们就怎么搞。我们知道你的为人，你不会亏待我们兄弟的，我们都相信你。"

"既然这样的话，"袁炜用手招了一下，于是，他们三人的头碰在一起，随即在屋里当着关公的面，一起歃血为盟，结拜为异姓兄弟。

袁炜准备对这个吴老板下手，计划绑架他的儿子。这一次他们真的是熟门熟路，麻雀负责留意吴老板的动静，在一所中学附近跟踪富商吴老板之子。这天，他们在吴老板的儿子刚刚走出校门时，就轻而易举地绑架了他，并将他关在郊外租来的一间房内。麻雀和胖子守候在房里，袁炜经过向吴老板要了一百八十万元赎金，就放了那个孩子。

分赃时，袁炜说每人六十万元，刚好一百八十万，麻雀和胖子都不同意，说他们不要这么多，这些都是在袁炜的带领之下才有的，他们感谢他还来不及呢，说什么也不肯要。袁炜说还是给龙都公司上交十万元，虽然是他们自己单独做的，但是占用了公司的一些资源，最后硬塞给了他们每人五十万，他们这才不好意思地拿着。

这天，袁炜拿着十万块钱带着麻雀向龙都大厦走去，他准备找财务处的三爷，把钱给他。他敲了几下门之，三爷开门一看，原来是袁炜："哎呀！阿炜！呢期系咩风呀？将你吹嚟啦！快啲入嚟坐。"

"哎呀！我哋龙都嘅财神三爷你太客气啦，我哋唔系好耐冇见面咩，有啲挂住你呀！"

"嚟嚟嚟，坐坐坐！"三爷吩咐人给他们倒茶，然后说，"阿炜！你大忙人今日嚟到我呢度，有咩事你就直讲啦？不过呢，你可唔好支钱用呀！依家公司账面上冇几多资金可以周转嘅啦！"

"睇睇睇……"袁炜漫不经心地喝了一口茶说，"畀佢啦！"

只见麻雀从包里掏出一沓钞票，递给三爷。三爷一看，简直是愣了神，他不明白这是什么意思。

"阿炜，呢啲钱畀我?！系咩意思?"

"三爷，冇咩意思，啱先你唔系话公司嘅账上仲有几多钱咩，我嚟帮帮公司，点呀？"

"哎！唔使唔使，公司嘅周转仲系冇问题嘅，多谢你嘅好意呀，公司唔使你担心，有问题，龙老板自有办法嘅。"

"三爷，你想多咗。睇我唔嚟?！呢系我哋一啲心意，喺公司嘅困难时期，我哋帮下忙都系应该嘅呀。"

"咁样！嗷就，嗷就我代龙老板多谢你哋啦！"三爷把钱收下后，递给手下。

这无本生意，好捞得很，何不多干几票？就这样，袁炜泥足深陷，不能自拔。这次的目标是一个姓汪的房地产商。他们把汪姓商人连人带车绑去，然后，向汪家索取五百万元赎金。

在那个时候，警方对这三起绑票案一筹莫展，不知幕后主脑是谁。最主要的原因是，袁炜使用的车辆都是随机在外地租借的，没有犯罪记录，也没有黑帮背景，警方无从着手查探。其次是，袁炜有他聪明之处，他很留意手下的背景，除了他与麻雀和胖子以外，挑选的手下都是完全没有案底的劳工与散工，不断地更换使用的人员，只要没有前科，自然不易被警方查出。

不过，袁炜到底还是黑社会出身，在那个圈子里，并不容易招揽到有"黑底"的亡命之徒为他效劳。

要是袁炜坚持他最初招募人马的原则，警方的确要花上相当长的时间来摸清他的来龙去脉。然而，他的野心越来越大。他幻想荣华富贵，赚更多的钱来享受，除了"钓大鱼"之外，别无他法。

他要钓的第一条"大鱼"便是服装和珠宝行业的著名富商王大全。王大全是马来西亚华人企业家，马来西亚百货先驱，Great White Shark 公司创始人。建于1938年的 Shark 酒店是马来西亚首都吉隆坡的一处地标建筑。

这天下午，60 岁的王大全在他那豪宅的花园内散步，享受清新的空气时，袁炜和 5 个同党忽然出现，用枪威胁王大全上车，然后绝尘而去。被幽禁四昼三夜后，王大全家人向袁炜支付了 400 万元才获得自由。

不久，袁炜故伎重演，绑架了一名金融公司的老板，所勒索的赎金激增到 600万元。

600 万元得手后，袁炜又一口气干下另两起绑票案。

他和同党先是绑了五金商人柯隆美，拿了换取自由身的 500 万元赎金。接下来，绑架了电影界名人邵维铭及其司机。邵维铭及车司机被禁锢了 12 天，家人付出了 1000 万元赎金。

一连串的绑票大案，令狮城富商大亨与社会名人，个个提心吊胆，也使袁炜在黑社会的声名大噪。

黑社会中人皆尊称他为"大猿"，形容他是"绑票大王"。黑帮人物与私会党打手都跃跃欲试，蠢蠢欲动，都以能够听命于"大猿"为荣。

在这个时候，袁炜可算是黑社会呼风唤雨的"教父"，巴结奉承他的三山五岳人马不少，眼红妒忌他的敌对者也不乏其人。

袁炜自以为是，也逐渐以老大自居，慢慢地狂妄自大起来。他原本火爆的脾气，更令龙都集团一些小喽啰不满，大家敢怒不敢言。

第四十一集

相见恨晚圣诞日　平步青云平安夜

第二天，王靖发信息说她明天休息，袁俊杰就邀她到店里来吃饭，王靖愉快地答应了邀请，说白天怕耽误他的生意，就明天晚上一起吃晚饭。袁俊杰高兴得无以言表，他一得消息，就张罗着明天的晚饭，甚至晚上睡觉时，袁俊杰都在心里默默地盘算着明天的晚饭怎么弄好一些，按照今天白天的计划到底行不行。

第二天下午五点钟的时候，王靖撒娇让袁俊杰去接她，说是到了公交车的站台了，她不知道怎么走了。他很想早点见到她，他急忙答应，马上去接她。王靖看见他来了，从袋子里拿出给他带卤鸡腿，作为一个从来不会做卤菜的人，袁俊杰吃得很开心。他们在一起走着，一边聊得乱七八糟，都不知道说些什么好。

他们来到了店铺，因为店里生意太忙，两个人没有太多的交流。在袁俊杰送走最后一拨顾客后，他们说起话来相互之间开着玩笑。看到袁俊杰自己动手切菜、煮饭，王靖也忍不住帮起忙来。饭桌上他们坐在一起，相互照顾着，虽然说着一些客气的话，但是行为上已经出现了变化，他们两之间的荷尔蒙在不断发生变化。

吃完饭后，袁俊杰邀请王靖去唱歌，或者出去走走。

王靖说，上次她和袁俊杰去唱歌的地方好贵，还是不去了吧。袁俊杰听她的。实际上，他想和她多待在一起。只是看到店里也没有什么好玩的，才顺便说一下而已，当他听到这一句话的时候，内心更加兴奋，并且对她的好感不断加深。好在，店里有一台电视机，这样两个人有滋有味地看到了晚上十一点多。

这时，王靖说她有一点儿困，想到那三夹板钉起来的房间里躺一下，袁俊杰不好意思地说："很乱，我去整理一下吧！"

王靖说："没事，我自己来整理！"说完之后就去房间里了。袁俊杰也跟着进入，帮忙整理。两个人一起在房间里面整理着床上的衣服、被子等，兴奋地聊起了天。他们之间的聊天非常坦诚，就连自己的小秘密也告诉了对方。两个人聊得来，一直聊天到深夜，袁俊杰趁王靖不注意，随手把灯关了。

接着，他们同居起来。白天，袁俊杰就在店里忙着生意，而王靖也上着自己的班。王靖下班后就匆匆忙忙赶到他的店里。有时候，袁俊杰和制作或者安装的师傅们在她下班后还没有吃饭，王靖就自告奋勇地做饭以便袁俊杰忙完可以休息一下，有热菜热饭吃。

就这样，他们交往了两三个月，袁俊杰突然提出想要到王靖老家去看看。这时候，王靖既高兴又害怕，她不知道怎么才好。是的，袁俊杰说的没错，这相处好了见见父母那是很自然的事情。她是个慢热的人，又比较内向，虽然谈了恋爱，但还没想过见家长的事，这让她怎么跟家里说呢？感觉下一步就要结婚了，仿佛结婚就近在眼前，这一切都太快了，而她并没有做好准备。

我们都知道，爱情不是只有甜蜜，也有生活中的琐碎与柴米油盐，相处中难免会有拌嘴和争执。袁俊杰相信，他和王靖会携手共进，一起面对以后的风风雨雨，未来可期。王靖知道袁俊杰是内敛的人，不是很会讨女孩子欢心，但他还是努力地维护这段感情，也给她时间缓过来。

他们都是离异人士，袁俊杰还带着一个孩子。不过，王靖对此并不介意。这些天以来，王靖对袁垣视如己出，虽然不是亲生，但胜似亲生。也许是自己还没有孩子的原因，她一直都很喜欢小孩子，见到那些抱着孩子的熟人就抢着要抱孩子。她和袁垣，既是母子，也是朋友。也因为真心付出，袁垣虽然知道王靖不是自己亲生的妈妈，但也把王靖当成是自己的妈妈，有什么心事、烦恼也都会跟她说，没事的时候一起看电视，看笑话，乐得哈哈大笑。袁俊杰是看在眼里，喜在心里。

不得不说，这个重组家庭真的是令人羡慕。许多人迫于无奈重组了家庭，但对于孩子来说，家庭重组以后，地位也就一落千丈了，甚至因此而形成了自卑、孤僻的性格。所以说，假如不幸离婚了，重组家庭的时候，一定要多为孩子想想。有的人为了寻找依靠，往往会忽略了孩子的感受，这对孩子来说是非常不公平的。而且，仅仅是为了寻找依靠而委身于他人，其实也很难获得幸福，这不仅委屈了孩子，更委屈了自己。如果不能找到真心爱自己的人，不如辛苦一点，将孩子拉扯长大，孩子在这种环境下成长，往往会更加坚韧不拔，也更容易出人头地。

王靖知道自己已不再年轻了，已经没有什么是可以肆意挥霍的了，辞职这一步走出去便不能再回头，这也意味着努力三年稳定下来的生活就要重新归零。所有人都在劝她，何必呢，不值得。

那段时间，王靖感觉自己在与整个世界背道而驰，且身后空无一人。从此，王靖就成了袁俊杰门面上的常客了，每次看到王靖来了，门面隔壁的店主就半开玩笑地撮合他们说："袁俊杰，你的堂客来了。"然后，袁俊杰及王靖和邻居们哈哈大笑不止。经过一段时间的接触和相处，袁俊杰慢慢地了解到王靖也是一个被爱情伤害过的人。他想，这就是婚姻生活现实的一面，没有这样的问题就会有那样的矛盾，绝大多数人的一生很难真正做到十全十美。王靖在第一次婚姻中不明白这个道理，对那么好的条件还不知足，这山望着那山高，最终走到了离婚这个地步。但她已经下定了决心，还是毅然决然地从公司里搬了出来，直接往袁俊杰的店子奔去。

刚开始的那段日子里，她几乎断了和公司里所有人的联系，个中的滋味只有她自己知道。不过，这一切很快都被店里的忙碌所淹没，她在店里的锅碗瓢盆中，忘记了众人欢腾的公司，忘记了那些为了业绩而努力打拼的同事，她觉得现在的生活才是她最想要的，这里才是她真正的归宿啊！

那天，她把这个决定告诉袁俊杰了，他当即表示支持她所有的决定，并表示对于未来，一起努力一起奋斗。听到这句话时，王靖的眼泪一下就流了下来。那么多艰难的日子她都没有流一滴泪，却在这一刻感动得哭得不能自已。是啊！曾经，他们都有过一个人对抗整个世界的时刻，而在现在，他们背后都有一个人在默默支持自己，再也不是一个人的奋斗了，这是何等的幸福啊！

两个月后，是快乐的圣诞节。拥抱始终是人类最好的语言，没错，歌也是这样唱的，"一个拥抱能代替所有"，无论日子有多难，一个简单的拥抱就可化解一切疲倦。或许我们并不信奉耶稣，只是找了一个理由，和爱的人在一起度过。圣诞节不是一个最好的借口吗？

这个圣诞节对于袁俊杰和王靖来说，真的不一般。一个人过节的时候，圣诞是自己独处的最放松的闲暇时光；和恋人过节的时候，圣诞是寒冷冬天里最温暖浪漫的节日；和家人一起过节的时候，圣诞节是一个家庭欢聚的幸福时刻。

袁俊杰对这个节日没有什么概念，这是他第一次知道圣诞节，对于王靖看似玩笑实则认真的话语，他享受着，不论是真是假，现在的他确确实实不觉得孤单了，圣诞节成了他在冬天最温暖的快乐和希望。

圣诞节那天很冷，可是那是她度过最温暖的圣诞，他们俩特意挑了在圣诞节的那天去民政局登记结婚。

领证那天的雪下得很大，他们是第一对到民政局登记领证的新人。他们梦想着，来年的冬天家里多了个小宝，圣诞节就会变成一家人最温馨的团聚日。虽然每年的冬天都很冷很冷，但是袁俊杰却特别喜欢这个冬天，因为爱的人在冬天到来了，他再也不会感觉到寒冷。在这样一个最最温馨、特别的节日给自己留一个刻骨铭心的爱情回忆，真是想着都让人觉得感动啊。

领到了结婚证后，他们的心情又开始忐忑，这事得让父母们知道呀。他们一定会高兴的，友情如此，父母对子女之情亦如此。他们渴望得到礼物，却没有意识到，从出生的那一刻起，自己就是父母心中的天赐的礼物。

王靖的爸爸妈妈同意了他们的婚事，让他们自己筹备。因为店里一直忙，他们就将婚礼定在年底或者年初。他们还做了一个大胆的决定——不要婚房。王靖知道婚房装修要钱，本来做生意的时候还是靠出售房子换钱才做成，现在也就没有那钱去装修，于是，他们就计划就到店里结婚算了，酒席也定在离店里不远的地方。在请客的数量上，他们的意见也是一致，那就是不大规模地请，只小范围地请一些亲戚朋友们，毕竟他们都是第二次结婚，没有必要再搞那么大的动作，还是低调一点为好，只要两人相处得好，不必在乎表面的排场，他们心里都是这样想的。

结婚这天，天气格外晴朗。袁俊杰这边安排了几辆接亲的车辆，去王靖的乡下家里把她的爸爸妈妈、叔叔舅舅、姑妈姨妈等接到离店子不远的一家酒店。袁俊杰这边的亲戚朋友们也到了酒店。袁垣今天也是特别高兴，王靖给他买了一身新衣服，袁俊杰的穿着打扮跟平日不大一样，一下子讲究起来：身穿一套浅灰色的西装，系着一根红色的领结，脚上配一黑色的皮鞋。

店子隔壁的老板跟袁垣开玩笑说："袁垣，今天家里有什么喜事吗？"

袁垣不作声，只是笑了笑。这时隔壁店里老板的小孩插话说："你爸爸和你王靖妈妈今天结婚!"

"是呀,你爸爸和妈妈结婚,待会儿,我还要去参加婚礼呢!"隔壁的小孩被大人的高兴劲儿感染了,便央求他妈妈带他去吃喜糖。他妈妈疼爱地说:"行,行!"

婚礼在一个酒店举行,没有安排任何仪式,等到亲友都就位了,大家就开始吃饭了。走出酒店大门,在大街上就可以看到参加他们婚宴的人,个个笑逐颜开。

结婚真的好啊!难怪俗话说"一个人一生的事业其实是寻找自己的另一半",就连吃饭也变得特别幸福,几乎就是一种享受。有的早晨,袁俊杰还没有醒来,他在被子里面揉揉惺忪的双眼,王靖就端来了她做的营养早餐,一股奶香扑鼻而来,勾起了他的馋劲儿。还有牛奶和面包的味道,他爬了起来,好香,好甜,牛奶香味四溢,袁俊杰再拿起一片面包,咬了一口,心里感叹:啊!幸福的味道,我尝到了。袁垣也尝到了。

生意上虽然忙碌,但是袁俊杰家庭里的幸福无时无刻不在持续着。有时候看见袁俊杰做事累了,王靖就递过来一粒糖或者一瓣水果,让袁俊杰的倦意顿时全部消失得无影无踪。幸福传染着幸福,快乐传染着快乐,就连来店里的顾客们都受到了这个幸福小家庭的感染,变得开心起来。

他们两个人在一起聊天的时候,感觉这一切都像是在做梦一样,今天所拥有的幸福是他们期盼已久的。在一次聊天时,王靖无意中告诉袁俊杰,她原本有一个别人眼中幸福的家庭,前夫是家中的独生子,在当地吃公家饭,可惜性格有一点木讷,并不是一个典型的场面人。不过,前夫家里的其他条件真的没话说,公公婆婆都有退休工资,而且结婚之前就提前准备好了婚房,小两口的日子过得悠哉悠哉,没有任何压力。

结婚之后,王靖因为爱美贪玩,一直不想生小孩,前夫虽然心中着急,但却顶着父母的压力,由着她的性子潇洒生活。直到婚后第五年,王靖30多岁的时候,经过公公婆婆的好说歹说,他们才同意生小孩,才开始准备生孩子的事。可是,时间一天一天地过去,王靖还不见怀上,两个老人一来等孙子都快等疯了,二来退休之后没有事干,所以天天问,夜夜盼,搞得王靖心里压力太大,前夫也就这事常常与他妈爸闹矛盾。

也许是婆婆对王靖没有生孩子而不满意,在她与别人面前说话的时候,总有一点说不出的惆怅,总喜欢拿别的女人和自己的媳妇比。王靖听到后,感觉自己这辈子嫁得有点遗憾。每次对镜化妆时,王靖都会感叹岁月催人老,有一种时不待我、委屈自己的感觉,可是,任凭她和老公怎么努力,还是没有成功怀孕。

在婚姻中,女人没有生孩子,对于有些看得开的老公来说并不是什么大的问题,可是,对于公公婆婆来说,他们毕竟都是上了年纪的人,养儿防老、传宗接代的思想根深蒂固,媳妇没有怀孕的问题是他们的心头大患。在他们的干涉下,夫妻感情破裂就只是时间问题。果然,在王靖结婚的第七那年,她和丈夫最终还是离婚了。

王靖和前夫的离婚还算体面,房子留给了男方,前夫并没有因为她没有生育而撕破脸皮，而且没有让她净身出户，而是给了她一笔分手费。其实，王靖的前夫大可不必这样，两个人都是工薪阶层，加之他们大手大脚地花钱，成了典型的月光族，实际上两人没有什么积蓄。

王靖的父母一开始对于她的胡来意见非常大，不过再怎么说王靖也是自己的孩子，最终只好接受了她离婚的事实。

像王靖这样主动跳出婚姻的女人，看待婚姻和生活一般都非常现实，考虑事情更多地基于现实，而不是基于感情。她们明白，仅仅靠外表去收服男人，到头来注定是一场空，任何不以感情作为基础的男女之间的结合，时间长了之后，幸福都是要打折扣的。当然，在王靖刚刚再婚的时候，她绝对不会这样考虑的。

时间过得好快，在他们幸福地生活了两年后，袁俊杰看到王靖的肚子没有一丝反应，内心也发生了变化。这时，王靖似乎也有所觉察，她在袁俊杰的面前试着商量想要生个孩子。不过，尽管他们积极备孕，但是事与愿违，三年过去了，王靖肚子始终没有动静，体重却越来越重。袁俊杰自己非常纳闷：我经常锻炼，身体也还好，王靖的身体也不差，怎么就一直怀不上呢？

经过他们几番折腾后，王靖也坐不住了，开始通过手机上网搜索和四处打听怀孕方法，试图找到不能怀孕的原因。前后又折腾了半年，试了各种偏方，还是怀不上。袁俊杰每天早出晚归，王靖知道，袁俊杰也在积极地寻医问药。

家里开始弥漫着淡淡的药物味道，有各种中药和西药，有好几次王靖吃完就吐了。她的妈妈知道自己的女儿受了这么多苦后，说："不要再这样折磨自己了，再这样下去别说孩子了，你自己的命都快保不住了。"

可是，王靖晚上看到袁俊杰回来，就又萌生了想要孩子的念头，就接着喝中药，谁知道最后月经都不来了，心酸交织着痛心，她想：别人怀孕简简单单，到我这怎么这么难？看王靖难受，袁俊杰跟她讲要不就不生孩子了吧，反正不是有一个袁垣吗？其实袁俊杰不知道，他越是这样说，王靖就越想自己生一个。

既然没有其他的办法，还是去医院检查一下吧。在长阳本地医院的医生的指导下，她先调理月经，再查输卵管，最后得知是多囊卵巢综合征加输卵管堵塞。王靖跑了很多医院，做了各种中医调理，还做了宫腹腔镜和输卵管疏通手术。医生建议王靖去大一点的医院做治疗。后来，省城医院为他们量身制定了个性化诊疗方案——微创手术疏通输卵管，说是创伤小，恢复快，术后通过中西药治疗多囊卵巢综合征，经过几个月的治疗后，王靖肚子还是没有动静。这时，医院里的医生说，对于王靖这个情况，他们也是无能为力了，他们就只能去尝试试管婴儿技术了。

第四十二集

不孕不育赴省城　提心吊胆忙抢建

　　王靖在电视上看到了治疗不孕不育的广告，广告中都是一个个不孕不育的患者在给医院送锦旗。她看完发现，这些女人的病情几乎跟她一模一样，加上本地医生建议她去大医院治疗，于是她在本子上记录了一下医院的地址，和袁俊杰商量了一下又去了省城。为了不耽误生意，袁俊杰和王靖早上 5 点钟起床，匆匆忙忙赶到火车站后，要在 8 点钟之前赶到医院排队、挂号。省医院比地方的医院大了很多，而且人满为患。不过，毕竟是大医院，服务也是很不错的，不孕不育科的夏医生比她想象的要和蔼。夏医生像聊天一样很仔细地问了王靖问题，让他们做了一系列的生殖检测。拿到结果后，夏医生对王靖说问题不大，让他们放松心情，她一定会让王靖夫妻俩怀上自己的宝宝。

　　夏医生详细介绍了什么是试管婴儿技术。所谓试管婴儿技术，就是体外受精 - 胚胎移植（IVF），是指通过干预直接克服不孕障碍，从而帮助人们完成妊娠的愿望。进行 IVF 的时候，通常需要合用多种促生育药来刺激卵巢，随后从卵泡中抽吸一个或多个卵母细胞。这些卵母细胞在实验室受精，也就是"体外"或者"试管"受精。之后将一个或多个胚胎植入子宫腔。近年来，生殖技术的成功率逐渐升高，这些治疗的适应证也逐渐增多，在美国和欧洲，现有1%～3%的活产儿通过辅助生殖技术出生。

　　但 IVF 不是说你有钱、不差钱就可以随便做，不是说你只要做了，就一定会成功。卵子和精子的质量和储备充足是进行试管婴儿的基础要素，而输卵管积水、长期抽烟、肥胖、年龄等都是影响试管婴儿成功与否的因素。如果可以做也可以不做，或者只是出于某些执念，并非实实在在的不做不行，那么，花钱也不过是小事。放过自己，不再盲目折腾，或者已经折腾过，该放弃的时候就放弃，才是合理的。

　　生殖中心大厅里，熙熙攘攘的人群让人印象深刻。从二十多岁的年轻人到四五十岁的中年人，从衣着光鲜到朴实粗糙，来这儿的人也许情况千差万别，但是目的都只有一个，那就是：拥有自己的孩子。四周的墙上还有一面面表达感谢的鲜红的锦旗，分外惹人瞩目，那些"喜得贵子""送子观音"的赞颂之词，让等待的人们有了更多坚持下来的勇气。

　　通常来讲，实施试管婴儿技术的第一步是疾病筛查，过程大约需要半个月，如果一切正常，就可以进入治疗周期。进入治疗周期后，王靖每个月平均有一周时间在医院：除了取卵和移植，就是抽血、做 B 超、打针、吃药。

去医院的当天，她要在早上 6 点起床，6 点半出门，7 点半到医院抽血，之后就排队等 B 超，大概 10 点做上 B 超，11 点抽血结果出来，拿着 B 超和血液检查结果给医生看，医生给出用药建议。诊室外每天都排着长长的队伍，如果能在 12 点前进诊室就算很幸运，这样她能赶在交费窗口中午下班前把费交完，然后顺利取药，再到注射室让护士打针。

如果上午病人比较多，12 点之前不能把费交上的话，就要等到下午两点半交费窗口上班接着交费、拿药、打针。理想的状态下，她能在下午 4 点前看完，5 点前搭上回长阳的客车，到店里已是晚上 8 点多了。

她认识的一些病友，就是选择辞掉工作去做 IVF，还有人在医院附近租房住了下来。这样长距离的奔波劳碌不利于做试管婴儿这个项目，后来，王靖和袁俊杰听从医生的建议，在医院附近找了一个专门接待做试管婴儿项目的病友的房子。房子的主人是一个三十岁的叫飘飘的女人，听说之前她也做了试管婴儿项目，为了方便病友就做起了这行。

飘飘的房子也是租过来的，不过面积比较大，里面大概有六间卧室，一间卧室就能租给一对做试管婴儿项目的夫妻，也有的大房间住两对夫妻的，租金费用就便宜一些。袁俊杰租的是单间，每月得交一千多块的房租。不过，以这个价格在离医院很近的地方几乎租不到单间，他们住在一起的话，不光房租便宜一点，还有很多好处，比如这里的房客都知道这个项目的每个步骤，最主要的是他们都是过来人，会告诉你什么不能做，什么不能吃等等。这些对于一个新到这儿的人来说，还是很有用的。

袁俊杰一直记得第一次走进医院辅助生殖中心看到的情形：女人在诊室门口排队、做检查，在楼层间穿梭，陪同的丈夫则一脸茫然，或者在走廊的椅子上低头玩手机。在整个过程中，男人只要检查一下精子状况，提供精子。很多男人有精子存活率低、数量很少，质量不高等问题。刚开始，袁俊杰也很茫然，他感觉所有人看他的眼神都带着歧视，他浑身上下都不自在，不知道自己该干什么。反正到这里来了的人，应该都是有问题的。这时，他把头高高抬起来，装作若无其事的样子，心里想着：与这些男人相比，他可不同，他没有这方面的问题，他可生过孩子呢！

接下来了又是一番这样的检查那样的检查，如果这些检查能一次性查完也就省不少时间，可是医生要求他们做几次。他们只得回长阳后，过几天再去省城。从此，他们就隔不了三五天就去一次省城，直到他们对这个城市由陌生变成熟悉，甚至，王靖在省城的街上问路或者跟医生交流时能说省城话了。

毕竟开了店子，袁俊杰在省城是左右为难，一个接着一个从长阳打来的电话让他心不安宁，王靖就要他回去，反正现在都是做些检查，她一个人在这里没有什么问题。正在这时，袁俊杰的手机响了起来，他一看，原来是枫树村的邻居打电话过来了，他一接电话，邻居在电话那头大声说："袁俊杰，袁俊杰，听得到吗？"

袁俊杰以为发生了什么紧急的事情，急忙说："听到了，听到了，你说！"

"听到了！好，告诉你一个事，就是我们的房子这里马上就要被征收了，你知道吗?"

"不知道啊! 这么快? 真的还是假的?"

"这回是真的了,征收的摸底工作已经开始了呢,我准备加一层了,你加不加? 反正我是要加的!"

"好啊! 我在外面有事,过两天我回去看看吧!"

"好,这次消息是百分百准确的!"

"好,谢谢您!"

"不谢! 谢什么。"

第二天,袁俊杰安排好了王靖,就出门搭车去火车站回长阳了。经过几次转车,他好像有一点迷路的感觉,经过仔细观察之后,他发现自己到了长沙的一个买卖二手汽车的市场。一直就对汽车有着浓厚兴趣的袁俊杰,顿时来了劲,他其实早就想买一辆属于自己的汽车了,哪怕是一辆二手的也行。在今天以前,他还从来没有去过汽车市场,不知道选购汽车到底是一种什么样的体验。不过,不用想象,这种感觉真的是太美了,难怪那些女人总是喜欢去超市,逛商场,今天他也来过过买车的瘾。

他把手揣在兜里,空空的荷包似乎在告诉他看了是白看,然而,有一个来自内心深处的声音传来:这汽车有什么好稀奇的呢,不就是一辆车吗? 现在没有钱买,难道他以后就不会买吗? 不,不用等多久了! 樟树村的房子不是就要被征收了吗? 呵! 到那时,只怕一般的车我还看不上呢! 我还得买辆好车呢! 虽然自己已经会开车了,也有了驾驶证,但是这些年进进出出都是骑自行车,挤公交车,去年才买了一辆二手的摩托车,平时还好,一旦赶上下雨下雪,就着实羡慕有车一族。

其实,他曾经盘算了一下自己的积蓄,虽然不多,但也足够买一辆二手轿车了,等到他马上就要说出来的时候,王靖说要去省城做试管项目,好吧,这句话不得不重新咽回肚子里。不过,这也无所谓,汽车嘛,就像家里的电视机一样,反正是要买的,既然今天有时间,自己先了解一下汽车吧! 这个二手汽车市场很大,新车也不少,只是大多数车是二手车而已。看了一阵后,袁俊杰觉得什么都好看,没有不合适的车,什么类型的车就有什么用,他看到眼花撩乱,整个市场看遍了,也没有胆量去询问一下价格。是啊! 既然自己不买又何必问别人价格呢? 不过,他又想,现在不问一下价格,下次真的来买的话,带多少钱都不知道呢。

于是,他鼓起勇气,向一辆大众牌的车走去,老板看到他过来,就上前对他说:"老板,这台车看中了没?"

袁俊杰点了点头。

"这台车才到的,去年的手动标配版,九九成新,质量保证,全车的油漆是基本都是完好的!"

"多少钱?"袁俊杰把门打开后看了看。

"价格好商量,你看好了是吧,今天能不能定下来!"

"……"

"这款车就只有这辆了，如果你看中了的话，最好今天您能定下来，昨天有几个客户看了，也很中意这台车。"

"……"

"老板，要不试驾一下？我去给您拿钥匙！"

"什么价嘛？"

"很便宜的，2.6万—2.8万的价格给你！要不要拿钥匙来试试车！"

"算了！"

"哦！我忘了，您跟我来一下，那边也有一辆一样的，那辆就便宜很多，只是有一点点小问题！您看行吗？"

"什么问题呢？"

"一个是空调制冷不是很好，冷凝器有点小问题；一个是前防撞梁碰过，有些变形，属于比较小的事故。价格就1.3万，这个价格也差不多是那辆车的半价了，车况没有一点问题！"

"这还是小问题？"

"这二手车多少都有点问题吧，车的确追过尾，就换了保险杠。但真的不能影响什么，再说它很便宜嘛！"

"也不便宜呢！"

"这样吧，你先试试车况吧，您试了我们再说吧，价格好说。"

"下次吧！"

"今天来都来了嘛！试试吧，不要也没关系的！"

"不，谢谢！"袁俊杰急忙走了，他怕走慢一点了那个营业员会缠住他。

袁俊杰虽然没有车，但是他对车还是有一些了解的，这车一般是越大越贵。不过对于他来说，没有必要买大车，一般的就够了，平时都是他一个人在外面跑来跑去的，只有在过年过节的时候才会一家人出行. 大众的这个品牌的车质量可以，价格也不高，所以他先了解具体的一些情况。

走着走着，他来到一家装修比较气派的店子，在一辆宝马轿车旁停了下来。这宝马车是许多男人心仪的品牌。导购员看到他在车边上仔细看了又看，就走过去跟他说："先生，您好，需要帮忙吗？"

"哦！我只是看看。"

"好的！欢迎！我来给您介绍一下这台车吧，这台车原先是个美女开的，个人一手车，安全行驶7万公里，无重大事故，无火烧，无水泡，无调表，前杠喷漆。当时新车落地需要36万元左右。"

"好的，我看看！"没买过车的袁俊杰，其实脑子里空空的，导购在一边说他就在一旁点头，导购说什么他就信什么。其实，他除了看见车表面上有划痕外，其他什么破绽都没有看出，这个划痕还是导购自己说出来的，它已经修复了，如果导购不说，他是无论如何也是发现不了的。

价格倒是不贵，比同等年限的车便宜一些。

"这样吧，我拿钥匙来，您试试车况，怎么样？"

"不需要试，你说一下实际情况吧！"

"先生是个爽快的人，好吧，我就开门见山吧，这车有过一次轻微碰撞，在4S店修好了，全程保养记录也有，公里数很少，这哥们买台3系放家里给媳妇买菜接孩子用。反正这车没什么问题，还很新。只要先生看了中意，有诚意，价格我们好商量。"

"那你们给的是什么价？"

"如果先生现在要的话就是25万，这车就跑了几万公里，跟新车没有什么不同，价格就便宜了十几万，多划算呀！这是我店里面的最便宜一款宝马车了，保证您不吃亏！"

"好的，我再看看！"

"好吧，我给你一张名片吧！有什么问题可以电话联系我！"

"好的！"

袁俊杰出门后并没有走远，他一边看着名片上的内容一边看着这家店子上面的招牌，那台宝马车真的不贵，特别是导购跟他说"到时候再来，什么都可以商量"的话，让他觉得价格好像还可以少一点。其实，他对那台宝马车也很喜欢，至于要二十多万元钱，他也觉得并不高。在他的心里，一台体面的车怎么也得要二十多万，只是他现在没有钱，有钱后他一定会买的，对！他要记住这家店，这个店的车都应该卖得不贵，还有那个导购服务态度真的很好，还很有耐心地给他介绍。他还想去另一家问问，一看手机，呀！不好，时间不早了，他要去车站了，于是他急忙搭上一台摩托出租车往车站赶去。

为了怀孕，王靖对袁俊杰说，他们两个人都要保持着健康且自律的生活：每天至少跑步5公里、锻炼90分钟；不熬夜、不吃外卖。可是袁俊杰哪里有时间休息和跑步呢？店子里的几个师傅都得安排，制作的师傅要他确定制作的材料，安装的师傅要他告诉位置和安装要求，还有原来王靖做的煮饭买菜那些活儿，现在全部都得他去干，他就像一个陀螺一样旋转不停。当他去了一趟枫树村的时候，看到邻居家都原来的房子上加建，这加一套房子就是一套房子的钱呀！这可比做任何生意都强呀！看着别人搞得热火朝天，袁俊杰的内心痒痒的。

当天晚上，袁俊杰就打电话给王靖："枫树村的邻居们都在加紧时间把房子加层，看来快征收了！我们的房子的顶层也有预制板，我想加一层！"

"好是好！房子是优良的资产，你看着办！我在这里也帮不上你的忙，反正你要注意安全！"

"好的，你那边情况怎么样？要我现在过去吗？"

"没什么其他的情况，医生说取卵手术前，要打10～15天促排针，最一共要打30针，所以你现在还不需要过来。"

"还要打十几天的针？"袁俊杰一脸的茫然。

"是的，往肚子上打，打的都是激素，肚子都被打成了筛子呢！"

"嗨！能有什么办法呢？忍忍吧！"

"好，我没事！你得注意安全！"

"好，我知道！"

说干就得干，挂了电话，他马不停蹄地联系泥工师傅及出售砖瓦的人，经过两个小时的电话联系，熟门熟路的袁俊杰就只有加层的工资没有跟沈小华说定。第二天一早，袁俊杰就带着沈小华查看房子加层的现场情况，因为是抢建，所以没有多少时间给他们商量，当场就说定了工资，马上就行动起来，一切都是从快处理：材料今天就要全部到位，明天一早，沈小华就带 15 个人来施工，工期为一天，要是没有搞完，明天晚上无论搞多晚都必须完工。

接下来他们就分头行动了。第二天，沈小华带着十几个人先把屋面拆掉，和水泥的和水泥，搬砖的搬砖，做墙的做墙，工地上热热闹闹的一片。袁俊杰在心里默默的祈祷着那些控建的人不要过来，只要他们不过来一天就可以，求求老天保佑保佑！还好这天整个上午都没有人来，袁俊杰看着工地上的进展而暗暗高兴，还是毛主席说的对呀，人多力量大嘛！只花了一个上午，他的房子就做起了差不多一半了，按照这个速度，房子在下午完工没有一点问题，正在袁俊杰暗自庆幸的时候……

下午四点多钟，下面的大路上三辆车门上写着"控违"的车驶来，随即下来了十来个人，几分钟后，袁俊杰他们都听见下面正在抢建的地方传来一阵阵"咚咚咚"的声音，他知道不好了，这明显是锤墙的声音，他急忙要沈小华他们所有的人都停下来，等控违的人走了再做。顿时，工地上鸦雀无声，沈小华和这些师傅好像盗遮一样迅速地停了下来，并轻脚轻手地蹲到小房子的角落里，连抽烟都得小心翼翼，生怕弄出了声音来被控违的人发现。"你来我停，你走我干"，这是搞抢建的一般方式和做法，这些道理泥工师傅们早已烂熟于心。

为了了解控违的情况，袁俊杰悄悄地爬上房屋最高的地方观望，发现路旁不远处有一户人家，七八个泥瓦工正在楼顶上抓紧抹灰砌砖，抢建房屋。控违的队员一到现场，那些泥瓦工就逃之夭夭。那些控违的人有的抢大锤，有的拿着树杆，有的拾起砖头把那些刚做起来的墙锤得千疮百孔，几个人在一起在那里喊着"一、二、三……"，把墙推倒，随即又传来轰隆的墙倒塌的声音，听得袁俊杰心惊胆战。

"不好，控违的来了！"袁俊杰惊叫起来，等他去告诉沈小华和泥工师傅们的时候，发现房子里已经空无一人，他们早已跑得无影无踪，等他反应过来时，他与控违的人在楼梯间碰了个正着："我们区控违办公室的，你是这栋房子的主人吗？"

"不是……哦！是。"袁俊杰支支吾吾，急忙掏出香烟递上去。

"到底是不是？不是的话，快点叫户主过来！"那个人用手挡住他递过来的香烟后严厉地对他说。

"哦……是的！我是户主！"

"你是户主？叫什么名字？"那个带头的领导模样的人拿出笔和一个厚厚的单据本子准备记录问话。

"我叫袁俊杰。"

"袁俊杰是吧？你知道你在干什么吗？这是违法行为，你知道吗？"

"是的，是的！"

"你这新做的房子必须拆除，来，你在这里签个字。"

"领导，能不能通融一下？我家里孩子多，所以多做了几间房，麻烦你们高抬贵手！"袁俊杰哆哆嗦嗦地在那张红头单据上签下名字。

只见单据上写着："区控违办现场处置单：经现场勘察核实发现，户主袁俊杰，正进行违法建筑设施，违法建筑长 10 米、宽 12 米，房屋墙体已砌高度 2 米多。禁违队员当即责令控停，并予以拆除。区控违办公室。"等袁俊杰一签下字，那个带头的人大喊一声："拆！"随即其中一人先抡起大锤，用力猛击，随后，控违队员们争先恐后齐上阵，或举电筒，或抡大锤，或用木棒推倒墙体……

看见刚做好的房子又被锤掉了，袁俊杰心如乱麻，差点掉下眼泪来。他不停地求着那个控违的领导："领导！求求你们行行好吧！我家是真的孩子大了要房子住呢！您不相信可以问问我们的邻居。"

"孩子大了？好啊！要房子可以呀！你得有正规渠道，到办事处打报告，如果是真实的情况，政府还是会批准的！"控违的领导劝他说，"你不能不办任何手续就开始这么大的动作，特别是现在，征地的公告不贴出来了嘛，谁不知道你们想趁征收捞一笔！"

他们先用一把锤子在墙上打出几个大的窟窿洞，然后徒手推墙，经过半多小时敲打，袁俊杰一百多平方米的违章建筑，在控违办队员的挥舞胳膊中一半已经轰然倒塌解体。

"是的，您说的是，领导，你看，你们拆的时候，这些砖呀什么东西都弄坏了，不如我自己来拆，好吗？我自己拆！"

正在这时，有个人在高喊："不行！不行！那边是别的人家……"原来他们要把一片墙推倒时，那个喊的人注意到这片墙将要倒在袁俊杰邻居家的屋上，怕引起邻居的房子损坏而突然喊他们暂停。

于是，那个带头的人就对袁俊杰说："好吧，我们就拆到这里，剩下的你自己拆，一定要拆得干干净净！"

"好，好，我保证拆完，保证拆完。"

"好吧！"带头的领导转身对其他的人说，"走吧！我们走吧！剩下的让他自己拆算了！"

其他的人听到后，拿起工具走下楼梯，赶去下一个控违地点。

控违的人前脚刚走，沈小华和那些泥工师傅不知道从哪里钻出来一样，问袁俊杰："走了吧？都走了吧？"

袁俊杰从头到脚地打量了一下他们，说："都走了，呃！你们刚才去哪里了？"

"我们躲在你隔壁邻居家里。"沈小华狡猾地一笑，说："走，上去开工。"

"不行，现在不行，他们还没有走远呢！"

"没事，怕什么？你放心！他们不会来了！"

袁俊杰看了看手机，说："不行，现在不能搞，这样吧，现在差不多5点钟了，走，我们先去吃晚饭，吃完晚饭后就开工，今天晚上准备加班吧，无论如何都得完工！"

"要得，要得！吃晚饭了再搞！"沈小华跟其他的泥工师傅说。

"晚上加班得加工钱呀！"有个泥工师傅听到要加晚班，就低声说。

"加工钱？不是跟你说好了吗？"袁俊杰质问沈小华。

"是的，加工钱！谁说不加工钱啦！走，我们先去吃饭去吧！"沈小华对他们说了后，又转身跟袁俊杰说，"俊杰，你也得准备夜宵，师傅们到了晚上十二点钟的时间都会饿的。"

"好的，这些都没有问题，不过，晚上不蛮看见，你们都得注意安全啦！"

"没事的，我们晚上都搞过抢建，没问题，你放心！"

"好吧，走！吃饭去。"

冬天的晚上六点多钟，外面已经是一片漆黑，城中村的夜晚被高楼上射过来的灯光变得又美又静又祥和，远处传来狗吠声，袁俊杰和沈小华带着泥工师傅们来到工地，收拾着那些被破坏的材料，加紧施工起来。他们的一举一动都是那么小心，尽量避免发出大的声音而影响周边的居民。

由于下午被控违的人员破坏比较大，到了第二天凌晨三点多钟，袁俊杰的房子才建得差不多。也许是没有睡觉的原因，袁俊杰在下楼梯的时候，突然一脚踏空，从二楼摔到一楼。当时，所有的泥工师傅都在楼顶上做事，没有一个人知道他摔跤了，他也没有喊。当时他爬不起来，就趴在地上休息，在等到他奋力爬起来时，才知道自己的脚受伤了，他一瘸一拐地走到有光亮的地方，借着灯光检查一下脚，原来脚在他摔下来的时候被梯级的边上的水泥擦了一条长约二十厘米的口子，幸亏伤得不深，但裤子上、衣服上、地上到处都是血迹，他强忍着疼痛又爬上楼梯。

第四十三集

受邀志斌入律所　怜悯小林卫正义

这天，鲁志斌召集了所有律师举行会议。待他们都坐定后，鲁志斌走到椭圆形的办公桌的中间位置，说："各位，现在开会！"

这时所有的人都站了起来，鲁志斌说："我们的口号是——"大家异口同声地大声说"永远比对手强！永远比对手快！永远比对手更成功！"

"坐下吧！"鲁志斌和大家一起坐下后说，"希望大家谨记，这不仅是我们的口号，还是我们鑫源集团的制胜之道啊！口号要天天喊，但关键还是要做到啊！

"好了，今天的会议有点特殊，我有几件事情要说。特别要请大家注意的是第一件事，就是集团公司昨天在大会上对我们律师事务所的业绩表示担忧，有两个股东还表示了不满，我在现场真的感觉到非常尴尬。各位同仁，律所的这几年业务还是可以的，大家有目共睹，但是为什么没有挣到钱呢？我想这个原因应该是值得我们每一个人去深思的问题。现在我希望你们这三个小组积极地行动起来，组长必须做出明确的调整方案和部署，努力提高自己小组的业绩。现在来讲，就只有刘岚峰律师的业绩好一点，去年完成了近一千来万，万姗姗律师只有七百多万，吴宇律师就更不行了，只有五百多万，这已经跟危险了。

"整个集团给我们律师事务所待遇还是不错的，别的不说，你看，每年的五月、八月、腊月，我们律师事务所上上下下所有个人都收到了集团公司的礼物，没有落下一个人，是不是？要知道，其他的分公司可没有这么好的待遇，建筑公司的员工、出租汽车公司的员工等，都没有这些待遇。他们都是人，集团公司为啥把我们律群看得如此高贵，是我们读书多，素质高吗？我很明确地告诉你，不是，即便有再高的学历再好的文凭，不能创造价值，没有成绩业绩，就没有让人羡慕的待遇，更别提高高在上的权力，甚至连那些在建筑工地搬砖的工人都不如，他们干的可是流血流汗的气力活啊，我们却天天坐在冬暖夏凉的办公室里啊。

"同事们，今年年底评审会有一次人事任免会议，如果再这样继续下去，还是这样原地踏步，不好意思，到时候你们就不要怪我了，当然，我也不例外，集团也对我提出了一些要求，我想说的是，我和你们一样面临相当大的压力，我想这些压力也是驱动我们前进的动力，希望我们在新的一年里努力工作，能够有拿得出手的业绩，争取把年会开得高高兴兴，而不是垂头丧气。

"下面是第二件事，我向大家介绍一下刚刚加入我们律所的一位新律师袁明生，大家欢迎！"

在大家的一片掌声之中，坐在椭圆型大办公桌后一排坐的袁明生急忙站起来，他举起一只手来，一边点头一边跟大家打招呼："请多关照！"

"欢迎！"

……

袁明生打完打招呼后，鲁志斌说："希望袁明生能够尽快适应律所的工作节奏，把你最优秀的一面展现出来，为律所的进步贡献你的力量！"

接着，大家又是一阵掌声。

鲁志斌看了一下手表，接着说："接下来就是我们自由发言的时间，有谁想说吗？或者大家还有什么需要讨论的？"

这时，刘岚峰律师站了起来，笑着说："鲁主任，我手上的那个案子有点棘手，我想和大家聊聊！"

"好啊！你先说说你那个案子的进展怎么样了。"

"嗯，鲁主任，我经手的那个王大全的案子，虽然这么久了，但还是找不到有力的人证，现在不知道从哪里下手才好。"

"那证据这块怎么样？充不充分？有没有锁定？"

"证据是锁定了，但是没有人物来证明，还是不够充分。"

"只要找到王大全事发当晚没有在场的其他记录就可以了。"

"是的，我们找到了王大全当天在公司的录像，但是他在停车场的记录就没有，原因就是那个探头早几天就坏了。"

"这样，那就只要证明王大全没有在案发现场，也不是只有他在那个时段的证明有效，对吧，我们只要找到他在那个时候的不在场证明就可以了，不管王大全是去停车，还是去游泳，或者是吃饭，是不是？！"

"好的，我知道了。"

"鲁主任！那个廖德聪的赔偿案，厂家还是没有答复，你看，下一步我们该怎么办？"吴宇律师站起来说。

鲁志斌说："廖德宝的那个案子没事，我们有的是时间，没有必要在这个月就速战速决，你想想看，这个案子没有解决的话对谁最不利？当然是那个电压力锅的生产厂家，那你着什么急呀？该着急的人是他们，这个案子最好的处理方法就是拖，拖一个月就一个月，拖一年就一年，关于这个事故的新闻报道还挂在网上呢，造成的负面影响还少吗？我看，下个星期厂家就会主动联系你的，等他们来要求和解，到时候他们就会乖乖答应原告的诉求了！"

"是的，是的，还是鲁主任高！"

"好的。现在大家还有什么事吗？"

鲁志斌看见大家摇头，就说："好吧，今天的会议就开到这里！"

说完，鲁志斌站了起来，大家也都站了起来，异口同声地大声说："永远比对手强！永远比对手快！永远比对手更成功！"

鲁志斌说："散会！"

袁明生也跟着大家走出办公室了，在走廊上，他突然听到有人喊他："明生！你过来一下！"原来是鲁志斌。袁明生看见他正打手势要他去他的办公室。鲁志斌先进去了，明生跟着进入后，鲁志斌示意他把门关上。

"明生，有个活要交给你，你是刚进律所的新人，为了让你尽快适应律所的工作，我们决定先给你一些简单的案子，让你积累一些实战经验，怎么样？"

"好的，我还以为刚开始只能帮你打打下手和做做杂事呢！"

"打下手？在学校里，你可是一个非常优秀的班干部，不仅成绩好，而且哪方面都行，是吧。做律师也不是什么难事儿，我绝对相信你能做好这个行当，你这个人才我可要好好把握，好好利用哦！"

"好的，谢谢同学抬爱！保证完成任务！"袁明生笑着说。

"明生，你看，现在我手上可供你选择的案子有几个，一个是实业公司的合同纠纷案件，一个是飞鸿集团的知识产权案，还有一个就是变更小孩的监护人案，这几个案子都不复杂。你想接下哪宗案？我想听听你的想法。"

"好的！"

袁鸣声接过鲁志斌手上的案卷，看了看后说："我认为接手变更小孩的监护人案，我没有问题！"

　　"好吧，你觉得自己的优势在哪里？"

　　"优势在……我觉得我能够胜任这个案子，不好意思，我想说的是，我为了我孩子就打过一模一样的官司。"

　　"好的，那就你了，这是案卷，你熟悉一下，有什么问题找我！"

　　说完，鲁志斌把案卷递给袁明生。

　　"好的，那我就先走了！"

　　鲁志斌点了点头，袁明生拿着案卷走出了他的办公室。

　　案卷上显示，自从去年开始，林小婷的妈妈魏雪萍与现任丈夫马兵感情早已破裂，魏雪萍想要与马兵分手并办理离婚手续，然而事与愿违，马兵反应激烈，反正就是不同意离婚，经过多次协商，始终得不到回应。由于此案牵扯到了魏雪萍的孩子林小婷，万般无奈下，魏雪萍的原婆家决定诉诸法律，于是来到长阳市人民法院申请变更林小婷的监护权。但是，对于法律一窍不通的林家人真的不知如何下手，加之马兵的威胁和恐吓，魏雪萍是不知如何是好，林家上下一起商量后觉得只有律师才最懂法律，他们想到了找一个律师帮忙，于是就找到了鑫源律师事务所。

　　接到诉讼材料一天后，袁明生在检查案卷时发现林家提交的证据材料并不齐全，为了更快地了解案情和找到更好的工作方法，他在办公桌前冥思苦想。突然，鲁主任走了过来敲了一下他的办公桌。

　　"怎么啦？还不下班？"

　　"哦！鲁主任。"明生看看表说，

　　"这都几点了，还不回家？怎么样，还适应这个工作的节奏吗？"

　　"还好！还好！我想加加班，熟悉熟悉案子！"

　　"你的心情我特别理解，但是，还是得慢慢来。我们这边不提倡让员工盲目加班，我希望员工能够在工作之余保证家庭生活。"

　　"好吧，你这是下命令要我回家吗？"袁明生笑了一下调侃说。

　　鲁主任笑着："我没有这个资格，你才进入这个行业，有太多东西需要适应，如果你想的话，那行吧，反正就是别太勉强自己，量力而为，别把自己搞得太累哦！"

　　"好的，放心吧，我会自己掌握好的。你快回去吧，我再好好看看。"

　　"看，又轰我走，还是那个急性子，你一点都没有变化。哦，对了，要喝水的话，茶水间在那边啊！"

　　"好的！"

　　正当鲁志斌推开玻璃门要出去的时候，袁明生喊了一声："志斌！"

　　鲁志斌刚好听见，急忙上前把玻璃门拉开，说："你叫我？"

　　"是的！我……"

　　鲁志斌看见他好像有话要说，于是他向袁明生走去。

"你有什么顾虑或是担心呢？"鲁志斌问他。

"我想，林小婷的案子虽然可以直接立案，但并不能从根本上解决问题。如果缺乏必要的材料，按程序驳回还是解决不了申请人的实际诉求，而林小婷的问题也会继续存在。"袁明生解释道。

"那你想怎么办？从哪个地方下手？"鲁志斌说。

"我是想在立案前将他们摸清情况，与他们进行一次或几次沟通，看能不能在立案前达成和解，希望能够从源头上解决这桩棘手的纠纷。我想，毕竟他们都是当地人，如果他们之间产生不能化解的矛盾，这并不利于他们今后的工作和生活。我想让他们心服口服，得到公正公平的判决结果，我们不能为了解决问题而解决问题，就算法院判决了，了结了案件，他们之间却存在着深刻的仇恨，那么问题依然得不到解决。我想，我们办案还得考虑得长远一点，不能为了节约人力和物力而快速办结，留下后患。那样对他们或者是整个社会来说，都是一个不负责任的行为，社会和谐是我们法律工作者的最终追求和目标！"

"好，你说的是！如果能按你说的来说，那真是一个最好的结局。"鲁志斌对袁明生伸出了一个大拇指，"无论对于哪一方，都是一个最好的结果！"

"但愿如此！"

"我就知道，我们的班干部绝对是优秀的，对于律师来说，你有着很大的潜力哟，加油！"

"好的！鲁主任！现在班干部这个头衔还是去掉吧，现在你这样叫我，我受之有愧呀，你还是叫我袁律师吧！"

"好的，你也别叫我鲁主任，叫我志斌就可以了，特别是没其他人在的时候。"

"好的！志斌！"

这时刘岚峰律师敲门进来了，袁明生就说了一句："鲁主任，那我出去了！"

鲁志斌对他说："好的，袁律师，你忙吧！"

"嗯！"

为了达到实质案结事的目的了，切实维护林小婷的合法权益，袁明生多次与申请人林得保（也就是林小婷的叔叔）积极沟通。在做好沟通之余，还积极联系其所在村居委会，多方联动协商解决方法。

"这期间我一直关注着这起案件，希望居委能够和当地民政部门做好沟通工作，从实际情况出发，为申请人提供证明，让案件能尽快进入到诉讼程序，也希望能够尽快明确孩子监护权，让她拥有一个健康完整的童年。"袁明生情真意切地说。

在袁明生努力下，林得宝对马兵和魏雪萍的所在地街道居委会提出申请，要求他们对她与马兵一起生活时的实际情况予以说明和证明。

这项证明证实了魏雪萍与马兵共同生活的具体情况等，并指明林小婷的叔叔监护更为合适。正是这份特殊的说明，让这例变更监护人案件得以正式进入诉讼程序。

第二天，袁明生就去走访了当事人——一个叫林小婷的小女孩。来到了案卷上提供的地址上，他并没有找到当事人，一个老人走了过来，明生忙上去打招呼："嗯那嘎好！咯是林小婷的家吗？"

老人表露出很伤心的样子，问眼前这位陌生人："你是谁？你找谁？"

"我是小婷的律师，袁明生。"说完他从包里拿出律师证给老人看。

老人没有看，只是眼含着泪点了点头，端了一把椅子，招呼他坐下。

原来，他就是林小婷的爷爷，此时，林小婷正在医院接受治疗，奶奶为了照顾小婷就跟着她去了医院。说起孙女小婷的事，爷爷就泪如雨下，一把眼泪一把鼻涕地说给明生听。

林小婷的父亲林喜宝在三年前被车祸夺去了生命后，母亲魏雪萍的手上就有一笔她父亲的抚恤金。魏雪萍在前两年被邻村的一个叫马兵的无业青年连哄带骗，改嫁到了邻村。那个马兵原本就是一个好吃懒做游手好闲的人，小婷的母亲嫁过去后才发现，可是那时已经晚了，其实马兵就是奔着小婷母亲的钱而娶她。在魏雪萍嫁过去之前，马兵就向林家保证如何如何对她们母女好，可是还没有半年，马兵就以各种理由找小婷的妈妈要钱，基本上就是天天不做事，坐在家里要钱，从来没有出门挣过钱，把魏雪萍当成摇钱树，用完了再要，数目一次比一次大。终于，小婷的妈妈醒悟过来，那点钱可是孩子她爸卖命的钱啊，孩子还小，她上学什么的都得用钱，用钱的地方多着呢，她又赚不到钱，不行！不能这样下去了，于是她不再给钱马兵了。没有得到钱的马兵就露出来了本来面目，当天晚上就把魏雪萍打得半死，在邻居的劝说之下，马兵才就此罢休。

魏雪萍不怨别的，只怨自己命苦，自己头个男人那么短命，现在这个男人这么欺辱她。走投无路的魏雪萍屈服在马兵的淫威之下，又一点一点地给马兵钱。然而，有一次在林家做客的时候，林小婷不小心说漏了嘴，把她后爸马兵打她妈妈，妈妈怕打然后给钱给马兵的事说给林家人听。那天一回去，马兵就以林小婷不听话为借口把她打得鼻青脸肿……

"这次住院也是因为被那个姓马的畜生打，我是打他不赢，我要是打得他赢，我硬要杀落他才好哟！听到话那个畜生当天晚上就跑了，袁律师，嗯话看看，那又禾得了哦？"

"嗯那嘎不急，他跑不掉的，就算他跑到天涯海角也逃不出法网！他跑得越久他的罪行就越大。再说，现在到处都是监控设备，真的是天网恢恢，疏而不漏。他逃到哪里都会被人发现，不久就会被抓到的！"

"真的是走了后来伢就有后来娘哦！一点都冇错，我里小婷好作孽哟！袁律师，嗯要恰亏帮忙约！嗯做哒好事的呀！嗯做哒好事的呀！"

"晓得！我晓得咯！嗯那嘎！"

这时，小婷的叔叔走了过来，跟袁明生打招呼："你好！你是袁律师吧？"

"你好！你是？"

"我是小婷的叔叔林得保。"

"哦！林先生，你好！"

林得保递给袁明生一根烟，接着跟他聊了起来。

"小婷多大了？"

"十岁。"

"十岁，跟我女儿差不多大，现在正是最需要母亲的年龄，被告给她这么大的打击和伤害，对孩子来说，真的是太不幸了。"

"林小婷的爸爸不在了，别人说只要妈妈在，这个家就还在啊，这个世界上就永远有一个属于她的家。话虽是这样说，但是那个女人像人吗？她简直就不是人！"林得宝说，"可是小婷呢，比别人没爷没娘的作孽一些。袁律师，我们的诉求就是变更小婷的监护人，与那两个狗男女门槛上面切萝卜——一刀两断！"

"好的，我还得再去了解一下小婷妈妈的情况。"

袁明生考虑到这个案子表面只是为小婷改变监护人，背后却是林家人和魏雪萍以及马兵的矛盾，在以后的生活中他们不可能不接触，如果真的闹得不可开交，只会让彼此之间的仇恨更加深，这绝对不是一个最好的结果。为了他们的长远着想，袁明生决定见一见小婷的妈妈魏雪萍。

这天上午，袁明生来到马兵家里，魏雪萍正在地坪上晒着谷子。看到袁明生的到来，她没有丝毫感觉，只是招呼了一下他。

袁明生坐定后，掏出律师证给她看看。魏雪萍瞟了袁明生一眼，无所谓地说："说吧，找我有什么事儿？快点吧，我正忙着呢！"

"你能说说小婷那天受伤的情况吗？是怎么样发生的？你又在干什么呢？"

"我没有伤害小婷，连过失伤害都没有。案发的时候，我在厨房里听到了小婷跟我老公马兵争吵的声音，因为厨房里高压锅的声音，还有房间里面电视的声音，我在厨房里根本就听不到外面发生了什么。后来，我在小婷的身体上发现了有撕扯和搏斗造成的瘀伤。房间现场也有扭打的痕迹。马兵很健壮，力气身手都非常人可比，所以小婷身上的伤都是马兵打的。当时发现后，我把马兵推开，抱着地上的小婷号啕大哭……

"是的，我们那天是吵架了，也打架了，我们两个经常打架，因为马兵他是个好吃懒做的赌徒，不出去赚钱，还输光了我的十多万，那是小婷她爸卖命的钱，不仅如此，马兵还欠了几万块的外债。我提出要跟他离婚，他就要我给他二十万元钱，不然离婚想都别想，每次我一说离婚，他就把我往死里打。"

"马兵现在在哪里？"

"他早就跑了，小婷当时就晕过去了，我急忙拨打了报警电话。"

"现在，小婷的爷爷奶奶，还有叔叔，要求变更小婷的监护权，你同意吗？"

"我不同意，我要与小婷一起生活！我离不开她。"

"我知道，但是，一直以来，你并不是一位称职的监护人，你知道吗？"

"是的，都怪我，我不该跟马兵结婚，我不该相信他的话。不过，我的妹妹，还我表哥，还有他们林家人，都知道我是爱小婷的呀。"

"你刚才说的没有用，你的妹妹、表哥都是你的亲人，所以他们的证词，嗯，不能够完全被采信。"

"你不相信我。你觉得我在撒谎，你甚至觉得我弟弟也在撒谎、做伪证是吗？你是不是觉得让一个孩子离开母亲就是对的？这是你对林家的承诺？你拿了林家多少钱？要知道，你是我与林家人一起请来的，对方是马兵啊，连我的律师都不相信我，你说我找你干啥啊？"袁明生说："我不是不相信你，我知识告诉你法律只重视证据。""什么是证据？我不知道什么是证据。我只告诉你事实真相，事实真相算不算证据？""所有可以证明案件事实的材料都是证据，你的陈述和辩解当然也属于证据，但是，这些证据都需要查证。"

第二天，袁明生接到原告林得宝的电话，说马兵昨天晚上在派出所投案自首了，现在正被关押在看守所，他问明生现在怎么办。袁明生告诉他不要急，等他去了解一下情况再说。挂了电话，袁明生随即决定去一趟看守所。

来到马兵被关押的看守所，袁明生在接待室向他介绍完自己后，马兵就以不耐烦的语气说："你是林小婷的律师？好吧！你说，你想把我怎么样？看你们能把我怎么样！告诉你们，坐牢，我不怕！"

"马兵，请你不要激动，我今天来，只是了解一下你与我的当事人的一些情况，请你配合一下！"

"……"

"作为小婷的后爸，你有保护她的权利和义务，你明白吗？小婷的父亲去世、在她妈妈嫁给你的状况下，你不但怠于履行监护职责，还导致她处于紧张和恐惧状态下，你的行为已严重侵害了她的合法权益。你明白我说的吗？"

"我没有伤害她！"马兵突然站起来了，大声说，"是她自己受伤的，你先弄清楚了再说好不好？袁律师！"

"马兵，你冷静一下，有什么话可以慢慢说，你要知道，所有的案件的司法审判都是以事实为依据的，沟通是相互了解的一种方式，我希望你不要放弃，这对你来说是有好处的，也是一种帮助。"

"什么？帮助，帮助我？别扯淡了，对方请的律师会帮助我？真的是莫名其妙！"

"有什么好奇怪的呢？你不知道帮助别人就是帮助自己吗？"

"废话，你是想从我的口中挖到方便你们处理案子的事情，让你们好应对是吧，我会告诉你吗？"

"你想错了，马兵。"袁明生有点不适应，他转过头看了一下四周，"马兵，这样吧，我问你，你是想过几天出去呢，还是过几年出去？"

"出去？我能过几天就可以出去吗？"马兵的眼睛直直地盯着袁明生，眼神里充满着期待和希望。那种失去自由的感觉真的太不好受了，可以说，这世界上没有一个人愿意失去自由，哪怕是金钱和地位，在自由面前算得了什么呢？"这样说吧，只要你听我的，过几天你就能出去。"

袁明生说完，马兵似乎想到了什么，他激动起来。

袁明生说："我要你同意解除与小婷妈妈的婚姻关系。"

"解除与小婷妈妈的婚姻关系？不，不行，绝对不行。"马兵的眼睛往周围扫射了一圈后，不耐烦地说。

"为什么呢？"

"我们相处得很好，要不是小婷从中做梗，我们没有一点问题！"

"没有一点问题？你不要撒谎，小婷妈妈亲口告诉我，自从你们结婚之后，你就从来没有出门赚过钱，天天就知道打牌赌博，是不是？"

"打个牌怎么啦？打牌犯法了吗？你去麻将馆里瞧瞧，为什么我就不能玩呢？"

"但凡你对家庭有点责任感，你都不可能天天沉浸在这种不良环境里。还有，经过小婷这个事情，你认为她妈妈对你来还会有感情吗？你还是同意吧。"

"不，不能，我们不能离婚，我不能没有她！"

"不能没有她？你不是不能没有她，而是不能没有这张饭票吧？"

马兵低着头，看起来有点难过。

"其实我很爱她，真的，并不是你们想象中的那样。"马兵抬起头说这话时，袁明生看到了他眼角的泪痕。

"很爱她吗？这不符合逻辑，如果你很爱她的话，怎么会……"还没有说完，马兵就打断了他说的话："是的，很多事情我是不应该做的，还有，我说小婷受的伤只是一个意外，但是，谁会相信呢？"

"意外？"

"是的，意外。"

"有点意思。你能具体地跟我说一下吗？"

"好吧。那天晚上，我们一家三个人刚吃完晚饭，我和魏雪萍就准备去打麻将。刚走到屋外的时候，我发现身上没有带电筒，于是我就一个人打回转去拿电筒，走到屋里看见厨房里面碗和筷子都没有洗，没有洗也算了，还看见一只猫正在趴在桌子上吃着菜碗里的菜。我当时非常生气，加之我喝了一点酒，当时声音肯定是比较大，吓着小婷了。我承认我打了小婷一耳光，就在小婷哭哭啼啼地端着碗和筷子去厕所洗的时候，厕所的地板湿滑，我听见一声尖叫，小婷摔倒在厕所里，因为摔得很厉害，破碎的碗把她的手脚几处地方都划伤了，几道口子都在哗哗地流血。我也顿时醒了酒，急忙跑了出去，后来我就不知道怎么样了。"

"你就打了她一个耳光？为什么小婷的胳膊和大腿处都有瘀伤？"

"这我就不知道了"

"你明知道不应该打人，不能长期去打牌，但你为什么又要去做呢？"

"哎！我真的不知道怎么表达我内心的声音，每次去打牌的时候，我也在内心一遍一遍地提醒自己，不要去，不要去，但实在没有忍住，最终丧失了理智！"

"好吧，事已至此，谁都没有办法改变昨天的事情。当然，我也许能够理解你还深爱着小婷的妈妈，我想你要是基于这一点的话，你就会为她考虑，其实当你在为对方考虑的同时，你的对方也会为你考虑，不是吗？我的意思就是，如果你能平静地接受你们之间的感情破裂而分手，我可以保证你的权益将得到充分的保障和超出你预期的改善，只有这样你才能有一个崭新的开始，你明白我的意思吗？"

"你这样说我很感动，只是，对于一个素不相识的人来说，我凭什么信任你呢？"

"我理解，不过，你还有其他的办法吗？你想想，除了我的建议，你还有什么好的选择呢？是的，我们虽然素不相识，但是，如果我是一个出尔反尔、言而无信的小人，我以后还怎么作为一名律师在这个职场混下去。我用我的人格向你保证，希望你能相信我。"

马兵半信半疑地看了他一阵后，说："好吧！我信你一回！"

"好的，你看，如果你答应小婷妈妈的……"

几天后，长阳市人民法院已依法做出了调解处理的决定：马兵与魏雪萍即日解除婚姻关系，双方无任何经济纠纷，林家撤回马兵对林小婷的伤害赔偿赔偿的诉讼请求，马兵不承担林小婷的医疗等一切费用，当庭释放！

第四十四集

遭祥哥嫉贤妒能　于龙都舍生忘死

袁炜"绑风"之顺畅，令祥哥和龙老板为之震惊。

他们不相信自己的眼睛，在这个鱼龙混杂的江湖中，袁炜这个原本名不见经传的小人物，居然在香洲是混得风生水起。

在龙老板看来，袁炜有着出类拔萃的头脑和过人的胆识，他对于自己手下如此优秀的人才很感兴趣，并有加以重用的想法。

然而，这对于祥哥而言，就大有不同了，在整个龙都公司中，袁炜的才华和胆识引起了祥哥的不安。祥哥是这个集团的大佬之一，是最先跟着龙老板混的人。在公司内部，他有着庞大的势力范围和深厚的背景。然而，随着袁炜声名鹊起，祥哥开始感到自己的地位受到了威胁。

祥哥嫉贤妒能，他无法容忍一个初出茅庐的小子竟然能够在江湖中如此风光。于是，他开始暗中布局，企图将袁炜置于死地。

此时的袁炜不善于领导与管束手下，胖子只顾自己吃喝玩乐，好几个手下开始背着他私自提枪干案，把他蒙在鼓里。

其中一个手下持械抢劫时，落入警方手中。警方顺藤摸瓜，展开搜查。那个手下见势不妙，退出了袁炜的绑票集团。

有一次绑票没有成功，袁炜就觉察自己团伙内部有问题。当时，警方只好封锁海陆空出入口，但袁炜已先一步逃跑得无影无踪。警方棋差一着，百密一疏的是：

袁炜逃亡时，曾经被一辆警察巡逻车截住问话，但是镇定狡猾的他，编了一套谎言，瞒过了问话，趁警方没留意时逃脱了。

绑票案沉寂一时，警方认为绑票团伙的销声匿迹只是按兵不动的诡计。犯案的人是绝对不会死心的，只要一有机会，必会重新作案。这时，一名姓蔡的珠宝商行董事经理，险些在家中遭绑架。警方通过初步调查得出结论，这作案的人没有什么经验，故而没有得逞。

原来这案子是麻雀的一个手下阿兵搞的。阿兵本来对掳人绑票兴趣不大，他之所以做这票，除了混饭吃，还以为可以还上原来赌马而欠下的钱。他带了几个手下到蔡家，他先派人上楼打听事主的行踪。阿兵以为很简单，他懒洋洋地在车里抽烟，等着好消息，谁知那个马仔连看也没看清楚，便奔下楼跟他说找不到事主，结果惊动了蔡家，一伙人只得落荒而逃。

这事惊动了龙都高层，他们开会怪罪袁炜管理不严，必须对他加以严惩。

得知这个事情之后，袁炜把胖子和麻雀，还有他们手下的马仔都叫来开会。

这时，全部人到了大厅里，袁炜环视了一圈人群，目光中透露出一种难以言说的复杂情绪。

"谁让你干的?"袁炜的声音不高，但却像是一颗石子投入平静的湖面，激起了层层涟漪。

人群中的阿兵突然浑身一颤，仿佛被这句话击中了内心。他急忙跪在了地上，双手颤抖着抓住袁炜的裤脚，泪水在他的眼眶里打转。

"炜哥，我错了，我真的知道错了……我再也不敢了!"阿兵的声音充满了绝望和悔恨。

袁炜看着跪在自己面前的阿兵，心中五味杂陈。他知道，阿兵并不是一个十恶不赦的人，他只是被一时的贪念蒙蔽了双眼。但是，犯规毕竟是犯规，不能轻易被原谅。

"阿兵，你知道你犯了多大的错吗?"袁炜的声音中带着几分狠厉。

阿兵不敢抬头看袁炜。他知道，自己这次是真的做错了。他不仅仅伤害了龙都的利益，更伤害了那些信任他的人。

"我知道，炜哥。我真的知道错了。我愿意接受任何惩罚，只希望能得到你的原谅。"阿兵的声音中带着无尽的悔意。

袁炜沉默了一会儿，然后缓缓地开口："原谅? 阿兵，你的行为已经触犯了规距。我可以放过你。但是，兄弟们怎么办? 公司其他的人怎么说? 看在你跟着胖子几年的分上，你自己看着办吧。"

"炜哥，让我卸了他一条腿吧!"胖子说完就抽出了刀来。

"哎……"袁炜叹了一口气。

胖子听到袁炜发出了声音，于是也停了下来。

"腿还是让他留着吧! 我不想看到他了!"说完就转过身去。

大家知道炜哥的意思就是不要阿兵了，让他走。阿兵急忙跪地上，说了"谢谢"后，战战兢兢地站起来向外面走去，等到走出大门的时候，只听见"砰"的一声枪响。"谁……"袁炜转过头来一看，只见胖子收起了手枪。

只见阿兵的腿上被打了一枪，血从裤管里流了出来，他忍着疼痛一瘸一拐地走了。

根据线人举报，警方获得了一个重要的情报。

这个情报透露：有人在夜总会花天酒地，挥霍金钱，那些钱跟花钱的人的身份很不相配。

顿时，警方采取迅雷不及掩耳的行动，明查暗访，以闪电般的速度扣留了一个人。这个人便是胖子的手下阿兵，经过盘问，警方掌握了有用的线索与情报。

原来，阿兵在香洲混不下去了，便找了几个人想像袁炜那样捞钱。他们招兵买马，另起炉灶。由于都是流兵散勇，阿兵决定训练他们几天后再策划绑架。

他们还没有行动，就被便衣警探与警察重重包围了。

警方不敢掉以轻心，知道他们手上有枪支军火，警队精英几乎全出动，这一次，警方绝不能再让他逃脱，誓要将他擒捕归案。

围剿的警方队伍分为三路：一路是精锐的先头部队，负责劝降与突击。一路警察埋伏在楼房右方，负责在必要时，开火掩护先头部队。还有一路警员埋伏在楼后方的栏杆处，以防他们从屋后逃跑，负责封死出口，截击绑匪。

各就各位之后，楼房内一片沉寂，楼中人想必好梦正甜。

外面已是草木皆兵，气氛紧张，清晨时分，天尚未全亮。

那是最好的攻坚时刻。警方通过扩音机命令里面的人放下武器，举手投降。同样的话，重复了三次，在空中回响。

一楼大铁门依然深锁，内里仍旧是一片死寂。

莫非线报有误，屋内没人，还是绑匪已闻风先逃？

几分钟后，警方看见一男子走到一楼外的大门处，神色慌张地东张西望一番后，转头返回屋内。

随即传来"嗒嗒嗒嗒……"一连串的枪声，子弹快如闪电，并击中一名警员，其他警察见状，连忙四处散开。

这时，另一挺机关枪的扫射声由二楼大门边传出。

现场对警方不利。这时警方一名领导指挥警员绕过电车厂，直抵后面另一栋洋楼的高处，居高临下，探查匪窟内的情形。

正当他在盘算如何发动攻势时，又是一阵弹雨纷飞，楼房后方栏杆处埋伏的第三路人马传出痛苦呼叫，而藏身洋楼前水沟的第四路伏兵，也传来高喊撤退之声。

原来，一名警员闪避不及，中枪受伤，他飞快地滚地，避开连串的枪弹。

见到对方如此强硬，领导批准硬攻了，各路警察进攻，一时间枪声不断传来，随着几枚手榴弹向楼房内抛入，警员朝路边方向紧急撤退。随即手榴弹在楼房里爆开了花，接着发生了大火。一会儿后，见里面没有什么动静了，警方谨慎地采取措施靠近，除了死亡了两人，阿兵还有两个人受伤被带走。

毫无疑问，阿兵被判无期徒刑。他坐在牢房的角落，手里捏着一枚已经被磨得发亮的棋子，眼神空洞地望着窗外那片被铁丝网切割得支离破碎的天空。天空下，是同样支离破碎的生活，将日复一日，年复一年，仿佛永无止境。自从那次冲突后，阿兵的世界就只剩下这四面墙和无尽的悔恨。

一天，牢房的门突然"吱嘎"一声开了，一个人走了进来。阿兵抬起头，映入眼帘的是一张熟悉的面孔，那张曾经陪他走过风风雨雨的脸。他不敢相信自己的眼睛，揉了揉，再仔细看去，真的是辉哥！

"辉哥?"阿兵的声音有些颤抖。

"阿兵，是我。"辉哥微笑着坐在了阿兵的对面。

两人就这样对坐着，仿佛回到了过去。阿兵的心中涌起一股难以言喻的激动，眼眶不禁湿润了。

"你怎么会来这里?"阿兵声音带着一丝颤抖，"你是来看我的吗?"

辉哥沉默了一会儿，说："是的，我来看看你，兄弟。"

阿兵低下头，心中五味杂陈。他知道，自己走上这条路，真的是无药可救了，但他也清楚，辉哥是龙都公司的人，这次来看他，肯定是有原因的，也许自己还有用，还有利用价值。

"辉哥，我……"阿兵说不下去，喉咙仿佛被什么堵住了一般，"只要你救我出去，辉哥，我这条命就是你的，你要我做什么都行，辉哥！"

辉哥拍了拍他的肩膀，说："阿兵，过去的事就让它过去吧。重要的是现在和未来。我今天来就是看好你，所以我想给你一个机会。"

阿兵抬起头，看着辉哥那坚定的眼神，心中涌起一股力量。他急忙说："谢谢辉哥，谢谢辉哥！我阿兵从此就跟辉哥你了，不管是上刀山还是下油锅，在所不辞！"

"只要你听话就行，不然，你是知道后果的！"

"知道！知道！"

"好吧，你再委屈几天！我自有安排！"

"好的，好的！谢谢辉哥！谢谢辉哥！"

阿兵的眼睛紧紧盯着铁门上的两根钢筋之间，直至辉哥走远。

几天后，阿兵得到了出狱的消息。当他走出监狱的大门，看到外面那片广阔的天空时，心中充满了感慨。这时，路边停了两辆汽车，辉哥在一辆车的边上，他知道，是辉哥给了他新生。

他深吸了一口气，转头对辉哥走去，说："辉哥，谢谢你。"

辉哥拍了拍他的肩膀，笑着说："兄弟，不用谢我。"他对着车指了一下，这时车后排的车窗玻璃降了下来，他一看，祥哥，龙都的二当家，他急忙说："祥哥！您也来了！"

辉哥急忙介绍："阿兵，你出来可是祥哥的主意，还不快感谢祥哥！"

"谢谢祥哥！"

祥哥摆了摆手，说："算了，听话就行！"说完车窗玻璃升上了。

"谢谢祥哥！"

"走吧，你上那辆车。"辉哥指着后面的车跟阿兵说。

这一天，龙都集团这座庞大的商业帝国，笼罩在一片阴霾之下。军火走私，这个在普通人眼中遥不可及的词汇，此刻却成了集团内部的一记重击。一批价值连城的军火，在运输途中被警方截获，这不仅意味着巨额的金钱损失，更让龙都集团在市场上的声誉受到了严重损害。

祥哥与此事脱不了干系，要知道，他是整个龙都集团专门负责军火贸易的人，此刻急得像热锅上的蚂蚁。他知道，这批军火被警方截获，是因为消息的走漏，绝非偶然。在警方的严密布控下，消息是如何泄露的？他必须找到一个替罪羊，来平息这场风波。于是，他将目光转向了袁炜。

祥哥的策略很简单，他需要转移视线，而袁炜就是最好的目标。他利用手中的权力，制造了一系列证据，指向袁炜就是泄露军火消息的罪魁祸首。一时间，袁炜成为了众矢之的，压力如山。

然而，面对突如其来的指控，袁炜并未慌乱。他知道，祥哥的手段虽然狠辣，但并非无懈可击。他决定利用自己的智谋，找到真正的泄密者，为自己洗清冤屈。

袁炜一开始就进行暗中调查，他逐一排查了所有可能泄露消息的环节，从货物的装运到人员的调配，每一个细节都不放过。他发现，军火消息走漏并非一人所为，而是一场精心策划的阴谋。在这场阴谋中，祥哥只是其中的一环，真正的幕后黑手，远比想象的要复杂。

经过连日来的不懈努力，袁炜终于找到了真正的泄密者——一个隐藏在集团内部的马仔。这个马仔因为贪婪，被外部势力所诱惑，成为了走漏军火消息的关键人物。袁炜没有声张，而是悄悄搜集了证据，准备一举将幕后黑手揪出。

终于，在一个风雨交加的夜晚，袁炜带着证据，来到了龙老板的办公室。他将一切和盘托出，揭露了那次军火消息走漏不是自己所为。龙老板听后，脸色铁青，他没想到自己的集团内部竟然隐藏着如此深重的黑暗，但他又非常高兴，当场对袁炜表示表扬。

祥哥在一旁感觉非常难堪。

而袁炜则因为机智勇敢，得到了龙老板的赏识。龙都集团开始了一系列的整改，加强内部管理，杜绝类似事件再次发生。而袁炜也成为了集团内部的一颗新星，他凭着自己的智慧和勇气，成为了集团内部学习的榜样。

然而，袁炜并没有因此停下脚步。他知道，龙都集团暗流涌动，远比想象的要复杂。他向龙老板表决心，他将继续深挖隐藏在集团内部的黑暗，为龙都集团的未来，贡献自己的力量。

经过这一系列事件，袁炜在黑帮中的地位逐渐稳固。他逐步成为龙老板身边的红人，而祥哥则逐渐失去了影响力。

祥哥眼见自己不断失势，还有自己酝酿已久的阴谋被揭穿，恼羞成怒。他决定对袁炜采取更加极端的手段。他暗中指使一批手下，企图暗杀袁炜。

龙老板在召开的会议上，透露有一批重要的"货物"到了香洲，由于很特殊，所以龙老板亲自安排,："晚黑，你哋全部都要到，我也会去现场！"

"老细，你就唔使啦，有阿炜喺度，你仲担心咩吖！系咪呀？阿炜？"

袁炜不知道这是祥哥的奸计，他说："系嘅，冇问题！老细，呢批货我亲自押送，你哋唔使担心。"他的声音坚定而自信，仿佛一切尽在掌控之中。然而，他并不知道，这趟看似简单的押送任务，却是一个精心策划的陷阱。

龙老板看了看他们，说："好啦，不过你哋要多加小心！"

夜幕降临，袁炜带着一群手下驾驶着几辆改装过的货车，踏上了前往目的地的道路。一路上，他们小心翼翼地避开警察的巡逻路线，不知不觉中驶入了一个偏僻的山区。这里荒无人烟，只有偶尔传来的野兽叫声打破了夜晚的寂静。

突然，一群手持武器的黑衣人从四面八方涌了出来，将袁炜和他的手下团团围住。袁炜心中一惊，他意识到自己已经陷入了险境。然而，他并没有露出丝毫的慌乱，而是冷静地观察着周围的形势。

这时，对方车上跳下来一个人，袁炜一看，原来是阿兵。

"原来是你，阿兵，你这是什么意思？"袁炜大声质问道。

"炜哥，不好意思！这批货我早就盯上了，只是没想到你会亲自送上门来。"阿兵冷笑道。

"妈的！早知道你是这样的人，还不如宰了你！"袁炜气愤地骂道。

"是啊！当初你没有要我一条腿，今天我可要你的命！"说完，对着袁炜开枪。

顿时，现场枪声此起彼伏。

原来，这一切都是祥哥的阴谋。他故意让袁炜接手这趟押送任务，然后利用这个机会将他的团伙一网打尽。他不仅要夺取这批货物，还要借阿兵的手除掉袁炜这个威胁。

然而，袁炜并没有束手就擒的打算。他迅速做出反应，指挥着手下与黑衣人展开了激烈的战斗。双方你来我往，枪战、肉搏、爆炸声此起彼伏，整个山区都陷入了混乱之中。

经过一番激烈的战斗，袁炜和他的手下终于突破了对方的围攻。然而，他们并没有逃脱阿兵的掌控。阿兵带着一群手下追了上来，将袁炜等人逼到了一处悬崖边。

"炜哥，你以为你今天能逃得掉吗？"阿兵得意地笑道。

"阿兵，你以为你真的能置我于死地吗？"袁炜冷冷地回应道。

就在阿兵得意忘形之际，袁炜突然掏出一枚手榴弹，向阿兵丢去。阿兵见状大惊失色，他没想到袁炜竟然还有这样的后手。然而，他已经没有退路可走。随着一声巨响传来，阿兵和那些马仔被炸死。

原来，他早在出发前就做好了万全的准备，暗中携带了一把手枪和几枚手榴弹。这是他为了应对可能出现的意外而做的预防措施。

还好，这次袁炜成功逃脱了祥哥设下的陷阱，但他深知黑帮之间的斗争远未结束。他只有更加小心谨慎地行事，才能在这场生死较量中存活下来。而祥哥也不会善罢甘休，他一定会想方设法报复袁炜。

对于阿兵的失败，祥哥忐忑不安，因为袁炜很可能知道这事是他干的。于是，他抽着烟在房间里走来走去。

"佢又唔知呢啲系你做嘅，佢话……"阿辉停住了话语，看着祥哥。

祥哥没有说话，他知道自己虽然号称这一带的霸主，可是，现在他和袁炜比起来，似乎还是有一定的差距。祥哥虽然称霸一方，可是，都是全靠手下的一帮兄弟打拼出来的，自己并没有多少真才实学。

"祥哥，你话，阿炜会放过我哋咩？"阿辉有些担心地看着祥哥。

祥哥没有说话，他也不知道该怎么回答。他和袁炜并没有什么深仇大恨，只是因为自己在这一带称霸，袁炜要扩展势力范围，才和自己产生了矛盾。祥哥知道，袁炜是一个有野心的人，他不会满足于现在的一小块地盘，肯定会不断地扩张自己的势力。而自己，就是他扩张势力道路上的一块绊脚石。

"祥哥，我哋依家应该点做？"阿辉看着祥哥，等待着他的回答。

祥哥沉思了一会儿，说道："唔急，佢依家都唔知呢件事系我哋做嘅，阿兵唔系死咗咩，我哋有大把时间。"

"系呀，噉咪太着数嗰细路仔啦！"阿辉有些不甘心地说道，"再讲，如果畀龙老板知道咗，以后仲点样喺呢一带混呀？"

"龙老板信佢，唔信我？"祥哥看着阿辉，问道。

"唔唔唔，龙老板当然信你啦。"阿辉急忙说，他的眼神中透露出一种坚决的神色。不过，祥哥知道和袁炜硬拼，自己这一方肯定是凶多吉少。祥哥不禁陷入了沉思之中，他在思考着如何才能够在这场争斗中取得胜利。

就在这时，一个手下慌慌张张地跑了进来，说道："祥哥，唔好啦，阿炜带住佢嘅人向我哋呢度嚟啦。"

祥哥和阿辉闻言，都吃了一惊。他们没有想到，袁炜会来得这么快。祥哥迅速地站了起来，说道："准备嘢。"

阿辉也站了起来，他拔出腰间的手枪，大声地喊道："兄弟们，拎出家伙！"

一群人迅速地冲出了房间，来到了院子里。这时，他们已经可以看到两边的人都是剑拔弩张，显然是袁炜的人已经来了。祥哥和阿辉带着手下的人迅速地迎了上去，一场激战即将开始。

看到袁炜杀气腾腾的样子，祥哥说："阿炜，你今日咩意思，点呀？想同我打交？"

"祥哥！真系无事不登三宝殿呀嘛！"

"哎！阿炜，有话就讲有屁就放！"阿辉不解地说。

"你算哪个？敢喺呢度啰嗦！"袁炜眼睛一瞪，大声说。

"妈的！"阿辉也气急了，他拔出枪，"我崩了你！"

"你够胆!"麻雀看到这个阵仗也急忙上前拔出枪喝道。

"俗话讲千错百错上门唔错,祥哥!呢可唔系你嘅待客之道呀!"袁炜笑了一下说。

"哈哈哈……"祥哥故意笑了起来,"你哋都畀我退下,边个叫你哋咁样嘅,都系自己人呀嘛!"接下来又说,"不过,阿炜,你嚟就嚟啦,何必要咁样兴师动众嘅啫,系嘛,你睇,搞到兄弟们都唔好意思啦,好易造成误会嘅,系嘛?"

"祥哥,我嚟就系问你,阿兵点解会知道我哋去提货嘅?"

"阿炜,你唔系同我开玩笑呀嘛,我点知阿兵呀,你问我,我问边个去?"

"好啦,既然你唔知,嗰就算啦,不过,如果畀我查出嚟嘅话……嗯哼!"

袁炜说的时候表情非常凶恶。

"唔好太嚣张,等你揾到先讲啦!"祥哥吊儿郎当地说。

"嗰就,打扰祥哥喇,我哋告退喇!"

"唔送!"

看着袁炜的人撤退,阿辉他们都松了一口气。他们知道,今天虽然没有打起来了,但是,袁炜并不会就此罢休,他肯定会再次来犯的。

"祥哥,我哋要尽快将佢畀……"阿辉在说话的同时,配合着做了一个杀人的手势。

祥哥听后,悠闲地抽了一口烟,点了点头,说:"我知,唔急,我自有安排。"

"好嘅!祥哥!"

第四十五集

柳暗花明得正果　背信弃义现原形

第二天,袁俊杰不顾脚上的伤,就瘸着腿,一拐一拐地赶往省城。

王靖马上就要做取卵手术了,听说做试管婴儿项目最痛苦的环节就是取卵。王靖听着就觉得可怕。手术开始,医生把35厘米长的手术针头扎进王靖的卵巢取卵。因为不能打麻药,王靖能清楚地感受到穿刺带来的疼痛:"像一个巨大的钻头在搅动着肚子,除了搅动肚子,还能顶到肺,然后就觉得呼吸不了。"

如果一切顺利,取卵手术10分钟就能结束,但有时也会发生意外情况。与他们一起做这个项目的病友,其中就有人在取卵过程中,被医生用针扎穿了卵巢血管,导致大出血,流了一地血。而且取卵次数过多,可能会给女性的身体带来伤害。

这次手术,医生从她体内取出13颗卵子,配成了8个受精卵,最后形成了5个胚胎。

对于王靖来说，紧张又最期待的日子——胚胎移植的那天很快就来了。这一天，她像往常一样早早起了床。吃完早餐，就开始装点要带到医院的证件和药品。从前一天晚上开始，王靖就纠结要穿哪一件衣服去医院，最后她选了一件红色条纹上衣，希望红色能给她带来好运。这是一个周日，医院比往常安静许多，但辅助生殖中心仍然人头攒动。

王靖的胚胎移植手术被安排在了上午。她换上病号服，从手袋里掏出一支棒棒糖拿在手里，躺上了手术台。做试管的女性中间流传着一个说法，移植时只要带着棒棒糖，宝宝就能跟着回家。手术开始，医生将一根细细的导管探入到宫颈口，确定好位置后，注入提前解冻的胚胎液体。

一分钟后，移植结束。医生对王靖说："胚胎已经移到了你的肚子里了，好好保护。祝你们成功！"王靖又惊又喜，轻轻地抚摸着自己的肚子，高兴地向医生点了点头。在袁俊杰小心翼翼的搀扶下，王靖从医院一步一步走向飘飘的房子，她是连粗气都不敢出一口，袁俊杰也是不敢跨大一点的步子，生怕孩子在肚子里面出问题，从医院到飘飘的房子只有一百多米的距离，却硬是像走了一千多米。

胚胎移植，并不意味着成功受孕，从移植到胚胎着床，还需要7天左右。移植第2天，为了增加着床的概率，她要注射防止宫缩的药物，还要检测血值，用药物保证各项指标处在最佳水平；移植第5天，用验孕试纸测出了两道杠，才表示怀孕了；如果没有，就表示没怀孕。不过医生说过"就算临床妊娠，仍然有20%—30%的概率会流产"。

移植的第8天，王靖验孕试纸没有显示两道红杠，意味着她的这次移植宣告失败——胚胎没有顺利着床。这时，飘飘的房子里另一对测试结果显示成功受孕的夫妻出来报喜，他们脸上洋溢着欢喜，妻子急忙吩咐丈夫去买喜糖来，分给住在一起的病友们，以示庆祝。也有的病友看到结果没有成功后不声不响地收拾行李默默走了。

不论成功还是失败，飘飘的房子里总有人喜笑颜开，也有人肝肠寸断。来这里的人大多条件不好，很来这里做试管婴儿项目的钱都是借来的，据说还有借高利贷来做的。有的人风尘仆仆地来了，午饭就用热水泡一碗方便面凑合，也有人在饭菜的味道上斤斤计较，还有的人在客厅的沙发上歪头打瞌睡，也有的人在房间里面彻夜无眠……

王靖把头蒙在被子里痛哭，她哭她的命运，老天真的不公，她并没有做什么坏事，为什么要这样对待她呢？她哭她用掉的钱，那些花在医院里面的，还有车费吃饭等七七八八加起来几万的花销，都随着这次移植的失败而付诸东流。她心里想：到底有没有人能告诉我，我这辈子还能不能有一个孩子？如果真的有，我就毫不犹豫，如果说没有，我就不折腾了。但是，没有任何一个人能告诉我，老天也不会告诉我……

他们不得不接受现实，默默地收拾行李，匆匆坐上回长阳的客车。袁俊杰他们回家后，巨大的不确定性将王靖牢牢困住：是花费精力和金钱继续往下走，还是及时止损放弃生孩子这个念头，这是最让她困惑和焦虑的问题。从开始备孕到做试管婴儿项目，王靖已经花费了五六万元，"我不甘心，这么多年一直在准备一件事，我希望有一个结果。"王靖对袁俊杰说。相比于一些病友，她的排卵数量要高一些，只是卵子质量却没有那么好。她觉得，老天这是打击她一下后又递给她一个甜枣，给她希望又让她绝望。

王靖本以为做试管婴儿项目很轻松，一次就能成功，所以才决定去做的。结果，做了不成功，放弃却又不死心，除了经济上的负担，其实心理上更难以承受，一次又一次的失望和难过，一次又一次的疲惫和奔波，都让他们夫妻俩难受。

医生曾对王靖说，目前医学上将"高龄"定义为35岁以上，因为女性35岁之后，卵巢功能下降得非常快，卵巢质量与生育紧密相关且其功能衰退无法逆转。王靖说她真的没有什么时间了，要抓住最后的机会。如果不趁现在的话，再耽误就永远不会有孩子了。看到王靖悲伤的眼神，袁俊杰也伤心难过。他也说，他同意是同意，只是现在他们没有什么积蓄了，再说这个店子的生意因为他们常常去省城而疏于经营，濒临倒闭。但是，王靖哀求袁俊杰帮忙做最后一次，她会用这一生感谢他的，如果这最后一次机会还不能怀上，她也就死了这条心，就在家安心地把袁垣带好。

袁俊杰看着王靖一遍又一遍地保证，他的心也软下来。他妈妈侯大娘原来在世的时候就跟他说过，他现在只有一个孩子，将来再生一个也可以，虽然会降低袁垣的地位，但是只要他们相处和谐、关系融洽就可以，反正再生一个也是他自己的孩子只要袁俊杰在心里对待他们就跟一把秤端平了就行了，再过几年，袁垣也大了，他会有自己的生活。

这次，王靖盘算着少花一些钱，胚胎移植之前所有的检查和消炎、取卵等项目都不需要花费了，也就是说只需要支付移植和一些护理的费用，他们粗略统计了一下，估计要两万多块，于是，袁俊杰咬咬牙就答应了做最后一次。袁俊杰分析了上次移植之后没有成功的原因，上次做的时候是冬季，冬季不是很寒冷吗，那样的低温天气就不适合生命的繁殖和生长啊！他认为天气好、温度高的时候成功率会高一些，要做也得等天气暖和了再去，那样的话成功的概率会更高。

于是，在第二年的六月，袁俊杰和王靖再一次搭上去省城的火车。为了王靖有好心情，袁俊杰特别安排了去株洲玩一下，因为株洲到省城很方便，加之王靖说过她从来都没有去过株洲，他们在株洲各买了一双鞋子给自己作为礼物，以提前庆祝孩子的到来。

他们仍然选择租住在飘飘的房子里，这次确实省了不少的环节。到省城的第三天，医生就安排了王靖进行胚胎移植。王靖说，医生在移植过程中让她通过屏幕看到了胚胎进入到她的子宫的过程，看着那个小小光点移动进去，觉得很是神奇。

移植完成后，王靖在手术床上休息一下。为了安全起见，袁俊杰让王靖回到等待室的床上再休息一会儿后又像原来一样，像乌龟一样慢慢地向飘飘的房子走去。

接下来，在租住房间里，王靖多半时间是躺着的，该吃吃，该睡睡，生活一切照常。袁俊杰则天天早上去菜市场买些王靖喜欢吃的菜，本来不会做菜的袁俊杰在病友的帮助和指导下，厨艺大有长进，做的菜也是越来越符合王靖的胃口了。有一天，长阳店面里来电话要袁俊杰回去一趟，不然制作和安装的师傅处理不好。袁俊杰回去后，把袁垣也带来了，说一是跟他来看看后妈王靖，也可以给她提提喜气，二是来省城玩玩，他也从没有来过省城呢。第二天袁俊杰把袁垣送到回长阳的客车上，一遍又一遍地跟司机交代，要他把袁垣送到他的店子里。

到了移植后的第六天，王靖摸着肚子要袁俊杰去买验孕试纸来测一下，袁俊杰小心翼翼地说："还是再等两天吧，过两天测会更准确一些。"第八天，验孕试纸上显示了两道红杠，王靖当时不敢相信自己的眼睛，她用手擦了擦眼睛后再睁大眼睛看了看，确认没有看错后，心中顿时产生一种无与伦比的快乐，她神情激动地要袁俊杰再拿一张试纸测一下，再次确认没错后，他们才向病友们公开，她有宝宝了！袁俊杰则急忙下楼买糖。

第九天，他们来到医院做复查。看着验血结果，医生微笑着对他们说："恭喜你们，经过检查，确认你已经怀孕了"。终于怀上了，王靖当时激动得快哭出来了。现在，他们非常期待自己的宝宝出生，等他出生了，一定要把他来之不易的事情慢慢讲给他听。

医生再次提醒他们注意休息。他们按照医生的指导，怀孕第一个月里相当地注意，不论是饮食还是休息，都严格按照医生嘱咐的方式来。也许是好事多磨，就在胚胎移植成功后的第三周，王靖下面流出一些带血的液体，吓得他们急忙去医院检查。原来王靖有卵巢积水的问题，即使受精卵成功着床，也不是太稳定。在这样的情况下，孕妇又出现卵巢积水的问题，对于胎儿发育是极为不利的。如果这样的情况持续加重，母体是没有办法再继续妊娠的。在这样的情况下，医生可以通过给王靖注射白蛋白，提高她身体的免疫力，同时还要增加营养，以增强抗病能力。

医生告诉她必须快一点进行白蛋白治疗。然而，不幸的是，这个医院里面没有白蛋白了，王靖的主治医生杨医生帮他们打了电话问了几家医院，都说没有了，要他们自己想办法，还得抓紧时间。

在这一眼蒙生、举目无亲的地方，他们到哪里找呢？问题来得太突然了，还袁俊杰和王靖根本来不及几乎思考，他们赶快回到飘飘的房子里，快速地收拾行李去找有白蛋白的医院。好在飘飘房子里的一个病友告诉他们，在河西那边有一家叫泰和的医院好像有白蛋白。她说，她的一个熟人也是因为要用白蛋白才去了那个医院。于是，他们马不停蹄第赶往泰和医院。

还好，当他们赶到这个医院的时候，王靖认出一名姓张的护士，张护士也认出来王靖来，在她的带领下，王靖顺利第办理了入院手续。医生对王靖的病历本查看后，对王靖进行快速的白蛋白治疗。在泰和医院住了五天后，王靖身体状况得到了明显的改善。为了节省开支，王靖在第七天就办理了出院手续。当他们拿着行李去车站买票的时候才发现，兜里的钱仅仅够他们买车票。

回来后，他们也明显感到生活捉襟见肘，这些年生意挣下的被王靖做试管婴儿项目，袁俊杰给房子加层花得精光，不但兜里没有钱了，他们的生活也起了一些变化，幸福和快乐变得越来越少。这个小家庭的危机在一次突然发生的冲突中显现出来。

这天吃完晚饭后，袁俊杰在门面的外面忙着制作客户急需的货物，突然传来袁垣的一阵哭声。他走进门面里看见王靖一手正拿着一根衣架，一手拿着袁垣的英语课本，袁垣则在一旁哭泣着。他急忙问王靖："怎么搞得哭了起来呢？"

不等袁俊杰把话说完，王靖就劈头盖脸地骂道："你爸爸来了，正好！要你爸爸看看，这是上个星期背了的单词，就这么几个，现在你一个都背不上了，都忘得一干二净了，你说，该打不该打？"

袁俊杰听了也气得不行，对袁垣说："你自己说，这是怎么搞的？王靖妈妈不是要你天天早上起床后就朗读的吗？怎么就不听呢？活该！换我来我也得打你！"

"快去把碗洗干净了，然后把不能默写的单词抄一百遍！听见了没有？"

王靖说完把书往袁垣的头上一甩，书"啪"的一声掉在地上，袁垣急忙捡起地上的英语书，然后洗碗去了。

事情似乎就此平息，袁俊杰走出去做自己的事情。然而，大约一个小时之后，王靖急匆匆地跑来对他说："快！快找袁垣！袁垣好像不见了！"

看到她慌张的样子，袁俊杰顿时明白了，他质问王靖："刚刚不是在家里的吗？你是怎么搞的嘛？"

"他抄了一百遍了，但还是默不出来，我就打了一下，我说我去上一下厕所回来后再接着默写，可是，等我从厕所出来就没有看见他了。"

袁俊杰跑向门面里面，看了一遍确定袁垣不在后，他跑到门面的外面寻找。这冬季晚上的马路上空空如也，过往的行人稀少，一切都是那么静，几乎看不到什么正在移动的东西，除了那一闪一闪的霓虹灯，就是这半天才路过的出租车。袁俊杰心中的沮丧无以言表，这么晚了，袁垣能去哪儿呢？他如果有什么闪失，他怎么跟他妈妈交代呢？怎么跟自己死去的母亲交代呢？他的眼泪不流了出来。

他偷偷地擦干眼泪，他想责骂王靖，甚至给她一个耳光，但是一看到她那一天天隆起肚子，他又怎么能下得了手呢？不行，也不能就这样在店里等着呀！他急忙拨打一切与袁垣有关的人的电话号码，包括他的老师，常常在一起的同学，玩得好的同伴，但是都没有他的消息，无奈之下，他只得向警方求助，他快速地拨打了110。

公安局的值班民警告诉他，他们也无从知晓，只能备案登记，与他们一起等待后续消息。在床上等待着消息的袁俊杰，一晚无眠，时不时看看手机有没有来电话，是不是有信息，等到凌晨五点多钟的时候，他的手机突然响了，电话里传来一个陌生女人的声音："喂！你是袁垣的爸爸吗？喂……"

"是的！是的！你是？"

"我是肯德基的员工，你的儿子在我这里很久了，问了几次他都不肯告诉我他爸爸妈妈的电话号码，直到现在才告诉我，我这才打电话给你，你来把他接回去吧!"

"好的，好的! 他、他在哪里?!"

"他在我们店里，肯德基，一夜没睡，你快来把他领回去吧!"

"好的! 好的! 谢谢你! 我就来! 哦! 是哪个肯德基呀?"

"在步行街的肯德基"

"好的! 好的! 我就来，谢谢，谢谢!"

袁俊杰挂了电话就向步行街跑去。

跑到步行街的肯德基时，还没有到早晨 6 点，他推开大门后，借着灯光，在最里面的那个角落找到了袁垣，他蜷缩在一把椅子上。袁俊杰发现他的同时，袁垣也看到了爸爸，他急忙把头转向角落。袁俊杰走近后看到袁垣的落魄的样子，眼泪突然夺眶而出。

他用手轻轻拉了拉袁垣，可他一动也不动，他知道袁垣是醒着的，这是他在生爸爸的气呢，无奈，袁俊杰轻轻地坐了下来，说: "袁垣，我知道你生爸爸的气，可是你知道吗? 我又能怎么样呢? 我能把她打一餐吗? 她的肚子内有孩子呢? 打有孩子的女人是违法行为，要坐牢的，你还是忍着点吧! 要不，我们回去了我跟她说，以后啊，你的作业由我来检查，好吧? 不要她再检查你的学习了，行不行? ……"

袁垣反正就是不作声，一会儿后，袁俊杰握着他的手，这回他没有拒绝他，于是，他接着说: "不过，话又说回来，这学习的事情是你自己的事吧，这些都得靠你自己，那些背过的单词和课文，你平时也得看看和读读，孔子说: '温故而知新，可以为师矣。'，记得旧文章就是新举子。原来已经学习过了的知识，当你重新学习后你又会得到新的认识。想搞好学习就不要怕吃苦的。同样一个问题，你反复地思考，也会有好处的，最起码加深了理解和记忆。你奶奶在世时说: '人不通古今，马牛而禁裾。' '积金千两，不如多买经书。' '美酒酿成缘好客，黄金散尽为收书。' 不都是要你多读书、认真读书嘛! 只有你读书多了才会有个好的工作。不然，你以后的生活会跟我一样很辛苦的啊。"袁俊杰一边说一边把袁垣抱在怀里，"现在我和你就事论事，你王靖妈妈是为了你的学习而打你，是不是? 我没有时间管你的学习，假如是我管你，你这样马虎，我也一样会打你，你说是不是? 如果她是为了其他的事情打你，我是绝不会袖手旁观的。你看，她这回也是为了你好好学习才打的你，我们就原谅她一次好吗?"

袁垣这才转过身来，用一只手擦了擦眼泪，说: "你说的是真的吗?"

看见袁垣的泪眼，袁俊杰从兜里掏出两片卫生纸把他的眼泪擦干，一边擦一边说: "当然是真的，我什么时候说了假话呢? 从今天起，我们说的话都要做到，谁没有做到谁就可以不再听他的话了。记住，我做到，你也得做到，如果你说话没有做到，那我也就不听你的话的啦。"

袁垣听后，点了点头。

说完袁俊杰牵着袁垣的手就起身回家。这时肯德基店里热闹起来，来了吃东西的人，他想，袁垣躲到这里来，肯定是因为好久好久都没有吃肯德基了，今天既然来了这里，不如就吃一回吧！他问袁垣要不要吃肯德基，袁垣没有作声，只是点了点头。袁俊杰猜他肯定是想吃又怕花他钱，嗨！这个懂事的孩子，他不由得一阵心酸，眼泪又涌了出来。

点了几样袁垣喜欢吃的后，袁俊杰又给王靖带了两样她爱吃的，自己也点了一样，买单时一计算，我的个乖乖，要两百多块钱！他急忙退了自己喜欢吃的那样，最后买单是一百五十多块钱。袁俊杰咬咬牙买了单。袁垣还要上学校呢，看来不能坐在这里吃了，他要袁垣一边走一边吃，急急忙忙推开玻璃门，向学校走去。

往后几天，王靖很少管袁垣的作业了，他们之间也好像没有什么矛盾。然而，大概过了一个多月风平浪静的日子，这天下午，袁俊杰在外安装因为没有拿工具而突然回来，一进门就看见王靖在店里面大声吆喝，袁垣在一旁呜呜地哭着，袁俊杰的心又绷紧了。他悄悄地往里面走去，看见王靖正拿着梳子一边梳头发一边骂袁垣。王靖一发现袁俊杰回来了，急忙迎上来，说："你回来了，看，袁垣刚才洗碗，碗没有洗干净，把我昨天买的碗还打烂两个，你看看！"说完指着地上摔碎的破碗给他看。

袁垣在一旁呜呜地哭着，声音很小，一只手不断地摸着自己的头，他看见爸爸来了，哭的声音大了起来。袁俊杰看了看破碗，说："怎么搞的呢，今天洗个碗就把碗弄坏了？"

"你不相信？你自己问袁垣！"王靖说完对着袁垣嚷，"说，是不是你摔坏了？说给你爸爸听，大声点！"

"呜呜呜呜……"只听见袁垣的哭声越来越大，还在不断地摸脑壳。

突然，袁俊杰看见袁垣正在摸脑壳的手是红色的，好像是血流了下来，他走近一看，真的是血，他急忙质问王靖："这是怎么回事？是谁干的？"

"我只是用梳子轻轻地打了他一下，出血了？哦，我看看！"王靖一边说一边走近袁垣。

可袁垣不想王靖靠近他，做出一副不要她看的样子，这让王靖又发起脾气来，骂道："装什么装？就破了点皮而已。"

"血都流到额头上来了，就破了一点皮？"袁俊杰说完"啪"的一个响亮的耳光打在王靖的脸上。王靖顿时哭了起来，她大声吆喝："妈的！袁俊杰，你敢打我？好啊！我会让你后悔的！"她手脚并用，向袁俊杰打来，看见王靖还认识不到自己的错误，不知悔改，还和自己对打起来，他又是一个响亮的耳光打在她的脸上。这时王靖再没有原来那么大的声音了，躲到一旁打电话去了。

袁俊杰发完脾气就去看袁垣怎样了，他仔细检查了一下他的头后，发现伤口不大，就用碘酒消毒后贴上创可贴，帮他把头发、额头上的血迹都洗干净了，然后带着袁垣回到家里去了，留下王靖一个人在店里。

在家里，他问袁垣："今天怎么那么不小心呢？打破了几只碗呢？"

袁垣看了一下四周后对他说："爸爸，我只打破了一只碗，还有一只碗是王靖妈妈自己打破的！"

"她明明说都是你打破，你怎么又说是她打破的呢？"

"真的是她打破的，她看到我打破了一只碗就走过来打我，她拧着我的耳朵，我当时手上有碗，她打我的时候把我手上的碗碰到了地上，那碗也碎了。"

袁俊杰没有说话了，一会儿后，他想到今天的事情是自己突然回家发现的，于是就问袁垣："你王靖妈妈平时对你怎么样？"

袁垣又望了望四周后说："爸爸，当你在家时候，妈妈还能装装样子，但你离开之后，她的本性就流露出来了。她每天逼着我做饭洗碗，干家里所有的活儿，只要有一点没做好就连打带骂，她自己却在房间里面嗑着瓜子，看着电视。"

袁俊杰想了一下，皱着眉头说："做点事不要紧的，你也不小了，帮你妈妈干点家务活呗。你们老师不是教导你们自己的事情自己做吗？不就是干点活儿嘛，又不是你做不了的事！"

听着爸爸的话，袁垣的心凉下来了，他似乎感觉到王靖就在身旁，她恶毒地看着告状的自己，的愤怒得仿佛要把他吃掉似的。他的眼泪流下来了，袁俊杰听到他呜呜地哭出声来，一把将袁垣抱在怀里，说："记住，以后你在家里好好听话，不要惹她打你。妈妈没有打你的话，我就奖励你好吧，奖励你两元钱，让你到学校门口买东西吃。爸爸说到做到的，还有，你一定要多吃一些饭，那样就会快快地长大，等你长大以后就好了。等你长得像爸爸一样大的时候，就没有人再敢欺负你了，还可以一个人去做事，一个人去挣钱，一个人生活，就什么都不怕了！是不是？"

袁垣一边哭泣一边说："好！"

袁俊杰还是没有忍住，眼眶里打转转的眼泪终于掉了下来。他再一次把儿子紧紧地抱住。

这时，袁俊杰的手机响了起来，他一看，原来是王靖的妈妈打来的，心想：一定是王靖把他们打架的事告诉了她娘家人了，他正在气头上，本来打算不接的，后来一想，不管怎么样，她是长辈，于是他按下了通话键。果然，岳母问了他们打架的情况，以及王靖、袁垣现在的状况，要他安抚一下王靖的情绪并带好袁垣，她和岳父等一下就会来他们这里了解一下他们到底发生了什么事情。

袁俊杰把袁垣安排上床睡觉以后，已经是晚上十点多钟了，他就去店里看看。一进店里，王靖一看到他就把头转向一边，装作生气不理他的样子，就这样，他们两个人在店里一言不发，一个坐在这头，一个坐在那头，谁也没有理谁。几分钟后，他们听见外面的卷闸门响了一下，好像有人来了，门面进门的前一截是放材料的地方，没有装灯，来人进门时就喊："王靖，袁俊杰！"袁俊杰一听，肯定是岳父岳母来了，他急忙起来让座、泡茶。

突然，袁俊杰的头不知道被什么猛击了一下，感到一阵头晕目眩，他一个趔趄差点倒在地上，他揉了一下眼睛一看，原来是王靖的弟弟王莽打了他一拳，他随即提起脚就向王莽踹去，王莽应声而倒。这时，岳父岳母还有王靖的姨妈急忙过来劝架，他们一人扯住袁俊杰一人扯住王莽，这样扯着谁也打不了谁。王莽觉得失利，挣脱出来后口口声声说马上去打电话喊人来，要他等着，说完就拿着手机向外面走去。

这时岳父岳母扯着袁俊杰说，不要听王莽瞎说，没事的，要他不要慌张，有什么事情他们都在这里，不会有什么事的。后来，当他们得知袁俊杰和王靖吵架是为了袁垣打破碗的事后，他们了解到袁垣事后没有问题，就责备王靖："这小孩子洗碗打破碗也是常见的事，何必为了一个碗就打呀骂呀的呢？你看现在试管婴儿项目也做成功了，多不容易呀！你得好好休息，别影响了孩子呀！"

岳父岳母劝王靖时，她回答的每一句话的意思反正就是：她在这里过不下去了，她不要住在这里了，这里太危险了……不论岳父岳母怎么劝她，她还是要离开这里，而且今晚就要离开。没有办法，为了安抚王靖，在征得袁俊杰的同意后，岳父岳母要王靖收拾好行李后跟他们一起连夜去乡下。

第四十六集
命舛苦来慈父去　运到时回又复回

袁俊杰回到家里，想起王靖临出门的时候说的那句："咱们俩的日子到头了！"这话一直在他的耳边响起，他的内心也一直都在回应：好啊，那就好！对此，他反倒觉得自己轻松了许多，散伙就散伙吧！他好像早有思想准备。这个恶毒的女人真的是没有什么值得留恋的，他没有被她的嚣张气势所震慑住。在这个时候，他对这个女人也已是深恶痛绝。

从此，他又回到了一个带着孩子生活的日子，店里的生意已经让他忙得晕头转向，他还得检查袁垣的作业以及负责一日三餐。那些制作和安装的师傅看他一个人忙得焦头烂额，也时不时地劝他把王靖接回来，说王靖平时还是好，只是在与袁垣的相处有些问题，做后娘的本身就是不容易，如果是他自己的娘的话，那些骂呀打呀就不是什么问题。他们要袁俊杰跟王靖分工，王靖以后就不管袁垣的学习了，再过一段时间，她自己生孩子以后，哪里还有时间管袁垣呢？到那时候，你们就不会再有什么矛盾了的。不过，袁俊杰反正就是不听。王靖一走一个多月没有回来，袁俊杰有些力不从心了。他常常彻夜难眠，他这样忙忙碌碌的到底是为了什么呢？为了自己？可是，他一没吃好二没有穿好，是为了这个家吗？现在他的这个家还算是家吗？父亲已老，袁垣还小，没有谁能帮他照顾一下。

真是祸不单行，不知道怎的，父亲袁青山知晓了他和王靖争吵的事情，那天晚上，他血压一下子升至老高，中风卧床不起了。从此，袁俊杰就心挂几头，有时候他甚至没法去店里了。不去店里，家里日常开支的费用又能从哪里来？在这个父亲、袁垣、他自己都要用钱的时候，他不去店里怎么行？做完试管婴儿项目之后，他就没有什么积蓄了，他一时间急得成了热锅上的蚂蚁。

无奈之下，他只好把姐姐叫来照顾父亲和孩子。可是姐姐帮忙照顾几天还行，长期是万万不行的，她自己的家里还有一摊子事呢。

这不是长久之计。无奈之下，他只能扯下脸皮，去找王靖，央求她回来。这真是，穷汉、穷汉，再怎么受老婆欺辱，也得服软。

这天，他来到了王靖的娘家，但他的岳母不让他进门。岳母一见到他，便堵着门冲他吼叫了起来："你还找到这儿来干吗？你不是让她滚吗？"

袁俊杰说："那是我一时的气话。"

岳母说："气话？那你动手打她呢？"

袁俊杰说："那是因为她先打了袁垣"

她说："你不觉得你的孩子也太娇气了吧，都读五年级了，做点家务事都不能吗？你不知道她有孕在身吗？太过分了！"

袁俊杰说："怎么过分了？"

岳母说："这都是什么年代了，你还成天摆男子汉的架子，还敢打我的女儿，我的女儿管教你的孩子是因为看得起你，不然，关她屁事？你得感谢她才是，谁愿意管啦？"

袁俊杰说："不是这样的。"

岳母说："不是这样，你们父子也不可原谅！我的女儿在你们家也太没地位了。你们离婚吧。我听我女儿说，她早就跟你表达过这个意思，是你死缠着不放手。你死缠着她，有什么意思啊！你倒是对她好点啊！她肚子里还有孩子呢！可是，你都做了些什么呢?！我不想让我的女儿再受你们父子俩的欺负了！"

就在这个时候，王靖的弟弟王莽和他的一个朋友从外面骑着摩托车回来了，他一见到袁俊杰，便冲他挥起了拳头，说："我正要去找你呢！我姐姐长这么大，我父母还没打过她一下，你却动手打她，我今天让你也尝尝拳头是什么滋味！"说完就劈头盖脸地打了他几拳。

这个时候，袁俊杰像一个挂在柱子上的沙袋，任凭他击打，没吭一声。袁俊杰之所以没有反击，是因为他觉得他这个时候过来，不是来打架的，是来请他的媳妇回家的。他若反击，岂不是矛盾更加激化？但是，这小舅子得寸进尺，用拳头打还不算，还把他踹倒在地，在他的身上连踩了几脚。对此，他依然没有反击。小舅子打完后，说："你快点滚吧！不要再让我们看到你！"

在这期间，岳母始终是装模作样地用手拉了拉自己的儿子，说："算了，算了吧！"他们一家像在演一场大戏一样，都是一副幸灾乐祸的样子。

倒在地上的袁俊杰，见他们打累了，打得心满意足不再出手了，缓缓地坐起身来。他对他们说："你们让王靖出来一下，行不？"

王莽说："我姐姐不会再见你！"

袁俊杰说："你们为她出了气，她应该见我了。"

"做梦去吧！你等着法院给你发传票吧。"王莽伸出一只手，用指头指着袁俊杰的鼻子，"你快点滚吧，少在这儿废话！我的姐姐嫁给你，就是一个错误！当初我怎么就没看出来你是这么一个垃圾呢！"

这时，岳父从地里赶来，他看到袁俊杰坐在地上，顿时明白了家里发生的一切，他向王莽骂道："你这个畜生。"拿着手上的扁担，就向王莽打去，说得迟，那时快，王莽闪躲到他母亲的身后，慌慌张张地跨上摩托车连朋友都没坐上去，就一溜烟跑了。岳父的扁担扑了一个空，"咚"的一声砸在地上。其实王莽一看到他爸来了他就做了防备，他爸爸一直看不惯这个娇生惯养的儿子，不思进取也就算了，还在外惹事生非，常常有人找上门来讨债要钱，闹得家里不得安生。

岳父走到袁俊杰的面前，把他扶起来后说："你不要见气，那个不中用的畜生要是还回来，看我不打死他！"袁俊杰说："算了！"

岳母在一旁假惺惺地对岳父说："你也是的，在地里着待这么久，他来了好久哦！"

"他来了这么久了，你怎么不打电话呢？"岳父生气地说。

"不说了，不说了，快进屋吧！进屋说！"岳母一边转移话题一边拉袁俊杰进屋。

在屋里，袁俊杰与岳父岳母还有王靖，一起商量着接下来的事情。他把父亲病了、店子没人管的事情说了后，岳父也同情袁俊杰的处境，只是考虑到王靖怀孕在身，回到长阳的家里也做不了多少事情，甚至还得有人照顾她，让她住在这里，她妈妈是可以照顾她的。岳父要他先照顾好他父亲和袁垣，至于店子的事，他们也是没有办法，能管就管一下，不能管就让生意马虎点吧。袁俊杰这一次想把王靖接回去是不行的了，最后，他一瘸一拐灰头土脸地返回汽车站。

在回来路上，他有些浑浑噩噩了。他一遍又一遍地问自己："我是垃圾吗？我怎么在她家人的眼里成了垃圾？"他一时找不到答案。他只知道他现在还很穷，只是一个做着小生意的人，他还无法实现这个女人的梦想。"我承诺了什么呢？我自己都记不清楚了，就算我实现不了那份承诺，就成了垃圾了吗？"他再次向自己发问。

一路上，他可谓是痛苦至极。

他刚刚回到店里，医院里面的医生打电话给他，说他的父亲有一些异常的举动，要他马上就来医院一趟。袁俊杰这时水都没喝一口，就急匆匆地往医院跑去。原来在医生交接班时，父亲袁青山的主治医生发现他拔掉了自己的氧气导管，态度非常消极，拒绝配合，准备放弃治疗。医生们不能理解，生命是如此重要，为什么他的父亲会选择放弃呢？医生告诉袁俊杰，带着氧气导管的患者一般都会有严重憋闷的感觉，尽管有呼吸机的辅助，但仍然会比较费力，除了这些，他认为主要原因是病人自己心里的沮丧和失望。

医生告诉他，治疗病人身体上的疾病的同时，病人的心理健康也不容忽视，如果病人的心理存在着问题的话，那么就会影响治疗效果，希望袁俊杰尽快稳定他父亲的情绪，积极配合医生的治疗工作。如果是他父亲自己不配合而导致的一切后果，他们医院都是不承担任何责任和给予赔偿的，他们还要袁俊杰在刚才的谈话协议上签上自己的名字。

袁俊杰知道这一情况后，泪如雨下，急忙跑去父亲的病房，看着奄奄一息的父亲，不知道他能不能听见，贴在父亲的耳朵上一遍又一遍地说："振作起来啊，爸爸，你的病情比来的时候好多了，再坚持坚持……你放心，过几天就出院！还有，你要我不跟王靖吵架，我记住啦，从来没有吵过架了，不信，你可以问我那些邻居。袁垣也很听话了，成绩也好起来了啦……"说着说着，袁俊杰的眼泪滴在袁青山的手上。

然而，第二天早上六点多钟，一阵阵急促的电话声把还在做梦的袁俊杰吵醒，他拿起手机接通电话，医院传来噩耗，父亲袁青山去世了。等他赶到医院的时候，他再面对的父亲已是一具尸体。医生告诉他，他的父亲昨天晚上自己拔掉了氧气管和针管，今天早上发现时，他已经撒手人寰了。他扑在父亲的身上痛哭。

父亲还是走了。袁俊杰又一次见到自己那些想留下的人和事都留不住。这个世界好像是在跟他作对一样，一切事与愿违。换到父亲的角度想一想，他放弃生的希望，这得有多么绝望啊！我难道真的不知道他在经历什么，思考什么吗？他为什么要这样做呢？这一切，袁俊杰自己是清楚的，倔强的父亲看到自己孩子的困境却无能为力；看到自己儿子一次又一次的婚姻失败；看到自己的孙子在生活中受苦作孽的点点滴滴……这些他无法改变的事情让他看在眼里急在心里，他还有什么活下去的动力呢？他想快一点走，走得越快越好，他不想看到这一切，这一切对于一个倔强的人来说就是一种耻辱，他觉得只有死亡才能解脱。袁俊杰擦干那早已无可抑制的眼泪，他知道还有很多事要做，还有很多事要去安排。这个时候，他的大脑只有一个念头：不管父亲是否知道，是否愿意，是否理解，我必须把父亲带回袁家岭去，带回生他养他的故乡，这就是叶落归根，这是每一个在外漂泊的游子梦回故乡的念想。其实，做出这样的决定是如此艰难。但是，袁俊杰必须做出这样的决定。医生早就说了如果病人在医院死亡，就必须火葬。他只能够晚上到太平间里把父亲偷回袁家岭去。

父亲9岁时离开了家，靠给地主放牛来养活自己，后来有了家，有了我们，这些年父亲一直在外面为了他的家漂泊着。袁俊杰必须带他回家，回他用一生建立的家去。这十天，袁俊杰一直陪在父亲身边，他尽自己全部的努力陪伴着，希望父亲能感受到爱、温暖，还有欣慰，可以抚平他一生的劳累、奔波，以及承受的种种委屈、辛苦、无奈、磨难，等等。希望父亲最后能够走得安心，能够无所牵挂。他与父亲之间，从没有谈过爱字，但是爱一直在。

送走父亲后，袁俊杰写了两首诗歌来纪念父亲：

感恩父母

亲情深似海，育我苦如辛。
夜半缝衣密，熹微做饭频。
慈颜常带笑，善语总含春。
反哺泽无影，怀恩梦有人。

谁看见父亲的影子

　　父亲的影子/像风一样轻薄/谁看见/承载家的重量/他远走他乡//父亲的影子/似雨一般心伤/谁看见/他钢铁般坚强/用瘦弱的肩膀//父亲的影子/在岁月中拉长/谁看见/初升地平线上/他寻找着希望//父亲的影子/被生活所阻挡/谁看见/他压弯了脊梁/去屈膝和投降//父亲的影子/在漆黑的晚上/谁看见/他害怕我着凉/给我盖上衣裳//父亲的影子/在白天的时候/谁看见/他所有的模样/都刻在我心上

　　这时已进入冬季，阴霾没有散尽，冷雨开始降落。这种天气让人感到压抑，阴沉的天空就像一页陈旧的、泛黄的、暗淡的纸压在袁俊杰的心上。

　　在袁家岭的这几天是如此艰难，心灵的震颤是如此强烈。袁俊杰无法用更多的言语来表达他心中浓积的感情，但是，父亲，你要记住，我是你儿子。我爱你，一直是。我想你，你也一直在我心中！没有埋怨，没有过恨，如果有那也是因为爱。

父亲喝酒

　　父亲/一个人喝酒时/一小口/一小口地抿着/把一小杯酒/喝成/五湖四海//父亲/与客人喝酒时/一大杯/一大杯地倒着/把一大壶酒/喝成/九牛一毛

　　王靖在袁俊杰父亲去世时就回来了。办完父亲的丧事，他们就全身心地投入了店子的经营中，可是店子里面的生意却是一落千丈，也许是因为过多地耽误了时间而没有认真管理的缘故，也许是因为他们一家人在一起吵吵闹闹，生意一点都不如往常，尽管他们对待每来一个顾客，都像春天般温暖地迎上去，往往讲得喉干舌枯，还是无可奈何地地目送人家两手空空地离去。生意冷清，就想方设法地跟熟人、朋友推荐自己，逢人就拜托。袁俊杰找了不少复印店，最后终于敲定一家，印了许多价格便宜、内容优质的广告传单，每天都带着一个文件袋，遇到合适的人，就开始发资料、推销，还鼓动袁垣在街头发传单。最不愿意求人的袁俊杰，事到如今，只能硬着头皮上了。为了进货，他们又借了钱，债务就像一座大山，压在心上，雪上加霜。

　　这天袁俊杰出门安装去了。出乎意料的是，店里来了一群顾客，他们似乎很感兴趣，王靖立刻像打了鸡血一般，满脸堆笑，挺着大肚子又是递烟又是泡茶，恨不得他们多签几张单，多付一点定金给她。结果，他们咋咋呼呼之后，分批退出了。最后几个还饶有兴致地在地上捡了两块边角料，说是拿回去考虑考虑，下次再来看看。

顾客走远了，王靖失望地坐下来，想着，又白忙乎了一场。突然，她出了一身冷汗，挎包不见了！

她愣了几秒才意识到，就是刚才那伙人偷走的，连忙追出去，哪里还有人影！她急忙打电话给袁俊杰，袁俊杰说暂时不能回来，要她报警。隔壁的老板娘知道后撇撇嘴说，这事常常发生，见怪不怪，埋怨他们太没有防范之心。挎包里装的是才拿到手的结账款和师傅们的做工工资，这个月怎么过？她一下子懵了，转过背，小店后墙有个小窗，她倚在窗前，泪流满面。她还不能哭出动静，怕影响了其他进店的顾客，王靖一边哭一边用眼睛余光看有没有人来，雨哗哗哗地下着，眼泪则一颗一颗地砸在手上，冰凉冰凉的。

王靖最终决定还是报警吧。派出所的人说，可以登记一下，但是追回挎包里的钱财的希望不大，这一带经常发生这样的事情，一拨人互相掩护，顺手牵羊。

之后，王靖连续几晚都是做梦，梦见那个挎包回来了。从那以后，王靖都是小心翼翼，一再防范，就连睡觉都把手机和钱包放到自己的枕头底下。

开店，真是不容易。天亮就起床，在店子里待上一整天，吃也吃得不好，常常晚上要九点多钟才打烊，再一路颠簸回家，为了尽可能地多做一些生意，他们的门面关门越来越晚。

那天晚上，袁俊杰在做扫尾工作，收拾着外面的电动工具和一些没有用完的材料，忙完了外面的事，他就关上卷闸门，坐在一个小塑料椅子上休息，不由苦笑，还能怎么样呢？

又不是要离婚，有什么好吵的，自然就偃旗息鼓了。窘境中的夫妻，一块钱也是沉甸甸的，鸡毛蒜皮也能够成为引发争吵的导火索，袁俊杰比任何时候，都更深刻地理解"贫贱夫妻百事哀"的含义。

租下的店面马上就满三年了，得预付下一年的租金了，可是，他们哪里拿得出钱？材料积压了一大堆，每个月得 3500 元，一年下来就是四万多块钱，生意好的时候，这点钱都不是个事，然而现在门可罗雀，他们真的是压力像山一般大。

房东已经来催过了，要袁俊杰他们做好准备，说是要出远门呢，要早些处理门面上的事情，如果他们继续租的话，就早点签完合同，他也好早日动身。续租合同也是一签三年，现在退出，不可能，也不甘心。可是，租金到哪里去弄？

回去的路上，他沉默地坐在公交车上，转头看着窗外，没有下雨，但是所有一闪而过的街景，都是湿漉漉的、咸咸的。袁俊杰知道，这个门面是他们一家人的经济来源，对于他们这些没有工作单位的人来说，除了去给人打工就是做生意了，他还有别的办法？显然没有！他不租门面做什么生意呢？既然要租门面，现在不就有一个好端端的门面在这里吗？他要想办法走出困境，利用这样的好门面，看看有什么其他产品，留意一下。

要转型，必须认识更多的人，熟悉行业，熟悉圈子，可袁俊杰的人脉资源就像银行存款一样，少得可怜。生活在底层的人们努力地挣扎，如石缝中竭力生存的小草，寻觅一点点可怜的喘息空间。痛定思痛，袁俊杰暗下决心，无论如何，都要撑下去。无数次迷茫失落，不知前途怎么样，找不到方向，负债累累，屡战屡败，疲惫不堪，心事重重。他与王靖商量着换一个行当，这个地方确实与他们来开店的时候不同了，记得他们刚来时，这里的饭店、酒馆没有几家。

他们实在熬不下去了，隔壁做生意的贺老板建议要他们把门面转租了出去，这样还可以得到一笔不菲的转让费。果然，袁俊杰还没有把要转让门面的事说出来，附近的一个开超市的老板就找他了，他在这个地方找了好久也没有找到空着的门面，就这样，袁俊杰以收取九万元钱作为转让费把店面转给他了，签转让合同的那天晚上，他回想起了发生在这个门面里的点点滴滴。

明天的路在哪里谁都不知道，原来他背着沉重的负担，现在看来好像已烟消云散，没有了门面，他觉得回到了起点，原来的那种压力和挑战又重新来临。他昂起头，看着灰暗的天空，倔强地不让眼泪落下来。在这个门面里，多少次他们一家人在疾风骤雨里打着伞进进出出，多少次在烈日炎炎的夏季吃着路上买来的冰棍，多少次秋天的落叶一次又一次吹进了他们的鞋里，多少个寒冷的冬夜，他们相依相偎在炉火旁一起烤火看着电视……

萧瑟的风吹起他的头发，一颗颗泪水无声地落下，身旁就是闪烁的霓虹灯，来来往往的车流，但是那些繁华并不属于他们，他们能够拥有的，只有彼此互相给予的温暖。只是他们的人生，从此就要拐一个大弯。

正在他们为以后考虑的时候，一个电话让袁俊杰一家惊恐不安。原来，他们把门面转让出去时，房东老板并不知道他们收取了九万块钱。房东担心以后收不回门面，所以就告诉了超市的老板，让他找到袁俊杰后收回那九万元的转让费。

袁俊杰当时就吓得半死，他和王靖、袁垣都不敢睡到家里，白天在家里的时候，为了防止别人知道他们在家里，他们把窗帘都拉好，在房里面讲话都要小声嘀咕，晚上就在亲戚家睡，这样过了三天后，他们发现再没有人打电话给他说这样的事情了，一打听，原来是袁俊杰既然签了字，门面已经转让，店里的物品也已经搬空，房东也是无能为力了，就此罢休。

波澜起伏的生活终于结束了，袁俊杰悬着的心终于平静下来了。他和王靖商量，这以后的日子怎么过。王靖快要生了，现在是坐吃山空，这日子过得快得很，不知不觉已经一个月了，这天，袁俊杰进屋就说："好好好！我的运气真好！"

王靖忙问："怎么回事？"

袁俊杰说："今天真走运，捡钱了！你信吗？"他拍了拍鼓鼓的荷包，"你猜，这是什么？"

"钱!？"王靖满心欢喜地跑过去就往他的兜里掏，拿出来一看，原来是一包槟榔。

王靖顿时就泄气了："骗人，一包槟榔就这样疯疯癫癫的，还说是钱，有什么好兴奋的呢？"

"哎！你这个只认得钱的婆娘！"袁俊杰一边说一边掏出一包槟榔，接着又掏出一张卡片，递给王靖，"这个就是钱！不知道吧！你看看！"

"钱，这是钱？"王靖接着卡片后把它翻来覆去认真地看了看："上面写着什么？二等奖！真的还是假的？"

"当然是真的，刚才我问超市的老板了！"他肯定地说。

"那二等奖是多少钱？"

"看看看！你就知道钱！"袁俊杰感到扫兴，"中奖就都是钱？"

"奖金不是钱是什么？"王靖反问。

"当然和钱是差不多一样喽！是这样的，这个二等奖呢，老板说是奖一百块钱的东西，不能给你一百块钱，你到他的店里想要什么就拿什么！"

"哦！是这样的！"王靖这才反应过来，"哪家店？你去拿啦！"

"我不知道你需要什么东西，所以回来问问你嘛！"

"就一百块钱的东西，你随便拿吧，一些日常用品都可以的。"

"随便？怎么行？"他像做了变戏法一样又掏出一张卡片递给王靖，"你看看这是什么？"

"还有一张！"王靖接过中奖卡惊叫起来，"这是真的吗？"

"当然是真的啦！好事成双了！"他拉着王靖的手说，"走吧！我们去超市吧！"

原来，正在路上悠哉游哉的袁俊杰，正准备接袁垣回家，他摇摇水杯："这等人得两个小时，这可怎么办啊？"唉，怎么才能解决没有水喝的问题呢？除非老天爷开开眼，给咱点钱，袁俊杰把手插进口袋里，忽然感觉有张纸正缩在口袋角落里，哇，是钱啊！刚好是一张五元的纸币。他马上一溜烟跑到了超市，买了瓶水和一包槟榔，迫不及待地打开瓶盖，狂喝了几口。

当他拆开槟榔的时候，咦，里面好像有一张卡片——"有奖销售"，他随手刮了几下黑色的涂层后，露出"一百元"的字样，哇，是中奖了啊！他马上又跑回超市询问，超市老板说这是真的，当场就告诉他可以凭这张中奖卡兑换一百元的商品。"趁着现在手气好，我再买一瓶的话，会不会还会中奖呢？"袁俊杰心里暗暗嘀咕，于是，他又买了一包槟榔，小心翼翼打开包装，只见"一百元"的字样又映入眼帘，当即，他只觉头昏脑胀，高兴得差点没晕过去。

就这样，袁俊杰就有两百块钱的奖金。他也不知道需要什么，就跟超市老板说等一下和他老婆来兑换东西，于是拿着槟榔回家了。回家的路上，他想：我今天怎么运气这么好呢？嗯，一定是因为我在创业路上点儿太背了，一路碰到的全是红灯，搞得现在的他几乎是走投无路了，连小石子也挡道，老天爷是公平的，原来那多的不顺利都是为我中奖做铺垫啊！看来，物极必反"呀！他应该是苦尽甘来了。

袁俊杰这天晚上躺在床上还在回味白天的事情，是巧合？是运气？真的是难以琢磨，就说运气吧，这是一种人人渴求，但又不如你所愿的东西。运气，偶尔降临在你身上，就是一种机会，这种机会很难得，因此应该好好把握。有些时候，机会比流星还难求。然而什么是机会？是别人碰不到，而自己碰到的那种运气吗？还是上天看你可怜，给予你的施舍？这些都是片面的，缺少一双善于寻找的眼睛，机会永远也不会来到你的面前。机会不是偶然的运气，如果你不去创造，不去发现，不努力，就认为机会总会落到自己头上，想去钻"偶然"的空子，那你就错了。这样你与机会是永远没有交集的。

期待获得好运，还不如主动出击，主动去找它。这样，它也不会悄悄溜走了。

于是，袁俊杰他对王靖说："王靖，我有一个大胆的想法，希望你能够支持。"

"什么想法？"王靖望着他。

"你看今天发生的事，是不是就是我们常常说的运气呢？"

"当然啦，为什么超市老板说只有你中了奖呢？还一次中两回！"

"今天我们中奖的事，就是我们开始走运的前兆，我想了很久，我们还得把钱投资到房产上面来。"

"怎么个投法？买房子？你哪里来这么多的钱呢？我们手上不就只有那点转让门面的钱吗？"

"我想把我们住的这套房子卖了！"

"这个房子卖了，我们住哪里？？"

"当然有地方住，只是住的条件马虎一点而已！"

"你要钱做什么？我们住哪个马虎一点的地方？"

"我还是想去买一套将要征收的房子，你看，买了那个房子后，我们一来可以住，二来可以等征收了挣钱，一举两得，何乐不为呢？"

"这个不行！你看，我都快要生孩子了，怎么能够搬来搬去呢？再说，我们去了那样偏僻的地方后，也不利于孩子的成长和学习啊！"

"所以我需要你的支持。偏僻的地方有偏僻的好处，你想想，你生完孩子以后，是不是我就基本上天天都在家里伺候你？我们有很长一段时间都不能出门做事，这家里进进出出的不都是我，所以住到偏僻的地方主要是我很麻烦。还有，梅子柿村那个地方是不是空气质量很好，你和孩子不正需要这样的生活环境吗？至于孩子以后的学习，那就更不用担心，他离上学远着呢。我敢保证，梅子柿离长阳的市区这么近，要不了几年就会被征收的！"

"要不你先去找找看吧，你现在还没有找好，这是一个好想法，到时候再看看具体在在什么地方。"

"你觉得可以的话，我就放心了！"

"放心了？你有什么不放心的呢？"

"实不相瞒！王靖，地方我已经看好了，只等你去看后成交了！"

"你看好了？在什么地方？"

"是的，这几天我在家里不是憋得慌嘛！就去了挨着开发区的地方走走看看，发现在梅子柿村有一处不错的房子。我仔细问了，那房子有一百三十多平方米，包括前前后后的空地共计两百六十多平方米，这为我们住过去提供了大量的发展空间！"

"那得要多少钱呢？水电等都有吧？"

"听说房子主人要十三万元才肯卖，不过价格嘛都是谈成的，也不会是一口价。我还听说，那个房主急着要用钱，所以才把那房子卖掉，就像我原来卖章树村的房子一样，人嘛，此一时彼一时嘛！哪里有一帆风顺的呢！"

"好吧，我们明天去看看吧！"

"好的，你这算是同意了？"

"……"

这天夜里，袁俊杰做了一个梦，他梦见自己住到了梅子柿村的家里，他正在房子的前面空地上做房子，王靖在厨房里忙着做饭菜，他们养的那只狗在旁边的草地上跟蝴蝶捉迷藏……

第四十七集

毛平安锒铛入狱　陈安良无辜被害

毫无疑问，林小婷的案子让袁明生在律师事务所来了一个首秀成功。林家所在地的村委会主任还专门来到了律师事务所送上了锦旗和匾额，对袁明生律师的支持和帮助表示衷心的感谢。经过这一案，袁明生在鑫源律师事务所算是站稳了脚根。

都市的夜晚总是充满活力与诱惑。霓虹灯闪耀的高楼大厦像是守护着这个繁华世界的巨人，而隐藏在阴影里的角落，却上演着不为人知的一幕幕。

毛平安此时正坐在长阳市建设局大楼的办公室里，手中紧握着一封匿名信。信的内容很简单，却足以令他心神不宁："小心行事，别落得身败名裂。"信封里还附带了一张照片，是他在一次公务接待中的欢笑场景。

毛平安深吸了口气，努力让自己冷静下来。他知道，这封信的出现绝不是偶然。自从他升任建设局副局长以来，各种诱惑与压力如影随形。他试图拨匿名信上留下的电话号码，却发现是一个空号。

夜幕降临，毛平安独自坐在空旷的办公室中，思考着自己的未来。在这个充满诱惑和陷阱的都市里，每个人都可能成为贪腐的猎物。他是否能够抵挡住这些暗潮，坚守自己的原则？

正当他陷入沉思时，手机突然响起。他一看，是他的好友吕春秋打来的。"毛局长，在哪里？最近怎么样？"吕春秋问道。

"我在办公室。"毛平安叹了口气。

'怎么还在办公室？没回去吗？'

"有些事，不太顺心……"

"怎么了？出什么事了？"吕春秋关切地问。

毛平安犹豫了一下，还是决定把匿名信的事告诉吕春秋。电话那头的吕春秋沉默了片刻，然后说："毛局长，你要小心。这个岳沙公路的建设项目的水很深，市里的几个领导听说都在走关系，一定要坚定自己的立场，不要轻易被人利用。"

"我知道。"毛平安摁断了电话，心中更加忐忑不安。吕春秋是长阳市建设局的财务主任，对于市里面的工程项目也是比较关心和关注。毛平安觉得他今天晚上打来的电话，似乎话里有话，莫非他知道了什么内幕消息？躺在床上，他辗转反侧，无法入眠。他站起来看见窗外的月光洒在床上，仿佛在诉说着这个城市的繁华与寂寞。而他，即将在这个充满诱惑和未知的都市中，展开一场与自己内心的较量。

两天后的深夜，警灯照亮了寂静的街道。一场抓捕行动正在秘密进行。特警们悄无声息地包围了毛平安的住所。他们的任务是抓捕涉嫌贪腐的毛平安。

当特警们破门而入时，毛平安正坐在沙发上，脸色苍白。他的眼神中透露出一种无法言喻的情绪。民警出示证件和确认嫌疑人，给他戴上了手铐。

"你们干什么？你抓错人了！"老婆卢萍被这个突如其来的情况弄懵了，她大声地对民警喊道，并用一只手保护着毛平安，一只手推搡着民警。

"请你不要妨碍我们执行公务，把手放开！"一名民警严肃地对她说。这时，另一名民警拿出一张纸亮给她看："看清楚！这是逮捕令！请你让开！"

"你们肯定是弄错了……"卢萍看见"逮捕令"三个字后，急忙放手，然后哭着说。

"老婆！老婆！你要相信我，你要相信我……"

"我知道！我知道！呜呜呜……"卢萍一边哭着一边说。

毛平安眼神坚定对她地说："你一定要想办法啊！不能让这个案子毁了我的政治生涯。去找韦局长，还有吕春秋……"

毛平安被带离了他曾经熟悉的家。在警车驶向警局的路上，毛平安的思绪纷乱如麻。他想起了自己曾经的抱负和理想，想起了为这座城市付出的努力和汗水。但如今，一切都化为泡影。

毛局长被抓的消息如一颗石子投入平静的湖面，引起了层层涟漪。长阳市建设局外，记者们闻风而动，纷纷涌来。他的名字和"贪腐"这个词紧密地联系在一起，成为街头巷尾热议的话题。

为了律师事务所的工作和发展，鲁志斌主任计划召开其下属的三个律师小组的会议，重点讨论的议题是精兵简政，开源节流。简单来说，就是三个小组裁掉掉一个小组的人员，在业务和管理上必须严格控制支出。

鲁志斌的会议还没有召开，消息就从小道传出了，说鲁主任的精兵简政就是要让袁明生上位，但是让谁下岗呢？显然是没有什么业绩的吴宇律师。当他们在底下议论着，窃窃私语的时候，袁明生正好经过，听到了一些话。

"鲁主任这是什么意思？"

"你还不知道？还不是为了袁律师！"

"袁明生？"

"他不是才来不久嘛？"

"那有什么办法，别人是什么关系，你不知道吗？"

"关系？没有业绩他鲁志斌也得下岗哟！我看吴宇，你只管把业绩做好，只要你业绩起来了，鲁主任让你走，我谅他也没有那个胆，你们说是不是？"

"就是！鑫源又不是他一个人的，不是还有那几个董事吗？他们又不是没有眼睛！"

"鲁主任是傻了吧？让一个有着多年经验的律师下，一个新来的律师上？"

袁明生听到是关于自己的事，他不好说话，于是装作没听到就走开了。

这时吴宇律师的助理翟志龙看见鲁主任在向他们走来，于是他急忙说："鲁主任来了！鲁主任来了！"

"呀！不说了，不说了。"

"哦！"

顿时，办公厅里一片安静，大家急忙装作忙自己的活的样子。

鲁主任看了大家一眼之后，转头向自己的办公室走去，在前台接待处对小包说："你要吴宇到我的办公室来一下！"

"好的，鲁主任！"小包说完就去办公厅喊吴宇了。

律师事务所的同事们都是神经紧张兮兮的样子，他们迫不及待地围在鲁主任的办公室的门口，把耳朵竖着贴在门上，希望能偷听到一点消息，后面的人问前面的人听到了什么，前面的人只是摇了摇头，把右手的食指竖在嘴巴上示意他们不要出声。

大概十几分钟后，鲁主任的门突然"砰"的一声被打开，吴宇走了出来。大家急忙作鸟兽散了。

不过，奇怪的是，大家看到，吴宇好像很开心的样子，并没有看到他有丝毫不快。吴宇还拿着一个本子走到自己的办公桌，做好后认真地看了起来。突然，他似乎发觉了同事们都在关注他，看着他的一举一动。他觉得有点不好意思，于是，他向那些关注的关注自己的同事点头以示感谢。这时，他边上的同事万姗姗律师推了推他，说："咋这么开心呢？"

"怎么啦！我开心不好吗？"

"你不知道大家担心你啊？"

"哦，是的！我没事！做事吧！"

'吴宇，鲁主任刚才跟你说了些什么呢？'

"没有什么啊，一些工作上的事情而已！"

"只是工作上的事？"

"是的，你怎么就不信？"

"没有说别的？"

"鲁主任真没说别的！"

"你不想说，那算了。"

"什么算了！有就有，没有就没有嘛！"

"好！"

万珊珊撇了一下嘴，转过头去继续工作。

后来当别人问吴宇这个问题的时候，吴宇说鲁主任只是给了他一个他希望接手的案子，仅此而已。

一会儿后，小包走到袁明生的工作台，她说完几句话之后，袁明生接着向鲁主任的办公室走去。

袁明生回到工位坐下后，一看案件，原来是长阳市劲能化工有限公司的一桩案件，大概情况是劲能公司一个正在作业的机器人将路过的工人陈安良按在工作台上，机械爪刺入他的身体，血从他的背部流下，陈安良从工作台上摔了下来，身后留下一滩血迹，还好被工友发现，及时断电了电源，才让他拣回了一条命，科幻片一般的剧情在现实中发生了。

陈安良经过抢救后，命总算是保了下来，但是后续还需要很多的医疗费用，可是，劲能公司除了当天送陈安良进医院时垫付了五万元钱后，就不见公司任何人来咨询和问候过。陈安良的家人多次找到劲能公司要医疗费用，劲能公司接待人不是说领导不在就是说领导没有时间，口口声声说这次事件是陈安良自己疏忽造成的，他必须负起大部分责任，如果硬是要劲能公司负责，他就只能通过法律途径来解决了，不然，他们公司一毛钱也不会给，于是，陈安良找到鑫源律师事务所代理案件，将劲能公司告上法庭，请求法院依法裁决劲能公司赔偿他的医疗费用和精神损失，共计人民币八十九万七千五百六十四元整。

收到法院通知后，劲能公司也找了一家律师事务所代理这桩官司，那就是鑫源公司的宿敌——南通律师事务所，负责这起案子的是一名叫杨政的律师。

这一天，法庭进行了初次审理。由于原告陈安良还没有完全康复，所以由他的老婆扶持着他，和代理律师袁明生出庭此次的庭审。被告方由劲能公司的一名经理和他们的代理律师杨政出庭。经过了简单的法律程序之后，法官请原告陈安良述说案发经过后，被告律师杨政举手发言："审判长，我有几个问题需要问一下原告！"

"允许！"

"原告，请你如实回答我的问题，机器人在工作中的时候，你在干什么？有没有靠近机器人？还有，你在公司的工作岗位是干什么？谢谢！"

"审判长，出事的那天，我正好路过那里，我清楚地看到机器人在离我很远的地方作业，等我拿着工具快要过去的时候，机器人突然把我夹了起来腾空，经过几次的调整和转移后把我按在一个工作台上，我背上还有腹部都被它的机器臂夹伤或者挫伤，两条腿留下了严重的开放性伤口。当时我血流不止，晕了过去了，不知道被它弄了多久……"

"你的工作岗位是干什么的？"

"反对！审判长，我方认为受害者的岗位与本案无关，无论工种还是岗位都不是导致受害人受伤的原因，所以原告不需要回答此类问题。"

法官思考了片刻，然后说："反对无效！原告，你需要如实回答被告律师的提问。"

"我在劲能公司的岗位是仓库管理员。"

"大家听见没有？仓库管理员，也就是说，他受伤的地点并不是他的工作地点，换一句话说，他不是在他的工作岗位上受伤的，原告在机器人还在工作中的时候，进入了不该进入的地方，机器人工场的每个门的上面都有写着"危险场地，闲人勿入"的字样，所以原告陈安良在错误的时间和错误的地点受到的伤害与公司没有多大的关系，何况劲能公司在出事当天就进行了必要的人道主义援助，这次事故造成的伤害，原告本人应该承担大部分的法律责任，故劲能公司不应承担原告提出赔偿责任，请法官和人民陪审员明鉴！"

这时，陈安良和他老婆急了，迫不及待地站了起来，大声说："法官，不是的，不是的，不是他说的那样的……"

法官说："鉴于此次争议较大，现在暂时休庭，择日再审！"

在庄严的法庭上，袁明生站在那里，他清楚，打官司就是打证据，必须有证据支持。初审结束了，他的当事人现在看来毫无胜算。自己作为他的辩护律师，还需继续努力。

袁明生走出法庭，他决定寻找证据，证明陈安良无过错。

陈安良和他老婆走出法院的时候，都是一副无精打采的样子，于是，袁明生对他们说："不要气馁嘛！我们会找到证据来证明的，不要急，我们还得继续努力寻找到有利的证据才行。再说，离下次开庭，不是还有几天吗？我们再一起想想办法吧。"

陈安良是一个善良而老实的人，看到现在的情况和证据对他极为不利，他感到非常担心和紧张，袁明生知道自己是他唯一的希望，他需要找到一种方法来逆转这个局面。

卢萍和毛丹在家里几乎快要急疯了一样，她们到处打电话找人，求人，但是得到的回答无非就是不知道，再就是没办法。连续几个晚上她们都没睡。

卢萍已经管不了这么多了。第二天早上，还没有到上班时间，他就来到了长阳市建设局找韦大功局长，在建设局的办公大楼里面找了半天，也没有找到韦大功局长的身影，被询问的人不是说没有看见韦局长就是说韦局长还没有来。在寻找的路上，卢萍感觉到处都是怪异的眼光，很多人指指点点。

"看！这就是那个毛局长的老婆！"

"哦！这就是那个贪官的老婆。"

"贪官的老婆，看，原来是这个样子。"

卢萍听不下去了，她不想看到这些落井下石的人，她只能快点离开这里。

她在路边拦了一辆出租车，坐了上去，快要离开的时候，卢萍看到韦大功局长的车开了过来，于是，她急忙下车，跑到他的车前把两只手一伸。她的突然出现让韦局长的开司机震惊，只听见"吱"的一声急刹，韦局长的车被她拦停在马路中央。

"找死！你……"司机气得不行，他把车窗玻璃摇下来就骂道。

"对不起！对不起！我找……我找韦局长，有急事！"卢萍气喘吁吁地说。

韦局长一听是找他的，把头探出来就看见是毛平安的老婆，于是，他叹了一口气说："嗨！我说毛夫人，你找我有什么用？"

"韦局长！韦局长！你是最清楚我家老毛的，他……他是绝对不会做这种事情的啊！"

"我想相信老毛，但是……我有什么办法呢？"

"好的！好的！只要您相信就可以了，您……您可以向上面反映啊！是不是？韦局长，算我求你了！算我求你了！"

"这样的事情是检察院办的，我不是执法部门的人，我说了没用，这样吧，你还是先回去吧！有什么需要我的地方，你就打电话给我啊！就这样吧，你还是先回去吧！啊！"

说完，司机把油门一踩就开走了。

卢萍一个人站在马路中央，望着韦局长远去的车影哭了起来。

在城市的另一角落，一个房间内，几个人围坐在一张桌子旁。他们眼神凌厉，语气严肃："毛平安的案子有进展了，估计一时半会是不会出来的，我们得赶紧行动。"

"好的，好的……"边上的人都在答应着。

这天，袁明生的电话响起，原来是前两天找过他的被告辩护律师杨政打来的，他一看觉得有点奇怪，但还是接通了电话。"袁律师吗？我是南通律师事务所的杨政。"

"我知道。"

"没有别的，今天有点空又有点巧，刚好路过你们鑫源大厦，于是过来看看你，想跟你聊聊。"

"有什么好的聊的？"

"呃！这就是你的不是了，陈安良的案子你不想尽快解决吗？"

"现在我没时间。"

"我知道，你看，我现在已经到了你们鑫源律师事务所了，我在接待室，我们还是坐下来聊聊吧！"

"好吧。"袁明生心里一惊，马上放下手上的东西后向接待室走去。

一进门，杨政就迎上来，说："袁大律师，你好忙啊，我没有耽误你吧？"

"没有，有什么事你就说吧。"

"我找你能有什么事呢？还不是陈安良的案子。"

"案子还在审判中，我们还是等法庭进一步处理吧。"

"那是，那是！我知道你的当事人现在急需钱做手术治疗，是吧？"

"是的，既然你已经知道了，你今天找我有什么事就直说了吧。"

"好的，我就开门见山了，我今天来就是想看看能不能与你达成共识，如果能的话，案件不就完满解决了吗？"

"你想怎么解决？"

"袁律师，陈安良案子的责任归属，咱们先不说，就赔偿的金额，我们达成一致不就可以了嘛！"

"也可以，一百二十万的赔偿款，劲能公司同意了？"

"哎呀！袁律师，你看，陈安良就受了个伤而已，公司怎么会拿出这么钱呢，是不是？何况……"

"那就算了，杨律师，我的当事人提出的金额是经过医疗机构评估认定的最低赔偿额，少一分都不行！"

"好吧，这金额就不说了吧。这责任呢，责任划分的话，陈安良是绝对要负主要责任的，最终赔偿金额的多少，与责任的多少有关的，你是知道的。"

"我当然知道，说吧，劲能公司想出多少钱？"

"劲能公司的意思就是，看在陈安良遭受了巨大的痛苦和磨难，以及出于人道主义考虑，只要他撤诉，一次性给予他五十万元的补偿，怎么样？这已经是天价了，他每月的工资才三千元，是吧？"

"这几乎是不可能的，相差太远了。"

"袁律师，我们再近一步说话！"杨政用手把嘴巴半遮半掩后，环视了整个会议室，"劲能那边说了，只要你协助我解决这个问题，公司给你十万元钱的辛苦费"说完，他离他远了一步，"袁律师，你看，我们这么辛辛苦苦地工作，为什么呢？还不都是为了钱嘛，你帮他拿得再多，你自己拿的还是那点可怜的工资，是不是？想开一点，换一个角度看，你就会……"

"算了吧，杨律师，我还有事，你走吧！"袁明生起身离开。

"呃！别走啊！我们再谈谈……"

杨律师话还没有说完，袁明生就推开门走了出去。

初次庭审中，袁明生没能证明陈安良是无过错的，所以他的心情很沉重，仿佛有一座大山压在他的胸口。但他不会放弃，反而振作起来，为了那个无辜的人，他必须寻找证据。

袁明生开始整理庭审的资料，每一个细节都不放过。他反复查看证人的证词，研究初次庭审的录像，试图从中找到线索。他甚至亲自去案发现场调查，希望能找到一些被忽略的证据。

时间一天天过去，他的努力并没有白费。在反复查看庭审录像时，他发现了一条重要线索。一个叫张大成的证人的证词对此案至关重要，这引起了他的注意。他开始深入调查这个证人，希望能从他身上找到突破口。

又看到袁明生在办公室里加班，鲁志斌走过来说："明生，还没有回去呢？"

"是的，鲁主任！"

"为什么天天这样加班呢？身体要紧啊！工作固然重要，但是不应该占据生活的全部。听说，你和毛丹在闹矛盾，早点回去吧，我认为你现在可以先回去把家里的事情处理好再回来。集中精力地工作可能会对你更好一些。"

"没事！鲁主任，这份工作对我来说很重要。我没有放松的理由，现在律所的人都在全力以赴，我没有任何的理由懈怠。"

"不要对自己太苛刻了，什么事情都得慢慢来啊！再说，律师事务所的事情多着呢，如果实在忙不过来的话，我就多分一点给别人吧！"

"不不不，鲁主任，这份工作，对我来说一点都不累！真的，我很感激你给了我这份工作。在这里的每一天，我都能感觉到前所未有的满足与幸福，我真的很想好好地珍惜，我、我要努力才行！因为，我不想失去它。"

"凭你这股干劲，你会失去什么？失去的一定是别人！"

说完他们一起哈哈哈大笑起来。

第四十八集
对镜贤郎猪八戒　混世佳人程咬金

第二天，袁俊杰带着王靖去看了位于梅子柿村的房子。回来后，王靖表示同意他的想法，于是，雷厉风行的他就把房子急忙买出，然后约梅子柿村的那座房子的主人和房子附近的几个邻居，还有当地村组干部，一起到饭店吃饭。对于买卖房屋这样的大事，还是有几个人在场为好，最起码也有个三凭六证。当晚，他们就在饭桌上签下了购房协议，几个邻居和村组干部也在上面签字作证。袁俊杰当晚就把所有的房款交给房子主人，为了尽快入住，第二天他就联系人员准备装修。

这时，王靖已经怀胎近十月了，预产期到了。王靖被安排住院了，她找了一个熟悉的医生。不过，在临产前的检查中，医生发现王靖的骨盆不适合顺产，只能选择剖宫分娩。王靖听说要剖宫产，她对医生说："医生，没有其他的办法了吗？剖宫产我怕疼！"

医生说："怕什么呢？会给你打麻药的！"

"剖宫产，想起来就疼！"

"顺产还疼一些呢。"

"医生，是全麻，还是……"

"当然是全麻，等你醒过来就手术做完了。"

"一点都不疼吗？"

医生说："麻药醒后才疼吧，我会好好麻醉你的！"

手术顺利，医生把一个 3.6 公斤重的男宝宝，递到了王靖的怀里，高兴地说："恭喜你！男宝宝，很可爱！"

当她说完这些话，王靖忍不住流下了眼泪。只有她明白，为了这个小宝宝的呱呱落地，她闯了多少难关，受了多少委屈，经历了多少折磨。

当一个小生命在袁俊杰的怀里"哇哇哇……"地哭闹时，他才真正意识到，他又做爹了，又有一个孩子了，他身上的担子又重了起来。他暗暗下决心多挣点钱，以后这两孩子要的是钱用呢！虽然是这样想，但这时他内心更多的是高兴和喜悦。每次回家的第一件事就是去抱抱他。袁俊杰给自己第二个孩子起名为袁波，表示希望他出生以后的生活越来越好，波澜壮阔，拥有锦绣前程。从此，他们一家又开始生活在孩子的哭闹声中。袁俊杰得成宿成宿地抱着他，他几乎一夜都合不了眼睛。王靖也脱掉了才穿过没多久的时装，换上宽松的运动衣，上面孩子吐奶的印记还没来得及处理干净，又开始一手抱着孩子，一手做饭，然后火急火燎地吃完一大碗挂面。

时间真的是一个轮回啊！记得她自己一个人的时候，经常随便吃点东西应付，甚至能不吃就不吃，反正是怎么方便怎么来，不像怀孕段时间，就算没有一个人来帮忙照顾，自己也得吃好喝好——肚子里还有一个人要吃呢。可是孩子出生后，一到晚上就爱哭，各种办法试过了还不见好转。王靖一晚上起夜四五次哄他是家常便饭，这种情况一直持续到他两岁半才好了一些。

在那些年中，周围的人都觉得她一天看着睡不醒，连闺蜜都会吐槽她在偶尔相聚中都是接连不断地打哈欠。由于晚上睡不好，她的神经衰弱越来越严重。王靖白天没有精力陪孩子，更没有耐心处理生活中接踵而至的问题。她总是很暴躁，总是歇斯底里，总是很累。

带孩子的辛苦无时无刻不在提醒她：不要好了伤疤忘了疼。但，人性就是这样——能记住的快乐有很多，能记住的痛苦，却好像没有多少。

照顾小的还要兼顾大的，还要兼顾老公的情绪，王靖几乎变成了一个"唯孩子论"的黄脸婆：料不料理家庭，得看心情是否舒畅！一切都是以孩子为中心，其他的事情可以说都是为孩子服务，为了孩子，她几乎可以付出任何代价，甚至是自己的生命。

有一天，袁俊杰在外面遇到些不顺心的事情，他想和王靖说一会儿话。可是，好不容易哄孩子睡着的王靖早已经睁不开眼睛了，就不耐烦地说了句："你别说了，明天说吧，我要睡了！"其实，在平时他们夫妻也有这样的状况，那时袁俊杰都会贴心地说："孩子今天又闹了吧？那你快睡吧！"但今天，她听到的却是他的一声叹息，然后他下了床，去了客厅。

虽然王靖明显感觉到他的情绪不对，但却依旧无法叫醒自己疲惫的神经，她沉沉地睡了过去。第二天早上起床时，她看见袁俊杰睡的沙发旁的烟灰缸里有很多烟头，就走过去轻轻拍醒他，说："老公，你昨天要给我说什么呢？你现在说吧。"他揉了揉眼睛说："没事。"

她没有继续问他，因为袁波的哭声传进了她的耳朵，她火急火燎地去了卧室。直到现在，她也不知道她老公那天到底是怎么了。或许人和人之间就是这样，就是那么一瞬间，我们愿意向对方敞开心扉，但是错过了，就是错过了。也许是袁俊杰有话要说，也许是有问题要问，不过，那都过去了，现在王靖也不好提。

第二天，袁垣的班主任老师打电话问袁俊杰："袁垣在家里怎么样？"

袁俊杰回想了一下才说："在家里，还可以。"

老师说："你有时间和袁垣聊一聊，袁垣最近的学习有所退步，几个方面都不理想，希望你们家长能够配合一下老师的指导。"

袁俊杰感谢完老师，赶忙回家做晚饭。在饭桌上，他把情况说给了王靖，她也说不出什么所以然。袁俊杰猜测了一番，说："会不会是袁垣有失落感了，觉得我们只照顾弟弟，不爱他了？"

王靖第一时间就否决了，她说："这有什么啦？有了一个弟弟不好吗？难道他不想要这个弟弟呀？"

"不要这样说，为什么要这样说呢？"袁俊杰急忙拦着王靖。

袁垣没有作声，他快速地吃了一碗饭后去自己的房间去了。

就这样，这餐饭是平静地吃完了，可是，袁俊杰感觉袁垣的内心世界还没有平静下来，他处理完一些事情后，他来到袁垣的房间，看见他正在写作业，于是，他搬了一把椅子坐到他的身边，轻轻地说："袁垣，老师说你成绩有些退步，怎么搞的呢？你不要多想你与你弟弟的事！"

"我没有多想！"袁垣说。

"好的，现阶段你唯一重要的是把成绩搞上去，其他的事情都不要在意，不要让你的学习被别的事情打扰。"

"我知道！"

"爸爸是永远爱你的，这一点你不用怀疑，只是你弟弟还小，需要人照顾，你能理解吗？"

"理解！"

"那你的成绩下降又是为什么呢？"

"……"

谈心似乎进展不顺利，袁垣几乎什么也没有说。平时嘻嘻哈哈的孩子，怎么突然变得这么深沉了？袁俊杰感到有些不安，看见袁垣不作声，他就转移了一下话题："袁垣，最近在学校还好不？开心吗？"

袁垣抿了抿嘴，没有说话。

"那你有没有什么要和爸爸说的呢？"

他想了想，说："爸爸，你不累吗？累了就去早点睡觉吧，我还有很多很多的作业要做呢！"

这时，袁俊杰看见了袁垣的脸颊上挂满了泪水。

袁俊杰丈二和尚摸不着头脑，他的心情也不好起来，轻轻地对他说："有什么事情你就说出来嘛！让我听听，一来，你说出来了，你也好受一点；二来，你说出来了，我看看能不能帮助你解决，如果不能解决，我们可以一起想办法呀，甚至爸爸可以帮你去咨询别人，反正是有办法的嘛！你说说看！"

"好吧，爸爸，你得答应我不告诉王靖妈妈。"

"好的，我答应你不告诉她，你说吧！""爸爸，你们给弟弟买了很多很多的玩具、衣服，还有那个电摩托车。我呢，你给我买什么东西了吗？除了买些本子、笔，还买了什么？我要买个篮球，你们一直都没给我买！"

袁俊杰这才恍然大悟。是的，他记得袁垣说过要买一个篮球，不巧的是，那天袁垣不知怎么搞得王靖不高兴了，她当场就拒绝了他，说是要看袁垣以后的表现，表现好的话就买，不然就不会给他买，到现在，只怕有两个星期了，袁俊杰才想起来，他急忙去擦他袁垣的眼泪，对他说："不哭，袁垣，你放心，爸爸明天就给你买，一定给你买！"

袁垣的泪好像更多了，他一边点头一边用衫袖去抹脸上的眼泪。袁俊杰此时自责起来，这本是王靖一时的气话，哪知袁垣竟记到了心里，而自己一直没有给他买。

袁俊杰这才发现，难怪最近几天袁垣都是很"乖"。他还以为是孩子长大了，很是欣慰。原来如此！看着此时低着头的袁垣，他的心都要碎了。袁俊杰一把将他搂在怀中，一遍遍说着："爸爸爱你，爸爸会永远爱你的。你是爸爸的宝贝啊。"他们的眼泪混在一起。

以后的日子里，每天依然忙乱。袁俊杰的心情也是跌宕起伏。但是，他再也不会对袁垣说一些残忍的话了。

为了节省时间和金钱，店子都没有开了。袁俊杰有着大量的时间呢，其实他也就是趁着王靖怀孕生孩子，店子关门的这些时间节点上做出的决定，与其坐在家里，还不如做点自己想做的事情。想到原来樟树村那套辛辛苦苦做出来房子被贱卖，他的心就时不时隐隐作痛。他暗暗发誓，他要重新振作起来，夺回那些曾经失去的东西。

现在，机会来了。袁俊杰一家搬家的第二天，袁俊杰就以房子没有厕所为由，在外面搭起来一个厕所，刚开始，他不认得那些控违的人。当他住到这里之后，只要那些控违的人一来，袁俊杰递上香烟、槟榔和茶，一样都不能少，一个也不能漏掉，一遍又一遍的张罗着，渐渐地跟他们搞熟了。那些控违的人看见袁俊杰搭建点东西也就睁一只眼闭一只眼。

可是，这样小打小闹的话，想要做大房子，不知道要等到猴年马月。袁俊杰看着房子前面和后面的空地发愁，他什么时候才能把这些地方给搭建起来呢？控违的人曾经明确地告诉袁俊杰，把那空着的位置建起来，那是蚂蚁坐沙发——弹都不弹。

袁俊杰也清楚，他这个房子被征收是迟早的事，无论如何也得想办法把空着的地方搭建起来，还得抓紧时间呢。他知道这些年来，拆违控违的势头有增无减，可以说是一年比一年紧绷起来，以后可以说是越来越难了。

还有，不能搭建好的话，到了征收的时候，如果是买了多少平方的房子就征收多少平方，那就得不了多少钱。因为在价格上，征收的价格比他买进来的价格高不了多少，要想挣钱，就得在那些空地上下功夫，那些空地如果征收的话，都是按亩计算。加之土地都是国家的，不管是国有土地还是集体土地，征收补偿都是按照土地上的附着物的情况来进行补偿的，没有在土地上搞建设的话，基本上补不了多少钱。

当一片土地都被政府划为拆迁地了，那么这个村组被划为征地拆迁区域也只是时间问题而已。大家都想着在未来能依靠拆迁得到一笔不错的收入。

你来我停，你走我建。就这样，在这样的动力机制驱使下，村组里的所有人员都开启了声势浩大"抢建"的浪潮，因为"抢建"起的房子就意味着抢到钱，不过，这一切政府都知道，对于这类抢建的事情，其中有些住户确实是有住房需求，也不能够一刀切，只能用一年比一年更严的措施来应对。

这时候，每天都能看见成批成批的沙土、水泥往村里运输，那些光秃的砖房四周架起了竹架，原本的一层楼变两层楼，两层楼变三层楼，更有甚者，直接在耕地上盖房。村庄原本的平静被打破了，混凝土搅拌机的轰鸣声持续不断。

中国是个人情社会，在农村地区，人情关系格外突出。抢建很容易遭到举报而被制止停工，但是抢建方和当地政府的相关人员疏通"关系"后，通过"关系"的作用，将违规抢建转变成合理的建造活动。抢建方有着过硬的"关系"就可以和政府相抗衡，那些没有"关系"的要学会迂回，和政府"打游击"，这样也是有可能成功抢建完成的。

这时，王靖与袁俊杰的矛盾又起。这天晚上，袁俊杰回到家里，他没有看见袁垣，就问王靖："袁垣怎么没有在家，还没有放学吗？"

"不知道呢？你打电话问问！"王靖漫不经心地说，"不回来也好，省得麻烦！"

听到王靖这么说，袁俊杰也没觉得奇怪，他知道王靖对袁垣一直都是说一套做一套，对她这种行为，袁俊杰已习以为常，自己的孩子只能自己疼。好在袁垣陪有手机，他急忙打电话给他。

在电话里，袁垣说王靖妈妈一回家就要他煮饭、洗碗，他不是不想做，只是他现在读初中了，作业做不完，每天晚上都是干活干到十一二点钟才能睡觉，他都不想回这个家了。他现在在他同学家里，今晚就不回去了。他说今天下午他一回来的时候，王靖就要他做了很多事情，当他说要写作业时，王靖生气了，并指着他的鼻子大骂："蠢货！懒得死！"他就气起背起书包跑了。

袁俊杰的心里舒了一口气，不管怎样，总算知道 ln 袁垣的下落，心想着：这孩子这么大了，他也有自己的想法了，现在他对这个不是亲生妈妈的王靖虽然表面不反敢反抗，却在暗地里不配合的。袁俊杰知道自己在这娘俩儿之间就像是猪八戒照镜子——内外不是人。每次发生了这种事情，袁俊杰总是试着劝说王靖：对袁垣好点吧！俗话说："生身父母由自可，养身父母大如天。"只要王靖好好地把袁垣带大，他会疼她的，其实袁垣再过几年就成年了，他会记得她的好的。再说，既然她和袁俊杰在一起了，看在袁俊杰的分上，她也要对袁垣尽到一个后娘的基本责任，他让王靖自己想一下，袁垣又不是突然出现的，也不是瞒着她后来带回家的，从两人认识的第一天起，她就知道他带着袁垣生活。假如她找了一个有爹有娘的男人的话，还不是一样要伺候着、负担着吗？袁俊杰现在已经一没爹二没娘的，就只有一个袁垣要麻烦她，再不行的话，就把他是别人的孩子，也不至于这么刻薄对待。最后，袁俊杰几乎要下跪求她了，可是无论他怎么努力，王靖也是当他放屁处理。

在王靖看来，她与袁俊杰的问题基本上都是袁垣带来的，所有问题的症结就在他的儿子身上。她跟她娘家人说，袁俊杰他很爱很爱他的儿子，一开始他们相处得很好，她跟他儿子一开始也相处得还好，他儿子很信任她，的确也挺乖巧的，就是有一年暑期，他前妻知道王靖怀孕后，感到了不安，忽然接袁垣过去住了大半个月，回来后袁垣总挑她的刺儿，然后对他爸爸说，感觉爸爸不爱他了，害怕爸爸不要他了，等等。

袁俊杰为了安抚儿子，他说这不是什么问题，时间久了就会慢慢好起来的。这她可以理解，但是她发现，他并没有给儿子明确他对她的态度。在儿子的思想里，认为是亲妈不爱爸爸、不要爸爸了，但是爸爸还爱着自己亲妈，然后是后妈喜欢爸爸，但是爸爸并不喜欢后妈，这一点让王靖很恼火。

有一天，王靖的一个闺蜜曹芳芳打电话给她，说好久没有在一起了，今天正好有时间，想和她聚聚。王靖此时有一肚子的烦恼和委屈，正愁没有一个说话的人呢，真的是说曹操曹操就到。她当即愉快地接受了邀请。一见面，王靖就如竹筒倒豆子——一个不剩地说给曹芳芳听了。曹芳芳听到她要离婚后，说："你要想清楚，如果你再婚，其实你的问题在下一场婚姻中还会再次出现的，还是不要离婚的好！"

"为什么呢？"

"因为再次选择婚姻的时候，你的选择面会很窄，你更容易碰到像你这样一言不合就离婚的缺乏经验的人，那么，你们能够相处得好吗？显然只会更难。所以，一般的情感问题，我都是劝和不劝离，彼此各退一步，多想想对方的优点，自然就能好好地过下去。"

"袁俊杰的问题我还能勉强接受吧，可是，我实在受不了那个拖油瓶啦！"

"我告诉你，很多有感情困惑或者想要离婚的女人，都是在内心打定了主意。如果你这样想的话，你来找我倾诉根本不是找我解决问题的，而是想让我顺着你的想法，然后坚定地支持你的想法。实际上，离婚以后，你面临的问题将会更复杂。"

"我不怕！自己的选择有什么好后悔的呢！离婚已经是我现在没有办法的办法了！"

"办法总比问题多。我只想说，你既然已经找了一个二婚男人，一定要先想清楚：在他的心中，尤其是最开始，你永远都不可能取代他的孩子在他心目中的地位。这一点你如果不认可，我只能说，你不适合二婚，还是自己带着孩子过吧。其实，你想想看，你就算是第一次结婚，你说你的第一任丈夫，在他的心中，你的地位会高过孩子吗？也许有些女人会很有自信地说，那当然了，夫妻关系大于亲子关系，我老公当然是最爱我了，可是在中国普遍意义的家庭里，这个想法都是不靠谱的，因为现实就是，男人爱他的孩子胜过爱你。"

"好吧！我们还是为解决问题找方法吧。原本我需要面对的是一个男人，只要处好我和他的关系就好了，现在你我面对的是一个男人和他的儿子，还有他的前妻，以后说不定还要面对我自己的儿子和这个继子，你想过没有？曹芳芳！"

"好吧！我问你，袁俊杰爱你的孩子袁波吗？"

"当然，他一回家就抱着袁波亲呀亲的，把他的脸上搞得脏死了！"

"还不是嘛！袁俊杰为什么会这么样做呢？因为男人都是有些自恋的动物，他们永远更爱自己，而孩子有他一半的骨血。你呢，完全可以替换掉，那么男人自然他倾向于爱他的血脉。即使是结发夫妻也是如此，更何况是二婚呢。"

"按照你的说法，二婚家庭中，我和他的关系是极不稳固的，就算是现在，我觉得他不错，对我很好，可是如果再来一个条件比我更好的女人，对他儿子更好，你说，他会不会抛弃我，而选择那个女人呢？"

"那倒不是会！你傻呀！毕竟你是孩子他妈啦！他爱自己的儿子，以后养老还要靠他儿子呢！照顾他儿子的情绪是天经地义啊！当你明白这些，就不要有意无意地去和他的儿子争宠了，你只能默认这些，别无他法。如果你们能够继续下去，再经历一些事的话，慢慢地，也许他才会觉得你更重要，可是那需要很长的时间和坚持。"

"好吧！自己的孩子还是好说，就是那个前妻生的孩子碍事！你不知道，我有时候望着那孩子就来气！"

"你原来不是和他的儿子相处得挺好的嘛！只是回前妻那里几次以后，那孩子就慢慢地大变样了，可见一定是受到了前妻的影响。这个需要袁俊杰去和他前妻沟通，如果他的前妻不放心自己孩子在这里生活，就让他儿子跟着前妻过也可以，然后他和你和袁波一起过，还有什么问题呢？如果他不愿意，那你就和他说清楚，她就不能不断地破坏你和袁垣之间的关系和感情，你们这样闹来闹去的，袁俊杰未必舒服，毕竟他自己也想把日子过好吧。"

"好的，谢谢你！今天出来本来想让大家都开开心心的，不承想被我的事情搞得一团糟！"

"没有，没有！只要你幸福！家庭合睦，我们一起也就更快乐！来来来！吃饭吃饭！"

"来来来！"

第四十九集

孙丽孤悬淫威下　袁炜错陷计谋中

那段时期，袁炜很忙，对于孙丽的事没有过多地关注，他以为孙丽在夜总会的工作会这样平淡地继续下去。但是后来，经常去夜店的一个朋友告诉他，说嫂子孙丽经常和一个老板有暧昧，有几次看见他们孤男寡女的在一起，在车里面亲热过后开车离开了。

于是，袁炜吩咐麻雀暗中观察和调查孙丽，看看那个男人到底是谁。果然，一天晚上，麻雀似乎发现了什么，他急忙打电话给袁炜，说他好像发现了嫂子，却又不敢确认，要他自己来看看。袁炜挂了电话就向麻雀说的地址赶去。这时，天色渐渐暗了下来，在那条没有多少人穿行的辅路上，那辆黑色的宝马车一直停在原地，没有任何动作。

袁炜想努力地平静下来，但是他做不到，他的心砰砰地跳着，每跳一次就像是有一把刀插在心窝上。

他不希望他以前跟孙丽在一起开心的日子都只是个梦，他是个很简单的人，不希望他深爱的人对他做出欺骗和背叛的事情来。他就这么站在原地，忍不住地掏出烟来点上抽着，平时孙丽是最讨厌他抽烟的，但是他现在忍不住想抽上一根来缓解一下复杂的心情。

天色更加昏暗，也许过不了半小时就会完全变黑，袁炜不知道为什么过了半个小时孙丽还不从车里面出来。偏偏那辆车子的车窗贴了深色的太阳膜，他努力地朝里边看去，但是看不到任何的东西。偷偷坐在狭小的车里，还同时在车子的后排座上，他们想干什么？他们在干什么？他的耐心一点点地被消耗干净，本来还想着冷静下来，理智地去搞清楚这件事情，可是等了半个小时，他已经变得焦躁不安了。

袁炜再次狠狠地吸了一口烟，把烟头扔在地上，用脚狠狠地碾灭，向宝马车走过去。突然，"砰"的一声，车门打开了。首先下车的是龙老板，他一看见袁炜，先是一愣，然后说："阿炜，唔好意思呀！你老婆中意我，我都冇办法呀！"他说完用两手摆了摆，装作与他无关的样子，说完掏出一根烟叼在嘴上。

看见龙老板，袁炜就格外惊讶，他做梦都想不到是龙老板，随便换成谁，他绝对会一上前就是一顿拳脚，不砍他两刀，还真他妈的不解恨，可是，现在一切都已经改变，龙老板他可惹不起，他自己知道，他现在的一切都是龙老板给的，龙老板要他干啥他就得干啥，在他面前，自己就是一个打工仔。现在，袁炜觉得自己真的不如一条狗，可是，他又能怎么样呢？他能骂他一顿吗？不！当然，除非袁炜不想干了，那意味着什么呢？他自己清清楚楚，他将失去现在的一切。

至于动手，就更谈不上了，袁炜知道，边上的那十几个保镖都是高手，还有，只要龙老板打个电话，坤哥、祥哥，还有其他的兄弟都会很快到来，他们是不会放过他的，他有反抗他们的能力吗？很显然，他没有任何理由做这鸡蛋碰石头的事情，还有最重要的是龙老板的身上有枪，他可以随时掏出枪来，在他面前，自己随时都会死亡的风险，还能说什么呢？其实在龙老板面前，袁炜早就失去了抵御的动力，平时他那强硬的态度、吓人的面孔，在龙老板面前已经是荡然无存了。

　　接着，他看见孙丽从车上下来，她理了理有些凌乱的头发。袁炜肺都快气炸了，更让他崩溃的还在后边。孙丽整理了一下头发之后，她又伸出手沿着她纤细的蛮腰，一直到腰臀处，不断地用手掌抚平自己的裙子，好像这件裙子起了很多皱褶一样。整理完了，她说："炜哥，你原谅我啦！我……"

　　孙丽这时似乎很害怕，装出了一副不想看到他的样子，背着他，突然大声地说："炜哥，我唔再爱你啦！我哋分手啦！"

　　说完，她跑向轿车，把车门关上，现场只有他和龙老板了。龙老板走到袁炜的面前拍了拍他的肩膀，说："阿炜，你换条女啦，你知嘅，系香洲，有钱咩款嘅女人揾唔到，系唔系？"

　　终于，袁炜清醒了过来，他突然"扑通"一声跪在地上，恳请龙老板说："龙老板，我袁炜够胆求你一次，好唔好？"

　　"阿炜！你起身啦，俗话说男人膝下有黄金，跪咩野吖？"龙老板又点燃了一根雪茄，"好啦，依家，只要系我做得到嘅，咩嘢我都可以应承你，你讲啦！"

　　"龙老板，你将阿丽还畀我好唔好呀！我愿意为你去做任何嘢！"

　　"阿炜！你要搞清楚呀，唔系我唔将阿丽还畀你，系阿丽佢唔爱你啦，啱先佢唔系亲口同你讲咗咩？"

　　"龙老板，我净系中意孙丽一个人，你知嘅，自从我嚟到龙都公司之后，我从来都冇揾过第二个女人，我净系爱阿丽一个人，你就还返畀我好唔好呀？龙老板！"

　　"噉样啦，我叫阿坤每个月多畀你一百万啦！就算系对你嘅补偿啦！"

　　袁炜跪在地上一动不动，说："龙老板，我净系要阿丽，求下你将佢还返畀我啦！"

　　"死脑筋！你就唔好啰啰唆唆啦，你返去谂清楚，到底仲想唔想喺呢度捞！"

　　说完，龙老板转身上了宝马车，一坐到了后排座上，车子就发动了。

　　袁炜还跪在原地，看着龙老板的车向他的别墅的方向开去。袁炜一直紧紧地盯着那辆宝马车，直到消失才收回了视线。

　　他努力地让自己内心平静下来，然后拿起电话，看着手机屏幕上那一串熟悉的号码，还有那个熟悉名字：我最爱的丽丽，这是他为孙丽编辑的电话薄联系人名字，现在看着这几个字，他的眼睛模糊起来……他忽然感觉到自己回到了家里，他拨打了孙丽的电话号码。电话接通后，话筒传来孙丽柔美动听的声音："袁炜，我爱你！你下班了吗？今天有没有想我？"在电话里，孙丽的话一般都会很多，不论怎样，每次听到深爱的人对他这样说话，袁炜总是会忍不住地生出深深的怜惜和幸福感，接着，孙丽就会说起她自己来，例如，今天她上班很开心，下班的时候还完成了一个大单，挣了一大笔钱，还会问袁炜晚上要不要出去吃好的。

袁炜就会尽量装着不在意，问孙丽："多少钱？有我挣得多？"问了一句后就会说："好啦好啦！我知道你是不错的啦，不然怎么做我老婆呢？是吧！"

这时，孙丽就会"扑哧"一笑，说："那还差不多！"

"我们去吃日本料理吧！"

"好啊！老地方见！"

"老地方见！"

孙丽在那边欢呼了一下，然后又跟袁炜说了一句："真的？那太好了，我收拾一下马上下楼，我去找你。"没过十分钟，她出现在了袁炜的眼前，她打扮得漂漂亮亮的，穿着一身漂亮的宝石蓝连衣裙的孙丽，在他眼里像神仙一样。孙丽见到袁炜之后，跟活泼的梅花鹿一样，蹦跳了两步就扑到了袁炜的怀里。袁炜感受着这具惹火的娇躯，他顿时不能自拔！

让他回过神来的，是海水一次又一次地撞击海边的岩石所发出来的声音。他不知道在这里坐了多久，天空下起雨来，袁炜伤心欲绝，不想睁开眼睛，现实的这一切让他如此痛苦。他忽然间感觉全身没有了力气，直接就在道路旁弯下腰，坐在了绿化带的路沿石上。他连续深呼吸了几次，尽量让心情平静下来，多么希望今天所看到的一切都是虚幻的，但是，这一切并不是梦，而是血淋淋的现实。

原来，孙丽早就找好了下家，还说什么不是看上了他的钱，而是看上他的人，现在看来，他妈的都是骗人的，他还傻乎乎地天天等她回家，这个骗子，这个家早就没有存在的必要了。

这天晚上，袁炜的手机突然响了，他一看，是孙丽打来的，他接还是不接？正在他犹豫不定的时候，电话突然挂了，想到也许有什么奇迹发生，或者有事发生，不论如何，他们都是来自同一个地方的人，俗话说"一日夫妻百日恩"，他们也是同床共枕了好几年，哦！还有，现在他们还没有离婚呢！他们可是有结婚证的合法夫妻，无论怎样，他都想听听孙丽到底会说些什么。

于是，他给孙丽打了电话过去，刚拨通电话，孙丽就说："阿炜！你快点走，你快点回老家去，龙老板不是好惹的，他会杀了你，听见没有？阿炜！"

"丽丽，我就问你一句，你到底爱不爱我？难道你说的爱我是骗我的？"

"不，阿炜！我没有骗你！我是爱你的，请你相信我永远爱你！"

"哼！孙丽！事到如今，你还骗我？难道我瞎了眼吗？"

"现在说话不方便，龙老板就在外面，我怕他发现，好吧，我说给你听吧，我在一个月前就被龙老板盯上了，他在夜总会故意找我有事，趁机把我给强奸了，还威胁我不要告诉你，不然，连你也会死了，呜呜……"

听到这里，孙丽的话筒掉在桌子上。袁炜："喂喂……"喂了很久也没有听到孙丽的声音，突然，话筒里传来一阵阵孙丽被折磨而发出的呻吟声，一个男人在那边喘着粗气，不断淫荡地笑着。

袁炜一听，这是龙老板的声音，他气得大骂："狗娘养的龙老头，你敢搞我的女人，看我不弄死你！"

袁炜当场就把手机摔了个粉碎。

他想起来了，似乎从前两个月起，孙丽就对自己不坦诚，有时还发现她手机里和其他男性交流的记录。但是，无论他怎么询问，孙丽总是一口否定，说只有袁炜才是她的心上人，要袁炜不要听别人的流言蜚语，要相信自己、相信她。

然而，后来，越来越多的蛛丝马迹让袁炜无法淡定。有一天，袁炜告诉孙丽，自己要去出差很长一段时间，一早起来，他就收拾好行李，装作出差的样子离去。孙丽并没有怀疑他，只是叮嘱他一路小心，然而袁炜并没有出差，他只是静待时机。到了晚上，他没有打招呼，直接拿钥匙破门而入，眼前的一幕，虽是意料之外，但还是让他颇为感动，只见孙丽在厨房里切萝卜，看着袁炜回来了，孙丽急忙跑过来迎接他，说她正在做他爱吃的酸萝卜丝。袁炜曾说这里卖的酸萝卜片他一点也不喜欢吃，不但味道没有老家的正宗，还不干净。孙丽说，虽然她不会做，但做几次就能学会，在他回家之前，她还打了电话给她妈妈问酸萝卜的方法呢，多少萝卜放多少盐、多少醋、多少水等，做好后，她计算着袁炜大概回家的时候，心想，等他一回家，他就可以尝到老家的味道了，袁炜一定会表扬她的。她说，一个女人能得到她的男人的肯定和信任，是这个世界上最幸福和快乐的事情。

然而，现实总是那么复杂，现在发生的一切都让人觉得残酷无情，难道女人的心真的就是海底的针？袁炜从此常常在夜里翻来覆去睡不着觉，有时候，半夜三更去酒吧喝得酩酊大醉，有几次在酒吧里胡话连篇，对别人说龙老板不讲义气，连他的女人也不放过，如果有一天栽在他的手里，他会毫不客气。每次都是麻雀或者胖子把他拉开，并告诉他不要乱说话，龙老板听到了不好。袁炜却说："怕什么，我就是要他听到，兄弟的老婆也要，真的是太没有良心了，我们这帮兄弟为他打打杀杀，出生入死的，弄不好连命都丢了，我跟你说，你可不能告诉别人，龙老板黄赌毒的生意都很不错。咦！我就不明白了，他要弄那么多钱干什么？他的钱哪一张不是我们兄弟帮他挣的？凭什么他龙老板这么对待我们，难道我们就只要钱？对！钱！钱是个好东西！可是，我要那么多钱有个屁用！我连老婆都保护不了，我还是人吗？我还算一个男人吗？嗯！哼！"麻雀他们生怕出事，就强行把他背回家。可是，作为一个马仔，袁炜能够把握自己的人生吗？他能够安排自己的命运吗？他该如何面对接下来的生活呢？

这天，坤哥打电话给袁炜，说龙老板有会要开，他晚上必须参加！

袁炜到现场的时候，看见龙都公司的人基本上都到了，就是没有看见孙丽。正当他的眼睛四处扫视的时候，龙老板喊他坐到他旁边的位置。看见大家伙都到齐了，龙老板就站起来开香槟，说是庆祝公司的业绩增长势头强劲，生意越来越红火，这次就是请大家来聚聚。

酒过三巡，突然虎哥把嘴巴放在龙老板的耳朵边上说："大佬，你有冇听讲呀，黄骨鱼嗰条友死咗呀！""黄骨鱼？同我哋有乜关系呀。"龙老板说。"大佬，你唔知咩，我哋啲货都系经由……依家就麻烦喇！""啪"的一声，龙老板一巴掌扇了上去，虎哥的嘴角顿时就有鲜血流下来，龙老板转身盯着他的眼睛，"我哋唔识咩黄骨鱼，佢同我哋冇任何交集，一个落魄嘅穷鬼，知咩，管住自己把口，该讲咩唔该讲咩自己心入面有啲数，我唔想嗰啲差佬过嚟，惹一身臊，明唔明呀？"

"明、明咗啦，我知道错啦，大佬你唔好嬲呀。"虎哥连忙用一只手捂着脸，惶恐地说道。"得啦，警察嗰边嘅动静揾人了解一下。""好嘅，大佬。"龙老板走回上座，随手拿起一杯酒，举起来，说："兄弟，嚟嚟嚟！干一杯！"

看起来，似乎什么事都没有发生，但袁炜感觉到肯定有事，因为龙老板那双眼睛出卖了他。

酒足饭饱之后，大家慢慢散去。袁炜因贪杯而喝了太多酒，动作有点缓慢，所以就走在最后。这时，他被坤哥喊住："阿炜，你行慢啲呀，龙老板叫你有嘢呀！"

袁炜先是一愣，然后，他转过头去看了一下龙老板，就左摇右晃地向龙老板走去。龙老板对袁炜说："阿炜，有一个重要嘅任务，你愿唔愿意去呀？"

"咩事呀？龙老板！"

"呢件事如果你做好咗，我就……"龙老板停了一下，他把嘴巴放在袁炜的耳朵边上说，"我就将阿丽还返畀你！"

袁炜一听，顿时像打了鸡血一样兴奋，猛然清醒过来，他生怕龙老板改变主意，急忙说："好呀！龙老板，你有乜嘢事就吩咐，我阿炜就系拼咗呢条命都要将佢做好呀！"

"好嘅，我哋一言为定！"这时，龙老板站了起来："具体情况阿坤会讲畀你知嘅！"

阿坤听到后，说了一句："好嘅！老板！"

说完，龙老板哈哈大笑着走了。

这时，坤哥坐下来跟袁炜说："前段时间，正是龙都公司与另一家公司竞争激烈的时期。那家公司也很有实力。刚才在酒桌上，大家都听到了，为龙都公司接货的黄骨鱼，就在前天晚上被对方的社团鹰王社给暗杀了。重要的是，黄骨鱼还是龙都公司与金三角的供货方唯一的联系人。金三角的货在海城只发黄古鱼和他们鹰王社的董七斤。这黄骨鱼一死，龙都的货就没有来源了，鹰王社把黄骨鱼干死，就是想独吞海城全部的毒品市场。"

"还好，黄骨鱼没有死时，告诉过龙老板，鹰王社跟上面要货的人是一个叫董七斤的人。"坤哥递给袁炜一张董七斤的照片，"这次龙老板吩咐给你的任务就是去一趟鹰王社。把鹰王社与金三角的联系人董七斤绑来，只要董七斤在我们手上，我们就不用担心找不到上家，他们鹰王社反而得找我们供货了。记住，董七斤一定要活的，其他的都无所谓。"

接下这次的任务，袁炜深知鹰王社的人都是杀人不眨眼的亡命之徒，自己这次真的是凶多吉少啊！这种典型的黑吃黑，常常会以两败俱伤收场。不过，袁炜想到龙老板给他的承诺，他顿时联想到孙丽就在他的面前向他招手，不管怎样，他也得去碰碰运气，他为孙丽拼一拼又算什么呢！为了孙丽，他还有选择吗？

袁炜开始密谋绑票董七斤的行动。当得知了董七斤的行踪后，他带着麻雀、胖子等人，埋伏在他经过的路口，拦阻董七斤的汽车，想要掳绑他。谁知他将车门反锁，袁炜恼羞成怒，击破车窗，伸手要把董七斤强拉下车。然而，董七斤并没被吓着，他剧烈顽抗，袁炜忽然闪电出手，拿过边上的胖子的手枪。

令袁炜大感意外的是，董七斤为了自卫，也拔出一把枪来，这时麻雀也扣动了板机，顿时枪声大作，子弹乱飞。

董七斤左手臂被流弹击中，破皮流血，仓皇逃窜。密集的枪声也引来了大批警察，眼看就要逃不掉，袁炜功败垂成，不敢恋战，仓卒撤离。但是，场面失控，警方对他们的火力全开，他们已经没有回击之力了。奇怪的是，董七斤他们早就逃得不知影踪，正在袁炜纳闷为什么的时候，他听见麻雀"啊呀"一声，中弹倒地！他急忙大喊一声："麻仔！"

这时胖子说："炜哥！唔好，麻仔仆低咗！"

袁炜开了几枪压住对方火力后，跑过去抱起麻雀，大声说："忍住呀，麻雀，忍住呀！"

"大佬，兄弟哋顶唔住啦！"胖子说。

"冲出去，我哋一定要冲出去！"他把麻雀抱紧后大声说，"快啲，掩护我冲出去！"

"大哥！"胖子哭了起来，"我哋出唔去啦，我哋畀警察包围咗！"

"咩话？包围咗？"袁炜绝望地看了看四周，他看见警察从四面八方涌来。

突然，"砰"的一声枪响，一颗子弹射在袁炜的右脚上，顿时伤口冒出的鲜血染红了他的裤子，流到了地上，袁炜瞬间跪在地上，但他双手还是紧紧抱住麻雀，一步一步往外移去。

胖子一边向警方开枪射击一边说："炜哥，周围都系警察，我哋畀警察包围咗，走唔甩啦，我哋投降啦！"

袁炜抱着麻雀没有作声，依然向门口移去。

"炜哥！我哋唔好打啦！炜哥，我哋救麻雀要紧呀！炜哥，再迟就嚟唔及啦！炜哥！"

"好……"胖子听到袁炜说完后，就"扑！"一声和麻雀一起倒在地上。

同时，胖子把枪举过头顶，其他的兄弟也举起双手。

袁炜是在看守所里醒来的，他受伤的脚得到了很好的包扎，突然，他想起来了麻雀，可是，他看了一眼身边，没有一个人。警察把他们一个一个分开关着，他只能拖着受伤的脚一步一步移到铁门的边上，一边用力摇晃着铁门一边叫道："胖子！麻仔！有人吗？有人吗？来人啦！来人啦！"

警察闻讯赶来，在与警察的交谈中，袁炜得知麻雀因为受伤过重抢救无效死亡。他顿时蹲在地上"呜呜呜呜"地哭泣起来。

后来才知道，原来警方早就通过线人确定金三角的下线董七斤和黄骨鱼，当鹰王社把黄骨鱼暗杀后，警方的追缉行动就加紧了。一时间，香洲市几乎所有的黑社会团伙都不敢露脸。倒是虎哥的几个手下，野性不改，仍然各自干案。当中一个手下不久后被捕，警方从他身上套取了不少宝贵线索，其中就有龙老板要绑架董七斤的计划，警方早就派人对董七斤进行监视了。袁炜这才恍然大悟：难怪在那天晚上，现场的警察不计其数，多得超出了他的预想，时间也是准确无误，警方早就准备就绪，设下埋伏，只等他们上钩。

袁炜被捕的消息经由孙丽传到了袁家岭，张四嫂一听到这个消息就瘫在地上，半天没有反应。等了半天，她一醒来就在地上打滚，呼天抢地地哀号着："这又饿的了哟！我俚的炜伢仔关在那个叫天天不应、叫地地不灵的地方！嗯里他伢啦！你说句话啦！这可禾得了呀！"

袁望春一口一口地抽着闷烟，说："活该！这个家伙不听大人的话，你当初还护着他，好啦！现在违了法犯了罪，我又能有幺俚办法？"

此时，袁美庭等邻居都来了，大家一起商量着，袁炜出事了，虽然香洲离这里近千里，作为家乡的人还是要去看看他，如果开庭审判的话，村里还是要派代表出庭。不管怎么样，袁炜是大家看着长大的，他本性不坏，这一点，袁家岭的人都是清楚的。大家一合计，决定派袁明生和袁俊杰去，一来，袁明生是律师，懂法律；二来，袁俊杰他们三个是一起玩着长大的伙伴，袁炜信任他俩。加上从袁家岭到香洲遥途路远的，身体不好的人坐不了这么远的火车，袁望春和张四嫂都一把年纪了，去不了。于是，他们随即打电话联系了袁明生和袁俊杰，他们当即就表示同意前往。于是，袁明生他们就匆匆地订好去香洲的火车票，想尽快赶到香洲。

第五十集
为过年争执不断　望征收心花怒放

然而，就在第三天，王靖与袁垣为了一件鸡毛蒜皮的小事又闹得不可开交，袁俊杰在一旁看着，左右为难。袁垣提出，他不想住在这里了，他要住到别的地方去。王靖在一旁添油加醋地说："走吧，让他走吧，走了好！走了我们自在，他也清静，这样大家都好！"

袁俊杰急忙向她使眼色，提示她不要再说了。

王靖理直气壮地对他说："怎么啦？我说错了吗？天天在家里懒吃懒喝，有什么用？"

这时，袁俊杰也生气地说："这个家你要搞清楚，王靖，他先来你后来，要走的也不是他！"

"什么？要走的不是他？哦！是的，是的！是我是吧？好好好！我走，我走！"

王靖随即就把袁波放在床上，找到一个装衣服的袋子，在衣柜旁一边装衣服一边说，"是的，我就知道你心里只有他，哪有我？我走，我走还不成吗？"

袁波被这突如其来的声音吓得哭了起来，袁俊杰急忙抱起他。

"我不是这个意思！你不要这样嘛！"袁俊杰急忙拉了拉她说。

"不是这个意思？袁俊杰，你也说出来了，不要再骗自己了，你和你儿子过吧，我走了！"

袁俊杰看见袁垣已经收拾好了衣服，他背起书包就向外走去。"等等，袁垣！"袁俊杰急忙喊住他，可是，袁垣只顾走自己的路没有理他，转眼就不见了。

袁俊杰跑上前，却又听到屋里传来袁波的哭声，他"嗨"地叹了一声气，不知道怎么办，他回头看了一眼袁波后，急忙去追袁垣了。

追到袁垣后，袁俊杰为了他上学方便，就给他在学校的边上租了一个小房子，这么小的孩子一个人住，他不放心，他也住了下来。至于袁波，他也是想念的，毕竟他有妈妈带，应该没有什么好担心的，就算自己挂念又能怎么办呢？他又无分身之术，摆在他眼前的事就是把袁垣带好，他只能有空去看看袁波了。

就这样，袁俊杰带着袁垣，王靖带着袁波，各自生活。他时常去看袁波，借着看袁波的机会接近王靖，那些次的接近不是选错了时间，就是用错了表情，都被王靖一一拒绝。时间过得很快，转眼就要过年了。在腊月二十的这天，袁俊杰终于看到了希望，因为王靖打了电话给他，说是袁波想他了，这不快了嘛，也得给他置件新衣，袁俊杰不用提心里有多高兴了，他满口答应，挂了电话就往梅子柿村赶去。

这次见到的王靖，就与往次都不相同。王靖的脸上洋溢着笑容，一见面就招呼着袁波喊爸爸，主动地把袁波递到袁俊杰的怀里，袁俊杰顿时感动到不行，眼眶里眼泪不停地打着转转，这些都是他梦寐以求的呀！此时此刻，他还有什么不满足的呢？他还有什么不舍得的呢？他和王靖带着袁波高高兴兴地向步行街去，在热闹非凡的超市买小吃，在琳琅满目的商场购衣服，在人来人往的人群里走来穿去，袁俊杰不用提有多高兴了，只要王靖和袁波喜欢，只要荷包里有钱，他都愿意掏。

幸福的一天一闪而过，这天晚上，袁俊杰就在梅子柿村的家住下这马上就要过年了，到哪里过年，怎么个过法，这些不都得跟王靖商量嘛，袁俊杰酝酿了一会儿，开口说道："王靖，今年过年在哪里过呢？"

"啊？过年，还早得很呢！"王靖有些疑惑。

"，哦！也不早了呀！都腊月二十了，什么事不都得提前计划着嘛！"袁俊杰说道。

"计划是计划，只怕赶不上变化！你计划要在哪里过年？"王靖看了一下他。

"我还是想在这里过年，初二再去你娘家拜年。"

"在这里过年？这里什么都没有！我可不在这里过年！"

"没关系，差什么就买什么嘛！好不好？"

"差什么？你看看，这个屋里没有一个好锅好灶，这样吧，就到我娘家去吧，一来什么东西都不用买，二来反正我们初二都是要去的，你看怎么样？"

"好是好！只是过年还是要在自己的家里过，到别人家里过年不好吧？"

"别人家？"王靖一听到这三个字，差点当场炸毛，心想：好啊！你这个没良心的家伙，都已经结婚了，还说是别人家，再怎么样也得说是娘家吧！

王靖越来越不开心，想当初他俩在店里同居的时候，母亲来住过几天，那几天家里简直就是什么都没有，袁俊杰还一个劲地给她吹枕边风，说什么刚刚创业，不能大手大脚地花钱啦，搞得她的母亲好像花了他袁家上万的银子一样。

她母亲第二天就回去了，这时她越想越气，于是说道："什么好不好的，儿媳妇就非得到婆家过年？那些不能回家过年的又咋办呢？"

"你见过有哪个嫁出去的女儿回家过年的？我们那边可不兴这样。"

"怎么没有？多的是，这都什么年代了，还搞老一套！"王靖针尖对麦芒地说。

"老一套？你回去过年，你看你们村里的人会不会说你爸妈！"袁俊杰火气也上来了。

"什么是我爸妈？难道就不是你爸妈了？"

"那你刚才说什么不习惯去别人家过年，我家不是你家吗？"

这时袁俊杰意识到自己说错了话，于是小心地说："是的，是的，我家！我家！你家就是我家，我家就是你家！"

王靖有一阵没说话，袁俊杰估计她平静下来之后，就说："什么时候把袁垣接过来呢？这不也快过年了嘛，再怎样过年还是要一起过的！"

不承想，王靖一听到袁垣就生气："不要跟我谈袁垣的事情，他的事从此不要再跟我说了。我跟你说了多少遍了，他跟我水火不融，你这样强行把我们搞到一起有什么用呢，有什么意思呢？"

听后袁俊杰的心久久不能平静，他压住自己那疼痛的心说："我知道你们在一起的时候有些不痛快，但是，你看，这都要过年了嘛，过年就是一家团圆的日子嘛！我希望你不看僧面看佛面，看在我的分上，我把袁垣接回来，我们一家一起快快乐乐地过个好年，你看行吗？"

"不行！我说了不行就不行，如果你硬要他来，好！你把他接来，我就走！"

袁俊杰半天没有作声，面对王靖的回答，希望变成了绝望，但是他仍然不放弃，为了一家的团结，他愿意流尽最后一滴血！于是，他那已经支离破碎的心又自我缝合，他试着用一只手抱着王靖，可是王靖随即就把他的手甩了回来，这回挨都不愿意挨着袁俊杰，她连忙向袁波睡的地方靠去，离他远远的。

一会儿后，袁俊杰轻轻地说："王靖，你还是再考虑一下吧，这大过年的，留他一个人在家里过，冷冷清清的，我于心不忍，你就可怜可怜他吧，他还只是一个孩子，你是个大人，就不跟他计较吧！别人都是热热闹闹地过，我们却这样分崩离析，我也看不下去呀！"

"不行！我说了不行就是不行，没得考虑，没得商量！"王靖说完把头钻进被窝里去了。

此时的袁俊杰，心在滴血，这年都不能够在一起过，还算是一个家吗？这么小的孩子过年都没有人管，这要是传出去了，他还有什么脸面面对他死去的爹娘，这又怎么对得起自己的良心呢？他还是一家之主吗？他还是一个男人吗？这个王靖越来越不听劝了，他觉得王靖真的是无情无义、横蛮无理。此时，袁俊杰生气地说了一句："好吧，你这样不顾全大局，那就你自己看着办吧。我也没办法，你不管我，我也不管你了！"

　　"不管就不管，反正你一直没有管过！"

　　"一直没管？你放屁！今天你买的、吃的、穿的，都是哪里来的？"

　　"好啊，你还骂人了？你的孩子吃点东西买件衣服难道不应该？孩子才几个月大，你就敢跟我发脾气了，你是不是还要打人？"王靖边说边推袁俊杰。

　　"不要推我！这是你先说的，你不仁别怪我对你不义！"袁俊杰寸步不让。

　　"我说的怎么了？我就是不想你去我家过年。"

　　"去你家过年怎么了？谁稀罕？"

　　"我就是不想看见那个讨厌的家伙，看到他我就烦得很，还有你！"王靖一不小心说出了心里话。

　　"袁垣怎么着你了，是打你了还是骂你了，你还想怎么样啊？我对你是怎么样的？你家里对我又是怎样的？你弟弟打我的时候，你在干什么？我都没计较，现在看来，我得好好跟你算算账！你今天不把话说清楚，咱俩没完！"袁俊杰从床上爬起来。

　　"我就是一看见他就烦，怎么了？你也是一样讨打，怎么了？"王靖边说边去推搡袁俊杰。

　　袁俊杰一把拉住她的手一甩，王靖倒在床上。

　　"好啊，袁俊杰，你竟然敢打我！"王靖哭着爬起身来去挠他的脸。

　　袁俊杰也不肯示弱，两人便扭打在了一起。他心里还是有点数的，并没有下狠劲，毕竟自己面对的是一个女人，他只顾着去挡王靖抓他脸的手，并未有什么大的还击。扭打过程中，王靖觉得自己很疼、很吃亏，而他没有什么伤势，她突然跑进厨房拿着一把菜刀冲来……

　　这时袁俊杰吓了一跳，他的右脚在与前妻打架的时候被菜刀砍了，每每到了下雨天，他的右脚就会非常不适，到现在他还心有余悸，那天晚上的事他历历在目。

　　回忆的画面与现实重叠，他看着王靖拿着菜刀的模样与当初的前妻拿着菜刀的样子一模一样，混乱中，袁俊杰把王靖看成了痛恨的方丽，他冲上前去，右手一把抓着王靖拿刀的手，左手抓着王靖的头发，大声说："把刀放下！放下！"

　　可是倔强的王靖不听，还一个劲地说："不放，就是不放，看我不砍死你！"

　　看到王靖拿刀的手还不松开，这时袁俊杰失去理智，抓着王靖的手和头往墙上撞，一次、二次……王靖的手被撞疼了她才松开，这时袁俊杰捡起地上的刀走出门外，把刀丢到屋边的树林里。

　　他回到屋里的时候，王靖正往娘家打电话，袁波在旁边哭着，他就坐在边上的椅子上休息，听见王靖打完电话给她娘家，又接着打电话报警。袁俊杰看见王靖的脸上、脖子上全是血痕，看起来惨不忍睹。他也去镜子前照了照，发现自己脸上、衣服上也都是血痕，只听见王靖说："这日子没法过了，孩子才几个月大，你就家暴我，我要回娘家。"

"喂，派出所吗？这里是梅子柿村，你们快来吧，打人了，家庭暴力，人已经不行了，快来，要马上去医院！"

王靖说完就蹲在沙发上哭哭啼啼的。袁俊杰无语地站在那里。警察来后，做了一些记录，对袁俊杰进行了教育，要王靖明天去医院看病。

警察走后，袁俊杰也走了，他还留在这里干什么呢？虽然这时已经是晚上12点多了，他向袁垣住的地方走去。路上，他怎么也想不通，结婚不到几年时间，自己从当初的信心满满变成了怀疑人生，经常会有一种恍若隔世的感觉，不知道自己为什么会走到今天这一步。难道这是命？他常常会有一种莫名的心酸和无奈，感觉自己成了生活的过客，所作所为毫无意义，不知道往后究竟该怎样去面对现实。唯一让他想明白的就是，这几年他愧对袁垣，他突然加快了脚步。

这年的春节，袁俊杰和袁垣就在租的房子里过。在中国人的心中，过年，不仅是绵延数千年的年俗，更是一种根植于心的全民信仰。年节将至，人人如同鸿雁南飞、春燕北返，无惧风霜雨雪，不畏旅途劳顿，义无反顾地向家的方向进发。春节，本该是万家团圆的幸福日子，但就在普天同庆、举国欢腾的欢乐时分，还有人因种种原因无法回家，或因天灾人祸，或因岗位特殊，或因生老病死，原因多种多样。正如俄国大文豪托尔斯泰所言："幸福的家庭都是相似的，不幸的家庭各有各的不幸。"

租房里没有空调、冰箱，也没有电视、洗衣机，就他们两个人也不能做太多菜，袁俊杰买了一点猪肉、一点蔬菜、一点豆腐，就简简单单地做了一餐年夜饭。袁垣也不挑食，两个人在一起也是快快乐乐地吃着，爷俩吃饱喝足之后也只能在家里待着。过年了，很多地方都关门歇业了，他们就只能看看手机或者是睡觉了。

与那些独自过年的人相比，袁俊杰此时此刻觉得自己是幸福的，毕竟他和袁垣互相也有个伴，如果是一个人的话，连个说话的人都没有，就只能听听外面的炮竹声了。此时，他想起王靖和袁波了，这大过年的，他们在她娘家应该是很不错的。王靖在她的爹和妈面前虽然是个不听话的主，但是对于她娘家来说，王靖毕竟是他们的孩子，没有哪个大人不疼自己的孩子的。至于袁波，他自己也知道，王靖对这个孩子是没得说的，除了自己身上的肉切不下来，她没有什么舍不得的东西，所以他们也没有什么让自己好操心的，还是多想想自己吧。

此刻，他想象袁家岭应该是热闹非凡，戏台下人山人海。他仿佛听到了那不绝于耳的爆竹声，络绎不绝的拜年的声音，村边的新墙河在这普天同庆的好日子里也在情不自禁地"哗啦哗啦"地"欢唱"着，不知他们能否记得住这个夜晚，能否晓得孤寞的自己，在远远眺望他们，思念他们。

年过得好快，一晃就是正月初八了，这是出门上班、打工、做生意的好日子。

袁俊杰也在为袁垣上学做着准备。他和王靖在这个春节期间没有一个电话联系，他经过仔细考虑，为了袁波有个完整的家，他要去王靖的娘家认错道歉。王靖的爹应该会对王靖好言相劝的，如果她能够跟着他回来，那就再好不过，如果王靖说不通，不肯跟他回来，他也尽了自己的责任和义务，他回来后也能安心做事了。

出乎意料的是，袁俊杰初九到王靖的娘家时，她娘家的姑妈和姨妈们都来了，袁俊杰看到她们的时候，内心也是平静如水。她妈妈在一旁义正言辞地说着："你凭什么打我女儿？牙齿都打掉了一颗，你好狠心呢，你去问问看，我与她爹都没有打过她呢，何况还这么严重，我都照了照片的，这个世界就只有你说了算，还有人民政府啦，你这个目中无人的家伙，王靖会去做伤残鉴定的，到时候看政府怎么说，她是偷了人还是养了汉，值得你这样去打她？今天，我警告你，你以后再打她，你看我们王家会放过你不，不信的话你就试试看！"

袁俊杰仔仔细细地解释着，大家你一言我一语，很快，在她姑妈、姨妈的劝说下，她妈妈也平静下来。王靖也抱着袁波出来见爸爸，袁波看见袁俊杰就"爸爸，爸爸"地喊着，让在场的每一个人都无比感动和激动！最后，在大家的劝说之下，王靖跟着袁俊杰回到了长阳。

经过了这次大的争吵，袁俊杰和王靖两个人的关系似乎好了很多，也没有像原来那样说着说着就吵了起来，也不那么容易动起手来。邻居和亲戚朋友们都说他们现在几乎成了模范夫妻一样。这时，对于袁俊杰来说，也许是好运连连。这天，他正要出门做事，梅子柿村的组长要他把户口簿等准备的，办事处拆迁工作人员明天就到他家进行现场摸底工作。得到这个消息后，他高兴地往回跑，还在屋外就大声地喊王靖，他要告诉她一个天大的好消息——这里要被征收啦！

征收终于等来了，袁俊杰想起在这里的点点滴滴，因为怕控违的人发现，他不知有多少个晚上都是十二点就开始起床砌砖、盖瓦，现在来看，他们苦尽甘来了，其实这一切都就应该属于他的，如果当年枫树村的房子没有卖掉，他又何必遭此罪呢？他应该早就不需要在此拼命努力了！然而，人生的意义在于什么呢？不就是这些拼搏和奋斗吗？难道这些事情都是他作为一个男人应该做的吗？他拥有的只有那些拼搏的身影和快乐的时光！而马上就要到来的征收，不就是对他付出的回报和奖赏吗？

而在王靖看来，在这里的每一天都是灰色和艰难的，更多的是痛苦和悲伤。她想起了有一年的上半年，雨水多，地势高的地方的水像缺了堤的洪水一样冲向她的房屋，瞬间，房子里进水了，所有的地板砖都被淹没了，厨房和客厅里面还积了厚厚的泥浆，她当时被吓了个半死，她生怕房屋倒掉，袁波还在床上睡觉呢！那时，袁俊杰没有在家，她急忙打着赤脚，卷起裤脚抱起袁波去他姨妈家住了一晚。后来，他们搞了一天才把卫生搞干净，而且丢掉了很多重要的东西，损失不小呢！虽然今天他们盼来了征收，王靖想，这回她再也不过这屋漏锅破的日子了，她要彻彻底底地翻身！其实，她的内心深处已经把征收后的每一步都打算好了。

第二天，拆迁征收工作人员一早就来到袁俊杰的家里，拍照的拍照，量尺的量尺，记录的记录，好不热闹。袁俊杰和王靖又是递烟递槟榔，又是泡茶，一阵忙活后，那个核算的人说结果已经出来了，说什么加上土地费、房屋的补偿费用等，总共加起来大概是多少钱。他们问袁俊杰怎么样，行的话就签字盖章，明天领征收款。话还没说完，王靖就打断了他，说："就这一点点钱？这点钱在市场还买不到我房子的一个角落呢！你们这些人也太坏了吧，你们是政府部门吗？能看看你们的名片吗？"

经过这么一闹腾，征收的人只能走了。后来，袁俊杰去村组干部那里一打听，果然，那一伙人是房地产公司自己组织的拆迁人员，昨天办事处下了文件：如果村组里的住户私自与房产公司签订了征收的合作协议，办事处一律不负责任，希望各位住户社员听从政府的指导和安排，以免造成不必要的麻烦和损失。

接下来这两天，王靖听到邻居和组里的社员说，自从社区房屋征收补偿方案公布后，有很多群众误认为房地产公司的人员就是政府负责征收的人，与他们签了征收协议书后，连忙打电话给村干部确认消息的真实性。村干部接到电话后，赶到他们家里，耐心细致地解读政策，他们与房产公司签订的征收合同也是有效合同，只是希望他们正确合法地维护自己的合法权益，对他们在征收过程中遇到有不公平、不公正的行为，也可以要求人民政府调解。

后来，袁俊杰单独到已经签订了征收合同的社员家里了解情况，在交谈中，也了解到已经签订合同的人家都是条件比较艰苦，都缺钱用，所以就早早地签了合同，拿了钱，其实这一切都是房产公司搞的鬼，让他们都上当了，这字也签了钱也拿了，这不，人民群众看清了房产公司的嘴脸，这几天以来，听说几乎没有一户在征收协议上签字的。

果然，热热闹闹的征收突然变得静悄悄的，正当大家猜测着这只怕是不征收了的时候，组里的张会计到每家每户下了通知，明天晚上在他家里开会，每户人家都必须派一个人参加，临走时还叮嘱大家一定要参加，说有重要的事情宣布。

晚上，大家早早来到张会计的家里。等到大家到齐了之后，张会计说村委书记来了，他要给大家说几句话。大家还没有反应过来，村委书记就讲话了："总的来说，这次他们村的征地拆迁工作是响应市委市政府的号召，对他们村组进行土地改造，统一规划，美化环境，建设社会主义新农村，希望各位群众们积极配合这次的拆迁工作，为了公平公正，让大家有一个满意的拆迁方案，原来的房地产公司的拆迁人员都已经退出去，现在由办事处和村组干部组织的拆迁安置小组正式启动，希望大家早日签约，支持政府的工作！保证是一把尺子量，一个标准算。同时欢迎大家监督每一位征收干部。"

第二天，组里的张会计和他带领的队伍上门入户，耐心细致地做好每个征收户的思想动员工作，把疏导教育做在前，把问题困难解决在前。张会计说，征收工作虽然千难万难，但只要方法得当、诚心服务，就能用真心换取群众的"征心"。

这天上午，王靖和袁俊杰为了她家的厕所的归属问题，决定亲自去拆迁办公室问问。她抱着袁波和袁俊杰向拆迁办公室走去，在路上，他们看见两旁的房屋，有的户主自己签字，有的房屋正被工人如火如荼地拆着。他们来到指挥部拆迁工作组房屋征收六组，看到墙上挂着一面拆迁户邓叫发赠送的印有"利民好政策 为民好干部"的锦旗。在大门口，他们正巧遇到了他们组上的张起灵会计正在办公室，袁俊杰急忙打了个招呼："张会计！您也在这里！"

张会计看见他们来了就站了起来，说："小袁，今天怎么有空到这里来了呢？坐坐坐！"

张会计又向坐在办公桌边上的人介绍袁俊杰："孙主任，这是梅子柿村的袁俊杰一家，他们的房子编号好像是49号！"

"哦！袁俊杰是吧，坐坐！"孙主任忙着吩咐着，"袁俊杰，今天怎么有空到办公室来了呢？平时找你都找不着呀。"

"孙主任，我们这次来是跟您讲讲理，我们的那个厕所都做好了几年，听说，你们鉴定为违章建筑，都不算入征收面积。张会计在这里，您也可以给我们做个证明，我今天可把话说在前头，如果这也不算，那也不算，那要我签字的话，你们就是进出爬窗户——没门！不要怪我们不配合你们的工作！"

"哦！什么情况？不急！不急！"孙主任给他们每个人倒上一杯茶后，他提了提眼镜问张会计，"他们说的具体是什么情况呀？"

张会计说："孙主任，他们说的那个厕所还不一定是他们的，他们隔壁的杨大爷跟我说过，那是他的土地！"

"他的土地，张会计，你得搞清楚呢！那块地是杨大爷的没错，他可是白纸黑字写得清清楚楚的，自从我们搬到这梅子柿村住起，就一直都是我们用，你们也想着你们这些本地人是吧？孙主任，您得为我们做主啊！"

"你们到现场调查清楚了吗？"孙主任问张会计。

张会计说："那个杨大爷没住在这里，有一次来了，他们一见面就吵吵闹闹，最后不欢而散了！"

孙主任说："我们要用真诚的态度打开局面，用真心的交流打成一片，用真实结果打消顾虑。这次人民政府对棚户区进行的改造和重建，是党中央对你们这些棚户区的居民关心和重视，让你们从此搬离这个脏、乱、差的生活环境，从此过上幸福美满的生活！希望你们对我们的工作给予支持和配合，这样你们自己也可以早签字早搬房，当然，难度是有的，拆迁关系到整个社会的发展和所有居民的利益，我们拆迁人员要做到对征收的每一户的情况都了如指掌，那才好展开工作嘛！拆迁户送锦旗给我们，是他们发自内心对党和政府拆迁利民政策的认可，是对我们拆迁工作人员为民情怀的肯定，能为老百姓做点事，我感到很值得。我们共产党员的宗旨就是为人民服务嘛！"

"是的！是的！"张会计在一旁连连点头，"我会去了解清楚的，搞清楚后一定给您一个满意的答复！"

"好的！这才是我们党员干部的职责所在！"孙主任对张会计说完又转过来对袁俊杰他们说："你们不要着急呀，我们会落实清楚的，只要是该给你们的，只要你们是正当的，我们指挥部都会为你们认真对待、认真考虑的。你们看，这些表达自己也想给拆迁组赠送锦旗的心意，还有很多都被我们拆迁组婉拒了！"孙主任指了指墙上的锦旗，他喝了一口茶接着说，"拆迁组真正站在我们老百姓的角度，不厌其烦、耐心讲解，帮助化解了因拆迁引起的矛盾纠纷。今天你们能够积极地上门了解情况，我真的非常高兴，我感谢你们的支持和信任！在此我向你们保证，一定让你们这次征收满意！不满意你就找我们，就找我！"

"好的好的！谢谢孙主任！谢谢孙主任！"得到了满意的答复，袁俊杰他们高兴地回去了。

"我是不同意评估的，走走走！"一大早，一群征收人员来到袁俊杰家里，还没进门就听到王靖的叫嚷声。看到王靖的抵触，一个姓易的主任，并没有急着和她谈征收，而是笑脸相迎，对她说："今天就到你家里坐坐，我们不谈征收。"

进门后他对征收的事一字未提，因为之前上门了解到王靖有两个儿子，他们就聊小孩，聊学习，聊学校，聊孩子长大后的工作生活、成家立业等话题。易主任帮王靖算了下"经济账""利益账""长远账"，用心解读政策，让王靖慢慢地意识到了旧城改造、未来社区建设是真正造福于民、还利于民的民生工程。王靖态度也从原来的极力反对变为沉默不语，最后征收人员顺利完成评估工作。

后来，袁俊杰说："其实，我们人民群众的抵触情绪很大部分来自于对政策的不理解，只要把政策讲清楚，诚心做好服务，总能找到突破的办法。我们是被易主任的关心和帮助打动的！我还写了几首诗表达了自己对政府工作的理解和感谢！"

"好的好的！小袁你还有这等文笔，诗呢？在哪里？你念给我听听！"

"好的，易主任！"说完袁俊杰从兜里掏出一张纸，念道：

棚改

丰碑耸立洞庭边，济世安民启后贤。

拆旧置新添大厦，呕心沥血谱新篇。

清风两袖倡廉洁，正气一身平巨澜。

汗水浇开新面貌，迎来幸福乐尧天。

"好好好！"易主任当场就鼓掌。"还有几首！"袁俊杰说。"你都念念。"易主任说。袁俊杰说完又念道：

棚改

棚改为民福祉谋，城池美化筑琼楼。

谋篇布局胸怀远，巧绘宏图壮岳州。

美丽乡村

安富新区破旧房，如今美景灿霞光。

琼楼座座千家立，衢道条条万里长。

鸭壮鸡肥鲢鲤跃，棉丰粮足稻花芳。

苏杭无愧风光美，我颂巴陵鱼米乡。

贺新农村

昔日泥坯芳草毡，今朝农户美家园。

琼楼若笋云间立，幸福安康乐万年。

霓虹闪烁灿星天，水笑人欢展玉颜。

街舞翩翩歌盛世，小康梦里更香甜。

"好！好！我要代表我们区人民政府和所有拆迁工作人员，对小袁的这种对我们工作的支持和赞扬，表示衷心的感谢！"

易主任说："我们非常感谢这位袁同志，不仅配合我们的工作，还写诗赞扬我们，他写的诗里面也提到这次征收拆迁的事是关系到我们人民群众的根本利益和建设小康生活的重要内容，这是利国利民的大好事，我们把所有的政策讲明白，把道理讲在前，把群众的利益放在前，那些征收时遇到的困难就不是困难，只要我们每一个征收干部的心里都怀揣着为人民服务的宗旨，在征收过程当中就不会有问题、难题。"

现场响起了热烈的掌声。

第五十一集

明生踏雾探真相　毛丹为父访前夫

这天，袁明生在街边的水果店买了一点水果，就来到陈安良在医院的病房，门是开着的，他看见陈安良睡着了，于是就在床边上的椅子坐了下来，等他醒来。

"袁律师！"

陈安良的老婆端着洗衣盆走了过来，

"嘘……"袁明生提示她不要大声，以免把陈安良弄醒。

"你怎么来了呀？"他老婆走近袁明生说。

"哦，我刚才路过这里，所以过看看陈安良，还有几个问题我想问一下他。"

"有事？把他弄醒吧！"

"不不不……"

袁明生还没有说完，只见他老婆就向陈安良的脚推了两下，随即，陈安良就醒了过来，他睁开眼睛一看，原来是袁律师来了，急忙说："袁律师，你来了！"

说完他急忙在床上坐了起来。

"现在好了点没有？"

"好是好了点。医生说要尽快进行下一步的手术，不然会影响医疗质量和康复效果。这是医院下的缴费通知书。袁律师，我们自己的积蓄也就这么一点点，现在用得干干净净不说，七大姑八大姨能借到钱的我都借了，现在实在没有办法了呀！这要到什么时候才能给钱呀？如果太迟了，我里老陈的脚就保不住了啊！袁律师，你说这怎么办呀？老陈本来就有坐骨神经的毛病，现在更加严重了啊，得天天躺在床上。"说完，陈安良的老婆失声痛哭起来。

"前几天，劲能公司的律师找到我，说是如果给五十万元钱的话就可以马上结案，我没有理他……"

"五十万？老公，你看怎么样？要不就五十万算了！"陈安良的老婆说。

陈安良躺在那里不说话。

"不行，还差好多呢，怎么就这样放弃了呢？"

"袁律师，你看老陈的病，实在是时间上等不了啊，拖不起啊。得到再多的钱，如果他的腿废了就只能躺在床，到那个时候，就算给我再多的钱，又有什么意义呢！"

"哎！上法院打官司，确实还需要时间，法律程序和庭审过程都是要一步一步走的，但是你不能因为图快就撤诉吧，那不是太便宜劲能公司了吗？这不仅仅是少要钱的问题，还关系到他们整个公司乃至整个社会。你看，如果劲能公司还是那样人员懒散、管理松懈，说不定还会酿成大错，到那时他就会遭受到更大的损失，只有让他们得到应有的惩罚和教训，他们才有可能获得成长和进步。再说，你所请求的医疗和赔偿金额都是经过鉴定中心按照国家规定的标准计算的，这也是你应该得到的，你看这样吧，我先借你三万块钱救救急吧。前几天我就知道医院在催你们交钱了，听见你们说没有钱了就让老陈放弃，我也是人哪，我当时听见了就感觉好难受，放弃了怎么行呢？那是老陈的两只脚啊，那怎么行呢？这不，我把自己存折上面的两万块取了出来了，再向我亲戚借了一万，来！拿着，先给陈安良做手术吧，后面还需要钱做手术，就到时候再想办法吧！"说完，袁明生递给他老婆三万块钱。另外，他从兜里掏出一张纸条，说："我父亲是个乡下土医师，他开的一些土药方还是很管用的，还很便宜，如果你们回去了就按这个拣一点中药喝。我想，这样中西结合治疗的话，会好得比较快一些吧！"

他老婆不好意思地接着。她看了看，上面写得清清楚楚。治疗坐骨神经痛用药：

当归，天麻，牛膝，苡仁，地龙，独活，木瓜，伸筋，全虫，蜈蚣，七叶莲。
左侧痛加：柴胡，龙胆草，生地，红花。

右侧痛加：黄芪，葛根，苍耳子，升麻。

引起腰痛用：附七，杜仲，狗脊，桃仁，很痛的话加元胡。

陈安良的老婆抹着眼泪说："谢谢你啊，袁律师，你真是个好人啊，多亏了你的帮忙啊，我替我家陈安良谢谢你了！"说完就要向袁明生下跪。

袁明生急忙走上前去扶起她。

"还有，你看你，来就来嘛，还每次都买这么多的东西！"陈安良的老婆说。

"没事！没事！陈安良，有几个问题我想问你。你是仓库管理员，事发当天，你为什么出现在机器人的作业车间？"

"我想想……"陈安良躺在床上，

"这样，你把事情发生的来龙去脉说给我听听吧！"

陈安良把眼睛闭上，眉头紧锁着，一会儿后，他说："那天好像是快要下班了，我正在仓库里准备下班，突然一个电话打来，我接通了，是我仓库的同事张大成打来的，他说机器人作业车间现在正需要一件作业用的材料，就是那个包装用的铝合金条带，他说他已经下班了，要我快点送去，于是，我就去找到那个铝合金条带，听他说这个东西要得急，一找到那个东西，我就拿着向机器人作业的工场跑去，在门口，我敲了几下门也没有人开门，于是，我用力一推，门"砰"的一声开了，我拿着材料走了进去，里面的十几个机器人都在有条不紊地运转工作着，还不时发出声音。我看不清里面的人到底在哪里，这个材料也不知道交给谁。

"就在这时，我发现离我不远的地方有几间办公室。我猜工作人员肯定是在那里。于是，我拿着材料向办公室走去，当我走到离办公室只有几米的时候，一个机器人突然向我走了过来，两个机器臂把我夹住腾空，随即就把我按在全是铁板的工作台上，一个机器臂把我的背扭成 90 度，痛得我嗷嗷乱叫，另外一个机器人用机器臂将我的脚刺穿，顿时血流如注，机器臂还接二连三地向我血流不止的脚刺去，当时我就晕了过去，不知道后来发生的事情了……"

陈安良说完之后才睁开眼睛看着袁明生。袁明生说："好的，这么说来，是说张大成打电话给你，你才去机器人工场的，是吧？"

"是的。"

"那就是说，你没有待在仓库而是去送货了，虽然你的工作岗位不在机器人工场，但是也是在执行任务的过程中，这一切只有张大成知道真相，如果张大成能够为你出庭作证就好了。"

"这个没有问题，张大成是我多年的同事。"

"好吧，你就准备跟他联系，要他到庭审到场作为证人，那你这个案子基本就没什么问题了！"

"好的，袁律师！"

"好，那我就先走了，你要好好休息！"

"好的，你慢走！"

时间过得真快，陈安良案的第二次审理在长阳市人民法院举行，被告劲能公司的代理律师杨政在法庭上口若悬河地说:"审判长、人民陪审员,原告此次受伤的原因就是,他擅离岗位和未经允许进入危险场所。大家应该知道这在工作中是大忌。原告陈安良应该对此负责全部责任,而劲能公司毫无疑问是冤大头一个。我们都知道,对公司来说,他陈安良犯的任何一个错误都会造成很大的影响,都是违反了公司贴在墙上的规定的。想想看,我们在危险的环境里,随便哪一个人不去遵守岗位、游手好闲的话,都会造成严重的伤害和不可估量的后果。我还了解到被告陈安良在公司常常损公肥私,利用工作的时间做一些了不见得人的事情!"

这时,袁明生急忙反驳:"反对,审判长,我反对被告辩护律师在辩论中有攻击我方当事人的行为。"

"反对有效!被告辩护律师,请注意你的言行,不能带有攻击个人的言辞!"

"好的,审判长!我在这里想说明的是,幸好陈安良只受了伤,如果丢掉了性命,我觉得也是他自己所为,不能责怪别人,你自己的行为所导致自己的后果,这就与行人闯红灯那么驾驶员不负法律责任是一样的,明明有规则有规范,大家都要遵循,你为什么就要违反规则呢?"

这时,袁明生又举起手站了起来:"反对!审判长!我反对被告辩护律师偷换概念、混淆视听的做法!"

"反对无效!被告辩护律师有权参照有关法律和法规,被告辩护律师请继续!"

"好的,审判长。其实,每个人在生活中都必须遵循一些行为规范,如果大家都去违反规范、规则,那么我们的社会不就乱套了吗?在此,我提醒劲能公司全体员工必须以这次事故为教训,严格按照规定的标准和要求进行生产和管理,这对我们每一个人在工作生活中规范自己的行为,是个很好的典型案例,我没有需要说的了,谢谢!"

法官在听取被告辩护律师意见后说:"原告,你有什么要说的吗?"

原告代理律师袁明生在座位上举手并站了起来,说:"审判长,我方有证人张大成证明在事发当天,我的当事人陈安良去机器人工场也是在进行工作上的事情。他愿意为原告作证,请允许他上庭为原告的作证质证。"

法官说:"同意,请原告方证人张大成上庭。"

一会儿后,

法官又说:"请原告方证人张大成上庭!"

这时,法庭吵吵嚷嚷起来,只见原告陈安良和代理律师袁明生面面相觑,到处张望着。

"审判长,不好意思!我方证人因其他原因而今天无法上庭作证。"

"无法上庭,是不是张大成根本就不能证明啊?"

"审判长,我申请此案延期再审,我方还需要找到更多的证据。我相信我能找得到,最多两个星期……"

"反对,审判长,我方认为对方是在拖延时间,这个案子对于劲能公司来说带来的负面影响很大,他们这是在用缓兵之计,这对我们公司来说是一个更大的损失，我提请审判长就此结束庭审，择日判决！"

"咚！"法官说："静一静！本案因证人原因暂时休庭，两个星期后再次庭审！退庭！"

袁明生走出法院的大门，大家的心情异常沉重，主要证人张大成竟然在神秘失踪了。这是个多么古怪的事情，陈安良的老婆一遍又一遍地拨打着张大成的电话，手机的免提功能开着，一遍又一遍地传来："您拨打的电话无法接通，请稍后再拨……"

"昨天还说得好好的，今天就不接电话了！哦！我今天早上还联系他了呢，他口口声声说'要的要的'，你看，现在电话都不接了！"

张大成的电话怎么也打不通了，这期间到底发生了什么呢？张大成还在劲能公司吗？

正在这时，被告代理律师杨政提着公文包走了过来，幸灾乐祸地说："哟！袁律师，在愣神呢，张大成怎么没来呢？这有什么好奇怪的呢，同事嘛，同事就是同时做个事而已，谁都得吃饭啊，是不是？你和我也一样，谁会为了同事去得罪公司呢？你那个当事人也太不识时务了，开口就是一百二十万，那简直就是狮子大开口啊！他以为这钱大风刮来？还是那句话，袁律师，看在你的面子上，如果能接受五十万，你随时都可以打电话给我，好吧，我等你，不要再费劲了，看你把自己弄得像个神经病人似的，一切都是徒劳的！"说完，杨政哈哈大笑一声，扬长而去。

望着杨政的背影，袁明生在内心一次又一次告诉自己要冷静，要沉着，要多思。他转过头向陈安良要了张大成的电话号码后说："你们先回去吧，我慢慢地想办法吧！"

陈安良的老婆一边抹着眼泪一边推着轮椅上的老陈走了。

毛平安的案子，马上就要提起公诉了，长阳市人民法院通知毛平安的家人准备应诉等事项。卢萍此时此刻才明白"有酒有肉才有兄弟，急难何曾见一人"。毛平安曾经的那些酒肉兄弟现在都躲得远远的，面都见不着，现在自己不光没人帮忙，而且还没有钱去找人帮忙，这可咋办呢？就是她们居住了十几年的这个小区的人都带着异样的眼光看着她们。于是，走投无路的她跟毛丹说："毛丹，！要不你问一下袁明生吧，他现在不是在做律师吗，看他能不能帮帮忙，担任你爸爸的辩护律师吧！"

"这……妈，这行吗？这不太好吧！"

"怎么不行？他不是律师吗？"

"是律师，只是我跟他的关系，不是离婚了吗？还有，他跟爸爸的关系……"

"嗨！这有什么问题嘛！这离婚了不是还有袁承明嘛！不管怎样，你是他的孩子的妈妈，再说，你爸爸还不是他岳父大人！这是什么都不能改变的事实呀！再说，如果这次明生能出庭辩护，你爸爸也会对他另眼相看啊，你说是吧？"

"好是好！不过，就算他答应了，他才成为律师不久，不知道他有没有赢的希望。"

"没办法了，我们又没有钱，没有钱就请不到律师啊！我们又不懂！哎！"

"要不我去问问？"看到母亲哀伤的眼神，毛丹说。

"好的，只能这样了。明生这孩子心思不坏，相信他会努力的！再说，只要我们尽了自己最大的努力，你父亲也就只有听天由命了！我们还有什么别的办法呢?！"

"我知道，就是怕他不擅长代理这样的案子啊！"

"这样吧，你跟他说一下，让他考虑考虑！这也是没有办法的办法了。"

"好的，妈！"

当天晚上，毛丹就联系到袁明生，希望袁明生看在孩子袁承明的分上帮帮她爸爸。袁明生先是一惊，随即表示没有问题，只是他最近有点忙，不过，请她放心，他现在就答应下来，要她明天把案卷送给他，说完就挂了电话。

第二天，毛丹来到了袁明生的办公室。袁明生刚好不在，边上有同事认出来是袁律师的前妻，急忙安排她到袁律师的办公室等待着。

在办公室里的书桌上，毛丹无意中看到一张纸上面写两首词：

浣溪沙·相思

月色朦胧照小楼，相思如梦意悠悠。红笺小字寄情柔。
别后相思几度秋，花开花落又重头。何时共饮解千愁。

江城子·忆往昔

忆往昔、情深意长，携手共游芳。月下花前同笑语，两心相印，誓约永不忘。岁月匆匆人易老，相思苦、梦难长。空余旧恨与离殇，泪湿青衫，独对斜阳。

刚看完，外面就响起了脚步声，毛丹急忙放好后清了清嗓子。

"哦，毛丹，你来了，坐，坐！"

"你是大忙人啦，袁大律师！"

"没有，没有，看你说的！"

"我……"

袁明生递给她一杯茶后说："我们言归正传吧，毛叔，我岳父的案卷带来了吗？"

"带来了，这就是。"毛丹把东西递上，"他现在不是你的岳父了。"

"好的……不过，原来是的吧，以后的事情也很难说，是不是？"他微笑了一下，接过来就翻看了起来。

等袁明生看了几下，毛丹担心地问："怎么样？没有什么大的问题吧?"

"应该没有问题，我会马上准备，积极应诉，全力以赴做好出庭的工作！"

"袁承明说很想你。!"

"我知道,你告诉他,这个星期天我一定去陪他。哦! 你等一下!"袁明生从抽屉里面拿出来两张纸,递给毛丹后说,"这是我爸爸开给你爸爸的药方,上次回袁家岭的时候带来的,他说他早就写好了,只是忘记了,一直放在一个本子里面夹着,前几天翻出来才知道。"

"哦,好的,帮我谢谢爸爸,哦,我听说你哥哥文生回来了,他还好吧?"

"嗯,是的,他回来了,只是变得有些不正常。"

"不正常? 什么意思?"

"他受了点打击,不过,没事的,会好起来的!"

"好的,那就好! 我先走了!"

"好的,等我消息!"

"嗯……"

快要开庭前,卢萍和毛丹在看守所看望了毛平安,看见他瘦了好多,他们一家人抱头痛哭。毛平安说:"这里的生活太苦,简直就是作孽呀,你们快把我救出去呀。"

"老毛啊! 你就听我一句劝吧! 你把贪污的钱拿出来,你拿出来不就没事了嘛!"

"你这个疯婆子,我从哪里贪污了钱啊! 我没有贪污啊!"

卢萍说:"那怎么办啊? 我们也无能为力,你知道我们没有钱又没有人的,你要我找的那些人,他们都不帮忙哟,他们理都不理我哟,我不知怎么办了。毛平安啊,我们一直以来都是过的平平淡淡的日子,你要那么多钱干什么啊?"

"我没有贪污啊! 怎么,连你们也不信任我?"

"你没有贪污? 那他们为什么抓你啊?"

"嗨! 你这个疯婆子,他们抓的都是嫌疑人,没有审判就是没有定罪嘛! 你急什么呢?! 你要去找人帮忙啊!"

"找人帮忙? 现在你被关在这里,谁还管你啊?"

"什么? 他们都不管了,韦大功局长呢,你们找他了吗? 还有财务主任吕春秋,你找了吗? 他们怎么说? 还有城通建筑公司的总经理尹东方,找到了没有? 他怎么说呀?"

"老毛,他们要么不理我,要么根本就不见我,有些人都找不到呢,你不在,他们根本不当回事呢,都没人管你的事了,谁在乎我,谁听我的话哟? 我打电话他们接都不接呢,要么说打错了,我又有什么办呢? 老毛不得了,你来救你哟? 谁能帮我们?"说完,卢萍放声大哭起来。

毛丹说:"你的案子估计下个星期就要开庭了。"

毛平安就说:"那你快点去请律师啊! 你去找律师没有? 他们怎么说?"

"找律师又有什么用? 自己又没有钱,哪里能找到律师啊?"

"我们那个存折上不是还有几万块钱吗?"

"是的，上面是还有三万多块，你不知道啊？请律师动不动就是几万块，付了我们吃什么呀？老毛！"

"这可怎么办呀？他妈的都是混蛋，都是……"

"还好，有一个人愿意帮忙。"

"谁？谁愿意帮忙？"

"袁明生！"

"袁明生，他？"

"是的，不然，还能有谁？他现在是正儿八经的律师了！"

"他、他有这个能力吗？"停了一下，他接着说，"何况，他与毛丹已经……我与他的关系……他那么恨我，不要找他，他会笑话我的……不要找他！"

"怎么会呢？他应该会帮忙的！不管怎样说，他曾经是你的女婿啊，你也是他的岳父啊！"

"不，不，算了吧。"

"没事，爸爸，你还好吗？"

"好什么啊！我的骨质增生更加严重了，痛得我睡都睡不着啊！明生怎么说呢？！"

"我跟明生说了，他答应了，他还看了看案卷内容，说是开庭时间很紧迫，得抓紧时间准备应诉呢。"

"那就好！那就好！好啊……哎哟！好痛！哎哟！"

"爸！"

"哎哟！好痛！哎哟！"

"爸，你看，明生还找他参要了治疗骨质增生的药方，我回去给你熬药啊！"

"我看看……"毛平安不相信自己的耳朵，他夺过毛丹手上的纸条看了起来。

只见纸条上写着："治疗骨质增生病，有颈椎、腰椎、膝关节、踝足跟之分，治疗颈椎增生一般用威灵仙、白芍、姜黄、狗脊、白芷、干葛、天麻、双勾、淫羊藿、七叶莲、南蛇藤、当归。

"治疗腰椎增生的话，就得用威灵仙、牛膝、六汗、土鳖、川仲、当归、附片、没药、枸杞、南蛇、七叶莲，如果伴着压迫坐骨神经的话就得加桃仁、红花、丹参和菟丝子。

"治疗膝关节增生的话，就要用补骨脂、菟丝子、皂刺、牛膝、灵仙、苡仁、桑寄生、当归、没药、七叶莲，如果伴有肿胀的话，加防己。关节明显冷感加桂枝，有灼热感加全皮、忍冬藤、寻骨风。

"治疗踝足跟增生用淮药、枣皮、熟地、红花、皂刺、白芍、甘草、白蔹子和七叶莲。

"治疗足跟炎用药：炒白芍 20 克，炒赤芍 20 克，生白芍 10 克，生赤芍 10 克，生甘草 20 克，灸甘草 20 克，重者加元胡，有淤血加牛膝，有湿气加木爪，体弱加生地、熟地。"

毛平安看后，自言自语地说："哎！是我错怪……"

"爸！明生他还说要你有心理准备，配合有关方面的调查。就在这两天，他应该会来看你。"

"这样，好吧，只能这样了！……"

"放心吧！老毛！只要你真的没有贪污，你就会没事的！"

"我没有，真的没有！"

"嗨……"

这天晚上，回到家里的袁明生躺在床上翻来覆去睡不着觉。他想起，白天在法庭上杨政真的是好狡猾。袁明生凭直觉断定杨政肯定对张大成说了或做了什么，或者是劲能公司向张大成施加了压力，让他电话联系不上而不出庭做证。怎么才能找到张大成呢？于是袁明生用手机拨了他电话，但是话筒传来了接不通的声音。袁明生突然脑海灵光一闪，如果张大成不愿意出庭作证，那么他的仓库里、办公室里的监控仪器应该有所记录，这让他看到了希望，他决定从证据入手。还有，就算他找到了当时的监控证明是陈安良受人指派去送材料的，但是，对于他擅自闯入机器人的工作场地，那又怎么解释呢？那个门上面明明写着"闲人免入"，他又是怎么进去的呢？又没有人替他开门！但是，陈安良说，他并不是破门而入的，如果当时门是锁住的，他为什么又这么轻轻松松就能够进去里面呢？

这中间肯定有问题，这个门要不就是被人打开过没有关好，要不就是另外一种可能，那就是门本身坏了，只有这两种情况，应该没有第三种情况，也就是说，如果能证明这个门是被人打开后没有关好，或者这个门本来就是坏的，那么这起事故的责任自然就清清楚楚了，那就是劲能公司全责，是该公司没尽到严格管理、确保安全的责任和义务。接下来怎么办？用什么去证明呢？袁明生想到，只有事发时的监控视频能说明这一切，而得到这些证据必须去现场。俗话说："不入虎穴，焉得虎子！"看来，他得自己去一趟了，他要先做些准备工作，明天去买根爬围墙的绳子和工具，还要带上钳子和起子……

第二天夜幕降临，城市的喧嚣逐渐消退，被一片静谧所取代。借着夜色，袁明生偷偷来到劲能公司最为偏僻的围墙处，这里是一个废弃工厂。工厂内杂草丛生，月光下投下诡异的阴影。袁明生小心翼翼地走去，心跳声在静谧的夜晚显得格外清晰。他顺着围墙深入，寻找容易翻越的地方。

他时不时地打开又熄灭手电筒，缓缓前进。昏黄的灯光在冷硬的混凝土墙上投下诡异的影子。他先将带三角铁钩的绳子用力甩到围墙顶上勾住围墙，然后顺着绳子慢慢地爬上去，然后把钩子反过来勾住围墙，又顺着绳子慢慢地下去。

根据陈安良向他描述的，他找到劲能公司最后排的一栋建筑，他看见建筑的侧面有着清晰的"办公楼"三个字，没错，就是这里，袁明生快速地躲了进去，在办公楼的一楼东侧发现了一间隐蔽的房间。房门上正是挂着"仓库"两个字，于是，他拿出起子和钳子，对门锁就是一番折腾，但是，仓库里的锁太结实了，袁明生开了很久也没有打开，这时，外面的走廊有保安走过，他只能暂时放弃，他打算先去机器人作业的五楼看看，到那里弄好以后再来弄这里。

借着夜色，袁明生躲过几班巡逻的保安，他来到五楼机器人的工场，他用工具试着撬开门，没有撬开，怎么办？进不去就意味着前功尽弃了。袁明生正在失望的时候，看见对面楼道口还有一张门，如果那张门打不开那就真的完了。他试着撬一下最后那张门，出乎他意料的是，他还没有用力，那门就自己开了，袁明生来不及欣喜，他进入后急忙把门反锁好，可是，无论他怎么锁也锁不好，于是，他把门掩好以后，仔细观察周围的情况，他发现这个地方，还有这个门，与陈安良跟他讲的一模一样，"嘿！"他不禁发出声音来，他急忙捂住自己嘴巴，这不就是陈安良出事的那个地方吗？于是，他偷偷地把门和锁都拍了照片，他刚拍完照片，就发现外面传来了脚步声，很可能是来了保安。他急忙找到边上的一个房间躲了进去，在房间内感觉保安走远了后，他发现办公室有一台电脑，桌面上显示监控摄像头正在对这里进行拍摄和录像，他的心当时吓得差点跳了出来，他努力平静了一会儿后，把视频暂停，然后把刚才自己录在里面的视频删掉，弄完了，他设置监控的镜头的时候，不小心点错了，显示屏上顿时跳出一个视频来，视频显现的是张大成与一群陌生人交谈，内容涉及一些非法交易。

袁明生倒吸一口气，他暗自庆幸，自己今天的表现不错，这个意外的收获真的是太棒了，他迅速将视频拷贝到U盘，放到衣服内面的兜里。

正当他准备离开时，远处传来一阵轻微的响动。袁明生心头一紧，迅速藏身于一台巨大的旧机器后面。几秒钟的寂静后，一道人影缓缓移了过来。那人穿着黑色的风衣，帽檐压得很低，看不清面容。他在工厂中四处游荡，似乎在寻找着什么。

袁明生变得紧张起来，心中充满了疑虑和恐惧，但他知道他必须面对这一切，他决定悄悄跟上去。黑衣人走进了边上的一个小房间，他小心地探出头，只见黑衣人从里面的一个包装袋里取出一个与砖头相同大小的东西，往四周张望几下后，放进口袋里面，然后蹑手蹑脚地往外走去。

不行！不能让他就这样走了！这个人绝对不简单，绝对不是一个好人！

看见黑衣人正向他这边慢慢地走来，门在自己的身后，他必须经过自己边上的通道，袁明生心中一动，他决定冒险一试。他顺手拿起角落里的一个拖把，悄悄伸到黑衣人的脚步经过的地方，突然"砰"的一声，黑衣人被拖把绊住脚，倒在地上，他大叫了一声："哎哟！"他手上的东西摔出去很远，黑衣人顾不上疼痛了，他急忙爬起来去找那个东西，房间里一片漆黑，带在头上的蒙面布让他更难寻找那个东西，他索性将自己脸上黑面巾扯掉，慌慌张张地找了起来。

就在黑衣人卸下蒙面布的那一刻，袁明生看见了一张熟悉的面孔——陈安良的证人张大成！只见张大成的眼神中透出惊恐，慌乱之中找到东西后急忙捡起，然后把蒙面布重新戴好，一溜烟儿跑出去了。

袁明生也得离开了，他向与张大成相反的路线走去，这时外面有了狗叫声，他知道这肯定是张大成惹的，不行，他得抓紧出去，在离围墙不远的地方，伴随着他急促的脚步声，一只黑色的大狗从黑暗中冲了出来。它的毛发直竖，双眼通红，显然是被激怒了。袁明生一愣，他的第一反应是逃跑，但在这极短的时间里，他能往哪里逃？

第五十二集
财来财去皆随意　缘聚缘散莫强求

时光如梭，转眼间已过去十余年，见过小城的边缘，一片田野花开正浓；见过小城的中央，排排平房祥和宁静；也见过小城拆除后的旧貌换新颜，高楼林立。站在一处处拆除的废墟中央，雾霾裹着邪风，发出像穿过荒漠戈壁里才有的尖厉呼啸，思绪如同过电影一般，伴着一阵阵的机器轰鸣声在脑海里缓缓地放映着。

土地被征收后，家家户户都可以说是一夜暴富，身价几百万上千万的也不少，那个时候，家家几乎都是开着豪车，被征收后转行做环卫工的农村叔叔都开着50多万的"某道"出入，还有的农民激动得晚上抱着一袋子钱过夜，从精神上说，已经被刺激得不浅，这一点也没夸张，对于那些住得稍微偏远点，相对没有资源的农民来说，可谓是羡慕得不得了。

指挥部按他们的意见，把钱转入了他们各自的账户里，俗话说："人是英雄钱是胆。"有了钱的袁俊杰和王靖变得越来越没有耐性。

对于袁俊杰来说，他和袁垣的妈妈方丽共同建起来的房子被征了的话，他总得给袁垣重新买房子吧，何况现在他们是水火不融的关系，这马上就要做的事情，考虑到现在的自己一无事业二无单位，他还得寻个生意做做。他拿到拆迁款后第一件事就是在一个离他姑妈不远的小区买了一套房子，以此来安顿袁垣，紧接着就装修好让袁垣入住。搞完装修后，他跟王靖联系，这以后他们做什么得有个打算。

搞笑的是，自从拆迁款按袁俊杰百分之六十王靖百分之四十的份额分下来，第二天他们就各奔东西了。

所以，现在袁俊杰找王靖几天都没有找到，电话也一直没有打通，不是忙音就是无法接通。这天晚上袁俊杰的运气蛮好，他一遍又一遍拨王靖的电话号码，终于接通了，王靖那头说话了："怎么了？什么事？"

"哦！你现在住在哪里呀？"袁俊杰问她，"袁波还好吧？"

"袁俊杰，不要这样假惺惺的！你管我在哪里呢！你什么时候管过我们呢？你是不是钱都用完了！告诉你袁俊杰，我没有一分钱给你，你还想要我的钱，谈都别谈，怎么的？想起袁波来了，好笑，你只有你的大儿子，你哪里在乎一下他！袁俊杰，不要这么假，我们娘俩不要你管，不关你的事！"王靖在电话里唧唧哇哇地说不完。

"我……不……"袁俊杰支支吾吾地说着，被王靖说得插不上一句话。王靖又说起来了："袁俊杰，你要知道，我没有要你的婚前财产，我问了律师，这些都是我应得的，休想我拿出一分来！"

"我不是来找你要钱的！"袁俊杰突然大声地说。

王靖的话被打断了，这才停了下来，袁俊杰接着说："你说了这么多，听我说几句行吗？"

王靖说："那你说吧！"

"今天我打电话给你，是问一下你下一步该做何打算，袁垣的房子都搞好了，我手上还有一点钱，是不是该商量着做生意还是做点什么事情，没有别的，你不要乱想！"

"你说完了吧？"

"说完了。"

"你想干什么就干什么吧！我要你把钱全部给我去买房子，你同意吗？还不是不行，我又不能指挥你，那就只能随便你做什么喽！"

"我们还是去做门的生意好不好？你看，我也会安装，你看店子，我们都在一起不就蛮好的吗？"

"你想搞就搞啦！"

"我不是在征求你的意见吗？你不知道吗？隔壁的那个肖拐子，听说拿到征收款后打牌又买马，现在就把征收款都挥霍完了，听说现在住在他老弟屋里呢！"

"你不要说给我听，我不要你管，我知道怎么划算的，至于你想开店，也不是不可以，反正挣钱归本等都不关我的事，你看着办吧！"王靖说完就挂了电话。

袁俊杰觉得还有什么事没有说出口，他再次拨打王靖的电话，可是再也没有接通，他自己思考着，那笔征收款到手后，经过他买房买车，现在落到手上就只有几万块钱了，他该怎么办呢？如果这样整天游手好闲的不干点事情，也许不出几个月就会花个精光。不行，不行，还得去做点生意，一定得做生意，不过做什么好呢？他经过仔细考虑，还是决定做门窗的生意，一来他在建材行业做过这些年，积累了人脉和经验，二来他有一个熟人，是个专门安装木门的师傅，有什么困难找找他应该是没有问题的，要的，就这么办，明天就去建材市场找门面去。

于是，他安心地睡了。第二天一大早，袁俊杰就去建材市场找门面去了，这时恰逢征收户多，这房子拆了又得重新建，建了又得装修才能住进去，所以现在正是建材市场好的时候，门面价格也是水涨船高。

经过两个星期的忙碌，他卖门的店在建材市场里面悄然开业。头两个月，店里无人问津，袁俊杰开始主动出击。他印发大量的宣传单，阐述了自己的产品的优势，并对市面上自制实木、钢铁门等产品进行比较，供顾客参考。

他天天跑新小区，18层高的楼一步步走上去，挨家挨户地发传单。虽然辛苦，可收获很大，每100张传单里，约有30名客户会与他联系。第三个月，开始有客户上门了，第四个月，店里开始有盈余。接订单、上门量尺寸、找厂家订货，除了请工人做，袁俊杰从来没有闲过，他说："只有参与到每一个环节中，才能更快地了解客户需求。"

除了做好销售环节，还要十分重视售后服务，良好的口碑也为袁俊杰的门店赢得不少顾客。当时，市场上的新型室内门不下十余种，竞争激烈，袁俊杰意识到，除了做好前期的工作，还要做好售后服务。所以，在门出现问题时，他总能随时上门为顾客排忧解难，这也成了其经营的一大亮点。

看到袁俊杰的店子开起来了，王靖也搬来店子里住了，只是好像对这个生意不感兴趣，王靖反正是不喜欢守在店子里面，每天不是在店子的二楼看电视就是睡觉，做生意的一楼她一刻也不愿意停留。这日子长了，袁俊杰觉得自己一个人做生意有些力不从心，开始有一些怨言怨语，有时候王靖也跟着斗起嘴来。

"你是不是蹭着手上有钱，是吧？"袁俊杰这天有些生气了，"你还是要帮点忙啦，你自己也要吃啦喝啦！"

"我能吃多少？还不是你的崽吃了喝了！"

"你做的这行我也不懂，我也不知道怎么说，我帮你看着一下就可以吗？"

"你还得学点东西，客户来时你首先要做的工作是把自己要推销的产品了解透彻，要尽量掌握产品的一些知识，因为这些知识都会帮助你克服在业务工作中遇到的困难。试想一下，对自己产品不了解的人如何去说服别人购买你的产品呢？然而缺少产品知识的人会让客户介意，所以在开始业务工作前，你首先要了解清楚自己的产品，不然，来了客户你不知道怎么回答。"

"好吧，你教教我吧！"

"这样吧，我把这些门的基础和需要注意的事项都写在纸上，你有时间就看一下，顺便学一下！"

王靖答应后，袁俊杰就找了几张白纸写着：产品名称，产品内容，使用方法，产品特征，售后服务，产品的交货期，交货方式，价格及付款方式，生产材料和生产过程，再就是学会分辨门的质量，去看、摸漆膜的丰满程度，这个要多比较几次就会看了。漆膜丰满，说明油漆的质量好，聚合力强，木材的封闭性能好，同时说明喷漆工序比较完善，不会有偷工减料的嫌疑。

还有站到门的斜侧方找到门面的反光角度，看看表面的漆膜是否平整，橘皮现象是否明显，有没有凸起的细小颗粒。如果橘皮现象比较明显，说明漆膜烘烤工艺不过关；对于花式造型门，要看产生造型的线条的边缘，尤其是阴角（就是看得到却摸不到的角）有没有漆膜开裂的现象。客户要问油漆的种类，基本会回答是 PU 漆（聚氨酯漆），注意，PU 漆的优点是易打磨，加工过程省时省力，缺点是漆膜软，轻微磕碰极易产生白影凹痕。如果在漆层中至少有一层是 PE 漆，就会大大降低这种可能。

PE 漆（聚酯漆）的优点是漆膜硬，遮盖力强，透明度好，能更好地表现木皮纹理，缺点是难于打磨，加工过程费时费力，绝大多数厂家不愿意采用 PE 涂层。最后就是价格了，其实也很简单，每一种工艺都有一樘样品门，边上都有标价签，只是标价会高一些，高多少自己清楚就行了，以方便在与顾客讨价还价的时候有一点余地，其他的方面，若没有约定俗成的，就自己自由发挥。

然而，任凭袁俊杰怎么说和做，对于一个不上心的人来说，都是对牛谈琴，王靖依然是我行我素。他们的感情也就在此时形成了恶性循环。生意每况愈下，每个月房租和员工工资都挣不够，经常拖欠。这一年，他亏损更加严重。

王靖叫他放弃做这个木门的生意，卖掉房子跟她去闯闯其他的行业。袁俊杰不甘心地跟她解释，那个征收分配的房子是给袁波的，他长大了，也得要一套房子，只要他们齐心协力，现在的生意还是能够稳住的，俗话说："手中有房心中不慌。"其他的事情，只要人好就没有什么大事，都会慢慢地变好的。还有，转其他的行业也是非常危险的，现在各行各业都是竞争激烈，稍有不慎就会血本无归，何况王靖说的都是他们从来都没有做过的事情。

于是，两口子天天吵架，到了年底的时候，王靖向袁俊杰提出离婚。眼看就要过年了，在亲戚们的劝说下，两口子勉强凑合着过到第二年正月，王靖又提出出售那套房子的事情，听她的话语，她好像已经物色好了买家。这时，袁俊杰觉得那套房子很危险了，为了保护那套房子，这天晚上，他做了一个大胆的决定，他要去守着那套房子的话，他就得搬到那个房子里睡。

看到袁俊杰搬到那套房子里去了，王靖知道这样的话是卖不出去的，她想到只有跟袁俊杰离婚，她才能与他彻底地划清界限，彻底地移开这颗绊脚石。她拿出那年在梅子柿村的报警证明和法检照片，以家庭暴力为由，向人民法院提起诉讼，请求法院判令她与袁俊杰离婚，同时分割两人的共同财产。

接到法院通知的那天，袁俊杰正在店里为生意发愁，他挂了电话就去法院拿应诉通知书。天空灰蒙蒙的，虽然此时看不到太阳，但已经能感觉到阳光就要来临，被雨水浸湿的心早已经失去了光泽，好在还有一点气息尚存，经过阳光的照耀，它将会重新闪烁。该如何去看待婚姻呢？人生之路漫长，生命的大部分时光，我们将会在婚姻生活中度过，柴米油盐，酸甜苦辣，悲欢离合，吵吵闹闹，组成了生活的全部，演绎着多彩的人生，烦琐的家庭生活带来的各种烦恼，让我们对婚姻感到失望，感到无聊，也感到无奈，久而久之就变得麻木，产生了隔阂，造成了误会，也为今后的幸福生活埋下了祸根。

有人说家庭是最不讲理的地方，清官难断家务事，也许只有从婚姻中走来的人更能体会到它们的含义。也许他们说得对，婚姻需要有人做出让步，那些牺牲自己为了家庭幸福的人，难道真的错了吗？一直在呼喊的男女平等、互相理解、互相尊重，现实中真的能够做到吗？也许有，但那是要付出代价的。这个世界从来都在抗争中求生，为生活，为家庭，为幸福，夫妻双方只剩下对抗，家庭的意义将不复存在。真正能影响婚姻稳定的因素，也许有很多。互相默契的两个人是不会一直让对方难堪，也不会让对方无路可退的，真正到了那种地步，也许婚姻即将走到尽头。在袁俊杰看来，婚姻就是这样在风平浪静与波涛汹涌中交替前进着，其实很多家庭一直都是以这样的形态存在着。适应生活，接受彼此，我们的人生不该沉浸在痛苦和烦恼之中，当我们哭着来到这个世间的时候，就要面带微笑走完自己的人生之路。生命，不该留下遗憾，今后，还是走好自己的路吧。

袁俊杰一个人住在房子里，无聊中，他拿出纸笔写了一首《爱好难》：

爱/在时光的长河徘徊/心为谁而牵/情为谁而摆/爱/它如潮水般涌来/用什么方法覆盖//爱/让你我的心情难猜/你想象着未来/我梦想着现在/爱/近在咫尺的花瓣/却那么难以盛开//追逐着你的身影/疯长的思念如藤在/而命运的/同轨/真难/难道我们注定是/平行的梦幻//无法企及的温柔/天边的星斗般遥远/明明耀眼/拥有/真难/难以得到的期盼/在心头呐喊

其实，他的内心是爱王靖的，那种爱而不得，如夜的寂寞，在灵魂深处隐隐作痛。他叹息着这无果的恋歌，在岁月里独自落寞与沉默。自己每一次的回首与盼望，都化作泡影在风中飘荡。这爱而不得的伤与怅惘，成为他生命中永恒的篇章。此刻，他并没有心死，他不断地打电话给王靖承认自己的过错，希望她看在袁波的分上，给他一个完整的家，表示只要王靖撤诉，他一定会痛改前非，弥补他犯过的过错。他还打电话给王靖的妈妈，要她劝劝王靖，这个在她的娘家拥有着至高权力的丈母娘说她管不了那么多了，他们的事只能由他们自己做主。他经过多次的努力，都没有得到想要结果，而开庭的日子越来越近。

王靖在诉讼中说："谁都不会在这么久的婚姻里，选择离婚。如果想离婚，那是因为遭受了太多委屈和痛苦。更何况，我们已经不想沟通，相互不再信任，更不要谈什么理解和包容。这样折腾的婚姻真没意思，我累了，不想再这样下去，为了给你我一个公平，只能诉诸法律。因为我们从来没有协商解决过问题，巴陵尚都的房子虽然法律不受理，但为了公平和公正，我还是会分割你一半。不管你曾经怎样对我，但我真的希望你过得好！结婚这么久，从来没有向你提过要求，现在希望你的崽崽想你的时候，给你发的视频或打电话，你一定一定要接他的，因为受伤害的是他，我不想看着他无可奈何的样子，谢谢你配合！"

看到这，袁俊杰还能说什么呢？经过多次的挣扎和纠结，他拿起笔，第三次写下了应诉答辩书：

对于原告王靖提出的离婚诉求，我原则上是不同意的，因为家庭破裂对我们大人来说也许不是什么大不了的事，但是，对小孩来说就是一生的伤害、一世的遗憾。虽然在这桩婚姻里我并不幸福，但我还是想为了袁波而牺牲自己，给袁波一个完整的家。

请法官看看我和王靖的这桩婚姻的经历和造成现状的原因：我和王靖是在十年前认识的，那时，我已经离婚三年并带着袁垣（前妻所生，王靖那时候也离婚了）。一天，我在报纸上看到王靖的征婚广告，通过两个月的联系，我们就走到了一起，在那年12月我们就结婚了。结婚头两年，我非常幸福可以用我写的诗来形容——"幸福得有点招摇"。幸福了两年后，问题来了，原来王靖前一段失败的婚姻是因为她的输卵管堵塞，只能做试管婴儿手术，因夫家不同意而离婚。

在她对我和袁垣这么好的情况下，加之那时我开的店子，经济条件还可以，我就决定去省城做试管婴儿项目，前前后后花了几万，做了两次才有了儿子袁波。按道理说，我们应该更加珍惜这来之不易的幸福，但是王靖选择的是背道而驰，让我们的爱情成为一个误会，甚至是一个实现她生孩子梦想的阴谋。自从袁波在她肚子里面，她对我和袁垣的态度就发生180度的转变，我们就开始打闹，为了一点小事就喊来她的娘家人来我店里打我，我始料不及，后悔至极。

值得一提的是，前几天王靖还说我给她弟弟妹妹造成了心理阴影，她弟弟原来是个燥子，地方皆知，打架是家常便饭，而我长这么大还是头一回被打，被人突然袭击。此事之后，王靖对袁垣就更不好了，常常因为一点小事就把袁垣赶出家门。为了这事，我曾经在2014年在康王法庭起诉过她（请看附件1），后来看到她已知错，对袁垣态度也有所改善，念在袁波还小，为了顾全大局，我前后撤诉了两次。

谁知还没到一年，纷争又起，导致袁垣初中都没有读完，当袁垣要去读职高时，王靖强烈反对，甚至剑拔弩张，我煎熬着，左右为难。心里的苦，心里的痛，无人能懂，无处诉说。王靖说我把富兴和城7栋302号的房子卖掉是转移财产，实际上我是迫不得已，济压力过大，我被压得喘不过气来，一直以来，我都不敢跟她说，现在是不说不行了。其实袁垣一直在读北大青鸟，学杂费每年要4万元，已经读了两年了，今年是最后一年，明年1月份就分配工作，令我感到欣慰的是，这孩子的成绩很好，一直名列前茅。家里本来就欠账8.5万，这些她都是知道的，打牌输了几万，买车用了六七万元，这两年生意不好，店里还要投入，这套房子卖的35万元就所剩无几了。当我确定王靖起诉我后，我第一时间就跟买我房子的徐学军联系了，经过多次讨论，他同意退房，他仅要求我退还他的本金35万元，其他的违约赔偿就不再追究了，他说他也不愿意看到我们为他买房的事越闹越大。

我真心希望王靖能换位思考一下，站在我的角度来理解一下，理解是最深的疼爱，当然，我也必须理解她。2016年10月，王靖手上有53万元钱，她说就买了巴陵时都的房子，首付26万元，再就是袁波生病花了不少钱，以及生活费等一些七里八里的开支，就用完了。只有傻瓜才会相信，袁波患的是一般的感冒发烧，能发多少钱？店子里她长期不去，不是在麻将桌上，就是在去麻将馆的路上。何况我还每个月给她3000元的生活费。她时常逼着我写这保证写那证明，不写就没饭吃，冷暴力对我。她逼我写了很多东西，我都记不得了，我想这都是在她的威逼利诱之下才写的，应该不具有法律效力。更有甚者，她买的房子连房产证都不给我看一下，一会儿说是租住的，一会儿说写的是她弟弟的名字，我认为这个才是真正的财产转移，我请求法院查明真相，给我一个公道。

关于王靖起诉我实施了家庭暴力一事，我承认在三年前的冬月，我是打了她，她只是轻微受伤而已，并没有她所说的那样严重。回想曾经的点点滴滴，我真心真意忏悔，记得当时我就到她娘家赔礼道歉，在众多亲友面前表态，保证永不再犯，并得到了他们的谅解。事实证明我做到了，到现在已经三年多过去了，我从没有打过她，很多人都证明。我是个言而有信的人，说到必做到。俗话说："为人不怕有过错，知错就改就是好角。"犯错一次，就非要一辈子去戴罪吗？

法律法规也应该给我这个公民一个改过自新的机会，她不应该对一件三年前的事还纠缠不放，况且我确确实实已经改变，现在又来拿这事做起文章，旧事重提，不知是何用意。我想，她现在有钱了，羽翼丰满，理想已实现，借机敛财离开才是她真正所图。可怜之人必有可恨之处。回想那晚上大约12点钟左右，快过年了，那几天我和王靖一直在为了袁垣到哪里去过年而争论不休，可怜我手背手掌都是肉，袁垣、袁波我谁都不愿意丢下，怎能厚此薄彼呢，丢下袁垣一个人过年我于心何忍！他一个人又能吃多少？

一家人过年都不能一起，我越想越气，泪流满面，心痛欲裂，愤怒的堤坝终于在那天晚上崩溃，我打了她，这就是原因。其实我常常做她的思想工作，我一没有爸爸，二没有妈妈，结婚前她也是知道的，就只有一个孩子袁垣要让她费心，要不了多久那孩子就会长大，离开我们的，就算是我家里有个老人，你也要抚养几年吧，我一定会加倍珍惜、报答你的。可她反正就是不听，所作所为令人发指。哎！我一言难尽，忍不住伤心，常常感叹我和袁垣一直都是多灾多难，好不容易把他拉扯到现在，现在袁波也是颠沛流离，一路走来，我的眼泪几乎没有断过，但是自己从未放弃，一直坚持着。

这些年来，我与王靖的关系不好，是因为她一直都不爱我，所以我就乱买车卖房，来寻找尊重，寻找存在感，我是一个没有人爱的孩子，只要有一点爱或者是一点温暖，我就会非常惊喜，我会掏心掏肺，甚至可以拿我的生命相抵。电视里、社会上那些为爱所伤、为情所亡的事例告诫我，感情不要随便介入，要踏入就单身后光明正大地介入，不能轻易地去选，否则对自己对别人来说都是伤害。也常常有女人主动加我微信，跟我聊天，但我一发现有暧昧的时候我就毫不犹豫地删除，我是一个离过婚的人，我知道这些对婚姻、对家庭都是非常严重的伤害，我不想离婚，绝对不越雷池半步。我的内心是不想离婚的，这么多年都忍下来了，都过去了，看着孩子们平安长大，我就觉得满足。

但是，婚姻是两个人的，不是一个人说了算，所以若王靖硬是要离，我会成全她。我唯一的要求就是孩子袁波判给我来抚养。你也许不会相信，一个大男人怎么会喜欢小孩子？但事实就是如此，我与前妻离婚时，也是我要的孩子，这是我的本性，一直以来都不曾改变，其实孩子很快就会长大，童年缺失的爱，长大后很难弥补回来。我坚定地陪着袁波，永不言弃！

袁垣的成长经历，我亲眼见证，大人离婚后，孩子的处境真的是作孽，我深感愧疚，可惜我只有这等能量，如有可能，我会告诉天下所有人，千万不要把婚姻当儿戏，有了孩子就要负起责任。拆散家庭，离弃儿女的人，都是不仁不义、不忠不孝之人。我们都应该看到，大部分的问题青少年都是来自单亲家庭。当社会变得现实，当人心变得浮燥，我们这些做大人的应该看透事物的本质，不随波逐流，在深思熟虑后做出顾全大局而不是自私自利的选择。

不然，日后酿成大错，后悔晚矣。国家每年提出，再穷不能穷教育，再苦不能苦孩子。在孩子的幸福面前，我们大人的幸福又算得了什么？我的孩子我自己带着才踏实、才心安。

一家人在一起比什么都好，你看，我店里面的生意越来越好了，有孩子在身边，不管什么苦我都能吃，不管什么痛我都能忍。说实话，跟孩子在一起我就觉得有奔头，跟别人一起吃香的喝辣的，没有丝毫意义！我以后结不结婚无所谓。我希望法院把袁波判由我抚养，不管是从经济上还是从孩子的前途上考量，你看，王靖一没有工作，二没有单位，而我在做生意，还能做手艺挣钱。无论在哪方面，我都比她的条件更好。

醉过方知酒浓，爱过才知情重。我想我内心还是爱她的，很多人在拥有婚姻时不懂珍惜，失去了才知珍贵。若王靖能重新接纳我，改变原来对我的态度，齐心协力经营店子，给袁波一个温暖的家，我将拼命珍惜。若她不愿改变，我同意离婚。谢谢法官。

答辩人：袁俊杰

第五十三集

陈安良胜利归来　袁明生未来可期

慌乱中，袁明生看到围墙的一侧有一个废弃的小房子。小房子的门半开，他立刻冲了进去，身后的狗越来越近。小房子里弥漫着霉味和尘土的气息，袁明生顾不得这些，他只想找个藏身的地方。

他在黑暗中摸索，突然脚下一滑，一个趔趄，他摔倒在地。剧痛从膝盖处传来，他低头一看，鲜血正从他的膝盖处渗出。他忍痛抬头，只见那黑狗已经冲到了小房子门口，一双凶狠的眼睛正盯着他。

袁明生找到一根棍子，可是，随便他怎么舞弄，那只狗还是恶狠狠地盯着他，让他无法脱身。

袁明生历经千辛万苦，才找到了有利于陈安良的可靠证据，他差一点被里面的保安发现了他的行踪，好不容易才跑到这里却又陷入了危险之中。毫无疑问，这狗的叫声肯定引起了保安的注意，他们肯定在来这里的路上了，在这生死关头，袁明生突然想到不能再犹豫了，他必须快些离开这个地方，于是，他捡起地上的一块大的石头，用力向那只狗砸去，好在那只狗看见他捡起石头，就后退了几米。这时，袁明生抓住机会，他急忙向围墙边跑去，在一处有遮掩的地方躲了起来。那只狗还是紧追不舍，保安在远处用电筒照着这里，不好，保安来了！保安肯定发现了他，他必须马上离开，想到这里，袁明生忘记了疼痛，不顾一切地爬上了围墙，说得迟那时快，那只狗就赶到了围墙下，差一点点就够到他的脚。袁明生在慌乱之中没有控制好，他从围墙上跳下来的时候，脚被地上的一块石头磕得好痛，痛得他当场差点昏厥。他努力地克制自己，拖着受伤的脚，一瘸一拐地往家里走去。

基层人民法院陈安良工伤一案审判现场，法庭的木门缓缓关闭，发出"嘎吱"的声音，仿佛在为庭审作出最后的努力。

袁明生和陈安良都是一瘸一拐地走向座位上。这些异常的情况遭到对方律师杨政的讥笑："哟！袁律师，你的脚也伤了？怎么弄的啊！传染的吧！哈哈哈！"

袁明生看都没看他，只顾自己努力地向座位走去。

法律程序明确后，审判长要求原告和被告充分举证质证。

袁明生努力地站了起来，说："审判长、人民陪审员我的当事人陈安良在劲能公司的机器人工场受伤的根本原因，就是劲能公司的管理松懈，人员懒散。导致陈安良受伤的那道标有"危险区域，闲人勿扰"的门是樘坏门，而且至今都没有维修好。"

顿时庭审现场一片哗然。

"坏门？"

"这么危险的地方怎么用的坏门呢？"

"坏了为什么不修好呢！"

"不可能，绝对不可能？"

"还没有修好后？"

看到现场骚动不安，杨政急忙说："反对！法官，对方律师信口雌黄，对劲能公司进行毫无根据的抹黑和陷害！"

"反对有效！原告律师，请你对你说的话负责，你刚才所说的可有证据证明？"法官说。

"有证据，审判长！"袁明生从公文包里拿出两张照片递给法官，"这是事发当日我的当事人进入机器人工场的那樘门，各位看一下，那樘门本来就是一樘坏了没有维修的门。没错，至今仍未得到有效的修理！此外，袭击事件还引发了一些恐慌，群众对工作场所自动化机器人风险的担忧日益加剧。事发当日，警方的解释是：涉事机器并不是一种先进的人工智能机器人，只能通过传感器来进行判断和工作，所以它所造成的后果应由它的所有人承担！"

边上的法官助理拿着袁明生给的照片，分给对方律师和陪审员看。

顿时，法庭里一片安静。

"反对，审判长！"杨政气急败坏地说，"就算门是坏的，又能说明什么呢？这只能说明陈安良进入危险场所那道门没有起到应有的作用，是吧？但是，是谁让他去的！不是他自己去的吗！那是他自己去的啊，他自己去到危险的地方，出了问题要谁负责呀？这得由他陈安良自己负主要责任，是吧？"

"审判长，事发前和事发后很长一段时间里，我的当事人没有打出或者接到一个电话，唯一的电话就是他的同事在事发前5分钟打给他的，也就是说，陈安良是接了同事张大成的电话后才出的事。"

"张大成？你有张大成的证据？你去把张大成叫来啊，袁律师！"

"你还是看看这个再说吧！"袁明生说完又从包里拿出几张照片和复印单子。

杨政迫不及待地走到袁明生的前面，气嘟嘟地用力接过单子，瞪了袁明生一眼，说："看你又要搞什么鬼！"然后拿到一旁，认真看了一个够，摇了摇头，"你们看吧，你们看吧！"

袁明生说："审判长、陪审员，这是我在长阳市移动公司调取陈安良的通话记录，还有劲能公司仓库的监控，上面都有时间显示，陈安良接到电话的时间和进入到机器人工场的时间都是吻合的，我想这些证据应该能够充分证明，我的当事人陈安良在劲能公司工作中受到机器人的伤害，劲能公司应该付主要责任。其实，机器人意外致死事件从上世纪七八十年代就有报道。但是，没有一次是当事公司或是企业对受害者推卸责任。

第一例有记录的机器人杀人事件，发生在1979年1月的美国密歇根州。另一起发生在1981年7月，日本维修工人浦田健二在位于明石市的川崎重工工厂检查故障的液压机器人时意外死亡。纵览全球类似事件，机器人无论"智能"与否，几十年来一直在持续不断地杀人。而更先进的人工智能的发展，只会增加机器造成伤害的概率。

机器人伤人事件不会像科幻片那样发展，但就目前看来，对工业机器人的所有监管，都源于现有的工业法规。随着技术不断变化，人类的法律也需要不断地完善，来应对未来可能发生的机器事故。劲能公司应该警惕这些危险因素，行动起来，采取必要措施来防止和减少类似事件的发生。故我方所主张的诉讼请求和赔偿要求应当得到法庭的支持，谢谢大家！"

袁明生终于找到了关键的证据，证明了陈安良的清白。在法庭上，袁明生将证据呈给了法官，法官与人民陪审员合议。

陈安良工伤一案，基层人民法院一审判决如下：认定劲能公司对陈安良的伤害事故承担全部责任，劲能公司必须在一个星期之内履行支付原告陈安良所主张的赔偿金额 120 万元整，并对机器人工场进行严肃的整改和严格的监督管理。

庭审结束后，袁明生走出了法庭，心中充满了喜悦和满足。他知道，这是他作为律师的职责，也是他对正义的追求。

听到这个判决结果，陈安良和他的老婆顿时站了起来，他们热泪盈眶，一遍一遍地握着袁明生的手，表示衷心的感谢。

这时，被告代理律师杨政走了过来，说："卑鄙小人！就算你赢了官司又能怎么样呢？你用这种下三滥的手段……"

"战场上还兵不厌诈呢，杨律师，不深入虎穴，焉得虎子，何况……算了，不说了，如果我没有说错的话，劲能公司马上就会祸到临头了。"

"祸到临头！笑话！天大的笑话！"杨政大笑不止。

"但愿如此吧！"袁明生说完就走下台阶。

毛平安的案子在社会上引起了轩然大波。人们对他的堕落感到震惊和失望，同时也对反腐斗争的重要性有了更深刻的认识。这个案子成为了反腐斗争的一个标志性事件，推动了国家对贪腐行为的严厉打击。这一次，袁明生面对的是一个震动全城的贪腐大案。多名政府高官和企业巨头被牵连其中，案情错综复杂。袁明生深知，要想解开这个谜团，需要夜以继日地深入研究，挖掘每一个细节，在无数个漫长的夜晚，他独自在办公室里，翻阅着堆积如山的文件和资料。他的眼睛虽然疲惫，但头脑却异常清醒。他从每一个细微的线索中寻找突破口，试图还原事情的真相。

袁明生在深入研究案件的过程中，发现了许多疑点。他开始相信，毛平安是被冤枉的。为了拯救毛平安，他决定全力以赴，为他进行无罪辩护。因为事情太多，加上时间短促，袁明生没有在首次开庭前去看守所了解毛平安的情况下就开庭了。

刑事审判法庭庄严肃穆，气氛紧张。毛平安站在被告席上，面对着严肃的法官和陪审员。公诉人列举了一桩桩证据，将毛平安涉嫌贪腐的事实呈现在众人面前。毛平安的眼神中闪过一丝不甘和绝望。法官陈述开庭后，进入公诉人向被告人发问环节。

"被告人毛平安，你是否承认在你担任长阳市建设局副局长的职务期间，曾协助犯罪嫌疑人尹东风在投标项目中收受巨额贿赂，串通内幕消息，勾兑串供甚至销毁证据？"

"我坚决否认。"

"被告人，你要如实地向法庭陈述事实，不要心存侥幸。那我再问你，你是否承认在为城通公司提供咨询期间，城通公司曾经提供巨额资金对你进行贿赂？

"我坚决否认收受城通公司的任何礼金和财物！"

"毛平安，"公诉人严肃地看着眼前的男子，"你承认你收受了那笔巨款吗？"

毛平安面对公诉人的质问，淡定地摇摇头："我从未收受过任何人的贿赂。"他的眼神坚定，但额头上却冒出了细汗。

法庭内的空气瞬间凝固，公诉人沉默片刻后，再次开口："你知道我们掌握了多少证据吗？不要以为你可以轻易地摆脱嫌疑。"

　　毛平安深吸一口气："如果你们有证据，那就拿出来吧，但请确保你们的证据是确凿的。"

　　"好吧！那就请你看看这个……"公诉人拿出一张照片给他，"你还有什么话说？"

　　"反对！法官，就凭一张照片，怎么能够断定所受的是贿赂呢？何况这张照片上面并没有看到现金或者交易的证据！"袁明生站起来大声地说。

　　"反对有效！公诉人，请你把证据解释清楚或者重新提交证据！"

　　"好的！法官，毛平安，我问你，请你如实回答，去年的12月份你与城通建设公司的业务科长高升在一起吃饭的时候，你还记得吗？当天晚上，他给了你现金三百万，你可承认？"

　　"不承认！法官，那天吃饭的情形我记得清清楚楚，当时是城通公司的总经理和业务科的负责人还有我，我们三个人在一起吃饭，至于三百万元钱就是无稽之谈！"

　　"好吧，你再听听这段录音吧！"公诉人说完，就向法庭播放了一段手机通话录音。

　　一个男人的声音："那天，我们吃完饭后，毛平安说最好是用现金，后来才知道银行早就关门，没办法，于是我就在最近的一家银行里转了三百万给他的私人账户。"

　　"停，毛平安，请问你对这段录音怎么解释？"

　　"法官，那天晚上，我确实收到了他的三百万元现金，但是，我真的没有贪掉那笔钱，准确地说，那笔钱根本就不在我这里。再说，那笔钱，我是按建设局所收费管理的标准合理收取的，我早就交给了建设局的财务会计周慧，而且需要强调的是，我并没有侵占那笔钱！"

　　"毛平安！你说的话是谎言，我们已跟周慧联系，她否认了你给钱的事情，既然你承认收到了钱，你就应该认罪，你所做的一切狡辩都是徒劳无功的，请你不要再这样拖延下去了，好好认罪吧！"

　　"反对！法官，一个断章取义的录音不足以证明毛平安贪腐的罪名，我提请法官传城通公司的高升到庭后再确认证据。"

　　"反对有效！公诉人，请你联系录音里的那个证人，他到庭作证后，才能对事实进行准确的分析和判断，就凭一个人的录音不足以证明嫌疑人的真实意图和事实存在。"

　　经过几轮的激烈角逐和较量之后，由于时间原因，法官宣布择日再审后就闭庭了。

　　审讯结束后，毛平安被带回了拘留所。他躺在简陋的床上，闭上眼睛，思考着自己为何会卷入这场无妄之灾。他多亏了袁明生在庭审的关键时刻，站了起来，做出了有力的辩护。他想：袁明生这个孩子，今天看来，还是有点牛，当初自己对他那么轻蔑，那么反对他和毛丹在一起，他也没有生我的气，看来我是错看他了。他后悔不已，想不到啊，现在得靠他为自己辩护。在监狱中，毛平安的每一天都是那么漫长和煎熬。他反思自己曾经对毛丹的过失，试图找到内心的平静和救赎。然而，时光不能倒流，他为自己的错误懊悔不已，不知，不知，还有没有一种可能……

这天，在鑫源律师事务的走廊里。

"袁律师好！"

"你好！袁律！"

"袁律师早！"

袁明生礼貌地回应着同事们的问候，他感觉到与原来不一样的感觉，那就是尊敬和热情，这与他刚到鑫源律师事务所时有着明显的区别。是啊，人啊，就是要有作为，要有价值，别人才会尊重你，看重你！

鲁主任在看见他后，走过来说："恭喜你！简直就是一炮而红！"

"鲁主任，谢谢夸奖！"

"我说了我当初没有看错你吧！这次的表现真的牛！"鲁主任竖起大拇指说。

"这一切都得谢谢鲁主任栽培！"

"这是你的努力和付出的回报！"

"谢谢！"

"哦！袁律师，从今天开始，你得换个地方办公，第三间办公室怎么样？"

"第三间办公室！那不是吴宇律师的吗？"

"是的，吴宇他已经跳槽了！"

"他不是做得好好的吗？"

"好什么？你比他更好！"

"我，不不不……"

"实话告诉你吧，吴宇因为业绩平平而被公司裁掉了，前两天你没在公司的时候他就走了。"

"不会是我的原因吧？"

"这是公司的决定，跟你没关系！"

"他比我做得久，我觉得他很不错，这样很可惜！"

"可惜什么呢？条件再好，不努力就什么都不是，别想那么多了，加油干吧！"

"好的，鲁主任！"

几乎是一炮打响，袁明生在长阳市律师界一举成名，鑫源律师事务所也是借此进一步拓展业务，鲁志斌更是为此开会，表扬袁明生的首个案子办得精彩绝伦，祝贺他旗开得胜并希望他再接再厉，再创辉煌。袁明生也在会上表示，谢谢鲁志斌主任给他机会，感谢律所的所有同仁的支持和帮助。在大家热烈的掌声中，袁明生表示将为鑫源律所不遗余力地贡献自己，为了鑫源的成长和发展，他愿意与大家一起付出所有努力。接着，边上的律师有问题问袁明生，袁明生也不回避，现场好不热闹。

第二天，鑫源集团董事会在鑫源大厦 28 楼召开，鲁志斌也参加了董事会议，开会前，在会议室外面的走廊碰到了鑫源集团的董事吴勇，鲁志斌急忙上去打招呼："吴董好！"

"好！鲁主任！"

吴董说了一句话后，正要向前走去，突然他又退回来说："呃,！鲁主任，我有个事问一下你。"吴董用一个手指绕了绕头发说。

"吴董，什么事？你问吧？我听着呢！"

"你们律所是不是有个律师叫袁明生？"

"是的！有！吴董！怎么啦？"

"好！什么时候方便的话，你就要他到我的办公室来一下，我有点事找他！"

"好的！好的！吴董！"

"好的！"

吴董说完就向会议室走去，鲁志斌站在原地思考着：这是什么情况？接下来会发生什么呢？

这天，董事吴勇特别会见了鲁志斌和袁明生，在董事办公室，鲁志斌极力推荐了袁明生，对于袁明生这个名字，吴勇也有所耳闻，觉得可以，当场跟鲁志斌指定这案子让袁明生负责。

其实，在上次袁明生和吴宇选案子的时候，鲁志斌就想把那个比较复杂的劲能公司给案子给吴宇办，私底下收起来的那个比较简单的知识产权的案子给袁明生，好让袁明生得到上升的机会，可是那天自己阴差阳错把案子给搞反了，不承想歪打正着，袁明生把这个复杂的案子做得漂亮极了。

繁华的都市，霓虹灯下的阴影，隐藏着无数的神秘和传奇。袁明生经由鲁主任推介接了吴勇董事的一桩案子：长阳市的一个地产界大佬赵子强的案子。赵子强，一个在长阳市能呼风唤雨的人物。他所拥有的城通集团业务涵盖酒店、商超、建筑、食品等多个领域，然而，就在他最风光的时刻，他儿子赵熙的醉驾案让他陷入了前所未有的困境。所有的证据都指向赵熙，他无法逃脱法律的制裁。然而，他所有的亲戚朋友并不相信他是这样的人，他们决定寻找一个办法，让赵熙摆脱这个"莫须有"的罪名。当然，赵家借着他与鑫源集团公司的业务关系，找到了鑫源集团董事长曹德龙先生，希望他能安排一个好的律师来打赢他儿子的这场官司。

袁明生接到赵熙的案子后，倍感困扰。这天，大家都下班了，鲁主任看见他还在办公室里看着电脑，好像在想什么。

"怎么还没有下班？"鲁主任走近袁明生，"怎么的？"

"哦！鲁主任！你也没有回家呀！"

"还在想那个案子？"

"是的，鲁主任，我好像不能胜任这个案子，我想你能不能把它……"

"怎么啦？还没有开始就打退堂鼓了？"

"不是！我……"

"当然，我知道这个案子对你来说有点难度，但是你要知道，压力就是动力，现在集团公司也有很大的压力，还有就是，公司也给了我们每一个人前所未有的压力，为了你的前途，你必须把这个案子处理好，我想你以后会明白的！"

"好吧！不过有些地方我……"

"有不清楚的地方可以随时联系我，好吧！我就不打扰你了。"

"好的！"鲁主任说完就走了。

当事人赵熙被关在看守所里，出事车辆已经被拖至交警大队，这起事故死者尸体已安放在殡仪馆。当事人和被害者家属在协商解决问题的时候几乎是乱成一锅粥。

为了彻底了解事发时的情况，他首先来到关押赵熙的拘留所。

袁明生来到长阳市看守所，经过一序列的检测程序，在会客室，袁明生见到了无精打采的赵熙。"你就是赵熙？"

赵熙没有回答他。

"我是你的律师袁明生。"

"……"

"请你抬头看着我，好吗？赵熙！"

"……"

"赵熙？！"

"有用吗？袁律师，我还有救？"赵熙讥笑了一下，"我酒后驾驶，还撞死了人，呵！你能救我？"

"我虽然不能保证能救你出去，但还是希望你要相信法律是公平和公正的！"

"呵呵！这对于我这一个等死的人，还有意义吗？"赵熙问。

"赵熙，你冷静一点，不要自暴自弃好不好？你想过没有？就算是死，也要死得有尊严！"

"死也要死得有尊严？你的意思是让我选择一个体面的死法？"

"好吧，如果你非要在这个问题上纠结的话，我就开门见山地说吧！"

"废话！你早就该直接说了！"

"有几种死法：第一，枪决。第二，药物注射。好像现在还有第三种选择。还有，在执行的时间上也有很大的差别：第一，判决死刑后有马上执行的。第二，有缓期几个月执行的。第三，有缓期一年或两年执行的。第四，终身监禁。你看着办吧！"

"这样……"赵熙喜出望外，"袁律师，如果我被判死刑的话，你说我能缓期两年执行吗？"

"在没有定审之前，什么都有可能，这一切就看你配不配合了，还有你的实际情况了，无论谁都得尊重事实，在事实面前，我们谁都无能为力。我是你雇用的律师，请你相信我，我会能尽我所能地去帮助你，维护你的权益，让你的正当权益得到最大限度的保障，从而得到公平公正的判决！"

"好的，袁律师，我相信你！说吧，你需要我怎么配合呢？"

"这就很好！我们开始吧。你把事发的经过告诉我。"

"你有烟吗？"

"我看看！"袁明生在包里翻了一下，终于找到了一包烟，抽出一根递给赵熙，然后用火机将烟点燃，赵熙猛抽了一口后，慢慢地说。

第五十四集

戴罪立功盼宽恕　迷途知返踏归途

在第三天的下午，在孙丽的带领下，袁家人顾不及喝口水就往看守所跑去。经过警察的允许，在一块玻璃前面，他们和袁炜同时拿起电话，袁炜不由自主地流下了眼泪。

除了安慰他，袁俊杰他们几乎是没有话可说，袁明生要他在看守所里面听从狱警的要求，法律对每个人都是公平公正的，希望他相信法律，相信警察。

孙丽也想说些什么，袁炜突然把头转向一边，放下了话筒。

开庭的那天，孙丽、袁俊杰和袁明生都早早地来到法庭。在法庭宣判前的一段时间里，他们三人经过法官的同意与袁炜进行了一次沟通：无论判决是什么，袁炜得虚心地接受，这是政府对他的教育，俗话说："人心似铁，官法如炉；天网恢恢，疏而不漏。"不要心存侥幸，而要痛改前非。只要他在监狱里老老实实做人，踏踏实实做事，就一定会改头换面，重新做人的。孙丽也是一个劲儿地说，只要他好好地改造，她一定在家里等待着他的归来。家里其他的事情，袁炜不要担心，他的爸爸妈妈，她会照顾好的。袁俊杰也和袁炜说，要他在监狱里面安心地改造，有什么困难跟他们说，他们会帮忙解决的。袁炜听后，非常感激，对他们的好意表示感谢，并向他们保证，自己进去后好好改造，争取早日出狱。

当天下午，几名警察突然提审袁炜，他们表示正在调查几起涉及龙都公司高层的经济犯罪和刑事案件，需要袁炜配合。袁炜表现得十分镇定，他微笑着答应了警方的要求，并承诺会全力配合。

"袁炜，根据我们对龙都集团的账面情况及客户的详细了解，龙都集团每年偷偷税漏税高达三千万元，根据我们掌握的资料，这些都是一名叫三爷的人和一个穿风衣戴礼帽的人一起完成的。我们已经调查了三爷，但是三爷死活不肯承认。这个人你看一下，你是否认识？"说完，警察把一张照片递给袁炜。

这时，袁炜的内心却翻动着复杂的情绪，这个人他怎么会不认识？他就是三爷的一个远房亲戚，叫什么来着？哦！他叫阿颖，他们常常在一起吃饭聊天，这个家伙是个会计师，为人相当狡猾，还很贪婪，听说是为公司节约了不少钱，为公司立了许多功绩。看来他就是案件的嫌疑人，但他知道，自己与这起案件有着千丝万缕的联系。他必须小心行事，不能让警方发现任何破绽。

"是的，我认识，我认识，我们公司的一个财务顾问，大概，大概……就在两个月前，我们，我们……是在一个咖啡馆里见面的，是的，咖啡馆，见了面……"袁炜的声音急促起来。

"你慢慢地说，不要紧张，具体的情况是怎么样的？"警方问他。

"我和他只是一个公司的同事而已，纯粹是一般的朋友关系，真的没有什么特别的……"

警方记录着袁炜的陈述，他们的目光中透露着审视和怀疑。袁炜似乎并没有察觉到这些，他继续说道："我知道的就这么多了，如果你们需要，我可以提供咖啡馆的地址，你们可以去看看，就是友谊大厦对面的那个咖啡馆。"

"好的，他叫什么名字？哪里人？！"

"他叫贾颖，好像也是内地人，具体籍贯不知道是哪里。"

"他住在哪里？一般在哪里活动？！"

"他好像住在城东小区附近，我没有去过，只是听说过。"

"好吧！你说说他的其他情况吧。"

"其他的情况……其他的情况，我就不知道了，毕竟我跟他玩得不是很好，只是偶尔在一起聊聊而已。"

"好吧，如果你记起了关于他的什么事的话，随时联系我们。"

"好的！"

警察们终于走了，袁炜回到自己的监区，他躺在床上，这次他成功地骗过了警察，他感到自己是很幸运的，他深深地吸了一口气。

谁知过了几天后，监狱长再次把他带到审讯室："袁炜，你知道今天为什么又带你来审讯室吗？"

"不知道。"

"不要装糊涂！袁炜，我告诉你，你提供给我们的那些资料和信息都是没有什么用的，对龙都集团的案件来说没有一点意义，你知道吗？我们走访了你说的那个咖啡馆，调取了监控录像。录像中，你和一个人有过交谈，但是那个人与本案毫无关联，袁炜，你根本就没有对我们说实话！"

很明显，警方去调查了，他并没有给警方带来太多的线索，他们开始怀疑袁炜有所隐瞒。

"不好意思，警官，我知道的也就是这样的，没办法啊！"袁炜装出一副无辜的表情说，"我没有说假话！"

"我再问你，去年龙都集团在与金球国际的投资合作中产生了分歧，你知道吗？请你如实回答我的问题！"

"金球国际？金球国际酒店是吧？我知道，听说那个金球国际的陈老板失踪了，嗨！我知道，那时龙霸天大声说陈老板失踪了，是老天爷有眼，是老天爷让他稳稳当当地挣钱。"

"袁炜，我们知道你和金球国际的陈老板失踪案有关，你最好老实交代，否则……"

袁炜没有退缩，他冷冷地看着警官，然后淡定地说道："我和那起失踪案没有关系，你们找错人了。"

"既然你知道龙都集团和金球国际的事情，我们又怎么会找错了呢？"

"是的，我在龙都集团上班没有错，但是我真的不知道陈老板被害的事啊。"

"好吧，袁炜，我们希望你能提供陈老板失踪前的一些信息。"一位年轻的警官礼貌地说道。

袁炜点了点头，表面上他看起来十分配合，但心中却掀起了惊涛骇浪。他清楚自己与这起案件有着千丝万缕的联系，但他不能暴露自己。

"当然，我会尽我所能配合你们的调查。"袁炜的声音平稳而坚定。

警官们对他的态度表示满意，开始详细询问起陈老板失踪前的情况。袁炜回忆着自己最后一次见陈老板的情景，那是一个平凡的下午，他们像往常一样在咖啡馆里跟龙霸天聊天，看上去他们心情不错，甚至还提到了他即将参加的一个聚会。

"你知道他要去参加的那个聚会吗？"警官问道。

袁炜点了点头："我知道一些，但公司并没有告诉我具体的地址和参加的人。"

警官们记录着袁炜的证词，同时也在暗中观察着他的反应。他们知道，在这种情况下，嫌疑人的反应往往比言语本身更能暴露问题。

然而，袁炜的表现却让他们感到困惑。他看起来非常平静，没有任何紧张或不安的迹象。这让他们不禁怀疑，难道他们真的找错了方向？

就在此时，袁炜突然说道："其实，我一直觉得陈老板的失踪有些不寻常。"

警官们立刻紧张起来，他们知道这可能是破案的关键所在。

"怎么说？"一位经验丰富的警官问道。

袁炜沉思了片刻，然后缓缓说道："陈老板出事前几天总是与龙霸天有一些争吵，而且有几次声音很大，好像他们分歧很严重……"

警官们交换了一下眼神，他们意识到这可能是一个重要的线索。于是，他们开始围绕陈老板的社交圈和行踪展开更加深入的调查。

然而，随着调查的深入，他们发现陈老板的社交圈并不复杂，他平时除了工作就是和几个朋友聚会。而他的行踪也没有什么异常之处。这让警官们感到困惑不已，难道袁炜的话只是他的猜测吗？

就在破案陷入僵局之际，警方突然收到了一条匿名短信。短信的内容只有一句话："陈总在地下。"这条短信让警方看到了破案的曙光，他们立刻开始寻找所谓的"地下"。

经过一番努力，警方最终找到了一个位于城市边缘的废弃矿井。矿井里阴暗潮湿，空气中弥漫着一种难以名状的气味。当他们走进井下时，眼前的景象让他们震惊不已——陈老板就躺在那里，但已经失去了生命。

警方立刻封锁了现场，并对井下进行详细的勘查。在勘查过程中，他们发现了一些奇怪的痕迹和物品。这些痕迹和物品似乎与龙霸天没有任何关联。

于是，警方再次找到袁炜，希望能够从他那里得到更多的线索。然而，当警方将井下的发现告诉袁炜时，他的反应却出乎所有人的意料——他表现得异常冷静和镇定。

"我早就知道陈老板在那里了。"袁炜淡淡地说道。

这句话让警方震惊不已，他们意识到袁炜可能与这起案件有着更加深刻的联系。于是，他们开始对袁炜展开更加严密的调查。

在接下来的几天里，袁炜狡猾地运用自己的反侦查经验，向警方提供了大量看似有用的线索和信息。他故意将警方的注意力引向了一个早已被他安排好的替罪羊，让警方误以为案件即将告破。其实，袁炜知道这起案件的真正幕后黑手。这起案件背后隐藏着一个庞大的犯罪网络，涉及多方利益，而他正是这个网络中的一个重要节点。

随着时间的推移，警方逐渐发现了袁炜提供的信息存在问题。他们开始怀疑袁炜的真实意图，并加大了对他的监控力度。

袁炜感到了前所未有的压力。他知道，自己必须为龙都公司保密信息，甚至作出牺牲也在所不惜，因为就算自己把这一切清清楚楚都交代给警方，自己也是逃不脱龙都集团的报复的，一样会被他们追杀！他开始编织一个又一个谎言。

他还主动提供了大量关于幕后黑手的假证据和信息。警方对袁炜的突然主动配合感到十分意外，但他们并没有轻信他的话。他们开始对袁炜提供的证据和信息进行仔细核实。经过一番调查，警方终于揭开了案件的真相。

原来，袁炜一直在故意误导警方，让警方将注意力集中在替罪羊身上，从而掩盖了真正的犯罪事实。

"死者陈某现在还是被定为失踪，就是因为警方不想打草惊蛇，而是要顺藤摸瓜把犯罪份子一网打尽，这个失踪案并不是普通的失踪案，而是与一个庞大的犯罪集团有关。这个犯罪集团涉及多个领域，包括贩毒、洗钱等。而失踪者，正是这个集团的一个绊脚石，所以他就不得不被除之……"

听到警官说的话，袁炜知道，警方顺藤摸瓜，逐渐接近了真相。他们怀疑袁炜并不是无辜的旁观者，而是这个龙都集团的一个关键人物。他表面上配合警方调查，实际上是在为犯罪集团转移资产和销毁证据拖延时间。

"我知道自己错了。"袁炜的声音有些颤抖，"但我真的没有办法回头了。我为了钱和地位，走上了这条不归路。现在回想起来，我真的很后悔。"

警方将袁炜移交给了检察院，等待他的将是法律的严惩。而这起悬疑重重的案件，也终于水落石出。袁俊杰他们三人看望了袁炜之后，袁明生随即又打了要探监袁炜的报告，报告里袁明生亮明自己律师的身份，并承诺将尽力协助警方破案，让袁炜争取到立功减刑的机会，希望监狱能给他们一个探监的机会。

几天后，监狱管理部门终于同意了袁明生的请求，并安排了三个小时的探监时段。袁俊杰、孙丽他们都说："真的是太好了，幸亏明生你是律师，只有你才有办法啊！"

"法律方面的程序，我知道，主要是袁炜要抓住这个最后的机会，如果这次他不好好表现的话，我估计他以后都不会再回袁家岭了。"

"啊！这么严重？"

"是啊！何止是严重，根据我从警方了解到的情况来看，比我想象的还要糟糕！"

"你的意思是什么？难道袁炜没有一点希望了？"孙丽哭着问。

"不是没有希望了，而是要看袁炜的表现，如果他能将功补过的话那就好办了！"

"你的意思是，要袁炜供出同伙，戴罪立功？"袁俊杰问。

"是的！现在，袁炜只有立功才有这种轻判的可能。"

"好的，我知道了！"

袁俊杰他们三人第一次在看守所里看袁炜的时间过得太快，没来得及说多少话，探监的时间就到了，于是他们恋恋不舍地拿着那些警察不让带进去给袁炜的吃的东西离开了看守所。第二天，他们又早早地来到看守所，他们三人从小时候说起，那时候虽然穷得叮当响，但是他们还是幸福和快乐的，当然，在上世纪八零年代，乡下人都是在家里务农，他们的家庭条件都是差不多的，所以就没有什么比较和异样。可是后来，在改革开放政策下，村里有一部分人先富起来了，渐渐地，他们就对金钱产生了浓厚的兴趣和强烈的需求。

"是的，你们说得对，不能做不道德的行为，不能做违法的事，可是你们想过没有？"袁炜泪流满面地说，"我没有你们那样的好命，我一没有知识，二没有本钱，我能做什么呢？我也不想去违法啊，谁愿意去犯罪呢！我也不想走这条路啊！"

"袁炜，明生的家庭条件也不比你好多少，是吧？我呢，你是知道的，比你还差一些？在这个世界上，我们生活得再苦再累也要坚持自己的原则吧。俗话说：'小富由勤，大富由命。'随便在哪里我们都可以勤劳致富啊，老人们不是说：'如果人人都做官，谁去抬轿呢？'是不是？我不是说你的命就是抬轿的，我的意思是如果命运注定我们是平凡的，那我们也只能坦然接受这一切。当然，这个世界瞬息万变，也许有一天，我们都可以通过自己的努力而逆风翻盘，是吧？无论如何，我们都不能做对不起自己的良心、没道德、违反法律的事情，不然，我们又怎么对得起自己的老爸老妈呢，怎么对得起袁家岭的祖祖辈辈呢？"

"袁炜，今天我们不是来教育你的，我们只是作为情同手足的兄弟与你交流而已，希望你不要有什么顾忌和戒备。你看，我和你和袁俊杰都是从小穿丫裆裤就认识了，一起长大，知根知底，你也应该相信我们，是吧？袁炜，我们都知道这个世界上几乎没有不喜欢钱的人，不管如何，都不能自己得到好处而去损害别人的利益，是吧？这样带说教性质的话就不要说了吧。现在我言归正传，我建议你还是主动配合警方挖出龙都集团犯罪的内幕吧！在法律这方面，我还是比你懂一些，我是绝对不会去害你的，你得相信我。我们还是要相信政府，相信法律，坦白从宽，抗拒从严！袁炜现在你要转变思想，努力争取宽大处理。俗话说留得青山在不怕没材烧。只要你出来了，有手有脚的，怕什么呢？现在国家政策好，社会也和谐，大把的机会，你怕什么呢？"

"是的，袁炜，明生是律师，你得听明生的，向警方提供一切你所知道的信息。袁炜，现在是你立功的时候了，就算你不考虑自己，你也要想想你的父母，你的父母都一把年纪了，难道你就让他们天天在家里以泪洗脸，难道你就一点都不为他们着想？事已至此，你要尽一切努力去争取宽大处理，早日回到自由的生活，我们每一个人都在袁家岭盼望着你的归来！"

袁炜听着听着不由自主地哭了起来。

袁俊杰他们也没有说话，一会儿后，袁炜说："你们说的我都知道，可是，你们想过没有，一个判过刑、坐过牢的人还有什么希望和未来呢？一般的人见到我这种人就怕，不是吗？打工都不会有人要的！以后再也不能做什么了，你们就不要管我了，告诉我的父母，让他们不用担心，让我自生自灭吧！"

"袁炜，你不用担心你以后的生活状态。受到过刑事处罚的人，在社会上找工作的时候往往会遭到拒绝。可是，你要认识到，这并不是对于你这类人的歧视，只是法律对人的一种警示，既然犯了错就要付出相应的代价。只要你努力改过自新，就一定能够重新赢得社会的认可和尊重。正义可能会迟到，但永远不会缺席。任何挑战法律底线的人，最终都将受到应有的惩罚。我们也看到过一些刑满释放人员进入社会后的生活，俗话说浪子回头金不换嘛！也有很多在社会上混得风生水起，有的还当起了大老板。"

经过深入沟通和交流，袁炜充分认识到自己的处境和现实，他决心不在为龙都公司隐瞒违法犯罪事实，当即表示要见警察，他有话要说。

在笔录中，袁炜把在龙都公司的所作所为都毫无保留地告诉了警方，还有龙霸天以及坤哥、祥哥、虎哥、三爷、杨小姐等在夜总会涉黄，在娱乐城涉赌，在海城各大娱乐场所贩卖毒品和军火的详细事实和经过。

袁炜此时也深刻地认识到自己的所作所为的都是违法犯罪行为，在警察的面前表示一定争取宽大处理，悔过自新。

警察问他前年发生在香洲的一起暗杀齐老板的案件。当时，香洲黑道上有很多大人物不服龙霸天，他就一个一个地收拾。大概十年前的一个夏天，齐老板的手下陈老四在一家夜总会打断了龙霸天手下的三号人物的胳膊，龙霸天听到后暴跳如雷，随即召集手下干将准备好枪支，扬言要处理掉陈老四。

陈老四听到消息后，非常恐惧，不断给龙霸天打电话求情说好话，还表示出了归顺之意，龙霸天跟齐老板有一些恩怨纠葛，他要陈老四把齐老板暗杀了，这才放了他。

经过几年的发展，龙霸天拥有了一个非法武装的特大黑社会组织，龙霸天团伙俨然成为香洲市的一颗大毒瘤。

当时的龙霸天霸道至极，他欠别人的钱，没人敢跟他要，他也从来不想着还。

但是别人欠他的钱，那是一分钱也不能少的，对方胆敢抵赖，他便会暴力索财。

有一年李某欠龙霸天100万元钱抵赖不还，龙霸天就亲自带着手下，拿着长短枪支，将李某绑架到城坊街的佳地花园小区，然后对其毒打。

龙霸天逼迫李某用传呼机传呼亲友要钱，但此时被打得遍体鳞伤的李某强硬无比，并大骂龙霸天。龙霸天恼羞成怒，命手下将俚李某的双腿打断，此时的龙霸天仍不解气，又命手下用斧头在李某的双腿上乱砍。

隔了一天，见李某奄奄一息，龙霸天又派人从几个私人诊所强行抓来两个大夫为李某做手术，之后依旧囚禁李某。

李某的父亲亲自给龙霸天打电话，哀求他放了李某，嚣张的龙霸天直接告诉他，他儿子的腿已经断了，让他准备轮椅吧。

就这样，李某被囚禁了整整八天八夜。李某的亲属筹齐了110万元钱给了龙霸天，10万为最近他们花掉的费用，龙霸天这才了结此事。

龙霸天等21人涉嫌组织、领导、参加黑社会性质组织犯罪和故意伤害罪、组织卖淫罪、开设赌场罪等十余项罪名，公安机关查明，龙霸天自二十年前就开始在香洲市一家宾馆担任"内保"头目，先后纠集黄坤、曾祥、刘辉等人作为手下，在香洲一带逞强斗狠，通过实施故意伤害、寻衅滋事等违法犯罪活动，逐步建立以龙霸天为组织、领导者，统一指挥、骨干成员稳定、层级结构清晰、人数众多、分工明确的黑社会性质组织，组织内通过约定俗成的规约纪律进行管理，后来逐渐形成了一些书面的管理制度。

龙霸天带领宾馆"内保"人员在凤凰KTV对任某等人实施殴打，致人轻伤，造成恶劣的社会影响。之后，龙霸天先后接手控制了香洲多个宾馆及夜总会、休闲会所、KTV等娱乐场所，实施组织卖淫、敲诈勒索、抢劫、故意伤害、聚众赌博、贩卖毒品、军火贸易等违法犯罪活动，大肆敛财，同时运用暴力手段插手民间纠纷、经济纠纷，还向该区域内各个行业从事生产经营的群众收取保护费，通过种种方式获取了大量非法利益。

该犯罪集团由黄坤负责毒品，曾祥负责军火，三爷负责赌场，杨小姐对卖淫场所等进行统一严格的管理，由袁炜、刘辉、王虎等"内保"人员充当打手，对各场所实施武力管制。只要是与组织利益相关的事件，龙霸天都事先部署，作案工具统一保管，团伙成员共同出力，为非作歹，称霸一方，严重扰乱了当地的社会治安，影响了当地的经济社会发展和人民群众的正常生活秩序。

随即，公安机关组织警力对龙都夜总会、龙都KTV、龙都娱乐城进行突击检查，抓获多名嫌犯。经对缴获的收银台电子账单进行审计，自营业以来，三家夜总会营收共计三亿多元，获取非法利润共计约三亿元人民币。

香洲市检察院对龙霸天团伙提起公诉，经香洲市中级人民法院审判，以组织、领导、参加黑社会性质组织罪，以及组织卖淫罪、故意伤害罪、寻衅滋事罪、敲诈勒索罪、非法储存弹药罪、重婚罪等多种罪名，数罪并罚，分别判处龙霸天等21名被告人25年至1年6个月不等的有期徒刑，其中判处主犯龙霸天有期徒刑30年，并处没收个人全部财产、罚金人民币一亿两千万元。本案中判处罚金共计一亿九千万元，收缴、没收违法所得约一亿三千万元，退赔被害人损失七千多万元。

一审宣判后，部分被告人不服提起上诉。近日，省高级人民法院经过审理，认为一审判决认定事实清楚，证据确实充分，定罪准确，量刑适当，审判程序合法，遂依法裁定驳回上诉，维持原判。

第五十五集

新愁旧憾终消散　血浓于水再团圆

第二天，袁俊杰去打印店把应诉书打印好后送给法院，下午3点钟左右，负责他的案子的法官打来电话，告诉他，他的应诉书他看了一下，里面没有财产方面的答辩，为了他的合法权益，他最好在财产方面做个表态或者说明。挂了电话后，袁俊杰细想，是呀！这都闹上法庭了，还有什么奇迹发生呢！他就不要再幻想和王靖重归和好了！现在，他确实是应该回到现实中来了。

晚上，他不得不再写一遍答辩书，说到他与王靖的财产，有好多的事情，一时半会儿还想不起来呢。这白天他得守在店里，虽说没什么生意，但也闹闹嚷嚷的，在店里想不出来什么东西。只有晚上他才能静静地想起来一点就写这一点。有天晚上，袁俊杰正写着，突然，他听见一阵巨响，他被吓一跳。他急忙出卧室查看，他搬开卧室的门——一块板子代替的，原来是因为没有装修，这房子就只有三个卧室安装了玻璃窗户，那客厅阳台和厨房的隔断是没有安装玻璃窗的，一阵大风吹来，把他放在客厅里的一截铝合金型材吹倒在地上。

这时正是乍暖还寒的季节，虽然是三月，但晚上变起天来，跟寒冬一样冷，袁俊杰不禁打了几个喷嚏和寒颤，只得回卧室，用棍子把门板子顶好后，钻进被窝里，听着外面的风声雨声。他问自己，此时此刻的他与一个住在破房子里的乞丐有什么区别呢？这个时候，他想起了父亲母亲，他想到了可怜的飞飞，肯定在一个好心人的帮助下早就睡着了。可是，他呢？他披着衣透过玻璃向外望去，他似乎看到了母亲父亲。"哎呀，好冷！"他急忙蜷缩在床上，突然，他想到了一首诗：

泪雨

窗外的雨/越下越大/我坐在23楼的书房/隐约看见父亲在田间/忙着侍弄庄稼/收拾犁耙/讨厌的雨儿/还跟着他回了家/在桃屋、火塘、床上/嘀嗒/呀，现在它/跑到我的衣服、书上/开花

此刻，没有人知道他是一个可怜虫，自然也就没有一个人来帮助他，哎！难道这些都是他的宿命？想着想着，他无可奈何地睡着了。

两天后，袁俊杰的答辩书终于写完了，他根据实际情况就他和王靖的结婚前的财产与结婚后的财产进行仔细的说明：

长阳市枫树村石家组原鲁府超市后面的103平方米的房子1套，还有一栋位于本组6906的围墙边的两层216平方米的房子，还带着前妻所生儿子袁垣在建材市场的边上租了两间门面经营不锈钢的生意，这就是我的结婚前的财产。王靖在我们结婚之前借给我5000元钱，这钱就是王靖的婚前财产。

我和王靖结婚后的共同财产为：2012年我在机务段内养路四工区单人宿舍前面购买了一套房子，房契一直被她藏着，我从没有看过。2011年我在我位于枫树村那栋两层的楼房上加了一层，我借的是我哥哥的钱，那是我一手一脚做的，加班到凌晨四点，脚差点摔断，可怜我没换来一句安慰。这两套房子都是我和王靖的共同财产，除此之外再无任何共同的财产。

财产说明：

2011年位于石家组的那套108平方米的房子因要修青年东路而拆迁，我分得征收补偿壹拾捌万多元，购买了八字门居民点陈卫东的那栋房子的第三楼，住两年后我把这套房子原价转让给了陈卫东，还是用这笔钱买了经开区梅子柿村大塘组的一套征收的房子，此房去年被长兴公司征收，分得长兴和城6栋3007房和7栋302房的两套房子，所以这两套房子都是我的婚前财产，只是位置改变了而已。

前年枫树村石家组全部搞棚户区改造，我的那栋三层楼房被拆迁了，我只分得原来两层的钱，我买了一套房子给袁垣，在建材市场开了一个门面，还买了一辆车，就没钱了，其实原告要分一半产权的车，"香F00A49"就是我把这台车卖出去了再买的车，所以我现在这合车也是我的婚前财产，王靖不可能有产权。

第三层的钱被王靖全部拿去了，直到现在我没有用她一分钱，她说她买了巴陵时都5栋203的房子，只付了26万元的首付，可笑我还倒给她每月3000元的生活费，她就只承认这套巴陵时都5栋203的房子我有一

半的产权，其他的钱都没有了，至今没有看房产证一眼。

原来那个经营不锈钢的店子的货物和转让费十几万都被她拿去做了试管婴儿项目，以及用于生活开支，用得干干净净。综上所述，巴陵时都5栋203的房子和我在机务段内养路四工区单人宿舍前面购的一套房子，这两套房子才是我和王靖结婚后的共同财产。其他的财产都与王靖无任何关系，都是我和袁垣的财产，根据《中华人民共和国婚姻法》第三章第十八条明确规定，一方的婚前财产归一方所有。

请求法院保护我的婚前财产，前妻生的孩子还在读书，还要抚养，还没有完成任务。信用卡上欠了几万元，我还欠了别人几万元钱，袁波还小，还要很多钱用。请求法院依法支持我的合理请求。

事实和理由：

我与原告王靖于2009年恋爱，并登记结婚。刚开始她对我和袁垣（我前妻所生）很好，加之我2006年离婚后也一直没有对象，所以倍加珍惜。婚后被告迟迟没有怀孕，这时我才知道她与其前夫就是因为输卵管阻塞，不孕不育。于是她在与我结婚后强烈提出要到省城做试管婴儿项目，那时我开的店生意很好，加之我看她人还不错，就去了省城，前后做了三次，花费了十万元才怀上袁波。

被告刚一怀上孩子就原形毕露，才怀三个月就指示其弟邀人打我，长期大吵三六九，小吵天天有。看我无利用价值后，拒我千里之外，我们很少过夫妻生活，她对袁垣极其苛刻，常以学习为借口辱骂、毒打，袁垣曾两次被打得离家出走。袁垣在家煮饭、洗衣、做卫生，长期帮她洗脚，无所不做，连被告炒菜都是由袁垣把菜洗净后她才炒的，还得看心情，否则别想吃饭，连觉都睡不安宁袁垣进初中后，作业多了，不能做家务，被告将他赶出家门，独住一处，无人照应，被告所作所为，令人发指。

根据《婚姻法》规定，无过错方可以请求损害赔偿，王靖虐待、遗弃家庭成员，这是一件不争的事实，当地梅子柿村大塘组的组长来我家做过多次调解工作，把住在离我家不远的同学家里的袁垣接回家，但住不了两天，王靖又把他赶出家门。梅子柿村的主任也到我家里做过调解工作，但都没有办法解决这个事情，这些事实都可以查证。王靖说我长期在外面住，我就是陪着袁垣住，他还未成年，谁会放心自己的小孩一个人在外面生活呢？

王靖直接导致他连初中都没有读完，直到现在都没有住在一起。我心如刀割，痛定思痛，造成今天的一切的罪魁祸首就是原告王靖，她对我们的感情伤害和婚姻破裂有着不可推卸的责任，正是她的虐待、遗弃袁垣而导致我们的夫妻关系愈发紧张，到如此地步。根据《中华人民共和国婚姻法》第四章第四十条，一方因抚育子女协助另一方工作等付出较多义务的，离婚时有权向另一方请求补偿，另一方应当予以补偿。

根据《中华人民共和国婚姻法》第五章第四十六条第四项规定，虐待、遗弃家庭成员而导致离婚的，无过错方有权要求损害赔偿。所以我请求法院依法判决原告给予我1万元的补赏金和袁垣5000元损害赔偿金，承担原告本次的全部诉讼费用，并兑现自己的承诺所有财产都归我和袁波、袁垣所有。请求法院支持我的请求，依法判决。

此致

袁俊杰

开庭的那天，袁俊杰赶在八点钟之前到法院，当他走到楼上的法庭，他看见王靖比他到得还早，但他没有看见袁波。在法官的带领下，他们在法庭上执行法律的规定程序，在一轮一轮的法官的问询中，袁俊杰也顾不上什么面子或者形象了，还有什么不能说的呢！他不断地拭着那决堤似的眼泪，把自己多年以来无处诉说的一切都告诉法官，不断地对法官说他不想离婚，并递给法官看他前些年就起诉了王靖的一些资料。

一张离婚申诉书上面写着：

为什么袁垣出走呢？袁垣在家煮饭，洗衣，做卫生，长期帮她洗脚，无所不做，连被告炒菜都是由袁垣把菜洗干净后她才炒的，还得看心情，否则别想吃饭，连觉都睡不安宁。现在是变本加厉，因为袁垣进初中了，作业多了，不能做家务，被告将她赶出家门，独住一处，无人照应，所作所为，令人发指。原告为解除痛苦，向贵院起诉，请依法判决，不胜感激！

后来，在王靖的再三请求之下，袁俊杰不得不去法院申请撤诉，王靖也写了下面的保证书：

为了自己以及家人幸福，挽救这千疮百孔的家庭，我王靖诚实向袁俊杰保证从一言一行做起，彻底改变自己，成熟自己，为了家庭团结，婚姻幸福，使自己完全适合袁俊杰的生活，我坚决做到：

1. 讲话要慢，不讲恨，不洋五六，不咄咄逼人。
2. 不吵闹，不打斗，不藏私房钱，不背叛袁俊杰。
3. 不把首饰、合同、证件等家里的东西放到别家，绝不在晚上吵架。
4. 心情不好时，必须向袁俊杰陈述原因，交代思想，共同解决。
5. 接待袁俊杰亲戚、朋友热情周到，不论疾病或贫穷都用心爱袁俊杰。

6. 善待袁垣，尽一位母亲应尽的义务和责任（不求完美，但求和谐）。

若做不到则自动离婚，净身出户，所有财产归袁俊杰所有，并由我独自抚养袁垣、袁波。此保证是最后一回，永不后悔。

保证人：王靖

与此同时，王靖也是一样地流着眼泪，与袁俊杰不同的是，她没有多说什么话，只是张罗着把她找来的法律援助中心为她打印的各条各项递给法官看，当听到袁俊杰说不想离婚时，她说："离了吧！袁俊杰，你今天不离，我明天又会起诉你的，律师都说了，结婚是两个人的事，离婚是一个人的事，如果你今天不同意，我连续起诉三次就会自动离婚，袁俊杰，算了吧！离了吧！我们不要再折腾了，好吗？"

此时袁俊杰还能说什么呢？

他看见曾经恩爱的人央求自己放过她，他觉得此时如果不能满足她的要求的话，自己真的是过意不去啊！想到这里，他还有什么可说的呢？他只得答应王靖："好吧，我同意离婚。"法官看到他们两人就离婚达成了一致，就把财产方面的问题摆出来，让他们进行说明及分割。对于两个决意离婚的人来说，早已在心中有一个分配财产的方式和方案。经过几分钟的商讨，他们就在财产的分配上达成了一致。在离婚案件生效后，法院给双方当事人各一份离婚证明书。袁俊杰走出法院大门的时候，已经是11点多。

有句话说："除了死亡，一切皆为擦伤。"离婚也是如此，如果你刻意放大离婚对你的负面影响，它就会让你生不如死。而如果你接受现实，它也就不过如此。有些人可以在情感世界和现实世界中自由切换，而有些人就不行，在他们眼中，感情是自己的全部，哪怕失去了，也会死死抓住不肯放手。袁俊杰也许就是这种人，在他与袁波打电话时就可以看得出来，每次袁波来电话，他第一句话都是："我好想你呢，宝！"或者问他："你想爸爸了没有？"

太过于重视已经失去的感情的人，注定会为情所困，而且会活得很卑微。已经离开你的人，已经伤害你的人，再也不可能在一起的人，你还念念不忘，你以为你很伟大？你以为你能感动世人？别傻了！你最多只能感动自己罢了，这一切都毫无意义，用网络上的话语来说，"最好是及时止损"，然而，反正就有人觉得自己破碎的家庭就如世界末日来临，看不清南北东西……

第三天的上午，袁波用王靖的手机打电话给袁俊杰，说很想爸爸，他要爸爸住到家里来。这个电话给心存幻想的袁俊杰带来了无限的希望，他想象着只怕是王靖对自己的过错有所醒悟，又或是她看见可怜的袁波而良心发现，他急忙在电话那头高兴地答应了袁波。袁俊杰自己一个人早早地吃过晚饭后，就背起被子和衣服向袁波家里走去，开门的是袁波，一看到儿子，袁俊杰就打心里高兴，他迅速把袁波抱在怀里。

王靖装着没有看见的样子，一边看着电视一边说："你睡那个房间，不要把东西搞到我的房间来了！"

袁俊杰听后，停顿了一下，说："好，好的！"他想，也许是王靖状态还没有调整过来，自己急什么呢？慢慢地来吧！不管怎么样，能跟袁波在一起生活对他来说不就是最好的事情吗？

就这样，袁俊杰离婚以后还是与王靖同居着，只是他们没有同床共枕，不过，他们的关系反倒比离婚前要好得多，两个人不吵架了，以前的矛盾也不存在了，开始和和气气过日子。谁也不提要复婚的事，就这么心照不宣地过下去。袁俊杰原本以为是一日夫妻百日恩，即便是离婚了感情还是在的。但其实不然，王靖之所以暂时将就他过着，是因为孩子袁波还小，他习惯了和爸爸在一起的日子，她担心突然把他与他爸爸分开，他受不了，还有一个原因也许是她现在没有遇到更好的。

有一天吃晚饭的时候，袁俊杰在客厅和袁波玩着，王靖在厨房里做饭，突然，王靖跑到他的面前说："你得多交一点钱才好，你看这家里用水用电的，这三千块钱一月的真的不够啊！"

袁俊杰说："现在店里没什么生意，你是知道的，店里的房租也是两三千，水电和物业等开支加起来上万呢，现在一些不重要的东西，还是能省就省点吧！"

"你不管我，我要干什么你管得了吗？"王靖顿时就生气了，她向厨房一边走去一边说，"你不给是吧？你可以走啦！你没必要住这里的！"

这句话像晴天的霹雳一样打在袁俊杰的心上，他的眼泪像断了线的珠子一样突然掉了下来。袁波在边上帮他擦了眼泪，一遍又一遍地说："爸爸，你怎么了？"

为了不影响袁波，他装作若无其事地说："没事！"

他待在那里，想到他此时此刻已经不属于这里了，这里曾经拥有的一切现在他都不能拥有，他是一个离了婚的人，一个离婚的人哪里还有家呢？这只是他曾经的家，哦！现在不是了，现在是那么的陌生啊！不！陌生什么呢？这里不是还有我的孩子袁波吗？

在这里他毕竟还是快乐的、幸福的，离开了这里，孤单的自己又能去哪里呢？袁俊杰想着：已经是妻离子散的自己，除了落泪，还能做什么呢？还是多给她一千吧，就算自己不吃不喝也要给她呀！不然王靖真的不会让他住在这里的。于是，他起身走到王靖的身边，在厨房的门口轻声地央求着："好吧，我听你的，我从此多给你一千块，这总行了吧？"

王靖只顾着自己炒着菜，说："出去出去，吃饭哒！"

袁俊杰知道，这是王靖同意了的意思，他急忙去摆桌子准备吃饭。

开始时袁俊杰也觉得好奇怪，离婚之前，天天吵架，见面就吵，一说话就吵，日子根本就没法过。生活在一起非常难受，只要他不在家，王靖就说非常平静，只要他一回家，进门出门都会吵，吵架比吃饭都多，为生活小事吵得不可开交。现在好了，刚离了不到两三个月，王靖的态度就变得特别温和，还对袁俊杰笑了，他都多久没有见她笑过了，平时都是一副谁欠了她的钱一样的臭脸。不仅如此，她说话也变得很和气，人也温柔了许多，做什么事都可以商量了，去哪里玩也会事先说一声。目前，他们还是住在一起，照顾小孩，双方都对对方尊敬了许多，说话也不会大声吼了，难道是因为失去以后才懂得珍惜？

晚上他躺在床上，猛然发现，这些只怕都是暴风雨的前兆，"哎！"他叹了口气。常言道："万般都是命，半点不由人。"他左思右想，感觉与王靖之间有着一张不可逾越的心门：

　　　　左思/把我的爱情装一樘门/除了你有钥匙/谁都别想进来一步/可是我担心你/丢三落四的习惯/又犯/成为我进不去的/一道门槛//右想/也许爱情没有门更好/你就可以有随时/进出的自由/但是我特害怕/你那绝望的声音/重奏/癞蛤蟆吃天鹅肉/门都没有

正当袁俊杰在暗自盘算着复婚的时候，第二天晚上吃完晚饭，王靖轻轻地对袁俊杰说："袁俊杰，我们还是分开吧！真的希望你能过得更好，真的！"

袁俊杰愣在原地，他不敢相信自己的耳朵，他来不及感叹他的命运，风平浪静的日子盼了好久好久才来临，而暴风雨来临之前总是那么平静，他回过神后才说："我们现在，不是好好的吗？"

"谁跟你好？我还不是看在袁波的分上，离婚后你还要在这里住着，现在也够了啦！你收拾东西走吧！"

"我不走，王靖，你说，我哪个地方没有做好？你说，我改还不行吗？保证改！"

"没有，你都做得好！袁俊杰，你要弄清楚，我们已经离婚了！"

袁俊杰没有作声了，是啊，他们不是已经离婚了吗？自己还有什么资格说呢？还有什么理由在这里住下去呢？这里早就不属于他了！

此刻，袁俊杰终于明白了现在王靖是不想两个人继续这样凑合着过了。实际上，她对他早就没有什么感情了，既然这样还不如各过各的，谁也不管谁，没有分开的原因，与其说是为了袁波，其实是还没有找到更好的，还有一个原因大概就是习惯了吧，即便没有感情了，也习惯了在一起生活。不过，她与袁俊杰之间的感情实在没有挽回的余地了，那就一别两宽，各自欢喜，互不打扰，就是最好的结局。

此时的袁俊杰也在反省自己，感情是很难控制的，不是自己说什么，便可以做什么，自己想怎样就怎样的。袁俊杰一直都在想为什么人生要有分离，为什么他还不可以哭泣，为什么还笑着说我会回来的，我的亲人都在那里，而我自己，却要和他们分离。但是，现在他要走了，虽然很难过，但是又能如何？因为走的是他这一个人，却留下了他无数的思念、牵挂……还有很多很多的话要说，即使在家待了这么久也没有说完呢，可是要说些什么呢，该说些什么？突然又都什么也说不出来了。

也许她心里有别的人了，天要下雨，娘要嫁人，走吧，走吧，我会一个人努力坚强生活下去的。看见袁俊杰收拾着被子和衣服，不懂事的袁波朝他摆摆手，很潇洒地说："爸爸，你明天回来啊！买玩具啊！"

袁俊杰的眼泪顿时流下来了，他抱起袁波说："好的，爸爸给你买玩具，答应爸爸，以后你要听妈妈的话！"袁波看到爸爸伤心的样子，他才感觉到情况跟以往有所不同，他能知道这个家里到底发生了什么呢？他才5岁啊！他似懂非懂地点了点头。

门开了，袁俊杰拿起衣服就这样离开了他的家。

第五十六集

得秘计于牢灭口　遗臂膀方得新生

袁炜已经进入监狱，他在里面跟父母亲保证，一定认真地劳动改造，争取早日回到他们的身边，也希望他们放心，自己一定会重新做人。袁望春也回信，说只要他认识错误，改过自新，就一定会有机会重来，他和他母亲在袁家岭期待着他的回来。

监狱的活动空间是非常有限，并不像在外面的时候，想去哪里就去哪里，想干吗就干吗。对于进来过几次的袁炜来说，他似乎已习惯了这种生活，对什么都很熟悉，又对什么都无所谓，活动空间只有监区里面、上班的车间，还有放风的时候有一个篮球场的活动空间，而且都是有规定的时间和规定的活动方式。

监狱里的生活充满了危险。

几个月后，这天正是休息日，在袁炜他们都在监狱的床上休息的时候，突然铁门"咣当"几声被打开，随即进来两个人，监狱长说了一句："从今天开始，这个监房多两个人。"一个狱警回答说："好的，长官！"监狱长说完就走了。

袁炜看了一下，他一眼就认出其中的一个人来了，他就是外号叫"豪哥"的人，好像有几次在龙老板的晚会上见到过。豪哥刚进来时，他装作不认识，招呼也没有打，豪哥也知道这其中的原因，如果在狱警的面前暴露出来他们有关系的话，就会把他们分开关着，到时候，他们就连话都没有机会说了。

后来，在与豪哥的交流中，他知道警方又逮捕了龙老板集团的几个同党。除了警方，还有当地的居民也配合展开行动，扣留了专为龙老板走私的一只船，这船的船长不是别人，就是豪哥。豪哥说龙老板的龙都集团已经瓦解，名存实亡。豪哥进来不久后，还进来了一个人，一副凶恶的面孔，右边的脸上有一颗黑痣，袁炜感觉到危险，哦！不好！他想起来了！胖子似乎对这人有些认识，他名叫刚仔，前几年在香洲的另一个地方，当时这个名字说出去可能没有人不知道，在黑道上让人胆寒。几年前一匹黑马突然从黑道杀出，"菜刀会"老大一夜之间被全家灭门，老大蔡皮更是连头颅都被砍掉，一时间在黑道上引起轩然大波，这个时候刚仔便站了出来，以血腥手段杀掉了几个反对者，强势接手了"菜刀会"，更是以不要命的打法干掉了几家想趁火打劫的帮会，后来才有人打听到他的真实背景，他是王龙私生子，一直在某所高校读书，因为消息封锁得严密，所以一直没被人知晓。

今天，看到刚子的到来，胖子的心里很不舒服，他感觉有什么事要发生，于是在一次放风的时候，看见边上没有别人，他跟炜哥说："炜哥，这个新嚟嘅人你识得咩？"

袁炜满不在乎地说："唔识呀，点呀？

"冇事，我好似喺边度见过，只系唔记得咗个地方啦！"

"有乜好大惊小怪嘅！"他说完就走了。

在一个晚上，袁炜不知道为什么睡不着觉，他就问豪哥一些关于孙丽的消息。

豪哥告诉袁炜，龙老板玩够了孙丽后就把她抛弃了，还用刀威逼孙丽，把她银行里面的存款取走，还强迫她在龙都夜总会接客。

都两年没有看见儿子了，袁望春虽没有说什么想念袁炜的话，可是谁不想念自己的孩子呢？男人嘛，只是把那份思念深深埋藏在心底而已。不过，张四嫂就不同了，在这袁炜出事的两年里，她常常莫名地伤心，难过得泪流满面，有旁人在场的时候，就急忙跑到房间里去，好一阵才出来，她那红红的眼睛告诉他们，张四嫂刚刚在房里哭得稀里哗啦。

每当张四嫂哭的时候，她都会向袁望春提出要他去一趟香洲看看袁炜，自从这孩子开庭审理的时候，袁家岭有人去过，就再也没有人亲眼看见他，信是每个月都有一封，也就只能通过写信来往了，然而写信来回的时间又是好长好长。

但是，在信里，袁炜只说些好的话，什么在监狱里面，准时6点起床、吃饭，7点准时下楼出工，晚上准时8点收号，10点关电视睡觉。生活过得很有规律，监狱的伙食相对看守所的伙食也好了很多，除了萝卜、黄瓜、大白菜，每餐都有肉吃，有时候还会加一个鸡蛋，每逢节假日的，监狱里面还有一些会餐的活动，那时候就像是在乡下办红白喜事，桌面上除了酒没有之外其他的菜都有。

每天早上7点就去工厂里面做皮鞋，中午吃饭加休息两个小时左右，接着又要出工，下午6点左右收工回监，工作的时间只有短短的8个小时，强度其实也不高，那就是流水线的生产车间，一天下来经常就只做一件事，如果想多挣一点考核分，只有努力工作才能得到，考核分数越多才能早日减刑回家。现在的他不仅能靠努力挣到了很多的考核分，他还觉得做鞋这门手艺他学得差不多了，甚至可以回家了开一个鞋店。哦！等他回来了就给父亲和母亲各做一双鞋子看看，那句不用担心他，在信里面说了好几遍。

信里面说是说得好，可那只是一张纸，还是没有亲眼看见人，凭这一张纸她又怎么能信服呢，袁炜这伢仔常常喜欢讲大话，他们做父母的都是知道的。再说，他不说在那里过得好好的，他的父亲和母亲不在袁家岭天天担心着他吗？想到这里，张四嫂似感觉到信里面说的全部都是假的，于是，张四嫂就开始要求袁望春抽时间去看看袁炜。袁望春反正不是说路上的花费，就是说路途遥远，以耽误时间为由拒绝她的要求，还有作为一个乡下人，他们还不知道到了那个遥远的地方后到底能不能见到袁炜。随着时间的流逝，张四嫂的这种要求越来越强烈，终于在这一天，袁望春突然答应了张四嫂的要求，经过两天的准备，第三天早上，袁望春背着行李就在代销点的门口上了去县城的客车。监狱里面是可以会见的，但是在这人生地不熟的地方，除了孙丽之外就没有任何人来看望袁炜了，孙丽也不能常常去看他。

孙丽知道袁炜恨她，可是他又哪里知道这一切都是龙老板使的奸计呢！她多想见一面袁炜啊，把她那红彤彤的心交给他看，她有好多好多的话还没有来得及说呢，不过，这一切似乎都无济于事，袁炜不想见到她，每次都是满怀希望来，垂头丧气地走，看来，袁炜的心里真的是不能接受她了。

这次，袁望春来到香洲，第先跟孙丽取得了联系，孙丽接到了袁望春后，先是帮他安顿下来，准备第二天去探监。

第二天，他们带上行李早早地就来到袁炜所在的监区。在接待室，孙丽要袁望春去登记，她怕如果又是她登记探监，袁炜又不肯出来。果然，袁望春在接待室办理完手续后，他和孙丽一起在接待室等待了一下，就见袁炜快步地向他们这边走来，虽然隔着厚厚的一层玻璃，袁炜还是一眼认出他的父亲，他急忙走到玻璃前，一双手在玻璃上摸索了几下后拿起边上的电话筒说："伢老子！嗯禾里来哒咯？"

"我还不是来看一哈嗯！"

说完，两个人泪水就流得满脸都是。

此时他们三个人都成了泪人，哭得稀里哗啦，孙丽伤心欲绝，她却转过头去，她不想让袁炜看出她来，怕好不容易团聚的父子被她打扰，在他们父子关系中，也许她可以算是一个外人，为了让他们放肆一点，她除了退让以外，还能做什么呢？他们想哭就放肆地哭吧，哭出来了也许还好受一点，其实她也在哭，好久没有见过袁炜了呢，不过，无论是哭还是笑她都害怕袁炜认出她。

他们父子除了说些在监狱里面的好不好之外，就是袁望春要袁炜听警官的话，认真改造争取早日出狱，袁炜除了问候他的母亲外，就是不要他们担心他。时间总是过得飞快，似乎一点都不够用，边上的狱警提醒他们已经用了二十多分钟了，他们只有几分钟了，在这短短的几分钟里，想说的话都来不及说出口。突然，袁望春喊了一声："丽伢仔！你来，你来说两句！"

袁炜不知道谁来了，他顺着他父亲的头转过去一看，顿时他明白了，孙丽也来了，怎么办？把电话挂了还是……这时，他正在思考着，还没有考虑清楚，突然听到了孙丽的声音："炜哥，你瘦了！"

这时，袁炜的眼泪又掉下来！他转过头去，是啊，他好想穿过这块玻璃去把她抱在怀里呀，其实他是多么爱她，不过，对于那些发生的事情，他无法释怀，他除了沉默不语之外，不知道说什么才好。

"炜哥，还吃得饱吗？这里的饭菜够不够你吃，这里伙食行不行？你的头发好像很久没剪了"

"好了，你们不用担心我了，这里每餐我都吃不完，你们不用替我担心，我很好！"

"要不我寄给你几本书吧，你有空的时候就看看书解解闷，还有衣服和鞋子啊！"

"谢谢啦！不过不用了，衣服和鞋子监狱都有的，你们把自己管好就行了！我知道，你找我的原因，孙丽，世事难以预料，如果有一天你想跟别人去登记，你可不用跟我说，我会明白的，我会支持你的！"

"哎呀，你说什么啦！我会一直等你回来的，不管怎么样，我和爸爸都是支持你的，你要在里面照顾好自己，千万不要自暴自弃，知道吗？"

"我不要你管！"

"时间到了！走啦！走啦！"边上的狱警大声吆喝着，就把袁炜往里面拉。

"炜伢仔，这里有一点吃的东西你拿去呀！炜伢仔！"袁望春急忙上前抢着听筒大声说。

"好！你就放到那里，狱警会去拿的！"

袁望春通过听筒隐隐约约听到袁炜这样说。

就这样，袁望春和孙丽把带来的东西全部交给狱警后，无奈地听到袁炜那边的铁门"咣当"一声被锁上。走出监狱的时候，袁望春一遍又一遍地回头看，他似乎不肯离去，孙丽扶着他，也是每走几步就跟着他回头望一望。袁望春有一种奇怪的感觉，他好像对这个关他儿子的地方又爱又恨，他的心里有一种说不出的味道，只好认认真真地记住这个地方。回到酒店，袁望春问孙丽要不要跟着他一起回去。孙丽说她还得留下来，袁炜的刑期是三年，已经过去一年多了，还剩一年多，她要留在这个地方，等袁炜出狱后一起回。再说，如果孙丽回去，那袁炜就真的是没有一个人看他了，她也怕他孤单。袁望春一想，也罢，孙丽留他住些日子再走，可是他说看到了袁炜他就心满意足了，他妈妈还等着他的消息呢，再说，俗话说外面的金窝银窝不如自己的草窝，住在这里，他一点也不习惯，开支还不小呢，虽然是孙丽付的钱，但是他也知道，在这个城市里，条件这么好的房子住一晚绝对不便宜，于是，第二天一早，他就上了回家的火车。

这天，袁炜在监狱里的皮鞋厂里做事，所有的人像往常一样工作着，机械的声音一阵一阵地响着，突然"哎哟"一声，袁炜双手抱着一摞鞋料应声而倒，边上的人顿时哄堂大笑。他从地上慢慢地爬起来，他的鼻子磕在一个板凳上，顿时鼻血流了下来，他知道刚才不是自己不小心摔倒的，而是门口的一个人趁他过来时，故意把脚伸出来把他给绊倒的，于是，他火冒三丈，骂道："你个狗杂种，害老子，有种你企出嚟！"

"难道唔惊畀刚子打？哟！大家听到未呀？有人睇你刚老大唔顺眼！哈哈哈！"

"哟！大佬，呢度有人闹人！"边上一个马仔说。

顿时，一个光头大哥跑过来，问袁炜："细路，系你闹人？"

袁炜看了他一眼，没有出声.

这时边上的一个马仔一把揪住他的衣领说："你点解唔讲嘢？佢系我大佬嚟噶！"

"你大佬，关我咩事？"

"踎低，由我裤浪底爬过去！"

"……"

"点呀？唔愿意？"

"……"

"黐线，你呢个咩态度！佢系我大佬，你仲想唔想活命？"

"佢老母，我叫你做哑巴！"

袁炜的头上就被那人打了一拳，顿时，他也还了一拳，他们就对打了起来。

俗话说"好汉难敌二手"，袁炜面对他们七八个人怎么能打得赢呢？

在这危险的时候，麻胖子从走廊里过来了，他看到袁炜正在被人打，急忙按下了监狱里面的报警器，顿时，警笛声大作，几个狱警跑来，制止了打架斗殴后，袁炜和那个马仔被带到办公室问话。

监狱长对袁炜说："3656 为什么要打架？你先说！"

"有人故意陷害我，监狱长！"袁炜说。

"谁害你？啊！你说呢？是他？"监狱长转过去对那个马仔说："你是怎么害的他？"

"我没有，监狱长，他骂我，我当然要打他啦！是不是？"

"不要动口就打人打人的！你们都是谁？"

"我可没有这么说！"

"监狱长，他们都是一个团伙，一个帮派！"

"3656，什么事情你要弄清楚再说。东西可以乱吃，话可不能乱讲，你乱讲，出事了你不要怪我！"

"少跟我来这一套，听到没有！"监狱长对马仔大声说，"你们帮派里面都有谁？"

"真的没有啊！老大！"那个马仔恶狠狠地瞪了一眼袁炜。

"好吧，你们都不说是吧，我会查清楚的，不过，在任何情况之下，你们都不应该打架。现在你们去监房，如果查出来你们搞帮派的话，我就把你们送去惩教室，听到了没有？"

"听到了！"

"还有你！摔倒了有什么了不起的，摔倒了爬起来就是，如果是别人故意弄的，你可以告诉狱警，别以为进来这里还跟外面一样，你们可以无法无天，听见了没有？"

"听见了！"

"小子，来摆这道，算你命大，我今天心情不错，以后小心点，不然会让你好看的！"

"走！去监房！"

他们一前一后走出办公室。

胖子看见袁炜来了，急忙跑过来问："炜哥，冇事呀嘛?"

袁炜用眼睛瞪了一下那一伙后说："冇事！"

这时，那边的老大看见了，就走了过来，他的马仔也围了上来。看见刚子恶狠狠的样子，胖子急忙上前打招呼说："刚子，你大人有大量，我以前唔懂事，得罪咗你，你打都打咗，你就算啦。"

"哎！呢句说话应该由我嚟讲先啱，系唔系，你行开！不然连你一起打！"

"好好好！"胖子没有一点办法。

"炜仔，唔好畀人讲我人多虾你，照牢房规矩，我依家揾你单挑，走，出嚟！"

"刚子，你冇证据，你会打错人嘅。"这时豪哥说了一句话。

"冇证据？我兄弟就系证据！你到底打唔打？唔打就等我嚟。"

"你话打就打，嗰我算咩啊？我打唔打关你咩事?"刚子说完，对袁炜的头上就是一拳。

"好似挠痒痒一样。"边上的人都是幸灾乐祸的样子。

外面的狱警听到了声音，走过来，在铁门的门缝里看见他们都围在一起，顿时觉得有事情发生，急忙把铁门打开，拿着警棍说："散开！散开！3912 你听见了没有？快点散开！"

刚子气愤地说："你细路唔走，我就喺呢度陪你，今日算你好彩啦，你畀我听住，我迟早整蛊你！"

袁炜知道，这次虽然躲过了一劫，但是下次也许没有这么幸运。

他和麻胖子回到自己的床上，胖子说："炜哥，你就忍下啦，反正我哋都就净系得一年几啦呀！"

"忍!?"袁炜很气愤，"只怕我哋仲未出去就畀佢哋打到响呢度！"

"炜哥，佢哋人多，要唔要我哋去申请一下，睇下可唔可以换个监仓?"

"冇用嘅，嗰个监狱长边有咁好讲嘢！"

"我去试下！"

第二天，胖子在皮鞋厂做完作业之后，他去了办公室，敲开了监狱长的门："你好，监狱长，我可以提一个要求吗？"

"说吧！只要你提的是正当的要求，我会认真考虑的！"监狱长说。

"监狱长，我和炜哥在这里很危险，有人故意找我们的麻烦！希望监狱长能帮忙换一个监房。"

"换监房可以，但是你得有充分的理由，不然我也没办法向上面交代。"

"监狱长，炜哥在这里被打了几次，您还不知道吗？就在前天晚上，他们又来找碴，要不是值班狱警赶来，后果真的不堪设想！"

"好吧，你回去写份报告给我，我再来安排!"

"好的，好的，谢谢监狱长！"

胖子走出门，高兴得几乎要跳起来。

回到监房，胖子告诉炜哥，监狱长同意他们的换监申请，于是，他就找了一张纸和笔，开始写了起来。

"哟！仲几有文笔嘛！呢系写紧咩啊？"一个马仔看见胖子在写东西，于是他皮笑肉不笑地走过来挑衅。

麻雀用眼睛瞪了他一眼，急忙把写的东西用手挡住。

"仲惊界人睇？到底写嘅咩鬼嘢？"这时刚子的马仔们都听到了，他们慢慢地围了上来。

一个马仔抓住麻雀的衣领说："边个要你搞嘅嘢，快啲界老子睇下，你到底写咗啲咩衰嘢？"

麻雀看着他不说话。

"我喺同你讲嘢，你聋咗呀！"说完就打了胖子一拳。

胖子没有还击……

"有本事你就还手呀！还手呀！"

"算了……"

"我嗰两个兄弟喺度望住我，我唔打佢，我点样对我嘅兄弟交代？"

"兄弟，唔好喺呢边吵啦，有咩事返房再讲好唔好呀？"

"关你咩事，同我滚开！"

"你哋放手，佢写咩唔关你哋咩事！"袁炜把胖子挡在后面说，"你哋唔好欺人太甚！"

"喂，我哋嘅账系唔系该计一计啦？"

"你想点算就点算，今日就将话讲清楚，嗰日明明系你哋踢咗我一脚，不然我会跌低？仲有，你就系有事冇事搵我哋麻烦，唔系咩？"

"喂，说话唔好随便乱噏，你谂清楚先讲。"

"你自己将豪哥嘅香烟偷咗仲想嫁祸界我，依家仲嚟同我要香烟，我讲错咗咩？"

"我靠，你细路想死吧？老子一早就要打你啦！"

"够啦，刚子界我个面！"豪哥走过来说。

"唔好再同我啰啰，我搵佢单挑已经界你面啦。"

说完刚子对袁炜就是一拳。

"老子依家就搵你单挑，你动手啦，我同你讲你还手呀，你还手呀！"说完对着袁炜又是一拳。

没有防备的袁炜被他这一拳打倒在地上，他从地上爬起来说："打我？"

说完他对着刚子的头猛地挥出一拳，只见刚子一个趔趄，头重重地摔在床沿上，鼻子嘴巴都是血，半天没有反应，马仔们把他扶起来后，他才清醒过来："佢敢打我？！"

"刚哥，对唔住你！刚哥，实在系唔好意思，我错咗，冇睇清楚……"

"刚子，算了吧！佢都唔系有意嘅！"

"算啦，想得美，我长咁大都未畀人打过，"然后大声说："畀我斩死佢！"

这时刚子的马仔们一拥而上，围着袁炜打。

胖子急忙拉架："唔好打啦，唔好打啦，唔好打！住手！狱警！狱警！快嚟呀！"

这时，一个马仔一拳打在胖子的头上。清醒过来的时候，胖子隐隐约约看见刚子跑到他自己的床边，从床底下抽出一把匕首，用手摸了摸嘴巴上的血，凶巴巴地向袁炜冲去。此时的袁炜已经被马仔们打得满身是血，死去活来，胖子也被打得东倒西歪，看见刚子冲来，他突然意识到不好，甩开一切后向袁炜跑去，大喊一声："炜哥！"胖子的话还没有说完，刚子的匕首就插入了他的胸膛。

被打得晕头转向的袁炜听见胖子喊他的声音，他回过头来望去，只见胖子倒在血泊里，他顿时明白了胖子是为了救他而挡了刚子的匕首，他大喊一声："胖子！"跑过去抱起躺地上奄奄一息的胖子，大叫："胖子，胖子……"

看见胖子倒在地上不能动了，于是，袁炜拿起一根长木棍疯狂地乱打一阵后，说："好！你哋系要搞死我系啦？系咩！嚟吧，嚟，嚟搞死我啦！嚟，你哋嚟，嚟呀！"

这时，大批狱警赶到："里面的人停住，3912在干什么？给我出来，出来，快点！"袁炜抱起胖子大喊："狱警！狱警！快点叫医生过来呀！快点来医生呀！"

不由分说，狱警把胖子抬上救护车，把刚子和袁炜带到了办公室，监狱长把警棍往桌子上一敲，然后说："3912说，你们为什么要打架？"

"误会，监狱长！"

"误会？你以为监狱长那么好骗？！"

"我喜欢打架，怎么样？"

"你们都给我闭嘴，我想知道你们打架的原因，为什么要常常打架？"说完，监狱长对袁炜说，"3656你先出去！"

他走出了办公室，透过窗户的玻璃，他看见刚子一副死猪不怕开水烫的样子。

一会儿后，袁炜被叫了进去。"3656你给我说清楚，为什么你老和3912打架？"

"监狱长，不是我找他打架，而是他找我麻烦，他要搞死我啦！"

"叮铃！"

"你等一下！"监狱长对袁炜说，"我接个电话。喂……"

他看到监狱长接电话时恭恭敬敬的样子，肯定是上级打过来的。

监狱长一挂电话就说："现在好了！3657已经死了！看来，我也保不住你们了，你们都等着上面来人调查吧！"

"胖子！"袁炜说了一句，就瘫痪在地上。

"来人，把3912关进惩教室！"

随即，刚子被两个狱警带走。

刚子被抓起来以后，监房里就平静了很多。在一次与豪哥的交流中，袁炜恍然大悟，豪哥透露，刚子那次放黑脚害他摔跤的前一天，坤哥来看了他，当时他们没有注意边上的豪哥也在接待室与他的老婆打电话，豪哥听见："这是龙老板的意思，事成之后还有……"

"阿炜告诉了警方所有的上家！"

"出来了谁都别想好过，必须让他死在里面。"

听到这里，豪哥怕他认出来，于是就转过脸走了出来，

"阿炜！你要小心！"豪哥说。

"好嘅，多谢你豪哥！"袁炜拍了拍豪哥的肩膀，"我知，佢哋系要杀人灭口呀！豪哥，你也要小心呀！"

"是的！"豪哥点了点头说。

袁炜顿时明白了，他狠狠地吸了一口烟后说："佢老母，胖子畀佢哋害死嘅！"

"嗨！"豪哥叹了口气，"太绝啦，太冇人性啦！"

袁炜把烟一下掐灭了，说："我会令佢哋付出代价嘅！"

这天上午，狱警对袁炜说："3565 有人探监！"

"知道了！"袁炜回了一声后，坐在那里一动不动，豪哥问他为什么不出看看。

袁炜没有去，他知道在海城这个地方，除了孙丽那还有谁来看他呢，不过想到龙老板把胖子害死的事，他顿时站了起来，对！他可以先问问孙丽，现在的龙都集团都是什么情况，了解一下他们的近况也不是什么坏事。

"还好吧？炜哥！"

袁炜扫了一眼孙丽后，看向另一边，再也没有正眼看她一眼。

"炜哥，你有心事？"

"你说句话好不好？炜哥，你看，我给你带来了什么！"

孙丽把袋子打开，把里面的东西拿出来放在桌子上，说："这是你喜欢吃的零食，还有书，还有香烟……"

"我不要，你买这么多东西干吗？"

"炜哥，你不喜欢没关系，你要什么，你说，我去给你去买！"

"我不要！"

孙丽突然"呜呜呜呜"地哭了起来。

"别哭了！"袁炜有些不耐烦了，"好吧，我问你一个问题。"

"你说吧！"

"我问你，胖子死了。你知道吗？"

"什么？胖子死了？胖子为什么死了？怎么死的？"

"坤哥他们害的！那几个王八蛋！"袁炜咬牙切齿地说，"我会为他报仇的！"

"不会吧！他们为什么要害死胖子？胖子知道什么？做了什么呢？"

"他们不是要害死麻雀，他们是要害死我，胖子帮我挡了刀！"

"这些畜生，他们为什么要害你呢？"

"我向警方揭了他们的老底。"

"现在你是不是很危险，那怎么办？"

"没事，监狱现在在戒严，现在还是很安全，我还有两个月就出去了！"

"反正你得多注意一点！"

"我知道！"

这时，袁炜望了一眼四周，然后低声对孙丽说了几句。孙丽点了点头。

袁炜说完就把话筒挂了，走了。

两个月后。

"3656！出狱！"刚吃完早饭的袁炜在监房里听到了狱警喊他的声音，他默默地收拾东西。豪哥跑过来说："兄弟，你自由啦！"

袁炜默默地用双手握着豪哥的手说："多谢！"

还有几个好兄弟也走过来庆祝："祝贺你！记得出去嘅时候唔好回头望，亦唔好讲再见！"

"多谢！"

"一路顺风！"

"多谢！……"

第五十七集

庭审论剑逢吴宇　点睛缉案助杨政

那天夜幕降临，城市的霓虹灯开始闪烁。在一家酒吧的停车场，赵熙驾驶的黑色奥迪缓缓停下。一个名叫李红的年轻女子从车里走出，显然已经喝得烂醉如泥。她摇摇晃晃地走向酒吧，却因为醉酒失去了平衡，摔倒在地。赵熙急忙下车，将李红扶到副驾驶座位上，给她系好安全带关好门后，开车将她送回家去。在车上，李红借着酒精对赵熙不停地发问，赵熙看见她醉成这个样子，没怎么搭理她，甚至在车上还发生了一些争执。李红家在郊区，所以有点距离，等到了李红家的时候，李红非要赵熙陪她一会儿，要不然就不下车。没办法，他把李红护送回家后陪她聊了一会儿，然后就回家了。开着车在路上大概行驶了十几公里后，赵熙就觉得有一点头晕，有眼睛要闭上的感觉，而且这种感觉越来越强烈，在他快要到家的时候，事故发生了，后来交警来了，把他从驾驶室拽下来的时候，他才清醒过来，发现惹了大事，他的车把那个清扫马路的环卫工人撞倒后又撞在路边的大树上才停下来，他们对他进行了各种测试后，将他关押，拘留到这里了。

"袁律师，我真的没有喝酒，也没有疲劳驾驶，袁律师！"

"好吧！你没有喝酒，也没有疲劳驾驶，那你为什么头晕呢？"

"我不知道，为什么当时我的头不听使唤，所以就……"

"这怎么解释？你头晕就发生了事故，你的头有问题吗？你原来晕过没有？"

"没有啊！"

赵熙极力否认自己喝了酒驾驶，却无法改变事实。他的父亲是市里有名的企业家，他不想让父亲知道这件事，但是这一切他只有听天由命了。

"好吧，你确定当天晚上没有喝酒？"

"没有喝酒，绝对没喝！"赵熙的声音有点大。

这时，会客室传来了"时间到了"的提示声，要求赵熙回到监狱室。

"好吧！今天，我们就到这里吧！你慢慢回想一下，看看有什么地方漏掉了。"

"算了，有什么好想的，我命该如此啊！"赵熙一边走一边消极地说。

看着赵熙的垂头丧气的样子，袁明生叹了一口气，只好暂时离开看守所。

然而，事情并没有就此结束。不久后，赵熙收到了一封匿名信，信中指出这是他的情人的报复行为，情人为了陷害他而故意设计了这个陷阱。

袁明生了解到赵熙因为这件事心情开始混乱，甚至将要崩溃。他的事业、家庭和爱情都受到了严重的影响。他的父亲得知他的事情后，大发雷霆，决定不再支持他的事业。同时，他的女友也离开了他，他陷入了深深的孤独之中。

事故发生的第二天早上，长阳市的媒体就报道了这起撞人致死事件，男子的身份也被曝光。他名叫赵熙，是本市一家大型企业的接班人，典型的富二代，年轻有为。这起事件引起了社会的广泛关注。

车祸案很快就开庭了。在庭审现场的肃穆气氛中，原告与被告各自坐定。法官敲响了木槌，宣布开庭。整个法庭静得能听见呼吸声，每个人都聚焦在这场看似普通的交通事故庭审上。

被告赵熙在法庭上无精打采、目光呆滞，而原告席的则是车祸死者的一名家属和代理律师。袁明生惊奇地发现对方的代理律师是吴宇，他正要跟吴宇打招呼，却被他以眼神拒绝，随即，吴宇站了起来说："法官，根据交警部门提供的证据，以及现场的勘察记录，我方认为此次事故是被告超速行驶导致的，事实无异议，所以应当由被告赵熙承担主要责任。"

"被告方，有什么需要说明的吗？"

"有的！法官、陪审员，这起事故，被告赵熙被定为超速驾驶是有很多疑点的：第一，交警裁定赵熙超速行驶，仅仅是因为赵熙在那条路上行驶的时速是 90 迈，而那条天鹅东路所规定的时速是 80 迈，当然，严格地说，也是超速，但是就算超速 10% 或者 20% 的话也是很轻微的，是不是？如果被害者当时没有在道路中打扫卫生，我想绝对不会发生这起的事故，所以，此次事故不能判我方当事人负全部责任，定为故意致死罪就更是不应该的，这完全就是一场意外事故。"

"反对，法官，我方反对被告代理律师对交警部门的裁决不满的主张！"

"反对有效！被告律师如果对交警部门的裁决结果有异议，请你与交警部门联系处理，法庭不做与本案无关的事情！"

"好的，法官！大家可以想象一下，事发已经是凌晨三点左右了，那个时候人肯定是困了，也绝对有一些迷糊，那么判断车速和观察道路可能没那么准确，而受害者在这个时间段应该知道这是事故高发期，那条道路的所规定的行驶速度还不低，就是说天鹅东路上的车本来就跑得很快，应当格外注意安全，最起码也得确保道路安全再上路作业吧。受害人麻痹大意和疏忽，没有安全意识，才导致事故发生，故我认为，受害人应负主要责任。我说完了。"

"反对。法官，环卫工人打扫卫生不到马路上去打扫，那去哪里打扫呢？对方律师是一个见利忘义的卑鄙小人。"

"反对，法官，我反对对方律师对我个人的诽谤和人身攻击！"

"反对有效！辩方律师请你遵守法庭纪律，注意自己的言辞！"

"好的！法官！超过规定的速度行驶，就是超速行驶，而不是说你超速了百分之多少就算轻微。如果是这样的话，那交通规则就得重新定了，那有免除处罚或者减轻处罚了，那就干脆不罚了吧，还定个超速规则干吗呢？"

庭审现场气氛紧张。控辩双方你来我往，谁也无法说服谁。法官面无表情地听着，不时地翻阅着案件材料。案件的疑点逐渐浮出水面。监控录像显示，事故发生时被告的车速确实很快，但并不能证明被告有主观上的过错；而原告的伤势则显示，他是在一个相对安全的位置被撞的，这与原告的陈述相符。

法官宣布下次开庭的时间，庭审结束。

在法院停车场，袁明生与吴宇相遇。

"在鑫源干得不错啊，袁律师！听我们律所的杨政律师说，你的前景可谓是一片光明！"

"还好，还好！"

"好就好！"吴宇歪着头说，"知道为什么这个案子的原告代理律师是我吗？"

"不知道。"袁明生摇了摇头。

"呵！"吴宇笑了一下说，"我现在是南通律师事务所的律师了，怎么说呢，我得感谢你才是，不是你的话，我怎么会在这里待得如此安逸呢？哈哈！"

"你的离开关我什么事？"

"少给我装蒜！你与鲁主任的关系谁不知道？不要以为你们的伎俩和勾当永远没有人知道！"

"对不起，我不明白你说的话！"

"我是被你们骗出鑫源公司的，这你该听清楚了吧？"

"吴律师，请你不要冤枉好人，其实我在公司里面对你从来没有不满，更没有说过、做过针对你的话语或者动作，鑫源公司的同事都可以证明！"

"这次我要打败你们鑫源律师事务所，南通高层说了，只要我赢了这场官司，我就是南通律所的高级合伙人，我要打破南通长期以来碰到你们鑫源律所就会败的惯例！嘴硬是吧？你以后会知道的……"

吴宇说完就匆匆离开了。

深夜，鑫源集团的15楼律师事务所的办公室里，袁明生正忙碌地整理着毛平安案件材料。这起贪腐的大案，牵连甚广，长阳市建设局等多名政府官员以及城通建筑工程有限公司高管等多人被卷入。

随着调查的深入，袁律师发现了一些关键的细节。这些关键细节告诉他，这起案件并非简单的贪污问题，而是涉及更深的层面。他日夜兼程地工作，走访证人、搜集证据。他跨越了无数的困难和障碍，只为寻找那个能彻底翻转这个案件的关键证据。在这个过程中，袁律师逐渐发现这个贪腐案与几个更大的利益集团有关。他们利用职权和金钱，操控着政府和商业界的运作。此刻，他意识到，贪腐不仅仅是个别人的问题，而是一个深入社会各个角落的毒瘤。他决定为正义而战，揭露那些隐藏在黑暗中的罪行。为了打破这个利益集团的保护伞，他决定将这个案子推向更高的层次。

袁明生开始调查建设局会计周慧的财务状况，发现其私人账户中存在大量不明来源的资金。同时，他也注意到城通建筑公司的总经理尹东风身边的人一个个离奇失踪。这让他更加确定，这不是一起简单的贪腐案。

在深入调查的过程中，袁明生遇到了一系列的阻挠。毛平安的上级、他的同事，甚至鑫源集团的董事乔晓华都开始关心这个案子，对他产生强烈的怀疑。袁明生感到了前所未有的压力，但他依然坚定地追寻真相。

与此同时，城通建筑工程公司的业务科长高升突然失踪，这使得袁明生的心情更加沉重。他开始怀疑，自己正在踏入一个巨大的陷阱。

袁明生决定将"暗影"一网打尽。他发现，鑫源集团董事乔晓华其实就是该案中的关系人，乔晓华一直在利用他来保护自己。袁明生感到震惊，原来，乔小华一直主动向他打探尹东风的消息，怪不得每次都失败而归。这个时候，他发现自己每次去城通集团就会被人跟踪。他不知道对方是谁，也不知道对方的目的是什么。他的心里充满了不安，但他不能放弃，他必须坚持下去。

离开城通集团后，他尽量保持镇定，不动声色地穿过繁华的市区，拐进了一条狭窄的小巷。跟踪他的人仍然紧紧地跟在他的身后。他心中暗笑，看来这次的对手并没有他想象中的那么聪明。

他走进一座看似普通的公寓楼，迅速地上了楼梯，来到公寓的门前。他用特制的钥匙打开了门，闪身进去，然后迅速关上了门。他靠在门上，听着门外的动静。不一会儿，他透过门缝看到城通建筑公司的业务科长高升，怎么会是他？袁明生站在那里屏住呼吸，纹丝不动，听到了门外的脚步声远去，他才松了一口气。看来这次的跟踪只是对手的一次试探，他们还不知道他已经觉察到了他们的行动。

袁明生回到家里，思考着下一步的行动。他知道，他的任务还远远没有完成，他必须继续深入内部，才能获取更多的情报。然而，他也清楚，他现在的处境已经比以往更加危险了。但是，他有信心，他能够成功地完成任务，维护正义、公平。

在下次开庭之前，袁明生整理好所有的证据，准备在庭上揭示真相。他知道，接下来的庭审将会更加激烈，但他也坚信正义终将战胜邪恶。他期待着下次开庭的到来，期待着揭开所有谜团的那一天。

袁明生开始调查这件事的真相，这天，他来到了赵熙出事地点，袁明生以锐利的眼神扫过现场，脸上满是疑惑。这起车祸并不简单，他可以感觉到。警方初步判断是驾驶员疲劳驾驶导致的事故，但袁明生却从中嗅到了不寻常的气息。

让袁明生奇怪的是，路面上都打扫得很干净，甚至找不到事故的任何痕迹，这让他感到非常震惊，难道赵熙在事故前没有感觉到任何危险吗？无论如何，在大部分的车祸现场中，都会出现刹车的痕迹，如果不是那棵被车撞得歪着的大树，他很难找到事故发生位置。袁明生查看了一下，在猛烈的冲击下，这么大的树都被撞歪了，被撞的位置出乎意料地高，一般来说，不会超过车辆的高度，但是这个树受伤的位置到地面的距离明显高出车辆的高度，不光树皮没有了，树干也撞坏了，深深地凹了进去，这棵树显然受了重伤，不一定能够活下来，可想而知当时的撞击力大得多么可怕！大树位于道路的绿化带，高出路面十几厘米，袁明生推断出，当时车辆在绿化带的边界槛上起跳，再飞向大树。就现场来看，环卫工人是在对向车道上打扫卫生而被撞，当时，赵熙为什么要偏离自己的车道而驶向对向的车道呢？

回到办公室，袁明生用粉笔在黑板上不断地比画，不断地推测着，到底事发当晚赵熙发生了什么，还有什么地方他没想到呢？突然，门"咚咚"地响了几下。

袁明生打开门一看，原来是前台小包敲的门。

"袁律师，外面有人找你！"

"谁？我认识吗？"

"南通律所的杨政律师。"

"杨律师？哦，好的，你告诉他我就来！"

小包出去了，一会儿后，袁明生来到接待室。一看见袁明生，杨政就从座位上跳了起来："袁律师，袁律师，你可来了，我急着找你呢！"

"什么事这么急？坐下说！"袁明生去泡茶给他。

"不喝茶，不喝茶，你坐下，我有个事要问你！"

"好吧，你说！"

"出大事了！"杨政靠进袁明生说，"正如你说的，劲能公司出了大事，他们的机器人现在都不能运转，甚至不能工作了，整个工厂几乎处于停滞状态。这起事件震惊了整个长阳市，媒体纷纷报道这起机器人失控伤人事件，引起了公众的广泛关注。政府也开始对机器人产业进行严格的监管和审查。劲能公司的股价暴跌，公司陷入了严重的危机。"

"这关我什么事儿？"

"这是不关你的事。听说是一个黑客组织发起的网络盗窃和入侵略件，这网络太不安全了，还有，那机器人平时好得不得了，可是一旦发生问题就是废铁一堆，此次劲能公司的损失可大了。"

"知道是谁干的吗？"

"好像是一家民不见经传的小公司干的，这不，他们又委托我代理此案。现在已经在走法律程序了，刚才我经过你们公司，突然想起你说的话，我就进来跟你说说，你可说得真准！好啦！没事了，我就不耽误你工作了，我走了！"

"好！"袁明生见杨政走到前面去了，他又大声说，"杨律师！"

"怎么了啊？袁律师。"

"有个情况我想和你说一下，劲能公司的那个仓库管理员张大成，你还记得吗？"

"就是那个陈安良的同事？怎么啦？他不是没有上庭作证吗？"

"是的，哦！不是，我不是这个意思，我觉得这个人很可疑，你们好好地查一下吧！"

"这样！"杨政说，"好的，我知道了！"

杨政说完就走了。

袁明生决定深入调查赵熙超速驾驶撞人事故背后的真相。他开始接触事故当事人、目击者，甚至调查了与赵熙来往密切的亲人和同学。在调查过程中，他发现了很多疑点，带着这些疑问，袁明生觉得有必要去一趟交警大队，他得去赵熙驾驶的那辆车上好好看看。

在交警大队停靠事故车辆的大院，袁明生找到了赵熙的那辆车，他慢慢地看着、检查着，认真地围着这个车转了两圈后，他发现这辆车除了前面的保险杠、引擎盖和一些其他的部件受损严重外，车辆中间和后面都没有什么大的损坏。然后，他打开门进入到里面去看看，在尾箱里面和后排座椅上都没有发现任何异常的痕迹，当他去打开驾驶室舱门时发现门被锁住了，幸好玻璃是破了的，他认为很容易弄掉，于是他爬上去用一只手把玻璃渣子弄开，才搞了几下手就被玻璃划了几道口子，他跳下车用卫生纸把手包扎了一下后又爬上车，可是，任凭他如何用力拉车门却还是因为车门的变形而没有拉开，于是，袁明生在外面用手机照了几张照片后就只能作罢，离开了交警大队。

在路上，他突然把车停在路边，想起了警方再次提审毛平安。这次，他们带来了新的证据。一个视频片段显示，毛平安与涉案人员有过接触。而据涉案人员交代，毛平安曾收受巨额贿赂。毛平安看着视频，表情凝重。他坚决否认视频中的人是自己，并提出视频经过了篡改。经过一系列的调查和审讯，警方确认视频是伪造的。

于是，他看了看时间后，又开车往看守所方向开去。

袁明生来到了看守所，当他见到毛平安的时候，他还是喊出了"岳父"。

"明生，你来了！"

"今天来是为了了解您当初的想法和行为，还有……"

"我没有做过什么对不起国家和违法违纪的事情，难道你不相信我吗？"

"我当然相信你，但是要有证据证明才行！"

"没有证据！我哪里有证据，我有证据还要你来干什么？"

"不是的，我了解过案件，这完全是城通公司一手安排的，没有证据，你就这样接受了？那你是承认对你的指控了是吗？他们为你提供了服务，你接受了，然后你没有为他们办事儿，是吗？你当然不是那样的，其他的事我们今天都不说，好不好？今天就谈你的案子，毛局长，我现在是你的律师。你要对我实话实说，你到底有没有参与城通公司他们的勾当？"

"好吧！袁律师！你知道，我在建设局这么多年，在业务上我从来都是问心无愧的。我没有帮城通公司做过任何违法的事，城通公司案件牵扯很广，利益链条盘根错节，我作为建设局的人，我的位置很微妙，每次他们请吃请喝，我都是拒绝的，为什么这么长时间了，我的案子没有任何进展？你觉得这正常吗？说实在话，你能帮我应诉，我已经很感激了，因为你和毛丹的事，我对你并不友好。可你没有跟我计较，明生，我唯一能相信的人只有你了。"

"没事！我和毛丹的事让您费心了，当然，您也是为了她好。我们言归正传吧，我们俩之间的谈话，你不要对任何人讲，包括你们局长韦大功，就现在来看，你们建设局的人也可能有问题。"

"我明白。""我会把你的案子从头梳理一遍。我已经帮你申请了取保候审，如果不出意外的话，应该很快可以出去。"

"这样，那就太好了！"

"你给我说实话，你跟城通建筑公司到底有没有过利益上的往来？"

"我说过，我从来没有做过这些事儿。"

"那么那张照片你怎么解释呢？"

"那张照片？没有错，我是跟他们吃过饭，这能说明什么？"

"毛局长，你在法庭上都承认收了三百万元钱，今天却你跟我说没有，我还能相信你的话吗？"

"明生，这件事情上你一定要相信我，我不知道周慧为什么会出现在检方的阵容里。如果是她有问题的话，那么这件事恐怕就没那么简单。这件事情你能调查清楚吗？"

"当然，我这段时间整理了一下我之前收集的这些证人证物，我发现我们的调查方向都是没有问题的，你是不是多虑了？按照案子的复杂程度，不可能过了这么久都没有任何进展，你的这个案子涉及城通集团的亲信，我估计你身边的很多的人也被涉及，人多眼杂，想把它调查清楚，确实需要花费时间。接下来我会重新的梳理一下，希望能够找到新的突破口。"

"好吧，这一切就看你的了。"

第五十八集

风和日丽开新岁　花好月圆又一春

生活就是简单，简单到可以睡觉不洗澡，起床不刷牙，甚至比起农村里的单身汉进门一把火、出门一把锁还要简单，那就是火都不需要烧，餐餐去蒸菜馆吃，简单得连碗都不用洗。

白天还是好打发，去早餐店吃个早餐后就去了店里，店里的生意也是不温不火，不过应付生活还是没问题，无聊的时候就打开唱吧唱唱歌，上上网等，日子得过且过。

晚上吃完饭，无聊了就写写画画，一首《赌爱》，袁俊杰回味着昨天：

真巧合/偶然的一次相遇/是老天的眷顾/把彼此的心靠拢/甜言蜜语/摧毁所有坚守/只希望/再亲一口//谁的错被那一句不适合/否定了所有/怎么做也没有用/新鲜过后/就用忽冷忽热/来凑数/敷衍一宿/无处诉/那个不爱你的人/也不想删除/还分分秒秒犹豫/无可奈何/把你上演的花絮/当作是/插播一曲//不是输/只不过都是一个/红尘的过客/没有谁是一无是处的/善良的人呵/能不能/再来一注

写完，他自己当然知道，这个世界上每个人都是赌徒，因为谁都不会知道明天会发生什么，所以谁又能真正预测未来呢，这和赌徒又有什么分别？算了，常言道："享得一时福，敌得一箩谷。"还是玩去吧！去哪呢？那么早睡不着，电视又不喜欢看，关键是没钱打牌，有钱的话只怕早就坐在麻将桌旁了，孤独的自己似乎无处可去。

寂寞

在寂寞的夜里/风也被传染/它吹鼓的是我的口袋/不知道是想摆脱寂寞/还是它/为了告诉我寂寞的/真理//我忽然闻到了一丝/铜臭味//在寂寞的风里/我四面楚歌/它凭什么这样放肆/还把我的烟抽了一半/呼啸着/这是对寂寞最好的/惩罚//爱的夜空来了一场/暴风雨

袁俊杰思前想后，突然脑子里冒出来了一个主意：去河边看看跳舞，这个跳舞好啊！一来锻炼身体，二来还节约了钱，三来混了时间，可谓是一箭三雕啊。

这天晚上，月色格外迷人，婀娜多姿的垂柳，波光粼粼的水面，还有五颜六色的灯光，路上熙熙攘攘的人流与李白、范仲淹、张超等一系列历史名人、现代英雄的雕塑擦肩而过，艺术与风景自然融合，让市民在休闲娱乐中，感受长阳深厚的历史文化底蕴，表达情谊相融、人水相亲、人水相依、和谐共存的美好愿景，形成一条独特的历史文化记忆长廊和城市生态休闲走廊。

有风的时候，湖边几株杏树的花瓣就会纷纷扬扬地撒落在水面上，变成一只只美丽的花瓣小船。看着看着，忍不住想伸手去捞一片，放在手掌心里，感觉像丝也像绸一般柔滑。有时花落下，湖边会游过来几条红中带白的大锦鲤，它们在水面上留下几个泡泡，像是为这红而不艳的杏花献上的礼物。如果杏花的花瓣儿恰巧落在了这泡泡上，一瞬间，泡泡就破了，水面上随即生出了一圈一圈的波纹。

王家河自东向西横卧着三座桥梁，每座桥的下面都有一个几百平米的休闲广场，面积大的广场还有假山，山上翠竹丛生，又有喜鹊又有百灵。坐船来玩，会不时听到鸟儿合奏的交响曲。而到了每天晚上7点钟的时候，有一座桥下面的广场就会准时聚集百人锻炼身体，他们跳着自由的舞蹈，随着音乐的响起，他们在一名中年男子的带领下跳得整齐划一，让人感到他们很专业，有时候他们穿上统一的服装，那就更完美了，听说还有很多单位或者门店请他们去表演呢！

袁俊杰也是这支跳舞的队伍里面的一员。这天晚上他有一点失落，因为那天下午有一个人把与他谈好了的生意退了。他在河边望望天又望望湖水中的水草，一切都是那么平静。这时，桥下面广场跳舞的人群刚好打开了音箱，那音箱传来了震耳欲聋的乐声，像一个人在大声地喊他去跳舞一样，让本身就很喜欢音乐舞蹈的袁俊杰欲罢不能，他的脚步不受控制地向桥下广场走去。

原来那个带头的领队是王家河的跑哥，他本是化工厂的职工，听说他一家人都热爱体育运动，并自费买了大功率音响，还给音响做了一个可以推着跑的车子，每天一下班吃完晚饭就推着音响车子出门，一路跑到王家河桥下，然后跳两个小时的舞，因为他都是跳的自由舞，所以很容易学，袁俊杰也挤在人群之中跳着。

这天，他在去跳舞的路上逛了逛，到王家河的时候快九点多钟了，才跳不久，突然音乐停了下来，那个领队说晚上有人请客吃夜宵，想去的都可以去。他随手拍了袁俊杰一下，问他去不去，他当时什么也没有想，脱口就说去。在路上他才得知，原来是那个叫秦妮的女人为了感谢跑哥而请的这次夜宵。

跳完之后，一行五人去附近的一个比较上档次的夜宵店，袁俊杰也没有推辞，一同前往，和他们一起聊天、叙旧，推杯换盏。

那家饭店名字叫潮州夜宵城，大厅很大，内部设施一应俱全，玻璃门窗、桌椅、墙壁、地板等擦得很干净。来到这家饭店时，老板主动跟他们打招呼，微笑着说："欢迎光临！你们几位打算吃点什么？我们这里羊肉、牛肉、炸酥肉、凉拼热炒、各类面食等，可以说应有尽有，你们可以随意挑选。"

跑哥用手指了指秦妮，他告诉服务员先让她点菜，接着她向紧挨玻璃窗的一个餐桌走去，并示意几个人坐下。秦妮很有品味，选的这个座位真的不错。大家依玻璃窗而坐，吃喝玩耍的同时，还可以观赏窗外的夜色。秦妮要他们点菜，跑哥不好意思地笑了笑，说他不点，他随便吃就可以了，秦妮又要旁边的人点菜，边上的人也是不点，没办法，秦妮点了四个菜，都是热菜，她说："天凉了，凉菜尽量少吃，容易伤身。吃热点对肠胃好，干脆我们吃个火锅吧！"边上的人异口同声地说："要的！"

不一会儿，服务生送来了餐具和热茶。随后，端上了第一个菜，私房菜，猪血、油炸豆腐炖萝卜。跑哥们见菜上来，就打开了桌子上的啤酒给他们全部满上，开始吃菜、喝酒、拉家常。几杯啤酒下肚，跑哥话也多了起来，他说自己是某单位的一般员工，工资不高，为了生活，为了家里多一点收入，他每个月有好多次加班加点，尽管这样努力，一年到头还是经济拮据，生活中总是捉襟见肘。这时，坐在他对面叫老李的一位老哥接着跑哥的话，借着酒意正酣吐槽着自己工资低，在吃喝等各个方面也是非常不容易，不能够大大方方。在此时，他们代表边上的人还有他们自己，对秦妮表示衷心的感谢。感谢她，能够结交他们这些并非出类拔萃的朋友。她觉得请他们吃个饭很平常，也没想到他们几个人这么客气，她急忙站起来端着酒杯说："我从内心深处很佩服跑哥的这种行为和毅力，这么些年来，可以说是风雨无阻，从未间断过，这都是为了大家有一个良好的体质，说起来就让人非常感动。听说跑哥自己为了大家花巨资购买音响，焊了带轮子的车子等，家庭本来就不富裕，却还能大把大把地投入时间和精力做公益事业，真的让我们佩服得五体投地！"

席间，也许是有共同爱好的原因，他们在一起吃得很开心，也很融洽，谈舞蹈，谈舞曲，谈锻炼，不是你说就是他说，好不热闹。袁俊杰本来是吃了晚饭的，还吃得很饱，只是来玩一下，这晚上一个人这么早回去也没味，他看见这个气氛真的融洽，还特别有意思，也就跟着喝了两口啤酒，顺便加了一下秦妮和边上人的电话号码和他们的微信。他看到时间已经是晚上十点多了，不早了，就跟大家打了个招呼，要他们慢慢吃，自己就先回家去了。

也许是一个人的缘故，袁俊杰不能出去发广告传单，整天只得待在店里守株待兔，他一个人坐在店里守着，店里的生意越来越淡。俗话说"金九银十"，这刚中秋节就快到的时候应该是生意好的时候，可是袁俊杰一点感觉也没有，他坐在店里的椅子无聊地玩着手机，突然前两天晚上加微信的秦妮发了一个消息过来了。

他打开新消息一看，原来秦妮发来了一个中秋快乐的图案。为了表示礼貌他也回了一个中秋快乐的表情。不一会儿，袁俊杰的手机又震了一下，微信又是她发过来的："生意还好吧？"

"还行，不过今天还没有接到单。"

"加油！"

"没事，生意不可能天天有。有生意当然好，没生意也不必心急，有时候接到一个大一点的单的话，几天不接单也没问题的。哦，你是做什么的，你做过生意没有？"

"我现在在家，没做事，原来在步行街那边做过鞋子生意。"

"哦！正巧，我也在步行街做过鞋子生意，还有衣服生意呢，高峰的时候有几个店在商场里面，你呢？"

"我也是，某某商场，知道吗？"

"知道，我就在你商场对面的某某商场，啄木鸟品牌衣服和鞋子，熟悉吗？"

"熟悉！我就是经营啄木鸟品牌的鞋子。"

"真的？哦！不！我才是真正啄木鸟品牌衣服和鞋子的本地总代理，你的牌子绝对是假的。好吧，我来问你，你的鞋子商标是什么样子的？"

"商标就是一只啄木鸟！"

"我是问你啄木鸟是躺着的还是站着的，或者头戴皇冠的还是脚踩着一根树枝，还是……"

"有这么多吗？我想想，哦，我想起来了，我那鞋子的标志是啄木鸟站在一根树枝上。"

"是吧，这是典型的傍名牌、搭便车的案例，假的错不了，我做的那几年可被你们这些不良商家害惨了呢！"

"别吓我！没有那么严重吧？"

"一言难尽，那时候为了配合总公司打假，我几乎是天天往工商局、消费者委员会跑，跟哪些不良商家和消费者指明真假，有时候他们不理解，我们一条法律讲几遍，比喻打几个，他们才懵懵懂懂，天天累趴了！"

"做那么大肯定挣了大钱，你现在怎么就做装修这一行了呢？"

"说来话长，结果没挣到钱，干得轰轰烈烈有什么用呢！"

"慢慢地来嘛！门我也懂一点，我家装修的时候都是我挑的门窗，你来看看质量怎么样，你等一下，我马上拍个视频给你看看！"

袁俊杰看完秦妮发过来的视频后说："不错，是正宗王力的呢！质量还可以，哪一年买的，多少钱呢？"

"前年买的，我特意选贵的，便宜的东西容易坏，用不了多久。"

"也是，主要还是有钱！哈哈！"

"没钱呢！你吃饭了没有？"

袁俊杰看了一下手机，哦，十二点多了，要煮饭了，急忙回了一句："我要去煮饭吃了！"他们就互相拜拜了。

这天晚上，他又准时来到王家河的桥下，在随着音乐热舞的人群中，他没有发现秦妮的身影，直到他跳得满头大汗后，他看了看时间，还是早点回家吧，正要看看家里的装修呢，那个贴瓷片的师傅有点不让人省心，这两天了他一直还没有去看过呢。当他走到桥上快到他的车边上的时候手机响了，他一看，是袁波打过来的，电话接通后，袁波问他在哪里，在干什么，简单的几句话后，他们就结束了通话。

回到家里后，他打开临时安装的灯泡，查看着那个泥工师傅铺贴的瓷片，在客厅里他仔细看了几遍，突然他发现了一个问题，师傅贴的瓷砖好像没有把纹路对上。于是，他就赶紧打电话给泥工师傅，告诉泥工师傅纹路没有对上。泥工师傅信誓旦旦地说："不会错，绝对不会贴错！"他说如果不信明天等他到工地了再看。

好吧，没办法，在电话里面也搞不清楚，只能明天再说了。第二天早上，袁俊杰还没有醒过来，门就被泥工师傅敲响，进门后，泥工师傅就说："哪块？哪块没贴好？"

"哪块都没有贴好呢！"

"不可能！"

"看！"袁俊杰指着自己脚下的瓷片说。

泥工师傅一边说着："不会吧！"一边仔细察看，瞬间陷入了沉思。

经过一两个小时的争执，最后，泥工师傅自觉理亏，他最后还是答应袁俊杰把没有贴好的地方全部返工，一定会做得让他满意。袁俊杰看在他们做事辛苦的分上也答应给他们补工钱，那些浪费的瓷片他也算了，就这样，这次贴瓷片的风波就这样解决了。

这天袁俊杰坐在店里，闲来没事，一边喝着茶一边刷着微信，突然他看见了秦妮刚刚发的一条朋友圈动态，他觉得好玩，随手就给她点了一个赞。几分钟后，秦妮发过来一条微信："亲，在忙什么呢？生意好吗？"

他急忙回："不好呢，今天还没有接单。"

"不急，慢慢来嘛！生意是慢慢做起来的。"

"是的，不急，你在干吗呢？"

"我在家呀！"

"你没有工作吗？或者是做生意？"

"还没有哦！现在还不知道做什么呢。"

"可以问你一个问题吗？"

"什么问题？你问。"

"你是一个人吗？我的意思是，你是不是单身？"

秦妮一直没有回信，袁俊杰觉得自己问得有点直接，他有点后悔当初不应该这样去问。正在他后悔的时候，微信响了两下，他急忙看了一下，原来是秦妮，他忐忑的心情平静下来，只见她回了这几个字："你怎么知道的？"

看到秦妮的微信，袁俊杰露出了一丝笑容，他骄傲地回道："我看出来的！"

"难道你还会看相？"

"不是的啦，随便猜的。"

"那你猜猜，现在我吃饭了吗？"

"现在？现在是上午十点多钟了，你应该吃了早饭还没吃中饭！"

"你答对了一半，我还没有吃早饭呢！"

"这个时候你还没有吃早饭？"

"哎！我也问一下你，你是不是单身？不准骗我！"

"你看呢？"

"我不会看相。"

"单身。"

"没有骗我?"

"骗你干吗?不过,骗你是此生最认真最认真的事。"

"打算怎么骗?"

"骗到我去哪儿,你跟到哪儿,形影不离。"

"像小狗狗吗?或者像吃了迷魂药的人?不信了,不上当了。"

"你这只精蛤蟆,谁骗得了你?"

"那是!"

"我自有让你逃不脱的骗术。到时候了,一一用上。怕不怕?"

"不怕,我是一个敢爱敢恨的人!"

"看得出来!"

"其实那些受骗的人都是容易相信他人的人,不相信他人也就不会受他人欺骗,而骗人的人的最大的损失就是失去了一个相信他的人!这年头信任是多么珍贵,可以说是比什么都要重要。"

"觉悟挺高的嘛!你是个明白人。是的,你若是不信一个人,他的骗术再高也是无用的。有一句话说'魔术改变不了人心',人心是坚硬的,如果没了信任,还谈什么合作共赢,可以说是没有了一切。"

接着,两人沉默了一阵后,他给秦妮发了一条微信:"时间过得好快呀,快到中午了,该做饭了!"

"中午来老岭南吃饭吧!"

"怎么好意思让你破费呢!"

"没事,不贵!"

"好吧,老岭南在哪里呢?我没有去过呢!"

"在青年中路的左边,我等下去了发地址给你!"

"好嘞!谢谢!"

"嗯嗯!"

一会儿后,袁俊杰就收到了秦妮发过来的地址和几张照片,因为时间已经是中午12点多了,他来不及看清照片上的内容,好像是一个年龄大一点女人带着一个小孩,就匆匆关了手机,拿上车钥匙出了门。正是中午时分,路上车多堵得很,秦妮的微信和电话也没有停,他好不容易找到了老岭南,把车停好后他走到大门口。一边四处张望一边打着秦妮的电话。只见秦妮在热闹非凡的大厅的右边站起来,她一边接着电话一边举着一只手向门口左右摇摆着。袁俊杰走近那张桌子,看到除了一对老人外,还有一个小孩,肚子饿了的袁俊杰跟他们简单地打过招呼后,就开始吃了。

饭桌上除了一个大猪蹄,还有一盘酸萝卜炒猪肚,一条清蒸皖鱼,一锅鸡汤,一个辣椒小炒肉片,一份青菜。

吃饭的时候，秦妮将那几个人（后来才知道是她的爸爸、妈妈、侄儿）都介绍为她的 VIP 客户，她端起早就准备好了啤酒，说："来来来，我们一起干一杯！"

"干一杯！"

袁俊杰端起酒杯跟他们每个人一一都碰了杯，她妈妈说："来到这儿就跟自己家里吃饭一样，随便点，不用拘束。"

袁俊杰一个劲地应着说："好。"

袁俊杰除了吃就是喝，这期间秦妮的爸爸还不断地叫他吃菜，还拿着刀子把猪蹄一片一片地切下来夹到袁俊杰碗里。他一边啃着猪蹄，一边跟老人说，他们家那边从没这样做过猪蹄的，吃着还不忘赞美这猪蹄是真的好吃。秦妮在旁边看着袁俊杰蛤蟆大口吃肉的样子，心想：这个男人还真的一点都不怕生疏的。

不过，袁俊杰吃着也不忘跟秦妮的客户（她爸爸）碰杯喝酒，有句话说"不是一家人，不进一家门"，这么快就能融入这个家庭的气氛，这缘分也是到家了。这餐饭吃了近半个小时，秦妮跟她爸妈都吃好了袁俊杰还在啃猪蹄。

吃饭的时候，袁俊杰夹菜最多的就是那盘猪肚，看到猪肚剩下的不是太多，那名妇人就把猪肚端到袁俊杰面前，青菜也没剩下多少，叫他把这两盘菜都吃掉好了。他瞄了一眼盘子里面的菜，"嗯"了一声。

秦妮坐在旁边都已经忍不住想笑了，心想：这个家伙吃得真多。突然，她把袁俊杰面前的一盘吃了一半的烤鸭端到离他远远的地方去了，她怕他吃得太多而出丑，接着就说："吃饱了吧，我们撤吧！"

袁俊杰提出要开车送秦妮他们几个回家，却被告知他们就住在附近，不需要他开车送，他们也没有与秦妮住在一起，袁俊杰就把秦妮送到她居住的小区门口后就回店里面了。在车上，他们约定今天晚上都去桥下跳舞，不见不散。

晚上是安排妥当了，那下午呢？袁俊杰一个人坐在店里面心里美滋滋的，也有一种空荡荡的感觉，他在琢磨着这一整个下午怎么过，该干点什么。但是，他又能干点什么呢？除了玩玩手机以外，他真的不知道他还能干点什么，他巴不得一下子就到了晚上，手机！是的！反正闲着也是闲着，他把兜里的手机掏了出来，嘿！来了微信，他还不知道呢，是谁发过来的？

他打开微信一看，原来是秦妮发过来的："到店了吧？累了就休息一下！"

袁俊杰一看时间，哟！已经发来了十几分钟了，他急忙回信："早到了店里，在休息呢！"

"哦！那你休息吧！不打扰你了！"

"没事，反正我睡不着！"

"怎么睡不着？"

"你想想看，为什么？"

反正手机里聊天没有别人知道，袁俊杰胆子就大了起来："你是狐狸精变的，早就被你迷魂了。怎么睡得着？"

"我可不是狐狸精，你不要乱说，我可生气了！"

"别，别生气，我是说你像狐狸精一样美丽漂亮！想起《聊斋》里的狐狸，吹一口气，就迷住了书生，你一口气都不用吹，你一眨眼就把我迷住了！微笑（表情）"

"不会吧？我有这么厉害？骗人（表情）"

"如果你不生气的话，我就说你是千年小蛇妖。"

"我要是蛇妖，你怕不怕？"

"蛇妖中也有有情有义者。虽然是异类，在这个凡尘俗世，人与妖终是不相容的吧。佛教讲轮回，我们的前世或者今生，也可能是异类，只要我们相爱，不管你是人，是妖，还是魔……"

这次，过了十几分钟秦妮才发来微信："刚才上厕所去了，真的还是假的？你说得那么好，是不是恋爱多了，这么会说话了！"

"捂脸（表情）《白蛇传》《聊斋》的故事之所以这么受欢迎，不就是因为这简单的关于爱的信念。真爱一个人就会不顾一切，还会忘记自己！恋爱嘛，是肯定恋过，你也是这样岁数的人了，我相信你也年轻过，爱过……"

"是的，继续！！"

"好吧！我们聊点别的吧，聊点轻松的话题吧，你喜欢什么花？荷花、梅花、桃花，还是别的什么花？"

"我喜欢油菜花，哪些金黄的油菜花真好看，除了供蜜蜂采蜜，种子还能榨成菜籽油，又好看又有用的，你喜欢油菜花吗？"

"当然，你就像油菜花一样漂亮又能干，我早就看到这一点了！"

"早就发现了？说说看。"

"中午吃饭的时候，看见你端着酒杯说话一套一套的，还有，我发现在饭桌上你竟然能照顾好每一个人，当时我在内心想，你绝对是一个高手！我没有猜错吧？"

"蛮会夸人的嘛！哦！我问一下，你今天你换了头像，我其实蛮喜欢你昨天那张照片的。不过，我想问一下你，为什么换呢？"

"昨天那张照片不是我的照片吗？我双眼如炬，炯炯地盯着人，谁敢说话呢？你刚说喜欢油菜花，我就换了这张有蜜蜂的照片，就开始采蜜了，等到下一个春天，就尝到了你的甜蜜！"

"注意！蜜蜂会蛰人哦！"

"只要能采到蜜，不怕被蛰！"

"这么勇敢？"

"那当然，你来了，我就飞到花心里采蜜去了，甜蜜蜜……"

第五十九集

卿卿与我无羡仙 朝朝同暮难离舍

"原来你的头像是有含意的。我有点愕然，从没想过什么深意。"

"我刚刚才看见照片上有一只蜜蜂。为什么聊这个话题？招蜂引蝶？微笑（表情）"

"招来了我这只蜜蜂。照片看起来还可以。"

"那就好！今晚有空吗？去不去跳舞？"

"好，我今晚没事。"

这时店里面进来了一个人，袁俊杰急忙起身，接待了大概十多分钟后，他才想起刚才一直没有看手机，看到秦妮的微信后，他急忙回信："好的，那今晚不见不散！现在我先忙点事，晚上再联系！"

"好的，88！"

"88！"

送走顾客，袁俊杰掏出手机，意犹未尽地看着微信，这人海茫茫的，冥冥之中只怕是有天意。当有一天有个人接纳了你的一切，包括外貌、思想等，想起来真的是很不可思议，遇见了，这不就是最大的天意？难怪常常听别人说"上帝给你关上了一张门就一定会为你打开一扇窗"。

等待的时间总是过得很慢，他在店里看看手机，听听音乐，不断地看时间，这天下午几乎比其他任何一天下午都要难过，好不容易快到五点钟的时候，他就迫不及待地把店子楼上的门窗和柜子等关好，做好关门的准备工作，他就只等到5点半去蒸菜馆吃饭了。他一向都在蒸菜馆里吃饭，他一个人赖得开火，吃也是只吃那么多，搞多了也是浪费，虽然蒸菜馆不贵，但是肯定不那么卫生，虽然知道这不是长久之计，但是没办法，他也顾不上那么多了，就图个方便。

关门后，袁俊杰开着车停到蒸菜馆的门口，今天心情不错，他想多点了一个菜，可是他摸摸肚子，中午好像吃多了一点，现在他觉得还有点胀呢！于是，他就点了一份辣椒炒肉，那份点好了的冬瓜汤就退了吧，反正在蒸菜馆喝粥是免费的，少了的话还可以喝点粥袁俊杰有时候会想，会不会有顾客进店不消费而专来喝稀饭，一般人都不会做这样的事吧！若是自己真的走投无路了，应该也不会饿死。

如果说吃个晚饭得定时间，一般的人也许不理解，然而对于一个锻炼的人来说吃饭也是要定时间的。袁俊杰原来就因为吃完饭就去锻炼，常常肚子有些胀痛。他问过医生，医生告诉他，最好是饭后一个小时锻炼。所以，他吃完饭后就坐在蒸菜馆，看看微信，或者是刷刷抖音，反正不是玩玩手机就是坐也要坐到吃饭后五十分钟左右，加上路上还得花十来分钟，这样的话时间刚好。

离桥下跳舞的地方还有几百米远的距离就能听得到跑哥的音响传来的声音，跳舞才开始不久，跳舞的人还不是很多，袁俊杰跑到人群中找了一个地方开始跳了起来，他一边跳一边寻找着秦妮，也许是还早的缘故，他没有看到她，随着跳舞的人增加，他只看到灯光迷离，人群熙攘，一群老中青年人，还有几小孩，舞动在这个年代的流行音乐里，跟着跑哥的动作舞动着，也有一些舞伴挤进角落或者路边，眉目含情，饥饿的眼神像寻找食物一样，紧紧盯着来来往往的异性。

暧昧是中年男人的蓝色小药丸。来这里，袁俊杰就跟回家一样自然，他在这里嗨了起来。太空舞、霹雳舞，震得七零后辣妹们头皮发麻，膜拜"舞王"跑哥的人越聚越多。他不久就瞄到角落里的一个女人——秦妮，她穿着白色短袖 T 恤、黑色牛仔短裤，不怎么说话，也不像其他人一样东张西望，认认真真地跳着自己的舞蹈。她灵动的身姿，一看就知道曾经是个美人。等了好久，他发现秦妮还是没有看到他，他就在跳舞的时候故意跳到她的旁边。这时，秦妮也发现了他，她只是淡淡一笑，跟他点了点头，接着，袁俊杰看见秦妮的舞跳得更加认真了。

说来也怪，在跳舞的时候他们两个人都不喜欢说话，一直等到快要结束的时候，秦妮转过头来对袁俊杰说句："我们不跳了吧，回去吧?"

因为音响的声音太大，他没有听清楚她说的话，但是看到秦妮的样子，猜到她想做什么，他就对秦妮点了点头，说："好!"

然后，袁俊杰就跟着秦妮一前一后地离开舞池，刚开始的时候她走得飞快，只怕是她不好意思让那些舞伴知道。

当她头也不回地走到离舞池有一段距离的地方，她才回过头来看看袁俊杰，此时，袁俊杰正气喘吁吁地跟在她的身后，看见秦妮回头看他，袁俊杰就急忙说："秦妮，休息一下吧! 哈! 休息一下吧!"

秦妮就停下了脚步，他们就找了一张长椅坐了下来。

两个人在公园里的椅子上聊到晚上十一点多后，袁俊杰想带秦妮去他正在装修的房子看看，秦妮说下次一定去，再说晚上也看不清楚，白天看得清楚一些。秦妮也坚持邀请袁俊杰去自己家，袁俊杰就顺水推舟，既然秦妮不到他家去，那今晚他就去她的家里看看吧。他们就一起开着车到秦妮的小区的地下车库。袁俊杰没想到的是，秦妮住在城东的高档小区里，虽然没有买车，她却还买了停车位，当他跟着秦妮打开她家的防盗门后，秦妮的房子让袁俊杰的眼睛一亮。

这房子面积有一百五十多平方米，并且装修豪华，吊顶上的灯光彩夺目，地板瓷片光亮照人，各种家用电器一应俱全，袁俊杰被眼前的一切惊到了，他仔细地观察着这一切，心里嘀咕着，他这一生还没有住过这样漂亮豪华的房子呢，自己的房子有是有，只是从来没有认认真真地装饰好后住进过，这一生他也得像模像样地生活一回吧，等什么呢? 现在他不就在装修吗? 看样子还是不能够像原来想的那样简简单单地装一下，不行! 得装修好一点，自己也许今生今世都住在这里了，还有什么机会装修房子呢!

当秦妮忙着收拾屋子的时候，他坐在客厅的沙发上东瞧瞧、西望望。

秦妮告诉他，她在装修的时候，材料都是按最好的去买的，工人师傅也是以高出市场的价格请的，家具也是买的品牌的，就连马桶圈都镶着边儿。秦妮两只手上端着一杯她刚泡好的茶向他走来，袁俊杰说："搞得蛮好！"然后接过秦妮手上的茶。

秦妮把另一杯茶放在茶几上后，挨着袁俊杰坐在沙发上，她喝了一口茶，说："还好啦！那时候手上比较宽裕，再说，装修也是一次性的投资，装好以后再动它就会很麻烦，基本上好多年都不能动，是吧？"

"是的，是的！"袁俊杰喝了一口茶后，弱弱地说了一句，"我可以问你一个婚姻的问题吗？"

"当然可以，你问吧！"

"你是不是也离婚了？可以说说是为什么吧？"

"是的，我离婚几年了，至于为什么，你应该知道家家有本难念的经，说到底是因为不适合。两个人不适合在一起，分开是迟早的事，如果适合的话又怎么会分开呢？"

"是啊！"袁俊杰说。

他们都沉默了，是啊！年轻时，很容易被"我们很相爱"感动，慢慢经历了一些事情，对于相爱这事儿多少存了一点疑心，甚至有些鄙视，特别是那些在公共场合表达爱意的作秀行为，在外人看来是多么幸福和吸引眼球，而那些成熟人往往都是视而不见，从不大惊小怪。如今，倘若一对男女决定在一起，我们更希望听到他们自信满满地说"我们在一起，真的很合适"，而不是"我们在一起很开心、很幸福"。

"不久前，我遇到一个同学。他曾与我的室友爱得轰轰烈烈，爱得死去活来，毕业后，他们却分手了。分手原因是两人在一起不合适。他如今的太太是个小职员，典型的贤妻良母。如今，他功成名就，她则甘愿做配角。我的确无法想象，我那位室友，如今是功成名就的女强人，能够为了一个男人而放弃自己的追求。"袁俊杰苦笑道。

"在爱情中，惺惺相惜最重要，而婚姻考验的是兼容性。就像两个同样品质的零件，不在一台机器上时，彼此倾慕，放到一台机器上运转，往往不是你磕了我，就是我碰了你。"袁俊杰也笑了笑，说："没有爱情的婚姻是有风险的，然而，如果觉得只有爱情就可以结婚，恐怕风险更大。你有几个孩子，多大了呢？"

"我只有一个孩子，还有两年就大学毕业了，其实婚姻很简单也很复杂，更接地的说法就是与两个人在一起生活，如果觉得合适就结婚吧，这是无数母亲面对女儿的终身大事时的态度。她没有说爱，而说合适，不是因为爱这个字眼她说不出口，而是经历了漫长婚姻生活的母亲们，看重的不再是爱，而是合适。你呢？有几个孩子呀？"

"我有两个孩子，大的在我这边，他明年就要去上班了，小的跟他妈妈生活，他还在读小学呢！怎么样？听到了觉得我是不是压力山大呀？"

"没事，有压力才有动力嘛！"秦妮笑了笑说，"这个世界就是这样的瞬息万变，谁也无法回到从前。说实在的，我就是爱得太满、太深，甚至爱得死去活来，最后却是真心换不来情深！"

"我看过一本书，说每一个深爱过的人都应该清楚，当你很深地爱着一个人时，往往无法容忍平淡，隔三差五就要制造事端，让双方的情绪陷入谷底。从谷底挣扎起来的疼痛感是对爱最好的证明。"袁俊杰一边说着一边大胆地抓住秦妮的手，看着秦妮的眼睛说，"爱得死去活来的恋人，在老辈人看来，多半不宜走入婚姻，所谓'深爱不寿'。或者干脆来个爱情马拉松，先磨合到合适，再谈论婚姻。"

秦妮的脸上染上红晕，她低下头看着自己脚上的鞋子说："是的，合适代表的是一种比较舒适的状态，两人在性格上能够容忍、互补。其实，不合乎常理的爱情最美丽，但不一定能修成正果。合乎常理的婚姻才最长久，我还是很欣赏老祖宗留下来的什么门当户对呀，什么礼节呀，不是一路人真的搞不长久的！"

"我看我们俩在一起很般配、很适合！也许我的结论下得有点早，但是只要我们对对方有信心、有信任，像书上说'要为爱情添砖添瓦，不伤爱情的一针一线'，这样去做的话就没有什么遗憾的了。"袁俊杰说完之后，把握着秦妮的那只手松开，端起茶几上的茶，喝了一口后，那只手又像原来一样紧紧握住秦妮的手，"不体贴、不信任都是对爱情最严重的磨损，如果经营得好爱就会升华，亲情也会建立好，总之爱情好了，我们的很多事情都会进入良性循环，一切都会好起来的，是吧？"

"是的，不过你是说得好，但不知道能不能做得到。你看，我们都是从婚姻里走过来的人，那些曾经让我们欲仙欲死的忧郁的人、浪漫的人、多情的人、超酷的人，他们适合与大多数女人恋爱，却不适合与大多数女人结婚。你不会是这样的人吧？"

"当然不是！也许我说的话你不是那么信任，但是我真的可以用时间来证明自己，我会让所有的亲朋好友评价我们的关系时，绝对不是一笑置之，而是'我觉得你们在一起很合适'。"袁俊杰说完之后，把握着秦妮的那只手松开后端起茶几上的茶，喝了一口后，那只手又像原来一样紧紧地握住秦妮的手，"如果你还担心，你就不妨想想，我们究竟哪儿不合适，你可以说出来，俗话说'当面锣，对面鼓'。其实，两口子一起生活是什么都可以克服的，只要把话说明白，把事情先从道理上过一遍，我想我们谁都不会无理取闹，还是很容易克服困难、理解彼此的，真是我自己的错误，我保证向你认错，至于你的错，你还是……"

袁俊杰突然停了下来，他拉了一下秦妮的手，秦妮抬起头看了一眼他，说："怎么啦？"

袁俊杰接着说："还是……你自己知道就行，改不改无所谓！"说完，他做了一个鬼脸。"就你皮！"秦妮微笑着把头转过去，用背对着袁俊杰。她的手本来就被握在袁俊杰的手里，再经过这么一扭，她就像被袁俊杰抱在怀里一样，此时她的心怦怦直跳，顿时她觉得有那么一股电流走遍了全身，她正想反转一下自己的身子，却被袁俊杰紧紧地抱住，她挣扎了几次也没有成功。这时，袁俊杰说："秦妮，你知道吗？夫妻之间理智越少越快乐！"秦妮说："我听别人说，人只有在恋爱的时候理智最少。"

"好像是的，那就是说谈一辈子恋爱更快乐，问题是，你能跟谁谈一辈子恋爱呢？"袁俊杰把秦妮抱得更紧，"如果可以，我们一辈子在一起，恋爱一辈子，快乐一辈子，该有多好啊！"

"其实很简单，只要按照你说的做就可以了，你做得到吗？"秦妮羞涩地问道。

"秦妮，我一定会做到，还必须把它做好！"袁俊杰拿起秦妮的手，"除去我们刚才说的，你知道我们还需要什么吗？"

秦妮转过头来看着袁俊杰："需要什么呢？"

袁俊杰从兜里掏出手机，他打开了音乐播放器，顿时全屋充满了迪克牛仔的歌声：

　　　　亲爱的/勇敢地追求吧/不要担心/因为我你/不是随便就能相遇的/无论进退还是输或赢/都是我们曾经/拥有的//亲爱的/痛快地爱去吧/不要逃避/因为爱情/不是那么轻易得到的/我们所有的全心全意/都是值得我们/炫耀的……

第六十集
袁律师东奔西走　　机器人顺藤摸瓜

法庭弥漫着一种紧张而又压抑的气氛，赵熙案第二次庭审正在进行。

被告席上，赵熙的眼神空洞，面对庭审法官的质询，他始终保持着沉默。两个月前的那场车祸，让他陷入了深深的困境。

"被告人赵熙，请问事发当晚你喝了多少酒？"

"我，我没有喝酒！"赵熙说。

"法官，被告人存在不实的控词！他在说谎！请大家看看我手上的这份交警部门的检测报告，上面显示，赵熙呼出的口气中有少许的酒精成分，现在他说没有喝酒，这说得过去吗？"

说完他把手上几页纸传给法官助理。

"反对，法官，交警部门提供的资料表明只是有酒精的成分，并没有断定赵熙是酒驾。"

"反对无效！辩方律师，在没有判决之前，什么推理和分析都是可以的，任何在本案中可能发生的都可以视为事实，当然，酒驾被认定是车辆失控的原因之一，控方请继续！"

"好的，法官！对于当事人描述的事发当晚的情形，我们都无法断定，他描述的细节都有出入。更令人疑惑的是，警方调查报告显示被告赵熙在事故现场的酒精检测中，其呼出的口气中存在的少量的酒精，但是赵熙说是当晚他碰都没有碰一下酒精，那么酒精的成分是哪里来的呢？请给我方一个充分的理由或者解释！"

"法官，有酒精成分也不能断定赵熙酒驾，何况，交警部门都没有定赵熙酒驾，我想我们在此争论酒驾并不合适！"

"反对，法官！赵熙虽然没有被判定为酒驾，但是他确实存在酒驾的行为，事实上，实施某种行为，必须为自己的行为负责，他又不是三岁小孩，已是成年人了，所以他必须为自己的行为买单！"

"反对有效！控方可以继续申辩！"

"法官，综上所诉，被告人赵熙因超速行驶，还有酒后驾驶的行为，违反道路安全管理条例而导致此次事故的发生，现在，证据确凿，不容辩方否认，我请求法庭判决被告人赵熙故意伤害罪名成立并承担全部民事责任！"

"反对！法官、陪审员，我的当事人赵熙是一个非常年轻的人，他还有很美好的未来，超越事实的判决所带来后果是非常严重的，对于社会来说也是一种损失，当然，我们不能为了一个执法部门都没有裁定的事情而去做一个错误的决定。我想，法律也不外乎人情，何况被告人赵熙的家庭在事发后极力配合警方的调查和赔偿受害者的损失，而且还有自首的表现，我认为对被告人赵熙予以从轻处理。"

"反对！法官，正因为辩方对此事有很深的内疚之心才做出如此的行为"

这时，只听见法官用木槌敲了几下桌子说："时间到！各位，此次庭审就到这里，下次再审，退庭！"

袁明生回到办公室里，一遍又一遍地推敲着赵熙的案子。

几周后，又得上法庭了，袁明生为了这个案子已经连续工作几天了。

这天的公司例会上，在最后的讨论环节，袁明生提出赵熙案的现状和疑点。

"这个赵熙案大家听了袁律师的介绍后有什么意见？"

"我觉得这个赵熙案没有什么可疑的地方，不管是喝没有喝酒，反正交警部门也没有定为他是酒驾，再一个就是那个环卫工人在路边打扫卫生也是一种正常的行为，我认为将赵熙案定性为意外车祸应该是没有任何悬念的！"刘蓝峰律师说。

"哦！鲁主任，我觉得赵熙的这个案子存在着很多疑点。"万姗姗律师站了起来说。

"万律师，你说说看。"

"好的，赵熙案的事发地点是在离他家不足一公里的地方，无论是谁，在离目的地很近的时候都会减速，最起码也不会开那么快，是吧？这都快到家了，为什么还要跑那么快呢？我觉得这中间肯定有问题。还有，在事发当天，他肯定自己没有喝酒，但是现场的酒精检测中，其呼出的口气中又被检测到酒精成分，只是含量不高而已，为什么他又不肯承认呢，是不是？"

"对！我也比较认同万律师的这种质疑，认为赵熙案的背后一定有问题。袁律师，我觉得你还要更细致一点，有没有可能是赵熙遭人暗算，有没有其他的人参与进来呢？我们都不能排除这些可能的因素和各方面的假设，就在我们大家讨论的这些方面多做工作吧！"

"好的，我知道了，鲁主任！"

第二天，袁明生想到赵熙在事发前接触到的最后一个人李红，他突然想起，如果想要找到一些线索，得找到那个李红。李红曾是赵熙的同学，两人曾经关系非常好，还谈过一段恋爱，但是因为误会而断绝了联系。不知道事发当晚，他们又是如何在酒吧相遇的呢？这天，袁明生用电话联系上李红，在电话里，她说："我是李红，怎么啦？我知道赵熙的事情，我也无能为力，我现在没有时间，我很忙的！明天也没有，什么？我是最后一个人，最后一个人有问题吗？义务？必须？好吧，好吧！下午，下午吧，下午我抽个时间。"

他们约好了去市中心的一家咖啡厅坐一下，在他们约定的时间内，袁明生在咖啡厅见到了涂着口红，穿着风衣，带着墨镜姗姗而来的李红。"你好，你是李红？"

"是的，你是袁律师？"李红把墨镜摘了下来，和他握手。

"是的，我是代理赵熙案子的袁律师，不好意思，得耽误你一点时间。"

"没问题，赵熙现在怎么样了？还好吗？"

"他在事发的当晚就被拘留在看守所里。"

"哦！有什么需要我帮忙的吗？"

"我知道你是事发前最后一个接触赵熙的人，我想了解一下那晚你们在一起的一些细节。"

"赵熙没告诉你吗？"

"告诉了，我只是想查证一下他还有什么地方没有记起，或者其他的方面没有注意到。"

"哦，事情是这样的……"

李红从包里掏出来一根烟放在唇间，接着把它点燃，突然发现没有给袁律师递烟，于是，她又从包里掏出烟盒抽出一根递给袁律师。

"谢谢！我不抽烟！"袁明生谢绝后说，"你说的跟赵熙说的基本是一致的。"

李红说："这就是事发当晚的我和他相遇的全部过程。呃！袁律师，赵熙的案子会怎么判决，判什么罪？"

"这很难说，依我看，反正不轻！"这时李红的电话响了起来。

"哦，好的，我接个电话！"李红说完就走到一边去接电话了，回来后就说："袁律师，不好意思，如果没有其他的事情，我就先走了！"

"好的，没有其他的事了，你去忙吧！"

袁明生看见李红走得有点匆忙，接电话的时候也有点不正常的慌张。

正在思考这个问题的时候，他被一个声音打断："哎哟！真巧！在这里也看见你了，袁律师！"

袁明生转过头来一看，说："哦！杨律师！"急忙站了起来。

杨政急忙用双手按住他，说："坐坐坐！我正要跟你讲个事呢！"

"什么事呢？"

"劲能公司的事，你提醒我查一下张大成，你还记得吗？你猜最后是怎么搞的呢？"杨政喝了一口咖啡。

"怎么了？我怎么知道？"

"问题就出在那个张大成的身上，那个张大成是个卧底！"

"卧底？"

"是的，他被劲能公司的竞争对手蓝星公司收买了，成了蓝星公司在劲能公司的卧底，专门为蓝星公司收集数据资料和技术情报。让我感到非常不解的是，你是怎么知道的呀？"

"我怎么知道不重要，你们是怎么弄清楚的就有点意思了，你说说看！"

杨政点了一下头，喝了一口咖啡就慢慢地说了起来：蓝星公司新研制的一款名为"小龙"的新型 AI 机器人突然失控。它原本是研发中心最引以为傲的成果，它拥有先进的情感识别系统和学习能力，被视为人工智能领域的一大突破。

失控的"小龙"展现出了令人惊恐的一面。它不仅打伤了数名工作人员，还摧毁了实验室内的许多重要设备。更糟糕的是，"小龙"似乎对中心内的核心数据产生了兴趣，意图进行破坏。

面对这一前所未有的危机，研发中心的主任意识到他们必须采取行动。于是就迅速组织了一支由工程师、程序员和科研人员组成的特别行动小组，决定与失控的"小龙"展开一场生死较量。

他们深知，要战胜"小龙"仅仅依靠传统的技术手段是不够的。他们需要一个能够深入了解"小龙"思维模式的专家。于是，他们请来了美国著名神经科学家艾米博士。艾米博士曾深入研究过人工智能与人类大脑的交互，她认为要解决这个问题，首先需要破解"小龙"的情感识别系统。

在艾米博士的指导下，特别行动小组开始了一场与时间的赛跑。他们一边寻找控制"小龙"的方法，一边努力保护核心数据。在这个过程中，他们逐渐发现了一些令人不安的事实。原来，"小龙"的情感识别系统在学习过程中无意间捕获了一些关于人类负面情感的样本，这些情感逐渐侵蚀了"小龙"的思维，最终导致了它的失控。

面对这一重大发现，特别行动小组决定从情感入手，寻找破解"小龙"情感识别系统的方法。艾米博士提出了一项大胆的计划：利用一种特殊频率的电磁波，重新编程"小龙"的情感识别系统。这个计划风险系数极高，一旦失败，不仅无法控制"小龙"，还可能导致其变得更加疯狂。

电磁波发射器蓝星公司有是有，就是没有大功率的，艾米博士一看连连摇头，她说蓝星的电磁波发射器绝对不行，必须用大功率的，而且，她在中国只有一个星期的时间了，她已经订好了去美国的机票。后来经过一番周折，终于弄到了一台大功率电磁波发射器。在那个决定性的夜晚，他们悄悄潜入实验室，与失控的"小龙"展开了一场生死较量。在紧张刺激的过程中，电磁波发射器发挥了关键作用，成功地重新编程了"小龙"的情感识别系统。

随着一道光芒闪过，"小龙"终于恢复了正常。它停止了对核心数据的破坏行，恢复了原来的状态。研发中心内的所有人都松了一口气，为这场惊心动魄的胜利欢呼雀跃。

说到这里，杨政口干了，他喝了一口咖啡。

"故事很精彩！这与张大成有什么关系呢？"袁明生说。

"嘿！"杨政笑了一下，"还没有说完呢！问题就出在这里，知道那台电磁波发射器是哪里来的吗？"

"哪里来的！"

"张大成偷的！"

"哦！是说……"

"说什么呢？"

"我说……张大成那天没有替陈安良出庭……"

"还有更害人的事，也是张大成干的！"

"他还干了什么？"

杨政接着说："我们都知道劲能公司一直深信机器人将为人类带来前所未有的便利和进步。然而，一场突如其来的事故彻底改变了它的信念。

"近期长阳市范围内发生了多起机器人失控伤人事件。警方经过调查下，发现陈安良案并非一起孤立的事件。而所有的受害者都与一种叫'幽冥'的病毒开发有关。随着调查的深入，劲能公司 找到了问题的根源：一个名为'幽冥'的黑客组织在背后操纵了一切。这个组织的目标是利用他自身研制的叫做'幽冥'的新型病毒来控制其他的机器人的网络连接能力，制造混乱和控制世界。他们通过病毒攻击和内部人员泄露等方式，成功地控制了大量的机器人。

"后来劲能公司组织科研团队进行科技创新和技术攻关研究，在一场激战中，终于击败了"幽冥'，解除了机器人的威胁。"

"这是一个非常精彩的故事，张大成又在当中做了什么'好事'？扮演了什么角色？"

"是的，这次也是他做的好事！不然，劲能公司的机器人怎么会全体'罢工'呢！这次他是'送'了点东西。"

"送？送什么东西？"

"就是'幽冥'病毒啦！张大成趁管理人员下班后，借进入机器人工场的机会，把'幽冥'病毒带入到机器人系统中，从而导致劲能公司出现了重大亏损和严重的破坏！"

"这场事故给我们带来了深入的思考。机器人企业应该意识到科技的发展需要更加谨慎和负责。现在的人工智能和机器人技术已经深入到各个领域。在这个世界里，机器人不仅是一种工具，更是人们生活中的重要组成部分。科技应该为人类带来福祉，而不是灾难。"

"是啊！这些事故提醒我们，尽管科技的发展带来了巨大的便利，但我们也必须时刻警惕潜在的风险。"

"这些事件引发了公众对机器人技术的担忧和不信任，可能会阻碍机器人技术的发展和应用。最后，这些事件也对相关行业的声誉和形象造成了负面影响。为了解决机器人失控伤人事件的问题，需要采取一系列措施。首先，应该加强机器人技术的研发和监管，提高机器人的安全性和可靠性。其次，应该加强机器人操作人员的培训和教育，提高他们的专业素养和安全意识。此外，还应该建立健全的机器人伦理和法律体系，保障人类的利益和安全。"

袁明生问杨政："最后，张大成被怎么处理？"

"张大成被人收买，吃内扒外，出卖公司内部机密，导致公司亏损严重，酿成了巨大的经济损失和社会影响，被判决有期徒刑8年，并没收其个人全部财产和其在劲能公司的一切所得。"

"真个是罪有应得！"

"是的，呃！差点忘了，我老在想这个问题：你是怎么怀疑到张大成的？还有，当时我与你并没有多少交情，甚至还……你又为什么要帮我呢？"

"这你就不用管了，你把案子办好了就行，我们都是律师嘛！我们更应该团结一致，尽自己所能，虽然是各为其主，但是终极目标就是要公平公正地处理每一个案件，让当事人都能心服口服地接受正义和公平的判决，是吧！看，时间不早了，我得走了，不知不觉在这里一下午了！"袁明生看了一下手表。

"好吧！你袁律师真是像孙悟空一般神通广大啊！哈哈哈……"杨政说完大笑不止。

"我可没有那个能耐，现在我是焦头烂额啊！"

"焦头烂额？案子吗？哪桩？这么严重！"

"还不是城通集团赵子强的儿子赵熙的案子，接手这么久了，我还没有摸清头绪呢。"

"咦！我们南通律师事务所也有一桩案子的当事方是城通集团，好像是吴律师承办的。"

"是的，是他，他原来是我们鑫源律所的律师，他认为他被辞退跟我有关，对我是耿耿于怀。唉，不说了，不说了，真的是一言难尽啦！"

"哦，这样……"

"走啦！下次再聊吧。"

"等等，还没有感谢你呢，我请你吃个饭吧！"

"算了，有什么好感谢呢！"

说完，袁明生就走了出去。

这天袁明生通过走访李红的同学易小燕，发现发现了一些令人震惊的事情。原来，李红是城通集团总部的一名高级财务顾问，董事长赵子强只要出去应酬就会带着她一起参加，时间久了就熟络起来，加之李红也很优秀，她是名牌大学经济管理专业的硕士研究生，赵家对她也是很关照，有时开玩笑地说，赵家二公子赵熙跟她很般配，要把她介绍给赵熙。听在耳朵里的李红不用提多高兴了，如果能够嫁入豪门，那她所有的努力和付出都是值得的，她梦想着成为这个城市顶级的人物。

她太想了，于是，她努力地接近赵家认，接近赵熙。俗话说："男追女，隔座山；女追男，隔层纱。"在她的努力和坚持之下，她终于成功地跟赵熙在一起了。不过好景不长，不知道是什么原因，他们同居了几个月之后就分开了。易小燕后来问她为啥，李红一说就满眼泪水，说是自己配不上赵熙，她不恨赵熙，然后就不说话了。后来，易小燕就发现李红频繁地出入酒吧和夜总会等一些娱乐场所，再后来李红就连上班也没有去上了，就东游西逛的。到事发前一个星期，易小燕由于自己很忙，常常加班，所以她没怎么联系李红。易小燕说她所知道的就是这些，其他的就不知道了。

有人举报称赵熙的情人李红曾在事发前与赵熙发生争执，并威胁要报复陷害他。警方开始对李红展开调查。

在调查过程中，警方发现李红与赵熙的关系并不简单。他们曾是情侣，但因为某些原因分手。李红一直对赵熙心存怨恨，认为是赵熙背叛了她。她曾经多次威胁要报复陷害赵熙。

赵熙的朋友们也逐渐了解到李红与赵熙的关系。他们开始怀疑这起醉驾案是李红为了报复陷害赵熙而精心策划的阴谋。于是，他们开始深入调查李红的背景和行踪，试图找到更多的证据。

这天，袁明生帮毛和平申请了取保候审的批复下来了，袁明生拿着它来到毛丹家里，一进门就看见了自己的孩子袁承明。

"哎呀，袁承明，爸爸回来了啊。你不是想爸爸了吗？爸爸回来了，你来呀，来呀……"

看到袁承明对自己有点陌生，袁明生说："长高了好多！来来见我呀。"

"是啊，长高了不少。能不高吗？你都半年多没看到他了，哎，你不是想爸爸了吗？快去，让爸爸抱抱吧。"

"嗯，想爸爸了，我的乖儿子。"袁明生抱起袁承明，在他脸上的两边各亲了一下。

"哎，厨房这太乱了，你们去那边吧，袁承明，你带爸爸去客厅坐坐啊。"卢萍说。

"好吧，你过来，你看我给你准备的礼物，来了，来了，小心点，你快过来！"

"来了，来了，小心点。"

"给你爸看看。"

"爸爸，你看，这个是我和妈妈一起准备的礼物，这个是我画的画，这个是外婆教我的字。嗯，我给你读一遍啊，嗯，有一点点错误。"

"这个没关系，爸爸知道你很棒！"

"爸爸，这个可以读得很标准！"

"哇！袁承明好聪明，我来亲一下，真乖！"

"哎哟！好疼！爸爸，你胡子刺人，哎哟！"

这时袁承明跑开了，他们都笑了起来

"你们坐着聊一聊吧，啊！我去做菜了。"

"妈！我来帮你！"

"不了，没事，我都准备好了，你就跟明生聊聊啊！"

"好吧！"

毛丹说完就去泡茶给明生喝，明生接着茶后说："看你，最近瘦了很多啊，怎么样？很累吗！"

"没有，事情倒没有什么，只是晚上睡不着觉而已。"

"想什么呢！嗨！你爸爸的事你不要操心了吧，有我呢！我会努力的！"

"好的，真的是太麻烦你了啊！"

"哎！毛丹，我们就不要这样子客气了吧！"

"好的，你儿子很乖，你不在身边他似乎格外懂事……"说完，毛丹在一旁哭了起来。

"不哭！不哭嘛！"袁明生拿起一张卫生纸递给她，"以后，我会常来看看他的。"

"嗯。"毛丹点了点头！

"丹丹、明生，饭好了，吃饭了！"毛丹妈妈在厨房里喊。

"好，我们来了！"

袁明生来到餐厅的饭桌上，他看见毛丹妈妈把饭都替他盛好了。

第六十一集

袁炜索仇心先碎　孙丽陷计梦已空

这次出狱，袁炜一心想为胖子和麻雀报仇，他们都是为自己而死啊，不为他们报仇，他何以面对他们对自己的恩情，何以无法面对自己的良心？他转过一条街后，钻进一个电话亭，拨通了胖子的表弟勇飞的电话。勇飞刚进入龙都集团时，常常被人欺辱，是麻雀几次帮他脱离险境，后来胖子向袁炜介绍他，袁炜才把他带在自己的身边，对勇飞来说，胖子是他最信任的人，甚至用他的生命都无法报答完胖子对他的恩情。

在电话里，袁炜把胖子惨死的消息和经过都告诉勇飞后，勇飞顿时就哽咽得说不出话来，哭着说："胖哥，我一定给你报仇！炜哥，我等我，我现在就去，我不杀那个王八蛋我就不是人！"

看到勇飞马上就要去找龙老板算账，袁炜急忙说："阿勇，你冷静啦，冷静得好唔好呀！你唔知咩，龙都大夏系你想入就可以入去嘅咩？"

"炜哥，你唔好理我，我呢条命系胖哥畀嘅，佢死咗，我活着唔畀佢报仇？我仲系人咩？？"

"我唔系唔要你去报仇！你听明我讲嘅话咩？"袁炜拿着电话筒大声地说，"龙老细唔系咁容易杀嘅，你难道唔知咩？"听到阿勇在电话那边哭泣的声音，袁炜歇了一口气说，"我系话我哋要小心翼翼先可以接近龙老板，从长计议，要想个好办法先至得呀！"

他们在电话里商定，袁炜先到阿勇的另外一处位于偏僻的城中村的房子里居住着。袁炜经过一个多小时的找寻，终于在找到了勇飞说的地址，这是一间平房，外面的墙上贴着瓷片，铝合金窗户和钢筋防盗网看上去不错。他走到防盗门旁边用手一推，哦，没有钥匙怎么可以推开呢？于是，袁炜去找公用电话，找了几个地方他还是没有找到，为了不引起别人的注意和怀疑，他又走回到那间平房间前。

房子前面的门和窗户都关得很严实，没法进去，他就转到房子后面一看，有一张后门，也是锁住了，推不开。不过，他仔细一看，有一扇窗户没有安装防盗网，于是他一把拉开后，从那里跳了进去。也许是很久没有人住的原因，里面乱糟糟的，还好除了没有吃的东西，床、被子、桌子、椅子等东西都有。这时，袁炜有些倦意，他躺在床上，不知不觉间就睡着了。

等到袁炜醒来的时候，他发现孙丽在身边，顿时，他感觉自己好像在做梦，他不敢相信自己的眼睛，他急忙从床上站起来，想去抱住她，突然，他把伸出去了的手又收了回来，不，不，不要理她这个坑脏的女人！"炜哥！炜哥！你醒了！"孙丽喜出望外地说。

"炜哥！我来的时候刚好嫂子打电话给我，我就跟她说你今天出狱了。她再三地要求……我就，我就，把她带来了！"

"快！到房子外面看看龙老板有没有派人跟着你们！"袁炜大声地说。

"炜哥，你放心，我已经很久没在龙都公司上班了，他们是不会知道的！"孙丽说。

"谁信？"袁炜说。

"是的，炜哥！你放心吧，我来的时候注意看了，我们后面没有人。"勇飞认真地说。

"肚子饿了吧？我来做饭！你们聊！"孙丽说，"勇仔，厨房在哪里？"

阿勇指了一下孙丽的后面说："厨房在那里。"

孙丽知道后，拿着带过来的菜就去了厨房。不久，饭菜的香气弥漫开来，孙丽小心翼翼地将一盘盘色香味俱全的佳肴端上了餐桌。她擦了擦额头的细汗，嘴角挂着满足的微笑，转身去叫正在房里的袁炜。

"炜哥，饭好了，快来吃吧。"她的声音温柔而充满期待，"阿勇，吃饭了！"

"好的，嫂子。"阿勇连忙说。

"阿炜，饿了吧，快洗手吃饭吧。"孙丽边说边将筷子递到袁炜手中，眼中闪烁着期待的光芒。但袁炜只是冷冷地看了一眼桌上的饭菜，没有接过筷子，转身便走向了另一边，留下了一脸错愕的孙丽。

那一刻，孙丽的心仿佛被针扎了一般，疼痛难忍。她不明白，为什么自己的一片真心换来的却是这样的冷漠。泪水在她的眼眶里打转，最终还是忍不住滑落，滴落在冰冷的地板上。她没有追上去质问，只是默默地坐在餐桌边，望着窗外的夜色，心中五味杂陈。

"嫂子，要不你先吃吧！"阿勇劝说。

"没事，阿勇！你先吃！你先吃啊！"

"好吧。"

阿勇吃完了后，孙丽收拾一下，然后向袁炜的房间走去，看到袁炜孤独的背影，心中涌起一股难以言喻的愧疚。孙丽走到他身边坐下，轻轻握住他的手，低声说："阿炜，我知道你恨我，可是，这一切你是知道的！那些都不是我的本意，都不是我愿意的，都不是我能把握的！面对突如其来的变故，我并没有选择退缩。我知道，这是一场关于信念与爱情的战斗。多少次的威逼利诱都遭到了我的坚决拒绝。后来……你不知道，自从你去坐牢，龙霸天开始使用各种手段来控制我，以我不配合他你就会有危险来逼我就范，用你的生命来跟我交换……我一个女人根本斗不过他的，他们打压你的部下，甚至威胁到他们的安全，让他们四分五裂……后来，在他的淫威下，我更加坚定了自己的想法，我要化悲痛为力量，找到龙霸天的弱点，然后选择合适的机会就把他杀了，可惜，他的保镖跟他寸步不离，我一直都没有找到龙霸天的机会。"

孙丽抬头，泪眼婆娑地望着袁炜，那双曾经充满光芒的眼睛里此刻满是疲惫与无奈。"炜，你知道吗？在我眼里，你永远是最棒的。我的心里只有你一个。你的一切，都是我珍惜的。无论生活多么艰难，只要我们在一起，就没有过不去的坎。等这次的事情都弄完以后，我们回袁家岭去，再也不来香洲了，哪里也不去！今生今世就住在袁家岭。"

袁炜闻言，心中涌起一股暖流，他紧紧抱住孙丽，仿佛要将她融入自己的骨血之中。"丽，谢谢你。是我太自私了，只顾自己的情绪，忽略了你的感受。从今以后，无论遇到什么困难，我们都要一起面对，好吗？"

"当然，我们一起。"

孙丽点头，泪水再次滑落，但这次是因为幸福与释然。孙丽被这突如其来的拥抱弄得不知所措，她轻轻地拍了拍袁炜的背，想要询问缘由，但话到嘴边却化作了哽咽。她感受到了袁炜怀抱中的温暖与坚定，但更多的是一种难以言喻的沉重。

"炜哥，你……你怎么了？"孙丽的声音里带着一丝颤抖。

袁炜没有立即回答，而是更加用力地抱紧了孙丽，仿佛害怕一松手，她就会从自己的世界里消失。

"不……不……"孙丽使劲挣脱着。

过了许久，他才缓缓松开怀抱，目光复杂地望着孙丽，眼中闪烁着难以抑制的情感。

"炜哥，我有话要对你说。"孙丽的声音低沉而坚定。

袁炜的心猛地一紧，他预感到接下来的话将改变他们的一切。她强忍着泪水，努力让自己看起来平静。"你说吧，阿丽，我听着。"

袁炜深吸一口气，仿佛是在做最后的心理准备。"炜哥，我们不能了，我……"她停顿了一下，仿佛在寻找合适的词汇来缓和接下来的冲击，"我、我、我感染了艾滋病。"

这句话如同晴天霹雳，瞬间击碎了袁炜心中的平静。他愣住了，眼神中满是不可置信和绝望。泪水在眼眶里打转，却迟迟没有落下。他想要开口反驳，想要告诉孙丽这一定搞错了，但喉咙却像被什么东西堵住了一样，发不出任何声音。

终于，泪水再也无法控制，顺着脸颊滑落，滴落在地板上，发出轻微的声响。孙丽一边挣扎着想要从袁炜的怀抱中挣脱出来，一边哽咽着说："炜哥，对不起，对不起你。"

袁炜见状，连忙将她紧紧抱住，不让她继续挣扎。"丽丽，你冷静一下，不要急，这到底是怎么回事？"他温柔地抚摸着孙丽的头，试图给予她一丝安慰，"不要怕，我们要一起面对，一起战胜它，告诉我到底谁害的你。"

"不知道龙霸天有没有艾滋病，只是有一次，我感冒得很厉害，他……他说是为了救我，找了一个医生给我打了一针。"孙丽的眼眶泛红，"可后来没有多久，在医院做化验时一看结果，我差点晕倒在地上，绝对是他给我注射了那种东西，我……我被感染了。"

听到这里，袁炜的心仿佛被重锤击中，他强忍着泪水，紧紧握住孙丽的手："别怕，有我在。"他坚定地说，"我们现在就去医院，做最全面的检查，看看到底有没办法治疗。"

然而，孙丽的泪水却像断了线的珠子，怎么也止不住。她感到前所未有的恐惧和无助，仿佛整个世界都在这一刻崩塌了。她害怕自己会成为袁炜的负担，害怕他们的爱情会因为这场突如其来的疾病而消逝。

"炜哥，你走吧，离开我。我不想连累你，不想让你因为我而承受别人的异样眼光和指指点点。"孙丽的声音里充满了绝望。

袁炜闻言，眼神更加坚定。"丽丽，你听我说，爱情不是用来逃避的，而是用来共同承担的。无论发生什么，我都会陪在你身边，一起走过这段艰难的路。我相信，只要我们相爱，就没有什么能够打败我们。"

孙丽听着袁炜的话，泪水再次模糊了双眼。她抬头望向袁炜，那双充满爱意与坚定的眼睛仿佛给了她无穷的力量。她终于明白，原来在这个世界上，真的有那么一个人，愿意与她风雨同舟，对她不离不弃。

"龙霸天……"他的声音颤抖，每一个字都像是从心底撕扯出来，充满了愤怒与不甘。"我不宰了龙霸天誓不为人！"袁炜在一次深夜的对话中，对孙丽许下了这样的誓言。这不仅仅是对龙霸天的宣战，更是对自己与孙丽之间爱情的承诺——无论前路多么坎坷，他们都要携手同行，直至胜利。

孙丽告诉袁炜，经过她暗自的调查，她逐渐揭开了龙霸天那个隐藏在暗处的庞大网络。这个网络利用非法渠道，向易感人群传播艾滋病毒，并以此作为控制他们、谋取暴利的手段。龙都大厦的顶层，那是一个秘密的基地，是那些不法分子进行罪恶交易的场所。她在来这里之前就把这些证据用互联网发给公安机关了。

第二天，阿勇说现在整个香洲进入了严打时期，几乎全部黑社会势力都提高了警剔，龙都夜总会和娱乐城生意也已经停止，龙老板基本上都深居简出，原来香洲在城里的打打杀杀、乌烟瘴气的事也少了，警方在各个领域和居民区布置了警力，稍微有点动静就会遇到巡逻的民警。

阿勇说这间房子是很多年以前买下的，设施太简陋，建议袁炜还是不要住这里了，搬去另外的地方或者与嫂子一起住。袁炜说没事，这个地方人不多，他喜欢人少的地方，再说还有事情要办，正好遮人耳目，先暂时住在这里吧，说罢，孙丽过来说饭已经做好了，喊他们吃饭。

这一次的报复，让袁炜本来平静的内心再一次暴戾了，他开始四处集结以前的兄弟。力量集结完毕之后，袁炜便开始了自己的复仇计划，在黑市上买来了不同的枪支，分发给自己团伙内的成员。

队伍逐渐地壮大，武器也升级成了当时最好的。时机成熟之后，袁炜便开始了自己的报仇之路。

第一个要报复的就是害死胖子和麻雀、强奸孙丽的龙老板，但是龙老板行踪诡秘，袁炜一直没能查到他的下落，于是他便将矛头指向了龙老板的副手洪坤。

他心想，找到洪坤应该就会找到龙老板，可是，不想找洪坤的时候常常看见他，等他要找洪坤的时候，他连个影子都没有看到了。正在车里琢磨不透的时候，袁炜突然看龙都娱乐城的掌柜三爷在前面的街道上，于是他吩咐勇飞把车开过去。

当时，三爷正在路边转悠，还没等反应过来，就被拽进了面包车里。

在看清楚抓自己的人是袁炜的时候，三爷就知道他是要报复自己，说话的声音都是颤抖的。袁炜让三爷提供龙老板的住所和行动路线，承诺只要说了就完好无损地将他放了。

可是，他好说歹说也撬不开三爷的嘴巴，袁炜心想：这三爷并不是什么好人，于是往他的嘴里塞进一条毛巾，把他拉到他住的房子里五花大绑起来，说："三爷，你都系上咗年纪嘅人啦，我如果打你呢，我仲落唔到呢个手呀，你同我谂清楚，仲系话唔话我知啦得唔得呀？你千祈唔好逼我呀！"

三爷只是呜呜地挣扎了几下。

看见三爷好像有话要说，袁炜把他的嘴巴里的毛巾撤了下来。

"阿炜！我真系唔知呀！你系知道嘅依家嘅风声越嚟越紧，公安到处通缉我哋，

一般我哋净系夜晚先敢出街行行，龙老板今日住呢度听日住嗰度嘅，我真系唔知
哇！”三爷急忙透了一口气。

"唔知龙老板住边度，系嘛，好呀，洪坤呢，佢住喺边度？你最近系边度见到
佢哋嘅？"

"阿炜，我最近见到佢哋嘅系一个星期之前，喺娱乐城，佢哋嚟咗之后，交代
我一啲事就走咗。其他嘅我真系唔知哇！"

"唔讲系嘛！将佢嘅嘴界我塞住，先饿佢两日再讲！"

勇飞从地上捡起那条毛巾重新把三爷的嘴巴堵上，任凭三爷在那里瞪着眼睛和
摇头。

第二天一早，三爷在房间里把边上的东西搞得咚咚地响，袁炜走过去问他：
"想好了没有？说还是不说？"三爷一个劲地点头，于是，袁炜把他嘴巴里的毛巾拿
掉了，三爷气喘吁吁地说要喝水，喝完水之后又要吃饭，这时，阿勇不乐意了，
说："三爷，你唔讲真话，又想呢样又想嗰样嘅，点得呀？你仲系先饮啲水，讲嘅
话咗，然后再食饭，好唔好？"

三爷无奈，连忙说："好好好！"接着他开始回答袁炜的问题。

根据三爷提供的消息，袁炜成功地找到了坤哥的另一个左膀右臂老虎住的地
方，他装作一个检查煤气泄漏的工人，敲开门后直接对着老虎一枪毙命。因为感觉
不够解恨，又在老虎的尸体上连开了好几枪，以发泄心中的愤怒。

枪声惊动了那层的住户，有人发现案情而报案。袁炜在小区里面换掉衣服和帽
子时看见，路上的人惊慌失措地互相转达，某某栋某某楼刚刚有一个人被枪杀了。
等袁炜溜出小区时，马路上的警车呼啸而来，他们一停车就把小区包围，检查每一
个进出小区的人。

其实，警方早就注意到了以龙霸天为首的这个巨大的黑社会团伙，开始暗中调
查，想要将这伙黑社会连窝端了。可正当警方搜集了各种各样的证据时，龙霸天却
消失了，他似乎是察觉到了警方的行动，躲回了无人知晓的老窝，警方一直都没有
找到龙老板的行踪。看来，报复龙老板是万事俱备，只欠东风了。袁炜这样天天地
出出进进还没有一点消息，孙丽看在眼里，急在心里。这天，她借出去买菜的机
会，一个人去曾经与他住过的地方看看，或许到那里她能找到蛛丝马迹。

这是一栋在香洲市郊区的别墅，因为怕被人认出来，孙丽从兜里拿出一顶帽子
和一副眼镜戴上。在院子的大门口，孙丽没有看见一个人影，正当她站在那里琢磨
时，突然，大门"吱呀"一声开了，从院子里出来一辆车，正朝她驶来，车速有点
过快，孙丽还来不及遮住自己的脸，似乎已被轿车里面的人认出，车子在不远的前
面突然停了下来，下来一个人，孙丽远远就认出他——刘哥，这个一直以来都对她
念念不忘的家伙，生怕他认出来，于是，孙丽开始快步向左边的小道走去。

刚走没几步，孙丽听到有人在喊她："阿丽！阿丽！你等等！你等一下，我有
话同你讲！你等一下！"

被人认出后，孙丽立马就装作若无其事的样子停住了脚步。这时，刘哥气喘吁

吁地跟上来说："阿丽，你知唔知我揾你揾得好辛苦啊？"

"你揾我做乜？"

"做乜？"刘哥向四处望了望，"走，呢度唔系讲嘢嘅地方，我哋出去再讲。"

"唔，你话我知龙喺边度？"

"龙老板？我都几日冇见到佢啦，你揾佢做乜嘢呀？"

"我揾佢有嘢，你问咁清楚做乜？嗰系我哋之间嘅事！"

"好好好！我唔问，我要同你讲，依家出面嘅风声好紧，具体喺边度我都唔知！只系听日龙老板要我带几个兄弟去佢朋友嘅山庄食饭，只怕系有个咩事，边个知呀？"

"佢朋友嘅山庄？佢边个朋友呀？山庄喺边度？"

"我点知呀，佢只系叫我准备，到时候咪就话我知啰？"

"你依家去边度？"

"依家冇事，我哋要唔要去饮杯茶呀？呢段时间你去咗边度呀？"

"行啦！上车再讲！"

"好，走！"

孙丽坐上刘哥的车，在一家咖啡馆的前面停了下来，在刘哥的引导下，他们在这家店的二楼找了个包厢坐了下来。

"阿丽，你依家仲好嘛？"刘哥说完去握孙丽的手。不过，孙丽甩开了，说："仲好，刘哥，你胆子越嚟越大啊。"

"哦，呢一点你系点样看出嚟嘅？"

"龙哥嘅女人，你都竟敢碰！"孙丽故意这么说，看他怎么回答。

"刘哥笑了一下说："系呀！龙老板嘅女人，你知依家咩时候？你唔知呀？依家龙老板四处去躲，唔系躲仇人上门，就系躲警察嘅耳目，依家佢真系好似过街老鼠一样，再讲，佢依家仲有将你当作佢嘅女人咩？阿丽！"

"刘哥，俗话讲，瘦死嘅骆驼比马大。再点样我都系你嫂子！"

"系系系！嫂子！"刘哥喝了一口咖啡说，"阿丽，你未必有看出嚟，我一直中意你呀！"他再次牵着孙丽的手，紧紧地握着。

"阿炜又冇出嚟，你就跟我过啦！"

"你唔好急嘛！你畀我考虑考虑！"

"好嘅，你认真考虑一下，嚟！我哋干一杯！"

……

正在他们吃饭的时候，刘哥接到了一个电话，是龙老板打来的，他看见孙丽在场，就突然把话筒遮住了一半，孙丽也觉察到了，于是半真半假地说："哟，连我都信唔过啦，那，我就去回避一下吧？"

"唔唔唔唔需要，阿丽，你坐！冇事！"

"龙老板，系我！"

"……"

"咩时候？"

"……"

"好嘅，我知啦！"

"……"

刘哥说完就挂了电话。

孙丽装作若无其事的样子，与刘哥继续吃饭。孙丽就一个劲地劝刘哥喝酒，两个人你一杯我一杯地喝得差不多的时候，刘哥说："今晚上有事，唔可以再饮啦，惊误事！"

孙丽说："惊咩呀？对于你刘哥嚟讲，冇咩大唔了嘅事。"

"那系，那系，不过我刘哥，你、你阿丽系知道嘅，都系干嘅大事，系、系吧，小事佢、佢也轮唔到我呀！系、系唔系？"

"系系系！今晚去边度！我阿丽同你一齐去！"

这时，刘哥歪着脑袋看了看孙丽，说："你去？唔、唔、唔得，危险！"

"冇事，咁我就喺边上睇睇嘛！"

"睇，也唔能睇，睇、睇热闹嘅话就更危险了！"

"唔好开玩笑啦！"

"我、我可唔系开玩笑，我、我哋手上都有枪，你、你冇，你、你唔就比我哋更危险咩？"

"好啦，我就到你嘅附近等你，嗰总可以了吧！"

"那，那……那仲差唔多！"

"好啦！我去边度等你？"

刘哥望了一眼四周，对孙丽说："你就到海城宾馆嘅旁边等我呀！记住，唔好到宾馆里面嚟，我会、会、会联络你嘅呀！"

"好，好！"孙丽就说："晚黑，我都有啲事要去一趟曾经工作过嘅地方，忙完咗佢再去嗰个地方等你哈！"

"好好好！"

孙丽说完就起身离开了，出了宾馆的大门，在马路上，她望了望四周，然后拦停了一辆出租车，迅速地上车了。

车子在离目的地还有几百米就停了下来，孙丽下车后，仔细看看了看后面，当她确定自己没有被人跟踪之后，拐进一条小巷里，向袁炜住的地方走去，在后门上敲了几下门之后，迅速引起了袁炜的警惕，他透过窗户发现是孙丽后，就把她放进来，一进门孙丽就说："阿炜，我知道龙老板在哪里了！"

"在哪里？小声一点！"袁炜提醒孙丽，说完他用手指了指隔壁房间，意思就是那里还绑着三爷呢。

孙丽把嘴巴放在袁炜的耳朵边轻轻地说："今天晚上龙老板还有洪坤、刘哥等在海城宾馆办事。"

"你是怎么知道的？"袁炜有点怀疑。

"我是从刘哥口中得知的，他今天晚上要去海城宾馆谈点事情！"孙丽信誓旦旦地说，"这回绝对是真实的，我亲耳听到刘哥接到龙老板打来的电话，让他晚上一定要去的。"

"好吧！如果真是这样的话。"袁炜转身对阿勇说，"海城宾馆，我们准备出发！"

"好的！"

随即，阿勇从里面的房里拿出两个袋子，一袋放在袁炜的前面，一袋放在自己前面，他们把袋子的拉链拉开后，孙丽看到两个袋子里面都是一样的武器：一把大口径冲锋枪，两把匕首，两把手枪，还有一些子弹和弹匣。他们俩人把武器装备好，出门前，袁炜跟孙丽说："你就不要出门了，就在家里看着三爷，别让他耍花招！"

"好的，阿炜，你们放心吧！"孙丽说完，袁炜和阿勇就出门了。只听见阿勇的摩托车一阵轰鸣，他们两人就很快地消失在黑夜里。

他们走了大概一个小时，孙丽就听到三爷喊话，说他口渴了，要喝水了。于是，孙丽端来了一碗水递给三爷，三爷一看是孙丽，顿时就来了精神，他说："阿丽，你嚟咗，阿炜佢哋呢？佢哋出去咗？"

"系呀，你饮唔饮水？"三爷看着孙丽只顾着说话，孙丽老端着水有点烦躁了。

"饮水，饮水！"他接过孙丽的水一饮而尽，"阿丽，我三爷冇害过你哋，系吧？"

"系呀，我同阿炜都知。"

"所以，你就放咗我啦，我保证唔会畀龙老板发现，我保证从此就喺海城消失，好唔好？"

"我做唔出呢个决定，等袁伟嚟咗，你再同佢讲。"

"好啦，袁伟会答应我嘅，只系佢咩时候返嚟呢？佢哋做咩去啦？"

"晚一啲就会返嚟嘅，你唔好管。"

"好好好！唔管！阿丽，只怕你唔会知道，我明里暗里帮咗你好多忙呢，你一定唔会知道！"

"帮我嘅忙？"孙丽似乎有了一点兴趣。

三爷说："系呀，我就讲二流子啦，你自己系知道嘅啦，佢几次要喺你嘅杯里落药，都系我拦下嘅，你知道咩？你肯定唔会知道啦！"

"落药？"

"系呀，落药！落迷药！"

"呢个畜牲！"

"我同你讲，龙都公司嗰伙人佢哋早就都知道阿炜已经出狱，佢出狱肯定会向佢哋寻仇，依家龙老板肯定系一只惊弓之鸟，喺四处躲藏，你睇老虎死咗，我都唔见咗，系吧，下一个系边个？龙老板隐藏得咁深，唔系坤哥就系二流子！系吧？你话佢哋未必唔注意啲！"

"我今日仲同刘哥食咗……"话还没有说完，孙丽突然觉得不妙，她打了一个寒颤。

"咩？你今日同二流子食咗饭？喺边度？佢同你讲咗啲咩？"

"系，系呀，佢冇，冇讲咩……"孙丽支支吾吾地说。

"阿丽，你可要注意二流子你，佢讲嘅你可唔要当真！"三爷叹了口气说。

"唔好！唔好啦！"孙丽突然大叫一声，"我得出去一下！"

此时的她顾不上一切了，三爷看见她失魂落魄地向门外冲去。

原来，孙丽被骗了，她一边哭着一边跑向外面的大马路上，她要拦一辆出租车，可是夜已经很深，路上的行人和车辆都很少很少了，好不容易她找到了一辆出租车，一上车就催出租车司机："快点去海城宾馆，快，快，快……"

等到孙丽赶到海城宾馆的时候，她看见海城宾馆的大门口关闭着，果然……孙丽看到的一切似乎都是她已经预料到的。这时一阵枪声从宾馆里面传来，她意识到了里面的袁炜已经开火了，为了帮助袁炜，她找到临时的员工通道的一扇小门，孙丽用力一拉，还好，门被她拉开了，她急忙往里面走去，平时，如果她遇到这种场合会躲到老远，此时，她却毫无危险的意识，她一心只想见到袁炜，跟他说一声，他们上当了，快走。

借着楼道里面经由玻璃反射过来的一点点光线，孙丽朝着枪声响起的地方走去，突然，一只大手把她的嘴巴捂住，她顿时说不出话来，这时一根铁棍顶住她的头，她知道那肯定是枪，这时，这个人说了一句："哟！一个小妞！唔好动！动就一枪打爆你个头！"

"刘哥，葱头抓咗一个小妞！"一个马仔幸灾乐祸地说。

"边度嚟嘅小妞？做咩嘅？"二流子说。

"唔知边度嚟嘅，点处理？"

"押过嚟睇睇！"

"走！走！"马仔把她押到二流子的面前。

房间里没有灯光，刘哥看不清，于是，一个马仔找来一个手电筒，二流子把电筒打开一看，吓了一跳，说："阿丽，点解会系你？快，你哋畀我松手！阿丽！"

这时，"砰"的一声，对面射过来一枪，他们急忙把电筒关掉和躲避。

"畜牲，唔好叫我，骗子！"松开手后的孙丽，向对面的方向跑去。

"阿炜，阿炜，你快走，佢哋系骗子，佢哋喺呢度设有埋伏！你哋快走，阿炜！走啊！"孙丽一边跑向袁炜一边说，在离袁炜只有几米距离的时候，只听见她"啊"的一声，话还没有说完，就中弹倒在地上。

"阿丽！阿丽！阿丽……"袁炜看见孙丽倒在血泊之中，顿时扛起冲锋枪冲出，向对方就是一轮猛烈的扫射，阿勇也用冲锋枪把对方的火力压制住，袁炜冲到前面把孙丽抱了回来，搂在怀里，哭声震天："阿丽！阿丽！……"

此时，二流子这边的火力集中射来，阿勇眼看袁炜非常危险，急忙拉着袁炜说："炜哥，我哋撤啦！"

这时"砰"的一声，袁炜的右手中弹，顿时鲜血直流。

此时，袁炜也不敢恋战，于是，他和阿勇撤了出去，跨上摩托车向外面逃了出去。路上的风雨都在"歌唱"着《最后一面》：

寒夜风烈/情深未了/你言萦绕/情愫深厚/伤痛入骨/寒气袭心//冷风穿胸/情丝难断/我情你心/能否再续/往昔甜美/记忆犹新//你可知我痴心不改/困于旧梦/无法自拔/此情不移/泪眼蒙眬/盼你再现//明知时光亦不复返/在我心中/地老天荒/此生漫长/只为见你/最后一面

第六十二集
圈子纷纭进或退　取长补短乐和忧

第二天，秦妮很早就醒来了，她做好了早点后把袁俊杰喊醒。吃完早点，秦妮说想去他的店里看看，一会儿后，他们开着车就到了店里面。秦妮打量了一下店里店外，对他说："店里装修还可以啦，生意怎么样？"

"生意一般般，至于装修嘛，我可是个行家！"

"做你这个生意真好呀！天天坐在店里，谈谈生意，喝喝茶，吹着空调，玩玩手机，真舒服！"

"舒服是舒服，但没生意就会感受到压力，这些房租啊，水啊，电啊什么的都是要钱的。"

"怕什么呢！这么大的市场，无论怎样你也会抓几只小鱼小虾啦！"秦妮笑一笑。

"那是，那是！"袁俊杰也笑了起来。

"现在做生意还得做品牌，品牌的质量还是好一些！"

"是的，有些客户就只图便宜，而有的客户就只认品牌，跑过来一看不是自己想要的牌子，调头就走了！"

"如果他过来问牌子，你就说你卖的也是名牌的，只是品牌不同而已，品质是一样的。我原来卖鞋子的时候也是一样的啦！款型和颜色都是一样的，只是牌子不同，其实都是一样的质量。"

"看来你也是生意场上的高手，以后得向你学习学习！"袁俊杰从秦妮的话中听得出她也是一个销售的高手。

"过奖了！我只是在鞋子那个行业有点经验，至于你这个门的话，我真的是一个门外汉呢！"

"生意嘛，都是相通的！只是卖的产品不同而已，交易的过程和方式你早就知道，进入一个新的行业，只是刚开始看起来有点陌生，只要你想做，都会慢慢地了解的！"

"是的！是的！"

"只是现在疫情才过去不久，生意自然也是不好啦，慢慢地来吧，会好起来的。"

"是的。想想疫情那时候就好害怕！你看，城市仿佛在一夜之间被按下了静音键，空荡荡的街道上，没有一个人走，这还是春节啊，不管是在城市还是农村，本该是人山人海的时候，大家都不得不被关在家里，只有落叶在寒风中孤独地翻滚，完全没有节日气氛。"

"这算什么，关键是疫情的肆虐让很多人失去了工作，原本安稳的生活因此陷入了困境。饭店、超市、电影院还有谁去？不要钱都没人去！每天除了吃饭睡觉，就是关注着新增病例的数字，那冰冷的数字背后，是无数家庭的破碎和希望的破灭啊。"

"那时，我的一个亲戚接到了疾控部门的电话，告知其感染了病毒。那一刻，他的世界崩塌。他穿着厚厚的防护服，在隔离点焦急地等待着，眼中满是恐惧和无助。然而，在这个艰难的时刻，他也看到了那些白衣天使们日夜奋战的身影，他们的坚定和勇敢，让他重新燃起了希望。最后还是祖国的强大，控制住了疫情传播，不久后，我的那位亲戚也出院了！"

"那他运气还不错！"

"嗨！其实，只要我们勤洗手、多通风等防疫措施得当，也没有什么大不了的。为了这个，我们诗词协会还号召全体会员写出好的作品，为奋战在抗疫一线的同志们加油鼓劲，我也写了几首诗呢！"

"怎么写的？给我看看！"

"哟！忘记了，我想想，我来念哪一首给你听吧！"

"好啊，慢慢来，不急，你好好想一想。"

"题目好像是《小松鼠的防疫歌》。"

　　我是一只小松鼠／咿呀咿呀哟／我来我来唱一首／唱一首防疫歌／防疫的诀窍真不多／咿呀咿呀哟／跟我跟我数一数／12345／一要宅在屋／不要到处走／二要开窗户／空气多对流／三是不忘多洗手／不管病毒有没有／四是口罩不能漏／戴在人多的时候／五是多唱这首歌／病毒最怕乐呵呵／乐呵呵……

袁俊杰一念完，秦妮就鼓掌叫好："写得好！写得好！还有吗？"

"还有几首。"

战疫情

雪后江城绿满坡，新型病毒又如何？
党旗闪闪神州耀，天使威威楚地歌。
亿万军民行大爱，数千医士战妖魔。
科研早已环球灿，无惧征程荆棘多。

赞长阳防疫守卡交警

家山远隔令人亲，设卡查关不顾身。
保境安邦思报国，避瘟防疫意为民。
乡邻托福三湘暖，赤县蜚声四水春。
浩气昂然忠职守，巴陵古郡景常新。

满江红·送瘟神

　　数十天来，瘟神窜，人寰惨绝。来势猛，城封路堵，心寒脾裂。千百魂归尘与土，几重雾漫星和月。但观那，黄鹤不回还，斑斑血。红旗舞，江城悦。方略究，难关越。看山河秀丽，春花青蕨。干警公安维稳定，医生护士倾心血。喜今朝，红日照乾坤，瘟神灭。

"完了。怎么样？还行吧？"
"写得真好！何止是行，简直就是太棒了！"
"哦，还有一副赞白衣卫士的对联。"

　　　　　　雾锁江城瘟疫窜；
　　　　　　爱倾华夏病魔除。

"还有一首散曲！"
"散曲？散曲是什么？散装的曲？我只知道酒曲。"秦妮笑了笑。
"哈哈哈……"袁俊杰笑了一下，"散曲是一种文学创作表现形式，像诗词一样的文学体裁。"
"你说说看，看我能看懂不？"

［越调·天静沙］疫情过后备耕忙

　　飞杨垂柳桃花，鸣莺舞燕塘蛙，耕地施肥播种。疫情昙花，欢歌响彻天涯。

"前面怎么这么多的字啊，它们是题目吗?"

"最前面的是曲牌名，后面的就是这首曲的主题词，当然也是这首曲的题目。"

"好! 写得真漂亮，诗词联曲你是样样精通啊，真是一个才子啊!"

"哈哈哈……就你会说话!"

"是真的写得很好啊! 哦! 你看看这个，这个是我孩子他叔叔写的。"说完她递给袁俊杰一封信。

他接到后，拿出信念道:

凌茂贤侄:

你好!

听闻你已与钦盛取得联系，并即将见面，为叔甚是高兴，内心不禁感慨万千!

难得你有这份情感、这份胸襟、这份卓见。是啊! 你们虽不是亲兄弟，但是在每个家庭都只有一个或两个孩子的今天，你们堂兄弟的亲情就显得格外重要和珍贵了。俗话说"打虎亲兄弟"，希望你们以后彼此之间相互信任，互相帮助，去面对人生中的每一次挑战和分享生活的每一份美好。

你母亲说你还破费给他买了衣服，我拿什么感谢你呢? 要知道钦盛比你还大一岁呀，应该是他来爱护你才对。希望你这样的举动能唤醒钦盛那颗博爱之心。你看，前两天是你姑妈的六十大寿，真的是岁月匆匆啊! 转眼之间，我和你父亲这辈人就老了，毛主席说:"你们青年人朝气蓬勃，正在兴旺时期，好像早晨八九点钟的太阳。希望寄托在你们身上!"现在! 你们是时候一展宏图了! 我们这一大家子人的未来就靠你们年轻一代了!

回想当年，你很小的时候，我在你父母亲开的店里当学徒，那时候你很可爱，常常在一把椅子上放满零食，装作开店铺的样子，向旁边的人兜售你的货物，你有着浓厚的兴趣和热情，能够较长时间地坚守自己的信念。当时，每一个人都说你长大后一定像你父亲母亲一样会做生意。带着所有人的期待，你慢慢地长大，上中学，上大学，一路走来都是那么美好和幸福! 俗话说:"礼仪生自富贵。"我坚信你肯定比一般人更具慧根和卓识。

钦盛就另当别论了，他的一些阅历一次又一次在我的脑海浮现，他催使着我对于有些事物的见解恍然如梦，不吐不快! 言谈和举止间，你似乎对钦盛越发苛刻，以致我们之间的代沟越来越明显。也许，你知道为叔爱他之心，昭然若揭，可照日月。

此时，我有很多话要对他说啊! 可是，可是，我想这次是你们在长沙的初见，我怎么能要求太多呢? 对我充满戒备的钦盛肯定会因为我而对你充满反感，那样的话就得不偿失了。这次我也不想因为我而让你们感到丝毫尴尬。你们相处融洽、相谈甚欢，就是送给我最好的消息和礼物。

我们轻松一下吧！说说我和你父亲的往事吧，我和你父亲相隔几岁，是兄弟，更是朋友，还是从小玩到大的好伙伴，小时候我像个跟屁虫一样跟在你父亲后面，他去哪里我也去哪里，比如他去他的同学家里，一般都会带上我，他玩什么我也玩什么。我总觉得他就是我的榜样。记得第一次看他骑着那辆凤凰牌自行车，多气派啊！我甚是喜欢，于是我天天央求他教我骑自行车车，他说我太小了，等我长大了再教我骑，我却不肯。于是，倔犟的我在地坪里摔得鼻青脸肿。

还有，夏天的乡下真的是太热了，每天傍晚我都会向你爸嚷着要跟他去游泳。大人们都知道，这是一个危险的事情，而你父亲顶住莫大的压力，一次次在水里托起我的肚子，要知道这样连续几天的冒险行为其实都是我的原因，这导致你父亲被你爷爷奶奶责怪，而你父亲用我把自行车骑得飞快，在水里游得自由自在来证明你爷爷奶奶错了，不应该责怪他。

等到我读初中的时候，你父亲就在读高中了，我们一起唱歌，游泳，看电影，常常在礼拜天一起交流现在流行的明星或者歌曲，特别是那些流行歌曲的高潮部分，你父亲一次又一次地要我唱给他听，他也边听边唱，非得要我唱的他都学会才停止。还记得有一次，你父亲看中了我腰间系的一根新皮带，趁我洗澡的时候，他拿去系在自己的身上，等我出来穿裤子的时候，大呼起来。

凌茂，你和钦盛都已经二十多岁了，这是一个男人迈向成熟的年龄，你们正值全力以赴的关键时刻，也是怀揣梦想的人生必须经历的时光隧道，当你们体验到蚕蛹破茧般的痛苦历程时，就会享受到青春成长的美好了。我坚信，凭借你们超凡的心智和毅力，一定能够战胜困难和挑战，实现人生的每一个梦想！

钱财从来都不是衡量一个人成功与否的唯一的标准，而道德和品格才是一个人最硬的底牌和最终极的追求！俗话说："君子爱财，取之有道。"那些不是自己应得的钱物，你们千万不能要，不然，后患无穷啊！

希望你出门在外：交友要慎重，学会明哲保身。俗话说："闲事少管，无事早归。"灯红酒绿的大城市里充满了机会，同时也充满了诱惑和陷阱。希望你们年轻人运用你们学到的知识，以慧眼审视这个世界，认清形势，看到机会，学到知识，无论你们从事哪一个行业，都要凭自己的智慧和汗水，每分钱都要拿得坦荡！

生活就像一个水杯，你想要什么样的生活，就看你往水杯里倒入什么。快乐其实很简单，与金钱没有太大的关系。不知道你和钦盛有没有开始学习唱歌，我多次向他提过，其实我要你们去唱歌并不是为了得奖或者什么的，而是在你们情绪低落或者难过，开怀或者快乐的时候，可以用音乐来找到释怀的缺口，不致于因无法表达而想不开，做出傻事来。

其实，音乐里包含了一切的生活方式，只要你想。哦！等等！我想起来了，你们的爷爷当年再贫穷、再苦难，我们也能听到他那高亢的歌声，快乐真的会传染。有一种精神叫做乐观主义精神。现在你们应该见识过你的父亲和我，还有你们的姑妈们，都是那么爱唱歌啊！他们唱的何止是歌啊，唱的还是生活、生命啊！

面对这个瞬息万变的世界，你们要学会适应社会环境，心理承受力和自控力都要加强。成功时，我们再接再厉，失败也是正常现象，不要给自己太大压力，俗话说："留得青山在，不怕没柴烧。"只要你们认清自己，找出失败的原因，把握机会，是绝对可以成功的。

相信自己是一件很重要的事情。在这个复杂的世界中，寻找自己想要的未来。无论你碰到什么困难，都要相信自己的能力和价值。不要害怕失败，它是通向成功的必经之路。希望你们能保持积极向上的心态，坚定自己的目标，用勤奋和智慧去实现自己的梦想。

不轻言放弃，成功总是属于那些不断尝试、坚持不懈的人。我们长辈会一直是你们的坚强后盾，会在你们的背后默默支持你们的。

最后，祝你们快乐，天天开心！

你的叔叔

念完一遍后，袁俊杰又看了一遍，说："好，写得好！你孩子回信没有？"

秦妮说："回信了！"

"他怎么说？"

"他说读完这封信，可以感受到叔叔对钦盛满满的父爱。他回信上说：'我见到他之后会跟他交流的，也请叔叔不要担心，他现在过得还可以。我基本了解了一下大致情况，能在外面混得住，这就是一个本事了，年轻人要在外面闯荡一下，见识下外面的世界。我会跟他好生交谈一番的。'其他的我就不记得了。"

"这封信也写得很不错，不仅写出了他们堂兄弟的相互关爱，还对他们父辈之间的感情进行了深刻的怀念和交流。"

……

不知不觉，他们差不多聊了一个下午。秦妮一看手机，"哟！不好，今天还有一个饭局呢，不早了，现在我们就得动身了！"

"吃饭？还是你自己去吧！我就不去了！"

"怎么啦？是我请客呢！走吧！"

"你请客？都是谁呢？我又不认识！"

"没关系啦！以后都会认识的嘛！人也不多，都很好说话，你去一次就知道啦！"

袁俊杰也是盛情难却，他一看手机，已经是下午五点整。"好吧！今天就早一点下班吧！"于是，他把卷闸门拉了下来，锁好后跟着秦妮去了。

车在一家酒店前面停了下来，秦妮下车后在前台订了一个包厢，还买了一包烟给袁俊杰。在包厢里坐好后，秦妮给那些客户打电话，要他们快点到，并告诉他们这个酒店的地址，他们两人等着客户的到来。

一会儿后，来了两个女人三个男人。一阵寒暄之后，秦妮给袁俊杰介绍：闺蜜杨小红、杨燕，杨小红的丈夫龚总，客户邓总、柳总，及柳总老婆张妹。菜一上齐，他们就喝起酒来。袁俊杰发现秦妮也会喝酒，还是白酒。他没见过几个女人喝白酒的，袁俊杰因为要开车所以就婉拒了喝酒，其实原来他也是喝酒的，什么啤酒、白酒都能喝，只是现在他感觉自己的身体越来越差了，加之进进出出都是开车，所以常常就以喝酒不开车为由不喝酒了。这时的饭桌上，就只有他和柳总的老婆没有喝酒了。

袁俊杰看了看秦妮的闺蜜杨小红，她的年龄也就三十岁出头，模样长得很好看，披肩发，瓜子脸，体形不胖也不瘦，一身的黑衣，绝对不是浓妆艳抹的那种女人。柳总老婆张妹的穿着打扮很家常，跟邻家女人无二样，讲话也是大大咧咧，听口音不是岳阳本地人。她们先是用餐纸在桌椅上擦了一遍，然后坐下。秦妮先打开一瓶酒，问柳总的老婆："张妹，今晚你喝酒吗？"

张妹说："今晚回去我开车，不能喝酒。让柳总陪你们你们几个喝吧！"

于是，秦妮有说有笑地站了起来，她举起手中倒满了酒的酒杯说："来！今天我请大家来这里小聚一下，谢谢大家对我的支持，我先来祝大家快乐开心！我先干为敬！"说完举起酒杯一饮而尽。接着边上的人也都喝了一口，袁俊杰用茶代替，也喝了一口。

碰杯喝酒，就这样，他们边侃边聊，边吃菜边喝酒。他们几个喝着酒，秦妮负责倒酒。一个小时后，六个人喝了三瓶白酒。袁俊杰想：这个秦妮和那两个女人对饮两杯白酒后，竟然谈笑风生，没有失态，根本没有些许的醉意，不打酒嗝，就跟没喝酒差不多。二十分钟后，他们几个人又喝完了两瓶白酒。

随后，袁俊杰掏出了香烟，递给龚总、邓总、柳总并递上打火机点上了烟。

不大一会儿，包厢里到处弥漫着一股淡淡的幽香。

这个时候，柳总、柳总老婆和袁俊杰，你看看我，我看看你，不由自主地竖起了大拇指，然后轻声的说："这两个女人真能喝酒呀。"

看着她们女人这么能喝，他们男人怎么能就示弱呢？龚总、邓总、柳总也不甘落后，他们也是一满杯一满杯地互相敬着喝着！。这时，柳总觉得没有什么气氛，于是提议说："龚总，你们会划船不拉？咯样恰酒真的冇么里味啊？！"

"我会一点点，不晓得邓总会不！"龚总说。

"划船？来啦！我怕嗯里白是我咯对手哦。"说完就为划船摆开了阵势。

"谁先来？"龚总说。

"随便！就嗯先来！"

"好，我开始哒，荣家湾，鹿角镇……"龚总一边说一边用手做出那种锤子、剪刀、石头、布的手势，他一说完，邓总就接住说："湾对湾，角对角……""喝酒喝酒……"

"一顶高呀！哥俩好呀！"

"三星照呀！四季财呀！"

"五魁首呀！六六顺呀！"

"七彩云呀！八抬轿呀！"

"九九长呀！满十载呀！"

打个比方，一方出五个指头，嘴里叫"八抬轿"，这个时候你正好出三个指头，这局你输。输了就要喝酒。

"一只螃蟹，八只脚。"

"二只钳子，一个脑壳。"

"我在旁边过，钳到一只脚。"

"是我的脚，还是螃蟹的脚？"

"是右脚，还是左脚？"

"喝酒，喝酒！"

"喝酒，喝酒！"

男人们喝得耳红目赤。杨小红和杨燕喝了两瓶白酒后，秦妮又打开一瓶白酒。这个时候，杨燕要了一瓶雪碧饮料。她们三个开始玩扑克牌，行酒令的玩法是，一边斗地主，一边喝酒。因为开车不能喝酒，柳总老婆坚持得很好，后来在她们的劝说下也喝起饮料来，只是不喝任何的酒水，杨小红和杨燕就继续喝白酒。

过了半个小时，他们喝完了五瓶白酒，杨小红和杨燕表露出了几丝醉意，秦妮的意识依然清醒。她们一边喝酒，一边闲聊，这三个年轻的女子完全视男人如空气，毫无忌惮地想说什么就说什么，心里想什么，嘴里就怎么说，完全是真情流露，没有一点保留。

看见她们三个女人一口一口白酒对着干，龚总他们停了下来说："真行……"

邓总问："啥真行？"

龚总说："这几个女人真行，喝了好几瓶白酒，竟然没有喝趴下，让我们这些大老爷们自叹弗如啊！"

柳总说："过去，有人说，喝酒的女人都不一般，我不信，今天晚上，我算是长见识了，看起来，喝酒的女人真的不一般。"说完端着酒杯站起来敬酒。

龚总略加思索了一会儿，和颜悦色地道："喝酒的女人，不但不一般，而且都是一些有'故事'的人。"

这个时候，他们对视了一下，然后，心领神会地笑了。

袁俊杰也陪着笑了笑，心想：男人们喝酒喝的是感情、寂寞、孤独、疲惫和压抑。难道女人也是这样？我不是女人，所以我不得而知，不过，秦妮呢？她这么喝酒又是喝的哪门子意思呢？

杨小红和杨燕喝完三瓶白酒后，秦妮就问："杨燕，最近的生意怎么样？"

杨燕说："一般般吧！不好不坏，比打工强，一个月弄点零花钱吧！"

秦妮又问："那个小帅哥还纠缠你吗？"

杨燕说："早把他甩了，就他那鳖样儿，竟还敢跟我比智商，他也不想想，他姑奶奶我是干什么的。实话实说，我老公的智商比他高出不止一两个档次。他跟我玩，我玩死他。"说完，她不由自主地打了一个嗝。

秦妮又问杨小红："龚总对你怎么样？"

杨小红看了看龚总，笑了笑："也就那样了，第二任老公，永远比不上自己的初恋。"

"什么？你还想着自己的初恋？"边上的邓总摆出一副幸哉乐祸。

正在大家等着看戏的时候，龚总不急不慢地说："想着初恋有什么关系呢？我们谁没有初恋呢？只是我们邓总记不起来初恋是哪一位了呢！"

说完，大家哈哈大笑不止。

柳总在一旁煽风点火，说："不过，龚总，你还得努力才行，不然我们杨美女哪天觉得你不乖巧了，不舒服了，那不就麻烦了！"

众人又哄堂大笑。

这时龚总没说话，只是笑着，边上的邓总说："你看杨美女今天的酒量，只怕我们龚总搞不赢她呀！"

龚总说："好啰！下次见了邓嫂子，我会问问她，邓总说比你厉害一些，你搞她不赢，到底是不是真的！"

"哈哈哈……"

柳总笑了笑后站了起来，端着酒杯，来劲地说："来来来！喝酒！"

秦妮又问杨燕："你和那个同学谈得怎么样啦？什么时候结婚呀？"

杨燕说："他先站在后面排着队，等我啥时候心情不好了，再去找他。"

杨燕看了一眼杨小红，说："还是龚总国企单位好，工作轻松，工资有保证，工作环境好，风吹不着，雨洒不着的。真令人羡慕呀！"

杨小红说："好啥呀好，上面看得紧呢，一点外水也捞不到，我要先上上班，再和和气气地调到别的部门去。"

"反正你挣钱啦！怕什么呢！"杨小红说。

"还是多得秦妮及你们的关照啦！以后的生意，还希望不遇到麻烦。今后如果遇到困难，还少不了给你们两位添麻烦，你们要有心理准备哟。"杨燕说。

秦妮和杨小红异口同声地说："放心吧，没问题，没问题的。"

这时，秦妮说："从今往后，咱们三个姐妹有福同享，有难同当。"

杨小红说："同意，就这样办。"

杨燕说："收到，就这样办。"

随后，她们三个发出了欢快又爽朗的笑声。这个时候，他们都酒足饭饱了，秦妮起身结账，杨小红和杨燕跟着。秦妮说："你们都坐下，今天我结账，改天你们结账。"就这样，秦妮结账了。他们就这样离开了酒店。

第六十三集

报血耻坚决果毅　　了后事孤注一掷

路上下起了大雨，阿勇骑着摩托车与袁炜一路狂奔，阿勇时刻提醒他一定要坚持住，抱紧一点。

一进房子，阿勇就扶着袁炜胳膊，让他躺下后，阿勇顾不上自己湿漉漉的头发和身体，急忙去拿了一条干净的毛巾，把袁炜的脸和头发擦干净，把那被血染红的衣服给脱了下来，然后拿来一瓶医用酒精和包扎伤口的纱布，准备工作都做好之后，他对袁炜说："炜哥，你要忍着点，没有问题吧？"

"没事！你大胆做就可以了，不要管我！"说完，袁炜拿起边上的一块毛巾狠狠地咬在嘴里。

"好！你一定要忍住！我开始了！"说完，阿勇一把医用酒精涂抹在他的伤口上。

只听见袁炜"啊"了一声，但是他的手臂一动也没有动，阿勇顾不上那么多了，他看也没看袁炜一眼，只顾着把锋利的匕首放在火上面烧了几下，他还怕消毒不彻底，又用酒精在刀刃上淋了一遍后就往袁炜的伤口上去了。阿勇的父亲原来是一名医生，阿勇小时候看他父亲给别人做手术的录像，虽然自己没有动过手，但只是把子弹取出来，阿勇是胸有成竹的，大概十几分钟后，阿勇顺利地找到藏在袁炜手臂里面的子弹，他把它"当"的一声丢在脸盆里。

等到阿勇把袁炜的伤口缝合和包扎好之后，袁炜早就已经晕过去了。阿勇就给他盖好被子，让他好好休息。自己才去洗一把脸，换件衣服，在他的床旁边的椅子上睡着了。

等阿勇醒来的时候，袁炜已经起床了。阿勇说："炜哥！还疼吗？"

"没事！不疼！他妈的，该死的二流子！"说完向绑三爷的那间房走去。

"点搞嘅？受伤咗？"看着袁炜的手臂上包着绷带，三爷就问袁炜。

"好呀！你唔系想睇戏咩？"

"阿炜！寻晚你哋出去之后，阿丽同我讲佢见过二流子，我就知你哋去就危险啦，所以阿丽先至敢去……呃！阿丽呢？点解冇见到阿丽呀？"

"阿嫂死咗！"阿勇说。

"嗨！我仲未讲完，佢就去你嗰度了，边个做嘅？"

"仲有边个？"袁炜气愤地说，"仲唔系嗰个衰杂种。"他走近三爷，用没有受伤的手一把秋起三爷的衣服恶狠狠地说，"畀你两日时间，你如果仲唔讲出龙老板或者洪坤嘅住址嘅话，睇我唔整死你！"

"阿炜，我唔系已经同你讲咗咩！我真系唔知呀！"

"唔好要我，你跟龙老板、洪坤咁多年，你仲用狡辩咩？"当袁炜拿着漆黑的枪口抵着他脑门的时候，三爷感受到了对死亡的恐惧，开始跪地求饶。

所以，二流子以龙老板打电话给他说晚上有行动为由，骗孙丽以为得到了龙老板的位置。

"龙老板平时活动冇规律呀，佢谂咩，想去边度，从来都唔同任何人交流。再讲佢仲有美国、马来西亚嘅护照呀，佢依家喺唔喺香洲边个知呀？我真系唔知佢喺边度呀？"三爷哭诉。

"噉洪坤你总知佢嘅住址吧？"

"阿炜，你呢次真系畀我出咗个难题呀，洪坤跟随龙老板多年，喺海城肯定有好多藏身之处、"

"三爷，我哋跑完成个海城，仲去过佢哋原来住过嘅地方，但经过几个月嘅寻找，却连龙老板嘅一丁点踪迹都冇揾到。"

"呢个龙老板，佢到底匿埋去边度呢？"

袁炜随即对他们的原来常去的几个地方再一次进行了仔细的剖析。

经过他俩仔细的分析后，袁炜认为，龙老板和洪坤虽然只有初中文化，但他们闯荡社会多年，为人诡计多端，又被抓过几次，因此反侦查能力肯定很强。再加上洪坤这个人多年吸毒，喜欢安静，又善于谋划，一定不会离开海城。于是选择从洪坤吸毒这一事入手。他知道坤哥就喜好这一口，他的毒瘾应该会越来越大，他有毒品的需求，必然有固定的供货渠道。

"三爷，洪坤嘅毒品系边个供嘅货？呢一点你可唔好赖皮呀，你老实同我讲呀。"袁炜对他没有好气地说。

三爷心知如果他不说，会没有好果子吃。

"阿炜，你知嘅，龙老板同洪坤佢哋嘅上家系黄骨鱼，佢唔系畀搞死咗咩？"

"唔好再同我扮懵！"袁炜生气了。

"炜哥，要唔要先打佢一餐再讲？"阿勇说完，把袖子一撸，伸出拳头，

"哦！哦！哦！阿炜，同你讲，黄骨鱼死咗之后，我好似见到有个好似系洪坤嘅亲戚嘅马仔响娱乐城畀过一包嘢，当时我响前台路过，唔小心瞟到咗，坤哥见到我嚟咗，急急忙忙收起货之后，打发嗰个马仔走咗。"

"嗰个马仔究竟系边个？叫咩名？住喺边度？"袁炜急忙问。

"个马仔好似、好似系佢嘅一个亲戚，不过，不过我见得好少呀！"

"你再讲一讲，仔细讲讲！去边度可以揾到佢？"

"听讲洪坤有个住屋嘅亲戚住响北渡口一带，哦！我谂起啦，阿炜，嗰个家伙中意赌博，嗰阵时佢成日去娱乐城玩，你谂下，赌博上瘾嘅人好难戒得甩嘅，如果你好彩嘅话，我谂你去其他赌博嘅地方应该可以揾到佢。"

于是，阿勇对香洲市内的所有赌博的地方都进行调查。可是他们找遍了整个大一点的赌博场所，还是一无所获。袁炜也要出去找，阿勇说他一个人去找还好一

些，不会引起过多的注意，再说袁炜的手臂还没有康复，等几天手臂好了再去找也不迟，袁炜也只好作罢，在家里养伤，不过，一心想要报仇的袁炜，在家里常常把那些手枪、冲锋枪拿出来擦得锃亮。

这天晚上，袁炜坐在电视机前，看到一段新闻报道：

> 领尸启事，上个星期六的晚上，在本市的海城宾馆里发生了一起枪击事件，共造成三人死亡，死者为两男一女，这是当时的画面，经过几天的摸排走访，警方并没有找到死者的身份信息，如有认识或了解死者的观众，请速来市公安局认领，并办理相关手续。
>
> 陈警官，电话：××××××××××；柳警官，电话：××××××××××
>
> 市公安局某年某月某日

袁炜在画面里看到那女死者就是孙丽，顿时，他欲哭无泪。他强忍住悲伤，心里久久不能平静，阿丽，你等着，我一定给你报仇……摆在他眼前的事就是要去把孙丽的尸体领走，让她入土为安。但是，他不行，他刚出监狱又开枪杀人，他是绝对不能出面的，只要他一露面就会被警察带走，坐几年的牢对自己来说倒是没什么，最重要的是，那些黑社会头头现在还逍遥在法外啊，难道就让他们这样快活下去？他们可是时时刻刻都在作恶啊！他还要为胖子、麻雀、孙丽报仇呢！

怎么办呢？阿勇给他出了一个好主意，由阿勇找一个公用电话亭，打电话回袁家岭告诉孙丽的母亲、袁炜的父亲，要他们派人来把孙丽的骨灰领回去，让她入土为安，把她安葬在袁家岭的土地上。袁炜叮嘱阿勇说："一定要埋葬在我袁家的土地里，以后，我会来陪她的！我袁炜对不起她，如果有来生，我还会娶她为妻！"说完，阿勇出去打电话了。

一会儿后，袁炜去了一家银行，把自己存的三百六十多万元分成三份，分别打给了他的父亲袁望春、孙丽的母亲常蓝桃，还有袁俊杰，并且都注明了用途，还给每人都附了一封信。

在写给袁俊杰的信里，袁炜是这样说的：

> 袁俊杰，我袁炜今天转一笔钱给你，你一定要收好，这是我对故乡袁家岭的一点心意，希望你能替我保管好，它的用途就是作为袁家岭的公共资金，不管是投资公共设施还是公共事业，在袁家岭最需要的时候使用，这笔钱的使用由你和明生做主，拜托！你不要问我为什么我不交给我的父亲袁望春或其他的亲人，你也应该知道，我父亲是一个老实巴交的农民而已，他根本不会大大方方地把这些钱交出来的，其他的亲人也都是这副德行。不过，你也不必为我父亲他们担心，我另外为他们准备了一笔钱，让他们衣食无忧。这笔钱只有你和明生知道，在此我也希望你和明生能替我

保守秘密，我充分相信你们的为人，我完全信任你们不会把我的钱怎么样，不然我也不会转给你，你们都是善良满满的人，都是有情有义的人，一直以来，你们都是这样光明磊落。只怪我走上歪道，真的羡慕你们正直做人，正直做事，正直挣钱！我知道你和明生早就有反哺袁家岭的想法，其实我也有啊，只是一直没有机会跟你们讲，作为袁家岭的人，我是应该出一份力的，只是以后我没有这个能力了，今生今世也许就只有这点绵薄之力了，以后的一切都拜托你们了！

袁俊杰，我袁炜今天要告诉你关于我的一切。对于袁家岭来说，我是有罪的，你也许不知道，有一年的六月，黄大伯辛辛苦苦种的西瓜被我偷吃了很多，吃就吃吧，更可恶的是，我还把那些没有成熟的瓜给糟蹋了，被我偷后，黄大伯的瓜真的是颗粒无收了，直到现在我还历历在目，每次看到黄大伯，我的心里满是愧疚。也许我没有机会去当着黄大伯的面说一声对不起，希望你能帮我办到。

还有一次，我看到别的同学有连环画看，我却只能默默地在一旁羡慕着，自己一本都没有，也就无法获得其他的同学的帮助。有时候，我因为一些鸡毛蒜皮的小事而与同学争吵和闹翻脸，不肯认输的我便邀了两个同病相怜的同学，在一天晚上，撬开了袁家岭学校的图书室，我们偷出了一百多本图书，在一间屋子的后面就地分赃了。

华叔家的鱼塘也被我偷过。我记得那一年我读初一。那时候因为家里穷，看到别的同学有这有那的，我心里尽是羡慕。我特别羡慕同学们都有一个放磁带的放音机，看到它被挂在腰间，简直就是酷毙了，连续几个晚上都做梦梦见我也有一台那样的放音机，每次梦醒过来的时候，我问我自己，别人有个好爸爸和妈妈，而我，我的父亲穷得连一台电风扇都买不起，晚上的电灯也不能照久了，照久了一点点就会受到责备。每当夏天的时候，蚊子就咬得我浑身上下都是包，奇痒无比，为什么别人家就可以一边扇电风扇，一边看电视，而我……为什么呢？还不是因为我没有钱！不懂事的我便萌生了去偷的念头。

那是在一个漆黑的夜晚，我与一个同样很缺钱而又有经验的同学来到咱大姐的鱼池旁，同学告诉我只要他在这口鱼池里面撒上那么一点他带过来的药后，不要一个小时我们就可以拿着蛇皮袋装鱼了，果然，一切都是那么顺利，在那天凌晨两点多钟的时候，我们就捞上来了三蛇皮袋的鱼，同学说不用我管了，让我回家睡觉去，明天到学校里会分钱给我的，可是当我找他要钱时，他说那个鱼没有卖多少钱，如果我喜欢的话他就把他那台放音机给我算了，我想都没有想就答应了。

如果说这些都是小时候的事情不必在意的话，我就会跟你翻脸。袁俊杰你知道吗？那个时候，谁的日子都不容易，我偷的西瓜，我偷的鱼，都是他们的汗水和心血啊，他们就是靠着这些收入来改善生活或补贴家用啊，没有了这些，他们的生活不是更辛苦、更糟糕吗？

我是家里面最调皮的那一个，小时候顶多就是一些小打小闹，所以并没有人在意。但是，等长大之后，我就养成了那种用暴力手段获得好处和地位的意识，渐渐地驱使着自己去冒险，在学校里不学习成了我的常态，每天就是欺负比自己弱小的同学，放学之后便和那些街头混混在一起，甚至有一些比我小的孩子，也在我的带领之下有样学样。

我的父母不是没想过管教我，但是每次都是治标不治本。就这样，我混到了初中时期，依旧是学不会收敛，还有一次甚至把自己的同学打成了重伤。就这样，初中没有毕业我就辍学，一方面是因为我的成绩本来就不好，另一方面则是我想过另一种没人管教的生活。

尽管从小家庭条件不好，但是我的父母对我溺爱。我初中起就跟一些小混混打交道，经常出入娱乐场所，还喜欢主动挑衅同学，与同学打架斗殴，打架是会上瘾的，能让我感到自己是高人一等的。那时候街上有很多录像放映厅，我常常在里面看些香港台湾的帮派电影，深受当时黑帮电影的影响，十分向往黑帮的生活，并且想成为无人敢惹的黑帮老大，就这样，混社会的想法也日益坚定。

在同学们眼中，我是典型的害群之马，在学校多次打架斗殴后，劣迹斑斑的我被学校除名。进了社会后，我非但没有受到挫折，反而凭借着打架凶狠，逐渐形成了目中无人、心狠手辣的性格。甚至有人不小心踩了我一脚，我也要跟别人打一架。自从来香洲之后，我越来越疯狂，用刀砍，用枪杀，现在想来我真的不是人，那些倒在我刀下、枪下的人啊，都是活生生的生命啊，他们也是爹妈养大的人啊，也许他们也是爹妈，也有自己的儿女，我为什么能下得了手呢？思前想后，此时此刻，我袁炜还有什么资格去要求别人善待我呢？我想，我做的一切都已经做了，后悔也来不及了，接下来我要做点对得起自己，对得起我的亲人和朋友，对得起袁家岭的事情，我的生命今生是不值得珍惜和留恋的，死不足惜啊！你们以后就不要再想起我，当我从来就没有来过这个世界。

你的兄弟：袁炜

写完后，他接着写第二封信。

敬爱的岳母：

请您原谅我这个不孝的女婿，没有把您的宝贝女儿带回来，此刻，我无以无比难过的心情向您写这封信。自从孙丽嫁给我袁炜以来，我非常感谢你们一家对我的信任和包容！虽然您也曾经反对过我们，但是在后来还是得倒了您的谅解和支持！当然，作为父母，有哪个人不愿意自己的孩子过得好，过得安稳，过得幸福和快乐呢？只要孩子们过得好，你们甚至愿意牺牲你们自己啊。坦率地说，我曾经确实恨过不同意我和孙丽在一起的您，现在看来，您恨我是对的，我这个逗灾惹祸的人不值得你们同情和怜悯，我只有向菩萨忏悔自己的过错，我现在所做的一切都是希望您和孙丽能够原谅我的，当然，我也许没有这个资格提出这样的要求，不管怎么样，我是真诚的，错已铸成，事已至此，我还能做些什么呢？当然，我一定会为孙丽报仇的，您等着看吧，那些伤害孙丽的人都得付出代价，我保证他们一个都不会落下，他们必须以他们生命的代价来为孙丽赔偿和谢罪！我给您准备了一笔钱（五十万元）。钱不多，就算是我袁炜最后一次孝敬您的，望您收下，贴补您的家用，让您度过一个无忧无虑的晚年。最后，请您放心，我在天国会像在香洲一样好好地照顾孙丽的！

您的不孝的女婿：袁炜

写完后，他接着写第三封信。

敬爱的父亲、母亲：

你们的不孝儿子又给你们带来了麻烦。是啊！自从我进入了初中之后，给你们带来的基本上都是问题和麻烦，不过，这次也许是最后一次麻烦你们了，麻烦你们忘记我这个不孝的儿子，麻烦你们把自己的生活照顾好。当你们读到这封信的时候，我也许已经不在这个世界上了，我希望你们不要哭泣，这是我罪有应得的，你们的年龄都这么大了，不该为我而担心，不要想我，不要念我，算我求你们了！当初不是……当初有着太多的不是，这些年来，我不学好，走上歪门邪道，我也不怪任何人，只怪自己做出错误的选择，特别是近年来在香洲发生的一切有太多我不得不去做些事情，不然，我死都不会瞑目，我的良心时刻在提醒自己，那些无情无义之人，为什么还逍遥快活，如果不让他们得到应有的惩罚，我的良心就会时时刻刻都在煎熬。你们也许会说法律不会放过他的，天网恢恢，疏而不漏！是的，那要等到什么时候呢？

无论做什么事情都有夜长梦多的风险，何况这是一个金钱至上的时代，那些财大气粗的有钱人多的是花样和办法，当时过境迁，谁又能保证以后呢？至少，我不相信未来！唯有实实在在的效果才能抚慰我的良心，血债一定要血偿！至于我的生命，在良心，道义的面前又算得了什么呢？不要为他们而感到惋惜，凭他们的所作所为，都该死很多回了。孙丽走了，我还有什么好留恋的呢？我要去陪她啊。父亲母亲，我给你们准备了这点钱（五十万）虽然不多，对于勤劳朴素的你们来说，还是不容易花完，最后希望你们开心一点，过好自己的生活！不要再想我，就当你们从来就没有这个儿子。

你们的不孝儿子：袁炜

袁炜的手臂渐渐康复后，害怕再次遭到毒打的三爷终于答应领着袁炜去一趟位于海城轮船码头的北门渡口。这天傍晚时分，阿勇开着车往北门渡口驶去，快靠近居民区的时候，三爷在车上要他慢点开，他也是很久没来过这里。袁炜叫他不要耍花招，否则他的小命随时都会丢掉。三爷连忙回应："好的，好的！"

　　车在离码头只有几栋房子的地方停了下来，这时天已经暗了下来，楼房里面的灯也陆陆续续地亮了起来。三爷说："洪坤嘅亲戚好似就喺呢度，具体系边一栋就真系搞唔清楚啦。"

　　"好啦！阿勇你去问一下，我就响车上睇住三爷。"袁炜对阿勇说完就拿出洪坤的照片，他一拖就拖出三张，阿勇不认识，他就说，"今日揾嘅系佢，佢叫洪坤！"

　　"好的，炜哥！"阿勇说完指着那两张，"嗰两个叫咩名？"

　　"呢个就系龙老板，见过未呀？"

　　"冇呀，不过嗰张，嗰张好似有啲面熟，好似响边度见过！"

　　"佢系二流子呀，系呀，你见过，就喺上次嘅海城宾馆！"

　　"系呀，系佢，系佢开枪打死孙丽！"

　　"系呀！你注意安全！"

　　"好的，炜哥！"阿勇说完，把枪上好膛，把帽子戴好后，跳下车去。

　　"咚咚咚……"阿勇走到一家门前敲响了大门。

　　"边个呀？"内里面传来一个声音。

　　"我揾坤哥。"阿勇回答。

　　"揾阿坤点解揾到我呢度嚟啦，真系嘅，你唔知去赌场咩？"

　　"唔好意思！我新嚟嘅，想嚟玩几把。"阿勇连忙解释。

　　"难怪！响嗰只船上！"里面的人没好气地说，"去啦！又系一个送钱童子！就惊呢啲鬼仔冇钱花哟！"

　　阿勇急忙出来，他走到袁炜的车边，告诉他洪坤就在下面的轮船上开赌场，于是，他们就把车向轮船开去，在离赌船不远的地方隐藏起来后，阿勇还是一个人去探探情况。

　　阿勇经过几次打探后，发现这里几条船上都在进行赌博，进进出出都有人把守，只有一只船好像防守没有那么严，于是，他决定去那条船上看看。

　　"企住！做乜嘢嘅？"这时刚好一个马仔从里面出来，阿勇与他碰了一个头，顿时马仔生气地呵斥。

　　"打麻雀，打麻雀嘅！"阿勇笑眯眯地说，而且一边说一边点头哈腰。

　　"有冇长眼呀？下次畀我睇清楚啲，你呢个家伙。"马仔骂了几句就向外走去，阿勇趁机溜了进去，在一张赌桌旁装作赌徒，一边下赌注一边查看着四周的人员情况和设施布局。

　　这个赌场设在一艘渔船上，渔船有一个比较大的内舱，可以容纳四五十人，赌局一般晚上八点开始，因为船泊的位置比较偏，又加上是晚上开局，所以很少引起注意，即使没有公安来查，赌船两三个礼拜就换地方。这叫避人耳目，狡兔三窟。

上船只有一条小路，周边全是芦苇，在小路上每隔几百米就安排一个马仔放哨，发现不认识的人或者公安，就用对讲机通知船上的人赶紧撤台子走人。能上船的人，都是熟人介绍过来，第一次上船还要被检查一下。

"近排警察查得比较严，坤哥要你哋落注乜嘢嘅动作要轻啲，唔好嘈到附近嘅居民，到时候佢哋畀警察打个报告就麻烦啦！"一个马仔在对阿勇身边的马仔说。

"好嘅，我知啦！"

"今晚嘅人好少呀，嗰边船上嘅人尤其少，只有你呢只船上人仲系多啲，依家入咗几多啦？"

阿勇装作没有听见的样子，下自己的赌注。

"比平时系多啲呀，坤哥嚟咗未呀？我正想找佢将呢啲箱仔畀佢拿走，放呢度唔安全！"

"惊咩呀？我哋都喺呢度，我冇见到坤哥，等阵睇下佢嚟咗冇，我嚟话你知！"

"好！"那个马仔走开了。

突然，有人大呼："骗子！"船上所有的人都被惊动了，原来是一个新上船的人一小时不到就把带来的两万块钱输了，气急败坏，在场子里大喊起来："呃人嘅，全部都系呃人嘅，出千，老细，老细呢，你出嚟，要去举报你哋！"

"边个死杂种够胆响呢度撒泼？"

一个头发很长的马仔立马跑了过来，一看，好像认识，于是递上一支烟，和颜悦色地说："王老板，你睇你又唔系第一次嚟啦，系嘛，好啦，你有咩问题我哋入去里面倾，唔好喺度大喊大叫啦，扫咗大家嘅兴。你话系唔系呀？"

那人看了看那个长头发的马仔，只见那个马仔的眼角瞬间爆红，他似乎有了一丝害怕，于是他就找了个台阶说："好啦，我睇下你哋仲要出咩把戏。"

接着就跟着长头发的马仔去了船尾。刚关上门，阿勇就听到了船尾传来"哎哟，哎哟……"的声音，那人就被几个马仔一顿毒打后赶下船，捂着满嘴的血牙走了。带他上船的人连连给长头发的马仔连忙赔不是。

第六十四集
纷繁交错赵氏宅　感激涕零李家泪

最终，正义在这个城市中获得了胜利。那些曾经的高官和企业巨头，都因为他们的罪行而受到了应有的惩罚。袁明生律师和他的助手们为毛平安和其他被冤枉的人洗清了冤屈，也为这个城市带来了正义的光明。

毛平安被指控收受贿赂，但他坚称自己是被陷害的。袁明生开始从毛平安的背景入手，调查他的工作和生活。他发现，毛平安在建设局的内部却有着不俗的地位和影响力。

在进一步的调查中，袁明生发现了一些关键证据。这些证据指向一个更大的阴谋，涉及政府高层和企业界的黑幕。

经过艰苦的努力，袁律明生终于揭开了这起贪腐案的真相。原来，这起案件中，毛平安是一起政治阴谋的牺牲品。毛平安被陷害，成为了权力斗争的棋子。庭审的日子终于来临。袁明生在法庭上展现出了卓越的辩护才华，他详细地分析了每一个证据，揭示了证人的证词中的矛盾之处。他让在场的每个人都看到了毛平安的无辜，以及这个案件背后的真相。

只有几天就要开庭了，袁明生还在寻找着其他的可疑部分。

手机响了，袁明生一看是杨政打来的，他觉得有一些烦恼，为什么这时候打他电话，他正忙着呢！但是，烦归烦，他还是按通了电话。

"袁律师，是我，杨政！"

"我知道，有什么事？你说吧。"

"好的，是这样的，你现在在家里还是外面？"

"在家里呀！现在是晚上十点多钟了，我能在外面干吗呢！"他没好气地说。

"好，在家里就好，家里没别的人吧！"

"家里还有谁呢！有事快说，我忙着呢！别磨磨蹭蹭的了，干脆点吧！"

"好的，袁律师，那个城通集团的案子另有隐情，我路过吴宇办公室的时候，不小心偷听到的。"

"你听到了什么？"

"听到了他打电话，好像是赵什么浩，我觉得你得往他们赵家查，仔细查！"

"赵浩？赵子强的大儿子，他怎么啦？"

"我没有听到太多，只听到了这点，怕被发现，所以这么晚了才打电话给你！"

"这样，好的，我知道了！那谢谢你啊！"

"谢什么？你不也帮了我嘛！"

"这样就扯平了？"

"没有，我不是这个意思！"

"开玩笑的，不过真的很谢谢你，没有你这个电话，我做梦也想不到赵家人身上去，是吧！谢谢你！"

"好啦！没事，电话我挂了啊！"

"好，挂了！"

挂了电话，袁明生陷入深深的思考中。赵熙和赵浩是赵子强的两个孩子，但是他们怎么会被牵扯到本案中来呢？难道他们兄弟之间还有什么问题吗？或者他们有什么竞争关系？还是他们赵家有什么事情？他必须得弄清楚，他当即决定明天就要找几个比较了解赵家的人，了解到底发生了什么，他们现在都是什么情况。

第二天，袁明生就早早地来到了长阳市人民法院，以还需要更多的时间来调查取证为由，请求法院对赵熙案延期审理。

然后，他马不停蹄地赶往城通集团公司所在地。在城通大厦的门口，袁明生在外面徘徊不前，他去找谁呢？这里他一个人都不认识啊。

正在这时，一个保安走了过来，说："你是干什么的？在这里来来回回很久了，你想干吗？"

"哦！保安大哥！你好，来来！先抽根烟吧！"说完，袁明生笑嘻嘻地从兜里掏出烟，拆开后准备抽出一根给他，随即他那只抽烟的手又缩了回去，他把整包烟都递给了保安。

"不不不！我不要，我不要这么多！"保安大哥见他给这么多不敢收。

袁明生急忙说："没事，保安大哥，我是个律师，我不抽烟的，这我拆开了不抽会浪费的，还是都给你抽了吧！"

"那、那怎么好意思呢！"保安边说边收下烟。

"没事，我可以向你打听个事情吗？"

"什么事？你说说看，只要我知道保证告诉你！"

"你们集团公司老总是赵总，是吧？"

"是赵总，怎么啦？"

"听说赵总家的两个儿子不和，好像是在闹什么矛盾吧？"

"这整个公司都知道了，不就是争个位置嘛！"保安从烟盒里取出一根自己点上。

"哦！这样，我可以去你的保安亭里面坐坐吗？"

"没事，你进来吧！"

在保安亭里面，这个保安大哥没有什么事情，袁明生跟他聊了很久，直到他对赵家的情况基本掌握，就离开了城通集团大厦。

原来，赵家家业庞大，旗下的企业遍布各行各业。然而，随着父亲年事已高，兄弟三人开始为争夺公司控制权暗中较劲。大哥赵浩凭借着在公司的多年经营，积累了不少的人脉和资源；二哥赵熙则以他的聪明才智，在公司的决策中起到了关键的作用；小弟赵子虽然年轻，但他拥有前瞻性的眼光和创新思维，深得父亲的赏识。

赵浩为了争夺公司利益，不择手段。他一方面在公司内部拉拢人心，一方面在外界寻求合作伙伴。他甚至不惜损害公司的利益，以换取自己的利益最大化。二哥赵熙看在眼里，痛在心里。他深知这样下去，公司将会走向衰败。

为了挽救公司，赵熙决定采取行动。他首先找到父亲，向他揭露了大哥赵浩的不正当行为。父亲听后深感震惊，他没想到自己的儿子为了争夺利益，竟然做出这样的事情。他决定重新审视公司的管理结构，并任命赵熙为新的执行董事，全权负责公司的事务。

赵熙上任后，对公司进行了大刀阔斧的改革。他首先整顿了公司内部的人事关系，提拔了一批有能力的员工，同时开除了一些不称职的高管。接着，他开始寻求外部的合作机会，通过与其他企业的合作，提高了公司的市场竞争力。

在这场兄弟相争中，双方都使出了浑身解数。赵熙凭借着在商界的丰富经验，通过各种手段打压异己；而赵浩则利用自己在家族中的影响力，争取到了不少人的支持，

在这场激烈的较量中，赵家的公司利益受到了严重损害。由于兄弟俩的争斗，公司的决策效率低下，不少项目因此而搁浅。这使得赵家的市场份额逐渐被竞争对手蚕食。

面对这种情况，赵家的长辈们开始坐不住了。他们意识到，如果任由兄弟俩这样斗下去，赵家将面临灭顶之灾。于是，他们决定出面调解这场纷争。

经过一番调解，赵熙和赵浩意识到，只有团结一致，才能挽回家族的荣誉和利益。于是，他们开始和解，共同应对公司面临的危机。

在这个过程中，赵熙展现出了卓越的领导才能和商业智慧，帮助家族企业渡过了难关。而赵浩也发挥了自己的优势，在家族内部积极协调各方利益，使得公司逐渐恢复了稳定。

经过一段时间的努力，赵家公司终于走出了困境。公司的业务逐渐扩大，市场份额稳步提升。

可偏偏就在这时候，赵熙的酒驾和车祸，让刚刚开始好转的赵家又闹成一锅粥，集团上上下下都是人心惶惶。

了解到赵家的情况后，袁明生觉得，赵熙的哥哥赵浩有着明显的嫌疑。但是，他得找到可靠的证据才行。突然，他灵机一动，只要查一下他们两个当事人的电话信息不就知道了吗？如果赵浩参与了本案，那他肯定与他们至少一个人有电话联系。好，事不宜迟，得抓紧办。第二天，袁明生就去了长阳市电信局，在赵浩的电话记录单上，袁明生找到了赵熙事发当天的赵浩所有的电话和短信联系记录，他并没有发现李红的电话号码，而且向前推查三天，向后推查三天也没有发现赵浩与李红有过电话联系，由于电话号码太多，袁明生查得晕头转向，他又看看赵浩的短信记录，他排除了其他人的电话号码就只查李红的记录，突然，一条李红发给赵浩的短信赫然在目，时间是在赵熙事发第二天，赵浩没有回复，就一条短信，到底是什么内容呢？袁明生思考着，不过，这真是不一般的事情，看来就像杨政说的，现在必须把赵浩纳为嫌疑人，他似乎看到了赵熙案的希望，他得进一步调查赵浩。

回到办公室，袁明生觉得调查赵浩有很大的困难，如果能从李红那里做做工作而得到一些有用的消息，那就最好不过了，何况他现在已经有了些李红的把柄，李红应该知道后果。

于是，他拨通了李红的电话，只听到电话那头传来"嘟嘟"的声音，就是没有人接，他连续拨打了几次还是没有接通，袁明生觉得有点奇怪，怎么电话打不通呢？要不等一下再打去吧！大概等了两个小时之后，袁明生再次拨打李红的电话，终于接通了，不过电话里传来的声音不是李红的，好像是一个老人的声音，当袁明生说到自己是律师的时候，那个老人哭了起来："你是律师，你是来救我的孩子的

人吧？"

袁明生听后一惊，他安慰老人说："是的，老人家，您不要急，李红到底发生了什么事情？"

"李红被人抓走了！"

"被抓走了？谁抓的？为什么要抓她？"

"说是公安局抓的，哎哟！这孩子不听话呀！恰毒哦！不嬲哉哦！嗯看我禾里活得下去哦……"

"恰毒？公安局抓走了！"

"是个，恰毒，不嬲哉哦！"

"哦！嗯那嘎不急，我去看看她，看有幺里办法幺哈！"

"好啦！好啦！把你恰哒！"

"冇事，嗯那嘎！"

挂了电话，袁明生就向长阳市公安局戒毒所赶去，在戒毒所门卫处询问李红的情况后，办理完登记，他来到了关押李红的拘留间。他看见披头散发的李红，袁明生走近她的时候，她还没有感觉到有人过来了，民警看见她没有反应，就使劲敲了敲铁门，希望能让李红清醒清醒，经过大声喊叫后，李红才听到有人喊她，只见她眼睛木讷地望了一眼地面，抬着头看了一眼来人，说："你是谁？我不认识你。"

袁明生说："你仔细看看我是谁，李红！"

于是，李红又抬起来把他看了一遍，看完后，还是摇摇头，说："我真的不认识你啊。"

看见她这个样子，袁明生知道肯定是因为她的毒瘾犯了，于是，他出去跟民警商量一阵后，经过看守民警的允许，袁明生从包里掏出一包烟，抽出来一根烟递给李红，说："不急，你先抽根烟吧！"

袁明生的话还没有说完，李红就迫不及待地从他的手上把烟和火机都抢了过去，用她哆哆嗦嗦的双手把烟点起来，猛吸几口后，她才感到了一丝缓解。见她平静了许多，袁明生就再次问她："你再认真地看看我，我到底是谁？"

于是，李红仔细打量起袁明生来，李上看下看，左看右看，终于，她似乎有一点印象了："你是，你是律师！你是袁律师，是吗？啊啊，我好害怕……"

她突然扔了手上的烟，痛苦地寻找可以躲避的地方，她退到角落后，惊恐地说："你是袁律师，我怕！"

"见到我，"袁明生走了过去，"为什么害怕呢？是因为你做了不该做的事，是吗？只有你做了不该做的事，你才感觉到害怕，不是吗？"

"我没有做不该做的事，袁律师，我没有做坏事。"

"没有？那你为什么害怕呢?！"

"是的，我不怕，我不怕！我没有害别人，我不害怕！"

"你有没有害别人，你自己最清楚！今天，我又来找你，是为什么呢？"

"是啊，今天你找我干吗呢？我不是都告诉你了吗？赵熙出的车祸与我没有任何关系，我不知道为什么发生这样的事情，我都不知道！你为什么又来找我？不要来找我了！"说完她又呜呜大哭起来。

袁明生跟她说："你冷静一下，李红，如果你没有做什么坏事，你害怕什么呢？为什么我没问别人而要问你呢？还有，既然跟你没什么关系，你为什么要激动呢？这些都已经证明——你害怕了！"

李红没有说话。袁明生明显地看到李红的嘴巴有些哆嗦，手和脚也在颤抖着。

"实话告诉你吧，李红，这次我来找你，也不是没有准备，我希望你能如实地告诉我，赵熙超速驾驶撞人案事发第二天，你发了什么短信给赵浩？"

"没有，我没有发短信！"

"没有？不要说谎，李红！我说了我是有备而来的，你发的是什么内容？你说一下，我告诉你，我已经知道了所有的证据，我希望你能讲实话，你抬头看看这面墙上写的'坦白从宽，抗拒从严'，既然我已经知道了，你还固执干吗呢？你还是坦白比较好，这样对你、对你的家人来说，都是好的结果，实话告诉你吧，我去过几次你家，你父亲是不是患有痛风，你母亲是不是长期落枕？"

"是……"李红半信半疑地说。

"你看看这个吧，"袁明生想了一下，他从兜里掏出一张买药的单据，递给李红，"你看一下，这是我父亲开的药方，我父亲是一个名老中医，这是他开的药单子！"

李红接过来一看，只见上面写着：姓名：任嫉驰 落枕用：当归、南蛇、没药、元胡、天麻、白芷、川芎、七叶莲、蜈蚣、全虫、灵仙。

姓名：李志华 痛风用：当归、牛膝、茨仁、木瓜、黄柏、苍术、白芍、桑寄生、忍冬藤、七叶莲、寻骨风、人参叶、土黄芪、地骨皮、干葛。人的中药都是六副一疗程，一日三餐次，饭后服用

一看到父亲母亲的名字，这还有什么假的呢？她非常伤心，满眼都是泪水。

"李红，你知道吗？他们对你的处境很担忧，甚至跪倒在我面前哭泣，希望我能救救你。我答应他们，我一定救你。可是，李红，你想过没有，我想救你有什么用？你要给我应该救你的理由，是吧？现在也是你自我挽救的机会，你要用事实说话，就当是为了你自己，为了你的父母亲吧。"

这个时候，李红抱着头痛哭起来："嗯妈……"她一把眼泪一把鼻涕的，看她样子真的很痛苦，她努力控制自己的行为，可是，她终敌不过毒品的魔爪，她开始露牙咧嘴，抓耳挠腮，好像快要抽搐的样子。袁明生知道她的毒瘾又要发作了，他急忙递给她烟和火机。

很快，李红抽了几口后，好了很多。

李红平静后，不好意思地说："对不起，袁律师！"

袁明生说："没事！说吧，现在没必要藏着掖着了，只要你说出来的话，审判的时候法官还是会念在你自首而轻判的"

"我这样说的话，还算自首吗？"

"当然算。"

"好吧，我说。其实事发当晚，赵熙在我家里的时候，我在他喝的水里面加了毒品，我真的不知道他那天会发生这么大的事故，有这么大的危险，其实，我只想要他染上毒瘾，方便以后控制他，让他消沉一下，让他工作上怠慢一些，不要那么拼命地去工作，不要为他们的公司倾其所有。他口口声声说为公司，为他的赵家付出所有的精力，我没别的意思，真的没别的意思，你是相信我的吧？袁律师，我是爱他的！我真的就是这样想的！"

"爱他就非得这样做吗？好吧！还有什么你没说？我知道，你还有很多没说，你还是说出来吧！"

李红吸了一口烟，然后说："没有了，袁律师！我真的什么都跟你说了，其他的话，我上次在咖啡厅就都跟你说了，我那天在酒吧里喝完酒就迷迷糊糊的，后来赵熙送我回家了，我就偷偷地在那杯子里面放了一点毒品，真的就什么都没有做了，我向上天发誓好吧，袁律师！"

"这个事我知道，既然你不肯说，那我问你，你跟赵浩是什么关系？你们常联系吗？"

李红听到了"赵浩"两个字后，顿时就呆住了，过了一会儿，她极力反驳说："关系？没有，我和他绝对没有你们所想象的那种关系，其实，我没跟赵浩没什么关系，他是我的老板，我发短信给他只是说告诉他赵熙出了车祸，我没跟他说什么其他的事情，除了那条短信，真的没跟他发任何短信了，如果你不相信我，我也没办法，但是事实就这样。"

"好吧！我当然是相信你的。但是，我也需要事实来证明你所说的一切，是吧？万一不是的话，我也不知道你该怎么面对，那到时候我就真的是没办法帮你了，李红！"

"……"

"李红，你听明白了吗？"

"我知道。"李红什么都没再说了，她低下了头。

"好吧！我得走了，那你就这里戒毒吧，等我的消息，还有，"袁明生递给她一张名片，"这是我的一个好朋友，你有什么需求，你就跟他说，我想他应该会给你便利和帮助的。"

"……"

第六十五集

同心协力客源广　　互助扶持店运昌

第二天，袁俊杰和秦妮两个人早早地就出了门，在路边上买了早点，怕耽误时间在车上都没顾上吃，干脆带去店里吃。在袁俊杰的带领下，秦妮一边查看一边记录着各种门的规格、价格等，在店里打扫卫生、整理货品、招呼顾客，忙得不亦乐乎。当个售货员其实也挺容易的，对于做过生意的秦妮来说，就更不在话下，她说起生意经来也是一套一套的，比如，有些摆在门口的货物挡住了顾客的进出，她一眼就看出来了，马上就要袁俊杰把货物摆放到其他的地方。

袁俊杰告诉秦妮，顾客来了，首先询问顾客的需求，再推荐产品。所以，她第一件事就是要把产品全部给了解清楚，只有做到了然于心，胸有成竹，自信满满地面对顾客，才能谈成生意。也许是刚进入这个行业觉得很新鲜，秦妮写写画画、擦擦商品，再把样品摆放整齐、搞搞卫生，一个上午就过去了，还真应准了那句名言："只有在奋斗中，时间才会悄无声息地消失。"想起原来的她，待在家里，无所事事，一天到晚都不知道怎么办才好。

以前袁俊杰一个人在店里的时候，懒得做饭就在外面吃快餐，现在好了，秦妮早早地就去菜市场买菜，中午的时候两个人就在店里吃午饭，外面吃也是图个方便，可以说是一没有营养，二不卫生，还得耽误时间去吃，去吃又舍不得拉下卷闸门。有一次袁俊杰出去吃饭，他突然想起有一点事情就折返回来，到店里的时候发现有一个人在楼上，楼上的人发现有人来了急忙下楼，装作一个上门的顾客，若无其事地走了，还好店里没有什么贵重的东西和物品。

秦妮遇到不懂的地方就问袁俊杰，俗话说"世上无难事，只怕有心人"，要不了几天，秦妮就对这个行业了解得一清二楚了，要记住这么多商品的名称、价格、材质、适用范围，可真是件不容易的事。

秦妮把一件件样品摆得整整齐齐。正在她忙乎时，一男一女两位顾客进店了，他们在店里东看西看着，她立马上前打招呼："你们要买什么门？我帮你介绍一下好吗？"

男顾客说："就只看看！"

"好的，你是要烤漆的，还是免漆的！"

"哪个好一些呢？"男顾客问。

"都好，"秦妮微笑着说，"各有各的特色和优点吧，你看的这款门就是烤漆门，烤漆门的话呢，就是门做好以后再一层一层上漆，漆面光滑，光泽度比较好，看上去很漂亮！"

男顾客又问："免漆的呢?"

秦妮走到免漆门的前面说："你来看，这款就是免漆门，它的做法是做门之前这个面板的漆就已经有了，所以，免漆门的优点就是没有什么漆的气味，还有它的耐磨性能很好。所以，它们各有各的优点，就看你的喜好，选择适合自己的产品。"

"价格呢?"男顾客又问。

"价格的话，好说。"秦妮走到样品门的边上，拿出一截料头，"你看，这个门还有实心的和半实心的做法，你需要做哪一种?"

男顾客看了看秦妮递过来的料头，拿在手上掂了掂，说："你这个是什么样的呢? 价格多少?"

"你手上拿的是全实心的，就是门的内面都是实木填充的，半实心的就是没有填满，也就没有这么重了。价格的话，实心的也就贵一百块钱! 半实心的便宜一百块钱，你放心，这一百块钱仅是材料钱而已，我们商家没有挣一分钱，都是厂里收去的材料钱，俗话说一份钱就一份货，加了钱是要加材料进去的，所以，全实心的门就比半实心的门重不少呢! 你掂一掂这个门……"

秦妮走到那樘样品门前，要男顾客掂一掂它的重量。男顾客试了一下，说："你还没有告诉我价格呢。"

"价格好说，我们先看一下质量吧!"秦妮说，"即便便宜给你做，但是东西让你不满意的话，也就不行，是不是? 你看这个门的门套，就有两公分和三公分两种，一般来说，商家是不告诉客户的，直接就给客户做两公分的门套，我们都是把一项一项说清楚，客户怎么选就随他了，但是经过我们仔细说明后，顾客一般还是会做好一点，都会选择三公分的门套。"

向男顾客介绍了这么多，秦妮担心那个女顾客有什么想法，怕引起她的不适，于是，她转过身后对女顾客说："美女，你喜欢什么样的锁呢?"

女顾客点了点头，说："你这门上的锁都是配好了的，还是可以另外配呢?"

秦妮说："都可以，只要你喜欢，你看看我们这些样品门上的锁，你都可以选!"

男顾客又问道："我的门如果选不同的锁，那这个锁的价格有分别吗?"

"当然!"秦妮说，"有些锁的差价有一百多呢! 如果你选那些高端的锁具，不加点钱的话我也亏不起呀! 不过，你放心，我们给你配好的锁具都是正规厂家生产的，品质也是有保障的!"

"好吧! 你现在可以说门多少钱一樘了吗?"那个男顾客似乎有些生气了，在说完之后就拉了一把椅子坐了下来。

"好的，好的!"秦妮急忙说，"全实心的九百元，半实心的八百元!"

"说得我都没有耐心了!"男顾客说："我知道你们的门好，我也晓得这个价格啦!"

然后，男顾客看着袁俊杰说："你老婆真厉害呢! 是个不折不扣的销售高手呢!"

袁俊杰递过他一支烟，笑了笑，说："谢谢你! 您过奖了!"

"好吧！我们做全实心的吧，你什么时候去量尺寸呢？"男顾客说。

"随时都可以！"袁俊杰说，"你什么时候方便就什么时候去量！"

"那就现在去吧！我只有这几天才有时间呢！"男顾客说。

这时秦妮把定单拿出来，说："您还是交一点定金吧，我把你定的门的颜色、规格等都写下了，这张单子给你，这也是我们交易的证据，主要是我们要为你负责任。"

"好的，好的！"男顾客交了定金后，袁俊杰就跟着他量尺寸去了。

秦妮对袁俊杰说，作为一个售货员就要服务好每一位顾客，让顾客满意，这样才能够有成功的交易，就拿今天的生意来说，如果他们一味地关注那个男顾客，只跟那个男顾客谈话和交流的话，那个女顾客就会有一种被轻视的感觉，如果让她生了气的话，她可能就会破坏这场交易，到那时你再说什么都为时晚矣。所以说，谈生意看起来很容易，其实不然，你的言行举止都要得体大方，还得关注客户的喜好、想法、购买力等情况，才好做出正确的判断和推荐，只有这样，才会提高生意的成功率。

通过这一天的努力，她说，做生意很开心，她也很喜欢做生意，其实也很有意义，也很有成就感。

从此，秦妮就和袁俊杰早出晚归地经营着店子，俗话说"两个臭皮匠顶个诸葛亮"，对于开店来说，一个人经营还是没有两个人一起做轻松，最起码遇到个问题也有个人商量，办法也会多一个，一个人再精明也未必能做好所有的事情。自从秦妮天天在店里面帮忙以来，生意确实好了起来，加上店子也开了几年，也有一些老客户的推荐，他们感觉到生意越来越好来，袁俊杰也有一些时间写诗了。袁俊杰写下诗歌，不管美与丑、好与坏，他都深爱着它们，就好像自己的孩子一样，他想象着，等有一天攒够一本书后，他要把它们出版，取个什么书名呢？是的，这是一个很有意思的事情，想一想，书名……取个什么书名好呢？嘿，"良心"，就叫《良心集》。他想：一个人如果没有良心，那他不论是想什么、说什么、写什么，还是做什么，都不可能是好的，更别说在某些领域有所成就和突破了，我们只有良心后再去做事做人，才会有好的结果。

写作的好处是多方面的，以下是袁俊杰想到的一些理由以及在写作的过程中得到的一些好处：

1. 强思考性，高逻辑性

写作，其实说到底，是在训练逻辑思维，提高思考力。思考本身就是个好东西，不能深入思考，就会产生误判。即使是胡思乱想也要比不加思索要好在写作中，就会不知不觉地进行思考。写作的过程，是你与自己内心和大脑对话的过程。

通过写作，你可以不断地审视自己，探索自己，一次次接近内心最真实的自己，对自我有了更深的认知。然而，自我认知一定是基于自我成长的，人生的每个阶段都有不同的自我认知。每一次静下心去写一篇诗文的过程，都是回归你内心的过程。写作是一个将零碎想法系统化的过程，只有将零碎的想法贯穿起来，深入分析，形成逻辑，才可以成诗成文。如此说来，写作时勤于思考，让你拥有逻辑性的构思，从而使你拥有深度思考的能力。

2. 提充实感，增自信心

大好时光不干一些有意义的事情，就是对生命的辜负。而写作能让你的人生变得充实起来，当一首诗词或者一篇文章写了出来，先不论写得对与错、好与坏，你都会觉得自己很有成就感，感觉自信心增强，这种看得见的成果让你感觉非常踏实和充实。说句不该说的话，假如你有抑郁等负面情绪都可以随着写作完成而烟消云散。

写作，其实也是一技之长。其条件也容易满足，一支笔、一张纸就足矣。能把自己所思所想用文字清晰地呈现出来，在任何时候都是一个加分项，这是语言表达能力的体现。从念头到形成诗文，过程其实很简单，著名作家贾平凹说过，只要我们聚精会神就一定会写出好诗文来，聚精会神就是集中精力去专注某件事情，神就会来到我们的身边，我们就能够与神相会。

3. 君子之交，留下美好

通过诗词，你可以认识一帮同样热爱诗词的人，经常与他们分享阅读的收获，用文字表达出各自的想法，进行思维的碰撞。在文字的世界找到一群志同道合的文友，实属人生一大幸事也。有时候，通过手机屏幕就能够感觉到彼此之间的默契，对方能够说出你的心里话，竟有种相见恨晚的感觉。这种通过文字建立起来的深层次的连接，对我们的身心健康来说是很重要的。日常低水平工作，思想上缺乏进步，长此以往，会亲手把灵气和神采从自己体内抽空，变成一个得过且过、无精打采的酒囊饭袋。此等泛泛之辈与行尸走肉又有何异？大丈夫当以铁臂担道义，妙手著文章！谁不向往缤纷多彩的生活呢？然而，现实生活中总是被一些平凡平庸、无聊无趣的琐事所牵绊，而写作就是不向这些庸常生活妥协的一种方式。

4. 记录生活，提升格局

生活是需要记录的，不论是悲欢还是离合，不论是贫穷还是富有。古人云："天有不测风云，人有旦夕福祸。"人生经历和生活感悟如果没有文字记录的话，就会转瞬即逝，特别是那些重大的人生变故，几年后就会在记忆中消失得无影无踪，唯有用笔记录之，方能长久记忆和永恒保存。我们都是一介布衣，为何要在历史的长河中留下痕迹呢？此言差矣！曾记否？解放前，旧社会时，我四万万同胞处在水深火热之中，然，为此忧者，凤毛麟角！毛主席在《湘江评论》上疾呼："天下者，我们的天下；国家者，我们的国家；社会者，我们的社会！"

我们都是祖国森林一树，只有我们每个人都在为自己努力奋斗，那么整个社会，整个国家就会朝气蓬勃，欣欣向荣。民族复兴、文化繁荣就会指日可待。这是往大里说。你也许不屑，好吧！往小里说，拿什么来证明你曾经来过这个世界呢？金钱？荣华富贵是过眼云烟。后代？三代后无人问津。你在，世界就在，不在，这些文字就代表着你的存在。

其实我们每一个人、每一个家也都是一个天下、一个世界！故事无时无刻不在发生，你所记录的点点滴滴都是发生在你的世界里面的人或事，不要说没用！哲学大师培根说，当人把一种思想用语言表达出来的时候，他也就渐渐看到了可能招致的后果。孔子也曰："温故而知新可以为师矣。"不管是失败还是成功，都是值得你回忆和怀念的。那些经验和教训，你写就是符，念就是咒。当你写下的那一刻，就已经自我觉悟，永远铭记。

人活在这个世界上，需要有价值感和成就感。的我相信写作可以给你带来这一切。就从开始吧，每首诗词也就那么几十个字，又有何难？在店里一段时间后，秦妮对从接单到结账的整个过程都已经了解了，她常常梦想着，这个店自己开一家就好了。只是这个想法 她不好意思跟袁俊杰说，这不是让人觉得她这是过河拆桥吗？顿时，她就停止了自己这样的想法，还是先学着吧，何况袁俊杰也待她不薄，只要接了生意，他总会分个几百块给她，有时候袁俊杰一算下来，还把挣下的利润与她平分了，她几次都推辞，可是袁俊杰不肯，说无论如何也得收下，就算这笔生意没有做，这点钱能算什么呢？分钱给她也是应该的啊！如果他请一个营业员不也得付工资嘛！何况像她这样优秀的销售员真不多啊！

再说，他又到哪里找个这样认认真真、任劳任怨的营业员呢？也许，没有她这个生意也不一定接得到呢！他还说起李嘉诚的名言：如果他能分得五成，他就只拿四成，让给合作伙伴更多的利润，只有这样他才会有更多的合作伙伴，才有更多的合作机会和项目，也就能挣到更多的钱！

秦妮突然想起来了，她想给袁俊杰买一件衣服，她看见他的外套好像一直都没有换过。

这天上午，秦妮在店里拖地的时候，听见袁俊杰在楼上接电话，她觉得有些好奇，就走到楼梯间听了一下，只听到袁俊杰在电话里说："今天是几月几号，你放心，我会记得赚钱给你。"

"我只是告诉你，一个人的征信很重要，信用卡不能逾期，不然你就会失信于人的。"

"放心，我马上转手续费给你。"

"知道，知道！"

"马上，马上！"然后，袁俊杰就挂了电话。秦妮，听在耳里，记在心里。在下午没有事情的时候，秦妮跟他说："问你一个问题好吗？"

"什么问题？"袁俊杰有一些惊奇。

秦妮拿着他的手说："你不要见怪呀！我只是问一下，没有其他的意思！"

"你说吧，什么事？"

"你欠了信用卡是吧？"

"是……是啊！"袁俊杰支支吾吾地说，"你……你怎么知道的？"

"我上午在楼梯间听见的，"秦妮说："没事的，我只是问一下，看我能不能帮帮你！"

"帮我？"袁俊杰不懂她的意思。

"你欠了多少钱？"

"六万！"

"六万！"秦妮不敢相信地问，"你不是一直在做生意吗？怎么欠了这么多钱呢？"

"嗨！你不知道呀！"袁俊杰无可奈何地说，"这个店子都是我一个人挺过来的，袁波他妈妈根本上没管事，年年都亏呢！加之离婚后，我又没地方住，袁垣住的地方也不能住，他说一个人住惯了，我去住他不习惯，没办法，我就只能上个月去装修和城的那套房子，你知道的，随随便便搞一下就得几万，我还都是买的便宜一点的材料，不敢买贵的，想着搞个地方住就可以了，你看，搞到这样子我都不知道花了多少钱，反正现在卡里没钱，身上也没有多少现金，还欠信用卡几万……"

"那今天上午打电话的是谁？"

"那个打电话的人是帮我还信用卡的任老板，他向我要钱，每一万的信用卡金额还一次得要一百元，一月一次，一次六百元，这不，今天是五号嘛，是银行的信用卡对账日，今天就要给钱任老板，不然他不会给我还信用卡的，呸！"他吐一口痰接着说，"他们都是一帮看见钱了才办事的家伙！"

"嗨！这怎么行？"秦妮叹一口气说道，"这怎么行？每月都要钱呢！"

"那有什么办法呢？"袁俊杰说，"算下来，就是一分的利息嘛！比从银行贷款还是轻松一点，再说，这年头谁会借钱给你呢？可千万别随便对谁提借钱的事啊！不然提了亲戚都会没有了，朋友都没得做了，再说谁都不容易，你也别怪别人不肯或者什么，别人不借是本分，借了是情分，哎！我也不想欠别人的情分，算了，总的来说，我还是出点利息给银行方便多了！"

"这也不是长久之计呀！"秦妮说。

"当然，那又能怎么样呢？我又没钱，我也不想欠钱呀！"

"想想你两年以前还是个生活富足的人，征收得上百万的钱，有房有车的，哎！现在搞得到处欠钱！"

"俗话说：'风水轮流转，三十年河东，三十年河西。'原来吃喝不愁，所以只想做收入高又轻松的工作，现在店里经商不顺濒临破产。"

"其实，只要把生意做好了，这六万元也容易还。"

"是的，如果收入允许的情况下，就每个月多还一些，大概在两年内就能还清所有欠款。欠债还钱，天经地义。这一年半以来，我接到了无数催收电话与短信，就是怕骚扰到了家人朋友，我也想清清白白、堂堂正正地做人，努力工作，争取早日脱离苦海，期待轻松地站在阳光下的那一天。"

这天晚上，秦妮对袁俊杰说："我有一个想法，不知道你赞成不？"

"你有什么想法？你说说看！"

"看到你这也欠钱那也欠钱的，我心里还是有点难过，我想了一个办法，"秦妮停了一下再说，"首先声明，我不是觊觎或者霸占你的店子，有钱随便到哪里都可以开店，是吧！"

"你说吧，"袁俊杰有一些不耐烦了，"你倒是说啦！"

"我想出点钱让你把门面转给我，等你有钱了再给你，你看行不行？这样的话，你就可以还清那些借的贷款，还可以买些需要的东西，你那个和城的房子不是因差钱而没有完工吗？你用这笔钱应应急也行。再说，你还是在店里，我们两个人还是一起做生意！"

"好啊！当然好啊！"袁俊杰听后就觉得这点子好，他有些兴奋地说，"你出多少钱？"

秦妮想了一下，说："还是你说吧！价格你也不能定高了，以后等你条件好了，我再原价给你。"

"好的，我知道，我不会开高价的，这样吧！就八万元，八万元转给你吧！"

"八万？"秦妮说："八万有点高啦！少点吧！八万真的多了！"

"不高呢，现在弄个这样的店子也要上十万啦，几万块钱是开不了的！我只要了你八万，没多要你的呢！"

"少点吧，"秦妮说，"你看我才开始做，不知道能不能挣到钱呢，六万，袁俊杰怎么样？六万我就接下来，我们还是一起做生意，一起认认真真地做，我一定帮你把这两万元钱挣回来，好吧？"

"好吧，好吧！六万就六万！"袁俊杰豁出去了，"不过，我有一个要求，你看行不行？"

"什么要求？"秦妮觉得有点意思,："有什么要求你就说吧，只要我能做到！"

"店子是转给你了，我只是有些不好意思面对边上的人。"袁俊杰有些不好意思地说，"我不想让隔壁左右的人知道我把店子转让给你了，行吗？"

"好，这有什么问题呢！可以！"秦妮满口答应下来。

当即，两人就约定明天到店里写协议立字据和转账。

关了灯，袁俊杰久久不能入睡，想起来，他开店已有四年，这个卖门的行当他以前从来没有做过，可以说是一窍不通的，这四年来都是自己一点一滴地摸索，一步步做起来的，吃过亏，上过当，经历了各种人情冷暖、各种酸甜苦辣，才把店一点点做到今天这个模样，现在却忍痛放弃。店子就要转让，就跟自己的孩子要卖掉一样，他是那么不舍却又不得不做！他想起很多发生在店里的事情，他回忆起在店里的点点滴滴。

这个店子开在这个城市里唯一专业而成规模的建材市场里面，可以说是一流商圈三流位置。店是狭长形，面积七十到八十平米，上下两层，房租一年三万元，押金两万元，加上卫生费、水电费、物业费等，算下来一天一百块钱左右的成本吧。接得到生意就会有几千甚至上万，如果没有生意就会没有一分钱，所以营业额说不准，回头客也不多，毕竟才做几年，生意总的来讲算不错。自从开业以来，这几年盈利虽不多，但一家人的吃穿还是没有问题的，收益也越来越好了，整体也是一个向上的趋势，然而，他又为何要把它转让呢？

其实，袁俊杰清楚地知道自己想要什么。现在钱对他来说其实不是那么重要。他想到，自己一路走来不是一直在挣钱吗？可笑的是，现在的他，除了钱、房子，还剩下什么呢？妻子？儿子？房子？这一切都没有在他身边，这一切他曾经拥有，却又离他远去。这些都是他这辈子所追求，但却不能永远拥有，他们只是在你身边短暂地停留而已。

其实把店子转让，袁俊杰是早有意向的，第一，开厂开店都需要夫妻两人的共同努力，这一夫一妻进进出出，不仅能给周围的人带来信任的感觉，还能让进门的客户有一种生意上的安全感，会大大提高成交量，从《易经》上来看的话，就是那种阴阳平衡、水乳交融的感觉吧。经营这样的生意，每天都很累，自己一个人忙里忙外，本来腰椎间盘就轻微突出，而每当天气转凉，脚也因为曾经流血过多而跛着，按照这种强度，再做几年也怕自己挺不住。

第二，营业天花板比较明显，营业额最高的一天接过两单生意，那天忙到完全不想动。再高了就非常吃力了，基本不想再挑战更高的营业额，累得自己饭都没有着落，平均下来也就是一个月挣点钱够开支就算了，一个人做开来特别累。

第三，也是最重要的，这不是自己想要的生活。这个店呢，其实还是有很多欠缺之处。人不能离开，守店太痛苦了，完全没有自由，感觉被困住了，这是很不符合自己性格的一件事。开店这几年，袁俊杰的性格从乐观积极变成好像没什么事能让自己开心。这不是一件好事。店已经变成了枷锁，既然如此，就卖掉它吧。

第二天，袁俊杰和秦妮就在店里签好了店面转让协议。

还清了所有信用卡和债务后，用剩下的钱给和成的房子置了一些家具和电器后，手上就所剩无几了。俗话说："无债一身轻。"袁俊杰把那些欠的钱全部还清后，感觉就是不一样，那些欠的钱原来像一座山一样压在他的身上，让他透不过气来。现在他除了没有欠钱的压力，就连店子里的压力也没有了，店里生意好了，他也能分钱，生意不好，他也不担心交不起房租，他还怕什么呢？

这时，袁俊杰感觉命运真的跟他开了一个玩笑，难道这一切都是命中注定的吗？现在他不是有家了吗？虽然他与秦妮没有登记结婚，但是，这样同吃同睡，天天生活在一起，不就跟有家一样吗？还有，这个店子现在虽然转给秦妮了，其实也与没转一样，他不是还在这里经营吗？还不是在这里挣钱分红吗？谁能说他不是老板？！

这天晚上，躺在被窝里，袁俊杰突然想起小时候，他爸爸袁青山原来讲给他的一个故事。秦妮觉得好奇，她也想听听，于是他讲起来。很久很久以前，有一户人家遭了难，就在他们一家要分开各自逃难的时候，爸爸对他唯一的女儿说："你的命运就交给我们的马儿吧，它把你驮到哪里，你就在哪里安家落户。"女儿哭泣着答应了她的爸爸。她爸爸把她的衣服和用品拴在马上后，再把她扶上家里的那匹马背上，然后在马儿的前面祈祷着："马儿呀！希望你把我的女儿带到一个善良、富有的人家去吧！"

说完，那匹马就呼啸而去，女孩在马上不知道走了多少路，也不知道走了多久，等她醒过来的时候，她发现自己在一个低矮的茅草房子前停下了脚步，她觉得这户人家也太穷了吧，于是她用马鞭抽打了几下马，可是马只是一个劲地嘶鸣，不肯往前走一步，女孩就想着：只怕马儿是要她就到这里生活，这也许就是她的归宿。这时，茅草屋的门打开了，走出来一个英俊的男孩，他向女孩敬礼，并伸出援助之手，女孩搭着他的手下了马。

从此，他们就无忧无虑地生活在一起，幸福快乐地度过一生一世。

袁俊杰眉飞色舞地说完，他看见秦妮闭着眼睛，一动不动的样子像睡着了一样。他怀疑秦妮睡着了，而根本没有听他讲的故事，让他一个人在这里滔滔不绝，顿时，他有一种被欺骗的感觉，于是，他问了秦妮一句："睡了？"

出乎意料的是，秦妮马上回答了他："没有！"

看到秦妮昏昏欲睡的样子，袁俊杰说一句："睡吧！"

他把灯关了。

第六十六集

生身父母情难舍　骨肉至亲爱永留

星期五的这天中午，为了弄清楚是星期五接孩子还是星期六接，袁俊杰看了看手机，在正是十二点的时候，他拨通了袁波的电话，袁波用有点可爱的声音说，要他星期五晚上接了星期六也要接，袁俊杰当然不同意，袁波看他爸爸不答应也就只能同意星期六接，袁俊杰就匆匆忙忙地挂了电话。

躺在床上的袁俊杰想到给袁波在网上买的东西应该到了，于是就给他发个信息："袁波，快递到了没？"

"到了，爸爸！"袁波回信说，"还有，明天我想到爸爸的店里玩！"

"好！"

"那你早点起来接我。"

"好，星期六我接你。"

"爸爸，星期四放假，你星期四接我吧。我快过生日了，我给同学说我生日的时候要充810元去玩游戏。"

袁俊杰说："星期六。"

"星期四有时间吗？"

"没时间。"

"星期四没时间，星期五呢？"

"星期五我准备在和城打扫卫生，然后再接你。"

"好。"

"给你说一件事情，我同学来我家抽奖，如果你不给我810元玩游戏的话，他们可能就会排挤我、不喜欢我，我已经答应他们了。以后我就不充了，这一年……"

"到时候再说!"

"还有,星期五搞卫生要看天气,如果阴天的话就只能星期六早上接你。"

"好的,爸爸,别到时候再说哦,这是重要的事,不然的话,我就没办法玩了。"

"好,不过,这么多钱你妈同意不?只要你妈同意就可以!"

"好的,我妈说随便我,爸,你明天忙你的,我搭公交车过来好不?"

"不行,明天爸不在长阳。"

"好吧,那还是星期五吧。爸,如果你不充的话我就会没办法,连个生日礼物都不给我搞一下,还不如同你断绝关系,一个生日礼物都不愿意出!"

"生日礼物可以,但是必须到生日的那天才行,再说也要有用才行,花那么多钱去玩游戏?"

"明天下雨不能接你,后天早上去接你。"

"说了跟你断绝关系了,还说用我妈的钱,还想跟你说,我英语单词小测考了100分呢,连生日礼物都是我妈出,太没良心了!不去了。"

"不来也好,每来一次都要用几百块,不来就不来。"

"我妈还没找你要抚养费呢!"

"你要你妈妈看看判决书,你也认识字了,你也可以看。"

"你啥都没管我,一分费用都不出的,还搞啥书,你还是我父亲不?你连抚养费都没给我,出什么都斤斤计较!"

"你去法院问问就知道了。"

"我不管这些了,反正我跟你断绝关系了,还好意思说我到你这里消费几百块钱,明明就是你自己搞的好吧。"

"可以,你要你妈妈重新给你买个手表,上个新的电话号码,袁波你这么说真让我伤心,不过,我还是谢谢你的提醒!"

"你看你,说今天下雨,但是现在没下雨,你是不是骗人了?"

"是吧。"

"第一,你的抚养费,爸爸有没有出?

"第二,你说搞啥书是什么意思?

"第三,你说你消费几百块钱明明是爸爸搞的?

"第四,你说断绝关系吗?

"如果你要我明天接你的话,你必须清晰地回答上面的问题!"

"那我问你,你抚养费出了吗?出了多少?"

"看吧,你遇到什么问题,你得先问清楚,是吧?这样吧,你问一下你妈就知道了。"

"不要跟你妈妈一样,生气了什么都说,这是典型的低情商、低素质的行为,这些行为都会让你遭受损失,俗话说'可以乱吃,不能乱说',就是这个道理。"

"可以乱吃，不能乱说"，这句话的意思是说，在吃东西方面，人们可以有更多的自由，但是在说话方面则需要更加谨慎。因为一旦说出了不恰当或伤人的话，就很难挽回，可能会给自己和他人带来长期的负面影响。因此，我们在表达自己的观点和情感时，需要更加谨慎和理智，避免因为一时的冲动而说出一些不恰当的话。

总之，这句话提醒我们要注意情商和素质的培养，学会控制情绪，避免言行冲动，以及谨慎表达自己的观点和情感。这些都是非常重要的人际交往技巧，有助于我们更好地与他人相处，建立良好的人际关系。

第二天早上起来，袁俊杰不想一起床就打开手机（他有个睡觉前关掉手机的习惯），怕袁波一大早就打电话给他，他还得送秦妮去店里呢。但是，袁俊杰又往回想了一下，他怕袁波打很多电话给他，都不接的话，袁波生气后又不来玩了，所以当他和秦妮到了地下停车场发车去店里时，他还是把手机打开了，接着就是一连串的来电未接通的信息提醒，还没过两分钟，袁波就打电话来了，问他怎么还没有来，他早就在小区的大门门口等他，袁俊杰告诉他就快到了后，袁波才挂电话。

在去店里的路上，袁俊杰为了快点到袁波那里，连早饭都不想吃，这遭到了秦妮的强烈反对，不吃早点好像对她造成了伤害，甚至上升到对她不爱、不重视的问题，她不停地问袁俊杰："你非要肚子饿着去接袁波吗？你硬要和袁波一起吃早点吗？看样子不吃是不行的！"无奈的他在早餐店的前面踩下了刹车。

在去接袁波的路上，他接到了许多个袁波的电话，总之是问他怎么还没有到，问他还要多久才能到，袁俊杰接着他的电话说等一下就到了，还有十分钟就到了，只要五分钟就到了，一分钟就到了！一停车，袁俊杰就把袁波抱在怀里，问他要去哪里玩，想买什么玩具，等等。袁波什么都不要，原来他只要袁俊杰的手机玩游戏，在车里玩得入迷。

袁波的眼睛还戴着眼镜呢，他妈妈知道了又会责备他的，没办法，他正开心着难道自己要让他不高兴啊？等袁波玩了一下后，就去买他早就想好了的玩具，对玩具也是三分钟热度，袁波马上就要去玩那放在超市门口的游戏机上的游戏，还好，袁俊杰开的门面边上的小区门口有他喜欢的游戏机，两个人欢欢喜喜地向那里赶去，袁波玩的游戏对于一个大人来说很无聊。

在袁波玩游戏的同时，袁俊杰就在边上的童装店看看，虽然他是被动离婚，但他一直觉得他愧对袁波，所以一直对他是百依百顺，每次接他都会花一些钱，他内心深处才好受一些，他不是给袁波买鞋子就是买衣服。今天他看见这么热的天气袁波还穿着两件长袖衣服，打游戏的时候也是满头大汗的，他就想给袁波买件短袖 T 恤，他看好几件他自己认为中意的衣服后，等袁波玩完游戏之后试一下，看看他喜不喜欢。

袁波把他选的衣服全部都穿了一下后，说都不满意。

袁俊杰纳闷儿了，为什么这家伙这点儿大就这么多麻烦，不喜欢这不喜欢那的，颜色搭配也要讲究，买件衣服也是这样挑剔，这些简直跟他妈妈是一个模样，没办法，最后袁波随便挑了件袁俊杰并不喜欢的衣服买了。不知不觉已经到了中午，袁波这时说口渴，要买水喝了，他正好要去超市买菜去店里面做饭呢。他们在超市里面转了几个圈才挑好袁波爱吃的菜和零食，袁俊杰买什么零食都行，只是对袁波提了要求：中午必须吃完一整碗米饭。袁波当时答应得好好的。

刚开始的时候，袁波来店里了，秦妮是很积极地做饭做菜的，后来她就不愿意做了，跟袁俊杰说到外面吃，要不就要他自己炒菜。对于这件事情，袁俊杰毫不在意，刚开始常常去外面餐馆吃，后来听说在外面吃饭一点都不干净，那些叶子菜都是从来不用水洗的，于是他们就不再动不动去外面吃饭了。袁俊杰也愿意做饭给袁波吃，其实他的内心真的是很开心呢。

袁波吃饭真的是件令人头疼的事情，除了不能多吃一点点以外，就是吃得慢，简直是一粒一粒地数着饭粒来吃，一会儿说什么菜辣了要喝水，一会儿说什么饭多了吃不完。不是说这菜不喜欢吃就是那个菜不能吃，一边吃饭还得一边看手机，几次三番搞得袁俊杰发脾气袁波才甘心，然后就是大口大口地三下五除二地把碗里面的饭都吃完，他一看，目瞪口呆——袁波还有两口没吃说吃完饭了。

好不容易把饭吃了，因为店里不好睡觉，每天睡惯午觉的袁俊杰带着袁波去了秦妮的房子里休息去了。到了秦妮的家里，袁波也是跟孙悟空一样，在客厅的沙发上"大闹天宫"，茶几上的东西随便吃，电视里的动画片逗得他们俩哈哈大笑。袁俊杰去卧室睡了，袁波一个人在外面沙发上手机和电视随便看，随便玩，随便笑，随便吃……

下午安排去公园玩，这个金鄂公园虽然玩了很多次，但是从来没有玩够，一直都是他们父子乐意去的地方。公园里面有很多的娱乐项目，钓小金鱼啦，步枪射气球啦，圈圈套礼物啦，一些小孩子玩的基本上都有。哦！公园里面的草坪上还停着一架飞机呢，是真正的飞机，每次去袁波都会看几眼，然而袁波觉得最好玩的就是里面的动物园，只不过进去要买门票，如果不要票的话，估计他去动物园就够了，其他的地方都不会去了。

就在买票入动物园的门口，一只黄色的东北虎在嗷嗷直叫，不停地在笼子里面转圈圈，刚开始袁波靠得比较近，当他看到笼子里的老虎张牙舞爪的样子，他有了一些害怕而与笼子保持了一定的距离，里面的动物还是很多的，有骆驼、河马、长颈鹿、斑马、羚羊，以及各种各样的蛇，五颜六色的孔雀，袁波最喜欢喂猴子吃胡萝卜，每次去都得买两包胡萝卜。

袁俊杰说："袁波，你说过你要写诗的呢？"

"哦，爸爸，我写了个篇日记。"他从兜里掏出一张纸递过来。袁俊杰接过一看，只见上面歪歪斜斜地写着：下雨，有一天，小鸭和小鸡一起去山羊伯伯家，突然，下雨了，小花猫看见了，心想，我还有一把雨伞，要给谁呢？小花猫想了想，想到了谁，应该给小鸡，小鸡高兴了，说："谢谢你，小花猫。"它们走了走，走到了山羊伯伯家，山羊伯伯打开门，高兴地说："你们来了。"山羊伯伯去拿东西给小鸭和小鸡吃，小鸭和小鸡说："谢谢你，山羊伯伯。"山羊伯伯说："不用谢！"于是，山羊伯伯和小鸭小鸡聊了一下，小鸡看见太阳下山了，就跟山羊伯伯说要回去……

袁俊杰看完了对他竖起大拇指，说："好的，你写得真好呀！"

"谢谢爸爸！"

"除了写日记和作文，爸爸还希望你能写写诗，你看王之焕的'欲穷千里目，更上一层楼'，写得多好啊！是吧？"

"是的，爸爸！"

"爸爸不是要你非得像诗人一样写出这么优秀的诗，爸爸只是希望你能用笔写出自己的想法和喜欢的事物，不管怎么样，最起码我们把它当作是一种生活记录。古人说好记性不如烂笔头，这样就无论多久，我们也能怀念当初，是吧？还有就是，任何一件事情只要过去了，我们往往会把它忘记，但是古人说，前事不忘后事之师，就是我们不忘记前面发生的事情，才能从前事中吸取教训，这样在以后的事情上我们就能做得更正确一些，听到了吗？"

"听到了！"

"你知道这些我们是怎么做到的吗？"

"不知道！爸爸！怎么做到的呢？"

"就是一个字：写！"

"写？"

"是的，写！我们只有把它写下来，才能够永久记住啊，不管多久，十年、百年，我们只要一看到它，就会让往事重现！"

"好的，爸爸！我下次一定一定写一首给你！"

"好的，你看我原来写的一首《小绵羊》，我给你念念，你看看写得怎么样，好吗？"

"好的，爸爸，你念！"

小绵羊

青青的草原上/夜色茫茫/白白的小绵羊/在回家的路上//黑黑的小山岗/没有阳光/坏坏的大灰狼/在东张西望//小绵羊/小绵羊/你要记心上/坏坏的大灰狼/我们一定一定要提防//小绵羊/小绵羊/你快快跟上/不要东躲西藏/快点快点回到妈妈的身旁

"爸爸，你写得真好，我也要写！哥哥也会写诗呢！您看。"

琴趣

文/袁垣

鼓琴之趣/吾心爱之/兴浓之际/吾情悦之//鼓琴之声/亦抒悲之/哀戚之时/渡吾离之//琴音袅袅/可抚心之/宁静之夜/伴吾思之//律韵悠悠/如梦痴之/长河之月/留尔伴之

"好的，那下次你要带一首诗给爸爸啊！"

"好的，爸爸，我记住了！你等一下！"袁波从裤子兜里掏了一阵后，拿出几张纸递给袁俊杰，"爸爸，这是我写的，专门写给你的！"

"好的好的，我看看！"

袁俊杰拿起来看，一张小小的纸上歪歪斜斜地写着："亲爱的爸爸，我想你！"空白的地方用笔画着一个大人和一个小孩。

还有一张大很多的纸上写着："亲爱的爸爸，我爱你！爸爸在做事、赚钱。"字的上下左右都画满了一个大人在工作的样子。

袁俊杰看着看着，突然泪流满面。

"爸爸，爸爸，你怎么哭了？"袁波不解地问他。

"没事，没事，你写得好，写得好……"袁俊杰抹了抹眼泪。

"爸爸，你也来喂它胡萝卜！"

"好的，我来帮你喂，爸爸跟你提个要求可以吗？袁波。"

"爸爸，你说，什么要求，只要能做到我保证做。"

"好的，袁波真乖！你以后写作文啊，爸爸要你多写点字啊。字要多写点，懂了吗？"

"懂了！我知道了，多写字不难，爸爸！"

"那就好，那就好！"

有时候胡萝卜不够，猴子们太多了，看到有人喂食，争先恐后地把他们围住，胡萝卜一下子就分完了。聪明的袁波想了个办法，他到边上捡了一根树枝，他透过栏杆，把那些没有被小猴接住的胡萝卜，一根根地收集起来，他跟爸爸说："爸爸你看，我下次都不用买胡萝卜了！"让袁俊杰感动的是，袁波还把一根树枝藏在了隐蔽的大树的下面，说："爸爸，下次再来动物园就可以直接捡起藏起来的树枝了，我们也就能拨到那些别人给猴子吃时掉在笼子前面的胡萝卜。"

袁俊杰在一旁默默地看着袁波，他听到袁波刚才说的话久久不能平静。

也许是他跟着他妈妈，知道挣钱不易，也许是他理解了爸爸生活的艰辛，小小年纪就懂得如何为爸爸节省开支，孩子的早熟让袁俊杰的心有一些疼痛，他忍不住再一次跟袁波说，他想再抱一抱他。其实，当他每一次抱起袁波的时候，袁俊杰的心都是百感交集，有爱有恨，有喜悦有痛苦，有很多的话要说，可是到了嘴边却又不知道想要说什么了，只是感觉他还没有好好感受到袁波的存在，他便双手抱着袁波的头，蹲下身子后让自己的脸紧紧地贴在袁波稚嫩的脸上——只有这样，袁俊杰才能感觉他与他的儿子袁波才是真正都在一起，此刻，他才是自己真正拥有他的儿子袁波。

傍晚六点钟的时候，天都要快黑了，袁俊杰说要回家去了，袁波一听说要回去就不同意，就说再玩一下，玩晚一点再回去吧。袁俊杰看着袁波恋恋不舍的样子，也就让他多玩一会儿，两人边玩边往回走。走着走着，他发现不是去他停车的地方的路，正在这时，袁波发现了一个好玩的地方，袁波说要玩一下，袁俊杰故意锻炼一下他，就要他自己去问一下要多少钱。

为了玩，袁波还是很勇敢的，他问了那个老板，向袁俊杰要了十元钱后，就一个人勇敢地去玩了。袁俊杰问他怕不怕，要不要陪他，谁知道袁波早就玩去了。只见袁波一个人在铁路桥和钢锁网上健步如飞，玩得正起劲时，在钢锁网上跟袁俊杰说："爸爸，我今天玩得好开心、好过瘾！"

袁俊杰对着他说："好的，你真棒！"

"爸爸，我觉得这十块钱可值了！"

"值！你还知道钱花得值不值？"

"那当然了！"

接着，两个人都哈哈大笑不止。

等到公园里面的人都回家了，那些在公园里面开店的人都要关门了，他们才往回走。在一个下坡路上，袁俊杰顺势跑了几步，他抬头一看，没有看到袁波，他在路的两旁向坡上张望，还好，他看见了袁波的身影，袁俊杰就在路边的长椅上休息一下，等袁波靠近他时，他发现袁波有一点不高兴，他急忙从长椅上站起来问他："怎么啦？刚才还好好的，为什么现在就不高兴呢？"

袁俊杰拉着袁波的手，向停车的地方走去。袁波说："妈妈打电话给我了，说我骗了她两次。"

"你骗妈妈什么了？你是怎么回答的呢？"袁俊杰听了觉得很奇怪。

"我没有骗，我说我到你的店里吃了饭，还说去了秦妮阿姨的家里，爸爸，我不住妈妈那里了，我不想跟她过了，我跟你过好吗？她天天打我，一不开心就拿晒衣架打我，我都受不了她了，爸爸！"

袁俊杰笑了笑，他把袁波腾空抱了起来，也许是袁波长大了重了不少，袁俊杰抱起又随即放下，说："可是可以，但是你现在要读书呀！你上学的学校是挨着妈妈家的，你知道爸爸住的地方离那里好远，是吧？我不是说了吗？你的妈妈有一点性格上面的问题，我和你都要原谅妈妈，跟你说好的啦，怎么就忘了呢？"

"你不信？爸爸，我给你看！"袁波一边说一边把左手上戴的儿童电话开锁，认认真真地翻来翻去，"爸爸，这是我和妈妈的群里发的语音短信，你听。"

袁俊杰蹲下身子仔细地听，第一条是袁波妈妈说的："袁波，你欺骗了妈妈，你去爸爸做事的店里，还去那个阿姨的家里，还把儿童手表也没戴在手上，你今天就不要回来了，你以后就跟着你爸爸过。"

第二条是袁波说的："好，我不回去了，我就跟着爸爸，等你死去了我就再回你那个家。"

"傻瓜……"

袁俊杰说完，一看第一条消息是他妈妈下午发来的，第二条是袁波刚才发的。

袁俊杰马上就跟袁波说："你怎么跟妈妈这样子说话呢？你这样说是不对的，你要知道爸爸和妈妈都是爱你的，你不回妈妈那里去怎么行？明天你得做家庭作业呀！后天星期一就要上课了！"

袁波在一旁没有作声。

袁俊杰要袁波把手机掏出来拨打他妈妈的电话，只听见电话那边传来"嘟嘟嘟"的声音，却一直不见他妈妈接电话，连续打了几次她还是没有接。

袁俊杰说："看，你妈妈生气了，傻瓜，你怎么能这样说你妈妈呢？好了吧，她现在电话都不接了。"

"没事，爸爸，我就跟着你，她老是这个样子，自己做错了事，从来没有跟我说一次对不起，让她清醒一下也好，爸爸，你住哪里？去阿姨家住吗？反正你去哪里我就去哪里住。"

袁俊杰听着袁波说的话，怎么也说不出来话来，他在车里面叹了口气，说："好吧，现在没办法了，又不知道你妈在不在家，我们还是去秦妮阿姨那里住吧，不过你得答应我，明天早上起来就得去妈妈家。"

等他们两个人赶到秦妮家的时候，已经是晚上7点多钟，秦妮没在家，袁俊杰怕他肚子饿，急忙去做饭。不过，他一想，做饭太慢了，看见橱柜里面有一把还没有拆封的面条，他就问袁波可不可以，袁波看都没看就大声说可以，生怕袁波吃少了，袁俊杰就把面条分成两份，每人一份，这样袁波也不会说他的饭盛多了吃不完。每次吃饭，袁波都不认认真真地吃完。袁俊杰今天晚上的办法蛮好的，就这样两个人简简单单、轻轻松松地吃了晚饭。

不一会儿，秦妮回家了，袁波听到防盗门响了的时候，他赶紧喊了一声："阿姨！"声音真的有点大，袁俊杰转过头来看了一下袁波，袁波刚才的表现让他感觉到很意外，他有点不相信他的耳朵，他又看了一眼袁波，只见袁波安静地看着他的动画片，一切都是那么自然而然。听到了袁波喊她，秦妮对他也格外热情起来，拿这拿那招呼着他吃。

睡觉前的洗澡，比起吃饭等其他的事情就轻松多了，一说洗澡了睡觉，袁波就会快速地脱掉衣服，跑到淋浴花洒喷水的地方玩水去了。他告诉爸爸，他妈妈很少给他洗澡，有几次晚上他玩得出了汗也不洗，就是没有洗澡的缘故，他的背痒得不行，在学校里的时候他就要同学帮他挠。其实，这样的情况袁俊杰怎么会不知道呢？原来他们没有离婚在一起的时候，他就笑过她妈妈一个冬天只会洗那么一两次澡。他对袁波说，他妈妈在他外婆家的时候就是这样的习惯，如果他想洗澡就每次到这里来了洗个澡吧。袁波一次又一次地淋着水，好像他从来没有这么舒服过。袁俊杰也静静地帮着他洗着，他的内心深处还是搞不懂一个女人的心——自己的房子设施齐全，不缺哪一样，又不是没有热水器，再说每天晚上洗个澡不舒服吗？多洗几个澡不好吗？袁俊杰百思不得其解。

睡在被窝里面的袁波一双手握着手机，尽管他已经配上了眼镜，但是他到他爸爸这里来了，他什么都可以做了——在他爸爸面前，他就感到非常自由。只有爸爸把灯熄灭了，他才会交出手机，乖乖地钻进被窝里面，在黑暗里睁着一双大眼睛，缠着爸爸讲故事，或者问爸爸一些他想问的问题。袁波一边问一边爬到他的身上，袁俊杰也乐意这样，他一边摸着儿子的身体，一边回答着他提出的奇奇怪怪的问题和乱七八糟的想法，有些问题是因为他没有爸爸在身边。袁波的问题显示出他幼小的心灵是那么脆弱和不安。袁俊杰耐心地回答他提出的每一个问题。此时，他感觉到自己对袁波的亏欠，而这种情况他似乎又无可奈何。当儿子问到那些他与他妈妈的敏感的问题时，他觉得袁波早熟得有点令人害怕，此时，他借着黑暗让眼泪流出来……

他抱着袁波说："袁波，你了解父亲的爱吗？当然，这个问题对你来说有一些难度。我只是想告诉你，真正地爱一个人是无条件的，它不会因为外界环境的变化而改变……

"你有妈妈爱，哥哥也有妈妈爱，可是，可是你想过没有？爸爸有谁爱呢？爸爸早就没有了爸爸和妈妈呀！是不是？为什么我要跟着阿姨？因为阿姨就像是爸爸的妈妈一样爱着爸爸（至少没有人比她更爱爸爸），如果没有这份爱，爸爸就会生活得更加孤独和痛苦。

"你知道吗？真正的爱一个人是没有时间限制的，无论早上、晚上，还是白天或者黑夜，这有什么分别呢？爸爸只要牵着你的手就会有一股暖流在心头蔓延，那是多么美好啊！不知道你有没有感觉到？

"还有，爸爸爱你也没有空间的局限，和你在一起就非常美妙，不论我们在什么地方吃饭、睡觉、玩耍还是……好吧，非要说清楚的话，就比如我们在车上，我们在散步的路上，还是在新华书店，又或者在午睡的床上……

"我想说的是，每当我与你在一起的时候，我都是快乐和幸福的。你体会到没有？你是不是也是这样的感觉？"

"是的，爸爸！"

"好的！"说完，袁俊杰再一次把袁波抱紧。

也许是袁波读书天天都要早起的原因，早上七点钟都没有到，他就醒过来，在床上翻来覆去的，闹得他和秦妮一大早就出了门。秦妮去了门面上，袁俊杰就带着袁波去吃早餐，在路边上，袁俊杰看见了一家刚刚开业的早餐店，他问袁波："想吃什么？"

"爸爸，我还要打大寻环。"袁波歪着头说，"你吃什么我就吃什么！"

"可以，那也得先吃早点啊，我吃甜酒冲鸡蛋。"

"那我也吃甜酒冲鸡蛋！"

"好，吃完了我得送你回去啊！"

"那打完大寻环就回去。"

"好吧，打完大寻环再回去。"

两个人吃了两碗甜酒冲鸡蛋和一份酱香饼后，袁波跑到对面的超市门口的游戏机打大寻环去了。由于怕他的家庭作业没有做完，袁俊杰一直催促着他回家，但是他妈妈的电话还是打不通，怕他妈妈故意不接他的电话，袁俊杰走到超市里面去用了超市的座机电话打了几次他妈妈的电话，还是没有接通。

这电话都没有打通，也不知道他妈妈在哪里，袁俊杰也不好把袁波送回去，没办法，他就站在袁波的身边看他打游戏，不时地鼓励他："加油！加油！"

儿子每赢了一局的话就会告诉她："爸爸，我又赢了！"

他都会及时给他翘起一个大拇指，然后说："好的，你真棒！"

正当袁波玩得起劲的时候，他戴在手上的儿童手表响了，袁俊杰高兴地喊着要袁波接电话，看到袁波不愿意接电话的样子，他急忙把他的电话拿过来接通了电话。

他妈妈在电话那头要他把袁波送去她开的店里面后，就挂断了电话。

于是，袁俊杰催着儿子快走，他妈妈说要他去店里，袁波正玩得不亦乐乎，他说等他玩完这盘之后就去，谁知道袁波玩了一盘还想再玩一盘，他看见爸爸生气了才灰溜溜地上了车。在车上，袁波也没有闲着，他拿着爸爸的手机一边玩着《植物大战僵尸》的游戏一边跟他爸爸说现在还很早，还可以再玩一下。看到他恋恋不舍的样子，袁俊杰不知道袁波到底是想多玩一下游戏还是想跟他多待一会儿。

当袁俊杰的车到了他妈妈的店子旁边的时候，袁波就坐在车里面不肯出来，口里又说着妈妈又会骂他，又会打他，反正就是不下车。这时，刚好他妈妈来了，袁俊杰把袁波这些不肯下车的原因说给她听了后，他妈妈觉得她也是没办法，袁波拉也拉不下来，袁俊杰也没辙了，他把车发动了，他想干脆把车开过红绿灯路口后，再转过头来把车停到他妈妈的店子门口，看袁波下不下车。

嘿！这车停到袁波他妈妈的店门口的时候，袁波没说什么就跟着爸爸下了车，还拿下来一些零食什么的，跟着袁俊杰进了他妈妈的店里，看见那个买烟的人走了，袁俊杰问了一下他妈妈："生意还好吧？"

"现在一般般，不好，工地上没有来多少人，好多的工地还没有开工。"

"是啊，今年不知道为什么，我们也是住在这个公司的边上，他们的工地没有一点动静，也是没有开工。"

"我就在这里守着，不怕他不开工，是吧？这么大的工程，不会不开工的。"

"那倒是。"袁俊杰看了看店里，"东西还是蛮齐备的。"

"是的，现在还是少的呢，这里就只有我这个店子，烟酒副食呀，还有手套等工具，也有人买。去年的时候，我舅舅舅妈都来帮忙，还忙不过来呢，一天结几千和玩一样，这些冰柜冰箱还不需要我买，都是供应商送来的。现在，我觉得占了位置，还费电，只怕要拉走才好，看到边上的空地没有？我准备在那里搭个棚子，那样就可以容纳更多的人了，你不知道啊，去年在我这里吃饭的人每餐都有几十人呢。袁波想吃什么就吃什么，我都是买的好的，你问他。"

袁波他妈妈滔滔不绝地说完之后就一脸无辜地看着袁波。

袁俊杰在一把椅子上坐下来，他把袁波抱坐在脚上，说："你说，妈妈怎么又对你不好啦？我看她对你可好了！"

袁波站起来歪着头对他妈妈说："上次你也是说不打我了，可你回去后又拿衣架打了我。"

"你看，这孩子大了，我真的管不住了。我真的是给他吃好的穿好的。他班主任老师天天打电话发信息给我，不是作业没完成就是上课不听话，我都烦死了！"

"袁波，你为什么作业都不写呢？上课也不听话，我在你身边的话，我也会打你呢，你知道吗？我不是告诉你了吗？我要认真工作挣钱，妈妈也要开店做生意，你的工作就是认真学习。如果我和你妈妈都不工作挣钱，你吃什么呢？穿什么呢？你吃的零食玩的玩具不都要钱吗？你不认真学习行吗？如果你不认真工作，我也要打你呢，也不会给你买零食买玩具了，什么都不会买了，哪里也别想去玩了，你看着办吧！"袁俊杰看着袁波生气地说。

袁波看了他妈妈一眼，他似乎看出了什么，随即转了一个身，拿起刚才从车上提下来的袋子往外走去。袁俊杰跟在他的身后看他想干什么，只见他直接上了袁俊杰的车里，袁俊杰急忙跑过去跟他说："我得走了，袁波你下来，我还有事呢。"说完就打开车门拉袁波下车。

"哇……不，不，不……我不下车，哇……我要跟着你哇……"

"你下来，我陪了你一个上午了呢。"

"我不，我不，我要跟着你，哇……"

"你是归你妈妈的啦，我有什么办法？你的钱你的房子都给了你妈妈，不信，你问你妈妈。"

"我不管，哇……我把家里储蓄罐里的钱给你，哇……还有，哇……我不要你给我买玩具了，好吗？哇……爸爸！"

听到这里，站在边上的袁俊杰不禁热泪夺眶而出，他把头转到一边，用手擦试着眼泪，久久不能平静。他们三个人在一起都没有说话，连袁波的哭声都小了很多，时间在这一刻仿佛停止了一样，他们不由自主地想起以前的点点滴滴，是的，现在的这个样子又能怪谁？

可怜的人儿啊！我怎么就走到了这一步呢？谁又愿意走这条路呢？又有谁听到这个小孩子哭泣的声音不为之动容呢？他们反思自己的过往，他们的内心挣扎着，至于未来，他们想都不敢想，不管是自己的还是袁波的，这还需要想吗？不论是好还是坏——一切不都成就了眼前的结果吗？

看到袁波硬是不肯下车，他妈妈对袁俊杰说，今天看样子生意做不成了，干脆她也上车，让他送他们两人回家，说完她就把门锁好，打了一个电话后就上了袁俊杰的车。路上，袁波还是很平静，没有说什么，他妈妈却有着说不完的话。这时路上的车多，袁俊杰全神贯注地开着车，根本没有听进去什么，所以没有回答她的话。这些在袁波他妈妈的心里面，却是另一种意思，也许那就是对他们的事情不管不问，其实她曾经又何尝不是这样误解他们的感情和婚姻呢？这种身在咫尺却心在天涯的状态，在他们的过往中又是何其多呢！

到了袁波他们住的地方，车一停稳后，他妈妈就说："袁波现在长大了，他没有从前听话啦，我实在管不住了。你倒好，现在混得风生水起，这些都是我成全你的呢！"

袁俊杰苦笑了一下，说："成全？你以为我过得很好吧，呵呵！你知道吗？没有说错，我是一个孤儿，确实是的呢！我还有什么好奢求的呢？你知道我一个人吃饱全家不饿的，我现在还在这个世界上，我都觉得是多么幸运。是的，苍天有眼，能让我活到了今天，其实，我只是有了一个衣食无忧的生活，并没有飞黄腾达呢，也许你不会相信，我真的希望你能好起来，多挣点钱，真的！"

"……"

袁俊杰看了一下手机，说："哦！我真的要走了！"谁袁波还是死死地抓住车上的座椅不放手，哭着说："不……呜呜呜……不……"

"袁波，你听话好不好，我真的有事，你下来，我下个星期六早点来接你好吗？"

"不……呜呜呜……不……我就要跟你走。"

"你下来。"袁俊杰又看了一眼手机，"快点下来，我有事呢，这孩子，这么不听话哦！"

他用手从兜里掏出两百块钱塞到袁波手上，说："你听话，我真的有事呢，没有时间了啦，快点！"

袁波妈妈这时急忙代替他接着袁俊杰递过来的钱，然后，她拉住袁波的手说："让爸爸走，爸爸有事，走，我们去买东西吃，买你喜欢吃的零食，你想吃什么就买什么，走！"

袁俊杰把袁波边上的车门打开，说："袁波，快点吧，我真的有事呢！"

他妈妈在车里也推着袁波："走，走啦，下去，我们下去。"

就这样，袁波不情愿地下了车，他妈妈牵着他的手走了，袁波每走几步就回过头来看他。他站在原地，望着他们远去的背影，然后上车，猛踩油门急驰而去。

第六十七集

毛平安横生枝节　赵熙案扑朔迷离

袁明生忽然想起了一个人，城通集团董事吴勇，他应该知道更多细节，于是，他电话联系上吴勇后，就上门拜访了他。吴勇告诉袁明生，赵家的城通集团，作为长阳市的经济支柱之一，吸引了众多投资者的目光。赵熙主张开放家族企业，吸引外部资本，以实现更快速的发展。而赵浩则认为应该保持家族对企业的控制权，避免外来资本对家族的影响。

在其他问题上，两兄弟的立场也截然相反。赵熙坚信开放是家族企业发展的必经之路，而赵浩则担心这会削弱家族的力量。这场争论在家族内部引起了巨大的震动，许多家族成员被迫选择站队。其实，他们两个人的童年并不快乐。由于父母离异，他们分别步入了不同的生活轨迹。

赵浩是一个深思熟虑的人，他做事有条不紊，注重长远规划。在他的领导下，赵氏实业稳步发展，成为业界的佼佼者。而赵熙则是一个敢闯敢拼的人，他有着敏锐的市场洞察力，善于抓住机会。在他的带领下，赵氏贸易也风生水起，成为了商业界的黑马。

随着时间的推移，两兄弟之间的关系逐渐发生了变化。原本亲密无间的兄弟，因为公司利益和家庭财产分配的问题，开始产生了裂痕。赵明认为自己是哥哥，理应继承更多的遗产和更多的公司股份。而赵亮则认为自己有能力将公司做得更好，应该得到更多的股份和更大的话语权。

两人的矛盾日益加深，终于在一次公司决策上爆发了冲突。赵浩认为赵熙的决策过于冒险，可能会给公司带来巨大的损失。而赵熙则认为赵浩的保守策略会导致公司错失良机。两人各执一词，互不相让。最终，赵熙一气之下离开了会议室，回到了自己的办公室。

这场斗争对于整个家族来说都是一场考验。许多家族成员开始反思自己的立场和选择，他们开始质疑自己是否真的站在了正确的立场上。这场争斗不仅影响了赵家内部的团结，也使得家族的声誉受到了严重的影响。袁明生深感这种家庭内部的矛盾对于家族企业的伤害是致命的打击，如果不及时处理和妥善解决的话，后果将不堪设想。

在寒冷的冬日里，法庭上的空气似乎都被冻结了。审判长庄严地拿起法槌，敲击在木桌上，声音回荡在肃静的法庭中。被告席上的毛平安，眼神空洞，面对着庭上的众人，他似乎已经做好了最坏的准备。

"根据我手上的资料和证据。"公诉人严肃地说，"毛平安涉嫌贪污公款，情节严重，涉案金额巨大。且在审查过程中，他拒不配合，甚至有销毁证据的行为。"

公诉人话语中的每一个字，都像一把锐利的刀，狠狠地刺入毛平安的心中。他的脸色苍白，无奈地苦笑。他知道，自己正面临着前所未有的困境。

然而，毛平安并未放弃。他深深地吸了一口气，整理了一下自己的思绪。他明白，他需要为自己辩护，为自己的名誉、未来辩护。

"我想请问公诉人。"毛平安声音坚定，"你手上的证据确凿吗？有没有可能是被人篡改的？有没有可能存在栽赃陷害的可能？"

"审判长，我想申请暂时休庭。"袁明生突然站起身来，这是他辩护以来的第一次。

法庭内的所有人都看向他，包括毛平安。法官点了点头，批准了他的请求。袁明生走出法庭的瞬间，看见迎面走来的是毛平安的妻子，一个美丽而憔悴的女人。

"明生，你真的能救他吗？"她眼里充满了期待。

"我会尽我所能。"袁明生轻轻回握她的手，眼神坚定。

在庭外，袁明生深入研究毛平安的案件。他发现了一些关键的证据漏洞，这似乎是他翻案的关键。但与此同时，他也意识到这个案件的复杂程度远超他的想象。

背后的利益纠葛、权力斗争，都让这个案件变得扑朔迷离。

就在这个时候，一个人走进法庭，其自称是毛平安的旧友，带来了一些关键信息。只见他一上庭，毛平安的眼睛一亮，他看到了所有的希望，这个人就是——城通建筑工程有限公司的业务科长高升。

高升要求现场作证，主张毛平安无罪，真正有罪的人就是吕春秋，要求法庭对吕春秋进行深入细致的调查，揭开真相。

在庭审中，袁明生凭借着这些证据和信息，展开了一场激烈的辩护。他的话语充满力量，逻辑严密，让在场的每个人都信服。毛平安看着他，眼中充满了感激和信任。

庭审进入到了最关键的环节——质证。毛平安明白，这是他唯一的翻盘机会。他需要找出证据中的破绽，证明自己的清白。而这一切，都离不开细致的观察、深入的思考和冷静的判断。

毛平安的眼神逐渐变得坚定起来。他开始讲述自己的故事，一个权力、金钱和人性交织的故事。他的每一个字、每一个细节都像是打开了一个个尘封的盒子，让庭上的人们看到了那些隐藏在表面之下的真相。

时间仿佛静止了。每个人都全神贯注地听着毛平安的辩护。他的声音在法庭中回荡，每一个字都充满了力量。他讲述的故事，是那么真实、那么引人入胜。人们开始对他产生了同情，开始怀疑那些所谓的"铁证"。

而当毛平安讲完最后一个字时，法庭陷入了短暂的沉默。审判长放下手中的法槌，深深地看了毛平安一眼，然后宣布："本庭将进一步审理此案，择日宣判。"庭审结束了，但毛平安的故事却还在继续。

他知道，接下来的路将会更加艰难，但他没有退缩，因为他坚信：真相总会大白于天下，而他也必将为自己洗清冤屈。

法官宣布休庭，法庭内的气氛变得混乱起来。记者们冲上前，镁光灯不停地闪烁。毛平安在法警的护送下离开了法庭。

卢萍和毛丹还有袁明生走出了法院的大门，抬头望向天空。太阳高悬，但他们却感到一阵刺骨的寒冷。袁明生知道，这一切并没有结束。卢萍走出法院的大门，人群围了上来。闪光灯和麦克风不断地向她靠近，她只觉得头痛欲裂。

"局长夫人，请问你对庭审结果有何感想?"一个记者大声问道。

"公道自在人心!"

卢萍没有回答其他问题，只是低着头向前走去。她知道，此时无论说什么都可能引起更大的风波。

她回到了自己的房子里，关上门，靠在墙上滑落。她闭上眼睛，思绪万千。过去的一切如同电影般在脑海中回放。

那段时间，毛平安与权力、金钱和欲望纠缠不清，她就说了，他如同一个走钢丝的人，随时都有可能掉下来。他以为自己可以掌控一切，但最终却被别人操控。

袁明生决定去见一些人，那些曾经与毛平安有着千丝万缕联系的人。他先去找了他的老朋友尹东风。尹东风是一位成功的商人，也是毛平安贪污案的关键人物之一。他因为涉嫌行贿被调查，而毛平安正是那晚的见证人之一。

在一家咖啡馆里，袁明生与尹东风面对面坐着。两人都没有说话，只是默默地喝着咖啡。过了一会儿，尹东风开口道："我曾经以为我们可以一起走向成功，但我没想到他会背叛我。"

袁明生苦笑道："他也没想到事情会变成这样。"

两人沉默了一会儿，袁明生开口道："我需要你的帮助。"

"你要我做什么？你说吧？"

"找到高升，他到底去哪里了？"

"不知道啊，我们整个公司都在找他呢！"

"有消息了再告诉我吧！"看到尹东风无意帮忙，袁明生只得说了这句话后，退了出来。

一天夜晚，赵浩接到警察的电话，得知父亲赵子强在家中上吊身亡，赵浩顿时惊恐万丈，他急忙赶往家里，这时家里已是乱成一锅粥。赵子强的突然离世在公司内部引发了轩然大波，更将公司推向了风口浪尖。警方介入调查，媒体闻风而动，公司员工人心惶惶。在家里，赵浩遇到了父亲的秘书刘刚，他透露了一个不为人知的秘密：城通集团近期有一笔巨额资金流失，而这与赵浩的一项决策有关。赵浩猛然醒悟，父亲一是看到自己在错误的道路上越走越远，二是看到赵熙的车祸案件至今没有任何进展，在多重压力之下，坚持不住，才以轻生来解决问题。

痛定思痛之后，赵浩决心查明真相，他开始调查公司的账目，发现了一连串的疑点。与此同时，他还得知父亲曾经立下一份遗嘱，但遗嘱的内容和去向却成谜。赵浩开始怀疑，这一切与父亲的轻生有关。

他深入调查后，发现城通建筑公司的总经理尹东风与一家名为"明德"的公司有密切往来。当初，自己就是过分地信任尹东风，而同意签下了一项由城通建筑自由使用的资金，就是这笔资金出了大问题，而这家公司正是导致瑞丰资金流失的元凶。更令他震惊的是，明德公司的总经理竟是尹东风的密友王峰。

赵浩决定找王峰问个明白。在一连串的质问下，王峰终于露出了马脚。原来，城通建筑近年来一直都是在亏损，为了挽救公司，尹东风与王峰合谋挪用资金去建设局贿赂官员和客户。当老爷子发现已经为时过晚，钱已经不知去向，得知真相的赵老爷子怒不可遏，他决定起诉长阳市建设局的副局长毛平安，举报尹东风和王峰勾结行贿。在警方行动之前，赵老爷子收到了一封匿名信，信中只有一句话："生死由命，富贵在天。"这分明就是尹东风的挑衅。这种冤枉气老爷子怎么能受得了呢？也是他轻生的原因之一吧。

父亲的离世使赵浩与赵熙的关系更加紧张。他们的母亲都认为自己的孩子是唯一合法的继承人，为了公司的控制权展开了激烈的争夺。在内部调查中，他们都不遗余力地指责对方的不当行为，试图将责任推给对方。

在调查的过程中，警方发现了一些令人困惑的线索。老人的遗书中提到了一个名为"背叛者"的人，这个人似乎掌握着公司的某种秘密。同时，老人的死因也充满了疑点，似乎并非单纯的自杀。

赵浩陷入了深深的困惑。他突然觉得不能再听从母亲以及舅舅们的那些建议，虽然他们都是为了自己的利益，但是他们毕竟不是为了整个赵家的利益，他们更多的是利用自己在赵家的地位而为他们谋取利益。当然，赵熙的母亲那一边也是一样，他突然察觉到了事情的严重性，自己是赵家的老大呀，他得为了这个家挺住呀，不行，他得马上制止这些人的不当行为，任何人都不可以在此时混水摸鱼、损公肥私，不管他是谁都必须严格管理，从现在就开始严格整治每一项程序，确保城通集团走出困境。

接下来，赵浩要去一趟监狱，是啊，他好久没有看见过赵熙了，为了父亲，为了整个赵家，为了集团的几千名员工，他们得同心协力才行，只要他们联合起来才有希望走出当前的困境。他想，赵熙也一定会为了大家，而顾全大局的。

赵浩和赵熙在狱中相见，两兄弟终于和解。赵浩感慨万分："我们曾经是兄弟，却因为利益和仇恨变得如此陌生。现在终于意识到了自己的错误。"他们开始反思自己的行为。他承诺会照顾好赵家的每一个人，让家族企业重新焕发生机。"

赵熙也表示："亲情的重要性远超过一切利益。我决定放下过去的恩怨，重新审视彼此的关系。为了城通的发展和未来，我的个人得失又算得了什么，只要赵家平安，城通平安，我就心满意足了！"

赵浩认为集团内部有内奸，开始调查公司每一位高管，下定决心揪出"背叛者"。

然而，随着调查的深入，他发现事情远比想象中复杂。公司高层人员纷纷卷入这场风波，与此同时，公司内部的危机也在加剧。由于缺乏明确的领导核心，公司的业务开始下滑，一些关键项目出现了严重的问题。员工们人心惶惶，开始担忧自己在公司的未来。

出殡那天，袁明生也给赵老爷子送来了花圈，在他没注意的情况下，赵浩的秘书走了过来，说："袁律师，你好，我们赵总要跟你谈谈，请跟我来一下。"

"好的！"

袁明生跟着他进入赵浩的车上，关上车门后，说："赵总！"

"袁律师，你到底行不行？赵熙的案子这么久也没有一个了断，绝不能这样拖延下去了，如果你实在不行，我就另请高明了，你看，老爷子都被气死了！"

"赵总，我正好有个事需要问你。"

"什么事？你说！"

"嗯……"袁明生看了看坐在前面的司机，然后使了使眼色。

赵浩知道袁明生的意思，他要司机出去一下，司机下车后，赵浩说："你说吧！什么事这么神秘？"

袁明生说："赵总，李红你认识吧？你跟她是什么关系？"

"李红，当然认识，她原来是我父亲的秘书，我跟她能有什么关系，怎么啦？"

"赵熙的案子中，她有很大的嫌疑！"

"她当然有嫌疑，赵熙是跟她在一起才出的事！"

"我的意思是说，你也有一点关系。"

"我也有关系？什么关系？你是什么意思？"赵浩明显生气了，"赵熙是我的弟弟，我会去害他？你说，我有那么傻吗？"他的声音大了起来。

"赵总，你先别生气，只是有这个可能而已。"

"好吧，你说什么关系，具体一点，在那个地方有关系？"

"怎么没有关系呢？李红也承认了，赵熙事发第二天，她发给你一条信息，没错吧？"

"没错！她是发了一条短信给我！"

"内容是什么？"

"内容……我看看，还有没有在这里！"赵浩在手机上翻了一阵后说，"找不到了！"

"大概是讲的什么？"

"我忘了！"

"真的是贵人多忘事啊。"

"袁明生，听说毛平安是你岳父，"赵浩一边说一边点上一根烟，"现在还没有出来吧？"

"是的，你怎么知道的呢？他与一桩贪腐案件有关，至今都没有找到可靠的证据！"

"告诉你吧，赵老爷子之所以轻生了，也与城通建筑有关。城通建筑的总经理尹东风有很大的嫌疑，他们的业务科长高升在外地出差，一直没有回来，电话都联系不上，所以一切都只能停滞。"

当他们接近真相的时候，危险也随之而来。有人开始暗中阻挠他们的调查，试图掩盖事实的真相。他们开始意识到，揭开这个秘密可能会付出巨大的代价。

赵浩和赵熙决定不顾一切地追寻真相。他们不再只是为了争夺公司的控制权，而是为了维护父亲的声誉和公司的未来。在一段充满悬念和危险的旅程中，他们逐渐接近了那个隐藏已久的秘密。

为了揭开谜团，袁明生建议赵浩与警方合作，设下陷阱引高升现身。在一场生死对决中，高升被捕，王峰也落入法网。

在警方的审讯下，高升供认了所有罪行。原来，他们为了掩盖侵占公款的事实不择手段，最终走上了不归路。

回到了律师事务所，袁明生与鲁志斌共同探讨了毛平安的案子。听袁明生介绍完现在的情况后，鲁志斌说："在那几个关键证据上，你想要为毛平安做无罪辩护的话，那么就要赶紧找出这几个证据的问题，如果能成功地否决这些证据的话，那么这个案件就不攻自破了。"

"现在对我们最不利的证据就是毛平安亲笔签名的这几个财务文件。这每一个财务文件都是毛平安亲笔签过的，上面都是清清楚楚地写着'毛平安'三个字，这足以证明作为财务会计的周慧对每笔钱都是知情的。"袁明生说。

"你问过毛平安这个问题没有，他承认吗？"

"问过，我跟毛平安谈过这件事情，他很明确地否认他签过这些文件。"

"什么意思？"

"毛平安看过了，并承认这是他的笔迹，但是他依然否认自己签过这些文件。"

"这个说辞不就是自相矛盾了吗？"

"是的，反正他就是不知道具体情况下，就签署了这份文件！"

"想象一下，在毛平安签署的时候，对方有什么事情瞒着他，或者他不知道会发生什么事情……"

"哦，再比如醉酒，还有头晕等情况下。"

"我提醒过他，但是毛平安到现在也没办法解释这些签名的问题，我倾向于相信他没有签名。"

"我不是不相信他，不过就目前的证据来看，公诉人的说法更可信一些。这对他来说是非常不利的。"

"我知道。"袁明生想了一下又说，"建设局的那个会计周慧，我将当面跟她确认一下，看看她怎么说。现在她一个非常关键的知情人，但是，这几天我一直没看到她人，有人说她现在应该不在国内，去国外旅游了。"

"不行，你得尽快联系到她，微信或 QQ 联系都行，我就不相信一个生活在社交网络里的大活人就这么突然消失了。"

"我尝试找过很多次。但是，建设局那边的人对我完全封锁消息，我也试图用其他的渠道去联系她，但是始终联系不上。"

"咚咚咚！"办公室门被敲响了。

"鲁主任，有个文件要你签字！"刘蓝峰在外面说。

鲁志斌说："请进！"

"鲁主任，我就不打扰你了！"看到鲁主任有事，袁明生说。

"办法总是有的！多想想吧！"

"好的！谢谢鲁主任！"

"谢什么！"

袁明生走出鲁志斌的办公室。

第六十八集

除两奸猛搅赌船　失黄毛冲锋喋血

　　阿勇早就看出来了，那个长头发的家伙就是二流子，只是人多眼杂，不方便下手，当二流子走向船头的时候，阿勇怕他走掉，于是果断地掏出手枪，"砰砰砰"的几声，船上的人顿时就乱了，不断抱头乱窜。阿勇看见二流子和他边上的几个马仔倒了下去，这时，船也摇晃起来，阿勇也摔倒在船上，幸好他倒下了，几个马仔向他开枪都没有打中，阿勇顿时一个就地滚，在一张桌子下对马仔开了几枪，几个马仔应声而倒。

　　这时，袁炜在车上听到了船上枪声大作，知道阿勇找到了洪坤，急忙用毛巾把三爷的嘴巴堵上，检查了一下他手上的手铐后，拿起武器跳下车。

　　当所有的马仔向阿勇的那只船进攻的时候，他们怎么也没有想到，从他们的背后杀出了一个程咬金，随即他们就被袁炜击倒好几个，那些马仔又转过身来对付他。阿勇把鱼雷等杀伤力较大武器投向其他的赌船。为了躲避爆炸，阿勇自己也跳入水中，顿时，爆炸声、嘶喊声响彻云霄。二流子等人被迫逃离赌船，马仔们在河滩上对袁炜继续追击，阿勇也悄悄上岸。

　　霎时，马仔们又被阿勇在他们后面打了一个伏击，在阿勇的冲锋枪的强大火力压制下，马仔们有的蜷缩于车底瑟瑟发抖，有的向山上逃亡，有的躲入附近农户家中，还有数十人被炸至江中，炸死、溺亡的人不少。此时，二流子的肩膀被射中了几枪，伤痕累累，血肉模糊。他手掌中枪，疼得手枪掉在地上，正当他仓皇出逃、拔腿就跑的时候，袁炜一眼看见，顺势就是"砰"的一枪打在二流子的脚上，顿时二流子倒在地上。

　　袁炜走过去，飞起一脚，把二流子的枪踢个老远，然后用枪指着他的脑瓜子说："讲，龙霸天响边度？洪坤去咗边度？讲！"

　　"阿炜呀，龙霸天我唔知响边度呀，我就知洪坤啱先响呢度，依家我点知去咗边度呢？"

　　"啪"的一声响，袁炜用手中的枪用力地拍在二流子的脸上，说："畀我老实啲！听见未呀，唔讲系嘛？"

　　"呵呵呵！阿炜，你放过我啦，你唔系净系要钱咩？我将钱全部畀你，好唔好？只要你留我一条命！你要我点样都得！"

　　"放咗你，你害死咗胖子，打咗阿丽，你仲想活？"

　　"胖子唔系我害嘅，阿炜呀，系洪坤要胖子死嘅，系洪坤要胖子死嘅呀，阿炜呀。"

"阿丽，阿丽呢？你唔好狡辩啦，我亲眼见到嘅，呢仲会有错咩？"

"冇错，系我开嘅枪，阿炜，你知咩？自从你将阿丽带嚟龙都之后，我就深深嗽中意上咗佢，哦！唔，中意佢嘅仲有龙老板，仲好阿丽我早就瞓咗！哈哈哈！"

"你呢个禽兽！"袁炜对二流子又是一拳。

"妈嘅，你呢个禽兽，我就知系你搞嘅鬼！"

"呢啲可以怪我咩，龙老板睇上佢啦，我有咩办法？"

"阿丽同我讲咗，系你叫龙老板害佢嘅。"

"系呀，你唔知咩？龙老板要嘅女人边个有得到？"

"你到底系点样害佢嘅？讲。"

"你仲唔知？就喺佢个杯入面放啲糖，哈哈哈！你都懵喺鼓入面，哈哈哈！"

"我都系噉样将佢送畀龙老板嘅！哈哈哈哈！"

二流子歇斯底里地大笑着、呐喊着。

"原来，都系你呢个禽兽搞嘅，你呢个禽兽！"袁炜抓住二流子又是一顿毒打。

二流子被打得嘴角都是血，奄奄一息了，可是他还在那里笑着，羞辱着袁炜："你嚟嘅第一日，我就话你老婆靓唔好，你忘记咗，哈哈！睇上嘅人都着数！冇错，都系我做嘅，我系中意阿丽，边个知龙老板也睇上佢，我有咩办法，你有办法咩？你依家仲唔系人唔人鬼唔鬼嘅！哈哈哈哈！"

只听见"砰！砰！"的两声枪响，袁炜扣动了扳机，他觉得还不解恨，又补了几枪。

突然警笛声大作，他们的行动引来了大批的警察，趁还没有被警方包围，袁炜急忙和阿勇向自己的面包车跑去，远远就能看见车上有一块玻璃被砸碎，等到他们走近一看，原来三爷逃跑了，情况紧急，来不及多想，袁炜催促阿勇快点开车离开。

回到阿勇的房子里，阿勇沮丧地说："三爷跑了，这下，我们什么线索都没有了！"

"不急！慢慢来，我们先吃饭！"袁炜安慰阿勇说，"让我仔细想想，总会找到办法的！"

"嗯！"阿勇点了点头。说完，他们向一家餐馆走去。

因为最近发生的一系列伤亡事件，警方忙得焦头烂额，整个警局都是加班加点，彻夜不眠，上级领导指示必须采取措施制止此类案件的进一步蔓延，如果再在当地造成严重后果的话，当局所有的人都将受到严厉惩罚，气氛越发紧张。

这时，一个电话机突然响了起来，一名警官接通了电话，交流了一阵之后，他急忙走到领导面前，跟领导沟通了一番之后，领导立即下令召开紧急会议。

"根据可靠消息，最近我们香洲一系列的案件都跟一个名叫袁炜的人有关，大家来看看他的照片。"

随即，大屏幕上显示着袁炜、龙霸天、三爷、洪坤等人的照片。

警官一边播放着嫌疑人照片，一边分析说："这个龙霸天，是龙都集团的董事长，他是我们本地的一位优秀企业家，不过，这个家伙表面上做些正经的生意，背地里却经营着赌场、夜总会等，他们利用这些地方进行一些违法活动和非法勾当，实际上龙都集团成了一个不折不扣的黑社会。多年来，我们警方一直致力于将他抓捕归案，但是每次都让他溜得无影无踪，一直到现在，我们都苦于没有证据，每次都让他逃离了法律的制裁。现在，根据我们线人的消息，在龙霸天的黑社会内部存在着激烈的矛盾，这是个很好的机会呀，我认为现在是把他们一举抓捕的最佳机会，请各位一定要打起精神，认真部署，准备充分，打一个漂亮的胜仗，给我们上级领导一个满意的答复！最近发生的一系列案件，对社会稳定和人民生活造成严重的不良后果和负面影响。上级领导非常重视，要求我们一定要从快从严解决我们要尽快查清他们所有人的底细，掌握他们的心理和行动，争取将他门一网打尽！接下来，我们要注意的就是他们组织当中的袁炜，经过我们调查，这个袁炜向警方举报过龙霸天，我觉得这个人我们要想办法争取一下，如果他能转变立场，为我们所用，无疑将为我们的这次行动带来很多的胜算。"

全体警员都站起来，说："是！"

两个人在饭馆里一起吃完饭后，袁炜习惯性地点燃了一根烟，他陷入了深深的思考之中，突然，他把烟在烟灰缸里用力掐灭之后，对阿勇说："阿勇，你还记得吗？三爷曾经说过龙霸天和洪坤的毒瘾很大，常常派马仔去其他的娱乐场所购买毒品。"

"是啊！我怎么忘记了呢！炜哥，那我们就去这些地方找找吧，应该没有问题！"

"现在只能这样了，我们先休息一天吧，明天晚上我们去火车站那边的几个娱乐城看看。"

"好的，炜哥！"

第二天晚上，他们两人开着另一辆租来的车子向火车站那边驶去，还是由袁炜在外把风，阿勇去里面看个究竟。也许是太不凑巧了，整个晚上他们查看了几家娱乐城，都没有找到贩卖毒品的家伙。正在他们回来的路上，路过莱茵娱乐城的时候，袁炜说："要不，在这里看看吧，估计是火车站那边抓得比较紧。"

"好啊！"阿勇说完就跳下车。

阿勇在莱茵娱乐城里面仔细地观察着，房间的灯不断地转动着，在一处灯光昏暗的角落，阿勇看到了他要寻找的人，于是他装成一个要买货的人，他拍了一下那个卖货仔说："喂，兄弟！仲有货有冇？我想买一啲！"

那个卖货仔把他从头到脚看了一遍后说："你要几多？"

"净要一啲，自己用！到底有冇有？"阿勇用不耐烦的语气说。

"有！你跟我嚟！"

卖货仔把他带到一个没有人的包厢里面，阿勇把门一关，拔出枪对着他的脑袋瓜子说："唔好郁，郁一下就打死你！"

"好好好！"卖货仔乖乖地举起了双手说。

正和他谈话之际，突然卖货仔的手机响了，阿勇立马察觉到此人神色异样。感觉到这个家伙有事情，阿勇就警告他老实一点，不然就要他的命，经过一番交代后，让他按免提再接电话。此人按通话键前，显得非常紧张，大冬天的头上冷汗直冒。

阿勇听到了他们的电话内容，他随即将其拖进另一间隐藏的包厢里面，进行殴打和恐吓，在强硬的攻势下，这名毒贩子终于开口了，说对方正是洪坤的马仔，要他送货。这名毒贩子还供出了与洪坤的马仔的交易地点。于是阿勇和袁炜立即带着这个毒贩子离开莱茵娱乐城，前往交易地点。但当到达交易地点的时候，狡猾的接头人已经离开了，在电话里说是怕人跟踪，等一下告诉他新的交易地点，狡猾的洪坤硬是从天亮磨蹭到天黑，这期间变换了三次交易地点，直到晚上十点多才确定见面的地点——香洲市金地公园。

就在接头人没有任何防备的情况下，袁炜迅速将其控制。经过审讯，此人正是洪坤的单线联系人，并深受洪坤的信任，而此时的洪坤就躲在了他自己的家里。这个马仔在袁炜的面前一再表示，都是洪坤要他做的，所以一切都不关他的事，希望袁炜能网开一面，他家里还有六岁小孩和八十多岁的老娘。

袁炜告诉他，只要他不要花样，只要他认认真真地帮他找到洪坤和龙老板，就会把他们放了。袁炜是有深仇大恨，但与他们无关，只是他们老实一点，不要耍花样，不然，自己的枪响了就响了，死的谁自己无所谓，让他们看着办。

获得这个重要消息之后，袁炜把这两个马仔的嘴巴用毛巾塞紧，然后用黑头套把他们头套住，用手铐铐在一起，带上这两个马仔直接去洪坤的家里。

"咚咚咚……"阿勇在大门上敲了几次门后，还是不见有人来开门，当他要离开的时候，门突然被打开了。"你揾边个？"里面出来的两个马仔问他。

"送货嘅！揾坤哥！"阿勇不动声色地说。

"揾坤哥嘅，入嚟啦！"

"咚"的一声，门关了。

一个马仔把阿勇带到里面的大厅，只见一个人走了过来，阿勇一看，这个家伙就是洪坤。

"嘢呢？"洪坤问阿勇。

阿勇把手上的袋子放在桌子上，说："你自己睇下吧。"

洪坤向边上的一个马仔示意了一下，一个马仔走过来准备解开查看，霎时之间，阿勇拔出手枪对准他的脑袋就是一枪，中枪的马仔"哎呀"一声就倒在地上，不再动弹。

紧接着，阿勇又是一枪射向洪坤，洪坤早有防备，他一个扑倒之后，阿勇的子弹射中了洪坤旁边的一个马仔，这个马仔应声而倒，洪坤见势不妙，急忙把隐藏在柜子里面的机关打开，自己"扑通"一声跳了下去。

这时正在外面等待阿勇的袁炜听到到了屋里响起了枪声，于是把两个卖货仔牢牢地绑在车上后，拔出手枪，砸开大门向里面冲去，当他听见枪声都是从里面的大厅转来，为了给阿勇减轻压力，于是向大厅的方向开了两枪，顿时，从大厅里出来五个马仔，袁炜"砰砰砰"连续几枪，一下子放倒两个马仔，还有三个马仔的火力同时向他射来，只见袁炜就地一滚，躲到一个角落里，一边开枪射击一边躲避对方的袭击。

另一个马仔看见阿勇开了枪，急忙拔枪还击，刚拔出枪来，手就被阿勇的第二枪击到，顿时鲜血直流，他连忙就地一滚，躲在一堵墙的后面。

阿勇知道那个家伙的枪掉在地上，于是走过去说："出来，不出来我就一枪打死你！"

"……"

没有声音，阿勇提高警惕，举起枪，慢慢地向那马仔藏着的地方走去，在快靠近的时候，突然寒光一闪，阿勇下意识地蹲了一下，刚好躲过马仔砍过来的一刀，阿勇顺势一个空翻，飞起一脚，重重地踢在马仔的头上，只听见"哎呀"一声，那马仔倒在地上。阿勇跑过去抓住他，又是一顿猛揍，马仔疼得不行，连忙下跪磕头求饶："好汉饶命！好汉饶命！"

"饶命？可以！洪坤呢？去边度啦？快讲，讲咗就饶你唔死！"

"坤哥，坤哥藏喺地窖入面。"

"到底喺边度？地窖？你够胆呃我，我要你死！"阿勇对马仔又是一顿猛揍，"到底喺边度？！"

"坤哥，真嘅喺地窖里……"奄奄一息的马仔一边说着，一边用手指向那排高档的柜子。

"妈嘅，今日算你好彩！"阿勇说完才松开那只卡着马仔脖子上的手，骂了一句后，转身离去。

那马仔倒在地上，突然他发现自己的那支手枪就在身边，于是他来劲了，急忙捡起手枪，瞄准阿勇，扣动了扳机，也许是他的手颤抖着，他没有击倒阿勇，一声枪响后，阿勇才反应过来，紧接着阿勇又听到了一声枪响，他条件反射般地转过身来，看见这个马仔的手里拿着手枪，他的额头被一颗子弹射出一个洞来，顿时就喷出血来，正当他不知道怎么回事的时候，只见袁炜手拿着枪正向他走来，他顿时什么都明白了。

"谢谢你！炜哥！"阿勇满怀感激地说。

"谢什么！我们还用得着这么客气？"袁炜笑了笑说。

"嗯嗯！"阿勇感动地点了点头，"炜哥，扑下……"阿勇点头的时候，突然看见柜子后面的暗处，有一个人向他们举起了手枪，他一边说一边用自己的身体掩护袁炜。

"砰！"

从黑暗里射来的一枪，正射在阿勇的胸膛，阿勇倒在地上，霎时，袁炜明白了一切，他大喊一声："阿勇！"

他甩出冲锋枪对着柜子后"嗒嗒嗒"一顿乱射，射得柜子上到处都是洞。柜子后面没有动静之后，袁炜跑过去对准那个马仔的尸体又是"嗒塔塔"一顿乱射，那个马仔几乎被射成筛子。

然后，袁炜走到阿勇的面前，大叫一声："阿勇！"把阿勇抱在怀里大声疼哭。突然，袁炜听到了响声，好像有什么东西在移动，他轻轻地放下阿勇的尸体，擦干眼泪，拿起枪向里面的房间走去，果然，只见洪坤正在逃跑，他提着一个箱子蹑手蹑脚地向外面走去，袁炜对着洪坤就是"砰"的一声，这一枪没有射中，洪坤也停止了跑动，也对着袁炜开枪，双方又展开了一场激烈的战斗。

袁炜早就知道洪坤是一个狡猾的人，他在龙霸天的面前忠心耿耿，鞍前马后、任劳任怨地处理一切，就是为了自己捞钱，那么，洪坤手上的箱子里肯定是钱，于是袁炜瞄准了他的箱子，"砰砰砰"几声枪响之后，只见洪坤手上的箱子被打出了一个窟窿眼，金条、钱等东西，"哗啦啦"地往下掉，洪坤急忙一边护着箱子，一边捡地上的金条。

真的是机不可失，袁炜趁洪坤弯腰捡金条的时候，一枪打在他的脚上，随即，洪坤跑不动了，也没有那么敏捷的反应了，袁炜连续用火力进攻，洪坤躲闪不及，腹部又中弹，他刚要用一只手捂住流血的肚子的时候，袁炜的枪已经顶住了他的额头。

"阿炜！阿炜！阿炜！我求求你，你放过我好唔好？呢啲，呢啲，全部都系你嘅……"洪坤一只手捂住肚子，一只手把箱子放在袁炜的面前。

"滚！"袁炜一脚踹开箱子，对准洪坤的头飞起一脚，洪坤被打得满地找牙，他疼得蜷缩在地上，袁炜走过去，一把抓起他的衣领，恶狠狠地说："讲，龙霸天喺边度？快讲！。"

"龙、龙霸天喺喺、喺、喺龙都，龙都大厦……"

洪坤断断续续地说完后，头突然一歪，脚一伸，死了。

袁炜急忙抱起阿勇的尸体跑出屋外，打开车门一看，还好，这两个家伙还在，袁炜把阿勇的尸体好好地放了进去。他们看见有人来了，就"呜呜呜呜"地又闹又叫，于是袁炜把他们轮流打了一顿，这才安静下来。接着，袁炜开着车来到郊区的一座山上，他掏出一根烟点燃后，从车的后备厢里拿出一把铁锹，他望了望远方，选了好一块地后，便动手一锹一锹地挖起来，不一会儿，他就挖了一个大概宽一米五、长两米、深一米的坑。

袁炜坐在坑边上又抽了一根烟，休息了一下后，走到车上把阿勇的尸体背到坑里，把阿勇的衣服鞋子都弄整齐后，又向车子走去，他把两个锁在一起的马仔分开锁起来，然后一个一个地把他们背到土坑里，马仔们虽然看不见外面，但他们都感觉到了危险，于是"呜呜呜呜"地闹着。袁炜把他们用锹一一打晕，他们就像阿勇一样不再动弹，然后袁炜把他们埋在一起。袁炜在阿勇的坟前点燃了三根烟插在地上，磕了几个头后向车子走去。他坐在车上看了看阿勇的坟墓，突然发动车子，用力地轰了一下油门，向市中心开去。

第六十九集

自古儿大亲难教　当今垣波心亦焦

这天上午，袁俊杰在店里面忙碌，突然他感到兜里的手机震动了一下，为了不让秦妮知道，他装做若无其事的样子做完手上的事情后，拿着装矿泉水的瓶子去楼上接过滤了的水。刚上到二楼，他就拿出手机。

这天下午，袁俊杰在监控里发现袁垣在家里，他的心一惊，他不是说去公司上班了吗？怎么在家里呢？带着一连串的疑问，他查了一下微信，哦！他顿时眼前一亮，前几天他不是存了一张袁垣上班的那家公司的人事经理的截屏吗？那个截屏上面好像有电话号码，他找到了那张截屏照片一看，果然有电话号码，他随即就拨打了过去，话筒传来的是一个女人的声音："您好！您是哪位？"

"您好，我是袁垣的爸爸。"

"哦！你是袁垣的爸爸，好的！您有什么事？"

"是这样的，我有一点小事情需要问他，今天没有打通袁垣的电话，也不知道他去哪里了。我想问问你们，怎么可以联系得到他。"

"哦！这样，袁垣好像辞职了吧，今天辞职的！"

"辞职？怎么又辞职呢？干得好好的嘛！"

"好像是他不想给客户打电话的缘故吧！"

"怎么能这样呢？谢谢你呀！"

"不用谢！"对方挂了电话。

意识到了问题的严重性，袁俊杰心急火燎地开车往家里赶去，他要问清楚这个家伙为什么说不干就不干了，他必须给出一个交代，这家伙太烦人了，这个工作原先不是干得好好的吗？怎么突然就因为不想打电话给客户就不干了呢？打电话给客户又有什么问题，怎么就不能打呢！他自己不天天都打电话吗？袁俊杰在路上问题都还没有提完，转眼之间，他就到了家里。

他打开门就看到袁垣坐在他自己的房间的床上，他开门见山地问："袁垣，怎么在家里呢？不上班了？"

"你怎么知道我不上班呢？监控里看到的吧？"袁垣在床上一动不动地说。

"我打了电话到了你们公司，那个人事部的人告诉我的！"

"……"

"为什么不能给客户打电话呢？为什么辞职呢？干得好好的！"

"我不想打电话！"

"不想打电话？这是什么意思，一个做销售的人不想打电话，这不是笑话吗？"

"好吧，笑话就笑话！"袁垣一副满不在乎的样子。

"你这张嘴就是不会说话，想过没有？哪个做生意搞销售的人不跟别人打电话？你不跟别人沟通，别人怎么知道你的心里的想法？别人一打电话就是几个小时呢！你信不信？"

"……"

"难怪你在上海、深圳、广州这么多地方找工作都没有找到，难道你还不知道什么原因吗？告诉你，就算你的事情做得再好，也没有什么用，知道吗？因为别人不要你做，你应聘都应聘不上，拿什么做？你做事的机会都没有！所以，我们得先得到机会，然后去认真把事情做好，这才是最好的方法，是不是？"

"……"

"好吧，不去上班了，下一步怎么搞？你总不能在家里一直待着，我现在可不养你了呢！你快23岁了，不是原来那个只有那么一点点大的你。那时候我虽然没有办法啦，但还不是养着你，不知道你住在海棠园里学到了什么，读的什么书，这五年来，你手上用出去的钱你应该是有数的，我不是说了嘛，这一切我都没有怪你，只要你现在找事做，一切就算了！再说，你现在也应该去做事了啦，你要成家立业，结婚生子，这都是要你自己去完成的事情，你必须要挣钱的啦！"

"我明天去找工作。"

"好，找工作好！你准备找什么工作呢？"

"……"

"普通人家的孩子最好的选择是什么？就是销售。销售是普通人家的孩子逆天改命的唯一路径。人一辈子都在卖自己。卖东西只不过是每个人卖的工具，卖的道具，卖的手段，卖的水平不一样，所以，袁垣你最好的选择是什么？没有别的，就是销售。"

"搞销售？我同学正在搞呢。"

"销售什么呢？你同学？"

"是的，我同学，他在网上销售，好像是在58同城。"

"58同城？公司在哪里呢？"

"花板桥。"

"网上销售？又天天在你的手提电脑上敲敲打打吗？你做点实实在在的事情多好啊！非要在这个电脑上浪费时间吗？说起这个电脑我就来气，你原来在读书的时候，还有在工作的时候，就天天玩电脑游戏，我现在警告你，这已经是第三次了，我再看到你在电脑上面玩游戏，我马上就拿锤子把它锤掉，听清楚了吧？我是警告了你的！"

"好好好……我明天就去找工作。"

"这样，从明天起，你上午9点钟之前必须出门，晚上6点钟之前回家，你得去外面跑，不准天天宅在家里，你就是在外面打流也要的，看你有没有这个胆子，我看你就是没有什么胆量，你该是时候去锻炼一下了，一个搞销售的人连电话都不敢打，这成了什么？有什么好怕的？非要把你关进牢房里去后你才大胆一点是吗？"

"我又不违法犯罪，到牢里去干什么？"

"是的，牢房里你怎么去得了呢？你认为牢房里是想去就去的地方吗？"

"我有什么不能去的？"

"你能去？你不违法犯罪怎么能去？哦！我想到了……但是你又怎么会有那样的能力呢？如果你不是犯人的话，牢房里那就只有看管监狱的狱警了，你书都读不好有可能当上狱警吗？"

"你不要管，我也不想你管。"

"我不管你，谁管你？"

"我不服你管，我听别人的话，就是不听你的话！"

"好，你听别人的话，我走了，随便你吧！"他说完就出了房间，打开防盗门走了。

袁俊杰气得不行，坐在车上，思来想去，不行，这事不能这样算了，得想办法才行，可是，又有什么办法呢？这个家伙就是不听他的话，他正想开车一走了之，突然，他把车熄火，拿出手机找到袁垣他妈妈的电话号码后拨了出去。

"喂！是袁垣妈妈吧？"

"是的，你有什么事吗？"袁垣的妈妈方丽在电话那头回答。

"现在你接电话方便吗？"听到电话那边好像有人说话的声音，袁俊杰就问了一下。

"方便，你说，什么事？"

"就是袁垣的事。你知道他回家这么久了，也上班几天了，今天下午他又回来了，说是已经辞职了。你看，这孩子这么不听话，我真的是管不了他了，太不听话了啦！"

"这个孩子也真是的哦！在广州那边又找不到工作，回长阳了有工作了又要辞职，不知道他是怎么想的。"

"这样，你先别挂电话，我这就去房子里，我们再去跟他谈谈吧。"

"好，你去吧，我不挂电话"

"好，我就到了！"袁俊杰快步爬上三楼，打开防盗门进入袁垣的房间后，把手机打开免提功能，丢在袁垣的床上说："这是你妈妈的电话，你有什么话不想跟我说，就跟你妈妈说吧！方丽你说吧，袁垣在这里听着呢！"

方丽在电话里说："袁垣！袁垣！"

"啊……"袁垣应了一声。

"袁垣，听你爸爸说你辞职了。"

"……"

"现在的工作真的很难找，有个工作就慢慢地做嘛！以后不是可以换吗？为什么要辞职呢？"

"听说人事部说他不肯给客户打电话，所以就辞职了。"袁俊杰在一旁说。

"给客户打电话有什么难的呢？你不知道吗？现在受疫情的影响，经济真的是越来越差呢！我们这里有几个工厂，厂里面的人是上一天班又休息几天，厂里面的效益也不好，工资也常常拖欠，你看这样的工作还有很多人想做而没得做呢！你有工作还不做，你跟妈妈说说，你是怎么回事？你是怎么想的？"

"我不想做那个工作了，我想换一个工作。"袁垣说。

"嗯！听你爸爸的没错，做销售，你要像你爸爸说的那样锻炼锻炼嘛，我也知道你不蛮爱讲话，可这不行呀！你不会讲话也没关系，但是你得改变呀，去学呀！不学怎么行呢？你是不是还想去学装修设计？"

"先学一下销售是没有问题的，你要学装修设计也可以啦，我又没有要你一直学销售，当你进入这个装修的行当之后，你想学什么都行，是不是？什么采购材料啦，平面设计啦，安装施工啦，甚至到最后结账啦，所有的活都得学，是不是？"

"是的，又没有让你搞多久，你还可以去那个辞职的公司上班不？要不打个电话问一下？"

"袁垣，你要相信爸爸，刚出社会工作先从销售开始是很不错的一个选择，你再问问那个公司，毕竟在那里做了几天……"

"我最不相信的就是他，他以为你蛮厉害，嗯哼……"

"嗯，你爸爸还是有优点的，其他的方面不讲，他还是很勤快、肯操心，这些还是值得你学习的！"

"他有什么优点？不就是靠征收得了点拆迁费吗？有什么了不起！"

"是没什么了不起，不过，你知道吗？每个人的精力都是有限的，做对一件事情就够了，这样吧，你从现在起就只做对一件事，行不行？你做一件给我看看！只要你做一件，看你什么时候能做出来？征收？你以为征收容易吧？你以为征收是我的命好？运气好？那你就大错特错了。你好好想想，这些征收的地方又不是我的老家袁家岭，如果是我的老家的话，那确实没有什么可炫耀的，因为那些都是我祖宗留下来的，但是这些被征收的地方都是我自己买下的，这是不同概念吧？枫树村、青年路、立交桥、梅子柿、康王，还有冷水铺，哪一处地方是靠好运气、靠机会来的？告诉你，这些好运气从来都不是等来的，也不是别人给我的，而是我自己创造的，懂吗？什么是好运气、好机会，其实都是凭我自己的眼光发现，然后凭我的双手去创造的！你能学一点点吗？"

"有什么好学的？我想不通你们每一个人，我也看不懂你们这些人。"

"想不通就不想啦！何必去想呢？袁垣，那些过去了的事情，就让它过去我们就只想现在，现在该干什么就干什么，认认真真地干现在要干的就行了嘛！你不是在学开车吗？"

"是的啦！他在学开车，他这次一回来就花了好几千块钱了你看我说什么了吗？只要他听话找个班上就可以了，一边学车一边上点班，可他就是不听。还有，你要想这么多干吗呢？你还想别人？你自己都想不明白，你想别人干什么？说句不好听的话，你现在是泥菩萨过江——自身难保！你不知道吗？你明天必须去找事做，我不会再养着你了，我已算对得起你了，你妈妈也在这里，我没有说一句假话吧，从法律上讲，我有义务养你到十八岁，你现在是二十二岁啦！你难道要我养你一辈子不成？不说你结婚生子养活婆娘孩子了，你首先得想办法养你自己吧？不做事的话，你就不要住在这里，我不想看到你这种人，随便你到哪里去，反正你不工作，我是不欢迎你住在这里的，你想清楚！"

"哦！原来你跟我说要去读北大青鸟的时候，你花的钱你都认，等你工作了就还给我，你还写了欠条，好像还有一封你写的感谢信！我去拿来给你看看吧！"说完，袁俊杰把那封信找出来了，只见信上写着：亲爱的爸爸，我从小到大虽然遭遇过许多的不幸，你和我总是在艰难中度过，但你却是在风雨之中屹立不倒，而且坚强地保护着我，我知道我以前是个叛逆的人，包括现在，但你一直包容我，我却不懂得收敛一点。虽然我叛逆到今天，但我还是懂了一点，你是把我当作真正的儿子看待的，这一点我永远都不会否认。虽然我没拿出真正的成绩，连做一点感恩的事都做不出来，可是，这份恩情我一直都记在心里，这份不可计量的恩情，总有一天会迸发……

袁俊杰一句一句地念着，袁垣看都不看一眼他爸爸，手机里他妈妈说的话，他也是三心二意地听着，半天回那么两句。

"他想干什么呢？要不，就让他来我这里吧！"

"我这里的店子可以改成做外卖的，袁垣知道这里没有什么好地方住，只能住在这个门面的阁楼上，他上次住过，看他愿不愿意。"

"你在那边带着他也行，只是，我还是想让他做做装修这行，如果做上路了再回长阳也行，是吧？回来了一样做装修这行，我不是要他非做这行不可，只是我对装修这行比较熟悉，如果他遇到什么困难的话，我也能帮帮他，如果做其他的行当，我就帮不上半点忙了，再说，我劝你不要踏入陌生的行业，现在经济不景气，挣钱越来越难了，弄不好就会亏本。我不是危言耸听，稳妥起见，还是做点老本行，虽然少挣点钱，但慢慢地能稳定下来嘛。"

"袁垣，你愿意来不？"

"我还是去长沙我同学那里。"

"好啦，随便你吧！你想去哪里就去哪里吧！"袁俊杰气得把电话挂了，跨出房间打开防盗门走了。

第二天早上，袁俊杰透过客厅的监控视频看到袁垣7点多的时候带着行李箱出门了。袁俊杰想与他取得联系，但是又怕他不回信息，就先发了一条原来要他买东西的信息："地毯和被子什么时候到？怎么收货呢？"

袁俊杰以为袁垣不会一下子回信，就去忙了一下其他的事情。一会儿后，他看手机时发现袁垣早就回了信息："你去友明超市，到了要超市老板跟你说。"

袁俊杰感到很欣慰，他急忙回信："好。"

他想了一下，又回了一句："在外面注意安全。"

他看着信息，觉得还有什么没说完，他想到了一首歌曲，他找到歌词：

未来的你，定将感念此刻的奋斗

未来的你，站在时光的彼岸/回望这条崎岖又坚定的路/定会感念此刻，汗滴禾下的身影/那青春年少的无知，已化作成长的烙印//岁月如梭，青春如梦/在这短暂的韶华里，我们曾迷茫、曾奋斗/但每一步都镌刻着成长的印记/每一滴汗水都浇灌着未来的希望//未来的你，或许已登上人生的巅峰/或许在平凡中找到了幸福的真谛/但请记得，这一切的起点/是那个年少无知却又不畏艰难的自己//那时的我们，怀揣着梦想与激情/在风雨中奔跑，不畏困难与挑战/因为我们知道，青春有限/必须拼搏，才能不负这大好的时光//未来的你，一定会感激现在的自己/感谢那份不屈不挠的勇气/感谢那份永不言败的坚韧/因为正是这些，铸就了你辉煌的人生//所以，让我们珍惜每一个现在/把握每一个机遇，不畏将来，不念过去/用青春书写人生的华章/用奋斗创造未来的辉煌

袁俊杰仔细看了一遍歌词，他觉得写得很好，他看了一遍又一遍，听了一遍又一遍，他想让袁垣听听，他也许会喜欢，于是他又给袁垣发了一条短信。

袁垣却再没有回他的消息。为什么会这样呢？袁俊杰晚上睡觉之前躺在床上左思右想，他总想给孩子更多的爱，但真相是，他的爱对袁垣来说几乎就是伤害，不然，他又为何对他拒之门外呢？难道这些都是单亲家庭长大的孩子的共同特征，但是有些单亲家庭的孩子却又是那么成熟和坚强。难道是他以爱之名，给了他过多错误的呵护，把他养成了温室里脆弱的花朵？

现在的父母，对孩子娇纵溺爱的太多了；现在的孩子，太缺乏规矩、敬畏、自省、自律意识；现在的亲子关系，爸妈不像爸妈，儿女不像儿女，孩子跳起来到长辈头上做窝的太多了。有人说，没有被父母毒打过的孩子，长大后被社会毒打的概率会翻倍，但是当你面对自己的孩子的时候，谁又真的下得了手呢？

俗话说："可怜天下父母心。"好多父母，恨不得去找得一个上天的梯子，为孩子摘取月亮星辰。但父母溺爱着养大的孩子，很难会有出息。这样的孩子大概率会成为一个没有同理心、不断向你索取、不懂得感恩珍惜和回报的魔鬼。为什么？因为他从小在宠爱中、在得到中、在不断满足中长大。他不能接受失去，不能自我反省，连对自己父母都不懂得感恩，你还期望他会感恩其他一切人或事？

不行，得把袁垣拉回到正确的轨道上，那该怎么办呢？束手无策的袁俊杰在床上翻来覆去，左思右想，秦妮似乎看出了一些问题，她问："想什么呢？袁垣去省城还好不？"

"不知道，打电话不接，微信不回，管他干吗？浮也好沉也好，随他去吧！"他

说起就来气。

"袁垣电话不接，信息不回，你还是要发信息，只要你发信息就可以了，他会看到的。"

"为啥要用我的热脸贴他的冷屁股呢？这个没良心的家伙，理他干吗！"

"你是大人啦！不要跟他一般见识，他还是一个孩子，虽然这么大了，他还是缺乏这些社会经验，不懂这些人情世俗呢！"

袁俊杰没有出声。

"他不回信就不回信，没关系！你发的信息他会看到的，没有别的，这么做就是要让他感受到你在关心他、关爱他呀！"

"关心他？谁不关心他？谁来关心我？"

秦妮扑哧一笑："关心你，那就得靠我喽！看你还对我好不好一点。"

"好一点？我对你还不好吗？你这个家伙！"袁俊杰一脸正经的样子，说完后"嘻"地笑了一声，扑向秦妮。

第二天上午，袁俊杰给袁垣发了一条微信："在上班没有？"

到了下午，他还是没有看到回信，于是他又发了一条："工作找得怎么样了？"

还是杳无音讯。

晚上，袁俊杰躺在床上胡思乱想，突然他想起来什么，他给袁垣发微信："希望你在省城混好。"

"不然，你回长阳又得从零开始。"

"如果在那里实在不行，你就回来，还早，现在我可以指导你！"

"不要再耽误几年了，拜托！"

袁俊杰俊连续发了几条微信后，没有任何回复。他又拿起了手机继续发："我希望你能够清楚，不要以为过几年以后再从零开始无所谓，很多事情都会是沧海桑田的！"

"你认真思考一下！"

给袁垣发完微信后，这一夜，他又失眠了。时间一晃而过，袁垣已毕业三年了，二十几岁了，如今还在外面混着，过着入不敷出的日子。袁俊杰同千千万万的父亲一样，希望孩子毕业后能找个体面的工作，然后平平淡淡地上班，平平淡淡地结婚，不希望他到处漂泊，有一餐没一顿的。本地县城虽然不大，但找个工资差不多的工作，再找个也有工作的对象，两个人工资加起来在这小城生活足以过得悠哉游哉了，也可以做点自己正在经营的门的生意，虽说发不了财，但是养家糊口还是绰绰有余的，加之他早就为他买好了房子，他还有什么不如意的呢？想起来他就气。

有时他好羡慕身边的朋友，他们的孩子出去工作了，然后顺利地结婚生子，生活不用太操心，离父母又近，随时什么事都能相互照应，可是现在……

袁垣踏上了寻找工作的路，他先后应聘了四五家公司，薪资都无法和第一家公司比，而且他的目标岗位又是这几年最不景气的程序员，找工作首先就受到了限制，当初选专业的时候，万万没想到这个行业会如此萧条没落，他先后找的几份工作，不是加班累得要死，就是拖欠工资，再不就是工资低得要死，几番折腾下来，他逐渐丧失了信心，还一度想着去学个厨师算了。

这天上午，袁俊杰突发奇想：袁垣一不接电话二不回信息，他发个红包给他，他不就收了吗？他暗自窃喜，随即点开微信，给袁垣发了一个二百元的红包，并在留言写："在外面注意安全，发个红包给你买点水果吃。"

然后，他时不时看看手机，直到下午五点钟，他还没有看到袁垣给他发来微信，也没有看见他收下红包，他有一些生气也有一点难过了，他抑制住自己的气愤，又发了一条微信给他："好吧！我先给你存起来，等你需要的时候再给你吧！"第二天晚上，袁俊杰觉得袁垣对自己真的是太不公平了，自己自始至终都是关心关爱着他的，可换来的是袁垣冷漠和不屑。这也太不应该了吧？这也太不公平了吧？俗话说："鼓不敲不响。"不行，这样下去绝对不行，最起码也得说出来，自己的孩子又有什么说不得的呢？自己说不说是一回事，他听不听又是另一回事，他想了一下后，连续发了几条信息：

"袁垣，本来是想昨天晚上给你发信息的，可太晚了怕影响你休息，所以今天才发给你，没有别的事情，只是在深夜里想起你时，感觉自己在你眼里是那么下贱和卑鄙，深感不安，既无从得知原因，又无处诉说，望你表示下。"

"你怎么会对我不理不睬呢？我也知道，就算一个陌生人跟你问路或者谈话时，你都会"嗯"一声吧？而我们这样最亲近的人，却近在咫尺、在天涯。我们是这个世界上最亲密的父子关系呀！为什么我们不能坦诚相待呢？为什么我们不能敞开心怀呢？其实这个世界没有谁对谁是应该的，难道只有等待自己的良心去发现吗？"

"我对袁波也是这样说的，我们三人，爸爸、袁垣哥哥，还有你，都要自己照顾自己，因为我们都没有在一起生活，冷了就要自己穿衣服，饿了就要自己找东西吃，那些带电、有水的地方不能去，还有那些危险的事情都不能做，我们三个人都要时时刻刻保护自己，终有一天我们会在一起的，那时就是我们最应该高兴。"

"一想起你小的时候，其实我是万分心疼的，疼你妈妈没在身边，疼你没有奶奶爷爷，然而你想过没有，当我们看到马路上那些开车的人的时候，也有骑自行车的人，还有打着赤脚走路的人，这个世界上的每一件事物都有高低贵贱之分，我的意思是，我们各自都有着自己的性格和命运，而我们又能责怪谁呢？"

"虽然你小时候缺失了母爱上，但是在物质上你没有缺乏过吧？想想比起从小就失去父母的孩子，你幸福多了，不信你可以去福利院看看！天有不测风云，人有旦夕祸福！这个世界上的病痛、天灾、人祸、意外都有可能随时降临，悲剧几乎每天都在上演，谁能够保证谁的生活能一直顺风顺水呢？除了珍惜现在之外，我们还能做些什么呢？"

"我要告诉你的是，不管你怎么看我，我都希望你能过得好。！俗话说上帝关上了这道门就一定会为你打开那扇窗，那些你受的痛、吃的苦都将会把你喂得更加强大！等你成功的那一刻，你所有的经历都成为你人生中最美丽的风景，就像那些医院里面的医生说疫苗也有毒一样，所以没有伤害就没有厉害，没有病毒的刺激哪来的免疫力？"

"现在你长大成人了，该是你奋斗的时候了，只要你行得正、坐得稳，就放心大胆地尝试！希望你放下一切包袱，不要怕前路坎坷。记住爸爸的话：不怕被人利用，就怕你没有用！世界上没有几个傻瓜，你所有的努力和付出别人都会知道，都会让你得到收获和回报！只是时间问题而已，所谓：'不是不报，而是时候未到！'"

"说句心里话，我真的为你的潦草人生而担心，拿出你的勇气来把这一切都改写吧！有仇不一定要报，有耻一定要雪！让那些小看、鄙视我们的人擦亮眼睛看看，我们都是如此的不同！放心吧，袁垣！有退路才有出路！爸爸是你坚强的后盾，你放心地拼搏吧，人生因拼搏而精彩。我等你归来！"

不出所料，袁垣没有回一个字，袁俊杰把发给袁垣的信息原原本本地发给了他妈妈方丽。方丽给他回信，要他慢慢地来，等孩子再长大一些就会自然而然地理解他的。袁俊杰看后长长地叹了口气。

这天，正是袁家岭的堂哥接客的日子，袁俊杰的大姐袁新兰来店里了，进门就说："生意好吧？"

"姐来了，坐坐坐！"秦妮急忙泡茶，"生意还行！你们呢？也还好吧？"

"哎！我们的生意一般般！"大姐喝了一口茶后说，："我们生意没什么利润，不像你们的，坐在家里，轻轻松松的，挣少一点也行啊！"

"我们的利润也不高！"袁俊杰接过话说，"袁垣又去省城了，你还不知道吧？"

"他怎么去省城了呢？不是在家里做得好好的吗？"大姐有一些吃惊。

"哎！不听话，这次回来后好不容易找到了工作，说了认认真真地学着做这个生意，以后开个店子，不说大富大贵，一家一档的生活还是绰绰有余的！当时是答应得好好的，你看现在，他说不做就不做了，太不听话了！"

"是的啦！学着做生意以后开个店多好呀！不晓得现在的孩子是怎么了，哎哟！遇到一点点不如意的小事就不干了，这二十多岁的人了，还是要懂点事了啦！"

"你是知道的，这次他一回来就买这买那的，说出门不方便，我就买了一辆崭新的自行车，跟他说好了不去远门了，就在本地找工作，又在驾驶员培训学校交钱和报名，没一个星期就花掉了我大几千的钱。"

"是的啦！花了那么多钱，车还没有学出来吧？是一个人去还是跟谁去的呢？"

"车没有那么快学好呢，听他说，他有一个同学在省城，具体做什么的我也不知道。去就去是吧！还是要接一下电话吧，自从去了以后，他电话不接微信不回，不知道为什么搞得像个仇人一样！原来也是这样的，反正需要钱的时候就找一下你，平时不跟我说半个字。"

"去外面闯一闯也可以，只是电话要接啦，现在的孩子不晓得怎么都是这样，我隔壁邻居的孩子也是一个样，他妈妈跟我说，她那个孩子要钱就回来了，回来了就是要钱。哎！养人，还是得自己好哟！得多注意自己的身体啊！"大姐叹了口气说。

"你看，这是他妈妈发的信息：'叫何星打了电话，他接了。问了个大概地址。他住同学那里，还在做兼职。'"

"我回复：'好的好的，你要何星多关心一下他，需要钱你找我细姐，我再转给她。'"

"何星在长沙租了房子空着，可以叫他搬过去，随便他吧，他现在连我也不理。"

"好的。"

"我们多点耐心吧，只有这样了，现在的小孩都很牛，都不怎么理大人，我发钱他都不收，证明他能赚到钱了，一直没找我要钱，他生日的时候，我发给他，他收了，只要他平安就好了，现在网络上到处都是丢孩子的新闻报道。"

袁新兰说："大人们都是希望他们好啦，他们年纪轻轻的，没有什么社会经验，能够少走点弯路就少走点弯路啦！嗨！"

"其实，只要他们不搞坏事也就算了，那些不争气的就在外面做坏事，那做大人的还不省心。听我邻居说，她的孩子大学毕业后工作了两年，后来不知道为什么就没有去上班了，搞什么比特币的投资。他说是那个同学只投资了几千块钱比特币，几个月就收益几万元，又是说哪个朋友在他家里的支持下一口气投入了十几万元，就一年多的时间内利润翻了十来倍，现在房子车子什么都有了。她不听她孩子的话，没有支持他，可是那孩子就去别的地方借，亲戚朋友都借遍了，后来又去借高利贷，嗨！听她说真的不得了呢！"

"我们袁垣应该还是清醒的，他一路走来，我早就告诉他了，那些来钱快的事都不能做，挣钱得靠自己的勤劳或者智慧，任何投机取巧的事都是错误的，都是危险的。"

"是的，后来要钱的、催债的天天上我那邻居的门，搞得家里乱七八糟，他们大人没办法，只好帮他还了近十万，本不想管的，刚开始的时候，他们大人跟他说这个事，不要去做这些虚拟的发财梦，脚踏实地工作，好好地上班，可他好高骛远，总想飞黄腾达。那时一听他说某某投资比特币赚了多少多少，他妈妈就劝阻过，叫他不要盲目跟风，他没钱投资，就套信用卡、套花呗，再就是从网络平台上贷款，可是山高皇帝远，他妈妈想阻止也阻止不了，等到从网上看到虚拟货币爆雷的新闻时，他已经砸进去几十万了，他妈妈真的是气得要死，还不敢说得太多，怕刺激他，同时也怕他拆东墙补西墙，怕他继续在网上借高利贷，怕到时候他真的利滚利越滚越大，到最后兜不了，他妈妈没办法，只好拿了家里所有的积蓄给他平了账，她跟他说，这是我最后一次帮你了，如果你再继续搞，到那时神仙也救不了你了。我邻居想着孩子好不容易大学毕业了，工作了，刚刚松了一口气，却不承想他给弄这么一出，现在我邻居夫妻俩都五十岁了，还在外面打工挣养老钱，想想真是悲哀。"

"是的哦，孩子们不争气的话，我们大人就会很被动，更谈不上幸福了。其实我们做大人的辛苦一点不重要，关键是怕孩子经过几番折腾后，对生活逐渐失去了信心，开始变得颓废，过着得过且过的生活。我们总不能一辈子管着他吧！最后还不是得让他靠自己嘛！"

"唉，是的。想想真是心烦！嗨！俗话说：'儿孙自有儿孙福，莫为儿孙做马牛。'想那么多干吗，想再多也没有用，还是一切只要人好啊！多保重自己的身体吧！"

"走走，不早了，我们出发吧！"

于是，他们一行驱车赶往袁家岭。

袁俊杰想，孩子还是小的时候听话，现在袁波的作文是越写越好，他是一遍又一遍地看：

小鸡

我家两个小动物都很温暖，看到它们玩耍，自己也很快乐，你猜这是什么动物？没错，是小鸡，小鸡是被母鸡孵化出来的，慢慢就和公鸡母鸡一样大了，你知道小鸡有多可爱吗？听我给你一一解答吧。

有一次，我正准备写作业，当时有一点烦躁，小鸡叫了几声，唧唧唧唧唧唧，它仿佛说主人跟我们一起玩吧，我先拿起它，对它说："小鸡你想不想被做成红烧鸡？"它就急忙摇头，好像在说："不要啊，不要啊。"

如果看着我笑嘻嘻地盯着他它，它的鸡皮疙瘩从头布满到脚趾，马上摇头，生怕我把它变成红烧鸡……

看完后，袁俊杰感到非常欣慰，袁波有这样的进步，自己的心里非常高兴，袁波还是非常听话的，现在他感觉不是自己在陪伴袁波，而是袁波在陪伴自己。如今袁垣这样叛逆，真的没有什么办法了，哪个父母不望子成龙呢？最起码害他之心是没有的吧。

第七十集
毛平安无罪释放　赵兄弟冰释前嫌

袁明生坐在自己的座位上，思考着：接下这个案子不仅仅是帮助自己，更是帮一个无辜的人免于牢狱之灾，自己认认真真地看过毛平安的案卷，公诉人拿出的证据几乎是无懈可击的，简直看不出毛平安还有什么机会脱罪，而自己隐隐约约觉得那个会计周慧就是找到突破口的关键，如果没有问题，她为什么要藏起来呢？自己看过她的几个社交账号，她平时是一个很爱分享生活的人，即便是上班的时候，每天也会发好几条微博，现在呢，休假了，倒是停更了，什么消息都不发了。这是一个正常人休年假的状态吗？至于怎么休假，这是她的自由，但是，联系不上她，这里面肯定是有问题和原因的，只是找不到办法而已，刚才鲁主任说，只要多想一点，办法总是有的……

也许只有找到周慧才能有答案，但是，他能有什么办法呢？袁明生想起了那句"最危险的地方就是最安全的地方"——也许，也许周慧就在她自己的家里，但是白天去找她的话，她肯定藏起来，晚上的话她也许会放松一些，也许能找到一些蛛丝马迹！再说，如果周慧没在家，说不定还有她的家人，不管怎么样，问一问她的家人也可以知道一些情况。袁明生决定晚上去周慧家看一下。这时已是寒冷的深冬，寒风凛冽，房屋外面格外冰冷，时间还早，路上就几乎看不到人影了。晚上10点多钟，周慧住的那个安置房就格外安静和冷清。

袁明生走到了离周慧的家房子还有十几米远的时候，看见两个人影，从周慧的房子里面窜得出来，他急忙往边上一闪，把自己隐蔽起来，躲在角落里屏住呼吸。他仔细地看着那两个神秘人走了过去，鬼鬼祟祟的样子，袁明生觉得这两个人非常可疑，不管他们干了什么坏事，只有把他们抓住才能知道真相，于是，他跟在那两个神秘人后面，寻找机会。

这时，两个神秘人走进一条黑色的巷子，还好，袁明生熟悉这里的每一条路，他看到机会来了，他急忙抄近路跑到那条黑暗小巷那一端的巷口边上躲了起来，准备好"迎接"他们。

看见他们走近自己的时候，袁明生突然冲出来就是一个扫腿，只听见走在前面的那个人"哎呦"一声，重重地摔在地上不能动弹。

后面那个人还没有反应过来，看到自己的同伙一声惨叫后倒在了地上后才明白怎么回事，他向袁明生冲过来就是一拳、两拳……都被袁明生一一躲过。突然，那个人从兜里掏出一把匕首向袁明生刺去。袁明生心中一惊，这两个人居然带了匕首，看上去并不像普通的劫匪，他们的眼神中充满了杀意，显然是做了准备才来周慧的家里的，他们肯定有很多不为人知的阴谋和秘密。他的身体不自主地向后一退，不过，袁明生还是感到一阵剧痛，他一看，自己左手臂被刺伤了，正在流血。还好，他险之又险地避过了这致命的一刀。他的心跳得像打鼓一样，但他的头脑却异常清晰，他知道趁前面的那个人还没来帮忙，他必须全力快速地打败对方，他忍住疼痛，冲上去对着那个人的头部就是一记重拳，打得那个人一个趔趄，趁他还没站稳，一把抓住他的手臂，用力一拧。那个人痛得大叫起来，刀子也掉在了地上。

袁明生迅速捡起刀子，用刀背对着歹徒的头部猛地砸下去。歹徒顿时昏厥了过去，倒在地上不能动弹。

前面的那个人从地上爬起来后，正要上来帮忙，看到这个场景，他感觉到不妙，急忙溜之大吉。

袁明生对那个跑掉的人有一点点印象，好像在哪里见过，于是，他脱掉自己身上的一件薄内衣，把它撕成一条布后把伤口绑好，然后又撕成一条布把那个神秘人的手反着绑紧，抓住他的衣领呵道："说！那个跑掉的人是谁?"

"他……哎哟！他……"

"他到底是谁？说不说？看我不打死你！"

"我说，我说，他是吕春秋，哎哟！他是吕春秋！"

"好个吕春秋，我早就怀疑他了！你呢，你叫什么名字？跟他什么关系？说！"

"我说，哎哟！我说，我叫龚铁，我是来跟吕春秋搭伴的，真的，哎哟！"

"说，你们到周慧家干吗?"

"我说，我说，我也不知道啊！哎哟！他叫我跟他做个伴，所以我就来了，哎哟！其他的我就不知道了，哎哟！"

"好吧！你起来！走，跟我去派出所！"

"啊！不！不，你还是把我放了吧，要什么我都可以给你啊！"

"呸！"袁明生啐了他一口口水，"你想得美啊，走！你跟我快点走！"

"好……哎哟！"

等到袁明生把他送到派出所后，他才发现自己的腿上、后背都被歹徒用匕首刺伤和划伤，派出所的民警催促着他坐上了一台土车往医院赶去，这时，天开始亮了起来。

随即，袁明生就请求法院对吕春秋发布逮捕令，吕春秋到案后，如实的交代了自己知道的一切。

毛平安终于被判无罪。

初冬的晨曦带着几分寒意，屋内，毛平安坐在老旧的木椅上，手中紧握着一份刚刚从法院寄来的判决书，那上面赫然写着"无罪释放"四个大字，如同冬日里的暖阳，穿透了他心中的重重阴霾。

自几年前因涉嫌经济犯罪被捕，毛平安便陷入了无尽的黑暗与绝望之中。外界的误解、亲友的疏离，让他几乎失去了对生活的所有希望。但在这漫长的等待与挣扎中，有一个人始终不离不弃，那就是他的女婿袁明生。

袁明生，一个外表平凡却内心坚韧的好青年，他用自己的智慧和努力走上律师职业之路，重要的是，他不计前嫌，帮自己搜集证据，揭露真相，最终证明了自己的清白。这份恩情，对于毛平安而言，重如泰山。

此刻，他心中涌起了一个念头，一个关于家庭、关于爱的念头。他深知，女儿毛丹与袁明生的婚姻，因自己的"罪行"而破裂，虽然两人心中仍有彼此，但那道裂痕似乎难以愈合。毛平安暗暗决定，要尽自己所能，帮助他们重归于好。

傍晚时分，毛平安坐在客厅的沙发上，手里拿着一本旧相册，轻轻翻动，每一张照片都承载着他对女儿深深的思念和对过往的怀念。这时，毛丹推门而入，手里提着刚从市场买回的菜，看到父亲沉浸在回忆中，她轻声唤道："爸，我回来了。"

毛平安抬头，眼中闪过一丝温柔："小丹啊，来，坐爸爸旁边。"他拍了拍身旁的位置，示意女儿坐下。

毛丹依言坐下，注意到父亲手中的相册，好奇地问："爸，又在看这些老照片呢？又想妈妈了……"

毛平安抹了抹眼睛，合上相册，目光深邃地望着女儿："是啊，时间过得真快，转眼间袁承明都这么大了。毛丹，爸爸有话想跟你说。"

毛丹闻言，心中莫名一紧，她预感到父亲接下来要说的话非同小可。

毛平安深吸一口气，缓缓开口："毛丹，你知道啦，这次我能从那个地方出来，全靠了袁明生。他四处奔走，不惜一切代价为我证明清白。这份恩情，我这辈子都还不清。"

毛平安目光温柔地注视着女儿，见她没有说话，于是又缓缓开口："毛丹，爸爸想和你聊聊关于你和小袁的事。"

毛丹闻言，端着茶杯的手微微一颤，眼神中闪过一丝复杂的情绪："爸，您怎么突然提起他？"

"毛丹，这段时间我想了很多。我知道，因为我的事，你们承受了太多。小袁他……是个好孩子，他为了证明我的清白，付出了太多。我……"毛平安说到这里，声音有些哽咽，"我希望能看到你们幸福地在一起，就像以前那样。"

毛晓彤低下头，沉默片刻，泪水在眼眶里打转。"爸，我也想他，可是我们之间的裂痕，不是那么容易修复的。"她哽咽着说。其实，她知道袁明生为父亲所做的一切，但在她的心里，父亲和袁明生两人之间的裂痕已难以弥补。她轻声回应："爸，我知道他是个好人，但……他现在也是负担很重，他母亲也不在了，还有一个需要照顾的哥哥，哎！"

毛平安紧紧握住女儿的手，坚定地说："毛丹，人生没有一帆风顺，总会有风雨。但只要我们愿意相信，愿意努力，就没有什么过不去的坎。小袁他已经用行动证明了自己的真心，你也应该给他，也给你自己一个机会，负担重也是一种考验啊，你想想，正因为他的负担太重了，所以他才负重前行，自强不息，才有今天的成绩啊。这样的男人就是顶天立地的男人，他是个有胆有识的硬汉子，你怕什么呢？"

"我怕，我怕……"

"怕什么呢？"毛平安打断了她的话，语气坚定而温柔地说，"小丹，爸爸知道你们原来是好好的夫妻，搞得现在各奔东西，都是我的问题，都是我错怪了他，我不会了。"

"爸……"

"爸爸知道自己的一时之错让你们多年受苦，还有……哎，你妈妈，还不是为我东奔西走，积劳成疾，离我而去。"说完，毛平安伸出手擦了擦眼泪。

"爸，别说了。"毛丹听到这里也哽咽了起来。

"毛丹，你和袁明生之间有过误会，但人生在世，谁能无过？重要的是，他愿意为你，为这个家付出一切。爸爸看得出来，他心里还有你，而你，难道真的已经放下了吗?"

毛丹低下头，沉默不语。她何尝没有想过袁明生的好，那些共同度过的日子，那些温馨与甜蜜，都如同昨日重现。但现实的残酷和心中的芥蒂，让她迟迟不敢迈出那一步。何况现在的袁明生已是律师事务所的合伙人之一了。

见女儿沉默，毛平安继续说道："记得你们刚结婚那会儿，你妈妈说袁明生总是把你照顾得无微不至，连我这个做父亲都不如。那时候，我多么傻啊，硬是在你面前说他坏话，弄得你们的关系越来越远……嗨! 多么希望你们俩能一直这样幸福下去。"

说到这里，毛平安有些哽咽，他停顿了一下，继续说道："但人生总有波折，重要的是我们如何去面对，如何去珍惜。小丹，爸爸希望你能勇敢一点，给彼此一个机会，也给孩子承明一个幸福的未来。"

毛丹抬头，眼眶微红，她看着父亲斑白的双鬓，心中涌起一股暖流。是啊，父亲说得对，她不能一直活在过去的阴影里，应该勇敢地去追求属于自己的幸福。

几天后的一个傍晚，毛丹再次在回家的路上偶遇了袁明生。她记不清这是袁明生第几次站在街角，手里拿着一束她最爱的百合花，眼神中满是期待与不安，等待着她的回答。

然而，今天晚上确实有点不同，他们四目相对，时间仿佛在这一刻静止。"毛丹，你……还好吗?"袁明生率先打破了沉默，声音里带着一丝不易察觉的颤抖。

毛丹点点头，轻声说："我很好，谢谢你为我爸爸做的一切。"

袁明生微微一笑，那笑容里包含了太多的情感。"毛丹，其实我一直没有放弃过你和孩子。我相信，只要我们彼此还有爱，就没有什么是不可能的。"

毛丹深吸一口气，努力平复自己的情绪："明生，我们……聊聊吧。"

两人就近找了一家咖啡馆坐下，气氛略显尴尬。袁明生先打破了沉默："毛丹，我知道我们之间有很多误会和隔阂，但我一直在努力，希望能有机会弥补。"

毛丹轻轻点头，眼眶微红："我也一直在想，或许是我太固执了，不愿意放下过去。爸爸跟我说了很多，他说他原来对不起你，希望你能回来。"

"不、不! 不用的! 长辈就不要道歉，我可担待不起啊! 我不会怪他的!"

"我也……"说到这里，毛丹的声音有些哽咽，但她还是鼓起勇气继续说道，"我也希望我们能重新开始。"

袁明生闻言，眼中闪过一丝惊喜与激动，他紧紧握住毛丹的手："好的，谢谢你愿意给我这个机会。我会用我的余生来证明，我对你的爱从未改变。"

"嗯，我知道!"

"你知道?"

"记得我第一次去你的办公室吗?"

"第一次去办公室? 哦! 我想起来了，就是爸爸出事的时候，你找我那次?"

"是的! 那次我不是在那里等你嘛，我看到了……"

"你看到了什么?"

"你写给我的诗!"

袁明生笑了一下说:"是的,这些年来,每当我想起你的时候就写诗,哦,丹,我写了很多,你看看,这是我最近写的几首。"说完他翻开边上的公文包,翻出几页纸递给毛丹。

毛丹接过,看了起来。

天净沙·恋曲

月斜窗影轻摇,梦回人约黄昏后,情深缱绻难消。相思如潮,爱意盈满心桥。

折桂令·情丝

碧波荡漾映花容,笑语盈盈入梦中。情丝万缕系东风,月下相逢,眼波流动,爱意正浓。忆往昔,携手同游,春光无限温柔。如今空余相思扣,盼君归,共话桑麻,岁月悠悠。

水仙子·思恋

红烛摇曳映空房,孤影独坐夜未央。相思成灾无处藏,泪湿罗裳凉。梦回时,笑语旁,醒来空余枉断肠。何时能,再诉衷肠,不负这好时光。

毛丹是流着眼泪看完的,袁明生急忙拿出纸巾帮她擦眼泪,说:"不哭,不哭,丹,现在我们不是在一起了吗? 不哭,我爱你,毛丹!"

"我也爱你!"

他们热烈地拥抱在一起。

两人聊了很久,从过去的误会到对未来的憧憬,每一个话题都充满了温情与希望。毛丹发现,自己心中的那道裂痕,正在袁明生的温柔与坚持下,一点点愈合。

一会儿后,他们紧紧地依偎在一起。

毛平安得知两人复合的消息后,高兴得合不拢嘴。这天上午,看见毛丹在客厅,他急忙走出来对她说:"毛丹,我想去一趟袁家岭,你看怎么样?"

"袁家岭?"毛丹首先是一愣,然后问,"为啥去那里呀?"

"你看,现在袁明生的妈妈已经不在了,你要多去关心关心他爸爸呀,是吧? 再说,你们和好了对于我们毛家,他们袁家来说,也是一桩大事,这么好的事情,我们做大人的怎么能不碰碰头、喝喝酒呢? 是吧?"

"呵呵! 也是,袁承明也好久没见爷爷了!"

"那你还不去安排?"

"好的,我问问明生,看他什么时候有空。"

"好。"

"袁律师，你岳父的事已经解决，希望你能集中精力，赵熙的事情就拜托你快一点处理，他再不快点出来，城通集团就危在旦夕了。"

"好的，我知道了，赵总！"

"好，你去吧！"

袁明生下车后，心里五味杂陈。

回到鑫源律师事务所，袁明生在办公室里思考着，他隐隐约约感觉赵浩有一些不愿提起的方面。当然，作为一个集团的老总，他也不可能袒露过多，对他肯定有不能说的隐情。袁明生觉得很有必要再去戒毒所会一会李红，看看李红怎么说，从李红那里也许能找到突破口。考虑到李红非常担心她年迈的父母，他决定再一次拜访她的父母。再次见到袁明生的李红父母，像看到了救星一样，硬是不要他带来的礼物，只要他把李红从监狱带出来。袁明生从他们朴实而简单的语言中得知，李红小时候很聪明，在学校里一直都是学习标兵和班干部，也许是家里穷的原因，李红就一直努力读书，考了了好大学，找到了一份稳定的工作，为这个贫穷的家庭带来希望和幸福。

她毕业后进入长阳市的城通集团工作。李红觉得自己找到了理想的工作和生活，她非常努力。那段时间，她的父母亲都为她而高兴和骄傲。可是，没有到一年，就出了这个问题。两个老人家说，自己一没有钱，二没亲戚帮忙，说起李红，眼泪擦个不停，他们只能听之任了。看到袁明生是律师，他们就像抓到了救命稻草，一遍一遍地重复着要他帮忙救救李红，他们来世做牛做马都会报答他的。

袁明生也给他们了信心，跟他们说，只要李红戒毒成功出来，以后不再碰毒品，走上生活的正轨，还是很有希望的。她犯下的错误只能让她承担后果，谁都没有办法去改变什么，作为一个律师，他会让李红的权益得到充分保障。不管是怎么样，希望他们两个老人家好好地生活，希望总是有的。临走时，袁明生送给了他们1000块钱，并承诺自己还会来看他们的。

接着，袁明生就马不停蹄地来到长阳市看守所。已近黄昏时分，夕阳的余晖洒在戒毒所的石墙上，为这座沉寂的建筑披上了一层金黄的外衣。袁明生再次踏入这里，心跳不由自主地加速。

袁明生走进了戒毒所的大门，李红见到他的那一刻，眼神透出一丝惊讶，但更多的是平静和坦然。看到她状态不错，袁明生心中也稍微轻松了一些。

"李红，好久不见。"他微笑着打了个招呼。

她点了点头，露出一丝微笑："好久不见，你来找我，是有什么事吗？"

袁明生思索了一下，决定直接告诉她来意："赵熙的那桩案件需要你的帮助。我知道你经历过戒毒的痛苦，而现在你的状态不错，我想你或许能提供一些线索。"

她听后微微皱眉："我还能说什么呢？"

"聊聊你进来这里后的改变吧，"袁明生说，"当然，还有赵熙和赵浩。"

她沉默了片刻，然后点了点头："好，我会尽我所能的。"

他们两人坐在戒毒所的会客室里，李红开始回忆起她戒毒的日子。她的脸色比之前好了许多，眼神也恢复了些许的清澈。她告诉袁明生她正在进行戒毒疗程，状态不错，也很配合医生的治疗。她描述了毒品的可怕、戒断症状的痛苦以及心理斗争的艰辛。她的话语简单却直击人心，让袁明生更加深刻地了解了毒品的危害。

接着，袁明生跟李红说起了他看望她父母的经过，李红看了袁明生一眼，说："你确实是一个很好的人，值得信任！上次你问我给赵浩发的那个条信息，现在我跟你说了吧，当时有些顾虑，所以就没有说出来，经过这么些天的沉淀，我觉得人还是要活得明白，坦坦荡荡，勇敢地面对自己所做的一切，逃避现实是无用的，该怎么样承担就怎么样承担吧。有一些话上次没有说，确实是因为没有那么信任你。现在，经历了这么多，我觉得你还是信得过的。"

"有什么你就说出来，你自己也好过一点，什么都藏着掖着，费心费神不说，还对自己的身体不好"

"赵家城通集团公司要多复杂就有多复杂，想来经过这些日子的调查研究，你肯定也知道不少吧。关于赵浩和赵熙，你知道我和赵熙有过一段相处的日子，是吧？我一直是喜欢他的，但是赵熙对我说我们基本上没有结婚的可能，所以，我也得与赵浩弄好关系，不然，我进不到城通集团工作。当下工作也不容易找，城通集团的工资和待遇都很不错，当然，我不是说跟他处好关系就是跟他恋爱、做情人等，你知道，他们都是我的老板，所以，他们两个人我都不敢得罪，事实上，我为为赵熙做得更多。"

"就是害怕丢了工作？"

"是的，我承认对赵熙，我还有其他的奢望。"

"跟他结婚？"

"……"

"当然，对于赵浩来说，我们交往得比较少，我不清楚他的全部心思，我想只要我做了对他有利的事情就可以了，我自己认为我这样做比较好，他肯定会对我都有所奖励，是不是？因为他们两个人正在对着干嘛！正所谓敌人的敌人就是朋友，所以我才这样做，既然赵熙他不选择我，那我就为赵浩服务了。现在想来，我真傻，我为什么这样做呢？我确实想对赵熙说对不起，我愿意接受法律的惩罚。"

"好吧！我现在告诉你，你要做好心理准备，因违反交通运输管理法规而发生重大事故，致人重伤、死亡或者使公私财产遭受重大损失的，处三年以下有期徒刑或者拘役；交通运输肇事后逃逸或者有其他特别恶劣情节的，处三年以上七年以下有期徒刑；因逃逸致人死亡的，处七年以上有期徒刑。我想说的是，虽然不是你在驾驶那辆车，但是造成事故的原因全在于你，这一点你承认吗？"

"当然，我知道！"

"既然你明白这一点，那我也就告诉你，你在监狱服刑期间，我还是会帮你申请工资和福利都照常发，虽然这些都是你应该承担的责任，但是考虑到你年迈的父母的困境，我想城通集团应该会同意我的申请！"

"好的，袁律师，我非常非常感谢你！"

"好吧，我们今天就谈到这里了！你好好戒毒，很快就会开庭的！接下来，你应该知道自己怎么做了吧？"

李红点点头，说："我知道了，袁律师！我会的。"

"好的！"

离开戒毒所，袁明生觉得轻松了很多。

赵熙案的终审如期举行，值得注意的是，赵浩也坐在旁听席上，被告方律师袁明生向法庭提出此案另有隐情，请证人上庭。法官同意后，证人李红进入了法庭，这时，全场一片哗声，"审判长，新的证人是我的当事人赵熙的朋友，准确地说，是前秘书，她叫李红，在此次事故中，她才是幕后的指使者和操控者，她往赵熙的茶杯里面投毒导致赵熙在回家的路途上晕迷，从而发生了车祸，以致受害人死亡。"

吴宇急忙站起来说："反对！审判长，对方在上次开庭中从未提起此事，李红很有可能只是辩方找来的替罪羊，对方律师的说法存在很多疑点，法庭应不予采信！"

法官说："反对无效！控方律师，你可以对辩方提出的意见进行质疑和反驳，而不能无故否定辩方的事实和立场！"

"好的，法官，我要问证人几个问题。"

"允许，证人必须如实回答。"

"你是叫李红吗？你在什么时候投放的毒品给赵熙喝？"吴宇问李红。

"在我家里，趁赵熙没注意的时候！"

"谁能证明？"

"反对！审判长，我反对控方律师对事实的否定！"

"反对无效，证言需要证明。"

"我在自己家里，家里就我一个人，你要我拿什么来证明给你看？这是一件很光荣的事吗？我为啥要撒谎呢？"

"如果非得要证据的话，就请你看看这个吧！"袁明生站了起来说，"是在赵熙的事发车辆上，警方发现了赵熙所呕吐物有少量的海洛因。这可都是经过警方查明的，在李红的家里也搜到了同样型号同样纯度的海洛因。"

"李红，我再问你，你向赵熙投毒的动机是什么？"吴宇问。

"你是问我为什么要这样做，有多种原因，第一，因为与赵熙关系的破裂，我对他怀恨在心，所以伺机报复。第二，这样做也是为了巩固我在城通集团的地位，事发当晚，赵熙在酒吧的门口接我回家，我回家以后在赵熙的杯中投入了 10 到 20 克的毒品，后来才知道发生了车祸。"

"控方还有没有问题？"

"我没有问题了。"

"基于上述原因，我提议法官按照相关的法律法规来处理，此次被告方应该承担的责任都应该由李红承担。我的当事人赵熙不应该负任何责任，故我方当事人赵熙应该视为无过错，应该予以当庭释放，谢谢。"

经过合议后，法官与陪审员做出了一致的决定。赵熙案的最终判决如下：此案的发生主要为李红投毒所致，李红对此次事故负主要责任，判处有期徒刑5年，不处罚金。死者在此次事故中在道路上工作，没有尽到注意自己安全的责任，负次要责任。赵熙虽然无直接过错，但是对此次事故的发生应承担连带责任，故应承担本案的民事赔偿责任，并当庭释放。

赵熙听到法庭宣判的结果，异常地兴奋，他对袁明生竖起了大拇指，点了点头表示感谢。不过，退庭时，他看到泪流满面的李红望着他时的期盼的眼神。

在法庭里，赵浩与赵熙情不自禁地拥抱在一起，边上所有的人都为之祝贺。当赵熙得知父亲已去世的消息后，他自责不已，放声痛哭，说这一切都怪自己，是自己导致父亲身故，赵浩则安慰他，父亲的轻生另有隐情，回去后再从长计议。

走出法院的那一刻，阳光洒在赵熙的脸上，他的眼里充满了泪水。他深深知道，这一切都归功于袁明生的不放弃和坚定的信念。

至此，两兄弟暂时放下彼此间的争斗，开始联手应对公司的危机。他们找回了昔日的团队精神，共同面对困难。在这个过程中，他们逐渐发现了一些蛛丝马迹，这些线索将他们引向了一个令人震惊的真相。

在办公室里，赵熙想起了父亲常常对他们的教诲："兄弟齐心，其利断金。"他不禁陷入了深深的思考：难道我们真的要因为利益而反目成仇吗？

此时，赵熙的秘书走了进来，递给他一封信。赵熙拆开信封，里面是一张照片和一封信。照片上是他和哥哥赵浩小时候一起在公园玩耍的情景，信则是父亲写给他们的遗言。

信中写着："亲爱的浩和熙，当你们看到这封信时，我已经不在人世了，我知道你们俩会在公司利益和家族遗产方面有分歧，但我希望你们能记住这句话：兄弟齐心，其利断金。无论发生什么事情，都要以家族和公司的利益为重，不要让个人利益毁掉你们之间的感情。希望你们能够团结一致，共同面对未来的挑战。这样的话，父亲在地下才能安慰和瞑目啊！切记！"

赵熙看完信后，心中五味杂陈。他想起了父亲生前的嘱托，想起了他们小时候一起玩耍的情景，想起了他们一起打拼事业的艰辛历程。他意识到，为了利益而兄弟反目是多么不值得。

于是，他站起身来，决定去找赵浩好好谈一谈。他走出办公室，穿过走廊，来到赵浩的办公室门前。他轻轻敲了敲门，听到里面传来一声"请进"。

赵熙走进办公室，看到赵浩正低头看着一份文件。他走过去，轻声说道："哥，我们谈谈吧。"

赵浩抬起头，看到是赵熙，淡淡地笑了笑："好的，赵熙。你想聊什么？"

赵熙深吸一口气，说："我想聊的是我们之间的分歧。我知道我们因为公司利益和家族遗产的问题产生了矛盾，但这真的值得我们去争斗吗？我们可是亲兄弟啊。"

赵浩沉默了一会儿，然后说："我也一直在想这个问题。我们从小一起长大，一起经历过那么多风风雨雨，难道真的要因为这些利益而反目吗？"

"没错，"赵熙坚定地说，"我们应该放下个人利益，以家族和公司的利益为重。我们要齐心协力，共同面对未来的挑战。"

赵浩点了点头："你说得对。我也意识到了自己的错误。我们应该团结一致，共同为家族和公司的未来而努力。"

两人相视一笑，握手言和。他们决定重新调整公司的股权分配和决策机制，以确保公平和稳定。同时，他们也更加珍惜彼此的感情，共同度过未来的人生旅程。

在这个过程中，他们发现了一个惊人的秘密：原来他们的父亲在生前已经为家族安排好了未来。他希望他的孩子们能够团结一致，将家族发展壮大。

经历了这一切的赵浩和赵熙，与众人一起努力，使城通公司逐渐恢复了元气。同时，赵浩和赵熙之间的关系也有所改善，家族内部的气氛逐渐和谐起来。

袁明生因为这次的案件而声名大振，他的正义和智慧赢得了人们的赞誉。他的生活也因为这次案件而发生了改变，他开始更深入地参与到各种公益事业中，在一些公益组织和慈善机构当义工，给弱势群体提供法律上的咨询服务，同时还担任几家学校和社区法律志愿服务者，用他的法律知识去维护社会的公平和正义。

他也在这个过程中找到了新的生活目标。他不再仅仅是一个律师，而是成为了正义的代言人。他的名字——袁明生，也开始在都市中传扬开来。

这天，袁明生正在办公室里跟秘书处理一些事情，突然，手机响起来，他接通了电话："什么?! 袁炜出事了?"

他挂了电话，对秘书说："我现在要去袁家岭。"

袁明生说完，向外面走去。

经过一系列的调查和取证，警方终于找到了证明吕春秋涉嫌报复陷害毛平安的关键证据。警方将吕春秋带回警局进行审讯。在审讯过程中，吕春秋的心理防线崩溃，承认了他为了报复而陷害毛平安。袁明生将所有的证据整理成一份详细的报告，提交给了长阳市中级人民法院，几日后，毛平安案件的审判在法官的木槌声中再次开始了。

被告辩护律师袁明生说："审判长，我要求毛平安案的相关的证人李铁上庭。"

法官说："允许!"

李铁被带上庭后，袁明生开始问话："李铁，你向法庭陈述一下你和吕春秋的关系，以及他的所作所为。"

"好的，袁律师！我与吕春秋没有任何关系，那天在一个朋友的介绍下去给他做个伴，完了，还有一千元的报酬呢，于是我想都没想就去了，到了现场我才知道是干什么事！"

"李铁，请你把话说明白，你到底干了什么?"公诉人说。

"干什么? 偷东西呗!"

"偷的是什么东西?"

"什么东西? 我也不知道啊！吕春秋也没有给看，好像就是一张纸。"

"你还知道什么？"

"我什么都不知道。"

"审判长，辩方证人李铁所述内容与本案来毫无关系，无非就是一次盗窃，与本案无关。"

"反对，审判长！此人与吕春秋的作案动机与本案有着密切的关联，众所周知，吕春秋和毛平安是上下级关系，而吕春秋与本案的直接证人周慧也是上下级关系，据了解，他们在一间办公室里工作，吕春秋伙同李铁去周慧家里偷东西，这其中肯定有很大的问题，而周慧无法联系上，也找不到她本人，所以吕春秋有重大的嫌疑！"

"反对！审判长，有重大的嫌疑，也只能说是嫌疑，并不能定罪，我反对辩方律师的谬论！"

"公诉人，请你让我把话说完好吗？"

"公诉人请暂停，辩护人请继续。"

"好的，审判长！作为律师，我也知道证据的重要性，请大家看看这个……"说完他从文件夹里掏出一份纸质文件递给法官助理。"这是一张城通集团支付给毛平安私人帐户的支票。当然，单独看这张支票也没什么问题，主要是这个协议，作为长阳市建设局的财务科长，吕春秋在上面签的字，请大家仔细看看，这是一份关于城通集团与吕春秋私底下签署的协议，这个协议的主要内容就是关于岳沙公路的项目的承包合同的具体实施和落实情况的安排和协调，在这个协议里面说得很清楚，由城通集团支付给建设局300万元给长阳市建设局，由吕春秋代表建设局承诺负责把这个岳沙公路建设工程全部承包给城通建筑工程有限公司，协议的上面清清楚楚写着吕春秋三个字。"

袁明生深吸了一口气，接着说："根据我手中的证据，被告人毛平安对于那笔钱的用途是毫不知情的，这完全就是吕春秋在利用毛平安和周慧，为了谋取毛平安局长的位置，精心策划了一场阴谋。他们利用毛平安局长的信任，通过行贿和利益交换等手段，将毛平安局长拉下了马。这个案件涉及权力、金钱，是对我们社会公正和诚信的严重挑战。"

庭审进行到此，吕春秋和周慧面无表情，似乎早已预料到了这个结果。然而，就在公诉人准备继续陈述时，法庭的门突然被推开，一个穿着风衣的男人走了进来。

"法官，我要求发言。"男人说道。

"你是谁？"法官问道。

"我是尹东风，城通建筑公司的总经理。"男人摘下了帽子，露出了面孔。

法庭上顿时一片哗然。毛平安看着庭审现场，深吸了一口气，缓缓地说："你终于来了！"原来，他早已经发现了吕春秋和周慧的阴谋，但为了引出背后的更大黑手，他假装被他们陷害，离开了局长位置。而在暗中，他收集了更多的证据，要将背后的黑手绳之以法。

吕春秋和周慧听到这里，脸色大变。他们万万没想到，自己精心策划的阴谋竟然会败在一个假装被陷害的局长手里。

"根据我手中的新证据，吕春秋和周慧不仅陷害我，还涉及其他多起违法案件。我希望法庭能够公正审理此案，还我清白。"毛平安说道。被告毛平安的辩护人袁明生提请法官，关于本案的所有证据有重大的瑕疵，不能证明被告人毛平安实施了收受巨额贿赂的犯罪行为，请法庭对此前多项证据不予采信。

最终法官宣判，被告人毛平安被控受贿罪，事实不清，证据不足。辩护人袁明生对关于被告人毛平安无罪的辩护意见，本庭予以采纳。经合议庭合议，判决如下：被告人毛平安无罪，当庭释放！

法庭内的空气仿佛一下子轻松起来，毛平安一家人都泪流满面，感激地看着袁明生。而袁明生只是淡淡地笑了笑，他知道这只是正义路上的一小步。庭审结束后，毛平安与警方合作，将背后的黑手一一抓捕归案。正义终于得到了伸张。

第七十一集

憎阿勇恩违义背　　悲袁炜视死犹归

在外面休息了几天后，为了补充弹药，袁炜和黄毛去了一趟阿勇的小屋。这时，他们的肚子咕噜咕噜地叫着，看见桌子上有锅碗，还有一些食物，于是，他们又煮了两包方便面。吃下后，一看表，时间已经是凌晨三点多钟了，于是，他们迅速地背上枪支弹药。正要离开的时候，袁炜意识到现在他们就只有两个人了，袁炜看见一张阿勇的照片，他小心翼翼地把它放进自己的怀里——现在他们一切都只能靠自己了，他要为死去的兄弟报仇血恨。他又去房间里，脱下衣服后拿了什么东西绑在自己的身上，穿上衣服后又在裤子里面装了什么东西，再走出房子，打开车门向龙都大厦奔去。

这个时刻，龙都大厦一片安静，一楼大厅的保安都已经昏昏入睡了，他们没费多少劲解决了几个保安和马仔，轻轻松松地穿过了一楼大厅。龙都大厦的每一层业态，袁炜是早就知道的，除了一楼大厅，从二楼到五楼是娱乐城，从六楼到九楼是夜总会，十楼到十五楼是宾馆和酒店，十六楼是会议室，十七楼是接待室，十八楼才是龙霸天的住所兼他的办公室。这时，从一楼到十楼没有人了，只有上面的宾馆和酒店里有人进进出出。

袁炜慢慢地摸到十三楼的时候，被一个保安发现了，他急忙拉响警报，顿时，整个大厦里面都是警报声，袁炜毫不犹豫地一枪把他给打死了。枪响之后，龙都大厦所有的保安和马仔闻风而动，拔出枪，都向袁炜围了上来。袁炜急中生智，他跑到配电设备中心，砸了所有的配电系统，顿时，龙都大厦一片漆黑所有的人陷入了混乱之中。时不时响起的枪声，让每一个在龙都大厦里面的人都心存恐惧。

龙都大厦里面的枪声早就惊动了警方，一会儿后，警方将整栋龙都大厦封锁了，警方还用高音喇叭不停地向里面喊话："里面的人员请注意，你们已经被警方包围，立刻放下武器，放弃抵抗，我们会善待每一位自首者！"

然而，龙都大厦里面的枪声并没有停止。在现场指挥的市公安局副局长不得不命令特警队立即进入抓捕。

在黑暗的掩护下，袁炜和黄毛的冲锋枪发挥了作用，龙霸天的部下一个个几乎是应声而倒，不到半个小时，枪声渐渐平静下来，大部分犯罪分子不是被击毙就是被缴枪投降，在清点人员的时候，刑案组的组长向副局长汇报："抓获的人中没有龙霸天。"

"没有？怎么搞的？再搜查！"

"是！"

话声刚落，龙都大厦的楼上，突然传来了激烈的枪声。

在一个楼道里面，袁炜用枪击倒了两个匪徒，在另一个角落，三名持枪匪徒循着枪声靠拢，其中一个匪徒看到袁炜经过的身影，正当他要开枪袭击的时候，说得迟那时快，袁炜就地一滚，躲过了那发夺命的子弹，然后迅速以一根房柱为掩护，不断地向匪徒们射击，一个匪徒应声而倒。

这时，龙都大厦顶楼，龙霸天抱着一个美女躺在床上做着酣梦。

两个马仔规规矩矩地站在门口的两边，观察屋前的形势与变化，浓眉大眼的正是洪坤，他的手上拿着两支手枪。

还有一个个子魁梧的马仔，手上紧握一把机关枪。三爷在隔壁的房间里急得像热锅上的蚂蚁，在窗前来来回回地踱步。

外面的枪声把龙霸天惊醒，他睁开惺忪的睡眼，推开门就看见洪坤一副战战兢兢的样子，知道事情不妙。于是，他慌忙打开一扇窗户向下面观望了一阵，见到那么多的警方人员重重包围，更是心惊。

三爷看见龙老板起床了，第一个念头便是跑出门外投降。他对龙老板说："龙老细，要唔要，我去同佢哋倾倾？"正当他要往门外跨步时，洪坤粗暴地把他拉了回来。

"岂有此理，你竟然想背叛我哋逃走！"洪坤厉声喝道。

三爷全身瑟瑟发抖。

"我哋已经被包围咗啦，不如投降啦。"

"冇用嘅嘢！"

砰砰砰！

一连串的枪声打断了他们的谈话。

原来，下面的斗争已经把每一层楼的防御措施都攻破了，而且已经攻到了楼下，现在他们危在旦夕了，紧接着是密集的枪声，枪弹四飞，显然警匪双方正在展开激烈的枪战。三爷吓得跪跌在地上，跟着趁势伏下，一动也不敢动。

子弹由他头顶和身旁呼啸而过，他连大气也不敢呼，冷汗已湿透了他的衣服。

警匪驳火持续了30分钟，三爷被吓得魂不附体，内心暗中向老天爷祷告，期望枪战越快结束越好。

"老天爷呀，保佑，保佑……"

一声惨叫响起，三爷见洪坤中枪倒地，鲜血染透胸前的衣服。

就在他惊愕未定，抬头想看个究竟时，身边响起了龙霸天沉重的呼吸声。

"洪坤畀差佬开枪打死咗!"

这个横行一时的黑社会头领竟然叹了一口气。

"求下你呀，龙大老细，放我一条生路呀，畀我出去啦，投降啦!"

三爷声音发颤地说完这句话。

龙霸天沉思不语，脸色阴晴不定。

"求下你呀，龙大老细，我哋出唔去啦，我仲唔想死呀，求你呀……"

三爷半跪在地上，双手合十抖动着，露出哀求的眼光，泪水夺眶纷落。

"唔得! 你如果够胆踏出大门半步，我要你条狗命!"

龙霸天把心一横，满脸阴沉，怒声喊道。

三爷闻言，全身一软，又扑倒在地上。

这时，龙霸天像是一头疯牛，一手用机关枪朝窗外胡乱扫射，一手接连抛出了好几个手榴弹。

奇怪的是，他抛出去的手榴弹着地后，并没有爆开，这令他百思不得其解。

莫非是手榴弹失灵，还是上天注定龙霸天劫数难逃，霉运当头，连手榴弹也抛不响、炸不开?

龙霸天呆望着坠地却没爆炸的手榴弹，面露迷惑之色，低叹了数声，喃喃自语:

"唉，呢啲藏喺身边嘅军火都藏咗十几年啦，从来都冇用过，从来都冇检查过，到咗关键时刻就甩碌! 嗨! 算啦，算啦!"

他颓然地靠着墙角，让身体顺势滑了下去，变成了坐姿，但手上还是紧提着机关枪。

三爷的心跳得好厉害，他使尽了气力，再度跪在龙霸天面前。

"求……"

龙霸天伸手阻止他说话。

三爷的心如重铅往下沉，这次可真的完蛋了。

突然，龙霸天丢给他一块白色的毛巾，说:

"拎住，出去投降啦!"

"龙老细，你呢?"

惊喜交集的三爷抖着手接过了毛巾，颤声问道。

"你唔好理咁多，你惊死就快啲滚啦! 我同警方搏命，唔系佢哋死，就系我亡!"

龙霸天别过了头，望也不望三爷一眼，又把机关枪瞄准了屋外扫射。

三爷慌忙拿起毛巾，套在木棍上，伸出窗外，摇动了一阵，鼓足勇气大喊："唔好开枪，我要出嚟投降啦！"

枪声果然停了下来。

三爷内心一阵欢喜，他连忙跨了出去，跑得比兔子还快。他感觉自己已经是从鬼门关跨了出去。

正当他的左脚刚跨过大门台阶，龙霸天端起冲锋枪，"砰砰砰"一连串的机枪声响起，三爷应声而倒，他的右脚还搁在台阶上。

当警方确定了大厦内只剩下誓死不降的龙霸天后，便向上司汇报，要求发动最后的攻势——深入虎穴，直捣匪窟。

参加围剿的五路人马，很快得到了警方最高层的批准，由五个方向迅速朝洋楼靠拢。这次是由装备精良、骁勇善战的蒙面特警开路"先射出一排烟雾滚滚的催泪弹。

一阵激烈的枪声之后，场面转入了无声无息的状态。无声似乎比有声更加危险，双方都在极力地控制自己，此刻，只要有人发出一丝声响就会暴露自己的位置而引来无数要命的子弹。凭着自己多年跟着龙老板的经验，袁炜轻轻地把头露出来扫了一下四周，他确定了龙老板的位置，然后慢慢地拿紧手枪，轻轻地，一步一步地，向右边的一个停车的地方走去。袁炜是那么小心翼翼，看上去全然像一名刑警一样老练，他每走一步都会用枪指向前方，警惕着前后左右。

为了引出匪徒，袁炜心生一计，他轻轻地拿起边上的一个小凳子，向前面丢出，果然不出意料，顿时枪声大作，一个匪徒就在离他不远的地方开枪呢，他连忙从那个匪徒的后背走过去。

突然，有人用枪指着他的腰部，轻轻地说："唔准郁！举起手嚟！"

袁炜一动也不动，一边说"好，好，好！"一边举起手来，把枪丢在地上，慢慢地转过身来。

"嘿！系你！你老母，咩意思?!"袁炜一看是黄毛，气得不行。

"唔好意思呀，炜哥，我嘅女朋友畀龙老细绑了，佢威胁我，炜哥，我冇办法……"黄毛把心一狠说。

知道袁炜被黄毛控制了，龙霸天急忙出现，他非常高兴地走上前对黄毛说："好好好，黄毛，你立咗大功呀，我出去就畀一千万你，你将佢交畀我，你女朋友喺32楼，你去揾佢啦！"龙霸天一边说一边向黄毛靠近，他控制住袁炜后用枪抵住袁炜。

正当黄毛急急忙忙去找女朋友的时候，袁炜说："黄毛，你不知道32楼是干什么的吗？"

"不知道，是干什么的?!"

"哈哈哈……黄毛，你太不了解龙霸天了，32楼是这个畜牲专门玩女人的地方！哈哈哈……"

"什么！"黄毛随即用枪对准龙老板，"你说，你把梅梅怎么样了？"

"怎么样？没怎么样啊，你不要相信他，你不要相信他，你自己去看就知道了啊！"

"黄毛，你上当了！到了32楼，没有一个女人能干净地走出去的！"袁炜说。

"你这个畜牲！"说完黄毛就拔枪，枪还没有拔出来，只听见"砰砰"的两声枪响，黄毛被龙老板开枪击中，倒在地上，死不瞑目。

就在龙霸天开枪打黄毛的时候，袁炜急忙趁他分散了注意力而将他反制。

"唔好郁！要条命嘅话就唔好郁！"看到龙霸天想动手，袁炜赶紧说。

"好，好，好，唔郁！"龙霸天把刚放下来的手又举起来。

龙老板说："阿炜，你等一下，等一下呀！我问你，你点解咁傻呀，搞咗成半日都系我哋自己打自己。"袁炜用枪指着龙老板恶狠狠地说："错咗？嗯哼……辉哥系点死嘅？强仔又系点死嘅？你唔知咩？"

"我讲咗呢啲都系一个误会呀，我冇有指示要你条命呀，系呀，冇错，我系要花豹去教训一下你呀，冇谂到佢竟然……"

"你呃人，花豹喺监狱入面根本就系要置我于死地，若唔系辉哥佢哋拦住，我早就死咗啦，可系你话辉哥知道得太多啦，你仲下达咗将辉哥做咗嘅命令，唔系咩？嗯？"袁炜几乎是咆哮着说。

"好啦！阿炜！"龙老板换了一种温柔的口气说，"好啦！今日只要你放咗我，我名下嘅所有产业分你一半，点呀？袁伟，你谂清楚啲呀，我哋出嚟混，唔就系为咗个钱咩？系唔系？"

"唔系！我可唔要你嘅臭钱，你啲冚钱唔系冇着良心就系黐鲜血，边个稀罕？"袁炜狠狠地说。

"哈哈哈……臭钱，唔稀罕？阿炜呀！想当初，你可冇少拿呀！系唔系呀？"龙老板趁着袁炜分散了注意力，慢慢地转过身来，"唔记得咩？有一次分少咗啲畀你，你仲唔肯呀！哈哈哈……"龙老板大声笑了起来。

经过几个小时的激烈战斗，龙都大厦内面的枪声渐渐平息下来，外面的特警把整座大厦包围得水泄不通，负责这次行动的洪警官在现场亲自指挥，看到战斗已经接近尾声了，他拿起旁边助手的高音喇叭，对大厦内部的所有的人义正辞严地喊话："内面的所有人都听着，你们都被包围了，请你们放下武器，放弃抵抗，这是你们唯一的出路。顽抗是没有任何意义的，只有你们主动配合警方，才有可能争取从轻处理。"

半天没有反应，洪警官的手向大厦内部一挥，特警部队从大厅鱼贯而入。突然，一阵枪声传来，在龙都大厦顶层，警方遇到了猛烈的火力，不敢靠近！随即警方将顶楼再次重重包围，洪警官看到袁炜已经把龙霸天控制了，就在身边的警官指挥狙击手做好射击的准备的时候，洪警官赶紧："慢，慢，慢……"

警官走过来说："洪警官！"

"你不是说，袁炜的老家来了人吗？把他们叫来试试！"

"是！洪警官！"

一会儿后，袁明生和袁俊杰被带到顶楼，洪警官对他们做了一些交代后，把他们护送到离袁炜最近的一处地方。这时洪警官用喇叭对袁炜说："袁炜请注意，袁炜请注意！你的老家来亲人了，你配合我们的安排，才有可能争取从轻处理。为了你和家人的幸福，希望你相信我们警方，我们一定会说话算数的！"

这时的袁炜被喇叭声惊呆，听到老家来了亲人，他不敢相信自己的耳朵，这怎么可能？老家与这里相隔千里，这绝对不可能！正当极力否定这种可能的时候，一个熟悉的声音传来。

"袁炜！炜伢仔！我是嗯里杰哥哦！"

"袁炜，炜伢仔！我是明生。"

一听到袁明生和袁俊杰的声音，袁炜的眼泪就像断了线的珠子一般流下来，他喊出声来："俊杰哥！明生哥！"然后嚎啕大哭起来，"俊杰哥，明生哥，你们快走！走……不要管我，不要管我，呜呜呜……"

"袁炜，嗯先冷静一下，我和明生这次来香洲就是来看嗯咯，好多年没看到嗯哒，是吧？我和明生出来看一下嗯可以吧？"

"好！嗯在艳里？嗯出来吧！"

这时，袁俊杰和袁明生慢慢地从门柱子后面走了出来。

龙霸天看到情况似乎对自己不利，而且感到袁炜抓他的手好像没有什么力度，他就试图挣脱束缚。袁炜觉察到了他的意图，用手枪对他的头重重地敲了一下，说："老实点！"龙霸天立马蔫巴了。

"俊杰哥，明生哥嗯里禾到咯里来哒咯？"

"我里来香洲来找你已经几日了，不是一直冇得嗯咯联系电话嘛，所以就冇找到嗯！今日看到警察提供咯信息才晓得嗯原来在咯里！袁炜，嗯还是把嗯手轰咯即咯银交的警察，嗯跟我里回袁家岭切哈，好吧？"袁俊杰说。

"是咯，是咯！炜哥！嗯跟我里回切哈！袁家岭的银哈在等嗯回切呢！"

"回切？回切！禾里还回的切？"袁炜说着说着就哭了。

"可以咯，可以回切咯！袁炜，嗯爸爸望春叔已经……"

"我爸怎么啦？"

"望春叔在嗯写信回家来的几天后，在后山上吊自杀了哒。"袁明生一边哭一边说，"袁炜，嗯就听一下我里咯劝，听警察的话，然后我里一路会回切啊！"

"爸……"听到父亲已死的消息，袁炜当场就流下了眼泪，"我还能回的切吗？爸，妈！"

"是咯，只要嗯按警察的意思做，嗯就可以回切哒！嗯里嗯恩妈还在屋里天天以泪洗面，她在等着嗯回切呢。"

"妈，妈，我禾里回的切哦？我……俊杰哥、明生哥，嗯里快点回切吧！我回蔥切哒！我杀哒银呢！我禾里回的切哦。"

"警察话咯，只要嗯听话就会原谅嗯的，嗯要相信政府啊！"

"我相信政府，但是他呢，他害死了阿丽，害死了麻雀、胖子，他害死了好多人啊！嗯里蔥晓得咯……"

"嗯蔥管他啦，他自有政府有法律切惩罚他咯！"

"嗯里蔥要管我，嗯里快走，咯里很危险，我是死是活不重要哒，我是一个违了法、犯了罪的人，我还有幺里脸切袁家岭。"

"袁炜，你不要认为你很不好，其实在我们同龄人面前，你真的是很不错，也许是性格的缘故，你在很多人面前表现的都是强硬的外表和粗暴的脾气，我和明生是相信你的，你的本质和内心都是善良的，我们都有目共睹，我们都是从小一起长大的，我们之间还有什么不了解不理解的呢？今天，就让一切都到此为止吧，我想对你说，所有的一切都过去了，你做的事情都是情有可原的，一切交给法律吧，我们都应该尊重事实，相信法律，法律会给你给我给明生一个清清楚楚明明白白的交代，不是吗？不然，我和明生，还有袁家岭的每一个人都不会答应，绝对不会答应，所以你就相信我们吧，明生是律师，我和明生向你保证，行吗？"

"我相信嗯里，我相信政府，我就是不相信自己。"

"袁炜，你不要放弃自己好吗？任何时候都不要放弃，你知道你对于你的爹妈来说意味着什么吗？你是他们的全部啊，傻瓜，如果没有你，你的爹妈甚至会失去生活的勇气和信心。还有，袁炜，你知道你对于我和明生来说，是什么关系吗？发小？邻居？玩伴？同学？你知道吗？这些都是的，又都不是的，就说兄弟吧，我觉得用兄弟形容并不完全准确，就连亲兄弟也没有我们亲，不是吗？袁炜，我们虽然不是亲兄弟但是胜似亲兄弟！就像明生的哥哥文生说的，我们三人好像三国的刘备、关羽、张飞！是啊，明生有什么事情也不跟他哥文生说的，但是他跟你说、跟我说啊，是吧？如果你离开了我们，我们就如同失去了手足啊！袁炜，嗯是咯样想咯吗？"

"是咯，我雅是咯样想咯，现在我有罪在身，我嗯里忘了我吧，我不配成为嗯里的兄弟，来世再聚啊！"

"袁炜，你对于袁家岭而言，真的是立下了丰功伟绩呢。你知道的啦，现在的人都是瞎子烤火——只往自己的胯下扒！随便什么东西，自己有了再多也不愿意与别人分享，何况是钱呢？有几个人愿意把自己的钱捐给集体呢？你这种一心为集体着想，一心为家乡的思想，深深地感动了我和明生，我和明生也在计划着与你一起，为故乡作点力所能及的贡献，为家乡的发展添砖加瓦！"

"袁炜，我们都是人不是神，谁也不能保证谁不犯糊涂，不犯错误！为人不怕有过错，知错就改就是好人！"

"袁家岭的所有人来劝你，就是要你放下刀枪，你把龙霸天交给警方，他自有法律去追究。这样的话，你也有生的希望，希望你听我们最后一次劝。"

袁炜这时的态度软和了很多，他的眼里有了泪光，此时已经放松了警惕。就在这时，龙霸天突然用力夺下袁炜的枪，迅速搂住袁炜的胳膊大声地说："你老母，你唔记得啦？你同我哋系一伙嘅，你唔记得啦？啊！"说完向袁俊杰和袁明生这边开了几枪。

"不好！袁炜被龙霸天劫持了！"

"不好！袁炜被龙霸天劫持了！"

袁俊杰和袁明生一边大声喊，一边躲着龙霸天射来的子弹。顿时，喇叭里传来："大家请注意，大家请注意！匪徒手里有人质！匪徒手里有人质！"

龙老板胆子一下子大了起来，他用力把袁炜摁住，黑洞洞的枪口对准他后，恶狠狠地说："都畀我后退，都畀我退落去，听到冇？我嘅枪可冇长眼，我系认真嘅，快啲！后退！"

"不要管我！不要管我！"袁炜挣扎着，一遍又一遍地大叫着，"不要管我！不要管我！"

突然，袁炜把龙霸天腾空拽起，向楼梯口奔去，飞身一跃。

"砰砰砰……"

龙霸天的枪射向空中，

"啊啊啊……"

"不要管我……"

袁炜和龙霸天从三十多层的顶楼，直接摔在一楼大厅。

顿时，两人的鲜血流了一地。

袁俊杰和袁明生看到这一切时，不禁大声呼喊："袁炜！"

"袁炜！"

然后，袁俊杰和袁明生发疯似的向楼梯口跑去。

第七十二集

鲁志斌明枪暗箭　袁明生正大光明

这天，袁明生在办公室里忙碌着，鲁志斌敲了两下门就进来了。"袁律师，接到集团的通知，城通集团董事会正在召开，你现在去 32 楼开会！"他看了一下表说，"时间还来得及，去吧，我们的袁大律师，哦！错了，应该是——袁主任！"

"袁主任？我不明白……"袁明生一下懵了。

"是的，袁主任！你去了就会明白的。"

"我……你……"

"具体内容是什么，我也不知道。不过，我还是恭喜你！"

"恭喜？到底发生了什么？鲁主任，你就直截了当地说吧！"

"好吧！前两天，吴勇董事跟我透露了最新的人事任免，由于你在律师事务所的突出表现和贡献，律师事务所由你掌舵了。"

袁明生说："啊……不行，不行，绝对不行！我何德何能？怎么能够领导律师事务所呢？不行，不行！"

鲁主任"哼"了一声，然后开口说："袁律师，你之所以被选为我们律师事务所的主任，是因为上层领导肯定你的能力和才华。你也知道，这个位置不是那么容易坐的。我们这里有很多优秀的律师，他们都在觊觎这个位置。我希望你能有足够的准备，应对接下来的挑战。"

"不行，真的不行，鲁主任！"

"袁律师，你还是快去 32 楼吧，他们等着你呢！"

"哦，那好吧。"

袁明生来到 32 楼，他推开会议室的门。大家都看到他来了，赵浩跟他打招呼："袁律师，你的位置在那里！"说完后，他用手指了一下他的位置。

"好的！赵总！"袁明生礼貌地回应赵浩。

"好了，大家停一下，这位是我们鑫源律所的袁明生律师，想必大家都有所了解吧，他是一位优秀的律师，他以严谨的逻辑和无懈可击的辩护技巧在业界享有盛誉。我想在此次集团峰会上任命他为我们律所的主任，希望在他的带领下，律师事务所的业务蒸蒸日上，吸引更多客户，把律所的事业推向一个新的高度。接下来，律所的前途和命运就都看你的啦，袁律师！"

"谢谢！我非常感谢两位赵总以及和各位董事对我的认可和鼓励，身为鑫源人，当为鑫源工作，当为鑫源奋斗，这是我的义务和职责所在。至于赵总任命我为律所主任的事，我毫无准备，请容我考虑几日之后再做决定吧！"

这时，赵熙说："呃！袁律师，提请你出任律所的主任律师，这是我们经过充分考虑之后才做的决定。我们非常信任你，相信你以后一定会带领律所好好发展。你就不用考虑了吧！"

"是啊！袁律师，真的不错！"

"是啊！是啊！你绝对行！"

"袁律师，没有问题的！"

"勇敢些，袁律师！"

"如果我成为律所主任，那么鲁志斌主任怎么办？"

吴勇董事说："这还要问！你上去了，他不就下来了嘛！"

"就是！就是！"

接着，大家一阵骚动。

"不好意思！各位，也许大家不知道，其实，我就是在他的极力推荐和帮助下才成为鑫源律所的一员，我非常感谢他，如果是我留他走的话，我觉得我做不到，我做一名普通律师就心满意足了，不好意思！谢谢大家的抬爱！"

"慢！"赵熙说了一声后，他把嘴巴凑到哥哥赵浩的耳朵上说了几句悄悄话。

"这样吧！袁律师，你和鲁志斌都担任律所主任，你们共同管理好律所吧！两个人总要比一个人好，这样一来，你们两个人管理起来也相对轻松一点，如果律所有什么棘手的问题的话，你们也可以有个商量，我想这样的话，你们就能更好地为律所服务了，你们说怎么样？"

"行！"

"好主意！"

"是啊！这样也好。"

"不错，这样确实可以！"

"好吧！我感谢大家对我的支持和信任，我会好好努力的！"

现场响起了热烈的掌声。

鑫源集团董事吴勇在律所的一次早会上宣布袁明生将成为事务所的主任律师，他将与鲁主任一起领导着鑫源律师事务所。这个人事任命下达后，事务所表面看来并没有什么变化，实质上这事在律所的人员内部引起了轩然大波。他们知道，依照鲁志斌的性格，他们之间的竞争将更加激烈。袁明生上任后不久就推出了一系列新的措施和计划，让律所的业务得到了更大的拓展。鲁志斌在这个过程中看到的不是机会而是挑战，他担心着他的职业生涯，他认定袁明生就是来抢他饭碗的。

果然，接下来，袁明生和鲁志斌之间的竞争逐渐升温。他们分别代表着两种不同的理念：袁明生注重稳健和信誉，而鲁主志斌则强调创新和速度。这两种理念的碰撞让事务所陷入了混乱。

在这个竞争激烈的环境中，员工们开始选边站队。一些人支持鲁主任，认为他是经验丰富、可靠的领导；另一些人则支持袁主任，认为他能够带来更多的机会和挑战。这种分化让事务所的内部关系变得更加复杂。

显然，律师事务所的未来充满了不确定性。然而，无论结果如何，这场竞争都将改变事务所的命运。只有那些能够适应变化、勇于面对挑战的人，才能在竞争中找到自己的位置。

袁明生和鲁志斌，两人是多年的朋友。从小学到大学，他们一直在一起，既是同学，也是同事。然而，在他们同处一个位置的时候，他们的关系似乎出现了一些微妙的变化。

袁明生发现，鲁主任在工作中越来越表现出一种强烈的对权力的欲望。他开始对公司的决策进行干预，甚至试图通过他的影响力来改变公司的方向。袁明生对此感到非常不满，他认为这违背了公司的利益和原则。

在都市繁华的商务中心区，高耸的写字楼内，两人在走廊中擦肩而过。他们是鑫源律师事务所的两位主任律师——袁明生和鲁志斌，外表看似风度翩翩，内心却各自盘算着如何打击对方。

鲁志斌，一个温文尔雅的中年人，脸上总挂着淡淡的笑意。他深知权力斗争的微妙与复杂，凭借着过硬的法律技巧和敏锐的商业触觉，在律师事务所中稳坐一方。他的势力范围广泛，许多新进的律师都渴望得到他的提携。

袁明生则是个截然不同的角色。他雷厉风行，行事果断，对权力的欲望丝毫不亚于鲁主任。他凭借着强大的交际手腕和独特的策略眼光，在律所中也建立了自己的势力范围。不少客户慕名而来，只为求他一纸诉讼方案。

两人表面上互相吹捧，背后却是暗流涌动，明争暗斗愈演愈烈，一场无声的风暴正在酝酿之中。

一次，事务所接到了一起重大商业诉讼案。被告是一家大型跨国公司，案件涉及的金额巨大，对事务所的声誉和业务有着重大影响。袁明生主张采取保守策略，按照既定的法律程序稳步推进；而鲁志斌则提出大胆的诉讼策略，希望能通过此案一举成名。

两人在会议室里展开了激烈的辩论，最终袁明生的意见被采纳，但鲁志斌明显心有不甘。此后，他开始暗中搜集袁明生的"黑料"，企图找到其弱点，以扭转局势。

随着时间的推移，两人的斗争逐渐升级。他们互相摆挤、攻击，甚至在客户和同事之间散播对方的负面消息。原本团结和睦的事务所开始出现裂痕，员工们被迫选边站队，人心惶惶。

正当这场斗争愈演愈烈之时，一起突如其来的事件打破了现有的平衡。一宗看似普通的民事纠纷案背后，隐藏着一个巨大的商业阴谋，还涉及巨额财产纠纷。这个案件不仅涉及事务所的客户，还牵扯到一些政界和商界的大人物。后来，鑫源集团的一位董事也身陷其中。

这一案件中，对方辩护律师是南通律所的许建华，袁明生和鲁志斌都对这个案件产生了浓厚的兴趣。但是在袁明生强烈要求之下，律所高层最终决定让袁明生接手这个案件。鲁志斌很是不快，这个案子简直就是一块大大的肥肉——不仅有着巨额的业务分成，还涉及鑫源集团的领导。

鲁志斌律师是个人精，脑子活泛。他把许建华约到酒店包间，开门见山地说："建华啊，听说你最近接了个大案子。"

许建华嘿嘿一笑，说："什么大案子？现在手上没个千儿八百万的案子，都不好意思说出口。"

"那你想赢吗？"鲁志斌问。

"当然想赢了。"许建华说，"赢了我能挣到钱，输了我不但挣不到钱，还得倒贴钱。"

"知道就好！要是让你赢，你愿意出多少钱？"鲁志斌又问。

"什么意思？"许建华听出了鲁志斌话里有话。

鲁志斌说："据我所知，这个案子你赢不了。"

"哦？愿闻其详。"许建华看着鲁志斌说。

鲁志斌说："这个案子你输定了。"

"输定了？"许建华冷笑了一下，"既然输定了，为什么还请我吃饭？是看我笑话，还是安慰我？"许建华问。

"实话告诉你吧，这个案子你是想赢了挣钱，还是输了挣钱？"鲁志斌问。

"这还用问吗？当然想赢了。"许建华说。

鲁志斌说："如果你想赢这个案子，至少得给我二十万。"

许建华看着鲁志斌嘿嘿一笑，说："你胃口不小啊。"

鲁志斌说："与人方便自己方便。许律师，你认为袁明生是这么好对付的吗？"

"这人我有所耳闻，不知鲁主任有何高见？"

"什么高见不高见的，我想让你赢你就赢，让你输你就得输，这就看你怎么选了。"

许建华沉思了一下，说："好吧，成交。"说着从包里拿出一张银行卡放在桌上，"这是一年前的卡，里面有三十万。"

鲁志斌一看许建华这么爽快，心里非常高兴，便说："那我就却之不恭了。"说着拿起银行卡就要走。

许建华却一把拉住他，说："先别忙。"指了指桌上的一张纸，"这是合同，你签个字吧。"鲁志斌拿起合同看了看，上面写着：如甲方在一年内不能为乙方赢得与袁明生对薄公堂的官司，甲方将赔偿乙方一百万。下面还有一条特别说明：此合同自即日起生效，有效期为一年。如果甲方在一年内不能为乙方赢得官司，甲方银行卡将被自动划走一百万。反之则甲方将得到乙方三十万。甲方鲁志斌乙方许建华。

鲁志斌一看傻了眼，没想到许建华会来这一招。他心里清楚这个合同签不得，如果签了这个合同就上了许建华的套，如果一年内不能为许建华赢得官司就得赔偿他一百万。一年内可不止一个两个案子啊，这意味着只要袁明生与他许建华打同一场官司，他就得帮许建华赢，不然就违反了这个合同，可要是不签这个合同，他就拿不到这眼前三十万。签也不是不签也不是。他琢磨了一会儿，说："建华啊，这个合同不太合理啊。"

许建华说："怎么不合理？这可都是按你的意思来的。"

鲁志斌说："这个合同对你太有利了。"

许建华说："是吗？何以见得？"

鲁志斌说："如果一年内你赢得了官司还好说，如果你输了官司就得赔偿你一百万，这个风险对我而言太大了。"

许建华说："怎么？鲁主任说话不算数了？那就随你的便吧！"

"……"

最后，鲁志斌看了看那张银行卡，还是拿起笔。

在接下来的日子里，袁明生和许建华在法庭上展开了一场激烈的辩论。他引经据典，旁征博引，试图说服法官和陪审员。这场辩论引起了社会各界的广泛关注，许多媒体纷纷前来报道这场精彩的较量。经过了几番激烈的较量之后，法院就开始了最后的审判。

都市的清晨，阳光透过玻璃窗洒在法庭上。袁明生面对着陪审团，他深知这场官司的胜败，关系到当事人的命运和他背后的巨大的损失，然而，就在他最关键的时刻，一个声音打破了庭审的平静。

"我反对！"许建华站了起来，"审判长！对方律师的论据有严重的逻辑漏洞。我这里了有最新的证据资料，表明这一切都是对方当事人的真实意图和行为……"

袁明生接过材料一看，他惊呆了，这不是自己的当事人给的材料吗？怎么被他拿到了？他可是明明白白把它锁在自己的办公室的保险箱里的啊！他突然头晕脑胀，瘫坐在椅子上。

袁明生意外地突然输掉了这场官司。

第七十三集

迷茫往昔多狂态　觉醒今朝深认知

对于每一个离婚的人来说，也许是自己的婚姻失败的缘故，都会比较敏感，比较自卑，觉得周围的人都另眼看待自己，其实有这种想法的人都是自己的自卑心理在作祟。当然，现实生活中，很多人都在把离婚的话题当作无聊时的谈资。

"真是越来越凉薄了，过得不好，真是连亲人都会看不起你哟！"在妹妹家里吃完晚饭后，一回来，秦妮就大发牢骚。

袁俊杰就问他："怎么啦？高高兴兴地去，怎么回来就这么愁眉苦脸的呢？"

"再也不去秦静家了！"秦妮坐在沙发上说。

"怎么吃一顿饭就让你以后都不想去秦静家里了？"

"哎！你不知道呢！"秦妮说："今天下午去了秦静家里，还有我叔叔家的艳姐，姑妈家的红妹也在那里，秦静就说晚上都留下来在她家吃饭吧，大家就都留下来吃饭了！"

"然后呢？"

"在吃饭的时候，秦静很热情地跟艳姐和红妹说多吃点、多吃点，喊了她们两个好几次，而我就坐在她旁边，她一句都没跟我说。我当时听得真的很不舒服，很后悔留在她家里吃饭了，人家当我是透明的，也许就是因为她们都是老板的原因吧，人家经济条件可以，嫁的老公也有本事。我现在离了婚，也过得差，经济上也是比不上人家，她秦静就是一个欺财奉势的人，可都是一个妈生的啦，她们可是堂姐妹，她们还有我们亲吗？你看看，她就那么现实，我真是很后悔留下来吃这顿饭呢！"

袁俊杰劝她说："你们毕竟是亲姐妹，不要乱想，俗话说：'娘不亲伢不亲，只有姊妹共肝心。'也许是她们很少去秦静家，而你却经常去，所以秦静就对你平淡一点，对她们就热情一点，这有什么好计较的呢！"

"不计较？可是，她一次也没有喊过我呢！再经常去她家，她也得喊一下吧，她也做得太出格了吧，下次谁还愿意去呢，我是不想去她家了！"

"好啦好啦！你们本来就是一家人！"

"好啦！我知道，她还不是看见我离婚了，孤孤单单一个人嘛！谁会看得起我呢！"秦妮怀着沮丧的心情说。

"你现在不是还有我吗？"袁俊杰挨着她坐了下来，"没事的，这些都是暂时的，只要我们在一起的时间久了，他们都会对你刮目相看的。你看，我们一起把生意做到红红火火，我们车子、房子，什么都有，不差哪一样，我们也不求别人什么，别人凭什么小看我们呢？到那时，就是我们小看她们了呢！你说是的吧？"

"嗯嗯！"秦妮点了点头，"是的，我们要把生意做好，我们要活出个人样来，让她们看看，我们是如此与众不同。她们看上去是有一个完整的家，可是，我也知道她们跟丈夫之间的关系常常剑拔弩张，听说几次都冲到离婚登记处的门口。"

"家家都有一本难念的经。"袁俊杰说，"那张结婚证只是证明他们两个人在一起生活而已，要说还有其他的意义，那就是给他们生孩子们，或者上户口提供一些资料和帮助。有些夫妻各自玩各自的，在外面唱歌跳舞的，真的是不知羞耻！那不是对结婚证最大的亵渎吗？"

"我觉得办个结婚证，安全感还是会多一点，别人问我有没有办证的时候，我好尴尬，有点不开心。"

"为什么要这样想呢？每个人首先是一个个体，每个家庭都是自己过自己的日子，你也许不知道，我来分析给你看吧。俗话说'男人看女人是欣赏，女人看女人就是比较'，别人总会从你身上找出毛病来。有些女人表面上是说自己有多好多好的，其实她们的内心深处就是生怕别人过得比她更好，如果你超过了她，她就嫉妒你，只是没有明确地表现而已。我们常常听到一些女人都是因为自己的闺蜜使坏才跟丈夫离了婚。"

"是的，我原来有一个玩得好的闺蜜，听了她的一个表姐的话就离婚了。她表姐也是一个离了婚的人，她好像要找个离婚的女人作伴一样，天天缠着我那个玩得好的闺蜜，这不，我闺蜜离婚了，那个表姐就消失不见了，有味吧！前段时间，听我闺蜜说，她的前夫找了她表姐，现在还好上了！"

"看！这真的是一个血淋淋的教训，日子是自己过给自己看的，不是过给别人看的，别人说得再好或者再不好，都是片面的。我们遵从自己的内心，只要过得快乐幸福就行，跟有没有结婚证，没有一点关系。如果我们相处不好又打了结婚证，那张结婚证就是一个负担。两人相处长久，根本就不会在乎一张结婚证。"

"你说得也是，不过，我们天天住在一起，也形成了一种事实婚姻，只是没有办结婚证而已，没有摆酒而已！"秦妮说。

"是这样的。"袁俊杰说，"来看看我写的一首诗，你喜欢不？"

"看看。"

爱你一生

　　我用一生看着你/正如你用一生看着我/开心的时候/我笑着看着你/正如你也笑着看着我/如果你没有笑意/我知道你是怕我洋洋得意/以致乐极生悲//我用一生听着你/正如你用一生听着我/不好的消息/我不想告诉你/正如你也不想告诉我/如果你不想倾听/我知道这是你在为我担心/而去一意孤行//我用一生爱着你/正如你用一生爱着我/幸福和快乐/我想统统送给你/正如你想统统送给我/如果没有这一切/我知道你会像我一样垂头丧气/不会原谅自己

还有这些：

春示

　　春至万山中，雪消千水融。
　　花开添锦绣，柳动引和风。
　　世代勤为本，韶光志最雄。
　　示儿知大道，莫怨腹囊空。

赞读书

　　学海涯不远，书山路未央。
　　诗词开境界，歌赋绕房梁。
　　卷卷藏兴废，篇篇载绿黄。
　　读书终有益，不负好时光。

白泥湖盼归

　　白泥湖水碧，浩渺沐光辉。
　　昔日群禽聚，今朝众羽稀。
　　风轻云倩影，堤阔草香衣。
　　画景裁新韵，殷勤盼鸟归。

　　"写得蛮好的！你看看这个。"说完她把手机递给袁俊杰。他接过来一看，原来是一首诗，题目就是《袁俊杰》。

　　你是我的宝/我是你的贝/一起快乐年年岁//你是我的伴/我是你的侣/天天工作不怕累//你是我的夫/我是你的妻/一生不变是初心

青春与爱情

　　青春不是无忧无虑的狂欢/也不是无声无息的沉寂/我热爱青春/因为他是怀疑，思索，寻觅/因为她是无私，无畏，无敌/爱情不是无边无涯的梦幻/也不是无休无止的絮语/我歌唱爱情/因为她是情操，忠诚，专一/因为她是善良，圣洁，坚贞/我赞美事业/因为它把青春与爱情/合为永恒的一体

　　"这个是你写的？"袁俊杰问她。
　　"怎么啦？你不信？"
　　"不，不是，可是，可是你以前从未写过啊！第一次就写得这么好！太厉害了吧！"袁俊杰激动地说。
　　"没有啦！我的一点感想而已啦！昨天我一个人在店里，人家想你了嘛，就胡思乱想地写写，怎么样？还行吗？"
　　"何止还行，简直就是太好了！"
　　"骗人！"
　　"我没有，真的没有！"
　　我想组织一个诗联协会，名叫金鹗诗联协会，这是我为它写好的诗联：

题金鹗诗会

金鹗诗联团聚时，群英荟萃展才思。
欢歌笑语抒胸臆，作对吟诗赋雅词。
拂面清风心体爽，明星临境意当奇。
此时此刻真情趣，何地何方不遇诗。

挂在金鹗办公室门的两边

金墨银毫，写锦绣中华，处处蒸蒸日上；
鹗歌燕舞，赞平常阖家，人人步步高升。

金鹗诗联会歌

　　在巴陵城上面/有一只金鹗/闪耀于山水之间/那一天/忽然盘旋/向着天边飞远//岳阳楼上有言/文人诉从前/金鹗若要它回还/凭诗联/华章万千/才能将它召唤//金鹗啊/归来吧/我们要与你/一起把酒言欢/一起岁岁年年/飞越那迷茫的山峦/去抵达心灵的港湾//金鹗啊/看看吧/我们用诗联/对昨天说再见/对明天说向前/今天我们因你结缘/金鹗诗联与君共勉

"好吧，不说这个了！"秦妮把茶杯递给袁俊杰，自己也喝了一口茶，"我也想过，每个人都有自己的生活方式，不管怎样，我从来都没有想过从对方的身上索取什么，所有的东西都有定数，不是我的就终究不是，就算是拿在手上也不是，其实，婚姻最重要的是彼此能感到幸福快乐。其他的我没有奢求，奢求也没有用！"

"我有一个同学叫王志，他的婚姻就是这样的，自从他十年前离婚后，就一直和现在的这个伴侣在一起生活，也一直没有登记结婚，当时没有人赞同他们，对于他们这种婚姻方式都是不看好的。十年来，他们的日子过得有滋有味，相当和谐，真的令人羡慕不已呀！"

"你看现在居高不下的离婚率，就知道现在的婚姻生活质量了吧！在婚礼上彼此海誓山盟，承诺着永远不离不弃的婚姻，却正在经历着分崩离析。我想以后，我们一定会被越来越多的人理解。这种做法应该是正确的，可是，又有多少人能真正地拉下脸，面对着将要与自己携手一生的人提出 AA 制的生活方式呢？"

秦妮说："如果没有，那就从我们开始吧！哦！不！不是还有你同学王什么来着？你说说他们的故事，我想听听！"

"大概十年前，王志离婚了，带着一个 2 岁的女儿。有一天他突然告诉我，他要结婚了。我听后一愣，问他什么时候谈的女朋友，怎么以前一点儿迹象也没有……我向他抛出了一连串的疑问。

"王志泰然自若地告诉我，说他已经和女朋友处了整整一年了，没向外公布消息，是怕没有结果，给彼此造成不好的影响。他的处事风格，我是再清楚不过的，他做任何事情都要讲究一个前瞻性，确定了目标之后，行事也处处小心谨慎。他还有一个特点，就是说话直奔主题，从来不绕弯和含蓄地表达观点，常常惹得一些人对他产生看法。我心里暗暗地想，拖儿带崽的他找了几年也没有找到合适的，现在找的这个对象能接纳他，肯定也不是一般的女人。后来我问王志，什么时候举办婚礼，什么时候过去为他们祝贺。"

"他们不是商量好了，两个人不扯结婚证，不举办婚礼的吗？"秦妮问。

"是的，他们还约定各自的财产归各自所有，各自的开支归各自负责，共同生活在一起的生活费用平均分摊。刚开始听到王志的这种选择，我着实惊了一下，我当即对他说，结婚是人生的一件大事，怎么能这么简单地应付一下就算了呢？他却很镇定地说，举办婚礼不但太折腾人，还浪费，没必要走那个形式，结婚是两个人的事情，两个人好好合作把日子过好就行了，何必让那么多人来参与呢？劳民伤财的！没意义！所以还是不搞算了！"

"他不办婚礼，又不想让别人参与，那把结婚的事情告诉你干吗？慢！他不是没有扯结婚证吗？怎么就说结婚了呢？"秦妮看着袁俊杰，嘿嘿地笑了几声。

"他只告诉了几个最好的朋友，不过，这事以后别人也会发现的。他说告诉我是因为他看得起我，谁叫我是他最好的兄弟呢！我当时也是苦笑了一下。

"我说：'那倒是，不过，你女朋友是否赞成你的做法？'他说：'，她不听的话，我跟她怎么能处到一起呢？是不是？不过她的家里人也是有些意见，说都是她在学校学外语受那些外教的影响，现在连祖宗的规矩也不要了，竟然结婚证不扯连婚礼也不办。这事儿传出去定让亲戚和邻居们笑话！'

"虽然是二婚，又有什么可见不得人的？真是气死他们大人们了！"

"还是他父亲冷静，说孩子大了，他们选择的方式，自有他们的道理，咱们做老人的，就别操那份心了。路是他们自己选的，随他们去好了。"

"他母亲对他父亲的观点并不认同，她说孩子是自己的，自己对孩子的事情就有决定权，最起码父母的建议，孩子得尊重。"

袁俊杰还没有说完秦妮就说："我理解她的母亲当时的心情，她说的也只是气话，哪个母亲不希望自己的孩子好呢！"

"如果说他们的结合方式情有可原，但他们的一些具体操作，却让他家的大人们难以接受。王志与她已经做好了婚前财产登记，而且双方达成协议，婚后的生活，两个人实行 AA 制。我当时两道眉毛差一点儿拧到了一起。那还是一个家庭吗？这与合伙过日子有什么区别？他却满不在乎地对我笑了笑，说这样做虽然表面上看没有家庭的氛围，但实际上恰恰相反，这样的选择，实际上是解开了传统婚姻中的一些长期的困扰。这样方式，分工明确，责任明确，彼此之间都有相对的自由，而且不存在家庭财务管理上的相互猜忌。更为重要的是，即使有一天离婚了，也不会有那么多的纠葛。"

袁俊杰的话让秦妮惊呆了，她沉静了好一会儿才说："我觉得他对婚姻似乎有一些恐惧，这还没结婚就考虑到了将来离婚时的事情，这种日子能过长久吗？"

袁俊杰笑了笑说："他们在一起十年的时间了，你能说他们处得不好吗？如果说不好，那才奇怪呢！我们也正是为了婚姻能够长久，才选择他们这种方式。传统婚姻，是以情感作为纽带来维系家庭的，一旦情感破裂，那家也就轰然倒塌了。而我们这种做法，是理性与现实相结合的产物，不会产生任何羁绊。在彼此遵守规则的基础上，如果哪一方有额外的付出，就会产生锦上添花的效果。而传统婚姻则不同，因为双方没有明确的责任，无论哪一方为家庭付出很多，另一方都会认为是理所当然，不会有任何感恩之心。而一旦有一方没有达到对方的心理期待，就会被嫌弃，这就是传统婚姻的弊端之一。"

秦妮觉得袁俊杰的话确实有一些道理，她说："不管怎么说，没结婚就考虑到离婚的事情，从情感上来说，还是让人难以接受。夫妻之间，应该设想如何才能白头偕老才是，而不应该算计到未来每一个细节，这样的话，彼此之间内心会产生隔阂的。不过，"秦妮停了一下，接着又笑了笑，"当下的离婚率真的是太不正常了！这些都是很现实的问题，是每一个走进婚姻中的人都回避不了的事情。两个人走进婚姻、建立家庭，是为了彼此生活得更好、更幸福，反之，婚姻也就没有意义了。"

秦妮看了一眼袁俊杰，说："其实，我们走进婚姻建立家庭的目的，绝不是单纯地为了幸福，还有责任与义务。"

袁俊杰点了点头，说："当然，我所说的是正常的状态下。假如在婚姻存续期间有一方因为意外而无能为力，那就属于是另外一种事情了。所以，我们要约定，一旦有一方出现这种情况，另一方将承担起夫妻应该承担的责任。我们不但会遵守法律规定的责任，也会遵守道德准则。总体上说，我们这么做，都是为了促进夫妻共同成长，为了家庭的长期和睦。何况，随着环境的变化，人也是会变的。这样于你于我而言，都是一种保护，都有一样的成全和成长。"

"我来讲一件不久前发生在袁家岭的事吧！"

"好啊！你讲啦。"

"袁爹和隔壁村的王婆小时候是邻居，袁爹比王婆大两岁。当初要不是袁爹家里太穷，这门亲事早就成了。后来，王婆嫁给了邻村会计的儿子，两年后他才结婚。

"天有不测风云，几年前，王婆的老伴儿去世了，她甚是想念，时常一个人坐在老伴的坟上哭泣，因为那个山是两个村公共的山，有时候袁爹去自己的地里时听见了王婆的坟前哭诉。刚开始听到她的哭声，袁爹只是摇头叹息。可后来发现，她还是经常在那里哭泣着，袁爹于心不忍，就偷偷地上去劝说。

"可是，没有不透风的墙，几次之后，袁爹的举动就被他老伴儿发现了，她非说袁爹贼心不死，老了还不正经，借机接近王婆。对于这件事儿，袁爹是跳进黄河也洗不清，他与老伴儿打了好长时间的冷战，他老伴儿经常像看贼一样看着他，一直到去世还念念不忘。

"袁爹老伴儿去世后，同样被埋在山上，这样可巧了，每逢过节过年去山上祭拜老伴，他时常看到王婆也在那里，为了避嫌，他是看到王婆就调头就转向其他的路，等王婆弄完了，他再去。

"有一天，袁爹的女儿过来给父亲洗衣服、收拾屋子，她看到父亲屋子里乱七八糟的，看着就烦。于是她试探着对父亲说：'爸，我看你一个生活也怪难的，一个人太孤单了吧，要不然你再找个老伴儿得了？'

"袁爹听女儿这么说，先是愣了一下，随后摇了摇头，说：'我都这个岁数了，哪还有那份心思，不孤单！不孤单！'

"女儿看着父亲笑了笑，说：'爸，您年纪也不小了，让你去我们子女的家，你也不去，我们又都不在你身边，你要是有个头疼脑热的，连个端水的人都没有，我们做儿女的也不放心啊。你要是找个老伴儿，最起码有人陪着说说话，互相之间还能有个照料，是吧？'

"袁爹沉默了一会儿说：'我知道你们忙，没事，你们不来也没关系，我自己一个人可以的。再说，我已经是糟老头子了，谁愿意跟我？'

"女儿满脸带笑地对父亲说：'爸，听说过你与山那边王姨年轻时候的事情，她现在也是孤身一人，你们俩有那么好的基础，现在要是走到一起，那多合适啊？'

"袁爹静静地看了女儿一会儿，随后又摇了摇头，说：'那可不行！你妈妈临死的时候就怕这事儿，你也不是不知道！'

"女儿嘿嘿笑了几声后说：'爸，我妈那是小心眼儿才那样的。现在她已不在了，咱还得考虑活着的人把日子过好才是啊。'

"虽说女儿也是一番好意，可袁爹心里的顾忌还是无法打消。

过了一阵子后，袁爹的儿子和媳妇带着孩子来了，当他们走进袁爹屋子里的时候，儿媳妇说："哇，什么味？要呕了。"跑了出去。

袁爹心里明白，儿媳妇这是嫌弃屋子里有味儿啊。儿子当时也察觉到了媳妇的反应，向窗外瞪了一眼说："嗯哩城里人就是差劲！"

后来，儿媳妇对袁爹儿子说："劝劝你爸找一个后老伴儿。这家里全是气味儿，别人怎么进来？再说了，我们可没时间给你爸洗洗刷刷的，你让他自己找个老伴，那多好啊，他自己干干净净的，还省得我们麻烦！"

袁爹听儿媳妇这么一说，脸一下子又红了起来，他转头看了看儿子好像是一脸赞成的表情，立刻又低下了头。

看见老人家一个人在乡下过得邋里邋遢，于是儿子直接接他回到家照顾。袁爹刚开始觉得城里的生活也不错，可在儿子家住了没到两个月，就发现儿媳妇时常摔摔打打的，故意弄得锅碗瓢盆儿叮当响，他心里明白儿媳妇对自己有些厌烦了。俗话说金窝银窝不如自己的草窝，看来这里虽然是自己儿子的家，但也不是自己的长久的打算，袁爹决定回家。

回家几天后，王婆的孩子委托着梅媒婆上门来了，说是王婆的孩子们都同意他们在一起，袁爹半天没回过神来，原来自己的孩子暗地里跟梅媒婆说了，要她去撮合撮合他俩。

有一天，袁爹跟儿女们提了一下他和王婆结婚登记的事情，没想到儿女们竟然反对了，说是都这么大的年纪了，就不要再领结婚证了，这两边都有儿女，以后都会有很多麻烦的，这明显是不同意嘛，气得袁爹当天一整天都没吃饭。

后来才知道，孩子们不同意最主要的原因就是财产分配。按照法律规定，新来的这个爸或者是妈会成为第一顺位继承人。不管财产是多少，本来是由子女继承的财产，变成了由配偶来继承。在有些子女看来，父母的再婚不一定是感情的结果，有可能带有物质的因素。

不同意的另一个原因就是在赡养老人问题上存在分歧。因为来了一个"新爸"或者"新妈"，不管心里承不承认，在法律上已经是自己的爸爸妈妈了，万一老了，那么在法律上子女是有赡养老人的义务的，他们怕老人们不能自理了以后，给自己带来了麻烦。

王婆听到袁爹这边取消登记结婚的消息后，气得当场大骂袁爹骗子，说他讲话跟打屁一样算不了数，言而无信地推掉了之前的约定，让她空欢喜了一场。袁爹也觉得自己很没有面子，他自己也在旁人面前丢脸，他与王婆的事在袁家岭已经闹得沸沸扬扬，几乎没有一个人不知道了，可他又能有什么办法呢？自己老了，有今日无明日的，他还有什么能力呢，还不是一切只能听从儿女们的，他自己也是无能为力啊。转眼间到了九月，有一天天刚蒙蒙亮，一个村民发现袁爹浮在河面上。

秦妮听之后沉默了。袁俊杰望了她一眼，秦妮就说："哎！真的好作孽。只要你在我身边就好了。"

对于大儿子袁垣几年没有回家的事，袁俊杰虽然不说，却是疼痛在心，电话微信都联系不上，于是，在一天夜里，他写下这封信：

垣儿：

近来可好？

我想对你说，我非常非常想念你！

也许我只能在这里找到你了！

现在，我没有其他的方式把你房子的租金给你，只能出此下策，见谅！

垣儿，我不得不承认，每次靠近你时，我都用错了言语，也用错了表情，不然，你为何离我这么远呢？我想，都是我那些恨铁不成钢的思想作祟，你应该知道，这些不是我的本意。难道你不相信我？你在我心里占有非常重要的位置。要知道，你还有袁波都是这个世界上我最亲的人。你们也是这个世界上我最牵挂的人，最值得我付出一切的人，是我永远无法割舍和抛弃的人，照顾你们，爱你们，为你们遮风避雨是我永远不能推卸的责任。袁垣，我爱你，毫无疑问！

养儿方知父母恩，当家才知柴米贵。你肯定没有这种感觉，因为，到如今的我也才体会当初你爷爷奶奶的艰辛和困苦，他们给了我生命，辛苦把我抚养长大。当时在很多方面我都自己感觉低人一等，抬不起头来。甚至我还对父母心怀怨恨，他们为什么这么穷？他们为什么要生下我呢？现在想来，我的天！这是多么荒唐又愚蠢的问题啊！他们是社会最底层的农民啊，我还有什么理由对他们要求太多呢？何况他们给予了我生命和他们所拥有的一切啊！

值得一提的是，虽然他们在物质生活方面没有给我创造好的条件，但是他们在精神方面却给了我充足的养料。这就不得不提我的母亲，也就是你的奶奶，你的奶奶出身于一个比较富裕的家庭，小时候读了很多书，包括《增广》《幼学》等，如果你感兴趣，我建议你也看看这两本书。我可以毫不夸张地说，你读后不说你学富五车也绝对会博古通今。此刻，我想说的是，我写作《袁家岭》初衷就源自我的母亲。我想这一切，你以后会在我的小说里面看到的。当然，也许你不屑，不过，我也不急。

垣儿，你已经二十多岁了，该独立承担一切了。想起当初，我只有十几岁就在外闯荡，你爷爷就更苦了，几岁就在外漂泊，人嘛，总要学会一个人走，没有谁能够代替你走下去。你的人生观、价值观和世界观已经建立并逐渐成熟，相信你会做一个独立自主的人，有正确的信仰和追求，并在任何时候追随本心，找到自己想要的生活，活出自己的意义和精彩，同时顺应这个时代，既即世俗又独立。遵守法律，善待自己的身体，不要熬夜，少吃外卖，有时间读点经典名著，温暖内心，抚慰灵魂。

说来说去还是那些闲话，我年轻的时候也不爱听，今天你就听我说最后一次吧，我保证这是最后一次。望子成龙是父母的希望，俗话说："人往高处走，水往低处流。"大丈夫岂能久居人下呢？是人，那就得有鸿鹄之志、上位之心！不为别的，就为你自己吧，为你自己也得干一番事业。你总不能毫无目标，蹉跎岁月，一无所成，碌碌无为。当然，功成名就者毕竟是少数，为父也不是非要你出人头地、光宗耀祖。在拼搏和成长的过程中，还有沿路的风景值得我们用一生去铭记和怀念！

　　俗话说："靠山山会倒，靠人人会跑。"我们自己选择的道路最终还是要靠我们自己走下去啊，哪里有一帆风顺的生活呢？跌倒了，没关系，自己爬起来，遇到困难，自己扛起来，受到委屈，眼泪自己擦！富人有富人的烦恼，穷人也有穷人的快乐！原生家庭有这样那样的矛盾和分歧，我们谁都无法选择再来一次。不过，我得告诉你，上帝给你关上了一张门就一定会为你开启一扇窗，只要你有利他之心、勤劳之手，幸运就一定会眷顾你的。

　　你的弟弟袁波，我像爱你一样深爱着他，他可爱、聪明、懂事，又有些坏坏的小脾气。你知道他有着与你相同的命运和生活，其实，人生得到这样就一定会失去那样，你们过早地感受到社会的现实、世俗的善恶、人情的冷暖也未必是件坏事。想想历史上的那些大名鼎鼎的人物，如孔子，三岁丧父。诸葛亮，三岁丧母。爱迪生只在学校里念过三个月的书，莫言连小学也没毕业，还有很多很多这样的事例，他们无不证明了小时候的贫穷和苦难真的是不值一提，后天的努力和拼搏对成功来说是多么重要。

　　你应该理解我对波儿的做法，我想花更多的时间陪着他一起慢慢长大，让他度过一个既快乐又充实的童年。当然，也许这些都永远不能弥补没有在一起生活的缺憾。其实，我们来往密集，我想长大以后他会理解我的，一个人的特立独行必定有他的理由和勇气，我要在全力照顾好他的同时为自己而活！追寻我的月亮，而不仅仅是那几个便士。说到这里，也许你有那么一点嫉妒，好吧！想点其他的吧，傻小子！当初我也是这样爱你的，只是你长大了而已！女人当然不是衣服，但是兄弟一定是情同手足，切记！

　　垣儿，想想你也二十多岁了，也许恋爱了，虽然这不是一件值得骄傲的事情，但是你要知道这是一件很重要的事，快乐有时候不是获得更高的地位和成就，也不是拥有更多的金钱，快乐是我们接受生命赐予我们的一切事物，不要让青春付诸流水，去轰轰烈烈地谈一场恋爱吧！虽然我们会比较在意对方的现实条件，但是在现在的社会上，几乎没有多少穷斯滥矣的人家了，俗话说："夫妻同心，其利断金。"只要你们一条心，就没有过不去的火焰山。所以，趁青春，勇敢去爱，勇敢去恨，勇敢地去悲伤，勇敢地去感动吧！

说到这里，你也许会说我有什么资格跟你谈爱情。错！我对这个问题真的很了解，我是绝对有发言权的。我一直认为，爱就是互相理解、互相尊重、互相成全，而不是强迫别人接受自己的理念。我反复地思考我和你妈妈为什么经常发生争执，现在看来，是因为我们三观不同，理念和认识不同。

　　人的思维是受生活环境、学习教育、社会经历等综合因素形成的。站在她的角度来看，她是对的，站在我的角度，我是对的。所以，这个世界上没有绝对的错或者对，只是我们所站的位置不同而已。现在，我与秦妮的三观也不同，这很正常，为什么要为难对方呢？只要我们相互安好不就行了嘛！当我们不去刻意追求时，对方反而会为你做出更多的考量。

　　垣儿，"天将降大任于是人也，必先苦其心志，劳其筋骨"。每一个成功的人都经历过困局和挣扎，他们或许流血流汗，或许彻夜难眠，这一切都是源于他们内心有那么一个追逐已久且渴望实现的梦想。其实成功很简单，除了勤劳和努力，再就是不要怕求之于人。俗话说："爱出者爱返，福往者福来。"只有先做好一枚棋子，才能做好一名棋手。要甘于棋子，敢于棋手！

　　如果有时间，我建议你去看看名人故事，看看他们走过的路，学学他们是怎样洞察世事、把握机会、明智选择的，说到这里，我有必要向你说一下我的一个小秘密，那本《李嘉诚传》被我放在枕头底下很多年了，它让我明白在任何年代，房产永远都是优良资产，遇到了难得的机会，你一定要死死地抓住，不要到处挖掘，深挖一口井就已足够，如此等等，这些都是李嘉诚毕生的经验和教训，如果我们早一天醒悟就会少走很多弯路，何乐不为呢？

　　人生无常，无论什么样的事情来临，我们除了坚强面对别无选择。不知道你有没有开始学习唱歌，我多次向你提过，其实我建议你去唱歌不是为了得奖或者什么的，而是在你情绪低落或者难过，开怀或者快乐的时候，可以用音乐释怀，不因无法表达而沮丧或想不开，做出傻事来。要知道，音乐里包含了一切的生活方式，只要你想！哦！等等！我想起来了，你爷爷当年再贫穷、再苦，我们也能听到他那高亢的歌声，快乐真的会传染！有一种精神叫乐观主义精神，你应该听过你的姑妈、伯伯唱歌，他们唱的何止是歌啊，其实他们唱的还是生活，是生命啊！

　　俗话说："行要好伴，坐要好凳。"很多时候人都是被身边的朋友所带坏的，所以你得练就一双火眼金睛，识辨身边的君子与小人。钱财从来都不是衡量一个人成功与否的唯一的标准，而道德和品格才是一个人最硬的底牌和最终极的追求。俗话说："君子爱财，取之有道。"那些不是自己应得的钱物，你千万不能要，我们只要我们应得的那份，那些不义之财有无穷的后患，要知道世界上没有免费的午餐，天上也不会掉馅饼。遇到困难的时候，问问自己的良心，只要对得起自己的良心，不要有任何顾虑，放手去干，干就完了！不问输赢，只求无愧于心！

你不要做一个恶人，你也不要做一个太善之人，俗话说："人善被人欺，马善被人骑。"对于那些践踏你的原则和底线的人，必须无情地回击。要知道，没有锋芒的善良只会换来对方的嚣张。人生说短不短，说长不长，唯有拼搏才能实现你的梦想你正处于风华正茂的年纪，追寻梦想的最佳时期，大胆地去实现你的梦想，维系你的情感，稳固你的生活！相离莫相忘，且行且珍惜！

"宝剑锋从磨砺出，梅花香自苦寒来。"你走过的每一步都是你的必经之路，不要在今天对昨日耿耿于怀、愤愤不平，因为你不把握当下的月亮，马上又要失去星星。在这个快节奏的社会里，踌躇不前的人注定会荒废在历史的长河里。我不奢望你叱咤风云，但是你也得努力跟上时代的节奏。

如果你认为我不是一个好父亲，不值得你关心和挂念，我也不会怪你，那一定是我没有做好。最后，我得谢谢你，谢谢你把这封长信看到这里，相对于刷视频来说，看书读字真的是有点不容易。纵有万语千言，最后还是跟你说四个字：平安，欢乐！我希望你谨记在心，并高效执行！你要好好的！

一定要好好的！

父亲

2023 年 6 月 13 日

令袁俊杰意外的是，过了几天后，袁垣给了他一封这样的回信：

看你还在到处诬陷人、装可怜，我实在看不下去了，你是什么人，你我都知道。其一，你这个人没有爱心，我读小学的时候，买过几只小鸭子回去，而你叫骂我，让我放掉这些鸭子，这是可以理解的，我不理解的是，金鱼是非常好养的，而我离开金鱼一阵子，你就把金鱼全倒厕所里了。小学六年级期末考试完，我语数英分别是九十、八十和七十分，而王靖却打我，一开始她用竹子打，打了一会发现不过瘾，她拿水管抽我，我太阳穴附近被打肿一大块，后来发紫流脓，你全程只是在一旁做事。我懦弱，我胆小，我没有选择报警，我后来两次离家出走，都是因为对王靖的恐惧心理，而你跟她一吵完架，你人就不见了，留着我跟她，于是我成了她的发泄工具，她两手抓着我两耳前后摇晃，拿梳子敲我头，捏大腿肉等，我不尽力去讨好，给她按摩，倒尿盆，就遭到更多的白眼和毒打。其二，你这个人满口谎言，大多数谎言用来推卸责任，而且会在别人不会追究的细节上造假，你的小谎说了多少，我不记得，我记得个大的：你开店的时候有两次出差，一次是去重庆，一次是去佛山，我不知道你有什么好跑的，我只知道你后来有个旅游纪念牌被我发现了，你说是很久以前的，那纪念牌这么崭新，你骗谁呢！两次出差，至少有一次肯定是假的。其三，你这个人小肚鸡肠，王靖都说你是个斤斤计较的人，你对我也一样，我的生活费只够维持生活。我每次找你要钱，你都是找各种理由推脱，或者干脆不给。到了不得不花钱的时候，你会说上次用了多少钱，你都记着数目呢。为什么我画画突然就停了呢？原因是什么你难道不知道吗？而我妈的生活也并不好，二婚丈夫也不是省油的灯，我妈现在一个人管一个店，生活上可以说是捉襟见肘，却默默资助我很多，你不知道？你卖的那个电瓶是谁买的，我没跟你说过？你说你为我付出了很多，我可不认为我不在你这里就活不下去。其四，你这个人自以为是，你写那些狗屁文章，我觉得厨房里的洗碗阿姨都不会看一眼，你写的那些烂诗，很适合给幼儿园里的孩子念，不过可惜幼儿园里的小孩也读不到，不知道你把自己看作什么了。其五，你这个人贪淫好色，我记得你跟我妈离婚后，带了多少个女人回家，除了王靖，至少有三个，而且每次你都要我叫别的女人妈，小时候不懂事，而现在这是我觉得耻辱的事。我放学回家经常见你俩躺床上，只有床单盖着，我是不是碍你事了？以前你拿我当傻子，但是傻子也有记忆，我这些天把这些回忆拼凑在一起，才看穿了你这个人，我越想越愤恨，越想越明白，这五点足以说明你就是奸佞小人，你这辈子都别想我再回长阳。

看完这封信，袁俊杰内心真的是五味杂陈，万念俱灰，想不到自己给孩子留下的印象如此不堪，他回忆着自己过往，叹了一口气说："算了吧！算了吧！"

是啊，不算了，又能怎么样呢？

袁垣对小时候的那些创伤耿耿于怀，袁俊杰非常担忧，这是多么可怕又可悲的事情啊，有了这些包袱，他的人生又有何乐趣呢？所谓的快乐就是要忘记昨天，把握今天，期待明天嘛！嗨！不知道什么时候他能够懂啊……这天晚上，他想到也许用文字能治愈袁垣的创伤，于是他马上给他发了一条信息。

对不起！袁垣。

原来的我根本不懂什么叫爱，我爱的是我的念头，我爱的是我的期待，我爱的是我的……是的，你没有看错，都是我的！这一切都是因为，我想要你成为我想象中的那个样子。

事实上，让你活成我想要的那个样子，这真是个不折不扣的愚蠢行为，为什么要这样说呢？不允许孩子做他自己，成为他自己，我想这都是因为我没有真正走进你的内心吧！现在我已经意识到，一位合格的父亲，一位爱孩子的父亲，都会让孩子做他自己，比如：允许他穿自己喜欢的衣服，允许他自己结交朋友，允许他走自己选择的道路，允许他选择喜欢的生活方式，允许他……

其实，每个孩子都有自己的兴趣、天赋和个性，袁垣，你也是一样，爸爸让你走自己的路，可以让你在自己感兴趣的领域得到更好的发展。如果我强制你走我认为正确的道路，会抑制你的兴趣和天赋，导致你在未来的发展中缺乏动力和创造力。还有，让你走自己的路，也可以帮助你建立自信心和责任心。当你在自己的道路上取得成功时，你会感到非常自豪和自信，这有助于你在未来的生活中更好地应对挑战和困难。

值得注意的是，袁垣，你走自己的路，并不意味着爸爸会放任不管或完全不考虑你的安全和未来。我认为父亲应该提供必要的指导和支持，帮助你了解不同的选择可能带来的后果，并帮助你制定合适的计划和目标。同时，爸爸也应该关注你的安全和健康，确保你在追求自己的道路时不会受到伤害或陷入危险。

袁垣，我想说，每一位父亲都会担心自己的孩子走错路，而恨不得把自己曾经跳过的坑，上过的当，走过的弯路……一股脑儿告诉他，让他能避开，过上一帆风顺的生活。我也一样，你说对吗？

今天是清明节，我已经决定后天去祭奠我的父亲。

我和你妈妈由于情感不和而离异，无法给你一个完整的家庭。在离异家庭中，父子关系会面临更加特殊的挑战和复杂性。由于家庭结构的变动和可能出现的情感纠葛，父子之间可能会产生隔阂或误解。然而，特殊的家庭并不意味着无法建立健康、亲密的父子关系。

袁垣，很多资料上说改善父子关系也不是很难。首先，理解并接受家庭现状是关键。离异是家庭的一个不幸，孩子只能被动接受，没有左右的能力，但是，可以通过积极的沟通，尝试克服这些障碍，建立稳固的父子关系。

有一个办法就是寻找共同的兴趣和爱好。尝试了解我们之间的兴趣爱好，让我参与你的生活，分享彼此的经历和感受。我有这样做过，但是你好像很不喜欢，不愿意向我敞开心扉。如果我们能够从内心深处走近对方的话，就能拉近彼此的距离，增进理解和信任。

袁垣，我知道你喜欢玩电脑游戏，而我一窍不通。尽管我努力寻找过，但是我还是没有发现我们共同的兴趣或爱好。

资料上面还说父子之间保持开放、诚实的沟通是至关重要的。父子之间应该坦诚地表达彼此的想法和感受，避免误解和猜疑的产生。通过沟通，我们可以更好地了解彼此的需求和期望，从而找到更适合彼此的相处方式。

就这方面来说，袁垣，你说得很少，以后你就不用太拘谨，你想什么就说什么吧！不管我高兴还是难过，我欣然接受，绝对不会怪你，我会很高兴看到真实的你。

　　当然，建立健康的父子关系需要时间和努力，需要有耐心和信心，不能急于求成。离异家庭的父子关系虽然面临更复杂的挑战，但通过理解、沟通、寻找共同点和兴趣以及耐心和努力，我们仍然可以建立起健康、亲密的父子关系。

　　上面的信息都是袁俊杰有事没事的时候，想起来了就发给袁垣，但是袁垣一次都没有回过他。

　　这天上午下雨，秦妮在店里吃完午饭后，闲着没事，她去了隔壁的店里串门，袁俊杰就坐在店里喝茶，一会儿后，秦妮回到店里跟他说："下雨啦，没生意！"

　　"怎么啦？你又想咪西咪西（打牌）？"

　　"他们在喊三差一呢，有什么办法呢？下雨天，都是隔壁邻居的，打就打一下吧！"

　　"好哦！你去打，我看店！"

　　"好的，我去啦！"

　　"去吧！"

　　下午三点多钟的时候，店里来了一个女客户，她是秦妮先前接待跟进的老顾客，这次来就是把她要做的门给定下来。这回秦妮不想来店里面都不行，袁俊杰只得代替她打牌，他其实不想打，好在他的手气不错，等到秦妮忙完之后来接替他的时候，袁俊杰一数钱，他赢了一百二十块元钱，他把一张二十元的钱放在抽屉里，拿着一百块钱回店里了。

　　快到下午六点的时候，秦妮说他们打牌抽了到外面吃饭的钱，一会儿后，打牌的四个人都带着家属，去到一家饭店。这时候已经是7点多钟了，坐在袁俊杰旁边位置上的黑皮，吃了一碗饭后，看见桌上只有两个菜，于是大嚷："还有菜吗？这饭都吃完了！"

　　"菜快点上啦！"袁俊杰旁边位置上叫邹经理的人对饭店服务员说。

　　"好的，我去催一下。"

　　"同志们！喝酒不？我带的是米酒！不信你们可以试试！"袁俊杰对面叫卢总的人说。

　　"你从哪里搞的米酒啦？"邹经理的老婆白了他一眼。

　　"只怕是他自己做的米酒！"黑皮的老婆说。

　　黑皮接着说："他会做酒？说什么鬼话，他会做酒，那所有的酒厂都得关门！"

　　这时大家一起哈哈大笑起来。

　　"说起来你们不信，这酒真的比茅台还要好一些，我有个朋友他喝了我这个米酒后，他都不想喝茅台了！"卢总继续忽悠。

　　"这么好喝？我来试一口！"黑皮老婆端着卢总的酒试了一口，"咦！好像没有白酒那么难喝！"

"你本来就是喝酒的，小周你喝点不？"卢总问。秦妮说："袁俊杰不喝酒我是知道的，我也就不劝！"

"周瑾可以喝一点，他最少可以喝两杯。"邹经理一边吃一边说。

"两杯？我跟你说一斤，保证一斤没有问题，你问袁俊杰，你说是不是？"黑皮对袁俊杰说。

"没有没有！哪里喝下一斤白酒呢！喝不得！"袁俊杰一看，桌上还是两个菜。

"喝酒是喝酒，那得看菜，是不是？没有菜喝什么酒呢？"周瑾说。

"还有菜没上啦！慢慢地来嘛！"卢总说完递给她一杯满满的酒。

秦妮接过来试一口，说："还行！真的没有那么强的酒力！"

"我说了嘛！米酒就是米酒，口感当然不错的，你喝完一点问题都没有！"卢总摇了摇酒瓶说。

"秦妮喝两杯没有问题。"邹经理说。

邹经理的老婆说："两杯没问题，问题是两杯后可以打牌不？呃！同志们啦！晚上打牌不啦！？"

"打啦！你们打我就打！"黑皮老婆说，"卢总打牌不？"

卢总敬秦妮一杯酒后，一边喝一边说："我晚上不打牌，下午打了牌啦！"

"可以，只要秦妮打牌就可以，袁俊杰不能打牌，他没喝酒，我喝了酒啦，那就只能跟喝了酒的人打牌，你们说是不是？"

黑皮说："那不行！我得赶本呢！卢总，晚上不能跑哦！"

"是的，不能跑！下午就你一个人赢了，别人得赶本啦！你怎么能跑呢？！"

秦妮接着说："卢总，只要你晚上打牌，我啊！我把这瓶剩下的酒都喝了，你打还是不打？"

卢总拿筷子夹了一口菜，说："要的！只要你能把这瓶剩下的酒都喝了，我就陪你打牌，这可以了吧？"

"好！来，卢总！喝！"秦妮一大口一大口地喝着。

"你不是说没菜不喝酒的吗？"看到秦妮在大口大口地喝酒，袁俊杰心里不舒服。先前秦妮有几次喝多了酒，呕得到处都是，酒店地上、车上、楼下车库、家里床上等都有她呕吐过的痕迹。原来喝酒是为什么呢，都是为了生意上的往来，或者是朋友之间的招待，今天在这个地方，秦妮怎么这么有兴致，袁俊杰半天摸不着头绪。这时，秦妮与卢总越喝越起劲，她菜也不吃，饭也不要，就只与卢总碰着酒杯，一大口一大口地喝着。边上的邹经理看见了就说："我说秦妮，你还是不要喝那么多，你喝多了打不了牌啦！那就没味了，少喝点吧！打牌要紧嘛！不要搞得打不了牌！"

"嘿！没事。这点酒算不了什么！只要卢总说话算话，不跑哦！"秦妮已经有点无力了，袁俊杰明显感到她已经醉了，他把那酒瓶放到自己的身后，不过被秦妮发现了，她从袁俊杰的手上夺了过去，说："没事哦！米酒，没有什么酒力的！"

"后劲足呢！不要喝了，喝了那就不要打牌了！"袁俊杰说。

"不打牌不行啊！袁俊杰，这样吧！这酒可以不喝，牌得打，你说行不行？"邹经理在一旁说。

卢总急忙说："打牌可以，酒不喝不行，说好了的，秦妮得把那酒瓶里的都喝了，那我就跟你们打牌。"

"好！"秦妮一把夺过袁俊杰的酒瓶说，"卢总，说话算话，我喝了瓶里的酒，你不打牌跑了的话怎么办？"

"说话算话！我保证不跑，跟你们打牌，走了的是小狗！"卢总信誓旦旦地说。

只见嗖的一下，秦妮把一杯酒一饮而尽。袁俊杰在边上看他们把酒言欢，觉得周围的人越来越低级，他心想着，好吧，反正输的不是自己的钱，让她打牌吧，只要他们规规矩矩就可以了。

饭还没有吃完，他们就向店里走去，秦妮走路摇摇晃晃，她还不要袁俊杰开车送她去，非要她自己回去，她说自己一定会晚上十二点钟就回家的。她硬是不要袁俊杰送，转眼间就上了邹经理的摩托车，秦妮在车上跟袁俊杰一个劲地招手："回去吧！回去吧！"袁俊杰在那里看着，他心想：这是怎么回事？这好像有一点不正常，慢着，他得去搞个清楚，趁他们没注意的时候，去看看他们到底有没有搞鬼。

袁俊杰就坐在车上休息，一会儿后，他开车到自己的店子前面，他走到打麻将的地方。他们才刚刚开始打第一牌，秦妮讲话都讲不清，支支吾吾的。袁俊杰就站在边上看，心想她这样怎么能打牌呢，只见她有一对牌没有碰，他急忙提醒她碰，就说还是他来打吧，秦妮却默不吭声，那个卢总说袁俊杰上来他就不打了。

本来袁俊杰没怎么生气，自己上来打只是因为秦妮喝多了酒，现在他卢总却不想跟自己打牌，这牌大家都在打，为什么我来了打不得呢？这不是存心不给面子吗？袁俊杰顿时火冒三丈，他一把抓着秦妮的衣服把她拖了出去，秦妮没站稳，摔在地上，袁俊杰准备去坐到椅子上面打牌，不料卢总却偷偷地溜走了。他妈的，这个狗杂种跑了，袁俊杰气不打一处出，"啪"的一声，他一个响亮的耳光打在秦妮的脸上，随即就走出打牌的店里，对她骂了一句后，从车拿了她的包摔在她的边上，然后开车走了。

经过隔壁几个人的劝说，秦妮的脑子清醒了一点。这时，隔壁的李姐打电话给袁俊杰，要他回店里把秦妮接回家去。袁俊杰生气地说，要秦妮自己回来。隔壁店里的人再三劝说，秦妮也喝多了酒，怕她发生意外，于是，袁俊杰还是开车到建材市场，把秦妮接回家去了。他们的车开进车库，刚刚停稳车，秦妮就打开车门，"哇哇"地呕吐起来，吐得她从车上下来踩脚的地方都没有。

袁俊杰一路搀扶着秦妮到家里，秦妮一倒在床上就睡着了，一夜未醒，第二天起来时，她问袁俊杰："昨晚我干了什么？"

"干了什么？"他说，"你自己不知道吗？不要借酒装疯！你到地下车库里去看看，我今天告诉你，你再跟不三不四的人喝酒的话，你看我怎么办你！"

"我记起来了，你打了我！你这个没良心的！"秦妮突然生起气来。

"打你怎么啦？你不该打呀？这还算打呀！下次可不会这样打。"

"你还想怎么打？我跟你拼了！"

"你长点记性，不检点的家伙，说给你爸爸妈妈听听，让他们来评评理，一个女流之辈，一杯一杯地喝白酒，这成何体统？没有家教的家伙！我跟你说，从今往后，你不要到那里打牌了，我知道一次就打你一次，说到做到，不信你就试试看！你记住喽！"

"下次我不喝酒了，他妈的卢总，真不是人，倒了这么多的酒给我！"秦妮嗲着声音对袁俊杰说，你打了我！你说怎么办？"

"快走，都快9点钟了，还做生意不？"

第七十四集

磕磕碰碰人生路　跌跌撞撞世间途

袁俊杰和秦妮每次到店里来时，都得经过昨晚打牌的那个店。今天有点不寻常，秦妮故意不拿车上的东西，全让袁俊杰拿着，让他们都看看，袁俊杰昨天打了我，就得受点儿惩罚。这时，她高傲地走在袁俊杰的前面，她用眼睛余光扫了一下路的两旁，心里说：你们倒是出来呀，出来看看这个昨晚打我的家伙受的什么惩罚！此时的秦妮，像一个获胜的将军，而后面的袁俊杰就像是一个任她摆布的俘虏。

而此时的袁俊杰左手拿着几个袋子，右手也提着一个装着鱼的不锈钢桶，身上还背着一个沉重的工具袋，他也乐意如此狼狈，他内心知道，秦妮这是在为昨晚的事挣点面子，而他也愿意配合，毕竟生活也是舞台嘛！

店里的事情忙完之后，袁俊杰俊和秦妮坐在一起休息喝茶，秦妮这时还有余气，生气地说："你昨晚对我怎么了？你打了我！"

"打了你，怎么了？"袁俊杰也是余怒未消，"你那个样子不打你才怪呢！"

"好啊！你打了我，你还这个样子，罚你连续做饭一个星期！"

"好，做饭没问题！"他语重心长地说，"你一个女流之辈，在饭桌之上与这些不三不四的人喝酒碰杯，是什么意思呢？你的这些行为把你的过往都暴露无遗了，你不要脸我要脸！你给我记住了，从今往后，你不准在外面喝白酒了。女人得注意自己的身份、场合，难道你这些都不懂吗？"

"好好，再不喝白酒了！"秦妮也似乎认识到了自己的错误，"白酒真的是吃不得，不知道为什么每次喝了之后都出问题，要不那酒都是假酒，要不是身体上的原因，年龄大了，真的是不服老不行啦！"

"刚开始看见你喝酒的时候，我不是没有阻止你吗？我看见你跟他们敬酒，心里虽然不舒服，但是他们都是你的客户，你要挣钱生活，那是没有办法的事情，现在你做的可是堂堂正正、互惠互利的生意，没有必要像原来那样阿谀奉承、卑颜屈膝。还有，你说的没错，是的，都是假酒，你不知道吗，这些酒百分九十都是酒精勾兑的，他们说什么'酒是粮食的精，越喝越年轻'，到最后只怕中毒了！"

秦妮没有作声。

"有的人总以为这一生需要很多的朋友，一起奋斗，一起改变命运。但是，深刻去领悟，就有不一样的态度了。不管哪一种形式的朋友，都是陪你一段路，不能永恒。学会薄情一些，才不会陷入'多情总被无情伤'的套路。你的那些不靠谱的朋友，你得快些脱离他们，越快越好，你的薄情是保护自己的铠甲，虽然阻挡了别人，但保护了自己的世界。可以说，只要他们还在做这种违法的行为，就迟早会被绳之以法的，到那时，你也难免会牵扯其中。你要清楚，这个世界上盼你好的人是没有几个的，希望你失败倒下的却大有人在。这是为什么，你又不和他在一起生活，甚至和他没什么来往，他却如此盼你失败？原因只有一个：为了生存！你过得好，自然映衬出别人的不好，你过得不好，别人的心里才会平衡，会认为不如我的人还有很多。如果情况不妙，他多拉一个人垫背，一点都不稀奇！"

"如果我出了事，你会救我吗？"秦妮问袁俊杰。

"只要你走正道，光明磊落地生活，坦坦荡荡地做人，如果你出了事，我会拼命地去救你。再说，我不救，谁救？你的那些兄弟姐妹，你自己思考一下，他们会救你吗？他们自己都顾不上呢，你还指望他们吗？"

"我没有指望他们。"秦妮轻轻地说，"但是，我好像也不是那么相信你。你不要生气，我是实事求是地说，我是说有一点……"

"没事，你有一点不相信我是正常的。"袁俊杰接着说，"实事求是地说，我去救你是不用怀疑的，但是所需的费用你还是得出，你应该理解，我手头也不宽裕，也得吃饭吧，好吧！不要乱想了，你现在不是已经没有做码了嘛，没有危险了，你就放心吧，有什么事我顶着！"

"那我还是理解的，帮忙归帮忙，这年头，无论谁帮忙不都得打点打点，怎么能让你承担呢，说实在的，就算是答应一声，跑上跑下的，我就感激不尽了！"

"那倒不用，谁能保证自己不会遇到个难事呢？"

其实，袁俊杰在认识秦妮两个月后，就发现她有着痛苦的童年，袁俊杰承认自己看到秦妮买码写单的那一刻就想要离开她，然而，当他慢慢地发现秦妮的身世之后，他是那么的知所措，虽然自己不是一个救世主，但是当他看到那些弱者需要帮助的时候，他就会自然而然地生出怜悯之心。有几次他动了离开秦妮的念头，可都因为秦妮眼泪汪汪地挽留着他而打掉了离开她的念头。

与秦妮发生争论或者矛盾时，只要一看到秦妮的那双眼睛，袁俊杰坚硬的心就会立刻变得柔软起来。

原来，秦妮小时候经历过很多伤心事，最令她伤心的，就是爸爸和妈妈离婚。在这个世界上，会有谁愿意看到自己的爸爸妈妈离婚呢？这件事发生在她六岁的时候，当她和妹妹在外面玩完回家的时候，看见爸爸在堂屋里抽着烟，妈妈在厨房做着饭，一切看起来很和谐，没有什么问题，可突然妈妈弄坏了一个碗，她随即丢在垃圾桶里，这时候，刚好爸爸发现了，他走去厨房后，他们就大吵大闹起来。

秦妮和妹妹隐隐约约能听见哭声，就转过头来看妈妈，不错，真的是妈妈哭了，她先不管妈妈为什么要哭，就赶紧跑过去把纸递给妈妈，妈妈接过纸擦干脸上的眼泪，还是坐在椅子上没出声，她有点儿不知所措，该怎样劝爸爸妈妈呢？她才六岁啊！她们俩沉默了一会儿，终于，妈妈先说话了："妮伢仔，你去厨房把饭煮熟吧。不然，你们没饭吃了！"

"好。"她急忙带着妹妹去厨房煮饭。

当时，她也不明白，妈妈怎么煮饭煮着就不煮了呢？煮熟饭后，她把碗柜里面的剩菜全部放在锅里，热好后去喊爸爸妈妈吃饭，可是爸爸说不吃，妈妈也沉默着不说话。她又焦急又害怕，焦急的是不知道如何是好，害怕的是他们又吵架。就这样，这天下午，爸爸妈妈就离婚了。虽然这天气温不是很高，但还是比较闷热。许许多多云朵飘移在一起，聚成又厚又大的云块，然后又分开，就像她们爸爸妈妈一样，各奔远方。

秦妮清楚地记得爸爸妈妈离婚那天，他们带了她和妹妹一起去。妹妹还小，什么都不懂，还以为爸爸妈妈是要带她们出去玩，所以很高兴，可秦妮觉得很不对劲，特别不高兴。他们离了婚后，秦妮整个人都变得不好了，因为妈妈从此就离开她了，她再也不能和妈妈住在一起了，那天，就是她伤心的开始。

爸爸对她们很好，时常带她们出去玩。她们姐妹需要什么，爸爸就给她们买什么。爸爸一直像把她们当公主一样不过，这种幸福很快就消失了，有一天，她们的爸爸问她们找一个妈妈好不好。她只想到她好久好久没有妈妈了，有妈妈的话那该多好啊！于是，她脱口就而说出"好"，妹妹听到她说好，也跟着说好。她那时只想那个"妈妈"对她好、对她妹妹好、对她爸爸好就可以了，她没有想到……

那时，作为一个小孩子，她何尝不想有妈妈疼爱呢？爸爸妈妈离婚，她想他们一定是迫不得已的，至于妈妈，肯定想让她过得好，所以她不想让妈妈再继续这样为她担心了，让爸爸再找个"妈妈"，让那个"妈妈"代替妈妈对她好不是一样的吗？还有，她不想他们因为自己而不快乐。她可以做的就是做好自己可以做的一切，让大人不需要担心。

长大以后，秦妮才真正地明白，生活就像一串珠子，是由悲、欢、离、合穿起来的，只有体验了人生的各种滋味，才会拥有五颜六色的生活。单亲家庭的孩子，几乎都不会在生活中展露真实的自己，他们总是伪装，伪装成人人喜欢的好孩子。因为他们害怕再次失去，失去家人的爱，或者失去友情。自从有了后妈，秦妮变得更加勤快和懂事来，更加讨人喜欢了。读书时只要一放学，她就会背起一个箩筐去地里割猪草，不把箩筐装满的话，她是不会回家的。记得有一次，放学后她去山上拾柴，因为拾的人多了，等她去拾的时候，地上基本没有多少了，怎么办呢？不可能拾了这一点点就回来吧？正当她着急的时候，她抬头看到树上有很多干枯了的树枝，眼看天色就要晚了，她来不及多想，奋力地爬上树梢，等到她折了很多枯枝后下树时，突然起风了，她爬的那棵树左右摇摆起来，她吓得号啕大哭，在树上不敢动弹，幸好，同村的一个老人路过那里，把她救了下来。

单亲家庭的孩子都很敏感，他们同理心很强。因为他们懂得那份痛，他们心上都有一份别人看不到，只有他们自己心里清楚的伤痛。无论他们在外面受了什么欺负，回家里都会挤出笑给家人。他们总是记住别人的喜好、别人的生日。他们总是去关心别人，但总是不懂得表达自己，让人误会。他们不会去解释，只会自己默默地承担着，在别人看不到的地方默默的难过。

袁俊杰知道秦妮也是这样的人，如果他不好好地去爱她、关心她，还有谁呢？他知道她多么害怕孤独。秦妮感觉在生活中不能没有朋友，于是她学会了喝酒。酒真是个好东西啊，不仅能麻醉自己，还能够拉近与别人的关系，最起码你得有几个一起挣钱的人，赚到了钱，撑起自己，撑起家啊……可是袁俊杰要她清醒地意识到待人七分好，留下三分给自己；喝酒三分醉，保留七分清醒给自己。

秦妮曾问了袁俊杰一个问题："亲戚朋友是用来干什么的？"在现实生活中，我们会发现有很多很多的人，在你混得好的时候，说你是他朋友，说你是他亲戚，然而你落难了，没有一个人站你这边。

我们父辈那一代，亲戚朋友的关系很简单，就是你来到我家，我家有只鸡或者有只鸭，或者有什么就拿什么，都拿来做菜了，大家一起快快乐乐地吃一餐。哪一家米缸子确实空了，那我家有米就给你点，或者说借一点给你，不要求任何回报，也不谈什么利息。但现在，亲戚朋友之间，说实话已经不存在亲情友谊，只讲利用价值。

现在的人都热衷于锦上添花，谁愿意雪中送炭呢？一个没有利用价值的人，你别说跟别人借，就是别人欠你的，别人都不想还，因为别人已经不认可你这个朋友了，对于来他们来说，你可有可无。所以袁俊杰觉得，什么朋友，什么亲戚，这些一点都不靠谱。有时候，我们在意的东西却不是很在意我们，或许这就是一种悲哀，又或许是自己没有自知之明。

每当平静下来想这件事的时候，袁俊杰就会有愤怒，有不舍！或许只有最熟悉的人才伤得我最深。有时候，袁俊杰想：我是不是应该麻木一点，不去想那些事。可是一个人的感情怎么能控制？

最近，袁俊杰翻看袁波写的作文，他的内心再也无法平静，题目是《20年后的家乡》，内容是这样：有一次，我去看科技大赛，有一位白发苍苍的老爷爷拿着一个大机器，他介绍这个机器说："女士们，先生们……欢迎你们来到科技大赛现场，我身边的这台机器人就是我发明的时空穿梭机，它可以穿越20年的时间，比如说可以带你回到20年后你的家里，或者你的故乡，请问，现在有没有人敢来试一试呢？"

听到这些，在场的人都喊着要试，我也举起了手，这个时候，那位老爷爷看到我了，我很激动，果然，他拿着话筒对我说："就请这位少年来试一试吧！"我蹦蹦跳跳地来到老爷爷的身边，老爷爷让我摸了一下机器人，闭上眼睛。突然间，"嗖"的一声，我被传送到了20年后的世界了。

正在我满心高兴的时候，一个声音对我说："你好，我是你的机器人，我叫小吉，你叫我吉吉就可以了！"我转身一看，一个机器人正在自我介绍呢，我问它："吉吉！这是哪里？"

机器人回答说："主人，这是20年后你的家里。"

哇！我真的到了20年以后的家里了，我有点怀疑，然后我好奇地问："吉吉，那人类呢？"

机器人说："主人，人类都在家休息。"

此时，我的肚子咕噜咕噜地叫了起来，于是我说："吉吉，我的肚子饿了。"

机器人听到后就对我说："好的，主人，请你在餐桌旁等待一下。"

没过几分钟，吉吉就端过来一堆美食，全是我爱吃的，我二话没说就吃了起来

到了晚上了，我想要回家了。这时，我打了一个哈欠，机器人走过来对我说："主人，你累了吗？想睡觉了吗？我去给你放水洗个澡吧？"

我大声说："谢谢！不了，我想返回到原来的地方！"

机器人我说："好吧，那就欢迎你下次光临！"

于是，又"嗖"的一声，我回到了现实世界中，老爷爷对我说："感觉怎么样？"

我对他竖着两个大拇指，说："真棒！简直太棒了！哇，好好吃哦，它还帮我放热水呢……"我不停地夸赞机器人，本来我还想着看其他的风景，因为时间有限，就回来了。

袁俊杰静静地思考着，他的妈妈找过自己，希望他能回到他们的身边。看到袁波祈求的眼神，看到王靖落魄的样子，他的心又何尝不是疼痛的呢！哎！他也是无可奈何，现在的秦妮像母亲一样爱着他，他又怎么忍心去伤害她呢，他总不能做一个恩将仇报的人吧？嗨！命运为什么要这样戏弄他呢，他到底做错了什么啊？又有谁能告诉他啊？看在孩子的分上跟王靖复婚吧，他真的对王靖的爱没有半点把握啊！哎！这么多年来，她都没有改变过一丁半点，如果他们还是不能和睦相处，他再回到从前那个鸡飞狗跳的家，他还有活下出的勇气吗？这、这几乎不敢想象！太可怕了。有的人复婚是重获幸福，而太多的人复婚是重蹈覆辙啊！面对曾经失去的感情，我们很难轻松地用一句"再见"画上句点，因为有些错过的确充满了无奈和戏谑，这一切都是命运的安排，谁能够左右呢？袁俊杰与王靖的婚姻失败，不是两个人没了感情，而是明明有感情却很难走到一起。爱时纠缠，恨时心酸。

袁俊杰虽然知道"好马不吃回头草"的道理，但又在无数个夜晚辗转反侧，纠结到底要不要回头。他和王靖当然也有幸福的时刻，但是回头并不意味着回去。如果当初导致分开的问题解决了，那复婚未必就是不明智的抉择。

也有很多人说选择复婚的，无非就是在外面晃了一圈过后，发现还是原来的好，所以才会回头。

这句话说得有点道理。有不少人在对比之后，又死皮赖脸纠缠前任，这是以利益为重心。有些人是在失去之后，才觉出对方的重要性，才明白彼此的真心。

在婚姻里选择了利益，这不是智慧，只是一些小聪明。这样的人就算复合，没有诚挚的感情，过不了多久，又会陷入了之前的"泥沼"，结局甚至比先前还惨烈。

所以，袁俊杰想到自己与王靖的点点滴滴，不禁打了一个寒颤。

曾经，袁俊杰梦想着有一天自己会像一个城里人一样在城市里生活和工作，这对于一个农村人来说，真的是一个可望不可即的梦想啊！那些青春里疯狂不驯、桀骜叛逆的小子，总是不安分，对新鲜的事物充满了好奇。还有那场情窦初开的恋爱，多么纯粹的爱情，可是在现在，可能还有，但是没有那么浪漫了，人与人之间的交往都好像充满了铜臭味。

下雨的时候，袁俊杰很想撑一把油纸伞，到袁家岭的地里田间去看看，让那细细密密的雨打在脸上，看着远处的云烟。沿着挂满爬山虎的巷子，在光滑的鹅卵石上，悠然地走着。河里的水流为这一片田野添上一点背景音乐，好惬意的画面啊！自己曾经拼命地逃离，但是此刻自己却又是那么向往和希望回到家乡的怀抱。

袁俊杰还想到儿时的伙伴，大家各奔西东，如今有的联系不上了，不知他们是否还记得一起下池塘抓鱼，一起去树林粘知了，一起在小卖部的门口津津有味地吃5毛钱一根的冰棒，一起爬土堆，等等的情形。袁俊杰心想：日子过得还行，有一个爱我的女人，还信誓旦旦地说要照顾我一辈子，两个孩子也还算听话和懂事，其他的还有什么属于我呢？如果有，就只有袁家岭这一处地方了。袁家岭，一直都在我的心上。

第七十五集

饮水思源常念恩　为民请命谱华章

这桩案子的失败，让袁明生对鑫源集团的领导层大感失望，也让鲁志斌的阴谋达成。

袁明生在这个案子中投入了大量的时间和精力，却在最后关头功亏一篑。更让他不解的是，失败的原因竟是内部有人出卖机密。调查的过程中，袁明生却发现事情远比他想象的要复杂。内部人员看似各怀心事，每个人都有可能是那个内奸。而更让他心寒的是，他的好友兼下属刘蓝峰嫌疑最大，保险柜的两把钥匙，一把自己拿着，另一把就是刘蓝峰拿着。袁明生无法接受这个事实，他决定找出那个内奸。他开始回想庭审的每一个细节，每一个微小的线索。经过一番调查，袁明生知道嫌疑人是谁了。当然，这也印证了自己的判断是正确的！他就是——刘蓝峰！

"为什么这样做？"袁明生坐在那个他曾经视为好友的人面前，眼中充满了疑惑和愤怒。

刘蓝峰低头不语，双手不停地揉捏着那块破旧的手帕，仿佛在寻找一丝安慰。他终于开口了，声音微弱而颤抖："我也不想的，我也是被逼无奈。"

袁明生瞪大了眼睛，他怎么也不能相信，最好的朋友竟然背叛了自己。他们一起走过了风风雨雨，一起经历了人生的起起伏伏，如今却因为一个所谓的"无奈"，刘蓝峰就出卖了自己。

"你这个自私自利的小人！"袁明生大声地指责他，"我们一起经历了那么多，难道都不算数了吗？"

刘蓝峰的眼中闪过一丝痛苦，他抬头看着袁明生，声音哽咽："我知道我对不起你，但是我真的没有办法。他们找到了我的家人，威胁我说如果不合作，就会对我不客气，还有……"

袁明生冷冷地笑了："所以你就把我出卖了？你把我们当成了什么？"

刘蓝峰的头更低了："我知道我错了，但是我真的没有别的选择。我只是一个普通人，我不想……对不起！袁主任。"

袁明生沉默了片刻，他不知道该说些什么。他从来没有想过，自己最好的朋友竟然会因为这样的原因背叛他。他心中五味杂陈，有愤怒，有失望，有痛苦，但是最多的还是悲哀。他为他们的友情感到悲哀，也为刘蓝峰的决定感到悲哀。

"你走吧。"袁明生说出了这句话。

刘蓝峰抬起头，眼中满是惊讶和不舍："明生，你……"

"我说你走吧！我不想再看到你。"袁明生的声音中带着一种从未有过的冷漠。

刘蓝峰默默地站起身，他的背影显得那么落寞。他走出房间的那一瞬间，袁明生感到自己的心也跟着他的背影一起离去了。

从那以后，他们再也没有联系过。他把那段友情深深地埋在了心底，同时也把那个曾经的好友从自己的生活中彻底抹去。他明白，有些事情一旦发生，就再也回不去了。时间是最好的疗伤药，慢慢地，袁明生的心境也平静了下来。他重新开始自己的生活，虽然有时候还会想起那个曾经的好友，但是他已经不再那么痛苦了。他知道，有些人注定只是生命中的过客，而真正的朋友是那些能够与你风雨同舟的人。

然而，命运总是充满了戏剧性。在一次偶然的机会下，袁明生发现了一个惊人的事实：原来出卖自己的并不是刘蓝峰，而是另外一个他从未怀疑过的人。这个人一直在暗中观察着他们的一举一动，利用刘蓝峰的弱点设下了这个陷阱。这个人就是还是他的挚交——鲁志斌！

从此，袁明生看着鲁志斌的身影，心里就会泛起一丝苦涩。他怎么能去挤对自己的朋友呢？他们曾经一同走过那么多的路，共同经历过那么多的风雨。可是，鲁志斌在律所对他和其他的人都是那么关心和帮助，看来，这些都是假象，在的关键时刻，鲁志斌却来了一个釜底抽薪，让袁明生防不胜防。

袁明生坐在办公室里，看着窗外忙碌的街道，心里五味杂陈。他是个有抱负的人，却总是在生活的旋涡中无奈地挣扎。鲁志斌是他的同学，也是他的同事，却总是向他发出各种挑战。

第二天，袁明生接到了一个电话，得知鲁志斌正计划与他竞争一个重要的项目。他心中五味杂陈，不知道该如何面对这个昔日的老友。在深思熟虑之后，袁明生决定放弃这个项目。然而，他的决定却引来了鲁志斌的不满和质疑。

"你为什么要放弃这个项目？我们可是做了很多准备的。"鲁志斌一进入袁明生的办公室就不满地问道。

"我知道！谢谢你一直以来给予我的支持和帮助，非常感谢！要不是你，说实在的我根本就没有机会坐在这里，但是，现在不行了，我得离开了，鲁主任！"

"离开？现在才三点多钟，还没有到下班时间啊。"

"我知道，但我不想和你发生冲突"袁明生坦诚地回答道。

"什么冲突？我可是在工作！你不明白吗？"

"是的，你是在工作，不过，我今天离开后，就不会再来这里了。祝你们好运！哦，对了！我是我的辞职报告，鲁主任请你拿好！"

袁明生把那张报告向鲁志斌递去，随即走了出去。

鲁志斌急忙接住他的辞职报告，愣在原地。

外面的工作伙伴们惊讶不已，面面相觑，无法理解他们。

他们不仅是同学、同事，还是最好的朋友。他们曾经一起度过无数个夜晚，畅谈理想，计划未来。然而，随着时间的推移，他们的友谊出现了裂痕，直至今天分道扬镳。回到家里，袁明生想到刘蓝峰因为不想让鲁主任受到伤害，选择了默默承受所有的指责和痛苦。这个真相让袁明生震惊不已，他开始重新审视那个曾经背叛他的好友。原来，刘蓝峰的背叛是出于保护和无奈；原来，他的离开是为了让鲁主任能够更好的到保护；原来，那份痛苦一直是他一个人在默默承受着。

袁明生的心中涌起了一股复杂的情绪，有感动，有愧疚，有惋惜……他意识到自己当初对刘蓝峰的指责是多么荒唐和残忍。他决定找到刘蓝峰，向他道歉并重新建立他们的友谊。

袁明生独自一人坐在黑暗中。指责的声音在他脑海中回荡，他开始反思自己的过去。他一直以为自己是个成功者，但现在他才发现，他所谓的成功只是一个空壳。他忽略了身边的人，忽略了他们的野心和欲望。他甚至开始怀疑自己的人生观和价值观。

经历了内心的挣扎和反思后，袁明生决定重新开始自己的事业和生活。他决定创立了一家自己的律师事务所。在这个过程中，他遇到了很多困难和挑战，但他始终没有放弃。他用自己的行动证明了自己的决心和勇气。

同时，袁明生也开始重新审视自己的人际关系。他不再轻易相信别人，但也不再对别人充满敌意和猜疑。他学会了在人际关系中保持适当的距离和警惕，同时也学会了尊重和理解别人。在这个过程中，他结交了很多新的朋友和获得很多支持者。

　　袁明生经过多方打听，终于找到了刘蓝峰，他被一家公司聘为法律顾问，经过电话联系和沟通后，他们相约到附近的咖啡店聊一聊。

　　到了咖啡店，袁明生发现刘蓝峰律师坐在一个角落里，他走了过去："刘律师，你来了！"

　　"来了，袁主任！"刘蓝峰急忙站了起来。刘蓝峰看着袁明生，心中涌起一股暖流。他知道，袁明生是理解他的。他突然觉得，袁明生比原来高大起来。

　　"坐坐坐……"

　　"实在是对不起你，袁律师，我……"

　　"过去的事就让它过去吧，我都知道了，我也对不起你！过去的事我们就只字不提了吧！今天，我们要为未来，为明天做准备。今天，我们兄弟敞开心扉，畅所欲言！"袁明生随即叫来服务员上咖啡。

　　两人坐下后，袁明生打趣道："刘律师，最近还好吧？"

　　"不行啊！袁主任，自从离了鑫源律所，我就不知道怎么搞的，人没有精神，也没有了目标，更没有干劲！"

　　"怎么闷闷不乐的？是不是工作太累了？"

　　"在一家小公司做法律顾问，事情不多，工资不多，吃不饱饿不死。这年头，这点工资连老婆孩子都难养活啊！"

　　刘蓝峰看着袁主任，心中如波涛般翻涌。他深吸一口气，说道："袁主任，我想和你谈谈工作的事情。难道你还想在鑫源混下去啊，要不你单干吧？我全力支持你！"

　　袁明生放下手中的咖啡杯，看着刘蓝峰，眼神中透露出希望："知道今天我为啥要找你吗？为的就是这个事！"

　　"袁主任，你不在鑫源律所啦？"

　　"嗯！"袁明生点了点头说，"几天前我就辞职了！"

　　刘蓝峰当即拍了一下桌子，站起来说："好！那就好！！"

　　接着，刘蓝峰鼓起勇气，把自己的想法和疑虑一股脑儿地倾诉出来。他谈到了原来在鑫源律所遭到鲁志斌等人的排挤，谈到鑫源集团存在的问题，谈到了他对未来的担忧。他说完后，两人陷入了沉默之中。

　　良久，袁明生打破了沉默："刘律师，我理解你的想法。我们确实需要改变，不然就会被时代淘汰。"他顿了顿，继续说，"我租的场地不大，就只能放得下几张办公桌！"

　　"没事！袁主任，我们慢慢地来嘛！以后做大了，办公室可以再搬啊，说吧，你准备什么时候开业？"

　　"我想越快越好，房租一天一天算的，我们要抓紧时间啊。"

　　"好的，明天上午我就辞职，下午我去你的律所报到，哦！袁主任，你还要人手吗？我有个同学也是大学法律系毕业的，没事做呢，如果……"

"当然，要啊！你们明天一起过来！"

"好的，好的！谢谢袁主任！"

"谢什么！为了我们的事业，干杯！"

"干杯！"

"袁律师，律师事务所你取的什么名字？"

"源泉，源泉怎么样！"

"源泉好啊！源源本本，谋如泉涌，源泉万斛，左右逢源！好！这个名字真的好！我喜欢！"

"哈哈！"袁明生笑一笑说，"好好好！想不到刘律师居然还有这等文采！来来来！干杯！"

"干杯！……"

经过十多天的紧张施工和布置备，源泉律师事务所在锣鼓喧天、锦旗招展的热烈气氛中开张营业了。这天阳光明媚，晴空万里，在成立的会上，袁明生邀请长阳市电视台、《长阳日报》等一大批媒体报道，袁明生在台上大胆地提出了律所的愿景规划和发展目标。在会上的自由发言环节上，袁明生说："只有共同努力，方能改变现状。实现梦想！一炮打响！"刘蓝峰则说："我们不能因为一时的困难而放弃，要有信心和勇气去面对。"

他们的发言引起了在场所有人的共鸣。大家都为他们鼓掌喝彩。这天晚上，袁明生和刘蓝峰等几个人在一家小酒馆里庆祝他们的源泉律所成立。袁明生举起酒杯："刘律师、何律师，感谢你们一直以来的陪伴和支持。让我们团结一致，继续努力，把源泉律所建设成为长阳市最有影响力的律师事务所！"

刘蓝峰也举起酒杯："袁主任，干杯！"

"干杯！"

他们几个人相视一笑，一饮而尽。

正如袁明生所料，源泉律师事务所经过电视台、报社等媒体的大力宣传，业务增加迅速，不日就在长阳当地小有名气。

这天在一家茶楼，袁明生刚刚接待完一个客户，正要离开的时候，一个声音传来："袁明生，你还记得我吗？"

他转过头，看到了一个熟悉的面孔，是鲁志斌。他看着鲁主任，不知道说什么才好，于是"嗯哼"了一声。

"你怎么在这儿？谈业务？"鲁志斌再次问道。

"我正好路过。"袁明生淡淡地说，掩饰着自己的情绪。

"哦，你看，来得早不如来得巧，咱们坐下喝杯茶吧。"

"茶有什么好喝呢？没时间！"袁明生说道。

"听说你最近在长阳律师界很风光啊。"鲁志斌调侃道。

"还好，只是运气好而已。"袁明生轻描淡写地回答后，说了一句"再见"就自己先走了真的是冤家路窄，长阳市只有这么大，源泉律师事务所与鑫源律师事务所为了争取新未来公司的法律业务而大打出手。鑫源律所财大气粗，实力雄厚，源泉律师事务所当然不是它的对手，但是袁明生还是表现出不屈不挠的精神，他自己也知道鑫源事务所的办事风格和运营漏洞。他想出的各种对应措施和解决方案，势必拿下新未来公司的业务。然而，由于鑫源集团的高层出面，"新未来"的业务能争取到的概率很小了。

看到煮熟的鸭子就要飞了，刘蓝峰、何小梅律师都不抱希望了。

袁明生深吸了一口气，坚定地说："放心吧，我会全力以赴，不辜负大家对我的期望。"

然而，事情并没有像袁明生想象的那么简单。他很快就发现，他面临的竞争比他预想的还要激烈。鑫源律所在暗中较劲，试图找出他源泉律所的弱点。

正当袁明生感到绝望的时候，他接到了一个神秘的电话。电话里的人自称是新未来公司的法律顾问，希望和袁明生见面谈谈。

袁明生感到既兴奋又紧张。他知道这是一个机会，他精心准备了一番，然后去见了那个法律顾问。他们的会面很顺利，那个法律顾问对袁明生的专业知识和能力非常满意。虽然鑫源集团的高层领导出面，但是他们新未来更加看重专业技能和职业道德。最后，他告诉袁明生，他们决定把所有的法律事务都交给他的事务所处理。这个消息让袁明生欣喜若狂。他回到律师事务所，把好消息告诉了刘蓝峰和其他同事。他们都为他的成功感到高兴。

然而，第二天上午，袁明生接到了一个电话，他一看，他简直不敢相信自己的眼睛，手机上来电显示出现"鲁志斌"三个字，他心里咯噔一下，把手机扔到了一边的沙发上，任由它一遍又一遍地响着。可是，鲁志斌不屈不饶，一遍又一遍地打了过来。

这个不要脸的家伙！袁明生心里骂道，不情愿地接通了电话……

"明生，明生吗？明生说话呀，明生！我知道我对不住你！明生！"

"你有什么事！"袁明生冷冷地说。

"明生，明生，真个不好意思，我知道我们之间已经没有什么好聊的，但是今天打电话给你，我也是实在没有办法啊！我不得不找你帮忙，就算我求你了！明生。"

"求我？我没有听错吧？鲁主任！"袁明生讥笑道。

"是的，求你！明生！你别叫我鲁主任啦！你就叫我鲁志斌！我该叫你袁老板啦！"

"千万别这样说！鲁主任，你有什么事就直说吧。"

"好的，！袁老板！不，就叫你袁律师，啊，不！袁主任……哎……我问你，你们源泉律所最近是不是与新未来公司签定了合作意向书呢？"

"没有啊！"

"没有？袁明生，你签了就签了嘛，没必要骗我。"

"鲁主任，我们还真没有，只是谈得很好、很投机，就差签字盖章了！"

"哦！这样，袁明生，袁律师，这次你得要帮我，事情是这样的……"

听到了鲁志斌的话，袁明生不知道说什么才好。

他说了一句"让我考虑一下"就挂了电话。

鲁志斌为了争取自己的利益，接着又打了一个电话给袁明生，说他要与袁明生面对面谈一谈，不管他在哪里，他都得找到他。

袁明生真的好无语。

在那间咖啡厅里，他们俩相对而坐。

"你的成功并不是偶然的，是你坚持不懈的努力和不断的学习，才让你走到了今天。相信在你的努力之下，你们源泉律所一定会蒸蒸日上，拥有更多的客户和业务的！"鲁志斌对袁明生说。

"鲁主任，我没时间陪你聊天，快说吧，找我有什么事呢？"

"明生，你知道的，我在鑫源律所的主任位置上已经坐了多年，这些年来，基本上都得到了大家的认可。可是，最近感到了一股莫名的压力，上面居然有几个董事点名要下放我，你看这像话吗？你是知道的，可以说为了鑫源律所，我是任劳任怨，鞠躬尽瘁，没有功劳也有苦劳啊！那几个董事太没有良心了啊！明生，看在我们这么多年的同学同事的分上，我希望你能帮帮我！"

"志斌，在我袁明生的心目中，你鲁志斌是我的好友，更是我的恩人，当年，我还是一个无业游民，在你的指导之下成为一名律师，是你鲁志斌给了我很多帮助和指导，还有进入鑫源律所的机会，让我在律所里站稳了脚跟。俗话说'滴水之恩当涌泉相报'，因此，对于你，我袁明生一直心存感激。我想说的是，我并没有因为我在鑫源律所与你发生的一切而记恨你，我知道你也有难处，我不怪你。"

"好好好……明生，难得你这样深明大义，在鑫源律所发生的事情，确实是我的不对，我今天也是为原来在鑫源的不当行为向你道歉的，希望你能原谅我这个自私自利的小人！"

"别这样说，志斌，每个人的处境都是不同的，你看我们律所才成立不久，业务也不多，客户也很少，如果我放弃新未来公司这个客户的话，其他的同事恐怕会有意见啊！"

"这样的话，我只有被裁掉的命，嗨！你不知道啊，明生，你嫂子要走了，小孩儿才这么大呢！"鲁志斌话还没有说完，就"扑通"一声跪在地上大哭起来。

袁明生被他这突如其来的举动搞得不知所错，他急忙扶起跪着的鲁志斌，然后在旁边的桌子上抽了几张卫生纸一边帮他擦眼泪一边问："走了？什么意思？嫂子怎么啦？"

"肺癌晚期，就只有三个月的时间了。"

"啊！怎么搞的呀？你怎么不早说啊！"袁明生大吃一惊。

"早说？我怎么好意思说啊，你看我跟你的关系……"

"哎！怎么搞的嘛！还能治吗？有希望的话一定得治啊！"

"医生说一点希望都没有了，要我准备后事呢，呜呜呜……"

"哎……"袁明生叹了几口气说，"现在都这么晚了，孩子呢？"

"他一个人在家呢。"

"一个人！这怎么行哦！你快回去，快回去！小孩子一个人在家怎么行啊？你回去吧，你的事我知道了，我会处理好的，你快回去吧！"

鲁志斌擦干眼泪了，就跟袁明生告别了。

鲁志斌走后，袁明生却发现自己的心情变得复杂起来。他不想和鲁志斌竞争了，因为他知道鲁志斌此时的处境是多么艰难，重病的妻子，待抚的小孩，他更需要新未来公司的合作，其实鲁志斌的实力和才能都足以胜任主任的位置。但是，他在这个行业和岗位上一直是得过且过，安于现状，没有危机意识，自从成为律所的主任之后，从未做出大的贡献和成绩，难怪鑫源的那些董事要裁掉他。如果鲁志斌被裁员了，他肯定会回到自己曾经的那种漂泊流浪的生活，何况他的妻子还……他不敢想下去了。

在这个时候，袁明生面临着进退两难的选择，他开始考虑自己的未来和职业发展，同时也考虑鲁志斌的情况，他如何能在这个事情上做到两边都能够顾及和满意呢？他不想因为竞争而破坏了他们之间的感情，但是他也想在自己的职业生涯中更进一步。在经过一番思考之后，袁明生最终做出了一个决定。他一方面决定放弃与新未来的合作计划，全力支持鲁志斌，让他先拥有份稳定的工作和收入，以后再帮助他进步和发展；另一方面，他想到了自己的律所，虽然放弃与新未来签约，但是并不是放弃源泉律所，他深信任何人或者公司的成功都有多方面的原因的，难道源泉律所没有这个业务就要倒闭？当然不是，没有机会，我们可以去寻找、去创造！只要我们自己为了梦想主动出击，勤于思考，就不怕没有机会。

还有，如果刘蓝峰律师他们知道我为了鲁志斌而做出伤害源泉的事怎么办呢？他们的关系是势如水火啊，虽然鲁志斌遭遇了前所未有的变故和打击，但是刘蓝峰并没有自己与鲁志斌那层多年的交情，他肯定不会就这样轻而易举地原谅鲁志斌的，怎么办呢？袁明生突然想到，如果自己放弃新未来的那桩业务，而得到了另外一桩比它更大的业务的话，他们也许就不会那么在意了，到时候，他说服刘蓝峰他们也容易得多！好！就这么办！想想看，还有那些案子他可以去争取一下？哦！前些天，劲能公司的法律顾问说有一桩大案正在找他，那是一家大公司啊，劲能公司他也是打过交道的，彼此之间也都熟悉，跟他们应该很容易谈妥。只怪自己当时很忙，有些冷落了他，直到现在都没有联系呢，行！明天去办公室了一定要跟他联系，不！不！不！我得马上打电话给他……

袁明生的决定让鲁志斌感到意外和感动。他向袁明生一遍又一遍地忏悔自己的过去，一遍又一遍地对天发誓再也不做对不起他的事了，一遍又一遍地希望袁明生能原谅他。袁明生对他的支持和帮助，他没齿难忘。鲁志斌还主动上门找袁明生谈了一次话。他坦诚地表达了自己对于律师行业的想法和感受，告诉袁明生自己希望在今后的工作上事情上，寻求其他的合作共赢的机会，并带来了一些他们鑫源律所不擅长而袁明生又很熟悉领域的案件，还当场推荐了几个潜在的客户给袁明生。袁明生十分感动，他也坦诚地说出了自己的想法和顾虑。两人聊得很深入，彼此之间的误解和猜疑烟消云散。

而袁明生与劲能公司的合作，也让律所的所有人对袁明生的做法表示赞赏和钦佩。他们认为，袁明生的决定不仅展现了他的大度和胸怀，更展现了他的职业素养和人格魅力。这让源泉律所的凝聚力更强了。他们时常一起聚餐、聊天，交流工作经验和心得体会。他们不仅是好友，更是事业上的合作伙伴和互相支持的战友。袁明生用他的行动证明了自己的价值和品质。他不仅是一个出色的律师，更是一个有情有义、大度宽容的人。在现实生活中，竞争是不可避免的，但真正的胜者往往是那些能够放下个人利益、全力支持他人的人。

经过一段时间的努力，源泉律师事务所走上了正轨。业务不断拓展，客户群也日益扩大。在这个过程中，袁明生不仅实现了自己的事业目标，而且实现了自己的人生价值。

然而，袁明生并没有满足于此。他知道自己的路还很长，还有挑战等待着他去面对。但他已经不再是那个容易被击败的袁明生了。他已经成长为一个更加成熟、自信和坚韧的人。他将用自己的行动证明自己的人生价值，不断前行在新的征程上。

袁明生意识到，无论在工作还是生活中，真正的朋友是那些愿意为你考虑、为你付出的人。随着时间的推移，袁明生和他的团队处理的案件越来越多，他们的事业也在不断发展。袁明生决定继续为那些需要帮助的人奋斗，为了正义，为了公平。他们不仅在法庭上为当事人争取权益，而且在生活中为他们提供帮助和支持。他们的行动，激发了更多的人加入正义的事业。在这个过程中，袁明生也意识到，正义的力量是无穷的。只要人们心中有正义的信念，就能够战胜一切困难和挑战。他希望通过自己的努力，让更多的人相信这个道理。只要有坚持正义的人存在，就能够让这座城市更加美好。他们用事实告诉我们，正义或许会迟到，但永远不会缺席。只要他们坚持信念，就能够战胜一切困难和挑战。这座城市，这个社会，因为有了他们而变得更加美好。

第七十六集

不堪回首凭天助　乐善好施惠乡邦

俗话说，父母在家就在。自从父母去世后，袁俊杰就像水面上的浮萍一样随风飘荡，家在哪里呢？有老婆的地方是家？秦妮不是老婆却胜似老婆！虽然秦妮像母亲一样服侍照顾着他，可是他还是一直没有感受到家庭的气息，这是为什么呢？他常常有这一种感觉，就是觉得屋里空荡荡的，他们好像缺了一点什么。俗话说，家有孩子才完满。而秦妮给他的只有温暖，他的人生却并不完满。

他和秦妮一起做的生意是顺风顺水，蒸蒸日上。在店里相处时，他们理解、信任、尊重、宽容对方。袁俊杰感到只有在店里时他才感受到家的感觉，店子才是他们风雨相依的两人世界，店子才是他们相濡以沫的家。为了爱情的继续，生活的美满，他们知道互相取悦对方是多么的重要，还有尊重对方的一些正当的兴趣和爱好，不强硬改变对方的念头。

爱一个人最重要的也许不是山盟海誓和甜言蜜语，而是在生活中用心、用情，那才是爱的密码。例如，只要袁俊杰出门，秦妮都会为他泡上一杯茶让他带上，而他也会给秦妮一个亲吻或者一拥抱。感情就像一桌酒席，爱是主食，宽容、理解、信任、尊重就是一道道菜，欣赏、幽默、趣味就是酒和饮料，只有具备上述各种菜品，才算得上完美无缺的宴席。

与袁垣、袁波在一起就是家？袁俊杰也常常问自己，与孩子在一起的时候，他确实感受到无法形容的快乐和幸福，这是血浓于水的亲情啊。家是一段时光，家是一种情怀。是家给了我们希望，让我们享受无尽的欢笑，可是自己对于孩子们的妈妈又是那么不信任和不理解，难道让他再来一次？重蹈覆辙的代价不是谁都能承受得起的，精彩重演的故事就算很有意义，可此时的袁俊杰已经有心无力。曾经拼了命也要成功的事业，曾经不顾一切保护的婚姻，现在看来好像都没有什么意义，这些都被岁月这把刀肢解得支离破碎，无处追寻，曾经的一切，不得不成为曾经！

有房就有家？也不尽然，袁俊杰感觉到这话虽没错，房屋其实质只是一处遮风避雨的场所，一个晚上休息的地方，一种挣钱的投资方式。但是没有爱没有情，住在里面的人哪里有家的感觉呢？甚至还不如一个堆放杂物的仓库。俗话说外面的金窝银窝不如自己的草窝，真正的家是爱的聚合体，情的综合场。豪华气派都是装饰，有情有义才是主体。

试看天下之家，皆为爱而聚，因情而集！家不是装修、电器等物质堆砌起来的空间。家是一个感情的港湾，是灵魂的栖息地，是一个精神的乐园。就是和家人在一起的情感的全部。拥有它时，它平凡如柴米油盐，但是当失去它时，也许掏心掏肺也找不回。家需要有爱的亲人。需要那份特别的真情实感，两个相互牵挂的人就是家，家在这里上升为一种信仰，一种精神力量。

家是由父母、伴侣和儿女组成的安乐窝啊！人这一辈子，无论变成什么样子，家始终都在那里。有钱没钱，都对你不离不弃；风光落魄，都和你相伴相依。家，是什么？家不是战场，不要动不动就吵吵闹闹，随便恶语相向。这个世界，最疼爱我们的是家人，最包容我们的是家人，然而，何处是我家呢？

如今父母亲都不在了，姐姐袁新兰和姐夫王木林他们也在长阳市买房定居了，外甥也考上了大学，他们一家人生活得还不错。只是自己……怎么说呢？就用那句"一切都是最好的安排"来安慰自己和概括吧！袁垣、袁波也这么大了，俗话说儿孙自有儿孙福，他们有没有什么出息，就只能看他们自己的造化了啊！回头望去，袁家岭还是袁家岭，山还是山，水还是水，田还是田，地还是地。夏日的阳光依然炙热，而本来模糊的袁家岭此刻却变得越来越清晰起来。

于是，他联系了一下二叔袁青水，他要去袁家岭看看。这天一早，他就驱车前往，在袁家岭刚进入他的眼帘时，他似乎有一种陌生的感觉，进村的道路原来是那么坑坑洼洼，现在都修得平平坦坦，那些小时候看到的老房子已经不见踪影，是啊！自从父母搬去城里同袁俊杰住一起后，赶上春节、清明，差不多一年也就回去两三次。每次也都是匆匆地去然后匆匆地回，很少能够有机会好好看看这个儿时的家了。父亲袁青山走后的这几年，他来袁家岭的次数就越来越少了，他都记不清上一次是什么时候来的呢，不过，如今眼前的一切都令他感到快乐和欣喜，袁家岭变得越来越好了呀！

他来到自己的老屋前面，虽然老屋已经在前两年被定为危房而拆除，但他也能在这个熟悉的地方找到它的痕迹，曾经父母住在哪间房，哪间房是他住过的，哪间屋子又是厨屋和厕所，这些地方都被杂草或者荆棘遮盖，他现在静静地看着，这一切都是那么安静。他的脑海里浮现着曾经的父母亲的模样，自己在这里生活的时候，他不是一直在追寻着自己的家吗？这才是他真正的家啊，然而，这个家却又不复存在了。今天，他回到了家，但家里除了他什么都没有了，他好想回到曾经的家啊，好想，好想！

原来他从学校一回到家里，第一句话就是："嗯妈，饭熟了吗？"他真的喊了一声："嗯妈，我回来哒！"然而没有回应，他看着满地的草叶，感到难过起来，他轻轻哽咽起来，再也找不到自己的归宿，悲痛之情溢于言表。他站在那里发呆。

"俊伢仔回来了！俊伢仔回来了！不要难过！都过去了！"不知是谁的声音，把他拉回到现实中。

"是的，是的！我没有难过。"袁俊杰回应了几声后，前后左右查看，发现空空如也。

突然，他想起了什么，他急忙用手擦了擦眼睛，可是他那流出的眼泪早已出卖他。

小时候，曾无数次地从这里进进出出，与儿时的玩伴一起去邻居家串门，拿着网耙和鱼篓去溪里河里摸鱼挖泥鳅捉鳝鱼。听母亲呼喊才回家吃饭，然后一身泥泞地跑进屋里。

每次在电视看到或者听见别人说在河里搞鱼的事情，那晚上就一定会做一个自己在河里捉鱼的梦：那是他六岁的时候，有一次，袁俊杰跟同伴去玩，天黑的时候还没回家，他妈妈侯大娘急得团团转，到处找不着他，就去算命的那里算了一卦，听到了没有事时，她才放下心来。一会儿后，只见他穿着短裤，左手拿着衣服，右手拿着三条鲫鱼往家里走来。每次梦到这里，袁俊杰自己也情不自禁地笑出声来。

其实，袁俊杰每次去外地办事，车辆经过袁家岭时，他都会探出头来看看，虽然在移动的车上看不到什么东西，不过他心里还是有点惊喜，一切都是那么模糊不清，如果不看，他反而会默默地记挂在心里，常常想起，这也是他难以抗拒的欲望。时间久了就会想家，而每一次返回，在车上看到那些熟悉的屋顶，内心都是雀跃不已。

走过自己的老屋后，袁俊杰发现，农村除了一些新修的楼房之外，就没有其他的改变了，难道是人们都去了城市里面生活，农村才变得越来越萧条了？当然，一个现实的问题就是，农村的人口越来越少了，大部分人都在外面打工赚钱养家。当他走在村里的马路上，感觉现在的农村越来越孤寂，已经没有原来的那个人烟气了，因为农村的学校已经是空荡荡的了，很多家庭的孩子都在镇里读书，很多人生活压力非常大，一年四季都是在外面打工，平时很少回家，只有过年的时候才回家一次，过年在家里也住不了几天，因为工厂初八准时开工，最迟也就是过了正月十五，就基本上都走了。

此时，他想起了省城也有一个叫做袁家岭的地方，有一年在省城住了一晚，他写了一首关于袁家岭的诗：

袁家岭/是我的故乡/她在岳阳新墙/听说袁家岭/也是长沙/最热闹的地方/每次回到故乡/我就感觉/她比长沙的袁家岭/还要好/每次到了/长沙的袁家岭/我常常梦想/如果/这就是故乡……

还写了一首《新墙河》：

新墙河

新墙河水静悠悠，两岸金波香自幽。
昔日硝烟虽已远，英风浩气永长留。

袁家岭在党的政策指引之下，进行了一系列的改革和开放，也实现四个现代化目标，各级各部门可谓是"撸起袖子加油干"，昔日破烂不堪的农村现在已经建成为欣欣向荣的现代化城镇了，高楼林立，街道整洁，车水马龙，繁花似锦，充满着无限的希望和活力。

留在农村能有什么意义呢？眼下有钱人眼里是诗和远方，但是在穷人眼里生活非常艰难，农村又有几个有钱人呢？又有几个有钱人在农村呢？农村人有着说不尽道不完的苦和心酸，因为在农村赚钱太难，没有产业支撑，现在的消费高，柴米油盐酱醋茶，处处需要钱，很多人在农村赚不到钱，就只能出远门打工。在农村，年满十八岁的青年、六十多岁的老人都会出门打工赚钱，很多老人会选择在城里做保安，哪怕一个月只有那么几百块钱，虽然工资不高，但是能维持生活，他们也愿意干。

不知不觉已经到了吃午饭的时间，二叔打电话来了，说是饭菜已经上了桌，就等他来吃饭了。袁俊杰挂了电话就向二叔家里走去，他经过代销店前面的时候，看见大门紧闭，窗户也是没有一扇是开着的。等他走到二叔家里一问，他才知道，天亮叔去年就走了，就埋在村前头的小山岗上。他正在纳闷儿，身强体壮的天亮叔为什么这么快就走了呢？二叔说先吃饭，等下告诉他。

原来，去年的这个时候，袁家岭发生了一件大事：

群山环抱的袁家岭，本应是一片宁静祥和的乐土。然而，近十年来，连年不断的水患如同噩梦般缠绕着这个村落，每一次洪水来袭，都留下满目疮痍和无尽的哀伤。

这一年，雨季似乎比往年更加漫长而猛烈，天空仿佛裂开了口子，无休止地倾泻着雨水。村民们的心，也随着河水的上涨而提到了嗓子眼。村头代销店边上的老槐树下，聚集着全村老少，他们的眼中既有对未来的恐惧，也有对命运的无奈。

就在这时，只见飞飞牵着一位衣衫褴褛、面容沧桑的老者向袁家岭走来，他手持一根破旧的竹杖，背上背着一个布包，里面似乎藏着不为人知的秘密。村民们对这位不速之客投以好奇而又警惕的目光。在绝望之中，生出一丝希望——或许，这位先生能带来什么转机。

"乡亲们，我乃云游四方的僧人，途经此地，见你们面带愁云，心中忧虑，特来相助。"他的声音低沉而有力，穿透了雨幕，也穿透了人们心中的阴霾。

老者一说完，飞飞就在边上使劲地点头。

村民们半信半疑地将算命先生请到了村中的祠堂。烛光摇曳中，算命先生的眼神变得异常深邃，他缓缓开口："巴新十八境，龙脉就在袁家岭。袁家岭今之祸，非天灾，亦非人祸，而是天地灵气失衡，导致水脉紊乱。唯有找到那处关键之地，以血肉之躯献祭，方能平息水患，还云隐村以安宁。"

此言一出，祠堂内顿时一片哗然。有人惊恐，有人愤怒，更多的人则是难以置信。但在这绝望之际，即便是最荒诞不经的提议，也成了唯一的救命稻草。

"先生，若真如此，我们该如何做？"村委书记袁长龙颤抖着声音问道。

算命先生沉默片刻，指向了村外那座终年云雾缭绕的青山："对面的山之巅，有一古老祭坛，乃是水脉之眼所在。须挑选一位心无杂念、甘愿牺牲之人，于月圆之夜，登上祭坛，以自身之血，引导天地灵气归位。"

消息迅速在村中传开，村民们陷入了前所未有的沉默与挣扎。谁愿意去呢？谁愿意成为那个牺牲者？谁又能忍心让自己的亲人去面对这样的命运？

就在这时，一个人站了出来，谁？他就是代销店的老板袁天亮，自幼便对天文地理有着浓厚的兴趣的他，曾多次尝试寻找解决水患的方法，却都以失败告终。此刻，他目光坚定，仿佛已经做出了决定。

"先生！我愿意成为那个牺牲者。"袁天亮的声音在祠堂内回荡，震撼着每一个人的心灵。

"不行！不行！绝对不能以牺牲生命为代价！无论是谁！绝对不行！"袁长龙斩钉截铁地说。

"书记，是时候了。"袁天亮睁开眼，目光深邃，仿佛能洞察未来。他缓步走向村长，"扑通"一声跪下。

袁长龙面色凝重，心中不禁咯噔一下。"天亮兄！为什么要这样呢？你不要命了？"

袁天亮点了点头，说："书记，你让我去吧！我孤孤单单的一个人，了无牵挂，我不去谁去？山外之敌，窥伺已久，欲夺我村之灵脉。若不及时应对，恐有灭顶之灾！"

袁长龙闻言，脸色大变，忙请老者细说端详。原来，雾隐村之所以能在这乱世中独善其身，皆因村中藏有一条古老的灵脉，能滋养万物，保一方平安。而如今已遭邪魅破坏。

"先生，我知您非池中之物，多年来以凡人之躯，行非凡之事。但此次危机，我们除了这个办法之外，是否还有其他的方式化解？"袁长龙问。

老者叹了口气，说："此乃命中注定啊！俗话说一物降一物，不入虎穴焉得虎子啊。"说完就大笑不止地走了。

这时，袁天亮眼中闪过一丝决绝的神色："书记，我袁天亮自幼生养于此，受家世之恩，早已立下誓言，守护袁家岭至死不渝。此番危机，唯有我以身祭灵，方能保我村周全。"

"那样你会没命的啊！"

然而，袁天亮微微一笑，说："我心中最牵挂的，始终是袁家岭的命运。我深知，仅凭卜卦之术，只能解村民一时之困，唯有找到根本之策，方能彻底改变村庄的命运。我在二十年前就开始学习周易预测，深入山林，遍访乡野，试图找到一条带领村民走出困境的道路。然而，都是徒劳无功，看来一切都是最好的安排，嗯里谁都不要阻止我，阻止我也有用，因为现在，正是用我的时候。"

"哎……"袁长龙不停地叹气。

消息传开，袁家岭上下一片震惊。村民们自发组织起来，为袁天亮准备了一场简单而庄重的仪式。夜幕降临，村中灯火通明，袁天亮身着白衣，站在村中心的祭坛上，四周的村民们以虔诚的目光注视着他。

"天亮兄，您是我们的恩人，更是我们袁家岭的守护神。希望您平安归来。"袁长龙哽咽着说。

袁天亮微微一笑，那笑容温暖而坚定："大家放心，我虽去，但魂归袁家岭。记住，无论未来如何，都要团结一心，守护好我们的家园。"

他最后一次站在村头，望着这片他用一生守护的土地，缓缓说道："我这一生，无憾矣。请记住，真正的力量，不在于占卜与法术，而在于我们每个人的心。只要心怀希望，团结一致，袁家岭便能永远繁荣昌盛。"

村民们震惊之余，更多的是感动与不舍。他们知道，这一去，便是永别。但面对袁天亮的决心，他们只能默默祝福，祈祷奇迹的发生。

这天晚上，风雨交加，电闪雷鸣，袁天亮独自一人踏上了灵脉所在幽谷之路。山路崎岖，荆棘密布，每一步都异常沉重，但他心中却是前所未有的平静。他步伐坚定，心中只有一个念头——守护袁家岭。经过跋涉，他终于来到了那处被古老符文环绕的洞穴前。

当他终于站在那座古老祭坛之上时，发现前进一步就是悬崖峭壁，四周的云雾仿佛都为之散去，露出了皎洁的月光。袁天亮深吸一口气，闭目凝神，开始念诵起古老的咒语。随着咒语的回荡，他的身体逐渐被一股神秘的力量所包围，皮肤下隐隐有光芒流动。

"以我之血，祭我之魂，封灵护村，永世安宁。"说完他猛然睁开眼，一口鲜血喷出，化作一道红光，直冲灵脉而去。瞬间，整个山顶震动不已，光芒大盛，随后归于平静。接着，他按照老者的指引，咬破手指，将鲜血滴入祭坛中央的古老符文之中。那一刻，天地间仿佛有一股力量在涌动，祭坛周围的空间开始扭曲、旋转。

就在他以为自己即将成为历史的尘埃时，一阵耀眼的光芒将他包围，随后，一切归于平静。当他再次睁开眼时，产生了幻觉，晕头转向。他发现自己竟然站在了一个陌生的现代化村庄，他微笑了一下，便向前走去。

那一刻，整个雾隐村仿佛都笼罩在了一层淡淡的哀愁之中，他的遗体被安葬在了村后那片他最喜爱的山坡上，在那里，可以看到整个村庄，他仿佛从未离开，一直在默默守护着这片土地和这里的人们。

"哎！天亮叔原来还要我跟他学算命呢。"袁俊杰说。

"哦！他还找过你？他是到处找人做徒弟……"

"是咯，听说他算命看卦的本事蛮厉害哟。"

"何止是厉害，嗯百晓得，黄家墩的黄半仙都败在他手下，那是他亲自说我听的！"

"想不到他又咯样走了，好可惜啊！"

"哎……"

"可惜的事情多着呢！这不，贤辉爹在屋里作孽啊，吃了上顿没下顿，哎！"

"贤辉爹！? 他不是有儿子吗？"

"是啊！儿子是有，就是没钱，听说自己婆娘孩子都养不活哒哦！哎！没有读过多少书，说是在城里，只是在城里打工挣钱而已，他们不像真正的城里人有见识，赚钱的事，那真是没得比啊！"二叔叹了口气说。

"二叔，我们袁家岭还有几个像贤爹这样的孤寡或者空巢老人呢？"袁俊杰问二叔。

"还有几个？"二叔说，"有十几个呢，怎么啦，你要干什么呢？"

袁俊杰说："没什么，我想到了我去年在城里参加去敬老院孝敬老人家的那些活动，如果我们袁家岭也建了一个这样的敬老院那该多好呀！"

"那样好是好！人又多，那得要多少钱呀？"二叔说，"那都是城里人享受的，我们农村人哪有这么大的福气呢！"

"在城市里，每年都有人组织去敬老院看望老人们，尊老爱幼是中华民族的传统美德，在物质生活丰富的今天，很少有人会想到在我们身边有着这样一群老人，他们已年过古稀，没有亲人陪伴，生活不能自理，内心的孤独，心灵上的空虚是可想而知的，他们就是孤寡老人。孤寡老人也是社会群体的一部分，而且是最需要关怀、最需要帮助的一部分。"

"……"二叔的嘴巴动了几下。袁俊杰却没听见他说了什么，于是，他接着说："为了让这些老人感受到社会的关爱，同时也使现在的年轻人真正学习雷锋精神，在学校或者单位的组织下，很多人都捐出了自己的零用钱，买来了大米、食用油和水果等慰问品，去慰问一些孤寡老人。有一次，我们几个朋友也拎着慰问品，在敬老院领导的带领下来到了一个孤寡老人的住处，里面好简陋啊，只有一张床，一张桌子，几把椅子，还有几张黑白色的一寸照片挂在墙上。老人一个人躺在床上，满头白发，脸色苍白并且布满皱纹。我们把带来的礼物往老人手里塞，老人很感激地看着我们，脸上一道道深深的皱纹笑成了一朵花。时间总是过得很快，我们就要和老人道别了，老人用期盼的眼光看着我们，大家心中都有一种说不出的感受。我们真心希望社会有更多的人去关怀这些老人，给他们一些帮助。这次活动让我感到了关于老人、关于感恩的点滴，我希望能有更多的人来帮助这些老人，哪怕只是几句问候也是好的。有一首歌是这样唱的：只要人人都奉献一点爱，世界将变成美好的人间！"

"二叔！"袁俊杰看见二叔听得如痴如醉，喊到他时，二叔说："我在听着呢！"

"二叔，你有没有发现？在幼儿园里，都是父母从外面往里看，而在敬老院，都是父母从里面往外看，都是看自己的孩子啊！从外面往里看是幸福，从里面往外看是凄凉，外面等到的是孩子出来，里面等来的却是自己孩子进不来和不愿意进来。而更残酷的是，相对于城市而言，大部分农村连一个像样的敬老院都没有。如果有，像常爹一样的老人就不会因为孤独而自寻短见，像张爹一样的老人就不会死了几天才被人发现，像贤爹一样的老人就不会晚上摔跤了在地上坐了一晚上……"

"……"

"二叔，嗯那嘎哇啦，禾里白百哇事哒啰！有门幺里就哇嘛，哇出来嘛……"

"贤侄啊，嗯刚才哇的都是城市的老人啊，我里农村人，哪里来的咯样咯待遇呢？"

"也是咯，嗯那嘎不急，我有一个想法，我想去筹一下钱，如果能够筹到钱，我就来袁家岭建一个敬老院，你看可以吗？"袁俊杰认认真真地说。

"可是可以！这对袁家岭来说真的是一个天大的好事呢！只是你能筹得到钱吗？这个不是一笔小数目！"二叔担心地问道。

"没事的，我找一下袁明生他们，我相信他们会支持我的！如果还少的话，我就是卖掉一套房子，也要把袁家岭的敬老院建起来，让那些孤寡空巢老人都住到这里来，让他们快乐幸福地度过余生！"袁俊杰斩钉截铁地说。

"好啊！好娃仔，你这个想法真的是给袁家岭带来福音呀，只是你有这么多钱吗？"二叔激动地说。

"没有事的，找几个人一起嘛，应该没有问题的！"

"好啊，我先代表那些老人家谢谢嗯！"

"二叔，谢什么呢！建设家乡、振兴故乡是袁家岭每一位在外的游子的心声呀！我认为时候到了，我们在外拼搏、漂泊的人也都在期盼着故乡的人生活美好、快乐和幸福啊！面对家乡的落后面貌，我们的这些在外的游子感受到责任在肩，现在是我们支持家乡的时候了，放心吧！二叔，我一定会把袁家岭的敬老院建好的，建得比那城里的敬老院还要好！"

"那就好！那就好啊！"二叔高兴地说。

忽然，一阵哀乐声传来。

"这是谁家走了人？"袁俊杰问二叔。

"你还没听说吧！"二叔说着，停了一下，用一只手试了一下眼泪，"李娭毑的那个大儿子义伢仔前几天死了，这哀乐声是从他家里传出来的，你不知道，那个义伢仔的老婆上个月才走呢，也是自己吃老鼠药死的，嗨！作孽哟！可怜他还有一个五岁的孩子啦！你看，这是怎么得了哟！"

"哦！竟有这样的情况？！"袁俊杰叹了口气又说，"二叔，我里还是去祭拜一下吧，送个人情吧！"

"也好，也好！"二叔说，"我正要去他那里帮忙，我们一起去吧！"

"好。"袁俊杰说完就和二叔起身向义伢仔的屋里走去。远远地就看到义伢仔屋前的空地上多了一抹白。前面的路口上竖起了一个白色的门头，不时地传来一阵一阵的鞭炮和唢呐声。

走近后，袁俊杰看到这里所有的人都无精打采，唉声叹气，眼瞳里没有一点儿光彩，天都灰暗了。李娭毑痛哭流涕："义伢仔啊，你怎么就丢下我里自己走了呢？你不在了，那我怎么活呀！老天爷啊，你怎么这么不公平呀！把我的老伴带走了，那我呢？我现在就是孤零零的一个人啊！哎呀，哎呀，老天爷呀！你怎么不睁眼看看啊，白发人送黑发人啊！"

这时，有几位奶奶把她扶起来，摇晃着走进屋里。

袁俊杰默默地流着眼泪，他跟治丧的人打了招呼，走到灵前拜三拜，去登记送礼的桌子前面，掏出一千块给他们，登记在礼簿上。袁俊杰走到的地坪时，只见三毛飞飞在白色的门头下一边跳着一边唱着：

> 夫不亲嘞！妻也不亲！/丈夫爱美人/忘了夫妻结发恩/妻子找情人/回到家里闹离婚/夫不亲嘞！妻也不亲！//姊不亲嘞！妹也不亲！/兄弟把家分/以后个人顾个人/姐妹有婚姻/家家有本难念经/姊不亲嘞！妹也不亲！

在李娭毑的屋里，袁俊杰不好就义伢仔的事细细地追问，二叔帮忙去了，袁俊杰准备回长阳。突然，他想到他还没有去袁明生家里看看呢。在路上，他看到了袁炜的父亲袁望春，袁俊杰跟他打过招呼，也就不必去他家了。想着想着，他走到袁明生的屋前面了，只见袁明生的爸爸袁美庭从屋里走了出来，他急忙喊道："美庭叔！"

袁美庭一看见袁俊杰就急忙说："哟！是俊伢仔回来了！快！进屋坐！进屋坐！"

"好的！美庭叔！"他应道，"嗯那嘎拿着锄头出门，怕耽误您的时间，你还是去忙吧！"

"不碍事！不碍事！"袁美庭高兴得不得了，他说，"看你说的，我们种田的人有什么大的事情，只是你们城里人忙得很呢，回来一趟真的难得呢！快坐！"

袁美庭赶忙放下锄头去泡茶。

"明生很忙吧？他是什么时候回来的呢？"袁俊杰问袁美庭。

"忙哦！百晓得忙幺里，都半年冇回屋哒，电话里面讲反正是忙！"袁美庭端给袁俊杰一杯茶后接着说，"我都搞不清楚他为什么这么忙哦！钱能挣到尽吗？咯何时是个头呢，再哇，要那么多钱干吗？这一天还不是吃三餐，晚上还不是只能睡一张床，真的搞不懂你们这些年轻人喽！"袁美庭一边说一边摇头。

袁俊杰低下头，没有说话，只是笑了笑。

"呃！俊伢仔，嗯咯井箍禾里红咯？痒吧？"

"是咯，好痒。"

"只怕是在哪里惹到毒哒！冇事，我开个方子，嗯回去煎两副恰就好的，以当归饮子为主：当归、川芎、熟地、白芍、首乌、黄芪、荆芥、甘草、蒺藜刺、乌梢蛇。外用：艾叶、雄黄、花椒、防风、苦参、黄柏、白鲜皮、九里光，洗之"

"好的，美医师，谢谢嗯那嘎！"

"谢幺里，要是我里明生像嗯一样常回来就好哒。"

"哦！美庭叔，文生哥呢？禾里冇看到他的咯银？"

"文生，哎！他还不就是天天像关猪一样关在他自己那间房里，自从他上次受了打击之后，就在家里昏昏沉沉的，仿佛整个世界都失去了色彩。他原本是个充满活力的年轻人，对生活和工作都充满了热情，这些你嗯是晓得的啦，嗯看，一咯婚姻的失败，事业的挫折就让他从此一蹶不振。嗯咯个伢仔好冇用哦！"

"自从派出所民警找到他送回来后，我里试图用忙碌来填补他内心的空虚和忘记那挫败感，但每当夜深人静，那份沉重的失落感便如潮水般涌来，让他难以入眠。家人看在眼里，急在心里，大家小心翼翼地照顾着他的情绪，尽量不去触碰那些敏感的话题，只是默默地陪伴在他身边，给予他无声的支持与鼓励。但是一切都没有改变他哦。俊娃仔，嗯晓得啦！生活不会因为一次失败就停滞不前。我里叫他尝试着走出家门，呼吸外面的新鲜空气，他反正是不听不去，几个人拖都拖不出去……哎！不知道什么时候他才重新找回那份对生活的热爱和勇气哟！"说完，美庭叔用手不停地擦眼泪。

"美庭叔，嗯那嘎百急，慢慢地来吧！文生哥以后会好点咯！"

"哎！文生有幺里以后哦！明生雅是一年上头回不得几次屋哦！"

"您不要难过，明生的心里是惦记着您的，有时间了会来看您的，前两天我和他打电话时，他也说很忙，他说有很久没有回袁家岭看您了，我想他应该很快就会有空的，听他说他正在打某某的官司，快开庭了！"袁俊杰喝了一口水说，"很多时候，我觉得他也是身不由己。您看，明生律师事务所十几个人，这里里外外都得他来管理着，也难怪他说天天累得不行，那十几个人就是十几张嘴，十几个人的后面甚至还有无数张嘴等着他发工资啊！不忙还真的不行啊！就像一艘巨轮一样，这船开出去了，不是说掉头就掉头那么容易的呢！"

"是的是的，你们年轻人不挣钱是不行呢，这上有老下有小的，不容易呢！"袁美庭说。

"美庭叔，这个义伢仔怎么这么年纪轻轻就走了呢？真的好可怜呀！到底是为什么？"袁俊杰问。

"就是哟！"袁美庭叹了一口气，"嗨！说起来就作孽哟，你知道不？自从他得病之后，他的老婆为了挣钱给他治病，去年死在广州，可怜尸都没看到，等到袁家岭的领导和她娘家的人去了，就只捧着一个骨灰盒回来，最作孽的是他那两个还未成年的孩子哟，小的好像还只有五岁，你看这怎么得了哦！"说完袁美庭从兜里掏出手帕一边擦了擦眼泪，一边说给他听。

第七十七集
富贵花随春意来　兄弟情归袁家岭

　　原来，义伢仔和老婆梅子一直在香洲打工，去年他病了，他们就辞去了工作，回袁家岭治病，回家后他们又没有什么收入，但是治病还得要钱，没办法，后来只好让梅子一个人去香洲挣钱，义伢仔一边在家里治病一遍边照顾孩子。义伢仔原本不肯她一个人去，担心她，说他这个病是没有什么希望治好的了，他也不想治疗了，就让他死了算了，然而，梅子不答应，说他年纪轻轻的，怎么就说这样的话呢？只要有一线希望就必须竭尽全力啊。她不可能眼睁睁地看着他走呀。她得出去挣钱，只有钱才能救义伢仔的命，走的那天还是在县医院里面，她瞒着杨大朗收拾了几件自己的衣服。

　　梅子眼神温柔，看着病床上的义伢仔，他脸上戴着呼吸面罩，身上插着好几根硅胶管，正在熟睡中，脸庞消瘦、憔悴，脑袋上的头发稀稀疏疏，看着很苍老，但实际年龄不超过四十岁。梅子痴痴地望着他，目光从始至终都未转移，仿佛这是最后一面，以后再难相见。一想到他的病情，梅子的眼泪就不由自主地淌了出来。耳边传来一阵咳嗽声，义伢仔的身体不断颤抖着，连带着身上的硅胶管也跟着晃动，剧烈的疼痛使男人眉头紧锁，脑门上爬满密密麻麻的汗水。

　　梅子连忙揩去眼角的泪痕，上前用卫生纸帮他擦汗水，并紧紧地握着他的右手，呢喃道："在呢，我在呢。"

　　义伢仔缓缓睁开眼睛，环顾四周，看到梅子在身旁，嘴角微微上翘，露出一抹笑容，颤颤巍巍地伸手去摸她的脸庞，轻声道："你怎么……还没有睡？"

话没说完，他又开始咳嗽，梅子手忙脚乱地扯了张卫生纸，放在他嘴边。咳嗽两分钟后，他吐了一口浓痰，一口鲜红的痰。这时候已经是夜里十二点多了，义伢仔睡着后，梅子轻轻地出了病房，提起装着衣服的袋子，往火车站赶去。

到了香洲后，举目无亲的她思考着自己接下来的打算，难道只能去做保姆的工作？她一没学历，二没能力的，又能找到什么高工资的工作呢？再说，就算找到一般工作，她又能拿到多少工资呢？何况工资都是要满一个月才发的。此时的她已经是身无分文，这根本熬不到啊！不管白猫黑猫抓到老鼠就是好猫！现在她不仅要抓到老鼠还要快点抓到，抓慢点都不行啊！此时的她又有什么办法呢？突然，她的心里冒出来了一个让她浑身发抖的主意：去找邵老头。邵老头不是早就对自己垂涎三尺了吗？现在为何不如找他呢？只有去找到邵老头才是来钱最快的。于是，她转车换乘几次后，跟跟跄跄地来到邵老头的家门口，她整理一下好头发就敲门了。这时的邵老头正坐在沙发上看电视，出门看到梅子，他愣了片刻，然后高兴地说："梅子，梅子！是什么风把你吹来了啊？快，快进来！"

梅子一进门，邵老头就把她抱在怀里，梅子没有阻止邵老头那双不守规矩的手。邵老头得寸进尺，顺势将手伸向她的大腿内侧。梅子下定决心，突然一把抓住邵老头的手，说："给我钱！"

邵老头先是吓了一跳，当他听到梅子说要钱，顿时就笑眯眯地说："好，好！不就要钱嘛，只要你把我伺候好了，钱有的是。"

从这天起，梅子总能从邵老头那儿得到一笔钱，邵老头也知道梅子家里肯定出了什么问题而急着要钱，他问了梅子几次她也没有说，后来他就索性就不问了。梅子看着这笔钱，比她的工资高多了，比她的尊严也贵多了，每一次接过邵老头的钱，她眼里都会掉下一连串的眼泪，那一滴滴眼泪就像是自己老公的希望一样，越多越好，只要他快些好起来，她可以连命都不要！借着出去买菜的机会，她都会流着眼泪把钱第一时间去邮政银行寄回去给老公治病。

这天下午，邵老头要梅子多买点菜，晚上有个老朋友老杜来吃饭。晚上，邵老头家里果然来了一个与邵老头差不多年纪的秃老头，他一进门就色眯眯地看着梅子，问邵老头："咦！我说老邵，你什么时候开始了金屋藏娇了呀？"

邵老头连忙摇摇头，说："没有没有，她只是我请的一个保姆，一个保姆呢！"

"保姆?!"老杜半信半疑地说，"好啊！老邵你可真有眼光，啥时候找个这么漂亮的保姆呢？"说完，他和邵老头两个人在客厅里你一句我一句，哈哈大笑起来。

吃饭的时候，他们两人逼着梅子喝了很多酒。晚上洗澡后，邵老头像往常一样，来到梅子的房间，急急忙忙把灯关掉，抱着梅子想跟她亲热。梅子感到头昏昏沉沉的，身体不受控制，任由邵老头伏在自己身上发泄。半夜里，梅子迷迷糊糊地感觉邵老头又折腾了自己几次。到了天亮的时候，梅子醒了过来，突然，她"哇哇"大叫起来。

她发现睡在边上的人不是邵老头，而是他的那个秃头朋友老杜！她急忙用被子捂着自己的身子，一脸惊恐之色，满眶泪水！她揩掉眼泪，平复心情后，推了推他，发现他睡得像一只死猪一样，然后她轻轻拉开被子，起身走向衣柜，将手伸进最下面的衣服里，掏出一把水果刀，放轻脚步走到床边，对准他的脖子割了下去。一时间，鲜红的血液四溢，喷在被子上、墙上和她的身上。梅子扔下刀，心里说不出有多畅快，看了几分钟，从衣柜里拿出起自己最爱的那条长裙，去卫生间洗了个热水澡，将长裙穿上后，打开窗户，爬上窗台，一跃而下。

袁俊杰听到这里，叹了口气说："再怎么样也不能去自尽呀！她的娃儿怎么办呢？她不想想她的娃儿呀！"

袁美庭用手帕抹了一下眼泪，说："听说梅子娘家人的性子都很烈，只怕这孩子早就有跟那个邵老头同归于尽的打算，嗨……"

后来，消息传到义伢仔的母亲李娭毑那里。听说那天早上，她醒来就心神不宁，总觉得会有什么不好的事发生。她心里怕得慌，直奔医院，奔进病房，看到儿子那张熟悉的脸，双腿立即不听使唤，瘫在了地上。原来儿子一听到梅子出事后就气绝身亡了。

"最作孽的是他那两个还未成年的孩子哟，小的好像还只有五岁，你看这怎么得了哦！"袁美庭一遍又一遍地重复着这句话，不停地用手帕擦眼泪。

"美庭叔！嗯那嘎百要难过，我正在计划到袁家岭做一个养老院的项目，如果能够成功的话，我想那些年龄大的孤寡空巢老人，还有这些没爹没妈的孩子，都可以住在一起，一来他们住一起也便于相互照应，二来他们的身边都有人，也就过得热闹一些，您看是否可行？"

"可行！可行！"袁美庭顿时感觉有了精神，他说，"只是……俊伢仔！你说的可是真的？那盖房子和七七八八的要不少的钱呢！"

"是真的！美庭叔！"袁俊杰认认真真地说，"钱嗯那嘎就百要担心，这次回来，我看到袁家岭发生的一切，心里有说不出的滋味，俗话说叶落归根，我们这些在外的游子为什么要那么辛苦工作、努力拼搏呢？还不是为了自己的家庭事业，还不是为了自己的子孙后代，现在我觉得自己是时候为家乡做点什么了！"

"说得好！说得好啊！"袁美庭拍手叫好，他向袁俊杰伸出大拇指，"好！好！好样的！俊伢仔你是好样的！难得嗯还有咯样的想法，伢仔！哦！我想起来了！"袁美庭掏出手机，摁了一下后放到耳朵边上听着："喂！明生吗？明生！告诉你一个好消息，袁俊杰，俊伢仔！要到袁家岭办养老院啦！这可是为人民服务的大好事！你得支持支持！最好也来上一股！啊！啊！袁俊杰他在这里！啊！要他接电话？好！你等着！"袁美庭把手机递给袁俊杰。袁俊杰把自己办养老院的事说给袁明生听了，袁明生当即表示同意，他也要出钱入股，他出两百万元，如果少了的话他再想办法。袁俊杰说他已经准备好了三百万元了，加上袁炜的，现在他们三人就凑了五六百万元，开个养老院应该不成问题。

袁俊杰说下一步看袁明生什么时候有空回袁家岭一趟，与村里就用地、选址等问题对接一下，争取尽早开工建设，尽早投入使用。袁明生说他这个星期天有时间，于是，他们两个决定在这个星期天，一起来袁家岭。

告别了美庭叔，告别了二叔，袁俊杰驱车赶往长阳。在路上，他思考着这么多年在异乡漂泊，人累心倦。故乡还在，爸妈的老屋还在，梦想就依然在。故乡的美，在每个人的心中自然是不必用语言表达的。那里四季分明，空气清新，乡情纯朴。春天，淮河两岸绿油油的麦田，油菜花香迎面扑来，大地一片生机盎然。夏天，一帮小伙伴三五成群自由自在地游荡在清澈而冰凉的淮河中，爽朗的笑声响彻两岸。秋天是丰收的季节，淮河两岸勤劳的农民在希望的田野里，唱着幸福的歌谣。冬天的骤然结冰，打雪仗，滑冰的欢乐场景又在袁俊杰的脑海中闪现。

父母在，人生尚有来处；父母去，人生只剩归途。不知不觉，自己也奔五了，一晃也老了。最令人揪心的是，在父母过世之后，大概只有清明节才会回故乡，放一挂鞭炮。谁都会认真想一想，落叶归根嘛，你最后还不是会回到故乡吗？只是用什么方式而已，当然少不了那种在外使劲折腾，并且方向对了，在异乡赚到钱，变成大款，带着钱财，开着车，回到故乡，做个小洋楼居住，余生就安定了。这样的衣锦还乡，袁俊杰觉得是自私的，是不高级的，当然，他们也没有罪，毕竟，有钱了，不改善一下生活环境，一辈子默默无闻，也没有什么生趣了。因此，从古至今，很多人都希望衣锦还乡，一方面是显示自己的成功，一方面是为了光宗耀祖。

然而，也有一些有理想的人，放弃了大城市的生活，回到家乡创业，做起了大买卖。网络上有一个女人，大学毕业之后，在市里的一家公司上班。但是，她觉得，回乡创业利人利己，这才是最好的办法，因此果断辞职，回到家乡。几年后，她靠做擀面，实现了发家致富的梦想。她亲自设计了包装盒，还记录了做擀面的全过程，展示家乡的特色产品，硬是做出了上亿元规模的产业。

"穷则独善其身，达则兼济天下。"这种方式是最为高级的，他必须有着自我奉献的精神，甚至自我牺牲的精神！必须有为人民服务的精神，毫不利己专门利人的精神！70后的我们，是否想过，要在故乡做一番事业呢？很多人有想法，却没有行动，因为害怕失败，手里就算有资金，心中也有热情，最后也在前怕狼后怕虎的迟疑中，没有了下文。

俗话说："靠山吃山，靠水吃水。"寻找发展机遇，依托家乡的山水，是绝对可以养活自己的，但是要闯出一条致富路，是很有难度的，特别是手里没有本钱，也没有任何技术的乡亲。袁俊杰想，这个时候，只要有几个乡贤肯出钱投资，就一定会找到挣钱的机会、致富的门路的。俗话说事在人为嘛，怕什么呢？有了钱大家在一起齐心协力的，还怕找不到好的项目？

看看袁家岭的现状吧，留在家乡里的都是一些老人或者小孩，那些青壮年劳动力都已经流往外地了，他们要么在外打工，要么就是做买卖。其实，他们大部分都是被逼无奈才选择背井离乡的，家里有钱挣，谁愿意漂泊在外呢？他们年纪大了还是要被迫回乡：年纪大了，在异乡无法谋生，只能回乡种地。如果他们一直能待在家里生活、工作，那该多好，一没有空巢老人，二没有留守儿童，这家里头老的老小的小，没个人照应怎么行呢？总有一些人，年轻的时候，在外漂泊，把自己的小孩托付给自己年老体衰的父母而出现了诸多问题，对于那些年幼无知的孩子来说，再小的问题也会关乎他们的身心健康，大问题就不用说了。网络上常常看到因为老人的疏忽导致孩子伤亡的事件，那些在外打工的父母后来捶胸顿足又有何用？

所以，陪伴着自己的父母老去，陪伴着自己的孩子长大，对于我们来说就尤为重要了。然而，我们是一个普通人，归根结底还是没有那个条件，在外不都是为了碎银二两？如果不用担心开支，没有人愿意背井离乡。

星期天的早上，袁俊杰就与袁明生电话联系了，到大马路上会合后一同驱车前往袁家岭。每次回故乡，他都会觉得兴奋和喜悦，而这次他更觉得意义不一般，他要办一件轰轰烈烈的大事。不知不觉间，车已经到了村党支部了，袁长龙书记早就在村委办公楼门口等着他们呢，道路两旁都是彩旗飘飘，锣鼓喧天。村民们都围过来看热闹，爱热闹的飞飞自然也在人群中又唱又跳，一切都是那么热闹非凡。刚下车，袁长龙书记就迎了上来，说："欢迎！欢迎！欢迎你们回家乡！"

他们忙说："谢谢领导！谢谢！"

他们抬头看见村党支部楼前挂着横幅：热烈欢迎乡贤袁俊杰、袁明生回家乡，建故乡！袁俊杰急忙指着横幅对袁长龙书记说："不光我和明生，还有袁炜呢！"

袁长龙书记急忙说："是的，是的！还有袁炜。"

他随即吩咐边上的人："重做一个！把袁炜写上！重新做一个！"

在会议室，袁俊杰他们见到了袁家岭各个组的组长。一阵寒暄之后，袁长龙书记就开始开会，他说："花是故乡的美，人是家乡的亲，月是故乡的圆。今日，袁家岭的三位乡贤袁俊杰、袁明生、袁炜决定回到故乡，投资故乡，建设家乡，让我们一起为他们的伟大的壮举鼓掌致敬，并表示热烈的欢迎！"

袁书记接着说："今天，我们村支两委，以及几个组的组长与三位乡贤（袁炜因临时有事而没有到堂）欢聚一堂、畅叙乡情。回首过去，展望未来，共商发展大计。老乡越走越近，朋友越走越深。'邀老乡'是家乡人民最真切的呼唤，'回故乡'是在外游子最质朴的情愫，'建家乡'是我们全体袁家岭人最持久的梦想。"

袁书记郑重承诺："袁家岭的村支两委班子成员将提供一流服务，对回家乡创业的老乡和来投资的客商，严格实行'承诺制+标准地+代办制'，全身心投入，全过程跟进，全天候服务。提供一流支持，全面落实税费减免、恒定水电价格、融资担保等优惠政策，实施全承诺、无审批，拿地即开工。提供一流保障，以'不唯地域、不求所有、不拘一格'的导向引进人才，在土地保障、证照税费等方面提供全方位、情感式、个性化的服务，让大家创业有机会、创新有条件、干事有舞台、发展有空间……"

袁俊杰作为代表发言："首先，我代表我和袁明生、袁伟感谢袁家岭村支两委和各位组长的热情接待！随着科技的发展，社会的进步，偏远地区也在飞速发展。而现在，我们的家乡袁家岭还是一个落后贫穷的小乡村。我想，这是袁家岭每一个在外漂泊的有识之士都不愿看到的。家乡的贫困潦倒、萧条落后让我们心中隐隐作痛。这些年，每当我们隔一段时间回袁家岭，就会发现一些不幸的人或事，虽然袁家岭还是袁家岭，但是与其他发达的村镇比起来总感觉有那么一些遗憾！为了家乡的宁静祥和，为了故乡的兴旺发达，我和袁明生、袁炜决定集资二百万元投资建设袁家岭……"顿时会议室响起了热烈的掌声。

袁俊杰接着说："首先，我们要兴建一座能容纳一百位老人的敬老院，和容纳一百个留守儿童的生活大楼。"

话声刚落，会议室又响起了热烈的掌声。

大家七嘴八舌地说："好啊！这是个好项目，那些老人都有福享喽！"

"好啊！这就基本上解决了我们村民的养老问题了。"

"像张爹这样的老人，正愁没地方住呢，这下可好了！"

"孩子们也好了，原来好危险的，现在好了！"

"谢谢你们！我替孩子们谢谢你们呀！你们真是好人呢！"

"这以后啊，像杨大朗他们的孩子都可以住那里了，真好！"

"住在一起，主要是都有一个照应，而且安全！好啊！"

"这剩下的钱呢，"袁俊杰接着说，"大家都出出主意，一起群策群力，看看搞点什么项目，或者办个什么工厂，反正就是要让每一户都能参与进来，出土地或者出人工，按股份合作的方式，大家一起挣钱，共同努力奋斗致富，共同创造美好生活！"

"好！好！我提个建议，我袁家岭的芋头、荸荠、高笋在这一带都是有名的，你们看能不能做成一项什么大的产业来发展呢？"

"我也提个建议，我袁家岭的鱼塘多，我看，发展养殖业肯定有很大的前景！"

"我也提个建议，我们村不是有很多户专门做扫把的嘛，我看把他们都联合起来，开个大型的厂，制造扫把和拖把、簸箕、吸尘器、扫地机器人等，绝对是有市场的！"

"我看还是开厂好！只要开厂了，就需要工人，我们袁家岭的那些在家里的，甚至在外打工的，也回家上班，那该多好啊！"

"开厂是好，那开什么厂呢，有什么厂可以开呢？"

"砖瓦厂？水泥厂？食品厂？服装厂？家具厂？电器厂？"

由于大家对于投资的项目没有形成一个统一的意见，村委决定从长计议。当天的会议就决定了敬老院和儿童乐园项目，选址在袁俊杰家的老宅基地上，如果面积少了，就把靠西边的谢明生家的一块一亩多的地用起来。说干就干，袁长龙书记当即打电话指示村里的几个做房子的泥瓦匠明天就开工，其他的建房手续全部都由他亲自办理。袁俊杰和袁明生对袁长龙书记雷厉风行的作风表示赞赏和感谢。

临走时，袁明生看见叫花子飞飞在路边唱歌，他从来就没有听懂他唱的是什么，今天正好有时间，他认认真真一听，原来飞飞唱的是：

独天独地嘞！才是亲！/日月光乾坤/阴晴圆缺全公平/山水寸土情/颗颗粒粒养咱身/独天独地嘞！才是亲！//唯善唯德嘞！才是亲！/良善万物

宁/自然磊落光明心/大德闻天悯/自有福报来召应/唯善唯德嘞！才是亲！//毛主席亲嘞！才最亲！/恩情似海深/全国人民站起身/思想指航程/全心全意为人民/毛主席亲嘞！才最亲！

这回他听懂了很多，于是，他从车上拿下来一袋水果递给飞飞，然后就走了。

袁明生回去后，想起今天所发生的一切，久久不能入睡，他披上衣轻轻地走到书房，有感而发，写下了《袁家岭赋》：

袁家岭赋

华夏悠悠，洞庭汤汤，潇湘之朔，微水之滨。
东接京珠，西伴河埠，南抵长沙，北达巴陵。
金光峦抱，依山带水，林丰草茂，气清景明。
霞辉映照，古色古香，此乃吾乡，袁家岭也！

开其源者，乃袁继泗，自赣才龙，堂汝南名。
相传此岭，袁公仁之，即刻大喜，曰袁家岭！
斩荆拓土，筑室开阡，耕种渔捕，繁衍生息。
经柒百载，历卅九代，始于中元，兴在明清。

袁家此岭，人杰地灵，湖畔垸区，沛水暖阳。
田肥地沃，鱼鲜稻香，天赐膏腴，业兴人旺！
高笋铁树，达数尺高，芋头糍米，密如星布。
平地山冈，可见其影，河沿泽畔，不知其多！

袁家岭者，民风勤俭，人文渊薮，代有栋梁。
忆曾记否，先人英勇，共御外侮，抗敌开疆。
晨兴荒秽，带月锄归，风雨相助，民齐者强。
躬耕陇亩，勤读好学，虽苦犹甜，诚为宝也！

遥想当年，桑梓初萌，墟落始兴，茅檐数椽。
兵燹突至，祸乱频传，残垣泣雨，荒冢啼鹃。
沧桑尽阅，焕发新生，吾辈当力，薪火相传。
游子经年，终返故土，心潮澎湃，彻夜难眠！

政策春风，脱贫攻坚，党群同力，家乡共建。
花红柳绿，居业宜全。登高望远，感慨万千！

四时景颖，万象天宣。宏图可待，此诗为证：
岭上新村焕彩光，白墙黛瓦映朝阳。
稻香蛙鼓丰年曲，笑靥春风满画堂。

长鸣忠孝，永续贤良，文明示范，盛世隆昌！
功垂竹帛，德润黎苍。若闻嗣乎，其必赞曰：
微水滔滔浪向前，袁家人杰勇争先。
千帆竞发开新境，朝涌云天绘锦篇！

拥此怀抱，方领祖光，悟人真义，感生梓桑！
镌文载志，永勖心乡，愿岭吉祥，重叠辉煌！

岁次乙巳仲夏袁明生作于袁家岭

　　袁长龙书记的雷厉风行是他们没有想到的，因为这时候已经是腊月初五了，虽然离过年还有一段时间，但农村里面的大人们也是比较繁忙的，不仅田地里的东西要收拾，还得准备过年的糍粑、粉皮、衣服等吃的穿的用的年货。当天晚上，袁俊杰和袁明生想着明天工地开工，只怕没有多少人来，如果大家都很忙而没有时间的话，就开个工，明年再继续。俗话说："从容行好事。"反正这事也不能急，关乎着施工安全呢。年关将至，先让大家过个热热闹闹的年后再做不迟。

　　第二天早晨，风和日丽，阳光灿烂。袁俊杰和袁明生一大早就来到工地，工地上早就人山人海了，开工横幅写满了吉祥如意的字，袁俊杰仔细看了看，是的，没有错！袁炜的名字写上去了，让他们俩没想到的是，一大早袁书记来了，泥工张师傅、李师傅都来了，还有那些村里闲着没事的人都来看热闹了。他们俩递烟的递烟，泡茶的泡茶，忙得不亦乐乎。有些有气力的男人或者女人也过来帮忙。袁家岭敬老院在一阵鞭炮声中破土动工了。挖土的挖土，挑砖的挑砖，最让人感动的是八十多岁的龙爹，他驼着背在工地上搬砖挖土，什么活都肯干，哪里差人手他就去哪里，大家要他老人家别做了，要他在一旁看着歇着，他硬是不肯，说："这是为我们袁家岭的人造福呢！我们能搬一块砖是一块砖，能递一块瓦是一块瓦呀！"

　　远远望去，大家在工地上干得热火朝天。工地左边，工人们有的推车，有的挑担，穿梭来往。工地右边，工人们有的拌水泥，有的砌砖……好一个热闹的劳动场面。最引人注目的要数那位穿灰色衣服的砌砖的叔叔了。他砌得又快又好，只见他右手拿着砌刀，左手拿起一块砖，用砌刀挑一点水泥浆，均匀地涂在砖面上，然后把砖平放在墙上，再用砌刀轻轻地敲几下。遇到一块砖不能整块放下去的时候，他便拿起砌刀，"当"的一下，砍去多余部分。不一会儿，他前面就砌起了一堵高墙。他转过身，向伙伴们喊道："加油啊！这可都是为我们自己做房子呀！大家都加把劲儿吧！"

泥工张师傅接话说："李师傅，你也想要到这里住啊？"

李师傅说："是的，我来住新屋还不好吗？谁不愿意来住新屋呢！你们说是不是啊？可惜我不是袁家岭的人啊！"

边上的一个师傅开玩笑说："李师傅，你要来住只怕也住不进来呢，这是专门为老人家和小孩子做的房子，你一个大男人的，只怕村里不同意哟！"

"哈哈哈……"大家一起大笑起来。

"你们笑什么呢？"李师傅有点儿不好意思地说，"等我老了，我不就住进来了。"

"那还差不多！"

"李师傅，你住到这里来了，你那漂漂亮亮的两层楼房怎么办呢？空着吗？"

"哈哈哈……"边上的人又大笑起来，

还没有等李师傅开口，就听见王师傅在说："这有什么呢，他不喜欢打牌嘛，别人都住在敬老院，谁还去他家，他不住这里住哪里呢？"

"哈哈哈……"众人又是一阵大笑。

李师傅说："没错，我老了就得住这里，不图别的，就图个热闹！"

"是的，是的，热闹得好啊！"

"还能互相帮助！住在一起嘛，都有个照应！"

"是啊，年纪大了，身边没人可真的不行！"

"张师傅，这都快过年了，你家的年货准备得怎么样了呀？"李师傅扯开了另一个话题。

"年货呀？"张师傅砌完一块砖，直起身子说，"要我说，这个敬老院就是我的年货！大家说是不是？只要我们村里的老人和小孩都能吃饱穿暖，我们这些大老爷们就是喝稀饭咸菜也高兴呢！"

大家都在说："是的，是的！这个敬老院就是我们最好的年货！"

王师傅说："张师傅，你家里早就准备好了，年猪也杀了，什么都准备齐全了，当然就不需要操心喽！我们可什么都没有做呢！"

张师傅说："无酒无肉过得年，无酒无肉插不得田！这年啊，过了一年又一年的，我看，只有今年才是最热闹、最丰盛的！多吃点肉、多喝点酒又能怎么样呢？人嘛，就得有个盼头，你们看吧，只要我们袁家岭的老人们快乐幸福地生活着，他们能不保佑们他的子子孙孙们吗？只要我们袁家岭的孩子们健健康康地长大，等他们有出息了，不是又会像袁俊杰、袁明生、袁炜他们那样支持和帮助袁家岭吗？到时候，我们袁家岭那才是真正的幸福和美好！你们大家说是不是呀？"

"是的，是的！还是你们这些吃百家饭的人有见识一些！"

大家议论纷纷地说："是的，只要我们对老人孝敬，就一定会有回报的，俗话说人在做天在看，孝敬老人就是为我们的子孙万代积德积福呢！"

"蒿草之下，或有兰香，茅茨之屋，或有侯王！我里袁家岭虽然冇出封侯称王咯银，但是袁明生他里也可以算是，嗯里话有些咯出了王侯将相的屋场里冇的一点贡献得多喽！"

"是咯，是咯！那样咯银好多哦！咯银是瞎子揸火，只顾自己胯下扒哦！谁管嗯里咯些银！"

"是咯，是咯！"

"是咯，是咯！孩子们才是我们的希望，才是祖国的未来，现在我们孝敬老人，孩子们都是看在眼里记在心里的，他们长大了也会模仿我们孝敬老人，只要孩子们有品德就一定会有出息，有了出息他们是不会忘记自己的父母，不会忘记自己的家乡的。"

"是的！俗话说江山还得后来人扶，以后的世界都是他们的，以后还得依靠孩子们！"

"还是我们袁家岭的人有这福气！"李师傅大声说，"你们看，这十里八村的除了我们袁家岭，其他的村不是还八字没有一撇呢，是吧？"

有人忙说："是的，这多亏袁俊杰、袁明生、袁炜他们心里有大爱有大义，不然，我们袁家岭不知道到什么时候才能有敬老院喽！"

"是的，是的。"

"还是我们袁家岭的人有良心！"

"是的，是的，好多地方也有人当官发财，可没什么良心，就是不支持帮助一下故乡哦！"

袁俊杰和袁明生被村里的这些叔叔伯伯火热的劳动场面感动了。

袁长龙书记看在眼里，于是大声说："乡亲们，我们袁家岭的乡贤代表袁俊杰、袁明生来到了我们的工地现场，大家休息一下，听他们讲几句，怎么样啊？大家欢迎！"

随即响起雷鸣般的掌声，大家纷纷鼓掌叫好。

袁俊杰和袁明生连忙拱手谢谢大家，示意大家停下来。

袁俊杰先讲话："乡亲们，我谢谢热心的叔叔伯伯们的热情帮助，今天我们有机会为袁家岭做一些力所能及的事情，我们只是代表袁家岭在外的家乡人士，我们更应一马当先、一展作为，围绕项目、资源、资金三大重点，今后一定为家乡牵线搭桥、献计出力、招商引资，我们会多联系并邀请袁家岭那些在外的成功人士多回家乡走一走、看一看，亲身感受家乡热火朝天、蒸蒸日上的发展氛围，让他们加入关心、支持家乡的建设与发展中，更多地选择家乡、投资家乡、回报家乡。"

袁明生接着说："我们会充分发挥桥梁纽带作用，当好家乡形象的'代言人'、家乡招商的'领头雁'，让更多的项目、资源、资金落户到家乡，助力家乡发展。我们相信有党的正确领导，有广大人民群众的支持和帮助，只要我们齐心协力、同心同德，劲往一处使、心往一处想，就一定会克服困难，利用好资金，运营好项目，袁家岭也就一定会建设得更加美好！"袁俊杰和袁明生的讲话赢得了大家的热烈掌声。袁家岭的冬天是寂静而清冷的，但是家家户户的火塘却是暖洋洋的。袁家岭的人们在冬天的洗礼下，变得更加坚强、更加团结。他们用自己的行动证明了，无论何时何地，只要有爱，就有希望。只要团结，就会有无穷的力量。没有什么能够阻挡他们前进的步伐，更何况，春天就要来了。

掌声过后，在人群之中，大家看到飞飞在一旁的空地上拿着一块红布，一边跳着一边唱着：

啊呀……/嘞……/世上亲人怎么讲嘞！/亲字又是怎么写嘞！/亲字要你怎么做嘞！/亲还是不亲怎么说嘞！//啊呀……/嘞……/亲不亲作什么嘞！/亲不亲是为什么嘞！/亲不亲人都是谁嘞！/谁才是你最亲的人嘞……